KB123391

활자본 고전소설
서지 데이터베이스

최호석

보고사
BOGOSA

이 저서는 2013년 정부(교육과학기술부)의 재원으로
한국연구재단의 지원을 받아 수행된 연구임 (NRF-2013S1A6A4A02017785)

서문

저자가 활자본 고전소설 서지 데이터베이스 구축에 관심을 갖게 된 것은 2004년도의 일이다. 당시 저자는 한국연구재단의 지원을 받아 고려대학교에서 '19세기 말~20세기 초 안성지역의 출판문화 연구'라는 공동 연구 과제를 2년간 수행하게 되었다. 이때 연구팀에서 학계를 위하여 무언가 의미 있는 작업을 하겠다는 생각으로 먼저 신소설 서지 데이터베이스를 구축하고, 그 경험을 바탕으로 활자본 고전소설 서지 데이터베이스 구축 작업에 돌입하였다.

이미 활자본 고전소설의 목록이 여러 차례 작성된 바가 있으며, 『고전소설이본목록』과 『고전소설 연구보정』과 같은 조희웅 선생님의 역작이 나온 뒤라서 활자본 고전소설 서지 데이터베이스의 구축 또한 쉽게 완성될 것으로 생각하였다. 그러나 신소설과는 달리 활자본 고전소설은 그 양도 방대한데 다가 자료의 접근도 쉽지 않았다. 특히 인터넷으로 서비스되지 않는 작품들의 경우 각 도서관과 개인 소장자를 찾아가 일일이 사진을 찍은 다음에 그것을 분류하고 이전에 작업한 것과 대비하는 데에 시간이 많이 걸렸다. 게다가 작업을 하면서 데이터베이스의 구조에 대한 생각도 자주 바뀌면서 작업 시간이 더 늘어났다. 구조가 바뀌면 이미 끝난 것도 다시 새로운 구조에 맞게 수정해야 하였기 때문이다. 그러다 보니 애초 계획한 시간보다 훨씬 많이 지나게 되었다.

드디어 긴 여정의 끝에 도달했다. 아직도 보완할 점이 많지만 일단 10여 년간의 작업을 중간 점검하는 마음으로 활자본 고전소설 서지 데이터베이스의 일부를 세상에 내놓는다. 하지만 이것이 새로운 시작이 될 것이라고 생각한다. 활자본 고전소설 서지 데이터베이스를 지속적으로 수정, 보완하여 그 완성도를 높이는 한편, 모든 이들이 쉽게 활용할 수 있도록 인터넷으로 서비스하고자 한다.

이 작업을 하면서 많은 분들의 도움을 받았다. 처음에 저자의 연구팀에 합류하여 같이 작업한 김찬기, 오윤선, 이정원, 김성철, 이태화, 박혜순 선생님께 감사를 드린다. 데이터베이스에 대한 기본적인 이해도 없이 작업을 밀어붙인 저자 때문에 고생을 많이 하였다. 그리고 고려대학교 연구팀의 작업을 이어받아 저자의 제자인 유소라, 최지성, 오윤정, 이다은, 김아영, 문수양, 최혜영 등이 수고하였다. 그리고 소장하고 있는 자료의 열람과 촬영을 흔쾌히 허락해 주신 김종철, 소인호, 양승민, 유춘동, 이정원, 정명기 선생님께도 감사를 드린다. 또 저자에 앞서 활자본 고전소설의 목록을 작성하였던 이능우, 소재영, 우쾌제, 이주영, 권순긍, 조희웅 선생님께도 감사를 드린다. 이 모든 분들의 도움이 없었다면 활자본 고전소설 서지 데이터베이스의 작성은 불가능했을 것이다. 그리고 볼품없는 책을 정성껏 만들어 준 보고사의 김흥국 사장님께도 감사를 드린다.

활자본 고전소설에 대한 연구는 이제 시작이 아닌가 한다. 활자본 고전소설 서지 데이터베이스에 담긴 방대한 자료를 다양한 방식으로 조합, 정렬하면 새로운 연구 및 이해의 시각이 마련될 것으로 기대한다. 이와 함께 활자본 고전소설에 대한 필자의 연구를 담은 『활자본 고전소설의 기초 연구』(보고사, 2017)를 참고한다면 활자본 고전소설을 이해하는 데에 더욱 도움이 될 것으로 기대한다.

2017. 4. 최호석

목차

일러두기

활자본 고전소설 서지 데이터베이스는 본디 인터넷 환경에서 서비스할 목적으로 작성되었으나 인터넷으로 서비스하기에 앞서 종이책의 형태로 제공하게 되었다. 이에 따라 본서에서 소개하는 활자본 고전소설 서지 데이터베이스는 지면(紙面)의 제약을 받을 수밖에 없다. 그럼에도 불구하고 본서에서는 대용량 자료가 주는 유용함을 최대한 누릴 수 있도록 활자본 고전소설에서 꼭 필요한 22항목의 서지 정보를 '작품별 목록'과 '발행소별 목록'의 두 가지 형식으로 제시하였다.[1]

활자본 고전소설 서지 데이터베이스에서는 해당 작품의 발행 정보와 관련하여 다양한 문헌을 활용하였는데, 여기에서 사용한 주요 문헌의 약자(略字)와 그것의 서지 사항을 정리하면 다음과 같다.[2]

[구활자본고소설전집] → 인천대 민족문화연구소편, 『구활자본고소설전집』 1~33, 은하출판사, 1983~1984.

[구활자소설총서] → 김용범 편, 『구활자소설총서』 1~12, 민족문화사, 1983.

[신소설전집] → 신소설전집편집부, 『신소설전집』 1~21, 계명문화사, 1987.

[아단문고고전총서] → 현실문화 편, 『아단문고고전총서』 1~10, 현실문화, 2007.

[연구보정] → 조희웅, 『고전소설 연구 보정』 上·下, 집문당, 2006.

[이본목록] → 조희웅, 『고전소설 이본 목록』, 집문당, 1999.

[조동일소장국문학연구자료] → 조동일 편, 『조동일소장국문학연구자료』 20~30, 도서출판 박이정, 1999.

[활자본고전소설전집] → 김기동 편, 『활자본고전소설전집』 1~12, 아세아문화사, 1976~1977.

권순긍 → 권순긍, 『활자본 고소설의 편폭과 지향』, 보고사, 2000.

소재영 외 → 소재영·민병삼·김호근 엮음, 『한국의 딱지본』, 범우사, 1996.

우쾌제 → 우쾌제, 「구활자본 고소설의 출판 및 연구 현황 검토」, 『고전소설연구의 방향』, 새문사, 1985.

---

1) 활자본 고전소설 서지 데이터베이스가 서적으로 소개되면서 도서관에 소장된 작품의 URL을 제시하지 못하는 것이 가장 아쉽다. MS Office Access로 작성한 활자본 고전소설 서지 데이터베이스에는 국립중앙도서관을 비롯한 각 도서관의 URL을 기록하여, 그것을 클릭할 경우 해당 도서관에 소장된 작품의 검색 결과 창이 열리도록 되어 있다. 그런데 서적으로 소개될 경우에는 도서관의 URL이 필요가 없기 때문에 여기에서는 URL을 제시하지 않았다. 활자본 고전소설 서지 데이터베이스의 설계와 구축, 그리고 내용 요소에 대해서는 다음의 책을 참고하기 바람. 최호석, 『활자본 고전소설의 기초 연구』, 보고사, 2017, 29~51면.

2) 그 외에도 본서의 참고문헌에 제시한 다양한 연구논저를 활용하였는데, 이때에는 필자의 이름과 발행 연도를 제시하였다.

이능우 → 이능우, 「'고대소설' 구활판본 조사목록」, 『논문집』 8, 숙명여대, 1968, 『고소설연구』,
　　3판, 이우출판사, 1978, 재록.

이주영 → 이주영, 『구활자본 고전소설 연구』, 월인, 1998.

W.E.Skillend → W.E.Skillend, Kodae sosˇol : a survey of Korean traditional style popular
　　novels, London: School of Oriental and African Studies, 1968.

　　한편 활자본 고전소설 서지 데이터베이스의 '고유번호'에서 사용한 발행소의 약자(略字)와 원
래의 이름을 제시하면 아래의 표와 같다.

번호	약자	발행소 이름	번호	약자	발행소 이름
1	경성	경성서관	34	동창	동창서국
2	경성서	경성서적업조합(소)	35	동창서	동창서옥
3	계몽	계몽서원	36	만상	만상회
4	고금	고금서해	37	명문	명문당
5	공동	공동문화사	38	문광	문광서림
6	공진	공진서관	39	문선	문선당
7	광동	광동서국	40	문성	문성당서점
8	광명	광명서관	41	문언	문언사
9	광문	광문서시	42	문연	문연사
10	광문사	광문사	43	문익	문익서관
11	광문책	광문책사	44	문정	문정당출판부
12	광익	광익서관	45	문창	문창사
13	광학	광학서포	46	문화	문화서림
14	광한	광한서림	47	미상	발행소 미상
15	국제	국제문화관	48	박문	박문서관
16	국제신	국제신보사출판부	49	박문사	박문사
17	근흥	근흥인서관	50	박학	박학서원
18	금광	금광서림	51	백인	백인사
19	김재홍	김재홍가	52	백합	백합사
20	대동	대동서원	53	보급	보급서관
21	대동성	대동성문사	54	보문	보문출판사
22	대산	대산서림	55	보성	보성사
23	대성	대성서림	56	보성관	보성관
24	대조	대조사	57	보성서	보성서관
25	대창	대창서원	58	보신	보신서관
26	덕흥	덕흥서림	59	불교	불교시보사
27	동명	동명서관	60	삼광	삼광서림
28	동문	동문서림	61	삼문	삼문사
29	동미	동미서시	62	서적	서적업조합
30	동아	동아서관	63	선진	선진문화사
31	동양대	동양대학당	64	선학	선학원

번호	약자	발행소 이름	번호	약자	발행소 이름
32	동양서	동양서원	65	성문	성문당(서점)
33	동일	동일서관	66	성문사	성문사
67	성우	성우사	91	조선총	조선총독부경무국
68	세계	세계서림	92	중앙	중앙출판사
69	세창	세창서관	93	중앙서	중앙서관
70	송기	송기화상점	94	중앙인	중앙인서관
71	시문	시문당서점	95	중흥	중흥서관
72	신구	신구서림	96	진흥	진흥서관
73	신명	신명서림	97	진흥서	진흥서림
74	신문	신문관	98	창문	창문사
75	신흥	신흥서관	99	천일	천일서관
76	아성	아성출판사	100	청송	청송당서점
77	영창	영창서관	101	태산	태산서림
78	영풍	영풍서관	102	태학	태학서관
79	영화	영화출판사	103	태화	태화서관
80	오거	오거서창	104	한남	한남서림
81	오성	오성서관	105	한성	한성서관
82	우문	우문관서회	106	한성도	한성도서주식회사
83	유일	유일서관	107	해동	해동서관
84	이문	이문당	108	향민	향민사
85	일한	일한주식회사	109	홍문	홍문서관
86	재전	재전당서포	110	화광	화광서림
87	적문	적문서관	111	환학	환학사
88	조선	조선도서주식회사	112	회동	회동서관
89	조선복	조선복음인쇄소	113	휘문	휘문관
90	조선서	조선서관	114	희망	희망출판사

작품별 목록

번호	작품명 고유번호	표제	문자	면수 가격	인쇄일	발행일	판차	발행자 발행자 주소	발행소 발행소 주소
1	**가실전** 세창-가실-01-01	가실전	한글	32p. 250환	1956-12-01	1956-12-30	1	申泰三 서울특별시 종로구 종로3가 10	세창서관 서울특별시 종로구 종로3가 10
2	**가실전** 회동-가실-01-01	가실젼	한글	32p.		1930-12-25	1		회동서관
3	**가실전** 회동-가실-01-02	가실젼	한글	32p. 25전	1937-06-10	1937-06-15	2	高丙敎 경성부 효제정 330번지	회동서관 경성부 남대문통 1정목 17번지
4	**간택기** 미상-간택-01-01	간택긔	한글				1		
5	**강감찬실기** 경성서-강감-01-00	강감찬전	한글				1		경성서적업조합
6	**강감찬실기** 광동-강감-01-01	姜邯贊傳	한글	33p. 25전	1908-07-08	1908-07-15	1	玄公廉 경성 계동	광동서국
7	**강감찬실기** 광동-강감-01-02	姜邯贊傳	한글	33p. 25전	1914-07-25	1914-07-27	2	玄公廉 경성부 계동 99번지	광동서국 경성부 송현동 71번지
8	**강감찬실기** 영창-강감-01-01	(고려명장) 강감찬실긔	한글	45p. 25전	1928-12-25	1928-12-28	1	姜義永 경성부 종로 2정목 84번지	영창서관 경성부 종로 2정목 84번지
9	**강감찬실기** 일한-강감-01-00	강감찬전	한글			1908- -	1	玄采	일한주식회사
10	**강감찬실기** 조선서-강감-01-01	강시즁젼	한글	45p. 20전	1913-01-05	1913-01-10	1	朴健會 경성 중부 대사동 3통 8호	조선서관 경성 중부 대사동 3통 8호
11	**강남홍전** 경성서-강남-01-01	강남홍전	한글			1926-01-15	1		경성서적업조합
12	**강남홍전** 경성서-강남-01-02	강남홍전	한글	105p. 20전	1926-12-18	1926-12-20	2	洪淳泌 경성부 견지동 60번지	경성서적업조합 경성부 견지동 60번지
13	**강남홍전** 조선-강남-01-01	江南紅傳	한글			1916-12-05	1		조선도서주식회사
14	**강남홍전** 조선-강남-01-02	江南紅傳	한글	105p. 35전	1926-12-18	1926-12-20	2	洪淳泌 경성부 견지동 60번지	조선도서주식회사 경성부 견지동 60번지
15	**강남홍전** 회동-강남-01-01	강남홍전	한글	94p. 30전	1926-01-10	1926-01-15	1	高裕相 경성부 남대문통 1정목 17번지	회동서관 경성부 남대문통 1정목 17번지
16	**강남화** 성문-강남화-01-01	(충의소설)강남 화	한글	62p. 30전	1934-11-20	1934-11-25	1	李宗壽 경성부 서대문정 1정목 79번지	성문당서점 경성부 서대문정 1정목 79번지
17	**강릉추월** 경성서-강릉-01-00	강릉츄월 옥소젼	한글	79p.		1920- -	1		경성서적업조합
18	**강릉추월** 광한-강릉-01-01	강릉츄월	한글	79p. 25전	1928-11-03	1928-11-05	1	金天熙 경성부 종로 2정목 42번지	광한서림 경성부 종로 2정목 42번지
19	**강릉추월** 덕흥-강릉-01-01	강릉츄월 옥소젼	한글	107p. 30전	1915-11-03	1915-11-09	1	金東縉 경성부 견지동 67번지	덕흥서림 경성부 견지동 67번지
20	**강릉추월** 덕흥-강릉-01-02	강릉츄월 옥소젼	한글			1916-11-11	2		덕흥서림
21	**강릉추월** 덕흥-강릉-01-03	강릉츄월 옥소젼	한글	79p. 30전	1917-12-01	1917-12-05	3	金東縉 경성부 종로통 2정목 20번지	덕흥서림 경성부 종로통 2정목 20번지

인쇄자 인쇄소 주소	인쇄소 인쇄소 주소	공동 발행	영인본	소장처 및 청구기호	기타	현황
	세창인쇄사 서울특별시 종로구 종로3가 10			개인소장본	신숙주부인전(세창-신숙-02-01) 뒷부분에 합철.	원문
					2판에 초판 발행일 기록.	출판
朴仁煥 경성부 공평정 55번지	대동인쇄소 경성부 공평정 55번지	신명서림		디지털한글박물관(홍윤표소장본)	<신숙주부인전>(회동-신숙-01-02)(pp.1~36) 뒤에 <가실전>(pp.1~32) 합철. 초판 발행일 기록. 도서관 서지정보에는 초판 발행일로 기록.	원문
					이수봉 소장본([연구보정], p.15)	원문
					[圖書分類目錄], 1921 改正([이본목록], p.16)	목록
相馬佽治 경성 명치정 3정목	일한인쇄주식회사 경성 명치정 3정목		[역사전기소설 8]		표지에 '禹基善 編輯 朴晶東 校閱'이라고 기록. 발행소 없이 발행인과 발매원만 있음. '광동-강감-01-02'에 초판 발행일을 '융희2년 7월8일'로 기록. 玄采의 서문 있음.	원문
申昌均 경성부 원동 206번지	조선복음인쇄소 경성부 원동 206번지			서울대학교 중앙도서관(3350- 101)	초판 발행일 기록.	원문
申?? 경성부 종로 2정목	영창서관인쇄부 경성부 종로 2정목	한흥서림		정명기 소장본	판권지 부분 훼손으로 발행자, 인쇄자, 인쇄소가 불명확함.	원문
					[이본목록], p.16.	출판
尹禹成 경성 남부 대산림동 77통 4호	조선인쇄소 경성 남대통 1정목 동현 95통 8호		[구활자본고소설 전집 1]	국립중앙도서관(3 634-3-8(5))	편집자 박건회. 10회의 장회체(총목차). 조선인쇄소 주소에서 '남대통'은 '남대문통'의 오류인 듯.	원문
					2판에 초판 발행일 기록.	출판
權泰均 경성부 공평동 55번지	대동인쇄주식회사 경성부 공평동 55번지			국립중앙도서관(3 634-2-46(1))		원문
					2판에 초판 발행일 기록.	출판
權泰均 경성부 공평동 55번지	대동인쇄주식회사 경성부 공평동 55번지			국립중앙도서관(8 13.5-강 685ㅂ)		원문
鄭敬德 경성부 삼청동 60번지	창문사 경성부 서대문정 2정목 139번지		[구활자본고소설 전집 18]	서울대학교 도서관(3350 3)	경남 대구부 본정통 주소의 회동서관은 판매소로 추정(판권지 훼손)	원문
尹琦炳 경성부 서대문정 1정목 79번지	성문당인쇄부 경성부 서대문정 1정목 79번지			양승민 소장본	<창선감의록>의 변용(차충환.김진영, 2011).	원문
					[圖書分類目錄], 1921 改正([이본목록], p.21)	목록
金在涉 경성부 견지동 32번지	한성도서주식회사 경성부 견지동 32번지			국립중앙도서관(3 634-3-62(3))	10회의 장회체. [연구보정](p.22)의 국립중앙도서관 소장본(3634-3-62=3)은 '덕흥-강릉-01-01의 오류로 보임.	원문
申永求 경성부 권농동 156번지	보성사 경성부 수송동 44번지		[신소설전집 15]	국립중앙도서관(3 634-3-62(6))	서문 있음. 10회의 장회체(총목차). 3판, 4판, 6판, 8판에 초판 발행일 기록.	원문
					3판에 2판 발행일 기록.	출판
鄭敬德 경성부 관훈동 30번지	조선복음인쇄소 경성부 관훈동 30번지		[구활자소설총서 9]	국립중앙도서관(3 634-2-14(1))	서문 있음. 10회의 장회체(총목차). 초판 인쇄일(발행일의 잘못)과 2판 발행일 기록.	원문

번호	작품명 고유번호	표제	문자	면수 가격	인쇄일	발행일	판차	발행자 발행자 주소	발행소 발행소 주소
22	**강릉추월** 덕흥-강릉-01-04	강릉츄월 옥소전	한글	79p. 30전	1918-03-03	1918-03-07	4	金東縉 경성부 종로통 2정목 20번지	덕흥서림 경성부 종로통 2정목 20번지
23	**강릉추월** 덕흥-강릉-01-05	강능츄월 옥소전	한글				5		덕흥서림
24	**강릉추월** 덕흥-강릉-01-06	강능츄월 옥소전	한글	79p. 25전	1922-02-10	1922-02-18	6	金東縉 경성부 종로통 2정목 20번지	덕흥서림 경성부 종로통 2정목 20번지
25	**강릉추월** 덕흥-강릉-01-07	강능츄월 옥쇼전	한글	74p. 25전	1924-12-10	1924-12-20	7	金東縉 경성부 종로통 2정목 20번지	덕흥서림 경성부 종로통 2정목 20번지
26	**강릉추월** 덕흥-강릉-01-08	강릉츄월	한글	74p. 25전	1928-12-15	1928-12-27	8	金東縉 경성부 종로 2정목 20번지	덕흥서림 경성부 종로통 2정목 20번지
27	**강릉추월** 박문-강릉-01-01	강릉추월	한글	68p. 25전	1925-12-15	1925-12-20	1	盧益亨 경성부 종로 2정목 82번지	박문서관 경성부 종로 2정목 82번지
28	**강릉추월** 세창-강릉-01-01	강능츄월	한글	68p.	1952-08-10	1952-08-30	1	申泰三	세창서관 서울특별시 종로구 종로3가 10
29	**강릉추월** 세창-강릉-02-01	강릉츄월	한글	68p. 200환	1952-12-10	1952-12-30	1	申泰三 서울특별시 종로구 종로 3가 10	세창서관 서울특별시 종로구 종로 3가 10
30	**강릉추월** 조선-강릉-01-01	강릉츄월	한글	74p. 25전		1925-12-25	1	洪淳泌 경성부 견지동 60번지	조선도서주식회사 경성부 견지동 60번지
31	**강릉추월** 향민-강릉-01-01	강능추월	한글	72p. 100원	1969-01-15	1969-01-25	1		향민사 대구시 중구 동인동 4가 220
32	**강릉추월** 향민-강릉-02-01	강능추월	한글	72p. 125원	1971-12-05	1971-12-10	1		향민사 대구시 동인동 4가 220
33	**강상월** 경성서-강상월-01-01	강상월	한글			1926- -	1	洪淳泌	경성서적업조합
34	**강상월** 미상-강상월-01-01	강상월	한글	188p.			1		
35	**강상월** 성문-강상월-01-01	강상월	한글	80전	1926-12-1?	1926-12-20	1	洪淳泌 경성부 견지동 60번지	성문당서점 경성부 서대문정 1정목 79번지
36	**강상월** 조선서-강상월-01-00	강상월	한글				1		조선서관
37	**강상월** 회동-강상월-01-01	강상월	한글	217p. 50전	1912-12-30	1913-01-07	1	高裕相 경성 남부 대광교 37통 4호	회동서관 경성 남부 대광교 37통 4호
38	**강상월** 회동-강상월-01-02	(新小說)강상월	한글	181p. 50전	1916-11-25	1916-11-30	2	高裕相 경성부 남대문통 1정목 17번지	회동서관 경성부 남대문통 1정목 17번지
39	**강유실기** 경성서-강유-01-01	(대담)강유실긔	한글	160p. 50전	1927-02-22	1927-02-25	1	洪淳泌 경성부 견지동 60번지	경성서적업조합 경성부 경지동 60번지
40	**강유실기** 대창-강유-01-01	(대담)강유실긔	한글	160p. 50전	1922-03-03	1922-03-10	1	朴健會 경성부 장사동 51번지	대창서원
41	**강유실기** 세창-강유-01-01	(대담)강유실긔	한글	160p. 임시정가	1952-12-01	1952-12-30	1	申泰三 서울특별시 종로구 종로 3가10	세창서관 서울특별시 종로구 종로3가 10
42	**강유실기** 세창-강유-02-01	大膽 姜維實記	한글	160p.		1956-12-30	1	申泰三	세창서관

인쇄자 인쇄소 주소	인쇄소 인쇄소 주소	공동 발행	영인본	소장처 및 청구기호	기타	현황
鄭敬德 경성부 관훈동 30번지	조선복음인쇄소 경성부 관훈동 30번지			국립중앙도서관(3 634-3-2(4))	서문 있음. 10회의 장회체(총목차). 초판 발행일 기록.	원문
					6판이 있어서 5판도 있을 것으로 추정.	출판
金重煥 경성부 공평동 55번지	대동인쇄주식회사 경성부 공평동 55번지		[구활자본고소설 전집 18], [활자본고전소설 전집 5]	국립중앙도서관(3 634-3-62(5))	서문 있음. 10회의 장회체(총목차). 초판 발행일 기록.	원문
權泰均 경성부 공평동 55번지	대동인쇄주식회사 경성부 공평동 55번지			서울대학교 중앙도서관(3340 1 11)	'조선고대소설총서 11권'에 '朝鮮太祖大王傳, 平壤公主傳, 金鈴傳, 서화담 등과 합철됨.	원문
朴仁煥 경성부 황금정 2정목 148번지	경성신문사 경성부 황금정 2정목 148번지			국립중앙도서관(3 634-3-11(4))	서문 있음. 10회의 장회체(총목차). 3쪽 표제의 '욱소전'은 '옥소전'의 오기. 초판 발행일 기록.	원문
朴仁煥 경성부 공평정 55번지	대동인쇄주식회사 경성부 공평정 55번지			김종철 소장본	10회의 장회체.	원문
	세창인쇄사 서울특별시 종로구 종로3가 10		[조동일소장국문 학연구자료 20]	박순호 소장본	10회의 장회체. 문창서관과 천일서관은 발매소로 추정. 영인본에는 판권지 없음.	원문
	세창인쇄사 서울특별시 종로구 종로 3가 10			국회도서관(811.31 ㅅ585ㄱ)	10회의 장회체. 도장으로 개정정가 200환으로 기록. 원문 이미지 파일 열람 가능.	원문
金瀷洙 경성 황금정 2정목 21번지	신문관 경성 황금정 2정목 21번지			국립중앙도서관(3 634-3-62(2))	서문 있음. 10회의 장회체(총목차). 인쇄일 부분 판권지 잘림.	원문
				소인호 소장본	10회의 장회체(각 장회의 첫문장에 단락을 나누지 않고 '제1회'등으로 기록). 뒷장 표지에 '1964년 10월 30일 발행'이라고 인쇄됨. 발행소의 주소가 판권지와 다름.	원문
	경북인쇄소			개인소장본	10회의 장회체(각 장회의 첫문장에 단락을 나누지 않고 '제1회'등으로 기록).	원문
				여승구, [古書通信 15], 1999.9([이본목록], p.22). <창선감의록>의 개작(차충환, 2002)		원문
				낙장. 조희웅 소장본([이본목록], p.22)		원문
尹琦炳 경성부 서대문정 1정목 79	광성인쇄소 경성부 종로 3정목 156			정명기 소장본	1~14쪽 낙장. 마지막장의 사진이 불명확하여 쪽수를 알 수 없음.	원문
				<수호지>, 조선서관, 1913. 광고([이본목록], p.22)		광고
金翼洙 경성 북부 전정동 38통 1호	창문사 경성 종로 발리동 9통 10호		[신소설전집 6]	국립중앙도서관(3 634-3-20(4))	상하합편(상 pp.1~101, 하 pp.102~217). 괄호 병기 한자는 매우 적음.	원문
沈禹澤 경성부 효자동 103번지	성문사 경성부 공평동 55번지			국립중앙도서관(3 634-3-29(1))	상하합편(상 pp.1~83, 하 pp.84~181)	원문
權泰均 경성부 공평동 55번지	대동인쇄주식회사 경성부 공평동 55번지		[조동일소장국문 학연구자료 20]		판권지 하단이 보이지 않음. 발행소는 [이본목록](p.22)에 의함. 16회의 장회체(총목차).	원문
魯基禎 경성부 견지동 32번지	한성도서주식회사 경성부 견지동 32번지		[구활자본고소설 전집 1]	국립중앙도서관(3 634-3-36(1))	16회의 장회체(총목차). 발행소 불명이나 영인본 해설에 발행소를 '대창서원'으로 기록.	원문
	세창인쇄사 서울특별시 종로구-			고려대학교 도서관(897.33 강유실 강)	16회의 장회체. 각 회별 앞부분에 장회명. 판권지에 바코드 스티커가 붙어 있어 인쇄소 등에 대한 기록을 확인할 수 없음.	원문
				국회도서관(811.31 ㅅ585ㄷ)		원문

번호	작품명 고유번호	표제	문자	면수 가격	인쇄일	발행일	판차	발행자 발행자 주소	발행소 발행소 주소
43	**강유실기** 신명-강유-01-00	강유실기	한글				1		신명서림
44	**강유실기** 영창-강유-01-01	강유실긔	한글	160p.		1922-03-05	1	朴健會	영창서관
45	**강유실기** 한성도-강유-01-01	(大膽)姜維實記	한글			1922- -	1		한성도서주식회사
46	**강유실기** 회동-강유-01-01	(대담)강유실긔	한글	160p.		1922- -	1		회동서관
47	**강태공전** 경성서-강태-01-01	강태공전	한글			1926- -	1	洪淳泌	경성서적업조합
48	**강태공전** 대창-강태-01-01	(고대소설)강태 공전	한글	77p. 25전	1920-12-10	1920-12-30	1	勝本良吉 경성부 남대문통 1정목 22번지	대창서원 경성부 종로통 2정목 19번지
49	**강태공전** 동미-강태-01-01	강태공실긔	한글			1913-11-05	1		동미서시
50	**강태공전** 동미-강태-01-02	강태공실긔	한글			1915-02-21	2		동미서시
51	**강태공전** 동미-강태-01-03	강태공실긔	한글	60p. 30전	1916-01-18	1916-01-25	3	朴健會 경성부 인사동 39번지	동미서시 경성부 봉래정 1정목 (원 자암)
52	**강태공전** 문선-강태-01-01	강태공전	한글			1926-02-10	1		문선당
53	**강태공전** 박문-강태-01-01	강태공전	한글			1917-11-07	1		박문서관
54	**강태공전** 박문-강태-01-02	강태공전	한글				2		박문서관
55	**강태공전** 박문-강태-01-03	강태공전	한글				3		박문서관
56	**강태공전** 박문-강태-01-04	강태공전	한글	73p. 25전	1925-09-10	1925-09-15	4	池松旭 경성부 봉래정 1정목 77번지	박문서관 경성부 종로 2정목 82번지
57	**강태공전** 세창-강태-01-01	(古代小說)강태 공전	한글	68p. 임시정가	1952-08-10	1952-08-30	1	申泰三 서울특별시 종로구 종로3가 10	세창서관 서울특별시 종로구 종로 3가 10
58	**강태공전** 세창-강태-02-01	(古代小說)강태 공전	한글	68p. 임시정가	1952-12-01	1952-12-30	1	申泰三 서울특별시 종로구 종로3가 10	세창서관 서울특별시 종로구 종로 3가 10
59	**강태공전** 세창-강태-03-01	(古代小說)강태 공전	한글	68p.		1956- -	1		세창서관
60	**강태공전** 세창-강태-04-00	(古代小說)강태 공전	한글	68p.		1962- -	1		세창서관
61	**강태공전** 신구-강태-01-01	(古代小說)姜太 公傳	한글			1917-10-20	1		신구서림
62	**강태공전** 신구-강태-01-02	(古代小說)姜太 公傳	한글				2		신구서림
63	**강태공전** 신구-강태-01-03	(古代小說)姜太 公傳	한글	78p. 25전	1922-09-02	1922-09-08	3	池松旭 경성부 봉래정 1정목 77번지	신구서림 경성부 봉래정 1정목 77번지
64	**강태공전** 영창-강태-01-01	(原本)姜太公傳	한글			1925- -	1		영창서관

인쇄자 인쇄소 주소	인쇄소 인쇄소 주소	공동 발행	영인본	소장처 및 청구기호	기타	현황
					新明書林 광고(1930)([이본목록], p.22)	광고
					조희웅 소장본([연구보정], p.24)	원문
					김종철 소장본([연구보정], p.24)	원문
				영남대학교 도서관(813.5 ㄱ256)		원문
					여승구, [古書通信,15], 1999. 9([이본목록], p.23). 중국소설 <봉신연의>의 번안작(손홍, 2009)	원문
金重煥 경성부 공평동 55번지	대동인쇄주식회사 경성부 공평동 55번지	보급서관	[구활자본고소설 전집 1]	국립중앙도서관(3 634-2-46(5))		원문
					3판에 초판 발행일 기록.	출판
					3판에 2판 발행일 기록.	출판
金重煥 경성부 중림동 333번지	보성사 경성부 수송동 44번지			단국대학교 도서관(고 853.6 박136ㄱ)	발행소 주소는 글씨가 희미해서 확인하기 어려움.	원문
				미국 콜럼비아대학도서 관	'한국고전전종합목록'. 국립중앙도서관에 서지사항 정리됨.	원문
					4판에 초판 발행일 기록.	출판
					4판이 있어서 2판도 있을 것으로 추정.	출판
					4판이 있어서 3판도 있을 것으로 추정.	출판
朴仁煥 경성부 황금정 2정목 148번지	경성신문사 경성부 황금정 2정목 148번지			박순호 소장본		원문
	세창인쇄사 서울특별시 종로구 종로 3가 10			정명기 소장본	문창서관과 천일서관의 주소가 세창서관의 주소와 동일	원문
	세창인쇄사 서울특별시 종로구 종로 3가 10			디지털 한글 박물관(이태영 소장본)	영남대본의 서지정보는 1951로 되어있으나 실제로는 1952년 발행.	원문
				연세대학교 도서관(이석호 811.93 강태공 56가)		원문
				충남대학교 도서관(학산 811.31 강832)		원문
					3판에 초판 발행일 기록.	출판
					3판이 있어서 2판도 있을 것으로 추정.	출판
金重煥 경성부 공평동 55번지	대동인쇄주식회사 경성부 공평동 55번지	조선도서주식회 사		연세대학교 도서관(이석호(O)8 11.93 강태공 17가)	3판인데, 연세대학교 도서관에서는 초판의 발행연도(大正6=1917) 기록.	원문
					[金大綜合圖書館圖書目錄 2, 漢籍分類目錄], 1958. 'ㄹ12-1:23'([이본목록], p.24)	목록

번호	작품명 고유번호	표제	문자	면수 가격	인쇄일	발행일	판차	발행자 발행자 주소	발행소 발행소 주소
65	**강태공전** 영화-강태-01-01	강태공전	한글	68p.	1953-11-10	1953-11-15	1	姜槿馨	영화출판사 서울특별시 종로구 관철동 155
66	**강태공전** 영화-강태-02-01	姜太公傳	한글	68p.		1958- -	1		영화출판사
67	**강태공전** 이문-강태-01-00	강태공실긔	한글	30전			1		이문당
68	**강태공전** 조선서-강태-01-01	강태공실긔	한글	120p. 30전	1913-11-01	1913-11-05	1	朴健會 경성 중부 대사동 3통8호	조선서관 경성 중부 대사동 3통8호
69	**강태공전** 조선서-강태-01-02	강태공실긔	한글	120p. 30전	1915-02-18	1915-02-22	2	朴健會 경성부 인사동 39번지	조선서관 경성부 인사동 39번지
70	**강태공전** 회동-강태-01-01	(고대소설)강태 공전	한글	73p. 25전	1925-12-20	1925-12-25	1	高裕相 경성부 남대문통 1정목 17번지	회동서관 경성부 남대문통 1정목 17번지
71	**개소문전** 덕흥-개소-01-01	개소문전	한글			1935- -	1		덕흥서림
72	**검중화** 박문-검중-01-01	劒中花	한글				1		박문서관
73	**검중화** 박문-검중-01-02	劒中花	한글				2		박문서관
74	**검중화** 박문-검중-01-03	劒中花	한글				3		박문서관
75	**검중화** 박문-검중-01-04	劒中花	한글				4		박문서관
76	**검중화** 박문-검중-01-05	劒中花	한글	65p. 20전		1924- -	5	池松旭 경성부 봉래정 1정목 77번지	박문서관 경성부 종로 2정목 82번지
77	**결초보은** 대성-결초-01-01	(家庭悲劇)結草 報恩	한글	75p. 30전	1930-12-15	1930-12-20	1	姜殷馨 경성부 입정정 119번지	대성서림 경성부 입정정 119번지
78	**계명산** 대창-계명-01-01	鷄鳴山	한글	36p.		1919- -	1		대창서원
79	**계명산** 태화-계명-01-01	게명산	한글	36p. 20전	1928-11-15	1928-11-20	1	姜夏馨 경성부 예지동 101번지	태화서관 경성부 예지동 101번지
80	**계화몽** 대창-계화-01-01	계화몽	한글	129p.		1922- -	1		대창서원
81	**고금기담집** 회동-고금-01-01	고금긔담집	한글	70p. 25전	1923-01-15	1923-01-20	1	高裕相 경성부 남대문통 1정목 17번지	회동서관 경성부 남대문통 1정목 17번지
82	**고금열녀집** 세계-고금열-01-01	고금열녀집	한글	19p.			1		세계서림 경성 종로 1정목
83	**고려태조** 대창-고려-01-01	高麗太祖	한글	162p. 80전	1921-02-25	1921-02-25	1	玄公廉 경성부 계동 99번지	대창서원 경성부 낙원동 132번지
84	**공부자동자문답** 신구-공부-01-01	孔夫子言行錄	한글				1		신구서림
85	**공부자동자문답** 신구-공부-01-02	孔夫子言行錄	한글	60p. 25전	1918-01-10	1918-01-15	2	朴建會 경성부 견지동 52번지	신구서림 경성부 봉래정 1정목 77번지

인쇄자 인쇄소 주소	인쇄소 인쇄소 주소	공동 발행	영인본	소장처 및 청구기호	기타	현황
永新社印刷部				김종철 소장본		원문
				고려대학교 도서관(897.33 강권형 강)		원문
					<삼션긔>, 이문당, 1918(국립중앙도서관 소장본(3634-2-20(20))의 광고	광고
申永求 경성 북부 원동 12통 1호	보성사 경성 북부 전동 14통1호			연세대학교 도서관(ㅇ 811.9308 고대소 −1-2)	16회의 장회체(총목차).	원문
金聖杓 경성부 공평동 47번지	성문사 경성부 공평동 55번지		[구활자본고소설 전집 1]		16회의 장회체(총목차). 1쪽 목차 밑에 '快齋著'라고 기록됨. 정명기 소장본의 발행일은 '대정4년 2월 21일'임. 인쇄일은 동일함.	원문
金翼洙 경성부 황금정 2정목 21번지	신문관 경성부 황금정 2정목 21번지			국립중앙도서관(3 634-2-46(4))		원문
					이주영, p.206.	출판
					5판에 초판 발행일이 기록되어 있으나 원문이 가려져 보이지 않음.	출판
					5판이 있어 2판도 있을 것으로 추정.	출판
					5판이 있어 3판도 있을 것으로 추정.	출판
					5판이 있어 4판도 있을 것으로 추정..	출판
金聖杓 경성부 수송동 69번지	보명사인쇄소 경성부 수송동 69			서울대학교 도서관(3340 152)	판권지가 가려져 인쇄일과 발행일, 초판 발행일은 보이지 않음. 도서관 서지정보에 5판이라 기록됨.	원문
朴翰柱 경성부 관훈동 30번지	동아인쇄소 경성부 관훈동 30번지			서울대학교 도서관(3340 95)	도서관 서지정보에는 '劉鍊成 作'이라고 되어 있음	원문
				영남대학교 도서관(813.5 ㄱ313)	도서관 서지정보에는 '창서원'이라고 되어 있으나, 이는 '대창서원'의 오기로 추정.	원문
金敎瓚 경성부 황금정 2정목 21번지	신문관 경성부 황금정 2정목 21번지			서울대학교 도서관(3350 61)		원문
		보급서관			Skillend, p.46.	출판
沈禹澤 경성부 공평동 55번지	대동인쇄주식회사 경성부 공평동 55번지			서울대학교 도서관(3350 107)	순한글로 된 것과 한자 병기된 것 등이 섞여 있음.	원문
			[구활자본고소설 전집 19]		판권지 없음. 발행소와 주소는 마지막 쪽을 참고. <(방물군자)독갑이말>(pp.1-8)과 <각종재담집>(pp.9-16)과 합본되어 pp.16-34에 수록됨.	원문
羽田茂一 경성부 명치정 1정목 54번지	조선인쇄주식회사 경성부 명치정 1정목 54번지			정명기 소장본		원문
					2판이 있어서 초판이 있을 것으로 추정. 초판본 발행일이 기록되지 않음.	출판
沈禹澤 경성부 공평동 54번지	성문사 경성부 공평동 55번지			정명기 소장본		원문

번호	작품명 고유번호	표제	문자	면수 가격	인쇄일	발행일	판차	발행자 발행자 주소	발행소 발행소 주소
86	**곽분양전** 경성서-곽분-01-01	곽분양전	한글	86p. 15전	1926-12-18	1926-12-20	1	洪淳泌 경성부 견지동 60번지	경성서적업조합 경성부 견지동 60번지
87	**곽분양전** 광문-곽분-01-01	(백자쳔손)곽분 양실긔	한글	86p.			1		광문서시 경성부 청송동 26번지
88	**곽분양전** 박문-곽분-01-01	(백자쳔손)곽분 양전	한글			1913- -	1		박문서관
89	**곽분양전** 박문-곽분-01-02	(백자쳔손)곽분 양전	한글	86p.		1923- -	2		박문서관
90	**곽분양전** 세창-곽분-01-01	(백자쳔손)곽분 양실긔	한글	86p.	1952-12-01	1952-12-30	1	申泰三 서울특별시 종로구 종로 3가 10	세창서관 서울특별시 종로구 종로 3가 10
91	**곽분양전** 신구-곽분-01-01	(고대소설)곽분 양젼	한글			1913-10-25	1	池松旭	신구서림
92	**곽분양전** 신구-곽분-01-02	(고대소설)곽분 양젼	한글	86p. 30전	1917-11-02	1917-11-07	2	池松旭 경성부 봉래정 1정목 77번지	신구서림 경성부 봉래정 1정목 77번지
93	**곽분양전** 신구-곽분-01-03	(百子千孫)곽분 양실긔	한글	86p.		1921-12-20	3	池松旭	신구서림
94	**곽분양전** 신구-곽분-01-04	(百子千孫)곽분 양실긔	한글	86p. 25전	1923-01-05	1923-01-10	4	池松旭 경성부 봉래정 1정목 77번지	신구서림 경성부 봉래정 1정목 77번지
95	**곽분양전** 영창-곽분-01-00	곽분양전	한글				1		영창서관
96	**곽분양전** 회동-곽분-01-01	(백자천손)곽분 양실긔	한글	77p. 25전	1925-12-15	1925-12-20	1	高裕相 경성부 남대문통 1정목 17번지	회동서관 경성부 남대문통 1정목 17번지
97	**곽해룡전** 경성서-곽해-01-00	곽해룡전	한글			1921- -	1		경성서적업조합
98	**곽해룡전** 광한-곽해-01-01	곽해룡전	한글	58p. 25전	1928-12-05	1928-12-10	1	金天熙 경성 종로 2정목 42번지	광한서림 경성 종로 2정목 42번지
99	**곽해룡전** 덕흥-곽해-01-01	곽해룡전	한글	47p. 25전	1925-11-17	1925-11-20	1	金東縉 경성부 종로 2정목 20번지	덕흥서림 경성부 종로 2정목 20번지
100	**곽해룡전** 박문-곽해-01-01	곽해룡전	한글			1917-12-01	1		박문서관
101	**곽해룡전** 박문-곽해-01-02	곽해룡전	한글	58p. 20전	1924-01-20	1924-01-25	2	池松旭 경성부 봉래정 1정목 77번지	박문서관 경성부 종로 2정목 82번지
102	**곽해룡전** 세창-곽해-01-01	곽해룡전	한글	40p.		1952-12-30	1	申泰三	세창서관
103	**곽해룡전** 세창-곽해-02-01	(古代小說)郭海 龍傳	한글	40p.		1957- -	1		세창서관
104	**곽해룡전** 신구-곽해-01-01	곽해룡전	한글	58p. 30전	1917-12-01	1917-12-05	1	池松旭 경성부 봉래정 1정목 77번지	신구서림 경성부 봉래정 1정목 77번지
105	**곽해룡전** 신구-곽해-01-02	곽해룡전	한글			1924- -	2	池松旭	신구서림
106	**곽해룡전** 영창-곽해-01-01	곽해룡전	한글	58p.		1917-12-01	1	姜義永	영창서관
107	**곽해룡전** 영창-곽해-02-01	곽해룡전	한글	47p. 20전	1925-11-17	1925-11-20	1	姜義永 경성부 종로 2정목 84번지	영창서관 경성부 종로 2정목 84번지

인쇄자 인쇄소 주소	인쇄소 인쇄소 주소	공동 발행	영인본	소장처 및 청구기호	기타	현황
權泰均 경성부 공평동 55번지	대동인쇄주식회사 경성부 공평동 55번지			국립중앙도서관(3 634-2-47(1))	판권지에는 '곽분향'이라고 잘못 인쇄됨.	원문
				소인호 소장본	원문은 있으나 판권지 없음, 광고지에 발행소 광문서시가 적혀 있어 이를 따름.	원문
					2판이 있어서 초판도 있을 것으로 추정.	출판
				서울대학교 도서관(MFF 951.06 C718ik v.104)	C.V. Starr East Asian Library (Columbia University). 마이크로필름. 신소설 컬렉션. 1923년 출판.(초판은 1913년)	원문
	세창인쇄사 서울특별시 종로구 종로 3가 10			디지털 한글 박물관(홍윤표 소장본)	디지털 한글 박물관 서지정보에는 발행소가 '회동서관'으로 잘못 기록됨.	원문
					[이본목록](p.35)에 초판 발행일 기록. 발행자는 이본목록 참고.	출판
沈禹澤 경성부 공평동 54번지	성문사 경성부 공평동 55번지	한성서관	[구활자본고소설 전집 1]	국립중앙도서관(3 634-2-47(5))	판권지에는 2판 표시 없음.	원문
					[이본목록](p.35)에 3판 발행일 기록.	출판
沈禹澤 경성부 공평동 55번지	대동인쇄주식회사 경성부 공평동 55번지	박문서관		국립중앙도서관(8 13.6-곽831ㅅ)		원문
					[출판목록]([이본목록], p.35)	목록
金翼洙 경성부 황금정 2정목 21번지	신문관 경성부 황금정 2정목 21번지			개인소장본		원문
					[圖書分類目錄], 1921 改正([이본목록], p.38)	목록
朴翰柱 경성부 관훈동 30번지	희문관 경성부 관훈동 30번지			서울대학교 도서관(MFF 951.06 C718ik v.103)	C.V. Starr East Asian Library (Columbia University). 마이크로필름.	원문
申東夒 경성부 종로 2정목 20번지	덕흥서림인쇄부 경성부 종로 2정목 20번지			개인소장본		원문
					2판에 초판 발행일 기록.	출판
朴仁煥 경성부 공평동 55번지	대동인쇄주식회사 경성부 공평동 55번지			영남대학교 도서관(도 813.5 ㄱ438)		원문
				국회도서관(811.31 ㅅ585ㄱ)		원문
				이화여자대학교 도서관(811.31 곽92)		원문
沈禹澤 경성부 공평동 54번지	성문사 경성부 공평동 55번지			국립중앙도서관(3 634-2-46(2))		원문
					이능우, p.272.	출판
		한흥서림, 삼광서림	[활자본고소설전 집 1]		발행소와 발행일은 영인본 해제에 의함.	원문
沈禹澤 경성부 공평동 55번지	대동인쇄주식회사 경성부 공평동 55번지	한흥서림, 삼광서림		국립중앙도서관(3 634-2-30(9))		원문

번호	작품명 고유번호	표제	문자	면수 가격	인쇄일	발행일	판차	발행자 발행자 주소	발행소 발행소 주소
108	곽해룡전 영창-곽해-03-01	곽해룡전	한글			1929- -	1	姜義永	영창서관
109	곽해룡전 조선서-곽해-01-01	쌍두장군전	한글	55p.	1917-10-00	1917-10-10	1	朴健會 경성부 낙원동 285번지	조선서관 경성부 종로통 2정목 82번지
110	관운장실기 경성서-관운-01-01	(고대명장)관운 장실긔	한글			1926-01-15	1		경성서적업조합
111	관운장실기 경성서-관운-01-02	(고대명장)관운 장실긔	한글	79p. 15전	1926.12.18.	1926-12-20	2	洪淳泌 경성부 견지동 60번지	경성서적업조합 경성부 견지동 60번지
112	관운장실기 광동-관운-01-01	(고대명장)관운 장실긔	한글			1917-10-27	1		광동서국
113	관운장실기 광동-관운-01-02	(고대명장)관운 장실긔	한글			1918-01-25	2		광동서국
114	관운장실기 광동-관운-01-03	(고대명장)관운 장실긔	한글	80p. 18전	1918-12-17	1918-12-30	3	李鍾楨 경성부 종로통 2정목 51번지	광동서국 경성부 종로통 2정목 51번지
115	관운장실기 박문-관운-01-01	(만고명장)관운 장실긔	한글	79p. 25전	1926-01-10	1926-01-15	1	洪淳泌 경성부 견지동 60번지	박문서관 종로 2정목 82
116	관운장실기 세창-관운-01-01	(古代名將)關雲 長實記	한글	68p.		1952- -	1	申泰三	세창서관
117	관운장실기 영창-관운-01-00	관운장실긔	한글				1		영창서관
118	관운장실기 이문-관운-01-00	關雲長實記	한글	30전			1		이문당
119	광해주실기 대성-광해-01-01	光海主實記	한글				1		대성서림
120	괴똥전 경성서-괴똥-01-00	괴똥어미	한글			1921- -	1		경성서적업조합
121	괴똥전 광명-괴똥-01-00	괴동어미전	한글				1		광명서관
122	괴똥전 영창-괴똥-01-01	괴동어미이야기	한글		1923.05.05.	1923-05-10	1	姜義永 경성부 종로3정목 85번지	영창서관 경성부 종로3정목 85번지
123	구운몽 경성서-구운-01-01	(漢文諺吐) 九雲夢	한문			1916-10-20	1		경성서적업조합
124	구운몽 경성서-구운-01-02	(漢文諺吐) 九雲夢	한문				2		경성서적업조합
125	구운몽 경성서-구운-01-03	(漢文諺吐) 九雲夢	한문				3		경성서적업조합
126	구운몽 경성서-구운-01-04	(漢文諺吐) 九雲夢	한문				4		경성서적업조합
127	구운몽 경성서-구운-01-05	(漢文諺吐) 九雲夢	한문				5		경성서적업조합
128	구운몽 경성서-구운-01-06	(漢文諺吐) 九雲夢	한문	176p. 50전	1927-02-22	1927-02-25	6	洪淳泌 경성부 견지동 60번지	경성서적업조합 경성부 견지동 60번지
129	구운몽 대산-구운-01-01	(고대소설) 구운몽	한글	60전	1925-12-20	1925-12-25	1	李冕宇 경성부 종로 3정목 71번지	대산서림 경성부 종로 3정목 71번지

인쇄자 인쇄소 주소	인쇄소 인쇄소 주소	공동 발행	영인본	소장처 및 청구기호	기타	현황
		한흥서림, 삼광서림			[연구보정], p.48.	출판
金敎璠 경성부 경운동 88번지	보성사 경성부 수송동 44번지		[구활자본고소설 전집 5], [구활자소설총서 5]	국립중앙도서관(3 634-2-7(5))	9회의 장회체(총목차). 인쇄일, 가격 기록이 훼손됨. <쌍두장군전>은 47p까지임. pp.48~55는 다른 이야기임.	원문
					2판에 초판 발행일 기록.	출판
權泰均 경성부 공평동 55번지	대동인쇄주식회사 경성부 공평동 55번지			국립중앙도서관(3 634-2-47(3))		원문
					3판에 초판 발행일 기록.	출판
					3판에 2판 발행일 기록.	출판
金弘奎 경성부 가회동 216번지	보성사 경성부 수송동 44번지			국립중앙도서관(3 634-2-47(2))	발행일에서 '二' 가운데 한 획을 그어 '三十'을 만든 것으로 보임.	원문
朴仁煥 경성부 공평동 55	대동인쇄소 경성부 공평동 55			영남대학교 도서관(도 813.5 ㄱ438)	저작겸발행자 조선도서주식회사, 우대표자 홍순필.	원문
			[구활자본고소설 전집 19]	국회도서관(811.31 ㅅ585ㄱ)		원문
		한흥서림			영창서관, 한흥서림 광고.([이본목록], p.40)	광고
					<삼선기>, 이문당, 1918(국립중앙도서관 3634-2-20(2)) 광고에 '關雲長實記'로 기록.	광고
					이수봉 소장본([이본목록], p.41)	원문
					[圖書分類目錄], 1921 改正([이본목록], p.43)	목록
					<(로쳐녀)고독각시>, 광명서관, 1916(국립중앙도서관 3634-3-47(7))에 '괴동어미젼'으로 기록.	광고
宋台五 경성부 장사동 69번지	중앙인쇄소 경성부 장사동 69번지	한흥서림	[한국신소설전집 20]	국립중앙도서관(3 634-3-35(7))	[(悔心曲)老處女의秘密]에 '1회 괴동어미이야기, 2회 치가교훈가, 3회 형데가, 4회 고독각씨이야기, 5회 로쳐녀가, 6회 회심곡'이 수록됨.	원문
					6판에 초판 발행일 기록.	출판
					6판이 있어 2판도 있을 것으로 추정.	출판
					6판이 있어 3판도 있을 것으로 추정.	출판
					6판이 있어 4판도 있을 것으로 추정.	출판
					6판이 있어 5판도 있을 것으로 추정.	출판
權泰均 경성부 공평동 55번지	대동인쇄주식회사 경성부 공평동 55번지			국립중앙도서관(3 634-2-80(2))	'경성 신구서림 유일서관 장판'. 3권1책(1권 pp.1~52, 2권 pp.1~58, 3권 pp.59~116.) 도서관 서지정보에 116p로 기록된 것은 1권 분량을 뺀 것임.	원문
金瀷洙 경성부 황금정 2정목 21번지	신문관 경성부 황금정 2정목 21번지			김종철 소장본		원문

번호	작품명 고유번호	표제	문자	면수 가격	인쇄일	발행일	판차	발행자 발행자 주소	발행소 발행소 주소
130	**구운몽** 대조-구운-01-01	(고대소설) 구운몽	한글	180p.			1		대조사
131	**구운몽** 동문-구운-01-01-상	(신번)구운몽 / 上卷	한글	120p. 30전	1913-02-15	1913-02-20	1	玄櫶 경성 남부 동현 95통 4호	동문서림 경성 남부 상리동 19통 9호
132	**구운몽** 동문-구운-01-01-하	(신번)구운몽 / 下卷	한글	138p. 30전	1913-03-05	1913-03-10	1	玄櫶 경성 남부 동현 95통 4호	동문서림 경성 남부 상리동 19통 9호
133	**구운몽** 동양서-구운-01-01-상	(연명)구운몽 / 상	한글				1		동양서원
134	**구운몽** 동양서-구운-01-01-하	(연명)구운몽 / 하	한글	93p.		1925- -	1	趙熙男	동양서원
135	**구운몽** 박문-구운-01-01-상	구운몽 / 上	한글			1917- -	1		박문서관
136	**구운몽** 박문-구운-01-01-하	구운몽 / 下	한글	96p. 30전	1917-02-25	1917-02-28	1	金容俊 경성부 안국동 8번지	박문서관 경성 남대문통 4정목 69번지
137	**구운몽** 박문-구운-02-01-상	(연명)구운몽 / 상	한글	118p.		1917-02-28	1		박문서관
138	**구운몽** 박문-구운-02-01-하	(연명)구운몽 / 하	한글	118p.		1917-02-28	2		박문서관
139	**구운몽** 박문-구운-02-02-상	(연명)구운몽 / 상	한글	118p. 30전	1918-04-25	1918-04-30	2	金容俊 경성 남대문통 4정목 69번지	박문서관 경성부 남대문통 4정목 69번지
140	**구운몽** 박문-구운-02-02-하	(연명)구운몽 / 하	한글	118p. 30전	1918-04-25	1918-04-30	2	金容俊 경성 남대문통 4정목 69번지	박문서관 경성부 남대문통 4정목 69번지
141	**구운몽** 박문-구운-03-01	(연명)구운몽 / 상	한글			1917-02-28	1		박문서관
142	**구운몽** 박문-구운-03-02	(연명)구운몽 / 하	한글	60전 (상하합 편)	1918-04-25	1918-04-30	2	金容俊 경성 남대문통 4정목 69번지	박문서관 경성부 종로 2정목 82번지
143	**구운몽** 성문-구운-01-01	(연명)구운몽	한글	60전 (상하합 편)	1934-12-20	1934-12-25	1	申泰三 경성 종로 3정목 141	성문당서점 경성부 서대문정 1정목 79
144	**구운몽** 세창-구운-01-01	(古代小說) 九雲夢	한글	174p.		1952- -	1		세창서관
145	**구운몽** 세창-구운-02-01	(古代小說)九雲 夢 : 上下合編	한글	176p.		1952- -	1		세창서관
146	**구운몽** 세창-구운-03-01	(古代小說)九雲 夢 : 上下合編	한글	176p. 300		1957-12-30	1	申泰三 서울특별시 종로구 종로 3가 10	세창서관 서울특별시 종로구 종로 3가 10
147	**구운몽** 신구-구운-01-01-상	구운몽 / 上	한글				1		신구서림
148	**구운몽** 신구-구운-01-01-하	구운몽 / 下	한글			1913-02-20	1	玄櫶	신구서림
149	**구운몽** 신구-구운-01-02-상	구운몽 / 上	한글				2		신구서림
150	**구운몽** 신구-구운-01-02-하	구운몽 / 下	한글				2	玄櫶	신구서림

인쇄자 인쇄소 주소	인쇄소 인쇄소 주소	공동 발행	영인본	소장처 및 청구기호	기타	현황
				개인 소장본.	판권지 없어 발행사항 불명. 동일 판본 2종. 한 판본의 가격은 '600환'으로 인쇄 '150원'으로 고무인, 다른 판본의 가격은 둘 다 고무인으로 '600환'과 '250원'임.	원문
崔誠愚 경성 남부 상리동 32통 4호	신문관인쇄소 경성 남부 상리동 32통 4호		[구활자본고소설 전집 19], [구활자소설총서 3]	국립중앙도서관(3 634-2-9(3))	16회의 장회체(상권 1~8회. 하권 9~16회. 상권에 총목차). 편집겸발행인: 현익. 편집자의 서언 있음(1912년 8월자).	원문
全敬禹 경성 북부 돈령동 66통 2호	동문관 경성 북부 교동 23통 5호		[구활자본고소설 전집 19], [구활자소설총서 3]	국립중앙도서관(3 634-2-9(4))	16회의 장회체(상권 1~8회. 하권 9~16회. 상권에 총목차). 한자 거의 없음. 편집겸발행자: 현익.	원문
					하권이 있어서 상권도 있을 것으로 추정.	출판
					이능우, p.273.	출판
					16회의 장회체(상 1회~9회, 하 10회~16회, 권별 총목차). 하권이 있어서 상권도 있을 것으로 추정.	출판
金弘奎 경성부 가회동 216번지	보성사 경성부 수송동 44번지			국립중앙도서관(3 634-2-74(3))	16회의 장회체(상 1회~9회, 하 10회~16회, 권별 총목차)	원문
					2판 상권에 초판 발행일 기록.	출판
					2판 하권에 초판 발행일 기록.	출판
金弘奎 경성부 가회동 216번지	보성사 경성부 수송동 44번지			박순호 소장본		원문
金弘奎 경성부 가회동 216번지	보성사 경성부 수송동 44번지			박순호 소장본		원문
					2판이 있어서 초판도 있을 것으로 추정.	출판
金弘奎 경성부 가회동 216번지	보성사 경성부 수송동 44번지			개인소장본	상하 합편. 하권 95p.	원문
朴翰柱 경성부 내수정 194번지	동아인쇄소 경성부 내수정 194번지			개인소장본	상하 합편. 하권 95p. 판권지 훼손으로 인하여 저작겸발행자, 인쇄자의 이름은 추측하여 입력.	원문
				국립중앙도서관(8 13.5-3-45)	상하합편.	원문
			[조동일소장 국문학연구자료 20]	국립중앙도서관(일 모813.5-세299ㅇ)	상하합편(상 pp.1~88, 하 pp.89~176). 영인본에는 판권지 없음.	원문
	세창인쇄사 서울특별시 종로구 종로 3가 10			소인호 소장본	상하합편(상 pp.1~88, 하 pp.89~176)	원문
		동문서림			하권 4판에 초판 인쇄일('발행일'의 오기로 추정)이 기록되어 있어 상권 초판도 있을 것으로 추정.	출판
		동문서림			하권 4판에 초판 인쇄일('발행일'의 오기로 추정) 기록.	출판
		동문서림			하권 4판이 있어 상권 2판도 있을 것으로 추정.	출판
		동문서림			하권 4판이 있어 하권 2판도 있을 것으로 추정.	출판

번호	작품명 고유번호	표제	문자	면수 가격	인쇄일	발행일	판차	발행자 발행자 주소	발행소 발행소 주소
151	**구운몽** 신구-구운-01-03-상	구운몽 / 上	한글	108p.		1913-07-	3	玄櫶	신구서림
152	**구운몽** 신구-구운-01-03-하	구운몽 / 下	한글				3		신구서림
153	**구운몽** 신구-구운-01-04-상	구운몽 / 上	한글				4		신구서림
154	**구운몽** 신구-구운-01-04-하	구운몽 / 下	한글	106p. 30전	1920-05-20	1920-05-25	4	玄櫶 경성부 종로 3정목 10번지	신구서림 경성부 봉래정 1정목 77번지
155	**구운몽** 영창-구운-01-01-상	(연명)구운몽 / 상편	한글				1		영창서관
156	**구운몽** 영창-구운-01-01-하	(연명)구운몽 / 하편	한글	95p. 35전	1925-10-25	1925-10-30	1	姜義永 경성부 종로 2정목 84번지	영창서관 경성부 종로 2정목 84번지
157	**구운몽** 영화-구운-01-01	(연명)구운몽	한글	191p. 500원	1960-02-24	1960-03-07	1	姜槿馨	영화출판사 서울특별시 종로구 관철동 155
158	**구운몽** 유일-구운-01-01-상	(연명)구운몽 / 상	한글	118p. 30전	1913-07-20	1913-07-25	1	南宮濬 경성 중부 사동 11통 2호	유일서관 경성 중부 사동 11통 2호
159	**구운몽** 유일-구운-01-01-하	(연명)구운몽 / 하	한글	118p. 30전	1913-07-25	1913-07-30	1	南宮濬 경성 중부 사동 11통 2호	유일서관 경성 중부 사동 11통 2호
160	**구운몽** 유일-구운-01-02-상	(연명)구운몽 / 상	한글				2		유일서관
161	**구운몽** 유일-구운-01-02-하	(연명)구운몽 / 하	한글			1915-11-20	2		유일서관
162	**구운몽** 유일-구운-01-03-상	(연명)구운몽 / 상권	한글				3		유일서관
163	**구운몽** 유일-구운-01-03-하	(연명)구운몽 / 하권	한글	118p. 30전	1917-03-30	1917-04-05	3	南宮濬 경성부 관훈동 72번지	유일서관 경성부 관훈동 72번지
164	**구운몽** 유일-구운-02-01-상	(연명)구운몽 / 上編	한글	110p. 30전	1916-09-15	1916-09-20	1	南宮濬 경성부 관훈동 72번지	유일서관 경성부 관훈동 72번지
165	**구운몽** 유일-구운-02-01-하	(연명)구운몽 / 下編	한글	107p. 30전	1916-09-15	1916-09-20	1	南宮濬 경성부 관훈동 72번지	유일서관 경성부 관훈동 72번지
166	**구운몽** 유일-구운-03-01	(漢文諺吐) 九雲夢	한문	168p. 50전	1916-10-12	1916-10-20	1	南宮濬 경성부 관훈동 72번지	유일서관 경성부 관훈동 72번지
167	**구운몽** 유일-구운-03-02	(漢文諺吐) 九雲夢	한문	168p. 50전	1917-05-20	1917-05-31	2	南宮濬 경성부 관훈동 72번지	유일서관 경성부 관훈동 72번지
168	**구운몽** 유일-구운-03-03	(漢文諺吐) 九雲夢	한문	168p. 40전	1919-01-13	1919-01-16	3	南宮濬 경성부 관훈동 72번지	유일서관 경성부 관훈동 72번지
169	**구운몽** 유일-구운-03-04	(한문언토) 구운몽	한문	168p. 50전	1920-09-02	1920-09-06	4	南宮濬 경성부 인사동 165번지	유일서관 경성부 인사동 165번지
170	**구운몽** 조선-구운-01-01	(漢文諺吐)九雲 夢 / 全	한문			1916-10-20	1		조선도서주식회사
171	**구운몽** 조선-구운-01-02	(漢文諺吐)九雲 夢 / 全	한문				2		조선도서주식회사
172	**구운몽** 조선-구운-01-03	(漢文諺吐)九雲 夢 / 全	한문				3		조선도서주식회사

인쇄자 인쇄소 주소	인쇄소 인쇄소 주소	공동 발행	영인본	소장처 및 청구기호	기타	현황
		동문서림			하권 4판이 있어 상권3판도 있을 것으로 추정. 발행일 및 면수는 [연구보정](p.81) 참조.	출판
		동문서림			하권 4판이 있어 하권 3판도 있을 것으로 추정.	출판
		동문서림			하권 4판이 있어 상권 4판도 있을 것으로 추정.	출판
金重煥 경성부 공평동 55번지	대동인쇄주식회사 경성부 공평동 55번지	동문서림		국립중앙도서관(3 634-2-74(5))	16회의 장회체(상 1회~8회, 하 9회~16회). 초판 발행일 기록.	원문
		한흥서림, 삼광서림			하권이 있어서 상권도 있을 것으로 추정.	출판
沈禹澤 경성부 공평동 55번지	대동인쇄주식회사 경성부 공평동 55번지	한흥서림, 삼광서림		국립중앙도서관(3 634-2-74(2))		원문
永新社印刷部	영신사인쇄부			디지털 한글 박물관(이태영 소장본)	상하합편(상 1~96, 하 1~95) 속표지에는 '연명구운몽'이라 되어있음.	원문
金翼洙 경성 북부 전정동 38통 1호	창문사 경성 중부 종로 발리동 9통 10호		[구활자본고소설 전집 2], [구활자소설총서 3]	국립중앙도서관(3 634-2-9(2))	장회 구분 없이 소제목 있음.	원문
金翼洙 경성 북부 전정동 38통 1호	창문사 경성 중부 종로 발리동 9통 10호		[구활자본고소설 전집 2], [구활자소설총서 3]	국립중앙도서관(3 634-2-9(5))	장회 구분 없이 소제목 있음.	원문
		한성서관			하권 3판이 있어 상권 2판도 있을 것으로 추정.	출판
		한성서관			하권 3판에 2판 발행일 기록.	출판
		한성서관			하권 3판이 있어 상권 3판도 있을 것으로 추정.	출판
沈禹澤 경성부 효자동 103번지	성문사 경성부 공평동 55번지	한성서관		국립중앙도서관(3 634-2-57(2))	장회, 소제목 없음.	원문
金重煥 경성부 중림동 333번지	보성사 경성부 수송동 44번지	한성서관		국립중앙도서관(3 634-2-74(1))	장회 없이 소제목만 있음.	원문
金重煥 경성부 중림동 333번지	보성사 경성부 수송동 44번지	한성서관		국립중앙도서관(3 634-2-74(6))	p.107부터 낙장으로 정확한 면수는 확인 안 되어, 도서관 서지정보를 따름.	원문
沈禹澤 경성부 효자동 103번지	성문사 경성부 공평동 55번지	신구서림, 한성서관		국립중앙도서관(3 634-2-80(1)=2)	3권 1책(1권 pp.1~52, 2권 pp.1~58, 3권 pp.59~116), 총 168p. 도서관 서지정보에는 116p로 기록.	원문
沈禹澤 경성부 효자동 103번지	성문사 경성부 공평동 55번지	신구서림, 한성서관		국립중앙도서관(3 634-2-80(4))	3권 1책(1권 pp.1~52, 2권 pp.1~58, 3권 pp.59~116), 총 168p. 도서관 서지정보에는 116p로 기록. 초판 발행일 기록.	원문
沈禹澤 경성부 공평동 54번지	성문사 경성부 공평동 55번지	신구서림, 한성서관		국립중앙도서관(3 634-2-80(3))	3권 1책(1권 pp.1~52, 2권 pp.1~58, 3권 pp.59~116), 총 168p. 도서관 서지정보에는 116p로 기록. 초판, 2판 발행일 기록.	원문
金重煥 경성부 공평동 55번지	대동인쇄주식회사 경성부 공평동 55번지	신구서림, 한성서관		국립중앙도서관(3 634-2-44(1))	3권 1책(1권 pp.1~52, 2권 pp.1~58, 3권 pp.59~116). 총 168p. 도서관 서지정보에는 116p로 기록. 초판 발행일 기록.	원문
					5판에 초판 발행일 기록.	출판
					5판이 있어 2판이 있을 것으로 추정.	출판
					5판이 있어 3판이 있을 것으로 추정.	출판

번호	작품명 고유번호	표제	문자	면수 가격	인쇄일	발행일	판차	발행자 발행자 주소	발행소 발행소 주소
173	**구운몽** 조선-구운-01-04	(漢文諺吐)九雲夢 / 全	한문				4		조선도서주식회사
174	**구운몽** 조선-구운-01-05	(漢文諺吐)九雲夢 / 全	한문	168p. 50전	1925-03-12	1925-03-15	5	洪淳泌 경성부 견지동 60번지	조선도서주식회사 경성부 견지동 60번지
175	**구운몽** 조선-구운-02-01-상	구운몽 / 상권	한글	96p. 30전	1925-11-27	1925-11-30	1	洪淳泌 경성부 견지동 60번지	조선도서주식회사 경성부 견지동 60번지
176	**구운몽** 조선-구운-02-01-하	구운몽 / 하권	한글				1		조선도서주식회사
177	**구운몽** 조선총-구운-01-01	(연명)구운몽	한글		1913-02-13	1913-02-15	1		조선총독부
178	**구운몽** 조선총-구운-01-02	(연명)구운몽	한글				2		조선총독부
179	**구운몽** 조선총-구운-01-03	(연명)구운몽	한글	6전		1914-07-05	3		조선총독부
180	**구운몽** 향민-구운-01-01	구운몽	한글	180p.	1971-09-10	1971-09-15	1		향민사 대구시 동인동 4가 22(
181	**구운몽** 회동-구운-01-00	구운몽	한글	전 2책 60전			1		회동서관
182	**권용선전** 경성서-권용-01-00	권룡선전	한글			1921- -	1		경성서적업조합
183	**권용선전** 대산-권용-01-01	(古代小說)權龍仙傳	한글	87p. 30전		1926-02-15	1	李冕宇 경성부 종로 3정목 71번지	대산서림 경성부 종로 3정목 71번지
184	**권용선전** 대창-권용-01-01	腴梅淸心錄	한글	40전	1918-03-07	1918-03-10	1	玄公廉 경성부 계동 99번지	대창서원 경성부 종로 2정목 12번지
185	**권용선전** 세창-권용-01-01	(古代小說)權龍仙傳	한글	87p. 임시정가	1952-12-15	1952-12-30	1	申泰三 서울특별시 종로구 종로 3가 10	세창서관 서울특별시 종로구 종로 3가 10
186	**권용선전** 세창-권용-02-01	(古代小說)權龍仙傳	한글	87p. 200	1957-08-10	1957-12-30	1	申泰三 서울특별시 종로구 종로3가 10	세창서관 서울특별시 종로구 종로3가 10
187	**권용선전** 신구-권용-01-01	(고대소설)권용선전	한글	98p. 35전	1918-01-10	1918-01-15	1	池松旭 경성부 봉래정 1정목 77번지	신구서림 경성부 봉래 1정목 77번지
188	**권용선전** 신구-권용-01-02	권룡선전	한글	98p. 30전	1920-04-05	1920-04-20	2	池松旭 경성부 봉래 1정목 77번지	신구서림 경성부 봉래 1정목 77번지
189	**권용선전** 영창-권용-01-00	권용선전	한글				1		영창서관
190	**권용선전** 회동-권용-01-01	권용선전	한글	87p.		1926- -	1		회동서관
191	**권익중전** 공동-권익-01-01	權益重傳	한글	60p.		1954- -	1		공동문화사
192	**권익중전** 대조-권익-01-01	권익중전	한글	51p.		1959- -	1		대조사
193	**권익중전** 박문-권익-01-01	권익중전	한글			1926- -	1		박문서관
194	**권익중전** 세창-권익-01-01	權益重傳 : 一名 權仙童	한글	40p.		1956- -	1	申泰三	세창서관

인쇄자 인쇄소 주소	인쇄소 인쇄소 주소	공동 발행	영인본	소장처 및 청구기호	기타	현황
					5판이 있어 4판이 있을 것으로 추정.	출판
沈禹澤 경성부 공평동 55번지	대동인쇄주식회사 경성부 공평동 55번지			영남대학교 도서관(도 813.5 ㄱ723ㄱㅎ)	3권 1책(1권 pp.1~52, 2권 pp.1~58, 3권 pp.59~116). 총 168p. 초판 발행일 기록.	원문
沈禹澤 경성부 공평동 55번지	대동인쇄주식회사 경성부 공평동 55번지			국립중앙도서관(3 634-2-74(4))	장회 없이 소제목 있음.	원문
					상권이 있어 하권도 있을 것으로 추정.	출판
					3판에 초판의 인쇄일, 발행일 기록	출판
					3판이 있어서 2판도 있을 것으로 추정.	출판
	총무국인쇄소			정명기 소장본	마지막장 훼손으로 정확한 쪽수 알 수 없음, 상하합철. 초판 인쇄일, 발행일 기록.	원문
	경북인쇄소			김종철 소장본	표지 없음.	원문
					<리순신전>, 회동서관, 1927(서울대학교 도서관 소장본(3350 132)) 광고에 '古代小說 九雲夢'으로 기록.	광고
					[圖書分類目錄], 1921 改正([이본목록], p.69). <수매청심록(瘦梅淸心錄)>의 개작(김정녀, 2011. 차충환, 2012)	목록
金翼洙 경성부 황금정 2정목 21번지	신문관 경성부 황금정 2정목 21번지			영남대학교 도서관(도 813.5 ㄱ532)	인쇄일은 판권지가 가려져 안보임.	원문
沈禹澤 경성부 공평동 54번지	성문사 · 경성부 공평동 55번지	보급서관		서울대학교 도서관(3350 37)		원문
申晟均 서울특별시 종로구 종로 3가 10	세창인쇄사 서울특별시 종로구 종로 3가 10			고려대학교 도서관(897.33 지송욱 권a)		원문
	세창인쇄사 서울특별시 종로구 종로3가 10			김종철 소장본		원문
沈禹澤 경성부 공평동 54번지	성문사 경성부 공평동 55번지		[활자본고전소설 전집 1]	국립중앙도서관	국립중앙도서관에 종래의 청구기호(3634-2-4(6)) 없어지고 전자책으로 존재. 총면수는 98p인데 도서관 서지정보에는 102p로 잘못 기록.	원문
沈禹澤 경성부 공평동 54번지	성문사 경성부 공평동 55번지			국립중앙도서관(3 634-2-33(2))		원문
					[출판목록]([이본목록], p.69)	목록
					이능우, p.274.	출판
				고려대학교 도서관(897.33 권익중 권)	세창서관판과 청구기호 같음. 공동문화사판은 세종학술정보원 보존서고에 소장.	원문
				연세대학교 도서관(이석호 811.9308 59가 -1)	연세대학교(古代小說集. 第1輯, 大造社編輯部 編. 형태사항:1책(면수복잡) ; 19cm, 내용: 춘향전, 권익중전, 홍길동전, 초한전)	원문
					김기동, [李朝時代小說의 硏究], p.129([이본목록], p.70)	출판
				국회도서관(811.31 ㅅ585ㄱ)		원문

번호	작품명 고유번호	표제	문자	면수 가격	인쇄일	발행일	판차	발행자 발행자 주소	발행소 발행소 주소
195	**권익중전** 세창-권익-02-00	權益重傳	한글	40p.		1962- -	1		세창서관
196	**권익중전** 신흥-권익-01-01	(충의소설)권익 중실긔	한글	80p. 40전	1936-08-25	1936-08-30	1	朴永瑞 경성부 계동정 2-32번지	신흥서관 대구부 본정 1정목
197	**권익중전** 영화-권익-01-01	권익중전	한글			1954-05-20	1	姜槿馨	영화출판사
198	**권익중전** 영화-권익-01-02	權益重傳	한글	60p.	1	1956- -	2		영화출판사
199	**권익중전** 영화-권익-02-01	권익중전	한글	60p. 30원	1958-02-24	1958-03-07	3	姜槿馨	영화출판사 서울특별시 종로구 관철동 155
200	**권익중전** 영화-권익-03-01	권익중전	한글	60p.	1958-10-15	1958-10-30	4	姜槿馨	영화출판사 서울특별시 종로구 관철동 155
201	**권익중전** 재전-권익-01-01	권익즁젼 일명 선동전	한글	80p. 25전	1931-01-05	1931-01-10	1	金璟鴻 조선 대구 경정 1정목 20번지	재전당서포 조선 대구 경정 1정목 20번지
202	**권익중전** 향민-권익-01-01	권익중전	한글	51p.	1962-10-20	1962-10-25	1	朴彰緒	향민사 대구시 향촌동 13번지
203	**권익중전** 향민-권익-02-01	권익중전	한글	51p. 40전	1964-10-25	1964-10-30	2	朴彰緒	향민사 대구시 향촌동 13
204	**권익중전** 향민-권익-03-01	권익중전	한글	51p.	1978-08-30	1978-09-05	1	성북구 성북동 133-45	향민사
205	**권장군전** 덕흥-권장-01-01	(롱가성진) 쌍신랑	한글			1930-09-15	1		덕흥서림
206	**권장군전** 덕흥-권장-01-02	(롱가성진) 쌍신랑	한글	48p. 25전	1936-11-15	1936-11-20	2	金東縉 경성부 종로2정목 20번지	덕흥서림 경성부 종로2정목 20번지
207	**금강문** 박문-금강-01-01	금강문	한글			1914-08-19	1		박문서관
208	**금강문** 박문-금강-01-02	금강문	한글				2		박문서관
209	**금강문** 박문-금강-01-03	금강문	한글				3		박문서관
210	**금강문** 박문-금강-01-04	금강문	한글			1919-12-28	4		박문서관
211	**금강문** 박문-금강-01-05	금강문	한글	130p. 40전	1921-12-30	1922-01-05	5	崔瓚植 경성부 통동 154번지	박문서관 경성부 종로 2정목 82번지
212	**금강취유** 경성서-금강취-01-00	금강취류	한글			1921- -	1		경성서적업조합
213	**금강취유** 동미-금강취-01-01	금강취류	한글	94p. 25전	1915-04-09	1915-04-12	1	李容漢 경성부 남대문외 봉래정 1정목 원 자암	동미서시 경성부 남대문외 봉래정 1정목 (원 자암)
214	**금강취유** 회동-금강취-01-01	금강취유	한글			1915-04-12	1	李容漢	회동서관
215	**금강취유** 회동-금강취-01-02	금강취유	한글	72p. 30전	1918-01-25	1918-01-31	2	李容漢 경성부 봉래정 1정목 136번지	회동서관 경성부 남대문통 1정목 17번지

인쇄자 인쇄소 주소	인쇄소 인쇄소 주소	공동 발행	영인본	소장처 및 청구기호	기타	현황
				고려대학교 도서관(897.33 권익중 권)	공동문화사판과 청구기호 같음. 세창서관판은 중앙도서관 폐가실에 소장.	원문
朴鎭九 경성부 계동정 2-32번지	신흥서관인쇄부 경성부 계동정 2-32번지		[활자본고전소설 전집 1], [구활자본고소설 전집 19]	국립중앙도서관(3 634-2-36(2))		원문
					홍윤표 소장본([이본목록], p.71)	원문
				연세대학교 도서관(열운(O) 811.93 권익중 53가)	검색결과에서는 1953년으로 나타나나, 상세정보에서는 1956년으로 기록.	원문
永新社印刷部				박순호 소장본		원문
永新社印刷部				박순호 소장본		원문
沈禹澤 경성부 평동 55번지	대동인쇄주식회사 경성부 공평동 55번지			서울대학교 도서관(3350 31)		원문
				박순호 소장본	발행소 주소 '대구시시향촌동'은 '대구시 향촌동'의 오기.	원문
				소인호 소장본	발행소 주소 '대구시시향촌동'은 '대구시 향촌동'의 오기.	원문
				연세대학교 도서관(O 811.93 권익중 향)	발행소 주소 '대구시시향촌동'은 '대구시 향촌동'의 오기.	원문
					방민호 소장본([연구보정], p.98). 再刊에 初刊 발행일 기록.	원문
李鍾汰 경성부 종로2정목 20번지	덕흥서림인쇄부 경성부 종로2정목 20번지			국립중앙도서관(3 634-3-11(5))	인명, 지명만 한자 괄호 병기하고, 나머지는 순한글. '再刊'임. '初刊 발행일 기록'	원문
					5판에 초판 발행일 기록.	출판
					5판이 있어 2판도 있을 것으로 추정.	출판
					5판이 있어 3판도 있을 것으로 추정.	출판
					5판에 4판 발행일 기록.	출판
金聖杓 경성부 견지동 80번지	계문사 경성부 견지동 80번지			정명기 소장본	초판, 4판의 발행일 기록.	원문
					[圖書分類目錄], 1921 改正([이본목록], p.74)	목록
金聖杓 경성부 공평동 47번지	성문사 경성부 공평동 55번지		[활자본고전소설 전집 1], [구활자소설총서 10]	국립중앙도서관(3 634-2-17(3))	상하 합권(상 pp.1~45, 하 pp.46~94)	원문
					2판에 초판 발행일 기록.	출판
金弘奎 경성부 가회동 216번지	보성사 경성부 수송동 44번지			국립중앙도서관(3 634-2-42(4))	초판 발행일 기록.	원문

번호	작품명 고유번호	표제	문자	면수 가격	인쇄일	발행일	판차	발행자 발행자 주소	발행소 발행소 주소
216	**금고기관** 경성서-금고-01-00	고금긔관	한글			1921- -	1		경성서적업조합
217	**금고기관** 광동-금고-01-00	금고긔관	한글			1916- -	1		광동서국
218	**금고기관** 성문-금고-01-01	금고긔관	한글			1918- -	1		성문당서점
219	**금고기관** 신구-금고-01-01	고금긔관	한글	142p.	1918-01-25	1918-01-30	1	朴健會 경성부 견지동 52번지	신구서림 경성부 봉래정 1정목 77번지
220	**금방울전** 경성서-금방-01-01	(원본)금방울전	한글			1925-11-10	1		경성서적업조합
221	**금방울전** 경성서-금방-01-02	(원본)금방울전	한글	50p. 15전	1926-12-18	1926-12-20	2	洪淳泌 경성부 견지동 60번지	경성서적업조합 경성부 견지동 60번지
222	**금방울전** 경성서-금방-02-01	금방울전	한글	59p.		1926- -	1		경성서적업조합
223	**금방울전** 대조-금방-01-01	금방울전	한글			1959- -	1		대조사
224	**금방울전** 덕흥-금방-01-01	금방울전	한글	50p. 20전	1925-11-25	1925-11-30	1	金東縉 경성부 종로 2정목 20번지	덕흥서림 경성부 종로 2정목 20번지
225	**금방울전** 동미-금방-01-00	금방울전	한글	20전		1917- -	1		동미서시
226	**금방울전** 박문-금방-01-01	금방울전	한글	50p. 20전	1925-11-05	1925-11-10	1	洪淳泌 경성부 견지동 60번지	박문서관 경성부 종로 2정목 82번지
227	**금방울전** 성문-금방-01-01	금방울전	한글			1932- -	1		성문당서점
228	**금방울전** 성문-금방-02-01	금방울전	한글	50p.		1936- -	1		성문당서점
229	**금방울전** 세창-금방-01-01	룡건난사	한글	61p. 25전	1917-10-03	1917-10-15	1	朴英鎭 경성부 종로통 4정목 31번지	세창서관 경성부 종로통 3정목 85번지
230	**금방울전** 세창-금방-02-01	금방울전	한글	41p.	1952-08-10	1952-08-30	1	申泰三 서울특별시 종로구 종로 3가 10	세창서관 서울특별시 종로구 종로 3가 10번지
231	**금방울전** 세창-금방-03-00	금방울전	한글	37p.			1		세창서관
232	**금방울전** 신구-금방-01-01	금방울전	한글			1916-01-05	1	朴健會	신구서림
233	**금방울전** 신구-금방-01-02	금방울전	한글			1917-02-10	2	朴健會	신구서림
234	**금방울전** 신구-금방-01-03	금방울전	한글	59p. 20전	1921-12-28	1921-12-31	3	朴健會 경성부 장사동 51번지	신구서림 경성부 봉래정 1정목 77번지(원 자암)
235	**금방울전** 영창-금방-01-01	룡건난사	한글			1926- -	1	洪淳必	영창서관
236	**금방울전** 조선서-금방-01-01	금방울전	한글	76p. 20전	1915-12-30	1916-01-06	1	朴健會 경성부 인사동 39번지	조선서관 경성부 인사동 39번지
237	**금방울전** 향민-금방-01-01	금방울전	한글	27p.	1962-12	1962-12-	1	박창서	향민사 대구시 향촌동 13

인쇄자 인쇄소 주소	인쇄소 인쇄소 주소	공동 발행	영인본	소장처 및 청구기호	기타	현황
					[圖書分類目錄], 1921 改正([이본목록], p.74)	목록
					[이본목록], p.75.	목록
					우쾌제, p.124.	출판
沈禹澤 경성부 公평동 54번지	성문사 경성부 공평동 55번지		[구활자본고소설 전집 18], [구활자소설총서]	정명기 소장본	10회의 장회체.	원문
					2판에 초판 발행일 기록.	출판
權泰均 경성부 공평동 55번지	대동인쇄주식회사 경성부 공평동 55번지			국립중앙도서관(3 634-2-56(5))	9회의 장회체(총목차). 본문 1면에 '永昌書館版'이란 기록 있음. 초판 발행일 기록.	원문
			[구활자본고소설 전집 19]		9회의 장회체(총목차).	원문
				연세대학교 도서관(이석호 811.9308 59가 -3)	[古代小說集 第3輯]에 숙향전, 박문수전 등과 합철.	원문
申東爕 경성부 종로 2정목 20번지	덕흥서림인쇄부 경성부 종로 2정목 20번지			디지털 한글 박물관(홍윤표 소장본)	9회의 장회체(총목차). 1면 낙장.	원문
					<황장군전>, 동미서시, 1917(국립중앙도서관 3634-2-54(5)) 판권지에 '금방울전'으로 기록.	광고
朴仁煥 경성부 공평동 55번지	대동인쇄소 경성부 공평동 55번지			서울대학교 도서관(MFF 951.06 C718ik v.39)	판권지에 발행소가 '대동인쇄소'라고 기록되었으나 이는 인쇄소의 오기. C.V. Starr East Asian Library (Columbia University). 마이크로필름.	원문
					[이본목록], p.77.	출판
					김근수 소장본(이능우, p.274.)	원문
金弘奎 경성부 가회동 216번지	보성사 경성부 수송동 44번지			국립중앙도서관(3 634-2-56(2))		원문
申晟均 서울특별시 종로구 관철동 33	세창인쇄사 서울특별시 종로구 관철동 33		[조동일소장국문 학연구자료 20]	고려대학교 도서관(897.33 금령전 금), 정명기 소장본	고려대소장본에는 분매소 X, 인쇄인과 인쇄소 주소가 관철동 33으로 됨. 정명기소장본에는 분매소 O, 인쇄인 X, 세창인쇄사와 문창서관, 천일서관의 주소가 세창서관의 주소와 동일.	원문
					Skillend, p.59. 1945년 이전에 텍스트 완성.	출판
					3판에 초판 발행일 기록.	출판
					3판에 2판 발행일 기록.	출판
金聖杓 경성부 견지동 80번지	계문사 경성부 견지동 80번지			국립중앙도서관(3 634-2-56(1))	9회의 장회체(총목차). 초판, 2판 발행일 기록.	원문
					여승구, [古書通信 15], 1999.9.([이본목록], p.78)	원문
金重煥 경성부 중림동 333번지	보성사 경성부 수송동 44번지			국립중앙도서관(3 634-3-7(5))	9회의 장회체(총목차). 1면에 '박건회 輯'.	원문
	경북인쇄소			소인호 소장본		원문

번호	작품명 고유번호	표제	문자	면수 가격	인쇄일	발행일	판차	발행자 발행자 주소	발행소 발행소 주소
238	**금방울전** 향민-금방-02-01	금방울전	한글	27p. 20원	1964-10-25	1964-10-30	1	朴彰緒	향민사 대구시 향촌동 13
239	**금방울전** 회동-금방-01-01	금방울전	한글	43p. 20전	1925-11-05	1925-11-10	1	高裕相 경성부 남대문통 1정목 17번지	회동서관 경성부 남대문통 1정목 17번지
240	**금방울전** 회동-금방-02-01	금방울전	한글	43p. 20전	1925-12-20	1925-12-25	1	高裕相 경성부 남대문통 1정목 17번지	회동서관 경성부 남대문통 1정목 17번지
241	**금산사몽유록** 경성서-금산-01-00	금산사몽유록	한글			1921- -	1		경성서적업조합
242	**금산사몽유록** 대창-금산-01-00	金山寺夢遊錄	한글	40전		1921- -	1		대창서원
243	**금산사몽유록** 세창-금산-01-01	金山寺夢遊錄	한글	63p.	1952-03-10	1952-03-30	1	申泰三 서울특별시 종로구 종로 3가 10	세창서관 서울특별시 종로구 종로 3가 10
244	**금산사몽유록** 세창-금산-02-01	金山寺夢遊錄	한글	63p.		1952-12-30	1	申泰三	세창서관
245	**금산사몽유록** 회동-금산-01-01	금산사몽유록	한글	74p. 25전	1915-11-15	1915-11-30	1	高裕相 경성부 남대문통 1정목 17번지	회동서관 경성부 남대문통 1정목 17번지
246	**금산사몽유록** 회동-금산-02-01	(古代小說)금산 사몽유록	한글	63p. 30전	1925-11-05	1925-11-10	1	高裕相 경성부 남대문통 1정목 17번지	회동서관 경성부 남대문통 1정목 17번지
247	**금상첨화** 경성서-금상-01-00	검상텸화	한글			1921- -	1		경성서적업조합
248	**금상첨화** 신구-금상-01-01	(신소셜) 금상첨화	한글	90p.		1913-10-28	1	池松旭	신구서림
249	**금상첨화** 신구-금상-01-02	(신소셜) 금상첨화	한글				2		신구서림
250	**금상첨화** 신구-금상-01-03	(신소셜) 금상첨화	한글				3		신구서림
251	**금상첨화** 신구-금상-01-04	(신소셜) 금상첨화	한글				4		신구서림
252	**금상첨화** 신구-금상-01-05	(신소셜) 금상첨화	한글	90p. 30전	1920-10-07	1920-10-11	5	池松旭 경성부 봉래정 1정목 77번지	신구서림 경성부 봉래정 1정목 77번지
253	**금상첨화** 신구-금상-01-06	(신소셜) 금상첨화	한글	90p. 30전	1921-11-22	1921-11-25	6	池松旭 경성부 봉래정 1정목 77번지	신구서림 경성부 봉래정 1정목 77번지
254	**금상첨화** 신구-금상-01-07	(신소셜) 금상첨화	한글				7		신구서림
255	**금상첨화** 신구-금상-01-08	(신소셜) 금상첨화	한글	90p. 30전	1924-11-05	1924-11-10	8	池松旭 경성부 봉래정 1정목 77번지	신구서림 경성부 봉래정 1정목 77번지
256	**금송아지전** 동미-금송-01-01	금송아지전	한글	15p. 35전			1		동미서시
257	**금송아지전** 신구-금송-01-01	금송아지전	한글	35p. 20전	1923-11-25	1923-11-30	1	池松旭 경성부 봉래정 1정목 77번지	신구서림 경성부 봉래정 1정목 77번지
258	**금송아지전** 신구-금송-02-01	금송아지전	한글	25p.		1929- -	1		신구서림

인쇄자 인쇄소 주소	인쇄소 인쇄소 주소	공동 발행	영인본	소장처 및 청구기호	기타	현황
				소인호 소장본		원문
朴仁煥 경성부 황금정 2정목 148번지	경성신문사 경성부 황금정 2정목 148번지			서울대학교 도서관(3350 13)		원문
金翼洙 경성부 황금정 2정목 21번지	신문관 경성부 황금정 2정목 21번지			서울대학교 도서관(3340 1)	'조선고대소설총서'에 '平壤公主傳', '徐花潭', '朝鮮太祖大王傳', '江陸秋月'과 합철.	원문
					[圖書分類目錄], 1921 改正([이본목록], p.80)	목록
					<주원장창업실기>, 대창서원, 1921(국립중앙도서관 소장본(3634-2-7(1)) 광고에 '金山寺夢遊錄'으로 기록.	광고
	세창인쇄사 서울특별시 종로구 종로 3가 10			소인호 소장본	<금산사몽유록>(pp.1~50)과 <삼사기>(pp.51~63) 합철.	원문
				국회도서관(811.31 ㅅ585ㄱ)	<금산사몽유록>(pp.1~50)과 <삼사기>(pp.51~63) 합철.	원문
沈禹澤 경성부 효자동 103번지	성문사 경성부 공평동 55번지		[활자본고전소설 전집 1]	국립중앙도서관(3 634-2-21(2))	저작자 이규용. <금산사몽유록>(pp.1~59)과 <삼사기>(pp.60~74) 합철.	원문
金翼洙 경성부 황금정 2정목 21번지	신문관 경성부 황금정 2정목 21번지			영남대학교 도서관(813.5 ㄱ575)	<금산사몽유록>(pp.1~50)과 <삼사기>(pp.51~63) 합철. 둘 사이에 <정충설악전> 인쇄 중임을 광고.	원문
					[圖書分類目錄], 1921 改正([이본목록], p.82)	목록
					5판, 6판, 8판에 초판 발행일 기록.	출판
					5판이 있어 2판도 있을 것으로 추정. 1917년 발행 연세대학교 도서관(김석득(O) 811.37 금상첨) 소장본이 있으나, 판권지가 없어 몇 판인지는 모름.	출판
					5판이 있어 3판도 있을 것으로 추정. 1917년 발행 연세대학교 도서관(김석득(O) 811.37 금상첨) 소장본이 있으나, 판권지가 없어 몇 판인지는 모름.	출판
					5판이 있어 4판도 있을 것으로 추정. 1917년 발행 연세대학교 도서관(김석득(O) 811.37 금상첨) 소장본이 있으나, 판권지가 없어 몇 판인지는 모름.	출판
金重煥 경성부 공평동 55번지	대동인쇄주식회사창 립사무소 경성부 공평동 55번지			국립중앙도서관(3 634-3-55(2))	초판 발행일 기록.	원문
金重煥 경성부 공평동 55번지	대동인쇄주식회사 경성부 공평동 55번지			국립중앙도서관(3 634-3-21(6))	초판 발행일 기록.	원문
					8판이 있어 7판도 있을 것으로 추정.	출판
沈禹澤 경성부 황금정 2정목 21번지	신문관 경성부 황금정 2정목 21번지	박문서관		고려대학교 도서관(897.35 지송욱 금)	공동발행 '박문서관' 기록. 6판까지는 신구서림 단독 발행. 초판 발행일 기록.	원문
		회동서관, 광익서관	[신소설전집 16]	국립중앙도서관(3 634-3-20(1))	소설집 [일대장관](1회 금송아지전, 2회 황새결송기, 3회 록쳐샤연회긔, 4회 벽란도룡녀긔, 5회 셔대쥐전, 부 자미잇난이약이)의 한 부분.	원문
沈禹澤 경성부 공평동 55번지	대동인쇄주식회사 경성부 공평동 55번지		[활자본고전소설 전집 1], [구활자소설총서 10]	국립중앙도서관(3 634-2-17(2))	영인본 해제에 덕흥서림에서 25면으로 1929년 11월 25일 발행하였다고 했으나, 실제로는 35면임. 35면으로 된 작품은 덕흥서림에서 1923년에 간행한 것임.	원문
					이주영, p.208.	출판

번호	작품명 고유번호	표제	문자	면수 가격	인쇄일	발행일	판차	발행자 발행자 주소	발행소 발행소 주소
259	**금수기몽** 경성서-금수-01-00	금슈긔몽	한글			1921- -	1		경성서적업조합
260	**금옥연** 동미-금옥-01-01	(신소설)금옥연	한글	79p. 20전	1914-09-23	1914-09-26	1	金商鶴 경성부 북부 소안동 16통 8호	동미서시 경성부 봉래정 1정목 136번지
261	**금옥연** 동미-금옥-01-02	(신소설)금옥연	한글			1916-05-08	2		동미서시
262	**금옥연** 동미-금옥-01-03	(신소설)금옥연	한글	79p. 25전	1917-04-07	1917-04-25	3	李?? 경성부 봉래정 1정목 135번지	동미서시 경성부 봉래정 1정목 윤 자암
263	**금향정기** 경성서-금향-01-00	검향뎡긔	한글			1921- -	1		경성서적업조합
264	**금향정기** 동미-금향-01-01	금향뎡긔	한글	102p. 30전	1916-01-15	1916-01-25	1	朴健會 경성부 인사동 39번지	동미서시 경성부 봉래정 1정목 (윤 자암)
265	**금향정기** 박문-금향-01-00	금향졍긔	한글				1		박문서관
266	**금향정기** 세창-금향-01-00	(正本)錦香亭記	한글			1915- -	1		세창서관
267	**금향정기** 신구-금향-01-01	금향졍긔	한글			1916-01-18	1		신구서림
268	**금향정기** 신구-금향-01-02	금향졍긔	한글	102p. 30전	1924-01-15	1924-01-20	2	朴健會 경성부 인사동 39번지	신구서림 경성부 봉래정 1정목 77번지
269	**금향정기** 조선서-금향-01-00	금향명긔	한글			1915- -	1		조선서관
270	**김덕령전** 덕흥-김덕-01-01	(충용장군)김덕 령전	한글	40p. 20전	1926-11-12	1926-11-15	1	金東縉 경성부 종로 2정목 20번지	덕흥서림 경성부 종로 2정목 20번지
271	**김부식전** 보급-김부-01-00	김부식전	한글	30전		1918- -	1		보급서관
272	**김씨열행록** 공동-김씨-01-01	金氏烈行錄	한글	18p.		1954- -	1		공동문화사
273	**김씨열행록** 대창-김씨-01-01	김씨렬행록	한글	18p. 25전	1919-01-16	1919-01-20	1	朴健會 경성부 인사동 49번지	대창서원 경성부 종로 2정목 12번지
274	**김씨열행록** 세창-김씨-01-01	김씨렬행록	한글	18p.			1		세창서관
275	**김씨열행록** 태화-김씨-01-01	김씨렬행록	한글	18p.		1928- -	1		태화서관
276	**김씨열행록** 태화-김씨-01-02	김씨렬행록	한글	18p.		1947- -	2		태화서관
277	**김원전** 경성서-김원-01-00	김원전	한글			1921- -	1		경성서적업조합
278	**김원전** 동아-김원-01-01	김원젼	한글	76p. 25전	1917-05-05	1917-05-15	1	金然奎 경성부 종로통 3정목 83번지	동아서관 경성부 종로통 3정목 83번지
279	**김원전** 이문-김원-01-01	구두장군전	한글	54p.	1917-11-12	1917-11-15	1	朴健會 경성부 낙원동 285번지	이문당 경성부 계현동 68번지
280	**김응서실기** 세창-김응-01-01	김응서실긔	한글	61p.			1		세창서관

인쇄자 인쇄소 주소	인쇄소 인쇄소 주소	공동 발행	영인본	소장처 및 청구기호	기타	현황
					[圖書分類目錄], 1921 改正([이본목록], p.85.)	목록
金聖均 경성부 인의동 57번지	성문사 경성부 공평동 55번지			국립중앙도서관(3 634-3-55(3))	판권지에 발행소 없고 발매소만 있음. 3판에 초판 발행일 기록. 발행소는 동미서시로 기록. 저작자 이광하. 신작 고소설(하동희, 2010)	원문
					3판에 2판 발행일 기록.	출판
金弘奎 경성부 가회동 216번지	보성사 경성부 수송동 44번지			국립중앙도서관(3 634-3-2(5))	초판, 2판 발행일 기록. 발행자와 분매소는 판권지 훼손으로 알 수 없음. 저작자 이광하. 신작 고소설(하동희, 2010)	원문
					[圖書分類目錄], 1921 改正([이본목록], p.89)	목록
金重煥 경성부 중림동 333번지	보성사 경성부 수송동 44번지			국립중앙도서관(3 634-2-76(3))	15회의 장회체(총목차).	원문
					광고([이본목록], p.90)	광고
					<장화홍련전>, 세창서관, 1915(국립중앙도서관 소장본(3634-2-10(5)) 광고에 '正本 錦香亭記 上下二冊 印刷中'으로 기록.	광고
					2판에 초판 발행일 기록.	출판
沈禹澤 경성부 공평동 55번지	대동인쇄주식회사 경성부 공평동 55번지			국립중앙도서관(3 634-2-76(5))	15회의 장회체(총목차 없음). 초판 발행일 기록.	원문
					<남정팔난기>, 조선서관, 1915. 광고([이본목록], p.90)	광고
魯基禎 경성부 견지동 32번지	한성도서주식회사 경성부 견지동 32번지		[구활자본고소설 전집 19]			원문
		대창서원			<무쌍언문삼국지>, 보급서관 대창서원, 1918(국립중앙도서관 소장본(3634-2-25(1)) 광고.	광고
				국립중앙도서관(8 13.5-공 784ㄱ)	'(奇談小說)콩쥐팟쥐젼: 附 金氏烈行錄'. <콩쥐팥쥐전>에 첨부. 협약도서관에서 원문 보기 제공.	원문
久家恒衛 경성부 명치정 1정목 54번지	일한인쇄소 경성부 명치정 1정목 54번지			서울대학교 도서관(일사 813.5 K836)	겉표지: 大鼠豆鼠(콩쥐팥쥐). <콩쥐팥쥐>(pp.1~18)와 <김씨열행록>(pp.19~36) 합본.	원문
		공동문화사	[활자본고전소설 전집 2]		판권지 없음. 콩쥐팥쥐전과 합본.([이본목록], p.95)	원문
					조희웅소장본. 콩쥐팥쥐전에 합철([이본목록], p.95)	원문
					조희웅소장본. 콩쥐팥쥐전에 합철([이본목록], p.95)	원문
					[圖書分類目錄], 1921 改正([이본목록], p.97)	목록
金弘奎 경성부 가회동 216번지	보성사 경성부 수송동 44번지			국립중앙도서관(3 634-2-31(3))		원문
金弘奎 경성부 가회동 216번지	보성사 경성부 수송동			김종철 소장본	6회의 장회체(앞부분에 1~6회의 장회명).	원문
			[구활자본고소설 전집 19].		판권지 없음. [이본목록](p.98)에 세창서관에서 발행한 것으로 기록.	원문

번호	작품명 고유번호	표제	문자	면수 가격	인쇄일	발행일	판차	발행자 발행자 주소	발행소 발행소 주소
281	**김인향전** 대조-김인-01-01	김인향전	한글	32p.			1		대조사
282	**김인향전** 대창-김인-01-00	인향전	한글				1		대창서원
283	**김인향전** 박문-김인-01-01	인향전	한글			1938-03-	1		박문서관
284	**김인향전** 세창-김인-01-01	김인향전	한글	40p. 임시정가		1952- -	1	申泰三 서울특별시 종로-	세창서관 서울특별시-
285	**김인향전** 세창-김인-02-01	김인향전	한글	31p.			1		세창서관
286	**김인향전** 중흥-김인-01-01	(고대소설) 인향전	한글	32p.		1938-01-25	1		중흥서관
287	**김인향전** 창문-김인-01-01	김인향전	한글	32p.	1961-11-10	1961-11-15	1		창문사
288	**김진옥전** 경성서-김진-01-00	김진옥전	한글			1921- -	1		경성서적업조합
289	**김진옥전** 광학-김진-01-01	김진옥전	한글			1926- -	1		광학서포
290	**김진옥전** 대창-김진-01-01	김진옥전	한글	64p. 20전	1920-12-10	1920-12-30	1	勝本良吉 경성부 남대문통 1정목 22번지	대창서원 경성부 종로통 2정목 19번지
291	**김진옥전** 덕흥-김진-01-01	김진옥전	한글	96p. 30전	1916-05-05	1916-05-08	1	金東縉 경성부 견지동 67번지	덕흥서림 경성부 견지동 67번지
292	**김진옥전** 덕흥-김진-01-02	김진옥전	한글			1917-03-25	2		덕흥서림
293	**김진옥전** 덕흥-김진-01-03	김진옥전	한글	70p. 30전	1918-03-01	1918-03-07	3	金東縉 경성부 종로통 2정목 20번지	덕흥서림 경성부 종로통 2정목 20번지
294	**김진옥전** 덕흥-김진-01-04	김진옥전	한글				4		덕흥서림
295	**김진옥전** 덕흥-김진-01-05	김진옥전	한글				5		덕흥서림
296	**김진옥전** 덕흥-김진-01-06	김진옥전	한글	64p. 20전	1922-01-10	1922-01-16	6	金東縉 경성부 종로 2정목 20번지	덕흥서림 경성부 종로 2정목 20번지
297	**김진옥전** 덕흥-김진-01-07	김진옥전	한글	64p. 20전	1923-12-25	1923-12-29	7	金東縉 경성부 종로 2정목 20번지	덕흥서림 경성부 종로 2정목 20번지
298	**김진옥전** 동양서-김진-01-01	김진옥전	한글				1		동양서원
299	**김진옥전** 동양서-김진-01-02	김진옥전	한글	64p. 20전	1925-09-28	1925-09-30	2	趙南熙 경성부 종로 2정목 86번지	동양서원 경성부 종로 2정목 82번지
300	**김진옥전** 박문-김진-01-01	김진옥전	한글	68p. 25전	1917-05-25	1917-05-28	1	盧益亨 경성부 남대문통 4정목 69번지	박문서관 경성부 남대문통 4정목 69번지
301	**김진옥전** 세창-김진-01-01	김진옥전	한글	53p.	1952-01-??	1952-01-05	1	申泰三 서울특별시 종로구 종로 3가 10	세창서관 서울특별시 종로구 종로 3가 101
302	**김진옥전** 세창-김진-02-01	김진옥전	한글	53p. 임시정가	1952-12-10	1952-12-30	1	申泰三 서울특별시 종로구 종로 3가 10	세창서관 서울특별시 종로구 종로 3가 10

인쇄자 인쇄소 주소	인쇄소 인쇄소 주소	공동 발행	영인본	소장처 및 청구기호	기타	현황
					홍윤표 소장본.([이본목록], p.99)	원문
					<리봉빈전>, 대창서원. 광고([이본목록], p.99)	광고
					이주영, p.209.	출판
	세창인쇄사 서울특별시-			국회도서관(811.31 ㅅ585ㄱ)	박순호 소장본의 판권지가 흐릿하여 저작겸발행자, 인쇄소, 발행소 외 확인하지 못함.	원문
					이주영, p.209. 발행일 미상.	출판
			[활자본고전소설 전집 2]		발행소와 발행일은 영인본의 해제에 의함.	원문
				국립중앙도서관(8 13.5-9-32)		원문
					[圖書分類目錄], 1921 改正([이본목록], p.102)	목록
					소재영 외, p.165.	원문
金重煥 경성부 공평동 55번지	대동인쇄주식회사 경성부 공평동 55번지	보급서관		국립중앙도서관(3 634-2-23(2))		원문
金重煥 경성부 중림동 33번지	보성사 경성부 수송동 44번지		[활자본고전소설 전집 2]	국립중앙도서관(3 634-2-56(4))		원문
					3판에 2판 발행일 기록.	출판
久家恒衛 경성부 명치정 1정목 54번지	일한인쇄소 경성부 명치정 1정목 54번지			국립중앙도서관(3 634-2-23(3))	초판, 2판 발행일 기록.	원문
					6판이 있어서 4판도 있을 것으로 추측.	출판
					6판이 있어서 5판도 있을 것으로 추측.	출판
魯基禎 경성부 견지동 32번지	한성도서주식회사 경성부 견지동 32번지	박문서관		국립중앙도서관(3 634-2-56(7))	초판 발행일 기록.	원문
岩田龜太郎 경성부 관수동 135번지	대화상회인쇄소 경성부 관수동 135번지	박문서관		국립중앙도서관(3 634-2-23(8))	초판 발행일 기록. 6판으로 기록되었으나, 1922년에 6판이 나왔기 때문에 7판으로 간주함.	원문
					2판이 있어서 초판도 있을 것으로 추정.	출판
金翼洙 경성부 황금정 2-21	신문관 경성부 황금정 2-21			개인소장본	표지에는 '박문서관 발행', 뒤쪽 표지는 박문서관 광고로 되어 있음. 초판 발행일 기록되지 않고, 2판 인쇄일, 발행일만 기록.	원문
金弘奎 경성부 가회동 216번지	보성사 경성부 수송동 44번지			국립중앙도서관(3 634-2-23(4))		원문
申晟均 서울특별시 종로구 관철동 33	세창인쇄사 서울특별시 종로구 관철동 33			소인호 소장본	판권지 훼손으로 인쇄일이 보이지 않음.	원문
	세창인쇄사 서울특별시 종로구 종로 3가 10			정명기 소장본		원문

번호	작품명 고유번호	표제	문자	면수 가격	인쇄일	발행일	판차	발행자 발행자 주소	발행소 발행소 주소
303	**김진옥전** 세창-김진-03-01	김진옥전	한글	53p.	1952-12-15	1952-12-30	1	申泰三 서울특별시 종로구 종로 3가 10	세창서관 서울특별시 종로구 종로 3가 10
304	**김진옥전** 세창-김진-04-01	김진옥전	한글	53p.	1953-09-10	1953-12-30	1	申泰三 서울특별시 종로구 종로3가 10	세창서관 서울특별시 종로구 종로3가 10
305	**김진옥전** 세창-김진-04-02	김진옥전	한글	53p. 200	1961-08-10	1961-12-30	2	申泰三 서울특별시 종로구 종로 3가 10	세창서관 서울특별시 종로구 종로 3가 10
306	**김진옥전** 신구-김진-01-01	김진옥전	한글			1914-05-08	1		신구서림
307	**김진옥전** 영창-김진-01-01	(고대소설)김진 옥전	한글	64p. 20전	1925-10-15	1925-10-20	1	姜義永 경성부 종로 2정목 85번지	영창서관 경성부 종로 2정목 84번지
308	**김진옥전** 이문-김진-01-00	김진옥전	한글	64p.		1923- -	1	金東縉	이문당
309	**김진옥전** 태화-김진-01-01	김진옥전	한글	64p. 25전	1929-11-25	1929-11-28	1	姜夏馨 경성부 예지동 101번지	태화서관 경성부 예지동 101번지
310	**김진옥전** 향민-김진-01-01	김진옥전	한글	58p. 35원	1964-10-25	1964-10-30	1	박창서	향민사 대구시 향촌동 13
311	**김학공전** 세창-김학-01-01	(古代小說)金鶴 公傳	한글	60p.		1951- -	1		세창서관
312	**김학공전** 세창-김학-02-01	(古代小說)金鶴 公傳	한글	60p. 임시정가	1952-08-10	1952-08-30	2	申泰三 서울특별시 종로구 종로3가 10	세창서관 서울특별시 종로구 종로3가 10
313	**김학공전** 세창-김학-03-01	(古代小說)金鶴 公傳	한글	60p.		1961- -	3		세창서관 서울특별시 종로구 종로 3가 10
314	**김학공전** 신구-김학-01-01	彈琴臺	한글	95p.		1912- -	1	池松旭	신구서림
315	**김학공전** 신구-김학-02-01	김학공전	한글	60p. 25전	1932-01-25	1932-01-30	1	盧益煥 경성부 봉래정 1정목 75번지	신구서림 경성부 봉래정 1정목 75번지
316	**김학공전** 영창-김학-01-01	김학공전	한글	60p. 20전	1923-03-15	1923-03-30	1	李鍾完. 경성부 종로 2정목 98번지	영창서관 경성부 종로 2정목 84번지
317	**김희경전** 광문-김희-01-01	김희경전	한글	120p. 35전	1917-11-15	1917-11-20	1	鄭敬悙 경성부 종로통 2정목 82번지	광문서시 경성 종로 2정목 82번지
318	**김희경전** 광문-김희-01-02	김희경전	한글			1919-03-10	2		광문서시
319	**김희경전** 광문-김희-01-03	김희경전	한글	120p. 35전	1922-02-15	1922-02-20	3	鄭敬悙 경성부 가회동 147번지	광문서시 경성부 견지동 80번지
320	**김희경전** 광문-김희-02-01	녀즁호걸	한글			1917-11-29	1		광문서시
321	**김희경전** 광문-김희-02-02	녀즁호걸	한글	120p. 26전	1919-01-20	1919-01-25	2	鄭敬悙 경성부 종로통	광문서시 경성부 종로통 2정목
322	**김희경전** 박문-김희-01-00	녀즁호걸	한글			1925- -	1		박문서관
323	**김희경전** 세창-김희-01-00	여즁호걸	한글	113p.		1962- -	1		세창서관

인쇄자 인쇄소 주소	인쇄소 인쇄소 주소	공동 발행	영인본	소장처 및 청구기호	기타	현황
申晟均 서울특별시 종로구 종로 3가 10	세창인쇄사 서울특별시 종로구 종로 3가 10			국회도서관(811.31 ㅅ585ㄱ)	원문 이미지파일 제공.	원문
	세창인쇄사 서울특별시 종로구 종로3가 10				'세창-김진-01-05'에 판권지가 2장 있음. 그중 앞선 날짜의 것을 '세창-김진-04-01'의 것으로 하고, 뒷날짜의 것을 '세창-김진-04-02' 것으로 함.	출판
	세창인쇄사 서울특별시 종로구 종로 3가 10			개인소장본	'세창-김진-01-05'에 판권지가 2장 있음. 그중 앞선 날짜의 것을 '세창-김진-04-01'의 것으로 하고, 뒷날짜의 것을 '세창-김진-04-01' 것으로 함.	원문
					권순긍, p.328.	출판
金翼洙 경성부 황금정 2정목 21번지	신문관 경성부 황금정 2정목 21번지	한흥서림, 삼광서림		국립중앙도서관(3 634-2-56(3))		원문
					[연구보정](p.159)에 이문당 발행 <김진옥전>(국립중앙도서관, 3634-2-23=1)이 있다고 기록하였으나, 국립중앙도서관에서 해당 작품을 찾지 못함.	목록
金重煥 경성부 관훈동 30번지	중성사인쇄부 경성부 관훈동 30번지			국립중앙도서관(3 634-2-56(6))		원문
				최호석 소장본		원문
				서울대학교 도서관(MFF 951.06 C718ik v.94)	자료유형: 마이크로자료, 단체저자: C.V. Starr East Asian Library	원문
	세창인쇄사 서울특별시 종로구 종로3가 10			양승민 소장본		원문
				국립중앙도서관(8 13.5-김929ㄱ)	판권지가 없어 서지 정보는 국립중앙도서관 기록을 따름. 협약도서관에서 이미지 파일 열람 가능.	원문
			[한국신소설전집 5](을유문화사)	국립중앙도서관(3 636-50-5=2)		원문
林基然 경성부 봉래정 1정목 75번지	신구서림인쇄부 경성부 봉래정 1정목 75번지			디지털 한글박물관(홍윤표 소장본)		원문
沈禹澤 경성부 공평동 55번지	대동인쇄주식회사 경성부 공평동 55번지	한흥서림, 삼광서림	[활자본고전소설 전집 2]	서울대학교 도서관(3350 108)		원문
鄭敬德 경성부 관훈동 30번지	조선복음인쇄소 경성부 관훈동 30번지			국립중앙도서관(3 634-2-30(11))	저작자 정기성. 판권지 일부가 보이지 않는 것은 '광문-김희-02-02'를 참조. 3판에 초판 발행일 기록.	원문
					3판에 2판 발행일 기록.	출판
朴仁煥 경성부 영락정 2정목 85번지	경성신문사 경성부 영락정 2정목 85번지		[활자본고전소설 전집 2], [구활자소설총서 10]	국립중앙도서관(3 634-2-30(10))	편술자 정기성. 초판, 2판 발행일 기록.	원문
					2판에 초판 발행일 기록.	출판
鄭敬德 경성부 관훈동 30번지	조선복음인쇄소 경성부 관훈동 30번지			국립중앙도서관(3 634-2-86(1))	저작자 정기성. 초판 발행일 기록.	원문
					김종철 소장본([연구보정], p.165)	원문
				이화여자대학교 도서관(811.31 녀817)		원문

번호	작품명 고유번호	표제	문자	면수 가격	인쇄일	발행일	판차	발행자 발행자 주소	발행소 발행소 주소
324	김희경전 신구-김희-01-01	김희경전	한글			1914-08-05	1		신구서림
325	김희경전 신구-김희-01-02	김희경전	한글				2		신구서림
326	김희경전 신구-김희-01-03	녀자충효록	한글	73p. 25전	1920-04-05	1920-04-20	3	池松旭 경성부 봉래정 1정목 77번지	신구서림 경성부 봉래정 1정목77번지
327	김희경전 신구-김희-02-01	쌍문충효록	한글	137p. 45전	1918-01-15	1918-01-30	1	朴健會 경성부 공평동 68번지	신구서림 경성부 봉래정 1정목77번지
328	김희경전 조선-김희-01-01	(忠孝節義)녀즁 호걸	한글	35전	1925-12-20	1925-12-25	1	洪淳泌 경성부 견지동 60번지	조선도서주식회사 경성부 견지동 60번지
329	꼭두각시전 광명-꼭두-01-01	(로쳐녀)고독각 시	한글	41p. 15전	1916-09-11	1916-09-16	1	朴健會 경성부 인사동 39번지	광명서관 경성부 종로통 4정목 91번지
330	꼭두각시전 대창-꼭두-01-00	고독각씨	한글				1		대창서원
331	꼭두각시전 동미-꼭두-01-00	로쳐녀 고독각씨	한글				1		동미서시
332	꼭두각시전 영창-꼭두-01-01	(悔心曲)老處女 의 秘密	한글	62p. 25전	1923-05-05	1923-05-10	1	姜義永 경성부 종로 3정목 85번지	영창서관 경성부 종로 3정목 85번지
333	난봉기합 경성서-난봉-01-00	란봉긔합	한글			1921- -	1		경성서적업조합
334	난봉기합 동양서-난봉-01-01	란봉긔합	한글	130p. 25전	1913-05-20	1913-05-25	1	閔濬鎬 경성부 동부 호동 30통4호	동양서원 경성 중부 철물교우
335	난봉기합 박문-난봉-01-00	란봉긔합	한글				1		박문서관
336	난봉기합 유일-난봉-01-00	란봉긔합	한글	25전		1916- -	1		유일서관
337	난봉기합 한성-난봉-01-00	란봉긔합	한글	25전		1915- -	1		한성서관
338	남강월 경성서-남강-01-00	(一代勇女) 南江月	한글			1921- -	1		경성서적업조합
339	남강월 덕홍-남강-01-01	(일대용녀) 남강월	한글	85p. 25전	1915-12-10	1915-12-25	1	金東縉 경성부 견지동 67번지	덕흥서림 경성부 견지동 67번지
340	남강월 덕홍-남강-02-01	(일대용녀) 남강월	한글	76p. 30전	1922-11-30	1922-12-05	1	金東縉 경성부 종로 2정목 20번지	덕흥서림 경성부 종로 2정목 20번지
341	남강월 동미-남강-01-00	남강월	한글			1917- -	1		동미서시
342	남무아미타불 광동-남무-01-01	(개과쳔션)남무 아미타불	한글	46p. 20전	1922-02-20	1922-02-28	1	李鍾楨 경성부 관수동 30번지	광동서국 경성부 관수동 30번지
343	남이장군실기 덕홍-남이-01-01	(용맹무적)남이 장군실긔	한글	50p. 25전	1926-12-25	1926-12-30	1	金東縉 경성부 종로 2정목 20번지	덕흥서림 경성부 종로 2정목 20번지

인쇄자 인쇄소 주소	인쇄소 인쇄소 주소	공동 발행	영인본	소장처 및 청구기호	기타	현황
					3판에 초판 발행일 기록.	출판
					3판이 있어서 2판이 있을 것으로 추정.	출판
沈禹澤 경성부 공평동 54번지	성문사 경성부 공평동 55번지	한성서관	[구활자본고소설 전집 9], [구활자소설총서 1]		초판 발행일 기록.	원문
沈禹澤 경성부 공평동 55번지	성문사 경성부 공평동 55번지			연세대학교 도서관(O 811.9308 고대소 -3-6)		원문
金翼洙 경성 황금정 2정목 21번지	신문관 경성 황금정 2정목 21번지			서울대학교 도서관(3350 120)		원문
金重煥 경성부 중림동 333번지	보성사 경성부 수송동 44번지		[구활자본고소설 전집 1], [구활자소설총서 11]	국립중앙도서관(3 634-3-47(7))		원문
					<리봉빈젼>, 대창서원. 광고([이본목록], p.110)	광고
					<당태종전>, 동미서시. 1917. 광고([이본목록], p.110)	광고
宋台五 경성부 장사동 69번지	중앙인쇄소 경성부 장사동 69번지	한흥서림	[신소설전집 20]	국립중앙도서관(3 634-3-35(7))	[노처녀의 비밀]은 1회 괴동어미이야기, 2회 치가교훈가, 3회 형뎨가, 4회 고독각씨이야기(pp24~41), 5회 로쳐녀가, 6회 회심곡으로 구성.	원문
					[圖書分類目錄], 1921 改正([이본목록], p.112)	목록
全敬禹 경성 북부 돈녕동 66통 2호	동문관 경성 북부 교동 23통 5호			연세대학교 도서관(O 811.37 신소설-9-3)	'소설총서 제3집'. 1면에 저자 서문, 3면에 '啞俗先生 著'라고 기록.	원문
					광고.([이본목록], p.112)	광고
					<대월서상기>, 유일서관, 한성서관, 1916(국립중앙도서관(3634-2-117(3)) 광고에 '란봉긔합'으로 기록.	광고
					<소상강>, 한성서관, 1915(국립중앙도서관(3634-2-10(3)) 광고에 '란봉긔합'으로 기록.	광고
					[圖書分類目錄], 1921 改正([이본목록], p.113). 방각본 <징세비태록>의 이류계 이본 (이주영, 1998)	목록
金重煥 경성부 중림동 333번지	보성사 경성부 수송동 44번지		[구활자본고소설 전집 20], [활자본고전소설 전집 2]	국립중앙도서관(3 634-2-14(5))	'緖言' 있음. [구활자소설총서 9]에도 영인됨. [구활자소설총서]와 [구활자본고소설전집]에 판권지 있음.	원문
金世穆 경성부 북미창정 146번지	영남인쇄주식회사 경성부 북미창정 146번지			국립중앙도서관(3 634-2-66(4))	'緖言' 있음.	원문
					<당태종전>, 동미서시, 1917. 광고([이본목록], p.113)	광고
金聖杓 경성부 견지동 80번지	계문사 경성부 견지동 80번지			서울대학교 도서관(3350 118)	속표지에는 '개과쳔션 남무아미타불'로 기록되어 있음.	원문
魯基禎 경성부 견지동 32번지	한성도서주식회사 경성부 견지동 32번지		[구활자본고소설 전집 2]	국립중앙도서관(3 634-2-66(14))	저작자 장도빈.	원문

번호	작품명 고유번호	표제	문자	면수 가격	인쇄일	발행일	판차	발행자 발행자 주소	발행소 발행소 주소
344	**남이장군실기** 덕흥-남이-01-02	남이장군실긔	한글	50p. 25전	1935-12-05	1935-12-15	2	金東縉 경성부 종로 2정목 20번지	덕흥서림 경성부 종로 2정목 20번지
345	**남정팔난기** 경성서-남정-01-01	팔장사전	한글	40전	1926-12-18	1926-12-20	1	洪淳泌 경성부 견지동 60번지	경성서적업조합 경성부 견지동 60번지
346	**남정팔난기** 동미-남정-01-01-상	팔쟝사전 / 上卷	한글				1		동미서시
347	**남정팔난기** 동미-남정-01-01-하	팔쟝사전 / 下卷	한글	121p. 30전	1915-12-03	1915-12-07	1	朴健會 경성부 인사동 39번지	동미서시 경성부 봉래정 1정목 윤 자암
348	**남정팔난기** 박문-남정-01-00	팔장사전	한글			1938- -	1		박문서관
349	**남정팔난기** 세창-남정-01-00	팔장사전 / 상하합부	한글	108p.		1962-12-30	1	申泰三	세창서관
350	**남정팔난기** 신구-남정-01-01-상	팔쟝사전	한글			1915-12-06	1	朴健會	신구서림
351	**남정팔난기** 신구-남정-01-01-하	팔쟝사전	한글			1915-12-06	1	朴健會	신구서림
352	**남정팔난기** 신구-남정-02-01-상	팔쟝사전	한글			1917- -	1	朴健會	신구서림
353	**남정팔난기** 신구-남정-02-01-하	팔쟝사전	한글			1917- -	1	朴健會	신구서림
354	**남정팔난기** 영창-남정-01-00	팔쟝사전	한글				1		영창서관
355	**남정팔난기** 조선서-남정-01-01-상	팔쟝사전	한글			1915- -	1	朴健會	조선서관
356	**남정팔난기** 조선서-남정-01-01-하	팔쟝사전	한글			1915- -	1	朴健會	조선서관
357	**노처녀가** 조선서-노처-01-01	노쳐녀가	한글	11p. 25전	1913-02-24	1913-02-26	1	朴健會 경성 북부 대사동 3통 8호	조선서관 경성 북부 대사동 3통 8호
358	**녹두장군** 신구-녹두-01-01	(동학풍진)녹두 장군	한글	31p. 20전	1930-10-05	1930-10-10	1	盧益煥 경성부 봉래정 1정목 77번지	신구서림 경성부 봉래정 1정목 77번지
359	**녹처사연회** 동미-녹처-01-01	록쳐샤연회긔	한글	85p. 35전	1918-01-05	1918-01-07	1	朴健會 경성부 낙원동 85번지	동미서시 경성부 봉래정 1정목 103번지
360	**논개실기** 덕흥-논개-01-01	(임진명기)론개 실긔	한글			19 - -	1		덕흥서림
361	**다정다한** 영창-다정-01-01	(人情哀話)多情 多恨	한글		1928-09-20		1		영창서관
362	**다정다한** 영창-다정-01-02	(人情哀話)多情 多恨	한글	65p. 25전		1931- -	2	姜義永 경성부 종로 2정목 84번지	영창서관 경성부 종로 2정목 84번지
363	**단장록** 경성서-단장-01-00	단장록	한글			1921- -	1		경성서적업조합
364	**단장록** 유일-단장-01-01-상	단장록 / 상편	한글				1		유일서관
365	**단장록** 유일-단장-01-01-중	단장록 / 즁편	한글	127p. 35전	1917-01-29	1917-02-02	1	南宮濬 경성부 관훈동 72번지	유일서관 경성부 관훈동 72번지

인쇄자 인쇄소 주소	인쇄소 인쇄소 주소	공동 발행	영인본	소장처 및 청구기호	기타	현황
李鍾汰 경성부 종로 2정목 20번지	덕흥서림인쇄부 경성부 종로 2정목 20번지			국립중앙도서관(3634-2-66(13))	초판 발행일을 '소화 1년'이 아니라 '대정 15년(=소화 원년)'으로 기록.	원문
權泰均 경성부 공평동 55번지	대동인쇄주식회사 경성부 공평동 55번지			정명기 소장본	38회의 장회체. 상하합편(상권 1~17회, 하권 18~38회). 후미 낙장.	원문
					하권이 있어서 상권도 있을 것으로 추정.	출판
金重煥 경성부 중림동 333번지	보성사 경성부 전동 44번지			연세대학교 도서관(O 811.9308 고대소 -8-8)	38회의 장회체(하권 18~38회의 목차 있음).	원문
					광고(이주영, p.210.)	광고
				이화여자대학교 도서관(811.31 팔811)	38회의 장회체(상: 1~17회, 103면.; 하: 18-38회, 108면).	원문
					권순긍, p.329.	출판
					권순긍, p.329.	출판
				한국학중앙연구원(D7B 45A)		원문
				한국학중앙연구원(D7B 45)		원문
					[출판목록]([이본목록], p.118)	목록
					유탁일 소장본([이본목록], p.118)	원문
					유탁일 소장본([이본목록], p.118)	원문
全敬禹 경성 북부 교동 27통 9호	동문관 경성 북부 교동 23통 5호		[구활자본고소설전집 20]		[별삼설기 상하](p.70) 안에 '낙양삼사기', '황주목사기', '서초패왕기', '삼자원종기', '노쳐녀가(pp.60~70)' 있음. '낙양삼사기' 제목 밑 '쾌재 박건회 저'.	원문
林基然 경성부 봉래정 1정목 77번지	신구서림인쇄부 경성부 봉래정 1정목 77번지			서울대학교 도서관(3350 19)		원문
金弘奎 경성부 가회동 216번지	보성사 경성부 수송동 44번지	회동서관, 광익서관	[신소설전집 16]	국립중앙도서관(3634-3-20(1))	소설집 [일대장관](1회 금송아지전, 2회 황새결송기, 3회 록쳐샤연회긔, 4회 벽란도룡녀긔, 5회 셔대쥐젼, 부 자미잇난이약이)의 한 부분.	원문
					방민호 가목([고전소설연구보정 상], p.193)	원문
					2판에 초판 인쇄일과 발행일 기록되어 있으나 초판 인쇄일만 확인 가능.	출판
申泰三 경성부 종로 2정목 84번지	영창서관인쇄부 경성부 종로 2정목 84번지	한흥서림		서울대학교 도서관(3340 164)	초판. 2판 인쇄일과 발행일이 가려져 보이지 않음.	원문
					[圖書分類目錄], 1921 改正([이본목록], p.125)	목록
					중권과 하권이 있어서 상권도 있을 것으로 추정.	출판
金敎瓚 경성부 소격동 41번지	보성사 경성 수송동 44번지	청송당서점		국립중앙도서관(3634-3-77(1))	중권이 하권보다 인쇄일과 발행일이 늦음(원래의 판권지 위에 종이를 덧붙여 인쇄 발행일 기록. 실제로는 발행일이 이를 수도 있음.)	원문

번호 고유번호	작품명	표제	문자	면수 가격	인쇄일	발행일	판차	발행자 발행자 주소	발행소 발행소 주소
366	단장록 유일-단장-01-01-하	단장록 / 하편	한글	148p. 38전	1916-11-15	1916-11-30	1	南宮濬 경성부 관훈동 72번지	유일서관 경성부 관훈동 72번지
367	단종대왕실기 계몽-단종-01-01	端宗大王實記 全	한글	280p.		1929- -	1	黃寅性 경성부 체부동 26번지	계몽서원 경성부 체부동 26번지
368	단종대왕실기 덕흥-단종-01-01	端宗大王實記 : 一名莊陵血史	한글			1929-09-17	1		덕흥서림
369	단종대왕실기 덕흥-단종-01-02	端宗大王實記 : 一名莊陵血史	한글			1934-11-15	2		덕흥서림
370	단종대왕실기 덕흥-단종-01-03	端宗大王實記 : 一名莊陵血史	한글	280p. 1원	1935-09-05	1935-09-10	3	金東縉 경성부 종로 2정목 20번지	덕흥서림 경성부 종로 2정목 20번지
371	단종대왕실기 박문-단종-01-00	단종대왕실긔	한글				1		박문서관
372	단종대왕실기 세창-단종-01-01	단종대왕실긔	한글	82p.		1952-12-30	1	申泰三	세창서관
373	달기전 경성서-달기-01-00	소달긔전	한글			1921- -	1		경성서적업조합
374	달기전 광동-달기-01-01	(고대소설)소달 긔젼	한글	86p. 30전	1917-10-25	1917-11-15	1	李鍾楨 경성부 송현동 71번지	광동서국 경성부 송현동 71번지
375	당태종전 경성서-당태-01-00	당태종전	한글			1921- -	1		경성서적업조합
376	당태종전 대산-당태-01-01	(古代小說)당태 종전	한글	38p.		1926- -	1		대산서림
377	당태종전 동미-당태-01-01	당태종전	한글			1913-12-10	1		동미서시
378	당태종전 동미-당태-02-01	(복선화음)당태 종전	한글			1915-12-10	1	朴健會	동미서시
379	당태종전 동미-당태-02-02	(복선화음)당태 종전	한글	72p. 25전	1917-01-20	1917-01-22	2	朴健會 경성부 인사동 39번지	동미서시 경성부 봉래정 1정목 원 암자
380	당태종전 동양대-당태-01-01	(고대소설)당태 종전	한글	38p. 15전	1929-12-01	1929-12-03	1	宋敬煥 경성부 종로 1정목 75번지	동양대학당 경성부 종로 1정목 75
381	당태종전 동양서-당태-01-01	당태종전	한글			1915- -	1		동양서원
382	당태종전 동양서-당태-01-02	당태종전	한글			1927- -	2		동양서원
383	당태종전 세창-당태-01-00	당태종전	한글			1951- -	1	申泰三	세창서관
384	당태종전 세창-당태-02-01	(古代小說)唐太 宗傳	한글	32p. 임시정가	1952-12-01	1952-12-30	1	申泰三 서울특별시 종로구 종로 3가 10	세창서관 서울특별시 종로구 종로 3가 10
385	당태종전 세창-당태-03-01	(고대소설)당태 종전	한글	32p. 120	1961-08-10	1961-12-30	1	申泰三 서울특별시 종로구 종로 3가 10	세창서관 서울특별시 종로구 종로 3가 10
386	당태종전 신구-당태-01-01	(고대소설)당태 종전	한글	38p. 20전	1917-11-25	1917-11-30	1	池松旭 경성부 봉래정 1정목 77번지	신구서림 경성부 봉래정 1정목 77번지

인쇄자 인쇄소 주소	인쇄소 인쇄소 주소	공동 발행	영인본	소장처 및 청구기호	기타	현황
韓養浩 경성부 제동 3번지	선명사 경성부 종로통 1정목 39번지	한성서관, 청송당서점		국립중앙도서관(3 634-3-77(4))		원문
沈禹澤 경성부 公평동 55번지	대동인쇄주식회사 경성부 공평동 55번지			한국학중앙연구원(D7B-86)	13회의 장회체.	원문
					3판에 초판 발행일 기록.	출판
					3판에 2판 발행일 기록.	출판
李鍾汰 경성부 종로 2정목 20번지	덕흥서림인쇄부 경성부 종로 2정목 20번지			고려대학교 도서관(897.33 김동진 단)	13회의 장회체. 이본목록의 1935년판과 연구보정의 3판(1935년판)은 같은 것으로 추정.	원문
					<슈명삼국지(3판)>, 박문서관, 1928. 광고([이본목록], p.125)	광고
				이화여자대학교 도서관(811.31 단815A), 국회도서관(MF 811.31 ㅅ585ㄷ)	발행일은 [이본목록](p.125) 참고.	원문
					[圖書分類目錄], 1921 改正([이본목록], p.126)). 중국소설 <봉신연의>의 번안작(손홍, 2009)	목록
沈禹澤 경성부 공평동 54번지	성문사 경성부 공평동 55번지	태학서관		국립중앙도서관(3 634-2-30)		원문
					[圖書分類目錄], 1921 改正([이본목록], p.131)	목록
				충남대학교 도서관(학산 811.31 당832)		원문
					권순긍, p.327.	출판
					2판에 초판 발행일 기록.	출판
韓養浩 경성부 재동 3번지	선명사 경성부 종로통 1정목 39번지		[구활자본고소설 전집 2]	국립중앙도서관(3 634-2-29(10))		원문
金重煥 경성부 관훈동 30번지	중성사인쇄부 경성부 관훈동 30번지			국립중앙도서관(3 634-2-29(6))		원문
					우쾌제, p.125.	출판
					우쾌제, p.125.	출판
					발행소, 발행일은 [이본목록](p.131)에 따름.	출판
	세창인쇄사 서울특별시 종로구 종로 3가 10			국회도서관(811.31 ㅅ585ㄷ) 고려대학교 도서관(희귀897.33 당태종 당a)	인쇄일은 국회도서관 소장본 참고.	원문
	세창인쇄사 서울특별시 종로구 종로 3가 10			소인호 소장본		원문
沈禹澤 경성부 공평동 54번지	성문사 경성부 공평동 55번지	한성서관		국립중앙도서관(3 634-2-66(12))		원문

번호	작품명 고유번호	표제	문자	면수 가격	인쇄일	발행일	판차	발행자 발행자 주소	발행소 발행소 주소
387	당태종전 영창-당태-01-01	(고대소설)당태 종전	한글	38p. 15전	1925-10-01	1925-10-05	1	姜義永 경성부 종로 2정목 84번지	영창서관 경성부 종로 2정목 84번지
388	당태종전 이문-당태-01-00	당태종전	한글	25전		1918- -	1		이문당
389	당태종전 조선서-당태-01-00	당태종전	한글			1916- -	1		조선서관
390	당태종전 회동-당태-01-01	(고대소설)당태 종전	한글	38p. 15전	1926-02-05	1926-02-10	1	高裕相 경성부 남대문통 1정목 17번지	회동서관 경성부 남대문통 1정목 17번지
391	도깨비말 세계-도깨-01-01	방울군자 독갑이말	한글	8p.			1		세계서림 경성 종로 1정목
392	동상기 경성서-동상-01-00	東廂記纂	한문			1921- -	1		경성서적업조합
393	동상기 보성-동상-01-01	東廂記纂	한문			1918- -	1		보성사
394	동상기 한남-동상-01-01	東廂記纂	한문	273p. 80전	1918-11-15	1918-11-20	1	白斗鏞 경성부 인사동 170번지	한남서림 경성부 인사동 170번지
395	동서야담 성문-동서-01-01	東西野談	한문	56p. 50전	1934-11-20	1934-11-25	1	李宗壽 경성부 서대문정 1정목 79번지	성문당서점 경성부 서대문정 1정목 79번지
396	동선기 박문-동선-01-01	동선화	한글			1915- -	1		박문서관
397	동정의 루 영창-동정-01-01	(愛情悲劇)동정 의눈물	한글				1		영창서관
398	동정의 루 영창-동정-01-02	(愛情悲劇)동정 의눈물	한글	75p. 30전		1925- -	2	姜義永 경성 종로 2정목 84번지	영창서관 경성 종로 2정목 84번지
399	동정호 회동-동정호-01-01	동정호	한글			1925- -	1		회동서관
400	동정호 회동-동정호-01-02	동정호	한글	146p. 40전		1925- -	2	高裕相 경성부 남대문통 1정목 17번지	회동서관 경성 남대문통 1정목 17번지
401	등하미인전 경성서-등하-01-00	등하미인	한글			1921- -	1		경성서적업조합
402	만강홍 회동-만강-01-01	만강홍	한문			1914-05-28	1		회동서관
403	만강홍 회동-만강-01-02	만강홍	한문	84p. 35전	1921-12-10	1921-12-13	2	高裕相 경성부 남대문통 17번지	회동서관 경성 남대문통 1정목 17번지
404	명주기봉 한성-명주-01-00	명주긔봉	한글			1915- -	1		한성서관
405	무릉도원 영창-무릉-01-01	무릉도원 : 일명 오미인	한글			1924-10-30	1		영창서관
406	무릉도원 영창-무릉-01-02	무릉도원 : 일명 오미인	한글	146p. 50전	1927-12-29	1928-01-06	2	姜義永 경성부 종로 2정목 84번지	영창서관 경성 종로 2정목 84번지
407	무목왕정충록 회동-무목-01-00	설악전	한글			1915- -	1		회동서관
408	무정한 동무 화광-무정-01-01	(戀愛悲劇)無情 한동무	한글	140p. 50전	1931-02-05	1931-02-10	1	姜範馨 경성부 종로 3정목 80번지	화광서림 경성부 종로통 3정목 80번지

인쇄자 인쇄소 주소	인쇄소 인쇄소 주소	공동 발행	영인본	소장처 및 청구기호	기타	현황
南昌熙 경성부 종로 2정목 84번지	영창서관인쇄부 경성부 종로 2정목 84번지	한홍서림, 진흥서관		정명기 소장본		원문
					<삼선기>, 이문당, 1918(국립중앙도서관 소장본(3634-2-20(2)) 광고에 '당태종전'으로 기록.	광고
					<월봉산긔>, 조선서관, 1916(국립중앙도서관 소장본(3634-2-70(7)) 광고에 '당태종전'으로 기록. 가격은 나와 있지 않음.	광고
金翼洙 경성부 황금정 2정목 21번지	신문관 경성부 황금정 2정목 21번지			서울대학교 도서관(3350 123)	대출 기록부에 판권지 일부 가림. 판권지에는 발행일이 인쇄일보다 앞서 있어 여기서는 앞선 날짜를 인쇄일로 함.	원문
			[구활자본고소설 전집 19]		판권지 없으나 뒷장에 출판사 주소 있음. [각종재담집]과 [고금열녀집]이 합철됨.	원문
					[圖書分類目錄], 1921 改正([이본목록], p.137))	목록
					吳漢根 소장본([이본목록], p.137). 洌上老艸衣.	원문
金弘奎 경성부 가회동 216번지	보성사 경성부 수송동 44번지			국회도서관(811.2 ㅂ395ㄷ)		원문
尹琦炳 경성부 서대문정 1정목 79번지	성문당인쇄부 경성부 서대문정 1정목 79번지			정명기 소장본		원문
					소재영 외, p.83.	원문
		한홍서림, 삼광서림			2판이 있어서 초판도 있을 것으로 추정.	출판
魯基禎 경성 견지동 32번지	한성도서주식회사 경성 견지동 32번지	한홍서림, 삼광서림		서울대학교 도서관(3340 163)		원문
					2판에 초판 발행일이 기록되어 있으나, 판권지가 가려져 보이지 않음.	출판
姜福景 경성부 수송동 69번지	보명사인쇄소 경성부 수송동 69번지			서울대학교 도서관(3340 169)	판권지 일부가 가려져 초판, 2판 인쇄일과 발행일이 보이지 않음.	원문
					[圖書分類目錄], 1921 改正([이본목록], p.140)	목록
					2판에 초판 발행일 기록.	출판
金聖杓 경성부 견지동 80번지	계문사 경성부 견지동 80번지			디지털 한글박물관(국립국 어원 소장본)	저작자 이종린. 상하 합편(상 1편~10편, 하 11편~21편).	원문
					<쌍주기연>, 한성서관, 1915(국립중앙도서관 소장본(3634-2-21(1)) 광고에 '명주긔봉(近刊)'으로 기록.	광고
		한홍서림			2판에 초판 발행일 기록. 중국소설 <백규지>의 번역(박상석, 2012)	출판
金在涉 경성부 견지동 32번지	한성도서주식회사인 쇄부 경성부 견지동 32번지	한홍서림	[구활자본고소설 전집 3]	국립중앙도서관(3 634-2-42(5))	16회의 장회체. 중국소설 <백규지>의 번역(박상석, 2012)	원문
			[활자본고전소설 전집 1]		<금산사몽유록>, 회동서관, 1915([활자본고전소설전집 1], p.59)에 <정충설악전>을 인쇄 중임을 광고.	광고
朴仁煥 경성부 공평동 55번지	대동인쇄소 경성부 공평동 55번지			서울대학교 도서관(3340 77)	도서관 서지정보에는 재판이라고 되어 있으나 원문확인 결과 초판임.	원문

번호	작품명 고유번호	표제	문자	면수 가격	인쇄일	발행일	판차	발행자 발행자 주소	발행소 발행소 주소
409	**무학대사전** 신구-무학-01-01	(한양터잡은)無 學大師傳	한글	32p. 15전	1929-10-25	1929-10-30	1	盧益煥 경성부 봉래정 1정목 77번지	신구서림 경성부 봉래정 1정목 77번지
410	**미인계** 덕흥-미인-01-01	(신출괴몰) 미인계	한글			1919-11-18	1		덕흥서림
411	**미인계** 덕흥-미인-01-02	(신출괴몰) 미인계	한글	75p. 25전	1920-10-20	1920-10-30	2	金東縉 경성부 종로 2정목 20번지	덕흥서림 경성부 종로통 2정목 20번지
412	**미인도** 경성서-미인도-01-00	미인도	한글			1921- -	1		경성서적업조합
413	**미인도** 대조-미인도-01-01	미인도	한글	47p.		1956-03-30	1		대조사
414	**미인도** 동미-미인도-01-01	미인도	한글	72p. 20전	1915-05-15	1915-05-17	1	李容漢 경성 남문외 봉래정 1정목 136번지	동미서시 경성 남문외 봉래정 1정목
415	**미인도** 동미-미인도-01-02	미인도	한글	72p. 20전	1916-07-25	1916-07-29	2	李容漢 경성부 남대문외 봉래정 1정목 136번지	동미서시 경성부 봉래정 1정목(원 자암)
416	**미인도** 세창-미인도-01-01	미인도	한글	64p.		1951- -	1	申泰三	세창서관
417	**미인도** 세창-미인도-02-01	미인도	한글	64p. 임시정가	1952-12-01	1952-12-30	1	申泰三 서울특별시 종로구 종로3가 10	세창서관 서울특별시 종로구 종로3가 10
418	**미인도** 세창-미인도-03-01	미인도	한글	64p. 200	1957-08-10	1957-12-30	1	申泰三 서울특별시 종로구 종로 3가 10	세창서관 서울특별시 종로구 종로 3가 10
419	**미인도** 이문-미인도-01-00	美人圖	한글	25전		1918- -	1		이문당
420	**미인도** 향민-미인도-01-01	미인도	한글	47p. 20원	1962-10-20	1962-10-30	1	朴彰緒	향민사 대구시 향촌동 13
421	**미인도** 향민-미인도-02-00	미인도	한글	47p.		1972-09-15	1		향민사
422	**미인도** 회동-미인도-01-01	미인도	한글			1913-09-20	1	高裕相	회동서관
423	**미인도** 회동-미인도-01-02	미인도	한글	68p. 16전	1919-01-10	1919-01-23	2	高裕相 경성부 남대문통 1정목 17번지	회동서관 경성부 남대문통 1정목 17번지
424	**미인도** 회동-미인도-01-03	미인도	한글				3	高裕相	회동서관
425	**미인도** 회동-미인도-01-04	미인도	한글				4		회동서관
426	**미인도** 회동-미인도-01-05	미인도	한글			1921- -	5	高裕相	회동서관
427	**미인도** 회동-미인도-01-06	미인도	한글				6		회동서관
428	**미인도** 회동-미인도-01-07	미인도	한글	68p. 20전	1923-11-10	1923-11-15	7	高裕相 경성부 남대문통 1정목 17번지	회동서관 경성부 남대문통 1정목 17번지
429	**미인도** 회동-미인도-01-08	미인도	한글	68p.		1924-01-29	8	高裕相	회동서관
430	**미인도** 회동-미인도-01-09	미인도	한글	68p. 20전	1925-01-25	1925-01-25	9	高裕相 경성부 남대문통 1정목 17번지	회동서관 경성부 남대문통 1정목 17번지

인쇄자 인쇄소 주소	인쇄소 인쇄소 주소	공동 발행	영인본	소장처 및 청구기호	기타	현황
沈禹澤 경성부 공평동 55번지	대동인쇄주식회사 경성부 공평동 55번지			서울대학교 도서관(3350 24)		원문
					2판에 초판 발행일 기록. <종옥전>의 개작(박상석, 2009)	출판
金重煥 경성부 공평동 55번지	대동인쇄주식회사 경성부 공평동 55번지			국립중앙도서관(3 634-3-58(1))	초판 발행일 기록. <종옥전(鍾玉傳)>의 개작(박상석,2010)	원문
					[圖書分類目錄], 1921 改正([이본목록], p.159).	목록
					김귀석, 2002.	원문
鄭敬德 경성부 원동 206번지	조선복음인쇄소 경성부 원동 206번지			국립중앙도서관(3 634-2-113(2))	2판에 초판 발행일 기록.	원문
金重煥 경성부 중림동 333번지	보성사 경성부 수송동 44번지			국립중앙도서관(3 634-2-113(1))	초판 발행일 기록.	원문
				국회도서관(MF 811.31 ㅅ585ㅁ)		원문
	세창인쇄사 서울특별시 종로구 종로3가 10			김종철 소장본		원문
	세창인쇄사 서울특별시 종로구 종로 3가 10			개인소장본		원문
					<삼선기>, 이문당, 1918(국립중앙도서관 소장본(3634-2-20(2)) 광고에 '美人圖'로 기록.	광고
				개인소장본		원문
					김귀석, 2002.	원문
					2, 7, 9판에 초판 발행일 기록.	출판
金弘奎 경성부 가회동 216번지	보성사 경성부 수송동 44번지		[신소설전집 9]	국립중앙도서관(3 634-2-113(6))	초판 발행일 기록.	원문
					7판과 9판이 있어서 3판도 있을 것으로 추정.	출판
					7판과 9판이 있어서 4판도 있을 것으로 추정.	출판
					발행연도는 [연구보정](p.262)에 의함.	출판
					7판과 9판이 있어서 6판도 있을 것으로 추정.	출판
魯基禎 경성부 견지동 32번지	한성도서주식회사 경성부 견지동 32번지			국립중앙도서관(3 634-2-113(3))	초판 발행일 기록.	원문
					9판에 8판 발행일 기록.	원문
魯基禎 경성부 견지동 32번지	한성도서주식회사 경성부 견지동 32번지			정명기 소장본	초판과 8판 발행일 기록.	원문

번호	작품명 고유번호	표제	문자	면수 가격	인쇄일	발행일	판차	발행자 발행자 주소	발행소 발행소 주소
431	**박문수전** 경성서-박문-01-01	어사박문슈	한글	43p.	1926-12-18	1926-12-20	1	洪淳泌	경성서적업조합 경성부 견지동 60번지
432	**박문수전** 대조-박문-01-00	어사박문수전	한글	32p.		1959- -	1	大造社編輯部	대조사
433	**박문수전** 덕흥-박문-01-01	어사박문수	한글	40p. 15전	1933-12-05	1933-12-10	1	金東縉 경성부 종로 2정목 20번지	덕흥서림 경성부 종로 2정목 20번지
434	**박문수전** 박문-박문-01-01	어사 박문슈	한글			1919-02-12	1	玄丙周	박문서관
435	**박문수전** 박문-박문-01-02	어사 박문슈	한글	43p.		1921-12-31	2	玄丙周	박문서관
436	**박문수전** 세창-박문-01-01	어사박문수전	한글	31p. 35원	1952-08-10	1952-08-30	1	申泰三 서울특별시 종로구 종로 3가10	세창서관 서울특별시 종로구 종로 3가 10
437	**박문수전** 세창-박문-02-01	박문수전	한글	31p. 임시정가	1952-12-01	1952-12-30	1	申泰三 서울특별시 종로구 종로 3가10	세창서관 서울특별시 종로구 종로 3가 10
438	**박문수전** 신구-박문-01-01	어사박문수전	한글			1919- -	1		신구서림
439	**박문수전** 신구-박문-01-02	어사박문수전	한글	43p.		1921- -	2		신구서림
440	**박문수전** 영창-박문-01-00	박문수전	한글				1		영창서관
441	**박문수전** 유일-박문-01-01	박문수전	한글			1917- -	1		유일서관
442	**박문수전** 이문-박문-01-01	박문수전	한글	40p. 15전	1933-12-05	1933-12-10	1	金東縉 경성부 종로 2정목 20	이문당(주식회사 이문당) 경성부 관훈정 130
443	**박문수전** 진흥-박문-01-00	어사박문수전	한글	32p.			1		진흥서관
444	**박문수전** 향민-박문-01-01	박문수전	한글	32p.		1964-10-30	1	朴彰緖	향민사
445	**박문수전** 홍문-박문-01-01	어사박문수전	한글	32p. 15전	1936-12-25	1936-12-30	1	申泰三 경성부 종로 4정목 77	홍문서관 경성부 종로 5정목 232번지
446	**박씨전** 경성서-박씨-01-01	박씨부인전	한글			1917-09-15	1		경성서적업조합
447	**박씨전** 경성서-박씨-01-02	박씨부인전	한글	52p. 25전	1923-12-05	1923-12-10	2	洪淳必 경성부 견지동 60번지	경성서적업조합 경성부 견지동 60번지
448	**박씨전** 광학-박씨-01-01	박씨젼, 일명 박씨부인젼	한글	74p.		1925- -	1		광학서포
449	**박씨전** 대조-박씨-01-01	박씨전	한글	46p.		1959- -	1		대조사
450	**박씨전** 대창-박씨-01-01	朴氏夫人傳	한글	52p.		1917-09-15	1		대창서원
451	**박씨전** 대창-박씨-02-01	박씨부인전	한글	52p. 30전	1920-01-27	1920-01-30	1	勝木良吉 경성부 남대문통 1정목 22번지	대창서원 경성부 종로 2정목 12번지
452	**박씨전** 덕흥-박씨-01-01	(고대쇼설)박씨 부인젼	한글	52p.		1925-11-30	1		덕흥서림

인쇄자 인쇄소 주소	인쇄소 인쇄소 주소	공동 발행	영인본	소장처 및 청구기호	기타	현황
	대동인쇄주식회사 경성부 공평동 55번지		[구활자본고소설 전집 3]		3회의 장회체(1회만 박문수 이야기). 영인본의 판권지 상태 불량.	원문
				고려대학교 도서관(897.3308 1959 3)	[古代小說集] 第3輯에 <숙향전>, <금방울전>, <두껍전>, <숙영낭자전>, <정수경전>과 합철.	원문
申東燁 경성부 종로 2정목 20번지	덕흥서림인쇄부 경성부 종로 2정목 20번지		[조동일소장국문 학연구자료 21]		장회체(3회 중, 1회만 박문수 이야기). p.32까지 한자병기, 이후 순한글(편집이 다름). 표지 그림 밑에 '경성 태화서관 발행'이라고 기록. 발행소는 판권지 기록 따름.	원문
					조희웅 소장본([이본목록], p.161)	원문
					조희웅 소장본([이본목록], p.161)	원문
	세창인쇄사 서울특별시 종로구 종로 3가 10			박순호 소장본		원문
	세창인쇄사 서울특별시 종로구 종로 3가 10			국립중앙도서관(8 13.5-박338^)		원문
					이능우, p.283.	출판
					이능우, p.283.	출판
					[출판목록]([이본목록], p.161.)	목록
					우쾌제, p.125.	출판
朴翰柱 경성부 수창동 194번지	동아인쇄소 경성부 수창동 194번지			디지털 한글박물관(홍윤표 소장본)		원문
		한성서관, 유일서관			W. E. Skillend, p.83.(1945~1950년 경)	출판
					박순호 소장본.([연구보정], p.268)	원문
李相賢 경성부 종로 5정목 232번지	홍문서관인쇄부 경성부 종로 5정목 232번지			서울대학교 도서관(MFF 951.06 C718ik v.117)	C.V. Starr East Asian Library (Columbia University)	원문
					2판에 초판 발행일 기록.	출판
權泰均 경성부 공평동 55번지	대동인쇄주식회사 경성부 공평동 55번지			영남대학교 도서관(도 813.5 ㅂ364)	초판 발행일 기록.	원문
				서울대학교 도서관(MFF 951.06 C718ik)	C.V. Starr East Asian Library (Columbia University).	원문
					조희웅 소장본([연구보정], p.270)	원문
					[연구보정], p.270.	출판
沈禹澤 경성부 공평동 54번지	성문사 경성부 공평동 55번지			국립중앙도서관(3 634-2-55(5))	12회의 장회체(총목차). <감응편>과 합철(pp.53~75)	원문
			[활자본고전소설 전집 2]		12회의 장회체. 영인본의 판권지 없음. 발행소와 발행일은 영인본의 해제에 의함.	원문

번호	작품명 고유번호	표제	문자	면수 가격	인쇄일	발행일	판차	발행자 발행자 주소	발행소 발행소 주소
453	**박씨전** 동양대-박씨-01-01	박씨부인전	한글	52p. 25전	1929-12-07	1929-12-30	1	宋敬煥 경성부 종로 1정목 75번지	동양대학당 경성부 종로 1정목 75
454	**박씨전** 박문-박씨-01-01	박씨부인전	한글			1917-09-15	1	朴健會	박문서관
455	**박씨전** 박문-박씨-01-02	박씨부인전	한글	51p. 25전	1923-12-05	1923-12-10	2	朴健會 경성부 견지동 60번지	박문서관 경성부 종로 2정목 82번지
456	**박씨전** 삼문-박씨-01-01	박씨부인전	한글	51p. 25전	1932-10-01	1932-10-03	1	金天熙 경성부 종로 2정목 42	삼문사 경성부 낙원동 248
457	**박씨전** 성문-박씨-01-01	박씨부인전	한글	52p.		1933- -	1		성문당서점
458	**박씨전** 세창-박씨-01-01	박씨젼	한글			1950-08-30	1		세창서관
459	**박씨전** 세창-박씨-02-01	박씨전	한글	47p.	1952-01-03	1952-01-05	1	申泰三 서울특별시 종로구 종로 3가 10	세창서관 서울특별시 종로구 종로 3가 10
460	**박씨전** 세창-박씨-03-01	박씨전	한글	47p.	1952-08-10	1952-08-30	1	申泰三 서울특별시 종로구 종로 3가 10	세창서관 서울특별시 종로구 종로 3가 10
461	**박씨전** 세창-박씨-04-01	박씨전	한글	47p.	1952-12-15	1952-12-20	1	申泰三 서울특별시 종로구 종로 3가 10	세창서관 서울특별시 종로구 종로 3가 10
462	**박씨전** 세창-박씨-05-01	박씨전	한글	47p.	1957-08-10	1957-12-30	1	申泰三 서울특별시 종로구 종로 3가 10	세창서관 서울특별시 종로구 종로 3가 10
463	**박씨전** 세창-박씨-05-02	박씨전	한글	47p. 200	1961-08-10	1961-12-30	2	申泰三 서울특별시 종로구 종로 3가 10	세창서관 서울특별시 종로구 종로 3가 10
464	**박씨전** 영창-박씨-01-01	(고대쇼셜)박씨 부인전	한글	52p. 25전	1925-10-25	1925-10-30	1	姜義永 경성부 종로 2정목 84	영창서관 경성부 종로 2정목 84번지
465	**박씨전** 유일-박씨-01-00	박씨전	한글	60p. 30전		1917- -	1		유일서관
466	**박씨전** 조선-박씨-01-01	박씨전	한글			1917-09-15	1		조선도서주식회사
467	**박씨전** 조선-박씨-01-02	박씨전	한글	52p. 25전	1923-12-05	1923-12-11	2	洪淳必 경성부 견지동 60번지	조선도서주식회사 경성부 견지동 60번지
468	**박씨전** 중앙인-박씨-01-01	박씨전	한글			1937- -	1		중앙인서관
469	**박씨전** 중앙인-박씨-01-02	박씨전	한글	49p.		1940- -	2		중앙인서관
470	**박씨전** 중흥-박씨-01-01	박씨전	한글				1		중흥서관
471	**박씨전** 태화-박씨-01-00	박씨전	한글			1918- -	1		태화서관
472	**박씨전** 태화-박씨-02-00	박씨부인전	한글			1929- -	1		태화서관
473	**박씨전** 한성-박씨-01-01	박씨전	한글	62p. 30전	1915-08-05	1915-08-10	1	南宮楔 경성부 종로통 2정목 19번지	한성서관 경성 종로 2정목 19번지
474	**박씨전** 한성-박씨-02-01	박씨전	한글	60p. 25전	1917-12-03	1917-12-05	1	南宮楔 경성 종로 3정목 76번	한성서관 본점 경성 종로 3정목 76

인쇄자 인쇄소 주소	인쇄소 인쇄소 주소	공동 발행	영인본	소장처 및 청구기호	기타	현황
金重煥 경성부 관훈동 30번지	중성사인쇄부 경성부 관훈동 30번지			소인호 소장본		원문
					2판에 초판 발행일 기록.	출판
沈禹澤 경성부 공평동 55번지	대동인쇄주식회사 경성부 공평동 55번지			서울대학교 도서관(가람 813.53 B15)	초판 발행일 기록.	원문
申永求 경성부 종로 3정목 156	광성인쇄소 경성부 종로 3정목 156			국립중앙도서관 전자자료	12회의 장회체.	원문
					[이본목록], p.170.	출판
					[연구보정], p.270.	출판
申晟均 서울특별시 종로구 관철동 33	세창인쇄사 서울특별시 종로구 관철동 33			유춘동 소장본		원문
	세창인쇄사 서울특별시 종로구 관철동 33			박순호 소장본		원문
申晟均 서울특별시 종로구 관철동 33	세창인쇄사 서울특별시 종로구 관철동 33			고려대학교 도서관(석헌 897.33 박씨전 박b)	전국 10여곳의 판매소 기록.	원문
	세창인쇄사 서울특별시 종로구 종로 3가 10					원문
	세창인쇄사 서울특별시 종로구 종로 3가 10		[조동일소장국문 학연구자료 21]	국립중앙도서관(8 13.5-4-36)	국립중앙도서관본과 영인본에는 1957년과 1961년의 판권지 2장 있음. 1957년에 발행한 것을 초판으로, 1961년에 발행한 것을 2판으로 간주.	원문
申泰三 경성부 종로 2정목 84	영창서관인쇄부 경성부 종로 2정목 84	한흥서림		정명기 소장본	발행소 없고, 총판매소가 있어 발행소로 기록.	원문
					<대월서상기>, 유일서관, 1916(국립중앙도서관(3634-2-117(3))에 '박씨전'으로 기록.	광고
					2판에 초판 발행일 기록.	출판
沈禹澤 경성부 공평동 55번지	대동인쇄주식회사 경성부 공평동 55번지			국립중앙도서관(3 634-2-55(7))	초판 발행일 기록. <감응편>과 합철(pp.53~75)	원문
					[朝鮮文學全集] 6, 小說集 2([이본목록], p.171)	출판
					[朝鮮文學全集] 6, 小說集 2([이본목록], p.171)	출판
				정명기 소장본	뒷부분 낙장(p.50까지 있음). p.50은 '대창-박씨-01-01'의 p.50과 동일.	원문
					<렬녀전>, 태화서관, 1918. 광고([이본목록], p.171)	광고
					<신명심보감>, 태화서관, 1929. 광고([이본목록], p.170)	광고
金翼洙 경성부 종로통 2정목	조선복음인쇄소분점 경성부 종로통 2정목 82번지		[구활자소설총서 7]	국립중앙도서관(3 634-2-5(1))	3권 1책(권지일 pp.1~22, 권지이 pp.22~42. 권지삼 42~62). 1면에 '편집인 남궁설'.	원문
鄭敬德 경성부 관훈동 30번지	조선복음인쇄소 경성부 관훈동 30번지	유일서관 본점		국립중앙도서관(3 634-2-55(4))		원문

번호	작품명 고유번호	표제	문자	면수 가격	인쇄일	발행일	판차	발행자 발행자 주소	발행소 발행소 주소
475	**박씨전** 향민-박씨-01-00	박씨전	한글	46p. 20원		1964- -	1		향민사
476	**박씨전** 향민-박씨-02-01	박씨전	한글	46p. 250원	1978-08-30	1978-09-05	1		향민사 성북구 성북동 133-45
477	**박씨전** 홍문-박씨-01-01	박씨전	한글	47p. 25전	1934-12-15	1934-12-20	1	申泰三 경성부 종로 4정목 77	홍문서관 경성부 종로 5정목 232번지
478	**박씨전** 회동-박씨-01-01	박씨전	한글	60p. 25전	1925-11-15	1925-11-20	1	高裕相. 경성 남대문통 1정목 17번지	회동서관 경성부 남대문통 1정목 17번지
479	**박씨전** 희망-박씨-01-01	朴氏傳	한글			1966- -	1		희망출판사
480	**박안경기** 대창-박안-01-00	拍案驚起	한글	60전		1921- -	1		대창서원
481	**박천남전** 조선서-박천-01-01	박천남전	한글	47p. 20전	1912-11-20	1912-11-25	1	朴健會 경성 중부 대사동 3통 8호	조선서관
482	**박태보전** 경성서-박태-01-00	朴泰輔實記	한글			1921- -	1		경성서적업조합
483	**박태보전** 덕흥-박태-01-01	박태보실긔	한글	91p. 30전	1916-11-20	1916-11-30	1	金東縉 경성부 종로통 2정목 20번지	덕흥서림 경성부 종로통 2정목 20번지
484	**박효낭전** 재전-박효-01-01	朴孝娘傳	한글	88p.		1934- -	1		재전당서포
485	**반씨전** 경성서-반씨-01-00	번씨전	한글			1921- -	1		경성서적업조합
486	**반씨전** 대창-반씨-01-01	반씨전	한글	26p. 20전	1918-12-11	1918-12-15	1	南宮楔 경성부 종로 3정목 76번지	대창서원 경성부 종로 2정목 12번지
487	**반씨전** 덕흥-반씨-01-01	반씨전	한글			1928- -	1		덕흥서림
488	**반씨전** 보급-반씨-01-00	반씨전	한글	20전		1918- -	1		보급서관
489	**배비장전** 경성서-배비-01-00	배비쟝전	한글			1921- -	1		경성서적업조합
490	**배비장전** 공진-배비-01-00	배비쟝전	한글			1916- -	1		공진서관
491	**배비장전** 국제-배비-01-01	裵裨將傳	한글	111p. 300원		1950-04-25	1	河敬德	국제문화관 서울특별시 중구 충무로 2가 3
492	**배비장전** 세창-배비-01-01	(신명슈샹)배비 쟝전	한글	72p. 100원	1956-12-01	1956-12-30	1	申泰三 서울특별시 종로구 종로 3가 10	세창서관 서울특별시 종로구 종로 3가 10
493	**배비장전** 세창-배비-02-01	(신명슈샹)배비 쟝전	한글	72p. 임시정가 3,000원	1962-12-10	1962-12-30	1	申泰三 서울특별시 종로구 종로3가 10	세창서관 서울특별시 종로구 종로3가 10
494	**배비장전** 신구-배비-01-01	(신명슈샹)배비 쟝전	한글	112p. 30전	1916-04-05	1916-04-10	1	池松旭 경성부 봉래정 1정목 77번지	신구서림 경성부 봉래-
495	**배비장전** 신구-배비-01-02	(신명슈샹)배비 쟝전	한글				2	池松旭	신구서림

인쇄자 인쇄소 주소	인쇄소 인쇄소 주소	공동 발행	영인본	소장처 및 청구기호	기타	현황
				연세대학교 도서관(O 811.93 박씨전 향=2)	원문은 있으나 판권지 없음. 인쇄된 가격은 '20원'이나, 빨간도장으로 '40원'이 찍혀 있음(인쇄 기록을 따름). 발행소는 대조사 도장이 찍혀있음.	원문
				디지털 한글 박물관(이태영 소장본)		원문
李相賢 경성부 종로 5정목 232번지	홍문서관인쇄부 경성부 종로 5정목 232번지		[아단문고고전총 서 4]			원문
金鍾憲 경성부 수송동 69번지	보명사인쇄소 경성부 수송동 69번지			서울대학교 도서관(3340 1 5)	[조선소설 5]에 <옥단춘전>, <숙영낭자전>, <열녀전>, <옥낭자> 등과 합철.	원문
			[한국고전문학전 집 4](희망출판사, 1966)	숭실대학교 도서관(811.308 한17-희 v.4)	<구운몽>, <홍길동전>, <이춘풍전>, <주생전>, <두껍전>, <장끼전>, <창선감의록> 등과 합철.	원문
		보급서원			<서동지전>, 대창서원·보급서원, 1921(국립중앙도서관 소장본(3634-2-6(1)) 광고에 '拍案驚起'로 기록.	광고
尹禹成 경성 남부 대산림동 77통 4호	조선인쇄소 경성 남대문통 1정목 동현 95통 8호		[구활자본고소설 전집 3]	국립중앙도서관(3 634-3-8(4))	저자 박건회. 괄호 병기한 한자 매우 적음. 강현조(2008)에'조선서관 발행'으로나타남.	원문
					[圖書分類目錄], 1921 改正([이본목록], p.173)	목록
韓養浩 경성부 제동 3번지	선명사 경성부 종로통 1정목 39번지		[구활자본고소설 전집 3]	국립중앙도서관(3 634-2-37(4))	한자 괄호 병기 매우 적음.	원문
				고려대학교 도서관(897.33 문남사 박)	이본목록에는 출판지가 '대구'로 되어있으나 고려대 검색결과 '경성'으로 되어있음.	원문
					[圖書分類目錄], 1921 改正([이본목록], p.175)	목록
久家恒衛 경성부 명치정 1정목 54번지	일한인쇄소 경성부 명치정 1정목 54번지		[활자본고전소설 전집 2]	국립중앙도서관(3 634-2-38(4))	3회의 장회체.	원문
					우쾌제, p.126.	출판
		대창서원			<무쌍언문삼국지>, 보급서관·대창서원, 1918(국립중앙도서관 소장본(3634-2-25(3))광고에 '潘氏傳'으로 기록.	광고
					[圖書分類目錄], 1921 改正([이본목록], p.177)	목록
					우쾌제, p.126.	출판
	대건인쇄소			국립중앙도서관(일 모813.5-김534ㅂ)	<옹고집전> 합철.	원문
	세창인쇄사 서울특별시 종로구 종로 3가 10		[조동일소장국문 학연구자료 21]	정명기 소장본	영인본에는 판권지 없음.	원문
	세창인쇄사 서울특별시 종로구 종로3가 10			박순호 소장본		원문
沈禹澤 경성부 효자동 103번지	성문사 경성부 공평동 55번지			국립중앙도서관(3 634-2-65(4))	발행소 및 발행소 주소는 판권지 훼손으로 확인할 수 없음. 5~8판에 초판 발행일 기록.	원문
					5~8판이 있어 2판도 있을 것으로 추정.	출판

번호	작품명 고유번호	표제	문자	면수 가격	인쇄일	발행일	판차	발행자 발행자 주소	발행소 발행소 주소
496	**배비장전** 신구-배비-01-03	(신명슈샹)배비 쟝젼	한글			1917- -	3	池松旭	신구서림
497	**배비장전** 신구-배비-01-04	(신명슈샹)배비 쟝젼	한글				4	池松旭	신구서림
498	**배비장전** 신구-배비-01-05	(신명슈샹)배비 쟝젼	한글	112p. 25전	1919-01-20	1919-01-25	5	池松旭 경성부 봉래정 1정목 77번지	신구서림 경성부 봉래정 1정목 77번지
499	**배비장전** 신구-배비-01-06	(신명슈샹)배비 쟝젼	한글	112p. 35전	1920-04-25	1920-04-30	6	池松旭 경성부 봉래정 1정목 77번지	신구서림 경성부 봉래정 1정목 77번지
500	**배비장전** 신구-배비-01-07	(신명슈샹)배비 쟝젼	한글	112p. 35전	1922-08-15	1922-08-21	7	池松旭 경성부 봉래정 1정목 77번지	신구서림 경성부 봉래정 1정목 77번지
501	**배비장전** 신구-배비-01-08	(신명슈샹)배비 쟝젼	한글	108p. 35전	1923-12-15	1923-12-20	8	池松旭 경성부 봉래정 1정목 77번지	신구서림 경성부 봉래정 1정목 77번지
502	**배비장전** 영창-배비-01-01	裵裨將傳	한글	97p. 35전	1925-11-15	1925-11-20	1	姜義永 경성부 종로 2정목 84번지	영창서관 경성부 종로 2정목 84번지
503	**배비장전** 진흥서-배비-01-01	배비장전	한글	56p.		1948-11-15	1	姜南馨	진흥서림
504	**배비장전** 회동-배비-01-01	배비장전	한글	72p. 25전	1925-11-20	1925-11-25	1	高裕相 경성부 남대문통 1정목 17번지	회동서관
505	**백년한** 경성서-백년-01-01	백연한	한글	122p. 25전	1926-12-18	1926-12-20	1	洪淳泌 경성부 견지동 60번지	경성서적업조합 경성부 견지동 60번지
506	**백년한** 회동-백년-01-01	백년한	한글			1913-11-20	1		회동서관
507	**백년한** 회동-백년-01-02	백년한	한글	111p. 30전	1917-01-02	1917-01-15	2	高裕相 경성부 남대문통 1정목 17번지	회동서관 경성부 남대문통 1정목 17번지
508	**백년한** 회동-백년-02-01	(신소설)백연한	한글	134p. 30전	1913-11-15	1913-11-24	1	高裕相 경성 남부 대광교 37통 4호	회동서관 경성 남부 대광교 37, 4
509	**백년한** 회동-백년-03-01	백년한	한글			1917-09-17	1	高裕相	회동서관
510	**백년한** 회동-백년-03-02	백연한	한글			1918-12-20	2	高裕相	회동서관
511	**백년한** 회동-백년-03-03	백연한	한글	122p. 35전	1923-02-05	1923-02-08	3	高裕相 경성부 남대문통 1정목 17번지	회동서관 경성부 남대문통 1정목 17번지
512	**백년한** 회동-백년-03-04	백연한	한글	122p. 35전	1924-01-20	1924-01-31	4	高裕相 경성부 남대문통 1정목 17번지	회동서관 경성부 남대문통 1정목 17번지
513	**백년한** 회동-백년-04-01	백연한	한글			1926-10-05	1	高裕相	회동서관
514	**백년한** 회동-백년-04-02	백연한	한글				2		회동서관
515	**백년한** 회동-백년-04-03	백연한	한글				3		회동서관
516	**백년한** 회동-백년-04-04	백연한	한글	122p. 35전	1929-01-23	1929-01-25	4	高裕相 경성부 남대문통 1정목 17번지	회동서관 경성부 남대문통 1정목 17번지
517	**백련화** 조선-백련-01-01	白蓮花	한글	86p. 35전	1926-05-05	1926-05-10	1	洪淳泌 경성부 견지동 60번지	조선도서주식회사 경성부 견지동 60번지

인쇄자 인쇄소 주소	인쇄소 인쇄소 주소	공동 발행	영인본	소장처 및 청구기호	기타	현황
					5~8판이 있어 3판도 있을 것으로 추정. 발행일은 [연구보정](p.281)에 따름.	출판
					5~8판이 있어 4판도 있을 것으로 추정.	출판
沈禹澤 경성부 공평동 54번지	성문사 경성부 공평동 55번지			국립중앙도서관(3 634-2-65(1))	초판 발행일 기록.	원문
沈禹澤 경성부 공평동 54번지	성문사 경성부 공평동 55번지		[구활자본고소설 전집 3]	국립중앙도서관(3 634-2-33(1))	초판 발행일 기록.	원문
金重煥 경성부 공평동 55번지	대동인쇄주식회사 경성부 공평동 55번지			국립중앙도서관(3 634-2-65(2))	초판 발행일 기록.	원문
沈禹澤 경성부 공평동 55번지	대동인쇄주식회사 경성부 공평동 55번지			국립중앙도서관(3 634-2-65(3))	초판 발행일 기록.	원문
尹琦炳 경성부 종로 2정목 84번지	영창서관인쇄부 경성부 종로 2정목 84번지	한흥서림		경북대학교 도서관(811.3 배49강 N)		원문
					조희웅 소장본([이본목록], p.177)	원문
金翼洙 경성부 황금정 2정목 21번지	신문관 경성부 황금정 2정목 21번지			영남대학교 도서관 (도 813.5 ㅂ662)	판권지 훼손으로 발행소 주소 안 보임.	원문
權泰均 경성부 공평동 55번지	대동인쇄주식회사 경성부 공평동 55번지		[구활자본고소설 전집 4]	국립중앙도서관(3 634-3-59(3))	중국소설집 [금고기관]에 수록된 <왕교란배견장한>의 번안작(박상석, 2009)	원문
					2판에 초판 발행일 기록.	출판
金敎瓚 경성부 소격동 41번지	보성사 경성부 수송동 44번지			국립중앙도서관(3 634-3-59(4))	초판 발행일 기록.	원문
申永求 경성 북부 원동 12통 1호	보성사 경성 북부 전동 14통 1호		[신소설전집 11]	국립중앙도서관(3 634-3-7(3))	표지에 '경성 회동서관 발행'. 1면에 '紹雲 著'.	원문
					3판에 초판 발행일 기록.	출판
					3판에 2판 발행일 기록.	출판
宋台五 경성부 장사동 69번지	중앙인쇄소 경성부 장사동 69번지			국립중앙도서관(3 634-3-59(5))	1면에 '紹雲 著'. 초판과 2판 발행일 기록.	원문
宋台五 경성부 장사동 69번지	중앙인쇄소 경성부 장사동 69번지			국립중앙도서관(3 634-3-59(2))	1면에 '紹雲 著'. 초판과 2판, 3판 발행일 기록.	원문
		광익서관			4판에 초판 발행일 기록.	출판
					4판이 있어서 2판도 있을 것으로 추정.	출판
					4판이 있어서 3판도 있을 것으로 추정.	출판
鄭敬德 경성부 서대문정 2정목 139번지	기독교창문사 경성부 서대문정 2정목 139번지	광익서상		국립중앙도서관(3 634-3-59(1))	초판 발행일 기록.	원문
權泰均 경성부 공평동 55번지	대동인쇄주식회사 경성부 공평동 55번지			서울대학교 도서관(3340 11)	속표지에는 '海東樵人 著'라고 되어있음.	원문

번호 고유번호	작품명	표제	문자	면수 가격	인쇄일	발행일	판차	발행자 발행자 주소	발행소 발행소 주소
518	백학선전 경성-백학-01-00	(증슈)백학선	한글	44p.		1926-02-20	1	金在憙	경성서관
519	백학선전 경성서-백학-01-00	백학선전	한글			1921- -	1		경성서적업조합
520	백학선전 세창-백학-01-01	백학선	한글	44p. 임시정가	1952-12-01	1952-12-30	1	申泰三 서울특별시 종로구 종로 3가 10	세창서관 서울특별시 종로구 종로 3가 10
521	백학선전 신구-백학-01-01	백학선	한글	48p.		1915- -	1		신구서림
522	백학선전 조선서-백학-01-00	백학선전	한글				1		조선서관
523	백학진전 보신-백학진-01-01	백학진전	한글	42p. 20전	1917-10-12	1917-10-15	1	金翼洙 경성부 청운동 100번지	보신서관 경성부 종로통 2정목 98번지
524	범저전 이문-범저-01-00	范雎와 蔡澤	한글	25전		1918- -	1		이문당
525	벽란도용녀기 동미-벽란-01-01	벽란도룡녀긔	한글	16p. 35전	1918-01-05	1918-01-07	1	朴健會 경성부 낙원동 85번지	동미서시 경성부 봉래정 1정목 103번지
526	벽부용 회동-벽부-01-01	(신소설)벽부용	한글	72p. 20전	1912-12-08	1912-12-12	1	高敬相 경성 남부 대광교 37통 4호	회동서관 경성 남부 대광교 37통 4호
527	벽성선 신구-벽성-01-01	(만고충의) 벽성선	한글	114p. 35전	1922-12-12	1922-12-15	1	安景濬 경성부 광화문통 154번지	신구서림 경성부 봉래정 1정목 77번지
528	병인양요 덕흥-병인-01-01	丙寅洋擾(一名 韓將軍傳)	한글	40p. 20전	1928-01-15	1928-01-20	1	宋憲奭 경성부 수하정 13번지	덕흥서림 경성부 종로 2정목 20번지
529	병자록 영화-병자-01-01	병자호란실긔	한글	66p.		1957-10-20	1	姜槿馨	영화출판사
530	병자임진록 성문-병자-01-01	(歷史小說)丙子 壬辰錄(一名 天下將軍)	한글	50p. 30전	1934-11-20	1934-11-25	1	李宗壽 경성부 서대문정 1정목 79번지	성문당서점 경성부 서대문정 1정목 79번지
531	보심록 경성서-보심-01-01	(고대소설)명사 십이	한글			1926-01-20	1		경성서적업조합
532	보심록 경성서-보심-01-02	(고대소설)명사 십이	한글	93p. 20전	1926-12-18	1926-12-20	2	洪淳泌 경성부 견지동 60번지	경성서적업조합 경성부 견지동 60번지
533	보심록 경성서-보심-02-01	(일명 보심록) 금낭이산	한글	118p. 30전	1926-12-18	1926-12-20	1	洪淳泌 경성부 견지동 60번지	경성서적업조합 경성부 견지동 60번지
534	보심록 광동-보심-01-01	명사십리	한글	94p. 30전	1923-02-28	1923-03-05	1	李鍾楨 경성부 관수동 30번지	광동서국 경성부 관수동 30번지
535	보심록 광익-보심-01-01	금낭이산(일명 보심록)	한글			1912-12-20	1		광익서관
536	보심록 광익-보심-01-02	금낭이산(일명 보심록)	한글			1915-10-02	2		광익서관
537	보심록 광익-보심-01-03	금낭이산(일명 보심록)	한글			1916-12-12	3		광익서관
538	보심록 광익-보심-01-04	금낭이산(일명 보심록)	한글	140p.		1917-12-28	4		광익서관
539	보심록 광익-보심-01-05	금낭이산(일명 보심록)	한글				5		광익서관

인쇄자 인쇄소 주소	인쇄소 인쇄소 주소	공동 발행	영인본	소장처 및 청구기호	기타	현황
					조희웅 소장본. <태상감응편>(27p.)과 합철.([이본목록], p.183)).	원문
					[圖書分類目錄], 1921 改正([이본목록], p.183)에 기록.	목록
	세창인쇄사 서울특별시 종로구 종로 3가 10		[구활자본고소설 전집 20], [조동일소장국문 학연구자료 21]		조동일소장본은 <백학선전>(pp.1~44)과 <태상감응편>(pp.1~27)의 합편.	원문
					W. E. Skillend, p.88. <增修白鶴扇>에 <태상감응편>(29p.)과 합철.	출판
					<남정팔난기>, 조선서관, 1915. 광고.([이본목록], p.184).	광고
金弘奎 경성부 가회동 216번지	보성사 경성부 수송동 44번지			단국대학교 도서관(고 853.6 김845ㅂ)	원문 이미지 열람 가능.	원문
					<삼선기>, 이문당, 1918(국립중앙도서관 소장본(3634-2-20(2)) 광고에 '范睢와 蔡澤'으로 광고.	광고
金弘奎 경성부 가회동 216번지	보성사 경성부 수송동 44번지	회동서관, 광익서관	[신소설전집 169]	국립중앙도서관(3 634-3-20(1))	소설집 [일대장관](1회 금송아지전, 2회 황새결송기, 3회 록쳐샤연회긔, 4회 벽란도룡녀긔, 5회 셔대쥐젼, 부 자미잇난이약이)의 한 부분.	원문
崔誠愚 경성 남부 상리동 32통 4호	신문관 경성 남부 상리동 32통 4호		[신소설전집 5]	국립중앙도서관(3 634-3-5(4))	표지에 '회동서관 발행', 1면에 '紹雲 著述'.	원문
沈禹澤 경성부 공평동 55번지	대동인쇄주식회사 경성부 공평동 55번지		[구활자본고소설 전집 4]	국립중앙도서관(3 634-2-55(2))		원문
魯基禎 경성부 견지동 32번지	한성도서주식회사 경성부 견지동 32번지			서울대학교 도서관(3350 144)	저작겸 발행자 송헌석, 발행자 김동진.	원문
					홍윤표 소장본([이본목록], p.189)	원문
尹琦炳 경성부 서대문정 1정목 79번지	성문당인쇄부 경성부 서대문정 1정목 79번지		[신소설전집 21]			원문
					2판에 초판 발행일 기록.	출판
權泰均 경성부 공평동 55번지	대동인쇄주식회사 경성부 공평동 55번지			국립중앙도서관(3 634-2-62(3))	초판 발행일 기록.	원문
權泰均 경성부 공평동 55번지	대동인쇄주식회사 경성부 공평동 55번지			국립중앙도서관(3 634-2-39(1))	상하 합철(상 pp.1~63, 하 pp.64~118),	원문
李義淳 경성부 행촌동 161번지	동아인쇄소 경성부 서대문정 2정목 139번지			최호석 소장본	편집자 박승태(p.1)	원문
					6판에 초판 발행일 기록.	출판
					조희웅 소장본. [이본목록](p.190)에 2판 발행일 기록.	원문
					조희웅 소장본. [이본목록](p.190)에 3판 발행일 기록.	원문
					조희웅 소장본. [이본목록](p.190)에 4판 발행일 기록.	원문
					6판이 있어서 5판도 있을 것으로 추정.	출판

번호	작품명 고유번호	표제	문자	면수 가격	인쇄일	발행일	판차	발행자 발행자 주소	발행소 발행소 주소
540	**보심록** 광익-보심-01-06	금낭이산(일명 보심록)	한글	140p. 45전	1924-01-25	1924-01-30	6	高敬相 경성부 종로통 2정목 87번지	광익서관 경성부 종로통 2정목 87번지
541	**보심록** 근흥-보심-01-01	명사십리	한글	94p.		1946-01-30	1		근흥인서관
542	**보심록** 대창-보심-01-01	명사십리	한글			1920-01-10	1		대창서원
543	**보심록** 대창-보심-01-02-01	명사십리	한글	94p. 30전	1920-12-14	1920-12-30	2	朴承台 경성부 종로통 2정목 10번지	대창서원 경성부 종로통 2정목 19번지
544	**보심록** 대창-보심-01-02-02	명사십리	한글	94p. 30전	1921-11-20	1921-11-23	2	朴承台 경성부 종로통 2정목 10번지	대창서원 경성부 견지동 80번지
545	**보심록** 덕흥-보심-01-01	명사십리	한글	93p. 30전	1925-10-25	1925-10-30	1	金東縉 경성부 종로 2정목 20번지	덕흥서림 경성부 종로 2정목 20번지
546	**보심록** 동아-보심-01-01	명사십리	한글	94p. 40전	1918-09-26	1918-10-03	1	朴承台 경성부 종로 3정목 83번지	동아서관 경성부 종로 3정목 83번지
547	**보심록** 박문-보심-01-01	명사십리	한글			1926-12-18	1		박문서관
548	**보심록** 박문-보심-01-02	명사십리	한글	94p. 30전	1928-12-01	1928-12-05	2	盧益亨 경성부 종로 2정목 82번지	박문서관 경성부 종로 2정목 82번지
549	**보심록** 서적-보심-01-01	금낭이산	한글			1925- -	1		서적업조합
550	**보심록** 서적-보심-01-02	금낭이산	한글	144p.		1926- -	2		서적업조합
551	**보심록** 성문-보심-01-01	금낭이산	한글			1922- -	1	李宗壽	성문당서점
552	**보심록** 성문-보심-02-01	금낭이산	한글	118p. 45전	1936-11-23	1936-11-25	1	李宗壽 경성부 서대문정 1정목 79	성문당서점 경성부 서대문정 1정목 79번지
553	**보심록** 세창-보심-01-01	명사십이	한글	93p. 30전	1934-12-15	1934-12-20	1	申泰三 경성부 종로 3정목 141번지	세창서관 조선 경성부 종로 3정목 141번지
554	**보심록** 세창-보심-02-01	명사십리	한글	88p. 임시정가	1952-12-01	1952-12-30	1	申泰三 서울특별시 종로구 종로3가 10	세창서관 서울특별시 종로구 종로3가 10
555	**보심록** 세창-보심-03-01	금낭이산 일명 보심록	한글	118p. 임시정가	1952-12-10	1952-12-30	1	申泰三 서울특별시 종로구 종로3가 10	세창서관 서울특별시 종로구 종로3가 10
556	**보심록** 신구-보심-01-01	보심록	한글			1918-01-15	1		신구서림
557	**보심록** 신구-보심-01-02	보심록	한글	144p. 40전	1920-03-20	1920-04-26	2	池松旭 경성부 봉래정 1정목 77번지	신구서림 경성부 봉래정 1정목 77번지
558	**보심록** 신구-보심-02-01	금낭이산	한글			1923-12-25	1		신구서림
559	**보심록** 신구-보심-03-01	보심록 一名 금낭이산	한글	144p. 45전	1925-11-05	1925-11-10	1	盧益亨 경성부 종로통 2정목 82번지	신구서림 경성부 봉래정 1정목 77번지

인쇄자 인쇄소 주소	인쇄소 인쇄소 주소	공동 발행	영인본	소장처 및 청구기호	기타	현황
金聖杓 경성부 황금정 2정목 148번지	융문관인쇄소 경성부 황금정 2정목 148번지			국립중앙도서관(3 634-2-17(4))	상하 합철(상 pp.1~76, 하 pp.77~140). 초판 발행일 기록.	원문
				박순호 소장본	표지에 '서울 근흥인서관 발행'. 편집자 박승태(p.1). 발행일, 형태사항은 조희웅 소장본([이본목록], p.190) 참고.	원문
		보급서관			2판에 초판 발행일 기록.	출판
金聖杓 경성부 황금정 1정목 181번지	박문관인쇄소 경성부 황금정 1정목 181번지			국립중앙도서관(3 634-2-62(1))	저작겸발행자 박승태. 편집자 박승태(p.1). 판권지에 기록된 초판 인쇄일(대정9년12월14일)은 2판 인쇄일의 잘못으로 추정. 초판 발행일 기록 없음.	원문
金聖杓 경성부 견지동 80번지	계문사 경성부 견지동 80번지	보급서관		국립중앙도서관(3 634-2-62(6))	편집겸발행자 박승태. [이본목록](p.191)에서 '보급서관'을 공동 발행소로 기록. 초판 발행일 기록.	출판
沈禹澤 경성부 공평동 55번지	대동인쇄주식회사 경성부 공평동 55번지			국립중앙도서관(3 634-2-62(4))		원문
久家恒衛 경성부 명치정 1정목 54번지	일한인쇄소 경성부 명치정 1정목 54번지	한양서적업조합 소		국립중앙도서관(3 634-2-62(5))		원문
					2판에 초판 발행일 기록.	출판
鄭敬德 경성부 서대문정 2정목 139	기독교창문사 경성부 서대문정 2정목 139			정명기 소장본	초판 발행일 기록.	원문
					이주영, p.208.	출판
					이주영, p.208.	출판
					[연구보정], p.298.	출판
尹琦炳 경성부 서대문정 1정목 79	광성인쇄소 경성부 종로 2정목 156		[구활자본고소설 전집 18], [구활자소설총서 10]	국립중앙도서관(3 634-2-17(1))	상하 합권(상 pp1~63, 하 pp64~118). 한자 표기 매우 적음.	원문
申泰和 경성부 종로 3정목 141번지	세창서관인쇄부 경성부 종로 3정목 141번지			국립중앙도서관(3 634-2-62(2))		원문
	세창인쇄사 서울특별시 종로구 종로3가 10			국회도서관 (811.31 ㅅ585ㅁ)	정명기소장본 인쇄일(단기4285.12.10.)	원문
	세창인쇄사 서울특별시 종로구 종로3가 10			유춘동 소장본	한자 괄호 병기 매우 조금 있음.	원문
					2판에 초판 발행일 기록.	출판
金重煥 경성부 공평동 55번지	성문사 경성부 공평동 55번지			국립중앙도서관(3 634-3-11(7))	12회의 장회체. 판권지가 일부 훼손되어 발행일은 [연구보정](p.299) 참고함. 초판 발행일 기록.	원문
					권순긍, p.336.	출판
沈禹澤 경성부 공평동 55번지	대동인쇄주식회사 경성부 공평동 55번지	박문서관		영남대학교 도서관(도813.5 ㅂ856)	12회의 장회체. 신구서림과 박문서관의 공동 발행. 영남대학교 도서관 서지정보에는 박문서관 발행으로 기록.	원문

번호	작품명 고유번호	표제	문자	면수 가격	인쇄일	발행일	판차	발행자 발행자 주소	발행소 발행소 주소
560	**보심록** 영창-보심-01-01	금낭이산 일명 보심록	한글	118p. 45전		1925-11-16	1	姜義永 경성부 종로 2정목 84번지	영창서관 경성부 종로 2정목 84번지
561	**보심록** 영창-보심-02-01	금낭이산, 일명, 보심록	한글	118p. 45전	1925-11-23	1925-11-26	1	姜義永 경성부 종로 2정목 84번지	영창서관 경성부 종로 2정목 84번지
562	**보심록** 영화-보심-01-01	고대소셜 보심록	한글	144p.	1953-11-10	1953-11-15	1	姜槿馨	영화출판사 서울특별시 종로구 관철동 155
563	**보심록** 영화-보심-02-01	명사십리	한글	94p. 250원	1958-10-15	1958-10-20	1	姜槿馨	영화출판사 서울특별시 종로구 관철동 155
564	**보심록** 영화-보심-03-01	명사십리	한글	94p. 250원	1959-09-15	1959-09-20	1	姜槿馨	영화출판사 서울특별시 종로구 관철동 155
565	**보심록** 영화-보심-04-00	보심록	한글	144p.		1963- -	1		영화출판사
566	**보심록** 조선서-보심-01-00	금낭이산	한글			1915- -	1		조선서관
567	**보심록** 태화-보심-01-00	명사십리	한글			1918- -	1		태화서관
568	**보심록** 향민-보심-01-01	고대소셜 명사십리	한글	104p. 50원	1964-10-25	1964-10-30	1	朴彰緖	향민사 대구시 향촌동 13
569	**보심록** 향민-보심-02-01	명사십리	한글	104p. 400원	1978-08-30	1978-09-05	1		향민사 성북구 성북동 133-45
570	**보심록** 회동-보심-01-01	고대소셜 보심록	한글	144p.		1912-11-15	1		회동서관
571	**보심록** 회동-보심-02-01	금낭이산	한글	218p. 40전		1912- -	1		회동서관
572	**보심록** 회동-보심-02-02	금낭이산	한글	188p.		1915- -	2		회동서관
573	**보심록** 회동-보심-03-01	명사십리	한글			1925- -	1		회동서관
574	**보심록** 회동-보심-04-01	금낭이산	한글	140p.			1		회동서관
575	**봉선루기** 동양대-봉선-01-01	逢仙樓	한글	86p. 25전	1923-03-13	1923-03-19	1	王世華 경성부 종로 1정목 75번지	동양대학당 경성 종로 1정목 80번지
576	**봉황금** 동미-봉황-01-00	봉황금	한글	2책 50전		1915- -	1		동미서시
577	**봉황금** 성문-봉황-01-01	봉황금	한글	80p. 35전	1929-01-10	1929-01-15	1	姜義永 경성부 종로 2정목 84번지	성문당서점 경성부 서대문정 1정목 79번지
578	**봉황금** 세창-봉황-01-01	봉황금	한글	80p.		1952- -	1	申泰三	세창서관
579	**봉황금** 신구-봉황-01-01	봉황금	한글	105p. 35전	1925-11-12	1925-11-15	1	崔錫鼎 경성부 봉래정 1정목 77번지	신구서림 경성부 봉래정 1정목 77번지
580	**봉황금** 영창-봉황-01-01	鳳凰琴	한글	105p.		1921- -	1		영창서관
581	**봉황금** 회동-봉황-01-01	봉황금	한글				1		회동서관

인쇄자 인쇄소 주소	인쇄소 인쇄소 주소	공동 발행	영인본	소장처 및 청구기호	기타	현황
南昌熙 경성부 종로 2정목 84번지	영창서관인쇄소 경성부 종로 2정목 84번지	한흥서림, 진흥서관		개인소장본	상하합철.	원문
鄭敬德 경성부 삼청동 60번지	창문사 경성 서대문정 2정목 139번지	한흥서림, 삼광서림		국립중앙도서관(3 634-2-17(5))	상하 합권(상 pp1~63, 하 pp64~118). 발행일과 인쇄일에서 '十二月'에서 '二'의 밑의 획을 지워 '十一月'로 보임.	원문
永新社印刷部				김종철 소장본	12회의 장회체.	원문
永新社印刷部				박순호 소장본	12회의 장회체.	원문
永新社印刷部			[구활자본고소설 전집 20]		12회의 장회체.	원문
				고려대학교 도서관(897.33 보심록 보)		원문
					<수호지>, 조선서관, 1915. 광고([이본목록], p.190].	광고
					<열녀전>, 태화서관, 1918. 광고([이본목록], p.191)	광고
				연세대학교 도서관(O 811.93 명사십 향)		원문
				김종철 소장본		원문
			[활자본고전소설 전집 2]		12회의 장회체. 발행소와 발행일은 영인본의 해제에 의함.	원문
					이주영, p.208.	출판
					이주영, p.208.	출판
					여승구, [古書通信], 15, 1999.9.([이본목록], p.191)	출판
					이주영, p.208.	출판
金重煥 경성부 견지동 80번지				연세대학교 도서관(O 811.9308 고대소 -2-7)	상하합권(상 pp.1~40, 하 pp.41~86). 저작권소유겸발행자 왕세화. <소양정>의 개작(이은숙, 1993)	원문
					<금강취류>, 동미서시, 1915(국립중앙도서관(3634-2-17(3)) 광고에 '봉황금'으로 기록.	광고
尹琦炳 경성부 서대문정 1정목 79	광성인쇄소 경성부 종로 2정목 156			디지털 한글 박물관(국립국어원 소장본)	상하합철(상 pp.1~38, 하 pp.39~80). 속표지에는 '창선감의 봉황금'이라 되어 있음. 서지정보에 '1920'으로 잘못 표기되어 있음.	원문
				국회도서관(MF 811.31 ㅅ585ㅂ)	상하합철.	원문
金銀榮 경성부 수송동 69번지	보명사 경성부 수송동 69번지			김종철 소장본		원문
				영남대학교 도서관(도 813.6 ㅂ884-1921)		원문
					3판이 있어 초판도 있을 것으로 추정.	출판

번호	작품명 고유번호	표제	문자	면수 가격	인쇄일	발행일	판차	발행자 발행자 주소	발행소 발행소 주소
582	**봉황금** 회동-봉황-01-02	봉황금	한글				2		회동서관
583	**봉황금** 회동-봉황-01-03	(창선감의) 봉황금	한글	112p. 25전	1918-11-25	1918-12-14	3	高裕相 경성부 남대문통 1정목 7번지	회동서관 경성부 남대문통 1정목 17번지
584	**봉황금** 회동-봉황-02-01	봉황금	한글			1922-02-20	1	高裕相	회동서관
585	**봉황금** 회동-봉황-02-02	봉황금	한글	112p. 35전	1923-02-01	1923-02-05	2	高裕相 경성부 남대문통 1정목 17번지	회동서관 경성부 남대정통 1정목 17번지
586	**부설전** 불교-부설-01-01	부설거사	한글			1932-12-15	1	金泰洽	불교시보사
587	**부설전** 불교-부설-01-02	부설거사	한글			1935-05-	2	金泰洽	불교시보사
588	**부설전** 불교-부설-01-03	부설거사	한글			1936-02-	3	金泰洽	불교시보사
589	**부설전** 선학-부설-02-01	부설거사	한글	40p. 6전	1932-12-13	1932-12-15	1	金寂音 경성부 안국동 40번지	선학원 경성부 안국동 40번지
590	**부용상사곡** 경성서-부용-01-00	부용의 상사곡	한글			1921- -	1		경성서적업조합
591	**부용상사곡** 신구-부용-01-01	(古代小說)芙容 의 相思曲	한글	87p.		1913-09-30	1		신구서림
592	**부용상사곡** 신구-부용-01-02	(古代小說)芙容 의 相思曲	한글				2		신구서림
593	**부용상사곡** 신구-부용-01-03	(古代小說)芙容 의 相思曲	한글				3		신구서림
594	**부용상사곡** 신구-부용-01-04	(古代小說)芙容 의 相思曲	한글	87p. 25전	1923-12-05	1923-12-10	4	池松旭 경성부 봉래정 1정목 77번지	신구서림 경성부 봉래정 1정목 77번지
595	**부용상사곡** 신구-부용-02-01	부용의 상사곡	한글	87p. 25전	1914-09-24	1914-09-30	1	池松旭 경성부 화천정 213번지	신구서림 경성부 화천정 213번지
596	**부용상사곡** 신구-부용-02-02	부용의 상사곡	한글				2	池松旭	신구서림
597	**부용상사곡** 신구-부용-02-03	부용의 상사곡	한글	87p.	1918-02-15	1918-02-20	3	池松旭 경성부 봉래정 1정목 77번지	신구서림
598	**부용상사곡** 신구-부용-02-04	부용의 상사곡	한글	87p. 25전	1921-12-15	1921-12-20	4	池松旭 경성부 봉래정 1정목 77번지	신구서림 경성부 봉래정 1정목 77번지
599	**부용전** 경성서-부용전-01-00	부용담	한글			1921- -	1		경성서적업조합
600	**부용헌** 경성서-부용헌-01-00	부용헌	한글			1921- -	1		경성서적업조합
601	**부용헌** 동미-부용헌-01-01	(신소설)부룡현	한글	75p. 20전	1914-03-05	1914-03-07	1	李容漢 경성 남대문외 자암 243통 10호	동미서시 경성 남대문외 자암 243통 10호
602	**불가살이전** 경성서-불가-01-00	송도말년 불가살이젼	한글			1921- -	1		경성서적업조합
603	**불가살이전** 광동-불가-01-01	(송도말년)불가 살이젼	한글	67p. 30전	1921-11-17	1921-11-22	1	玄丙周 경성부 견지동 51번지	광동서국 경성부 관수동 30번지

인쇄자 인쇄소 주소	인쇄소 인쇄소 주소	공동 발행	영인본	소장처 및 청구기호	기타	현황
					3판이 있어 2판도 있을 것으로 추정.	출판
金弘奎 경성부 가회동 216번지	보성사 경성부 수송동 44번지		[구활자본고소설 전집 2]	국립중앙도서관(3 634-2-55(6))		원문
					2판에 초판 발행일 기록.	출판
沈禹澤 경성부 공평동 55번지	대동인쇄주식회사 경성부 공평동 55번지			국립중앙도서관(3 634-2-55(3))	초판 발행일 기록.	원문
					[연구보정], p.305.	출판
					[연구보정], p.305.	출판
					[연구보정], p.305.	출판
李炳華 경성부 수표정 42번지	신소년사인쇄부 경성부 수표정 42번지		[구활자본고소설 전집 20]		1면에 '대은 김태흡 저역'이라고 기록. 한자 매우 적음.	원문
					[圖書分類目錄], 1921 改正.([이본목록], p.196).	목록
					발행소와 발행일은 영인본 해제를 따름. 4판에 초판 발행일 기록.	출판
					4판이 있어서 2판도 있을 것으로 추정.	출판
					4판이 있어서 3판도 있을 것으로 추정.	출판
沈禹澤 경성부 공평동 55번지	대동인쇄주식회사 경성부 공평동 55번지			서울대학교 중앙도서관(3350 146)		원문
沈禹澤 경성부 효자동 103번지	성문사 경성부 공평동 55번지		[활자본고전소설 전집 3]	국립중앙도서관(3 634-2-21(3))		원문
					3판과 4판이 있어서 2판도 있을 것으로 추정.	출판
沈禹澤 경성부 공평동 54번지	성문사 경성부 공평동 55번지			국립중앙도서관(3 634-2-115(5))	3판에 기록된 초판 발행일 '대정 2년 9월 30일'은 '신구-부용-01-01'의 발행일임. '신구-부용-02-01'의 판권지에는 대정3년 9월 30일로 기록.	원문
金重煥 경성부 공평동 55번지	대동인쇄주식회사 경성부 공평동 55번지			국립중앙도서관(3 634-2-115(2))	4판에 기록된 초판 발행일 '대정 2년 9월 30일'은 '신구-부용-01-01'의 발행일임. '신구-부용-02-01'의 판권지에는 대정3년 9월 30일로 기록.	원문
					[圖書分類目錄], 1921 改正.([이본목록], p.196).	목록
					[圖書分類目錄], 1921 改正.([이본목록], p.196). <홍백화전>의 개작(차충환, 2002)	목록
金聖杓 경성 동부 통내 등자동 5통 8호	성문사 경성 중부 종로 발리동 9통 10호		[신소설전집 14]	국립중앙도서관(3 634-3-75(3))	저작자 김영한. <홍백화전>의 개작(차충환, 2002).	원문
					[圖書分類目錄], 1921 改正.([이본목록], p.198).	목록
魯基禎 경성부 견지동 32번지	한성도서주식회사인 쇄부 경성부 견지동 32번지		[구활자본고소설 전집 4]	국립중앙도서관(3 634-2-48(4))	15회의 장회체. 저자 '금강어부 현허주자 영산'. 저자 '허주자'의 서문 있음. 극소수의 한자괄호병기 있음.	원문

번호	작품명 고유번호	표제	문자	면수 가격	인쇄일	발행일	판차	발행자 발행자 주소	발행소 발행소 주소
604	**불가살이전** 광동-불가-01-02	(송도말년)불가 살이전	한글	67p. 30전	1922-12-20	1922-12-25	2	玄丙周 경성부 견지동 51번지	광동서국 경성부 관수동 30번지
605	**불가살이전** 광동-불가-01-03	송도말년 불가살이젼	한글				3		광동서국
606	**불가살이전** 광동-불가-01-04	송도말년 불가살이전	한글				4		광동서국
607	**불가살이전** 광동-불가-01-05	송도말년 불가살이전	한글	67p.		1931- -	5		광동서국
608	**불가살이전** 동양대-불가-01-00	송도말년 불가살이전	한글			1935-12-25	1		동양대학당
609	**불가살이전** 명문-불가-01-01	불가살이	한글				1		명문당
610	**불가살이전** 우문-불가-01-01	(송도말년)불가 살이젼	한글			1921-11-22	1		우문관서회
611	**불가살이전** 우문-불가-01-02	(송도말년)불가 살이젼	한글				2		우문관서회
612	**불가살이전** 우문-불가-01-03	(송도말년)불가 살이젼	한글				3		우문관서회
613	**불가살이전** 우문-불가-01-04	(송도말년)불가 살이젼	한글				4		우문관서회
614	**불가살이전** 우문-불가-01-05	(송도말년)불가 살이젼	한글	67p. 30전	1927-01-05	1927-01-08	5	玄丙周 경성부 낙원동 284번지	우문관서회 경성부 낙원동 284번지
615	**사각전** 경성서-사각-01-00	가인긔우	한글			1921- -	1		경성서적업조합
616	**사각전** 대창-사각-01-01	가인긔우	한글	54p. 25전	1918-09-21	1918-09-25	1	玄公廉 경성부 계동99번지	대창서원 경성부종로2정목12번지
617	**사각전** 대창-사각-01-02	가인긔우	한글	54p. 25전	1921-11-20	1921-11-23	2	玄公廉 경성부 계동 99번지	대창서원 경성부 견지동(구 전동 80번지
618	**사각전** 박문-사각-01-01	사각전	한글	59p.		1918- -	1		박문서관
619	**사각전** 세창-사각-01-01	사각전	한글	45p.		1952- -	1	申泰三	세창서관
620	**사각전** 신구-사각-01-01	사각전	한글	59p.		1927-12-15	1		신구서림
621	**사각전** 신명-사각-01-01	(古代小說)가인 긔우	한글	54p.		1918-09-25	1	玄公廉	신명서림
622	**사각전** 신명-사각-01-02	(古代小說)가인 긔우	한글			1921-11-22	2	玄公廉	신명서림
623	**사각전** 신명-사각-01-03	(古代小說)가인 긔우(佳人奇遇)	한글	54p. 25전	1924-12-27	1924-12-30	3	玄公廉 경성부 계동 99번지	신명서림 경성 종로 2정목
624	**사각전** 태화-사각-01-00	가인기우	한글			1918- -	1		태화서관
625	**사각전** 회동-사각-01-01	사각전	한글	45p.		1927- -	1		회동서관
626	**사대장전** 경성서-사대-01-00	사대장젼	한글			1921- -	1		경성서적업조합

인쇄자 인쇄소 주소	인쇄소 인쇄소 주소	공동 발행	영인본	소장처 및 청구기호	기타	현황
宋台五 경성부 장사동 69번지	중앙인쇄소 경성부 장사동 69번지			국립중앙도서관(3 634-2-48(1))	15회의 장회체. 저자 '금강어부 현허주자 영산'. 저자 '허주자'의 서문 있음. 극소수의 한자괄호병기 있음. 초판 발행일 기록.	원문
					[연구보정](p.314)에 5판 발행일 있어 3판이 있을 것으로 추정.	출판
					[연구보정](p.314)에 5판 발행일 있어 4판이 있을 것으로 추정.	출판
					[연구보정], p.314.	출판
					방민호 소장본([연구보정](p.314))	원문
				정명기 소장본	원문은 있으나 판권지 없음, 발행소는 표지를 참고함.	원문
					5판에 초판 발행일 기록.	출판
					5판이 있어서 2판도 있을 것으로 추측.	출판
					5판이 있어서 3판도 있을 것으로 추측.	출판
					5판이 있어서 4판도 있을 것으로 추측.	출판
朴仁煥 경성부 황금정 2정목 148번지	경성신문사 경성부 황금정 2정목 148번지			서울대학교중앙도 서관(3350 40)	판권지가 없는 국립중앙도서관 소장 <불가살이전>(3634-3-34(9))은 우문관서원에서 발행한 것으로 추정. 초판 발행일 기록.	원문
					[圖書分類目錄], 1921 改正.([이본목록], p.201).	목록
久家恒衛 경성부 명치정 1정목 54번지	일한인쇄소 경성부 명치정 1정목 54번지	보급서관		연세대학교 도서관(O811.9308 고대소 -1-1)	2판에 초판 발행일 기록.	원문
魯基禎 경성부 견지동 32번지	한성도서주식회사 경성부 견지동 32번지	보급서관	[신소설전집 17]	국립중앙도서관(3 634-3-62(1))	초판 발행일 기록.	원문
				서울대학교 도서관(MFF 951.06 C718ik v.25)	국외 마이크로피쉬 자료. 일반사항: 한자서명 '謝角傳'	원문
				국회도서관(811.31 ㅅ585ㅅ)	마이크로필름자료임, '신태삼[編]'이라고 되어 있음.	원문
			[활자본고전소설 전집 3권]		발행연도는 영인본 해제에 의함.	원문
				서울대학교 도서관(MFF 951.06 C718ik v.110)	국외마이크로피쉬 자료. 3판에 초판 발행일 기록.	원문
					3판에 2판 발행일 기록.	출판
姜煥錫 경성 안국동 35번지	망대성경급기독교서 회인쇄부 경성부 안국동 35번지			서울대학교 도서관(3350 109)	초판 발행일 기록.	원문
					<열녀전>, 태화서관, 1918. 광고.([이본목록], p.201).	광고
					[이본목록], p.201.	출판
					[圖書分類目錄], 1921 改正.([이본목록], p.202).	목록

번호	작품명 고유번호	표제	문자	면수 가격	인쇄일	발행일	판차	발행자 발행자 주소	발행소 발행소 주소
627	**사대장전** 광학-사대-01-01	사대장전	한글	33p. 20전	1926-01-20	1926-01-29	1	庾錫祚 경성 종로 3정목 78번지	광학서포 경성 종로 3정목 78번지
628	**사대장전** 대창-사대-01-00	사대장전	한글			1918- -	1		대창서원
629	**사명당전** 대조-사명-01-01	서산대사 사명당젼	한글	40p.		1958- -	1		대조사
630	**사명당전** 대조-사명-02-01	사명당젼	한글	40p.		1959- -	1		대조사
631	**사명당전** 세창-사명-01-01	(서산대사)사명 당젼	한글	56p.	1952.12.15.	1952-12-20	1	申泰三 서울특별시 종로구 종로 3가 10	세창서관 서울특별시 종로 3가 10
632	**사명당전** 세창-사명-02-01	(서산대사)사명 당젼	한글	56p.		1959- -	1	世昌書館	세창서관
633	**사명당전** 영창-사명-01-00	사명당실기	한글				1		영창서관
634	**사명당전** 영화-사명-01-01	사명당전	한글			1954-05-20	1	姜槿馨	영화출판사
635	**사명당전** 영화-사명-02-01	서산대사 사명당젼	한글	52p. 140원	1956-10-15	1956-10-20	1	姜槿馨	영화출판사 서울특별시 종로구 관철동 155
636	**사명당전** 영화-사명-03-01	서산대사 사명당젼	한글	52p. 160원	1957-10-15	1957- -	1	姜槿馨	영화출판사 서울특별시 종로구 관철동 155
637	**사명당전** 영화-사명-04-01	사명당전	한글	52p. 120원		1959- -	1	姜槿馨	영화출판사 서울특별시 종로구 관철동 155
638	**사명당전** 영화-사명-05-01	서산대사 사명당젼	한글	52p.	1961-10-05	1961-10-10	1	姜槿馨	영화출판사 서울특별시 종로구 종로 2가 98
639	**사명당전** 향민-사명-01-01	임진왜란 사명당전	한글	70p. 50원	1964-10-25	1964-10-31	1	朴彰緖	향민사 대구시 향촌동 13
640	**사명당전** 향민-사명-02-01	임진왜란 사명당전	한글	70p. 500원	1977-10-15	1977-10-20	1		향민사 성북구 성북동 133-45
641	**사명당전** 회동-사명-01-01	도승 사명당	한글			1928- -	1		회동서관
642	**사씨남정기** 경성-사씨-01-00	사시남졍긔	한글	77p.		1925-11-	1		경성서관
643	**사씨남정기** 경성서-사씨-01-01	(懸吐) 謝氏南征記	한문	107p. 50전	1927-02-22	1927-02-25	1	洪淳泌 경성부 견지동 60번지	경성서적업조합 경성부 견지동 60번지
644	**사씨남정기** 대산-사씨-01-01	사시남졍긔	한글	77p. 25전	1925-12-20	1925-12-25	1	李冕宇 경성부 종로 3정목 71번지	대산서림 경성부 종로 3정목 71번지
645	**사씨남정기** 대창-사씨-01-01	사씨남졍기	한글	83p.		1920- -	1		대창서원
646	**사씨남정기** 덕흥-사씨-01-01	사시남졍긔	한글	77p.		1925-10-	1	金東縉	덕흥서림
647	**사씨남정기** 박문-사씨-01-01	사씨남졍긔	한글	81p. 25전	1917-05-25	1917-05-28	1	盧益亨 경성부 남대문통 4정목 69번지	박문서관 경성부 남대문통 4정목 69번지
648	**사씨남정기** 박문-사씨-02-01	사씨남정기	한글	77p.		1925-12-25	1	李冕宇	박문서관

인쇄자 인쇄소 주소	인쇄소 인쇄소 주소	공동 발행	영인본	소장처 및 청구기호	기타	현황
姜福景 경성부 수송동 69번지	보명사인쇄소 경성부 수송동 69번지		[구활자본고소설 전집 4]	서울대학교 도서관(3350 17)	6회의 장회체.	원문
					광고([이본목록], p.202.)	광고
				연세대학교 도서관(294.36109 2 휴정 58가)	<서산대사>와 합철. '대조-서산-01-00'와 합철.	원문
					[연구보정], p.321.	출판
申晟均 서울특별시 종로구 관철동 33	세창인쇄사 서울특별시 관철동 33			국립중앙도서관(2 20.99-서728^)		원문
					[연구보정], p.321.	출판
					[출판목록], 영창서관.([이본목록](p.203))	목록
					[연구보정], p.321.	출판
	영신사인쇄부			개인소장본	앞부분은 <서사대사전>임. 원문 전체 확인 필요.	원문
	영신사인쇄부			개인소장본	판권지 훼손으로 발행일 안 보임. 앞부분은 <서사대사전>임. 원문 전체 확인 필요.	원문
	영신사인쇄부		[구활자본고소설 전집 21]		판권지 훼손으로 발행일 안 보임. 발행연도는 해제 참고.	원문
永新社印刷部				박순호 소장본	앞부분은 <서사대사전>임. 원문 전체 확인 필요.	원문
				개인소장본		원문
				소인호 소장본		원문
					소재영 외, p.177.	원문
				서울대학교 도서관(MFF 951.06 C718ik v.51)	발행월은 이본목록 참고. 국외 마이크로피쉬 자료임. 원문은 Starr East Asian Library, Columbia University 소장.	원문
權泰均 경성부 공평동 55번지	대동인쇄주식회사 경성부 공평동 55번지		[구활자본고소설 전집 33]	국립중앙도서관(3 636-35)	12회의 장회체(총목차)	원문
金翼洙 경성부 황금정 2정목 21번지	신문관 경성부 황금정 2정목 21번지		[조동일소장국문 학연구자료 21]			원문
		보급서원			김근수 소장본(이능우, p.285.)	원문
				서울대학교 도서관(가람 813.53 G422s)	서울대학교 소장본에는 판권지 없음. 발행월은 이능우, p.285. 참고.	원문
金弘奎 경성부 가회동 216번지	보성사 경성부 수송동 44번지			국립중앙도서관 (3634-2-45(3))		원문
				이화여자대학교 도서관(811.31 김41ㅅC)	발행일은 [이본목록](p.212) 참고.	원문

번호	작품명 고유번호	표제	문자	면수 가격	인쇄일	발행일	판차	발행자 발행자 주소	발행소 발행소 주소
649	**사씨남정기** 성문-사씨-01-01	사씨남졍긔	한글	77p. 25전	1934-11-20	1934-11-25	1	李宗壽 경성부 서대문정 1정목 79번지	성문당서점 경성부 서대문정 1정목 79번지
650	**사씨남정기** 세창-사씨-01-01	(古代小說)謝氏 南征記	한글	77p. 임시정가	1952-12-01	1952-12-30	1	申泰三 서울특별시 종로구 종로 3가 10	세창서관 서울특별시 종로구 종로 3가 10
651	**사씨남정기** 세창-사씨-02-01	(古代小說)謝氏 南征記	한글	77p. 임시정가	1957-08-10	1957-12-30	1	申泰三 서울특별시 종로구 종로 3가 10	세창서관 서울특별시 종로구 종로 3가 10
652	**사씨남정기** 세창-사씨-02-02	사씨남졍긔	한글	77p. 250	1961-08-10	1961-12-30	2	申泰三 서울특별시 종로구 종로 3가 10	세창서관 서울특별시 종로구 종로 3가 10
653	**사씨남정기** 신문-사씨-01-01-상	샤씨남졍긔 / 상권	한글				1	崔昌善	신문관
654	**사씨남정기** 신문-사씨-01-01-하	샤씨남졍긔 / 하권	한글	75p. 6전	1914-07-07	1914-07-09	1	崔昌善 경성부 황금정 2정목 21번지	신문관 경성부 황금정
655	**사씨남정기** 영창-사씨-01-01	사씨남졍긔	한글	77p. 25전	1925-10-15	1925-10-20	1	姜義永 경성부 종로 2정목 84번지	영창서관 경성부 종로 2정목 84번지
656	**사씨남정기** 영풍-사씨-01-01	샤씨남졍긔	한글	109p. 30전	1913-06-12	1913-06-17	1	李鍾楨 경성 북부 대안동 34통 4호	영풍서관 경성 중부 전동 1통 7호
657	**사씨남정기** 영풍-사씨-02-01	샤씨남졍긔 상, 하	한글		1914-06-13	1914-06-17	1		영풍서관
658	**사씨남정기** 영풍-사씨-02-02	샤씨남졍긔 상, 하	한글	109p. 30전	1915-04-02	1915-04-05	2	李鍾楨 경성부 송현동 71번지(구 북부 대안동 34통 4호)	영풍서관 경성부 견지동 79번지
659	**사씨남정기** 영풍-사씨-02-03	샤씨남졍긔 상, 하	한글	109p. 30전		1916-03-15	3	李鍾楨 경성부 송현동 71번지	영풍서관 경성부 견지동 79번지
660	**사씨남정기** 영풍-사씨-02-04	샤씨남졍긔 상, 하	한글	91p. 30전	1916-12-24	1916-12-25	4	李鍾楨 경성부 송현동 71번지	영풍서관 경성부 견지동 79번지
661	**사씨남정기** 영풍-사씨-02-05	샤시남졍긔 상, 하	한글	83p. 25전	1917-06-03	1917-06-05	5	李鍾楨 경성부 송현동 71번지	영풍서관 경성부 견지동 79번지
662	**사씨남정기** 영풍-사씨-02-06	샤시남졍긔 상, 하	한글	83p. 19전	1918-11-04	1918-11-06	6	李鍾楨 경성부 종로통 2정목 51번지	영풍서관 경성부 종로통 4정목 76번지
663	**사씨남정기** 영풍-사씨-03-01	懸吐 謝氏南征記	한문	120p. 35전	1914-12-18	1914-12-24	1	李柱浣 경성부 견지동 79번지(원 전동 1-7)	영풍서관 경성부 견지동 79번지(원전동 1,7)
664	**사씨남정기** 영풍-사씨-03-02	懸吐 謝氏南征記	한문	120p.		1916-07-29	2		영풍서관 경성부 견지동 79번지
665	**사씨남정기** 영풍-사씨-03-03	懸吐 謝氏南征記	한문			1918-02-22	3		영풍서관
666	**사씨남정기** 영풍-사씨-03-04	懸吐 謝氏南征記	한문	107p. 30전	1919-12-10	1919-12-15	4	李柱浣 경성부 견지동 55번지	영풍서관 경성부 견지동 55번지
667	**사씨남정기** 유일-사씨-01-00	샤씨남졍긔	한글	30전		1916- -	1		유일서관
668	**사씨남정기** 태화-사씨-01-00	謝氏南征記	한글	30전		1918- -	1		태화서관
669	**사씨남정기** 한성-사씨-01-01	사씨남졍기	한글	77p.		1916- -	1		한성서관

인쇄자 인쇄소 주소	인쇄소 인쇄소 주소	공동 발행	영인본	소장처 및 청구기호	기타	현황
尹琦炳 경성부 서대문정 1정목 79번지	성문당인쇄부 경성부 서대문정 1정목 79번지			개인소장본		원문
	세창인쇄사 서울특별시 종로구 종로 3가 10			국립중앙도서관(일 모813.5-세299ㅅ ㅅ)		원문
	세창인쇄사 서울특별시 종로구 종로 3가 10			국립중앙도서관(8 13.5-3-44)	[연구보정](p.335)과 국립중앙도서관 서지정보에 1951년 발행으로 되어 있으나, 판권지에는 1957년으로 기록됨.	원문
	세창인쇄사 서울특별시 종로구 종로 3가 10			소인호 소장본	1957년도 발행의 판권지도 같이 있어서 2판으로 기록함.	원문
					하권이 있어서 상권도 있을 것으로 추정.	출판
崔誠愚 경성부 황금정 2정목 21번지	신문관 경성부 황금정 2정목 21번지			국립중앙도서관(3 634-2-107(9))	'총행소 신문관'에서 '총행소는 총발행소'인 듯.	원문
南昌熙 경성부 종로 2정목 84번지	영창서관인쇄소 경성부 종로 2정목 84번지	한흥서림, 진흥서관	[구활자본고소설 전집 4]			원문
金弘奎 경성 북부 대묘동 14통 6호	대동인쇄소 경성 중부 종로통 3정목 포병하		[구활자본고소설 집 21]	국립중앙도서관(3 634-2-107(6))	상하합본(상 pp.1~69, 하 pp.71~109).	원문
					2~6판에 초판 발행일 기록.	출판
鄭敬德 경성부 원동 206번지	조선복음인쇄소 경성부 원동 206번지			국립중앙도서관(3 634-2-107(2))	상하합본(상 pp.1~69, 하 pp.71~109). 초판 발행일 기록.	원문
韓養浩 경성부 권농동 31번지	선명사인쇄소 경성부 종로통 1정목 39번지			국립중앙도서관(3 634-2-107(4))	상하합본(상 pp.1~69, 하 pp.71~109). 1,2판 발행일 기록.	원문
金敎瓚 경성부 소격동 41번지	보성사 경성부 수송동 44번지			국립중앙도서관 (3634-2-45(2))	상하합본(상 pp.1~58, 하 pp.59~91). 1~3판 발행일 기록.	원문
鄭敬德 경성부 관훈동 30번지	조선복음인쇄소 경성부 관훈동 30번지			국립중앙도서관(3 634-2-107(1))	상하합본(상 pp.1~52, 하 pp.53~83). 1~4판 발행일 기록.	원문
鄭敬德 경성부 관훈동 30번지	조선복음인쇄소 경성부 관훈동 30번지			국립중앙도서관(3 634-2-107(5))	상하합본(상 pp.1~52, 하 pp.53~83). 초판 발행일 기록.	원문
金聖杓 경성부 공평동 47번지	성문사 경성부 공평동 55번지			국립중앙도서관(3 634-2-45(4))	4판에 초판 발행일 기록.	원문
				국립중앙도서관(3 634-2-107(8))	판권지 없음. 4판에 2판 발행일 기록.	원문
					4판에 3판 발행일 기록.	출판
沈禹澤 경성부 공평동 55번지	성문사 경성부 공평동 55번지			국립중앙도서관(3 634-2-107(7))	12회의 장회체(총목차). 1~3판 발행일 기록. 1면에 '김춘택 原著'.	원문
					<대월서상기>, 유일서관, 1916(국립중앙도서관 소장본(3634-2-117(3)) 광고에 '사씨남졍긔'로 기록.	광고
					<열녀전>, 태화서관, 1918(국립중앙도서관 소장본(3634-2-86(2)) 광고에 '謝氏南征記'로 기록.	광고
		유일서관			이능우, p.285.	출판

번호	작품명 고유번호	표제	문자	면수 가격	인쇄일	발행일	판차	발행자 발행자 주소	발행소 발행소 주소
670	**사씨남정기** 한성-사씨-01-02	사씨남정기	한글	77p.		1917- -	2		한성서관
671	**사씨남정기** 향민-사씨-01-01	사씨남정기	한글	35원	1964-10-25	1964-10-30	1	朴彰緒	향민사 대구시 향촌동 13
672	**사씨남정기** 회동-사씨-01-01	(현토) 사씨남정기	한문			1914-12-24	1	李柱浣	회동서관
673	**사씨남정기** 회동-사씨-01-02	(현토) 사씨남정기	한문			1916-07-29	2	李柱浣	회동서관
674	**사씨남정기** 회동-사씨-01-03	(현토) 사씨남정기	한문			1918-02-22	3	李柱浣	회동서관
675	**사씨남정기** 회동-사씨-01-04	(현토) 사씨남정기	한문			1919-12-15	4	李柱浣	회동서관
676	**사씨남정기** 회동-사씨-01-05	(현토) 사씨남정기	한문	107p. 30전	1923-06-20	1923-06-30	5	李柱浣 경성부 견지동 55번지	회동서관 경성부 남대문통 1정목 17번지
677	**사씨남정기** 회동-사씨-02-00	사씨남정기	한글			1927- -	1		회동서관
678	**사육신전** 신구-사육-01-01	사육신전	한글			1929-11-20	1	玄丙周	신구서림
679	**사육신전** 신구-사육-01-02	사육신전	한글	68p. 25전	1935-01-05	1935-01-10	2	玄丙周 경성부 낙원동 284-9	신구서림 경성부 봉래정 1정목 75번지
680	**사육신전** 신구-사육-02-01	사육신전	한글	68p.		1934- -	1		신구서림
681	**사천년야담** 성문-사천-01-01	됴션 사쳔년야담집	한글	50p.			1		성문당서점
682	**산양대전** 경성서-산양-01-01	산양대젼	한글			1916-08-29	1		경성서적업조합
683	**산양대전** 경성서-산양-01-02	산양대젼	한글				2		경성서적업조합
684	**산양대전** 경성서-산양-01-03	산양대젼	한글				3		경성서적업조합
685	**산양대전** 경성서-산양-01-04	산양대젼	한글				4		경성서적업조합
686	**산양대전** 경성서-산양-01-05	산양대젼	한글				5		경성서적업조합
687	**산양대전** 경성서-산양-01-06	산양대젼	한글				6		경성서적업조합
688	**산양대전** 경성서-산양-01-07	산양대젼	한글				7		경성서적업조합
689	**산양대전** 경성서-산양-01-08	산양대젼	한글	58p.		1926- -	8		경성서적업조합
690	**산양대전** 경성서-산양-02-00	萬古名將 趙子龍實記	한글			1921- -	1		경성서적업조합
691	**산양대전** 광동-산양-01-01	됴자룡실긔	한글			1917-10-15	1		광동서국
692	**산양대전** 광동-산양-01-02	됴자룡실긔	한글	64p. 25전	1917-10-01	1918-10-05	2	李鍾楨 경성부 송현동 71번지	광동서국 경성부 송현동 71번지
693	**산양대전** 광문-산양-01-01	(산양대젼) 됴자룡	한글	68p. 25전	1917-05-17	1917-05-20	1	鄭敬悳 경성부 종로통 2정목 82번지	광문서시 경성부 종로통 2정목 82번지

인쇄자 인쇄소 주소	인쇄소 인쇄소 주소	공동 발행	영인본	소장처 및 청구기호	기타	현황
		유일서관			이능우, p.285.	출판
				박순호 소장본		원문
					5판에 초판 발행일 기록.	출판
					5판에 2판 발행일 기록.	출판
					5판에 3판 발행일 기록.	출판
					5판에 4판 발행일 기록.	출판
魯基禎 경성부 견지동 32번지	한성도서주식회사 경성부 견지동 32번지			국립중앙도서관(3 634-2-45(5))	1면에 '金春澤 原著'. 1~4판의 발행일 기록.	원문
					<이순신전>, 회동서관, 1927. 광고([이본목록], p.213).	광고
					2판에 초판 발행일 기록.	출판
李容振 경성부 봉래정 1정목 75번지	신구서림인쇄부 경성부 봉래정 1정목 75번지			국립중앙도서관(3 634-3-54(5))	초판 발행일 기록.	원문
				고려대학교 도서관(897.35 현수봉 사)	저자 한자이름은 도서관 서지정보(MARC) 참고.	원문
				정명기 소장본	원문에 판권지가 없어 발행사항 확인 못함. 발행소는 표지를 참고.	원문
					이능우, p.286.	출판
					이능우, p.286.에 8판이 있어서 2판도 있을 것으로 추정.	출판
					이능우, p.286.에 8판이 있어서3판도 있을 것으로 추정.	출판
					이능우, p.286.에 8판이 있어서 4판도 있을 것으로 추정.	출판
					이능우, p.286.에 8판이 있어서 5판도 있을 것으로 추정.	출판
					이능우, p.286.에 8판이 있어서 6판도 있을 것으로 추정.	출판
					이능우, p.286.에 8판이 있어서 7판도 있을 것으로 추정.	출판
					이능우, p.286.	원문
					[圖書分類目錄], 1921 改正.([이본목록], p.220)	목록
					2판에 초판 발행일 기록.	출판
沈禹澤 경성부 공평동 54번지	성문사 경성부 공평동 55번지			정명기 소장본	초판 발행일 기록	원문
鄭敬德 경성부 관훈동 30번지	조선복음인쇄소 경성부 관훈동 30번지			국립중앙도서관(3 634-2-96(8))	10장의 장회체(총목차). 저작자 정기성. 특약점 영창서관, 보신서관, 신명서림.	원문

번호	작품명 고유번호	표제	문자	면수 가격	인쇄일	발행일	판차	발행자 발행자 주소	발행소 발행소 주소
694	**산양대전** 대창-산양-01-01	산양대전	한글				1		대창서원
695	**산양대전** 대창-산양-01-02	산양대전	한글	68p. 50전		1920-12-30	2		대창서원
696	**산양대전** 대창-산양-02-01	산양대전	한글	68p. 25전	1922-02-02	1922-02-05	1	玄公廉 경성부 계동 99번지	대창서원 경성부 견지동 80번지
697	**산양대전** 덕흥-산양-01-00	조자룡실긔	한글			1926- -	1	金東縉	덕흥서림
698	**산양대전** 덕흥-산양-02-00	산양대전	한글	20전		1935- -	1		덕흥서림
699	**산양대전** 동양대-산양-01-00	산양대젼	한글	68p.		1925- -	1		동양대학당 경성부
700	**산양대전** 동양서-산양-01-01	산양대젼	한글	43p. 15전	1925-11-25	1925-11-30	1	趙男熙 경성부 종로 2정목 86번지	동양서원 경성부 종로 2정목 86번지
701	**산양대전** 박문-산양-01-00	산양대전	한글			1922- -	1		박문서관
702	**산양대전** 박문-산양-02-01	죠자룡전	한글	49p. 20전	1925-10-01	1925-10-05	1	盧益亨 경성부 종로 2정목 82번지	박문서관 경성부 종로 2정목 82번지
703	**산양대전** 박문-산양-03-01	조자룡전	한글	49p. 20전	1926-01-05	1926-01-15	1	洪淳泌 경성부 견지동 60번지	박문서관 경성부 종로통 2정목 82번지
704	**산양대전** 보급-산양-01-01	(독파삼국)산냥 전긔	한글	50p. 25전	1918-03-09	1918-03-29	1	申龜永 경성부 관철동 200번지	보급서관 경성부 종로 2정목 12번지
705	**산양대전** 세창-산양-01-00	趙子龍實記	한글			1918- -	1		세창서관
706	**산양대전** 세창-산양-02-01	조자룡전	한글	34p.		1952- -	1		세창서관 서울시 종로 3가 10
707	**산양대전** 세창-산양-03-01	고대소설 산양대전	한글	38p. 임시정가	1952-08-10	1952-08-30	1	申泰三 서울특별시 종로구 종로3가 10	세창서관 서울특별시 종로구 종로 3가 10
708	**산양대전** 세창-산양-04-01	조자룡실긔	한글	32p. 임시정가	1952-12-15	1952-12-30	1	申泰三 서울특별시 종로구 종로3가 10	세창서관 서울특별시 종로구 종로 3가 10
709	**산양대전** 세창-산양-05-01	고대소설 삼국풍진산양 대전	한글	38p.		1953- -	1	世昌書館	세창서관
710	**산양대전** 세창-산양-06-01	고대소설 삼국풍진산양 대전	한글	38p. 임시정가	1956-12-01	1956-12-30	1	申泰三 서울특별시 종로구 종로3가 10	세창서관 서울특별시-
711	**산양대전** 세창-산양-07-01	죠자룡실긔	한글	32p.		1961- -	1		세창서관
712	**산양대전** 영창-산양-01-01	삼국풍진 죠자룡전	한글	49p.		1918- -	1		영창서관 경성 종로 2정목 84
713	**산양대전** 영창-산양-02-01	산양대전	한글	50p. 20전	1925-10-10	1925-10-05	1	姜義永 경성부 종로 2정목 84번지	영창서관 경성부 종로 2정목 84번지
714	**산양대전** 영창-산양-03-01	삼국풍진 죠자룡전	한글				1		영창서관

인쇄자 인쇄소 주소	인쇄소 인쇄소 주소	공동 발행	영인본	소장처 및 청구기호	기타	현황
					이능우, p.286.에 2판이 있어서 초판도 있을 것으로 추정.	출판
					이능우, p.286.	출판
金聖杓 경성부 견지동 80번지	계문사 경성부 견지동 80번지	보급서관		국립중앙도서관(3 634-2-96(4))	10장의 장회체(총목차).	원문
					여승구, [古書通信]15, 1999.9.([이본목록], p.220.)	원문
					<남이장군실기>, 덕흥서림, 1935.(국립중앙도서관 소장본(3634-2-66(13)) 광고에 '山陽大戰'으로 기록.	광고
				서울대학교 도서관(MFF 951.06 C718ik v.45)	마이크로필름 자료. C.V. Starr East Asian Library (Columbia University).	원문
金翼洙 경성부 황금정 2-21	신문관			국립중앙도서관(3 634-2-96(5))		원문
					여승구, [古書通信]15, 1999.9.([이본목록], p.219.)	출판
沈禹澤 경성부 공평동 55번지	대동인쇄주식회사 경성부 공평동 55번지			정명기 소장본		원문
沈禹澤 경성부 공평동 55번지	대동인쇄주식회사 경성부 공평동 55번지			영남대학교 도서관(도 813.5 ㅈ672)		원문
沈禹澤 경성부 공평동 54번지	성문사 경성부 공평동 55번지	대창서원		국립중앙도서관(3 634-2-42(6))	도서관 표제 '(독타삼국)산냥젼긔'에서 '독타'는 '독파'의 잘못.	원문
					우쾌제, p.135.	출판
			[구활자본고소설 전집 31]		영인본에 판권지 없음. 저자와 발행소 주소는 겉표지 참고, 발행연도는 [이본목록](p.220) 참고.	원문
	세창인쇄사 서울특별시 종로구 종로 3가 10			개인소장본	10장의 장회체(총목차)	원문
申晟均 서울특별시 종로구 종로 3가 10	세창인쇄사 서울특별시 종로구 종로 3가 10			유춘동 소장본		원문
				고려대학교 도서관(897.33 산양대 산)	판권지 없음. 발행연도는 도서관 서지정보를 따름.	원문
서울특별시-	서울특별시-			박순호 소장본	판권지가 스티커에 가려져 인쇄부, 발행소, 총판 등을 확인할 수 없음.인쇄소는 표지를 참고.	원문
				이화여자대학교 도서관(811.31 조811)	검색결과 제목이 (三國風塵) 趙子龍傳였으나, '표지표제: 趙子龍實記 = 죠자룡실긔'이므로 표지표제를 따름.	원문
				디지털 한글박물관(홍윤표 소장본)	판권지 없음. 발행일은 [이본목록](p.220)에 '홍윤표가목'의 발행일을 기록함.	원문
申泰榮 경성부 종로 2정목 84번지	영창서관인쇄부 경성부 종로 2정목 84번지	한흥서림		정명기 소장본	인쇄일과 발행일이 바뀐 것으로 추정.	원문
					2판이 있어서 초판도 있을 것으로 추정.	출판

번호	작품명 고유번호	표제	문자	면수 가격	인쇄일	발행일	판차	발행자 발행자 주소	발행소 발행소 주소
715	**산양대전** 영창-산양-03-02	삼국풍진 죠자룡전	한글	47p. 25전	1926-12-18	1926-12-20	2	姜義永 경성부 종로 2정목 84번지	영창서관 경성부 종로 2정목 84번지
716	**산양대전** 유일-산양-01-01	(삼국풍진)산냥 대전	한글	68p. 25전	1916-02-25	1916-02-29	1	南宮楔 경성부 종로 2정목 19번지	유일서관 경성부 관훈동 72번지
717	**산양대전** 유일-산양-01-02	(삼국풍진)산냥 대전	한글	68p. 25전	1917-07-20	1917-07-23	2	南宮楔 경성부 종로 3정목 76번지	유일서관 경성부 관훈동 72번지
718	**산양대전** 이문-산양-01-01	조자룡실기	한글	38p.		1935- -	1		이문당
719	**산양대전** 조선-산양-01-01	(삼국풍진)산냥 대전	한글			1916-08-29	1	南宮楔	조선도서주식회사
720	**산양대전** 조선-산양-01-02	(삼국풍진)산냥 대전	한글				2		조선도서주식회사
721	**산양대전** 조선-산양-01-03	(삼국풍진)산냥 대전	한글				3		조선도서주식회사
722	**산양대전** 조선-산양-01-04	(삼국풍진)산냥 대전	한글				4		조선도서주식회사
723	**산양대전** 조선-산양-01-05	(삼국풍진)산냥 대전	한글	38p. 16전	1922-01-20	1922-01-25	5	南宮楔 경성부 종로통 3정목 76	조선도서주식회사 경성부 관훈동 30번지
724	**산양대전** 조선-산양-02-01	(三國風塵)趙子 龍傳	한글	49p. 20전	1926-01-05	1926-01-15	1	洪淳泌 경성부 견지동 60번지	조선도서주식회사 경성부 견지동 60번지
725	**산양대전** 태화-산양-01-01	(고대소설)산양 대전	한글	38p.		1929-11-25	1		태화서관
726	**산양대전** 태화-산양-01-02	(고대소설)산양 대전	한글	38p.	1947-12-10	1947-12-15	2	姜夏馨 서울시 종로구 예지동 101번지	태화서관 서울시 종로구 예지동 101번지
727	**산양대전** 한성-산양-01-01	(삼국풍진)산냥 대전	한글			1916-02-29	1	南宮楔	한성서관
728	**산양대전** 한성-산양-01-02	(삼국풍진)산냥 대전	한글			1917-07-23	2	南宮楔	한성서관
729	**산양대전** 한성-산양-01-03	(삼국풍진)산냥 대전	한글				3		한성서관
730	**산양대전** 한성-산양-01-04	(삼국풍진)산냥 대전	한글	68p. 16전	1919-02-20	1919-02-26	4	南宮楔 경성부 종로통 3정목 76	한성서관 경성부 종로통 3정목 76번지
731	**산양대전** 한성-산양-01-05	(삼국풍진)산냥 대전	한글	68p.		1920-12-06	5	南宮楔	한성서관
732	**산양대전** 회동-산양-01-01	(삼국풍진)죠자 룡전	한글	49p. 20전	1925-12-17	1925-12-20	1	高裕相 경성부 남대문통 1정목 17번지	회동서관 경성부 남대문통 1정목 17번지
733	**삼국대전** 경성서-삼국대-01-00	삼국대전	한글			1921- -	1		경성서적업조합
734	**삼국대전** 대산-삼국대-01-01	삼국대전	한글	109p. 35전	1926-10-20	1926-10-25	1	韓鳳熙 경성부 종로 3정목 71번지	대산서림 경성부 종로 3정목 71번지
735	**삼국대전** 덕흥-삼국대-01-01	고대소설 삼국대전	한글	109p.		1912- -	1		덕흥서림
736	**삼국대전** 동양서-삼국대-01-01	삼국대전	한글	109p.		1925- -	1		동양서원
737	**삼국대전** 세창-삼국대-01-01	삼국대전	한글	109p.		1935- -	1	申泰三	세창서관

인쇄자 인쇄소 주소	인쇄소 인쇄소 주소	공동 발행	영인본	소장처 및 청구기호	기타	현황
南昌熙 경성부 종로 2정목 84번지	영창서관인쇄소 경성부 종로 2정목 84번지	한흥서림, 진흥서관		연세대학교 도서관(O 811.93 조자룡 영)		원문
金重煥 경성부 중림동 333번지	보성사 경성부 수송동 44번지		[구활자본고소설 전집 5]	국립중앙도서관(3 634-2-96(3))	10장의 장회체(총목차). 2판에 초판 발행일 기록.	원문
鄭敬德 경성부 관훈동 30번지	조선복음인쇄소 경성부 관훈동 30번지		[구활자소설총서 11]		초판 발행일 기록.	원문
					이능우, p.299.	출판
					5판에 초판 발행일 기록.	출판
					5판이 있어서 2판도 있을 것으로 추정.	출판
					5판이 있어서 3판도 있을 것으로 추정.	출판
					5판이 있어서 4판도 있을 것으로 추정.	출판
金聖杓 경성부 견지동 80번지	계문사 경성부 견지동 80번지			국립중앙도서관(3 634-2-96(2))	10장의 장회체(총목차). 초판 발행일 기록.	원문
沈禹澤 경성부 공평동 55번지	대동인쇄주식회사 경성부 공평동 55번지			서울대학교 도서관(3350 86)	C.V. Starr East Asian Library (Columbia University)	원문
					2판에 초판 발행일 기록.	출판
	태화서관인쇄부 서울시 종로구 예지동 101번지			서울대학교 도서관(MFF 951.06 C718ik v.47)	마이크로필름 자료. 초판 발행일 기록. C.V. Starr East Asian Library (Columbia University)	원문
					4판에 초판 발행일 기록.	출판
					이능우, p.286.	출판
					4판이 있어서 3판도 있을 것으로 추정.	출판
鄭敬德 경성부 관훈동 30번지	조선복음인쇄소 경성부 관훈동 30번지			국립중앙도서관(3 634-2-96(7))	10장의 장회체(총목차). 초판 발행일 기록.	원문
					이능우, p.286.에 4판 발행일로 1919년과 1920년 12월 6일의 두 날짜를 적음. 1920년에 발행한 것을 5판으로 간주.	출판
金翼洙 경성부 황금정 2정목 21번지	신문관 경성부 황금정 2정목 21번지		[구활자본고소설 전집 14]	국립중앙도서관(3 634-2-81(1))		원문
					[圖書分類目錄], 1921 改正.([이본목록], p.221.)	목록
李錫澄 경성부 익선동 36번지	해영사인쇄소 경성부 수은동 68번지			정명기 소장본		원문
			[구활자본고소설 전집 5]		판권지 없음. 발행연도는 영인본 목차에 의함.	원문
					이능우, p.286.	출판
					이능우, p.286.	출판

번호	작품명 고유번호	표제	문자	면수 가격	인쇄일	발행일	판차	발행자 발행자 주소	발행소 발행소 주소
738	**삼국대전** 세창-삼국대-02-01	(古代小說)三國大戰 : 趙子龍單騎救主	한글	100p.		1952-12-30	1	申泰三	세창서관 서울특별시 종로구 종로 3가 10번지
739	**삼국대전** 세창-삼국대-03-01	삼국대전	한글	100p. 임시정가 250	1957-08-10	1957-12-30	1	申泰三 서울특별시 종로구 종로3가 10	세창서관 서울특별시 종로구 종로 3가 10
740	**삼국대전** 영창-삼국대-01-01	(고대소설)삼국 대전	한글	109p. 40전	1918-01-25	1918-01-30	1	姜義永 경성부 종로 3정목 85번지	영창서관 경성부 종로 3정목 85번지
741	**삼국대전** 영창-삼국대-01-02-01	(고대소설)삼국 대전	한글	109p. 24전	1918-12-19	1918-12-22	2	姜義永 경성부 종로통 2정목 51번지	영창서관 경성부 종로통 2정목 51번지
742	**삼국대전** 영창-삼국대-01-02-02	(고대소설)삼국 대전	한글	109p. 35전	1920-08-23	1920-08-25	2	姜義永 경성부 종로 3정목 85번지	영창서관 경성부 종로 3정목 85번지
743	**삼국대전** 영창-삼국대-01-03	(고대소설)삼국 대전	한글			1921- -	3		영창서관
744	**삼국대전** 영창-삼국대-01-04	(고대소설)삼국 대전	한글				4		영창서관
745	**삼국대전** 영창-삼국대-01-05	(고대소설)삼국 대전	한글				5		영창서관
746	**삼국대전** 영창-삼국대-01-06	(고대소설)삼국 대전	한글	109p. 35전	1923-12-15	1923-12-17	6	姜義永 경성부 종로 3정목 85번지	영창서관 경성부 종로 3정목 85번지
747	**삼국대전** 영창-삼국대-02-01	(고대소설)삼국 대전	한글	109p.		1925- -	1		영창서관
748	**삼국대전** 중앙-삼국대-01-01	삼국대전	한글	109p.	1948-10-05	1948-10-10	1	金振福	중앙출판사 서울특별시 을지로 3가 71번지
749	**삼국지** 경성-삼국-01-01-권1	산수삼국지	한글				1		경성서관
750	**삼국지** 경성-삼국-01-01-권2	산수삼국지	한글				1		경성서관
751	**삼국지** 경성-삼국-01-01-권3	산수삼국지	한글			1915- -	1	朴健會	경성서관
752	**삼국지** 경성-삼국-01-01-권4	산수삼국지	한글				1		경성서관
753	**삼국지** 경성-삼국-01-01-권5	산수삼국지	한글			1915- -	1	朴健會	경성서관
754	**삼국지** 경성서-삼국-01-00	수정 삼국지	한글			1921- -	1		경성서적업조합
755	**삼국지** 경성서-삼국-02-00	현토 삼국지	한문			1921- -	1		경성서적업조합
756	**삼국지** 대창-삼국-01-01-01	三國誌					1		대창서원
757	**삼국지** 대창-삼국-01-01-02	三國誌					1		대창서원
758	**삼국지** 대창-삼국-01-01-03	三國誌					1		대창서원
759	**삼국지** 대창-삼국-01-01-04	三國誌					1		대창서원

인쇄자 인쇄소 주소	인쇄소 인쇄소 주소	공동 발행	영인본	소장처 및 청구기호	기타	현황
				고려대학교 도서관(897.33 삼국대 삼)	고려대 소장본에는 발행소에 관한 정보만 나와 있음. 발행일, 작가, 발행자는 [이본목록](p.222.) 참고	원문
	세창인쇄사 서울특별시 종로구 종로3가 10			개인소장본		원문
鄭敬德 경성부 관훈동 30번지	조선복음인쇄소 경성부 관훈동 30번지			국립중앙도서관(3 634-2-81(2))	2판, 6판에 초판 발행일 기록.	원문
鄭敬德 경성부 관훈동 30번지	조선복음인쇄소 경성부 관훈동 30번지			국립중앙도서관(3 634-2-29(4))	동일 판본인데 2판 발행일자가 다르며, 두 개의 2판에 기록된 초판 발행일은 동일함.	원문
朴仁煥 경성부 황금정 1정목 81번지	조선박문관인쇄소 경성부 황금정 1정목 81번지			국립중앙도서관(3 634-2-81(3))	동일 판본인데 2판 발행일자가 다르며, 두 개의 2판에 기록된 초판 발행일은 동일함.	원문
					발행일은 이능우, p.286. 참고.	출판
					6판이 있어서 4판도 있을 것으로 추정.	출판
					6판이 있어서 5판도 있을 것으로 추정.	출판
朴旼濬 경성부 안국동 35번지	망대성경급기독교서 회 인쇄부 경성부 안국동 35번지			국립중앙도서관(3 634-2-81(4))	초판 발행일 기록.	원문
				서울대학교 도서관(MFF 951.06 C718ik)	국외 마이크로피쉬 자료. C.V. Starr East Asian Library, Columbia University.	원문
金泰鄉				정명기 소장본		원문
						출판
						출판
				고려대학교도서관(만송 C14 A45 3)	전집 하([이본목록], p.233.)	원문
						출판
				고려대학교도서관(만송 C14 A45 5)	후집 제사([이본목록], p.233)	원문
					[圖書分類目錄], 1921 改正.([이본목록], p.233.)	목록
					[圖書分類目錄], 1921 改正.([이본목록], p.233.)	목록
					1판 5권이 있어서 1권도 있을 것으로 추정.	출판
					1판 5권이 있어서 2권도 있을 것으로 추정.	출판
					1판 5권이 있어서 3권도 있을 것으로 추정.	출판
					1판 5권이 있어서 4권도 있을 것으로 추정.	출판

번호	작품명 고유번호	표제	문자	면수 가격	인쇄일	발행일	판차	발행자 발행자 주소	발행소 발행소 주소
760	삼국지 대창-삼국-01-01-05	三國誌	한글			1919- -	1		대창서원
761	삼국지 대창-삼국-02-00	삼국지	한글			1922- -	1		대창서원
762	삼국지 박문-삼국-01-01-전집-1권	(弟一奇書)三國誌 / 전집 1	한글		1917.10.20.	1917-11-30	1	高裕相 경성부 남대문통 1정목 17번지	박문서관 경성부 남대문통 4정목 69번지
763	삼국지 박문-삼국-01-01-전집-2권	(弟一奇書)三國誌 / 전집 2	한글	215p.	1917.10.20.	1917-11-30	1	高裕相 경성부 남대문통 1정목 17번지	박문서관 경성부 남대문통 4정목 69번지
764	삼국지 박문-삼국-01-01-전집-3권	(弟一奇書)三國誌 / 전집 3	한글	210p. 2원 50전	1917.10.20.	1917-11-30	1	高裕相 경성부 남대문통 1정목 17번지	박문서관 경성부 남대문통 4정목 69번지
765	삼국지 박문-삼국-01-01-전집-4권	(弟一奇書)三國誌 / 전집 4	한글	214p.	1917.10.20.	1917-11-30	1	高裕相 경성부 남대문통 1정목 17번지	박문서관 경성부 남대문통 4정목 69번지
766	삼국지 박문-삼국-01-01-후집-1권	예일긔서 삼국지 후집 일권	한글	229p.	1917.10.20.	1917-11-30	1	高裕相 경성부 남대문통 1정목 17번지	박문서관 경성부 남대문통 4정목 69번지
767	삼국지 박문-삼국-01-01-후집-2권	예일긔서 삼국지 후집 이권	한글	216p.	1917.10.20.	1917-11-30	1	高裕相 경성부 남대문통 1정목 17번지	박문서관 경성부 남대문통 4정목 69번지
768	삼국지 박문-삼국-01-01-후집-3권	예일긔서 삼국지 후집 삼권	한글	240p.	1917.10.20.	1917-11-30	1	高裕相 경성부 남대문통 1정목 17번지	박문서관 경성부 남대문통 4정목 69번지
769	삼국지 박문-삼국-01-01-후집-4권	예일긔서 삼국지 후집 사권	한글	198p. 2원 50전	1917.10.20.	1917-11-30	1	高裕相 경성부 남대문통 1정목 17번지	박문서관 경성부 남대문통 4정목 69번지
770	삼국지 박문-삼국-02-01-권1	(슈명)삼국지	한글	145p.		1920-01-20	1	盧益亨	박문서관
771	삼국지 박문-삼국-02-01-권2	(슈명)삼국지	한글	183p.		1920-01-20	1		박문서관
772	삼국지 박문-삼국-02-01-권3	(슈명)삼국지	한글	186p.		1920-01-20	1		박문서관
773	삼국지 박문-삼국-02-01-권4	(슈명)삼국지	한글	217p.		1920-01-20	1		박문서관
774	삼국지 박문-삼국-02-01-권5	(슈명)삼국지	한글	210p.		1920-01-20	1		박문서관
775	삼국지 박문-삼국-02-02-권1	(슈명)삼국지	한글	145p.		1920-01-30	2	盧益亨	박문서관
776	삼국지 박문-삼국-02-02-권2	(슈명)삼국지	한글	183p.		1920-01-30	2		박문서관
777	삼국지 박문-삼국-02-02-권3	(슈명)삼국지	한글	186p.		1920-01-30	2		박문서관

인쇄자 인쇄소 주소	인쇄소 인쇄소 주소	공동 발행	영인본	소장처 및 청구기호	기타	현황
				단국대학교 도서관(고 873.5 나1283샤 卷5)		원문
					여승구, [古書通信]15, 1999.9.([이본목록], p.233.)	원문
沈禹澤 경성부 공평동 54번지	성문사 경성부 공평동 55번지	보문관, 신구서림		정명기 소장본	발행소 : 유일서관, 회동서관. 전집 3권과 합철. 60회의 장회체(3권 31회~45회, 4권 46회~60회). 발행사항은 4권에만 있는 판권지 참조.	원문
沈禹澤 경성부 공평동 54번지	성문사 경성부 공평동 55번지	보문관, 신구서림		정명기 소장본	발행소 : 유일서관, 회동서관. 전집 3권과 합철. 60회의 장회체(3권 31회~45회, 4권 46회~60회). 발행사항은 4권에만 있는 판권지 참조.	원문
沈禹澤 경성부 공평동 54번지	성문사 경성부 공평동 55번지	보문관, 신구서림		국립중앙도서관(3 736-33-3)	발행소 : 유일서관, 회동서관. 전집 3권과 합철. 60회의 장회체(3권 31회~45회, 4권 46회~60회). 발행사항은 4권에만 있는 판권지 참조. 전집 4권과 합철됨.	원문
沈禹澤 경성부 공평동 54번지	성문사 경성부 공평동 55번지	보문관, 신구서림			발행소 : 유일서관, 회동서관. 전집 3권과 합철. 60회의 장회체(3권 31회~45회, 4권 46회~60회). 발행사항은 4권에만 있는 판권지 참조.	원문
金弘奎 경성부 가회동 260번지	보성사 경성부 수송동 44번지	보문관, 신구서림		양승민 소장본	발행소 : 유일서관, 회동서관. 58회의 장회체(1권 61회~75회, 2권 76회~90회, 3권 91회~105회, 4권 106회~118회). 발행사항은 4권에만 있는 판권지 참조.	원문
金弘奎 경성부 가회동 260번지	보성사 경성부 수송동 44번지	보문관, 신구서림		양승민 소장본	발행소 : 유일서관, 회동서관. 58회의 장회체(1권 61회~75회, 2권 76회~90회, 3권 91회~105회, 4권 106회~118회). 발행사항은 4권에만 있는 판권지 참조.	원문
金弘奎 경성부 가회동 260번지	보성사 경성부 수송동 44번지	보문관, 신구서림		양승민 소장본	발행소 : 유일서관, 회동서관. 58회의 장회체(1권 61회~75회, 2권 76회~90회, 3권 91회~105회, 4권 106회~118회). 발행사항은 4권에만 있는 판권지 참조.	원문
金弘奎 경성부 가회동 260번지	보성사 경성부 수송동 44번지	보문관, 신구서림		양승민 소장본	발행소 : 유일서관, 회동서관. 58회의 장회체(1권 61회~75회, 2권 76회~90회, 3권 91회~105회, 4권 106회~118회). 발행사항은 4권에만 있는 판권지 참조.	원문
					120회의 장회체(1권 1~24회, 2권 25~48회, 3권 49~72회, 4권 73~96회, 5권 97~120회). 발행사항은 [이본목록](p.234) 참고.	출판
					120회의 장회체(1권 1~24회, 2권 25~48회, 3권 49~72회, 4권 73~96회, 5권 97~120회). 발행사항은 [이본목록](p.234) 참고.	출판
					120회의 장회체(1권 1~24회, 2권 25~48회, 3권 49~72회, 4권 73~96회, 5권 97~120회). 발행사항은 [이본목록](p.234) 참고.	출판
					120회의 장회체(1권 1~24회, 2권 25~48회, 3권 49~72회, 4권 73~96회, 5권 97~120회). 발행사항은 [이본목록](p.234) 참고.	출판
					120회의 장회체(1권 1~24회, 2권 25~48회, 3권 49~72회, 4권 73~96회, 5권 97~120회). 발행사항은 [이본목록](p.234) 참고.	출판
					120회의 장회체(1권 1~24회, 2권 25~48회, 3권 49~72회, 4권 73~96회, 5권 97~120회). 발행사항은 [이본목록](p.234) 참고.	출판
					120회의 장회체(1권 1~24회, 2권 25~48회, 3권 49~72회, 4권 73~96회, 5권 97~120회). 발행사항은 [이본목록](p.234) 참고.	출판
					120회의 장회체(1권 1~24회, 2권 25~48회, 3권 49~72회, 4권 73~96회, 5권 97~120회). 발행사항은 [이본목록](p.234) 참고.	출판

번호	작품명 고유번호	표제	문자	면수 가격	인쇄일	발행일	판차	발행자 발행자 주소	발행소 발행소 주소
778	**삼국지** 박문-삼국-02-02-권4	(슈명)삼국지	한글	217p.		1920-01-30	2		박문서관
779	**삼국지** 박문-삼국-02-02-권5	(슈명)삼국지	한글	210p.		1920-01-30	2		박문서관
780	**삼국지** 박문-삼국-02-03-권1	(슈명)삼국지	한글	145p. 5冊, 2원		1928-03-15	3	盧益亨 경성부 종로 2정목 82번지	박문서관 경성부 종로 2정목 82번지
781	**삼국지** 박문-삼국-02-03-권2	(슈명)삼국지	한글	183p. 5冊, 2원		1928-03-15	3	盧益亨 경성부 종로 2정목 82번지	박문서관 경성부 종로 2정목 82번지
782	**삼국지** 박문-삼국-02-03-권3	(슈명)삼국지	한글	186p. 5冊, 2원		1928-03-15	3	盧益亨 경성부 종로 2정목 82번지	박문서관 경성부 종로 2정목 82번지
783	**삼국지** 박문-삼국-02-03-권4	(슈명)삼국지	한글	217p. 5冊, 2원		1928-03-15	3	盧益亨 경성부 종로 2정목 82번지	박문서관 경성부 종로 2정목 82번지
784	**삼국지** 박문-삼국-02-03-권5	(슈명)삼국지	한글	210p. 5冊, 2원		1928-03-15	3	盧益亨 경성부 종로 2정목 82번지	박문서관 경성부 종로 2정목 82번지
785	**삼국지** 박문-삼국-03-01-권1	(懸吐)三國誌	한문	244p. 2원 50전	1935-10-25	1935-10-30	1	盧益亨 경성부 종로 2정목 86번지	박문서관 경성부 종로 2정목 86번지
786	**삼국지** 박문-삼국-03-01-권2	(懸吐)三國誌	한문	222p. 2원 50전	1935-10-25	1935-10-30	1	盧益亨 경성부 종로 2정목 86번지	박문서관 경성부 종로 2정목 86번지
787	**삼국지** 박문-삼국-03-01-권3	(懸吐)三國誌	한문	240p. 2원 50전	1935-10-25	1935-10-30	1	盧益亨 경성부 종로 2정목 86번지	박문서관 경성부 종로 2정목 86번지
788	**삼국지** 박문-삼국-03-01-권4	(懸吐)三國誌	한문	208p. 2원 50전	1935-10-25	1935-10-30	1	盧益亨 경성부 종로 2정목 86번지	박문서관 경성부 종로 2정목 86번지
789	**삼국지** 박문-삼국-03-01-권5	(懸吐)三國誌	한문	205p. 2원 50전	1935-10-25	1935-10-30	1	盧益亨 경성부 종로 2정목 86번지	박문서관 경성부 종로 2정목 86번지
790	**삼국지** 백인-삼국-01-00	(單卷完譯)三國誌	한글	506p.		1961- -	1		백인사
791	**삼국지** 보급-삼국-01-01-권1	(무쌍언문) 삼국지 1	한글	140p.	1918-12-27	1918-12-31	1	朴健會 경성부 종로 2정목 82번지	보급서관 경성 종로 2정목 12번지
792	**삼국지** 보급-삼국-01-01-권2	(무쌍언문) 삼국지 2	한글	157p.	1918-12-27	1918-12-31	1	朴健會 경성부 종로 2정목 82번지	보급서관 경성 종로 2정목 12번지
793	**삼국지** 보급-삼국-01-01-권3	(무쌍언문) 삼국지 3	한글	130p.	1918-12-27	1918-12-31	1	朴健會 경성부 종로 2정목 82번지	보급서관 경성 종로 2정목 12번지
794	**삼국지** 보급-삼국-01-01-권4	(무쌍언문) 삼국지 4	한글	208p.	1918-12-27	1918-12-31	1	朴健會 경성부 종로 2정목 82번지	보급서관 경성 종로 2정목 12번지
795	**삼국지** 보급-삼국-01-01-권5	(무쌍언문) 삼국지 5	한글	172p.	1918-12-27	1918-12-31	1	朴健會 경성부 종로 2정목 82번지	보급서관 경성 종로 2정목 12번지

인쇄자 인쇄소 주소	인쇄소 인쇄소 주소	공동 발행	영인본	소장처 및 청구기호	기타	현황
					120회의 장회체(1권 1~24회, 2권 25~48회, 3권 49~72회, 4권 73~96회, 5권 97~120회). 발행사항은 [이본목록](p.234) 참고.	출판
					120회의 장회체(1권 1~24회, 2권 25~48회, 3권 49~72회, 4권 73~96회, 5권 97~120회). 발행사항은 [이본목록](p.234) 참고.	출판
崔文煥 경성부 종로 2정목 82번지	박문서관인쇄부 경성부 종로 2정목 82번지			국립중앙도서관(아단문고 소장본의 전자책)	120회의 장회체(1권 1~24회, 2권 25~48회, 3권 49~72회, 4권 73~96회, 5권 97~120회). 초판, 2판 발행일 기록.	원문
崔文煥 경성부 종로 2정목 82번지	박문서관인쇄부 경성부 종로 2정목 82번지			국립중앙도서관(아단문고 소장본의 전자책)	120회의 장회체(1권 1~24회, 2권 25~48회, 3권 49~72회, 4권 73~96회, 5권 97~120회). 초판, 2판 발행일 기록.	원문
崔文煥 경성부 종로 2정목 82번지	박문서관인쇄부 경성부 종로 2정목 82번지			국립중앙도서관(아단문고 소장본의 전자책)	120회의 장회체(1권 1~24회, 2권 25~48회, 3권 49~72회, 4권 73~96회, 5권 97~120회). 초판, 2판 발행일 기록.	원문
崔文煥 경성부 종로 2정목 82번지	박문서관인쇄부 경성부 종로 2정목 82번지			국립중앙도서관(아단문고 소장본의 전자책)	120회의 장회체(1권 1~24회, 2권 25~48회, 3권 49~72회, 4권 73~96회, 5권 97~120회). 초판, 2판 발행일 기록.	원문
崔文煥 경성부 종로 2정목 82번지	박문서관인쇄부 경성부 종로 2정목 82번지			국립중앙도서관(아단문고 소장본의 전자책)	120회의 장회체(1권 1~24회, 2권 25~48회, 3권 49~72회, 4권 73~96회, 5권 97~120회). 초판, 2판 발행일 기록.	원문
金顯道 경성부 공평동 55번지	대동인쇄소 경성부 공평동 55번지			정명기 소장본	장회체(1권 1~26회, 2권 27~51회, 3권 52~76회, 4권 77~97회, 5권 98~?회).	원문
金顯道 경성부 공평동 55번지	대동인쇄소 경성부 공평동 55번지			정명기 소장본	장회체(1권 1~26회, 2권 27~51회, 3권 52~76회, 4권 77~97회, 5권 98~?회).	원문
金顯道 경성부 공평동 55번지	대동인쇄소 경성부 공평동 55번지			고려대학교 도서관(희귀 895.34 나관중 삼키 3)	장회체(1권 1~26회, 2권 27~51회, 3권 52~76회, 4권 77~97회, 5권 98~?회).	원문
金顯道 경성부 공평동 55번지	대동인쇄소 경성부 공평동 55번지			고려대학교 도서관(희귀 895.34 나관중 삼키 4)	장회체(1권 1~26회, 2권 27~51회, 3권 52~76회, 4권 77~97회, 5권 98~?회).	원문
金顯道 경성부 공평동 55번지	대동인쇄소 경성부 공평동 55번지			고려대학교 도서관(희귀 895.34 나관중 삼키 5)	장회체(1권 1~26회, 2권 27~51회, 3권 52~76회, 4권 77~97회, 5권 98~?회).	원문
				국립중앙도서관(3 736-43)	협약 도서관에서 이미지 파일 보기 가능	원문
久家恒衛 경성부 명치정 1정목 54번지	일한인쇄소 경성부 명치정 1정목 54번지	대창서원	[구활자본고소설 전집 22]	국립중앙도서관(3 634-2-25(1))	전집은 36회의 장회체(전집 상 1회~18회. 전집 하 19회~36회)	원문
久家恒衛 경성부 명치정 1정목 54번지	일한인쇄소 경성부 명치정 1정목 54번지	대창서원	[구활자본고소설 전집 22]	국립중앙도서관(3 634-2-25(2))	전집은 36회의 장회체(전집 상 1회~18회. 전집 하 19회~36회)	원문
久家恒衛 경성부 명치정 1정목 54번지	일한인쇄소 경성부 명치정 1정목 54번지	대창서원	[구활자본고소설 전집 22]	국립중앙도서관(3 634-2-25(3))	보급-삼국-01-01-권3 후집은 52회의 장회체(상 1회~16회, 중 17회~34회, 하 35회~51회). 하권은 35회로 시작돼야 하는데 34회로 잘못 기록. 실제로는 총52회임. 권별로 목차 있음.	원문
久家恒衛 경성부 명치정 1정목 54번지	일한인쇄소 경성부 명치정 1정목 54번지	대창서원	[구활자본고소설 전집 22]	국립중앙도서관(3 634-2-25(4))	보급-삼국-01-01-권4, 권5 후집은 52회의 장회체(상 1회~16회, 중 17회~34회, 하 34회~51회). 하권은 35회로 시작돼야 하는데 34회로 잘못 기록. 실제로는 총52회임. 권별로 목차 있음.	원문
久家恒衛 경성부 명치정 1정목 54번지	일한인쇄소 경성부 명치정 1정목 54번지	대창서원	[구활자본고소설 전집 23]	국립중앙도서관(3 634-2-25(5))		원문

번호	작품명 고유번호	표제	문자	면수 가격	인쇄일	발행일	판차	발행자 발행자 주소	발행소 발행소 주소
796	**삼국지** 보급-삼국-02-01-권1	무쌍언문 삼국지 전집 상권	한글	140p.			1		보급서관
797	**삼국지** 보급-삼국-02-01-권2	무쌍언문 삼국지 전집 하권	한글	157p.			1		보급서관
798	**삼국지** 보급-삼국-02-01-권3	무쌍언문 삼국지 후집상권	한글	130p.	1920-02-15	1920-02-20	1	朴健會 경성부 종로 2정목 82번지	보급서관 경성 종로 2정목 19번
799	**삼국지** 보급-삼국-02-01-권4	무쌍언문 삼국지 후집중권	한글	208p.			1		보급서관
800	**삼국지** 보급-삼국-02-01-권5	무쌍언문 삼국지 후집 하편	한글	172p.			1		보급서관
801	**삼국지** 보성관-삼국-01-00	삼국지	한글			1913- -	1		보성관
802	**삼국지** 선진-삼국-01-00-권1	(全圖增像)三國 誌演義 1				1959- -	1		선진문화사
803	**삼국지** 선진-삼국-01-00-권2	(全圖增像)三國 誌演義 2				1959- -	1		선진문화사
804	**삼국지** 선진-삼국-01-00-권3	(全圖增像)三國 誌演義 3					1		선진문화사
805	**삼국지** 선진-삼국-01-00-권4	(全圖增像)三國 誌演義 4				1959- -	1		선진문화사
806	**삼국지** 선진-삼국-01-00-권5	(全圖增像)三國 誌演義 5				1959- -	1		선진문화사
807	**삼국지** 성우-삼국-01-01-권1	三國誌 前集 1	한글			1917- -	1		성우사
808	**삼국지** 성우-삼국-01-01-권2	三國誌 前集2	한글			1917- -	1		성우사
809	**삼국지** 성우-삼국-01-01-권3	三國誌 前集 3	한글			1917- -	1	高裕相	성우사
810	**삼국지** 세창-삼국-01-01-권1	(원본)삼국지 권1	한글		1952-12-01	1952-12-30	1	申泰三 서울특별시 종로구 종로 3가 10	세창서관 서울시 종로 3가 10
811	**삼국지** 세창-삼국-01-01-권2	(원본)삼국지 권2	한글		1952-12-01	1952-12-30	1	申泰三 서울특별시 종로구 종로 3가 10	세창서관 서울시 종로 3가 10
812	**삼국지** 세창-삼국-01-01-권3	(원본)삼국지 권3	한글	108p.	1952-12-01	1952-12-30	1	申泰三 서울특별시 종로구 종로 3가 10	세창서관 서울시 종로 3가 10
813	**삼국지** 세창-삼국-01-01-권4	(원본)삼국지 권4	한글	144p.	1952-12-01	1952-12-30	1	申泰三 서울특별시 종로구 종로 3가 10	세창서관 서울시 종로 3가 10
814	**삼국지** 세창-삼국-01-01-권5	(원본)삼국지 권5	한글	136p. 1800	1952-12-01	1952-12-30	1	申泰三 서울특별시 종로구 종로 3가 10	세창서관 서울특별시 종로구 종 3가 10
815	**삼국지** 세창-삼국-02-01-권1	(원본현토)삼국 지 권1	한문	136p. 7000		1962-10-30	1	申泰三 서울특별시 종로구 종로 3가 10	세창서관 서울특별시 종로구 종 3가 10

인쇄자 인쇄소 주소	인쇄소 인쇄소 주소	공동 발행	영인본	소장처 및 청구기호	기타	현황
					3권이 있어서 1권(전집 상권)도 있을 것으로 추정.	출판
					3권이 있어서 2권(전집 하권)도 있을 것으로 추정.	출판
羽田茂— 경성부 명치정 1정목 54번지	조선인쇄주식회사 경성부 명치정 1정목 54번지	대창서원		개인소장본	3권(후집 상권)	원문
					3권이 있어서 4권(후집 중권)도 있을 것으로 추정.	출판
					3권이 있어서 5권(후집 하권)도 있을 것으로 추정.	출판
					李慶善, [三國誌演義의 比較文學的 研究], p.133.([이본목록], p.234.)	출판
				국립중앙도서관(8 23.5-10-21-1)	이성학(李成學) 역, 서지정보 발행년도에 檀紀4292[1949]로 되어있으나 확인한 결과 1959년임.	원문
				국립중앙도서관(8 23.5-10-21-2)	이성학(李成學) 역, 서지정보 발행년도에 檀紀4292[1949]로 되어있으나 확인한 결과 1959년임.	원문
					권 1, 2, 4, 5가 있어 권3도 있을 것으로 추정.	출판
				국립중앙도서관(8 23.5-10-21-4)	이성학(李成學) 역, 서지정보 발행년도에 檀紀4292[1949]로 되어있으나 확인한 결과 1959년임.	원문
				국립중앙도서관(8 23.5-10-21-5)	이성학(李成學) 역, 서지정보 발행년도에 檀紀4292[1949]로 되어있으나 확인한 결과 1959년임.	원문
						출판
						출판
					李慶善, [三國誌演義의 比較文學的 研究], p.133.([이본목록], p.234.).	출판
	세창인쇄사 서울특별시 종로구 종로 3가 10			정명기 소장본	발행 내용은 5권에만 있는 판권지 참고.	원문
	세창인쇄사 서울특별시 종로구 종로 3가 10			정명기 소장본	발행 내용은 5권에만 있는 판권지 참고.	원문
	세창인쇄사 서울특별시 종로구 종로 3가 10			정명기 소장본	발행 내용은 5권에만 있는 판권지 참고.	원문
	세창인쇄사 서울특별시 종로구 종로 3가 10			정명기 소장본	발행 내용은 5권에만 있는 판권지 참고.	원문
	세창인쇄사 서울특별시 종로구 종로 3가 10			정명기 소장본	가격은 파란색 잉크 도장으로 기록.	원문
	세창인쇄사 서울특별시 종로구 종로 3가 10			유춘동 소장본		원문

번호	작품명 고유번호	표제	문자	면수 가격	인쇄일	발행일	판차	발행자 발행자 주소	발행소 발행소 주소
816	**삼국지** 세창-삼국-02-01-권2	(원본현토)삼국 지 권2	한문	122p. 7000		1962-10-30	1	申泰三 서울특별시 종로구 종로 3가 10	세창서관 서울특별시 종로구 종로 3가 10
817	**삼국지** 세창-삼국-02-01-권3	(원본현토)삼국 지 권3	한문	133p. 7000		1962-10-30	1	申泰三 서울특별시 종로구 종로 3가 10	세창서관 서울특별시 종로구 종로 3가 10
818	**삼국지** 세창-삼국-02-01-권4	(원본현토)삼국 지 권4	한문	110p. 7000		1962-10-30	1	申泰三 서울특별시 종로구 종로 3가 10	세창서관 서울특별시 종로구 종로 3가 10
819	**삼국지** 세창-삼국-02-01-권5	(원본현토)삼국 지 권5	한문	115p. 7000		1962-10-30	1	申泰三 서울특별시 종로구 종로 3가 10	세창서관 서울특별시 종로구 종로 3가 10
820	**삼국지** 세창-삼국-03-01-권1	(원본국문)삼국 지 권1	한글	104p.		1965-03-30	1		세창서관 서울특별시 종로구 종로 3가 10
821	**삼국지** 세창-삼국-03-01-권2	(원본국문)삼국 지 권2	한글		1965-03-10	1965-03-30	1	申泰三 서울특별시 종로구 ??	세창서관 서울특별시 종로구 종로 3가 10
822	**삼국지** 세창-삼국-03-01-권3	(원본국문)삼국 지 권3	한글	116p.		1965-03-30	1		세창서관 서울특별시 종로구 종로 3가 10
823	**삼국지** 세창-삼국-03-01-권4	(원본국문)삼국 지 권4	한글	153p.	1965-03-10	1965-03-30	1	申泰三 서울특별시 ??	세창서관 서울특별시 종로구 종로 3가 10
824	**삼국지** 세창-삼국-03-01-권5	(원본국문)삼국 지 권5	한글	145p.	1965-03-10	1965-03-30	1	申泰三 서울특별시 ??	세창서관 서울특별시 종로구 종로 3가 10
825	**삼국지** 영창-삼국-01-01-권1	(原本校正諺文) 三國志. 卷之一	한글	138p. 2원 50전	1928-12-10	1928-12-15	1	姜義永 경성부 종로 2정목 84번지	영창서관 경성부 종로 2정목 84번지
826	**삼국지** 영창-삼국-01-01-권2	(原本校正諺文) 三國志. 卷之二	한글	147p. 2원 50전	1928-12-10	1928-12-15	1	姜義永 경성부 종로 2정목 84번지	영창서관 경성부 종로 2정목 84번지
827	**삼국지** 영창-삼국-01-01-권3	(原本校正諺文) 三國志. 卷之三	한글	149p. 2원 50전	1928-12-10	1928-12-15	1	姜義永 경성부 종로 2정목 84번지	영창서관 경성부 종로 2정목 84번지
828	**삼국지** 영창-삼국-01-01-권4	(原本校正諺文) 三國志. 卷之四	한글	191p. 2원 50전	1928-12-10	1928-12-15	1	姜義永 경성부 종로 2정목 84번지	영창서관 경성부 종로 2정목 84번지
829	**삼국지** 영창-삼국-01-01-권5	(原本校正諺文) 三國志. 卷之五	한글	185p. 2원 50전	1928-12-10	1928-12-15	1	姜義永 경성부 종로 2정목 84번지	영창서관 경성부 종로 2정목 84번지
830	**삼국지** 영창-삼국-02-01-권1	縣吐三國誌	한문	199p. 4원	1941-07-25	1941-07-30	1	姜義永 경성부 종로 2정목 98	영창서관 경성부 종로 2정목 98번지
831	**삼국지** 영창-삼국-02-01-권2	縣吐三國誌	한문	185p. 4원	1941-07-25	1941-07-30	1	姜義永 경성부 종로 2정목 98	영창서관 경성부 종로 2정목 98번지
832	**삼국지** 영창-삼국-02-01-권3	縣吐三國誌	한문	201p. 4원	1941-07-25	1941-07-30	1	姜義永 경성부 종로 2정목 98	영창서관 경성부 종로 2정목 98번지
833	**삼국지** 영창-삼국-02-01-권4	縣吐三國誌	한문	193p. 4원	1941-07-25	1941-07-30	1	姜義永 경성부 종로 2정목 98	영창서관 경성부 종로 2정목 98번지
834	**삼국지** 영창-삼국-02-01-권5	縣吐三國誌	한문	187p. 4원	1941-07-25	1941-07-30	1	姜義永 경성부 종로 2정목 98	영창서관 경성부 종로 2정목 98번지
835	**삼국지** 영풍-삼국-01-01-권1	諺吐 三國誌 卷1	한문			1916-03-25	1		영풍서관

인쇄자 인쇄소 주소	인쇄소 인쇄소 주소	공동 발행	영인본	소장처 및 청구기호	기타	현황
	세창인쇄사 서울특별시 종로구 종로 3가 10			유춘동 소장본		원문
	세창인쇄사 서울특별시 종로구 종로 3가 10			유춘동 소장본		원문
	세창인쇄사 서울특별시 종로구 종로 3가 10			유춘동 소장본		원문
	세창인쇄사 서울특별시 종로구 종로 3가 10			유춘동 소장본		원문
				유춘동 소장본		원문
	세창인쇄사 서울특별시 종로구 종로 3가 10			유춘동 소장본		원문
				유춘동 소장본		원문
	세창인쇄사 서울특별시 종로구 종로 3가 10			유춘동 소장본		원문
	세창인쇄사 서울특별시 종로구 종로 3가 10			유춘동 소장본		원문
南昌熙 경성부 종로 2정목 84번지	영창서관인쇄소 경성부 종로 2정목 84번지	한흥서림, 진흥서관		국립중앙도서관(8 23.5-영414ㅅ-1)	표지에 '永昌書館 輯部編 纂, 京城 永昌書館 發行'이라고 기록.	원문
南昌熙 경성부 종로 2정목 84번지	영창서관인쇄소 경성부 종로 2정목 84번지	한흥서림, 진흥서관		국립중앙도서관(8 23.5-영414ㅅ-2)	표지에 '永昌書館 輯部編 纂, 京城 永昌書館 發行'이라고 기록.	원문
南昌熙 경성부 종로 2정목 84번지	영창서관인쇄소 경성부 종로 2정목 84번지	한흥서림, 진흥서관		개인소장본	표지에 '永昌書館 輯部編 纂, 京城 永昌書館 發行'이라고 기록.	원문
南昌熙 경성부 종로 2정목 84번지	영창서관인쇄소 경성부 종로 2정목 84번지	한흥서림, 진흥서관		정명기 소장본	표지에 '永昌書館 輯部編 纂, 京城 永昌書館 發行'이라고 기록.	원문
南昌熙 경성부 종로 2정목 84번지	영창서관인쇄소 경성부 종로 2정목 84번지	한흥서림, 진흥서관		개인소장본	표지에 '永昌書館 輯部編 纂, 京城 永昌書館 發行'이라고 기록.	원문
趙仁穆 경성부 견지정 32	한성도서주식회사 경성부 견지정 32		[조동일소장국문 학연구자료 25]	서울대학교 도서관(상백고 895.135 N11h)	장회체(1권: 1~24회. 1권의 총목록 있음)	원문
趙仁穆 경성부 견지정 32	한성도서주식회사 경성부 견지정 32		[조동일소장국문 학연구자료 25]	서울대학교 도서관(상백고 895.135 N11h)	장회체(2권: 25~48회, 2권의 총목록 있음)	원문
趙仁穆 경성부 견지정 32	한성도서주식회사 경성부 견지정 32		[조동일소장국문 학연구자료 26]	서울대학교 도서관(상백고 895.135 N11h)	장회체(3권: 49~72회, 3권의 총목록 있음)	원문
趙仁穆 경성부 견지정 32	한성도서주식회사 경성부 견지정 32		[조동일소장국문 학연구자료 26]	서울대학교 도서관(상백고 895.135 N11h)	장회체(4권: 73~96회, 4권의 총목록 있음)	원문
趙仁穆 경성부 견지정 32	한성도서주식회사 경성부 견지정 32		[조동일소장국문 학연구자료 26]	서울대학교 도서관(상백고 895.135 N11h)	장회체(5권: 97~120회, 5권의 총목록 있음)	원문
					발행일은 [연구보정](p.361) 참고.	원문

번호	작품명 고유번호	표제	문자	면수 가격	인쇄일	발행일	판차	발행자 발행자 주소	발행소 발행소 주소
836	**삼국지** 영풍-삼국-01-01-권2	諺吐 三國誌 卷2	한문			1916-03-25	1		영풍서관
837	**삼국지** 영풍-삼국-01-01-권3	諺吐 三國誌 卷3	한문			1916-03-25	1		영풍서관
838	**삼국지** 영풍-삼국-01-01-권4	諺吐 三國誌 卷4	한문			1916-03-25	1		영풍서관
839	**삼국지** 영풍-삼국-01-01-권5	諺吐 三國誌 卷5	한문			1916-03-25	1		영풍서관
840	**삼국지** 영풍-삼국-01-02-권1	諺吐 三國誌 卷1	한문			1918-06-27	2		영풍서관
841	**삼국지** 영풍-삼국-01-02-권2	諺吐 三國誌 卷2	한문			1918-06-27	2		영풍서관
842	**삼국지** 영풍-삼국-01-02-권3	諺吐 三國誌 卷3	한문			1918-06-27	2		영풍서관
843	**삼국지** 영풍-삼국-01-02-권4	諺吐 三國誌 卷4	한문			1918-06-27	2		영풍서관
844	**삼국지** 영풍-삼국-01-02-권5	諺吐 三國誌 卷5	한문			1918-06-27	2	李柱浣	영풍서관
845	**삼국지** 유일-삼국-01-00-전집-권1	삼국지 전집 권1	한글	전집 3책 90전		1915- -	1		유일서관
846	**삼국지** 유일-삼국-01-00-전집-권2	삼국지 전집 권2		전집 3책 90전		1915- -	1		유일서관
847	**삼국지** 유일-삼국-01-00-전집-권3	삼국지 전집 권3		전집 3책 90전		1915- -	1		유일서관
848	**삼국지** 유일-삼국-01-00-후집-권1	삼국지 후집 권1		후집 6책 2원50전		1915- -	1		유일서관
849	**삼국지** 유일-삼국-01-00-후집-권2	삼국지 후집 권2		후집 6책 2원50전		1915- -	1		유일서관
850	**삼국지** 유일-삼국-01-00-후집-권3	삼국지 후집 권3		후집 6책 2원50전		1915- -	1		유일서관
851	**삼국지** 유일-삼국-01-00-후집-권4	삼국지 후집 권4		후집 6책 2원50전		1915- -	1		유일서관
852	**삼국지** 유일-삼국-01-00-후집-권5	삼국지 후집 권5		후집 6책 2원50전		1915- -	1		유일서관
853	**삼국지** 유일-삼국-01-00-후집-권6	삼국지 후집 권6		후집 6책 2원50전		1915- -	1		유일서관

인쇄자 인쇄소 주소	인쇄소 인쇄소 주소	공동 발행	영인본	소장처 및 청구기호	기타	현황
					발행일은 [연구보정](p.361) 참고.	원문
					발행일은 [연구보정](p.361) 참고.	원문
					발행일은 [연구보정](p.361) 참고.	원문
					발행일은 [연구보정](p.361) 참고.	원문
				한국학중앙연구원 장서각(霞 D7A5 1)	120회의 장회체(권1 1회~26회, 권2 27회~51회, 권3 52회~76회, 권4 77회~97회, 권5 98~120회), 마이크로필름 자료(MF35-10838~39)	원문
				한국학중앙연구원 장서각(霞 D7A5 2)	120회의 장회체(권1 1회~26회, 권2 27회~51회, 권3 52회~76회, 권4 77회~97회, 권5 98~120회), 마이크로필름 자료(MF35-10838~39)	원문
				한국학중앙연구원 장서각(霞 D7A5 3)	120회의 장회체(권1 1회~26회, 권2 27회~51회, 권3 52회~76회, 권4 77회~97회, 권5 98~120회), 마이크로필름 자료(MF35-10838~39)	원문
				한국학중앙연구원 장서각(霞 D7A5 4)	120회의 장회체(권1 1회~26회, 권2 27회~51회, 권3 52회~76회, 권4 77회~97회, 권5 98~120회), 마이크로필름 자료(MF35-10838~39)	원문
				한국학중앙연구원 장서각(霞 D7A5 5)	120회의 장회체(권1 1회~26회, 권2 27회~51회, 권3 52회~76회, 권4 77회~97회, 권5 98~120회), 마이크로필름 자료(MF35-10838~39)	원문
					<소상강>, 한성서관, 1915(국중(3634-2-10(3)) 광고에 '삼국지 前集, 소 後集'으로 기록, 한성서관은 발매소이며, 발행소는 유일서관. 전집 3책, 후집 6책.	광고
					<소상강>, 한성서관, 1915(국중(3634-2-10(3)) 광고에 '삼국지 前集, 소 後集'으로 기록, 한성서관은 발매소이며, 발행소는 유일서관. 전집 3책, 후집 6책.	광고
					<소상강>, 한성서관, 1915(국중(3634-2-10(3)) 광고에 '삼국지 前集, 소 後集'으로 기록, 한성서관은 발매소이며, 발행소는 유일서관. 전집 3책, 후집 6책.	광고
					<소상강>, 한성서관, 1915(국중(3634-2-10(3)) 광고에 '삼국지 前集, 소 後集'으로 기록, 한성서관은 발매소이며, 발행소는 유일서관. 전집 3책, 후집 6책.	광고
					<소상강>, 한성서관, 1915(국중(3634-2-10(3)) 광고에 '삼국지 前集, 소 後集'으로 기록, 한성서관은 발매소이며, 발행소는 유일서관. 전집 3책, 후집 6책.	광고
					<소상강>, 한성서관, 1915(국중(3634-2-10(3)) 광고에 '삼국지 前集, 소 後集'으로 기록, 한성서관은 발매소이며, 발행소는 유일서관. 전집 3책, 후집 6책.	광고
					<소상강>, 한성서관, 1915(국중(3634-2-10(3)) 광고에 '삼국지 前集, 소 後集'으로 기록, 한성서관은 발매소이며, 발행소는 유일서관. 전집 3책, 후집 6책.	광고
					<소상강>, 한성서관, 1915(국중(3634-2-10(3)) 광고에 '삼국지 前集, 소 後集'으로 기록, 한성서관은 발매소이며, 발행소는 유일서관. 전집 3책, 후집 6책.	광고
					<소상강>, 한성서관, 1915(국중(3634-2-10(3)) 광고에 '삼국지 前集, 소 後集'으로 기록, 한성서관은 발매소이며, 발행소는 유일서관. 전집 3책, 후집 6책.	광고

번호	작품명 고유번호	표제	문자	면수 가격	인쇄일	발행일	판차	발행자 발행자 주소	발행소 발행소 주소
854	**삼국지** 유일-삼국-02-00-전집-권1	삼국지 전집 권1	한글	전 9책 3원 40전		1916- -	1		유일서관
855	**삼국지** 유일-삼국-02-00-전집-권2	삼국지 전집 권2		전 9책 3원 40전		1916- -	1		유일서관
856	**삼국지** 유일-삼국-02-00-전집-권3	삼국지 전집 권3		전 9책 3원 40전		1916- -	1		유일서관
857	**삼국지** 유일-삼국-02-00-후집-권1	삼국지 후집 권1		전 9책 3원 40전		1916- -	1		유일서관
858	**삼국지** 유일-삼국-02-00-후집-권2	삼국지 후집 권2		전 9책 3원 40전		1916- -	1		유일서관
859	**삼국지** 유일-삼국-02-00-후집-권3	삼국지 후집 권3		전 9책 3원 40전		1916- -	1		유일서관
860	**삼국지** 유일-삼국-02-00-후집-권4	삼국지 후집 권4		전 9책 3원 40전		1916- -	1		유일서관
861	**삼국지** 유일-삼국-02-00-후집-권5	삼국지 후집 권5		전 9책 3원 40전		1916- -	1		유일서관
862	**삼국지** 유일-삼국-02-00-후집-권6	삼국지 후집 권6		전 9책 3원 40전		1916- -	1		유일서관
863	**삼국지** 조선서-삼국-01-01-전집-상	산슈 삼국지 전집 상	한글		1913-02-02	1913-02-04	1		조선서관
864	**삼국지** 조선서-삼국-01-01-전집-중	산슈 삼국지 전집 중	한글		1913-02-24	1913-02-26	1		조선서관
865	**삼국지** 조선서-삼국-01-01-전집-하	산슈 삼국지 전집 하	한글		1913-04-15	1913-04-18	1		조선서관
866	**삼국지** 조선서-삼국-01-01-후집-권1	산슈 삼국지 일권 후집	한글		1913-09-01	1913-09-05	1		조선서관
867	**삼국지** 조선서-삼국-01-01-후집-권2	산슈 삼국지 이권 후집	한글		1913-08-05	1913-08-12	1		조선서관
868	**삼국지** 조선서-삼국-01-01-후집-권3	산슈 삼국지 삼권 후집	한글		1913-09-10	1913-09-17	1		조선서관
869	**삼국지** 조선서-삼국-01-01-후집-권4	산슈 삼국지 사권 후집	한글		1913-09-01	1913-09-05	1		조선서관
870	**삼국지** 조선서-삼국-01-01-후집-권5	산슈 삼국지 오권 후집	한글		1913-09-01	1913-09-05	1		조선서관
871	**삼국지** 조선서-삼국-01-01-후집-속편	삼국지 후집 속	한글	121p. 50전	1914-06-20	1914-06-25	1	朴健會 경성 중부 대사동 3통 8호	조선서관 경성 중부 대사동 3통 8호

인쇄자 인쇄소 주소	인쇄소 인쇄소 주소	공동 발행	영인본	소장처 및 청구기호	기타	현황
					<대월서상기>, 유일서관, 1916(국립중앙도서관(3634-2-117(3)) 광고에 '삼국지'로 기록. 전집 3책, 후집 6책.	광고
					<대월서상기>, 유일서관, 1916(국립중앙도서관(3634-2-117(3)) 광고에 '삼국지'로 기록. 전집 3책, 후집 6책.	광고
					<대월서상기>, 유일서관, 1916(국립중앙도서관(3634-2-117(3)) 광고에 '삼국지'로 기록. 전집 3책, 후집 6책.	광고
					<대월서상기>, 유일서관, 1916(국립중앙도서관(3634-2-117(3)) 광고에 '삼국지'로 기록. 전집 3책, 후집 6책.	광고
					<대월서상기>, 유일서관, 1916(국립중앙도서관(3634-2-117(3)) 광고에 '삼국지'로 기록. 전집 3책, 후집 6책.	광고
					<대월서상기>, 유일서관, 1916(국립중앙도서관(3634-2-117(3)) 광고에 '삼국지'로 기록. 전집 3책, 후집 6책.	광고
					<대월서상기>, 유일서관, 1916(국립중앙도서관(3634-2-117(3)) 광고에 '삼국지'로 기록. 전집 3책, 후집 6책.	광고
					<대월서상기>, 유일서관, 1916(국립중앙도서관(3634-2-117(3)) 광고에 '삼국지'로 기록. 전집 3책, 후집 6책.	광고
					<대월서상기>, 유일서관, 1916(국립중앙도서관(3634-2-117(3)) 광고에 '삼국지'로 기록. 전집 3책, 후집 6책.	광고
					3판에 초판 인쇄일, 발행일 기록.	출판
					3판, 4판에 초판 인쇄일, 발행일 기록.	출판
		유일서관, 한성서관			3판에 초판 인쇄일, 발행일 기록.	출판
					2판에 초판 인쇄일, 발행일 기록.	출판
					2판에 초판 인쇄일, 발행일 기록.	출판
					2판에 초판 인쇄일, 발행일 기록.	출판
					2판에 초판 인쇄일, 발행일 기록.	출판
					2판에 초판 인쇄일, 발행일 기록.	출판
申흠均 경성 북부 관현 2통 1호	조선복음인쇄소 경성 북부 관현 2통 1호			고려대학교 도서관(C14 A45 9)	장회체(76회~91회, 속편 목차).	원문

번호	작품명 고유번호	표제	문자	면수 가격	인쇄일	발행일	판차	발행자 발행자 주소	발행소 발행소 주소
872	**삼국지** 조선서-삼국-01-02-전 집-상	산슈 삼국지 전집 상	한글		1914-01-15	1914-01-30	2		조선서관
873	**삼국지** 조선서-삼국-01-02-전 집-중	산슈 삼국지 전집 중	한글		1914-02-05	1914-02-10	2		조선서관
874	**삼국지** 조선서-삼국-01-02-전 집-하	산슈 삼국지 전집 하	한글	113p. 30전	1914-02-04	1914-02-20	2	朴健會 경성 중부 대사동 3통 8호	조선서관 경성 중부 대사동 3통 8호
875	**삼국지** 조선서-삼국-01-02-후 집-권1	산슈 삼국지 일권 후집	한글	161p. 40전	1914-06-20	1914-06-25	2	朴健會 경성 중부 대사동 3통 8호	조선서관 경성 중부 대사동 3통 8호
876	**삼국지** 조선서-삼국-01-02-후 집-권2	산슈 삼국지 이권 후집	한글	196p. 40전	1914-05-15	1914-05-20	2	朴健會 경성 북부 대사동 3통 8호	조선서관 경성 북부 대사동 3통 8호
877	**삼국지** 조선서-삼국-01-02-후 집-권3	산슈 삼국지 삼권 후집	한글	209p. 40전	1914-05-23	1914-05-25	2	朴健會 경성 중부 대사동 3통 8호	조선서관 경성 중부 대사동 3통 8호
878	**삼국지** 조선서-삼국-01-02-후 집-권4	산슈 삼국지 사권 후집	한글	197p. 40전	1914-06-10	1914-06-15	2	朴健會 경성 중부 대사동 3통 8호	조선서관 경성 중부 대사동 3통 8호
879	**삼국지** 조선서-삼국-01-02-후 집-권5	산슈 삼국지 오권 후집	한글	163p. 35전	1914-06-20	1914-06-25	2	朴健會 경성 중부 대사동 3통 8호	조선서관 경성 중부 대사동 3통 8호
880	**삼국지** 조선서-삼국-01-03-전 집-상	산슈 삼국지 전집 상	한글	96p. 30전	1915-04-28	1915-05-05	3	朴健會 경성부 인사동 39번지	조선서관 경성부 인사동 39번지
881	**삼국지** 조선서-삼국-01-03-전 집-중	산슈 삼국지 전집 중	한글	94p. 30전	1915-01-06	1915-01-07	3	朴健會 경성부 인사동 38번지	조선서관 경성 중부 대사동 3통 8호
882	**삼국지** 조선서-삼국-01-03-전 집-하	산슈 삼국지 전집 하	한글	113p. 30전	1915-04-20	1915-04-22	3	朴健會 경성부 인사동 39번지	조선서관 경성부 인사동 39번지
883	**삼국지** 조선서-삼국-01-04-전 집-상	산슈 삼국지 전집 상	한글				4		조선서관
884	**삼국지** 조선서-삼국-01-04-전 집-중	산슈 삼국지 전집 중	한글	92p. 30전	1915-05-10	1915-05-15	4	朴健會 경성부 인사동 39번지	조선서관 경성부 인사동 39번지
885	**삼국지** 조선서-삼국-01-04-전 집-하	산슈 삼국지 전집 하	한글				4		조선서관
886	**삼국지** 조선서-삼국-02-01-후 집-권1	산슈 삼국지 일권 후집	한글	161p. 40전	1913-07-25	1913-08-03	1	朴健會 경성 중부 대사동 3통 8호	조선서관 경성 중부 대사동 3통 8호
887	**삼국지** 조선서-삼국-02-01-후 집-권2	산슈 삼국지 이권 후집	한글	196p. 40전	1913-08-05	1913-08-12	1	朴健會 경성 중부 대사동 3통 8호	조선서관 경성 중부 대사동 3통 8호
888	**삼국지** 조선서-삼국-02-01-후 집-권3	산슈 삼국지 삼권 후집	한글	45전	1913-09-10	1913-09-17	1	朴健會 경성 중부 대사동 3통 8호	조선서관 경성 중부 대사동 3통 8호
889	**삼국지** 조선서-삼국-02-01-후 집-권4	산슈 삼국지 사권 후집	한글	197p. 40전	1913-09-01	1913-09-05	1	朴健會 경성 중부 대사동 3통 8호	조선서관 경성 중부 대사동 3통 8호

인쇄자 인쇄소 주소	인쇄소 인쇄소 주소	공동 발행	영인본	소장처 및 청구기호	기타	현황
					3판에 2판 인쇄일, 발행일 기록.	출판
					3판, 4판에 2판 인쇄일, 발행일 기록.	출판
金聖杓 경성 동부 통래 등자동 5통 8호	성문사 경성 중부 종로 발리동 5통 10호			고려대학교 도서관(육당 823 1 3)	38회의 장회체(1권 1회~16회, 2권 17회~17회, 3권 28회~38회, 권별 목차). 초판 인쇄일, 발행일 기록. 3판에 2판 인쇄일, 발행일 기록.	원문
金聖杓 경성 동부 통래 등자동 5통 8호	성문사 경성 북부 종로 발리동 9통 10호			고려대학교 도서관(C14 A45 4)	75회의 장회체(1권 1회~19회, 2권 20회~38회, 3권 39회~56회, 4권 57회~67회, 5권 68회~75회, 총목차). 초판 인쇄일, 발행일 기록.	원문
金聖杓 경성 동부 등자동 5통 8호	성문사 경성 중부 종로 발리동 9통 10호			고려대학교 도서관(C14 A45 5 / 육당 823 1 5)	75회의 장회체(총목차). 표지에 '京城 普書館 發行'이라고 인쇄됨. 초판 인쇄일, 발행일 기록.	원문
金聖杓 경성 동부 통래 등자동 5통 8호	성문사 경성 북부 종로 발리동 9통 10호			고려대학교 도서관(C14 A45 6 / 육당 823 1 6)	75회의 장회체(총목차와 권별 목차 없음). 표지에 '京城 普書館 發行'이라고 인쇄됨. 초판 인쇄일, 발행일 기록.	원문
金聖杓 경성 동부 통래 등자동 5통 8호	성문사 경성 북부 종로 발리동 9통 10호			고려대학교 도서관(C14 A45 7)	75회의 장회체(총목차와 권별 목차 없음). 표지에 '京城 普書館 發行'이라고 인쇄됨. 초판 인쇄일, 발행일 기록.	원문
金聖杓 경성 동부 통래 등자동 5통 8호	성문사 경성 북부 종로 발리동 9통 10호			고려대학교 도서관(C14 A45 8)	75회의 장회체(총목차와 권별 목차 없음). 표지에 '京城 普書館 發行'이라고 인쇄됨. 초판 인쇄일, 발행일 기록.	원문
金聖雲 경성부 아현 3정목 97번지	선명사 경성부 종로통 1정목 39번지			고려대학교 도서관(C14 A45 1)	38회의 장회체(1권 1회~16회, 2권 17회~17회, 3권 28회~38회, 권별 목차). 초판, 2판의 인쇄일과 발행일 기록.	원문
李周桓 경성 서부 냉동 26번지	법한인쇄소 경성 서소문 가복차교			고려대학교 도서관(육당 823 1 2)	38회의 장회체(1권 1회~16회, 2권 17회~17회, 3권 28회~38회, 권별 목차). 초판, 2판 인쇄일과 발행일 기록. 4판에 3판 인쇄일, 발행일 기록.	원문
金聖雲 경성부 아현 2정목 97번지	선명사 경성부 종로통 1정목 39번지	유일서관, 한성서관		고려대학교 도서관(C14 A45 3, C14 A45 5)	38회의 장회체(1권 1회~16회, 2권 17회~17회, 3권 28회~38회, 권별 목차). 초판, 2판 인쇄일과 발행일 기록.	원문
					4판 '전집 중'이 있어 '전집 상'도 있을 것으로 추정.	출판
金聖雲 경성부 아현 3정목 97번지	선명사 경성부 종로통 1정목 39번지			고려대학교 도서관(C14 A45 2)	38회의 장회체(1권 1회~16회, 2권 17회~17회, 3권 28회~38회, 권별 목차). 초판, 2판, 3판의 인쇄일과 발행일 기록.	원문
					4판 '전집 중'이 있어 '전집 하'도 있을 것으로 추정.	출판
趙炳文 경성 북부 효자동 50통 9호	동문관 경성 북부 교동 23통 5호			고려대학교 도서관(육당 823 1 4), 국립중앙도서관(3 736-8)	국립중앙도서관 소장본(3736-8)과 인쇄일과 발행일(대정2.08.02)이 다름	원문
申永求 경성 북부 원동 12통 1호	보성사 경성 북부 전동 14통 1호			국립중앙도서관(3 736-8)		원문
劉聖哉 경성 서부 옥폭동 147통 5호	문명사 경성 남부 상유동 29통 7호			국립중앙도서관(3 736-8)		원문
劉聖哉 경성 서부 옥폭동 147통 5호	문명사 경성 남부 상유동 29통 7호			국립중앙도서관(3 736-8)		원문

번호	작품명 고유번호	표제	문자	면수 가격	인쇄일	발행일	판차	발행자 발행자 주소	발행소 발행소 주소
890	**삼국지** 조선서-삼국-02-01-후집-권5	산슈 삼국지 오권 후집	한글	163p. 35전	1913-08-30	1913-09-05	1	朴健會 경성 중부 대사동 3통 8호	조선서관 경성 중부 대사동 3통 8호
891	**삼국지** 태화-삼국-01-00-01	언문 삼국지	한글			1929- -	1		태화서관
892	**삼국지** 태화-삼국-01-00-02	언문 삼국지	한글			1929- -	1		태화서관
893	**삼국지** 태화-삼국-01-00-03	언문 삼국지	한글			1929- -	1		태화서관
894	**삼국지** 태화-삼국-01-00-04	언문 삼국지	한글			1929- -	1		태화서관
895	**삼국지** 태화-삼국-01-00-05	언문 삼국지	한글			1929- -	1		태화서관
896	**삼국지** 향민-삼국-01-01-권1	원본 삼국지	한글	210p. 120원	1965-01-10	1965-01-15	1		향민사 대구시 향촌동 13
897	**삼국지** 향민-삼국-01-01-권2	원본 삼국지	한글	173p. 120원	1965-01-25	1965-01-30	1		향민사 대구시 향촌동 13
898	**삼국지** 향민-삼국-01-01-권3	원본 삼국지	한글	167p. 120원	1965-01-25	1965-01-30	1		향민사 대구시 향촌동 13
899	**삼국지** 향민-삼국-01-01-권4	원본 삼국지	한글	198p. 120원	1965-02-15	1965-02-20	1		향민사 대구시 향촌동 13
900	**삼국지** 향민-삼국-01-01-권5	원본 삼국지	한글	203p. 120원	1965-02-15	1965-02-20	1		향민사 대구시 향촌동 13
901	**삼국지** 향민-삼국-02-01-상	완역 삼국지	한글	170원	1965-06-25	1965-06-30	1		향민사 대구시 향촌동 13번지
902	**삼국지** 향민-삼국-02-01-중	완역 삼국지	한글	286p. 170원	1965-06-25	1965-06-30	1		향민사 대구시 향촌동 13번지
903	**삼국지** 향민-삼국-02-01-하	완역 삼국지	한글	343p. 170원	1965-06-25	1965-06-30	1		향민사 대구시 향촌동 13번지
904	**삼국지** 회동-삼국-01-01-권1	諺吐 三國誌 卷之一	한문			1915-06-21	1		회동서관
905	**삼국지** 회동-삼국-01-01-권2	諺吐 三國誌 卷之二	한문				1		회동서관
906	**삼국지** 회동-삼국-01-01-권3	諺吐 三國誌 卷之三	한문				1		회동서관
907	**삼국지** 회동-삼국-01-01-권4	諺吐 三國誌 卷之四	한문				1		회동서관
908	**삼국지** 회동-삼국-01-01-권5	諺吐 三國誌 卷之五	한문				1		회동서관
909	**삼국지** 회동-삼국-01-02-권1	諺吐 三國誌 卷之一	한문			1919-11-30	2		회동서관
910	**삼국지** 회동-삼국-01-02-권2	諺吐 三國誌 卷之二	한문				2		회동서관

인쇄자 인쇄소 주소	인쇄소 인쇄소 주소	공동 발행	영인본	소장처 및 청구기호	기타	현황
李周桓 경성 서부 냉동 176통 ㄴ7호	법한회사인쇄부 경성 서소문가 복거교			국립중앙도서관(3 736-8)		원문
					[新明心寶鑑], 태화서관, 1929. 광고([이본목록], p.235).	광고
					[新明心寶鑑], 태화서관, 1929. 광고([이본목록], p.235).	광고
					[新明心寶鑑], 태화서관, 1929. 광고([이본목록], p.235).	광고
					[新明心寶鑑], 태화서관, 1929. 광고([이본목록], p.235).	광고
					[新明心寶鑑], 태화서관, 1929. 광고([이본목록], p.235).	광고
				국립중앙도서관(3 736-67-1=2)	120회의 장회체(1권 1회~24회, 2권 25회~48회, 3권 49회~72회, 4권 73회~96회, 5권 97회~120회) 연락처 : 서울특별시 종로 6가 대학천 시장 B.6호.	원문
				국립중앙도서관(3 736-67-2=2)	120회의 장회체(1권 1회~24회, 2권 25회~48회, 3권 49회~72회, 4권 73회~96회, 5권 97회~120회) 연락처 : 서울특별시 종로 6가 대학천 시장 B.6호.	원문
				국립중앙도서관(3 736-67-3=2)	120회의 장회체(1권 1회~24회, 2권 25회~48회, 3권 49회~72회, 4권 73회~96회, 5권 97회~120회) 연락처 : 서울특별시 종로 6가 대학천 시장 B.6호.	원문
				국립중앙도서관(3 736-67-4=2)	120회의 장회체(1권 1회~24회, 2권 25회~48회, 3권 49회~72회, 4권 73회~96회, 5권 97회~120회) 연락처 : 서울특별시 종로 6가 대학천 시장 B.6호.	원문
				국립중앙도서관(3 736-67-5=2)	120회의 장회체(1권 1회~24회, 2권 25회~48회, 3권 49회~72회, 4권 73회~96회, 5권 97회~120회) 연락처 : 서울특별시 종로 6가 대학천 시장 B.6호.	원문
				국립중앙도서관(3 730-1-1)	120회의 장회체(상권 1회~40회, 중권 41회~80회, 하권 81회~120회, 권별 목차). 서울연락처: 종로6가 대학천시장B6호.	원문
				국립중앙도서관(3 730-1-2)	120회의 장회체(상권 1회~40회, 중권 41회~80회, 하권 81회~120회, 권별 목차). 서울연락처: 종로6가 대학천시장B6호.	원문
				국립중앙도서관(3 730-1-3)	120회의 장회체(상권 1회~40회, 중권 41회~80회, 하권 81회~120회, 권별 목차). 서울연락처: 종로6가 대학천시장B6호.	원문
					3판 권1에 초판 발행일 기록.	출판
					동일 판본의 5권본('회동-삼국-02-03-권1~권5')이 있어 2권도 있을 것으로 추정.	출판
					동일 판본의 5권본('회동-삼국-02-03-권1~권5')이 있어 3권도 있을 것으로 추정.	출판
					동일 판본의 5권본('회동-삼국-02-03-권1~권5')이 있어 4권도 있을 것으로 추정.	출판
					동일 판본의 5권본('회동-삼국-02-03-권1~권5')이 있어 5권도 있을 것으로 추정.	출판
					3판에 권1에 2판 발행일 기록.	출판
					동일 판본의 5권본('회동-삼국-02-03-권1~권5')이 있어 2권도 있을 것으로 추정.	출판

번호	작품명 고유번호	표제	문자	면수 가격	인쇄일	발행일	판차	발행자 발행자 주소	발행소 발행소 주소
911	**삼국지** 회동-삼국-01-02-권3	諺吐 三國誌 卷之三	한문				2		회동서관
912	**삼국지** 회동-삼국-01-02-권4	諺吐 三國誌 卷之四	한문				2		회동서관
913	**삼국지** 회동-삼국-01-02-권5	諺吐 三國誌 卷之五	한문				2		회동서관
914	**삼국지** 회동-삼국-01-03-권1	諺吐 三國誌 卷之一	한문	244p. 50전	1922-05-01	1922-05-03	3	李柱浣 경성부 견지동 55번지	회동서관 경성부 남대문통 1정 17번지
915	**삼국지** 회동-삼국-01-03-권2	諺吐 三國誌 卷之二	한문				3		회동서관
916	**삼국지** 회동-삼국-01-03-권3	諺吐 三國誌 卷之三	한문				3		회동서관
917	**삼국지** 회동-삼국-01-03-권4	諺吐 三國誌 卷之四	한문				3		회동서관
918	**삼국지** 회동-삼국-01-03-권5	諺吐 三國誌 卷之五	한문				3		회동서관
919	**삼국지** 회동-삼국-02-01-권1	諺吐 三國誌 卷之一	한문			1916-03-25	1		회동서관
920	**삼국지** 회동-삼국-02-01-권2	諺吐 三國誌 卷之二	한문			1916-03-25	1		회동서관
921	**삼국지** 회동-삼국-02-01-권3	諺吐 三國誌 卷之三	한문			1916-03-25	1		회동서관
922	**삼국지** 회동-삼국-02-01-권4	諺吐 三國誌 卷之四	한문			1916-03-25	1		회동서관
923	**삼국지** 회동-삼국-02-01-권5	諺吐 三國誌 卷之五	한문			1916-03-25	1		회동서관
924	**삼국지** 회동-삼국-02-02-권1	諺吐 三國誌 卷之一	한문			1918-06-27	2		회동서관
925	**삼국지** 회동-삼국-02-02-권2	諺吐 三國誌 卷之二	한문			1918-06-27	2		회동서관
926	**삼국지** 회동-삼국-02-02-권3	諺吐 三國誌 卷之三	한문			1918-06-27	2		회동서관
927	**삼국지** 회동-삼국-02-02-권4	諺吐 三國誌 卷之四	한문			1918-06-27	2		회동서관
928	**삼국지** 회동-삼국-02-02-권5	諺吐 三國誌 卷之五	한문			1918-06-27	2		회동서관
929	**삼국지** 회동-삼국-02-03-권1	諺吐 三國誌 卷之一	한문	244p. 60전	1920-04-10	1920-04-14	3	李柱浣 경성부 견지동 55번지	회동서관 경성부 남대문통 1정 17번지
930	**삼국지** 회동-삼국-02-03-권2	諺吐 三國誌 卷之二	한문	222p. 60전	1920-04-10	1920-04-14	3	李柱浣 경성부 견지동 55번지	회동서관 경성부 남대문통 1정 17번지
931	**삼국지** 회동-삼국-02-03-권3	諺吐 三國誌 卷之三	한문	239p. 60전	1920-04-10	1920-04-14	3	李柱浣 경성부 견지동 55번지	회동서관 경성부 남대문통 1정 17번지

인쇄자 인쇄소 주소	인쇄소 인쇄소 주소	공동 발행	영인본	소장처 및 청구기호	기타	현황
					동일 판본의 5권본('회동-삼국-02-03-권1~권5')이 있어 3권도 있을 것으로 추정.	출판
					동일 판본의 5권본('회동-삼국-02-03-권1~권5')이 있어 4권도 있을 것으로 추정.	출판
					동일 판본의 5권본('회동-삼국-02-03-권1~권5')이 있어 5권도 있을 것으로 추정.	출판
金聖杓 경성부 견지동 80번지	계문사 경성부 견지동 80번지			개인소장본	초판, 2판 발행일 기록.	원문
						출판
						출판
						출판
						출판
					3판에 초판 발행일 기록	출판
					3판에 초판 발행일 기록	출판
					3판에 초판 발행일 기록	출판
					3판에 초판 발행일 기록	출판
					3판에 초판 발행일 기록	출판
					3판에 2판 발행일 기록	출판
					3판에 2판 발행일 기록	출판
					3판에 2판 발행일 기록	출판
					3판에 2판 발행일 기록	출판
					3판에 2판 발행일 기록	출판
羽田茂一 경성부 명치정 1정목 54번지	조선인쇄주식회사 경성부 명치정 1정목 54번지		[구활자본고소설 전집 23]	계명대학교 도서관((고근) 812.35 김성탄ㅅ -1)	초판, 2판 발행일 기록.	원문
羽田茂一 경성부 명치정 1정목 54번지	조선인쇄주식회사 경성부 명치정 1정목 54번지		[구활자본고소설 전집 23]	계명대학교 도서관((고근) 812.35 김성탄ㅅ -2)	초판, 2판 발행일 기록.	원문
羽田茂一 경성부 명치정 1정목 54번지	조선인쇄주식회사 경성부 명치정 1정목 54번지		[구활자본고소설 전집 24]	계명대학교 도서관((고근) 812.35 김성탄ㅅ -3)	초판, 2판 발행일 기록.	원문

번호	작품명 고유번호	표제	문자	면수 가격	인쇄일	발행일	판차	발행자 발행자 주소	발행소 발행소 주소
932	**삼국지** 회동-삼국-02-03-권4	諺吐 三國誌 卷之四	한문	198p. 60전	1920-04-10	1920-04-14	3	李柱浣 경성부 견지동 55번지	회동서관 경성부 남대문통 1정 17번지
933	**삼국지** 회동-삼국-02-03-권5	諺吐 三國誌 卷之五	한문	205p. 60전	1920-04-10	1920-04-14	3	李柱浣 경성부 견지동 55번지	회동서관 경성부 남대문통 1정 17번지
934	**삼문규합록** 경성서-삼문-01-00	삼문규합	한글			1921- -	1		경성서적업조합
935	**삼문규합록** 신구-삼문-01-01	삼문규합록	한글	103p. 35전	1918-05-25	1918-05-30	1	池松旭 경성부 봉래정 1정목 77번지	신구서림 경성부 봉래정 1정목 77번지
936	**삼사횡입황천기** 세창-삼사-01-01	삼사긔	한글	15p.		1952- -	1		세창서관
937	**삼사횡입황천기** 회동-삼사-01-01	삼사긔	한글	15p.	1915.11.15.	1915-11-30	1	高裕相 경성부 남대문통 1정목 17번지	회동서관 경성부 남대문통 1정 17번지
938	**삼선기** 이문-삼선-01-01	삼션긔	한글	90p. 38전	1918-02-08	1918-02-13	1	申龜永 경성부 종로 2정목 80번지	이문당 경성부 송현동 68번지
939	**삼설기** 박문-삼설-01-00	별삼설긔	한글	25전		1916- -	1		박문서관
940	**삼설기** 신구-삼설-01-01	별삼설긔	한글			1913- -	1		신구서림
941	**삼설기** 신문-삼설-01-01-상	삼셜긔 샹	한글	44p. 6전	1913-03-07	1913-03-10	1	崔昌善 남부 상리동 32,4	신문관 경성 남부 상리동
942	**삼설기** 신문-삼설-01-01-하	삼셜긔 하	한글	50p. 6전	1913-03-16	1913-03-18	1	崔昌善 남부 상리동 32,4	신문관 경성 남부 상리동
943	**삼설기** 조선서-삼설-01-01	별삼설긔	한글	70p. 25전	1913-02-24	1913-02-26	1	朴健會 경성 북부 대사동 3통 8호	조선서관 경성 북부 대사동 3통 8
944	**삼성기** 경성서-삼성-01-00	삼셩긔	한글			1921- -	1		경성서적업조합
945	**삼성기** 대창-삼성-01-00	三聖記	한글	60전		1921- -	1		대창서원
946	**삼성기** 천일-삼성-01-01	삼셩긔	한글	90p.	1918-10-21	1918-10-26	1	李-宰 경성부 옥인--번지	천일서관 경성부 ---1정목 135번
947	**삼쾌정** 경성서-삼쾌-01-00	삼쾌정	한글			1921- -	1		경성서적업조합
948	**삼쾌정** 동미-삼쾌-01-01	삼쾌정	한글			1915- -	1	李容漢	동미서시
949	**삼쾌정** 성문-삼쾌-01-01	삼쾌정	한글			1919-06-07	1		성문당서점
950	**삼쾌정** 성문-삼쾌-01-02	삼쾌정	한글				2		성문당서점
951	**삼쾌정** 성문-삼쾌-01-03	삼쾌정	한글				3		성문당서점

인쇄자 인쇄소 주소	인쇄소 인쇄소 주소	공동 발행	영인본	소장처 및 청구기호	기타	현황
羽田茂一 경성부 명치정 1정목 54번지	조선인쇄주식회사 경성부 명치정 1정목 54번지		[구활자본고소설 전집 24]	계명대학교 도서관((고근) 812.35 김성탄ㅅ -4)	초판, 2판 발행일 기록.	원문
羽田茂一 경성부 명치정 1정목 54번지	조선인쇄주식회사 경성부 명치정 1정목 54번지		[구활자본고소설 전집 24]	계명대학교 도서관((고근) 812.35 김성탄ㅅ -5)	초판, 2판 발행일 기록.	원문
					[圖書分類目錄], 1921 改正.([이본목록], p.236.)	목록
沈禹澤 경성부 공평동 54번지	성문사 경성부 공평동 55번지	한성서관		디지털 한글 박물관(홍윤표 소장본)	10회의 장회체(총목차). 현재 서비스되는 이미지파일에는 판권지가 빠짐.	원문
					조희웅 소장본.([이본목록], p.237). <금산사몽유록>에 합철.	원문
沈禹澤 경성부 효자동 103번지	성문사 경성부 공평동 55번지		[활자본고전소설 전집 1](아세아문화사)		'금산사몽유록'(pp.1~59)과 '삼사기'(pp.60~74)의 합철. 도서관 서지정보의 표제는 '금산사몽유록'임.	원문
久家恒衛 경성부 명치정 1정목 54번지	일한인쇄소 경성부 명치정 1정목 54번지		[활자본고전소설 전집 3], [구활자소설총서 12]	국립중앙도서관(3 634-2-20(2))		원문
					<심청전>, 박문서관, 1916(국립중앙도서관 소장본(3634-2-6(6)) 광고에 '별삼셜긔'로 기록.	광고
					김기동, [이조시대소설론], p.104.	출판
崔誠愚	신문관			고려대학교 도서관(육당 813 13 1)	'륙전쇼셜'	원문
崔誠愚	신문관			고려대학교 도서관(육당 813 13 2)	'륙전쇼셜'	원문
全敬禹 경성 북부 교동 27통 9호	동문관 경성 북부 교동 23통 5호		[구활자본고소설 전집 20], [구활자소설총서 12]	고려대학교 도서관(897.3308 1913)	상하 합본(상 pp.1~31, 하 pp.33~70). 표지에 '박문서관, 조선서관 발행'이라고 인쇄됨.	원문
					[圖書分類目錄], 1921 改正.([이본목록], p.239.)	목록
					<주원장창업실기>, 대창서원, 1921(국립중앙도서관 소장본(3634-2-7(1)) 광고에 '三聖記'로 기록.	광고
久家恒衛 경성부 명치정 1정목 --번지	일한인쇄소 경성부 명치정 1정--4번지		[신소설전집 17]	국립중앙도서관(3 634-3-7(7))	판권지가 훼손되어 있어서 찢긴 부분은 '-'로 표시.	원문
					[圖書分類目錄], 1921 改正([이본목록], p.240.)	목록
					여승구, [古書通信] 15, 1999.([이본목록], p.240.)	출판
					4판에 초판 발행일 기록.	출판
					4판이 있어서 2판도 있을 것으로 추정.	출판
					4판이 있어서 3판도 있을 것으로 추정.	출판

번호	작품명 고유번호	표제	문자	면수 가격	인쇄일	발행일	판차	발행자 발행자 주소	발행소 발행소 주소
952	**삼쾌정** 성문-삼쾌-01-04	삼쾌정	한글	57p. 30전	1924-10-25	1924-10-30	4	高裕相 경성부 남대문통 1정목	성문당서점 경성부 서대문정 1정목 79
953	**삼쾌정** 세창-삼쾌-01-01	삼쾌정	한글	52p. 임시정가	1952-08-10	1952-08-30	1	申泰三 서울특별시 종로구 종로 3가 10	세창서관 서울특별시 종로구 종로 3가 10
954	**삼쾌정** 세창-삼쾌-02-01	삼쾌정	한글	52p.	1952-12-	1952-12-30	1		세창서관
955	**삼쾌정** 세창-삼쾌-03-01	삼쾌정	한글	52p. 200	1962-08-10	1962-12-30	1	申泰三 서울특별시 종로구 종로 3가 10	세창서관 서울특별시 종로구 종로 3가 10
956	**삼쾌정** 영창-삼쾌-01-00	삼쾌정	한글				1		영창서관
957	**삼쾌정** 중앙-삼쾌-01-01	三快亭	한글	71p.	1948-10-05	1948-10-10	1	金振福	중앙출판사 서울시 중구 을지로 3가 12번지
958	**삼쾌정** 태화-삼쾌-01-00	삼쾌정	한글			1918- -	1		태화서관
959	**삼쾌정** 향민-삼쾌-01-01	삼쾌정	한글	42p. 20원	1962-10-20	1962-10-30	1	朴彰緖	향민사 대구시 향촌동 13
960	**삼쾌정** 회동-삼쾌-01-01	삼쾌정	한글			1919-06-07	1	高裕相	회동서관
961	**삼쾌정** 회동-삼쾌-01-02	삼쾌정	한글	74p. 25전	1921-11-30	1921-12-06	2	高裕相 경성부 대남문통 1정목 17번지	회동서관 경성부 남대문통 1정목 17번지
962	**삼쾌정** 회동-삼쾌-01-03	삼쾌정	한글			1923-01-27	3	高裕相	회동서관
963	**삼쾌정** 회동-삼쾌-01-04	삼쾌정	한글	74p. 25전	1924-10-25	1924-10-30	4	高裕相 경성부 남대문통 1정목 17번지	회동서관 경성부 남대문통 1정목 17번지
964	**생육신전** 신구-생육-01-01	생육신전	한글	60p. 25전	1929-11-25	1929-11-30	1	玄丙周 경성부 낙원동 284번지-9호	신구서림 경성부 봉래정 1정목 77번지
965	**생육신전** 신구-생육-01-02	생육신전	한글	60p. 25전	1935-01-05	1935-01-10	2	玄丙周 경성부 낙원동 284-9	신구서림 경성부 봉래정 1정목 75번지
966	**서대주전** 동미-서대-01-01	셔대쥐젼	한글	24p.	1918-01-05	1918-01-07	1	朴健會 경성부 낙원동 85번지	동미서시 경성부 봉래정 1정목 103번지
967	**서동지전** 경성서-서동-01-00	셔동지젼	한글			1921- -	1		경성서적업조합
968	**서동지전** 대창-서동-01-01	셔동지젼	한글			1918-09-29	1		대창서원
969	**서동지전** 대창-서동-01-02	셔동지젼	한글	51p. 20전	1921-11-20	1921-11-25	2	姜義永 경성부 종로 3정목 85번지	대창서원 경성부 견지동 구전동 80번지
970	**서동지전** 박문-서동-01-01	고대소설 서동지전	한글	35p. 15전	1925-12-15	1925-12-20	1	盧益煥 경성부 봉래정 1정목 77번지	박문서관 경성부 종로 2정목 82번지
971	**서동지전** 세창-서동-01-01	셔동지젼	한글	18전	1953-09-10	1953-12-30	1	申泰三 서울특별시 종로구 종로3가 10	세창서관 서울특별시 종로구 종로3가 10
972	**서동지전** 세창-서동-01-02	셔동지젼	한글	35p. 임시정가 120	1961-08-10	1961-12-30	2	申泰三 서울특별시 종로구 종로3가 10	세창서관 서울특별시 종로구 종로3가 10

인쇄자 인쇄소 주소	인쇄소 인쇄소 주소	공동 발행	영인본	소장처 및 청구기호	기타	현황
朴?? 경성부 내수정 1_	동아??? 경성부 내수정 19_			영남대학교 도서관(古南 813.5 삼쾌정)	판권지가 스티커에 가려져 인쇄자, 인쇄자 주소, 인쇄소 인쇄소 주소 확인 불가. 도서관 서지정보에 발행일을 '1914'로 잘못 기록. 초판 발행일 기록.	원문
	세창인쇄사 서울특별시 종로구 종로 3가 10			개인소장본		원문
				정명기 소장본	판권지에서 인쇄일, 발행일을 제외한 나머지 부분이 모두 가려져 볼 수 없음.	원문
	세창인쇄사 서울특별시 종로구 종로 3가 10			디지털 한글박물관(이태영 소장본)	서지 정보에 발행일을 '1963년'으로 잘못 기록.	원문
					[출판목록]([이본목록], p.240)	목록
金泰鄕				정명기 소장본		원문
					<렬녀전>, 태화서관, 1918. 광고.([이본목록], p.240).	광고
				박순호 소장본		원문
					2판에 초판 발행일 기록. 개인 소장본 4판에 초판 발행일 기록.	출판
金聖杓 경성부 견지동 80번지	계문사 경성부 견지동 80번지			국립중앙도서관(3 634-3-9(3))	2종의 서문. 초판 발행일 기록. 개인 소장본 4판에 2판 발행일(대정11년 12월 15일) 기록.	원문
					개인 소장본 4판에 3판 발행일 기록.	출판
朴仁煥 경성부 공평동 55번지	대동인쇄소 경성부 공평동 55번지			박순호 소장본	개인 소장본 판권지의 인쇄자(김성표), 인쇄소(보명사인쇄소)에 대한 정보가 박순호 소장본의 판권지 내용과 다름. 개인 소장본 4판에 초판, 2판, 3판 발행일 기록.	원문
尤禹澤 경성부 공평동 55번지		우문관서회, 박문서관	[구활자본고소설 전집 5]	서울대학교 도서관(3350 15)	영인본에는 판권지 없음. 2판에 초판 발행일 기록.	원문
李容振 경성부 봉래정 1정목 75번지	신구서림인쇄부 경성부 봉래정 1정목 75번지			국립중앙도서관(3 634-2-24(5))	초판 발행일 기록.	원문
金弘奎 경성부 가회동 216번지	보성사 경성부 수송동 44번지	회동서관, 광익서관	[신소설전집 16]	국립중앙도서관(3 634-3-20(1))	소설집 [일대장관](1회 금송아지전, 2회 황새결송기, 3회 록쳐샤연회긔, 4회 벽란도룡녀긔, 5회 셔대쥐전, 부 자미잇난이약이)의 한 부분.	원문
					[圖書分類目錄], 1921 改正.([이본목록], p.247).	목록
		보급서관			2판에 초판 발행일 기록.	출판
魯基禎 경성부 견지동 32번지	한성도서주식회사 경성부 견지동 32번지	보급서관	[구활자소설총서 6]	국립중앙도서관(3 634-2-6(1))	1면에 '편집 강의영'. 초판 발행일 기록.	원문
朴仁煥 경성부 황금정 2정목 148번지	경성신문사 경성부 황금정 2정목 148번지			영남대학교 도서관(도 813.5 ㅅ228)		원문
	세창인쇄사 서울특별시 종로구 종로3가 10				2판에 초판의 판권지가 있음.	출판
	세창인쇄사 서울특별시 종로구 종로3가 10			김종철 소장본	1953년 발행의 판권지가 본문에 붙어 있고, 뒤에 1961년 발행의 판권지가 덧붙음. 앞의 것을 초판, 뒤의 것을 2판으로 추정.	원문

번호	작품명 고유번호	표제	문자	면수 가격	인쇄일	발행일	판차	발행자 발행자 주소	발행소 발행소 주소
973	**서동지전** 영창-서동-01-01	셔동지전	한글	51p. 25전	1918-09-25	1918-09-29	1	姜義永 경성부 종로 3정목 85번지	영창서관 경성부 종로 3정목 85번지
974	**서동지전** 영창-서동-01-02	셔동지전	한글	51p.		1921- -	2	姜義永	영창서관
975	**서동지전** 영창-서동-01-03	셔동지전	한글	51p. 25전	1922-11-15	1922-11-21	3	姜義永 경성부 종로 3정목 85번지	영창서관 경성부 종로 3정목 85번지
976	**서동지전** 영창-서동-02-01	셔동지전	한글		1922-09-25	1922-09-30	1		영창서관
977	**서동지전** 영창-서동-02-02	셔동지전	한글				2		영창서관
978	**서동지전** 영창-서동-02-03	셔동지전	한글			1923-11-30	3		영창서관
979	**서동지전** 영창-서동-02-04	셔동지전	한글	51p. 25전	1924-12-25	1924-12-30	4	姜義永 경성부 종로 2정목 84번지	영창서관 경성부 종로 2정목 84
980	**서동지전** 회동-서동-01-01	(고대소설)셔동 지전	한글	35p. 15전	1925-12-20	1925-12-25	1	高裕相 경성부 남대문통 1정목 17번지	회동서관 경성부 남대문통 1정 17번지
981	**서산대사전** 국제신-서산-01-01	서산대사	한글	313p.		1958- -	1		국제신보사출판부
982	**서산대사전** 대조-서산-01-01	셔산대사 사명당전	한글	70p.		1958- -	1		대조사
983	**서산대사전** 대조-서산-02-01	서산대사전	한글	30p.		1959- -	1		대조사
984	**서산대사전** 덕흥-서산-01-01	셔산대사와 사명당	한글			1926-11-15	1		덕흥서림
985	**서산대사전** 덕흥-서산-01-02	셔산대사와 사명당	한글			1927-11-30	2		덕흥서림
986	**서산대사전** 덕흥-서산-01-03	셔산대사와 사명당	한글	40p. 20전	1928-11-02	1928-11-05	3	金東縉 경성부 종로 2정목 20번지	덕흥서림 경성부 종로 2정목 20번지
987	**서산대사전** 세창-서산-01-01	서산대사와 사명당전	한글	56p.	1952-12-30	1952-12-30	1	申泰三 서울특별시 종로구 종로 3가 10	세창서관 서울특별시 종로구 종 3가 10
988	**서산대사전** 아성-서산-01-01	西山大師	한글	313p.		1958- -	1		아성출판사
989	**서산대사전** 영화-서산-01-01	셔산대사 사명당전	한글	37p.		1959- -	1		영화출판사
990	**서상기** 경성서-서상-01-00	대월셔샹긔	한글			1921- -	1		경성서적업조합
991	**서상기** 경성서-서상-02-00	쌍문셔샹긔	한글			1921- -	1		경성서적업조합
992	**서상기** 경성서-서상-03-00	懸吐 西廂記	한문			1921- -	1		경성서적업조합
993	**서상기** 광한-서상-01-00	서상기	한글			1914- -	1		광한서림

인쇄자 인쇄소 주소	인쇄소 인쇄소 주소	공동 발행	영인본	소장처 및 청구기호	기타	현황
久家恒衛 경성부 명치정 1정목 54번지	일한인쇄소 경성부 명치정 1정목 54번지	한양서적업조합소	[활자본고전소설 전집 3]	국립중앙도서관(3 634-2-6(7))	3판에 초판 발행일 기록.	원문
		한양서적업조합 소				원문
沈禹澤 경성부 공평동 55번지	대동인쇄주식회사 경성부 공평동 55번지	한흥서림		국립중앙도서관(3 634-3-54(6))	편집 강의영. 초판 발행일 기록.	원문
					4판의 판권지에 초판 발행일, 3판의 인쇄일과 발행일이 기록되었는데, 이는 각각 초판 인쇄일과 발행일, 3판의 발행일로 추정.	출판
					4판이 있어서 3판도 있을 것으로 추정.	출판
					4판에 3판 발행일 기록. 4판의 판권지에 초판 발행일, 3판의 인쇄일과 발행일이 기록되었는데, 이는 각각 초판 인쇄일과 발행일, 3판의 발행일로 추정.	출판
沈禹澤 경성부 공평동 55번지	대동인쇄주식회사 경성부 공평동 55번지	한흥서림		개인소장본	판권지에 초판 발행일, 3판의 인쇄일과 발행일이 기록되었는데, 이는 각각 초판 인쇄일과 발행일, 3판의 발행일로 추정.	원문
金翼洙 경성부 황금정 2정목 21번지	신문관 경성부 황금정 2정목 21번지			국립중앙도서관(3 634-3-54(4))		원문
				국회도서관(811.32 ㅅ213ㅅ)		원문
				연세대학교 도서관(294.36109 2 휴정 58가)	<사명당전>과 합철. '대조-사명-01-01'와 청구기호 동일.	원문
					[이본목록], p.248.('서산대사부록' 포함)	원문
					3판에 초판 발행일 기록.	출판
					3판에 2판 발행일 기록.	출판
朴仁煥 경성부 황금정 2정목 148번지	경성신문사 경성부 황금정 2정목 148번지			국립중앙도서관(3 634-3-2(1))	저작자 장도빈.	원문
	세창인쇄사 서울특별시 종로구 종로 3가 10			정명기 소장본		원문
				연세대학교 도서관(920 휴정 서)		원문
			[구활자본고소설 전집 21]		판권지 없음. <서산대사전>(pp.1~18)과 <서산대사전부록>(pp.19~37)의 합본.	원문
					[圖書分類目錄], 1921 改正.([이본목록], p.249).	목록
					[圖書分類目錄], 1921 改正.([연구보정], p.398).	목록
					[圖書分類目錄], 1921 改正.([이본목록], p.250).	목록
					우쾌제, p.127.	출판

번호	작품명 고유번호	표제	문자	면수 가격	인쇄일	발행일	판차	발행자 발행자 주소	발행소 발행소 주소
994	서상기 대산-서상-01-01	演譯 西廂記	한문	45전	1925-10-25	1925-10-30	1	李冕宇 경성부 종로 3정목 -11번지	대산서림 경성 종로 3정목 71번지
995	서상기 박문사-서상-01-01	註解 西廂記	한문	216p. 1원 20전		1906-01-	1	吳台煥 경 박문사	박문사
996	서상기 박문-서상-01-01	대월셔샹긔	한글			1913-12-01	1		박문서관
997	서상기 박문-서상-01-02	대월셔상긔	한글				2		박문서관
998	서상기 박문-서상-01-03	대월셔상긔	한글				3		박문서관
999	서상기 박문-서상-01-04	대월셔상긔	한글	176p. 50전	1923-10-05	1923-11-10	4	朴健會 경성부 공평동 68번지	박문서관 경성부 종로 2정목 82번지
1000	서상기 세창-서상-01-01	대월셔상긔	한글	176p.		1951-06-30	1	申泰三	세창서관
1001	서상기 세창-서상-02-01	대월서상귀	한글	176p.	1961-08-10	1961-12-30	1	申泰三 서울특별시 종로구 종로3가 10	세창서관 서울특별시 종로구 종로3가 10
1002	서상기 신구-서상-01-01	대월셔상긔	한글			1913-12-01	1	朴健會	신구서림
1003	서상기 신구-서상-01-02	대월셔상긔	한글	176p. 50전	1916-10-17	1916-10-20	2	朴健會 경성부 인사동 39번지	신구서림
1004	서상기 신구-서상-01-03	대월셔상긔	한글				3		신구서림
1005	서상기 신구-서상-01-04	대월셔상긔	한글	176p. 50전	1923-10-05	1923-11-10	4	朴健會 경성부 공평동 68번지	신구서림 경성부 봉래정 1정목 77번지
1006	서상기 영창-서상-01-01	언문셔상긔	한글	176p. 70전	1935-03-10	1935-03-15	1	姜義永 경성부 종로 2정목 84번지	영창서관 경성부 종로 2정목 84번지
1007	서상기 유일-서상-01-01	(현토주해)서상기 : 全	한문	157p. 50전	1916-03-25	1916-03-31	1	南宮濬 경성부 관훈 72번지	유일서관 경성부 관훈동 72번지
1008	서상기 유일-서상-01-02	(현토주해)서상기 : 全	한문	157p. 40전	1919-02-22	1919-02-26	2	南宮濬 경성부 관훈동 72번지	유일서관 경성부 관훈동 72번지
1009	서상기 조선-서상-01-01	(현토주해)서상기 : 全	한문			1916-05-31	1		조선도서주식회사
1010	서상기 조선-서상-01-02	(현토주해)서상기 : 全	한문				2		조선도서주식회사
1011	서상기 조선-서상-01-03	(현토주해)서상기 : 全	한문	157p. 55전	1922-07-22	1922-07-26	3	南宮楔 경성부 관훈동 72번지	조선도서주식회사 경성부 관훈동 30번지
1012	서상기 조선서-서상-01-01	待月 西廂記	한글	212p. 50전	1913-12-30	1913-12-31	1	朴健會 경성 중부 대사동 3통8호	조선서관 경성 중부 대사동 3통8호
1013	서상기 회동-서상-01-01	(선한쌍문) 서상기	한글	84p. 50전	1913-12-10	1914-01-17	1	高裕相 경성 남부 대광교 37통 4호	회동서관 경성 남부 대광교 37통 4호
1014	서상기 회동-서상-01-02	(선한쌍문) 서상기	한글	193p. 50전	1916-10-25	1916-10-30	2	高裕相 경성부 남대문통 1정목 17번지	회동서관 경성부 남대문통 1정목 17번지

인쇄자 인쇄소 주소	인쇄소 인쇄소 주소	공동 발행	영인본	소장처 및 청구기호	기타	현황
尤禹澤 경성부 공평동 55번지	대동인쇄주식회사 경성부 공평동 55번지			단국대학교 율곡도서관(고 853.5 연681)		원문
吳台煥 경 박문사	박문사 경 미동	대동서시, 주한영책사, 김상만책사, 고재홍책사, 현개신책사, 대동서관, 야소교서원		국립중앙도서관(3 736-32)	협약도서관에서 원문 이미지 열람 가능.	원문
					4판에 초판 발행일 기록.	출판
					4판이 있어 2판도 있을 것으로 추정.	출판
					4판이 있어 3판도 있을 것으로 추정.	출판
尤禹澤 경성부 공평동 55번지	대동인쇄주식회사 경성부 공평동 55번지			양승민 소장본	초판 발행일 기록.	원문
					홍윤표 소장본.([이본목록], p.249.)	원문
	세창인쇄사 서울특별시 종로구 종로3가 10			디지털 한글박물관(홍윤표 소장본)		원문
					2판과 4판에 초판 발행일 기록.	출판
金重煥 경성부 중림동 333번지	보성사 경성부 수송동 44번지		[구활자소설총서 8]		서문, 독법, 총목차 있음. 박건회 역술. 초판 발행일 기록.	원문
					4판이 있어서 3판도 있을 것으로 추정.	출판
尤禹澤 경성부 공평동 55번지	대동인쇄주식회사 경성부 공평동 55번지			국립중앙도서관(3 634-2-117(2))	서문, 독법, 총목차 있음. 박건회 역술. 초판 발행일 기록.	원문
申泰爕 경성부 종로 2정목 84번지	영창서관인쇄부 경성부 종로 2정목 84번지	한흥서림		개인소장본		원문
金重煥 경성부 중림동 333번지	보성사 경성부 수송동 44번지			국립중앙도서관(3 634-2-4(3))	국립중앙도서관 소장본에는 판권지가 없어서 서지정보는 김종철 소장본을 이용.	원문
金弘奎 경성부 가회동 216번지	보성사 경성부 수송동 44번지		[구활자소설총서 8]			원문
					3판에 초판 발행일 기록.	출판
					3판이 있어 2판도 있을 것으로 추정.	출판
金重煥 경성부 공평동 55번지	대동인쇄주식회사 경성부 공평동 55번지		[구활자본고소설 전집 33]	고려대학교 도서관(희귀 895.24 동해원 현)	상하 합본(상 pp.1~74, 하 pp.75~132, 속편 pp.134~157). 초판 발행일 기록.	원문
金聖杓 경성 동부통내 등자동 통8호	성문사 경성 중부 종로 발리동 9통10호			연세대학교 도서관(O 811.9308 고대소-1-9)	서문, 목차.	원문
金聖杓 경성 동부통내 등자동 통 8호	성문사 경성 중부 종로 발리동 9통 10호			양승민 소장본	4판에 초판 발행일 기록.	원문
金重煥 경성부 중림동 333번지	보성사 경성부 수송동 44번지		[구활자소설총서 8]	국립중앙도서관(3 634-2-4(4))		원문

번호	작품명 고유번호	표제	문자	면수 가격	인쇄일	발행일	판차	발행자 발행자 주소	발행소 발행소 주소
1015	**서상기** 회동-서상-01-03	(선한쌍문) 서상기	한글	38전	1919-10-15	1919-10-20	3	高裕相 경성부 남대분통 1정목 17번지	회동서관
1016	**서상기** 회동-서상-01-04	(선한쌍문) 서상기	한글	167p. 50전	1930-02-05	1930-02-10	4	高裕相 경성부 남대문통 1정목 17번지	회동서관 경성부 남대문통 1정 17번지
1017	**서시전** 광한-서시-01-01	(絶世美人) 서시전	한글	41p. 20전	1929-12-20	1929-12-25	1	金松圭 경성 종로 2정목 42번지	광한서림 경성 종로 2정목 42번
1018	**서시전** 회동-서시-01-01	서시젼	한글	93p.		1919- -	1	高裕相	회동서관
1019	**서유기** 미상-서유-01-01-권1	(언한문)셔유긔 卷之1	한글				1		
1020	**서유기** 미상-서유-01-01-권2	(언한문)셔유긔 卷之2	한글				1		
1021	**서유기** 미상-서유-01-01-권3	(언한문)셔유긔 卷之3	한글	149p.			1		
1022	**서유기** 미상-서유-02-00-전	西遊記. 前集				1913- -	1	朴建會	
1023	**서유기** 미상-서유-02-00-후	西遊記. 後集					1		
1024	**서유기** 박문-서유-01-01-권1	셔유긔전집 / 제1권	한글			1913-10-07	1		박문서관
1025	**서유기** 박문-서유-01-01-권2	셔유긔 전집 / 제2권	한글			1913-10-07	1		박문서관
1026	**서유기** 박문-서유-01-01-권3	셔유긔 전집 / 제3권	한글			1913-10-07	1		박문서관
1027	**서유기** 박문-서유-01-02-권1-(1)	셔유긔 전집 / 제1권	한글	30전	1921-10-30	1921-11-05	2	朴健會 경성부 장사동 51번지	박문서관 경성부 종로 2정목 82번지
1028	**서유기** 박문-서유-01-02-권1-(2)	셔유긔전집 / 제1권	한글	86p. 30전	1921-10-30	1921-11-17	2	朴健會 경성부 장사동 51번지	박문서관 경성부 봉래정 1정목 88번지
1029	**서유기** 박문-서유-01-02-권2	셔유긔 전집 / 제2권	한글	104p. 30전	1921-10-30	1921-11-05	2	朴健會 경성부 장사동 51번지	박문서관 경성부 종로 2정목 82번지
1030	**서유기** 박문-서유-01-02-권3-(1)	셔유긔 전집 / 제3권	한글	93p. 30전	1921-10-30	1921-11-05	2	朴健會 경성부 장사동 51번지	박문서관 경성부 종로 2정목 82번지
1031	**서유기** 박문-서유-01-02-권3-(2)	(언한문)셔유긔 / 제3권	한글	93p. 30전	1921-10-30	1921-11-17	2	朴健會 경성부 장사동 51번지	박문서관 경성부 봉래정 1정목 88번지
1032	**서유기** 신구-서유-01-01-권1	서유긔	한글			1913-10-07	1		신구서림
1033	**서유기** 신구-서유-01-02-권1	셔유긔 전집 권지일	한글	86p.	1921-10-30	1921-11-05	2		신구서림
1034	**서유기** 유일-서유-01-00	셔유긔	한글	전4책 1원50전		1916- -	1		유일서관
1035	**서유기** 조선서-서유-01-01-전 집-권1	언한문 셔유긔	한글				1		조선서관

인쇄자 인쇄소 주소	인쇄소 인쇄소 주소	공동 발행	영인본	소장처 및 청구기호	기타	현황
金重煥 경성부 관훈동 30번지				개인소장본	판권지가 훼손되었으나 초판 발행일을 통해 '회동서관' 발행으로 추정. 파일 이미지가 불분명하여 총 면수를 확인 못함.	원문
沈禹澤 경성부 공평동 55번지	대동인쇄주식회사 경성부 공평동 55번지			서울대학교 도서관(3350 152)	초판 발행일을 '19일'로 기록(초판 판권지 17일)	원문
李根澤 경성부 수송동 27번지	선광인쇄주식회사 경성부 수송동 27번지			국립중앙도서관(3 634-3-54(7))	발행겸총판매소 광한서림.	원문
					[연구보정](p.400.)에 국립중앙도서관 소장본의 청구기호(3634-3-54=3)가 있으나, 국립중앙도서관에서 해당서적을 찾을 수 없음.	출판
					권3이 있어 권1도 있을 것으로 추정.	출판
					권3이 있어 권2도 있을 것으로 추정.	출판
				국립중앙도서관(3 634-2-63(4))	장회체(권3 24회~35회). 원문은 있으나 판권지 없음, 속표제에 역술자 박건회(朴健會). 발행지, 발행자, 발행년 불명.	원문
				국립중앙도서관(3 736-3)	발행지, 발행자불명.	출판
					전집이 있어서 후집도 있을 것으로 추정.	출판
					2판에 초판 발행일 기록.	출판
					2판에 초판 발행일 기록.	출판
					2판에 초판 발행일 기록.	출판
朴仁煥 경성부 황금정 2정목 148번지	경성신문사 경성부 황금정 2정목 148번지			정명기 소장본	초판 발행일 기록. 35회의 장회체(1권 1회~10회, 2권 11회~23회, 3권 24회~35회).	원문
金重煥 경성부 공평동 55번지	대동인쇄주식회사 경성부 공평동 55번지		[구활자본고소설 전집 6]	국립중앙도서관(3 634-2-63(1))	발행일에서 '五日'을 '十七日'로 고친 흔적 있음. 1·3의 낙질 2권본.	원문
朴仁煥 경성부 황금정 2정목 148번지	경성신문사 경성부 황금정 2정목 148번지			정명기 소장본	초판 발행일 기록. 35회의 장회체(1권 1회~10회, 2권 11회~23회, 3권 24회~35회).	원문
朴仁煥 경성부 황금정 2정목 148번지	경성신문사 경성부 황금정 2정목 148번지			정명기 소장본	초판 발행일 기록. 35회의 장회체(1권 1회~10회, 2권 11회~23회, 3권 24회~35회).	원문
金重煥 경성부 공평동 55번지	대동인쇄주식회사 경성부 공평동 55번지		[구활자본고소설 전집 6]	국립중앙도서관(3 634-2-63(3))	발행일에서 '五日'을 '十七日'로 고친 흔적 있음. 1·3의 낙질 2권본.	원문
					2판에 초판 발행일 기록.	출판
				디지털 한글박물관(손종흠 소장본)	1회~10회. 판권지 훼손으로 인쇄일과 발행일만 알 수 있음, 발행소는 서지정보를 참고.	원문
					<대월서상기>, 유일서관, 1916(국립중앙도서관 소장본(3634-2-117(3)) 광고에 '셔유긔'로 기록.	광고
					제1권이 있어서 제2권도 있을 것으로 추정.	출판

번호	작품명 고유번호	표제	문자	면수 가격	인쇄일	발행일	판차	발행자 발행자 주소	발행소 발행소 주소
1036	**서유기** 조선서-서유-01-01-전집 -권2	언한문 셔유긔	한글	161p. 35전	1913-10-05	1913-10-07	1	朴健會 경성 중부 대사동 3통 8호	조선서관 경성 중부 대사동 3통 8호
1037	**서유기** 조선서-서유-01-01-전집 -권3	언한문 셔유긔					1		조선서관
1038	**서유기** 조선서-서유-01-01-후집 -01	언한문 셔유긔	한글	108p.			1		조선서관
1039	**서유기** 한성-서유-01-00-권1	서유긔	한글	4책, 1원 50전			1		한성서관
1040	**서유기** 한성-서유-01-00-권2	서유긔	한글	4책, 1원 50전			1		한성서관
1041	**서유기** 한성-서유-01-00-권3	서유긔	한글	4책, 1원 50전			1		한성서관
1042	**서유기** 한성-서유-01-00-권4	서유긔	한글	4책, 1원 50전			1		한성서관
1043	**서정기** 박문-서정-01-01	셔정긔	한글	59p.		1923- -	1		박문서관
1044	**서정기** 세창-서정-01-01	셔정긔	한글	56p. 임시정가	1952-12-15	1952-12-30	1	申泰三 서울특별시 종로구 종로 3가 10	세창서관 서울특별시 종로구 종로 3가 10
1045	**서정기** 세창-서정-02-00	셔정긔	한글	56p.		1961-12-30	1	申泰三	세창서관
1046	**서정기** 신구-서정-01-01	셔정긔	한글	59p. 20전	1923-12-20	1923-12-23	1	安景濩 경성부 광화문통 154번지	신구서림 경성부 봉래정 1정목 77번지
1047	**서정기** 신구-서정-02-01	셔정긔	한글	59p. 20전	1923-12-20	1923-12-25	1	安景濩 경성부 광화문통 154번지	신구서림 경성부 봉래정 1정목 77번지
1048	**서정기** 조선서-서정-01-01	셔정긔	한글			1925- -	1		조선서관
1049	**서태후전** 광문사-서태-01-01	셔태후전	한문	110p. 50전	1922-06-01	1922-06-05	1	高裕相 경성부 남대문통 1정목 17번지	광문사 경성부 경운동 472번지
1050	**서태후전** 덕흥-서태-01-01	(청조녀걸)서태 후전	한글	116p. 50전	1936-10-10	1936-10-15	1	金東縉 경성부 종로 2정목 20번지	덕흥서림 경성부 종로 2정목 20번지
1051	**서태후전** 회동-서태-01-00	서태후전	한글				1		회동서관
1052	**서한연의** 경성서-서한-01-01	쵸한전	한글			1915-11-25	1		경성서적업조합
1053	**서한연의** 경성서-서한-01-02	쵸한전	한글				2		경성서적업조합
1054	**서한연의** 경성서-서한-01-03	쵸한전	한글				3		경성서적업조합
1055	**서한연의** 경성서-서한-01-04	쵸한전	한글				4		경성서적업조합
1056	**서한연의** 경성서-서한-01-05	쵸한전	한글				5		경성서적업조합

인쇄자 인쇄소 주소	인쇄소 인쇄소 주소	공동 발행	영인본	소장처 및 청구기호	기타	현황
趙炳文 경성 북부 효자동 50통 9호	동문관 경성 북부 교동 23통 5호		[구활자본고소설 전집 6]	국립중앙도서관(3 634-2-63(2))	장회체(2권 11회~23회, 2권 총목차). 역술자 박건회.	원문
					장회체(3권 24회~35회)일 것으로 추정.	출판
				한국학중앙연구원 장서각(D7B-57)	장회체(36회~53회 목차). 서지정보에 원문 이미지 파일이 연동됨. 판권지가 없어 발행 정보 확인 불가.([이본목록], p.252.참고)	원문
					<소상강>, 유일서관, 1915(국립중앙도서관 소장본(3634-2-10(3)) 광고에 '서유긔 1,2,3,4'로 기록.	광고
					<소상강>, 유일서관, 1915(국립중앙도서관 소장본(3634-2-10(3)) 광고에 '서유긔 1,2,3,4'로 기록.	광고
					<소상강>, 유일서관, 1915(국립중앙도서관 소장본(3634-2-10(3)) 광고에 '서유긔 1,2,3,4'로 기록.	광고
					<소상강>, 유일서관, 1915(국립중앙도서관 소장본(3634-2-10(3)) 광고에 '서유긔 1,2,3,4'로 기록.	광고
				디지털 한글박물관(홍윤표 소장본)	표지 하단에 '경성 박문서관 발행'이라는 기록. 판권지가 없어 발행사항은 [이본목록](p.253) 참고.	원문
申晟均 서울특별시 종로구 종로 3가 10	세창인쇄사 서울특별시 종로구 종로 3가 10			디지털 한글박물관(손종흠 소장본)		원문
					조희웅 소장본.([이본목록], p.253).	원문
金銀榮 경성부 수송동 69번지	보명사 경성부 수송동 69번지			서울대학교 중앙도서관(3350 9)		원문
沈禹澤 경성부 공평동 55번지	대동인쇄주식회사 경성부 공평동 55번지		[구활자본고소설 전집 5]	국립중앙도서관(3 634-2-59(1))		원문
					우쾌제, p.127.	출판
金聖杓 경성부 견지동 80번지	계문사 경성부 견지동 80번지			디지털 한글박물관(국립국 어원 소장본)	저작자 이규용. 발매소 10곳(광익서관, 영창서관, 광동서국 외)의 주소 있음.	원문
申東燮 경성부 종로 2정목 20번지	덕흥서림인쇄부 경성부 종로 2정목 20번지		[구활자본고소설 전집 25]	국립중앙도서관(3 634-2-38(1))		원문
					<손오공>, 회동서관, 1922.(국립중앙도서관 소장본(3634-2-20(1))의 광문사 신간 광고에 '西太后傳'으로 기록.	광고
					6판에 초판 발행일 기록.	출판
					6판이 있어서 2판도 있을 것으로 추정.	출판
					6판이 있어서 3판도 있을 것으로 추정.	출판
					6판이 있어서 4판도 있을 것으로 추정.	출판
					6판이 있어서 5판도 있을 것으로 추정.	출판

번호	작품명 고유번호	표제	문자	면수 가격	인쇄일	발행일	판차	발행자 발행자 주소	발행소 발행소 주소
1057	서한연의 경성서-서한-01-06	초한전	한글	79p. 15전	1926-12-18	1926-12-20	6	洪淳泌 경성부 견지동 60번지	경성서적업조합 경성부 견지동 60번지
1058	서한연의 경성서-서한-02-00	언문 셔한연의	한글			1915- -	1		경성서적업조합
1059	서한연의 경성서-서한-03-00	쵸한젼장실긔	한글			1921- -	1		경성서적업조합
1060	서한연의 공동-서한-01-01	초한전	한글	79p. 120원	1954-10-05	1954-10-10	1	金寅性, 姜槿馨	공동문화사 서울특별시 종로구 운니동 114
1061	서한연의 광동-서한-01-01	(고대)초한전쟁 실긔	한글	72p. 30전	1917-11-10	1917-11-15	1	李鍾楨 경성부 송현동 71번지	광동서국 경성부 송현동 71번지
1062	서한연의 대성-서한-01-01	초한전	한글	79p.		1929- -	1		대성서림
1063	서한연의 대조-서한-01-01	초한전	한글			1959- -	1	大造社編輯部	대조사
1064	서한연의 박문-서한-01-01	초한전	한글	79p. 25전	1925-10-25	1925-10-30	1	盧益亨 경성부 종로 2정목 82번지	박문서관 경성부 종로 2정목 82번지
1065	서한연의 성문-서한-01-01	서한연의	한글			1915-11-25	1		성문당서점
1066	서한연의 성문-서한-01-02	쵸한젼	한글	79p. 25전	1923-12-25	1923-12-30	2	洪淳泌 경성부 견지동 60번지	성문당서점 경성부 서대문정 1정목 79
1067	서한연의 세창-서한-01-00	초한연의	한글	35전		1915- -	1		세창서관
1068	서한연의 세창-서한-02-01	초한전	한글	72p. 250	1957-08-10	1957-12-30	1	申泰三 서울특별시 종로구 종로 3가 10	세창서관 서울특별시-
1069	서한연의 영창-서한-01-01	초한전	한글	79p. 25전	1925-11-15	1925-11-20	1	姜義永 경성부 종로 2정목 85번지	영창서관 경성부 종로 2정목 84번지
1070	서한연의 영풍-서한-01-01-권1	(諺文)西漢演義 / 1	한글	144p. 45전	1917-04-25	1917-04-30	1	李柱浣 경성부 견지동 79번지	영풍서관 경성부 견지동 79번지
1071	서한연의 영풍-서한-01-01-권2	(諺文)西漢演義 / 2	한글	125p.			1		영풍서관
1072	서한연의 영풍-서한-01-01-권3	언문 셔한연의 권3	한글	143p. 45전	1917-04-25	1917-04-30	1	李柱浣 경성부 견지동 79번지	영풍서관 경성부 견지동 79번지
1073	서한연의 영풍-서한-01-01-권4	언문 셔한연의 권4	한글	124p.	1917-04-25	1917-04-30	1	李柱浣	영풍서관
1074	서한연의 영화-서한-01-01	초한전	한글	79p. 160원	1957-10-15	1957-10-20	1	姜槿馨	영화출판사 서울특별시 종로구 관철동 155
1075	서한연의 영화-서한-02-01	초한전	한글	79p.	1961-10-05	1961-10-10	1	姜槿馨	영화출판사 서울특별시 종로구 종로2가 98
1076	서한연의 이문-서한-01-00	초한전쟁	한글	30전		1918- -	1		이문당
1077	서한연의 이문-서한-02-00	쵸한젼	한글	79p.		1926- -	1	申泰三	이문당

인쇄자 인쇄소 주소	인쇄소 인쇄소 주소	공동 발행	영인본	소장처 및 청구기호	기타	현황
權泰均 경성부 공평동 55번지	대동인쇄주식회사 경성부 공평동 55번지		[구활자본고소설 전집 15]	국립중앙도서관(3 634-2-54(4))	초판 발행일 기록.	원문
					[圖書分類目錄], 1921 改正([이본목록], p.260.)	목록
					[圖書分類目錄], 1921 改正([이본목록], p.261.)	목록
	공동문화사인쇄부			연세대학교 도서관(O 811.93 초한전 공)	가격이 인쇄되지 않고 잉크펜으로 기록됨.	원문
沈禹澤 경성부 공평동 54번지	성문사 경성부 공평동 55번지	태학서관	[구활자본고소설 전집 15]	국립중앙도서관(3 634-2-54(1))		원문
					Skillend, p.219.	출판
			古代小說集. 第1輯	연세대학교 도서관(이석호811. 9308 59가-1)	춘향전, 권익중전, 홍길동전과 합철.	원문
沈禹澤 경성부 공평동 55번지	대동인쇄주식회사 경성부 공평동 55번지			서울대학교 도서관(3350 79)		원문
					2판에 초판 발행일 기록.	출판
朴翰柱 경성부 내수정 194번지	동아인쇄소 경성부 내수정 194번지			개인소장본	초판 발행일 기록.	원문
					<장화홍련전>, 세창서관, 1915(국립중앙도서관 소장본(3634-2-10(5)) 광고에 '楚漢演義'로 기록.	광고
	세창인쇄사 서울특별시 종로구 종로 3가 10			고려대학교 도서관(희귀 897.33 초한전 초)	스티커에 발행소, 판매소가 가려서 보이지 않음. 발행소 관련 '진체구좌 서울 45번'은 '천일서관'임.	원문
金翼洙 경성부 황금정 2정목 21번지	신문관 경성부 황금정 2정목 21번지	한흥서림, 삼광서림		국립중앙도서관(3 634-2-54(6))		원문
金弘奎 경성부 가회동 216번지	보성사 경성부 수송동 44번지		[구활자본고소설 전집 25]	국립중앙도서관(3 736-13-1)	100회의 장회체(1권 1~25회, 2권 26회~50회, 3권 51회~75회, 4권 76~100회). 협약도서관에서 이미지 파일 열람 가능.	원문
			[구활자본고소설 전집 25]	국립중앙도서관(3 736-13-1)	100회의 장회체(1권 1~25회, 2권 26회~50회, 3권 51회~75회, 4권 76~100회). 영인본에 판권지 없음. 협약도서관에서 이미지 파일 열람 가능.	원문
金弘奎 경성부 가회동 216번지	보성사 경성부 수송동 44번지		[구활자본고소설 전집 25]	연세대학교 도서관(O 811.9308 고대소 -3-2)	100회의 장회체(1권 1~25회, 2권 26회~50회, 3권 51회~75회, 4권 76~100회).	원문
				연세대학교 도서관(O 812.36 이주완 셔 -4)	100회의 장회체(1권 1~25회, 2권 26회~50회, 3권 51회~75회, 4권 76~100회).	원문
永新社印刷部				박순호 소장본		원문
永新社印刷部				개인소장본	홍윤표 소장본([이본목록], p.261.)	원문
					<삼선기>, 이문당, 1918(국립중앙도서관(3634-2-20(2)) 광고에 '楚漢戰爭'으로 기록.	광고
					대전대 이능우 기증도서목록, 1165([이본목록], p.261).	목록

번호	작품명 고유번호	표제	문자	면수 가격	인쇄일	발행일	판차	발행자 발행자 주소	발행소 발행소 주소
1078	**서한연의** 한성-서한-01-00	셔한연의	한글			1915- -	1		한성서관
1079	**서한연의** 한성-서한-02-01	쵸한젼	한글	79p. 30전	1917-11-21	1917-11-25	1	南宮楔 경성 종로 3정목 76번	한성서관 경성 종로 3정목 76
1080	**서한연의** 한성-서한-02-02	쵸한젼	한글	79p. 18전	1918-11-11	1918-11-25	2	南宮楔 경성부 종로통 3정목 76번지	한성서관 경성부 종로통 3정목 76번지
1081	**서한연의** 항민-서한-01-01	쵸한젼	한글	71p.	1962-11-	1962-11-	1	朴彰緒	항민사 대구시 향촌동 13번지
1082	**서한연의** 항민-서한-02-01	쵸한젼	한글	71p. 50원	1964-10-25	1964-10-30	1	朴彰緒	항민사 대구시 향촌동 13
1083	**서한연의** 항민-서한-03-01	쵸한젼	한글	71p.	1978-08-30	1978-09-05	1	성북구 성북동 133-45	항민사
1084	**서한연의** 홍문-서한-01-01	쵸한젼	한글	79p. 30전	1934-10-25	1934-10-30	1	申泰三 경성부 종로 4정목 77	홍문서관 경성부 종로 5정목 45
1085	**서한연의** 회동-서한-01-00	서한연의	한글				1		회동서관
1086	**서화담전** 광동-서화-01-01	도술이 유명한 서화담	한글	61p. 25전	1926-11-18	1926-11-30	1	李鍾楨 경성부 관수동 30번지	광동서국 경성부 관수동 30번지
1087	**석중옥** 경성서-석중-01-00	석즁옥	한글			1921- -	1		경성서적업조합
1088	**석화룡전** 경성서-석화-01-00	석화룡	한글			1921- -	1		경성서적업조합
1089	**석화룡전** 경성서-석화-02-00	석화룡전	한글			1921- -	1		경성서적업조합
1090	**석화룡전** 대창-석화-01-01	석화룡전	한글	66p. 35전	1919-03-01	1919-03-05	1	南宮楔 경성부 종로통 3정목 76번지	대창서원 __ __ 2정목 12번지
1091	**석화룡전** 대창-석화-02-00	석화룡	한글	55전		1921- -	1		대창서원
1092	**석화룡전** 태화-석화-01-00	석화룡	한글			1918- -	1		태화서관
1093	**선죽교** 덕흥-선죽-01-01	만고충절 명포은전	한글	48p. 25전	1929-11-01	1929-11-05	1	金東縉 경성부 종로 2정목 20번지	덕흥서림 경성부 종로 2정목 20번지
1094	**선죽교** 세창-선죽-01-01	선죽교	한글	47p.		1952- -	1		세창서관 서울특별시 종로구 종 3가 10번지
1095	**선죽교** 회동-선죽-01-01	선죽교	한글	47p.		1930-10-25	1	高裕相	회동서관
1096	**설인귀전** 경성서-설인-01-01	설인귀전	한글	166p. 35전	1926-12-18	1926-12-20	1	洪淳泌 경성부 견지동 60번지	경성서적업조합 경성부 견지동 60번지
1097	**설인귀전** 덕흥-설인-01-00-상	(백포소장)설인 귀전/ 상편	한글	137p.		1934- -	1		덕흥서림
1098	**설인귀전** 덕흥-설인-01-00-하	(백포소장)설인 귀전 / 하편	한글				1		덕흥서림

인쇄자 인쇄소 주소	인쇄소 인쇄소 주소	공동 발행	영인본	소장처 및 청구기호	기타	현황
					<쌍주기연>, 한성서관, 1915, 국립중앙도서관 소장본(3634-2-21(1)) 광고에 '셔한연의'로 기록. 가격 없음. 近刊.	광고
鄭敬德 경성부 관훈동 30번지	조선복음인쇄소 경성부 관훈동 30번지	유일서관		국립중앙도서관(3634-2-22(4))	2판에 초판 발행일 기록.	원문
鄭敬德 경성부 관훈동 30번지	조선복음인쇄소 경성부 관훈동 30번지			국립중앙도서관(3634-2-54(2))	초판 발행일 기록.	원문
				박순호 소장본	편자 향민사편집부.	원문
				개인 소장본		원문
				개인 소장본		원문
李相賢 경성부 종로 5정목 45	홍문서관인쇄소 경성부 종로 5정목 45			개인 소장본		원문
					[現行四禮儀節], 회동서관, 1924. 광고([연구보정], p.420).	광고
李英九 경성부 안국동 35번지	망대성경급기독교서 회인쇄부 경성부 안국동 35번지	동양서원	[구활자본고소설 전집 21]			원문
					[圖書分類目錄], 1921 改正([이본목록], p.262.).	목록
					[圖書分類目錄], 1921 改正([이본목록], p.263.).	목록
					[圖書分類目錄], 1921 改正([이본목록], p.263.).	목록
久家恒衛 경성부 명치정 1정목54번지	일한인쇄소 경성부 명치정 1정목54번지			연세대학교 도서관(ㅇ 811.9308 고대소 -4-1)	8회의 회장체, 보급서원도 같이 기록되어 있으나, 발행소인지 판매소인지 불명하여 기록하지 않음.	원문
					<주원장창업실기>, 대창서원, 1921(국립중앙도서관 소장본(3634-2-7(1)=2)) 광고에 '石花龍'으로 기록.	광고
					<렬녀전>, 1918. 광고.([이본목록], p.263.).	광고
申東爰 경성부 종로 2정목 20번지	덕흥서림인쇄부 경성부 종로 2정목 20번지			디지털 한글박물관(홍윤표 소장본)		원문
			[구활자본고소설 전집 25]	국회도서관(811.31 ㅅ585ㅅ)	영인본에 판권지 없음. 형태사항과 저자는 국회도서관 서지정보 참고함.	원문
		삼문사서점, 신명서림			홍윤표 소장본([이본목록], p.265.)	원문
權泰均 경성부 공평동 55번지	대동인쇄주식회사 경성부 공평동 55번지			영남대학교 도서관(도 813.5 ㅂ168ㅅ)	42회의 장회체(총목차). 상하합철. 編者 박건회.	원문
				국립중앙도서관(813.5-설993ㄷ-1)	도서관 서지정보에는 '발행자 불명'으로 되어 있으나, [연구보정](p.437.)에서는 1934년 덕흥서림 간행본으로 추정. 협약도서관에서 이미지 파일 열람 가능.	원문
					상편이 있어서 하편도 있을 것으로 추정.	출판

번호	작품명 고유번호	표제	문자	면수 가격	인쇄일	발행일	판차	발행자 발행자 주소	발행소 발행소 주소
1099	**설인귀전** 동미-설인-01-01-상	(백포소장)설인 귀젼 / 상편	한글	88p. 25전	1915-05-15	1915-05-20	1	李容漢 경성부 남문외 봉래정 1정목 136번지	동미서시 경성 남문외 봉래정 1정목
1100	**설인귀전** 동미-설인-01-01-하	(백포소장)설인 귀젼 / 하편	한글	81p. 25전	1915-05-27	1915-06-02	1	朴健會 경성부 인사동 39번지	동미서시 경성 남문외 봉래정 1정목
1101	**설인귀전** 박문-설인-01-01	설인귀전	한글	79p. 50전	1926-12-18	1926-12-20	1	洪淳泌 경성부 견지동 60번지	박문서관 경성부 종로 2정목 82번지
1102	**설인귀전** 성문-설인-01-00	설인귀전	한글			1915- -	1		성문당서점
1103	**설인귀전** 성문-설인-02-01	설인귀전	한글	137p. 50전	1936-01-05	1936-01-08	1	李宗壽 경성부 서대문정 1정목 79번지	성문당서점 경성부 서대문정 1정목 79번지
1104	**설인귀전** 세창-설인-01-01	설인귀전	한글			1931- -	1		세창서관
1105	**설인귀전** 세창-설인-02-01	설인귀전 상하 합편	한글	136p. 임시정가	1952-12-15	1952-12-30	1	申泰三 서울특별시 종로구 종로 3가 10	세창서관 서울특별시 종로구 종로 3가 10
1106	**설인귀전** 세창-설인-03-01	설인귀전	한글	136p.		1961-12-30	1	申泰三	세창서관
1107	**설인귀전** 신구-설인-01-01-상	(백포쇼장)셜인 귀젼 / 上編	한글			1913-05-20	1		신구서림
1108	**설인귀전** 신구-설인-01-01-하	(백포쇼장)셜인 귀젼 / 下編	한글			1913-05-20	1		신구서림
1109	**설인귀전** 신구-설인-02-01-상	(백포쇼장)셜인 귀젼 / 上編	한글			1915-05-20	1		신구서림
1110	**설인귀전** 신구-설인-02-01-하	(백포쇼장)셜인 귀젼 / 下編	한글			1915-05-20	1		신구서림
1111	**설인귀전** 신구-설인-02-02-상	(백포쇼장)셜인 귀젼 / 上編	한글	87p. 30전	1917-07-10	1917-07-20	2	朴健會 경성부 낙원동 285번지	신구서림 경성부 봉래정 1정목 77번지
1112	**설인귀전** 신구-설인-02-02-하	(백포쇼장)셜인 귀젼 / 下編	한글	79p.	1917-07-10	1917-07-20	2		신구서림 경성부 봉래정 1정목 77번지
1113	**설인귀전** 신구-설인-03-01-상	(백포쇼장)셜인 귀젼 / 上編	한글			1917-12-20	1		신구서림
1114	**설인귀전** 신구-설인-03-01-하	(백포쇼장)셜인 귀젼 / 下編	한글				1		신구서림
1115	**설인귀전** 신구-설인-03-02-상	(백포쇼장)셜인 귀젼 / 上編	한글				2		신구서림
1116	**설인귀전** 신구-설인-03-02-하	(백포쇼장)셜인 귀젼 / 下編	한글				2		신구서림
1117	**설인귀전** 신구-설인-03-03-상	(백포쇼장)셜인 귀젼 / 上編	한글	87p. 25전	1921-11-05	1921-11-15	3	池松旭 경성부 래봉정 1정목 77번지	신구서림 경성부 봉래정 1정목 77번지
1118	**설인귀전** 신구-설인-03-03-하	(백포쇼장)셜인 귀젼 / 下編	한글				3		신구서림
1119	**설인귀전** 신구-설인-03-04-상	(백포쇼장)셜인 귀젼 / 上編	한글	87p. 25전	1923-12-20	1923-12-25	4	池松旭 경성부 봉래정 1정목 77번지	신구서림 경성부 봉래정 1정목 77번지
1120	**설인귀전** 신구-설인-03-04-하	(백포쇼장)셜인 귀젼 / 下編	한글	79p.			4		신구서림

인쇄자 인쇄소 주소	인쇄소 인쇄소 주소	공동 발행	영인본	소장처 및 청구기호	기타	현황
鄭敬德 경성부 원동 206번지	조선복음인쇄소 경성부 원동 206번지			고려대학교 도서관(897.33 설인귀 설a 1)	저작자 박건회. 42회의 장회체(상 1회~21회, 하 22회~42회, 권별 총목차).	원문
鄭敬德 경성부 원동 206번지	조선복음인쇄소 경성부 원동 206번지		[구활자본고소설 전집 6]	고려대학교 도서관(897.33 설인귀 설a 2)	저작겸발행자 박건회. 42회의 장회체(상 1회~21회, 하 22회~42회, 권별 총목차).	원문
朴仁煥 경성부 황금정 2정목 148번지	경성신문사 경성부 황금정 2정목 148번지			개인 소장본	상하 합편.	원문
					우쾌제, p.127.	출판
尹琦炳 경성부 서대문정 1정목 79번지	성문당 인쇄부 경성부 서대문정 1정목 79번지			박순호 소장본	상하 합편.	원문
					박재연, [中韓翻文展目], 2003.([연구보정], p.437.)	출판
申晟均 서울특별시 종로구 종로 3가 10	세창인쇄사 서울 특별시 종로구 종로 3가 10			디지털 한글박물관(홍윤표 소장본)	상하 합편(상권 pp.1~71, 하권 pp.72~136)	원문
				조희웅 소장본([이본목록], p.271.)		원문
					권순긍, p326.	출판
					권순긍, p326. 1917년에 간행한 하편은 '신구-설인-03-01-하'로 보임(발행일이 동일).	출판
					2판에 초판 발행일 기록.	출판
					2판에 초판 발행일 기록.	출판
沈禹澤 경성부 공평동 54번지	성문사 경성부 공평동 55번지			국립중앙도서관(3 634-2-83(2))	42회의 장회체(상 1회~21회, 하 22회~42회, 권별 목차). 초판 발행일 기록.	원문
				국립중앙도서관(3 634-2-83(3))	42회의 장회체(상 1회~21회, 하 22회~42회, 권별 목차). 초판 발행일 기록. 하권 판권지는 없으나 상권 판권지의 내용과 동일한 것으로 추정.	원문
					3판과 4판에 초판 발행일 기록.	출판
					3판 상편이 있어 초판 하편도 있을 것으로 추정.	출판
					3판 상편이 있어 2판 상편도 있을 것으로 추정.	출판
					3판 상편이 있어 2판 하편도 있을 것으로 추정.	출판
金重煥 경성부 공평동 55번지	대동인쇄주식회사 경성부 공평동 55번지			국립중앙도서관(3 634-2-83(4))	42회의 장회체(상 1회~21회, 하 22회~42회, 권별 목차). 초판 발행일 기록. 주소에 '래봉정'은 '봉래정'의 오기로 추정.	원문
					3판 상편이 있어 3판 하편도 있을 것으로 추정.	출판
沈禹澤 경성부 공평동 55번지	대동인쇄주식회사 경성부 공평동 55번지			국립중앙도서관(3 634-2-83(5))	42회의 장회체(상 1회~21회, 하 22회~42회, 권별 목차). 초판 발행일 기록.	원문
					4판 상편이 있어 4판 하편도 있을 것으로 추정.	출판

번호	작품명 고유번호	표제	문자	면수 가격	인쇄일	발행일	판차	발행자 발행자 주소	발행소 발행소 주소
1121	**설인귀전** 신구-설인-03-05	(백포쇼장)셜인 귀젼 / 上下合編	한글	166p. 50전	1925-01-05	1925-01-08	5	池松旭 경성부 봉래정 1정목 77번지	신구서림 경성부 봉래정 1정목 77번지
1122	**설인귀전** 신구-설인-04-01	(백포쇼장)셜인 귀젼 / 上下合編	한글	137p. 50전	1926-12-18	1926-12-20	1	洪淳泌 경성부 견지동 60번지	신구서림 경성부 봉래정 1정목 75번지
1123	**설인귀전** 신구-설인-05-01-상	(백포쇼장)셜인 귀젼 / 上編	한글			- -	1		신구서림
1124	**설인귀전** 신구-설인-05-01-하	(백포쇼장)셜인 귀젼 / 下編	한글	84p.		1916- -	1		신구서림
1125	**설인귀전** 이문-설인-01-00	셜인귀젼	한글	50전		1918- -	1		이문당
1126	**설인귀전** 조선서-설인-01-01-상	(백포소장)셜인 귀젼 /上編	한글	88p. 25전	1915-05-15	1915-05-20	1	朴健會 경성부 인사동 39번지	조선서관 경성부 인사동 39번지
1127	**설인귀전** 조선서-설인-01-01-하	(백포소장)셜인 귀젼 /下編	한글				1		조선서관
1128	**설정산실기** 박문-설정-01-01	셜명산실긔	한글	112p. 40전	1929-12-20	1929-12-25	1	朴埈杓 경성부 냉동 119번지	박문서관 경성부 종로 2정목 82번지
1129	**설정산실기** 박문-설정-02-01	셜명산실긔	한글	112p.		1930- -	1	盧益煥	박문서관
1130	**설정산실기** 세창-설정-01-01	설정산실기	한글	112p. 임시정가	1952-12-10	1952-12-30	1	申泰三 서울특별시 종로구 종로 3가 10	세창서관 서울특별시 종로구 종로 3가 10
1131	**설정산실기** 세창-설정-02-01	설정산실기	한글	112p.		1961-12-30	1	申泰三	세창서관
1132	**설정산실기** 세창-설정-03-01	설정산실기	한글	112p. 500	1962-08-10	1962-12-30	1	申泰三 서울특별시 종로구 종로 3가 10	세창서관 서울특별시 종로구 종로 3가 10
1133	**설정산실기** 신구-설정-01-01	셜명산실긔	한글	112p. 40전		1929-12-25	1	盧益煥 경성부 봉래정 1정목 75번지	신구서림 경성부 봉래정 1정목 75번지
1134	**설정산실기** 신구-설정-02-01	셜명산실긔	한글	112p. 40전		1930-02-15	1	盧益煥 경성부 봉래정 1정목 77번지	신구서림 경성부 봉래정 1정목 77번지
1135	**설홍전** 동일-설홍-01-01	설홍전	한글	80p. 30전	1929-04-25	1929-04-30	1	姜義永, 朴埈杓 경성부 종로 2정목 84번지	동일서관 경성부 창신정 138-1
1136	**설홍전** 영창-설홍-01-01	설홍전	한글	80p. 30전	1929-04-25	1929-04-30	1	姜義永 경성부 종로 2정목 84번지	영창서관 경성부 종로 2정목 84번지
1137	**섬동지전** 경성서-섬동-01-01	섬동지젼 : 둑겁젼	한글	39p.		1925-11-10	1	洪淳泌	경성서적업조합
1138	**섬동지전** 경성서-섬동-01-02	섬동지젼 : 둑겁젼	한글	39p. 10전	1926-12-18	1926-12-20	2	洪淳泌 경성부 견지동 60번지	경성서적업조합 경성부 견지동 60번지
1139	**섬동지전** 대조-섬동-01-01	섬동지전	한글	27p.		1959- -	1		대조사
1140	**섬동지전** 대조-섬동-02-01	둑겁젼	한글	27p. 100환	1960-01-05	1960-01-10	1		대조사 서울특별시 가회동
1141	**섬동지전** 대창-섬동-01-01	둑겁젼	한글	39p.		1920-01-30	1		대창서원

인쇄자 인쇄소 주소	인쇄소 인쇄소 주소	공동 발행	영인본	소장처 및 청구기호	기타	현황
金聖杓 경성부 황금정 2정목 148번지	융문관인쇄소 경성부 황금정 2정목 148번지			서울대학교도서관(3340 1)	[조선소설] 12책 중 제2권에 <林慶業傳>, <소대성전>, <김덕령전>, <적강칠선>과 같이 합철되어 있음. 상하합편(상권 87p., 하권 79p.)	원문
林基然 경성부 봉래정 1정목 75번지	신구서림인쇄부 경성부 봉래정 1정목 75번지			정명기 소장본	상하 합편.	원문
					[연구보정], p.438.에서 하편을 제시하였으므로 상편도 있을 것으로 추정.	출판
					[연구보정], p.438. 그런데 이 책에서 제시한 국립중앙도서관 소장본의 청구기호(3634-2-26=7)로는 서적이 검색 안 됨.	출판
					<삼선기>, 이문당, 1918.(국립중앙도서관(3634-2-20(2)) 광고에 '셜인귀젼'으로 기록.	광고
鄭敬德 경성부 원동 206번지	조선복음인쇄소 경성부 원동 206번지	동미서시	[구활자본고소설 전집 6]	국립중앙도서관(3 634-2-83(1))	발행소 조선서관, 총발행소 동미서시. 저작자 박건회. 42회의 장회체(상 1회~21회, 하 22회~42회, 권별 총목차).	원문
		동미서시			상권이 있어서 하권도 있을 것으로 추정.	출판
朴容昶 경성부 인사동 98번지	박문서관인쇄부 경성부 인사동 98번지			박순호 소장본		원문
				국립중앙도서관(3 634-2-36(5))		원문
	세창인쇄사 서울특별시 종로구 종로 3가 10			디지털 한글박물관(홍윤표 소장본)		원문
					[이본목록], p.272.	출판
	세창인쇄사 서울특별시 종로구 종로 3가 10			개인소장본		원문
林基然 경성부 봉래정 1정목 75번지	신구서림인쇄부 경성부 봉래정 1정목 75번지			정명기 소장본	판권지 훼손으로 인쇄일 보이지 않음.	원문
沈禹澤 경성부 공평동 55번지	대동인쇄주식회사 경성부 공평동 55번지	박문서관	[구활자본고소설 전집 7]	국립중앙도서관(3 634-2-36(6))		원문
李相五 경성부 인사정 119-3	대동인쇄소 경성부 인사정 119-3	영창서관, 화광서림		정명기 소장본		원문
尹琦炳 경성부 종로 2정목 84번지	영창서관인쇄부 경성부 종로 2정목 84번지	한흥서림	[활자본고전소설 전집 3]	국립중앙도서관(3 634-2-32(7))	1면에 '茂朱 金秉權 著'.	원문
				영남대학교 도서관(도813.5 ㅊ338)	형태사항은 서지정보 참고. 2판에 초판 발행일 기록.	원문
權泰均 경성부 공평동 55번지	대동인쇄주식회사 경성부 공평동 55번지			국립중앙도서관(3 634-2-66(10))	초판 발행일 기록.	원문
				조희웅 소장본([이본목록], p.278)		원문
				개인소장본		원문
				이능우, p.277.		출판

번호	작품명 고유번호	표제	문자	면수 가격	인쇄일	발행일	판차	발행자 발행자 주소	발행소 발행소 주소
1142	**섬동지전** 덕흥-섬동-01-01	섬동지젼 : 둑겁젼	한글	39p. 15전	1914-10-23	1914-10-28	1	金東縉 경성부 견지동 67번지	덕흥서림 경성부 견지동 67번지
1143	**섬동지전** 덕흥-섬동-01-02	섬동지젼 : 둑겁젼	한글			1915-11-20	2	金東縉	덕흥서림
1144	**섬동지전** 덕흥-섬동-01-03	섬동지젼 : 둑겁젼	한글	39p. 15전	1916-01-26	1916-01-28	3	金東縉 경성부 견지동 67번지	덕흥서림 경성부 견지동 67번지
1145	**섬동지전** 덕흥-섬동-01-04	섬동지젼 : 둑겁젼	한글			1917- -	4	金東縉	덕흥서림
1146	**섬동지전** 덕흥-섬동-01-05	섬동지젼 : 둑겁젼	한글	39p. 20전	1918-03-03	1918-03-07	5	金東縉 경성부 종로통 2정목 20번지	덕흥서림 경성부 종로통 2정목 20번지
1147	**섬동지전** 덕흥-섬동-01-06	섬동지젼 : 둑겁젼	한글	39p.		1920-02-05	6	金東縉	덕흥서림
1148	**섬동지전** 박문-섬동-01-01	둑겁전	한글			1925-11-10	1	盧益亨	박문서관
1149	**섬동지전** 박문-섬동-01-02	둑겁전	한글	39p. 15전	1926-12-18	1926-12-20	2	盧益亨 경성부 종로통 2정목 82번지	박문서관 경성부 종로통 2정목 82번지
1150	**섬동지전** 세창-섬동-01-01	둑겁전	한글			1922- -	1		세창서관
1151	**섬동지전** 세창-섬동-01-02	둑겁전	한글			1924- -	2		세창서관
1152	**섬동지전** 세창-섬동-02-01	둑겁전	한글	24p. 정가	1952-01-03	1952-01-05	1	申泰三 서울특별시 종로구 종로3가 10	세창서관 서울특별시 종로구 종로3가 101
1153	**섬동지전** 영창-섬동-01-01	둑겁전	한글			1918- -	1		영창서관
1154	**섬동지전** 영창-섬동-01-02	둑겁전	한글			1924- -	2		영창서관
1155	**섬동지전** 향민-섬동-01-01	둑겁전	한글	27p. 20원	1964-10-25	1964-10-30	1	朴彰緒	향민사 대구시 향촌동 13
1156	**섬처사전** 박문-섬처-01-01	섬쳐사젼 : 둑겁젼	한글	39p. 15전	1917-05-25	1917-05-28	1	盧益亨 경성부 남대문통 4정목 69번지	박문서관 경성부 남대문통 4정목 69번지
1157	**섬처사전** 삼광-섬처-01-01	(변화무궁)인둑 겁젼	한글	35p. 20전	1927-01-10	1927-01-15	1	姜範馨 경성 종로 3정목 80번지	삼광서림 경성 종로 3정목 80번지
1158	**성산명경** 박문-성산-01-01	성산명경	한글	76p. 25전	1922-10-25	1922-10-30	1	盧益亨 경성부 종로 2정목 82번지	박문서관 경성부 종로 2정목 82번지
1159	**성삼문** 세창-성삼-01-01	성삼문	한글			1952- -	1	申泰三	세창서관
1160	**성삼문** 세창-성삼-02-01	(精忠高節)成三 門	한글	57p.		1956- -	1	申泰三	세창서관
1161	**성종대왕실기** 덕흥-성종-01-01	성종대왕실긔	한글	48p. 25전	1930-10-25	1930-10-30	1	金東縉 경성부 종로 2정목 20번지	덕흥서림 경성부 종로 2정목 20번지
1162	**세종대왕실기** 세창-세종-01-00	세종대왕실긔	한글			1933-01-15	1	申泰三	세창서관
1163	**세종대왕실기** 세창-세종-02-00	歷史小說 世宗大王實記	한글	55p.		1952- -	1	申泰三	세창서관
1164	**세종대왕실기** 세창-세종-03-01	세종대왕실긔 부양녕대군기	한글	55p. 200	1961-08-10	1961-12-30	1	申泰三 서울특별시 종로구 종로 3가 10	세창서관 서울특별시 종로구 종 3가 10

인쇄자 인쇄소 주소	인쇄소 인쇄소 주소	공동 발행	영인본	소장처 및 청구기호	기타	현황
金聖杓 경성부 공평동 47번지	성문사 경성부 공평동 55번지			국립중앙도서관(3 634-2-66(8))	3판과 5판에 초판 발행일 기록.	원문
					3판에 2판 발행일 기록.	출판
金重煥 경성부 중림동 33번지	보성사 경성부 수송동 44번지			국립중앙도서관(3 634-2-66(6))	초판, 2판 발행일 기록.	원문
					[이본목록](p.278)에 4판 발행일 기록.	출판
鄭敬德 경성부 관훈동 30번지	조선복음인쇄소 경성부 관훈동 30번지		[활자본고전소설 전집 3]	국립중앙도서관(3 634-2-66(16))	초판 발행일 기록.	원문
					[이본목록](pp.279)에 6판 발행일 기록.	출판
					2판에 초판 발행일 기록.	출판
金銀榮 경성부 수송동 69번지	보명사 경성부 수송동 69번지			디지털 한글박물관(홍윤표 소장본)	초판 발행일 기록. 서지정보에 '1921' 발행으로 잘못 표기. 내제 '고대쇼셜 셤동지전'.	원문
					우쾌제, p.127.	출판
					우쾌제, p.127.	출판
申晟均 서울특별시 종로구 관철동 33	세창인쇄사 서울특별시 종로구 관철동 33			김종철 소장본	판매처는 부산 평범사 외 9곳.	원문
					우쾌제, p.127.	출판
		한흥서관			우쾌제, p.127.	출판
				소인호 소장본		원문
金弘奎 경성부 가회동 216번지	보성사 경성부 수송동 44번지			국립중앙도서관(3 634-2-66(9))	내제는 '셤쳐사전 둑겁전'으로 기록되었는데, 도서관 서지정보에는 '셤동지전 둑겁전'으로 잘못 기록함.	원문
權泰均 경성부 공평동 55번지	대동인쇄주식회사 경성부 공평동 55번지			서울대학교 도서관(3340 33)		원문
朴仁煥 경성부 황금정 2정목 148번지	경성신문사 경성부 황금정 2정목 148번지			서울대학교 도서관(3340 35)		원문
					대전대, [이능우교수 기증도서 목록], 1159([이본목록], p.281.)	출판
				국회도서관(811.31 ㅅ585ㅅ)	협정기관에서 원문 보기 가능.	원문
申東燮 경성부 종로 2정목 20번지	덕흥서림인쇄부 경성부 종로 2정목 20번지			박순호 소장본	덕흥서림(진체 경성 3901번, 화 광화문 1189번)	원문
					박준표 作([연구보정], p.448).	출판
				국회도서관(811.31 ㅅ585ㅅ)		원문
	세창인쇄사 서울특별시 종로구 종로 3가 10		[구활자본고소설 전집 21]		박준표 作. <세종대왕실기>(pp.1~41)에 <양녕대군기>(pp.41~55)가 첨부됨.	원문

번호	작품명 고유번호	표제	문자	면수 가격	인쇄일	발행일	판차	발행자 발행자 주소	발행소 발행소 주소
1165	소강절 광동-소강-01-01	도술유명한 소강절전	한글	65p. 30전	1926-12-05	1926-12-10	1	李鍾楨 경성부 관수동 30번지	광동서국 경성부 관수동 30번지
1166	소대성전 경성서-소대-01-01	소대셩전	한글			1917-12-14	1		경성서적업조합
1167	소대성전 경성서-소대-01-02	(고대소설)쇼대 셩전	한글	37p. 15전	1920-01-12	1920-01-26	2	朴運輔 경성부 종로통 2정목 83번지	경성서적업조합
1168	소대성전 공진-소대-01-01	(고대소설)쇼대 셩전	한글	48p. 20전	1917-02-12	1917-02-14	1	朴運輔 경성부 종로통 2정목 83번지	공진서관 경성부 종로통 2정목 83번지
1169	소대성전 광문책-소대-01-01	(개정)소대성전	한글		1914-11-16	1914-11-19	1		광문책사
1170	소대성전 광문책-소대-01-02	(개정)소대성전	한글	85p. 25전	1916-01-27	1916-01-30	2	宋基和 평양부 관후리125번지	광문책사 평양부 종로
1171	소대성전 대창-소대-01-00	소대성전	한글	15전		1921- -	1		대창서원
1172	소대성전 동미-소대-01-01	(신번)쇼대셩전	한글	72p. 20전	1914-11-28	1914-11-30	1	李容漢 경성부 봉래정 1정목 136번지	동미서시 경성 남대문외 봉래정 1정목 136번지
1173	소대성전 동양서-소대-01-01	소대셩전	한글	87p. 15전	1925-09-28	1925-09-30	1	趙南熙 경성부 종로 2정목 86번지	동양서원 경성부 종로 2정목 86번지
1174	소대성전 박문-소대-01-01	소대셩전	한글			1917-02-14	1		박문서관
1175	소대성전 박문-소대-01-02	소대셩전	한글	31p. 15전	1920-01-20	1920-01-26	2	朴運輔 경성부 종로통 2정목 82번지	박문서관 경성부 종로 2정목 80번지
1176	소대성전 박문-소대-02-01	소대셩전	한글	50p. 20전	1917-09-02	1917-09-05	1	盧益亨 경성부 남대문통 4정목 69번지	박문서관 경성부 남대문통 4정목 69번지
1177	소대성전 삼문-소대-01-01	소대셩전	한글	37p.			1		삼문사
1178	소대성전 세창-소대-01-01	소대성용문전	한글	28p. 임시정가	1952-12-01	1952-12-30	1	申泰三 서울특별시 종로구 종로 3가 10	세창서관 서울특별시 종로구 종로 3가 10
1179	소대성전 신구-소대-01-01	(고대소설)소대 셩전	한글			1917-01-14	1		신구서림
1180	소대성전 신구-소대-01-02	(고대소설)소대 셩전	한글	37p.		1917-09-05	2		신구서림
1181	소대성전 신명-소대-01-01	대셩용문젼	한글			1917-08-28	1		신명서림
1182	소대성전 신명-소대-01-02	대셩용문젼	한글				2		신명서림
1183	소대성전 신명-소대-01-03	대셩용문젼	한글	63p. 20전	1922-11-20	1922-11-30	3	姜義永 경성부 종로 3정목 85번지	신명서림 경성부 종로 2정목 98번지
1184	소대성전 영창-소대-01-01	대셩용문젼	한글	40p. 25전	1925-10-25	1925-10-30	1	姜義永 경성부 종로 2정목 84번지	영창서관 경성부 종로 2정목 84번지
1185	소대성전 이문-소대-01-01	소대성전	한글	37p.		1936- -	1	申泰三	이문당
1186	소대성전 조선-소대-01-01	소대셩젼	한글	37p. 15전		1925-11-30	1	洪淳泌 경성부 견지동 60번지	조선도서주식회사 경성부 견지동 60번지

인쇄자 인쇄소 주소	인쇄소 인쇄소 주소	공동 발행	영인본	소장처 및 청구기호	기타	현황
金翼洙 경성부 황금정 2정목 21번지	신문관 경성부 황금정 2정목 21번지	동양서원	[구활자본고소설 전집 26]	국립중앙도서관(3 634-2-30(1))		원문
					2판에 초판 발행일 기록.	출판
沈禹澤 경성부 공평동 55번지	대동인쇄주식회사 경성부 공평동 55번지			김종철 소장본	초판 발행일 기록.	원문
金弘奎 경성부 가회동 116번지	보성사 경성부 수송동 44번지			국립중앙도서관(3 634-2-31(7))		원문
					2판에 초판 인쇄일, 발행일 기록.	출판
朴致祿 평양부 신창리 24번지	광문사 평양부 관후리 90번지			국립중앙도서관(3 634-2-31(5))	7회의 장회체(총목차). 초판 인쇄일과 발행일 기록. 도서관 정보에는 저작자의 이름이 韓仁線으로 잘못 기록됨.	원문
		보급서원			<셔동지전>, 대창서원, 보급서관, 1921(국립중앙도서관 소장본(3634-2-6(1)) 광고에 '蘇大成'으로 기록.	광고
金聖杓 경성부 공평동 47번지	성문사 경성부 공평동 55번지			국립중앙도서관(3 634-2-59(3))	주로 한자병기로 표기되어 있으나 한자괄호병기도 보임.	원문
金瀷洙 경성부 황금정 2-21	신문관			소인호 소장본		원문
					2판에 초판 발행일 기록.	출판
鄭敬德 경성부 서대문정 2정목 139번지	기독교창문사 경성부 서대문정 2정목 139			디지털 한글박물관(손종흠 소장본)	표지에 '京城 博文書館 發行'. 초판 발행일 기록.	원문
金敎璚 경성부 경운동 88번지	보성사 경성부 수송동 44번지			국립중앙도서관(3 634-2-31(4))		원문
					방민호 소장본([연구보정], p454). 판권지 낙장.	원문
	세창인쇄사 서울특별시 종로구 종로 3가 10			고려대학교 도서관(희귀 897.33 소대성 소)	<용문전>(pp.1~36)과 <소대성전>(pp.1~28) 합철.	원문
		공진서관			발행일은 이능우, p.288. 참고.	출판
				국립중앙도서관(3 634-2-59(6))	판권지 없음. 발행일은 이능우, p.288. 참고.	원문
					3판에 초판 발행일 기록.	출판
					3판이 있어서 2판도 있을 것으로 추측.	출판
沈禹澤 경성부 공평동 55번지	대동인쇄주식회사 경성부 공평동 55번지		[구활자본고소설 전집 11]		상하 합편(상 pp.1~31, 하 pp.32~63). 초판 발행일 기록.	원문
南昌熙 경성부 종로 2정목 84번지	영창서관인쇄소 경성부 종로 2정목 84번지	한흥서림, 진흥서관		개인소장본		원문
					이능우, p.288.	출판
沈禹澤 경성부 공평동 55번지	대동인쇄주식회사 경성부 공평동 55번지			국립중앙도서관(3 634-2-59(7))	이미지 파일 제작이 잘못 되어 인쇄일이 보이지 않음.	원문

번호	작품명 고유번호	표제	문자	면수 가격	인쇄일	발행일	판차	발행자 발행자 주소	발행소 발행소 주소
1187	**소대성전** 태화-소대-01-00	소대성전	한글			1929- -	1		태화서관
1188	**소대성전** 회동-소대-01-01	고대소설 소대성전	한글	37p. 15전	1925-12-20	1925-12-25	1	高裕相 경성부 남대문통 1정목 17번지	회동서관 경성부 남대문통 1정목 17번지
1189	**소약란직금도** 경성서-소약-01-00	소약란직금도	한글			1921- -	1		경성서적업조합
1190	**소약란직금도** 광명-소약-01-00	소양란직금도	한글	35전		1916- -	1		광명서관
1191	**소약란직금도** 동미-소약-01-00	소약난젼	한글			1917- -	1		동미서시
1192	**소약란직금도** 신구-소약-01-01	소약난직금도	한글	79p. 25전	1916-08-30	1916-09-05	1	朴健會 경성부 인사동 39번지	신구서림 경성부 봉래정 1정목 77번지
1193	**소약란직금도** 조선서-소약-01-00	소약난직금도	한글			1916- -	1		조선서관
1194	**소양정** 신구-소양-01-01	(新小說)소양뎡	한글	112p. 25전	1912-07-10	1912-07-20	1	池松旭 경성 남부 자암동 42통 10호	신구서림 경성 남부 자암동 42통 10호
1195	**소양정** 신구-소양-01-02	(新小說)소양뎡	한글			1914-02-20	2		신구서림
1196	**소양정** 신구-소양-01-03	(新小說)소양뎡	한글	112p. 25전	1916-04-17	1916-04-21	3	池松旭 경성부 봉래정 1정목 77번지	신구서림 경성부 봉래정 1정목 77번지
1197	**소양정** 신구-소양-01-04	(新小說)소양뎡	한글				4		신구서림
1198	**소양정** 신구-소양-01-05	(新小說)소양뎡	한글				5		신구서림
1199	**소양정** 신구-소양-01-06	(新小說)소양뎡	한글	112p. 35전	1921-11-05	1921-11-15	6	池松旭 경성부 봉래정 1정목 77번지	신구서림 경성부 봉래정 1정목 77번지
1200	**소양정** 신구-소양-01-07	(新小說)소양뎡	한글	112p. 35전	1923-01-05	1923-01-10	7	池松旭 경성부 봉래정 1정목 77번지	신구서림 경성부 봉래정 1정목 77번지
1201	**소운전** 경성서-소운-01-00	소학사젼	한글			1921- -	1		경성서적업조합
1202	**소운전** 덕흥-소운-01-01	소학사젼	한글			1916- -	1		덕흥서림
1203	**소운전** 박문-소운-01-01	소학사젼	한글	79p. 30전	1917-11-05	1917-11-10	1	盧益亨 경성부 남대문통 4정목 69번지	박문서관 경성부 남대문통 4정목 69번지
1204	**소운전** 보성-소운-01-01	(古代小說)소운 뎐	한글	75p. 30전	1918-01-27	1918-01-30	1	李鍾一 경성부 익선동 125번지	보성사 경성부 수송동 44번지
1205	**소운전** 세창-소운-01-01	소학사젼	한글	56p.	1937-10-20	1937-10-30	1	申泰三 경성부 종로 4정목 -	세창서관 경성부 종로 4정목 77번지
1206	**소운전** 세창-소운-02-01	소운뎐뎐도화	한글	63p. 임시정가	1952-12-10	1952-12-30	1	申泰三 서울특별시 종로구 종로3가 10	세창서관 서울특별시 종로구 종로3가 10
1207	**소운전** 세창-소운-03-00	소운뎐	한글	63p.		1957- -	1		세창서관

인쇄자 인쇄소 주소	인쇄소 인쇄소 주소	공동 발행	영인본	소장처 및 청구기호	기타	현황
					<신명심보감>, 태화서관, 1929. 광고([이본목록], p.294.)	광고
金翼洙 경성부 황금정 2정목 21번지	신문관 경성부 황금정 2정목 21번지		[구활자본고소설 전집 7]	서울대학교 도서관(3350 154)		원문
					[圖書分類目錄], 1921 改正.([이본목록], p.300.)	목록
					<(로처녀)고독각시>, 광명서관, 1916.(국립중앙도서관 소장본(3634-3-47(7)) 광고에 '소양란직금도'로 기록.	광고
					<황장군전>, 동미서시, 1917. 광고([이본목록], p.300.).	광고
沈禹澤 경성부 효자동 103번지	성문사 경성부 공평동 55번지		[구활자본고소설 전집 26], [구활자소설총서 12]	국립중앙도서관(3 634-2-20(4))		원문
					<월봉산긔>, 조선서관 소장본, 1916.(국립중앙도서관(3634-2-70(7)) 광고에 '소약난직금도'로 기록. 가격기록은 없음.	광고
趙炳文 경성 북부 효자동 50통 9호	동문관 경성 중부 경행방 교동 23통 5호			국립중앙도서관(3 634-3-52(4))	저작자 이해조. 1면에 '牛山居士'. 3판, 6판, 7판에 초판 발행일 기록.	원문
					3판에 2판 발행일 기록.	출판
沈禹澤 경성부 효자동 103번지	성문사 경성부 공평동 55번지		[신소설전집 3]	국립중앙도서관(3 634-3-32(2))	저작자 이해조. 1면에 '牛山居士'. 초판, 2판 발행일 기록.	원문
					6판과 7판이 있어서 4판도 있을 것으로 추정.	출판
					6판과 7판이 있어서 5판도 있을 것으로 추정.	출판
金重煥 경성부 공평동 55번지	대동인쇄주식회사 경성부 공평동 55번지			국립중앙도서관(3 634-3-52(2))	초판 발행일 기록.	원문
朴仁煥 경성부 황금정 2정목 148번지	경성신문사 경성부 황금정 2정목 148번지	박문서관		서울대학교 도서관(3340 207)	초판 발행일 기록.	원문
					[圖書分類目錄], 1921 改正.([이본목록], p.302.)	목록
					우쾌제, p.128.	출판
金弘奎 경성부 가회동 216번지	보성사 경성부 수송동 44번지		[구활자본고소설 전집 7]	국립중앙도서관(3 634-2-33(6))		원문
金弘奎 경성부 가회동 216번지	보성사 경성부 수송동 44번지		[구활자본고소설 전집 7]	국립중앙도서관(3 634-2-59(4))	역술겸발행자 : 이종일.	원문
李圭鳳 경성부 종로 4정목 77번지	세창서관인쇄부 경성부 종로 4정목 77번지	삼천리서관		개인소장본	저작겸 발행자의 이름 일부 훼손됨.	원문
	세창인쇄사 서울특별시 종로구 종로3가 10			국회도서관(811.31 ㅅ585ㅅ)		원문
				이화여자대학교 도서관(811.31 소91)		원문

번호	작품명 고유번호	표제	문자	면수 가격	인쇄일	발행일	판차	발행자 발행자 주소	발행소 발행소 주소
1208	소운전 세창-소운-04-01	소운면뎐도화	한글	63p.	1969-01-10	1969-01-20	1	申泰三 서울특별시 종로구 종로3가 10	세창서관 서울특별시 종로구 종로3가 10
1209	소운전 영화-소운-01-01	소학사전	한글	63p.		1953- -	1		영화출판사
1210	소운전 회동-소운-01-01	쇼운전	한글			1925- -	1		회동서관
1211	소진장의전 경성서-소진-01-00	(만고웅변)소진 장의전	한글			1921- -	1		경성서적업조합
1212	소진장의전 광동-소진-01-01	(만고웅변)소진 장의전	한글	55p. 25전	1918-05-20	1918-05-25	1	李鍾楨 경성부 송현동 71번지	광동서국 경성부 송현동 71번지
1213	소진장의전 광동-소진-01-02	(만고웅변)소진 장의뎐	한글	55p. 20전	1921-10-25	1921-11-10	2	李鍾楨 경성부 관수동 30번지	광동서국 경성부 관수동 30번지
1214	소진장의전 보성서-소진-01-01	(만고웅변)소진 장의전	한글			1938- -	1		보성서관
1215	소진장의전 세창-소진-01-01	(만고웅변)소진 장의전	한글	56p.		1952-03-30	1		세창서관
1216	소진장의전 영창-소진-01-01	(만고웅변)소진 장의전	한글	55p. 20전	1932-01-25	1932-01-30	1	姜義永 경성부 종로 2정목 84번지	영창서관 경성부 종로 2정목 84번지
1217	소진장의전 태학-소진-01-01	소진장의전	한글			1918-05-25	1	李鍾楨 경성부 송현동 71번지	태학서관
1218	손방연의 경성서-손방-01-00	손방실기	한글			1921- -	1		경성서적업조합
1219	손방연의 세창-손방-01-00	손방실기	한글	상하 정가 80전		1915- -	1		세창서관
1220	손방연의 회동-손방-01-01	손방연의	한글	96p. 40전	1918-01-05	1918-01-28	1	高裕相 경성부 남대문통 1정목 17번지	회동서관 경성부 남대문통 1정 17번지
1221	손오공 유일-손오-01-01	손오공	한글	68p.		1917- -	1	南宮楔	유일서관
1222	손오공 회동-손오-01-01	손오공	한글	46p. 20전	1922-05-01	1922-05-06	1	高裕相 경성부 남대문통 1정목 17번지	회동서관 외 11곳 회동(경성부남대문통 1-17), 동양(경성부종로통 2-8 박문(경성부봉래정 2-8
1223	수당연의 경성서-수당-01-00	슈당연의	한글			1921- -	1		경성서적업조합
1224	수당연의 경성서-수당-02-00	슈양뎨행락긔	한글			1921- -	1		경성서적업조합
1225	수당연의 광명-수당-01-00	수량뎨행락긔	한글	40전		1916- -	1		광명서관
1226	수당연의 신구-수당-01-01	수양뎨행락긔	한글	137p. 90전	1918-04-15	1918-04-20	1	朴健會 경성부 인사동 49번지	신구서림 경성부 봉래정 1정목 77번지
1227	수당연의 조선서-수당-01-00	슈양뎨행락긔	한글			1916- -	1		조선서관

인쇄자 인쇄소 주소	인쇄소 인쇄소 주소	공동 발행	영인본	소장처 및 청구기호	기타	현황
	세창인쇄사 서울특별시 종로구 종로3가 10			정명기 소장본		원문
					[이능우교수기증도서목록], 1168.([이본목록], p.302).	출판
					소재영 외, p.158.	원문
					[圖書分類目錄], 1921 改正.([이본목록], p.302.). 중국소설 <신열국지>의 개역본(이은영, 2006).	목록
久家恒衛 경성부 명치정 1정목 54번지	일한인쇄소 경성부 명치정 1정목 54번지			국립중앙도서관(3 634-2-33(5))		원문
金聖杓 경성부 견지동 80번지	계문사 경성부 견지동 80번지		[구활자본고소설 전집 7]	국립중앙도서관(3 634-2-59(2))	'대정7년 5월 20일 인쇄, 대정10년 10월 25일 발행, 대정10년 11월 10일 2판발행'은 각각 초판 발행일, 2판 인쇄일과 발행일의 오류로 추정.	원문
					소재영 외, p.115.	출판
				이화여자대학교 도서관(811.31 소819)	발행일은 [연구보정](p.461).	원문
南昌熙 경성부 종로 2정목 84번지	영창서관인쇄부 경성부 종로 2정목 84번지	한흥서림, 진흥서관		개인소장본		원문
久家恒衛 경성부 명치정 1정목 54번지	일한인쇄소 경성부 명치정 1정목 54번지				권순긍, p.333.	출판
					[圖書分類目錄], 1921 改正.([이본목록], p.307.). <손방연의>는 중국소설 <전칠국지손방연의>의 편역본(이은영, 2006)	목록
					<장화홍련전>, 세창서관, 1915.(국립중앙도서관 소장본(3634-2-10(5)) 광고에 '孫龐實記'로 기록.	광고
金弘奎 경성부 가회동 216번지	보성사 경성부 수송동 44번지		[구활자본고소설 전집 7], [구활자소설총서 5]	국립중앙도서관(3 634-2-7(4))	11회의 장회체(총 목차).	원문
					[연구보정](p.470)에 소개된 원문(국중(3634-2-20=1))은 회동서관에서 발행한 것으로 확인.	출판
金聖杓 경성부 견지동 80번지	계문사 경성부 견지동 80번지	덕흥서림, 한남서림, 정직서관, 대창서원, 광익서관, 영창서관	[구활자본고소설 전집 26], [구활자소설총서 11]	국립중앙도서관(3 634-2-20(1)/3634- 2-59(5))	저작자 이규용.	원문
					[圖書分類目錄], 1921 改正.([이본목록], p.309.).	목록
					[圖書分類目錄], 1921 改正.([이본목록], p.309.).	목록
					<로쳐녀고독각시>, 광명서관, 1916.(국립중앙도서관 소장본(3634-3-47(7)) 광고에 '수량데행락긔'로 기록.	광고
沈禹澤 경성부 공평동 54번지	성문사 경성부 공평동 55번지		[구활자본고소설 전집 8]	국립중앙도서관(3 634-2-77(3))	8회의 장회체. 판권지에 '상하'로 기록되었으나 실제로는 단권. p.8까지 한자병기, 대부분은 순한글(편집체제 다름)이며, 간혹 한자 괄호 병기.	원문
					<월봉산긔>, 조선서관, 1916. 광고.	광고

번호	작품명 고유번호	표제	문자	면수 가격	인쇄일	발행일	판차	발행자 발행자 주소	발행소 발행소 주소
1228	수당연의 회동-수당-01-01	슈당연의	한글	111p. 45전	1918-01-25	1918-03-18	1	高裕相 경성부 남대문통 1정목 17번지	회동서관 경성부 남대문통 1정목 17번지
1229	수호지 경성서-수호-01-00-전집 -02	슈허지 後集	한글			1921- -	1		경성서적업조합
1230	수호지 경성서-수호-01-00-후집 -01	슈허지 後集	한글			1921- -	1		경성서적업조합
1231	수호지 경성서-수호-01-00-후집 -03	슈허지 後集	한글			1921- -	1		경성서적업조합
1232	수호지 대창-수호-01-00	양산백	한글	40전		1921- -	1		대창서원
1233	수호지 동미-수호-01-00	일백단팔귀화 긔	한글			1917- -	1		동미서시
1234	수호지 박문-수호-01-01-전집 -01	(선한문)충의수 호지 : 전집 1	한글			1929- -	1		박문서관
1235	수호지 박문-수호-01-01-전집 -02	(선한문)충의수 호지 : 전집 2	한글				1		박문서관
1236	수호지 박문-수호-01-01-전집 -03	(선한문)충의수 호지 : 전집 3	한글				1		박문서관
1237	수호지 박문-수호-01-01-후집 -01	(선한문)충의수 호지 : 후집 1	한글				1		박문서관
1238	수호지 박문-수호-01-01-후집 -02	(선한문)충의수 호지 : 후집 2	한글				1		박문서관
1239	수호지 박문-수호-02-01-상	新釋 水滸傳 上	한글	401p. 1원 20전	1930.11.15.	1930-11-28	1	尹白南 경성부 권농동 126번지	박문서관 경성 종로 2정목 82번지
1240	수호지 박문-수호-02-01-중	新釋 水滸傳 中	한글	272p. 1원 20전	1930.11.15.	1930-11-28	1	尹白南 경성부 권농동 126번지	박문서관 경성 종로 2정목 82번지
1241	수호지 박문-수호-03-01-전집1	츙의 슈호지 전집 권지일	한글	155p. 6책 3원	1938-06-15	1938-06-20	1	盧益亨 경성부 종로 2정목 86번지	박문서관 경성부 종로 2정목 86번지
1242	수호지 박문-수호-03-01-전집2	츙의 슈호지 전집 권지이	한글	157p. 6책 3원	1938-06-15	1938-06-20	1	盧益亨 경성부 종로 2정목 86번지	박문서관 경성부 종로 2정목 86번지
1243	수호지 박문-수호-03-01-전집3	츙의 수호지 전집 권지삼	한글	159p. 6책 3원	1938-06-15	1938-06-20	1	盧益亨 경성부 종로 2정목 86번지	박문서관 경성부 종로 2정목 86번지
1244	수호지 박문-수호-03-01-후집1	츙의 수호지 후집 권지일	한글	205p. 6책 3원		1938- -	1		박문서관
1245	수호지 박문-수호-03-01-후집2	츙의 수호지 후집 권지이	한글	234p. 6책 3원		1938- -	1		박문서관
1246	수호지 박문-수호-03-01-후집3	츙의 수호지 후집 권지삼	한글	284p. 6책 3원		1938- -	1		박문서관
1247	수호지 세창-수호-01-00	수호지	한글			1942- -	1		세창서관

인쇄자 인쇄소 주소	인쇄소 인쇄소 주소	공동 발행	영인본	소장처 및 청구기호	기타	현황
金弘奎 경성부 가회동 216번지	보성사 경성부 수송동 44번지		[구활자본고소설 전집 7]	국립중앙도서관(3 634-2-39(4))		원문
					[圖書分類目錄], 1921 改正([이본목록], p.312)	목록
					[圖書分類目錄], 1921 改正([이본목록], p.312)	목록
					[圖書分類目錄], 1921 改正([이본목록], p.312)	목록
					<쥬원장창업실긔>, 대창서원, 1921.(국립중앙도서관(3634-2-7(1)=2) 광고에 '梁山伯'으로 기록.	광고
					<당태종전>, 동미서시, 1917. 광고([이본목록], p.313)	광고
					박재연, [中韓飜文展目], 2003.([연구보정], p.508)	출판
					박재연, [中韓飜文展目], 2003.([연구보정], p.508)	출판
					박재연, [中韓飜文展目], 2003.([연구보정], p.508)	출판
					박재연, [中韓飜文展目], 2003.([연구보정], p.508)	출판
					박재연, [中韓飜文展目], 2003.([연구보정], p.508)	출판
沈禹澤 경성부 공평동 55번지	대동인쇄주식회사 경성부 공평동 55번지	신구서림		국립중앙도서관(3 736-28)	윤백남 역.	원문
沈禹澤 경성부 공평동 55번지	대동인쇄주식회사 경성부 공평동 55번지	신구서림		국립중앙도서관(3 736-28)	중권의 판권지 없어서, 상권 판권지에 있는 내용 기록.	원문
金顯道 경성부 인사정 119-3	대동인쇄소 경성부 인사정 119-3			고려대학교 도서관(895.34 시내암 충 1.1)	장회체(1권 1회~11회 목차). 도서관 서지정보에는 '昭和1년(1926)'로 잘못 기록.	원문
金顯道 경성부 인사정 119-3	대동인쇄소 경성부 인사정 119-3			고려대학교 도서관(895.34 시내암 충 1.2)	장회체(2권 12회~21회, 목차). 도서관 서지정보에는 '昭和1년(1926)'으로 잘못 기록.	원문
金顯道 경성부 인사정 119-3	대동인쇄소 경성부 인사정 119-3			고려대학교 도서관(895.34 시내암 충 1.3)	장회체(3권 22회~30회, 목차). 도서관 서지정보에는 '昭和1년(1926)'으로 잘못 기록.	원문
				고려대학교 도서관(895.34 시내암 충 2.1)		원문
				고려대학교 도서관(895.34 시내암 충 2.2)		원문
				고려대학교 도서관(895.34 시내암 충 2.3)		원문
					우쾌제, p.128.	출판

번호	작품명 고유번호	표제	문자	면수 가격	인쇄일	발행일	판차	발행자 발행자 주소	발행소 발행소 주소
1248	**수호지** 신문-수호-01-01-권1	신교 슈호지	한글	218p. 45전	1913-07-17	1913-07-19	1	崔昌善 경성 남부 상리동 32통 4호	신문관 경성 남부 상리동
1249	**수호지** 신문-수호-01-01-권2	신교 슈호지	한글	224p. 45전	1913-08-17	1913-08-19	1	崔昌善 경성 남부 상리동 32통 4호	신문관 경성 남부 상리동
1250	**수호지** 신문-수호-01-01-권3	신교 슈호지	한글	216p. 45전	1913-10-05	1913-10-07	1	崔昌善 경성 남부 상리동 32통 4호	신문관 경성 남부 상리동
1251	**수호지** 신문-수호-01-01-권4	신교 슈호지	한글	308p. 55전	1913-12-25	1913-12-27	1	崔昌善 경성 남부 상리동 32통 4호	신문관 경성 남부 상리동
1252	**수호지** 영창-수호-01-01-권1	(鮮漢文)水滸誌	한글	158p.		1929-10-20	1		영창서관
1253	**수호지** 영창-수호-01-01-권2	(鮮漢文)水滸誌	한글	213p.		1929-10-20	1		영창서관
1254	**수호지** 영창-수호-01-01-권3	(鮮漢文)水滸誌	한글			1929-10-20	1		영창서관
1255	**수호지** 영창-수호-01-01-권4	(鮮漢文)水滸誌	한글			1929-10-20	1		영창서관
1256	**수호지** 영창-수호-01-01-권5	(鮮漢文)水滸誌	한글	201p. 70전	1929-10-15	1929-10-20	1	姜義永 경성부 종로 2정목 84번지	영창서관 경성부 종로 2정목 84번지
1257	**수호지** 영창-수호-01-02-권1	(鮮漢文)水滸誌	한글	158p. 5원	1942-04-25	1942-05-01	2	姜義永 경성부 종로 2정목 98	영창서관 경성부 종로 2정목 98번지
1258	**수호지** 영창-수호-01-02-권2	(鮮漢文)水滸誌	한글	213p. 5원	1942-04-25	1942-05-01	2	姜義永 경성부 종로 2정목 98	영창서관 경성부 종로 2정목 98번지
1259	**수호지** 영창-수호-01-02-권3	(鮮漢文)水滸誌	한글	230p. 5원	1942-04-25	1942-05-01	2	姜義永 경성부 종로 2정목 98	영창서관 경성부 종로 2정목 98번지
1260	**수호지** 영창-수호-01-02-권4	(鮮漢文)水滸誌	한글	223p. 5원	1942-04-25	1942-05-01	2	姜義永 경성부 종로 2정목 98	영창서관 경성부 종로 2정목 98번지
1261	**수호지** 영창-수호-01-02-권5	(鮮漢文)水滸誌	한글	201p. 5원	1942-04-25	1942-05-01	2	姜義永 경성부 종로 2정목 98	영창서관 경성부 종로 2정목 98번지
1262	**수호지** 유일-수호-01-00	슈호지	한글	전6책 3원 5전		1916- -	1		유일서관
1263	**수호지** 조선서-수호-01-01-전집1	(鮮漢文)忠義水滸誌 : 前集 卷一	한글	183p. 40전	1913-09-05	1913-09-10	1	朴健會 경성 중부 대사동 3통 8호	조선서관 경성 중부 대사동 3통 9
1264	**수호지** 조선서-수호-01-01-전집2	(鮮漢文)忠義水滸誌 : 前集 卷二	한글	185p. 40전	1913-09-05	1913-09-10	1	朴健會 경성 중부 대사동 3통 8호	조선서관 경성 중부 대사동 3통 9
1265	**수호지** 조선서-수호-01-01-전집3	(鮮漢文)忠義水滸誌 : 前集 卷三	한글	181p. 40전	1913-09-05	1913-09-10	1	朴健會 경성 중부 대사동 3통 8호	조선서관 경성 중부 대사동 3통 9
1266	**수호지** 조선서-수호-01-01-후집1	(諺漢文)忠義水滸誌 : 後集 卷一	한글	258p. 55전	1913-11-30	1913-12-03	1	朴健會 경성 중부 대사동 3통 8호	조선서관 경성 중부 대사동 3통 9
1267	**수호지** 조선서-수호-01-01-후집2	(諺漢文)忠義水滸誌 : 後集 卷二	한글	253p. 55전	1914-01-30	1914-02-03	1	朴健會 경성 중부 대사동 3통 8호	조선서관 경성 중부 대사동 3통 8

인쇄자 인쇄소 주소	인쇄소 인쇄소 주소	공동 발행	영인본	소장처 및 청구기호	기타	현황
崔誠愚 경성 남부 상리동 32통 4호	신문관인출소 경성 남부 상리동			영남대학교 도서관(823.5 시내암ㅇ)	장회체(1권 1회~19회, 목차). 편수겸발행인 최창선.	원문
崔誠愚 경성 남부 상리동 32통 4호	신문관인출소 경성 남부 상리동			영남대학교 도서관(823.5 시내암ㅇ)	장회체(2권 20회~35회, 목차). 편수겸발행인 최창선.	원문
崔誠愚 경성 남부 상리동 32통 4호	신문관인출소 경성 남부 상리동			영남대학교 도서관(823.5 시내암ㅇ)	장회체(3권 36회~48회, 목차). 편수겸발행인 최창선.	원문
崔誠愚 경성 남부 상리동 32통 4호	신문관인출소 경성 남부 상리동			영남대학교 도서관(823.5 시내암ㅇ)	장회체(4권 49회~70회, 목차). 편수겸발행인 최창선.	원문
				국립중앙도서관(3 736-29)	국립중앙도서관 소장본은 1,2권 합본임. 2판에 초판 발행일 기록.	원문
				국립중앙도서관(3 736-29)	국립중앙도서관 소장본은 1,2권 합본임. 2판에 초판 발행일 기록.	원문
					2판에 초판 발행일 기록.	출판
					2판에 초판 발행일 기록.	출판
申泰三 경성부 종로 정목 84번지	영창서관인쇄부 경성부 종로 2정목 84번지			개인소장본		원문
金光容圭 경성부 견지정 111	주식회사대동출판사 경성부 견지정 111		[구활자본고소설 전집 27]		70회의 장회체(1권 1회~14회, 2권 15회~28회, 3권 29회~42회, 4권 43회~56회, 5권 57회~70회, 권별 총목차). 권별 초판 발행일 기록.	원문
金光容圭 경성부 견지정 111	주식회사대동출판사 경성부 견지정 111		[구활자본고소설 전집 27]		70회의 장회체(1권 1회~14회, 2권 15회~28회, 3권 29회~42회, 4권 43회~56회, 5권 57회~70회, 권별 총목차). 권별 초판 발행일 기록.	원문
金光容圭 경성부 견지정 111	주식회사대동출판사 경성부 견지정 111		[구활자본고소설 전집 27]		70회의 장회체(1권 1회~14회, 2권 15회~28회, 3권 29회~42회, 4권 43회~56회, 5권 57회~70회, 권별 총목차). 권별 초판 발행일 기록.	원문
金光容圭 경성부 견지정 111	주식회사대동출판사 경성부 견지정 111		[구활자본고소설 전집 28]		70회의 장회체(1권 1회~14회, 2권 15회~28회, 3권 29회~42회, 4권 43회~56회, 5권 57회~70회, 권별 총목차). 권별 초판 발행일 기록.	원문
金光容圭 경성부 견지정 111	주식회사대동출판사 경성부 견지정 111		[구활자본고소설 전집 28]		70회의 장회체(1권 1회~14회, 2권 15회~28회, 3권 29회~42회, 4권 43회~56회, 5권 57회~70회, 권별 총목차). 권별 초판 발행일 기록.	원문
					<대월서상기>, 1916.(국립중앙도서관 소장본(3634-2-117(3)) 광고에 '슈호지'로 기록.	광고
申永求 경성 북부 원동 12통 1호	보성사 경성 북부 전동 14통 1호			유춘동 소장본		원문
申永求 경성 북부 원동 12통 1호	보성사 경성 북부 전동 14통 1호			유춘동 소장본		원문
申永求 경성 북부 원동 12통 1호	보성사 경성 북부 전동 14통 1호			유춘동 소장본		원문
趙炳文 경성 북부 효자동 50통 9호	동문관 경성 북부 교동 23통 5호			개인소장본	편집 박건회.	원문
金聖杓 경성 동부통내 등자동 5통 8호	성문사 경성 중부 종로 발리동 9통 10호			개인소장본	편집 박건회.	원문

번호	작품명 고유번호	표제	문자	면수 가격	인쇄일	발행일	판차	발행자 발행자 주소	발행소 발행소 주소
1268	**수호지** 조선서-수호-01-01 -후집3	(諺漢文)忠義水 滸志 : 後集 卷三	한글			1913- -	1	朴健會	조선서관
1269	**수호지** 조선서-수호-02-00	일백단팔귀화긔	한글			1916- -	1		조선서관
1270	**수호지** 조선서-수호-03-01	(續水滸誌)一百 單入歸化期	한글	792p.		1918- -	1	朴健會	조선서관
1271	**수호지** 조선-수호-01-01-전집1	(鮮漢文)忠義水 滸志 : 前集 卷一	한글	155p. 6책 3원35전	1929-11-25	1929-11-30	1	洪淳泌 경성부 견지동 60번지	조선도서주식회사 경성부 견지동 60번지
1272	**수호지** 조선-수호-01-01-전집2	(鮮漢文)忠義水 滸志 : 前集 卷二	한글	157p. 6책 3원35전	1929-11-25	1929-11-30	1	洪淳泌 경성부 견지동 60번지	조선도서주식회사 경성부 견지동 60번지
1273	**수호지** 조선-수호-01-01-전집3	(鮮漢文)忠義水 滸志 : 前集 卷三	한글	159p. 6책 3원35전	1929-11-25	1929-11-30	1	洪淳泌 경성부 견지동 60번지	조선도서주식회사 경성부 견지동 60번지
1274	**수호지** 조선-수호-01-01-후집1	(諺漢文)忠義水 滸志 : 後集 卷一	한글	205p. 6책 3원35전	1929-11-25	1929-11-30	1	洪淳泌 경성부 견지동 60번지	조선도서주식회사 경성부 견지동 60번지
1275	**수호지** 조선-수호-01-01-후집2	(諺漢文)忠義水 滸志 : 後集 卷二	한글	234p. 6책 3원35전	1929-11-25	1929-11-30	1	洪淳泌 경성부 견지동 60번지	조선도서주식회사 경성부 견지동 60번지
1276	**수호지** 조선-수호-01-01-후집3	(諺漢文)忠義水 滸志 : 後集 卷三	한글	284p. 6책 3원35전	1929-11-25	1929-11-30	1	洪淳泌 경성부 견지동 60번지	조선도서주식회사 경성부 견지동 60번지
1277	**수호지** 태화-수호-01-00	양산박	한글			1918- -	1		태화서관
1278	**수호지** 한성-수호-01-00	슈호지	한글			1916- -	1		한성서관
1279	**수호지** 향민-수호-01-01-권1	수호지	한글	185p. 150원	1966-11-15	1966-11-20	1		향민사 대구시 중구 동인동 4 220번지
1280	**수호지** 향민-수호-01-01-권2	수호지	한글	204p. 150원	1966-11-15	1966-11-20	1	朴彰緒	향민사 대구시 중구 동인동 4 220번지
1281	**수호지** 향민-수호-01-01-권3	수호지	한글	174p. 150원	1966-11-15	1966-11-20	1		향민사 대구시 중구 동인동 4 220번지
1282	**수호지** 향민-수호-01-01-권4	수호지	한글	187p. 150원	1966-11-15	1966-11-20	1		향민사 대구시 중구 동인동 4 220번지
1283	**수호지** 회동-수호-01-00	忠義小說 水滸志 前集	한글	전3책 1원 20전		1916- -	1		회동서관
1284	**숙녀지기** 경성서-숙녀-01-00	숙녀지긔	한글			1921- -	1		경성서적업조합
1285	**숙녀지기** 박문-숙녀-01-01	숙녀지기	한글	57p.		1924- -	1		박문서관
1286	**숙녀지기** 성문-숙녀-01-01	숙녀지기	한글			1916- -	1		성문당서점
1287	**숙녀지기** 유일-숙녀-01-01	숙녀지긔	한글	76p.		1912-11-28	1	南宮濬	유일서관
1288	**숙녀지기** 유일-숙녀-01-02	숙녀지긔	한글	76p.		1914-02-05	2	南宮濬	유일서관

인쇄자 인쇄소 주소	인쇄소 인쇄소 주소	공동 발행	영인본	소장처 및 청구기호	기타	현황
				충남대학교 도서관(고서학산集·小說類-中國 2031 3)	저자와 발행자는 도서관 서지정보를 따름, 표제는 권2를 따름.	원문
					<월봉산기>, 1916. 광고.([이본목록], p.313).	광고
				국립중앙도서관(3 636-2)	박건회 編. 판권지 없음.	원문
沈禹澤 경성부 공평동 55번지	대동인쇄주식회사 경성부 공평동 55번지			영남대학교 도서관(古823.5 시내암ㅇㄱ)	70회의 장회체(1권 1회~11회, 2권 12회~21회, 3권 22회~30회, 4권 31회~40회, 5권 41회~52회, 5권 53~70회. 권별 목차).	원문
沈禹澤 경성부 공평동 55번지	대동인쇄주식회사 경성부 공평동 55번지			영남대학교 도서관(古823.5 시내암ㅇㄱ)	70회의 장회체(1권 1회~11회, 2권 12회~21회, 3권 22회~30회, 4권 31회~40회, 5권 41회~52회, 5권 53~70회. 권별 목차).	원문
沈禹澤 경성부 공평동 55번지	대동인쇄주식회사 경성부 공평동 55번지			영남대학교 도서관(古823.5 시내암ㅇㄱ)	70회의 장회체(1권 1회~11회, 2권 12회~21회, 3권 22회~30회, 4권 31회~40회, 5권 41회~52회, 5권 53~70회. 권별 목차).	원문
沈禹澤 경성부 공평동 55번지	대동인쇄주식회사 경성부 공평동 55번지			영남대학교 도서관(古823.5 시내암ㅇㄱ)	70회의 장회체(1권 1회~11회, 2권 12회~21회, 3권 22회~30회, 4권 31회~40회, 5권 41회~52회, 5권 53~70회. 권별 목차).	원문
沈禹澤 경성부 공평동 55번지	대동인쇄주식회사 경성부 공평동 55번지			영남대학교 도서관(古823.5 시내암ㅇㄱ)	70회의 장회체(1권 1회~11회, 2권 12회~21회, 3권 22회~30회, 4권 31회~40회, 5권 41회~52회, 5권 53~70회. 권별 목차).	원문
沈禹澤 경성부 공평동 55번지	대동인쇄주식회사 경성부 공평동 55번지			영남대학교 도서관(古823.5 시내암ㅇㄱ)	70회의 장회체(1권 1회~11회, 2권 12회~21회, 3권 22회~30회, 4권 31회~40회, 5권 41회~52회, 5권 53~70회. 권별 목차).	원문
					<열녀전>, 태화서관, 1918. 광고([이본목록], p.313.)	광고
					<산양대전>, 한성서관, 1916. 광고([이본목록], p.312.)	광고
				국립중앙도서관(8 23.5-2-7-1)		원문
				국립중앙도서관(8 23.5-2-7-2)		원문
				국립중앙도서관(8 23.5-2-7-3)		원문
				국립중앙도서관(8 23.5-2-7-4)		원문
					<선한 쌍문 서상기>, 회동서관, 1916(국립중앙도서관 소장본(3634-2-4(4)) 광고에 '忠義小說 水滸志 前集'으로 기록.	광고
					[圖書分類目錄], 1921 改正.([이본목록], p.313.)	목록
					[이본목록], p.313.	출판
					우쾌제, p.129.	출판
					3판에 초판 발행일 기록.	출판
					3판에 2판 발행일 기록.	출판

번호	작품명 고유번호	표제	문자	면수 가격	인쇄일	발행일	판차	발행자 발행자 주소	발행소 발행소 주소
1289	숙녀지기 유일-숙녀-01-03	숙녀지긔	한글	76p. 23전	1916-02-27	1916-02-29	3	南宮濬 경성부 관훈동 72번지	유일서관 경성부 관훈동 72번지
1290	숙녀지기 유일-숙녀-02-01	숙녀지긔	한글	76p. 25전	1916-11-25	1916-11-30	1	南宮濬 경성부 관훈동 72번지	유일서관 경성부 관훈동 72번지
1291	숙영낭자전 경성서-숙영-01-01	(특별) 숙영낭자전	한글	30p.		1917-11-09	1		경성서적업조합
1292	숙영낭자전 경성서-숙영-01-02	(특별) 숙영낭자전	한글	30p. 20전	1920-01-20	1920-01-26	2	朴健會 경성부 낙원동 85번지	경성서적업조합소
1293	숙영낭자전 경성서-숙영-01-03	(특별) 숙영낭자전	한글	30p.		1921-01-09	3		경성서적업조합
1294	숙영낭자전 경성서-숙영-01-04	(특별) 숙영낭자전	한글	30p. 20전	1923-01-05	1923-01-15	4	朴健會 경성부 장사동 5번지	경성서적업조합 경성부 공평동 62번지
1295	숙영낭자전 대동-숙영-01-01	(특별) 숙영낭자전	한글			1915-05-31	1	朴健會	대동서원
1296	숙영낭자전 대동-숙영-01-02	(특별) 숙영낭자전	한글			1916-01-19	2		대동서원
1297	숙영낭자전 대동-숙영-01-03	(특별) 숙영낭자전	한글			1916-11-28	3		대동서원
1298	숙영낭자전 대동-숙영-01-04	(특별) 숙영낭자전	한글			1917-06-30	4		대동서원
1299	숙영낭자전 대동-숙영-01-05	(특별) 숙영낭자전	한글	61p. 25전	1917-11-09	1917-11-13	5	朴健會 경성부 낙원동 85번지	대동서원 경성부 관훈동 117번지
1300	숙영낭자전 대동-숙영-01-06	(특별) 숙영낭자전	한글	52p. 14전	1918-11-15	1918-11-27	6	朴健會 경성부 낙원동 85번지	대동서원 경성부 관훈동 117번지
1301	숙영낭자전 대조-숙영-01-01	숙영낭자전	한글	25p.		1959- -	1	大造社編輯部	대조사
1302	숙영낭자전 대창-숙영-01-01	숙영낭자전	한글	30p. 25전	1920-01-27	1920-01-30	1	勝木良吉 경성부 남대문통 1정목 22번지	대창서원 경성부 종로 2정목 12번지
1303	숙영낭자전 박문-숙영-01-00	숙영낭자전	한글			1921- -	1		박문서관
1304	숙영낭자전 백합-숙영-01-01	숙영낭자전	한글	28p. 20전	1937-12-20	1937-12-30	1	姜鳳會 경성부 종로 5정목 59번지	백합사 경성 봉래정 67번지 -
1305	숙영낭자전 세창-숙영-01-01	숙영낭자전	한글	30p. 150원	1952-08-10	1952-08-30	1	申泰三 서울특별시 종로구 종로 3가 10	세창서관 서울특별시 종로구 종로 3가 10
1306	숙영낭자전 세창-숙영-02-00	숙영낭자전	한글	30p.		1962- -	1	申泰三	세창서관
1307	숙영낭자전 신구-숙영-01-01	(특별) 숙영낭자전	한글	43p. 25전	1915-05-26	1915-05-31	1	朴建會 경성부 인사동 39번지	신구서림 경성부 봉래정 1정목 75번지
1308	숙영낭자전 신구-숙영-01-02	(특별) 숙영낭자전	한글	43p. 25전	1916-01-17	1916-01-19	2	朴健會 경성부 인사동 39번지	신구서림 경성부 봉래정 1정목 77번지
1309	숙영낭자전 신구-숙영-01-03	(특별) 숙영낭자전	한글	70p. 25전	1916-11-26	1916-11-28	3	朴健會 경성부 인사동 39번지	신구서림 경성부 봉래정 1정목 77번지
1310	숙영낭자전 영창-숙영-01-00	숙영낭자전	한글				1		영창서관

인쇄자 인쇄소 주소	인쇄소 인쇄소 주소	공동 발행	영인본	소장처 및 청구기호	기타	현황
金重煥 경성부 중림동 333번지	보성사 경성부 수송동 44번지		[구활자소설총서 2]		초판과 2판 발행일 기록.	원문
孔禹澤 경성부 효자 103번지	성문사 경성부 공평동 55번지	한성서관		국립중앙도서관(3 634-2-10(1))	12회의 장회체(총목차)	원문
					2판과 4판에 기록한 초판 발행일이 다름. 4판에 기록한 초판 발행일은 3판의 발행일로 추정.	출판
金重煥 경성부 관훈동 30번지	조선복음인쇄소 경성부 관훈동 30번지		[아단문고고전총 서 5]		6회의 장회체(총목차). 초판 발행일 기록.	원문
					4판에 기록한 초판 발행일은 3판 발행일로 추정.	출판
孔禹澤 경성부 공평동 55번지	대동인쇄주식회사 경성부 공평동 55번지			국립중앙도서관(3 634-2-82(5))	6회의 장회체(목차). 초판 발행일 기록. 2판의 발행일과 2판에 기록된 초판 발행일의 간격을 비교하면, 4판에 기록된 초판 발행일은 3판으로 추정.	원문
		광동서국, 태학서관			5판과 6판에 초판 발행일 기록.	출판
		광동서국, 태학서관			5판에 2판 발행일 기록.	출판
		광동서국, 태학서관			5판에 3판 발행일 기록.	출판
		광동서국, 태학서관			5판에 4판 발행일 기록.	출판
金弘奎 경성부 가회동 216번지	보성사 경성부 수송동 44번지	광동서국, 태학서관		국립중앙도서관(3 634-2-82(6))	6회의 장회체(목차). 초판~4판의 발행일 기록. <숙영낭자전>(pp.1~37)과 <감응편 3권>(pp.38~61) 합철.	원문
孔禹澤 경성부 공평동 54번지	성문사 경성부 공평동 55번지	광동서국		국립중앙도서관(3 634-2-82(10))	6회의 장회체(목차). 초판 발행일 기록. <숙영낭자전>(pp.1~30)과 <감응편 3권>(pp.31~52) 합철.	원문
			[古代小說集 第3輯]	연세대학교 도서관(이석호 811.9308 59가 -3)	<숙향전>, <박문수전>, <금방울전>, <두껍전>, <정수경전>과 합본.	원문
孔禹澤 경성부 공평동 54번지	성문사 경성부 공평동 55번지			국립중앙도서관(3 634-2-82(4))	6회의 장회체(목차).	원문
					소재영 외, p.131.([이본목록], p.323.)	원문
崔永浩 경성부 종로 3정목 156번지	백합사인쇄부 경성부 종로 3정목 156번지	동흥서관		박순호 소장본		원문
	세창인쇄사 서울특별시 종로구 종로 3가 10			국회도서관 소장본(811.31 ㅅ585ㅅ)	개정정가 150원.	원문
					[이본목록], p.323.	출판
金聖杓 경성부 공평동 47번지	성문사 경성부 공평동 55번지		[구활자본고소설 전집 5]	국립중앙도서관(3 634-2-82(1))	6회의 장회체(총목차). 표지 제목 옆에 '부 감응편 제삼권'.	원문
孔禹澤 경성부 효자동 103번지	성문사 경성부 공평동 55번지			국립중앙도서관(3 634-2-82(2))	6회의 장회체(총목차). 초판 인쇄일, 발행일 기록. 표지 제목 옆에 '부 감응편 제삼권'.	원문
孔禹澤 경성부 효자동 103번지	성문사 경성부 공평동 55번지			국립중앙도서관(3 634-2-82(11))	6회의 장회체(총목차). 초판, 2판 발행일 기록. <숙영낭자전>(pp.1~43)에 <감응편 권3>(pp.44~70)이 덧붙음.	원문
					[출판목록]([이본목록], p.323)	목록

번호	작품명 고유번호	표제	문자	면수 가격	인쇄일	발행일	판차	발행자 발행자 주소	발행소 발행소 주소
1311	**숙영낭자전** 영화-숙영-01-01	숙영낭자전	한글	29p.	1958-10-15	1958-10-20	1	姜槿馨	영화출판사 서울특별시 종로구 관철동 155
1312	**숙영낭자전** 영화-숙영-02-01	숙영낭자전	한글	29p. 정가	1961-10-05	1961-10-10	1	姜槿馨	영화출판사 서울특별시 종로구 종로2가 98
1313	**숙영낭자전** 유일-숙영-01-00	숙영낭자전	한글	20전		1916- -	1		유일서관
1314	**숙영낭자전** 조선-숙영-01-01	(특별) 슉영낭자전	한글			1921-11-09	1		조선도서주식회사
1315	**숙영낭자전** 조선-숙영-01-02	(특별) 슉영낭자전	한글				2		조선도서주식회사
1316	**숙영낭자전** 조선-숙영-01-03	(특별) 슉영낭자전	한글				3		조선도서주식회사
1317	**숙영낭자전** 조선-숙영-01-04	(특별) 슉영낭자전	한글	30p. 20전	1924-01-10	1924-01-19	4	洪淳泌 경성부 견지동 60번지	조선도서주식회사 경성부 견지동 60번지
1318	**숙영낭자전** 중앙-숙영-01-01	淑英娘子傳	한글	28p.	1945-12-25	1945-12-31	1	閔明善 한성시 황금정 3정목 71번지	중앙출판사 한성시 황금정 3정목 71번지
1319	**숙영낭자전** 태화-숙영-01-01	(古代小說)淑英 娘子傳	한글	30p. 15전	1928-10-10	1928-10-18	1	姜夏馨 경성부 예지동 101번지	태화서관 경성부 예지동 101번지
1320	**숙영낭자전** 한성-숙영-01-01	숙영낭자전	한글			1915-05-28	1	南宮楔	한성서관
1321	**숙영낭자전** 한성-숙영-01-02	숙영낭자전	한글	63p. 20전	1916-12-18	1916-12-25	2	南宮楔 경성부 종로 3정목 76번지	한성서관 경성부 종로 3정목 76번지
1322	**숙영낭자전** 한성-숙영-02-00	(특별) 숙영낭자전	한글	43p.		1916- -	1		한성서관
1323	**숙영낭자전** 항민-숙영-01-01	숙영낭자전	한글	25p. 25원	1964-10-25	1964-10-30	1	朴彰緒	향민사 대구시 향촌동 13
1324	**숙영낭자전** 회동-숙영-01-01	(특별) 슉영낭자전	한글	15전	1925.12.20.	1925-12-25	1	高裕相 경성부 남대문통 1정목 17번지	회동서관 경성부 남대문통 1정목 17번지
1325	**숙종대왕실기** 대성-숙종-01-01	숙종대왕실기	한글				1		대성서림
1326	**숙종대왕실기** 덕흥-숙종-01-01	숙종대왕실긔	한글	25전	1930.09.15	1930-09-20	1	金東縉 경성부 종로 2정목 20번지	덕흥서림 경성부 종로 2정목 20번지
1327	**숙향전** 경성서-숙향-01-00	숙향전	한글			1921- -	1		경성서적업조합
1328	**숙향전** 경성서-숙향-02-00	숙향전	한문			1921- -	1		경성서적업조합
1329	**숙향전** 대조-숙향-01-01	숙향전	한글			1959- -	1		대조사
1330	**숙향전** 대창-숙향-01-01	숙향전	한글	91p. 30전	1920-12-10	1920-12-30	1	勝本良吉 경성부 남대문통 1정목 22번지	대창서원 경성부 종로통 2정목 19번지
1331	**숙향전** 덕흥-숙향-01-01	숙향전	한글			1914-11-20	1	金東縉	덕흥서림
1332	**숙향전** 덕흥-숙향-01-02	숙향전	한글	111p. 30전	1915-12-25	1915-12-29	2	金東縉 경성부 견지동 67번지	덕흥서림 경성부 견지동 67번지

인쇄자 인쇄소 주소	인쇄소 인쇄소 주소	공동 발행	영인본	소장처 및 청구기호	기타	현황
영신사인쇄부				최호석 소장본		원문
永新社印刷部				개인소장본		원문
					<대월셔상긔>, 1916, 국립중앙도서관 소장본(3634-2-117(3)) 광고에 '숙영낭자전'으로 기록.	광고
		박문서관, 광동서국			4판에 초판 발행일 기록.	출판
		박문서관, 광동서국			4판이 있어서 2판도 있을 것으로 추정.	출판
		박문서관, 광동서국			4판이 있어서 3판도 있을 것으로 추정.	출판
沈禹澤 경성부 공평동 55번지	대동인쇄주식회사 경성부 공평동 55번지	박문서관, 광동서국		국립중앙도서관(3 634-2-82(3))	6회의 장회체(총목차). 초판 발행일 기록.	원문
金在同 한성시 황금정 3정목 71번지				소인호 소장본	속표제 '特別 淑英娘子傳 특별 숙영낭자전'	원문
金敎璠 경성부 황금정 1정목 21번지	신문관 경성부 황금정 2정목 21번지			양승민 소장본		원문
					2판에 초판 발행일 기록.	출판
韓養浩 경성부 제동 3번지	선명사 경성부 종로 1정목 39번지			국립중앙도서관(3 634-2-82(7))	초판 발행일 기록.	원문
					<산양대전>, 1916. 광고.([이본목록], p.324.)	광고
				개인소장본		원문
金翼洙 경성부 황금정 2정목 21번지	신문관 경성부 황금정 2정목 21번지			서울대학교 도서관(3340 1)	'[(고대소설) 옥단춘전 외]에 <열녀전>(경성서적업조합. 1926), <옥낭자전>(대창서원, 1926 재판), <박씨전>(회동서관, 1925) 등과 합철됨.	원문
					이수봉 소장본([이본목록], p.324)	원문
李鍾汰 경성부 종로 2정목 20번지	덕흥서림인쇄부 경성부 종로 2정목 20번지			이기대 소장본		원문
					[圖書分類目錄], 1921 改正([이본목록], p.330)	목록
					[圖書分類目錄], 1921 改正([이본목록], p.331)	목록
				고려대학교 도서관(897.3308 1959 3)	[고전소설집 제3집]에 실려있으며 박문수전, 금방울전, 두껍전, 숙영낭자전, 정수경전 등과 합철.	원문
金重煥 경성부 공평동 55번지	대동인쇄주식회사 경성부 공평동 55번지	보급서관		국립중앙도서관(3 634-2-98(4))		원문
					2판, 5판, 7판에 초판 발행일 기록.	출판
金重煥 경성부 중림동 333번지	보성사 경성부 수송동 44번지			국립중앙도서관(3 634-2-98(6))	초판 발행일 기록.	원문

번호 작품명 고유번호	표제	문자	면수 가격	인쇄일	발행일	판차	발행자 발행자 주소	발행소 발행소 주소
1333 숙향전 덕홍-숙향-01-03	숙향젼	한글				3		덕흥서림
1334 숙향전 덕홍-숙향-01-04	숙향젼	한글				4		덕흥서림
1335 숙향전 덕홍-숙향-01-05	숙향젼	한글	94p. 30전	1917-09-05	1917-09-08	5	金東縉 경성부 종로통 2정목 20번지	덕흥서림 경성부 종로통 2정목 20번지
1336 숙향전 덕홍-숙향-01-06	숙향젼	한글				6		덕흥서림
1337 숙향전 덕홍-숙향-01-07	숙향젼	한글	91p. 30전	1920-10-30	1920-11-10	7	金東縉 경성부 종로 2정목 20번지	덕흥서림 경성부 종로 2정목 20번지
1338 숙향전 박문-숙향-01-01	고대소설 숙향젼	한글	91p.		1924- -	1		박문서관
1339 숙향전 세창-숙향-01-01	숙향젼	한글			1914- -	1		세창서관
1340 숙향전 세창-숙향-02-01	숙향젼	한글	80p.		1951-06-30	1		세창서관
1341 숙향전 세창-숙향-03-01	숙향젼	한글	80p. 임시정가		1952-12-30	1	申泰三 서울특별시 종로구 종로 3가 10	세창서관 서울특별시 종로구 종로 3가 10
1342 숙향전 세창-숙향-04-01	숙향젼	한글	80p. 350	1961-08-10	1961-12-30	1	申泰三 서울특별시 종로구 종로 3가 10	세창서관 서울특별시 종로구 종로 3가 10
1343 숙향전 세창-숙향-05-01	숙향젼	한글	80p.		1962- -	1		세창서관
1344 숙향전 신구-숙향-01-01	숙향젼	한글			1926- -	1		신구서림
1345 숙향전 영창-숙향-01-01	숙향젼	한글	91p. 25전	1925-10-15	1925-10-20	1	姜義永 경성부 종로 2정목 85번지	영창서관 경성부 종로 2정목 84번지
1346 숙향전 태화-숙향-01-00	숙향젼	한글			1918- -	1		태화서관
1347 숙향전 회동-숙향-01-01	숙향젼	한문	80p. 25전	1916-11-30	1916-12-16	1	高裕相 경성부 남대문통 1정목 17번지	회동서관 경성부 남대문통 정목 17번지
1348 숙향전 회동-숙향-02-01	숙향젼	한글	91p. 30전	1925-10-25	1925-10-30	1	高裕相 경성부 남대문통 1정목 17번지	회동서관 경성부 남대문통 1정목 17번지
1349 숙향전 회동-숙향-03-01	숙향젼	한문	80p.		1926- -	1		회동서관
1350 신계후전 대창-신계-01-01	신계후전	한글	45p.		1920- -	1		대창서원
1351 신계후전 세창-신계-01-00	신계후전	한글			1952- -	1		세창서관
1352 신계후전 신구-신계-01-01	신계후전	한글	45p. 25전	1926-12-15	1926-12-20	1	盧益煥 경성부 봉래정 1정목 77번지	신구서림 경성부 봉래정 1정목 77번지
1353 신계후전 신구-신계-01-02	신계후전	한글	45p. 25전	1928-01-05	1928-01-10	2	盧益煥 경성부 봉래정 177번지	신구서림 경성부 봉래정 1정목 77번지
1354 신립신대장실기 태화-신립-01-01	신립신대장실긔	한글	72p. 25전	1927-12-27	1927-12-30	1	姜夏馨 경성부 예지동 101번지	태화서관 경성부 예지동 101번지

인쇄자 인쇄소 주소	인쇄소 인쇄소 주소	공동 발행	영인본	소장처 및 청구기호	기타	현황
					5판, 7판이 있어서 3판도 있을 것으로 추정.	출판
					5판, 7판이 있어서 4판도 있을 것으로 추정.	출판
金教瓚 경성부 경운동 88번지	보성사 경성부 수송동 44번지			국립중앙도서관(3 634-2-98(2))	초판 발행일 기록.	원문
					7판이 있어서 6판도 있을 것으로 추정.	출판
金重煥 경성부 공평동 55번지	대동인쇄주식회사 경성부 공평동 55번지			국립중앙도서관(3 634-2-98(5))	초판 발행일 기록.	원문
				서울대학교 도서관(MFF 951.06 C718ik v.9(1))	C.V. Starr East Asian Library (Columbia University).	원문
					소재영 외, p.205.([이본목록], p.330.)	원문
				국립중앙도서관(일 모813.5-세299ㅅ ㅎ)		원문
	세창인쇄사 서울특별시 종로구 종로 3가 10			디지털 한글박물관(홍윤표 소장본)	판권지가 안 보여서 인쇄일을 확인할 수 없음.	원문
	세창인쇄사 서울특별시 종로구 종로 3가 10		[조동일소장국문 학연구자료 21]		상하합권(상 pp.1~37, 하 pp.38~80).	원문
				국립중앙도서관(8 13.5-숙995ㅅ)		원문
					우쾌제, p.128.	출판
金翼洙 경성부 황금정 2정목 21번지	신문관 경성부 황금정 2정목 21번지	한흥서림, 삼광서림		국립중앙도서관(3 634-2-98(3))		원문
					<열녀전>, 1918. 광고.([이본목록], p.330)	광고
金教瓚 경성부 소격동 41번지	보성사 경성부 수송동 44번지		[활자본고전소설 전집 4]	국립중앙도서관(3 634-2-98(7))	저작자 이규용. 1면에 '紹雲 著'.	원문
金翼洙 경성부 황금정 2정목 21번지	신문관 경성부 황금정 2정목 21번지			국립중앙도서관(3 634-2-98(1))		원문
					紹雲 著. 작품 뒤에 '弄璋歌'(6p.)가 합철.([이본목록], p.332.)	출판
			[구활자본고소설 전집 8]		영인본에 판권지 없음. 발행연도는 영인본 목차를 따름.	원문
					광고(1952)([이본목록], p.333)	광고
崔泰均 경성부 공평동 55번지	대동인쇄주식회사 경성부 공평동 55번지			국립중앙도서관(3 634-2-38(2))	2판에 초판 발행일 기록(12월 15일). 초판 판권지에서는 인쇄일이 15월 15일이고, 발행일은 12월 20일임.	원문
朴仁煥 경성부 황금정 2정목 148번지	경성신문사 경성부 황금정 2정목 148번지			서울대학교 도서관(3350 30)	초판 발행일 기록.	원문
沈禹澤 경성부 공평동 55번지	대동인쇄주식회사 경성부 공평동 55번지			서울대학교 도서관(3350 157)	p.1. 에 '獨步 著', p.72.에 '1927년 1월 21일 오전 새로반시에 씀 - 독보'.	원문

번호	작품명 고유번호	표제	문자	면수 가격	인쇄일	발행일	판차	발행자 발행자 주소	발행소 발행소 주소
1355	**신립신대장실기** 태화-신립-02-00	신립신대장실긔	한글			1929- -	1		태화서관
1356	**신미록** 경성서-신미-01-01	홍경래실긔	한글	81p.		1926- -	1		경성서적업조합
1357	**신미록** 광학-신미-01-01	홍경래실기	한글			1917- -	1		광학서포
1358	**신미록** 박문-신미-01-01	(신미록)홍경래 실긔	한글	81p. 25전	1929-01-20	1929-01-25	1	盧益亨 경성부 종로 2정목 82번지	박문서관 경성부 종로 2정목 82번지
1359	**신미록** 세창-신미-01-00	홍경래실기	한글			1917- -	1		세창서관
1360	**신미록** 세창-신미-02-01	홍경래실긔	한글	81p. 200	1962-08-10	1962-12-30	1	申泰三 서울특별시 종로구 종로3가 10	세창서관 서울특별시 종로구 종로3가 10
1361	**신미록** 신문-신미-01-01	洪景來實記	한글	146p. 40전	1917-07-07	1917-07-10	1	崔昌善 경성부 황금정 2정목 21번지	신문관 경성부 황금정
1362	**신숙주부인전** 세창-신숙-01-01	신숙주부인	한글	32p.		1952- -	1	申泰三	세창서관
1363	**신숙주부인전** 세창-신숙-02-01	신숙주부인	한글	32p. 임시정가	1956-12-01	1956-12-30	1	申泰三 서울특별시 종로구 종로 3가 10	세창서관 서울특별시 종로구 종 3가 10
1364	**신숙주부인전** 회동-신숙-01-01	신숙주부인전	한글			1930-12-25	1	高丙敎	회동서관
1365	**신숙주부인전** 회동-신숙-01-02	신숙주부인전	한글	36p. 25전	1936-06-10	1937-06-15	2	高丙敎 경성부 효제정 330번지	회동서관 경성부 남대문통 1정 17번지
1366	**신유복전** 경성서-신유-01-00	신유복전	한글			1921- -	1		경성서적업조합
1367	**신유복전** 경성서-신유-02-01	(新舊小說)쳔졍 연분	한글	33p. 10전	1927-01-13	1927-01-15	1	洪淳泌 경성부 견지동 60번지	경성서적업조합 경성부 견지동 60번지
1368	**신유복전** 광문-신유-01-01	신류복전	한글	76p. 25전	1917-03-26	1917-03-29	1	鄭敬惲 경성부 종로통 2정목 82번지	광문서시 경성부 종로통 2정목 82번지
1369	**신유복전** 광문-신유-01-02	신류복전	한글	76p. 18전	1918-11-15	1918-11-20	2	鄭敬惲 경성부 종로통 2정목 82번지	광문서시 경성부 종로통 2정목 82번지
1370	**신유복전** 대조-신유-01-01	신유복전	한글	58p.		1959- -	1		대조사
1371	**신유복전** 대창-신유-01-01	申遺服傳	한글	75p.		1921- -	1		대창서원
1372	**신유복전** 삼문-신유-01-01	신류복전	한글	63p. 25전	1936-11-01	1936-11-05	1	姜殷馨 경성부 입정정 119번지	삼문사 경성부 관훈동 121
1373	**신유복전** 성문-신유-01-01	신유복전	한글	68p. 30전	1935-11-20	1935-11-25	1	李宗壽 경성부 서대문정 1정목 79	성문당서점 경성부 서대문정 1정 79번지
1374	**신유복전** 세계-신유-01-01	쳔졍연분	한글	33p. 15전	1923-11-15	1923-11-20	1	王世昌 경성 종로 1정목 62번지	세계서림 경성 종로 1정목 62
1375	**신유복전** 세창-신유-01-01	쳔졍연분	한글	32p.		1925- -	1		세창서관
1376	**신유복전** 세창-신유-02-00	신유복전	한글			1928- -	1		세창서관

인쇄자 인쇄소 주소	인쇄소 인쇄소 주소	공동 발행	영인본	소장처 및 청구기호	기타	현황
					[新明心寶鑑], 1929. 광고([이본목록], p.334).	광고
					이능우, p.304.	출판
					우쾌제, p.138.	출판
沈禹澤 경성부 공평동 55번지	대동인쇄주식회사 경성부 공평동 55번지			국립중앙도서관(3 634-2-68(5))		원문
					우쾌제, p.138.	출판
	세창인쇄사 서울특별시 종로구 종로3가 10			김종철 소장본		원문
崔誠愚 경성부 황금정 2정목 21번지	신문관인쇄소 경성부 황금정 2정목 21번지	광학서포	[구활자본고소설 전집 17]	국립중앙도서관(3 634-2-68(6))	상하 합편. 17회의 장회체(上 제1회~제10회 82면, 下 11회~제17회,64p.)	원문
			[구활자본고소설 전집 26]	국회도서관(811.31 ㅅ585ㅅ)	영인본에 판권지 없음. [구활자본고소설전집 8]에도 발행소 불명의 동일 판본이 영인됨.	원문
	세창인쇄사 서울특별시 종로구 종로 3가 10			개인소장본		원문
		신명서림			2판에 초판 발행일 기록.	출판
朴仁煥 경성부 공평정 55번지	대동인쇄소 경성부 공평정 55번지	신명서림		디지털 한글박물관(홍윤표 소장본)	<신숙주부인전>(pp.1~36)에 <嘉實傳>(pp.1~32)이 합철. 초판 발행일 기록. 도서관 서지정보에는 초판 발행연도를 기록.	원문
					[圖書分類目錄](1921 改正)	목록
權泰均 경성부 공평동 55번지	대동인쇄주식회사 경성부 공평동 55번지		[구활자본고소설 전집 14]	국립중앙도서관(3 634-3-73(3))	경성서적업조합(진체구좌 경성 14636번),	원문
鄭敬德 경성부 관훈동 30번지	조선복음인쇄소 경성부 관훈동 30번지		[활자본고전소설 전집 4]	국립중앙도서관(3 634-2-77(7))	저작자 정기성. 영인본 해제에는 1917년 10월 29일에 발행하였다고 했으나, 2판에 기록된 초판 발행일과 판권지를 감안할 때 초판은 3월 29일에 발행한 것으로 추정.	원문
鄭敬德 경성부 관훈동 30번지	조선복음인쇄소 경성부 관훈동 30번지			국립중앙도서관(3 634-2-66(1))	저작자 정기성. 초판 발행일 기록.	원문
					古代小說集 第4輯	원문
				국립중앙도서관(3 638-50)	대창서원 편.	원문
金容圭 경성부 서대문정 2-139	주식회사 창문사 경성부 서대문정 2-139			정명기 소장본		원문
尹琦炳 경성부 서대문정 1정목 79	광성인쇄소 경성부 종로 3정목 156			국립중앙도서관(3 634-2-77(2))		원문
沈禹澤 경성부 공평동 55번지	대동인쇄주식회사			한국학중앙연구원(D7B-83)	원문 이미지 열람 가능. 도서관 서지정보에는 1933년 발행으로 잘못 기록.	원문
					정병욱 소장본([이본목록], p.337)	원문
					소재영 외, p.179.([이본목록], p.336.)	원문

번호	작품명 고유번호	표제	문자	면수 가격	인쇄일	발행일	판차	발행자 발행자 주소	발행소 발행소 주소
1377	**신유복전** 세창-신유-03-00	신유복전	한글	68p.		1936-10-30	1	申泰三	세창서관
1378	**신유복전** 세창-신유-04-00	신유복전	한글			1951- -	1	申泰三	세창서관
1379	**신유복전** 세창-신유-05-01	신유복전	한글	68p.	1952-01-03	1952-01-05	1	申泰三 서울특별시 종로구 종로 3가 10	세창서관 서울특별시 종로구 종로 3가 101
1380	**신유복전** 세창-신유-06-01	신유복전	한글	68p.	1952-08-10	1952-08-30	1	申泰三 서울특별시 종로구 종로 3가 10	세창서관 서울특별시 종로구 종로 3가 101
1381	**신유복전** 세창-신유-07-01	신류복전	한글	68p.		1962- -	1		세창서관
1382	**신유복전** 영창-신유-01-01	신유복전	한글	68p. 25전	1928-01-05	1928-01-10	1	姜義永 경성부 종로 2정목 84번지	영창서관 경성부 종로 2정목 82번지
1383	**신유복전** 영화-신유-01-01	신유복전	한글	59p.	1960-02-24	1960-03-07	1	姜槿馨	영화출판사 서울특별시 종로구 관철동 155
1384	**신유복전** 영화-신유-02-01	신유복전	한글	59p. 정가	1961-10-05	1961-10-10	1	姜槿馨	영화출판사 서울특별시 종로구 종로2가 98
1385	**신유복전** 조선-신유-01-01	신류복전	한글	68p. 25전	1925-11-25	1925-11-30	1	洪淳泌 경성부 견지동 60번지	조선도서주식회사 경성부 견지동 60번지
1386	**신유복전** 향민-신유-01-01	신유복전	한글	58p. 60원	1964-10-25	1964-10-30	1	朴彰緒	향민사 대구시 향촌동 13
1387	**신유복전** 향민-신유-02-01	신유복전	한글	58p. 100원	1971-12-05	1971-12-10	1		향민사 대구시 동인동 4가 220
1388	**신유복전** 홍문-신유-01-01	신류복전	한글	64p.	1945-03-02	1945-03-10	1	金完起 서울시 종로구 종로2가 78	홍문서관 서울시 종로구 종로2가 78
1389	**신유복전** 회동-신유-01-01	신류복전	한글	68p. 25전	1927-12-15	1927-12-23	1	高裕相 경성부 남대문통 1정목 17번지	회동서관 경성부 남대문통 1정목 17번지
1390	**심부인전** 광동-심부-01-01	심부인전	한글			1915-03-15	1	李觀洙	광동서국
1391	**심부인전** 광동-심부-01-02	심부인전	한글				2		광동서국
1392	**심부인전** 광동-심부-01-03	심부인전	한글				3		광동서국
1393	**심부인전** 광동-심부-01-04	심부인전	한글				4		광동서국
1394	**심부인전** 광동-심부-01-05	심부인전	한글				5		광동서국
1395	**심부인전** 광동-심부-01-06	심부인전	한글				6		광동서국
1396	**심부인전** 광동-심부-01-07	심부인전	한글				7		광동서국
1397	**심부인전** 광동-심부-01-08	심부인전	한글		1919-12-10	1919-12-13	8	李觀洙	광동서국
1398	**심부인전** 광동-심부-01-09	심부인전	한글		1920-01-15	1920-01-20	9	李觀洙 경성부 견지동 38번지	광동서국 경성부 종로통 1정목 51번지

인쇄자 인쇄소 주소	인쇄소 인쇄소 주소	공동 발행	영인본	소장처 및 청구기호	기타	현황
					국회[目.韓Ⅱ](811.31)/대전대[이능우 寄目](1107)([이본목록], p.337)	원문
					박순호 소장본, 정명기 소장본([연구보정], p.527.)	원문
申晟均 서울특별시 종로구 관철동 33	세창인쇄사 서울특별시 종로구 관철동 33			고려대학교 도서관(897.33 신유복 신)		원문
	세창인쇄사 서울특별시 종로구 관철동 33			정명기 소장본		원문
				이화여자대학교 도서관(811.31 신327)		원문
金重培 경성부 수송동 69번지	보명사 경성부 수송동 69번지			국립중앙도서관(3 634-2-24(1))		원문
永新社印刷部				김종철 소장본		원문
永新社印刷部				박순호 소장본		원문
金翼洙 경성 황금정 2정목 21번지	신문관 경성 황금정 2정목 21번지			국립중앙도서관(3 634-2-77(4))		원문
				개인소장본		원문
	경북인쇄소			연세대학교 도서관(O 811.93 신유복)		원문
	홍문서관인쇄부 서울시 종로구 종로2가 78			개인소장본		원문
金敎瓚 경성부 안국동 101번지	문화인쇄소 경성부 안국동 101번지			국립중앙도서관(3 634-2-77(6))		원문
					9판에 초판 발행일 기록.	출판
					9판이 있어서 2판도 있을 것으로 추정.	출판
					9판이 있어서 3판도 있을 것으로 추정.	출판
					9판이 있어서 4판도 있을 것으로 추정.	출판
					9판이 있어서 5판도 있을 것으로 추정.	출판
					9판이 있어서 6판도 있을 것으로 추정.	출판
					9판이 있어서 7판도 있을 것으로 추정.	출판
		박문서관, 한성서관			9판에 8판 인쇄일과 발행일 기록.	출판
沈禹澤 경성부 공평동 54번지	성문사 경성부 공평동 55번지	박문서관, 한성서관	[구활자본고소설 전집 8]		저작자 홍순모. <심청전>(pp.1~64)과 <심부인전>(pp.65~89)의 합본. 합본 가격 25전. 초판 발행일, 8판 인쇄일과 발행일 기록.	원문

번호	작품명 고유번호	표제	문자	면수 가격	인쇄일	발행일	판차	발행자 발행자 주소	발행소 발행소 주소
1399	**심청전** 경성서-심청-01-00	강상련	한글			1921- -	1		경성서적업조합
1400	**심청전** 경성서-심청-02-00	심청전	한글			1921- -	1		경성서적업조합
1401	**심청전** 광동-심청-01-01	(新小說)강상련 : 심청가	한글	120p. 30전	1912-11-13	1912-11-25	1	李鍾楨 경성 북부 대안동 34통 4호	광동서국 경성 북부 대안동 34통 4호
1402	**심청전** 광동-심청-01-02	(新小說)강상련 : 심청가	한글		1913-02-10	1913-02-15	2	李鍾楨	광동서국
1403	**심청전** 광동-심청-01-03	(新小說)강상련 : 심청가	한글	120p. 30전	1913-08-30	1913-09-05	3	李鍾禎 경성 북부 대안동 34통 4호	광동서국 경성 북부 대안동 34통 4호
1404	**심청전** 광동-심청-02-01	(증상연명) 심청전	한글			1915-03-15	1		광동서국
1405	**심청전** 광동-심청-02-02	(증상연명) 심청전	한글			1915-12-15	2		광동서국
1406	**심청전** 광동-심청-02-03	(증상연명) 심청전	한글			1916-03-20	3		광동서국
1407	**심청전** 광동-심청-02-04	(증상연명) 심청전	한글			1917-01-18	4		광동서국
1408	**심청전** 광동-심청-02-05	(증상연명) 심청전	한글			1917-03-20	5		광동서국
1409	**심청전** 광동-심청-02-06	(증상연명) 심청전	한글	84p. 30전	1917-09-15	1917-09-20	6	李觀洙 경성부 견지동 38번지	광동서국 경성부 송현동 71번지
1410	**심청전** 광동-심청-02-07	(증상연명) 심청전	한글				7		광동서국
1411	**심청전** 광동-심청-02-08	(증상연명) 심청전	한글		1919-12-10	1919-12-13	8		광동서국
1412	**심청전** 광동-심청-02-09	(증상연명) 심청전	한글	89p. 25전	1920-01-15	1920-01-20	9	李觀洙 경성부 견지동 38번지	광동서국 경성부 종로통 1정목 51번지
1413	**심청전** 광동-심청-02-10	(증상연명) 심청전	한글	72p. 25전	1922-09-05	1922-09-08	10	李觀洙 경성부 관수동 30번지	광동서국 경성부 관수동 30번지
1414	**심청전** 대성-심청-01-01	교명 심청전	한글			1928- -	1	姜殷馨	대성서림
1415	**심청전** 대성-심청-01-02	교명 심청전	한글	54p.		1929- -	2	姜殷馨	대성서림
1416	**심청전** 대조-심청-01-01	심청전	한글			1959- -	1	大造社編輯部	대조사
1417	**심청전** 대창-심청-01-01	(증상연정) 심청전	한글	64p. 30전	1920-12-27	1920-12-31	1	玄公廉 경성부 계동 99번지	대창서원 경성부 종로통 2정목 19번지
1418	**심청전** 대창-심청-02-00	강상련	한글	30전		1921- -	1		대창서원
1419	**심청전** 덕흥-심청-01-00	심청전	한글			1915- -	1		덕흥서림
1420	**심청전** 동양서-심청-01-00	심청전 몽금도	한글			1913- -	1		동양서원
1421	**심청전** 동양서-심청-02-00	심청전 몽금도	한글			1914- -	1		동양서원

인쇄자 인쇄소 주소	인쇄소 인쇄소 주소	공동 발행	영인본	소장처 및 청구기호	기타	현황
					[圖書分類目錄], 1921 改正([이본목록], p.356.)	목록
					[圖書分類目錄], 1921 改正([이본목록], p.356.)	목록
崔誠愚 경성 남부 상리동 32통 호	신문관인쇄소 경성 남부 상리동 32통 4호		[신소설전집 5]	국립중앙도서관(3 634-3-68(4))	발행일에서 '二十五日'에 수정한 흔적. 3판에 초판 인쇄일과 발행일(15일) 기록. 인쇄일과 발행일 간격을 감안할 때 3판 기록(15일)이 타당할 듯.	원문
					3판에 2판 인쇄일과 발행일 기록.	출판
劉聖哉 경성 서부 옥폭동 149통 호	문명사 경성 남부 상유동 29통 7호			국립중앙도서관(3 634-3-68(2))	편집자 이해조(경성 중부 익동 69통 3호). 초판과 2판의 인쇄일과 발행일 기록.	원문
		박문서관, 한성서관			6판, 9판, 10판에 초판 발행일 기록.	출판
		박문서관, 한성서관			6판에 2판 발행일 기록.	출판
		박문서관, 한성서관			6판에 3판 발행일 기록.	출판
		박문서관, 한성서관			6판에 4판 발행일 기록.	출판
		박문서관, 한성서관			6판에 5판 발행일 기록.	출판
尤禹澤 경성부 공평동 54번지	성문사 경성부 공평동 55번지	박문서관, 한성서관		국립중앙도서관(3 634-2-58(7))	저작자 홍순모(경성부 남대문통 1정목 107번지). 11회의 장회체(총목차). 삽화 10면. pp.1~2만 한자병기, 나머지는 순한글. 1판~5판의 발행일 기록.	원문
		박문서관, 한성서관			9판과 10판이 있어서 7판도 있을 것으로 추정.	출판
		박문서관,. 한성서관			9판에 8판의 인쇄일과 발행일 기록.	출판
尤禹澤 경성부 공평동 54번지	성문사 경성부 공평동 55번지	박문서관, 한성서관	[구활자본고소설 전집 8]	국립중앙도서관(3 634-2-58(1))	저작자 홍순모. 영인본에 판권지 없음. <심청전>(pp.1~64)과 <심부인전>(pp.65~89)의 합본. 초판 발행일과 8판 인쇄일, 발행일 기록.	원문
金重煥 경성부 공평동 55번지	대동인쇄주식회사 경성부 공평동 55번지	박문서관		국립중앙도서관(3 634-2-58(2))	저작자 홍순모. p.8까지 한자병기, 이후 순한글. <심부인전> 없음. 초판 발행일 기록.	원문
					崔雲植, [沈淸傳硏究], p.89.([이본목록], p.357. 재인용)	원문
					崔雲植, [沈淸傳硏究], p.89.([이본목록], p.357. 재인용)	원문
			古代小說集 第2輯	연세대학교 도서관(이석호811. 930859가-2)	내용주기 : 심청전. - 장화홍연전. - 조웅전. - 사명당	원문
金聖杓 경성부 황금정 1정목 181번지	박문관인쇄소 경성부 황금정 1정목 181번지			국립중앙도서관(3 634-2-58(3))		원문
		보급서원			<쥬원장창업실긔>, 대창서원, 1921(국립중앙도서관 소장본(3634-2-7(1)=2)) 광고에 '江上蓮'으로 기록.	광고
					<일대용녀 남강월>, 덕흥서림, 1915. 광고.([이본목록], p.357)	광고
					이주영, p.219.	출판
					이주영, p.219.	출판

번호	작품명 고유번호	표제	문자	면수 가격	인쇄일	발행일	판차	발행자 발행자 주소	발행소 발행소 주소
1422	**심청전** 문성-심청-01-01	심청전	한글	44p.			1		문성당서점
1423	**심청전** 미상-심청-01-01	심청전	한글			1920-11-25	1		
1424	**심청전** 미상-심청-01-02	심청전	한글	74p.	1924-09-25	1924- -	2	尹泰晟 경성부 봉래정 1정목 88번지	
1425	**심청전** 박문-심청-01-01	연극소설 심청전/신졍심 청전 몽금도전	한글	80p. 25전	1916-06-11	1916-06-14	1	盧益亨 경성 남대문통 4정목 69번지	박문서관 경성 남대문통 4정목 69번지
1426	**심청전** 박문-심청-02-01	심청전	한글	72p.		1922- -	1		박문서관
1427	**심청전** 세창-심청-01-00	심청전	한글	45p.		1929-12-25	1	盧益煥	세창서관
1428	**심청전** 세창-심청-02-01	교명 심청전	한글	50p. 임시정가	1952-08-10	1952-08-30	1	申泰三 서울특별시 종로구 종로 3가 10	세창서관 서울특별시 종로구 종 3가 10
1429	**심청전** 세창-심청-03-01	교명 심청전	한글	50p. 18전	1952-12-01	1952-12-30	1	申泰三 서울특별시 종로구 종로 3가 10	세창서관 서울특별시 종로구 종 3가 10
1430	**심청전** 시문-심청-01-01	심청전	한글	54p. 25전	1928-11-15	1928-11-20	1	趙鍾虎 경성부 창신동 138번지-13	시문당서점 경성부 창신동 138번지-13
1431	**심청전** 신구-심청-01-01	(新小說)강상련 : 심청가	한글		1912-11-13	1912-11-15	1		신구서림
1432	**심청전** 신구-심청-01-02	(新小說)강상련 : 심청가	한글		1913-02-10	1913-02-15	2		신구서림
1433	**심청전** 신구-심청-01-03	(新小說)강상련 : 심청가	한글		1913-08-20	1913-09-05	3		신구서림
1434	**심청전** 신구-심청-01-04	(新小說)강상련 : 심청가	한글	120p. 30전	1914-05-28	1914-05-30	4	李鍾楨 경성 북부 대안동 34-4호	신구서림 경성 남부 자암동 42-10호
1435	**심청전** 신구-심청-01-05	강상연	한글	111p. 30전	1916-01-20	1916-01-24	5	李鍾楨 경성 4 송현동 71번지	신구서림 경성부 봉래정 1정목 77번지
1436	**심청전** 신구-심청-01-06	강상연	한글				6		신구서림
1437	**심청전** 신구-심청-01-07	강상연	한글				7		신구서림
1438	**심청전** 신구-심청-01-08	강상연	한글	111p. 30전		1917-06-10	8	李鍾楨 경성부 송현동 71번지	신구서림 경성부 봉래정 1정목 77번지
1439	**심청전** 신구-심청-01-09	강상연	한글				9		신구서림
1440	**심청전** 신구-심청-01-10	강상연	한글	111p. 35전	1920-02-20	1920-02-26	10	李鍾楨 경성부 관수동 30번지	신구서림 경성부 봉래정 1정목 77번지
1441	**심청전** 신구-심청-01-11	강상연	한글	111p. 35전	1922-02-25	1922-02-28	11	李鍾楨 경성부 관수동 30번지	신구서림 경성부 봉래정 1정목 77번지
1442	**심청전** 신구-심청-01-12	강상연	한글	111p. 35전	1923-12-15	1923-12-20	12	李鍾楨 경성부 관수동 30번지	신구서림 경성부 봉래정 1정목 77번지

쇄자 쇄소 주소	인쇄소 인쇄소 주소	공동 발행	영인본	소장처 및 청구기호	기타	현황
					박순호 소장본([연구보정], p.540.)	원문
					2판에 초판 발행일 기록.	출판
○英九 성부 안국동 35번지	망대성경급기독교서회인쇄부 경성부 안국동 35번지			국립중앙도서관(일모古3636-121)	초판 발행일 기록. 판권지가 훼손되어 발행소 확인 불가. 도서관 서지정보의 발행처는 '尹泰晟'임.	원문
○重煥 성부 중림동 333번지	보성사 경성부 수송동 44번지		[구활자소설총서 6]	국립중앙도서관(3634-2-6(6))	앞에 10장의 그림. p.80에 <몽금도전>이라는 제목이 붙은 이유 설명.	원문
					대전대 [이능우 寄目], 1212([이본목록], p.357.)	출판
					박순호 소장본([연구보정], p.540)	원문
	세창인쇄사 서울특별시 종로구 종로 3가 10			개인소장본		원문
	세창인쇄사 서울특별시 종로구 종로 3가 10		[조동일소장국문학연구자료 21]	정명기 소장본	영인본에는 판권지 없음.	원문
○銀榮 성부 종로 3정목 2번지	해동서관인쇄부 경성부 종로 3정목 62번지	해동서관		국립중앙도서관(3634-2-58(5))		원문
					4판, 8판, 10판, 11판, 12판에 초판의 인쇄일과 발행일 기록.	출판
					4판에 2판의 인쇄일과 발행일 기록.	출판
					4판에 3판의 인쇄일과 발행일 기록.	출판
○廷根 성 북부 청풍* 36-10호	성문사 경성 종로 발리동 9-10호			국립중앙도서관(3634-3-68(5))		원문
○禹澤 성부 효자동 103번지	성문사 경성부 공평동 55번지		[구활자본고소설전집 18], [구활자소설전집 7]	국립중앙도서관(3634-2-5(7))	10장의 그림 있음.	원문
					8판이 있어서 6판도 있을 것으로 추정.	출판
					8판이 있어서 7판도 있을 것으로 추정.	출판
○禹澤 성부 공평동 54번지	성문사 경성부 공평동 55번지			국립중앙도서관(3634-2-78(3))	초판 발행일(대정1.12.05)이 4판에 기록한 것과 날짜가 다름.	원문
					10~12판이 있어서 9판도 있을 것으로 추정.	출판
○重煥 성부 공평동 55번지	대동인쇄주식회사 경성부 공평동 55번지			국립중앙도서관(3634-3-68(1))	초판 발행일 기록	원문
○重煥 성부 공평동 55번지	대동인쇄주식회사 경성부 공평동 55번지			국립중앙도서관(3634-2-78(4))	초판 발행일 기록	원문
○禹澤 성부 공평동 55번지	대동인쇄주식회사 경성부 공평동 55번지			국립중앙도서관(3634-2-78(2))	저작자 이해조. 초판 발행일 기록.	원문

번호	작품명 고유번호	표제	문자	면수 가격	인쇄일	발행일	판차	발행자 발행자 주소	발행소 발행소 주소
1443	**심청전** 신구-심청-02-01	강상연	한글			1912-12-15	1		신구서림
1444	**심청전** 신구-심청-02-02	강상연	한글				2		신구서림
1445	**심청전** 신구-심청-02-03	강상연	한글				3		신구서림
1446	**심청전** 신구-심청-02-04	강상연	한글				4		신구서림
1447	**심청전** 신구-심청-02-05	강상연	한글				5		신구서림
1448	**심청전** 신구-심청-02-06	강상연	한글				6		신구서림
1449	**심청전** 신구-심청-02-07	강상연	한글				7		신구서림
1450	**심청전** 신구-심청-02-08	강상연	한글	75p. 30전	1918-02-05	1918-02-10	8	李鍾楨 경성부 송현동 72번지	신구서림 경성부 봉래정 1정목 77번지
1451	**심청전** 신구-심청-02-09	강상연	한글	75p. 20전	1919-01-20	1919-01-25	9	李鍾楨 경성부 종로 2정목 51번지	신구서림 경성부 봉래정 1정목 77번지
1452	**심청전** 신구-심청-03-01	심청전	한글	45p. 15전	1929-12-20	1929-12-25	1	盧益煥 경성부 봉래정 1정목 77	신구서림 경성부 봉래정 1정목
1453	**심청전** 신구-심청-04-01	심청전	한글	45p.		1939-02-20	1	盧益煥	신구서림
1454	**심청전** 신문-심청-01-01	륙전쇼셜 심청전	한글	48p. 6전	1913-09-03	1913-09-05	1	崔昌善 경성 남부 상리동 32-4	신문관 경성 남부 상리동
1455	**심청전** 영창-심청-01-01	(원본)심청전	한글	50p. 25전	1925-05-25	1925-05-30	1	姜義永 경성부 종로 2정목 84번지	영창서관 경성부 종로 2정목 84번지
1456	**심청전** 영창-심청-02-00	강상련	한글				1		영창서관
1457	**심청전** 영화-심청-01-01	沈淸傳	한글	55p.		1954- -	1	永和出版社	영화출판사
1458	**심청전** 영화-심청-02-01	교정 심청전	한글	44p.		1958-10-20	1	姜瑾馨	영화출판사
1459	**심청전** 영화-심청-03-01	교정 심청전	한글	44p.		1962-12-20	1	姜瑾馨	영화출판사
1460	**심청전** 이문-심청-01-00	沈淸傳	한글	30전		1918- -	1		이문당
1461	**심청전** 중흥-심청-01-01	심청전	한글			19 - -	1		중흥서관
1462	**심청전** 태화-심청-01-01	(만고효녀) 심청전	한글			1928-10-23	1		태화서관
1463	**심청전** 태화-심청-01-02	(만고효녀) 심청전	한글				2		태화서관
1464	**심청전** 태화-심청-01-03	(만고효녀) 심청전	한글	55p.		1931- -	3	姜夏馨	태화서관

인쇄자 인쇄소 주소	인쇄소 인쇄소 주소	공동 발행	영인본	소장처 및 청구기호	기타	현황
					8판, 9판에 초판 발행일 기록.	출판
					8판, 9판이 있어서 2판도 있을 것으로 추정.	출판
					8판, 9판이 있어서 3판도 있을 것으로 추정.	출판
					8판, 9판이 있어서 4판도 있을 것으로 추정.	출판
					8판, 9판이 있어서 5판도 있을 것으로 추정.	출판
					8판, 9판이 있어서 6판도 있을 것으로 추정.	출판
					8판, 9판이 있어서 7판도 있을 것으로 추정.	출판
沈禹澤 경성부 공평동 54번지	성문사 경성부 공평동 55번지			국립중앙도서관(3 634-2-78(5))	편집자: 이해조. 초판 발행일 기록.	원문
沈禹澤 경성부 공평동 54번지	성문사 경성부 공평동 55번지			국립중앙도서관(3 634-3-68(6))	편집자: 이해조. 초판 발행일 기록.	원문
林基然 경성부 봉래정 1정목 77	신구서림인쇄부 경성부 봉래정 1정목 77			박순호 소장본		원문
					박순호 소장본([연구보정], p.540)	원문
崔誠愚 경성 남부 상리동 32-4	신문관 경성 남부 상리동 32-4		[아단문고고전총 서 1]	고려대학교 도서관 (육당 813 15)	郵稅 2전.	원문
申泰榮 경성부 종로 2정목 84번지	영창서관인쇄부 경성부 종로 2정목 84번지	한흥서림	[구활자본고소설 전집 8]			원문
					[출판목록]([이본목록], p.356)	목록
				고려대학교 도서관(897.33 심청전 심b)		원문
				부산대학교 도서관(IJ11 811.35 강19ㅅ)		원문
					박순호 소장본([연구보정], p.541)	원문
					<삼선기>, 이문당, 1918(국립중앙도서관 소장본(3634-2-20(2)) 광고에 '沈淸傳'으로 기록.	광고
					방민호 소장본([연구보정], p.541)	원문
					초판 발행일은 [이본목록], p.358.을 따름.	원문
					3판이 있어서 2판도 있을 것으로 추정. [이본목록](p.358)에서는 1931년판이 2판으로 기록하였으나, 국립중앙도서관 소장본이 3판임.	원문
				국립중앙도서관(3 634-2-58(8))	판권지 없음. 도서관 서지정보에 1931년 3판으로 기록. 본문은 54p인 것으로 영인은 53p까지 있음. 동일 판본인 '회동-심청-01-01'이 55p.이므로 55p로 기록	원문

번호	작품명 고유번호	표제	문자	면수 가격	인쇄일	발행일	판차	발행자 발행자 주소	발행소 발행소 주소
1465	심청전 한성-심청-01-00	강상연	한글	30전		1915- -	1		한성서관
1466	심청전 향민-심청-01-01	심쳥전	한글	30p.		1964-10-20	1		향민사
1467	심청전 향민-심청-02-01	심쳥전	한글	52p. 60원	1968-01-15	1968-01-25	1		향민사 대구시 중구 동인동 4가 220
1468	심청전 향민-심청-03-01	심쳥전	한글	52p. 150원	1971-12-05	1971-12-10	1		향민사 대구시 동인동 4가 22
1469	심청전 홍문-심청-01-01	심쳥전	한글	44p. 35전	1933-10-25	1933-10-30	1	李宗壽 경성부 서대문정 1정목 79번지	홍문서관 경성부 종로 5정목 45
1470	심청전 회동-심청-01-01	심쳥전	한글	55p. 25전	1925-10-25	1925-10-30	1	高裕相 경성부 남대문통 1정목 17번지	회동서관 경성부 남대문통 1정목 17번지
1471	심향전 경성서-심향-01-00	尋香傳	한글			1921- -	1		경성서적업조합
1472	십생구사 경성서-십생-01-01	(충의소설)십생 구사	한글	50p. 15전	1926-12-18	1926-12-20	1	洪淳泌 경성부 견지동 60번지	경성서적업조합 경성부 견지동 60번지
1473	십생구사 대성-십생-01-01	(충의소설)십생 구사	한글			1923-01-23	1	姜夏馨	대성서림
1474	십생구사 대성-십생-01-02	(충의소설)십생 구사	한글				2		대성서림
1475	십생구사 대성-십생-01-03	(충의소설)십생 구사	한글				3		대성서림
1476	십생구사 대성-십생-01-04	(충의소설)십생 구사	한글				4		대성서림
1477	십생구사 대성-십생-01-05	(충의소설)십생 구사	한글	50p. 20전	1929-10-30	1929-11-04	5	姜夏馨 경성부 입정정 119번지	대성서림 경성부 입정정 119번지
1478	십생구사 대성-십생-01-06	(충의소설)십생 구사	한글	50p. 20전	1930-10-05	1930-10-10	6	姜夏馨 경성부 입정정 119번지	대성서림 경성부 입정정 119번지
1479	십생구사 박문-십생-01-00	십생구사	한글	33p.		1925-12-25	1	崔錫鼎	박문서관
1480	십생구사 삼문-십생-01-01	십생구사	한글	32p. 20전	1933-09-18	1933-09-20	1	金天熙 경성부 종로 2정목 42	삼문사 경성부 낙원동 248
1481	십생구사 성문-십생-01-01	십생구사	한글	33p. 20전	1935-11-20	1935-11-30	1	李宗壽 경성부 서대문정 1정목 79	성문당서점 경성부 서대문정 1정목 79번지
1482	십생구사 세창-십생-01-01	십생구사	한글	32p. 20전	1934-12-05	1934-12-10	1	申泰三 경성부 종로 3정목 141번지	세창서관 조선 경성부 종로 3정목 141번지
1483	십생구사 세창-십생-02-01	십생구사	한글	33p.	1952.08.10.	1952-08-30	1	申泰三 서울특별시 종로구 종로 3가 10	세창서관 서울특별시 종로구 종로 3가 10
1484	십생구사 세창-십생-03-01	십생구사	한글	33p.	1952.12.01.	1952-12-30	1	申泰三 서울특별시 종로구 종로 3가 10	세창서관 서울특별시 종로구 종로 3가 10
1485	십생구사 세창-십생-04-01	십생구사	한글	33p. 120	1961-08-10	1961-12-30	1	申泰三 서울특별시 종로구 종로 3가 10	세창서관 서울특별시 종로구 종로 3가 10
1486	쌍련몽 한남-쌍련-01-01	쌍련몽	한글	89p. 25전		1922- -	1		한남서림

인쇄자 인쇄소 주소	인쇄소 인쇄소 주소	공동 발행	영인본	소장처 및 청구기호	기타	현황
					<소상강>, 유일서관, 1915(국립중앙도서관 소장본(3634-2-10(3)) 광고에 '강상연'으로 기록.	광고
					홍윤표 소장본([이본목록], p.358)	원문
				개인소장본	판권지의 주소는 발행소의 주소로 추정.	원문
	경북인쇄소			정명기 소장본		원문
李相賢 경성부 종로 5정목 45	홍문서관인쇄소 경성부 종로 5정목 45			김종철 소장본		원문
金翼洙 경성부 황금정 2정목 1번지	신문관 경성부 황금정 2정목 21번지			국립중앙도서관(3 634-2-58(6))		원문
					[圖書分類目錄], 1921 改正.([이본목록], p.359)	목록
羅泰均 경성부 공평동 55번지	대동인쇄주식회사 경성부 공평동 55번지			국립중앙도서관(3 634-2-77(1))	도서관 서지정보에는 발행소와 발행자가 각각 '대성서림', '강하형'으로 기록되었으나, 판권지에 기록된 것은 '경성서적업조합'과 '홍순필'임.	원문
					5판, 6판에 초판 발행일 기록.	출판
					5판, 6판이 있어서 2판도 있을 것으로 추정.	출판
					5판, 6판이 있어서 3판도 있을 것으로 추정.	출판
					5판, 6판이 있어서 4판도 있을 것으로 추정.	출판
吳馬澤 경성부 공평동 55번지	대동인쇄주식회사 경성부 공평동 55번지			서울대학교 도서관(3350 156)	초판 발행일 기록.	원문
朴翰柱 경성부 관훈동 30번지	동아인쇄소 경성부 관훈동 30번지		[구활자본고소설 전집 8]	국립중앙도서관(3 634-2-77(5))	초판 발행일 기록. 서지정보에는 본문이 53p로 기록되었으나, 실제로는 50p로 끝남.	원문
					조희웅 소장본([이본목록], p.360)	원문
朴翰柱 경성부 관훈동 30번지	동아인쇄소 경성부 관훈동 30번지			국립중앙도서관(3 634-2-66(3))		원문
朴琦炳 경성부 서대문정 1정목 9	광성인쇄소 경성부 종로 3정목 156			국립중앙도서관(3 634-2-66(2))		원문
朴泰和 경성부 종로 3정목 141번지	세창서관인쇄부 경성부 종로 3정목 141번지			국립중앙도서관(3 634-3-11(6))		원문
	세창인쇄사 서울특별시 종로구 종로 3가 10			정명기 소장본		원문
	세창인쇄사 서울특별시 종로구 종로 3가 10			국회도서관(811.31 ㅅ585ㅅ)		원문
	세창인쇄사 서울특별시 종로구 종로 3가 10			개인소장본		원문
			[조동일소장국문 학연구자료 27]		영인본에 판권지 없으며 p.88까지 영인됨. 발행 사항은 [이본목록](p.361) 참고.	원문

번호	작품명 고유번호	표제	문자	면수 가격	인쇄일	발행일	판차	발행자 발행자 주소	발행소 발행소 주소
1487	쌍렬옥소삼봉 대창-쌍렬-01-01	삼생긔연	한글	90p.		1922-01-	1		대창서원
1488	쌍렬옥소삼봉 보급-쌍렬-01-01	삼생긔연	한글	90p.		1922-01-15	1		보급서관
1489	쌍미기봉 회동-쌍미-01-01	쌍미긔봉	한글	96p. 30전	1916-01-20	1916-01-25	1	高裕相 경성부 남대문통 1정목 17번지	회동서관 경성부 남대문통 1정목 17번지
1490	쌍주기연 경성서-쌍주-01-00	쌍쥬긔연	한글			1921- -	1		경성서적업조합
1491	쌍주기연 유일-쌍주-01-01	쌍쥬긔연	한글			1914- -	1		유일서관
1492	쌍주기연 한성-쌍주-01-01	쌍쥬긔연	한글	100p. 25전	1915-05-30	1915-06-10	1	南宮楔 경성 종로통 2정목 19번지	한성서관 경성부 종로통 2정목 19번지
1493	악의전 광익-악의-01-01	악의젼 단전	한글	99p. 40전	1918-01-22	1918-01-25	1	李圭瑢 경성부 수송동 69번지	광익서관 경성부 종로통 2정목 87번지
1494	악의전단전 태화-악의-01-00	악의전단	한글			1918- -	1		태화서관
1495	애원성 박문-애원-01-01	(四億萬圓의 風雲)哀怨聲	한글			1921-10-05	1		박문서관
1496	애원성 박문-애원-01-02	(四億萬圓의 風雲)哀怨聲	한글	55p. 20전	1922-02-25	1922-02-28	2	李震遠 경성부 봉래정 1정목 88번지	박문서관 경성부 종로통 2정목 82번지
1497	약산동대 광동-약산-01-01	藥山東臺	한글	171p. 30전	1913-10-10	1913-11-10	1	李鍾楨 경성 북부 대안동 34통 4호	광동서국 경성 북부 대안동 34통 4호
1498	약산동대 박문-약산-01-01	약산동대	한글	89p.		1915-07-30	1		박문서관
1499	약산동대 박문-약산-01-02	약산동대	한글				2		박문서관
1500	약산동대 박문-약산-01-03	약산동대	한글	89p.		1920- -	3		박문서관
1501	약산동대 박문-약산-01-04	약산동대	한글	89p. 30전	1921-02-27	1921-03-02	4	李鍾楨 경성부 관수동 30번지	박문서관 경성부 봉래정 1정목 88번지
1502	양귀비 경성서-양귀-01-01	(艶情)양귀비	한글	99p. 30전	1926-12-18	1926-12-20	1	洪淳泌 경성부 견지동 60번지	경성서적업조합 경성부 견지동 60번지
1503	양귀비 광문사-양귀-01-01	양귀비	한글	99p. 30전	1922-08-30	1922-09-01	1	金相冀 경성부 종로 2정목 86번지	광문사 경성부 경운동 47-2번
1504	양산백전 경성서-양산-01-00	양산백젼	한글			1926- -	1	玄羽仙	경성서적업조합
1505	양산백전 덕흥-양산-01-01	(고대소설)양산 백젼	한글	59p. 20전	1925-10-25	1925-10-30	1	金東縉 경성부 종로 2정목 20번지	덕흥서림 경성부 종로 2정목 20번지
1506	양산백전 박문-양산-01-01	(고대소설)양산 백젼	한글	82p. 25전	1917-02-10	1917-02-15	1	盧益亨 경성 남대문통 4정목 69번지	박문서관 경성 남대문통 4정목 69번지
1507	양산백전 세창-양산-01-01	양산백젼	한글	53p.		1952-01-05	1	申泰三	세창서관

인쇄자 인쇄소 주소	인쇄소 인쇄소 주소	공동 발행	영인본	소장처 및 청구기호	기타	현황
			[구활자소설총서 1]		9회의 장회체. 발행소와 발행인은 영인본 해제에 의함.	원문
			[구활자본고소설 전집 3]		9회의 장회체. 발행소와 발행인은 영인본 해제에 의함.	원문
金重煥 경성부 중림동 333번지	보성사 경성부 수송동 44번지		[활자본고전소설 전집 3], [구활자소설총서 12]	국립중앙도서관(3 634-2-20(5))	24회의 장회체. 저작자 이규용. 중국소설 <駐春園小史>를 번안한 작품(최윤희, 2001)	원문
					[圖書分類目錄], 1921 改正([이본목록], p.365)	목록
					우쾌제, p.127.	출판
金聖雲 경성부 옥인동 24번지	선명사인쇄소 경성부 종로통 1정목 39번지		[구활자본고소설 전집 26], [구활자소설총서 12]	국립중앙도서관(3 634-2-21(1))	p.73부터 편집이 달라짐.	원문
金弘奎 경성부 가회동 216번지	보성사 경성부 수송동 44번지			연세대학교 도서관(O 811.9308 고대소-5-6)	18회의 장회체.	원문
					<열녀전>, 태화서관, 1918. 광고([이본목록], p.367)	광고
					2판에 초판 발행일 기록.	출판
金重煥 경성부 공평동 55번지	대동인쇄주식회사 경성부 공평동 55번지			서울대학교 도서관(3340 28)		원문
申永求 경성 북부 원동 12통 1호	보성사 경성 북부 전동 14통 1호		[구활자본고소설 전집 8]	국립중앙도서관(3 634-2-84(2))		원문
					4판에 초판 발행일 기록.	출판
					4판이 있어서 2판도 있을 것으로 추정.	출판
				서울대학교 도서관(MFF 951.06 C718ik v.3)	4판이 있어서 3판도 있을 것으로 추정. 서지정보에 1920년 발행(3판으로 추정). C.V. Starr East Asian Library (Columbia University)	원문
金重煥 경성부 공평동 55번지	대동인쇄주식회사 경성부 공평동 55번지			국립중앙도서관(3 634-2-84(7))		원문
權泰均 경성부 공평동 55번지	대동인쇄주식회사 경성부 공평동 55번지		[구활자본고소설 전집 9]	국립중앙도서관(3 634-3-23(2))	서문 있음. 금강어부 현영선 저. 영	원문
魯基禎 경성부 견지동 32번지	한성도서주식회사 경성부 견지동 32번지			디지털 한글박물관(홍윤표 소장본)	저작자: 현병주. '금강어부 현영선 저'. 저자 서문 있음.	원문
					[圖書分類目錄], 1921 改正([이본목록], p.373)	목록
沈禹澤 경성부 공평동 55번지	대동인쇄주식회사 경성부 공평동 55번지			국립중앙도서관(3 634-2-84(6))		원문
金弘奎 경성부 가회동 216번지	보성사 경성부 수송동 44번지			국립중앙도서관(3 634-2-31(2))		원문
			[구활자본고소설 전집 26], [조동일소장국문 학연구자료 21]	국회도서관(811.31 ㅅ585ㅇ)	영인본에는 판권지 없음. 발행일은 [연구보정 상](p.571)의 기록을 따름.	원문

번호 고유번호	작품명	표제	문자	면수 가격	인쇄일	발행일	판차	발행자 발행자 주소	발행소 발행소 주소
1508	**양산백전** 세창-양산-02-01	양산백젼	한글	53p. 임시정가	1952-12-01	1952-12-30	1	申泰三 서울특별시 종로구 종로3가 10	세창서관 서울특별시 종로구 종로3가 10
1509	**양산백전** 신구-양산-01-01	양산백젼	한글	56p.		1925-11-10	1		신구서림
1510	**양산백전** 신명-양산-01-01	양산백젼	한글			1917- -	1		신명서림
1511	**양산백전** 영창-양산-01-01	(고대소설)양산 백젼	한글			1925-10-30	1		영창서관
1512	**양산백전** 영창-양산-01-02	(고대소설)양산 백젼	한글	59p. 20전	1928-11-15	1928-11-20	2	姜義永 경성부 종로 2정목 84번지	영창서관 경성부 종로 2정목 84번지
1513	**양산백전** 유일-양산-01-01	(고대소설)양산 백젼	한글	88p. 25전	1915-12-02	1915-12-10	1	南宮楔 경성부 종로통 2정목 19번지	유일서관 경성부 관훈동 72번지
1514	**양산백전** 조선-양산-01-01	양산백젼	한글			1915-03-15	1		조선도서주식회사
1515	**양산백전** 한성-양산-01-01	(고대소설)양산 백젼	한글			1915-03-15	1		한성서관
1516	**양산백전** 한성-양산-01-02	(고대소설)양산 백젼	한글	76p. 25전	1916-12-10	1916-12-20	2	南宮楔 경성부 종로통 3정목 76번지	한성서관 경성부 종로통 3정목 76번지
1517	**양산백전** 한성-양산-01-03	(고대소설)양산 백젼	한글	67p. 18전	1918-11-01	1918-11-05	3	南宮楔 경성부 종로통 3정목 76번지	한성서관 경성부 종로통 3정목 76번지
1518	**양산백전** 한성-양산-01-04	(고대쇼설)양산 백젼	한글	62p. 20전	1920-01-15	1920-01-20	4	南宮楔 경성부 종로통 3정목 76번지	한성서관 경성부 종로통 3정목 76번지
1519	**양산백전** 회동-양산-01-01	古代小說 양산백젼	한글	59p. 20전	1925-11-05	1925-11-10	1	高裕相 경성부 남대문통 1정목 17번지	회동서관 경성부 남대문통 1정목 17번지
1520	**양주봉전** 경성서-양주-01-00	양쥬봉젼	한글			1921- -	1		경성서적업조합
1521	**양주봉전** 동양대-양주-01-01	량쥬봉젼	한글	65p. 25전	1929-12-07	1929-12-30	1	宋敬煥 경성부 종로 1정목 75번지	동양대학당 경성부 종로 1정목 75
1522	**양주봉전** 성문-양주-01-01	양주봉젼	한글			1918- -	1		성문당서점
1523	**양주봉전** 세창-양주-01-01	양주봉전	한글	64p. 200	1961-08-10	1961-12-30	1	申泰三 서울특별시 종로구 종로3가 10	세창서관 서울특별시 종로구 종로3가 10
1524	**양주봉전** 신구-양주-01-01	양쥬봉젼	한글	65p. 25전	1918-01-12	1918-01-15	1	朴承曄 경성부 견지동 52번지	신구서림 경성부 봉래정 1정목 77번지
1525	**양주봉전** 영창-양주-01-00	양주봉젼	한글	61p.		1925- -	1		영창서관
1526	**양주봉전** 유일-양주-01-01	양주봉젼	한글	70p. 30전		1917-12-11	1	南宮濬 경성부 관훈동 72번지	유일서관 경성부 관훈동 72번지
1527	**양주봉전** 유일-양주-01-02	량쥬봉젼	한글	65p. 20전	1920-10-20	1920-10-25	2	南宮濬 경성부 인사동 165번지	유일서관 경성부 인사동 165번지
1528	**양주봉전** 조선-양주-01-01	양주봉젼	한글				1		조선도서주식회사

쇄자 쇄소 주소	인쇄소 인쇄소 주소	공동 발행	영인본	소장처 및 청구기호	기타	현황
	세창인쇄사 서울특별시 종로구 종로3가 10			양승민 소장본		원문
					박성의 소장본.(이능우, p.278)	원문
					우쾌제, p.129.	출판
		한흥서림			2판에 초판 발행일 기록.	출판
泰三 성부 종로 2정목 4번지	영창서관인쇄부 경성부 종로 2정목 84번지	한흥서림		국립중앙도서관(3 634-2-84(5))	초판 발행일 기록.	원문
禹澤 성부 효자동 103번지	성문사 경성부 공평동 55번지	한성서관		국립중앙도서관 (3634-2-84(4))		원문
					우쾌제 p.129.	출판
					2판, 3판에 초판 발행일 기록.	출판
敎瓚 성부 소격동 41번지	보성사 경성부 수송동 44번지			국립중앙도서관(3 634-2-31(6))	초판 발행일 기록	원문
弘奎 성부 가회동 216번지	보성사 경성부 수송동 44번지			국립중앙도서관(3 634-2-84(3))	초판 발행일 기록	원문
禹澤 성부 공평동 54번지	성문사 경성부 공평동 55번지			국립중앙도서관(3 634-2-84(1))	이미지파일은 대성서림 발행 <대장부>가 연결되어 원문 확인 불가.	원문
翼洙 성부 황금정 2정목 1번지	신문관 경성부 황금정 2정목 21번지			서울대학교 도서관(3350 166)		원문
					[圖書分類目錄], 1921 改正.([이본목록], p.375)	목록
重煥 성부 관훈동 30번지	중성사인쇄부 경성부 관훈동 30번지			국립중앙도서관(3 634-2-73(1))	'소화 4년 12월'로 인쇄된 글자 위에 먹물 글씨로 '소화 5년 2월'로 고침.	원문
					우쾌재, p.129.	출판
	세창인쇄사 서울특별시 종로구 종로3가 10			김종철 소장본		원문
禹澤 성부 공평동 54번지	성문사 경성부 공평동 55지			국립중앙도서관(3 634-2-73(2))		원문
		한흥서림, 진흥서관			김근수 소장(이능우, p.278)	원문
弘圭 성부 가회동 216번지	보성사 경성부 수송동 44번지	한성서관		국립중앙도서관(3 634-2-30(7))	15회의 장회체. 2판에 초판 발행일 기록. 도서관 서지 정보에는 한성서관으로 되어 있으나, 판권지에는 유일서관과 한성서관의 공동 발행으로 기록.	원문
重煥 성부 공평동 55번지	대동인쇄주식회사 경성부 공평동 55번지			국립중앙도서관(3 634-2-32(6))	초판 발행일 기록.	원문
					이능우가 3판을 소개하였으므로 초판도 있을 것으로 추정.	출판

번호	작품명 고유번호	표제	문자	면수 가격	인쇄일	발행일	판차	발행자 발행자 주소	발행소 발행소 주소
1529	**양주봉전** 조선-양주-01-02	양주봉전	한글				2		조선도서주식회사
1530	**양주봉전** 조선-양주-01-03	양주봉전	한글	65p.		1923- -	3		조선도서주식회사
1531	**양주봉전** 태화-양주-01-00	양주봉전	한글			1929- -	1		태화서관
1532	**양주봉전** 회동-양주-01-01	량쥬봉전	한글	20전	1925-11-05	1925-11-10	1	高裕相 경성부 남대문통 1정목 17번지	회동서관 경성부 남대문통 1정목 17번지
1533	**양풍전** 경성서-양풍-01-00	양풍운전	한글			1921- -	1		경성서적업조합
1534	**양풍전** 대창-양풍-01-00	양풍운전	한글	30전		1921- -	1		대창서원
1535	**양풍전** 덕흥-양풍-01-01	양풍운전	한글	35p.		1926- -	1		덕흥서림
1536	**양풍전** 보문-양풍-01-01	양풍운전	한글	35p.		1953-11-01	1	崔壽煥	보문출판사
1537	**양풍전** 성문-양풍-01-00	양풍운전	한글	32p.		1937-10-30	1	申泰三	성문당서점
1538	**양풍전** 세창-양풍-01-01	양풍운전	한글	32p. 임시정가	1952-12-01	1952-12-30	1	申泰三 서울특별시 종로구 종로 3가 10	세창서관 서울특별시 종로구 종로 3가 10
1539	**양풍전** 세창-양풍-02-00	양풍운전	한글	32p.		1956- -	1		세창서관
1540	**양풍전** 신문-양풍-01-01	양풍운전	한글			1925- -	1		신문관
1541	**양풍전** 영창-양풍-01-00	양풍운전	한글				1		영창서관
1542	**양풍전** 영화-양풍-01-01	양풍운전	한글			1961- -	1		영화출판사
1543	**양풍전** 재전-양풍-01-01	양풍운전	한글	35p. 15전	1929-09-20	1929-10-10	1	金璂鴻 조선 대구 경정 1정목 20번지	재전당서포 조선 대구 경정 1정목 20번지
1544	**양풍전** 조선복-양풍-01-01	양풍운전	한글			1925- -	1		조선복음인쇄소
1545	**양풍전** 조선-양풍-01-01	양풍운전	한글			1915-11-20	1		조선도서주식회사
1546	**양풍전** 조선-양풍-01-02	양풍운전	한글				2		조선도서주식회사
1547	**양풍전** 조선-양풍-01-03	양풍운전	한글				3		조선도서주식회사
1548	**양풍전** 조선-양풍-01-04	양풍운전	한글				4		조선도서주식회사
1549	**양풍전** 조선-양풍-01-05	양풍운전	한글				5		조선도서주식회사
1550	**양풍전** 조선-양풍-01-06	양풍운전	한글	35p.		1925-03-20	6		조선도서주식회사
1551	**양풍전** 태화-양풍-01-00	양풍운전	한글			1918- -	1		태화서관

인쇄자 인쇄소 주소	인쇄소 인쇄소 주소	공동 발행	영인본	소장처 및 청구기호	기타	현황
					이능우가 3판을 소개하였으므로 2판도 있을 것으로 추정.	출판
					이능우, p.278	출판
					[新明心寶鑑], 태화서관, 1929. 광고.([이본목록], p.376)	광고
金翼洙 경성부 황금정 2정목 21번지	신문관 경성부 황금정 2정목 21번지			영남대학교 도서관(도 813.5 ㅇ291)		원문
					[圖書分類目錄], 1921 改正([이본목록], p.378)	목록
					<쥬원장창업실긔>, 대창서원, 1921(국립중앙도서관 소장본(3634-2-7(1)) 광고에 '양풍운전'으로 기록.	광고
					정병욱 소장본(이능우, p.292.)	원문
					홍윤표 소장본([이본목록], p.379)	원문
					Kobay[경매목록](25091880)([연구보정], p.577)	출판
	세창인쇄사 서울특별시 종로구 종로 3가 10			고려대학교 도서관(897.33 장풍운 장a)	<장풍운전>과 합철.	원문
					김종철 소장본([연구보정], p.577). <장풍운전>과 합철.	원문
					우쾌제, p.129.	출판
					[출판목록]([이본목록], p.379)	목록
					소재영 외, p.98.	원문
沈禹澤 경성부 공평동 55번지	대동인쇄주식회사 경성부 공평동 55번지			개인소장본		원문
					우쾌제, p.129.	출판
					이능우, p.292.에 초판 발행일 기록.	출판
					6판이 있어서 2판도 있을 것으로 추정.	출판
					6판이 있어서 3판도 있을 것으로 추정.	출판
					6판이 있어서 4판도 있을 것으로 추정.	출판
					6판이 있어서 5판도 있을 것으로 추정.	출판
					이능우, p.292.에 6판 발행일 기록.	출판
					<열녀전>, 태화서관, 1918. 광고.([이본목록], p.379)	광고

번호	작품명 고유번호	표제	문자	면수 가격	인쇄일	발행일	판차	발행자 발행자 주소	발행소 발행소 주소
1552	**양풍전** 한성-양풍-01-01	양풍운전	한글	41p.		1915-11-20	1		한성서관 경성 종로 2정목
1553	**양풍전** 한성-양풍-01-02	양풍운전	한글	41p. 15전	1916-03-15	1916-03-20	2	南宮楔 경성부 종로통 3정목 76번지	한성서관 경성부 종로통 3정목 76번지
1554	**양풍전** 한성-양풍-02-01	양풍운전	한글	50p. 15전	1915-11-10	1915-11-20	1	南宮楔 경성 종로통 2정목 19번지	한성서관 경성부 종로통 2정목 19번지
1555	**양풍전** 한성-양풍-03-01	양풍운전	한글			1915-11-20	1		한성서관
1556	**양풍전** 한성-양풍-03-02	양풍운전	한글				2		한성서관
1557	**양풍전** 한성-양풍-03-03	양풍운전	한글				3		한성서관
1558	**양풍전** 한성-양풍-03-04	양풍운전	한글	35p.		1918- -	4		한성서관
1559	**양풍전** 회동-양풍-01-01	楊風雲傳	한글	35p. 15전	1925-10-25	1925-10-30	1	高裕相 경성부 남대문통 1정목 17번지	회동서관 경성부 남대문통 1정목 17번지
1560	**어룡전** 광동-어룡-01-01	고대소설 어룡전	한글			1923-02-12	1		광동서국
1561	**어룡전** 광동-어룡-01-02	고대소설 어룡전	한글	62p.		1924- -	2	李鍾楨	광동서국
1562	**어룡전** 대동-어룡-01-01	어룡전	한글			1928- -	1		대동서원
1563	**어룡전** 대조-어룡-01-01	어룡전	한글	60p.		1958-10-15	1	大造社編輯部	대조사
1564	**어룡전** 대조-어룡-02-01	어룡전	한글	60p.		1959- -	1	大造社編輯部	대조사
1565	**어룡전** 박문-어룡-01-01	고대소설 어룡전전	한글	69p. 25전	1918-01-25	1918-01-30	1	李敏漢 경성부 합동 117번지	박문서관 경성부 봉래정 1정목 88번지
1566	**어룡전** 박문-어룡-02-01	고대소설 어룡전	한글	62p.		1925-01-15	1		박문서관
1567	**어룡전** 세계-어룡-01-01	어룡전	한글	59p.		1925- -	1	新原幸槌	세계서림
1568	**어룡전** 세창-어룡-01-01	어룡전	한글	58p.		1951- -	1		세창서관
1569	**어룡전** 세창-어룡-02-01	어룡전	한글	58p. 임시정가	1952-12-15	1952-12-30	1	申泰三 서울특별시 종로구 종로3가 10	세창서관 서울특별시 종로구 종로3가 10
1570	**어룡전** 세창-어룡-03-00	고대소설 어룡전	한글	58p.		1962- -	1		세창서관
1571	**어룡전** 영창-어룡-01-00	어룡전	한글				1		영창서관
1572	**어룡전** 영화-어룡-01-01	어룡전	한글	62p. 120원	1957-10-15	1957-10-20	1	姜槿馨	영화출판사 서울특별시 종로구 관철동 155
1573	**어룡전** 이문-어룡-01-01	어룡전	한글	64p.		1931- -	1		이문당

인쇄자 인쇄소 주소	인쇄소 인쇄소 주소	공동 발행	영인본	소장처 및 청구기호	기타	현황
			[구활자소설총서 11]	국립중앙도서관(3 634-2-16(8))	영인본과 국립중앙도서관 소장본에는 판권지 없어 초판으로 확정할 수 없음. 발행일은 [이본목록](p.379) 참고. '한성-양풍-02-01'과 발행일 같음.	원문
金重煥 경성부 중림동 333번지	보성사 경성부 수송동 44번지			연세대학교 도서관(ㅇ 811.9308 고대소 -8-9)	도서관 서지정보에는 1915년 초판으로 되어 있으나 실제로는 2판임.	원문
金聖雲 경성부 옥인동 24번지	선명사인쇄소 경성부 종로통 2정목 39번지		[구활자본고소설 전집 9]	국립중앙도서관(3 634-2-73(6))		원문
					이능우, p.292.에 초판 발행일 기록.	출판
					이능우, p.292.에 4판 발행연도(1918년)가 기록되어서 2판도 있을 것으로 추정.	출판
					이능우, p.292.에 4판 발행연도(1918년)가 기록되어서 3판도 있을 것으로 추정.	출판
					이능우, p.292.에 초판 발행일(1915년11월20일)과 4판 발행연도(1918년) 기록.	출판
金翼洙 경성부 황금정 2정목 21번지	신문관 경성부 황금정 2정목 21번지			영남대학교 도서관(도 813.5 ㅇ292)		원문
					소재영 외, p.139.	출판
					이능우, p.292.에 2판 발행연도 기록.	출판
					우쾌제, p.129.	출판
					홍윤표 소장본([이본목록], p.382)	원문
				부산대학교 도서관(IJ11 811.35 대75ㅇ)		원문
金重煥 경성부 공평동 55번지	대동인쇄주식회사 경성부 공평동 55번지			정명기 소장본		원문
			[활자본고전소설 전집 4]		발행소와 발행일은 영인본의 해제를 따름.	원문
					조희웅 소장본([이본목록], p.382.)	원문
				국립중앙도서관(8 13.5-어124ㅅ)		원문
申晟均 서울특별시 종로구 종로3가 10	세창인쇄사 서울특별시 종로구 종로3가 10			김종철 소장본		원문
				이화여자대학교 도서관(811.31 어26)		원문
					[출판목록]([이본목록], p.382)	목록
	영신사인쇄부			소인호 소장본		원문
					[이능우 書目], 1164([이본목록], p.382)	출판

번호	작품명 고유번호	표제	문자	면수 가격	인쇄일	발행일	판차	발행자 발행자 주소	발행소 발행소 주소
1574	**어룡전** 태화-어룡-01-01	어룡전	한글			1928-10-18	1		태화서관
1575	**어룡전** 태화-어룡-01-02	어룡전	한글	62p. 25전	1931-11-05	1931-11-10	2	姜夏馨 경성부 예지동 101번지	태화서관 경성부 예지동 101번지
1576	**어룡전** 향민-어룡-01-01	어룡전	한글	60p. 20원	1962-10-20	1962-10-30	1	朴彰緒	향민사 대구시 향촌동 13
1577	**어룡전** 향민-어룡-02-01	어룡전	한글	60p. 40원	1964-10-25	1964-10-30	1	朴彰緒	향민사 대구시 향촌동 13
1578	**어룡전** 향민-어룡-03-01	어룡전	한글	60p. 300원	1978-08-30	1978-09-05	1	朴彰緒 서울시 성북구 성북동 133-45	향민사
1579	**어룡전** 회동-어룡-01-01	어룡전	한글	62p. 25전	1925-12-20	1925-12-25	1	高裕相 경성부 남대문통 1정목 17번지	회동서관 경성부 남대문통 1정목 17번지
1580	**연단의 한** 문창-연단-01-01	연단의 한	한글	28p. 15전	- -25	1926- -30	1	崔演澤 경성부 서대문외 아현리 264번지	문창사 경성부 서대문외 아현리 264번지
1581	**연화몽** 회동-연화-01-01	련화몽	한글	202p. 80전	1928.12.25.	1928-12-28	1	崔德容 고양군 송포면 덕이리 937번지	회동서관 경성부 남대문통 1정목 17번지
1582	**열국지** 대성-열국-01-01	렬국지	한글	263p. 90전	1930-11-10	1930-11-15	1	姜殷馨 경성부 입정정 199번지	대성서림 경성부 입정정 199번지
1583	**열국지** 한성-열국-01-00	동주연의	한글			1915- -	1		한성서관
1584	**열녀전** 경성서-열녀-01-01	렬녀젼	한글	50p. 10전	1926-12-18	1926-12-20	1	洪淳泌 경성부 견지동 60번지	경성서적업조합 경성부 견지동 60번지
1585	**열녀전** 대창-열녀-01-01	렬녀젼	한글			1918-10-29	1	玄公廉	대창서원
1586	**열녀전** 대창-열녀-01-02	렬녀젼	한글	50p. 45전	1920-12-25	1920-12-30	2	勝本良吉 경성부 남대문통 1정목 22번지	대창서원 경성부 종로통 2정목 19번지
1587	**열녀전** 대창-열녀-01-03	렬녀젼	한글	50p. 25전	1922-01-10	1922-01-15	3	玄公廉 경성부 계동 99번지	대창서원 경성부 견지동 80번지
1588	**열녀전** 보급-열녀-01-00	烈女傳	한글	25전		1918- -	1		보급서관
1589	**열녀전** 세계-열녀-01-01	고금열녀집	한글	34p.			1		세계서림 경성 종로 1정목
1590	**열녀전** 신명-열녀-01-01	렬녀젼	한글			1917- -	1	高丙敎	신명서림
1591	**열녀전** 신명-열녀-01-02	렬녀젼	한글				2		신명서림
1592	**열녀전** 신명-열녀-01-03	렬녀젼	한글				3		신명서림
1593	**열녀전** 신명-열녀-01-04	렬녀젼	한글				4		신명서림
1594	**열녀전** 신명-열녀-01-05	렬녀젼	한글	50p.		1924-03-25	5	高丙敎	신명서림

인쇄자 인쇄소 주소	인쇄소 인쇄소 주소	공동 발행	영인본	소장처 및 청구기호	기타	현황
					2판에 초판 발행일 기록.	출판
仁煥 성부 공평동 55번지	대동인쇄소 경성부 공평동 55번지			국립중앙도서관(3 634-2-73(4))		원문
				개인소장본	뒷장 표지에 도장으로 '개정정가 30원'	원문
				개인소장본		원문
				최호석 소장본	글쓴이 향민사편집부(판권지)	원문
翼洙 성부 황금정 2정목 1번지	신문관 경성부 황금정 2정목 21번지			국립중앙도서관(3 634-2-73(5))		원문
翼洙 성부 황금정 2정목 1번지	신문관 경성부 황금정 2정목 21번지			서울대학교 도서관(3350 27)	인쇄일과 발행일은 판권지 훼손으로 보이지 않음. 발행연도는 도서관 서지정보를 참고.	원문
禹澤 성부 공평동 55번지	대동인쇄주식회사 경성부 공평동 55번지			한국학중앙연구원[마이크로필름자료] (MF R16N 509)	16회의 장회체(총목차).	원문
仁煥 성부 공평동 55번지	대동인쇄소 경성부 공평동 55번지			정명기 소장본	3편으로 구성(제1편 오자서(108p.) 제2편 제환공(70p.), 제3편 진문공(84p.))	원문
					<쌍주긔연>, 1915. 광고.([이본목록], p.390)	광고
泰均 성부 공평동 55번지	대동인쇄주식회사 경성부 공평동 55번지			서울대학교 도서관(3340 1)	<숙영낭자전>(회동서관, 1925), <옥낭자전>(대창서원, 1926 재판), <박씨전>(회동서관, 1925) 등과 합철.	원문
		보급서관			3판에 초판 발행일 기록.	출판
重煥 성부 공평동 55번지	대동인쇄주식회사 경성부 공평동 55번지	보급서관		국립중앙도서관(3 634-2-38(3))	66회의 장회체(총목차). 초판 발행일 없고 2판 표시 없지만, '대창-열녀-01-03'과 동일 판본임을 고려할 때 이는 2판으로 추정됨.	원문
聖杓 성부 화동 80번지	계문사 경성부 견지동 80번지	보급서관		국립중앙도서관(3 634-2-58(4))	66회의 장회체(총목차). 초판 발행일 기록.	원문
		대창서원			<무쌍언문삼국지>, 대창서원·보급서원,1918(국립중앙도서관 소장본(3634-2-25(1)) 광고에 '列女傳'으로 표기.	광고
			[구활자본고소설 전집 19]		판권지 없음. <독갑이말>(pp.1~8)과 <각종재담집>(pp.9~6)에 이어 수록됨.	원문
		회동서관, 삼문사, 광한서림			초판 발행일은 [이본목록(p.391)]을 참고.	출판
		회동서관, 삼문사, 광한서림			5판이 있어서 2판도 있을 것으로 추정.	출판
		회동서관, 삼문사, 광한서림			5판이 있어서 3판도 있을 것으로 추정.	출판
		회동서관, 삼문사, 광한서림			5판이 있어서 4판도 있을 것으로 추정.	출판
		회동서관, 삼문사, 광한서림			조희웅 소장본. 저자와 발행자는 [이본목록(p.391)]을 참고.	원문

번호	작품명 고유번호	표제	문자	면수 가격	인쇄일	발행일	판차	발행자 발행자 주소	발행소 발행소 주소
1595	열녀전 태화-열녀-01-01	렬녀젼	한글	50p. 25전	1918-01-11	1918-01-15	1		태화서관 경성부 종로통 3정목 83번지
1596	열녀전 회동-열녀-01-01	렬녀젼	한글			1917-03-23	1		회동서관
1597	열녀전 회동-열녀-01-02	렬녀젼	한글				2		회동서관
1598	열녀전 회동-열녀-01-03	렬녀젼	한글				3		회동서관
1599	열녀전 회동-열녀-01-04	렬녀젼	한글				4		회동서관
1600	열녀전 회동-열녀-01-05	렬녀젼	한글	50p. 20전	1924-03-17	1924-03-25	5	高裕相 경성부 남대문통 1정목 17	회동서관 경성부 남대문통 1정목 17
1601	염라왕전 광명-염라-01-00	음양염라왕젼	한글			1916- -	1		광명서관
1602	염라왕전 대창-염라-01-00	음양염라왕젼	한글			1922- -	1		대창서원
1603	염라왕전 한성-염라-01-00	음양염라왕젼	한글			1916- -	1		한성서관
1604	영산홍 덕흥-영산-01-01	영산홍	한글			1922-11-08	1		덕흥서림
1605	영산홍 덕흥-영산-01-02	영산홍	한글				2		덕흥서림
1606	영산홍 덕흥-영산-01-03	영산홍	한글	94p.	1927-11-28	1927-11-30	3	金東縉 경성부 종로통 2정목 20번지	덕흥서림 경성부 종로통 2정목 20번지
1607	영산홍 성문사-영산-01-01	영산홍	한글	116p. 25전	1914-09-05	1914-09-14	1	沈禹澤 경성부 효자동 103번지	성문사 경성부 공평동 55번지
1608	영웅호걸 세창-영웅-01-01	영웅호걸	한글				1		세창서관
1609	영웅호걸 영창-영웅-01-01	영웅호걸	한글	70p. 35전	1930-01-20	1930-01-25	1	姜義永 경성부 종로 2정목 87번지	영창서관 경성부 종로 2정목 84번지
1610	영조대왕야순기 대성-영조-01-01	영조대왕야순긔	한글	74p. 35전	1929-11-10	1929-11-15	1	姜殷馨 경성부 입정정 119번지	대성서림 경성부 입정정 119번지
1611	오관참장기 경성서-오관-01-00	오관참장	한글			1921- -	1		경성서적업조합
1612	오관참장기 대창-오관-01-01	(독행천리)오관 참장긔	한글	56p. 25전	1921-10-15	1918-10-20	1	朴健會 경성부 인사동 49번지	대창서원 경성부 종로 2정목 12번지
1613	오관참장기 대창-오관-01-02	(독행천리)오관 참장긔	한글	56p. 25전	1921-11-10	1921-11-23	2	朴健會 경성부 인사동 49번지	대창서원 경성부 견지동(구전동)80번지
1614	오관참장기 태화-오관-01-00	오관참장	한글			1918- -	1		태화서관
1615	오동추월 영창-오동-01-01	(비극소설)오동 츄월	한글			1923-12-15	1		영창서관
1616	오동추월 영창-오동-01-02	(비극소설)오동 츄월	한글				2		영창서관
1617	오동추월 영창-오동-01-03	(비극소설)오동 츄월	한글				3		영창서관

인쇄자 인쇄소 주소	인쇄소 인쇄소 주소	공동 발행	영인본	소장처 및 청구기호	기타	현황
久家恒衛 경성부 명치정 1정목 54번지	일한인쇄소 경성부 명치정 1정목 54번지		[구활자본고소설 전집 9], [구활자소설총서 6]	국립중앙도서관(3 634-2-86(2))	66회의 장회체(총목차). 저작가 현공렴.	원문
					5판에 초판 발행일 기록	출판
					5판이 있어서 2판도 있을 것으로 추정.	출판
					5판이 있어서 3판도 있을 것으로 추정.	출판
					5판이 있어서 4판도 있을 것으로 추정.	출판
金鐘憲 경성부 수송동 69번지	보명사인쇄소 경성부 수송동 69번지			영남대학교 도서관(도 813.5 ㅇ339)	초판 발행일 기록, 회동(진체 경성 712번)	원문
					<노처녀고독각씨>, 광명서관, 1916(국중(3634-3-47(7)) 광고에 '음양염라왕전'으로 수록. 가격은 없음.	광고
		보급서관			<강유실기>, 대창서원·보급서관, 1922. 광고.([연구보정], p.604.)	광고
					<산양대전>, 1916. 광고([연구보정], p.604)	광고
					3판에 초판 발행일 기록.	출판
					3판이 있어서 2판도 있을 것으로 추정.	출판
魯基禎 경성부 견지동 32번지	한성도서주식회사 경성부 견지동 32번지			서울대학교 도서관(3340 219)	판권지 훼손되어 작가와 가격이 보이지 않음. 초판 발행일 기록.	원문
金聖杓 경성부 인의동 57번지	성문사 경성부 공평동 55번지			국립중앙도서관(3 634-3-45(4)=2)	저작자 이종린.	원문
					소재영 외, p.223.	원문
申泰榮 경성부 종로 2정목 84번지	영창서관인쇄소 경성부 종로 2정목 84번지	한흥서림, 진흥서관		오윤선 소장본	오윤선(2010)	원문
沈禹澤 경성부 공평동 55번지	대동인쇄주식회사 경성부 공평동 55번지		[구활자본고소설 전집 9]	국립중앙도서관(3 634-3-52(3))	2편 합철(1편 pp.1~32, 2편 pp.32~64, 부록 pp.65~74). 1면에 '이규용 저'.	원문
					[圖書分類目錄], 1921 改正([이본목록], p.396.)	목록
久家恒衛 경성부 명치정 1정목 54번지	일한인쇄소 경성부 명치정 1정목 54번지	보급서관	[구활자본고소설 전집 9]		판권지 훼손으로 인쇄일과 발행일 정확히 알 수 없음. 2판에 초판 발행일 기록.	원문
魯基禎 경성부 견지동 32번지	한성도서주식회사인 쇄부 경성부 견지동 32번지	보급서관		국립중앙도서관(3 634-2-86(3))	판권지에 발행소 없고 발매소만 있음. 초판 판권지에는 발행소 및 초판 발행일 기록.	원문
					<열녀전>, 태화서관, 1918. 광고.([이본목록], p.397)	광고
		한흥서림			4판에 초판 발행일 기록.	출판
		한흥서림			4판이 있어서 2판도 있을 것으로 추정.	출판
		한흥서림			4판이 있어서 3판도 있을 것으로 추정.	출판

번호 고유번호	작품명	표제	문자	면수 가격	인쇄일	발행일	판차	발행자 발행자 주소	발행소 발행소 주소
1618	오동추월 영창-오동-01-04	(비극소설)오동 츄월	한글	56p. 25전	1928-09-20	1928-09-25	4	姜義永 경성부 종로 2정목 84번지	영창서관 경성부 종로 2정목 84번지
1619	오백년기담 박문-오백-01-01	五百年奇譚	한문			1913-06-27	1		박문서관
1620	오백년기담 박문-오백-01-02	五百年奇譚	한문				2		박문서관
1621	오백년기담 박문-오백-01-03	五百年奇譚	한문				3		박문서관
1622	오백년기담 박문-오백-01-04	五百年奇譚	한문				4		박문서관
1623	오백년기담 박문-오백-01-05	五百年奇譚	한문	133p.	1923-04-05	1923-04-10	5	崔東洲 경성부 운니동 45번지	박문서관 경성부 봉래정 1정목 88번지
1624	오선기봉 경성서-오선-01-00	오션긔봉	한글			1921- -	1		경성서적업조합
1625	오선기봉 광동-오선-01-01	오선기봉	한글	65p. 25전	1917-07-15	1917-08-28	1	李鍾楨 경성부 송현동 71번지	광동서국 경성부 송현동 71번지
1626	오성과 한음 문광-오성-01-01	오성과 한음	한글	163p. 70전	1930-01-25	1930-01-30	1	洪翼杓 경성부 인사동 28번지	문광서림 경성부 인사동 28번지
1627	오성과 한음 세창-오성-01-01	오성과 한음	한글	64p. 임시정가	1952-12-15	1952-12-30	1	申泰三 서울특별시 종로구 종로 3가 10	세창서관 서울특별시 종로구 종로 3가 10
1628	오성과 한음 세창-오성-02-01	오성과 한음	한글	64p.	1953-09-10	1953-12-30	1	申泰三 서울특별시 종로구 종로 3가 10	세창서관 서울특별시 종로구 종로 3가 10
1629	오성과 한음 신구-오성-01-01	한음과 오성실긔	한글			1930-10-25	1		신구서림
1630	오성과 한음 신구-오성-01-02	한음과 오성실긔	한글			1932-11-30	2		신구서림
1631	오성과 한음 신구-오성-01-03	한음과 오성실긔	한글	66p. 30전		1934-09-15	3	盧益煥 경성부 봉래정 1정목 75번지	신구서림 경성부 봉래정 1정목 75번지
1632	오성과 한음 회동-오성-01-01	오성긔담	한글	69p. 25전	1927-11-25	1927-12-10	1	高裕相 경성부 남대문통 1정목 17번지	회동서관 경성부 남대문통 1정목 17번지
1633	오자서전 경성서-오자-01-00	오자셔	한글			1921- -	1		경성서적업조합
1634	오자서전 대창-오자-01-01	오자셔실긔 상편/하편	한글	108p. 60전	1918-10-01	1918-10-05	1	玄公廉 경성부 계동 99번지	대창서원 경성부 종로 2정목 12번지
1635	오자서전 대창-오자-01-02	오자셔실긔	한글	108p. 35전	1921-11-20	1921-11-23	2	玄公廉 경성부 계동통 99번지	대창서원 경성부 견지동 80번지
1636	옥난기연 한성-옥난기-01-00	옥난긔연	한글			1915- -	1		한성서관
1637	옥난빙 경성서-옥난-01-00	옥난빙	한글			1921- -	1		경성서적업조합
1638	옥난빙 대창-옥난-01-00	수저 옥난빙	한글	30전		1921- -	1		대창서원

쇄자 쇄소 주소	인쇄소 인쇄소 주소	공동 발행	영인본	소장처 및 청구기호	기타	현황
泰三 성부 종로 2정목 4번지	영창서관인쇄부 경성부 종로 2정목 84번지	한흥서림		서울대학교 도서관(3340 218)	초판 발행일 기록.	원문
					5판에 초판 인쇄일 기록.	출판
					5판이 있어서 2판도 있을 것으로 추정.	출판
					5판이 있어서 3판도 있을 것으로 추정.	출판
					5판이 있어서 4판도 있을 것으로 추정.	출판
金重煥 성부 공평동 55번지	대동인쇄주식회사 경성부 공평동 55번지			국립중앙도서관(위 창古3638-7)	표지에 '崔東洲 述'. 1913년 4월 서문. 초판 발행일 기록.	원문
					[圖書分類目錄], 1921 改正([이본목록], p.399.)	목록
沈禹澤 성부 공평동 56번지	성문사 경성부 공평동 55번지	태학서관	[활자본고전소설 전집 4], [구활자소설총서 6]	국립중앙도서관(3 634-2-6(3))	12회의 장회체. [구활자소설총서 6]에만 판권지 있음.	원문
沈禹澤 경성부 공평동 55번지	대동인쇄주식회사 경성부 공평동 55번지			고려대학교 도서관(897.33 문건호 오)		원문
申晟均 서울특별시 종로구 종로3가 10	세창인쇄사 서울특별시 종로구 종로 3가 10			박순호 소장본		원문
	세창인쇄사 서울특별시 종로구 종로 3가 10		[구활자본고소설 전집 29]			원문
					3판에 초판 발행일 기록.	출판
					3판에 2판 발행일 기록.	출판
李龍鎮 경성부 봉래정 1정목 75번지	신구서림인쇄부 경성부 봉래정 1정목 75번지			정명기 소장본	초판, 2판 발행일 기록. 인쇄일 없이 발행일만 기록.	원문
金在涉 경성부 견지동 32번지	한성도서주식회사 경성부 견지동 32번지	홍문당		영남대학교 도서관(도 813.5 ㅇ388)		원문
					[圖書分類目錄], 1921 改正([이본목록], p.401.)	목록
久家恒衛 경성부 명치정 1정목 54번지	일한인쇄소 경성부 명치정 1정목 54번지	한양서적업조합 소	[구활자본고소설 전집 9], [구활자소설총서 5]	국립중앙도서관(3 634-2-7(3))	상하합본(상 pp.1~56, 하 pp.57~108). 인쇄일(9월2X일)과 발행일(9월30일)을 각각 10월1일, 10월5일로 고침. 9월30일은 2판에 기록된 초판 발행일임.	원문
金聖杓 경성부 견지동 80번지	계문사 경성부 견지동 80번지	보급서관		국립중앙도서관(3 634-2-86(4))	상하합본(상 pp.1~56, 하 pp.57~108). <오자서실기>는 중국소설 <신열국지>의 개역본(이은영, 2006)	원문
					<쌍주기연>, 한성서관, 1915(국립중앙도서관 소장본(3634-2-21(1)) 광고에 '옥난긔연 (근간)'으로 수록.	광고
					[圖書分類目錄], 1921 改正([이본목록], p.404.)	목록
		보급서관			<셔동지젼>, 대창서원.보급서관, 1921(국립중앙도서관 소장본(3634-2-6(1)) 광고에 '水渚玉鸞聘'으로 수록.	광고

번호	작품명 고유번호	표제	문자	면수 가격	인쇄일	발행일	판차	발행자 발행자 주소	발행소 발행소 주소
1639	**옥난빙** 회동-옥난-01-01	고대소설 옥란빙	한글	82p.		1918-01-31	1	李圭瑢	회동서관
1640	**옥낭자전** 대조-옥낭-01-01	옥낭자전	한글	30p.		1959- -	1		대조사
1641	**옥낭자전** 대조-옥낭-02-00	옥낭자	한글			1960- -	1		대조사
1642	**옥낭자전** 대창-옥낭-01-01	옥낭자	한글	32p.	1925-11-10	1925-11-13	1		대창서원
1643	**옥낭자전** 대창-옥낭-01-02	옥낭자	한글	32p. 15전	1926-01-18	1926-01-20	2	玄公廉 경성부 계동 99번지	대창서원 경성부 견지동 80번지
1644	**옥낭자전** 대창-옥낭-01-03	옥낭자	한글			1927- -	3		대창서원
1645	**옥낭자전** 대창-옥낭-01-04	옥낭자	한글	32p.		1929- -	4		대창서원
1646	**옥낭자전** 세창-옥낭-01-01	옥낭자	한글	32p. 18전	1956-12-01	1952-12-30	1	申泰三 서울특별시 종로구 3가 10	세창서관 서울특별시 종로구 3 10
1647	**옥단춘전** 경성서-옥단-01-01	옥단츈젼	한글			1925-11-10	1		경성서적업조합
1648	**옥단춘전** 경성서-옥단-01-02	옥단츈젼	한글	38p. 10전	1926-12-18	1926-12-20	2	洪淳泌 경성부 견지동 60번지	경성서적업조합 경성부 견지동 60번지
1649	**옥단춘전** 공동-옥단-01-01	(古代小說)玉丹 春傳	한글	38p.	1954-10-05	1954-10-10	1	姜殷馨	공동문화사 서울특별시 종로구 _ 114
1650	**옥단춘전** 대성-옥단-01-01	옥단츈젼	한글			1928-10-23	1		대성서림
1651	**옥단춘전** 대성-옥단-01-02	옥단츈젼	한글	36p. 15전	1929-12-05	1929-12-10	2	姜殷馨 경성부 입정정 119번지	대성서림 경성부 입정정 119번
1652	**옥단춘전** 대조-옥단-01-01	옥단츈젼	한글	28p.		1958- -	1		대조사
1653	**옥단춘전** 대조-옥단-02-01	옥단츈젼	한글			1959- -	1		대조사
1654	**옥단춘전** 대창-옥단-01-01	옥단츈젼	한글	38p. 15전	1925-10-03	1925-10-10	1	玄公廉 경성부 계동 99번지	대창서원 경성부 견지동 80번
1655	**옥단춘전** 덕홍-옥단-01-01	옥단츈젼	한글	38p. 15전	1926-01-15	1926-01-20	1	金東縉 경성부 종로 2정목 20번지	덕흥서림 경성부 종로 2정목 20번지
1656	**옥단춘전** 동양대-옥단-01-01	옥단츈젼	한글	38p. 15전	1929-12-10	1929-12-16	1	宋敬煥 경성부 종로 1정목 75번지	동양대학당 경성부 종로 1정목 7
1657	**옥단춘전** 박문-옥단-01-01	옥단츈젼	한글	38p.		1916-09-20	1		박문서관
1658	**옥단춘전** 박문-옥단-01-02	옥단츈젼	한글			1921-01-15	2		박문서관
1659	**옥단춘전** 박문-옥단-01-03	옥단츈젼	한글			1921-12-10	3		박문서관
1660	**옥단춘전** 박문-옥단-01-04	옥단츈젼	한글	38p. 15전	1922-02-28	1922-03-03	4	申龜永 경성부 팔판동 118번지	박문서관 경성부 봉래정 1정목 88번지

인쇄자 인쇄소 주소	인쇄소 인쇄소 주소	공동 발행	영인본	소장처 및 청구기호	기타	현황
			[활자본고전소설 전집 4]	서울대학교 도서관(3350 186)	9회의 장회체. 발행소와 발행일은 영인본 해제에 의함. 서울대 소장본에는 판권지가 없으나 영인본과 동일 판본임.	원문
				연세대학교 도서관(이석호 811.9308 59가 -4)	[古代小說集] 第4輯에 '신유복전, 박씨전, 장끼전, 회심곡, 유충열전'과 합철.	원문
					소재영 외, p.188.	원문
		보급서관, 신구서포	[활자본고전소설 전집 4]		발행소와 발행일은 영인본 해제에 의함. 2판에 초판 발행일 기록.	원문
李英九 경성부 안국동 35번지	망대성경급기독교서 회인쇄부 경성부 안국동 35번지	보급서관, 신구서포		서울대학교 도서관(3340 1)	[(고대소설)옥단춘전(경성서적업조합, 1926)]이란 제목 아래 <숙영낭자전>(회동서관, 1925), 열녀전(경성서적업조합, 1926), <박씨전>(회동서관, 1925) 등과 합철	원문
					발행일은 [이본목록], p.405.	출판
					발행일은 [이본목록], p.405.	출판
	세창인쇄사 申泰三			정명기 소장본		원문
					2판에 초판 발행일 기록.	출판
權泰均 경성부 공평동 55번지	대동인쇄주식회사 경성부 공평동 55번지			국립중앙도서관(3 634-2-90(7))	초판 발행일 기록.	원문
共同文化社印刷部				국립중앙도서관(일 모813.5-공723ㅇ)	저작겸발행자 '김인성, 강은형' 같이 기록.	원문
					2판에 초판 발행일 기록.	출판
沈禹澤 경성부 공평동 55번지	대동인쇄주식회사 경성부 공평동 55번지			국립중앙도서관(3 634-2-90(6))	초판 발행일 기록.	원문
					[이본목록], p.407.	출판
					소재영 외, p.36.	원문
金翼洙 경성부 황금정 2정목 21번지	신문관 경성부 황금정 2정목 21번지	보급서관		국립중앙도서관(3 634-2-90(11))		원문
申東燮 경성부 종로 2정목 20번지	덕흥서림인쇄부 경성부 종로 2정목 20번지			정명기 소장본		원문
金重煥 경성부 관훈동 30번지	중성사인쇄부 경성부 관훈동 30번지			국립중앙도서관(3 634-2-90(8))		원문
			[활자본고전소설 전집 4]		4판에 초판 발행일 기록.	원문
					4판에 2판 발행일 기록.	출판
					4판에 3판 발행일 기록.	출판
金聖杓 경성부 견지동 80번지	계문사 경성부 견지동 80번지			국립중앙도서관(3 634-2-90(12))	초판, 2판, 3판 발행일 기록.	원문

번호	작품명 고유번호	표제	문자	면수 가격	인쇄일	발행일	판차	발행자 발행자 주소	발행소 발행소 주소
1661	**옥단춘전** 세계-옥단-01-01	옥단츈젼	한글	34p. 15전	1925-01-20	1925-01-30	1	王世름 경성 종로 1정목 72번지	세계서림 경성 종로 1정목 72번지
1662	**옥단춘전** 세창-옥단-01-01	옥단츈젼	한글	38p. 15전	1934-01-05	1934-01-10	1	申泰三 경성부 종로 3정목 141번지	세창서관 조선 경성부 종로 3정목 141번지
1663	**옥단춘전** 세창-옥단-02-01	옥단츈젼	한글	24p.	1952-08-10	1952-08-30	1	申泰三 서울특별시 종로구 종로 3가 10	세창서관 서울특별시 종로구 종로 3가 10
1664	**옥단춘전** 세창-옥단-03-01	옥단츈젼	한글	24p.	1952-12-15	1952-12-30	1	申泰三 서울특별시 종로구 종로 3가 10	세창서관 서울특별시 종로구 종로 3가 10번지
1665	**옥단춘전** 세창-옥단-04-01	옥단츈젼	한글	24p. 임시정가 120	1961-08-10	1961-12-30	1	申泰三 서울특별시 종로구 종로 3가 10	세창서관 서울시 종로구 종로 3가 10
1666	**옥단춘전** 신구-옥단-01-01	옥단츈젼	한글	38p. 15전	1931-12-01	1931-12-05	1	盧益煥 경성부 봉래정 1정목 75번지	신구서림 경성부 봉래정 1정목 75번지
1667	**옥단춘전** 영창-옥단-01-01	옥단춘전	한글	38p.		1925- -	1		영창서관
1668	**옥단춘전** 영화-옥단-01-01	古代小說 玉丹春傳	한글	36p.		1953- -	1		영화출판사
1669	**옥단춘전** 영화-옥단-02-01	古代小說 玉丹春傳	한글	38p. 80원	1956-10-15	1956-10-20	1	姜槿馨	영화출판사 서울특별시 종로구 관철동 155
1670	**옥단춘전** 영화-옥단-03-01	古代小說 玉丹春傳	한글	38p. 100원	1957-10-15	1957-10-20	1	姜槿馨	영화출판사 서울특별시 종로구 관철동 155
1671	**옥단춘전** 영화-옥단-04-01	古代小說 玉丹春傳	한글	38p. 100원	1958-10-15	1958-10-20	1	姜槿馨	영화출판사 서울특별시 종로구 관철동 155
1672	**옥단춘전** 영화-옥단-05-01	古代小說 玉丹春傳	한글	38p.	1961-10-05	1961-10-10	1	姜槿馨	영화출판사 서울특별시 종로구 종로2가 98
1673	**옥단춘전** 재전-옥단-01-01	옥단츈젼	한글	38p. 15전	1929-05-20	1929-06-10	1	金瑅鴻 조선 대구 경정 1정목 20번지	재전당서포 조선 대구 경정 1정목 20번지
1674	**옥단춘전** 청송-옥단-01-01	옥단츈젼	한글	42p. 20전	1916-09-20	1916-09-30	1	申龜永 경성 종로 2정목 80번지	청송당서점 경성 견지동 38번지
1675	**옥단춘전** 태화-옥단-01-01	옥단춘전	한글	38p.		1928-10-23	1		태화서관
1676	**옥단춘전** 태화-옥단-01-02	옥단춘전	한글	38p.	1946-02-25	1946-03-05	2	姜夏馨 한성시 예지동 101번지	태화서관 한성시 예지동 101번지
1677	**옥단춘전** 한성-옥단-01-00	옥단춘전	한글			1915- -	1		한성서관
1678	**옥단춘전** 향민-옥단-01-01	옥단춘전	한글	28p. 80원	1963-10-20	1963-10-30	1	朴彰緒	향민사 대구시 향촌동 13
1679	**옥단춘전** 화광-옥단-01-01	옥단츈젼	한글	38p. 15전	1935-12-10	1935-12-15	1	姜範馨 경성부 종로 3정목 80번지	화광서림 경성부 종로통 3정목 80번지
1680	**옥단춘전** 회동-옥단-01-01	옥단츈젼	한글	88p.		1925- -	1		회동서관
1681	**옥련몽** 경성서-옥련-01-00-권1	옥련몽	한글			1921- -	1		경성서적업조합

인쇄자 인쇄소 주소	인쇄소 인쇄소 주소	공동 발행	영인본	소장처 및 청구기호	기타	현황
趙鍾昌 경성 종로 2정목 72번지	세계서림인쇄부 경성 종로 1정목 72번지			소인호 소장본		원문
卲泰和 경성부 종로 3정목 141번지	세창서관인쇄부 경성부 종로 3정목 141번지			국립중앙도서관(3 634-2-90(10))		원문
	세창인쇄사 서울특별시 종로구 종로 3가 10			정명기 소장본		원문
				고려대학교 도서관(897.33 옥단춘 옥a)	판권지가 스티커에 가려 다 보이지 않음.	원문
	세창인쇄사 서울특별시 종로구 종로 3가 10		[조동일소장국문 학연구자료 22]			원문
林基然 경성부 봉래정 1정목 75번지	신구서림인쇄부 경성부 봉래정 1정목 75번지			국립중앙도서관(3 634-2-90(9))		원문
					여승구, [古書通信 15], 1999.9.([이본목록], p.408)	원문
				고려대학교 도서관(897.33 옥단춘 옥)	판권지가 없음. 발행일은 도서관 서지정보를 따름.	원문
K新社印刷部				개인소장본		원문
K新社印刷部				개인소장본		원문
K新社印刷部				개인소장본		원문
K新社印刷部				디지털 한글박물관(홍윤표 소장본)		원문
紀禹澤 경성부 공평동 55번지	대동인쇄주식회사 경성부 공평동 55번지			국립중앙도서관(3 634-2-90(13))	도서관 서지정보에는 출판지가 '경성'으로 잘못 기록됨.	원문
金重煥 경성 중림동 333번지	보성사 경성 수송동 44번지			국립중앙도서관(3 634-2-90(4))		원문
					2판에 초판 발행일 기록.	출판
	서울인쇄사 한성시 본정 4정목 131			정명기 소장본	초판 발행일 기록.	원문
					<쌍쥬긔연>, 한성서관, 1915(국립중앙도서관 소장본(3634-2-21(1)=2)) 광고에 '옥단춘전'으로 기록, 近刊.	광고
				김종철 소장본	가격은 붉은색 도장으로 기록되었는데, 80원으로 보임.	원문
仁煥 경성부 공평동 55번지	대동인쇄소 경성부 공평동 55번지			국립중앙도서관(3 634-2-90(5))		원문
				영남대학교 도서관(도 813.5 ㅇ474)	원문은 있으나 판권지 없음. 발행연도는 도서관 서지정보를 따름.	원문
					[圖書分類目錄], 1921 改正([이본목록], p.412)	목록

번호	작품명 고유번호	표제	문자	면수 가격	인쇄일	발행일	판차	발행자 발행자 주소	발행소 발행소 주소
1682	**옥련몽** 경성서-옥련-01-00-권2	옥련몽	한글			1921- -	1		경성서적업조합
1683	**옥련몽** 경성서-옥련-01-00-권3	옥련몽	한글			1921- -	1		경성서적업조합
1684	**옥련몽** 경성서-옥련-01-00-권4	옥련몽	한글			1921- -	1		경성서적업조합
1685	**옥련몽** 경성서-옥련-01-00-권5	옥련몽	한글			1921- -	1		경성서적업조합
1686	**옥련몽** 광동-옥련-01-01-권1	옥련몽 / 제1편	한글	119p.		1916-02-29	1	李鍾楨 경성부 관수동 30번지	광동서국
1687	**옥련몽** 광동-옥련-01-01-권2	옥련몽 / 제2편	한글	134p. 1원90전		1916-02-29	1	李鍾楨 경성부 관수동 30번지	광동서국
1688	**옥련몽** 광동-옥련-01-01-권3	옥련몽 / 제3편	한글			1916-02-29	1	李鍾楨	광동서국
1689	**옥련몽** 광동-옥련-01-01-권4	옥련몽 / 제4편	한글			1916-02-29	1	李鍾楨	광동서국
1690	**옥련몽** 광동-옥련-01-01-권5	옥련몽 / 제5편	한글			1916-02-29	1	李鍾楨	광동서국
1691	**옥련몽** 광동-옥련-01-02-권1	옥련몽 / 제1편	한글				2		광동서국
1692	**옥련몽** 광동-옥련-01-02-권2	옥련몽 / 제2편	한글				2		광동서국
1693	**옥련몽** 광동-옥련-01-02-권3	옥련몽 / 제3편	한글				2		광동서국
1694	**옥련몽** 광동-옥련-01-02-권4	옥련몽 / 제4편	한글				2		광동서국
1695	**옥련몽** 광동-옥련-01-02-권5	옥련몽 / 제5편	한글				2		광동서국
1696	**옥련몽** 광동-옥련-01-03-권1	옥련몽 / 제1편	한글				3		광동서국
1697	**옥련몽** 광동-옥련-01-03-권2	옥련몽 / 제2편	한글				3		광동서국
1698	**옥련몽** 광동-옥련-01-03-권3	옥련몽 / 제3편	한글				3		광동서국
1699	**옥련몽** 광동-옥련-01-03-권4	옥련몽 / 제4편	한글				3		광동서국
1700	**옥련몽** 광동-옥련-01-03-권5	옥련몽 / 제5편	한글	126p.	1918-12-05	1918-12-10	3	李鍾楨 경성부 종로통 2정목 51번지	광동서국 경성부 종로통 2정목 51번지
1701	**옥련몽** 광동-옥련-01-04-권1	옥련몽 / 제1편	한글	119p.		1920-08-30	4	李鍾楨	광동서국
1702	**옥련몽** 광동-옥련-01-04-권2	옥련몽 / 제2편	한글			1920-08-30	4	李鍾楨	광동서국
1703	**옥련몽** 광동-옥련-01-04-권3	옥련몽 / 제3편	한글			1920-08-30	4	李鍾楨	광동서국
1704	**옥련몽** 광동-옥련-01-04-권4	옥련몽 / 제4편	한글			1920-08-30	4	李鍾楨	광동서국

인쇄자 인쇄소 주소	인쇄소 인쇄소 주소	공동 발행	영인본	소장처 및 청구기호	기타	현황
					[圖書分類目錄], 1921 改正([이본목록], p.412)	목록
					[圖書分類目錄], 1921 改正([이본목록], p.412)	목록
					[圖書分類目錄], 1921 改正([이본목록], p.412)	목록
					[圖書分類目錄], 1921 改正([이본목록], p.412)	목록
				소인호 소장본	제1편(1권~5권). 20권의 총목차. 판권지가 없음. 발행일과 발행자(주소), 가격이 필사됨. 발행자와 발행일을 참고하여 발행소를 추정.	원문
				소인호 소장본	제2편(6권~11권). 판권지가 없음. 발행일과 발행자(주소), 가격이 필사됨. 발행자와 발행일을 참고하여 발행소를 추정.	원문
					3판, 4판의 5편이 있어서 초판 3편도 있을 것으로 추정.	출판
					3판, 4판의 5편이 있어서 초판 4편도 있을 것으로 추정.	출판
					3판, 4판의 5편에 초판 발행일 기록.	출판
					3판, 4판의 5편이 있어서 2판 1편도 있을 것으로 추정.	출판
					3판, 4판의 5편이 있어서 2판 2편도 있을 것으로 추정. 발행자와 발행일은 [연구보정](p.636)을 따름.	출판
					3판, 4판의 5편이 있어서 2판 3편도 있을 것으로 추정. 발행자와 발행일은 [연구보정](p.636)을 따름.	출판
					3판, 4판의 5편이 있어서 2판 4편도 있을 것으로 추정. 발행자와 발행일은 [연구보정](p.636)을 따름.	출판
					3판, 4판의 5편이 있어서 2판 5편도 있을 것으로 추정. 발행자와 발행일은 [연구보정](p.636)을 따름.	출판
					3판, 4판의 5편이 있어서 3판 1편도 있을 것으로 추정.	출판
					3판, 4판의 5편이 있어서 3판 2편도 있을 것으로 추정.	출판
					3판, 4판의 5편이 있어서 3판 3편도 있을 것으로 추정.	출판
					3판, 4판의 5편이 있어서 3판 4편도 있을 것으로 추정.	출판
鄭敬德 경성부 관훈동 30번지	조선복음인쇄소 경성부 관훈동 30번지			양승민 소장본	초판 발행일 기록.	원문
				국립중앙도서관(3 634-2-89(3))	제1편(1권~20권 총목차). 판권지 없음. 발행 관련 사항은 4판 제5편의 내용을 참고.	원문
					4판의 5편이 있어서 4판 2편도 있을 것으로 추정.	출판
					4판의 5편이 있어서 4판 3편도 있을 것으로 추정.	출판
					4판의 5편이 있어서 4판 4편도 있을 것으로 추정.	출판

번호	작품명 고유번호	표제	문자	면수 가격	인쇄일	발행일	판차	발행자 발행자 주소	발행소 발행소 주소
1705	옥련몽 광동-옥련-01-04-권5	옥련몽 / 제5편	한글	126p. 1원 90전(전5 책)	1920-08-25	1920-08-30	4	李鍾楨 경성부 관수동 30번지	광동서국 경성부 관수동 30번지
1706	옥련몽 광익-옥련-01-01-권1	옥련몽 / 제1	한글				1		광익서관
1707	옥련몽 광익-옥련-01-01-권2	옥련몽 / 제2	한글				1		광익서관
1708	옥련몽 광익-옥련-01-01-권3	옥련몽 / 제3	한글				1		광익서관
1709	옥련몽 광익-옥련-01-01-권4	옥련몽 / 제4	한글				1		광익서관
1710	옥련몽 광익-옥련-01-01-권5	옥련몽 / 제5	한글	128p. 2원50전(전5책)	1935-02-22	1935-02-25	1		광익서관 경성 삼각정 80번지
1711	옥련몽 박학-옥련-01-01-권1	옥년몽 / 제1편	한글	144p. 35전	1913-01-03	1913-01-15	1	李鍾楨 경성 북부 대안동 34통 4호	박학서원 경성 북부 전동 45통 8
1712	옥련몽 박학-옥련-01-01-권2	옥년몽 / 제2편	한글	170p. 35전	1913-03-15	1913-03-24	1	李鍾楨 경성 북부 대안동 34통 4호	박학서원 경성 북부 전동 45통 8
1713	옥련몽 박학-옥련-01-01-권3	옥년몽 / 제3편	한글	181p.		1913- -	1		박학서원
1714	옥련몽 박학-옥련-01-01-권4	옥년몽 / 제4편	한글	161p. 35전	1913-04-22	1913-04-25	1	李鍾楨 경성 북부 대안동 34통 4호	박학서원 경성 북부 전동 45통 8
1715	옥련몽 박학-옥련-01-01-권5	옥년몽 / 제5편	한글	160p. 35전	1913-05-11	1913-05-15	1	李鍾楨 경성 북부 대안동 34통 4호	박학서원 경성 북부 전동 45통 8
1716	옥련몽 삼문-옥련-01-01-권1	古代小說 玉蓮夢 第一	한글	119p.		1918- -	1		삼문사
1717	옥련몽 삼문-옥련-01-01-권2	古代小說 玉蓮夢 第二	한글	134p.		1918- -	1		삼문사 경성부 낙원동 248번지
1718	옥련몽 삼문-옥련-01-01-권3	古代小說 玉蓮夢 第三	한글	143p.		1918- -	1		삼문사 경성부 낙원동 248번지
1719	옥련몽 삼문-옥련-01-01-권4	古代小說 玉蓮夢 第四	한글	127p.		1918- -	1		삼문사 경성부 낙원동 248번지
1720	옥련몽 중앙서-옥련-01-01-권1	옥련몽 第1篇	한글			1917-01-12	1	李鍾楨	중앙서관
1721	옥련몽 중앙서-옥련-01-01-권2	옥련몽 第2篇	한글			1917-01-12	1	李鍾楨	중앙서관
1722	옥련몽 중앙서-옥련-01-01-권3	옥련몽 第3篇	한글	143p.		1917-01-12	1	李鍾楨	중앙서관
1723	옥련몽 중앙서-옥련-01-01-권4	옥련몽 第4篇	한글	127p.		1917-01-12	1	李鍾楨	중앙서관
1724	옥련몽 중앙서-옥련-01-01-권5	옥련몽 第5篇	한글			1917-01-12	1	李鍾楨	중앙서관
1725	옥련몽 중앙서-옥련-01-02-권1	옥련몽 第1篇	한글		1918-01-12	1918-01-15	2	李鍾楨	중앙서관
1726	옥련몽 중앙서-옥련-01-02-권2	옥련몽 第2篇	한글		1918-01-12	1918-01-15	2	李鍾楨	중앙서관

인쇄자 인쇄소 주소	인쇄소 인쇄소 주소	공동 발행	영인본	소장처 및 청구기호	기타	현황
金重煥 경성부 공평동 55번지	대동인쇄주식회사 경성부 공평동 55번지			국립중앙도서관(3 634-2-89(1))	제5편(18권~20권). 초판 발행일 기록	원문
					5권이 있어서 1권도 있을 것으로 추정.	출판
					5권이 있어서 2권도 있을 것으로 추정.	출판
					5권이 있어서 3권도 있을 것으로 추정.	출판
					5권이 있어서 4권도 있을 것으로 추정.	출판
田永求 경성 종로 3정목 156번지	광성인쇄소			김종철 소장본	저작자 高丙敦.	원문
池炳文 경성 북부 효자동 50통 호	동문관 경성 북부 교동 23통 5호		[구활자본고소설 전집 10]	국립중앙도서관(3 634-2-102(3))	저작자 남정의. 서문(시당 남정의), 총목차(1권~20권). 제1편(1권~5권).	원문
金翼洙 경성 북부 전정동 38통 호	창문사 경성 북부 종로 발리동 9통 10호		[구활자본고소설 전집 10]	국립중앙도서관(3 634-2-102(2)=2)	제2편(6권~11권)	원문
				고려대학교(희귀 897.33 옥련몽 옥 3)	제3편(12권~14권)	원문
田昌均 경성 북부 관현 2통 1호	휘문관 경성 북부 관현 2통 1호			국립중앙도서관(3 634-2-102(4))	제4편(15권~17권)	원문
田昌均 경성 북부 관현 2통 1호	휘문관 경성 북부 관현 2통 1호			국립중앙도서관(3 634-2-102(5))	제5편(18권~20권)	원문
				개인소장본	제1편(1~20권 총목차). 판권지 없음. 발행연도는 소재영 외, p.141. 참고.	원문
				김종철 소장본	판권지 없음. 발행연도는 소재영 외, p.141. 참고.	원문
				김종철 소장본	판권지 없음. 발행연도는 소재영 외, p.141. 참고.	원문
				김종철 소장본	판권지 없음. 발행연도는 소재영 외, p.141. 참고.	원문
		광동서국			2판 5권에 초판 발행일 기록. 2판 5권이 있어서 1판 1~5권이 있을 것으로 추정. 이능우, p.293.에서는 초판 발행일을 1916년으로 기록.	출판
		광동서국			2판 5권에 초판 발행일 기록. 2판 5권이 있어서 1판 1~5권이 있을 것으로 추정. 이능우, p.293.에서는 초판 발행일을 1916년으로 기록.	출판
		광동서국	[구활자본고소설 전집 10]	국립중앙도서관(3 634-2-102(1))	제3편(12권~14권). 판권지가 없어 몇판인지 알 수 없음. 2판 5권에 초판 발행일 기록. 2판 5권이 있어서 1판 1~5권이 있을 것으로 추정.	원문
		광동서국	[구활자본고소설 전집 10]	국립중앙도서관(3 634-2-102(9)=2)	제4편(15권~17권). 판권지가 없어 몇판인지 알 수 없음. 2판 5권에 초판 발행일 기록. 2판 5권이 있어서 1판 1~5권이 있을 것으로 추정.	원문
		광동서국			2판 5권에 초판 발행일 기록.	출판
		광동서국			2판 5권이 있어서 2판 1~4권도 있을 것으로 추정.	출판
		광동서국			2판 5권이 있어서 2판 1~4권도 있을 것으로 추정.	출판

번호	작품명 고유번호	표제	문자	면수 가격	인쇄일	발행일	판차	발행자 발행자 주소	발행소 발행소 주소
1727	**옥련몽** 중앙서-옥련-01-02-권3	옥련몽 第3篇	한글	143p.	1918-01-12	1918-01-15	2	李鍾楨	중앙서관
1728	**옥련몽** 중앙서-옥련-01-02-권4	옥련몽 第4篇	한글	127p. 3원(5책)	1918-01-12	1918-01-15	2	李鍾楨 경성부 송현동 71번지	중앙서관 경성부 종로통 3정목 85번지
1729	**옥련몽** 중앙서-옥련-01-02-권5	옥련몽 第5篇	한글	126p. 3원(전5 책)	1918-01-12	1918-01-15	2	李鍾楨 경성부 송현동 71번지	중앙서관 경성부 종로통 3정목 85번지
1730	**옥련몽** 중앙서-옥련-01-03-권1	옥련몽 第1篇	한글				3		중앙서관
1731	**옥련몽** 중앙서-옥련-01-03-권2	옥련몽 第2篇	한글				3		중앙서관
1732	**옥련몽** 중앙서-옥련-01-03-권3	옥련몽 第3篇	한글	143p.			3		중앙서관
1733	**옥련몽** 중앙서-옥련-01-03-권4	옥련몽 第4篇	한글	127p.			3		중앙서관
1734	**옥련몽** 중앙서-옥련-01-03-권5	옥련몽 第5篇					3		중앙서관
1735	**옥련몽** 중앙서-옥련-01-04-권1	옥련몽 第1篇	한글			1920- -	4		중앙서관
1736	**옥련몽** 중앙서-옥련-01-04-권2	옥련몽 第2篇	한글			1920- -	4		중앙서관
1737	**옥련몽** 중앙서-옥련-01-04-권3	옥련몽 第3篇	한글	143p.		1920- -	4		중앙서관
1738	**옥련몽** 중앙서-옥련-01-04-권4	옥련몽 第4篇	한글	127p.		1920- -	4		중앙서관
1739	**옥련몽** 중앙서-옥련-01-04-권5	옥련몽 第5篇	한글			1920- -	4		중앙서관
1740	**옥련몽** 태학-옥련-01-01-권1	옥련몽 第1篇	한글	119p. 35전	1916-10-10	1916-10-15	1	李鍾楨 경성부 송현동 71번지	태학서관 경성부 견지동 38번지
1741	**옥련몽** 태학-옥련-01-01-권2	옥련몽 第2篇	한글	134p. 35전	1917-01-12	1917-01-17	1	李鍾楨 경성부 송현동 71번지	태학서관 경성부 견지동 38번지
1742	**옥련몽** 태학-옥련-01-01-권3	옥련몽 第3篇	한글	143p. 35전	1916-10-25	1917-01-17	1	李鍾楨 경성부 송현동 71번지	태학서관 경성부 견지동 38번지
1743	**옥련몽** 태학-옥련-01-01-권4	옥련몽 第4篇	한글				1		태학서관
1744	**옥련몽** 태학-옥련-01-01-권5	옥련몽 第5篇	한글	128p. 35전	1917-01-12	1917-01-17	1	李鍾楨 경성부 송현동 71번지	태학서관 경성부 견지동 38번지
1745	**옥련몽** 회동-옥련-01-01-권1	옥련몽 第1篇	한글			1916-02-09	1		회동서관
1746	**옥련몽** 회동-옥련-01-01-권2	옥련몽 第2篇	한글			1916-02-09	1		회동서관
1747	**옥련몽** 회동-옥련-01-01-권3	옥련몽 第3篇	한글			1916-02-09	1		회동서관
1748	**옥련몽** 회동-옥련-01-01-권4	옥련몽 第4篇	한글			1916-02-09	1		회동서관
1749	**옥련몽** 회동-옥련-01-01-권5	옥련몽 第5篇	한글			1916-02-09	1		회동서관

!쇄자 !쇄소 주소	인쇄소 인쇄소 주소	공동 발행	영인본	소장처 및 청구기호	기타	현황
		광동서국		국립중앙도서관(3634-2-102(1))	제3편(12권~14권). 발행 관련 사항은 2판 5편 판권지의 내용을 기록.	원문
敬德 성부 관훈동 30번지	조선복음인쇄소 경성부 관훈동 30번지	광동서국		국립중앙도서관(3634-2-102(9)=2)	제4편(15권~17권). 발행 관련 사항은 2판 5편 판권지의 내용을 기록.	원문
敬德 성부 관훈동 30번지	조선복음인쇄소 경성부 관훈동 30번지	광동서국		국립중앙도서관(3634-2-102(8))	제5편(18권~20권). 초판 발행일 기록. 옥련몽 1질 5책.	원문
		광동서국			이능우, p.293.에 4판이 기록되어 3판도 있을 것으로 추정.	출판
		광동서국			이능우, p.293.에 4판이 기록되어 3판도 있을 것으로 추정.	출판
		광동서국	[구활자본고소설전집 10]	국립중앙도서관(3634-2-102(1))	이능우, p.293.에 4판이 기록되어 3판도 있을 것으로 추정. 판권지가 없어 몇판인지 알 수 없음.	원문
		광동서국	[구활자본고소설전집 10]	국립중앙도서관(3634-2-102(9)=2)	이능우, p.293.에 4판이 기록되어 3판도 있을 것으로 추정. 판권지가 없어 몇판인지 알 수 없음.	원문
		광동서국			이능우, p.293.에 4판이 기록되어 3판도 있을 것으로 추정.	출판
		광동서국			이능우, p.293. 초판 발행일을 1916년이라고 하고, 영인본에서도 1916년 발행이라고 함. 현전하는 초판본은 1917년임.	출판
		광동서국			이능우, p.293. 초판 발행일을 1916년이라고 하고, 영인본에서도 1916년 발행이라고 함. 현전하는 초판본은 1917년임.	출판
		광동서국	[구활자본고소설전집 10]		이능우, p.293. 초판 발행일을 1916년이라고 하고, 영인본에서도 1916년 발행이라고 함. 현전하는 초판본은 1917년임.	출판
		광동서국	[구활자본고소설전집 10]		이능우, p.293. 초판 발행일을 1916년이라고 하고, 영인본에서도 1916년 발행이라고 함. 현전하는 초판본은 1917년임.	출판
		광동서국			이능우, p.293. 초판 발행일을 1916년이라고 하고, 영인본에서도 1916년 발행이라고 함. 현전하는 초판본은 1917년임.	출판
敬德 성부 관훈동 30번지	조선복음인쇄소 경성부 관훈동 30번지	광동서국		양승민 소장본	전5편 20권 5책(총목차). 제1편(1권~5권).	원문
敬德 성부 관훈동 30번지	조선복음인쇄소 경성부 관훈동 30번지	광동서국		정명기 소장본	제2편(6권~11권)	원문
敬德 성부 관훈동 30번지	조선복음인쇄소 경성부 관훈동 30번지	광동서국		국립중앙도서관(3634-2-89(2))	제3편(12권~14권). 양승민 소장본의 발행일은 1916년10월 31일임.	원문
		광동서국			제5편이 있어서 제4편(15권~17권)도 있을 것으로 추정.	출판
敬德 성부 관훈동 30번지	조선복음인쇄소 경성부 관훈동 30번지	광동서국	[구활자본고소설전집 10]	국립중앙도서관(3634-2-102(6))	제5편(18권~20권).	원문
					6판에 초판 발행일 기록.	출판
					6판에 초판 발행일 기록.	출판
					6판에 초판 발행일 기록.	출판
					6판에 초판 발행일 기록.	출판
					6판에 초판 발행일 기록.	출판

번호	작품명 고유번호	표제	문자	면수 가격	인쇄일	발행일	판차	발행자 발행자 주소	발행소 발행소 주소
1750	**옥련몽** 회동-옥련-01-02-권1	옥련몽 第1篇	한글				2		회동서관
1751	**옥련몽** 회동-옥련-01-02-권2	옥련몽 第2篇	한글				2		회동서관
1752	**옥련몽** 회동-옥련-01-02-권3	옥련몽 第3篇	한글				2		회동서관
1753	**옥련몽** 회동-옥련-01-02-권4	옥련몽 第4篇	한글				2		회동서관
1754	**옥련몽** 회동-옥련-01-02-권5	옥련몽 第5篇	한글				2		회동서관
1755	**옥련몽** 회동-옥련-01-03-권1	옥련몽 第1篇	한글				3		회동서관
1756	**옥련몽** 회동-옥련-01-03-권2	옥련몽 第2篇	한글				3		회동서관
1757	**옥련몽** 회동-옥련-01-03-권3	옥련몽 第3篇	한글				3		회동서관
1758	**옥련몽** 회동-옥련-01-03-권4	옥련몽 第4篇	한글				3		회동서관
1759	**옥련몽** 회동-옥련-01-03-권5	옥련몽 第5篇	한글				3		회동서관
1760	**옥련몽** 회동-옥련-01-04-권1	옥련몽 第1篇	한글				4		회동서관
1761	**옥련몽** 회동-옥련-01-04-권2	옥련몽 第2篇	한글				4		회동서관
1762	**옥련몽** 회동-옥련-01-04-권3	옥련몽 第3篇	한글				4		회동서관
1763	**옥련몽** 회동-옥련-01-04-권4	옥련몽 第4篇	한글				4		회동서관
1764	**옥련몽** 회동-옥련-01-04-권5	옥련몽 第5篇	한글				4		회동서관
1765	**옥련몽** 회동-옥련-01-05-권1	옥련몽 第1篇	한글				5		회동서관
1766	**옥련몽** 회동-옥련-01-05-권2	옥련몽 第2篇	한글				5		회동서관
1767	**옥련몽** 회동-옥련-01-05-권3	옥련몽 第3篇	한글				5		회동서관
1768	**옥련몽** 회동-옥련-01-05-권4	옥련몽 第4篇	한글				5		회동서관
1769	**옥련몽** 회동-옥련-01-05-권5	옥련몽 第5篇	한글				5		회동서관
1770	**옥련몽** 회동-옥련-01-06-권1	옥련몽 第1篇	한글	119p.	1926-02-05	1926-02-10	6	李鍾楨 경성부 관수동 30번지	회동서관 경성부 남대문통 1정 17번지
1771	**옥련몽** 회동-옥련-01-06-권2	옥련몽 第2篇	한글	134p.	1926-02-05	1926-02-10	6	李鍾楨 경성부 관수동 30번지	회동서관 경성부 남대문통 1정 17번지
1772	**옥련몽** 회동-옥련-01-06-권3	옥련몽 第3篇	한글	143p.	1926-02-05	1926-02-10	6	李鍾楨 경성부 관수동 30번지	회동서관 경성부 남대문통 1정 17번지
1773	**옥련몽** 회동-옥련-01-06-권4	옥련몽 第4篇	한글	127p.	1926-02-05	1926-02-10	6	李鍾楨 경성부 관수동 30번지	회동서관 경성부 남대문통 1정 17번지

인쇄자 인쇄소 주소	인쇄소 인쇄소 주소	공동 발행	영인본	소장처 및 청구기호	기타	현황
					6판이 있어서 2판도 있을 것으로 추정.	출판
					6판이 있어서 2판도 있을 것으로 추정.	출판
					6판이 있어서 2판도 있을 것으로 추정.	출판
					6판이 있어서 2판도 있을 것으로 추정.	출판
					6판이 있어서 2판도 있을 것으로 추정.	출판
					6판이 있어서 3판도 있을 것으로 추정.	출판
					6판이 있어서 3판도 있을 것으로 추정.	출판
					6판이 있어서 3판도 있을 것으로 추정.	출판
					6판이 있어서 3판도 있을 것으로 추정.	출판
					6판이 있어서 4판도 있을 것으로 추정.	출판
					6판이 있어서 4판도 있을 것으로 추정.	출판
					6판이 있어서 4판도 있을 것으로 추정.	출판
					6판이 있어서 4판도 있을 것으로 추정.	출판
					6판이 있어서 4판도 있을 것으로 추정.	출판
					6판이 있어서 5판도 있을 것으로 추정.	출판
					6판이 있어서 5판도 있을 것으로 추정.	출판
					6판이 있어서 5판도 있을 것으로 추정.	출판
					6판이 있어서 5판도 있을 것으로 추정.	출판
					6판이 있어서 5판도 있을 것으로 추정.	출판
魯基禎 경성부 견지동 32번지	한성도서주식회사 경성부 견지동 32번지			정명기 소장본	발행 관련 기록은 제5편의 것을 따름.	원문
魯基禎 경성부 견지동 32번지	한성도서주식회사 경성부 견지동 32번지			정명기 소장본	발행 관련 기록은 제5편의 것을 따름.	원문
魯基禎 경성부 견지동 32번지	한성도서주식회사 경성부 견지동 32번지			정명기 소장본	발행 관련 기록은 제5편의 것을 따름.	원문
魯基禎 경성부 견지동 32번지	한성도서주식회사 경성부 견지동 32번지			정명기 소장본	발행 관련 기록은 제5편의 것을 따름.	원문

번호	작품명 고유번호	표제	문자	면수 가격	인쇄일	발행일	판차	발행자 발행자 주소	발행소 발행소 주소
1774	옥련몽 회동-옥련-01-06-권5	옥련몽 第5篇	한글	129p. 1원90전(전5책)	1926-02-05	1926-02-10	6	李鍾楨 경성부 관수동 30번지	회동서관 경성부 남대문통 1정목 17번지
1775	옥련몽 휘문-옥련-01-00	옥년몽	한글			1913- -	1		휘문관
1776	옥루몽 경성서-옥루-01-01-권1	옥루몽	한글			1920- -	1		경성서적업조합
1777	옥루몽 경성서-옥루-01-01-권2	옥루몽	한글			1920- -	1		경성서적업조합
1778	옥루몽 경성서-옥루-01-01-권3	옥루몽	한글			1920- -	1		경성서적업조합
1779	옥루몽 경성서-옥루-01-01-권4	옥루몽	한글			1920- -	1		경성서적업조합
1780	옥루몽 경성서-옥루-02-00	현토 옥루몽	한문			1921- -	1		경성서적업조합
1781	옥루몽 광익-옥루-01-01-권1	현토 옥루몽	한문			1918- -	1		광익서관
1782	옥루몽 광익-옥루-01-01-권2	현토 옥루몽	한문			1918- -	1		광익서관
1783	옥루몽 금광-옥루-01-01-권1	원본 언토 옥루몽	한문	213p.		1924- -	1		금광서림
1784	옥루몽 금광-옥루-01-01-권2	원본 언토 옥루몽	한문	201p.		1924- -	1		금광서림
1785	옥루몽 금광-옥루-01-01-권3	원본 언토 옥루몽	한문	202p.		1924- -	1		금광서림
1786	옥루몽 대창-옥루-01-01-권1	옥루몽 卷一	한글	177p. 2원	1927-11-10	1927-11-15	1	玄公廉 경성부 계동 99번지	대창서원 경성부 견지동 80번지
1787	옥루몽 대창-옥루-01-01-권2	옥루몽 卷二	한글	174p. 2원	1927-11-10	1927-11-15	1	玄公廉 경성부 계동 99번지	대창서원 경성부 견지동 80번지
1788	옥루몽 대창-옥루-01-01-권3	옥루몽 卷三	한글	180p. 2원	1927-11-10	1927-11-15	1	玄公廉 경성부 계동 99번지	대창서원 경성부 견지동 80번지
1789	옥루몽 대창-옥루-01-01-권4	옥루몽 卷四	한글		1927-11-10	1927-11-15	1		대창서원
1790	옥루몽 덕흥-옥루-01-01-상	懸吐 玉樓夢	한문			1918-01-08	1		덕흥서림
1791	옥루몽 덕흥-옥루-01-01-중	懸吐 玉樓夢	한문			1918-01-08	1		덕흥서림
1792	옥루몽 덕흥-옥루-01-01-하	懸吐 玉樓夢	한문			1918-01-08	1		덕흥서림
1793	옥루몽 덕흥-옥루-01-02-상	懸吐 玉樓夢	한문	234p. 2원(3책)	1919-06-01	1919-06-10	2		덕흥서림 경성부 종로통 2정목 20번지
1794	옥루몽 덕흥-옥루-01-02-중	懸吐 玉樓夢	한문	222p. 2원(3책)	1919-06-01	1919-06-10	2		덕흥서림 경성부 종로통 2정목 20번지

인쇄자 인쇄소 주소	인쇄소 인쇄소 주소	공동 발행	영인본	소장처 및 청구기호	기타	현황
魯基禎 경성부 견지동 32번지	한성도서주식회사 경성부 견지동 32번지			정명기 소장본	초판 발행일 기록.	원문
					우쾌제, p.130.	출판
					今西龍, [日所在韓古目]([이본목록], P.417)	출판
					今西龍, [日所在韓古目]([이본목록], P.417)	출판
					今西龍, [日所在韓古目]([이본목록], P.417)	출판
					今西龍, [日所在韓古目]([이본목록], P.417)	출판
					[圖書分類目錄], 1921 改正([이본목록], P.418.)	목록
					哈燕, [韓籍簡目 2], K5973.5/1145([이본목록], p.419)	출판
					哈燕, [韓籍簡目 2], K5973.5/1145([이본목록], p.419)	출판
					64회 장회체(1권 1~21회, 2권 22~44회, 3권 45~64회). 哈燕, [韓籍簡目 2], K5973.5/1133([이본목록], p.419)	출판
					64회 장회체(1권 1~21회, 2권 22~44회, 3권 45~64회). 哈燕, [韓籍簡目 2], K5973.5/1133([이본목록], p.419)	출판
					64회 장회체(1권 1~21회, 2권 22~44회, 3권 45~64회). 哈燕, [韓籍簡目 2], K5973.5/1133([이본목록], p.419)	출판
	대화상회인쇄소 경성부 관수동 135번지	보급서관		서울대학교 도서관(심악 813.5 Og1o v.1)		원문
	대화상회인쇄소 경성부 관수동 135번지	보급서관		서울대학교 도서관(심악 813.5 Og1o v.2)		원문
	대화상회인쇄소 경성부 관수동 135번지	보급서관		서울대학교 도서관(심악 813.5 Og1o v.3)		원문
		보급서관		서울대학교 도서관(심악 813.5 Og1o v.4)	판권지 없음. 뒷부분이 낙장되어 페이지수 알 수 없음.	원문
					2판, 3판, 5판에 초판 발행일 기록.	출판
					2판, 3판, 5판에 초판 발행일 기록.	출판
					2판, 3판, 5판에 초판 발행일 기록.	출판
				고려대학교 도서관(C14 A44 1)	64회 장회체(권1 1회~21회, 권2 22회~44회, 권3 45회~64회, 총목차). 譯述者 金東縉. 초판 발행일 기록.	원문
				고려대학교 도서관(C14 A44 2)	64회 장회체(권1 1회~21회, 권2 22회~44회, 권3 45회~64회). 譯述者 金東縉. 초판 발행일 기록.	원문

번호	작품명 고유번호	표제	문자	면수 가격	인쇄일	발행일	판차	발행자 발행자 주소	발행소 발행소 주소
1795	**옥루몽** 덕흥-옥루-01-02-하	懸吐 玉樓夢	한문	223p. 2원(3책)	1919-06-01	1919-06-10	2	金東縉 경성부 종로통 2정목 20번지	덕흥서림 경성부 종로통 2정목 20번지
1796	**옥루몽** 덕흥-옥루-01-03-상	懸吐 玉樓夢	한문	234p. 2원50전(3책)	1920-05-10	1920-05-13	3	金東縉 경성부 종로 2정목 20번지	덕흥서림 경성부 종로통 2정목 20번지
1797	**옥루몽** 덕흥-옥루-01-03-중	懸吐 玉樓夢	한문	222p. 2원50전(3책)	1920-05-10	1920-05-13	3	金東縉 경성부 종로 2정목 20번지	덕흥서림 경성부 종로통 2정목 20번지
1798	**옥루몽** 덕흥-옥루-01-03-하	懸吐 玉樓夢	한문	223p. 2원50전(3책)	1920-05-10	1920-05-13	3	金東縉 경성부 종로 2정목 20번지	덕흥서림 경성부 종로통 2정목 20번지
1799	**옥루몽** 덕흥-옥루-01-04-상	懸吐 玉樓夢	한문				4		덕흥서림
1800	**옥루몽** 덕흥-옥루-01-04-중	懸吐 玉樓夢	한문				4		덕흥서림
1801	**옥루몽** 덕흥-옥루-01-04-하	懸吐 玉樓夢	한문				4		덕흥서림
1802	**옥루몽** 덕흥-옥루-01-05-상	懸吐 玉樓夢	한문	234p. 3원(전3 책)	1938-07-10	1938-07-15	5	金東縉 경성부 종로 2정목 20번지	덕흥서림 경성부 종로 2정목 20번지
1803	**옥루몽** 덕흥-옥루-01-05-중	懸吐 玉樓夢	한문	222p. 3원(전3 책)	1938-07-10	1938-07-15	5	金東縉 경성부 종로 2정목 20번지	덕흥서림 경성부 종로 2정목 20번지
1804	**옥루몽** 덕흥-옥루-01-05-하	懸吐 玉樓夢	한문	223p. 3원(전3 책)	1938-07-10	1938-07-15	5	金東縉 경성부 종로 2정목 20번지	덕흥서림 경성부 종로 2정목 20번지
1805	**옥루몽** 문연-옥루-01-01	玉樓夢	한글	493p. 750원	1948-12-25	1948-12-31	1	權周遠 서울시 종로 2가 61번지	문연사 서울시 종로 2가 61번
1806	**옥루몽** 박문-옥루-01-01-권1	옥루몽 권지일	한글			1920-09-07	1	盧益亨	박문서관
1807	**옥루몽** 박문-옥루-01-01-권2	옥루몽 권지이	한글			1920-09-07	1	盧益亨	박문서관
1808	**옥루몽** 박문-옥루-01-01-권3	옥루몽 권지삼	한글			1920-09-07	1	盧益亨	박문서관
1809	**옥루몽** 박문-옥루-01-01-권4	옥루몽 권지사	한글			1920-09-07	1	盧益亨	박문서관
1810	**옥루몽** 박문-옥루-01-02-권1	옥루몽 권지일	한글		1925-11-20	1925-11-25	2	盧益亨	박문서관
1811	**옥루몽** 박문-옥루-01-02-권2	옥루몽 권지이	한글		1925-11-20	1925-11-25	2	盧益亨	박문서관
1812	**옥루몽** 박문-옥루-01-02-권3	옥루몽 권지삼	한글	166p. 2원(전4 책)	1925-11-20	1925-11-25	2	盧益亨 경성 종로 2정목 82번지	박문서관 경성 종로 2정목 82번
1813	**옥루몽** 박문-옥루-01-02-권4	옥루몽 권지사	한글		1925-11-20	1925-11-25	2	盧益亨	박문서관
1814	**옥루몽** 박문-옥루-02-01-권1	옥루몽 卷一	한글	166p. 2원(전4 책)	1925-11-05	1925-11-10	1	盧益亨 경성 종로 2정목 82번지	박문서관 경성 종로 2정목 82번
1815	**옥루몽** 박문-옥루-02-01-권2	옥루몽 卷二	한글	168p. 2원(전4 책)	1925-11-05	1925-11-10	1	盧益亨 경성 종로 2정목 82번지	박문서관 경성 종로 2정목 82번

인쇄자 인쇄소 주소	인쇄소 인쇄소 주소	공동 발행	영인본	소장처 및 청구기호	기타	현황
鄭敬德 경성부 관훈동 30번지	조선복음인쇄소 경성부 관훈동 30번지			고려대학교 도서관(C14 A44 3)	국립중앙도서관 소장본(일모古3636-123)의 인쇄일(1919.07.01), 발행일(1919.07.05)에서 '七月'에서 '七'은 덧붙인 흔적 있음. 고려대 소장본을 기준으로함	원문
金重煥 경성부 공평동 55번지	대동인쇄주식회사 경성부 공평동 55번지			정명기 소장본	판권지가 없어 발행 관련 정보는 하권의 것을 기록.	원문
金重煥 경성부 공평동 55번지	대동인쇄주식회사 경성부 공평동 55번지			정명기 소장본	판권지가 없어 발행 관련 정보는 하권의 것을 기록.	원문
金重煥 경성부 공평동 55번지	대동인쇄주식회사 경성부 공평동 55번지			정명기 소장본	초판 발행일 기록.	원문
					5판 상권이 있어서 4판 상권도 있을 것으로 추정.	출판
					5판 중권이 있어서 4판 중권도 있을 것으로 추정.	출판
					5판 하권이 있어서 4판 하권도 있을 것으로 추정.	출판
李鍾汰 경성부 종로 2정목 20번지	덕흥서림인쇄부 경성부 종로 2정목 20번지			국립중앙도서관(한 古朝48-107)	64회 장회체(권1 1회~21회, 권2 22회~44회, 권3 45회~64회, 총목차). 譯述者 金東縉. 초판 발행일 기록. 3책의 원문 이미지 파일이 연결되어 있음.	원문
李鍾汰 경성부 종로 2정목 20번지	덕흥서림인쇄부 경성부 종로 2정목 20번지			국립중앙도서관(한 古朝48-107)	64회 장회체(권1 1회~21회, 권2 22회~44회, 권3 45회~64회). 譯述者 金東縉. 초판 발행일 기록. 3책의 원문 이미지 파일이 연결되어 있음.	원문
李鍾汰 경성부 종로 2정목 20번지	덕흥서림인쇄부 경성부 종로 2정목 20번지			국립중앙도서관(한 古朝48-107)	64회 장회체(권1 1회~21회, 권2 22회~44회, 권3 45회~64회). 譯述者 金東縉. 초판 발행일 기록. 3책의 원문 이미지 파일이 연결되어 있음.	원문
	서울합동사 서울시 관철동 33번지			개인소장본		출판
					2판에 초판 발행일 기록.	출판
					2판에 초판 발행일 기록.	출판
					2판에 초판 발행일 기록.	출판
					2판에 초판 발행일 기록.	출판
						출판
						출판
李英九 경성부 안국동 35번지	망대성경급기독교서 회 인쇄부 경성부 안국동 35번지	신구서림		국립중앙도서관(3 634-2-92(1))	판권지에 '修正 玉樓夢 全四冊'. 초판 발행일 기록.	원문
					2판 3권 판권지에 '修正 玉樓夢 全四冊'으로 기록되어 4책 1질로 확인.	출판
李英九 경성부 안국동 35번지	망대 성경급 기독교서회 인쇄부 경성부 안국동 35번지	신구서림		개인소장본		원문
李英九 경성부 안국동 35번지	망대 성경급 기독교서회 인쇄부 경성부 안국동 35번지	신구서림		개인소장본		원문

번호	작품명 고유번호	표제	문자	면수 가격	인쇄일	발행일	판차	발행자 발행자 주소	발행소 발행소 주소
1816	옥루몽 박문-옥루-02-01-권3	옥루몽 卷三	한글	166p. 2원(전4책)	1925-11-05	1925-11-10	1	盧益亨 경성 종로 2정목 82번지	박문서관 경성 종로 2정목 82번
1817	옥루몽 박문-옥루-02-01-권4	옥루몽 卷四	한글	231p. 2원(전4책)	1925-11-05	1925-11-10	1	盧益亨 경성 종로 2정목 82번지	박문서관 경성 종로 2정목 82번
1818	옥루몽 박문-옥루-03-01-권1	옥루몽 卷一	한글	166p. 1원50전(전4책)	1926-12-18	1926-12-20	1	盧益亨 경성부 종로 2정목 82번지	박문서관 경성부 종로 2정목 82번지
1819	옥루몽 박문-옥루-03-01-권2	옥루몽 卷二	한글	168p. 1원50전(전4책)	1926-12-18	1926-12-20	1	盧益亨 경성부 종로 2정목 82번지	박문서관 경성부 종로 2정목 82번지
1820	옥루몽 박문-옥루-03-01-권3	옥루몽 卷三	한글	166p. 1원50전(전4책)	1926-12-18	1926-12-20	1	盧益亨 경성부 종로 2정목 82번지	박문서관 경성부 종로 2정목 82번지
1821	옥루몽 박문-옥루-03-01-권4	옥루몽 卷四	한글	231p. 1원50전(전4책)	1926-12-18	1926-12-20	1	盧益亨 경성부 종로 2정목 82번지	박문서관 경성 종로 2정목 82번
1822	옥루몽 박학-옥루-01-01-권1	原本諺吐 玉樓夢	한문	213p.		1924- -	1		박학서원
1823	옥루몽 박학-옥루-01-01-권2	原本諺吐 玉樓夢	한문	201p.		1924- -	1		박학서원
1824	옥루몽 박학-옥루-01-01-권3	原本諺吐 玉樓夢	한문	202p.		1924- -	1		박학서원
1825	옥루몽 보급-옥루-01-01-권1	옥루몽 제1편	한글	190p. 40전	1913-05-05	1913-05-10	1	金容俊 경성 북부 소안동 16통 8호	보급서관 경성 북부 소안동 16통 8호
1826	옥루몽 보급-옥루-01-01-권2	고대쇼셜 옥루몽 즁편	한글	233p. 40전	1913-08-10	1913-08-20	1	金容俊 경성 북부 소안동 16통 8호	보급서관 경성 북부 소안동 16통 8호
1827	옥루몽 보급-옥루-02-01-권1	옥루몽	한문	213p. 90전	1924-12-05	1924-12-19	1	金翼洙 경성부 청운동 100번지	보급서관 경성부 견지동 80번지
1828	옥루몽 보급-옥루-02-01-권2	옥루몽	한문	201p. 90전	1924-12-05	1924-12-26	1	金翼洙 경성부 청운동 100번지	보급서관 경성부 견지동 80번지
1829	옥루몽 보급-옥루-02-01-권3	옥루몽	한문	202p. 90전	1924-12-05	1924-12-26	1	金翼洙 경성부 청운동 100번지	보급서관 경성부 견지동 80번지
1830	옥루몽 성문-옥루-01-01-권1	옥루몽	한글	166p. 2원 50전(전4책)	1938-10-20	1938-10-25	1	申泰三 경성부 종로 4정목 77번지	성문당서점 경성부 서대문정 1정목 79번지
1831	옥루몽 성문-옥루-01-01-권2	옥루몽	한글	163p. 2원 50전(전4책)	1938-10-20	1938-10-25	1	申泰三 경성부 종로 4정목 77번지	성문당서점 경성부 서대문정 1정목 79번지
1832	옥루몽 성문-옥루-01-01-권3	옥루몽	한글	166p. 2원 50전(전4책)	1938-10-20	1938-10-25	1	申泰三 경성부 종로 4정목 77번지	성문당서점 경성부 서대문정 1정목 79번지
1833	옥루몽 성문-옥루-01-01-권4	옥루몽	한글	232p. 2원 50전(전4책)	1938-10-20	1938-10-25	1	申泰三 경성부 종로 4정목 77번지	성문당서점 경성부 서대문정 1정목 79번지
1834	옥루몽 세창-옥루-01-01-권1	옥루몽	한글	166p. 2원(전4책)	1938-10-20	1938-10-25	1	申泰三 경성부 종로 4정목 77번지	세창서관 경성부 종로 4정목 77번지

쇄자 쇄소 주소	인쇄소 인쇄소 주소	공동 발행	영인본	소장처 및 청구기호	기타	현황
英九 성부 안국동 35번지	망대 성경급 기독교서회 인쇄부 경성부 안국동 35번지	신구서림		개인소장본		원문
英九 성부 안국동 35번지	망대 성경급 기독교서회 인쇄부 경성부 안국동 35번지	신구서림		개인소장본		원문
仁煥 성부 황금정 2정목 148	경성신문사 경성부 황금정 2정목 148			양승민 소장본		원문
仁煥 성부 황금정 2정목 148	경성신문사 경성부 황금정 2정목 148			개인소장본		원문
仁煥 성부 황금정 2정목 148	경성신문사 경성부 황금정 2정목 148			개인소장본		원문
仁煥 성부 황금정 2정목 148	경성신문사 경성부 황금정 2정목 148			양승민 소장본		원문
					소재영 외, p.145. 책에 있는 사진은 국립중앙도서관 소장본인데, 국립중앙도서관에서 박학서원 간행 <옥루몽> 찾지 못함.	원문
					소재영 외, p.145. 책에 있는 사진은 국립중앙도서관 소장본인데, 국립중앙도서관에서 박학서원 간행 <옥루몽> 찾지 못함.	원문
					소재영 외, p.145. 책에 있는 사진은 국립중앙도서관 소장본인데, 국립중앙도서관에서 박학서원 간행 <옥루몽> 찾지 못함.	원문
翼洙 성 북부 전정동 38통 호	창문사 경성 중부 종로 발리동 9통 10호			국립중앙도서관(3 634-2-69(1))	제1편(권1~권4).	원문
翼洙 성 북부 전정동 38통 호	창문사 경성 중부 종로 발리동 9통 10호			국립중앙도서관(3 634-2-69(2))	제2편(권5~권7). 제2편으로 종결이 안 되어, 3편까지 있을 듯함.	원문
泰均 성부 공평동 55번지	대동인쇄주식회사 경성부 공평동 55번지			국립중앙도서관(한 古朝48-108)		원문
泰均 성부 공평동 55번지	대동인쇄주식회사 경성부 공평동 55번지			국립중앙도서관(한 古朝48-108)		원문
泰均 성부 공평동 55번지	대동인쇄주식회사 경성부 공평동 55번지			국립중앙도서관(한 古朝48-108)	발행일을 16일에서 26일로, 권수를 권지일에서 권지삼으로 고친 흔적 있음. 개인소장본 3권 판권지에는 각각 16일과 권지일로 기록됨.	원문
琦炳 성부 서대문정 1정목	광성인쇄소 경성부 종로 3정목 156			디지털 한글박물관(국립국 어원 소장본)	4권 4책, 64회 장회체(권1 1회~14회, 권2 15회~28회, 권3 29회~45회, 권4 46~64회)	원문
琦炳 성부 서대문정 1정목	광성인쇄소 경성부 종로 3정목 156			디지털 한글박물관(국립국 어원 소장본)	4권 4책, 64회 장회체(권1 1회~14회, 권2 15회~28회, 권3 29회~45회, 권4 46~64회)	원문
琦炳 성부 서대문정 1정목	광성인쇄소 경성부 종로 3정목 156			다지털 한글박물관(국립국 어원 소장본)	4권 4책, 64회 장회체(권1 1회~14회, 권2 15회~28회, 권3 29회~45회, 권4 46~64회). 서울대 소장본(심악 813.5 Og1og v.3) 가격은 2원.	원문
琦炳 성부 서대문정 1정목	광성인쇄소 경성부 종로 3정목 156			디지털 한글박물관(국립국 어원 소장본)	4권 4책, 64회 장회체(권1 1회~14회, 권2 15회~28회, 권3 29회~45회, 권4 46~64회)	원문
圭鳳 성부 종로 4정목 번지	세창서관인쇄부 경성부 종로 4정목 77번지	삼천리서관		개인소장본	4권 4책, 64회 장회체(권1 1회~14회, 권2 15회~28회, 권3 29회~45회, 권4 46~64회)	원문

번호	작품명 고유번호	표제	문자	면수 가격	인쇄일	발행일	판차	발행자 발행자 주소	발행소 발행소 주소
1835	**옥루몽** 세창-옥루-01-01-권2	옥루몽	한글	163p. 2원 (전4책)	1938-10-20	1938-10-25	1	申泰三 경성부 종로 4정목 77번지	세창서관 경성부 종로 4정목 77번지
1836	**옥루몽** 세창-옥루-01-01-권3	옥루몽	한글	166p. 2원 (전4책)	1938-10-20	1938-10-25	1	申泰三 경성부 종로 4정목 77번지	세창서관 경성부 종로 4정목 77번지
1837	**옥루몽** 세창-옥루-01-01-권4	옥루몽	한글	232p. 2원 (전4책)	1938-10-20	1938-10-25	1	申泰三 경성부 종로 4정목 77번지	세창서관 경성부 종로 4정목 77번지
1838	**옥루몽** 세창-옥루-02-01-권1	옥루몽	한글	177p. 임시정가	1952-12-15	1952-12-30	1	申泰三 서울특별시 종로구 종로3가 10	세창서관 서울특별시 종로구 종로3가 10
1839	**옥루몽** 세창-옥루-02-01-권2	옥루몽	한글	174p. 임시정가	1952-08-10	1952-08-30	1	申泰三 서울특별시 종로구 종로 3가 10	세창서관 서울특별시 종로구 종 3가 10
1840	**옥루몽** 세창-옥루-02-01-권3	옥루몽	한글	180p.		1952- -	1		세창서관
1841	**옥루몽** 세창-옥루-02-01-권4	옥루몽	한글	197p. 2000원	1952-08-10	1952-08-30	1	申泰三 서울특별시 종로구 종로 3가 10	세창서관 서울특별시 종로구 종 3가 10
1842	**옥루몽** 세창-옥루-03-01-권1	옥루몽	한글	177p.		1957- -	1		세창서관
1843	**옥루몽** 세창-옥루-03-01-권2	옥루몽	한글	174p.		1957- -	1		세창서관
1844	**옥루몽** 세창-옥루-03-01-권3	옥루몽	한글	180p.		1957- -	1		세창서관
1845	**옥루몽** 세창-옥루-03-01-권4	옥루몽	한글	197p.		1957- -	1		세창서관
1846	**옥루몽** 세창-옥루-04-01-권1	原本懸吐 玉樓夢	한문	133p.		1962-10-30	1	申泰三 서울특별시 종로구 종로 3가 10	세창서관 서울특별시 종로구 종 3가 10
1847	**옥루몽** 세창-옥루-04-01-권2	原本懸吐 玉樓夢	한문	126p.		1962-10-30	1	申泰三 서울특별시 종로구 종로 3가 10	세창서관 서울특별시 종로구 종 3가 10
1848	**옥루몽** 세창-옥루-04-01-권3	原本懸吐 玉樓夢	한문	127p.		1962-10-30	1	申泰三 서울특별시 종로구 종로 3가 10	세창서관 서울특별시 종로구 종 3가 10
1849	**옥루몽** 신문-옥루-01-01-권1	신교 옥루몽	한글	200p. 45전	1912-12-20	1912-12-21	1	崔昌善 경성 남부 상리동 32통 4호	신문관 경성 남부 상리동
1850	**옥루몽** 신문-옥루-01-01-권2	신교 옥루몽	한글	202p. 45전	1913-02-23	1913-02-25	1	崔昌善 경성 남부 상리동 32통 4호	신문관 경성 남부 상리동
1851	**옥루몽** 신문-옥루-01-01-권3	신교 옥루몽	한글	202p. 45전	1913-03-25	1913-03-27	1	崔昌善 경성 남부 상리동 32통 4호	신문관 경성 남부 상리동
1852	**옥루몽** 신문-옥루-01-01-권4	신교 옥루몽	한글	280p. 55전	1913-05-01	1913-05-03	1	崔昌善 경성 남부 상리동 32통 4호	신문관 경성 남부 상리동
1853	**옥루몽** 신문-옥루-01-02-권1	신교 옥루몽 권지일	한글	200p. 45전	1916-05-20	1916-05-25	2	崔昌善 경성부 황금정 2정목 21번지	신문관 경성부 황금정
1854	**옥루몽** 신문-옥루-01-02-권2	신교 옥루몽 권지이	한글			1916- -	2	崔昌善	신문관

인쇄자 인쇄소 주소	인쇄소 인쇄소 주소	공동 발행	영인본	소장처 및 청구기호	기타	현황
李圭鳳 경성부 종로 4정목 77번지	세창서관인쇄부 경성부 종로 4정목 77번지	삼천리서관		개인소장본	4권 4책, 64회 장회체(권1 1회~14회, 권2 15회~28회, 권3 29회~45회, 권4 46~64회)	원문
李圭鳳 경성부 종로 4정목 77번지	세창서관인쇄부 경성부 종로 4정목 77번지	삼천리서관		개인소장본	4권 4책, 64회 장회체(권1 1회~14회, 권2 15회~28회, 권3 29회~45회, 권4 46~64회)	원문
李圭鳳 경성부 종로 4정목 77번지	세창서관인쇄부 경성부 종로 4정목 77번지	삼천리서관		개인소장본	4권 4책, 64회 장회체(권1 1회~14회, 권2 15회~28회, 권3 29회~45회, 권4 46~64회)	원문
申晟均 서울특별시 종로구 종로3가 10	세창인쇄사 서울특별시 종로구 종로3가 10			김종철 소장본	4권 4책, 64회 장회체(권1 1회~16회, 권2 17~32회, 권3 33회~50회, 권4 51회~64회). 2권 4권의 인쇄일과 발행일이 1권보다 빠름.	원문
	세창인쇄사 서울특별시 종로구 종로 3가 10			김종철 소장본	4권 4책, 64회 장회체(권1 1회~16회, 권2 17~32회, 권3 33회~50회, 권4 51회~64회). 2권 4권의 인쇄일과 발행일이 1권보다 빠름.	원문
				김종철 소장본	판권지가 없음.	원문
	세창인쇄사 서울특별시 종로구 종로 3가 10			김종철 소장본	4권 4책, 64회 장회체(권1 1회~16회, 권2 17~32회, 권3 33회~50회, 권4 51회~64회). 2권 4권의 인쇄일과 발행일이 동일하며, 1권보다 빠름.	원문
				이화여자대학교 도서관(811.31 옥327N 1)	4권 4책, 64회 장회체(권1 1회~14회, 권2 15회~28회, 권3 29회~45회, 권4 46~64회). 장회 및 페이지 정보는 [연구보정](p.418)을 따름.	원문
				이화여자대학교 도서관(811.31 옥327N 2)	4권 4책, 64회 장회체(권1 1회~14회, 권2 15회~28회, 권3 29회~45회, 권4 46~64회). 장회 및 페이지 정보는 [연구보정](p.418)을 따름.	원문
				이화여자대학교 도서관(811.31 옥327N 3)	4권 4책, 64회 장회체(권1 1회~14회, 권2 15회~28회, 권3 29회~45회, 권4 46~64회). 장회 및 페이지 정보는 [연구보정](p.418)을 따름.	원문
				이화여자대학교 도서관(811.31 옥327N 4)	64회 장회체(권1 1회~14회, 권2 15회~28회, 권3 29회~45회, 권4 46~64회). 장회 및 페이지 정보는 [연구보정](p.418)을 따름.	원문
	세창인쇄사 서울특별시 종로구 종로 3가 10			국립중앙도서관(3 736-59-1)	3권 3책, 64회 장회체(권1 1회~21회, 권2 22회~44회, 권3 45~64회, 총목차), 인쇄일이 없음.	원문
	세창인쇄사 서울특별시 종로구 종로 3가 10			국립중앙도서관(3 736-59-2)	3권 3책, 64회 장회체(권1 1회~21회, 권2 22회~44회, 권3 45~64회). 인쇄일이 없음.	원문
	세창인쇄사 서울특별시 종로구 종로 3가 10			국립중앙도서관(3 736-59-3)	3권 3책, 64회 장회체(권1 1회~21회, 권2 22회~44회, 권3 45~64회). 인쇄일이 없음.	원문
崔誠愚 경성 남부 상리동 32통 4호	신문관인출소 경성 남부 상리동 32통 4호	광학서포		국립중앙도서관(古 3636-85)	4권 4책, 64회 장회체(권1 1회~14회, 권2 15회~28회, 권3 29회~45회, 권4 46회~64회, 권별 목차). 편수겸발행인: 최창선. 郵稅 6전.	원문
崔誠愚 경성 남부 상리동 32통 4호	신문관인출소 경성 남부 상리동 32통 4호	광학서포		정명기 소장본	4권 4책, 64회 장회체(권1 1회~14회, 권2 15회~28회, 권3 29회~45회, 권4 46회~64회, 권별 목차). 편수겸발행인: 최창선. 郵稅 6전.	원문
崔誠愚 경성 남부 상리동 32통 4호	신문관인출소 경성 남부 상리동 32통 4호	광학서포		정명기 소장본	4권 4책, 64회 장회체(권1 1회~14회, 권2 15회~28회, 권3 29회~45회, 권4 46회~64회). 편수겸발행인: 최창선. 郵稅 6전.	원문
崔誠愚 경성 남부 상리동 32통 4호	신문관인출소 경성 남부 상리동 32통 4호	광학서포		정명기 소장본	4권 4책, 64회 장회체(권1 1회~14회, 권2 15회~28회, 권3 29회~45회, 권4 46회~64회). 편수겸발행인: 최창선. 郵稅 6전.	원문
崔誠愚 경성부 황금정 2정목 21번지	신문관인쇄소 경성부 황금정 2정목 21번지	광학서포		고려대학교 도서관(대학원 C14 A44A)	4권 4책, 64회 장회체(권1 1회~14회, 권2 15회~28회, 권3 29회~45회, 권4 46회~64회, 권별 목차). 郵稅 6전. 초판 인쇄일, 발행일 기록.	원문
		광학서포			4권 4책, 64회 장회체(권1 1회~14회, 권2 15회~28회, 권3 29회~45회, 권4 46회~64회)	출판

번호	작품명 고유번호	표제	문자	면수 가격	인쇄일	발행일	판차	발행자 발행자 주소	발행소 발행소 주소
1855	**옥루몽** 신문-옥루-01-02-권3	신교 옥루몽 권지삼	한글			1916- -	2	崔昌善	신문관
1856	**옥루몽** 신문-옥루-01-02-권4	신교 옥루몽 권지사	한글			1916- -	2	崔昌善	신문관
1857	**옥루몽** 영창-옥루-01-01-권1	옥루몽 卷一	한글	2원 (전4책)	1925-11-03	1925-11-10	1	姜義永	영창서관 경성부 종로 2정목 84번지
1858	**옥루몽** 영창-옥루-01-01-권2	옥루몽 卷二	한글	2원 (전4책)	1925-11-03	1925-11-10	1		영창서관
1859	**옥루몽** 영창-옥루-01-01-권3	옥루몽 卷三	한글	2원 (전4책)	1925-11-03	1925-11-10	1		영창서관
1860	**옥루몽** 영창-옥루-01-01-권4	옥루몽 卷四	한글	197p. 2원 (전4책)	1925-11-03	1925-11-10	1	姜義永 경성부 종로 2정목 84번지	영창서관 경성부 종로 2정목 84번지
1861	**옥루몽** 영창-옥루-01-02-권1	옥루몽 卷一	한글		1933-01-20	1933-01-25	2		영창서관
1862	**옥루몽** 영창-옥루-01-02-권2	옥루몽 卷二	한글	174p. 2원 (전4권)	1933-01-20	1933-01-25	2	姜義永 경성부 종로 2정목 84번지	영창서관 경성부 종로 2정목 84번지
1863	**옥루몽** 영창-옥루-01-02-권3	옥루몽 卷三	한글	180p. 2원 (전4권)	1933-01-20	1933-01-25	2	姜義永 경성부 종로 2정목 84번지	영창서관 경성부 종로 2정목 84번지
1864	**옥루몽** 영창-옥루-01-02-권4	옥루몽 卷四	한글	197p. 2원 (전4권)	1933-01-20	1933-01-25	2	姜義永 경성부 종로 2정목 84번지	영창서관 경성부 종로 2정목 84번지
1865	**옥루몽** 영창-옥루-01-03-권1	(원본언문)옥루 몽	한글	177p. 3원 (전4권)	1941-12-10	1941-12-15	3	姜義永 경성부 종로 2정목 84번지	영창서관 경성부 종로 2정목 84번지
1866	**옥루몽** 영창-옥루-01-03-권2	(원본언문)옥루 몽	한글	174p. 3원 (전4권)	1941-12-10	1941-12-15	3	姜義永 경성부 종로 2정목 84번지	영창서관 경성부 종로 2정목 84번지
1867	**옥루몽** 영창-옥루-01-03-권3	(원본언문)옥루 몽	한글	180p. 3원 (전4권)	1941-12-10	1941-12-15	3	姜義永 경성부 종로 2정목 84번지	영창서관 경성부 종로 2정목 84번지
1868	**옥루몽** 영창-옥루-01-03-권4	(원본언문)옥루 몽	한글	197p. 3원 (전4권)	1941-12-10	1941-12-15	3	姜義永 경성부 종로 2정목 84번지	영창서관 경성부 종로 2정목 84번지
1869	**옥루몽** 영창-옥루-02-01-권1	(原本諺吐)玉樓 夢	한문	213p. 2원50전 (전3책)	1936-08-10	1936-08-15	1	姜義永 경성부 종로 2정목 84번지	영창서관 경성부 종로 2정목 84번지
1870	**옥루몽** 영창-옥루-02-01-권2	(原本諺吐)玉樓 夢	한문	201p. 2원50전 (전3책)	1936-08-10	1936-08-15	1	姜義永 경성부 종로 2정목 84번지	영창서관 경성부 종로 2정목 84번지
1871	**옥루몽** 영창-옥루-02-01-권3	(原本諺吐)玉樓 夢	한문	202p. 2원50전 (전3책)	1936-08-10	1936-08-15	1	姜義永 경성부 종로 2정목 84번지	영창서관 경성부 종로 2정목 84번지
1872	**옥루몽** 적문-옥루-01-01-권1	(原本諺吐)玉樓 夢 / 1卷	한문	213p. 2원 50전 (전3책)	1924-12-05	1924-12-20	1	吉川文太郎 경성부 황금정 5정목 100번지	적문서관 경성부 경운동 100번지
1873	**옥루몽** 적문-옥루-01-01-권2	(原本諺吐)玉樓 夢 / 2卷	한문	201p. 2원 50전 (전3책)	1924-12-05	1924-12-20	1	吉川文太郎 경성부 황금정 5정목 100번지	적문서관 경성부 경운동 100번지
1874	**옥루몽** 적문-옥루-01-01-권3	(原本諺吐)玉樓 夢 / 3卷	한문	202p. 2원 50전 (전3책)	1924-12-05	1924-12-20	1	吉川文太郎 경성부 황금정 5정목 100번지	적문서관 경성부 경운동 100번지

!쇄자 쇄소 주소	인쇄소 인쇄소 주소	공동 발행	영인본	소장처 및 청구기호	기타	현황
		광학서포			4권 4책, 64회 장회체(권1 1회~14회, 권2 15회~28회, 권3 29회~45회, 권4 46회~64회)	출판
		광학서포			4권 4책, 64회 장회체(권1 1회~14회, 권2 15회~28회, 권3 29회~45회, 권4 46회~64회)	출판
田龜太郎 -수동 135번지	대화상회인쇄소 경성부 관수동 135번지	한홍서림		개인소장본	2판과 3판에 초판 발행일 기록.	원문
					2판과 3판에 초판 발행일 기록.	출판
					2판과 3판에 초판 발행일 기록.	출판
田龜太郎 성부 관수동 135번지	대화상회인쇄소 경성부 관수동 135번지	한홍서림		개인소장본	2판과 3판에 초판 발행일 기록.	원문
					3판에 2판 발행일 기록.	출판
昌熙 성부 종로 2정목 번지	영창서관인쇄소 경성부 종로 2정목 84번지	한홍서림, 진홍서관		정명기 소장본	초판 발행일 기록. 3판에 2판 발행일 기록.	원문
昌熙 성부 종로 2정목 번지	영창서관인쇄소 경성부 종로 2정목 84번지	한홍서림, 진홍서관		정명기 소장본	초판 발행일 기록. 3판에 2판 발행일 기록.	원문
昌熙 성부 종로 2정목 번지	영창서관인쇄소 경성부 종로 2정목 84번지	한홍서림, 진홍서관		정명기 소장본	초판 발행일 기록. 3판에 2판 발행일 기록.	원문
仁煥 성부 안국정 153번지	중앙인쇄소 경성부 안국정 153번지			정명기 소장본	초판, 2판 발행일 기록.	원문
仁煥 성부 안국정 153번지	중앙인쇄소 경성부 안국정 153번지			정명기 소장본	초판, 2판 발행일 기록.	원문
仁煥 성부 안국정 153번지	중앙인쇄소 경성부 안국정 153번지			정명기 소장본	초판, 2판 발행일 기록.	원문
仁煥 성부 안국정 153번지	중앙인쇄소 경성부 안국정 153번지			정명기 소장본	초판, 2판 발행일 기록.	원문
昌熙 성부 종로 2정목 번지	영창서관인쇄소 경성부 종로 2정목 84번지	한홍서림, 진홍서관		최호석 소장본	3권 3책, 64회의 장회체(1권 1회~21회, 2권 22회~44회, 3권 45~64회, 1권에 총목차)	원문
昌熙 성부 종로 2정목 번지	영창서관인쇄소 경성부 종로 2정목 84번지	한홍서림, 진홍서관		최호석 소장본	3권 3책, 64회의 장회체(1권 1회~21회, 2권 22회~44회, 3권 45~64회, 1권에 총목차)	원문
昌熙 성부 종로 2정목 번지	영창서관인쇄소 경성부 종로 2정목 84번지	한홍서림, 진홍서관		최호석 소장본	3권 3책, 64회의 장회체(1권 1회~21회, 2권 22회~44회, 3권 45~64회, 1권에 총목차)	원문
泰均 성부 공평동 55번지	대동인쇄주식회사 경성부 공평동 55번지	보급서관	[활자본고전소설전집 6]	국립중앙도서관(3 634-2-87(1))	64회의 장회체(총목차, 1권 1회~21회, 2권 22회~44회, 3권 45~64회). 판권지는 3권에만 있음.	원문
泰均 성부 공평동 55번지	대동인쇄주식회사 경성부 공평동 55번지	보급서관	[활자본고전소설전집 6]	국립중앙도서관(3 634-2-87(4))	64회의 장회체(총목차, 1권 1회~21회, 2권 22회~44회, 3권 45~64회). 판권지는 3권에만 있음.	원문
泰均 성부 공평동 55번지	대동인쇄주식회사 경성부 공평동 55번지	보급서관	[활자본고전소설전집 6]	국립중앙도서관(3 634-2-87(3))	64회의 장회체(총목차, 1권 1회~21회, 2권 22회~44회, 3권 45~64회). 판권지는 3권에만 있음.	원문

번호	작품명 고유번호	표제	문자	면수 가격	인쇄일	발행일	판차	발행자 발행자 주소	발행소 발행소 주소
1875	옥루몽 향민-옥루-01-01-권1	(原本)玉樓夢 1	한글	195p. 150원	1965-12-15	1965-12-20	1		향민사 대구시 향촌동 13번지
1876	옥루몽 향민-옥루-01-01-권2	(原本)玉樓夢 2	한글	203p. 150원	1965-12-15	1965-12-20	1		향민사 대구시 향촌동 13번지
1877	옥루몽 향민-옥루-01-01-권3	(原本)玉樓夢 3	한글	184p. 150원	1965-12-15	1965-12-20	1		향민사 대구시 향촌동 13번지
1878	옥루몽 향민-옥루-01-01-권4	(原本)玉樓夢 4	한글	207p. 150원	1965-12-15	1965-12-20	1		향민사 대구시 향촌동 13번지
1879	옥루몽 홍문-옥루-01-01-권1	옥루몽 卷之1	한글	166p.		1950- -	1		홍문서관
1880	옥루몽 홍문-옥루-01-01-권2	옥루몽 卷之2	한글	168p.		1950- -	1		홍문서관
1881	옥루몽 홍문-옥루-01-01-권3	옥루몽 卷之3	한글	166p.		1950- -	1		홍문서관
1882	옥루몽 회동-옥루-01-01-권1	옥루몽	한문	213p.		1915- -	1		회동서관
1883	옥루몽 회동-옥루-01-01-권2	옥루몽	한문	201p.		1915- -	1		회동서관
1884	옥루몽 회동-옥루-01-01-권3	옥루몽	한문	204p.		1915- -	1		회동서관
1885	옥루몽 회동-옥루-02-01-권1	(구소설)옥누몽 / 상편	한글				1		회동서관
1886	옥루몽 회동-옥루-02-01-권2	구소설 옥누몽 / 하편	한글	280p. 60전	1915-12-30	1916-01-04	1	金容俊 경성부 안국동 8번지	회동서관 경성부 남대문통 1정목 17번지
1887	옥루몽 회동-옥루-02-01-권3	(구소설)옥누몽 / 속편	한글	234p. 50전	1915-12-30	1916-01-04	1	金容俊 경성부 안국동 8번지	회동서관 경성부 남대문통 1정목 17번지
1888	옥루몽 회동-옥루-03-01-권1	옥루몽 卷一	한글	196p. 1원90전 (전4책)	1917-03-15	1917-03-23	1	高裕相 경성부 남대문통 1정목 17번지	회동서관 경성부 남대문통 1정목 17번지
1889	옥루몽 회동-옥루-03-01-권2	옥루몽 卷二	한글	194p. 1원90전 (전4책)	1917-03-15	1917-03-23	1	高裕相 경성부 남대문통 1정목 17번지	회동서관 경성부 남대문통 1정목 17번지
1890	옥루몽 회동-옥루-03-01-권3	옥루몽 卷三	한글			1917-03-23	1		회동서관
1891	옥루몽 회동-옥루-03-01-권4	옥루몽 卷四	한글	197p. 1원90전 (전4책)	1917-03-15	1917-03-23	1	高裕相 경성부 남대문통 1정목 17번지	회동서관 경성부 남대문통 1정목 17번지
1892	옥루몽 회동-옥루-03-02-권1	옥루몽 卷一	한글				2		회동서관
1893	옥루몽 회동-옥루-03-02-권2	옥루몽 卷二	한글				2		회동서관

인쇄자 인쇄소 주소	인쇄소 인쇄소 주소	공동 발행	영인본	소장처 및 청구기호	기타	현황
				국립중앙도서관(3 636-48-1=2)	서울연락처:종로6가 대학천 상가B.6호 대조사 직매부. 협약도서관에서 원문이미지 파일 열람 가능.	원문
				국립중앙도서관(3 636-48-2=2)	서울연락처:종로6가 대학천 상가B.6호 대조사 직매부. 협약도서관에서 원문이미지 파일 열람 가능.	원문
				국립중앙도서관(3 636-48-3=2)	서울연락처:종로6가 대학천 상가B.6호 대조사 직매부. 협약도서관에서 원문이미지 파일 열람 가능.	원문
				국립중앙도서관(3 636-48-4=2)	서울연락처:종로6가 대학천 상가B.6호 대조사 직매부. 협약도서관에서 원문이미지 파일 열람 가능.	원문
				국민대학교 도서관(고813.5 옥02 v.1)	도서관 서지정보에 1850년 발행으로 기록되었으나, 이는 1950년의 오기로 보임. 페이지 수는 [이본목록](p.418) 참고. 낙질이라 몇권 형식인지 불명확함.	원문
				국민대학교 도서관(고813.5 옥02 v.2)	도서관 서지정보에 1850년 발행으로 기록되었으나, 이는 1950년의 오기로 보임. 페이지 수는 [이본목록](p.418) 참고. 낙질이라 몇권 형식인지 불명확함.	원문
				국민대학교 도서관(고813.5 옥02 v.3)	도서관 서지정보에 1850년 발행으로 기록되었으나, 이는 1950년의 오기로 보임. 페이지 수는 [이본목록](p.418) 참고. 낙질이라 몇권 형식인지 불명확함.	원문
					具滋均, [國文學論考], p.19.([이본목록], p.420). 64회의 장회체(1권 1회~21회, 2권 2~44회, 3권 45회~64회).	출판
					具滋均, [國文學論考], p.19.([이본목록], p.420). 64회의 장회체(1권 1회~21회, 2권 2~44회, 3권 45회~64회).	출판
					具滋均, [國文學論考], p.19.([이본목록], p.420). 64회의 장회체(1권 1회~21회, 2권 2~44회, 3권 45회~64회).	출판
					상편, 하편, 속편의 3책 체제로 추정(상편 1회~25회, 하편 26~49회, 속편 50~64회).	출판
沈禹澤 경성부 효자동 103번지	성문사 경성부 공평동 55번지			국립중앙도서관(3 634-2-91(2))	'옥루몽 하편'(권8~10). 64회의 26회~49회로, 27회부터 회목과 회차가 있음. 3책 체제로 추정(상편 1회~25회, 하편 26~49회, 속편 50~64회).	원문
沈禹澤 경성부 효자동 103번지	성문사 경성부 공평동 55번지			국립중앙도서관(3 634-2-91(1))	내제는 '옥루몽 권지 속편'(1회~13회)으로 되어 있으나, 실제 내용은 64회의 50회~64회임. 3책 체제로 추정(상편 1회~25회, 하편 26~49회, 속편 50~64회).	원문
金弘奎 경성부 가회동 216번지	보성사 경성부 수송동 44번지			정명기 소장본	64회 4책(권1 1회~16회, 권2 17~32회, 권3 33회~50회, 권4 51회~64회). 4판과 6판에 초판 발행일 기록.	원문
金弘奎 경성부 가회동 216번지	보성사 경성부 수송동 44번지			양승민 소장본	64회 4책(권1 1회~16회, 권2 17~32회, 권3 33회~50회, 권4 51회~64회). 4판과 6판에 초판 발행일 기록.	원문
					64회 4책(권1 1회~16회, 권2 17~32회, 권3 33회~50회, 권4 51회~64회). 4판과 6판에 초판 발행일 기록.	출판
金弘奎 경성부 가회동 216번지	보성사 경성부 수송동 44번지			양승민 소장본	64회 4책(권1 1회~16회, 권2 17~32회, 권3 33회~50회, 권4 51회~64회). 4판과 6판에 초판 발행일 기록.	원문
					4판과 6판이 있어서 2판, 3판이 있을 것으로 추정.	출판
					4판과 6판이 있어서 2판, 3판이 있을 것으로 추정.	출판

번호	작품명 고유번호	표제	문자	면수 가격	인쇄일	발행일	판차	발행자 발행자 주소	발행소 발행소 주소
1894	**옥루몽** 회동-옥루-03-02-권3	옥루몽 卷三	한글				2		회동서관
1895	**옥루몽** 회동-옥루-03-02-권4	옥루몽 卷四	한글				2		회동서관
1896	**옥루몽** 회동-옥루-03-03-권1	옥루몽 卷一	한글				3		회동서관
1897	**옥루몽** 회동-옥루-03-03-권2	옥루몽 卷二	한글				3		회동서관
1898	**옥루몽** 회동-옥루-03-03-권3	옥루몽 卷三	한글				3		회동서관
1899	**옥루몽** 회동-옥루-03-03-권4	옥루몽 卷四	한글				3		회동서관
1900	**옥루몽** 회동-옥루-03-04-권1	옥루몽 卷一	한글				4		회동서관
1901	**옥루몽** 회동-옥루-03-04-권2	옥루몽 卷二	한글	174p. 2원 (전4책)	1922-02-05	1922-02-10	4	高裕相 경성부 남대문통 1정목 17번지	회동서관 경성부 남대문통 1정목 17번지
1902	**옥루몽** 회동-옥루-03-04-권3	옥루몽 卷三	한글	180p. 2원 (전4책)	1922-02-05	1922-02-10	4	高裕相 경성부 남대문통 1정목 17번지	회동서관 경성부 남대문통 1정목 17번지
1903	**옥루몽** 회동-옥루-03-04-권4	옥루몽 卷四	한글				4		회동서관
1904	**옥루몽** 회동-옥루-03-05-권1	옥루몽 卷一	한글			1924- -	5		회동서관
1905	**옥루몽** 회동-옥루-03-05-권2	옥루몽 卷二	한글			1924- -	5		회동서관
1906	**옥루몽** 회동-옥루-03-05-권3	옥루몽 卷三	한글			1924- -	5		회동서관
1907	**옥루몽** 회동-옥루-03-05-권4	옥루몽 卷四	한글			1924- -	5		회동서관
1908	**옥루몽** 회동-옥루-03-06-권1	옥루몽 卷一	한글	177p. 2원 (전4책)	1925-11-31	1925-11-05	6	高裕相 경성부 남대문통 1정목 17번지	회동서관 경성부 남대문통 1정목 17번지
1909	**옥루몽** 회동-옥루-03-06-권2	옥루몽 卷二	한글	174p. 2원 (전4책)	1925-10-31	1925-11-05	6	高裕相 경성부 남대문통 1정목 17번지	회동서관 경성부 남대문통 1정목 17번지
1910	**옥루몽** 회동-옥루-03-06-권3	옥루몽 卷三	한글	180p. 2원 (전4책)	1925-10-31	1925-11-05	6	高裕相 경성부 남대문통 1정목 17번지	회동서관 경성 남대문통 1정목 17번지
1911	**옥루몽** 회동-옥루-03-06-권4	옥루몽 卷四	한글	197p. 2원 (전4책)	1925-10-31	1925-11-05	6	高裕相 경성부 남대문통 1정목 17번지	회동서관 경성 남대문통 1정목 17번지
1912	**옥린몽** 경성서-옥린-01-00	옥린몽	한글			1921- -	1		경성서적업조합
1913	**옥린몽** 경성서-옥린-02-00	현토 옥린몽	한문			1921- -	1		경성서적업조합
1914	**옥린몽** 광문책-옥린-01-00-권1	고대쇼셜 옥린몽	한글	30전		1914- -	1	宋基和	광문책사
1915	**옥린몽** 광문책-옥린-01-00-권2	고대쇼셜 옥린몽	한글	30전		1914- -	1	宋基和	광문책사

인쇄자 인쇄소 주소	인쇄소 인쇄소 주소	공동 발행	영인본	소장처 및 청구기호	기타	현황
					4판과 6판이 있어서 2판, 3판이 있을 것으로 추정.	출판
					4판과 6판이 있어서 2판, 3판이 있을 것으로 추정.	출판
					4판과 6판이 있어서 2판, 3판이 있을 것으로 추정.	출판
					4판과 6판이 있어서 2판, 3판이 있을 것으로 추정.	출판
					4판과 6판이 있어서 2판, 3판이 있을 것으로 추정.	출판
					4판과 6판이 있어서 2판, 3판이 있을 것으로 추정.	출판
					4판과 6판이 있어서 2판, 3판이 있을 것으로 추정.	출판
金聖杓 경성부 견지동 80번지	계문사 경성부 견지동 80번지			국립중앙도서관(3634-2-49(2))	64회 4책(권1 1회~16회, 권2 17~32회, 권3 33회~50회, 권4 51회~64회). 초판 발행일 기록.	원문
金聖杓 경성부 견지동 80번지	계문사 경성부 견지동 80번지			국립중앙도서관(3634-2-92(2))	64회 4책(권1 1회~16회, 권2 17~32회, 권3 33회~50회, 권4 51회~64회). 초판 발행일 기록.	원문
					64회 4책(권1 1회~16회, 권2 17~32회, 권3 33회~50회, 권4 51회~64회)	출판
					64회 4책(권1 1회~16회, 권2 17~32회, 권3 33회~50회, 권4 51회~64회)	출판
					6판이 있어서 5판도 있을 것으로 추정. 5판 발행일은 [이본목록](p.418) 참고.	출판
					6판이 있어서 5판도 있을 것으로 추정. 5판 발행일은 [이본목록](p.418) 참고.	출판
					6판이 있어서 5판도 있을 것으로 추정. 5판 발행일은 [이본목록](p.418) 참고.	출판
金鍾憲 경성부 수송동 69번지	보명사인쇄소 경성부 수송동 69번지			정명기 소장본	64회 4책(권1 1회~16회, 권2 17~32회, 권3 33회~50회, 권4 51회~64회). 초판 발행일 기록.	원문
金鍾憲 경성부 수송동 69번지	보명사인쇄소 경성부 수송동 69번지			유춘동 소장본	64회 4책(권1 1회~16회, 권2 17~32회, 권3 33회~50회, 권4 51회~64회). 초판 발행일 기록.	원문
金鍾憲 경성부 수송동 69번지	보명사인쇄소 경성부 수송동 69번지			유춘동 소장본	64회 4책(권1 1회~16회, 권2 17~32회, 권3 33회~50회, 권4 51회~64회). 초판 발행일 기록.	원문
金鍾憲 경성부 수송동 69번지	보명사인쇄소 경성부 수송동 69번지			유춘동 소장본	64회 4책(권1 1회~16회, 권2 17~32회, 권3 33회~50회, 권4 51회~64회). 초판 발행일 기록.	원문
					[圖書分類目錄], 1921 改正.([이본목록], p.424.)	목록
					[圖書分類目錄], 1921 改正.([이본목록], p.424.)	목록
					<(개정)소대성전>, 광문책사, 1916(재판, 초판은 1914)(국립중앙도서관 소장본(3634-2-31(5))에 '古代小說 玉隣夢 1, 2, 3 각 정가 30전'으로 기록.	광고
					<(개정)소대성전(2판>, 광문책사, 1916(초판은 1914)(국립중앙도서관 소장본(3634-2-31(5)) 광고에 '古代小說 玉隣夢 1, 2, 3 각 정가 30전'으로 기록.	광고

번호	작품명 고유번호	표제	문자	면수 가격	인쇄일	발행일	판차	발행자 발행자 주소	발행소 발행소 주소
1916	옥린몽 광문책-옥린-01-00-권3	고대쇼설 옥린몽	한글	30전		1914- -	1	宋基和	광문책사
1917	옥린몽 광익-옥린-01-01-상	현토 옥린몽	한문	211p. 1원	1918-11-20	1918-11-25	1	高敬相 경성부 종로 2정목 87번지	광익서관 경성부 종로 2정목 87번지
1918	옥린몽 광익-옥린-01-01-하	현토 옥린몽	한문	230p. 1원	1918-11-20	1918-11-25	1	高敬相 경성부 종로 2정목 87번지	광익서관 경성부 종로 2정목 87번지
1919	옥린몽 송기-옥린-01-01-권1	(고쇼셜)옥린몽	한글			1913- -	1	宋基和	송기화상점
1920	옥린몽 송기-옥린-01-01-권2	(고쇼셜)옥린몽	한글				1		송기화상점
1921	옥린몽 송기-옥린-01-01-권3	(고쇼셜)옥린몽	한글				1		송기화상점
1922	옥린몽 조선서-옥린-01-00	옥린몽	한글			1913- -	1		조선서관
1923	옥린몽 회동-옥린-01-01-상	옥린몽 상편	한글	160p. 35전	1918-09-15	1918-10-05	1	高裕相 경성부 남대문통 1정목 17번지	회동서관 경성부 남대문통 1정 17번지
1924	옥린몽 회동-옥린-01-01-하	옥린몽 하편	한글	150p. 32전	1918-10-15	1918-10-25	1	高裕相 경성부 남대문통 1정목 17번지	회동서관 경성부 남대문통 1정 17번지
1925	옥소기연 신구-옥소-01-01	옥쇼긔연	한글	81p. 25전	1915-08-26	1915-08-31	1	崔英植 경성부 냉동 161번지	신구서림 경성부 봉래정 1정목 75번지
1926	옥주호연 경성서-옥주-01-00	삼옥삼쥬	한글			1921- -	1		경성서적업조합
1927	옥주호연 미상-옥주-01-01	음양삼태성	한글			1917-09-26	1	朴健會	
1928	옥주호연 미상-옥주-01-02	음양삼태성	한글	53p.		1919-01-25	2	朴健會	
1929	옥주호연 한성-옥주-01-00	삼옥삼주	한글			1915- -	1		한성서관
1930	옥주호연 회동-옥주-01-01	음양삼태성	한글	53p. 25전	1925-11-25	1925-11-30	1	高裕相 경성부 남대문통 1정목 17번지	회동서관 경성부 남대문통 1정 17번지
1931	옥포동기완록 동양서-옥포-01-01	玉浦洞奇玩錄	한글	52p. 35전	1925-09-28	1925-09-30	1	金錫喆 경성부 종로 2정목 86번지	동양서원 경성부 종로 2정목 86번지
1932	왕경룡전 경성서-왕경-01-00	청루지렬녀	한글			1921- -	1		경성서적업조합
1933	왕경룡전 박문-왕경-01-01	청루지열녀	한글	112p. 35전	1917-12-01	1917-12-05	1	朴健會 경성부 낙원동 285번지	박문서관 경성부 종로 2정목 82번지
1934	왕경룡전 신구-왕경-01-01	(고대소설)청루 지열녀	한글	112p. 40전	1917-12-01	1917-12-05	1	朴健會 경성부 낙원동 285번지	신구서림 경성부 봉래정 1정목 77번지
1935	왕소군새소군전 경성서-왕소-01-00	왕소군새소군 전	한글			1921- -	1		경성서적업조합

!쇄자 !쇄소 주소	인쇄소 인쇄소 주소	공동 발행	영인본	소장처 및 청구기호	기타	현황
					<(개정)소대성전>, 광문책사, 1916(재판, 초판은 1914)(국립중앙도서관 소장본(3634-2-31(5))에 '古代小說 玉隣夢 1, 2, 3 각 정가 30전'으로 기록.	광고
家恒衛 성부 명치정 1정목 4번지	일한인쇄소 경성부 명치정 1정목 54번지			서울대학교 도서관(일석 813.5 Y58h v.1)	53회의 장회체(상권 1회~26회, 총목차). 원문 이미지 파일과 링크되어 원문 보기 가능.	원문
家恒衛 성부 명치정 1정목 4번지	일한인쇄소 경성부 명치정 1정목 54번지			서울대학교 도서관(일석 813.5 Y58h v.2)	53회의 장회체(하권 27회~53회, 총목차). 원문 이미지 파일과 링크되어 원문 보기 가능.	원문
				한국학중앙연구원 장서각(D7B-43A)	3권 53회(1권 1회~10회). 李炳侃의 서문. 광문책사는 송기화상점의 후신. 장서각에 링크된 원문은 회동서관 것임.	원문
					3권 53회(1권 1회~10회). 李炳侃의 서문. 광문책사는 송기화상점의 후신. 장서각에 링크된 원문은 회동서관 것임.	출판
					3권 53회(1권 1회~10회). 李炳侃의 서문. 광문책사는 송기화상점의 후신. 장서각에 링크된 원문은 회동서관 것임.	출판
					<수호지>, 조선서관, 1913, 광고.([이본목록], p.424)	광고
弘奎 성부 가회동 216번지	보성사 경성부 수송동 44번지			한국학중앙연구원 장서각(D7B-43)	2권 53회(상 1회~26회, 하 27회~53회, 권별 목차). 한국학중앙연구원에 상하권 소장. 한국역사정보시스템 연동하여 원문 보기 가능.	원문
弘奎 성부 가회동 216번지	보성사 경성부 수송동 44번지		[구활자본고소설 전집 28]	국립중앙도서관(3 634-2-49(1)), 한국학중앙연구원 장서각(D7B-43)	2권 53회(상 1회~26회, 하 27회~53회, 권별 목차). 한국학중앙연구원에 상하권 소장.(한국역사정보시스템 연동하여 원문 보기 가능.)	원문
聖杓 성부 중학동 55번지	성문사 경성부 공평동 55번지		[활자본고전소설 전집 5], [구활자소설총서 9]	국립중앙도서관(3 634-2-14(3))		원문
					[圖書分類目錄], 1921 改正.([이본목록], p.430.)	목록
					홍윤표 소장본.([이본목록], p.430)	원문
					홍윤표 소장본.([이본목록], p.430)	원문
					<쌍주긔연>, 한성서관, 1915(국립중앙도서관 소장본(3634-2-21(1)) 광고에 '삼옥삼주 近刊'으로 기록.	광고
鍾憲 성부 수송동 69번지	보명사인쇄소 경성부 수송동 69번지		[활자본고전소설 전집 5]	서울대학교 도서관(3350 181)	9회의 장회체. '음양삼태성'(pp.1~45) 뒤에 홍장기녀에 대한 이야기가 8면 덧붙음.	원문
翼洙 성부 황금정 2-21	신문관			정명기 소장본		원문
					[圖書分類目錄], 1921 改正.([이본목록], p.436)	목록
仁煥 성부 황금정 2정목 48번지	경성신문사 경성부 황금정 2정목 148번지		[조동일소장국문 학연구자료 22]		5회의 장회체. p.1에 '박건회 저'라는 기록.	원문
禹澤 성부 공평동 54번지	성문사 경성부 공평동 55번지		[구활자본고소설 전집 14], [구활자소설총서 6]	국립중앙도서관(3 634-2-6(5))	5회의 장회체(총목차).	원문
					[圖書分類目錄], 1921 改正.([이본목록], p.438)	목록

번호	작품명 고유번호	표제	문자	면수 가격	인쇄일	발행일	판차	발행자 발행자 주소	발행소 발행소 주소
1936	**왕소군새소군전** 광동-왕소-01-01	王昭君賽昭君傳	한글	145p.	1918-03-1?	1918-03-25	1	朴健會 경성부 송현동 71번지	광동서국 경성부 송현동 71번
1937	**왕소군새소군전** 조선서-왕소-01-01-상	昭君怨 上編	한글	171p. 40전	1914-01-25	1914-01-29	1	朴健會 경성 북부 대사동 3통8호	조선서관 경성 북부 대사동 3통
1938	**왕소군새소군전** 조선서-왕소-01-01-하	王昭君出塞記	한글	153p. 40전	1915-01-25	1915-01-29	1	朴健會 경성부 인사동 39번지	조선서관 경성부 인사동 39번
1939	**왕소군새소군전** 태화-왕소-01-01	왕소군새소군전	한글	316p. 1원	1930-11-25	1930-11-28	1	姜夏馨 경성부 예지동 101번지	태화서관 경성부 예지동 101번
1940	**왕장군전** 박문-왕장-01-01	왕장군전	한글	77p. 25전	1928-12-12	1928-12-15	1	盧益亨 경성부 종로 2정목 82번지	박문서관 경성부 종로 2정목 82번지
1941	**왕장군전** 세창-왕장-01-01	왕비호전	한글	38p. 20전	1933-12-15	1933-12-20	1	申泰三 경성부 종로 4정목 77번지	세창서관 경성부 종로 4정목 77번지
1942	**왕장군전** 세창-왕장-02-01	왕장군전	한글	77p. 200	1961-08-10	1961-12-30	1	申泰三 서울특별시 종로구 종로3가 10	세창서관 서울특별시 종로구 종로3가 10
1943	**왕태자전** 세창-왕태-01-00	정본	한글	30전		1915- -	1		세창서관
1944	**용문전** 경성서-용문-01-00	대성용문전	한글			1921- -	1		경성서적업조합
1945	**용문전** 경성서-용문-02-00	룡문장군전	한글			1921- -	1		경성서적업조합
1946	**용문전** 광문책-용문-01-01	신교 룡문전	한글	91p. 20전	1915-10-21	1915-10-24	1	宋基和 평양부 관후리 125번지	광문책사 평양 종로
1947	**용문전** 대창-용문-01-01	(신교)룡문전	한글				1		대창서원
1948	**용문전** 대창-용문-01-02	(신교)룡문전	한글	52p. 20전	1920.12.14.	1920-12-30	2	勝木良吉 경성부 종로통 1정목 22번지	대창서원 경성부 종로통 2정목 19번지
1949	**용문전** 박문-용문-01-01	대성용문전	한글	63p.		1925- -	1		박문서관
1950	**용문전** 세창-용문-01-01	대성용문전	한글	36p. 200원	1952-08-10	1952-08-30	1	申泰三 서울특별시 종로구 종로 3가 10	세창서관 서울특별시 종로구 종 3가 10
1951	**용문전** 신구-용문-01-01	(고대소설) 룡문전	한글	43p. 20전	1917-09-17	1917-09-21	1	池松旭 경성부 봉래정 1정목 77번지	신구서림 경성부 봉래정 1정목 77번지
1952	**용문전** 신명-용문-01-01	대성용문전	한글			1917-08-28	1	姜義永	신명서림
1953	**용문전** 신명-용문-01-02	대성용문전	한글				2		신명서림
1954	**용문전** 신명-용문-01-03	대성용문전	한글	63p. 20전	1922-11-20	1922-11-30	3	姜義永 경성부 종로 3정목 85번지	신명서림 경성부 종로 2정목 98번지
1955	**용문전** 신명-용문-01-04	(정번) 대성용문전	한글	63p. 20전	1922-11-25	1924-11-30	4	姜義永 경성부 종로 3정목 85번지	신명서림

쇄자 쇄소 주소	인쇄소 인쇄소 주소	공동 발행	영인본	소장처 및 청구기호	기타	현황
弘奎 성부 가회동 216번지	보성사 경성부 수송동 44번지			국립중앙도서관(3 636-14)	44회의 장회체(상 1회~30회. 하 31회~44회). 상하합편(상 pp.1~145, 하 pp.1~171). 협약도서관에서 원문이미지 열람 가능.	원문
聖杓 성 동부 통내 등자동 통8호	성문사 경성 중부 종로 발리동 9통10호			연세대학교 도서관(O 811.9308 고대소-4-4)	37회의 장회체(상 1회~26회, 하 27회~37회). 상권 마지막에 '이아래를 보시려면 왕소군출새긔을 하시옵'이란 기록이 있어 <왕소군출새기>를 하권으로 추정.	원문
敬德 성부 원동 206번지	조선복음인쇄소 경성부 원동 206번지			연세대학교 도서관(o 811.9308 고대소 -4-5)	37회의 장회체(상 1회~26회, 하 27회~37회). <소군원>-<왕소군출새기> 연작. 27회 앞부분까지만 한자병기	원문
翰柱 성부 관훈동 30번지	동아인쇄소 경성부 관훈동 30번지		[구활자본고소설 전집 21]		43회의 장회체(상 1~30회, 하 31~43회). 상하 합편(상 pp.1~145, 하 pp.1~171)	원문
敬德 성부 서대문정 2정목 #9	기독교창문사 경성부 서대문정 2정목 139		[활자본고전소설 전집 5]	서울대학교 도서관(3350 183)	8회의 장회체.	원문
弼龍 성부 종로 4정목 번지	세창서관인쇄부 경성부 종로 4정목 77번지	삼천리서관		김종철 소장본		원문
	세창인쇄사 서울특별시 종로구 종로3가 10			디지털 한글박물관(홍윤표 소장본)	8회의 장회체. 도서관 서지정보에 발행연도를 '1952년'으로 잘못 기록.	원문
					<장화홍련전>, 세창서관, 1915(국립중앙도서관 소장본(3634-2-10(5))에 '正本 王太子傳'으로 광고.	광고
					[圖書分類目錄], 1921 改正.([이본목록], p.447)	목록
					[圖書分類目錄], 1921 改正.([이본목록], p.448)	목록
致祿 양부 신창리 43번지	광문사 평양부 관후리 90번지			국립중앙도서관(3 634-2-70(1))	6회의 장회체(총목차). 저작자 韓仁錫.	원문
					2판이 있어 초판도 있을 것으로 추정.	출판
聖杓 성부 황금정 1정목 1번지	박문관인쇄소 경성부 황금정 1정목 181번지			국립중앙도서관(3 634-2-70(3))	6회의 장회체(총목차). 초판 인쇄일(1920.12.14)로 기록된 날짜는 2판 발행일(1920.12.30)을 감안할 때, 2판 인쇄일로 추정.	원문
				서울대학교 도서관(MFF 951.06 C718ik)		원문
	세창인쇄사 서울특별시 종로구 종로 3가 10			디지털 한글박물관(홍윤표 소장본)	속표지는 '原本 龍門將軍傳'이라 되어 있음. <용문전>(pp.1~36), <소대성전>(pp.28)과 합철.	원문
禹澤 성부 공평동 54번지	성문사 경성부 공평동 55번지		[구활자본고소설 전집 11]	국립중앙도서관(3 634-2-70(2))		원문
					3판과 4판에 초판 발행일 기록.	출판
					3판과 4판이 있어 2판도 있을 것으로 추정.	출판
禹澤 성부 공평동 55번지	대동인쇄주식회사 경성부 공평동 55번지		[구활자본고소설 전집 11](인천대)	국립중앙도서관(3 634-2-32(8))	상하 합본(상 pp.1~31, 하 pp.32~63)	원문
敎瓚 성부 안국동 101번지	신명서림인쇄소			서울대학교 도서관(3350 124)	상하 합본(상 pp.1~31, 하 pp.32~63). 표지에 '경성서관발행'이라고 기록되었으나 판권지에는 신명서림으로 기록. 초판 발행일 기록.	원문

번호	작품명 고유번호	표제	문자	면수 가격	인쇄일	발행일	판차	발행자 발행자 주소	발행소 발행소 주소
1956	**용문전** 영창-용문-01-01	대성용문전	한글	40p. 25전	1925-10-25	1925-10-30	1	姜義永 경성부 종로 2정목 84번지	영창서관 경성부 종로 2정목 84번지
1957	**용문전** 유일-용문-01-00	룡문장군전	한글	20전		1916- -	1		유일서관
1958	**용문전** 이문-용문-01-01	대성용문전	한글	60p.		1935- -	1	申泰三	이문당
1959	**용문전** 조선서-용문-01-00	룡문장군전	한글	20전		1916- -	1		조선서관
1960	**용문전** 중앙-용문-01-01	룡문장군전	한글	49p.		1945- -	1	閔明善	중앙출판사
1961	**용문전** 한성-용문-01-00	룡문장군전	한글			1916- -	1		한성서관
1962	**우미인** 영창-우미-01-01	우미인가	한글	63p. 25전	1928-09-30	1928-10-05	1	姜義永 경성부 종로 2정목 84번지	영창서관 경성부 종로 2정목 84번지
1963	**우미인** 중앙서-우미-01-01	우미인	한글			1908- -	1		중앙서관
1964	**운영전** 영창-운영-01-01	(演訂)운영전	한글	48p. 20전	1925-06-02	1925-06-05	1	姜義永 경성부 종로 2정목 84번지	영창서관 경성부 종로 2정목 84번지
1965	**운영전** 영창-운영-01-02	(演訂)운영전	한글	48p. 20전	1928-11-10	1928-11-15	2	姜義永 경성부 종로 2정목 84번지	영창서관 경성부 종로 2정목 84번지
1966	**울지경덕전** 경성서-울지-01-00	울지경덕	한글			1921- -	1		경성서적업조합
1967	**울지경덕전** 대창-울지-01-00	울지경덕	한글	25전		1921- -	1		대창서원
1968	**울지경덕전** 세창-울지-01-01	蔚遲敬德傳	한글	74p.		1952-12-30	1	申泰三	세창서관
1969	**울지경덕전** 신구-울지-01-01	울지경덕실긔	한글	74p. 25전	1925-12-15	1925-12-20	1	盧益煥 경성부 봉래정 1정목 77번지	신구서림 경성부 봉래정 1정목 77번지
1970	**울지경덕전** 유일-울지-01-01	울지경덕실긔	한글	74p.		1915-11-30	1		유일서관
1971	**울지경덕전** 유일-울지-01-02	울지경덕실긔	한글	74p.	1918-04-15	1918-04-20	2	朴健會 경성부 인사동 39번지	유일서관 경성부 관훈동 72번지
1972	**울지경덕전** 조선서-울지-01-01	울지경덕실긔	한글			1915-11-30	1		조선서관
1973	**원두표실기** 세창-원두-01-01	원두표실긔	한글	50p. 200원	1962-08-10	1962-12-30	1	申泰三 서울특별시 종로구 종로 3가 10	세창서관 서울특별시 종로구 종로 3가 10
1974	**원두표실기** 태화-원두-01-01	원두표실긔	한글	50p. 25전		1930-12-20	1	姜夏馨 경성부 예지동 101번지	태화서관 경성부 예지동 101번지
1975	**월봉기** 경성서-월봉-01-01-상	월봉산긔 상권	한글				1		경성서적업조합
1976	**월봉기** 경성서-월봉-01-01-하	월봉산긔 하권	한글	85p. 40전	1926-12-18	1926-12-20	1	洪淳泌 경성부 견지동 60번지	경성서적업조합 경성부 견지동 60번지

인쇄자 인쇄소 주소	인쇄소 인쇄소 주소	공동 발행	영인본	소장처 및 청구기호	기타	현황
南昌熙 경성부 종로 2정목 84번지	영창서관인쇄소 경성부 종로 2정목 84번지	한흥서림, 진흥서관		개인소장본	<소대성전>과 <용문전>(pp.1~40)의 합철.	원문
					<대월서상기>, 유일서관, 1916.(국립중앙도서관 소장본(3634-2-117(3)) 광고에 '룡문장군전'으로 기록.	광고
					[이능우 寄目] 1163, 대전대([이본목록](p.447)	출판
					<월봉산기>, 조선서관, 1916.([이본목록](p.448)	광고
					[이능우 寄目] 1163, 대전대([이본목록](p.448)	출판
					<산양대전>, 한성서관, 1916. 광고.([이본목록](p.448)	광고
南昌熙 경성부 종로 2정목 84번지	영창서관인쇄소 경성부 종로 2정목 84번지	한흥서림, 진흥서관		개인소장본		원문
					유탁일 소장본([이본목록](p.449)	원문
尹琦炳 경성부 종로 2정목 84번지	영창서관인쇄부 경성부 종로 2정목 84번지	한흥서림	[활자본고전소설 전집 5]	영남대학교 도서관(도 813.6 ㅂ542ㅇ)	1면에 '朴哲魂 著'. 24회의 장회체. 저작자 박준표, 발행자 강의영. 2판에 초판 판권지 있음.	원문
尹琦炳 경성부 종로 2정목 84번지	영창서관인쇄부 경성부 종로 2정목 84번지	한흥서림		서울대학교 도서관(3350 163)	1면에 '朴哲魂 著'. 24회의 장회체. 초판과 2판의 판권지 두 개 있음.	원문
					[圖書分類目錄],1921 改正([이본목록](p.455)	목록
		보급서관			<서동지전>, 대창서원 보급서관, 1921(국립중앙도서관 소장본(3634-2-6(1)) 광고에 '蔚遲敬德'으로 기록.	광고
				국회도서관(811.31 ㅅ585ㅇ)	작가와 발행자, 발행일은 [이본목록](p.455) 참고.	원문
尤禹澤 경성부 공평동 55번지	대동인쇄주식회사 경성부 공평동 55번지			서울대학교도서관(3350 180)		원문
		한성서관	[구활자본고소설 전집 11]		12회의 장회체(총목차). 2판에 초판 발행일 기록. <울지경덕실기>(pp.1~72)와 <호걸이 원인을 위하여 보슈하고 기녀가 고정을 사모하야 월하에 울다>(pp.72~74)	출판
鄭敬德 경성부 관훈동 30번지	조선복음인쇄소 경성부 관훈동 30번지			국립중앙도서관(3 634-2-42(7))	12회의 장회체(총목차). 초판 발행일 기록. <울지경덕실기>(pp.1~72)에 <호걸이 원인을 위하여 보슈하고 기녀가 고정을 사모하야 월하에 울다>(pp.72~74) 첨부.	출판
					권순긍, p.329.	출판
	세창인쇄사 서울특별시 종로구 종로 3가 10		[구활자본고소설 전집 29]			원문
朴翰柱 경성부 관훈동 30번지	동아인쇄소 경성부 관훈동 30번지			서울대학교 도서관(3350 59)	인쇄일 부분이 잘려서 보이지 않음. <원두표실기>는 <홍장군전>을 모방, 답습한 작품(곽정식, 2009)	원문
					22회의 장회체(상 1회~11회, 하 12회~22회). 하편이 있어서 상편도 있을 것으로 추정.	출판
霍泰均 경성부 공평동 55번지	대동인쇄주식회사 경성부 공평동 55번지			국립중앙도서관(3 634-2-40(1))	22회의 장회체(상 1회~11회, 하 12회~22회).	원문

번호	작품명 고유번호	표제	문자	면수 가격	인쇄일	발행일	판차	발행자 발행자 주소	발행소 발행소 주소
1977	**월봉기** 광문책-월봉-01-01	고대쇼셜 월봉긔	한글	101p.	1916-02-19	1916-02-25	1	宋基和 평양부 관후리 125번지	광문책사 평양부 종로
1978	**월봉기** 동미-월봉-01-00	월봉ㅅ긔	한글			1916- -	1		동미서시
1979	**월봉기** 박문-월봉-01-01	월봉산긔	한글			1916-01-24	1		박문서관
1980	**월봉기** 박문-월봉-01-02	월봉산긔	한글				2		박문서관
1981	**월봉기** 박문-월봉-01-03	월봉산긔	한글				3		박문서관
1982	**월봉기** 박문-월봉-01-04	월봉산긔	한글	189p. 60전	1924-01-10	1924-01-15	4	朴健會 경성부 낙원동 285번지	박문서관 경성부 종로 2정목 82번지
1983	**월봉기** 세창-월봉-01-01	월봉산긔	한글	166p.	1953-09-10	1953-12-30	1	申泰三 서울특별시 종로구 종로 3가 10	세창서관 서울특별시 종로구 종. 3가 10
1984	**월봉기** 세창-월봉-01-02	월봉산긔	한글	166p. 1000	1961-09-10	1961-12-30	2	申泰三 서울특별시 종로구 종로 3가 10	세창서관 서울특별시 종로구 종. 3가 10
1985	**월봉기** 신구-월봉-01-01-상	월봉산긔 상	한글			1916-01-24	1		신구서림
1986	**월봉기** 신구-월봉-01-01-하	월봉산긔 하	한글			1916-01-24	1		신구서림
1987	**월봉기** 신구-월봉-01-02-상	월봉산기 상	한글				2		신구서림
1988	**월봉기** 신구-월봉-01-02-하	월봉산기 하	한글				2		신구서림
1989	**월봉기** 신구-월봉-01-03-상	월봉산기 상	한글				3		신구서림
1990	**월봉기** 신구-월봉-01-03-하	월봉산기 하	한글	97p.	1918-03-01	1918-03-05	3	朴健會 경성부 공평동 68번지	신구서림 경성부 봉래정 1정목 77번지
1991	**월봉기** 신구-월봉-01-04-상	월봉산긔 상	한글	92p. 30전	1924-01-10	1924-01-15	4	朴健會 경성부 낙원동 285번지	신구서림 경성부 봉래정 1정목 77번지
1992	**월봉기** 신구-월봉-01-04-하	월봉산긔 하	한글				4		신구서림
1993	**월봉기** 신구-월봉-01-04-합	월봉산기	한글	189p. 60전	1924-01-10	1924-01-15	4	朴健會 경성부 낙원동 285번지	신구서림 경성부 봉래정 1정목 77번지
1994	**월봉기** 영창-월봉-01-00	월봉산기	한글				1		영창서관
1995	**월봉기** 유일-월봉-01-01-상	월봉산긔 상	한글			1916-01-24	1		유일서관
1996	**월봉기** 유일-월봉-01-01-하	월봉산긔 하	한글			1916-01-27	1		유일서관
1997	**월봉기** 유일-월봉-01-02-상	월봉산긔 상	한글	94p. 30전	1917-05-10	1917-05-15	2	朴健會 경성부 낙원동 285번지	유일서관 경성부 관훈동 72번지
1998	**월봉기** 유일-월봉-01-02-하	월봉산긔 하	한글	97p. 30전	1917-05-10	1917-05-15	2	朴健會 경성부 낙원동 285번지	유일서관 경성부 관훈동 72번지

쇄자 쇄소 주소	인쇄소 인쇄소 주소	공동 발행	영인본	소장처 및 청구기호	기타	현황
致祿 양부 신창리 24번지	광문사 평양부 관후리 90번지		[구활자본고소설전집 29], [구활자소설총서 9]		저작자 한인석.	원문
					<황장군전>, 동미서시, 1916. 광고.([이본목록](p.462)	광고
					4판에 초판 발행일 기록.	출판
					4판이 있어서 2판도 있을 것으로 추정.	출판
					4판이 있어서 3판도 있을 것으로 추정.	출판
禹澤 성부 공평동 55번지	대동인쇄주식회사 경성부 공평동 55번지			소인호 소장본	상하 합편(상 92p, 하 97p). 21회의 장회체(상 1회~11회, 하 12회~21회). 초판 발행일 기록.	원문
	세창인쇄사 서울특별시 종로구 종로 3가 10				上下 合部(상 81p. 하 85p) '세창-월봉-01-02'에 초판, 2판 구분 없이 붙어 있는 판권지 두 장(단기4286, 4294) 중에서 앞선 시기의 것을 초판으로 간주.	출판
	세창인쇄사 서울특별시 종로구 종로 3가 10			소인호소장본	上下 合部(상 81p, 하 85p). 초판, 2판 구분 없이 붙어 있는 판권지 두 장(단기4286, 4294) 중에서 나중의 것을 2판으로 간주.	원문
					4판 상권에 초판 발행일 기록.	출판
					3판 하권에 초판 발행일 기록.	출판
					4판 상권이 있어서 2판 상권도 있을 것으로 추정.	출판
					3판 하권이 있어서 2판 하권도 있을 것으로 추정.	출판
					4판 상권이 있어서 3판 상권도 있을 것으로 추정.	출판
禹澤 성부 공평동 54번지	성문사 경성부 공평동 55번지			국립중앙도서관(3634-2-40(3))	21회의 장회체(상 1회~11회, 하 12회~21회, 권별로 총목차). 초판 발행일 기록. 가격이 기록된 부분의 판권지 훼손됨.	원문
禹澤 성부 공평동 55번지	대동인쇄주식회사 경성부 공평동 55번지			국립중앙도서관(3634-2-40(2))	21회의 장회체(상 1회~11회, 하 12회~21회, 권별로 총목차). 초판 발행일 기록.	원문
					4판 상권이 있어서 4판 하권도 있을 것으로 추정.	출판
禹澤 성부 공평동 55번지	대동인쇄주식회사 경성부 공평동 55번지		[아단문고고전총서 10]		상하 합편(상 pp.1~92, 하 pp.1~97). 21회의 장회체(상 1회~11회, 하 12회~21회, 권별로 총목차). 초판 발행일 기록.	원문
					[출판목록]([이본목록], p.463)	목록
		한성서관			2판에 초판 발행일 기록.	출판
		한성서관			2판에 초판 발행일 기록.	출판
義淳 성부 인사동 135번지	성문사지부인쇄소 경성부 인사동 135번지	한성서관		개인소장본	초판 발행일 기록.	원문
義淳 성부 인사동 135번지	성문사지부인쇄소 경성부 인사동 135번지	한성서관		국립중앙도서관(3634-2-70(4))	국립중앙도서관 소장본의 발행일은 '대정6.06.04'인데, 날짜를 수정한 흔적이 있어서 개인 소장본의 발행일을 따름.	원문

번호	작품명 고유번호	표제	문자	면수 가격	인쇄일	발행일	판차	발행자 발행자 주소	발행소 발행소 주소
1999	**월봉기** 조선서-월봉-01-01-상	월봉산긔 상	한글	94p. 30전	1916-01-20	1916-01-24	1	朴健會 경성부 인사동 39번지	조선서관 경성부 인사동 39번
2000	**월봉기** 조선서-월봉-01-01-하	월봉산긔 하	한글	97p. 30전	1916-01-20	1916-01-28	1	朴健會 경성부 인사동 39번지	조선서관 경성부 인사동 39번
2001	**월봉기** 조선서-월봉-02-01-상	월봉산긔	한글	81p.		1916- -	1		조선서관
2002	**월봉기** 조선서-월봉-02-01-하	월봉산긔 하권	한글	85p.		1916- -	1		조선서관
2003	**월봉기** 회동-월봉-01-01	월봉산긔	한글	166p. 60전	1926-02-15	1926-02-20	1	高裕相 경성부 남대문통 1정목 17번지	회동서관 경성부 남대문통 1정 17번지
2004	**월세계** 대창-월세-01-01	월셰계	한글	74p. 25전	1922-01-13	1922-01-17	1	玄公廉 경성부 계동 99번지	대창서원 경성부 견지동 80번
2005	**월영낭자전** 경성서-월영-01-00	월영낭자전	한글			1921- -	1		경성서적업조합
2006	**월영낭자전** 한성-월영-01-01	월영낭자전	한글	81p. 25전	1916-02-29	1916-03-08	1	南宮楔 경성부 종로통 2정목 19번지	한성서관 경성부 종로통 3정목 76번지
2007	**월영낭자전** 한성-월영-01-02	(고대소설)월영 낭자전 권지단	한글			1917- -	2		한성서관
2008	**월영낭자전** 한성-월영-01-03	(고대소설)월영 낭자전	한글	61p. 20전	1920-12-26	1920-12-30	3	南宮楔 경성부 관훈동 72번지	한성서관 경성부 관훈동 72번
2009	**월영낭자전** 회동-월영-01-01	고대소설 월영낭자전	한글	61p. 20전	1925-12-17	1925-12-20	1	高裕相 경성부 남대문통 1정목 17번지	회동서관 경성부 남대문통 1정 17번지
2010	**월왕전** 광동-월왕-01-01	월왕전	한글			1926- -	1	朴健會	광동서국
2011	**월왕전** 동미-월왕-01-00	월왕전	한글				1		동미서시
2012	**월왕전** 조선서-월왕-01-00	월왕전	한글			1915- -	1		조선서관
2013	**유검필전** 대창-유검-01-00	유금필전	한글			1918- -	1		대창서원
2014	**유록전** 경성서-유록-01-00	류록의 한	한글			1921- -	1		경성서적업조합
2015	**유록전** 박문-유록-01-00	류록의 한	한글				1		박문서관
2016	**유록전** 신구-유록-01-01	류록의 한	한글	108p. 25전	1914-08-03	1914-08-05	1	池松旭 경성부 화천정 213번지	신구서림 경성부 화천정 213번
2017	**유록전** 신구-유록-01-02	(고대소설)류록 의 한	한글	67p. 30전	1918-03-01	1918-03-05	2	池松旭 경성부 봉래정 1정목 77번지	신구서림 경성부 봉래정 1정목 77번지
2018	**유문성전** 경성서-유문-01-01	유문성전	한글			1925- -	1		경성서적업조합
2019	**유문성전** 경성서-유문-01-02	유문성전	한글	73p.		1926- -	2		경성서적업조합
2020	**유문성전** 광문-유문-01-01	류문성전	한글			1918-02-08	1		광문서시

인쇄자 인쇄소 주소	인쇄소 인쇄소 주소	공동 발행	영인본	소장처 및 청구기호	기타	현황
金重煥 경성부 중림동 333번지	보성사 경성부 수송동 44번지			국립중앙도서관(3 634-2-70(7))	22회 장회체(상 1회~11회, 하 12회~22회). 수정된 흔적이 있는 국립중앙도서관 소장본의 발행일은 1월 25일, 한국학중앙연구원 소장본의 발행일은 1월 24일.	출판
金重煥 경성부 중림동 333번지	보성사 경성부 수송동 44번지			한국학중앙연구원(D7B-52)	한국역사정보시스템과 연동하여 원문 이미지 제공.	원문
			[구활자본고소설 전집 11]	국립중앙도서관(3 634-2-48(8))	영인본과 국립중앙도서관 소장본에 판권지 없음. 발행연도는 영인본의 해제를 따름. 22회 장회체(상 1회~11회, 하 12회~22회, 권별로 총목차).	원문
			[구활자본고소설 전집 29]		영인본에 판권지 없음. 발행연도는 해제를 따름. 22회 장회체(상 1회~11회, 하 12회~22회, 권별로 총목차).	원문
金翼洙 경성부 황금정 2정목 21번지	신문관 경성부 황금정 2정목 21번지			영남대학교 도서관(도 813.6 ㅇ554 -1926)	상하 합편(상 81p, 하.85p)	원문
金聖杓 경성부 화동 89번지	계문사 경성부 견지동 80번지	보급서관	[신소설전집 19]	국립중앙도서관(3 634-3-60(4))	대창서원(진체구좌 8863), 보급서관(진체구좌 872),	원문
					[圖書分類目錄], 1921 改正.([이본목록](p.464). <월영낭자전>은 필사본<최호양문록>의 개작본(김재웅, 2010)	목록
韓養浩 경성부 권농동 31번지	선명사 경성부 종로통 1정목 39번지	유일서관	[구활자소설총서 2]	국립중앙도서관(3 634-2-10(4))	3판에 초판 발행일 기록. 필사본<최호양문록>의 개작(김재웅, 2010)	원문
					3판이 있어서 2판도 있을 것으로 추정. 2판 발행일은 [연구보정](p.723)을 참고.	출판
金重煥 경성부 공평동 55번지	대동인쇄주식회사 경성부 공평동 55번지			국립중앙도서관(3 634-2-70(5))	초판 발행일 기록.	원문
金翼洙 경성부 황금정 2정목 21번지	신문관 경성부 황금정 2정목 21번지		[활자본고전소설 전집 4]	서울대학교 도서관(3350 174)		원문
					여승구, [古書通信15], 1999.9.([이본목록], p.465)	원문
					<황장군전>, 동미서시, 1916. 광고.([이본목록], p.465)	광고
					광고.(이주영, p.222)	광고
		한양서적업조합			광고.(이주영, p.222)	광고
					[圖書分類目錄], 1921 改正.([이본목록](p.468).	목록
					광고([이본목록], p.468)	광고
沈禹澤 경성부 효자동 103번지	성문사 경성부 공평동 55번지		[구활자소설총서 7]	국립중앙도서관(3 634-2-5(6))	서문 있음. 2판에 초판 발행일 기록.	원문
沈禹澤 경성부 공평동 54번지	성문사 경성부 공평동 55번지			국립중앙도서관(3 634-2-14(4))	초판 발행일 기록.	원문
					이능우, p.279.	출판
					이능우, p.279.	출판
					2판에 초판 발행일 기록.	출판

번호	작품명 고유번호	표제	문자	면수 가격	인쇄일	발행일	판차	발행자 발행자 주소	발행소 발행소 주소
2021	**유문성전** 광문-유문-01-02	류문성전	한글	82p. 35전	1918-02-25	1918-03-02	2	鄭敬惲 경성부 종로통 2정목 82번지	광문서시 경성 종로 2정목 82번
2022	**유문성전** 동양서-유문-01-00	류문성전	한글	39p.		1922- -	1		동양서원
2023	**유문성전** 보문-유문-01-01	유문성전	한글	68p.	1953-10-30	1953-11-01	1	崔壽煥	보문출판사 서울특별시 종로 6가
2024	**유문성전** 세창-유문-01-01	유문성전	한글	73p. 임시정가	1952-12-01	1952-12-30	1	申泰三 서울특별시 종로구 종로 3가 10	세창서관 서울특별시 종로구 종 3가 10
2025	**유문성전** 세창-유문-02-01	유문성전	한글	68p.		1964-11-30	1		세창서관 서울시 종로 3가 10
2026	**유문성전** 영창-유문-01-01	유문성전	한글	73p.		1928- -	1		영창서관
2027	**유문성전** 영화-유문-01-01	류문성전	한글	68p.	1961-10-05	1961-10-10	1	姜槿馨	영화출판사 서울특별시 종로구 종 2가 98
2028	**유문성전** 조선-유문-01-01	류문성전	한글	73p. 25전		1925-12-25	1	洪淳泌 경성부 견지동 60번지	조선도서주식회사 경성부 견지동 60번지
2029	**유문성전** 향민-유문-01-00	유문성전	한글	78p.		1962-10-30	1		향민사
2030	**유문성전** 향민-유문-02-01	유문성전	한글	78p. 50원	1964-10-25	1964-10-30	1	朴彰緒	향민사 대구시 향촌동 13
2031	**유백아전** 대창-유백-01-00	백아금	한글			1918- -	1		대창서원
2032	**유백아전** 대창-유백-02-00	백아금	한글			1919- -	1		대창서원
2033	**유충렬전** 경성서-유충-01-01	유충렬전	한글			1925- -	1	洪淳泌	경성서적업조합
2034	**유충렬전** 경성서-유충-01-02	유충렬전	한글	99p.		1926- -	2	洪淳泌	경성서적업조합
2035	**유충렬전** 광동-유충-01-01	류츙렬전	한글			1913- -	1		광동서국
2036	**유충렬전** 광동-유충-01-02	류츙렬전	한글	94p. 35전	1918-02-05	1918-02-10	2	朴承曄 경성부 종로통 3정목 88번지	광동서국 경성부 송현동 71번지
2037	**유충렬전** 광한-유충-01-01	류츙렬전	한글	99p. 30전	1929-01-13	1929-01-15	1	金天熙 경성 종로 2정목 42번지	광한서림 경성 종로 2정목 42번
2038	**유충렬전** 대조-유충-01-01	유충렬전	한글	86p.		1959- -	1		대조사
2039	**유충렬전** 대창-유충-01-01	류충렬전	한글			1919-01-10	1		대창서원
2040	**유충렬전** 대창-유충-01-02	류충렬전	한글				2		대창서원
2041	**유충렬전** 대창-유충-01-03	류충렬전	한글				3		대창서원
2042	**유충렬전** 대창-유충-01-04	류충렬전	한글				4		대창서원
2043	**유충렬전** 대창-유충-01-05	류충렬전	한글	86p. 30전	1929-01-20	1929-01-25	5	玄公廉 경성부 견지동 80번지	대창서원 경성부 견지동 80번지

쇄자 쇄소 주소	인쇄소 인쇄소 주소	공동 발행	영인본	소장처 및 청구기호	기타	현황
敬德 성부 관훈동 30번지	조선복음인쇄소 경성부 관훈동 30번지			국립중앙도서관(3634-2-29(2))	저작자 정기성. 상하 합권(상 43p, 하 39p)	원문
					대전대, [이능우 寄目], 1200([이본목록](p.469)	출판
	대구출판사		[조동일소장국문학연구자료 22]			원문
	세창인쇄사 서울특별시 종로구 종로 3가 10			디지털 한글박물관(홍윤표 소장)	서지정보에 '유문성전 권상'으로 되어 있으나, 단권임.	원문
				디지털 한글박물관(홍윤표 소장)	낙질. 서지정보에 '유문성전 권하'로 되어 있으나 단권임. '세창-유문-01-01'과는 판본이 다름. 발행일은 [연구보정](p.733) 참고.	원문
					정병욱 소장본(이능우, p.279.)	원문
新社印刷部				김종철 소장본		원문
翼洙 성 황금정 2정목 번지	신문관 경성 황금정 2정목 21번지		[활자본고전소설전집 5]	서울대학교 도서관(3350 142)	영인본에 판권지 없음. 서울대본의 인쇄일은 가려서 보이지 않음.	원문
					홍윤표 소장본([연구보정](p.733)	원문
				소인호 소장본		원문
		보급서관			<강유실기>, 대창서원 한양서적업조합, 1922. 광고([이본목록](p.470)	광고
		보급서관			대창서원 보급서관 광고.(이주영, [구활자본 고전소설 연구](p.209)	광고
					이능우, p.279.	출판
					이능우, p.279.	출판
					2판에 초판 발행일이 접혀져 있어 보이지 않음. 발행연도는 우쾌제(p.131) 참고.	출판
禹澤 성부 공평동 54번지	성문사 경성부 공평동 55번지	태학서관		국립중앙도서관(3634-2-67(1))	상하합편(상 pp.1~44, 하 pp.47~94). '총발행소 광동서국, 발행소 태학서관' 중에서 광동서국을 대표로 기록. 초판 발행일이 기록되었으나 보이지 않음.	원문
在涉 성부 견지동 32번지	한성도서주식회사 경성부 견지동 32번지			국립중앙도서관(3634-2-100(1))	상하합편(상 pp.1~46, 하 pp.47~99)	원문
					조희웅 소장본([연구보정], p.756)	원문
					5판에 초판 발행일 기록.	출판
					5판이 있어 2판도 있을 것으로 추정.	출판
					5판이 있어 3판도 있을 것으로 추정.	출판
					5판이 있어 4판도 있을 것으로 추정.	출판
銀榮 성 수송동 69번지	보명사 경성 수송동 69번지			서울대학교 도서관(가람 813.5 Y94)	대창서원(진체 경성 8863번), 상하합철. 초판 발행일 기록.	원문

번호	작품명 고유번호	표제	문자	면수 가격	인쇄일	발행일	판차	발행자 발행자 주소	발행소 발행소 주소
2044	유충렬전 대창-유충-02-01	류충렬전	한글	86p. 30전	1920-12-27	1920-12-31	1	玄公廉 경성부 계동 99번지	대창서원 경성부 종로통 2정목 19번지
2045	유충렬전 대창-유충-02-02	류충렬전	한글	86p. 30전	1921-01-07	1921-01-10	2	玄公廉 경성부 계동 99번지	대창서원 경성부 종로통 2정목 19번지
2046	유충렬전 대창-유충-02-03	류충렬전	한글	86p.		1921-03-	3	玄公廉	대창서원
2047	유충렬전 덕흥-유충-01-01	류충렬전 상하	한글	25전	1913-09-15	1913-09-22	1	金東縉 경성 중부 전동 2통 5호	덕흥서림 경성 중부 전동 2통
2048	유충렬전 덕흥-유충-01-02	류충렬전 상편/하편	한글	112p. 25전	1915-01-15	1915-01-21	2	金東縉 경성부 견지동 67번지	덕흥서림 경성부 견지동 67번
2049	유충렬전 덕흥-유충-01-03	류충렬전 상편/하편	한글	103p. 25전		1915-08-31	3	金東縉 경성부 견지동 67번지	덕흥서림 경성부 견지동 67번
2050	유충렬전 덕흥-유충-01-04	류충렬전 상편/하편	한글				4		덕흥서림
2051	유충렬전 덕흥-유충-01-05	류충렬전 상편/하편	한글				5		덕흥서림
2052	유충렬전 덕흥-유충-01-06	류충렬전 상편/하편	한글	94p. 35전	1918-03-04	1918-03-07	6	金東縉 경성부 종로통 2정목 20번지	덕흥서림 경성부 종로통 2정목 20번지
2053	유충렬전 덕흥-유충-01-07	류충렬전 상편/하편	한글				7		덕흥서림
2054	유충렬전 덕흥-유충-01-08	류충렬전 상편/하편	한글				8		덕흥서림
2055	유충렬전 덕흥-유충-01-09	류충렬전 상편/하편	한글	99p. 30전	1919-12-10	1919-12-15	9	金東縉 경성부 종로통 1정목 20번지	덕흥서림 경성부 종로통 2정목 20번지
2056	유충렬전 덕흥-유충-01-10	류충렬전 상편/하편	한글				10		덕흥서림
2057	유충렬전 덕흥-유충-01-11	류충렬전 상편/하편	한글	99p. 30전	1921-10-17	1921-10-20	11	金東縉 경성부 종로통 2정목 20번지	덕흥서림 경성부 종로통 2정목 20번지
2058	유충렬전 덕흥-유충-01-12	류충렬전 상편/하편	한글				12		덕흥서림
2059	유충렬전 덕흥-유충-01-13	류충렬전 상편/하편	한글	99p. 30전	1922-07-15	1922-07-20	13	金東縉 경성부 종로 2정목 20번지	덕흥서림 경성부 종로 2정목 20번지
2060	유충렬전 동미-유충-01-01	劉忠烈傳	한글			1913-09-25	1		동미서시
2061	유충렬전 동미-유충-01-02	劉忠烈傳	한글			1914-02-28	2		동미서시
2062	유충렬전 동미-유충-01-03	劉忠烈傳	한글	98p. 25전	1915-06-01	1915-06-05	3	李容漢 경성 남문외 봉래정 1정목 116번지	동미서시 경성 남문외 봉래정 1정목
2063	유충렬전 동양서-유충-01-01	고대소설 유충렬전	한글	99p. 30전	1925-09-28	1925-09-30	1	趙男熙 경성부 종로2정목 86번지	동양서원 경성부 종로2정목 86번지
2064	유충렬전 박문-유충-01-00	류충렬전	한글	72p.		1938-03-	1	盧益亨	박문서관

인쇄자 인쇄소 주소	인쇄소 인쇄소 주소	공동 발행	영인본	소장처 및 청구기호	기타	현황
金聖杓 경성부 황금정 1정목 181번지	박문관인쇄소 경성부 황금정 1정목 181번지			국립중앙도서관(3 634-2-100(6))	상하 합편(상 pp.1~41, 하 pp.42~86)	원문
金聖杓 경성부 황금정 1정목 181번지	박문관인쇄소 경성부 황금정 1정목 181번지			국립중앙도서관(3 634-2-100(3))	상하 합편(상 pp.1~41, 하 pp.42~86). 초판 발행일 없음.	원문
					이능우, p.279.	출판
趙?? 경성 북부 효자동 50통 9호	동문관 경성 북부			정명기 소장본	정명기 소장본은 낙질본이며, 판권지가 일부 훼손되어 인쇄자, 인쇄소 알 수 없음. [한국의딱지본](p.33). 2판, 3판, 6판, 10판, 12판, 14판에 초판 발행일 기록.	원문
金聖杓 경성부 공평동 47번지	성문사 경성부 공평동 55번지		[구활자본고소설 전집 11]	국립중앙도서관(3 634-2-67(5))	상하 합철(상 pp.1~52, 하 pp.53~112). 초판 인쇄일, 발행일 기록.	원문
申永求 경성부 원동 145번지	보성사 경성부 수송동 44번지			국립중앙도서관(3 634-2-67(4))	상하 합철(상 pp.1~48, 하 pp.53~103). 초판, 2판 발행일 기록. 3판 인쇄일 없음. 9면부터 16행에서 17행으로 바뀜.(16행은 2판까지의 편집 형태)	원문
					6판이 있어서 4판도 있을 것으로 추정	출판
					6판이 있어서 5판도 있을 것으로 추정	출판
沈禹澤 경성부 공평동 54번지	성문사 경성부 공평동 55번지			국립중앙도서관(3 634-2-67(8))	상하 합철(상 pp.1~44, 하 pp.45~94). 초판 발행일 기록.	원문
					9판이 있어서 7판도 있을 것으로 추정	출판
					9판이 있어서 8판도 있을 것으로 추정	출판
金重煥 경성부 관훈동 30번지	조선복음인쇄소 경성부 관훈동 30번지			국립중앙도서관(3 634-2-100(7))	상하 합철(상 pp.1~46, 하 pp.47~99). 초판 발행일 기록.	원문
					11판이 있어서 10판도 있을 것으로 추정.	출판
金重煥 경성부 공평동 55번지	대동인쇄주식회사 경성부 공평동 55번지	광동서국, 회동서관		국립중앙도서관(3 634-2-67(2))	상하 합철(상 pp.1~46, 하 pp.47~99). 초판 발행일 기록. 발행소 총 5곳.	원문
					13판이 있어서 12판도 있을 것으로 추정.	출판
金重煥 경성부 공평동 55번지	대동인쇄주식회사 경성부 공평동 55번지	광동서국, 회동서관		국립중앙도서관(3 634-2-100(2))	상하 합철(상 pp.1~46, 하 pp.47~99). 초판 발행일 기록. 발행소 총 4곳.	원문
					3판에 초판 발행일 기록.	출판
					3판에 2판 발행일 기록.	출판
金翼洙 경성 종로통 2정목 82번지	조선복음인쇄소분점 경성 종로통 2정목 82번지			경북대학교 도서관(古東811.31 유817)	저작자 金翼洙. 초판, 2판 발행일 기록.	원문
金翼洙 경성부 황금정 2-21	신문관			연세대학교 도서관(열운(O) 811.93 유충렬 25가)		원문
					대전대, [이능우 寄目], 1173([이본목록], p.494)	출판

번호	작품명 고유번호	표제	문자	면수 가격	인쇄일	발행일	판차	발행자 발행자 주소	발행소 발행소 주소
2065	유충렬전 보급-유충-01-00	劉忠烈傳	한글	45전		1918- -	1		보급서관
2066	유충렬전 보급-유충-02-00	유충렬전	한글			1919- -	1		보급서관
2067	유충렬전 삼문-유충-01-01	류충렬전	한글			1929-01-15	1		삼문사
2068	유충렬전 삼문-유충-01-02	류충렬전	한글	75p. 30전	1932-11-12	1932-11-15	2	金天熙 경성부 종로 2정목 42	삼문사 경성부 낙원동 248
2069	유충렬전 세창-유충-01-01	유충렬전	한글			1913- -	1		세창서관
2070	유충렬전 세창-유충-02-01	류충렬전	한글	76p. 45전			1	申泰三 경성부 종로4정목 77번지	세창서관 경성부 종로 4정목 77번지
2071	유충렬전 세창-유충-03-01	류충렬전	한글	72p. 200환	1952-12-10	1952-12-30	1	申泰三 서울특별시 종로구 종로 3가 10	세창서관 서울특별시 종로구 종. 3가 10
2072	유충렬전 세창-유충-04-01	류충렬전	한글	72p.		1962- -	1		세창서관
2073	유충렬전 신구-유충-01-01	류충렬전	한글	72p.		1930-03-25	1	盧益煥	신구서림
2074	유충렬전 영창-유충-01-00	유충렬전	한글				1		영창서관
2075	유충렬전 영화-유충-01-01	고대소설 류충렬전	한글	99p.		1954-05-20	1		영화출판사
2076	유충렬전 영화-유충-02-01	고대소설 류충렬전	한글	99p. 140원	1956-10-15	1956-10-20	1	姜槿馨	영화출판사 서울특별시 종로구 관철동 155
2077	유충렬전 영화-유충-03-01	고대소설 류충렬전	한글	99p.	1961-10-05	1961-10-10	1	姜槿馨	영화출판사 서울특별시 종로구 종. 2가 98
2078	유충렬전 유일-유충-01-01	류충렬젼	한글			1913- -	1	金翼洙	유일서관
2079	유충렬전 이문-유충-01-01	유충렬전	한글	76p.		1930- -	1		이문당
2080	유충렬전 재전-유충-01-01	유충렬전	한글				1		재전당서포
2081	유충렬전 중흥-유충-01-01	류충렬전	한글			1933- -	1	李宗壽	중흥서관
2082	유충렬전 태화-유충-01-01	류충렬전	한글	85p. 30전		1928- -	1	姜夏馨 경성부 예지동 101번지	태화서관 경성부 예지동 101번제
2083	유충렬전 향민-유충-01-01	古代小說 류충렬전	한글		1963-10-20	1963-12-30	1	朴彰緖	향민사 대구시 향촌동 13
2084	유충렬전 향민-유충-02-01	古代小說 류충렬전	한글	86p. 125원	1971-12-05	1971-12-10	1		향민사 대구시 동인동 4가 22
2085	유충렬전 홍문-유충-01-01	古代小說 류충렬전	한글		1947-10-30	1947-11-03	1	金完起 서울시 종로 5가 44	홍문서관 서울시 종로 5가 44
2086	유충렬전 회동-유충-01-00	류충렬전	한글			1913- -	1	金翼洙	회동서관

인쇄자 인쇄소 주소	인쇄소 인쇄소 주소	공동 발행	영인본	소장처 및 청구기호	기타	현황
		대창서원			<무쌍언문삼국지>, 보급서관·대창서원, 1918(국립중앙도서관 소장본(3634-2-25(1)) 광고에 '劉忠烈傳'으로 기록,	광고
					우쾌제, p.132.	출판
					2판에 초판 발행일 기록.	출판
申永求 경성부 종로 3정목 156	광성인쇄소 경성부 종로 3정목 156			국립중앙도서관(3 634-2-100(5))	상하합편(상 pp.1~35, 하 pp.36~75). 초판 발행일 기록.	원문
					우쾌제, p.131.	출판
李圭鳳 경성부 종로 4정목 77번지	세창서관인쇄부 경성부 종로 4정목 77번지	삼천리서관		박순호 소장본	판권지 훼손으로 인쇄일, 발행일이 보이지 않음.	원문
	세창인쇄사 서울특별시 종로구 종로 3가 10		[조동일소장국문 학연구자료 22]	개인소장본	상하합본(상 pp. 1~32, 하 pp. 33~72). 영인본에는 판권지 없음.	원문
				이화여자대학교 도서관(811.31 류827)		원문
					홍윤표 소장본([이본목록], p.494)	원문
					[출판목록]([이본목록], p.494)	목록
				충남대학교 도서관(학산 811.31 유817)	발행일은 [이본목록](p.494) 참고.	원문
永新社印刷部				경북대학교 도서관(古811.31 유817(2))		원문
永新社印刷部				김종철 소장본		원문
					吳漢根 소장본([이본목록], p.494)	원문
					이능우, p.280.	출판
					이수봉 소장본([이본목록], p.495)	원문
					여승구, [古書通信] 15, 1999.9.	원문
朴翰株 경성부 관훈동 30번지	동아인쇄소 경성부 관훈동 30번지			서울대학교 도서관(3350 141)	상하합철. 판권지가 훼손되어 인쇄일과 발행일을 알 수 없음. 발행연도는 도서관 서지정보 참고.	원문
				정명기 소장본	책의 앞부분과 뒷부분이 훼손되어 분량을 알 수 없음.	원문
	경북인쇄소			연세대학교 도서관(O 811.93 유충렬 향)	서지정보에는 발행연도가 '1964년'으로 기록되어 있으나 판권지에는 '1971년'으로 기록.	원문
	서울합동사 서울시 관철동 33			개인소장본	저작겸 발행자의 이름이 흐릿하나 '김완기'로 추정. 상하합편.	원문
					여승구, [古書通信 15], 1999.9.([이본목록], p.494)	원문

번호	작품명 고유번호	표제	문자	면수 가격	인쇄일	발행일	판차	발행자 발행자 주소	발행소 발행소 주소
2087	유충렬전 회동-유충-02-01	유충렬전	한글	99p. 25전	1925-10-25	1925-10-30	1	高裕相 경성부 남대문통 1정목 17번지	회동서관 경성부 남대문통 1정 17번지
2088	유화기연 대창-유화-01-01	류화긔몽	한글	96p.		1918-10-29	1		대창서원
2089	유화기연 대창-유화-01-02	류화긔몽	한글	96p. 35전	1921-11-20	1921-11-25	2	南宮楔 경성부 관훈동 72번지	대창서원 경성부 견지동 80번지
2090	유화기연 대창-유화-02-01	류화긔몽	한글	96p. 50전	1918-12-11	1918-12-15	1	南宮楔 경성부 종로 3정목 76번지	대창서원 경성부 종로 2정목 12번지
2091	유황후 대창-유황-01-01	류황후	한글	72p. 30전	1926-??-27	1926- -30	1	玄公廉 경성부 계동 99번지	대창서원 경성부 견지동 80번
2092	육미당기 경성서-육미-01-01-상	김태자전	한글	125p.		1926-12-18	1		경성서적업조합
2093	육미당기 경성서-육미-01-01-하	김태자전	한글	120p.		1926-12-18	1		경성서적업조합
2094	육미당기 박문-육미-01-00	김태자전	한글			1928- -	1		박문서관
2095	육미당기 유일-육미-01-01-상	김태자전	한글			1915-06-30	1		유일서관
2096	육미당기 유일-육미-01-01-하	김태자전	한글	127p. 30전	1915-06-25	1915-06-30	1	南宮濬 경성부 관훈동 72번지	유일서관 경성부 관훈동 72번지
2097	육미당기 유일-육미-01-02-상	김태자전	한글			1917-11-25	2		유일서관
2098	육미당기 유일-육미-01-02-하	김태자전	한글	120p. 40전	1927-11-20.	1917-11-25	2	南宮濬 경성부 관훈동 72번지	유일서관 경성부 관훈동 72번지
2099	육미당기 유일-육미-01-03-상	김태자전	한글			1920- -	3		유일서관
2100	육미당기 유일-육미-01-03-하	김태자전	한글			1920- -	3		유일서관
2101	육미당기 조선-육미-01-01	김태자전	한글			1925- -	1		조선도서주식회사
2102	육미당기 한성-육미-01-00	김태자전 上下	한글			1915- -	1		한성서관
2103	육선기 한성-육선-01-00	뉵션긔연 上下	한글			1915- -	1		한성서관
2104	육효자전 경성서-육효-01-00	류효자전	한글			1921- -	1		경성서적업조합
2105	육효자전 광한-육효-01-01	류효자전	한글	76p. 30전			1	申泰三 경성부 종로 141번지	광한서림 경서부 종로 2정목 42번지
2106	육효자전 동미-육효-01-01	류효자전	한글		1916-01-07	1916-01-10	1		동미서시
2107	육효자전 동미-육효-01-02	류효자전	한글	87p. 25전	1917-03-02	1917-03-05	2	朴健會 경성부 인사동 39번지	동미서시 경성부 봉래정 1정목
2108	육효자전 박문-육효-01-01	육효자전	한글				1		박문서관

쇄자 쇄소 주소	인쇄소 인쇄소 주소	공동 발행	영인본	소장처 및 청구기호	기타	현황
翼洙 성부 황금정 2정목 번지	신문관 경성부 황금정 2정목 21번지			국립중앙도서관(3 634-2-100(4))		원문
		보급서관	[활자본고전소설 전집 5]		발행소와 발행일은 영인본의 해제에 의함. 2판에 초판 발행일 기록.	원문
基禎 성부 견지동 32번지	한성도서주식회사 경성부 견지동 32번지	보급서관		국립중앙도서관(3 634-2-70(8))	10회의 장회체(총목차). 초판 발행일 기록.	원문
家恒衛 성부 명치정 1정목 번지	일한인쇄소 경성부 명치정 1정목 54번지			김종철 소장본		원문
熙榮 성부 수은동 68번지	해영사인쇄소 경성부 수은동 68번지	보급서관	[구활자본고소설 전집 20]		영인본의 판권지 불량으로 인쇄일, 발행일이 불명확함. <유황후전>은 필사본 <태아선적강록>의 개작(김진영.차충환, 2010)	원문
			[활자본고전소설 전집 1]		발행소와 발행일은 영인본의 해제에 의함. 16회의 장회체(상: 1회~8회, 하: 9회~16회)	원문
			[활자본고전소설 전집 1]		발행소와 발행일은 영인본의 해제에 의함. 16회의 장회체(상: 1회~8회, 하: 9회~16회)	원문
					이주영, p.209.	출판
					초판 하권이 있어서 상권도 있을 것으로 추정.	출판
翼洙 성부 종로통 2정목 번지	조선복음인쇄소 분점 경성부 종로통 2정목82번지			연세대학교 도서관(O 811.9308 고대소-1-6)	16회의 장회체(상 1~8회, 하 9~16회). 저작자 선우일. 한자괄호병기는 매우 적음.	원문
					2판 하권이 있어서 상권도 있을 것으로 추정.	출판
禹澤 성부 공평동 54번지	성문사 경성부 공평동 55번지		[조동일소장국문 학연구자료 20]		16회의 장회체(상 1~8회, 하 9~16회). 저작자 선우일. 한자괄호병기는 매우 적음. 초판 발행일 기록.	원문
				영남대학교 도서관(도 813.6 ㅅ338ㄱ)	16회의 장회체(상 1회~8회, 하 9회~16회).	원문
				영남대학교 도서관(도 813.6 ㅅ338ㄱ)	16회의 장회체(상 1회~8회, 하 9회~16회).	원문
					이주영, p.209.	출판
					<쌍쥬긔연>, 한성서관, 1915(국립중앙도서관 소장본(3634-2-21(1)) 광고에 '김태자전 上下'로 기록, 가격은 없고 '一秩印刷中'이라 기록.	광고
					<쌍쥬긔연>, 한성서관, 1915(국립중앙도서관 소장본(3634-2-21(1)) 광고에 '뉵션긔연 上下'로 기록, 가격은 없고, '一秩 近刊'이라 기록되어 있음.	광고
					[圖書分類目錄], 1921 改正([이본목록], p.504)	목록
永求 성부 종로 3정목 56번지	광성인쇄소 경성부 종로 3정목 156번지			정명기 소장본	판권지 일부분이 훼손되어 인쇄일, 발행일 알 수 없음, 박건회 편술.	원문
					2판에 초판 인쇄일과 발행일 기록.	출판
弘奎 성부 가회동 216번지	보성사 경성부 수송동 44번지			연세대학교 도서관(O 811.9308 고대소-2-1)	초판 인쇄일, 발행일 기록. 연세대학교 도서관 소장본은 2판인데, 서지정보에는 초판의 발행연도를 기록.	원문
					이능우, p.280.에 3판 발행연도 기록하여 초판도 있을 것으로 추정.	출판

번호	작품명 고유번호	표제	문자	면수 가격	인쇄일	발행일	판차	발행자 발행자 주소	발행소 발행소 주소
2109	육효자전 박문-육효-01-02	육효자전	한글				2		박문서관
2110	육효자전 박문-육효-01-03	육효자전	한글	87p.		1919- -	3		박문서관
2111	육효자전 보성-육효-01-01	육효자전	한글			1916- -	1		보성사
2112	육효자전 세창-육효-01-01	육효자전	한글	78p.	1952-12-01	1952-12-30	1	申泰三 서울특별시 종로구 종로 3가 10	세창서관 서울특별시 종로구 종로 3가 10
2113	육효자전 세창-육효-02-01	육효자전	한글	78p.		1961-12-30	1		세창서관
2114	육효자전 신구-육효-01-01	륙효자전	한글			1912-01-10	1		신구서림
2115	육효자전 신구-육효-01-02	륙효자전	한글			1917-03-05	2		신구서림
2116	육효자전 신구-육효-01-03	륙효자전	한글	88p. 25전	1919.03.20.	1919-03-25	3	朴健會 경성부 인사동 39번지	신구서림 경성부 봉래정 1정목 77번지
2117	육효자전 영창-육효-01-00	육효자전					1		영창서관
2118	육효자전 조선서-육효-01-01	륙효자전	한글	88p. 25전	1916-01-07	1916-01-10	1	朴健會 경성부 인사동 39번지	조선서관 경성부 인사동 39번지
2119	육효자전 회동-육효-01-01	(고대소설)륙효 자전	한글	78p. 25전	1926-01-10	1926-01-15	1	高裕相 경성 남대문 1정목 17번지	회동서관 경성 남대문 1정목 17번지
2120	윤효자 이문-윤효-01-00	윤효자	한글	25전		1918- -	1		이문당
2121	을지문덕전 박문-을지-01-01	만고명장 을지문덕전	한글	38p. 15전	1929-01-20	1929-01-25	1	盧益亨 경성부 종로 2정목 82번지	박문서관 경성부 종로 2정목 82번지
2122	을지문덕전 세창-을지-01-01	을지문덕전	한글	38p. 180	1962-08-10	1962-12-30	1	申泰三 서울특별시 종로구 종로 3가 10	세창서관 서울특별시 종로구 종로 3가 10
2123	음양옥지환 경성서-음양-01-00	음양옥지환	한글			1921- -	1		경성서적업조합
2124	음양옥지환 박문-음양-01-01	음양옥지환	한글			1914- -	1		박문서관
2125	음양옥지환 신구-음양-01-01	음양옥지환	한글				1		신구서림
2126	음양옥지환 신구-음양-01-02	음양옥지환	한글	56p.		1918-09-30	2		신구서림
2127	음양옥지환 신구-음양-01-03	음양옥지환	한글	59p.		1924- -	3		신구서림
2128	의인의 무덤 문창-의인-01-01	義人의 무덤	한글	35p.		1926- -	1		문창사
2129	의인의 무덤 성문-의인-01-01	義人의 무덤	한글			1916- -	1		성문당서점
2130	이대봉전 경성서-이대-01-00	봉황대	한글			1921- -	1		경성서적업조합
2131	이대봉전 경성서-이대-02-01	이대봉전	한글			1925-10-30	1		경성서적업조합

인쇄자 인쇄소 주소	인쇄소 인쇄소 주소	공동 발행	영인본	소장처 및 청구기호	기타	현황
					이능우, p.280.에 3판 발행연도 기록하여 2판도 있을 것으로 추정.	출판
				정병욱 소장본	이능우, p.280. 3판 발행연도 기록.	출판
					우쾌제, p.132.	출판
	세창인쇄사 서울특별시 종로구 종로 3가 10			고려대학교 도서관(897.33 육효자 육)	속표지에 '박건회 편술'로 기록. 가격 정보 없음.	원문
				박순호 소장본	박순호 소장본에 원문은 있으나, 판권지가 없음. 발행일은 [이본목록](p.504) 참고.	원문
					3판에 초판 발행일 기록.	출판
					3판에 2판 발행일 기록.	출판
沈禹澤 경성부 공평동 54번지	성문사 경성부 공평동 55번지			디지털 한글박물관(이태영 소장본)	표지에 '京城 博文書館 發行'이라고 인쇄됨. 판권지에는 신구서림이 발행소로, 박문서관이 발매소로 인쇄됨. 6회의 장회체.	원문
					[출판목록]([이본목록], p.504)	목록
金重煥 경성부 중림동 333번지	보성사 경성부 수송동 44번지			국립중앙도서관(3 634-2-5(5))	박건회 편술. 6회의 장회체(총목차).	원문
金銀榮 경성부 수송동 69번지	보명사 경성부 수송동 69번지		[활자본고소설전 집 5]	서울대학교 도서관(3350 140)		원문
					<삼선기>, 이문당, 1918(국립중앙도서관 소장본(3634-2-20(2)) 광고에 '윤효자'로 기록.	광고
沈禹澤 경성부 공평동 55번지	대동인쇄주식회사 경성부 공평동 55번지		[조동일소장국문 학연구자료 24]	서울대학교 도서관(3350 25)		원문
	세창인쇄사 서울특별시 종로구 종로 3가 10		[구활자본고소설 전집 29]			원문
					[圖書分類目錄], 1921 改正([이본목록], p.508)	목록
					소재영 외, p.72.	원문
		박문서관			2판과 3판이 있어 초판도 있을 것으로 추정.	출판
		박문서관	[활자본고소설전 집 5]		발행일은 영인본의 해제를 따름. 2쪽까지 한자 병기, 3쪽부터는 순한글로 표기.	원문
		박문서관		서울대학교(3350 182)	2쪽까지 한자 병기, 3쪽부터는 순한글로 표기.	원문
					李明九 소장본. 崔演澤 저작([이본목록], p.508)	원문
					이명구 소장본([이본목록], p.508.)	원문
					[圖書分類目錄], 1921 改正([이본목록], p.513)	목록
					이능우, p.280.	출판

번호	작품명 고유번호	표제	문자	면수 가격	인쇄일	발행일	판차	발행자 발행자 주소	발행소 발행소 주소
2132	**이대봉전** 경성서-이대-02-02	이대봉전	한글	52p.		1926-12-20	2		경성서적업조합
2133	**이대봉전** 대산-이대-01-01	(고대소설)리대 봉전	한글	52p. 20전	1925-10-20	1925-10-29	1	李冕宇 경성부 종로 3정목 71번지	대산서림 경성부 종로 3정목 71번지
2134	**이대봉전** 대창-이대-01-00	봉황대	한글	56p.		1916- -	1		대창서원
2135	**이대봉전** 대창-이대-02-01	봉황대	한글	56p. 23전			1	南宮濬 경성부 관훈동 72번지	대창서원 경성부 견지동 38번
2136	**이대봉전** 덕흥-이대-01-01	이대봉전	한글	122p.		1914- -	1		덕흥서림
2137	**이대봉전** 동양서-이대-01-00	이대봉전	한글	52p.		1925-09-30	1	趙男熙	동양서원
2138	**이대봉전** 박문-이대-01-01	(고대소설)리대 봉전	한글			1914-10-10	1		박문서관
2139	**이대봉전** 박문-이대-01-02	(고대소설)리대 봉전	한글				2		박문서관
2140	**이대봉전** 박문-이대-01-03	(고대소설)리대 봉전	한글				3		박문서관
2141	**이대봉전** 박문-이대-01-04	(고대소설)리대 봉전	한글	52p. 20전	1920-02-01	1920-02-05	4	金翼洙 경성부 청운동 100번지	박문서관 경성부 봉래정 1정목 85번지
2142	**이대봉전** 박문-이대-02-01	이대봉전	한글	91p.		1916-02-02	1		박문서관
2143	**이대봉전** 박문-이대-03-01	이대봉전	한글			1916-11-31	1		박문서관
2144	**이대봉전** 박문-이대-03-02	이대봉전	한글	70p.		1916-12-20	2		박문서관
2145	**이대봉전** 박문-이대-04-01	(고대소설)리대 봉전	한글	52p. 20전	1921-10-30	1921-11-05	1	盧益亨 경성부 봉래정 1정목 88번지	박문서관 경성부 봉래정 1정목 88번지
2146	**이대봉전** 박문-이대-04-02	(고대소설)리대 봉전	한글			1921-12-28	2		박문서관
2147	**이대봉전** 박문-이대-04-03	(고대소설)리대 봉전	한글	52p.		1922-11-30	3		박문서관
2148	**이대봉전** 박문-이대-05-01	리대봉전	한글	52p. 20전	1925-10-25	1925-10-30	1	朝鮮圖書株式會社 경성부 견지동 60번지	박문서관 경성부 종로 2정목 82번지
2149	**이대봉전** 박문-이대-06-01	봉황대	한글	52p. 20전	1926-02-10	1926-02-15	1	盧益亨 경성부 종로 2정목 82번지	박문서관 경성부 종로 2정목 82번지
2150	**이대봉전** 성문-이대-01-01	리대봉전	한글	49p.		1952- -	1		성문당서점
2151	**이대봉전** 세창-이대-01-01	고대소설 리대봉전	한글	49p. 임시정가	1952-08-10	1952-08-30	1	申泰三 서울특별시 종로구 종로3가 10	세창서관 서울특별시 종로구 종로3가 10
2152	**이대봉전** 세창-이대-02-01	리대봉전	한글	49p. 임시정가	1952-12-01	1952-12-30	1	申泰三 서울 특별시 종로구 종로 3가 10	세창서관 서울 특별시 종로구 종 3가 10
2153	**이대봉전** 세창-이대-03-00	봉황대	한글			1952- -	1		세창서관
2154	**이대봉전** 세창-이대-04-01	고대소설 리대봉전	한글	49p.		1962- -	1		세창서관

쇄자 쇄소 주소	인쇄소 인쇄소 주소	공동 발행	영인본	소장처 및 청구기호	기타	현황
					이능우, p.280.	출판
翼洙 성부 황금정 2정목 번지	신문관 경성부 황금정 2정목 21번지			국립중앙도서관(3 634-2-71(2))		원문
				김근수 소장본	이능우, p.280.	원문
重煥 성부 중림동 333번지	보성사 경성부 수송동 44번지			연세대학교 도서관(O 811.9308 고대소 -2-9)	발행년도 미상. 도서관 서지정보에 '1910~1930사이?'로 기록.	원문
					이주영, p.223.	출판
					대전대, [이능우 寄目], 1199([이본목록], p.513)	출판
					4판에 초판 발행일 기록.	출판
					4판이 있어서 2판도 있을 것으로 추정.	출판
					4판이 있어서 3판도 있을 것으로 추정.	출판
禹澤 성부 공평동 54번지	성문사 경성부 공평동 55번지			국립중앙도서관(3 634-2-71(7))	초판 발행일 기록.	원문
					이능우, p.280.	출판
					이능우, p.280.	출판
					이능우, p.280.	출판
重煥 성부 공평동 55번지	대동인쇄주식회사 경성부 공평동 55번지			국립중앙도서관(3 634-2-71(5)=2)		원문
					이능우, p.280.	출판
					이능우, p.280.	출판
翼洙 성부 황금정 2정목 번지	신문관 경성부 황금정 2정목 21번지			개인소장본		원문
文煥 성부 인사동 98번지	박문서관인쇄부 경성부 인사동 98번지			서울대학교 도서관(3350 147)		원문
				고려대학교도서관(897.33 이대봉 봉)		원문
	세창인쇄사 서울특별시 종로구 종로3가 10			개인소장본		원문
	세창인쇄사 서울 특별시 종로구 종로 3가 10			국회도서관(811.31 ㅅ585ㅇ)		원문
					광고(1952)([이본목록], p.513)	광고
				이화여자대학교(8 11.31 리312)		원문

번호	작품명 고유번호	표제	문자	면수 가격	인쇄일	발행일	판차	발행자 발행자 주소	발행소 발행소 주소
2155	이대봉전 영창-이대-01-01	古代小說 리대봉전	한글			1923- -	1		영창서관
2156	이대봉전 영창-이대-02-01	古代小說 봉황대	한글	49p. 20전	1925-10-25	1925-10-30	1	姜義永 경성부 종로 2정목 84번지	영창서관 경성부 종로 2정목 84번지
2157	이대봉전 유일-이대-01-01	봉황대	한글	95p. 25전	1912-11-20	1912-11-28	1	南宮濬 경성 중부 사동 11통 2호	유일서관 경성 중부 사동 11통
2158	이대봉전 유일-이대-01-02	봉황대	한글	95p. 25전	1914-02-01	1914-02-05	2	南宮濬 경성 북부 대사동 11통 2호	유일서관 경성 북부 대사동 1 2호
2159	이대봉전 유일-이대-01-03	봉황대	한글	56p. 23전	1916-02-27	1916-02-29	3	南宮濬 경성부 관훈동 72번지	유일서관 경성부 관훈동 72번
2160	이대봉전 유일-이대-02-01	봉황대	한글	95p. 25전	1916-11-25	1916-11-30	1	南宮濬 경성부 관훈동 72번지	유일서관 경성부 관훈동 72번
2161	이대봉전 유일-이대-03-01	봉황대	한글	56p. 25전	1916-11-25	1916-11-30	1	南宮濬 경성부 관훈동 72번지	유일서관 경성부 관훈동 72번
2162	이대봉전 이문-이대-01-01	리대봉전	한글			1934- -	1	申泰三	이문당
2163	이대봉전 조선-이대-01-01	(고대소설)리대 봉전	한글			1914-10-10	1		조선도서주식회사
2164	이대봉전 조선-이대-01-02	(고대소설)리대 봉전	한글				2		조선도서주식회사
2165	이대봉전 조선-이대-01-03	(고대소설)리대 봉전	한글				3		조선도서주식회사
2166	이대봉전 조선-이대-01-04	(고대소설)리대 봉전	한글				4		조선도서주식회사
2167	이대봉전 조선-이대-01-05	(고대소설)리대 봉전	한글	52p. 20전	1923-12-11	1923-12-13	5	朝鮮圖書株式會社 경성부 견지동 60번지	조선도서주식회사 경성부 견지동 60번
2168	이대봉전 태화-이대-01-00	봉황대	한글			1918- -	1		태화서관
2169	이대봉전 태화-이대-02-00	이대봉전	한글			1929- -	1		태화서관
2170	이대봉전 한성-이대-01-01	(고대소설)리대 봉전	한글	55p. 14전	1918-11-20	1918-11-30	1	南宮楔 경성 종로 3정목 76번지	한성서관 경성 종로 3정목
2171	이대봉전 회동-이대-01-01	리대봉전 상/하	한글	76p. 25전	1916-01-30	1916-02-08	1	高裕相 경성부 남대문통 1정목 17번지	회동서관 경성 남대문통 1정목 17번지
2172	이대봉전 회동-이대-02-01	리대봉전	한글	52p. 20전	1925-10-25	1925-10-30	1	高裕相 경성부 남대문통 1정목 17번지	회동서관 경성 남대문통 1정 17번지
2173	이두충렬록 문익-이두-01-00	(古代小說)李杜 忠烈錄	한글	297p.		1914- -	1		문익서관
2174	이린전 경성서-이린-01-00	이린전	한글			1921- -	1		경성서적업조합
2175	이린전 동창서-이린-01-01-상	리린전 상	한글	64p. 29전(상 하합편)	1919-02-05	1919-02-10	1	俞喆鎭 경성부 어성정 102번지	동창서옥 경성부 견지동 55번
2176	이린전 동창서-이린-01-01-하	리린전 하	한글	68p. 29전(상 하합편)	1919-02-05	1919-02-10	1	俞喆鎭 경성부 어성정 102번지	동창서옥 경성부 견지동 55번
2177	이몽선전 이문-이몽-01-01	古代小說 李夢仙傳	한글	75p. 35전	1918-02-03	1918-02-07	1	申龜永 경성부 종로 2정목 80번지	이문당 경성부 송현동 68번

인쇄자 인쇄소 주소	인쇄소 인쇄소 주소	공동 발행	영인본	소장처 및 청구기호	기타	현황
					소재영 외, p.134.	원문
南昌熙 경성부 종로 2정목 84번지	영창서관인쇄부 경성부 종로 2정목 84번지	한흥서림		개인소장본		원문
崔誠愚 경성 남부 상리동 32통4호	신문관인쇄소 경성 남부 상리동 32통4호			국립중앙도서관(3 634-2-48(5))	2판에 초판 인쇄일과 발행일, 3판에 초판 발행일 기록.	원문
金聖杓 경성 동부통내 등자동 5통8호	성문사 경성 중부 종로 발리동 9통10호			국립중앙도서관(3 634-2-48(2))	초판 인쇄일과 발행일 기록. 3판에 2판 발행일 기록.	원문
金重煥 경성부 중림동 333번지	보성사 경성부 수송동 44번지			국립중앙도서관(3 634-2-10(2))	초판, 2판 발행일 기록.	원문
沈禹澤 경성부 효자동 103번지	성문사 경성부 공평동 55번지	한성서관	[구활자본고소설 전집 20]			원문
沈禹澤 경성부 효자동 103번지	성문사 경성부 공평동 55번지	한성서관	[구활자소설총서 2]			원문
					여승구, [古書通信] 15, 1999.9([이본목록], p.514)	원문
					5판에 초판 발행일 기록.	출판
					5판이 있어서 2판도 있을 것으로 추정.	출판
					5판이 있어서 3판도 있을 것으로 추정.	출판
					5판이 있어서 4판도 있을 것으로 추정.	출판
鞠基禎 경성부 견지동 32번지	한성도서주식회사 경성부 견지동 32번지			국립중앙도서관(3 634-2-71(4))	초판 발행일 기록.	원문
					<렬녀전>, 태화서관, 1918. 광고.([이본목록], p.513)	광고
					<신명심보감>, 태화서관, 1929. 광고. ([이본목록], p.514)	광고
沈禹澤 경성부 공평동 54번지	성문사 경성부 공평동 55번지	유일서관		국립중앙도서관(3 634-2-23(9))		원문
鄭敬德 경성부 원동 206번지	조선복음인쇄소 경성부 원동 206번지			국립중앙도서관(3 634-2-71(6))	상하 합철(상 pp.1~41, 하 pp.42~76).	원문
金翼洙 경성부 황금정 2정목 *1번지	신문관 경성부 황금정 2정목 21번지		[구활자본고소설 전집 11]	서울대학교 도서관(3350 133)		원문
				국립중앙도서관(3 636-15)	협약도서관에서 이미지 파일 열람 가능.	원문
					[圖書分類目錄], 1921 改正([이본목록], p.515)	목록
沈禹澤 경성부 공평동 54번지	성문사 경성부 공평동 55번지			국립중앙도서관(3 634-2-32(1))	판권지에는 '상하합편'이라고 되어있으나, 국립중앙도서관 소장본은 상권과 하권이 따로 있음. 표지에 '俞喆鎭 著'.	원문
沈禹澤 경성부 공평동 54번지	성문사 경성부 공평동 55번지			국립중앙도서관(3 634-2-32(2))	판권지에는 '상하합편'이라고 되어있으나, 국립중앙도서관 소장본은 상권과 하권이 따로 있음. 표지에 '俞喆鎭 著'.	원문
久家恒衛 경성부 명치정1정목54번지	일한인쇄소 경성부 명치정1정목54번지			연세대학교 도서관(O 811.9308 고대소 -2-2)	속 제목은 '리몽션전'.	원문

번호	작품명 고유번호	표제	문자	면수 가격	인쇄일	발행일	판차	발행자 발행자 주소	발행소 발행소 주소
2178	**이봉빈전** 경성-이봉-01-01	리봉빈전	한글	71p. 25전	1922-12-05	1922-12-10	1	玄公廉 경성부 건지동 80번지	경성서관 경성 종로 2정목 77번
2179	**이봉빈전** 경성-이봉-02-01	리봉빈전	한글	71p. 25전	1925-11-25	1925-11-27	1	福田正太郎 경성 종로 2정목 77번지	경성서관 경성부 종로 2정목 77번지
2180	**이봉빈전** 대창-이봉-01-01	리봉빈전	한글			1925-02-27	1		대창서원
2181	**이봉빈전** 세창-이봉-01-01	李鳳彬傳	한글	71p.		1933- -	1		세창서관
2182	**이순신전** 박문-이순-01-01	리슌신실긔	한글	68p. 30전	1925-11-17	1925-11-	1	경성부 체부동 138번지	박문서관 경성부 종로 2정목 82번지
2183	**이순신전** 영창-이순-01-01	충무공 리순신 실긔	한글			1925-12-10	1		영창서관
2184	**이순신전** 영창-이순-01-02	충무공 리순신 실긔	한글	49p. 25전	1925-12-28	1925-12-31	2	姜義永 경성부 종로 2정목 84번지	영창서관 경성부 종로 2정목 84번지
2185	**이순신전** 영창-이순-02-01	충무공 리순신 실긔	한글			1925-12-10	1		영창서관
2186	**이순신전** 영창-이순-02-02	충무공 리순신 실긔	한글	49p. 25전	1926-12-28	1926-12-31	2	姜義永 경성부 종로 2정목 84번지	영창서관 경성부 종로 2정목 84번지
2187	**이순신전** 영화-이순-01-01	임진왜란과 이순신	한글	200원	1954-05-15	1954-05-20	1	姜槿馨	영화출판사 서울특별시 종로구 관철동 155
2188	**이순신전** 회동-이순-01-01	리슌신전	한글	38p. 20전	1927-11-25	1927-12-05	1	高裕相 경성부 남대문통 1정목 17번지	회동서관 경성부 남대문통 1정 17번지
2189	**이진사전** 경성서-이진-01-00	리진사젼	한글			1921- -	1		경성서적업조합
2190	**이진사전** 세창-이진-01-01	리진사젼	한글	52p.	1952-12-15	1952-12-30	1	申泰三	세창서관 서울특별시 종로구 종로3가 10번지
2191	**이진사전** 세창-이진-02-01	리진사젼	한글	52p. 200	1961-08-10	1961-12-30	1	申泰三 서울특별시 종로구 종로 3가 10	세창서관 서울특별시 종로구 종 3가 10
2192	**이진사전** 신구-이진-01-01	리진사젼	한글			1915-10-21	1		신구서림
2193	**이진사전** 신구-이진-01-02	리진사젼	한글				2		신구서림
2194	**이진사전** 신구-이진-01-03	리진사젼	한글	61p. 20전	1923-12-15	1923-12-20	3	池松旭 경성부 봉래정 1정목 77번지	신구서림 경성부 봉래정 1정목 77번지
2195	**이진사전** 영창-이진-01-00	리진사젼	한글				1		영창서관
2196	**이진사전** 회동-이진-01-01	리진사젼	한글	54p. 20전	1925-12-20	1925-12-25	1	高裕相 경성부 남대문통 1정목 17번지	회동서관 경성부 남대문통 1정 17번지
2197	**이춘풍전** 경성서-이춘-01-00	부인관찰사	한글			1921- -	1		경성서적업조합
2198	**이춘풍전** 광문-이춘-01-01	부인관찰사	한글	106p. 30전	1919-07-15	1919-07-20	1	鄭敬德 경성부 관훈동 30번지	광문서시 경성부 종로통 3정목 12번지

쇄자 쇄소 주소	인쇄소 인쇄소 주소	공동 발행	영인본	소장처 및 청구기호	기타	현황
仁煥 성부 원정 1정목 2번지	신명서림인쇄소 경성 종로 2정목			연세대학교 도서관(O 811.37 신소설 -8-2)		원문
熙榮 성부 수은동 68번지	경성서관인쇄부		[활자본고전소설전집 7], [신소설전집 15]	서울대학교 도서관(3350 135)	저작자 김재덕.	원문
					권순긍, p.337.	출판
				동덕여자대학교 춘강학술정보관(990.94 ㄹ918)		원문
翼洙 성부 황금정 2정목 번지	신문관 경성부 황금정 2정목 21번지			고려대학교 도서관(897.35 최찬식 이)		원문
		한흥서림			2판에 초판 발행일 기록.	출판
泰三 성부 종로 2정목 4번지	영창서관인쇄부 경성부 종로 2정목 84번지	한흥서림	[구활자본고소설전집 29]		초판 발행일 기록.	원문
					2판에 초판 발행일 기록.	출판
昌熙 성부 종로 2정목 4번지	영창서관인쇄부 경성부 종로 2정목 84번지	한흥서림, 진흥서관		개인소장본	초판 발행일 기록.	원문
	영신사인쇄부			개인소장본	속표지에는 '李舜臣實記'로 되어 있음.	원문
在涉 성부 견지동 32번지	한성도서주식회사 경성부 견지동 32번지	홍문당	[구활자본고소설전집 29]	서울대학교 도서관(3350 132)		원문
					[圖書分類目錄], 1921 改正([이본목록], p.523)	목록
				국회도서관(811.31 ㅅ585ㅇ)	판권지가 가려져 보이지 않음.	원문
	세창인쇄사 서울특별시 종로구 종로 3가 10			소인호 소장본		원문
					3판에 초판 발행일 기록. 소재영 외, p.91.	원문
					3판이 있어서 2판도 있을 것으로 추정.	출판
禹澤 성부 공평동 55번지	대동인쇄주식회사 경성부 공평동 55번지			서울대학교 도서관(3340 1 10)	'장끼전, 금낭이산, 장화홍련전, 조생원전'과 합철. 초판 발행일 기록.	원문
					[출판목록]([이본목록], p.522)	목록
翼洙 성부 황금정 2정목 1번지	신문관 경성부 황금정 2정목 21번지		[활자본고전소설전집 7], [구활자소설총서 11]	국립중앙도서관(3634-2-16(3))		원문
					[圖書分類目錄], 1921 改正([이본목록], p.527)	목록
敬德 성부 관훈동 30번지	조선복음인쇄소 경성부 관훈동 30번지			양승민 소장본	12p.까지 낙장되어 표제는 이본목록을 따름. 여승구, [古書通信]15, 1999.9.	원문

번호	작품명 고유번호	표제	문자	면수 가격	인쇄일	발행일	판차	발행자 발행자 주소	발행소 발행소 주소
2199	**이태경전** 경성서-이태-01-00	三國 리대장전	한글	51p.		1926- -	1		경성서적업조합
2200	**이태경전** 동아-이태-01-01	리태경전	한글	48p. 15전	1916-10-25	1916-10-27	1	金然奎 경성부 종로통 4정목 62번지	동아서관 경성부 종로통 3정목 83번지
2201	**이태경전** 조선서-이태-01-01	삼국 리대장전	한글	58p. 25전	1917-09-25	1917-10-19	1	朴健會 경성부 낙원동 285번지	조선서관 경성부 종로통 2정목 82번지
2202	**이태경전** 한성-이태-01-01	삼국 리대쟝젼	한글			1915-12-18	1		한성서관
2203	**이태경전** 한성-이태-02-00	삼국리대쟝젼	한글	58p.		1917- -	1		한성서관
2204	**이태경전** 회동-이태-01-01	삼국리대쟝젼	한글	51p. 20전	1926-01-10	1926-01-15	1	高裕相 경성부 남대문통 1정목 17번지	회동서관 경성부 남대문통 1정 17번지
2205	**이태백실기** 경성서-이태백-01-00	리태백실긔	한글			1921- -	1		경성서적업조합
2206	**이태백실기** 세창-이태백-01-01	(쥬즁긔션)리태 백실긔	한글	74p. 25전	1915-02-10	1915-02-13	1	姜義永 경성부 종로 3정목 85번지	세창서관 경성 종로 3정목 85
2207	**이태백실기** 신구-이태백-01-01	이태백실긔	한글	61p. 20전	1925-11-22	1925-11-25	1	崔錫鼎 경성부 봉래정 1정목 77번지	신구서림 경성부 봉래정 1정목 77번지
2208	**이태백실기** 회동-이태백-01-01	리태백	한글	61p. 25전	1928-01-10	1928-01-15	1	高裕相 경성 남대문통 1정목 17번지	회동서관 경성 남대문통 1정 17번지
2209	**이태왕실기** 세창-이태왕-01-01	리태왕실긔	한글	53p.		1952- -	1	申泰三	세창서관 서울 특별시 종로구 3가 10번지
2210	**이태왕실기** 신구-이태왕-01-01	리태왕실긔	한글	53p. 25전	1930-08-20	1930-08-25	1	盧益煥 경성부 봉래정 1정목 77번지	신구서림 경성부 봉래정 1정 77번지
2211	**이태왕실기** 신구-이태왕-02-01	리태왕실긔	한글	53p. 25전	1930-08-20	1930-08-25	1	盧益煥 경성부 봉래정 1정목 77번지	신구서림 경성부 봉래정 1정 77번지
2212	**이태왕실기** 화광-이태왕-01-01	李太王實記	한글			1931-12-17	1		화광서림
2213	**이태왕실기** 화광-이태왕-01-02	李太王實記	한글	43p. 25전	1933-02-15	1933-02-20	2	姜範馨 경성부 종로통 2정목 80	화광서림 경성부 종로통 2정목
2214	**이학사전** 경성서-이학-01-00	리학사젼	한글			1921- -	1		경성서적업조합
2215	**이학사전** 대창-이학-01-01	녀호걸 리학사젼	한글			1918-10-29	1		대창서원
2216	**이학사전** 동미-이학-01-00	리학사젼	한글			1917- -	1		동미서시
2217	**이학사전** 보급-이학-01-01	이학사젼	한글	54p.		1918- -	1		보급서관
2218	**이학사전** 이문-이학-01-01	녀호걸 리학사젼	한글	67p. 30전	1917-11-12	1917-11-20	1	朴健會 경성부 낙원동 285번지	이문당 경성부 송현동 68번
2219	**이학사전** 회동-이학-01-01	리학사젼	한글	61p. 20전	1925.12.17.	1925-12-20	1	高裕相 경성부 남대문통 1정목 17번지	회동서관 경성부 남대문통 1정 17번지
2220	**이해룡전** 경성서-이해-01-00	리해룡젼	한글			1921- -	1		경성서적업조합

쇄자 쇄소 주소	인쇄소 인쇄소 주소	공동 발행	영인본	소장처 및 청구기호	기타	현황
					이주영, p.224.	출판
養浩 성부 재동 3번지	선명사 경성부 종로통 1정목 39번지		[구활자소설총서 7]	국립중앙도서관(3 634-2-5(8))		원문
敎璔 성부 경운동 88번지	보성사 경성부 수송동 44번지			국립중앙도서관(3 634-2-22(7))	8회의 장회체(총목차)	원문
					권순긍, p.330.	출판
					국립중앙도서관(3634-2-22(2))([연구보정], p.800.) 국립중앙도서관에서는 해당 청구기호로 책을 찾을 수 없음.	목록
翼洙 성부 황금정 2정목 번지	신문관 경성부 황금정 2정목 21번지		[활자본고전소설 전집 7]	서울대학교 도서관(3350 5)		원문
					[圖書分類目錄], 1921 改正([이본목록], p.529)	목록
聖杓 성부 공평동 47번지	성문사 경성부 공평동 55번지			국립중앙도서관(3 634-2-37(7))		원문
禹澤 성부 공평동 55번지	대동인쇄주식회사 경성부 공평동 55번지	박문서관		국립중앙도서관(3 634-2-37(5))	11회의 장회체(총목차)	원문
重培 성부 수송동 69번지	보명사인쇄소 경성부 수송동 69번지	신명서림	[구활자본고소설 전집 11]		11회의 장회체(총목차)	원문
			[구활자본고소설 전집 29]	국회도서관(811.31 ㅅ585ㅇ)	영인본에 판권지 없음.	원문
基然 성부 봉래정 1정목 번지	신구서림인쇄부 경성부 봉래정 1정목 77번지			서울대학교 도서관(3350 57)		원문
敬德 성부 서대문정 2정목 9	조선기독교창문사 경성부 서대문정 2정목 139		[조동일소장국문 학연구자료 24]			원문
					2판에 초판 발행일 기록.	출판
永求 성부 종로 3정목 156	광성인쇄소 경성부 종로 3정목 156			정명기 소장본	초판 발행일 기록.	원문
					[圖書分類目錄], 1921 改正([이본목록], p.530)	목록
		보급서관			권순긍, p.334.	출판
					<당태종전>, 동미서시, 1917. 광고([이본목록], p.530.)	광고
					[이본목록], p.530.	출판
弘奎 성부 가회동 216번지	보성사 경성부 수송동 44번지			국립중앙도서관(3 634-2-86(7))		원문
翼洙 성부 황금정 2정목 번지	신문관 경성부 황금정 2정목 21번지		[활자본고전소설 전집 7]	서울대학교 도서관(3350 134)		원문
					[圖書分類目錄], 1921 改正([이본목록], p.532)	목록

번호	작품명 고유번호	표제	문자	면수 가격	인쇄일	발행일	판차	발행자 발행자 주소	발행소 발행소 주소
2221	이해룡전 유일-이해-01-01	이해룡전	한글	55p.			1		유일서관
2222	이화몽 경성서-이화-01-00	리화몽	한글			1921- -	1		경성서적업조합
2223	이화몽 박문-이화-01-00	리화몽	한글				1		박문서관
2224	이화몽 성문사-이화-01-01	리화몽	한글	87p.		1918- -	1		성문사
2225	이화몽 신구-이화-01-01	리화몽	한글	123p. 30전	1914-09-24	1914-09-30	1	池松旭 경성부 화천정 213번지	신구서림 경성부 화천정 213번
2226	이화몽 신구-이화-01-02	리화몽	한글				2		신구서림
2227	이화몽 신구-이화-01-03	리화몽	한글				3		신구서림
2228	이화몽 신구-이화-01-04	리화몽	한글	87p. 25전	1923-11-20	1923-11-25	4	池松旭 경성부 봉래정 1정목 77번지	신구서림 경성부 봉래정 1정목 77번지
2229	이화정서전 세창-이화정-01-01	번리화정셔전	한글	83p. 250환	1952-12-10	1952-12-30	1	申泰三 서울특별시 종로구 종로 3가 10	세창서관 서울 특별시 종로구 3가 10
2230	이화정서전 세창-이화정-02-01	번리화정셔전	한글	83p. 350	1961-08-10	1961-12-30	1	申泰三 서울특별시 종로구 종로 3가 10	세창서관 서울 특별시 종로구 3가 10
2231	이화정서전 신구-이화정-01-01	번리화정서전	한글	83p.		1931-10-20	1		신구서림
2232	이화정서전 신구-이화정-01-02	번리화정서전	한글	83p. 30전	1932-10-01	1932-10-05	2	盧益煥 경성부 봉래정 1정목 75번지	신구서림 경성부 봉래정 1정목 75번지
2233	인조대왕실기 박문-인조-01-00	인조대왕실기	한글			1928- -	1		박문서관
2234	인조대왕실기 세창-인조-01-01	인조대왕실기	한글	54p. 200	1961-08-10	1961-12-30	1	申泰三 서울특별시 종로구 종로 3가 10	세창서관 서울특별시시 종로구 10
2235	인조대왕실기 영화-인조-01-00	인조반정과 병자호란실기	한글	66p.		1957-10-20	1	姜槿馨	영화출판사
2236	인현왕후전 대동성-인현-01-01	민중전실긔	한글	78p. 40전	1924-04-25	1924-05-05	1	韓鳳熙 경성부 청진동 177번지	대동성문사 경성부 견지동 80번
2237	인현왕후전 대산-인현-01-01	閔中展實記	한글			1924-05-05	1		대산서림
2238	인현왕후전 대산-인현-01-02	閔中展實記	한글	78p. 40전	1925-11-15	1925-11-20	2	韓鳳熙 경성부 종로 3정목 71번지	대산서림 경성부 종로 3정목 71번지
2239	일당백 세창-일당-01-01	일당백	한글	89p. 30전	1930-12-05	1930-12-10	1	尹用燮 경성부 와룡동 28-3	세창서관 경성부 와룡동 28-3
2240	일지매실기 대성-일지-01-01	포도대장 장지항과 의도 일지매실긔	한글	42p. 20전	1929-11-10	1929-11-16	1	姜殷馨 경성부 입정목 119번지	대성서림 경성부 입정정 119번
2241	일지매실기 조선-일지-01-01	일지매	한글	70p. 25전	1926-11-25	1926-11-30	1	朝鮮圖書株式會社 경성부 견지동 60번지	조선도서주식회사 경성부 견지동 60번
2242	임거정전 태화-임거-01-01	림거정전	한글	51p. 25전	1931-03-20	1931-03-25	1	姜夏馨 경성부 예지동 101번지	태화서관 경성부 예지동 101번

인쇄자 인쇄소 주소	인쇄소 인쇄소 주소	공동 발행	영인본	소장처 및 청구기호	기타	현황
					6회. 발행일 미상. 이능우, p.281.	출판
					[圖書分類目錄], 1921 改正([이본목록], p.532)	목록
					광고([이본목록], p.532)	광고
				국립중앙도서관(3 634-3-65(3))	판권지 없음. 발행연도는 도서관 서지정보 참고.	원문
沈禹澤 경성부 효자동 103번지	성문사 경성부 공평동 55번지		[신소설전집 14]	국립중앙도서관(3 634-3-65(5))	표지에 '저작가 지송욱, 발행소 신구서림'. 4판에 초판 발행일 기록.	원문
					4판이 있어서 2판도 있을 것으로 추정.	출판
					4판이 있어서 3판도 있을 것으로 추정.	출판
沈禹澤 경성부 공평동 55번지	대동인쇄주식회사 경성부 공평동 55번지			국립중앙도서관(3 634-3-65(1))	초판 발행일 기록.	원문
	세창인쇄사 서울특별시 종로구 종로 3가 10			국회전자도서관(8 11.31.ㅅ585ㅇ)	원문 이미지 파일 제공.	원문
	세창인쇄사 서울특별시 종로구 종로 3가 10		[구활자본고소설 전집 30]			원문
					2판에 초판 발행일 기록.	출판
朴基然 경성부 봉래정 1정목 75번지	신구서림인쇄부 경성부 봉래정 1정목 75번지			국립중앙도서관(8 13.5-번124ㅅ)	초판 발행일 기록.	원문
					<슈명삼국지>(3판), 박문서관, 1928. 광고([이본목록], p.533)	광고
	세창인쇄사 서울특별시 종로구 종로 3가 100		[구활자본고소설 전집 30]	개인소장본	영인본에는 판권지 없음.	원문
					홍윤표 소장본. [이본목록](p.534)에 발행일, 저자, 발행자 기록.	원문
金重煥 경성부 견지동 80번지	신생활사인쇄부 경성부 견지동 80번지			단국대학교 도서관(고 853.6081 한295ㅁ)		원문
					2판에 초판 발행일 기록.	출판
金鍾憲 경성부 수송동 69번지	보명사인쇄소 경성부 수송동 69번지			국립중앙도서관(朝 48-A8)	초판 발행일 기록.	원문
鄭敬德 경성부 서대문정 2정목 139	조선기독교창문사 경성부 서대문정 2정목 139			서울대학교 도서관(3340 47)		원문
李根澤 경성부 수송동 27번지	조광인쇄주식회사 경성부 수송동 27번지			국립중앙도서관(3 634-2-36(1))	[연구보정](p.814)에는 국문필사본으로 되어있으나 활자본임.	원문
崔泰均 경성부 공평동 55번지	대동인쇄주식회사 경성부 공평동 55번지			서울대학교 도서관(3340 1)	'朝鮮古代小說叢書'에 '兎의肝', '玉蓮堂', '梨花夢'과 합철.	원문
朴仁煥 경성부 공평동 55번지	대동인쇄소 경성부 공평동 55번지			서울대학교 도서관(3350 32)		원문

번호	작품명 고유번호	표제	문자	면수 가격	인쇄일	발행일	판차	발행자 발행자 주소	발행소 발행소 주소
2243	**임경업전** 경성서-임경-01-00	림경업전	한글			1921- -	1		경성서적업조합
2244	**임경업전** 공동-임경-01-01	林慶業將軍	한글	44p.		1954- -	1		공동문화사
2245	**임경업전** 광명-임경-01-01	增修 林慶業實記	한글	47p. 25전	1916-09-11	1916-09-14	1	朴健會 경성부 인사동 39번지	광명서관 경성부 종로통 4정목 91번지
2246	**임경업전** 동미-임경-01-01	림경업실긔	한글			1954- -	1		동미서시
2247	**임경업전** 동양서-임경-01-01	고대소설 림경업전	한글	43p. 20전	1925-09-28	1925-09-30	1	趙南熙 경성부 종로 2정목 86번지	동양서원 경성부 종로 2정목 86번지
2248	**임경업전** 박문-임경-01-01	림경업젼 단	한글	46p.		1924- -	1		박문서관
2249	**임경업전** 백합-임경-01-01	림경업젼 단	한글	46p. 25전	1936-05-10	1936-05-20	1	姜鳳熙 경성 연건정 60-5	백합사 경성부 연건정 60-5
2250	**임경업전** 세창-임경-01-01	림경업전	한글	46p. 임시정가	1952-12-??	1952-12-30	1	申泰三 서울특별시 종로구 종로 3가 10	세창서관 서울시 종로구 종로 3 10
2251	**임경업전** 세창-임경-02-01	림경업전	한글	46p.		1962- -	1		세창서관
2252	**임경업전** 신구-임경-01-01	림경업전	한글	46p. 20전	1924-11-23	1924-11-27	1	玄公廉 경성부 견지동 80번지	신구서림 경성부 봉래정 1정목 75번지
2253	**임경업전** 영창-임경-01-01	임경업전	한글			1926- -	1		영창서관
2254	**임경업전** 유일-임경-01-01	임경업전	한글			1925- -	1		유일서관
2255	**임경업전** 이문-임경-01-00	림경업전	한글	25전		1918- -	1		이문당
2256	**임경업전** 이문-임경-02-01	림경업전	한글	46p. 25전	1936-05-10	1936-05-20	1	姜鳳會 경성 연건정 60번지-5	이문당 경성부 관훈정 130
2257	**임경업전** 조선-임경-01-01	임경업전	한글	56p.		1923- -	1		조선도서주식회사
2258	**임경업전** 태화-임경-01-01	충의소설 림경업전	한글	46p. 25전	1928.10.10.	1928-10-18	1	姜夏馨 경성부 예지동 101번지	태화서관 경성부 예지동 101번
2259	**임경업전** 태화-임경-01-02	충의소설 림경업젼	한글				2		태화서관
2260	**임경업전** 태화-임경-01-03	충의소설 림경업젼	한글				3		태화서관
2261	**임경업전** 태화-임경-01-04	충의소설 림경업젼	한글				4		태화서관
2262	**임경업전** 태화-임경-01-05	충의소설 림경업젼	한글	46p.	1947-12-05	1947-12-10	5	姜夏馨 서울특별시 종로구 예지동 101번지	태화서관 서울특별시 종로구 예지동 101번지
2263	**임경업전** 한성-임경-01-01	임경업전	한글	92p.		1915- -	1		한성서관
2264	**임경업전** 한성-임경-02-01	임경업전	한글			1925- -	1		한성서관

인쇄자 인쇄소 주소	인쇄소 인쇄소 주소	공동 발행	영인본	소장처 및 청구기호	기타	현황
					[圖書分類目錄], 1921 改正([이본목록], p.547)	목록
				고려대학교 도서관(897.33 임경업 임)	표제는 서지정보를 따름.	원문
金重煥 경성부 중림동 333번지	보성사 경성부 수송동 44번지			연세대학교 도서관(O 811.9308 고대소-2-3)	46쪽에서 활자끝나고 47쪽은필사체로 인쇄됨, '附感應篇 第三券'의 券은 卷의 오기로 보임.	원문
					이윤석, [임경업전연구]([이본목록], p.547)	출판
金翼洙 경성부 황금정 2-21	신문관			김종철 소장본		원문
			[구활자본고소설 전집 30]		판권지 없음. 발행연도는 목차에 따름.	원문
申永求 경성부 종로 3정목 156번지	광성인쇄소 경성부 종로 3정목 156번지	동흥서관	[조동일소장국문 학연구자료 22]		한자 괄호 병기 매우 적음.	원문
	세창인쇄사 서울특별시 종로구 종로 3가 10			디지털 한글박물관(홍윤표 소장본)		원문
				이화여자대학교(8 11.31 림14)		원문
朴基然 경성부 봉래정 1정목 75번지	신구서림인쇄부 경성부 봉래정 1정목 75번지			정명기 소장본	표지에 '경성 박문서관 발행'.	원문
		한흥서림			우쾌재, p.132.	출판
					우쾌재, p.132.	출판
					<삼선기>, 이문당, 1918(국립중앙도서관 소장본(3634-2-20(2)) 광고에 '림경업젼'으로 기록.	광고
趙容均 경성부 관훈정 130번지	이문당인쇄부 경성부 관훈정 130번지			디지털 한글박물관(손종흠 소장본)		원문
					이주영, p.224.	출판
朴翰柱 경성부 관훈동 30번지	동아인쇄소 경성부 관훈동 30번지			디지털 한글박물관(홍윤표 소장본)	5판에 초판 발행일 기록.	원문
					5판이 있어서 2판도 있을 것으로 추정.	출판
					5판이 있어서 3판도 있을 것으로 추정.	출판
					5판이 있어서 4판도 있을 것으로 추정.	출판
	태화서관인쇄부 서울특별시 종로구 예지동 101번지			정명기 소장본	초판 발행일 기록.	원문
					이능우, p.281.	출판
		유일서관			우쾌제, p.132.	출판

번호	작품명 고유번호	표제	문자	면수 가격	인쇄일	발행일	판차	발행자 발행자 주소	발행소 발행소 주소
2265	**임경업전** 회동-임경-01-01	림경업전	한글	46p. 20전	1925-11-05	1925-11-10	1	高裕相 경성부 남대문통 1정목 17번지	회동서관 경성부 남대문통 1정목 17번지
2266	**임경업전** 회동-임경-02-01	림경업전	한글			1926- -	1		회동서관
2267	**임오군란기** 덕흥-임오-01-01	임오군란긔	한글	34p. 20전	1930-09-20	1930-09-25	1	金東縉 경성부 종로 2정목 20번지	덕흥서림 경성부 종로 2정목 20번지
2268	**임진록** 세창-임진-01-01	임진록	한글	266p.		1952-08-30	1	申泰三	세창서관
2269	**임진록** 세창-임진-02-01	壬辰錄	한글	266p.		1961- -	1		세창서관
2270	**임진록** 세창-임진-03-01	임진록	한글	266p.		1964- -	1		세창서관
2271	**임진록** 세창-임진-04-01	임진록	한글	266p. 200원	1969-01-10	1969-01-20	1	申泰三 서울특별시 종로구 종로 3가 10	세창서관 서울특별시 종로구 종로 3가 10
2272	**임진록** 신구-임진-01-00	壬辰錄	한글	220p.		1929- -	1		신구서림
2273	**임진록** 신구-임진-02-01	壬辰錄	한글	220p. 70전	1930-10-05	1930-10-10	1	玄丙周 경성부 낙원동 284-9호	신구서림 경성부 봉래정 1정목 77번지
2274	**임진록** 창문-임진-01-01	임진록	한글	42p.	1961-11-10	1961-11-15	1		창문사
2275	**임진록** 향민-임진-01-01	임진록	한글	89p. 80원 (개정 정가)	1962-10-20	1962-10-30	1	朴彰緒	향민사 대구시 향촌동 13번지
2276	**임진록** 향민-임진-02-01	임진록	한글	89p.		1964-10-30	1	朴彰緒	향민사
2277	**임진록** 향민-임진-03-01	임진록	한글			1968- -	1		향민사
2278	**임진록** 환학-임진-01-01	黑龍錄	한글			1945- -	1		환학사
2279	**임호은전** 경성서-임호-01-00	림호은전	한글			1921- -	1		경성서적업조합
2280	**임호은전** 대성-임호-01-01	림호은전	한글				1		대성서림
2281	**임호은전** 덕흥-임호-01-01	적강칠전 림호은전	한글	126p. 40전		1926-01-20	1	金東縉 경성부 종로 2정목 20번지	덕흥서림 경성부 종로 2정목 20번지
2282	**임호은전** 박문-임호-01-01	림호은전	한글	141p.		1925- -	1		박문서관
2283	**임호은전** 박문-임호-02-01	임호은전	한글	126p.		1926-12-	1		박문서관
2284	**임호은전** 세창-임호-01-01	림호은전	한글			1950-12-10	1	申泰三	세창서관
2285	**임호은전** 세창-임호-02-01	림호은전	한글	124p. 임시정가	1952-12-01	1952-12-30	1	申泰三 서울특별시 종로구 종로3가 10	세창서관 서울특별시 종로구 종로3가 10

쇄자 쇄소 주소	인쇄소 인쇄소 주소	공동 발행	영인본	소장처 및 청구기호	기타	현황
翼洙 성부 황금정 2정목 번지	신문관 경성부 황금정 2정목 21번지			서울대학교 도서관(3340 1)	'朝鮮古代小說叢書'에 '薛仁貴傳', '蘇大成傳', '謫降七仙', '金德齡傳'과 합철.	원문
					우쾌제, p.132.	출판
東燮 성부 종로 2정목 번지	덕흥서림인쇄부 경성부 종로 2정목 20번지		[구활자본고소설 전집 11]			원문
					[이본목록], p.563.	출판
				이화여자대학교 도서관(811.31 임819)	표제는 서지정보를 따름.	원문
					김종철 소장본([연구보정], p.825.	원문
	세창인쇄소 서울특별시 종로구 종로 3가 10			소인호 소장본		원문
				국립중앙도서관(2 153-4)	상하 합편(상 86p, 하 134p). 원문은 있으나 판권지 없음.	원문
鎭周 성부 수송동 27번지	선광인쇄주식회사 경성부 수송동 27번지	우문서관회		개인소장본	상하 합편(상 86p, 하 134p).	원문
				개인소장본	<임진록(pp.1~34)> 뒤에 <갑진록(pp.35~42)> 수록. 표지에 '영화출판사'와 그 주소가 기록되었으나, 판권지에는 발행소가 창문사로 기록됨.	원문
				개인소장본	판권지가 두 개임. 앞장 판권지의 발행일 '1952년10월25일'로 기록, 뒷장 판권지의 발행일을 따름.	원문
				국립중앙도서관(8 13.5-임979ㅎ)	표제는 서지정보를 따름, 발행일은 [연구보정](p.826) 참고.	원문
					소재영 외, p.257.	원문
					[이본목록], p.563.	출판
					[圖書分類目錄], 1921 改正([이본목록], p.564)	목록
					상하 합편. 소재영 외, p.209.	원문
東燮 성부 종로 2정목 번지	덕흥서림인쇄부 경성부 종로 2정목 20번지			개인소장본	상하 합철, 인쇄일이 가려져 보이지 않음.	원문
					상하 합편. 조희웅 소장본, 홍윤표 소장본([이본목록], p.564.)	원문
				정병욱 소장본	이능우, p.281.	원문
					[연구보정], p.829.	출판
	세창인쇄사 서울특별시 종로구 종로3가 10			국회도서관(811.31 ㅅ585ㅇ)	상하 합편.	원문

번호	작품명 고유번호	표제	문자	면수 가격	인쇄일	발행일	판차	발행자 발행자 주소	발행소 발행소 주소
2286	임호은전 세창-임호-03-01	적강칠선 림호은전	한글	124p.		1957- -	1		세창서관
2287	임호은전 영창-임호-01-01	임호은전	한글	126p.		1926- -	1		영창서관
2288	임호은전 영창-임호-02-01	임호은전	한글	126p.		1932- -	1		영창서관
2289	임호은전 유일-임호-01-01	임호은전	한글			1915- -	1		유일서관
2290	임호은전 이문-임호-01-00	林虎隱傳	한글	50전			1		이문당
2291	임호은전 한성-임호-01-01-상	림호은젼	한글	91p.		1915- -	1		한성서관
2292	임호은전 한성-임호-01-01-하	림호은젼	한글	84p. 25전	1915-09-05	1915-09-10	1	南宮楔 경성부 종로통 2정목 19번지	한성서관 경성부 종로통 2정목 19번지
2293	임호은전 회동-임호-01-01	적강칠선(림호 은전)	한글	126. 35전	1926-02-05	1926-02-10	1	高裕相 경성부 남대문통 1정목 17번지	회동서관 경성부 남대문통 1정 17번지
2294	임화정연 경성서-임화-01-01	림화정연	한글			1923-05-17	1	洪淳泌	경성서적업조합
2295	임화정연 경성서-임화-01-02	림화정연	한글	163p.		1926-12-26	2	洪淳泌	경성서적업조합
2296	임화정연 박문-임화-01-01-권2	四姓奇逢 林華鄭延	한글	367p.		1923- -	1		박문서관
2297	임화정연 세창-임화-01-01	四姓奇逢 林華鄭延	한글	208p. 60전	1915-12-30	1916-01-20	1	姜義永 경성부 종로통 3정목 85번	세창서관 경성부 종로통 3정목 85번
2298	임화정연 유일-임화-01-01	개량 사성긔봉	한글	158p. 35전	1913-09-15	1913-09-20	1	南宮濬, 襄安國 경성 중부 인사동 11통 2호 개성 북부 면리정벽 58통 9호	유일서관 경성 중부 사동 11통
2299	임화정연 유일-임화-02-01	임화정연	한글	178p.		1915- -	1		유일서관
2300	임화정연 조선-임화-01-01-권1	림화정연 권지일	한글	176p. 50전	1923-02-01	1923-02-05	1	朝鮮圖書株式會社 경성부 견지동 60번지	조선도서주식회사 경성부 견지동 60번ス
2301	임화정연 조선-임화-01-01-권2	림화정연 권지이	한글	163p. 50전	1923-05-12	1923-05-17	1	朝鮮圖書株式會社 경성부 견지동 60번지	조선도서주식회사 경성부 견지동 60번ス
2302	임화정연 조선-임화-01-01-권3	림화정연 권지삼	한글	170p. 50전	1923-07-05	1923-07-10	1	朝鮮圖書株式會社 경성부 견지동 60번지	조선도서주식회사 경성부 견지동 60번ス
2303	임화정연 조선-임화-01-01-권4	림화정연 권지사	한글	198p. 50전	1923-02-02	1923-02-05	1	朝鮮圖書株式會社 경성부 견지동 60번지	조선도서주식회사 경성부 견지동 60번ス
2304	임화정연 조선-임화-01-01-권5	림화정연 권지오	한글	210p. 50전	1924-07-03	1924-07-10	1	朝鮮圖書株式會社 경성부 견지동 60번지	조선도서주식회사 경성부 견지동 60번ス
2305	임화정연 조선-임화-01-01-권6	림화정연 권지륙	한글	194p. 50전	1925-02-15	1925-02-20	1	朝鮮圖書株式會社 경성부 견지동 60번지	조선도서주식회사 경성부 견지동 60번ス
2306	임화정연 조선-임화-01-02-권1	림화정연 권지일	한글	176p. 50전	1928-01-17	1928-01-20	2	朝鮮圖書株式會社 경성부 견지동 60번지	조선도서주식회사 경성부 견지동 60번ス

쇄자 쇄소 주소	인쇄소 인쇄소 주소	공동 발행	영인본	소장처 및 청구기호	기타	현황
				이화여자대학교 도서관(811.31 임95)		원문
		한흥서림			이능우, p.281. 이주영, p.225.	원문
		한흥서림, 진흥서관		김종철 소장본	[이본목록], p.829. 이주영, p.225.	원문
					우쾌제, p.132.	출판
					<삼선기>, 이문당, 1918(국립중앙도서관 소장본(3634-2-20(2)) 광고에 '林虎隱傳'으로 기록.	광고
		유일서관			이능우, p.281.	출판
翼洙 성부 종로통 2정목 2번지	조선복음인쇄소분점 경성부 종로통 2정목 82번지	유일서관		정명기 소장본	발행소 없고, 총발매소(한성서관, 유일서관)만 있음. 이본목록에 '87p.'로 잘못 기록.	원문
翼洙 성부 황금정 2정목 번지	신문관 경성부 황금정 2정목 21번지		[활자본고전소설 전집 7]	서울대학교 도서관(3350 136)	상하합편(상 pp.1~56, 하 pp.57~126).	원문
					[이본목록], p.565.에 초판 발행일 기록.	출판
					[이본목록], p.565.에 2판 발행일 기록. 낙질.	출판
				국민대학교 도서관(고813.5 사01ㄴ)	3, 4권 합편(3권 170p. 4권 197p.). [이본목록], p.565.	원문
重煥 성부 중림동 333번지	보성사 경성부 수송동 44번지			국민대학교 도서관(고813.5 사01))		원문
翼洙 성 북부 전정동 38통 호	창문사 경성 북부 종로 발리동 9통 10호			국립중앙도서관(한 古朝48-112)	편집자 朴頤陽.	원문
					상하합편(상 91p., 하 87p.). [이본목록], p.566.	출판
禹澤 성부 공평동 55번지	대동인쇄주식회사 경성부 공평동 55번지		[활자본고전소설 전집 8]	개인소장본	영인본에 판권지 없음. 판권지는 개인 소장본 참고 장회체(1권 2회~12회, 총목차). 2판에 초판 발행일 기록.	원문
禹澤 성부 공평동 55번지	대동인쇄주식회사 경성부 공평동 55번지		[활자본고전소설 전집 8]	개인소장본	영인본에 판권지 없음. 판권지는 개인 소장본 참고 장회체(2권 13회~24회, 총목차)	원문
禹澤 성부 공평동 55번지	대동인쇄주식회사 경성부 공평동 55번지		[활자본고전소설 전집 8]	개인소장본	영인본에 판권지 없음. 판권지는 개인 소장본 참고 장회체(3권 25회~36회, 총목차). 2판에 초판 발행일 기록.	원문
禹澤 성부 공평동 55번지	대동인쇄주식회사 경성부 공평동 55번지		[활자본고전소설 전집 9]	개인소장본	영인본에 판권지 없음. 판권지는 개인 소장본 참고 장회체(4권 37회~56회, 총목차)	원문
禹澤 성부 공평동 55번지	대동인쇄주식회사 경성부 공평동 55번지		[활자본고전소설 전집 9]	개인소장본	영인본에 판권지 없음. 판권지는 개인 소장본 참고 장회체(5권 57회~77회, 총목차). 2판에 초판 발행일 기록.	원문
泰均 성부 공평동 55번지	대동인쇄주식회사 경성부 공평동 55번지		[활자본고전소설 전집 9]	개인소장본	영인본에 판권지 없음. 판권지는 개인 소장본 참고 장회체(6권 78회~97회, 총목차). 2판에 초판 발행일 기록.	원문
禹澤 성부 공평동 55번지	대동인쇄주식회사 경성부 공평동 55번지			고려대학교 도서관(897.33 임화정 임1)	초판 발행일(대정12.02.05)기록.	원문

번호	작품명 고유번호	표제	문자	면수 가격	인쇄일	발행일	판차	발행자 발행자 주소	발행소 발행소 주소
2307	**임화정연** 조선-임화-01-02-권2	림화정연 권지이	한글	163p.		1928- -	2		조선도서주식회사
2308	**임화정연** 조선-임화-01-02-권3	림화정연 권지삼	한글	170p. 50전	1928-01-17	1928-01-20	2	朝鮮圖書株式會社 경성부 견지동 60번지	조선도서주식회사 경성부 견지동 60번.
2309	**임화정연** 조선-임화-01-02-권4	림화정연 권지사	한글	198p.		1928- -	2		조선도서주식회사
2310	**임화정연** 조선-임화-01-02-권5	림화정연 권지오	한글	210p. 50전	1928-01-17	1928-01-20	2	朝鮮圖書株式會社 경성부 견지동 60번지	조선도서주식회사 경성부 견지동 60번
2311	**임화정연** 조선-임화-01-02-권6	림화정연 권지륙	한글	194p. 50전	1928-01-17	1928-01-20	2	朝鮮圖書株式會社 경성부 견지동 60번지	조선도서주식회사 경성부 견지동 60번.
2312	**임화정연** 한성-임화-01-00	임화정연	한글			1915- -	1		한성서관
2313	**장경전** 경성서-장경-01-00	장경전	한글			1921- -	1		경성서적업조합
2314	**장경전** 박문-장경-01-01	장경전	한글	45p. 15전	1916-11-11	1916-11-20	1	盧益亨 경성 남대문통 4정목 69번지	박문서관 경성 남대문통 4정목 69번지
2315	**장경전** 세창-장경-01-01	장경전	한글	70p. 임시정가	1952-12-01	1952-12-30	1	申泰三 서울특별시 종로구 종로 3가 10	세창서관 서울특별시 종로구 종 3가 10
2316	**장경전** 태화-장경-01-00	장경전	한글			1918- -	1		태화서관
2317	**장경전** 회동-장경-01-01	장경전	한글	70p. 25전	1925-01-05	1925-01-10	1	玄公廉 경성부 견지동 80번지	회동서관 경성부 남대문통 1정 17번지
2318	**장국진전** 경성서-장국-01-00	장국진전	한글			1921- -	1		경성서적업조합
2319	**장국진전** 대창-장국-01-01	(고대소설)장국 진전	한글		1920-01-16	1920-01-20	1		대창서원
2320	**장국진전** 대창-장국-01-02	(고대소설)장국 진전	한글	51p. 20전	1921-01-28	1921-02-31	2	金然奎 경성부 종로통 3정목 83번지	대창서원 경성부 낙원동 132번
2321	**장국진전** 동미-장국-01-00	모란정긔	한글			1916- -	1		동미서시
2322	**장국진전** 동아-장국-01-01	장국진전	한글	78p.		1916-03-30	1		동아서관
2323	**장국진전** 동아-장국-02-01	장국진전	한글	75p.		1925-03-05	1		동아서관
2324	**장국진전** 박문-장국-01-01	장국진전	한글			1917-03-15	1	盧益亨	박문서관
2325	**장국진전** 박문-장국-01-02	장국진전	한글				2		박문서관
2326	**장국진전** 박문-장국-01-03	장국진전	한글				3		박문서관
2327	**장국진전** 박문-장국-01-04	장국진전	한글				4		박문서관
2328	**장국진전** 박문-장국-01-05	장국진전	한글				5		박문서관

인쇄자 인쇄소 주소	인쇄소 인쇄소 주소	공동 발행	영인본	소장처 및 청구기호	기타	현황
				고려대학교 도서관(897.33 임화정 임2)		원문
尤禹澤 경성부 공평동 55번지	대동인쇄주식회사 경성부 공평동 55번지			고려대학교 도서관(897.33 임화정 임3)	초판 발행일(대정12.07.10.)기록.	원문
				고려대학교 도서관(897.33 임화정 임4)		원문
尤禹澤 경성부 공평동 55번지	대동인쇄주식회사 경성부 공평동 55번지			개인소장본	초판 발행일(대정13.07.10.) 기록.	원문
尤禹澤 경성부 공평동 55번지	대동인쇄주식회사 경성부 공평동 55번지			고려대학교 도서관(897.33 임화정 임6)	초판 발행일(대정14.02.20.)기록.	원문
					<쌍쥬긔연>, 한성서관, 1915(국립중앙도서관 소장본(3634-2-21(1)) 광고에 '임화정연' 近刊으로 기록.	광고
					[圖書分類目錄], 1921改正([이본목록], p.571.	목록
金重煥 경성 중림동 333번지	보성사 경성부 수송동 44번지		[구활자본고소설 전집 12]	국립중앙도서관(3 634-2-116(1))		원문
	세창인쇄사 서울특별시 종로구 종로 3가 10			김종철 소장본	상하 합철.	원문
					<렬녀전>, 태화서관, 1918([이본목록], p.571.) 광고.	광고
金聖杓 경성부 수송동 69번지	보명사인쇄소 경성부 수송동 69번지			서울대학교 도서관(3350 22)	상하 합철.	원문
					[圖書分類目錄], 1921改正([이본목록], p.573.	목록
					2판에 초판 인쇄일과 발행일 기록.	출판
羽田茂一 경성부 명치정 1정목 4번지	조선인쇄주식회사 경성부 명치정 1정목 54번지			국립중앙도서관(3 634-2-116(4))	초판 인쇄일과 발행일 기록. 2권 1책(권1 pp.1~29, 권2 pp.30~51)	원문
					<황장군전>, 동미서시, 1916. 광고([이본목록], p.572.	광고
					이능우, p.295.	출판
			[활자본고전소설 전집 7]		발행소와 발행일은 영인본 해제에 의함.	원문
					8판에 초판 발행일 기록.	출판
					8판이 있어 2판도 있을 것으로 추정.	출판
					8판이 있어 3판도 있을 것으로 추정.	출판
					8판이 있어 4판도 있을 것으로 추정.	출판
					8판이 있어 5판도 있을 것으로 추정.	출판

번호	작품명 고유번호	표제	문자	면수 가격	인쇄일	발행일	판차	발행자 발행자 주소	발행소 발행소 주소
2329	**장국진전** 박문-장국-01-06	장국진전	한글				6		박문서관
2330	**장국진전** 박문-장국-01-07	장국진전	한글				7		박문서관
2331	**장국진전** 박문-장국-01-08	장국진전	한글	75p. 25전	1925-03-02	1925-03-05	8	盧益亨 경성부 종로 2정목 82번지	박문서관 경성부 종로 2정목 82번지
2332	**장국진전** 세창-장국-01-01	장국진전	한글	44p. 30전	1935-11-05	1935-11-10	1	申泰三 경성부 종로 3정목 141번지	세창서관 조선 경성부 종로 3정 141번지
2333	**장국진전** 세창-장국-02-01	장국진전	한글	44p.		1951-06-30	1		세창서관
2334	**장국진전** 세창-장국-03-01	古代小說 張國振傳	한글	44p.		1952- -	1		세창서관
2335	**장국진전** 세창-장국-04-01	장국진전	한글	44p. 임시정가 200	1957-08-10	1957-12-30	1	申泰三 서울특별시 종로구 종로3가 10	세창서관 서울특별시 종로구 종로3가 10
2336	**장국진전** 세창-장국-05-01	장국진전	한글	44p. 임시정가 200	1962-08-10	1962-12-30	1	申泰三 서울특별시 종로구 종로 3가 10	세창서관 서울특별시 종로구 종 3가 10
2337	**장국진전** 영창-장국-01-00	장국진전	한글				1		영창서관
2338	**장국진전** 조선서-장국-01-00	모란졍긔	한글			1916- -	1		조선서관
2339	**장국진전** 태화-장국-01-00	張國振傳	한글	30전		1918- -	1		태화서관
2340	**장국진전** 한성-장국-01-00	모란졍긔	한글			1915- -	1		한성서관
2341	**장국진전** 회동-장국-01-01	모란졍긔	한글	68p. 30전	1925-11-25	1925-11-30	1	高裕相 경성부 남대문통 1정목 17번지	회동서관 경성부 남대문통 1정 17번지
2342	**장국진전** 회동-장국-02-01	古代小設 張國振傳	한글	67p. 25전	1926-01-20	1926-01-25	1	高裕相 경성부 남대문통 1정목 17번지	회동서관 경성부 남대문통 1정 17번지
2343	**장끼전** 경성서-장끼-01-01	쟝끼젼	한글			1925-12-25	1	洪淳泌	경성서적업조합
2344	**장끼전** 경성서-장끼-01-02	쟝끼젼	한글	32p. 10전	1926-12-18	1926-12-20	2	洪淳泌 경성부 견지동 60번지	경성서적업조합 경성부 견지동 60번
2345	**장끼전** 대조-장끼-01-01	장끼전	한글	14p.		1959- -	1		대조사
2346	**장끼전** 대창-장끼-01-01	쟝끼	한글	23p. 20전	1922-01-01	1922-01-15	1	玄公廉 경성부 계동 99번지	대창서원 경성부 견지동 80번
2347	**장끼전** 덕흥-장끼-01-01	장끼전	한글	54p. 15전	1915-01-04	1915-01-07	1	金東縉 경성부 견지동 67번지	덕흥서림 경성부 견지동 67번
2348	**장끼전** 삼문-장끼-01-01	장끼傳	한글	12p.		1948- -	1		삼문사
2349	**장끼전** 삼문-장끼-02-00	장끼전	한글	12p.		1951- -	1		삼문사
2350	**장끼전** 세창-장끼-01-01	장끼전	한글	32p. 임시정가	1952-12-01	1952-12-30	1	申泰三 서울특별시 종로구 종로3가 10	세창서관 서울특별시 종로구 종로3가 10

인쇄자 인쇄소 주소	인쇄소 인쇄소 주소	공동 발행	영인본	소장처 및 청구기호	기타	현황
					8판이 있어 6판도 있을 것으로 추정.	출판
					8판이 있어 7판도 있을 것으로 추정.	출판
仁煥 성부 황금정 2정목 48번지	경성신문사 경성부 황금정 2정목 148번지	신구서림		서울대학교 도서관(3350 94)	초판 발행일 기록.	원문
泰和 성부 종로 3정목 41번지	세창서관인쇄부 경성부 종로 3정목 141번지			국립중앙도서관(3 634-2-116(2))	2권 1책(권1 pp.1~25, 권2 pp.30~44)	원문
					[연구보정], p.838.	출판
				국회도서관(811.31 .ㅅ.585ㅈ)		출판
	세창인쇄사 서울특별시 종로구 종로3가 10			박순호 소장본		원문
	세창인쇄사 서울특별시 종로구 종로3가 10			개인소장본		원문
					[출판목록]([이본목록], p.573)	목록
					<월봉산기>, 조선서관, 1916(국립중앙도서관 소장본(3634-2-70(7)) 광고에 '모란정긔'로 기록.	광고
					<열녀전>, 태화서관, 1918(국립중앙도서관 소장본(3634-2-86(2)) 광고에 '張國振傳'으로 기록.	광고
					<쌍쥬긔연>, 한성서관, 1915(국립중앙도서관 소장본(3634-2-21(1)=2) 광고에 '모란졍긔 1冊 近刊'으로 기록.	광고
鍾憲 성부 수송동 69번지	보명사인쇄소 경성부 수송동 69번지			서울대학교 도서관(3350 139)		원문
翼洙 성부 황금정 2정목 1번지	신문관 경성부 황금정 2정목 21번지			영남대학교 도서관(도 813.5 ㅈ132)		원문
					2판에 초판 발행일 기록.	출판
泰均 성부 공평동 55번지	대동인쇄주식회사 경성부 공평동 55번지		[구활자본고소설 전집 12]		초판 발행일 기록.	원문
				고려대학교 도서관(897.3308 1959 4)	'古代小說集. 第四輯'에 '신유복전, 박씨전, 옥낭자전, 회심곡, 유충열전'과 합철.	원문
重煥 성부 공평동 55번지	대동인쇄주식회사 경성부 공평동 55번지	보급서관	[구활자본고소설 전집 13]	국립중앙도서관(3 634-2-42(1))	'전수재전'(pp.1~21), '장끼전'(pp.22~44)의 합철. 책의 표제는 '전수재'임.	원문
永求 성부 원동 145번지	보성사 경성부 수송동 44번지		[아단문고고전총 서 70]			원문
				서울대학교 도서관(3300 16 3)	'朝鮮文學全集 第3卷'에 '춘향전, 사씨남정기, 장화홍련전, 흥부전'과 합철, 申泰和 編.	원문
					[이본목록], p.579.	출판
	세창인쇄사 서울특별시 종로구 종로3가 10			국회도서관(811.31 ㅅ585ㅈ)	도서관 서지정보의 제목은 '장세전', '단기4284년(1951년)' 발행으로 잘못 기록.	원문

번호	작품명 고유번호	표제	문자	면수 가격	인쇄일	발행일	판차	발행자 발행자 주소	발행소 발행소 주소
2351	**장끼전** 영창-장끼-01-01	장끼전	한글	32p.		1925- -	1		영창서관
2352	**장끼전** 영화-장끼-01-01	장끼전	한글	24p.		1951- -	1	姜槿馨	영화출판사 서울
2353	**장끼전** 회동-장끼-01-01	쟝끼젼	한글	32p. 15전	1925-12-15	1925-12-20	1	高裕相 경성부 남대문통 1정목 17번지	회동서관 경성부 남대문통 1정 17번지
2354	**장대장실기** 영창-장대-01-00	장대장실기	한글			1928- -	1		영창서관
2355	**장백전** 경성서-장백-01-00	쟝백전	한글			1921- -	1		경성서적업조합
2356	**장백전** 경성-장백-01-01	(原本)(一世名將) 張伯傳	한글	61p.		1925- -	1	福田正太郎	경성서관 경성 종로 2정목
2357	**장백전** 대성-장백-01-01	(고대소설) 쟝백젼	한글	61p. 20전	1936-11-20	1936-11-25	1	姜殷馨 경성부 입정정 119번지	대성서림 경성부 입정정 119번
2358	**장백전** 덕흥-장백-01-01	(일세명장) 쟝백젼	한글			1915-12-17	1		덕흥서림
2359	**장백전** 덕흥-장백-01-02	(일세명장) 쟝백젼	한글	80p. 25전	1916-10-01	1916-10-10	2	金東縉 경성부 종로통 2정목 20번지	덕흥서림 경성부 종로통 2정목 20번지
2360	**장백전** 덕흥-장백-01-03	(일세명장) 쟝백젼	한글	80p. 25전	1917-02-17	1917-02-20	3	金東縉 경성부 종로통 2정목 20번지	덕흥서림 경성부 종로통 2정목 20번지
2361	**장백전** 덕흥-장백-01-04	(일세명장) 쟝백젼	한글	58p. 25전	1917-11-15	1917-11-30	4	金東縉 경성부 종로통 2정목 20번지	덕흥서림 경성 종로통 2정목 20번지
2362	**장백전** 덕흥-장백-01-05	(일세명장) 쟝백젼	한글				5		덕흥서림
2363	**장백전** 덕흥-장백-01-06	(일세명장) 쟝백젼	한글	61p. 20전	1921-01-20	1921-01-30	6	金東縉 경성부 종로통 2정목 20번지	덕흥서림 경성부 종로통 2정목 20번지
2364	**장백전** 덕흥-장백-01-07	(일세명장) 쟝백젼	한글				7		덕흥서림
2365	**장백전** 덕흥-장백-01-08	(일세명장) 쟝백젼	한글	61p. 20전	1923-12-15	1923-12-20	8	金東縉 경성부 종로 2정목 20번지	덕흥서림 경성부 종로 2정목 20번지
2366	**장백전** 덕흥-장백-01-09	(일세명장) 쟝백젼	한글	61p.		1924-12-30	9	金東縉	덕흥서림
2367	**장백전** 보성-장백-01-01	장백전	한글			1916- -	1		보성사
2368	**장백전** 세창-장백-01-01	(一世名將)張伯 傳	한글	61p.	1952-01-03	1952-01-05	1	申泰三 서울특별시 종로구 종로 3가 10	세창서관 서울특별시 종로구 종 3가 101
2369	**장백전** 세창-장백-02-00	원본 일세명장 쟝백젼	한글	61p.		1957- -	1		세창서관
2370	**장백전** 세창-장백-03-01	一世名將 쟝백젼	한글	61p. 임시정가	1964-08-10	1964-11-30	1	申泰三 서울특별시 종로구 종로 3가 10	세창서관 서울특별시 종로구 종 3가 10
2371	**장백전** 영창-장백-01-00	장백전	한글				1		영창서관
2372	**장백전** 유일-장백-01-01	일세명장 쟝백젼	한글			1913-12-01	1		유일서관

쇄자 쇄소 주소	인쇄소 인쇄소 주소	공동 발행	영인본	소장처 및 청구기호	기타	현황
		한흥서림, 진흥서관			이능우, p.295.	출판
					박순호 소장본([연구보정], p.841)	원문
翼洙 성부 황금정 2정목 번지	신문관 경성부 황금정 2정목 21번지			서울대학교 도서관(3340 1)	'朝鮮古代小說叢書'에 '薔花紅蓮傳', ;趙生員傳', '錦囊二山', '李進士傳'과 합철. 표제는 '이진사전'임.	원문
		한흥서림			<무쌍금옥척독>, 영창서관, 1928. 광고([이본목록], p.580)	광고
					[圖書分類目錄], 1921 改正([이본목록], p.581.	목록
				서울대학교 도서관(일석 813.5 J257j)		원문
翰柱 성부 관훈동 30번지	동아인쇄소 경성부 관훈동 30번지			국립중앙도서관(3 634-2-50(5))	인쇄일, 발행일 기록에 덧붙인 자국 있음.	원문
			[구활자본고소설 전집 12]		초판 발행일이 3판(대정3.12.17), 2판과 4판, 8판(대정4.12.17), 6판(대정5.10.10)에 다른 날짜 기록. 영인본 해제에는 1914년으로 기록.	원문
重煥 성부 중림동 33 번지	보성사 경성부 수송동 44번지		[구활자소설총서 기]		2판에 초판 발행일(대정4.12.17) 기록.	원문
養浩 성부 재동 3번지	선명사 경성부 종로통 1정목 39번지			국립중앙도서관(3 634-2-50(6))	초판 발행일(대정3.12.17.), 2판 발행일(대정5.10.10.)기록.	원문
弘奎 성부 가회동 216번지	보성사 경성부 수송동 44번지			국립중앙도서관(3 634-2-50(7))	초판 발행일(대정4.12.17), 2판 발행일(대정5.10 10), 3판 발행일(대정6.02.20) 기록.	원문
					6판, 8판, 9판이 있는 것으로 보아 5판도 있을 것으로 추정.	출판
重煥 성부 공평동 55번지	대동인쇄주식회사 경성부 공평동 55번지			국립중앙도서관(3 634-2-50(1))	초판 발행일(대정5.10.10.)기록.	원문
					8판, 9판이 있는 것으로 보아 7판도 있는 것으로 추정.	출판
禹澤 성부 공평동 55번지	대동인쇄주식회사 경성부 공평동 55번지			국립중앙도서관(3 634-2-50(4))	초판 발행일(대정4.12.17)기록,	원문
					[연구보정](p.844)에 9판 발행일 기록.	출판
					우쾌제, p.133.	출판
晟均 울특별시 종로구 철동 33	세창인쇄사 서울특별시 종로구 관철동 33			고려대학교 도서관(897.33 장백전 장)	판매소가 11곳 기록됨.	원문
				이화여자대학교 도서관(811.31 장52)		원문
	세창인쇄사 서울특별시 종로구 종로 3가 10			디지털 한글박물관(이태영 소장본)		원문
					[출판목록]([이본목록], p.582.	목록
					2판에 초판 발행일 기록.	출판

번호	작품명 고유번호	표제	문자	면수 가격	인쇄일	발행일	판차	발행자 발행자 주소	발행소 발행소 주소
2373	**장백전** 유일-장백-01-02	일셰명장 쟝백젼	한글	80p. 50전	1916-10-17	1916-10-20	2	朴健會 경성부 인사동 39번지	유일서관 경성부관훈동72번지
2374	**장백전** 이문-장백-01-00	장백젼	한글	25전		1918- -	1		이문당
2375	**장백전** 태화-장백-01-01	(일셰명장) 쟝백젼	한글	61p. 25전	1929-11-25	1929-11-28	1	姜夏馨 경성부 예지동 101번지	태화서관 경성부 예지동 101
2376	**장백전** 태화-장백-01-02	(일셰명장) 쟝백젼	한글	61p.	1948-02-05	1948-02-10	2	姜夏馨 서울시 종로구 예지동 101번지	태화서관 서울시 종로구 예지 101번지
2377	**장백전** 회동-장백-01-01	(一世名將) 張伯傳	한글	61p. 20전	1925-10-25	1925-10-30	1	高裕相 경성부 남대문통 1정목 17번지	회동서관 경성부 남대문통 1정 17번지
2378	**장비마초실기** 경성서-장비-01-01	장비마쵸실긔	한글			1925-12-25	1		경성서적업조합
2379	**장비마초실기** 경성서-장비-01-02	장비마쵸실긔	한글	93p. 20전	1926-12-18	1926-12-20	2	洪淳泌 경성부 견지동 60번지	경성서적업조합 경성부 견지동 60번
2380	**장비마초실기** 광동-장비-01-01	장비마쵸실긔	한글			1917-09-27	1		광동서국
2381	**장비마초실기** 광동-장비-01-02	장비마쵸실긔	한글	90p. 35전	1918-01-10	1918-01-15	2	李鍾楨 경성부 송현동 71번지	광동서국 경성부 송현동 71번
2382	**장비마초실기** 광동-장비-01-03	장비마쵸실긔	한글	90p. 20전	1919-02-10	1919-02-28	3	李鍾楨 경성부 종로 2정목 51번지	광동서국 경성부 종로 2정목 51번지
2383	**장비마초실기** 세창-장비-01-00	장비마초	한글			1952- -	1		세창서관
2384	**장비마초실기** 영창-장비-01-00	장비마초실기	한글				1		영창서관
2385	**장비마초실기** 조선-장비-01-01	(萬古名將)장비 마쵸실긔	한글	93p. 30전	1925-12-20	1925-12-25	1	朝鮮圖書株式會社 경성부 견지동 60번지	조선도서주식회사 경성부 견지동 60번
2386	**장익성전** 경성서-장익-01-00	쟝익성젼	한글			1921- -	1		경성서적업조합
2387	**장익성전** 경성서-장익-02-00	목단화	한글			1921- -	1		경성서적업조합
2388	**장익성전** 경성서-장익-03-00	룡매긔연	한글			1921- -	1		경성서적업조합
2389	**장익성전** 광문-장익-01-01	쟝익성젼	한글	65p. 25전	1922-01-15	1922-01-20	1	鄭敬悳 경성부 가회동 147번지	광문서시 경성부 견지동 80번
2390	**장익성전** 광문-장익-02-01	룡매긔연	한글	65p. 25전	1922-02-15	1922-03-15	1	鄭敬悳 경성부 가회동 147번지	광문서시 경성부 견지동 80번
2391	**장익성전** 대창-장익-01-00	龍媒奇緣	한글	25전		1921- -	1		대창서원
2392	**장익성전** 박문-장익-01-00	충효절의 쟝익성젼	한글	58p.		1926- -	1		박문서관
2393	**장익성전** 성문-장익-01-01	쟝익셩젼	한글	58p.		1936-01-08	1		성문당서점
2394	**장익성전** 세창-장익-01-01	쟝익셩젼	한글	58p.	1952-08-10	1952-08-30	1	申泰三 서울특별시 종로구 종로 3가 10	세창서관 서울특별시 종로구 종 3가 10

쇄자 쇄소 주소	인쇄소 인쇄소 주소	공동 발행	영인본	소장처 및 청구기호	기타	현황
重煥 성부 중림동 333번지	보성사 경성부 수송동 44번지	한성서관		국립중앙도서관(3 634-2-5(4))	판권지에 발행소 없고, 발매소로 '유일서관'과 '한성서관' 기록. 판권지의 광고가 유일서관 광고라서 유일서관을 발행소로 추정. 초판 발행일 기록.	원문
					<삼선긔>, 이문당, 1918(국립중앙도서관 소장본(3634-2-20(2)) 광고에 '장백전'으로 기록.	광고
重煥 성부 관훈동 30번지	중성사인쇄부 경성부 관훈동 30번지			국립중앙도서관(3 634-2-50(2))		원문
	태화서관인쇄부 서울시 종로구 예지동 101번지			개인소장본		원문
翼洙 성부 황금정 2정목 번지	신문관 경성부 황금정 2정목 21번지			서울대학교 도서관(3350 93)		원문
					2판에 초판 발행일 기록.	출판
泰均 성부 공평동 55번지	대동인쇄주식회사 경성부 공평동 55번지			국립중앙도서관(3 634-2-111(4))	초판 발행일 기록.	원문
					2판에 초판 발행일 기록.	출판
弘奎 성부 가회동 216번지	보성사 경성부 수송동 44번지		[구활자본고소설 전집 12]	국립중앙도서관(3 634-2-111(1))	초판 발행일 기록.	원문
弘奎 성부 가회동 216번지	보성사 경성부 수송동 44번지			국립중앙도서관(3 634-2-111(2))	초판 발행일 기록. 2판의 초판 발행일과 다름(덧댄 흔적 있음).	원문
					광고(1952)([이본목록], p.583.	광고
		한흥서림			광고(1925)([이본목록], p.583.)	광고
禹澤 성부 공평동 55번지	대동인쇄주식회사 경성부 공평동 55번지			서울대학교도서관(3350 95)		원문
					[圖書分類目錄], 1921 改正([이본목록], p.586)	목록
					[圖書分類目錄], 1921 改正([이본목록], p.586)	목록
					[圖書分類目錄], 1921 改正([이본목록], p.586)	목록
二煥 성부 영락정 2정목 번지	경성신문사 경성부 영락정 2정목 85번지			국립중앙도서관(3 634-2-57(1))	편술자 정기성.	원문
二煥 성부 영락정 2정목 번지	경성신문사 경성부 영락정 2정목 85번지		[구활자본고소설 전집 20]	국립중앙도서관(3 634-2-90(1))	편술자 정기성.	원문
		보급서관			<서동지전>, 대창서원·보급서관, 1921(국립중앙도서관 소장본(3634-2-6(1)) 광고에 '龍媒奇綠'으로 기록.	광고
				서울대학교 도서관(MFF 951.06 C718ik v.71)	국외마이크로피쉬 자료(C.V. Starr East Asian Library (Columbia University))	원문
			[활자본고전소설 전집 7]		발행소와 발행일은 영인본 해제에 의함.	원문
	세창인쇄사 서울특별시 종로구 종로 3가 10			정명기 소장본		원문

번호	작품명 고유번호	표제	문자	면수 가격	인쇄일	발행일	판차	발행자 발행자 주소	발행소 발행소 주소
2395	**장익성전** 영창-장익-01-00	장익성젼	한글				1		영창서관
2396	**장익성전** 영화-장익-01-01	장익성젼	한글	58p.	1961-10-05	1961-10-10	1	姜槿馨	영화출판사 서울특별시 종로구 종로2가 98
2397	**장익성전** 태화-장익-01-00	장익성	한글			1918- -	1		태화서관
2398	**장익성전** 태화-장익-02-01	장익셩젼	한글			1928-01-18	1		태화서관
2399	**장익성전** 태화-장익-02-02	장익셩젼	한글	65p.	1948-02-05	1948-02-10	2	姜夏馨 서울시 종로구 예지동 101번지	태화서관 서울시 종로구 예지 101번지
2400	**장익성전** 화광-장익-01-01	고대소설 장익셩젼	한글	58p. 25전	1933-12-05	1933-12-10	1	金東縉 경성 종로 2정목 20	화광서림 경성부 종로통 3정목
2401	**장자방실기** 경성서-장자-01-00	장자방실긔	한글			1921- -	1		경성서적업조합
2402	**장자방실기** 박문-장자-01-01	(초한건곤)장자 방실긔	한글			1924- -	1		박문서관
2403	**장자방실기** 세창-장자-01-00	張子房實記	한글	125p.		1951- -	1	申泰三	세창서관
2404	**장자방실기** 세창-장자-02-01	楚漢乾坤 장자방실긔	한글	125p. 임시정가	1952-12-01	1952-12-30	1	申泰三 서울특별시 종로구 종로3가 10	세창서관 서울특별시 종로구 종로3가 10
2405	**장자방실기** 영창-장자-01-00	장자방실기	한글				1		영창서관
2406	**장자방실기** 유일-장자-01-01	장자방실기	한글			1913- -	1		유일서관
2407	**장자방실기** 이문-장자-01-00	張子房實記	한글	60전		1918- -	1		이문당
2408	**장자방실기** 조선서-장자-01-01-상	(초한건곤)장자 방실긔 상권	한글	106p. 30전	1913-04-05	1913-04-11	1	朴健會 경성 중부 대사동 3통 8호	조선서관 경성 중부 대사동 3통
2409	**장자방실기** 조선서-장자-01-01-하	(초한건곤)장자 방실긔 하권	한글	113p. 30전	1913-10-05	1913-10-10	1	朴健會 경성 중부 대사동 3통 8호	조선서관 경성 중부 대사동 3통
2410	**장자방실기** 조선서-장자-01-02-상	(초한건곤)장자 방실긔 상권	한글	106p.		1915- -	2		조선서관
2411	**장자방실기** 조선서-장자-01-02-하	(초한건곤)장자 방실긔 하권	한글			1915-11-25	2		조선서관
2412	**장자방실기** 조선서-장자-01-03-상	(초한건곤)장자 방실긔 상권	한글				3		조선서관
2413	**장자방실기** 조선서-장자-01-03-하	(초한건곤)장자 방실긔 하권	한글	95p. 30전	1917-02-10	1917-02-15	3	朴健會 경성부 낙원동 285번지	조선서관 경성부 낙원동 285번
2414	**장자방실기** 한성-장자-01-00	언문 장자방젼	한글			1915- -	1		한성서관
2415	**장자방실기** 한성-장자-02-00	장자방실긔	한글	60전		1915- -	1		한성서관
2416	**장자방실기** 회동-장자-01-01	장자방실긔	한글	125p. 40전	1926-01-10	1926-01-15	1	高裕相 경성부 남대문통 1정목 17번지	회동서관 경성부 남대문통 1정 17번지

인쇄자 인쇄소 주소	인쇄소 인쇄소 주소	공동 발행	영인본	소장처 및 청구기호	기타	현황
					[출판목록]([이본목록], p.586.)	목록
永新社印刷部				박순호 소장본		원문
					<렬녀전>, 태화서관, 1918. 광고([이본목록], p.586)	광고
					2판에 초판 발행일 기록	출판
	태화서관인쇄부 서울시 종로구 예지동 101번지			김종철 소장본	초판 발행일 기록.	원문
申永求 경성부 종로 3정목 156	광성인쇄소 경성부 종로 3정목 156		[조동일소장국문 학연구자료 22]			원문
					[圖書分類目錄], 1921 改正([이본목록], p.587.)	목록
				한국학중앙연구원 장서각(D7B 48)		원문
				국회도서관(811.31 ㅅ585ㅈ)		원문
	세창인쇄사 서울특별시 종로구 종로3가 10			박순호 소장본	31회의 장회체(총목차)	원문
					[출판목록]([이본목록], p.587.)	목록
		한성서관			우쾌제, p.133.	출판
					<삼선기>, 이문당, 1918(국립중앙도서관 소장본(3634-2-20(2)) 광고에 '張子房實記'로 기록.	광고
金翼洙 경성 북부 전정동 38통 호	창문사 경성 북부 종로 발리동 9통 10호		[구활자본고소설 전집 12]	국립중앙도서관(3 634-2-37(1))	31회의 장회체(상 1~13회, 하 14회~31회, 상권에 총목차).	원문
劉聖哉 경성 서부 옥폭동 147통 호	문명사 경성 남부 상유동 29통 7호		[구활자본고소설 전집 12]	국립중앙도서관(3 634-2-37(2))	3판 하권에 초판 하권 발행일 기록.	원문
					3판 하권이 있어 2판 상권도 있을 것으로 추정.	출판
					3판 하권 판권지에 2판 하권 발행일 기록.	출판
					3판 하권이 있어 3판 상권도 있을 것으로 추정.	출판
沈禹澤 경성부 효자동 103번지	성문사 경성부 공평동 55번지			국립중앙도서관(3 634-2-57(3))	31회의 장회체(상 1~13회, 하 14회~31회). 3면 이후 순한글(초판에서는 한자 병기). 초판과 2판 발행일 기록.	원문
					<쌍쥬긔연>, 한성서관, 1915(국립중앙도서관 소장본(3634-2-21(1)) 광고에 '언문장자방젼' '近刊'으로 기록, 가격 없음.	광고
					<소상강>, 한성서관, 1915(국립중앙도서관 소장본(3634-2-10(3)) 광고에 '장자방실긔'로 기록.	광고
鄭敬德 경성부 삼청동 60번지	창문사 경성부 서대문정 2정목 139번지	회동서관지점		서울대학교 도서관(3350 91)	회동서관(진체구좌 경성 712번, 전화 광 1558번)	원문

번호	작품명 고유번호	표제	문자	면수 가격	인쇄일	발행일	판차	발행자 발행자 주소	발행소 발행소 주소
2417	**장풍운전** 경성서-장풍-01-01	(고대소설)쟝풍 운전	한글			1916-06-14	1	洪淳泌	경성서적업조합
2418	**장풍운전** 경성서-장풍-01-02	(고대소설)쟝풍 운전	한글				2		경성서적업조합
2419	**장풍운전** 경성서-장풍-01-03	(고대소설)쟝풍 운전	한글				3		경성서적업조합
2420	**장풍운전** 경성서-장풍-01-04	(고대소설)쟝풍 운전	한글				4		경성서적업조합
2421	**장풍운전** 경성서-장풍-01-05	(고대소설)쟝풍 운전	한글				5		경성서적업조합
2422	**장풍운전** 경성서-장풍-01-06	(고대소설)쟝풍 운전	한글				6		경성서적업조합
2423	**장풍운전** 경성서-장풍-01-07	(고대소설)쟝풍 운전	한글				7		경성서적업조합
2424	**장풍운전** 경성서-장풍-01-08	(고대소설)쟝풍 운전	한글	43p. 10전	1926-12-18	1926-12-20	8	洪淳泌 경성부 견지동 60번지	경성서적업조합 경성부 견지동 60번지
2425	**장풍운전** 광문책-장풍-01-00	장풍운전	한글			1916- -	1		광문책사
2426	**장풍운전** 대창-장풍-01-00	장풍운전	한글	43p.		1920- -	1	勝木良吉	대창서원
2427	**장풍운전** 동양대-장풍-01-00	(고대소설)쟝풍 운전	한글	43p.		1918- -	1	申龜永	동양대학당
2428	**장풍운전** 동양대-장풍-02-01	(고대소설)쟝풍 운전	한글	31p. 15전	1929-12-01	1929-12-03	1	宋敬煥 경성부 종로 1정목 75번지	동양대학당 경성부 종로 1정목 7?
2429	**장풍운전** 박문-장풍-01-01	(고대소설)쟝풍 운전	한글	43p. 15전	1925-11-30	1925-12-05	1	盧益亨 경성부 종로 2정목 82번지	박문서관 경성부 종로 2정목 82번지
2430	**장풍운전** 박문-장풍-02-01	(고대소설)쟝풍 운전	한글	31p. 15전	1925-11-30	1925-12-05	1	盧益亨 경성부 종로 2정목 82번지	박문서관 경성부 종로 2정목 82번지
2431	**장풍운전** 세창-장풍-01-01	(고대소설)쟝풍 운전	한글	32p.		1951- -	1		세창서관
2432	**장풍운전** 세창-장풍-02-01	(고대소설)쟝풍 운전	한글	32p. 200원	1952-08-10	1952-08-30	1	申泰三 서울특별시 종로구 종로 3가 10	세창서관 서울특별시 종로구 종 3가 10
2433	**장풍운전** 세창-장풍-03-01	(고대소설)쟝풍 운전	한글	32p. 임시정가	1956-12-01	1956-12-30	1	申泰三 서울특별시 종로구 종로 3가 10	세창서관 서울특별시 종로구 종 3가 10
2434	**장풍운전** 영창-장풍-01-01	(고대소설)쟝풍 운전	한글	31p. 15전	1925-12-20	1925-12-25	1	姜義永 경성부 종로 2정목 84번지	영창서관 경성부 종로 2정목 84번지
2435	**장풍운전** 조선-장풍-01-01	(고대소설)쟝풍 운전	한글			1916-06-14	1	朝鮮圖書株式會社	조선도서주식회사
2436	**장풍운전** 조선-장풍-01-02	(고대소설)쟝풍 운전	한글				2		조선도서주식회사
2437	**장풍운전** 조선-장풍-01-03	(고대소설)쟝풍 운전	한글				3		조선도서주식회사
2438	**장풍운전** 조선-장풍-01-04	(고대소설)쟝풍 운전	한글				4		조선도서주식회사
2439	**장풍운전** 조선-장풍-01-05	(고대소설)쟝풍 운전	한글				5		조선도서주식회사

인쇄자 인쇄소 주소	인쇄소 인쇄소 주소	공동 발행	영인본	소장처 및 청구기호	기타	현황
					8판에 초판 발행일 기록.	출판
					8판이 있어서 2판도 있을 것으로 추측.	출판
					8판이 있어서 3판도 있을 것으로 추측.	출판
					8판이 있어서 4판도 있을 것으로 추측.	출판
					8판이 있어서 5판도 있을 것으로 추측.	출판
					8판이 있어서 6판도 있을 것으로 추측.	출판
					8판이 있어서 7판도 있을 것으로 추측.	출판
崔泰均 경성부 公평동 55번지	대동인쇄주식회사 경성부 공평동 55번지			국립중앙도서관(3 634-2-29(1))	초판 발행일 기록.	원문
					<소대성전>, 광문책사, 1916(국립중앙도서관 소장본(3634-2-31(5)) 광고에 '張風雲傳'으로 수록.	광고
		보급서관			대전대, [이능우 기목], 1187([이본목록], p.592.)	출판
					[연구보정](p.857)에 '국립중앙도서관 소장본(3634-2-57(6))'으로 되어있으나 해당 청구기호로 작품을 찾을 수 없음.	목록
金重煥 경성부 관훈동 30번지	중성사 인쇄부 경성부 관훈동 30번지			국립중앙도서관(3 634-2-57(5))	동양대학당(진체 경성 752번),	원문
尤禹澤 경성부 공평동 55번지	대동인쇄주식회사 경성부 공평동 55번지	신구서림		국립중앙도서관(3 634-2-57(4))		원문
尤禹澤 경성부 공평동 55번지	대동인쇄주식회사 경성부 공평동 55번지			양승민 소장본		원문
				국회도서관(811.31 ㅅ585ㅈ)		원문
	세창인쇄사 서울특별시 종로구 종로 3가 10			디지털 한글박물관(홍윤표 소장본)	<양풍운전>(32p.)과 <장풍운전>(32p)의 합철.	원문
	세창인쇄사 서울특별시 종로구 종로 3가 10			김종철 소장본	<양풍운전>(32p.)과 <장풍운전>(32p)의 합철.	원문
南昌熙 경성부 종로 2정목 84번지	영창서관인쇄소 경성부 종로 2정목 84번지	한흥서림, 진흥서관	[구활자본고소설 전집 31]			원문
					7판에 초판 발행일 기록.	출판
					7판이 있어서 2판도 있을 것으로 추정.	출판
					7판이 있어서 3판도 있을 것으로 추정.	출판
					7판이 있어서 4판도 있을 것으로 추정.	출판
					7판이 있어서 5판도 있을 것으로 추정.	출판

번호	작품명 고유번호	표제	문자	면수 가격	인쇄일	발행일	판차	발행자 발행자 주소	발행소 발행소 주소
2440	**장풍운전** 조선-장풍-01-06	(고대소설)쟝풍 운젼	한글				6		조선도서주식회사
2441	**장풍운전** 조선-장풍-01-07	(고대소설)쟝풍 운젼	한글	15전	1923-04-05	1923-04-10	7	朝鮮圖書株式會社 경성부 견지동 60번지	조선도서주식회사 경성부 견지동 60번지
2442	**장풍운전** 태화-장풍-01-00	쟝풍운전	한글			1918- -	1		태화서관
2443	**장풍운전** 한성-장풍-01-01	쟝풍운전	한글			1916-06-14	1	申龜永	한성서관
2444	**장풍운전** 한성-장풍-01-02	쟝풍운전	한글	43p. 20전	1918-01-01	1918-01-12	2	申龜永 경성 종로 2정목 80번	한성서관 경성 종로 3정목 76
2445	**장학사전** 경성서-장학-01-00	쟝학샤젼	한글			1921- -	1		경성서적업조합
2446	**장학사전** 경성서-장학-02-00	완월루	한글			1921- -	1		경성서적업조합
2447	**장학사전** 세창-장학-01-01	장학사전	한글	56p.		1951-12-30	1	申泰三	세창서관
2448	**장학사전** 세창-장학-02-01	장학사전	한글	56p.		1952-12-30	1	申泰三	세창서관
2449	**장학사전** 세창-장학-03-01	장학사전	한글	56p. 200	1961-08-10	1961-12-30	1	申泰三 서울특별시 종로구 종로 3가 10	세창서관 서울특별시 종로구 종 3가 10
2450	**장학사전** 신구-장학-01-01	쟝학사뎐	한글	74p.		1916-06-15	1	金翼洙	신구서림
2451	**장학사전** 신구-장학-01-02	쟝학사뎐	한글	74p. 30전	1917-11-10	1917-11-15	2	金翼洙 경성부 청운동 100번지	신구서림 경성부 봉래정 1정목 77번지
2452	**장학사전** 신구-장학-02-01	완월루	한글	78p. 25전	1925-12-10	1925-12-15	1	崔錫鼎 경성부 봉래정 1정목 77번지	신구서림 경성부 봉래정 1정목 77번지
2453	**장학사전** 영창-장학-01-00	장학사전	한글	56p.			1		영창서관
2454	**장학사전** 유일-장학-01-01	완월루	한글	101p. 20전		1912-08-28	1	南宮濬 경성 중부 사동 11통 2호	유일서관 경성 중부 사동 11통 2
2455	**장학사전** 유일-장학-01-02	완월루	한글	82p. 25전	1915-03-18	1915-03-25	2	南宮濬 경성부 관훈동 72번지	유일서관 경성부 관훈동 72번지
2456	**장학사전** 이문-장학-01-00	張翰林傳	한글	30전		1918- -	1		이문당
2457	**장학사전** 한성-장학-01-01	완월루	한글			1912-08-28	1	南宮濬	한성서관
2458	**장학사전** 한성-장학-01-02	완월루	한글			1915-03-25	2	南宮濬	한성서관
2459	**장학사전** 한성-장학-01-03	완월루	한글	78p. 30전	1917-10-20	1917-10-25	3	南宮濬 경성부 관훈동 72번지	한성서관 경성부 종로통 3정목 76번지
2460	**장학사전** 회동-장학-01-01	(고대소설)장학 사뎐	한글	56p. 20전	1926-01-09	1926-01-15	1	高裕相 경성부 남대문통 1정목 17번지	회동서관 경성부 남대문통 1정 17번지
2461	**장한절효기** 경성서-장한-01-00	장한절효긔	한글			1921- -	1		경성서적업조합
2462	**장한절효기** 신명-장한-01-01	장한절효긔	한글	97p. 25전	1915-10-22	1915-10-27	1	金在羲 경성 종로통 2정목 98번지	신명서림 경성 종로통 2정목 98번지

쇄자 쇄소 주소	인쇄소 인쇄소 주소	공동 발행	영인본	소장처 및 청구기호	기타	현황
					7판이 있어서 6판도 있을 것으로 추정.	출판
禹澤 성부 공평동 55번지	대동인쇄주식회사 경성부 공평동 55번지			국립중앙도서관(3 634-2-57(7))	초판 발행일 기록.	원문
					<렬녀전>, 태화서관, 1918. 광고([이본목록], p.593)	광고
					2판에 초판 발행일 기록.	출판
敬德 성부 관훈동 30번지	조선복음인쇄소 경성부 관훈동 30번지	유일서관	[구활자소설총서 11]	국립중앙도서관(3 634-2-16(4))	초판 발행일 기록.	원문
					[圖書分類目錄], 1921 改正([이본목록], p.595)	목록
					[圖書分類目錄], 1921 改正([이본목록], p.595)	목록
					[연구보정], p.860.	출판
				국회도서관(811.31 ㅅ585ㅈ)	표제는 서지정보를 따름, 발행일은 [연구보정](p.860) 참고.	원문
	세창인쇄사 서울특별시 종로구 종로 3가 10			김종철 소장본		원문
			[구활자본고소설 전집 12]		2판에 초판 발행일 기록. 영인본에 판권지 없음.	원문
禹澤 성부 공평동 54번지	성문사 경성부 공평동 55번지			국립중앙도서관(3 634-3-41(3))	초판 발행일 기록.	원문
禹澤 성부 공평동 55번지	대동인쇄주식회사 경성부 공평동 55번지			서울대학교 도서관(3350 173)		원문
					이주영, p.226.	출판
禹成 성 남부 대산림동 77통 호	조선인쇄소 경성 남대문통 1정목 동현 95통 8호		[신소설전집 3], [신소설번안(역) 소설 10]	국립중앙도서관 (3634-3-5(6))	판권지 훼손으로 인쇄일 보이지 않음. 표지에 '발행소 경성 유일서관'. 2판에 초판 발행일 기록.	원문
聖杓 성부 청진동 28번지	성문사 경성부 공평동 55번지			국립중앙도서관(3 634-2-90(3))	초판 발행일 기록.	원문
					<삼선기>, 이문당, 1918(국립중앙도서관 소장본(3634-2-20(2)) 광고에 '張翰林傳'으로 기록.	광고
					3판에 초판 발행일 기록.	출판
					3판에 2판 발행일 기록.	출판
禹澤 성부 공평동 54번지	성문사 경성부 공평동 55번지	유일서관		국립중앙도서관(3 634-2-90(2))	총발행겸 발매소 한성서관. 발행소 유일서관. 초판, 2판 발행일 기록,	원문
禹澤 성부 공평동 55번지	대동인쇄주식회사 경성부 공평동 55번지			서울대학교 도서관(3350 92)		원문
					[圖書分類目錄], 1921 改正([이본목록], p.596)	목록
禹澤 성부 효자동 103번지	성문사 경성부 공평동 55번지		[구활자본고소설 전집 13]	국립중앙도서관(3 634-3-2(2))	12회의 장회체(총목차),	원문

번호	작품명 고유번호	표제	문자	면수 가격	인쇄일	발행일	판차	발행자 발행자 주소	발행소 발행소 주소
2463	**장한절효기** 신명-장한-01-02	장한절효긔	한글	82p. 25전	1917-01-25	1917-01-31	2	金在義 경성부 종로 2정목 98번지	신명서림 경성부 종로 2정목 98번지
2464	**장헌세자실기** 보성서-장헌-01-01	장헌세자실긔	한글	73p. 30전	1938-11-01	1938-11-05	1	曹俊卿 경성부 공평정55번지	보성서관 경성부 공평정 55번
2465	**장화홍련전** 경성서-장화-01-01	쟝화홍연전	한글			1915-05-24	1	洪淳泌	경성서적업조합
2466	**장화홍련전** 경성서-장화-01-02	쟝화홍연전	한글				2		경성서적업조합
2467	**장화홍련전** 경성서-장화-01-03	쟝화홍연전	한글				3		경성서적업조합
2468	**장화홍련전** 경성서-장화-01-04	쟝화홍연전	한글				4		경성서적업조합
2469	**장화홍련전** 경성서-장화-01-05	쟝화홍연전	한글			1921-11-10	5	洪淳泌	경성서적업조합
2470	**장화홍련전** 경성서-장화-01-06	쟝화홍연전	한글				6		경성서적업조합
2471	**장화홍련전** 경성서-장화-01-07	쟝화홍연전	한글	40p. 10전	1926-12-18	1926-12-20	7	洪淳泌 경성부 견지동 60번지	경성서적업조합 경성부 견지동 60번
2472	**장화홍련전** 광문책-장화-01-01	장화홍련전	한글			1915- -	1		광문책사
2473	**장화홍련전** 대성-장화-01-01	쟝화홍연전	한글	40p.			1		대성서림 경성 입정정 119
2474	**장화홍련전** 대조-장화-01-01	쟝화홍연전	한글	24p.		1959- -	1		대조사
2475	**장화홍련전** 대창-장화-01-01	쟝화홍련전	한글	40p. 15전	1923-01-03	1923-01-04	1	玄公廉 경성부 계동 99번지	대창서원 경성부 견지동 80번
2476	**장화홍련전** 덕흥-장화-01-01	장화홍련젼	한글			1925-10-05	1		덕흥서림
2477	**장화홍련전** 덕흥-장화-01-02	장화홍련젼	한글				2		덕흥서림
2478	**장화홍련전** 덕흥-장화-01-03	장화홍련젼	한글				3		덕흥서림
2479	**장화홍련전** 덕흥-장화-01-04	장화홍련젼	한글				4		덕흥서림
2480	**장화홍련전** 덕흥-장화-01-05	장화홍련젼	한글				5		덕흥서림
2481	**장화홍련전** 덕흥-장화-01-06	장화홍련젼	한글				6		덕흥서림
2482	**장화홍련전** 덕흥-장화-01-07	장화홍련젼	한글				7		덕흥서림
2483	**장화홍련전** 덕흥-장화-01-08	장화홍련젼	한글				8		덕흥서림
2484	**장화홍련전** 덕흥-장화-01-09	장화홍련젼	한글				9		덕흥서림
2485	**장화홍련전** 덕흥-장화-01-10	장화홍련젼	한글	32p. 15전	1930-11-05	1930-11-10	10	金東縉 경성부 종로 2정목 20번지	덕흥서림 경성부 종로 2정목 20번지

인쇄자 인쇄소 주소	인쇄소 인쇄소 주소	공동 발행	영인본	소장처 및 청구기호	기타	현황
鞠養浩 경성부 재동 3번지	선명사 경성부 종로통 1정목 39번지			서울대학교 도서관(3350 64)		원문
金顯道 경성부 인사정 119-3	대동인쇄소 경성부 인사정 119-3			소인호 소장본		원문
					7판에 초판 발행일 기록.	출판
					7판이 있어서 2판도 있을 것으로 추정.	출판
					7판이 있어서 3판도 있을 것으로 추정.	출판
					7판이 있어서 4판도 있을 것으로 추정.	출판
					[이본목록](p.602)에 5판 발행일 기록.	출판
					7판이 있어서 6판도 있을 것으로 추정.	출판
羅泰均 경성부 공평동 55번지	대동인쇄주식회사 경성부 공평동 55번지		[구활자본고소설 전집 13]	국립중앙도서관(3 634-2-52(7))	초판 발행일 기록.	원문
					우쾌제, p.134.	출판
				디지털 한글박물관(홍윤표 소장본)	판권지 훼손으로 발행소 외에는 알 수 없음.	원문
				연세대학교 도서관(이석호 811.9308 59가-2)	'古代小說集. 第2輯'에 '심청전, 조웅전, 사명당'과 합철, 大造社編輯部 編.	원문
鄭仁煥 경성부 영락정 2정목 85번지	경성신문사인쇄부 경성부 영락정 2정목 85번지	보급서관		국립중앙도서관(3 634-2-52(4))		원문
					10판에 초판 발행일 기록.	출판
					10판이 있어서 2판도 있을 것으로 추정.	출판
					10판이 있어서 3판도 있을 것으로 추정.	출판
					10판이 있어서 4판도 있을 것으로 추정.	출판
					10판이 있어서 5판도 있을 것으로 추정.	출판
					10판이 있어서 6판도 있을 것으로 추정.	출판
					10판이 있어서 7판도 있을 것으로 추정.	출판
					10판이 있어서 8판도 있을 것으로 추정.	출판
					10판이 있어서 9판도 있을 것으로 추정.	출판
白東爕 경성부 종로 2정목 20번지	덕흥서림인쇄부 경성부 종로 2정목 20번지		[아단문고고전총 서 6]		초판 발행일 기록.	원문

번호	작품명 고유번호	표제	문자	면수 가격	인쇄일	발행일	판차	발행자 발행자 주소	발행소 발행소 주소
2486	**장화홍련전** 동명-장화-01-01	(비극소설)쟝화 홍년뎐	한글	50p. 20전	1915-11-25	1915-11-30	1	高永洙 평양부 상수구리 187번지	동명서관 평양부 관후리 1번지
2487	**장화홍련전** 동명-장화-02-01	(비극소설)쟝화 홍년뎐	한글	50p. 20전	1917-01-24	1917-01-27	1	高永洙 평양부 상수구리 187번지	동명서관 평양부 관후리 1번지
2488	**장화홍련전** 동양대-장화-01-01	장화홍련전	한글			1915- -	1		동양대학당
2489	**장화홍련전** 동양대-장화-02-01	장화홍연전	한글	40p. 15전	1929-12-01	1929-12-03	1	宋敬煥 경성부 종로 1정목 75번지	동양대학당 경성부 종로 1정목 7
2490	**장화홍련전** 박문-장화-01-01	(고대소설)장화 홍연전	한글	40p. 20전	1917-02-05	1917-02-10	1	盧益亨 경성부 남대문통 4정목 69번	박문서관 경성부 남대문통 4정 69번
2491	**장화홍련전** 성문-장화-01-01	장화홍연전	한글	31p.		1936-10-08	1		성문당서점
2492	**장화홍련전** 세창-장화-01-01	장화홍련전	한글	50p. 25전	1915-05-23	1915-05-24	1	姜義永 경성 종로통 3정목 85번지	세창서관 경성부 종로통 3정목 85번지
2493	**장화홍련전** 세창-장화-02-00	(古代小說)薔花 紅蓮傳	한글	31p.		1952- -	1		세창서관
2494	**장화홍련전** 세창-장화-03-00	쟝화홍련전	한글			1956- -	1		세창서관
2495	**장화홍련전** 세-장화-04-01	고대소설 쟝화홍련전	한글	31p. 임시정가 1500	1957-08-10	1957-12-30	1	申泰三 서울특별시 종로구 종로 3가 10	세창서관 서울특별시 종로구 종 3가 10
2496	**장화홍련전** 세창-장화-04-02	장화홍연전	한글	31p. 임시정가 120	1961-08-10	1961-12-30	2	申泰三 서울특별시 종로구 종로 3가 10	세창서관 서울특별시 종로구 종 3가 10
2497	**장화홍련전** 영창-장화-01-01	(고대소설)장화 홍련전	한글			1915-05-24	1		영창서관
2498	**장화홍련전** 영창-장화-01-02	(고대소설)장화 홍련전	한글			1916-10-09	2		영창서관
2499	**장화홍련전** 영창-장화-01-03	(고대소설)장화 홍련전	한글	40p. 20전	1917-12-09	1917-12-22	3	姜義永 경성부 종로통 3정목 85번지	영창서관 경성부 종로통 3정목 85번지
2500	**장화홍련전** 영창-장화-01-04	(고대소설)장화 홍련전	한글	40p. 25전	1921-11-04	1921-11-10	4	姜義永 경성부 종로 3정목 85번지	영창서관 경성부 종로 3정목 85번지
2501	**장화홍련전** 유일-장화-01-00	장화홍년전	한글	20전		1916- -	1		유일서관
2502	**장화홍련전** 조선-장화-01-01	장화홍련전	한글			1915-05-24	1		조선도서주식회사
2503	**장화홍련전** 조선-장화-01-02	장화홍련전	한글				2		조선도서주식회사
2504	**장화홍련전** 조선-장화-01-03	장화홍련전	한글				3		조선도서주식회사
2505	**장화홍련전** 조선-장화-01-04	장화홍련전	한글				4		조선도서주식회사
2506	**장화홍련전** 조선-장화-01-05	장화홍련전	한글				5		조선도서주식회사
2507	**장화홍련전** 조선-장화-01-06	장화홍련전	한글	40p. 15전	1923-12-10	1923-12-15	6	朝鮮圖書株式會社 경성부 견지동 60번지	조선도서주식회사 경성부 견지동 60번지

쇄자 쇄소 주소	인쇄소 인쇄소 주소	공동 발행	영인본	소장처 및 청구기호	기타	현황
政祿 양부 신창리 24번지	광문사 평양부 관후리 90번지			국립중앙도서관(3 634-2-52(12))		원문
政祿 양부 신창리 24번지	광문사 평양부 관후리 112번지			국립중앙도서관(3 634-2-52(13))		원문
					全聖鐸, '<薔花紅蓮傳>의 一研究'([이본목록], p.602)	출판
重煥 성부 관훈동 30번지	중성사 인쇄부 경성부 관훈동 30번지			국립중앙도서관(3 634-2-52(8))		원문
羲浩 성부 제동 3번	선명사 경성부 종로통 1정목 39번			국립중앙도서관(3 634-2-52(11))		원문
					방민호 소장본([연구보정], p.865.)	원문
聖雲 성부 아현 3정목 번지	선명사 경성부 종로통 1정목 39번지		[구활자소설총서 2]	국립중앙도서관(3 634-2-10(5))	<장화홍련전>(50p)과 <적성의전>(35p) 합철. 광고면에 '세창서관 주 강의영'	원문
				고려대학교 도서관(897.33 장화홍 장)		원문
					[연구보정], p.866.	출판
	세창인쇄사 서울특별시 종로구 종로 3가 10			박순호 소장본		원문
	세창인쇄사 서울특별시 종로구 종로 3가 10			김종철 소장본	'1957년'의 판권지도 같이 있는 것으로 보아 2판으로 추정.	원문
					3판과 4판에 초판 발행일 기록.	출판
					3판에 2판 발행일 기록.	출판
禹澤 성부 공평동 54번지	성문사 경성부 공평동 55번지			국립중앙도서관(3 634-2-52(10))	초판과 2판 발행일 기록.	원문
重煥 성부 공평동 55번지	대동인쇄주식회사 경성부 공평동 55번지			국립중앙도서관(3 634-2-52(2))	초판 발행일 기록.	원문
					<대월서상긔>, 1916, 유일서관(국립중앙도서관 소장본(3634-2-117(3)) 광고에 '장화홍년젼'으로 기록.	광고
					6판에 초판 발행일 기록.	출판
					6판이 있어서 2판도 있을 것으로 추정.	출판
					6판이 있어서 3판도 있을 것으로 추정.	출판
					6판이 있어서 4판도 있을 것으로 추정.	출판
					6판이 있어서 5판도 있을 것으로 추정.	출판
禹澤 성부 공평동 55번지	대동인쇄주식회사 경성부 공평동 55번지			국립중앙도서관(3 634-2-52(1))	초판 발행일 기록.	원문

번호	작품명 고유번호	표제	문자	면수 가격	인쇄일	발행일	판차	발행자 발행자 주소	발행소 발행소 주소
2508	**장화홍련전** 태화-장화-01-00	장화홍련전	한글			1929- -	1		태화서관
2509	**장화홍련전** 한성-장화-01-01	장화홍련전	한글			1915-05-20	1		한성서관
2510	**장화홍련전** 한성-장화-01-02	장화홍련전	한글	40p. 20전	1917-10-10	1917-10-15	2	南宮楔 경성 종로통 3정목 76번지	한성서관 경성부 종로통3정목 76번지
2511	**장화홍련전** 한성-장화-01-03	장화홍련전	한글	37p. 10전	1918-11-01	1918-11-15	3	南宮楔 경성부 종로통 3정목 76번지	한성서관 경성부 종로통 3정목 76번지
2512	**재생연전** 대창-재생-01-01	재생연전	한글			1923- -	1		대창서원
2513	**재생연전** 동양대-재생-01-01	재생연전	한글			1929- -	1		동양대학당
2514	**재생연전** 서적-재생-01-01	재생연전	한글			1926- -	1		서적업조합
2515	**적벽대전** 경성서-적벽대-01-01	적벽가	한글			1916-12-05	1	洪淳泌	경성서적업조합
2516	**적벽대전** 경성서-적벽대-01-02	적벽가	한글				2		경성서적업조합
2517	**적벽대전** 경성서-적벽대-01-03	적벽가	한글				3		경성서적업조합
2518	**적벽대전** 경성서-적벽대-01-04	적벽가	한글				4		경성서적업조합
2519	**적벽대전** 경성서-적벽대-01-05	적벽가	한글	43p. 10전	1926-12-18	1926-12-20	5	洪淳泌 경성부 견지동 60번지	경성서적업조합 경성부 견지동 60번
2520	**적벽대전** 경성서-적벽대-02-00	적벽대젼	한글			1921- -	1		경성서적업조합
2521	**적벽대전** 경성서-적벽대-03-00	화룡도실긔	한글			1921- -	1		경성서적업조합
2522	**적벽대전** 광동-적벽대-01-01	화용도실긔	한글				1		광동서국
2523	**적벽대전** 광동-적벽대-01-02	화용도실긔	한글				2		광동서국
2524	**적벽대전** 광동-적벽대-01-03	화용도실긔	한글				3		광동서국
2525	**적벽대전** 광동-적벽대-01-04	화용도실긔	한글				4		광동서국
2526	**적벽대전** 광동-적벽대-01-05	화용도실긔	한글	170p.		1917- -	5		광동서국
2527	**적벽대전** 광동-적벽대-02-01	(삼국풍진)화용 도실긔	한글			1917-11-15	1		광동서국
2528	**적벽대전** 광동-적벽대-02-02	(삼국풍진)화용 도실긔	한글				2		광동서국
2529	**적벽대전** 광동-적벽대-02-03	(삼국풍진)화용 도실긔	한글	170p. 50전	1919-02-05	1919-02-10	3	朴健會 경성부 인사동 39번지	광동서국 경성부 관수동 30번
2530	**적벽대전** 광동-적벽대-02-04	(삼국풍진)화용 도실긔	한글	170p. 50전	1920-08-10	1920-08-12	4	朴健會 경성부 인사동 39번지	광동서국 경성부 관수동 30번
2531	**적벽대전** 광문책-적벽대-01-01	정션 삼국풍진 화용도실긔	한글	181p. 50전	1916-01-05	1916-01-08	1	宋基和 평양부 관후리 125번지	광문책사 평양부 종로

인쇄자 인쇄소 주소	인쇄소 인쇄소 주소	공동 발행	영인본	소장처 및 청구기호	기타	현황
					<신명심보감>, 태화서관, 1929. 광고([이본목록], p.603)	광고
		유일서관			2판과 3판에 초판 발행일 기록.	출판
鄭敬德 경성부 관훈동 30번지	조선복음인쇄소 경성부 관훈동 30번지			국립중앙도서관(3634-2-52(5))	초판 발행일 기록. [연구보정](p.866)에는 '유일서관' 발행으로 기록하였으나, 판권지 확인결과 '한성서관'에서 발행한 것임.	원문
金弘奎 경성부 가회동 216번지	보성사 경성부 수송동 44번지			국립중앙도서관(3634-2-52(6))	초판 발행일 기록.	원문
		보급서관			우쾌제, p.134.	출판
					우쾌제, p.134.	출판
					우쾌제, p.134.	출판
					5판에 초판 발행일 기록.	출판
					5판이 있어서 2판도 있을 것으로 추정.	출판
					5판이 있어서 3판도 있을 것으로 추정.	출판
					5판이 있어서 4판도 있을 것으로 추정.	출판
羅泰均 경성부 공평동 55번지	대동인쇄주식회사 경성부 공평동 55번지			국립중앙도서관(3634-2-115(1))	초판 발행일 기록.	원문
					[圖書分類目錄], 1921 改正([이본목록], p.612)	목록
					[圖書分類目錄], 1921 改正([이본목록], p.612)	목록
		태학서관			이능우, p.305.에 5판에 대한 기록이 있어서 초판도 있을 것으로 추정.	출판
		태학서관			이능우, p.305.에 5판에 대한 기록이 있어서 2판도 있을 것으로 추정.	출판
		태학서관			이능우, p.305.에 5판에 대한 기록이 있어서 3판도 있을 것으로 추정.	출판
		태학서관			이능우, p.305.에 5판에 대한 기록이 있어서 4판도 있을 것으로 추정.	출판
		태학서관			이능우, p.305.	출판
					4판에 초판 발행일 기록.	출판
					3판, 4판이 있어서 2판도 있을 것으로 추정.	출판
沈禹澤 경성부 공평동 55번지	대동인쇄주식회사 경성부 공평동 55번지			디지털 한글박물관(손종흠 소장본)	16회의 장회체(총목차). 초판 발행일 부분이 잘려서 보이지 않음.	원문
金重煥 경성부 공평동 55번지	대동인쇄주식회사 경성부 공평동 55번지			국립중앙도서관(3634-2-72(1))	초판 발행일(대정6.11.15.) 기록.	원문
朴致祿 평양부 신창리 24번지	광문사 평양부 관후리 90번지			국립중앙도서관(3634-2-88(1))		원문

번호	작품명 고유번호	표제	문자	면수 가격	인쇄일	발행일	판차	발행자 발행자 주소	발행소 발행소 주소
2532	**적벽대전** 대동-적벽대-01-00	화용도실기	한글			1917- -	1		대동서원
2533	**적벽대전** 대창-적벽대-01-01	화용도실긔	한글	130p. 65전	1919-03-09	1919-03-13	1	石田孝次郎 경성부 명치정 2정목 54번지	대창서원 경성부 종로 2정목 12번지
2534	**적벽대전** 대창-적벽대-01-02	(삼국풍진)화용 도실긔	한글	130p. 45전	1921-01-07	1921-01-10	1	勝木良吉 경성부 남대문통 1정목22번지	대창서원 경성부 종로통 2정목 19번지
2535	**적벽대전** 대창-적벽대-02-00	적벽가	한글	30전		1921- -	1		대창서원
2536	**적벽대전** 덕흥-적벽대-01-01	삼국풍진 화용도실긔	한글	150p. 50전	1925-12-25	1925-12-30	1	金東縉 경성부 종로 2정목 20번지	덕흥서림 경성부 종로 2정목 20번지
2537	**적벽대전** 덕흥-적벽대-02-01	적벽가	한글	43p. 15전	1930-01-15	1930-01-20	1	金東縉 경성부 종로 2정목 20번지	덕흥서림 경성부 종로 2정목 20번지
2538	**적벽대전** 동양대-적벽대-01-01	적벽가	한글	43p. 25전	1932-12-10	1932-12-15	1	宋敬煥 경성 종로 1정목 75	동양대학당 경성부 종로 1정목 7
2539	**적벽대전** 동양서-적벽대-01-01	적벽가	한글			1932- -	1		동양서원
2540	**적벽대전** 박문-적벽대-01-01	화용도실기	한글	170p. 50전	1926-01-10	1926-01-15	1	李冕? 경성부 종로 3정목 71번지	박문서관 경성부 종로 2정목 82번지
2541	**적벽대전** 박문-적벽대-02-00	적벽가	한글			1921- -	1		박문서관
2542	**적벽대전** 박문-적벽대-03-00	적벽대전	한글			1921- -	1		박문서관
2543	**적벽대전** 성문-적벽대-01-01	삼국풍진 화용도실긔	한글	170p. 80전	1936-01-05	1936-01-08	1	李宗壽 경성부 서대문정 1정목 79	성문당서점 경성부 서대문정 1정- 79
2544	**적벽대전** 세창-적벽대-01-01	적벽대전	한글	73p. 15전	1936-11-15	1936-11-20	1	申泰三 경성부 종로 3정목 141번지	세창서관 조선 경성부 종로 3정 141번지
2545	**적벽대전** 세창-적벽대-02-01	삼국풍진 화용도실긔	한글	170p.	1952-12	1952-12-	1	申泰三 서울특별시 종로구	세창서관 서울특별시 종로구
2546	**적벽대전** 세창-적벽대-03-01	적벽가	한글	24p.		1957- -	1		세창서관
2547	**적벽대전** 세창-적벽대-04-01	적벽대전	한글	73p. 250원	1962-08-10	1962-12-30	1	申泰三 서울특별시 종로구 종로 3가 10	세창서관 서울특별시 종로구 종 3가 10
2548	**적벽대전** 세창-적벽대-05-01	적벽가	한글	24p. 200원	1962-08-10	1962-12-30	1	申泰三 서울특별시 종로구 종로 3가 10	세창서관 서울특별시 종로구 종 3가 10
2549	**적벽대전** 신구-적벽대-01-01	(삼국풍진)화용 도실긔	한글	219p.		1914-07-15	1	朴健會	신구서림
2550	**적벽대전** 신구-적벽대-01-02	(삼국풍진)화용 도실긔	한글			1915-07-16	2	朴健會	신구서림
2551	**적벽대전** 신구-적벽대-01-03	(삼국풍진)화용 도실긔	한글			1916-01-29	3	朴健會	신구서림
2552	**적벽대전** 신구-적벽대-01-04	(삼국풍진)화용 도실긔	한글			1917-01-20	4	朴健會	신구서림

쇄자 쇄소 주소	인쇄소 인쇄소 주소	공동 발행	영인본	소장처 및 청구기호	기타	현황
		보급서관			우쾌제, p.138.	출판
家恒衛 성부 명치정 1정목 번지	일한인쇄소 경성부 명치정 1정목 54번지			국립중앙도서관(3 634-2-88(4))	16회의 장회체(총목차).	원문
聖杓 성부 황금정 1정목 1번지	박문관인쇄소 경성부 황금정 1정목 181번지			국립중앙도서관(3 634-2-36(4))	16회의 장회체(총목차). 국립중앙도서관 소장본에는 2판 표기 없으나, 정명기 소장본에는 초판 발행일 없이 '재판'이라 표기되어 있어 이를 2판으로 추정.	원문
					<쥬원장창업실기>, 대창서원, 1921(국립중앙도서관 소장본(3634-2-7(1)) 광고에 '적벽가'로 기록.	광고
東燮 성부 종로 2정목 번지	덕흥서림인쇄부 경성부 종로 2정목 20번지			개인소장본		원문
穎浩 성부 견지동 32번지	한성도서주식회사 경성부 견지동 32번지			국립중앙도서관(3 634-2-115(3))	3회의 장회체.	원문
敬煥 성부 종로 1정목 75	동양대학당 경성부 종로 1정목 75	문화사, 대창서원, 보급서관		국립중앙도서관(3 634-2-115(4))	3회의 장회체	원문
					우쾌제, p.134.	출판
仁煥 성부 황금정 2정목 8번지	경성신문사 경성부 황금정 2정목 148번지			정명기 소장본	판권지 훼손으로 발행자의 이름 안 보임	원문
					광고(1921)([이본목록], p.611)	광고
					광고(1921)([이본목록], p.612)	광고
崎炳 성부 서대문정 1정목	광성인쇄소 경성부 종로 3정목 156			박순호 소장본		원문
圭鳳 성부 종로 3정목 1번지	세창서관인쇄부 경성부 종로 3정목 141번지			김종철 소장본		원문
	세창인쇄사 서울특별시 종로구			디지털 한글박물관(홍윤표 소장본)	판권지가 포장지에 가려서 대부분의 내용을 확인할 수 없음.	원문
					[이본목록], p.611.	출판
	세창인쇄사 서울특별시 종로구 종로 3가 10		[구활자본고소설 전집 31]	디지털 한글박물관(홍윤표 소장본)	8회의 장회체. <적벽가>(pp.65~66)<오호대장기>(pp.66~73) 합본. 한글박물관 소장본에는 판권지 없음.	원문
	세창인쇄사 서울특별시 종로구 종로 3가 10		[구활자본고소설 전집 32]		<황부인전>과 합본.	원문
			[구활자본고소설 전집 17]		5판에 초판 발행일 기록.	출판
					5판에 2판 발행일 기록.	출판
					5판에 3판 발행일 기록.	출판
					5판에 4판 발행일 기록.	출판

번호	작품명 고유번호	표제	문자	면수 가격	인쇄일	발행일	판차	발행자 발행자 주소	발행소 발행소 주소
2553	**적벽대전** 신구-적벽대-01-05	(삼국풍진)화용 도실긔	한글	170p. 50전	1917-06-10	1917-06-15	5	朴健會 경성부 낙원동 285번지	신구서림 경성부 봉래정 1정 77번지
2554	**적벽대전** 신구-적벽대-02-00	적벽대전	한글			1925- -	1		신구서림
2555	**적벽대전** 영창-적벽대-01-00	삼국풍진 화용도실기	한글	170p.		1925- -	1		영창서관
2556	**적벽대전** 영창-적벽대-02-00	삼국풍진 화용도실기	한글	140p.		1938-03-20	1		영창서관
2557	**적벽대전** 영창-적벽대-03-00	적벽가	한글				1		영창서관
2558	**적벽대전** 영창-적벽대-04-00	적벽대전	한글				1		영창서관
2559	**적벽대전** 영화-적벽대-01-01	고대소설 적벽대전	한글	73p.		1953- -	1		영화출판사
2560	**적벽대전** 유일-적벽대-01-01	적벽가	한글	43p. 18전	1916-12-10	1916-12-12	1	南宮濬 경성부 관훈동 72번지	유일서관 경성부 관훈동 72번
2561	**적벽대전** 유일-적벽대-01-02	적벽가	한글				2		유일서관
2562	**적벽대전** 유일-적벽대-01-03	적벽가	한글				3		유일서관
2563	**적벽대전** 유일-적벽대-01-04	적벽가	한글				4		유일서관
2564	**적벽대전** 유일-적벽대-01-05	적벽가	한글	43p.		1926- -	5	南宮濬	유일서관
2565	**적벽대전** 이문-적벽대-01-00	華容實記	한글	60전		1918- -	1		이문당
2566	**적벽대전** 조선서-적벽대-01-01	(삼국풍진)화용 도실긔	한글		1913-07-10	1914-07-15	1	朴健會	조선서관
2567	**적벽대전** 조선서-적벽대-01-02	(삼국풍진)화용 도실긔	한글	219p. 50전	1915-07-11	1915-07-16	2	朴健會 경성부 인사동 39번지	조선서관 경성부 인사동 39번
2568	**적벽대전** 조선서-적벽대-01-03	(삼국풍진)화용 도실긔	한글	170p. 45전	1916-01-25	1916-01-29	3	朴健會 경성부 인사동 39번지	조선서관 경성부 인사동 39번
2569	**적벽대전** 조선서-적벽대-01-04	(삼국풍진)화용 도실긔	한글			1917-01-	4	朴健會	조선서관
2570	**적벽대전** 조선서-적벽대-01-05	(삼국풍진)화용 도실긔	한글	170p.		1917-06-	5	朴健會	조선서관
2571	**적벽대전** 태화-적벽대-01-00	적벽가	한글			1918- -	1		태화서관
2572	**적벽대전** 한성-적벽대-01-00	적벽대전	한글			1916- -	1		한성서관
2573	**적벽대전** 화광-적벽대-01-01	적벽가전	한글			1916-12-25	1	洪淳泌	화광서림
2574	**적벽대전** 화광-적벽대-01-02	적벽가전	한글				2		화광서림
2575	**적벽대전** 화광-적벽대-01-03	적벽가전	한글				3		화광서림

인쇄자 인쇄소 주소	인쇄소 인쇄소 주소	공동 발행	영인본	소장처 및 청구기호	기타	현황
北禹澤 경성부 공평동 54번지	성문사 경성부 공평동 55번지			국립중앙도서관(3 634-2-72(2))	초판~4판의 발행일 기록. p.9부터 순한글 표기.	원문
					광고(1925)([이본목록], p.612)	광고
		한흥서관			이주영, p.215.	출판
		한흥서관			박순호 소장본([연구보정], p878.)	원문
					[출판목록]([이본목록], p.611)	목록
					[출판목록]([이본목록], p.612)	목록
				고려대학교 도서관(897.33 적벽대 적)		원문
金教瓚 경성부 소격동 41번지	보성사 경성부 수송동 44번지	한성서관	[구활자본고소설 전집 13], [구활자소설총서 7]	국립중앙도서관(3 634-2-5(3))	3회의 장회체(총목차)	원문
					[이본목록](p.611)에 5판 발행일 기록되어 있어 2판도 있을 것으로 추정.	출판
					[이본목록](p.611)에 5판 발행일 기록되어 있어 3판도 있을 것으로 추정.	출판
					[이본목록](p.611)에 5판 발행일 기록되어 있어 4판도 있을 것으로 추정.	출판
					[이본목록](p.611)에 초판과 5판 발행일 기록.	출판
					<삼선기>, 이문당, 1918(국립중앙도서관 소장본(3634-2-20(2)) 광고에 '華容實記'로 기록.	광고
					2판과 3판에 초판 발행일 기록.	출판
金聖杓 경성부 공평동 47번지	성문사 경성부 공평동 55번지			국립중앙도서관(3 634-2-86(9))	16회의 장회체(총목차). 초판 인쇄일, 발행일 기록.	원문
北禹澤 경성부 효자동 103번지	성문사 경성부 공평동 55번지			국립중앙도서관(3 634-2-88(2))	초판, 2판 발행일 기록. p.9부터 순한글 표기.	원문
					[연구보정](p. 878)에 4판 발행연도 기록.	출판
					[연구보정](p. 878)에 5판 발행연도 기록.	출판
					<렬녀전>, 태화서관, 1918. 광고.([이본목록], p.612)	광고
					<산양대젼>, 한성서관, 1916(국립중앙도서관 소장본(3634-2-96(3)) 광고에 '적벽대젼'으로 수록.	광고
					[이본목록](p.612)에 초판과 4판 발행일 기록.	출판
					[이본목록](p.612)에 초판과 4판 발행일 기록. 2판도 있을 것으로 추정.	출판
					[이본목록](p.612)에 초판과 4판 발행일 기록. 3판도 있을 것으로 추정.	출판

번호	작품명 고유번호	표제	문자	면수 가격	인쇄일	발행일	판차	발행자 발행자 주소	발행소 발행소 주소
2576	**적벽대전** 화광-적벽대-01-04	적벽가젼	한글	43p.		1924-03-25	4	洪淳泌	화광서림
2577	**적벽대전** 회동-적벽대-01-01	(고대소설)적벽 대젼	한글	73p. 25전	1925-11-05	1925-11-10	1	高裕相 경성부 남대문통 1정목 17번지	회동서관 경성부 남대문통 1정 17번지
2578	**적성의전** 경성서-적성-01-00	뎍셩의젼	한글			1921- -	1		경성서적업조합
2579	**적성의전** 경성서-적성-02-00	적셩의젼 쟝화홍연附	한글			1921- -	1		경성서적업조합
2580	**적성의전** 박문-적성-01-01	적셩의젼	한글	43p. 20전	1917-06-01	1917-06-05	1	盧益亨 경성부 남대문통 4정목 69번지	박문서관 경성부 남대문통 4정 69번지
2581	**적성의전** 세창-적성-01-01	적셩의젼	한글	35p. 25전	1915-05-23	1915-05-24	1	姜義永 경성 종로통 3정목 85번지	세창서관 경성부 종로통 3정목 85번지
2582	**적성의전** 세창-적성-02-01	古代小說 狄成義傳	한글	32p.		1951- -	1	申泰三	세창서관
2583	**적성의전** 세창-적성-03-01	古代小說 狄成義傳	한글	32p.		1952- -	1	申泰三	세창서관
2584	**적성의전** 세창-적성-04-01	덕셩의젼	한글	32p. 120	1962-08-10	1962-12-30	1	申泰三 서울특별시 종로구 종로 3가 10	세창서관 서울특별시 종로구 종 3가 10
2585	**적성의전** 영창-적성-01-01	(고대소설)적성 의젼	한글			1915-05-24	1	姜義永	영창서관
2586	**적성의전** 영창-적성-01-02	(고대소설)적성 의젼	한글			1916-10-09	2	姜義永	영창서관
2587	**적성의전** 영창-적성-01-03	(고대소설)적성 의젼	한글	33p. 20전	1917-12-05	1917-12-22	3	姜義永 경성부 종로통 3정목 85번지	영창서관 경성부 종로통 3정목 85번지
2588	**적성의전** 영창-적성-01-04	(고대소설)적성 의젼	한글	33p. 25전	1921-11-04	1921-11-10	4	姜義永 경성부 종로 3정목 85번지	영창서관 경성부 종로 3정목 85번지
2589	**적성의전** 태산-적성-01-00	적셩의젼	한글			1926- -	1		태산서림
2590	**적성의전** 태화-적성-01-00	적셩의젼	한글			1918- -	1		태화서관
2591	**적성의전** 한성-적성-01-01	적셩의젼	한글	42p. 30전	1915-08-05	1915-08-10	1	南宮楔 경성부 종로통 2정목 19번지	한성서관 경성부 종로통 2정목 19번지
2592	**적성의전** 회동-적성-01-01	적셩의젼	한글	32p. 15전	1926-01-20	1926-01-25	1	高裕相 경성부 남대문통 1정목 17번지	회동서관 경성부 남대문통 1정 17번지
2593	**전등신화** 유일-전등-01-01	諺文懸吐 剪燈新話 上下	한문	156p. 55전	1916-10-12	1916-10-20	1	南宮濬 경성부 관훈동 72번지	유일서관 경성부 관훈동 72번지
2594	**전등신화** 유일-전등-01-02	諺文懸吐 剪燈新話	한문			1917-09-15	2		유일서관
2595	**전등신화** 유일-전등-01-03	諺文懸吐 剪燈新話	한문	156p. 45전	1919-03-05	1919-03-10	3	南宮濬 경성부 관훈동 72번지	유일서관 경성부 관훈동 72번지
2596	**전등신화** 유일-전등-02-00	諺文懸吐 剪燈新話	한문	156p.		1920- -	1		유일서관
2597	**전등신화** 조선-전등-01-01	諺文懸吐 剪燈新話 上下	한문			1916-10-20	1	洪淳泌	조선도서주식회사

쇄자 쇄소 주소	인쇄소 인쇄소 주소	공동 발행	영인본	소장처 및 청구기호	기타	현황
				홍윤표 소장본	[이본목록](p.612)에 초판과 4판 발행일 기록.	원문
翼洙 성부 황금정 2정목 번지	신문관 경성부 황금정 2정목 21번지			서울대학교 도서관(3350 87)		원문
					[圖書分類目錄], 1921 改正([이본목록], p.618.)	목록
					[圖書分類目錄], 1921 改正([이본목록], p.618.) 각주에 "장화홍련전에 합철'이라고 기록.	목록
弘奎 성부 가회동 216번지	보성사 경성부 수송동 44번지			국립중앙도서관 (3634-2-16(6))	원래의 판권지에 인쇄일, 발행일 부분만 종이를 덧대어 기록.	원문
聖雲 성부 아현 3정목 번지	선명사 경성부 종로통 1정목 39번지			국립중앙도서관(3 634-2-10(5))	<장화홍련전>(pp.1~50)과 <적성의전>(pp.1~35)의 합본. 표제는 '장화홍련전'임.	원문
				국회도서관(811.31 .ㅅ585ㅈ)		원문
				고려대학교 도서관(897.33 적성의 적)		원문
	세창인쇄사 서울특별시 종로구 종로 3가 10		[조동일소장국문 학연구자료 22]			원문
					3판과 4판에 초판 발행일 기록	출판
					3판에 2판 발행일 기록.	출판
禹澤 성부 공평동 54번지	성문사 경성부 공평동 55번지		[구활자본고소설 전집 31]	국립중앙도서관(3 634-2-16(11))	<장화홍련>의 부록(합본). 초판과 2판 발행일 기록.	원문
重煥 성부 공평동 55번지	대동인쇄주식회사 경성부 공평동 55번지			국립중앙도서관(3 634-2-52(3))	<장화홍련>의 부록(합본). 초판 발행일 기록.	원문
					이주영, p.226.	출판
					<렬녀전>, 태화서관, 1918. 광고([이본목록], p.618)	광고
翼洙 성부 종로통 2정목	조선복음인쇄소 분점 경성부 종로통 2정목 82번지		[구활자소설총서 7]	국립중앙도서관(3 634-2-5(2))	<적성의전>(pp.1~42)과 <박씨전>(pp.1~62)의 합본.	원문
翼洙 성부 황금정 2정목 번지	신문관 경성부 황금정 2정목 21번지			서울대학교 도서관(3350 89)		원문
禹澤 성부 효자동 103번지	성문사 경성부 공평동 55번지	신구서림, 한성서관		국회도서관(812.3 ㄱ422ㅈ)	상하 합편(상 pp.1~82, 하 pp.1~74). 국회도서관에서 원문 이미지 열람 및 다운로드 가능. 3판에 초판 발행일 기록.	원문
		신구서림, 한성서관			3판에 2판 발행일 기록, 상하 합철.	출판
禹澤 성부 공평동 54번지	성문사 경성부 공평동 55번지	신구서림, 한성서관		정명기 소장본	상하합편(상 pp.1~82, 하 pp.1~74). 초판, 2판 발행일 기록.	원문
		신구서림, 한성서관			상하합편(상 pp.1~82, 하 pp.1~74). [이본목록], p.621.	출판
					4판, 5판. 6판에 초판 발행일 기록.	출판

번호	작품명 고유번호	표제	문자	면수 가격	인쇄일	발행일	판차	발행자 발행자 주소	발행소 발행소 주소
2598	**전등신화** 조선-전등-01-02	諺文懸吐 剪燈新話 上下	한문				2		조선도서주식회사
2599	**전등신화** 조선-전등-01-03	諺文懸吐 剪燈新話 上下	한문				3		조선도서주식회사
2600	**전등신화** 조선-전등-01-04	諺文懸吐 剪燈新話 上下	한문	156p. 55전	1920-12-13	1920-12-15	4	南宮濬 경성부 관훈동 72번지	조선도서주식회사 경성부 관훈동 30번
2601	**전등신화** 조선-전등-01-05	諺文懸吐 剪燈新話	한문	156p. 55전	1923-10-15	1923-10-20	5	洪淳泌 경성 견지동 60번지	조선도서주식회사 경성부 견지동 60번
2602	**전등신화** 조선-전등-01-06	諺文懸吐 剪燈新話	한문	156p. 55전	1928-12-05	1928-12-10	6	洪淳泌 경성 견지동 60번지	조선도서주식회사 경성부 견지동 60번
2603	**전수재전** 대창-전수-01-01	전슈재	한글	21p. 20전	1922-01-01	1922-01-15	1	玄公廉 경성부 계동 99번지	대창서원 경성부 견지동 80번
2604	**전수재전** 덕흥-전수-01-01	(롱가성진) 쌍신랑	한글	48p.		1930-09-15	1	金東縉	덕흥서림
2605	**전수재전** 덕흥-전수-01-02	(롱가성진) 쌍신랑	한글	48p. 25전	1936-11-15	1936-11-20	2	金東縉 경성부 종로 2정목 20번지	덕흥서림 경성부 종로 2정목 20번지
2606	**전우치전** 경성서-전우-01-00	면우치전	한글			1921- -	1		경성서적업조합
2607	**전우치전** 동양서-전우-01-01	(고대소설)교정 면우치젼	한글	33p.		1929- -	1		동양서원
2608	**전우치전** 동창서-전우-01-01	전우치전	한글	33p.		1919- -	1		동창서옥
2609	**전우치전** 박문-전우-01-01	전우치전	한글	33p. 15전	1925-12-20	1925-12-25	1	朝鮮圖書株式會社 경성부 견지동 60번지	박문서관 경성부 종로 2정목 82번지
2610	**전우치전** 보성-전우-01-01	전우치전	한글			1918- -	1		보성사
2611	**전우치전** 세창-전우-01-01	고대소설 면우치젼	한글	32p. 임시정가	1952-12-01	1952-12-30	1	申泰三 서울특별시 종로구 종로 3가 10	세창서관 서울특별시 종로구 3가 10
2612	**전우치전** 세창-전우-02-01	고대소설 면우치젼	한글	32p. 120	1961-08-10	1962-12-30	1	申泰三 서울특별시 종로구 종로 3가 10	세창서관 서울특별시 종로구 3가 10
2613	**전우치전** 신문-전우-01-01	면우치젼 권지단	한글	62p. 6전	1914-07-07	1914-07-09	1	崔昌善 경성부 황금정 2정목 21번지	신문관 경성부 황금정
2614	**전우치전** 영창-전우-01-01	(교정)면우치젼	한글			1917-06-25	1	姜義永	영창서관
2615	**전우치전** 영창-전우-01-02	(교정)면우치젼	한글				2		영창서관
2616	**전우치전** 영창-전우-01-03	(교정)면우치젼	한글	37p. 10전	1918-11-25	1918-11-30	3	姜義永 경성부 종로통 3정목 85번지	영창서관 경성부 종로통 3정목 85번지
2617	**전우치전** 태화-전우-01-00	전운치전	한글			1929- -	1		태화서관
2618	**전우치전** 해동-전우-01-01	(고대소설)면운 치젼	한글	36p. 20전	1918-02-10	1918-02-15	1	李敏漢 경성부 합동 117번지	해동서관 경성부 합동 117번
2619	**전우치전** 회동-전우-01-01	(校正古代小說) 면우치젼	한글	28p. 15전	1926-01-05	1926-01-10	1	高裕相 경성부 남대문통 1정목 17번지	회동서관 경성부 남대문통 1정 17번지

쇄자 쇄소 주소	인쇄소 인쇄소 주소	공동 발행	영인본	소장처 및 청구기호	기타	현황
					4판, 5판. 6판이 있어서 2판도 있을 것으로 추정.	출판
					4판, 5판. 6판이 있어서 3판도 있을 것으로 추정.	출판
重煥 성부 공평동 55번지	대동인쇄주식회사 경성부 공평동 55번지			국립중앙도서관(한 古朝48-2-7)	상하합본(상 pp.1~82p, 하 pp.1~74). 초판 발행일 기록. 속지에 '경성 유일서관 신구서림 장판'이라는 기록.	원문
禹澤 성부 공평동 55번지	대동인쇄주식회사 경성부 공평동 55번지		[구활자본고소설 전집 33]		상하합본(상 pp.1~82p, 하 pp.1~74). 초판 발행일 기록. 판권지가 훼손된 부분은 주소를 보고 추정. 속지에 '경성 유일서관 신구서림 장판'이라는 기록.	원문
翰柱 성부 관훈동 30번지	희문관 경성부 관훈동 30번지		[조동일소장국문 학연구자료 25]	영남대학교 도서관(又 823.5 ㄱ483ㅈ박)	상하합본(상 pp.1~82p, 하 pp.1~74). 초판 발행일 기록. 속지에 '경성 유일서관 신구서림 장판'이라는 기록.	원문
重煥 성부 공평동 55번지	대동인쇄주식회사 경성부 공평동 55번지	보급서관	[구활자본고소설 전집 13]	국립중앙도서관(3 634-2-42(1)=2)	<장끼전>과 합본.	원문
					2판에 초판 발행일 기록.	출판
鍾汰 성부 종로 2정목 번지	덕흥서림인쇄부 경성부 종로 2정목 20번지			국립중앙도서관(3 634-3-11(5))	초판 발행일 기록.	원문
					[圖書分類目錄], 1921 改正([이본목록], p.627)	목록
				서울대학교 도서관(MFF 951.06 C718ik)	C.V. Starr East Asian Library (Columbia University)	원문
					우쾌제, p.134.	출판
仁煥 성부 황금정 2정목 8번지	경성신문사 경성부 황금정 2정목 148번지			박순호 소장본		원문
					우쾌제, p.134.	출판
	세창인쇄사 서울특별시 종로구 종로 3가 10		[구활자본고소설 전집 31]	디지털 한글박물관(홍윤표 소장본)	영인본에는 판권지 없음.	원문
	세창인쇄사 서울특별시 종로구 종로 3가 10		[조동일소장국문 학연구자료 22]			원문
誠愚 성부 황금정 2정목 번지	신문관 경성부 황금정 2정목 21번지		[아단문고 고전 총서1]	영남대학교 도서관(도 813.5 ㅈ298)		원문
					3판에 초판 발행일 기록.	출판
					3판이 있어서 2판도 있을 것으로 추정.	출판
弘奎 성부 가회동 216번지	보성사 경성부 수송동 44번지			국립중앙도서관(3 634-2-32(9))	초판 발행일 기록.	원문
					<신명심보감>, 태화서관, 1929. 광고([이본목록], p.627)	광고
弘奎 성부 가회동 216번지	보성사 경성부 수송동 44번지			국립중앙도서관(3 634-2-26(2))		원문
翼洙 성부 황금정 2정목 번지	신문관 경성부 황금정 2정목 21번지			서울대학교 도서관(3350 126)		원문

번호	작품명 고유번호	표제	문자	면수 가격	인쇄일	발행일	판차	발행자 발행자 주소	발행소 발행소 주소
2620	**정목란전** 경성서-정목-01-00	정목란전	한글			1921- -	1		경성서적업조합
2621	**정목란전** 세창-정목-01-00	정몽낭전	한글			1952- -	1		세창서관
2622	**정목란전** 유일-정목-01-01	정목란전	한글	84p.	1916-08-27	1916-08-30	1	南宮濬 경성부 관훈동 72번지	유일서관 경성부 관훈동 72번
2623	**정목란전** 유일-정목-01-02	정목란전	한글	63p.		1919-08-31	2	南宮濬	유일서관
2624	**정목란전** 한성-정목-01-00	정목난전	한글			1916- -	1		한성서관
2625	**정비전** 경성서-정비-01-00	정비젼	한글			1921- -	1		경성서적업조합
2626	**정비전** 경성서-정비-02-00	정현문전	한글			1921- -	1		경성서적업조합
2627	**정비전** 광동-정비-01-01	명현무젼	한글	72p. 27전	1917-01-25	1917-01-31	1	金翼洙 경성부 청운동 100번지	광동서국 경성부 송현동 71번
2628	**정비전** 광동-정비-02-01	정비전	한글	77p.		1917-02-10	1		광동서국
2629	**정비전** 신명-정비-01-01	정비전	한글	77p. 25전	1923-04-10	1923-04-15	1	金基豊 경성 종로 2정목 98번지	신명서림 경성 종로 2정목
2630	**정수경전** 경성서-정수경-01-01	정슈경전	한글	49p.		1924- -	1		경성서적업조합
2631	**정수경전** 광동-정수경-01-01	정수경전	한글	88p.			1		광동서국
2632	**정수경전** 대조-정수경-01-01	정수경전	한글	25p.	1959-11-25	1959-12-01	1		대조사 서울특별시 종로구 가회동
2633	**정수경전** 대조-정수경-02-01	정수경전	한글	25p.		1960-01-10	1		대조사
2634	**정수경전** 박문-정수경-01-01	옥중검낭	한글			1913-01-22	1		박문서관
2635	**정수경전** 박문-정수경-01-02	옥중검낭	한글	75p.	1924-01-10	1924-01-15	2	池松旭 경성 봉래정 1정목 77번지	박문서관 경성 종로2정목82번
2636	**정수경전** 세창-정수경-01-00	古代小說 鄭壽景傳	한글	49p.		1952- -	1	申泰三	세창서관
2637	**정수경전** 신구-정수경-01-01	(신소설) 옥즁금낭	한글	117p. 25전	1913-01-22	1913-01-25	1	池松旭 경성 남부 자암동 42통 10호	신구서림 경성 남부 자암동 4. 10호
2638	**정수경전** 신구-정수경-01-02	(신소설) 옥즁금낭	한글				2		신구서림
2639	**정수경전** 신구-정수경-01-03	옥중금낭	한글	75p. 30전	1918-02-10	1918-02-16	3	池松旭 경성부 봉래정 1정목 77번지	신구서림 경성부 봉래정 1정독 77번지
2640	**정수경전** 신구-정수경-02-00	獄中錦囊	한글	25전		1914- -	1		신구서림
2641	**정수경전** 영창-정수경-01-00	명슈경전	한글	38p.		1918- -	1		영창서관

인쇄자 인쇄소 주소	인쇄소 인쇄소 주소	공동 발행	영인본	소장처 및 청구기호	기타	현황
					[圖書分類目錄], 1921 改正([이본목록], p.629)	목록
					광고(1952)([이본목록], p.629)	광고
金重煥 경성부 중림동 333번지	보성사 경성부 수송동 44번지			연세대학교 도서관(O 811.9308 고대소 -8-2)	발행소 없고 총발매소에 유일서관과 한성서관으로 기록. 도서관 서지정보에 따라 발행소를 유일서관으로 기록. 12회의 장회체.	원문
					홍윤표 소장본([이본목록], p.629.)	원문
					<산양대전>, 한성서관, 1916. 광고([이본목록], p.629.)	광고
					광고(1952)([이본목록], p.631)	광고
					광고(1952)([이본목록], p.631)	광고
韓養浩 경성부 재동 3번지	선명사 경성부 종로통 1정목 39번지		[구활자본고소설 전집 13]	연세대학교 도서관(O 811.9308 고대소 -8-3)	영인본에 판권지 없음. 상하 합본(상 pp.1~39, 하 pp.41~72)	원문
			[활자본고전소설 전집 7]		영인본에 판권지 없음. 발행연도는 해제를 참고.	원문
沈禹澤 경성부 공평동 55번지	대동인쇄주식회사			서울대학교 도서관(가람 813.5 J462)		원문
					이주영, p.227.	출판
					조선문학창작사 고전문학연구실, [고전소설 해제]([이본목록], p.636)	출판
				개인소장본	10p.까지 낙장.	원문
				박순호 소장본	판권지가 없어서 발행일은 [연구보정](p.909)을 따름.	원문
					2판에 초판 발행일 기록.	출판
金銀榮 경성부 수송동 69번지	보명사 경성부 수송동 69번지			연세대학고 도서관(O 811.37 신소설 -3-6)	초판 발행일 기록. 공동 발행이나 판권지가 가려져 보이지 않음. 1924년에 간행한 2판본인데 도서관 서지정보에는 1913년 간행된 초판의 발행일을 기록.	원문
				국회도서관(811.31 ㅅ585ㅈ)		원문
李周桓 경성 서부 냉동 176통 7호	법한회사인쇄부 경성 서소문가 복거교			국립중앙도서관(3 634-3-40(5))	3판에 초판 발행일(인쇄일의 잘못) 기록.	원문
					3판이 있어 2판도 있을 것으로 추정.	출판
沈禹澤 경성부 공평동 54번지	성문사 경성부 공평동 55번지			국립중앙도서관(3 634-3-76(5))	초판 발행일(대정2.01.22) 기록. 초판 판권지에 따르면 이는 초판 인쇄일임.	원문
					<옥중가인>, 신구서림, 1914(국립중앙도서관 소장본(3634-2-8(1)) 광고에 '獄中錦囊'으로 기록. 발행일로 보아 '신구-정수경-01-02'일 가능성 있음.	광고
					[이본목록], p.636.	목록

번호	작품명 고유번호	표제	문자	면수 가격	인쇄일	발행일	판차	발행자 발행자 주소	발행소 발행소 주소
2642	**정수경전** 유일-정수경-01-00	정슈경젼	한글	20전		1916- -	1		유일서관
2643	**정수경전** 한성-정수경-01-01	정슈경젼	한글			1915-12-18	1	南宮楔	한성서관
2644	**정수경전** 한성-정수경-01-02	정슈경젼	한글				2		한성서관
2645	**정수경전** 한성-정수경-01-03	정슈경젼	한글				3		한성서관
2646	**정수경전** 한성-정수경-01-04	정슈경젼	한글	49p. 12전	1918-10-22	1918-10-28	4	南宮楔 경성부 종로통 3정목 76번지	한성서관 경성부 종로통 3정목 76번지
2647	**정수정전** 경성서-정수정-01-00	녀자츙효록	한글			1921- -	1		경성서적업조합
2648	**정수정전** 경성서-정수정-02-00	녀장군젼	한글			1921- -	1		경성서적업조합
2649	**정수정전** 경성서-정수정-03-00	녀즁호걸	한글			1921- -	1		경성서적업조합
2650	**정수정전** 광문-정수정-01-01	녀중호걸	한글			1917-11-29	1		광문서시
2651	**정수정전** 광문-정수정-01-02	녀중호걸	한글	120p. 26전	1919-01-20	1919-01-25	2	鄭敬憚 경성부 종로통	광문서시 경성부 종로통 2정목
2652	**정수정전** 광문-정수정-02-01	녀중호걸	한글			1922-01-12	1		광문서시
2653	**정수정전** 광문-정수정-02-02	녀중호걸	한글	120p.		1924-02-20	2		광문서시
2654	**정수정전** 광학-정수정-01-01	고대소설 녀장군젼	한글	72p. 25전	1926-01-20	1926-01-25	1	庾錫祚 경성부 종로 3정목 78번지	광학서포 경성부 종로 3정목 78번지
2655	**정수정전** 대조-정수정-01-01	정수정전	한글	25p.		1959- -	1		대조사
2656	**정수정전** 덕흥-정수정-01-01	츙효절의 여즁호걸	한글	113p.		1925-11-30	1	金東縉	덕흥서림
2657	**정수정전** 덕흥-정수정-02-01	(고대소설)녀장 군젼	한글	72p. 25전	1926-01-05	1926-01-10	1	金東縉 경성부 종로 2정목 20번지	덕흥서림 경성부 종로 2정목 20번지
2658	**정수정전** 덕흥-정수정-03-01	(고대소설)녀장 군젼	한글	64p. 30전	1926-01-10	1926-01-15	1	金東縉 경성부 종로 2정목 20번지	덕흥서림 경성부 종로 2정목 20번지
2659	**정수정전** 세창-정수정-01-01	(고대소설)녀장 군젼	한글			1915-02-17	1		세창서관
2660	**정수정전** 세창-정수정-01-02	(고대소설)녀장 군젼	한글	100p. 30전	1916-07-25	1916-07-29	2	姜義永 경성부 종로통 3정목 85번	세창서관 경성부 종로통 3정목 85번
2661	**정수정전** 세창-정수정-02-01	(古代小說)女子 忠孝錄	한글	71p.	1952-12-15	1952-12-30	1	申泰三 서울 특별시 종로구 종로 3가 10	세창서관 서울 특별시 종로구 종 3가 10
2662	**정수정전** 세창-정수정-03-01	녀중호걸	한글	113p.	1952-12-10.	1952-12-30	1	申泰三	세창서관 서울 특별시 종로구 종 3가 10번지

쇄자 쇄소 주소	인쇄소 인쇄소 주소	공동 발행	영인본	소장처 및 청구기호	기타	현황
					<대월서상기>, 유일서관, 1916(국립중앙도서관 소장본(3634-2-117(3)) 광고에 '졍슈경젼'으로 기록.	광고
					4판에 초판 발행일 기록.	출판
					4판이 있어서 2판도 있을 것으로 추정.	출판
					4판이 있어서 3판도 있을 것으로 추정.	출판
敬德 성부 관훈동 30번지	조선복음인쇄소 경성부 관훈동 30번지	유일서관	[구활자본고소설 전집 13]	국립중앙도서관(3 634-2-22(8)=2), 서울대학교 도서관(3350 130)	초판 발행일 기록. 서울대 소장본만 '한성서관, 유일서관' 공동발행.	원문
					[圖書分類目錄], 1921 改正([이본목록], p.639.)	목록
					[圖書分類目錄], 1921 改正([이본목록], p.639.)	목록
					[圖書分類目錄], 1921 改正([이본목록], p.640.)	목록
					2판에 초판 발행일 기록.	출판
敬德 성부 관훈동 30번지	조선복음인쇄소 경성부 관훈동 30번지			국립중앙도서관(3 634-2-86(1))	초판 발행일 기록.	원문
					홍윤표 소장본([이본목록], p.640.)	출판
					홍윤표 소장본([이본목록], p.640.)	원문
翼洙 성부 황금정 2-21	신문관			정명기 소장본		원문
				이화여자대학교 도서관(811.31 대815)	고전소설집 제3집, 숙향전.박문수전.금방울전.두껍전.숙영낭자전과 합철.	원문
		조선도서주식회 사			대전대, [이능우기증도서목록], 1179([이본목록], p.640.)	출판
慶澤 성부 관훈동 30번지	희문사 경성부 관훈동 30번지		[조동일소장국문 학연구자료 21]			원문
鍾汰 성부 종로 2정목 번지	덕흥서림인쇄부 경성부 종로 2정목 20번지			개인소장본		원문
					2판에 초판 발행일 기록.	출판
重煥 성 중림동 333번지	보성사 경성부 수송동 44번지			국립중앙도서관(3 634-2-86(6))	초판 발행일 기록.	원문
炅均 울 특별시 종로구 종로 10	세창인쇄사 서울 특별시 종로구 종로 3가 10			고려대학교 도서관(897.33 여자충 여)		원문
			[구활자본고소설 전집 26]	디지털 한글박물관(홍윤표 소장본), 국회도서관(811.31 ㅅ585ㅇ)		원문

번호	작품명 고유번호	표제	문자	면수 가격	인쇄일	발행일	판차	발행자 발행자 주소	발행소 발행소 주소
2663	**정수정전** 신구-정수정-01-01	녀자츙효록	한글	94p. 25전	1914-08-03	1914-08-05	1	池松旭 경성 남부 자석동 42통 10호	신구서림 경성 남부 자암동 4 10호
2664	**정수정전** 신구-정수정-01-02	녀자츙효록	한글				2		신구서림
2665	**정수정전** 신구-정수정-01-03	(고대소설)녀자 츙효록	한글	73p. 25전	1920-04-05	1920-04-20	3	池松旭 경성부 봉래정 1정목 77번지	신구서림 경성부 봉래정 1정목 77번
2666	**정수정전** 영창-정수정-01-01	(고대소설)녀장 군전	한글				1		영창서관
2667	**정수정전** 영창-정수정-01-02	(고대소설)녀장 군전	한글				2		영창서관
2668	**정수정전** 영창-정수정-01-03	(고대소설)녀장 군전	한글				3		영창서관
2669	**정수정전** 영창-정수정-01-04	(고대소설)녀장 군전	한글				4		영창서관
2670	**정수정전** 영창-정수정-01-05	(고대소설)녀장 군전	한글	82p.		1923- -	5		영창서관
2671	**정수정전** 영창-정수정-02-01	女子忠孝錄	한글	71p.		1936- -	1		영창서관
2672	**정수정전** 조선-정수정-01-01	녀자츙효록	한글	71p. 25전	1925-11-1?	1925-11-20	1	朝鮮圖書株式會社 경성부 견지동 60번지	조선도서주식회사 경성부 견지동 60번
2673	**정수정전** 조선-정수정-02-01	(忠孝節義)녀즁 호걸	한글	113p. 25전	1925-12-20	1925-12-25	1	朝鮮圖書株式會社 경성부 견지동 60번지	조선도서주식회사 경성부 견지동 60번
2674	**정수정전** 조선-정수정-03-01	고대소설 녀장군전	한글	72p. 25전	1926-01-10	1926-01-15	1	朝鮮圖書株式會社 경성부 견지동 60번지	조선도서주식회사 경성부 견지동 60번
2675	**정수정전** 태화-정수정-01-00	여장군	한글	30전		1918- -	1		태화서관
2676	**정수정전** 태화-정수정-02-00	여자충효록	한글			1918- -	1		태화서관
2677	**정수정전** 화광-정수정-01-01	녀장군전	한글	64p.		1934-10-30	1		화광서림
2678	**정수정전** 회동-정수정-01-01	(古代小說)女子 忠孝錄	한글	71p. 25전	1925-11-15	1925-11-20	1	高裕相 경성부 남대문통 1정목 17번지	회동서관 경성부 남대문통 1정 17번지
2679	**정옥란전** 한성-정옥-01-00	정옥난전	한글			1915- -	1		한성서관
2680	**정을선전** 대창-정을-01-01	(古代小說)정을 선전	한글	43p. 20전	1920-01-27	1920-01-30	1	勝木良吉 경성부 남대문통 1정목 22번지	대창서원 경성부 종로 2정목 12번지
2681	**정을선전** 덕흥-정을-01-01	고대소설 정을선전	한글	41p. 15전	1925-10-25	1925-10-30	1	金東縉 경성부 종로 2정목 20번지	덕흥서림 경성부 종로 2정목 20번지
2682	**정을선전** 동미-정을-01-01	정을선전	한글			1915-08-20	1	鄭基誠	동미서시
2683	**정을선전** 동미-정을-01-02	정을선전	한글			1916-05-12	2	鄭基誠	동미서시
2684	**정을선전** 동미-정을-01-03	정을선전	한글	77p. 20전	1917-04-01	1917-04-25	3	鄭基誠 경성 종로 2정목 82번지	동미서시 경성부 봉래정 1정목

인쇄자 인쇄소 주소	인쇄소 인쇄소 주소	공동 발행	영인본	소장처 및 청구기호	기타	현황
金聖杓 경성 동부 통내 등자동 통8호	성문사 경성 중부 종로 발리동 9통10호			연세대학교 도서관(O 811.9308 고대소 -1-8)	자석동은 '紫岩洞'의 오기. 3판에 초판 발행일 기록.	원문
					3판이 있어서 2판도 있을 것으로 추정.	출판
孔禹澤 경성부 공평동 54번지	성문사 경성부 공평동 55번지	한성서관	[구활자본고소설 전집 9]	국립중앙도서관(3 634-2-12(5))	초판 발행일 기록.	원문
					5판 발행연도 기록하여 초판도 있을 것으로 추정.	출판
					5판 발행연도 기록하여 2판도 있을 것으로 추정.	출판
					5판 발행연도 기록하여 3판도 있을 것으로 추정.	출판
					5판 발행연도 기록하여 4판도 있을 것으로 추정.	출판
		한흥서림		영남대학교 도서관(도 813.5 ㅇ337)	발행일은 [이본목록], p.640. 참고.	원문
		한흥서림, 진흥서관		고려대학교 도서관(3636 19)		원문
金翼洙 경성 황금정 2정목 1번지	신문관 경성 황금정 2정목 21번지			국립중앙도서관(3 634-2-86(5))	인쇄일은 판권지 훼손되어 안 보임. [연구보정](p.912)에 기록된 서울대, 영남대 소장본 청구기호는 회동서관판임.	원문
金翼洙 경성 황금정 2정목 1번지	신문관 경성 황금정 2정목 21번지			서울대학교 도서관(3350 120)		원문
金翼洙 경성 황금정 2정목 1번지	신문관 경성 황금정 2정목 21번지			양승민 소장본		원문
					<렬녀전>, 태화서관, 1918(국립중앙도서관 소장본(3634-2-86(2)=2) 광고에 '小說 女將軍傳'로 기록.	광고
					<렬녀전>, 태화서관, 1918. 광고([이본목록], p.639)	광고
					방민호 소장본([연구보정], p.912.)	원문
金翼洙 경성부 황금정 2정목 번지	신문관 경성부 황금정 2정목 21번지			서울대학교 도서관(3350 117)		원문
					<쌍쥬긔연>, 한성서관, 1915(국립중앙도서관 소장본('3634-2-21(1)) 광고에 '정옥난전 近刊'으로 기록.	광고
孔禹澤 경성부 공평동 54번지	성문사 경성부 공평동 55번지			국립중앙도서관(3 634-3-41(7))	인쇄일과 발행일을 펜으로 고쳐씀.	원문
東燮 경성부 종로 2정목 0번지	덕흥서림인쇄부 경성부 종로 2정목 20번지			디지털 한글박물관(홍윤표 소장본)		원문
					3판에 초판 발행일 기록.	출판
					3판에 2판 발행일 기록.	출판
敬德 경성부 관훈동 30번지	조선복음인쇄소 경성부 관훈동 30번지			국립중앙도서관(3 634-3-41(9))	초판, 2판 발행일 기록.	원문

번호	작품명 고유번호	표제	문자	면수 가격	인쇄일	발행일	판차	발행자 발행자 주소	발행소 발행소 주소
2685	정을선전 박문-정을-01-01	(고대소설)정을 선젼	한글			1917-03-30	1		박문서관
2686	정을선전 박문-정을-01-02	(고대소설)정을 선젼	한글	43p. 15전	1918-02-15	1918-02-20	2	盧益亨 경성부 종로 2정목 82번지	박문서관 경성부 종로 2정목 82번지
2687	정을선전 박문-정을-01-03	(고대소설)정을 선젼	한글	43p. 15전	1920-10-27	1920-10-30	3	盧益亨 경성부 봉래정 1정목 88번지	박문서관 경성부 봉래정 1정목 88번지
2688	정을선전 세창-정을-01-01	(고대소설)정을 선젼	한글	43p.		1935- -	1		세창서관
2689	정을선전 세창-정을-02-01	(고대소설)정을 선젼	한글	43p. 임시정가	1952-12-01	1952-12-30	1	申泰三 서울 특별시 종로구 종로 3가 10	세창서관 서울 특별시 종로구 종로 3가 10
2690	정을선전 영창-정을-01-00	정을션전	한글				1		영창서관
2691	정을선전 영화-정을-01-01	고대소설 정을션젼	한글	43p.	1961-10-05	1961-10-10	1	姜槿馨	영화출판사 서울특별시 종로구 종로 2가 98
2692	정을선전 유일-정을-01-01	정을션전	한글			1916- -	1		유일서관
2693	정을선전 이문-정을-01-01	정을션전	한글	43p.		1934- -	1		이문당
2694	정을선전 태화-정을-01-00	정을션	한글			1918- -	1		태화서관
2695	정을선전 회동-정을-01-01	(古代小說)정을 선젼	한글	43p. 20전	1925-11-25	1925-11-30	1	高裕相 경성부 남대문통 1정목 17번지	회동서관 경성부 남대문통 1정 17번지
2696	정진사전 경성서-정진-01-00	(괴산)졍진사젼	한글			1921- -	1		경성서적업조합
2697	정진사전 동문-정진-01-01	(괴산)졍진사젼	한글	65p. 35전	1918-09-25	1918-10-10	1	朴健會 경성 인사동 39번지	동문서림 경성부 수하정 17번지
2698	정진사전 동미-정진-01-00	정진사전	한글			1917- -	1		동미서시
2699	정진사전 세창-정진-01-01	정도령전	한글		1952-08-10	1952-08-30	1	申泰三 서울특별시 종로구 종로 3가 10	세창서관 서울특별시 종로구 종로 3가 10
2700	정진사전 세창-정진-02-01	정도령전	한글	63p. 18전	1952-12-10	1952-12-30	1	申泰三 서울특별시 종로구 종로 3가 10	세창서관 서울특별시 종로구 종로 3가 10
2701	정진사전 세창-정진-03-01	원본 정도령전	한글			1953-12-30	1	申泰三	세창서관
2702	정진사전 세창-정진-04-01	원본 정도령전	한글	63p. 200	1962-08-10	1962-12-30	1	申泰三 서울특별시 종로구 종로 3가 10	세창서관 서울특별시 종로구 종로 3가 10
2703	정진사전 태화-정진-01-00	정진사	한글			1918- -	1		태화서관
2704	정충신 회동-정충-01-01	일대명장 정충신	한글	73p.		1927- -	1		회동서관
2705	정향전 회동-정향-01-00	정향전	한글			1916- -	1		회동서관

인쇄자 인쇄소 주소	인쇄소 인쇄소 주소	공동 발행	영인본	소장처 및 청구기호	기타	현황
			[활자본고전소설 전집 10]		초판 발행일에 대해 2판에서는 3월 30일, 3판에서는 3월 10일, [활자본고전소설전집] 해제에서는 2월 20일로 기록. 여기서는 2판의 기록 따름.	원문
金重培 경성부 수송동 69번지	보명사 경성부 수송동 69번지			서울대학교 도서관(3350 26)	초판 발행일 기록.	원문
金重煥 경성부 공평동 55번지	대동인쇄주식회사 경성부 공평동 55번지		[구활자소설총서 11]	국립중앙도서관 (3634-2-16(2))	초판 발행일 기록.	원문
				이화여자대학교 도서관(811.31 정78A)		원문
	세창인쇄사 서울 특별시 종로구 종로 3가 10			고려대학교 도서관(897.33 정을선 정)		원문
					[출판목록]([이본목록], p.647)	목록
新社印刷部				개인소장본	소재영 외, p.239.	원문
		한성서관			우쾌제, p.134.	출판
					이주영, p.227.	출판
					<렬녀전>, 태화서관, 1918. 광고.([이본목록], p.647)	광고
金翼洙 경성부 황금정 2정목 21번지	신문관 경성부 황금정 2정목 21번지			국립중앙도서관(3 634-3-41(12))		원문
					[圖書分類目錄], 1921 改正([이본목록], p.648)	목록
家恒衛 경성 명치정 1정목 54번지	일한인쇄소 경성 명치정 1정목 54번지		[활자본고전소설 전집 10]	국립중앙도서관(3 634-2-26(1))	12회의 장회체(총목차).	원문
					<당태종전>, 동미서시, 1917. 광고.([이본목록], p.648)	광고
	세창인쇄사 서울특별시 종로구 종로 3가 10			박순호 소장본	<정도령전>과 <정을선전> 합철. 본문의 뒷장 판권지에 '소화10.08.30 발행'이라 기록. 다음 장에 1952년 판권지 있음.	원문
	세창인쇄사 서울특별시 종로구 종로 3가 10			정명기 소장본		원문
					박순호 소장본([연구보정], p.921.)	원문
	세창인쇄사 서울특별시 종로구 종로 3가 10		[구활자본고소설 전집 31]			원문
					<렬녀전>, 태화서관, 1918. 광고.([이본목록], p.648)	광고
				영남대학교 도서관(도 813.5 ㅈ512)		원문
					金大(ㄹ12-1:26 松)([이본목록], p.651)	목록

번호	작품명 고유번호	표제	문자	면수 가격	인쇄일	발행일	판차	발행자 발행자 주소	발행소 발행소 주소
2706	제갈량 광익-제갈-01-01	(삼국풍진) 제갈량	한글			1915-10-11	1	玄公廉	광익서관
2707	제갈량 광익-제갈-01-02	(삼국풍진) 제갈량	한글	160p. 50전	1917-06-26	1917-06-30	2	玄公廉 경성부 계동 99번지	광익서관 경성부 종로통 2정목 87번지
2708	제갈량 광익-제갈-01-03	(삼국풍진) 제갈량	한글	160p. 35전	1918-12-15	1918-12-20	3	玄公廉 경성부 계동 99번지	광익서관 경성부 종로통 2정목 87번지
2709	제갈량 박문-제갈-01-01	(少年叢書) 諸葛亮	한글	70p. 30전	1922-07-02	1922-07-05	1	盧益亨 경성부 봉래정 1정목 88번지	박문서관 경성부 봉래정 1정목 88번지
2710	제갈량 세창-제갈-01-00	제갈량전	한글			1952- -	1		세창서관
2711	제갈량 신명-제갈-01-00	제갈량	한글			1930- -	1		신명서림
2712	제마무전 경성서-제마-01-00	제마무전	한글			1921- -	1		경성서적업조합
2713	제마무전 경성서-제마-02-01	고대소설 몽결초한송	한글			1925-12-25	1		경성서적업조합
2714	제마무전 경성서-제마-02-02	고대소설 몽결초한송	한글	61p. 15전	1926-12-18	1926-12-20	2	洪淳泌 경성부 견지동 60번지	경성서적업조합 경성부 견지동 60번지
2715	제마무전 대동-제마-01-00	마무전	한글			1916- -	1		대동서원
2716	제마무전 덕흥-제마-01-01	제마무전	한글	66p. 25전	1925-10-25	1925-10-30	1	金東縉 경성부 종로 2정목 20번지	덕흥서림 경성부 종로 2정목 20번지
2717	제마무전 동양대-제마-01-01	제마무전	한글	68p.		1929- -	1		동양대학당
2718	제마무전 박문-제마-01-01	고대소설 제마무전	한글	56p. 25전		1925- -	1	洪淳泌 경성부 견지동 60번지	박문서관 경성부 종로 2정목 82번지
2719	제마무전 성문-제마-01-01	몽결초한송	한글			1914- -	1		성문당서점
2720	제마무전 세창-제마-01-01	(고대소설)몽결 초한송	한글	56p. 임시정가	1952-08-10	1952-08-30	1	申泰三 서울특별시 종로구 종로 3가 10	세창서관 서울특별시 종로구 종로 3가 10
2721	제마무전 세창-제마-02-01	(고대소설)몽결 초한송	한글	56p. 임시정가 200	1961-08-10	1961-12-30	1	申泰三 서울특별시 종로구 종로 3가 10	세창서관 서울특별시 종로구 종로 3가 10
2722	제마무전 신구-제마-01-01	(고대소설)몽결 초한송	한글	95p. 25전	1914-08-03	1914-08-05	1	池松旭 경성부 화천정 213번지	신구서림 경성부 화천정 213번지
2723	제마무전 신구-제마-01-02	(고대소설)몽결 초한송	한글			1917-01-20	2	池松旭	신구서림
2724	제마무전 신구-제마-01-03	(고대소설)몽결 초한송	한글	87p. 30전	1917-10-25	1917-10-30	3	池松旭 경성부 봉래정 1정목 77번지	신구서림 경성부 봉래정 1정목 77번지
2725	제마무전 신구-제마-01-04	(고대소설)몽결 초한송	한글	87p. 20전	1919-02-27	1919-03-03	4	池松旭 경성부 봉래정 1정목 77번지	신구서림 경성부 봉래정 1정목 77번지
2726	제마무전 신구-제마-01-05	(고대소설)몽결 초한송	한글	87p. 25전	1922-01-15	1922-01-20	5	池松旭 경성부 봉래정 1정목 77번지	신구서림 경성부 봉래정 1정목 77번지

쇄자 쇄소 주소	인쇄소 인쇄소 주소	공동 발행	영인본	소장처 및 청구기호	기타	현황
					2판에 초판 발행일 기록. 저자, 발행자는 [연구보정](p.924)을 참고, 일본 평전 <제갈량>을 번역하면서 고소설화 함.(김성철, 2010)	출판
弘奎 성부 가회동 216번지	보성사 경성부 수송동 44번지		[구활자본고소설 전집 13]	국립중앙도서관(3 634-2-29(8))	초판 발행일 기록. 15장의 장회체(총목차). 일본 평전 <제갈량>을 번역하면서 고소설화 함.(김성철, 2010).	원문
弘奎 성부 가회동 216번지	보성사 경성부 수송동 44번지			정명기 소장본	초판, 2판 발행일 기록. 15장의 장회체(총목차)	원문
重煥 성부 공평동 55번지	대동인쇄주식회사 경성부 공평동 55번지			서울대학교 도서관(3350 38)		원문
					광고(1952)([이본목록], p.652)	광고
					광고(1930)([이본목록], p.652)	광고
					[圖書分類目錄], 1921 改正([이본목록], p.654)	목록
					2판에 초판 발행일 기록.	출판
泰均 성부 공평동 55번지	대동인쇄주식회사 경성부 공평동 55번지			영남대학교 도서관(도 813.5 ㅁ624)	초판 발행일 기록.	원문
					우쾌제, p.125.	출판
東燮 성부 종로 2정목 번지	덕흥서림인쇄부 경성부 종로 2정목 20번지			박순호 소장본		원문
					대전대, [이능우 寄目], 1184([이본목록], p.655)	출판
禹澤 성부 공평동 55번지	대동인쇄주식회사 경성부 공평동 55번지			영남대학교 도서관(도 813.5 ㅈ546)	인쇄일 발행일은 판권지가 가려져 보이지 않음. 발행연도는 도서관 서지정보를 따름.	원문
					우쾌제, p.125.	출판
	세창인쇄사 서울특별시 종로구 종로 3가 10			디지털 한글박물관(홍윤표 소장본)		원문
	세창인쇄사 서울특별시 종로구 종로 3가 10			개인소장본		원문
禹澤 성부 효자동 103번지	성문사 경성부 공평동 55번지		[구활자본고소설 전집 3]	국립중앙도서관(3 634-2-26(4))	3판과 4판, 5판, 6판에 초판 발행일 기록, <제마무전>(pp.1~79)에 <회심곡>(pp.79~95) 합철.	원문
					3판에 2판 발행일 기록.	출판
禹澤 성부 공평동 54번지	성문사 경성부 공평동 55번지			국립중앙도서관(3 634-2-118(1))	초판, 2판 발행일 기록. <제마무전>(pp.1~73)에 <회심곡>(pp.73~87) 합철.	원문
禹澤 성부 공평동 54번지	성문사 경성부 공평동 55번지			국립중앙도서관(3 634-2-26(5))	초판 발행일 기록. '3판' 인쇄일은 4판 인쇄일의 잘못. <제마무전>(pp.1~73)에 <회심곡>(pp.73~87) 합철.	원문
重煥 성부 공평동 55번지	대동인쇄주식회사 경성부 공평동 55번지			국립중앙도서관(3 634-2-118(3))	초판 발행일 기록. <제마무전>(pp.1~73)에 <회심곡>(pp.73~87) 합철.	원문

번호	작품명 고유번호	표제	문자	면수 가격	인쇄일	발행일	판차	발행자 발행자 주소	발행소 발행소 주소
2727	제마무전 신구-제마-01-06	(고대소설)몽결 초한숑	한글	87p. 25전	1923-12-05	1923-12-10	6	池松旭 경성부 봉래정 1정목 77번지	신구서림 경성부 봉래정 1정목 77번지
2728	제마무전 신문-제마-01-01	져마무전	한글	48p. 6전	1914-03-16	1914-03-18	1	崔昌善 남부 상리동 32-4	신문관 경성 남부 상리동
2729	제마무전 영창-제마-01-01	제마무젼 권지단	한글	66p.		1925-12-25	1	姜義永	영창서관
2730	제마무전 조선-제마-01-01	(교정)졔마무젼	한글			1916-11-05	1	南宮楔	조선도서주식회사
2731	제마무전 조선-제마-01-02	(교정)졔마무젼	한글				2		조선도서주식회사
2732	제마무전 조선-제마-01-03	(교정)졔마무젼	한글	84p. 25전	1922-02-28	1922-03-06	3	南宮楔 경성부 관훈동 72번지	조선도서주식회사 경성부 관훈동 30번지
2733	제마무전 조선-제마-02-01	(고대소설)몽결 초한숑	한글	61p. 25전		1925-12-25	1	朝鮮圖書株式會社 경성부 견지동 60번지	조선도서주식회사 경성부 견지동 60번지
2734	제마무전 태산-제마-01-01	몽결초한송	한글			1925- -	1		태산서림
2735	제마무전 한성-제마-01-01	교정 졔마무젼	한글			1916- -	1		한성서관
2736	제마무전 회동-제마-01-01	(古代小說)夢決 楚漢頌	한글	61p.		1925- -	1		회동서관
2737	제환공 경성서-제환-01-00	제환공	한글			1921- -	1		경성서적업조합
2738	제환공 광동-제환-01-01	제환공전	한글			1918- -	1		광동서국
2739	제환공 대창-제환-01-01	제환공	한글	70p. 40전	1918-10-26	1918-11-03	1	玄公廉 경성부 계동 99번지	대창서원 경성부 종로 2정목 12번지
2740	조생원전 경성서-조생-01-00	됴생원젼	한글			1921- -	1		경성서적업조합
2741	조생원전 대성-조생-01-01	천리춘색	한글	54p. 25전	1925-10-05	1925-10-12	1	姜殷馨 경성부 입정정 119번지	대성서림 경성부 입정정 119번지
2742	조생원전 박문-조생-01-01	됴생원젼	한글			1926-01-15	1		박문서관
2743	조생원전 박문-조생-01-02	됴생원젼	한글	62p. 20전	1927-02-22	1927-02-25	2	朝鮮圖書株式會社 경성부 견지동 60번지	박문서관 경성부 종로 2정목 82번지
2744	조생원전 성문-조생-01-01	됴생원젼	한글	55p. 40전	1937-12-15	1937-12-20	1	韓興敎 경성부 하현정 190번지	성문당서점 경성부 서대문정 1정목 79
2745	조생원전 세창-조생-01-01	고대소설 조생원전	한글	49p. 임시정가	1952-08-10	1952-08-30	1	申泰三 서울특별시 종로구 종로 3가 10	세창서관 서울특별시 종로구 종로 3가 10
2746	조생원전 세창-조생-02-01	죠생원젼	한글	49p.	1953-09-10	1953-12-30	1	申泰三 서울특별시 종로구 종로 3가 10	세창서관 서울특별시 종로구 종로 3가 10
2747	조생원전 세창-조생-02-02	죠생원젼	한글	49p.	1961-08-10	1961-12-30	2	申泰三 서울특별시 종로구 종로 3가 10	세창서관 서울특별시 종로구 종로 3가 10

인쇄자 / 인쇄소 주소	인쇄소 / 인쇄소 주소	공동 발행	영인본	소장처 및 청구기호	기타	현황
沈禹澤 / 경성부 공평동 55번지	대동인쇄주식회사 / 경성부 공평동 55번지			국립중앙도서관(3 634-2-118(2))	초판 발행일 기록. <제마무전>(pp.1~73)에 <회심곡>(pp.73~87) 합철.	원문
崔誠愚 / 남부 상리동 32-4	신문관 / 남부 상리동 32-4		[아단문고고전총서 1]	서강대학교 도서관(CL 811.36 져31)		원문
					박순호 소장본([연구보정], p.925.)	원문
					3판에 초판 발행일 기록.	출판
					3판이 있어서 2판도 있을 것으로 추정.	출판
金重煥 / 경성부 공평동 55번지	대동인쇄주식회사 / 경성부 공평동 55번지		[구활자본고소설 전집 31], [구활자소설총서 10]	국립중앙도서관(3 634-2-16(10))	초판 발행일 기록. '텬연자 찬명'. <회심곡> 첨부(pp.75~84).	원문
金翼洙 / 경성 황금정 2정목 1번지	신문관 / 경성 황금정 2정목 21번지			국립중앙도서관(3 634-2-26(6))	<회심곡> 첨부(pp.52~61). 인쇄일 부분이 잘려서 보이지 않음.	원문
					이주영, p.228.	출판
					한국학중앙연구원 소장본(D7B-56)([이본목록], p.655.)	원문
				서울대학교 도서관(3350 143)	원문은 있으나 판권지 없음. 발행연도는 도서관 서지 정보를 따름.	원문
					[圖書分類目錄], 1921 改正([이본목록], p.657)	목록
					우쾌제, p.135.	출판
久家恒衛 / 경성부 명치정 1정목 54번지	일한인쇄소 / 경성부 명치정 1정목 54번지		[구활자본고소설 전집 31]	국립중앙도서관(3 634-2-33(4))		원문
					[圖書分類目錄], 1921 改正([이본목록], p.660)	목록
方熙榮 / 경성부 수은동 68번지	해영사인쇄소 / 경성부 수은동 68번지			서울대학교 도서관(3340 123)		원문
					2판에 초판 발행일 기록.	출판
仁煥 / 경성부 황금정 2정목 148번지	경성신문사 / 경성부 황금정 2정목 148번지			정명기 소장본	초판 발행일 기록.	원문
翰柱 / 경성부 내수정 194번지	동아인쇄소 / 경성부 내수정 194번지			박순호 소장본		원문
	세창인쇄사 / 서울특별시 종로구 종로 3가 10			개인소장본		원문
	세창인쇄사 / 서울특별시 종로구 종로 3가 10					출판
	세창인쇄사 / 서울특별시 종로구 종로 3가 10			디지털 한글박물관(이태영 소장본)	1953년, 1961년 발행의 판권지 2장 있음. 1953년 것을 초판, 1961년 것을 2판으로 간주함.	원문

번호	작품명 고유번호	표제	문자	면수 가격	인쇄일	발행일	판차	발행자 발행자 주소	발행소 발행소 주소
2748	조생원전 신구-조생-01-01	됴생원전	한글	62p. 25전	1917-12-01	1917-12-05	1	池松旭 경성부 봉래정 1정목 77번지	신구서림 경성부 봉래정 1정목 77번지
2749	조생원전 회동-조생-01-01	됴생원전	한글	52p. 20전	1925-12-20	1925-12-25	1	高裕相 경성부 남대문통 1정목 17번지	회동서관 경성부 남대문통 1정목 17번지
2750	조씨삼대록 신구-조씨-01-01	조씨삼대록	한글			1917- -	1		신구서림
2751	조웅전 경성서-조웅-01-01	죠웅전	한글			1917-03-23	1		경성서적업조합
2752	조웅전 경성서-조웅-01-02	죠웅전	한글			- -	2		경성서적업조합
2753	조웅전 경성서-조웅-01-03	죠웅전	한글			- -	3		경성서적업조합
2754	조웅전 경성서-조웅-01-04	죠웅전	한글			- -	4		경성서적업조합
2755	조웅전 경성서-조웅-01-05	죠웅전	한글			- -	5		경성서적업조합
2756	조웅전 경성서-조웅-01-06	죠웅전	한글			- -	6		경성서적업조합
2757	조웅전 경성서-조웅-01-07	죠웅전	한글	89p. 35전	1920-01-10	1920-01-13	7	金東縉 경성부 종로통 2정목 20번지	경성서적업조합소 경성부 관훈동 155번
2758	조웅전 경성서-조웅-02-01	죠웅전	한글			1925-10-30	1	洪淳泌	경성서적업조합
2759	조웅전 경성서-조웅-02-02	죠웅전	한글	104p. 20전	1926-12-18	1926-12-20	2	洪淳泌 경성부 견지동 60번지	경성서적업조합 경성부 견지동 60번
2760	조웅전 대성-조웅-01-01	죠웅전	한글	94p. 30전	1928-10-10	1928-10-18	1	姜殷馨 경성부 입정정 119번지	대성서림 경성부 입정정 119번
2761	조웅전 대성-조웅-01-02	죠웅전	한글	94p. 30전	1929-12-20	1929-12-28	2	姜殷馨 경성부 입정정 119번지	대성서림 경성부 입정정 119번
2762	조웅전 대조-조웅-01-01	조웅전	한글	90p.		1959- -	1		대조사
2763	조웅전 대창-조웅-01-01	죠웅전	한글			1916-02-25	1	金東縉	대창서원
2764	조웅전 대창-조웅-01-02	죠웅전	한글				2		대창서원
2765	조웅전 대창-조웅-01-03	죠웅전	한글				3		대창서원
2766	조웅전 대창-조웅-01-04	죠웅전	한글				4		대창서원
2767	조웅전 대창-조웅-01-05	죠웅전	한글				5		대창서원
2768	조웅전 대창-조웅-01-06	죠웅전	한글				6		대창서원
2769	조웅전 대창-조웅-01-07	죠웅전	한글				7		대창서원
2770	조웅전 대창-조웅-01-08	죠웅전	한글				8		대창서원

쇄자 쇄소 주소	인쇄소 인쇄소 주소	공동 발행	영인본	소장처 및 청구기호	기타	현황
禹澤 성부 공평동 54번지	성문사 경성부 공평동 55번지	한성서관		국립중앙도서관(3 634-2-66(5))		원문
翼洙 성부 황금정 2정목 번지	신문관 경성부 황금정 2정목 21번지		[활자본고전소설 전집 10]	서울대학교 도서관(3340 1 10)	'朝鮮古代小說叢書 10권'에 '雄雉傳, 薔花紅蓮傳, 錦囊二山, 李進士傳'과 합철.	원문
		한성서관			우쾌제, p.135.	출판
					7판에 초판 발행일 기록.	출판
					7판이 있어 2판도 있을 것으로 추정.	출판
					7판이 있어 3판도 있을 것으로 추정.	출판
					7판이 있어 4판도 있을 것으로 추정.	출판
					7판이 있어 5판도 있을 것으로 추정.	출판
					7판이 있어 6판도 있을 것으로 추정.	출판
重煥 성부 관훈동 30번지	조선복음인쇄소 경성부 관훈동 30번지			정명기 소장본	초판 발행일 기록.	원문
					2판에 초판 발행일 기록.	출판
泰均 성부 공평동 55번지	대동인쇄주식회사 경성부 공평동 55번지			국립중앙도서관(3 634-2-75(7))	상중하 3권 1책(상 pp.1~36, 중 pp.37~71, 하 pp.72~104). 초판 발행일 기록.	원문
敎瓚 성부 황금정 정목21번지	신문관 경성부 황금정 2정목 21번지			국립중앙도서관(3 634-2-75(4))	상중하 3권 1책(상 pp.1~33, 중 pp.34~64, 하 pp.65~94). 2판에 초판 발행일 기록.	원문
禹澤 성부 공평동 55번지	대동인쇄주식회사 경성부 공평동 55번지			국립중앙도서관(3 634-2-75(5))	상중하 3권 1책(상 pp.1~33, 중 pp.34~64, 하 pp.65~94). 초판 발행일 기록.	원문
				연세대학교 도서관(이석호811. 9308 59가-2)	[고대소설집 제2집], 대조사, 1959.에 <심청전>, <장화홍연전>, <사명당>과 합철.	원문
					9판에 초판 발행일 기록.	출판
					9판이 있어서 2판도 있을 것으로 추정.	출판
					9판이 있어서 3판도 있을 것으로 추정.	출판
					9판이 있어서 4판도 있을 것으로 추정.	출판
					9판이 있어서 5판도 있을 것으로 추정.	출판
					9판이 있어서 6판도 있을 것으로 추정.	출판
					9판이 있어서 7판도 있을 것으로 추정.	출판
					9판이 있어서 8판도 있을 것으로 추정.	출판

번호	작품명 고유번호	표제	문자	면수 가격	인쇄일	발행일	판차	발행자 발행자 주소	발행소 발행소 주소
2771	**조웅전** 대창-조웅-01-09	죠웅전	한글	104p. 30전	1922-01-06	1922-01-09	9	金東縉 경성부 종로 2정목 20번지	대창서원 경성부 견지동 80번
2772	**조웅전** 대창-조웅-02-01	죠웅전	한글	89p. 30전	1920-12-27	1920-12-30	1	玄公廉 경성부 계동 99번지	대창서원 경성부 종로통 2정 19번지
2773	**조웅전** 대창-조웅-02-02	죠웅전	한글	89p. 30전	1922-02-25	1922-02-28	2	玄公廉 경성부 계동 99번지	대창서원 경성부 견지동 80번
2774	**조웅전** 덕흥-조웅-01-01	고대쇼설 됴웅전	한글	124p. 30전	1914-01-25	1914-01-28	1	金東縉 경성 중부 전동 2통 5호	덕흥서림 경성 중부 전동 2통
2775	**조웅전** 덕흥-조웅-01-02	됴웅전	한글	122p. 30전	1915-03-08	1915-03-10	2	金東縉 경성부 견지동 67번지	덕흥서림 경성부 견지동 67번
2776	**조웅전** 덕흥-조웅-01-03	됴웅전	한글	122p. 30전	1916-01-02	1916-01-05	3	金東縉 경성부 견지동 67번지	덕흥서림 경성부 견지동 67번
2777	**조웅전** 덕흥-조웅-01-04	됴웅전	한글				4		덕흥서림
2778	**조웅전** 덕흥-조웅-01-05	죠웅전	한글	114p. 35전	1917-11-01	1917-11-06	5	金東縉 경성부 종로통 2정목 20번지	덕흥서림 경성부 종로통 2정 20번지
2779	**조웅전** 덕흥-조웅-01-06	됴웅전	한글				6		덕흥서림
2780	**조웅전** 덕흥-조웅-01-07	됴웅전	한글				7		덕흥서림
2781	**조웅전** 덕흥-조웅-01-08	됴웅전	한글				8		덕흥서림
2782	**조웅전** 덕흥-조웅-01-09	됴웅전	한글				9		덕흥서림
2783	**조웅전** 덕흥-조웅-01-10	죠웅전 : 상중하 합편	한글	104p. 30전	1923-12-15	1923-12-25	10	金東縉 경성부 종로통 2정목 20번지	덕흥서림 경성부 종로 2정목 20번지
2784	**조웅전** 동아-조웅-01-01	조웅전	한글			1935- -	1		동아서관
2785	**조웅전** 동양서-조웅-01-01	(古代小說) 趙雄傳	한글	94p. 30전	1925-09-28	1925-09-30	1	趙男熙 경성부 종로2정목 86번지	동양서원 경성부 종로2정목 86번지
2786	**조웅전** 박문-조웅-01-01	(고대소설) 죠웅전	한글			1916-02-25	1		박문서관
2787	**조웅전** 박문-조웅-01-02	(고대소설) 죠웅전	한글	104p. 30전	1921-02-19	1921-02-21	2	盧益亨 경성부 봉래정 1정목 85번지	박문서관 경성부 봉래정 1정목 85번지
2788	**조웅전** 박문-조웅-02-01	됴웅전	한글	114p. 30전	1916-11-26	1916-11-27	1	盧益亨 경성 남대문통 4정목 69번지	박문서관 경성 남대문통 4정목 69번지
2789	**조웅전** 보급-조웅-01-01	조웅전	한글			1922- -	1		보급서관
2790	**조웅전** 보성-조웅-01-01	조웅전	한글			1917- -	1		보성사
2791	**조웅전** 세계-조웅-01-01	조웅전	한글	64p.			1		세계서림 경성 종로 1정목 72

인쇄자 인쇄소 주소	인쇄소 인쇄소 주소	공동 발행	영인본	소장처 및 청구기호	기타	현황
鞠基禎 경성부 견지동 32번지	한성도서주식회사 경성부 견지동 32번지	덕흥서림, 박문서관		국립중앙도서관(3 634-2-75(1))	상중하 3권 1책(상 pp.1~36, 중 pp.37~71, 하 pp.72~104). 초판 발행일 기록.	원문
金聖杓 경성부 황금정 1정목 181번지	박문관인쇄소 경성부 황금정 1정목 181번지			국립중앙도서관(3 634-2-75(3))	상중하 3권 1책(상 pp.1~31, 중 pp.32~61, 하 pp.62~89). 판권지에 <유충렬전>으로 기록되었으나, '대창-조웅-02-02'에 기록된 초판의 인쇄일과 발행일이 '대창-조웅-02-01'의 인쇄일과 발행일이 일치함.	원문
金聖杓 경성부 견지동 80번지	계문사 경성부 견지동 80번지	보급서관		국립중앙도서관(3 634-2-95(7))	상중하 3권 1책(상 pp.1~31, 중 pp.32~61, 하 pp.62~89). 초판 인쇄일, 발행일 기록.	원문
申永求 경성 북부 원동 12통 1호	보성사 경성 북부 전동 14통 1호			국립중앙도서관(3 634-2-95(2))	3권 1책(권1 pp.1~38, 권2 pp.1~40, 권3 pp.1~46). 권2, 3에 각각 1p씩 빈 면이 있어 실제로 인쇄된 것은 122p임. 10판에 초판 발행일 기록.	원문
申永求 경성 원동 145번지	보성사 경성부 수송동 44번지			국립중앙도서관(3 634-2-95(3))	3권 1책(권1 pp.1~38, 권2 pp.39~77, 권3 pp.78~122). 초판 인쇄일, 발행일 기록. 3판에 2판 발행일 기록.	출판
金重煥 경성부 중림동 333번지	보성사 경성부 수송동 44번지			국립중앙도서관(3 634-2-95(4))	3권 1책(권1 pp.1~38, 권2 pp.39~77, 권3 pp.78~122). 초판과 2판 발행일 기록.	출판
					10판이 있어 4판도 있을 것으로 추정.	출판
金弘奎 경성부 가회동 216번지	보성사 경성부 수송동 44번지	한성서관, 신구서림		국립중앙도서관(3 634-2-76(1))	권 구분 없이 단권 체제임.	원문
					10판이 있어 6판도 있을 것으로 추정.	출판
					10판이 있어 7판도 있을 것으로 추정.	출판
					10판이 있어 8판도 있을 것으로 추정.	출판
					10판이 있어 9판도 있을 것으로 추정.	출판
朴仁煥 경성부 황금정 2정목 148번지	융문관인쇄소 경성부 황금정 2정목 148번지	박문서관		국립중앙도서관(3 634-2-95(8))	상중하 합편(상 pp.1~36, 중 pp.37~71, 하 pp.72~104). 초판 발행일 기록	원문
					우쾌제, p.135.	출판
金翼洙 경성부 황금정 2-21	신문관		[아단문고고전총 서 9]	연세대학교 도서관(열운(O) 811.93 조웅전 25가)	상중하하편(상 pp.1~33p, 중 pp.34~64, 하 pp.65~94). 도서관 서지정보에는 신문관 발행으로 되어 있으나, 신문관은 인쇄소이며 발행소는 동양서원임.	원문
					2판에 초판 발행일 기록.	출판
金重煥 경성부 공평동 55번지	대동인쇄주식회사 경성부 공평동 55번지			국립중앙도서관(3 634-2-24(4))	상중하 합편(상 pp.1~36p, 중 pp.37~71, 하 pp.72~114). 초판 발행일 기록.	원문
金敎瓚 경성부 소격동 41번지	보성사 경성부 수송동 44번지			국립중앙도서관(3 634-2-24(6))		원문
					우쾌제, p.135.	출판
					우쾌제, p.135.	출판
				개인소장본	상중하 합편. 판권지가 훼손되어 나머지 정보를 알 수 없음.	원문

번호	작품명 고유번호	표제	문자	면수 가격	인쇄일	발행일	판차	발행자 발행자 주소	발행소 발행소 주소
2792	조웅전 세창-조웅-01-01	됴웅전	한글	93p.		1923- -	1		세창서관
2793	조웅전 세창-조웅-02-01	죠웅전	한글	79p. 30전	1933-09-15	1933-09-20	1	申泰三 경성부 종로 3정목 141번지	세창서관 조선 경성부 종로 3정 141번지
2794	조웅전 세창-조웅-03-01	조웅전	한글	75p.		1952- -	1		세창서관
2795	조웅전 세창-조웅-04-01	죠웅전	한글	임시정가 200	1962-08-10	1962-12-30	1	申泰三 서울특별시 종로구 종로 3가 10	세창서관 서울특별시 종로구 종로3가 10
2796	조웅전 세창-조웅-04-02	죠웅전	한글	75p. 임시정가	1964-08-10	1964-11-30	2	申泰三 서울특별시 종로구 종로 3가 10	세창서관 서울특별시 종로구 종로3가 10
2797	조웅전 신문-조웅-01-01	죠웅전	한글	94p.		1925- -	1		신문관
2798	조웅전 영창-조웅-01-00	조웅전	한글				1		영창서관
2799	조웅전 영화-조웅-01-01	죠웅전	한글	93p. 140원	1956-10-15	1956-10-20	1	姜槿馨	영화출판사 서울특별시 종로구 관철동 155
2800	조웅전 영화-조웅-02-00	됴웅전	한글	93p.		1958-10-20	1	姜槿馨	영화출판사
2801	조웅전 영화-조웅-03-00	(고대소설) 죠웅전	한글	93p. 200			1		영화출판사 서울
2802	조웅전 조선복-조웅-01-01	조웅전	한글			1917- -	1		조선복음인쇄소
2803	조웅전 태화-조웅-01-01	조웅전	한글	79p.		1928-10-18	1	姜夏馨	태화서관
2804	조웅전 항민-조웅-01-01	(고대소설) 조웅전	한글	90p. 50원	1964-10-25	1964-10-30	1		향민사 대구시 향촌동 13
2805	조웅전 화광-조웅-01-01	죠웅전	한글	79p. 30전	1935-12-10	1935-12-15	1	姜範馨 경성부 종로통 3정목 80	화광서림 경성 종로 3정목 80
2806	조웅전 회동-조웅-01-01	죠웅전	한글	94p. 25전	1925-10-25	1925-10-30	1	高裕相 경성부 남대문통 1정목 17번지	회동서관 경성부 남대문통 1정 17번지
2807	주봉전 대창-주봉-01-00	주해선전	한글			1921- -	1		대창서원
2808	주원장창업실기 경성서-주원-01-00	쥬원장챵업긔	한글			1921- -	1		경성서적업조합
2809	주원장창업실기 광문-주원-01-00	朱元璋創業記	한글	15전		1922- -	1		광문서시
2810	주원장창업실기 대창-주원-01-01	쥬원장창업긔	한글		1919-03-02	1919-03-05	1	鄭基誠	대창서원
2811	주원장창업실기 대창-주원-01-02	쥬원장창업긔	한글	86p. 30전	1921-01-28	1921-02-02	2	鄭基誠 경성부 가회동 147번지	대창서원 경성부 낙원동 132번
2812	주원장창업실기 박문-주원-01-01	쥬원장창업긔	한글	86p. 25전	1919-03-01	1919-03-05	1	鄭基誠 경성부 가회동 147번지	박문서관 경성부 종로 2정목 82번지

쇄자 쇄소 주소	인쇄소 인쇄소 주소	공동 발행	영인본	소장처 및 청구기호	기타	현황
			[구활자본고소설 전집 31]		영인본에 판권지 없음. 발행연도는 영인본의 해제에 따름. 상중하 합편(상 pp.1~33, 중 pp.34~64, 하 pp.65~93)	원문
泰和 성부 종로 3정목 1번지	세창서관인쇄부 경성부 종로 3정목 141번지			국립중앙도서관(3 634-2-95(5))	상중하 합편(상 pp.1~28, 중 pp.28~54, 하 pp.54~79).	원문
				국회도서관(811.31 ㅅ585ㅈ)	상중하 합편. 협정기관에서 원문 보기 가능.	원문
	세창인쇄사 서울특별시 종로구 종로3가 10			박순호 소장본	1962년과 1964년, 두 개의 판권지가 있음. 앞의 것을 초판, 뒤의 것을 2판으로 추정.	출판
	세창인쇄사 서울특별시 종로구 종로3가 10			박순호 소장본	1962년과 1964년, 두 개의 판권지가 있음. 앞의 것을 초판, 뒤의 것을 2판으로 추정.	원문
				연세대학교 도서관(열운(O) 811.93 조웅전 25가)	상중하 합편	원문
					[출판목록]([이본목록], p.681)	목록
新社印刷部				개인소장본	상중하 합편.	원문
				서울대학교 도서관(奎古 541 1 1)	상하 합편.	원문
				디지털한글박물관(여태명 소장본)	상중하 합편(상 pp.1~33, 중 pp.34~64, 하 pp.65~93). 판권지 없음.	원문
					우쾌제, p.135.	출판
					조희웅 소장본([연구보정], p.946.)	원문
				소인호 소장본		원문
翰柱 성부 관훈동 30번지	동아인쇄소 경성부 관훈동 30번지			국립중앙도서관(3 634-2-76(2))	상중하 합편(상 pp.1~28, 중 pp.28~54, 하 pp.54~79).	원문
翼洙 성부 황금정 2정목 번지	신문관 경성부 황금정 2정목 21번지			국립중앙도서관(3 634-2-75(6))	상중하 합편(상 pp.1~33, 중 pp.34~64, 하 pp.65~94)	원문
					우쾌제, p.135.	출판
					[圖書分類目錄], 1921 改正([이본목록], p.686.)	목록
					<용매기연>, 광문서시, 1922(국립중앙도서관 소장본(3634-2-90(1)) 광고에 '朱元璋創業記'로 기록.	광고
					2판에 초판 인쇄일, 발행일 기록.	출판
田茂日 성부 명치정 1정목 번지	조선인쇄주식회사 경성부 명치정 1정목 54번지		[구활자본고소설 전집 14], [구활자소설총서 5]	국립중앙도서관(3 634-2-7(1))	상하합권(상 pp.1~34, 하 pp.35~86). 초판 인쇄일, 발행일 기록.	원문
仁煥 성부 황금정 2정목 3번지	경성신문사 경성부 황금정 2정목 148번지	신구서림		영남대학교 도서관(도 813.5 ㅈ798)		원문

번호	작품명 고유번호	표제	문자	면수 가격	인쇄일	발행일	판차	발행자 발행자 주소	발행소 발행소 주소
2813	**주원장창업실기** 태화-주원-01-00	주원장실기	한글			1918- -	1		태화서관
2814	**지성이면감천** 대성-지성-01-01	지성이면감턴	한글	90p. 40전	1930-11-10	1930-11-15	1	姜殷馨 경성부 입정정 119번지	대성서림 경성부 입정정 119
2815	**진대방전** 경성서-진대-01-01	진대방전	한글			1917- -	1		경성서적업조합
2816	**진대방전** 경성서-진대-01-02	진대방전	한글	62p.		1920- -	2		경성서적업조합
2817	**진대방전** 동미-진대-01-00	진대방전	한글			1917- -	1		동미서시
2818	**진대방전** 동양대-진대-01-00	진대방전	한글	20전		1929- -	1		동양대학당
2819	**진대방전** 세창-진대-01-01	진대방전	한글			1951- -	1		세창서관
2820	**진대방전** 세창-진대-02-01	진대방전	한글	35p. 개정정가 100환	1952-12-01	1952-12-30	1	申泰三 서울 특별시 종로구 종로3가 10	세창서관 서울 특별시 종로구 종로3가 10
2821	**진대방전** 세창-진대-03-01	진대방전	한글	35p.	1953-09-10	1953-12-30	1	申泰三 서울특별시 종로구 종로 3가 10	세창서관 서울특별시 종로구 3가 10
2822	**진대방전** 세창-진대-03-02	진대방전	한글	35p. 임시정가 120	1962-08-10	1962-12-30	2	申泰三 서울특별시 종로구 종로 3가 10	세창서관 서울특별시 종로구 3가 10
2823	**진대방전** 신구-진대-01-01	(륜리소설)진대 방전	한글	85p. 25전	1915-12-03	1915-12-08	1	朴健會 경성부 인사동 39번지	신구서림 경성부 봉래정 1정목 75번지
2824	**진대방전** 신구-진대-01-02	진대방전	한글	62p. 25전	1917-12-15	1917-12-20	2	朴健會 경성부 낙원동 285번지	신구서림 경성부 봉래정 1정목 77번지
2825	**진대방전** 신구-진대-02-01	진대방전	한글			1917-03-08	1	池松旭	신구서림
2826	**진대방전** 신구-진대-02-02	진대방전	한글				2	池松旭	신구서림
2827	**진대방전** 신구-진대-02-03	진대방전	한글	62p. 30전	1922-09-17	1922-09-20	3	池松旭 경성부 봉래정 1정목 77번지	신구서림 경성부 봉래정 1정목 77번지
2828	**진대방전** 영창-진대-01-01	진대방전	한글	42p.		1935-10-30	1		영창서관
2829	**진대방전** 회동-진대-01-01	(倫理小說)陳大 方傳	한글	41p. 20전	1925-11-05	1925-11-10	1	高裕相 경성부 남대문통 1정목 17번지	회동서관 경성부 남대문통 1정 17번지
2830	**진문공** 경성서-진문-01-00	진문공	한글			1921- -	1		경성서적업조합
2831	**진문공** 대창-진문-01-01	진문공	한글	83p. 40전	1918-12-21	1918-12-25	1	玄公廉 경성부계동99번지	대창서원 경성부종로2정목12
2832	**진문공** 태화-진문-01-00	진문공	한글			1918- -	1		태화서관
2833	**진성운전** 경성서-진성-01-00	진장군전	한글			1921- -	1		경성서적업조합
2834	**진성운전** 경성-진성-01-01	진장군전	한글			1916- -	1	福田正太郎	경성서관

쇄자 쇄소 주소	인쇄소 인쇄소 주소	공동 발행	영인본	소장처 및 청구기호	기타	현황
					<렬녀전>, 태화서관, 1918. 광고([이본목록], p.686)	광고
翰柱 성부 관훈동 30번지	동아인쇄소 경성부 관훈동 30번지			서울대학교 도서관(3340 67)		원문
					이능우, p.299.	출판
					이능우, p.299.	출판
					<당태종전>, 동미서시, 1917. 광고([이본목록], p.696)	광고
					<당태종전>, 동양대학당, 1929(국립중앙도서관 소장본(3634-2-29(6)) 광고에 '진대방전'으로 기록.	광고
					정명기 소장본([연구보정], p.970)	원문
	세창인쇄사 서울 특별시 종로구 종로3가 10			국회도서관(811.31 ㅅ585ㅈ), 개인 소장본.		원문
	세창인쇄사 서울특별시 종로구 종로 3가 10			정명기 소장본		원문
	세창인쇄사 서울특별시 종로구 종로 3가 10			개인 소장본	1953년과 1962년 판권지 두 개가 있음. 1953년 것은 초판, 1962년 것은 2판으로 간주함.	원문
馬澤 성부 효자동 103번지	성문사 경성부 공평동 55번지		[구활자본고소설 전집 14]	국립중앙도서관(3 634-2-112(1))	<진대방전>(pp.1~30.)과 <단편소설 륙장 공산명월>(pp.31~62) 합권.	원문
馬澤 성부 공평동 54번지	성문사 경성부 공평동 55번지		[구활자소설총서 11]	국립중앙도서관(3 634-2-16(5))	초판 발행일 기록. 한자 병기는 5면부터 거의 없음. <진대방전>(pp.1~46)과 <단편소설 륙장 공산명월>(pp.47~85) 합권.	원문
					3판에 초판 발행일 기록.	출판
					3판이 있어서 2판도 있을 것으로 추정.	출판
重煥 성부 공평동 55번지	대동인쇄주식회사 경성부 공평동 55번지			박순호 소장본	초판 발행일 기록.	원문
					방민호 소장본([연구보정], p.970.)	원문
翼洙 성부 황금정 2정목 1번지	신문관 경성부 황금정 2정목 21번지			서울대학교 도서관(3350 96)		원문
					[圖書分類目錄], 1921 改正([이본목록], p.697.)	목록
家恒衛 성부 명치정 정목54번지	일한인쇄소 경성부 명치정 1정목54번지			연세대학교 도서관(ㅇ 811.9308 고대소 –8-4)		원문
					<렬녀전>, 태화서관, 1918. 광고([이본목록], p.697)	광고
					[圖書分類目錄], 1921 改正([이본목록], p.698.)	목록
					유탁일 소장본([이본목록], p.698.) 편집겸발행 : 福田正太郎	원문

번호	작품명 고유번호	표제	문자	면수 가격	인쇄일	발행일	판차	발행자 발행자 주소	발행소 발행소 주소
2835	**진성운전** 대창-진성-01-01	진장군전	한글	71p. 25전	1916-02-08	1916-02-11	1	金在義 경성부 종로통 98번지	대창서원 경성부 견지동 38번지
2836	**진성운전** 신명-진성-01-01	진장군전	한글	71p.		1916- -	1		신명서림
2837	**진성운전** 영창-진성-01-01	진장군전 권지단	한글	71p.		1920-04-10	1		영창서관
2838	**진성운전** 영창-진성-02-01	진장군전	한글	71p. 25전	1930-04-05	1930-04-10	1	姜義永 경성부 종로통 2정목 84번지	영창서관 경성부 종로통 2정목 84번지
2839	**진시황전** 경성서-진시-01-00	진시황전	한글			1921- -	1		경성서적업조합
2840	**진시황전** 광명-진시-01-00	진시황실긔	한글			1916- -	1		광명서관
2841	**진시황전** 동미-진시-01-00	진시황실긔	한글			1916- -	1		동미서시
2842	**진시황전** 신구-진시-01-01	秦始皇傳	한글				1		신구서림
2843	**진시황전** 유일-진시-01-01	진시황실긔	한글	94p. 30전	1916-11-15	1916-11-26	1	朴承曄 경성부 종로 3정목 88번지	유일서관 경성부 관훈동 72번지
2844	**진시황전** 조선서-진시-01-00	진시황실긔	한글			1916- -	1		조선서관
2845	**진시황전** 한성-진시-01-00	진시황실긔	한글	30전		1916- -	1		한성서관
2846	**진시황전** 한성-진시-02-01	진시황전	한글	92p.		1917- -	1		한성서관
2847	**창란호연록** 한성-창란-01-00	창난호연	한글			1915- -	1		한성서관
2848	**창선감의록** 경성서-창선-01-00	(懸吐) 彰善感義錄	한문			1921- -	1		경성서적업조합
2849	**창선감의록** 경성서-창선-02-01	창선감의록	한글	140p. 30전	1926-12-18	1926-12-20	1	洪淳泌 경성부 견지동 60번지	경성서적업조합 경성부 견지동 60번지
2850	**창선감의록** 대창-창선-01-00	彰善感義錄	한글	40전		1921- -	1		대창서원
2851	**창선감의록** 세창-창선-01-01	창선감의록	한글	169p.		1952- -	1	申泰三 서울특별시 종로구 종로 3가 10	세창서관 서울특별시 종로구 종로 3가 10
2852	**창선감의록** 신구-창선-01-01	창선감의록	한글			1914-01-15	1		신구서림
2853	**창선감의록** 신구-창선-02-01	창선감의록	한글	140p. 55전	1917-10-25	1917-10-30	1	池松旭 경성부 봉래정 1정목 77번지	신구서림 경성부 봉래정 1정목 77번지
2854	**창선감의록** 신구-창선-02-02-1	창선감의록	한글	140p. 30전	1918-10-01	1918-10-05	2	池松旭 경성부 봉래정 1정목 77번지	신구서림 경성부 봉래정 1정목 77번지
2855	**창선감의록** 신구-창선-02-02-2	창선감의록	한글	140p. 40전	1923-10-30	1923-11-05	2	池松旭 경성부 봉래정 1정목 77번지	신구서림 경성부 봉래정 1정목 77번지

쇄자 쇄소 주소	인쇄소 인쇄소 주소	공동 발행	영인본	소장처 및 청구기호	기타	현황
禹澤 성부 효자동 103번지	성문사 경성부 공평동 55번지			국립중앙도서관(3 634-2-112(3))		원문
					대전대, [이능우 寄目], 1220([이본목록], p699)	출판
			[활자본고전소설 전집 10]		발행소와 발행일은 영인본의 해제에 의함.	원문
禹澤 성부 공평동 55번지	대동인쇄주식회사 경성부 공평동 55번지	한흥서림, 삼광서림		국립중앙도서관(3 634-2-112(2))		원문
					[圖書分類目錄], 1921 改正([이본목록], p.699), <진시황전>은 중국소설 <신열국지>의 개역본(이은영, 2006)	목록
					<노처녀고독각씨>, 광명서관, 1916(국립중앙도서관 소장본(3634-3-47(7)) 광고에 '진시황실긔'로 기록.	광고
					<황장군전>, 동미서시, 1916 . 광고([이본목록], p.699)	광고
					이수봉 소장본([이본목록], p699.)	원문
敎瓚 성부 소격동 41번지	보성사 경성부 수송동 44번지	한성서관	[구활자본고소설 전집 14]	국립중앙도서관(3 634-2-37(8))	판권지에 발행소가 기록되지 않음. 판권지 우상단에 '유일서관 발행', 발매소에 유일서관이 먼저 기록된 것으로 보아 유일서관을 발행소로 추정. 11회의 장회체(총목차)	원문
					<월봉산기>, 조선서관, 1916(국립중앙도서관 소장본(3634-2-70(7)) 광고에 '진시황실긔'로 기록.	광고
					<숙녀지기>, 한성서관, 1916(국립중앙도서관 소장본(3634-2-10(1)) 광고에 '진시황실긔'로 기록.	광고
					조희웅 소장본([이본목록](p.699)	원문
					<쌍쥬긔연>, 한성서관, 1915(국립중앙도서관 소장본(3634-2-21(1)) 광고에 '창난호연' '近刊'으로 기록.	광고
					[圖書分類目錄], 1921 改正([이본목록], p.719)	목록
泰均 성부 공평동 55번지	대동인쇄주식회사 경성부 공평동 55번지			국립중앙도서관(3 634-2-108(1))		원문
		보급서관			<서동지전>, 대창서원/보급서관, 1921(국립중앙도서관 소장본(3634-2-6(1)) 광고에 '彰善感義錄'으로 기록.	광고
竷均 울특별시 종로구 종로 十 10	세창인쇄사 서울특별시 종로구 종로 3가 10			국회도서관(811.31 ㅅ585ㅊ)	판권지가 훼손되어 발행연도는 도서관 서지 정보를 따름. 국회도서관에서 원문 이미지 파일 열람 가능.	원문
					권순긍, p.328.	출판
禹澤 성부 공평동 54번지	성문사 경성부 공평동 55번지	한성서관		국립중앙도서관(3 634-2-108(5))	2판과 3판에 초판 발행일 기록.	원문
禹澤 성부 공평동 54번지	성문사 경성부 공평동 55번지			국립중앙도서관(3 634-2-108(4))	초판 발행일 기록.	원문
禹澤 성부 공평동 55번지	대동인쇄주식회사 경성부 공평동 55번지	조선도서주식회 사		국립중앙도서관(3 634-2-108(3))	초판 발행일 기록.	원문

번호	작품명 고유번호	표제	문자	면수 가격	인쇄일	발행일	판차	발행자 발행자 주소	발행소 발행소 주소
2856	**창선감의록** 신구-창선-03-01	창선감의록	한글	140p. 40전		1926-12-20	1		신구서림
2857	**창선감의록** 영창-창선-01-00	창선감의록	한글				1		영창서관
2858	**창선감의록** 조선서-창선-01-01	창선감의록	한글	252p. 55전	1913-12-29	1914-01-05	1	朴健會 경성 중부 대사동 3통 8호	조선서관 경성 중부 대사동 3통
2859	**창선감의록** 조선서-창선-01-02	창선감의록	한글	204p.	1916-01-11	1916-01-15	2	朴健會 경성부 인사동 39번지	조선서관 경성부 인사동 39번
2860	**창선감의록** 한남-창선-01-01	창선감의록	한문	190p.		1917-05-20	1		한남서림
2861	**창선감의록** 한남-창선-01-02	창선감의록	한문	190p. 65전	1919-07-07	1919-07-10	2	白斗鏞 경성부 인사동 170번지	한남서림 경성부 인사동 170번
2862	**창선감의록** 한남-창선-01-03	창선감의록	한문	190p. 65전	1924-10-10	1924-10-13	3	白斗鏞 경성부 관훈동 18번지	한남서림 경성부 관훈동 18번
2863	**채련전** 대창-채련-01-00	採蓮傳	한글	30전		1921- -	1		대창서원
2864	**채봉감별곡** 경성서-채봉-01-00	채봉감별곡	한글			1921- -	1		경성서적업조합
2865	**채봉감별곡** 경성서-채봉-02-01	츄풍감별곡	한글			1925-11-10	1		경성서적업조합
2866	**채봉감별곡** 경성서-채봉-02-02	츄풍감별곡	한글	15전	1926-12-18	1926-12-20	2	洪淳泌 경성부 견지동 60번지	경성서적업조합 경성부 견지동 60번
2867	**채봉감별곡** 덕흥-채봉-01-01	츄풍감별곡	한글	25전	1925-10-25	1925-10-30	1	金東縉 경성부 종로 2정목 20번지	덕흥서림 경성부 종로 2정목 20번지
2868	**채봉감별곡** 동양서-채봉-01-01	츄풍감별곡	한글	25전	1925-11-25	1925-11-30	1	趙男熙 경성부 종로 2정목 86번지	동양서원 경성부 종로 2정목 86번지
2869	**채봉감별곡** 박문-채봉-01-01	(정본) 채봉감별곡	한글		1914-05-22	1914-05-25	1		박문서관
2870	**채봉감별곡** 박문-채봉-01-02	(정본) 채봉감별곡	한글		1915-09-25	1915-09-30	2		박문서관
2871	**채봉감별곡** 박문-채봉-01-03	(정본) 채봉감별곡	한글	97p. 25전	1916-01-07	1916-01-10	3	盧益亨 경성부 남대문통 4정목 69번지	박문서관 경성부 남대문통 4정 69번지
2872	**채봉감별곡** 박문-채봉-01-04	(정본) 채봉감별곡	한글	94p. 25전	1916-10-20	1916-10-26	4	盧益亨 경성부 남대문통 4정목 69번지	박문서관 경성부 남대문통 4정 69번지
2873	**채봉감별곡** 박문-채봉-01-05	(정본) 채봉감별곡	한글	97p. 25전	1917-02-10	1917-02-15	5	盧益亨 경성 남대문통 4정목 69번지	박문서관 경성 남대문통 4정목 69번지
2874	**채봉감별곡** 세창-채봉-01-01	츄풍감별곡	한글	64p. 임시정가	1952-12-10	1952-12-30	1	申泰三 서울특별시 종로구 종로 3가 10	세창서관 서울특별시 종로구 3가 10
2875	**채봉감별곡** 신구-채봉-01-01	(新小說)츄풍감 별곡	한글	127p. 25전	1913-10-10	1913-10-16	1	池松旭 경성 남부 자암동 42통10호	신구서림 경성 남부 자암동 42통10호
2876	**채봉감별곡** 신구-채봉-01-02	(新小說)츄풍감 별곡	한글			1914-02-12	2		신구서림

쇄자 쇄소 주소	인쇄소 인쇄소 주소	공동 발행	영인본	소장처 및 청구기호	기타	현황
			[활자본고전소설 전집 10]	서울대학교 도서관(3350 12)	판권지가 가려져 발행일을 제외한 나머지는 확인 불가.	원문
					[출판목록]([이본목록], p.716)	목록
禹桓 성 서부 냉동 176통 호	법한회사인쇄부 경성 서소문가 복거교			국립중앙도서관(3 634-2-108(2))	14회 상하 합편(상편 1회~7회, 하편 8회~14회). 2판에 초판 인쇄일과 발행일 기록.	원문
禹澤 성부 효자동 103번지	성문사 경성부 공평동 55번지			국립중앙도서관(3 634-2-108(7))	14회 상하 합편(상편 1회~7회, 하편 8회~14회). 초판 인쇄일, 발행일 기록.	원문
				고려대학교 도서관(897.33 창선감 창a)	2판과 3판에 초판 발행일 기록.	원문
敬德 성부 관훈동 30번지	조선복음인쇄소 경성부 관훈동 30번지			최호석 소장본	초판 발행일 기록. 3판에 2판 발행일 기록.	원문
基禎 성부 견지동 32번지	한성도서주식회사 경성부 견지동 32번지		[구활자본고소설 전집 33]	국회도서관(811.31 ㅂ395ㅊ)	편수겸발행인 백두용. 초판, 2판 발행일 기록.	원문
		보급서관			<서동지전>, 대창서원/보급서관, 1921(국립중앙도서관 소장본(3634-2-6(1)) 광고에 '採蓮傳'으로 기록.	광고
					[圖書分類目錄], 1921 改正([이본목록], p.722). 중국 소설집 [금고기관]의 <왕교란배건장한>을 번안한 작품(박상석, 2009)	목록
					2판에 초판 발행일 기록.	출판
泰均 성부 공평동 55번지	대동인쇄주식회사 경성부 공평동 55번지			국립중앙도서관(3 634-3-56(1))	초판 발행일 기록.	원문
東變 성부 종로 2정목 번지	덕흥서림인쇄부 경성부 종로 2정목 20번지			영남대학교 도서관(도 813.5 ㅊ784)		원문
翼洙 성부 황금정 2-21	신문관			국립중앙도서관(3 634-3-8(3))		원문
					3판에 초판 인쇄일, 발행일 기록.	출판
					3판에 2판 인쇄일, 발행일 기록.	출판
重煥 성부 중림동 333번지	보성사 경성부 수송동 44번지			연세대학교 도서관(O811.37신 소설-8-4)	초판, 2판 인쇄일과 발행일 기록. 연세대학교 서지정보에는 초판 발행연도인 '大正3[1914]'으로 기록.	원문
羲浩 성부 재동 3번지	선명사 경성부 종로통 1정목 39번지			국립중앙도서관(3 634-3-73(2))	편자 서문. 12회의 장회체(총목차). '石農居士 原著'(p.1). 초판, 2판, 3판 발행일 기록. 46쪽까지 17행, 47쪽부터 18행이 되면서 분량이 줄어듦.	원문
弘奎 성부 가회동 216번지	보성사 경성부 수송동 44번지			국립중앙도서관(3 634-3-29(2))	편자 서문. 12회의 장회체(총목차). '石農居士 原著'(p.1). 초판, 2판, 3판, 4판 발행일 기록.	원문
	세창인쇄사 서울특별시 종로구 종로 3가 10		[구활자본고소설 전집 32], [조동일소장국문 학연구자료 22]	디지털 한글박물관(홍윤표 소장본)	영인본 2종에는 판권지 없음.	원문
聖栽 성 서부 옥폭동 147통	문명사 경성 남부 상유동 29통 7호		[신소설전집 10]	국립중앙도서관(3 634-3-56(4))	4판에 초판 발행일 기록.	원문
					4판에 2판 발행일 기록.	출판

번호	작품명 고유번호	표제	문자	면수 가격	인쇄일	발행일	판차	발행자 발행자 주소	발행소 발행소 주소
2877	**채봉감별곡** 신구-채봉-01-03	(新小說)츄풍감 별곡	한글			1915-01-07	3		신구서림
2878	**채봉감별곡** 신구-채봉-01-04	(新小說)츄풍감 별곡	한글	102p. 25전		1916-01-25	4	池松旭 경성부 봉래정 1정목 77번지	신구서림 경성부 봉래정 1정목 77번지
2879	**채봉감별곡** 신구-채봉-01-05	(新小說)츄풍감 별곡	한글	84p.		1917- -	5		신구서림
2880	**채봉감별곡** 신구-채봉-01-06	(新小說)츄풍감 별곡	한글				6		신구서림
2881	**채봉감별곡** 신구-채봉-01-07	(고대소설)추풍 감별곡	한글	84p. 19전		1918-09-13	7	池松旭 경성부 봉래정 1정목 77번지	신구서림 경성부 봉래정 1정목 77번지
2882	**채봉감별곡** 신구-채봉-01-08	(고대소설)추풍 감별곡	한글	84p.		1920- -	8		신구서림
2883	**채봉감별곡** 신구-채봉-02-01	츄풍감별곡	한글	127p.		1921- -	1	池松旭	신구서림
2884	**채봉감별곡** 영창-채봉-01-00	추풍감별곡	한글				1		영창서관
2885	**채봉감별곡** 이문-채봉-01-01	추풍감별곡	한글			1917- -	1		이문당
2886	**채봉감별곡** 이문-채봉-01-02	추풍감별곡	한글			1925- -	2		이문당
2887	**채봉감별곡** 태화-채봉-01-00	추풍감별곡	한글			1918- -	1		태화서관
2888	**채봉감별곡** 한성-채봉-01-00	감별곡	한글	25전		1915- -	1		한성서관
2889	**천군연의** 경성서-천군-01-00	(懸吐)天君演義	한문			1921- -	1		경성서적업조합
2890	**천군연의** 한남-천군-01-01	(懸吐)天君演義	한문	104p. 40전	1917-01-05	1917-01-10	1	白斗鏞 경성부 인사동 170번지	한남서림 경성부 인사동 170동
2891	**천도화** 경성서-천도-01-00	소한림	한글			1921- -	1		경성서적업조합
2892	**천도화** 경성서-천도-02-01	天桃花: 一名 蘇翰林傳	한글	63p. 15전	1926-12-18	1926-12-20	1	洪淳泌 경성부 견지동 60번지	경성서적업조합 경성부 견지동 60번
2893	**천도화** 경성-천도-01-01	天桃花: 一名 蘇翰林傳	한글	63p.		1940- -	1		경성서관
2894	**천도화** 대성-천도-01-01	蘇翰林傳	한글			1928- -	1		대성서림
2895	**천도화** 대창-천도-01-00	蘇翰林	한글	40전		1921- -	1		대창서원
2896	**천도화** 덕흥-천도-01-01	천도화	한글	82p.		1916- -	1		덕흥서림
2897	**천도화** 성문-천도-01-01	쇼운전	한글	63p. 25전	1936-01-05	1936-01-08	1	李宗壽 경성부 서대문정 1정목 79	성문당서점 경성부 서대문정 1정 79
2898	**천도화** 세창-천도-01-00	천도화	한글			1952- -	1		세창서관
2899	**천도화** 회동-천도-01-01	天桃花: 一名 蘇翰林傳	한글	62p. 30전	1925-11-25	1925-11-30	1	高裕相 경성부 남대문통 1정목 17번지	회동서관 경성부 남대문통 1정 17번지

인쇄자 인쇄소 주소	인쇄소 인쇄소 주소	공동 발행	영인본	소장처 및 청구기호	기타	현황
					4판에 3판 발행일 기록.	출판
北禹澤 경성부 효자동 103번지	성문사 경성부 공평동 55번지			국립중앙도서관(3 634-3-56(3))	초판, 2판, 3판 발행일 기록.	원문
					[연구보정](p.995)에 5판 발행연도 기록.	출판
					7판이 있어서 6판도 있을 것으로 추정.	출판
北禹澤 경성부 공평동 54번지	성문사 경성부 공평동 55번지			국립중앙도서관(3 634-3-8(6))	판권지 훼손되어 인쇄일을 확인할 수 없음.	원문
					[연구보정](p.995)에 8판 발행연도 기록.	출판
				국립중앙도서관(3 634-3-8(2))	판권지 없음. 발행연도는 도서관 서지 정보를 따름.	원문
					[출판목록]([이본목록], p.722)	목록
					[이본목록], p.722.	출판
					[이본목록], p.722.	출판
					<렬녀전>, 태화서관, 1918. 광고([이본목록], p.723)	광고
					<소상강>, 한성서관, 1915(국립중앙도서관 소장본(3634-2-10(3) 광고에 '감별곡'으로 기록.	광고
					[圖書分類目錄], 1921 改正([이본목록], p.725)	목록
金敎瓚 경성부 소격동 41번지	보성사 경성부 수송동 44번지			국립중앙도서관(한 古朝16-41)	附錄: 心史, 鄭琦和 著.	원문
					[圖書分類目錄], 1921 改正([이본목록], p.726)	목록
崔泰均 경성부 공평동 55번지	대동인쇄주식회사 경성부 공평동 55번지			서울대학교도서관(3350 43A)		원문
					[이본목록], p.726.	출판
					소재영 외, p.177.	원문
		보급서관			<주원장창업실기>, 대창서원, 1921(국립중앙도서관 소장본(3634-2-7(1)) 광고에 '蘇翰林'으로 기록.	광고
					대전대, [이능우 寄目], 1180([이본목록], p.726)	출판
李琦炳 경성부 서대문정 1정목 9	광성인쇄소 경성부 종로 3정목 156			정명기 소장본		원문
					광고 (1952)([이본목록], p.726)	광고
金翼洙 경성부 황금정 2정목 1번지	신문관 경성부 황금정 2정목 21번지			서울대학교 도서관(3350 43)		원문

번호	작품명 고유번호	표제	문자	면수 가격	인쇄일	발행일	판차	발행자 발행자 주소	발행소 발행소 주소
2900	**천리경** 조선서-천리경-01-01	千里鏡	한글	48p. 15전	1912-12-18	1912-12-19	1	朴健會 경성 중부 대사동 3통 8호	조선서관 경성 중부 대사동 3통 ?
2901	**천상여인국** 이문-천상-01-00	天上女人國	한글	30전		1918- -	1		이문당
2902	**천정가연** 경성서-천정-01-01	천정가연	한글	50p.		1916- -	1	洪淳泌	경성서적업조합
2903	**천정가연** 경성서-천정-02-00	천정가연	한글	50p.		1926- -	1	洪淳泌	경성서적업조합
2904	**천정가연** 경성서-천정-03-00	천정가연	한글	50p.		1927- -	1	洪淳泌	경성서적업조합
2905	**천정가연** 박문-천정-01-01	(의용무쌍)텬뎡 가연	한글	32p. 15전	1925-12-15	1925-12-20	1	崔錫鼎 경성부 봉래정 1정목 77번지	박문서관 경성부 종로 2정목 82번지
2906	**천정가연** 영창-천정-01-00	천정가연	한글				1		영창서관
2907	**천정가연** 태화-천정-01-01	(의용무쌍)텬뎡 가연	한글	50p. 20전	1923-01-20	1923-01-22	1	姜夏馨 경성부 종로 3정목 85번지	태화서관 경성부 종로 3정목 85번지
2908	**천추원** 동미-천추-01-01	千秋怨	한글	67p. 28전	1918-01-20	1918-02-26	1	李圭瑢 경성부 수송동 69번지	동미서시 경성부 봉래정 103번?
2909	**청구기담** 조선서-청구-01-01	(됴션나셜)청구 긔담	한글	105p. 25전	1912-12-20	1912-12-25	1	朴健會 경성 중부 대사동 3통8호	조선서관 경성 중부 대사동 3통?
2910	**청년회심곡** 경성서-청년-01-01	청년회심곡	한글			1914-08-05	1		경성서적업조합
2911	**청년회심곡** 경성서-청년-01-02	청년회심곡	한글				2		경성서적업조합
2912	**청년회심곡** 경성서-청년-01-03	청년회심곡	한글				3		경성서적업조합
2913	**청년회심곡** 경성서-청년-01-04	청년회심곡	한글				4		경성서적업조합
2914	**청년회심곡** 경성서-청년-01-05	청년회심곡	한글	84p. 25전	1921-12-15	1921-12-20	5	池松旭 경성부 봉래정 1정목 77번지	경성서적업조합
2915	**청년회심곡** 경성서-청년-02-01	청년회심곡	한글	84p. 15전	1926-12-18	1926-12-20	1	洪淳泌 경성부 견지동 60번지	경성서적업조합 경성부 견지동 60번?
2916	**청년회심곡** 대동-청년-01-01	청년회심곡	한글			1914- -	1		대동서원
2917	**청년회심곡** 덕흥-청년-01-01	청년회심곡	한글	70p.		1925- -	1	金東縉	덕흥서림
2918	**청년회심곡** 세창-청년-01-01	청년회심곡	한글	64p. 30원	1952-08-10	1952-08-30	1	申泰三 서울특별시 종로구 종로 3가 10	세창서관 서울특별시 종로구 종? 3가 10
2919	**청년회심곡** 세창-청년-02-01	청년회심곡	한글	64p.	1962-12-10	1962-12-30	1	申泰三 서울특별시 종로구 종로 3가 10	세창서관 서울특별시 종로구 종? 3가 10
2920	**청년회심곡** 신구-청년-01-00	청년회심곡	한글	84p. 25전	1916-08-05	1916-09-12	1	池松旭 경성부 봉래정 1정목 77번지	신구서림 경성부 봉래정 1정목 77번지
2921	**청년회심곡** 신구-청년-01-01	청년회심곡	한글	99p. 25전	1914-08-03	1914-08-05	1	池松旭 경성부 화천정 213번지	신구서림 경성부 화천정 213번?

!쇄자 !쇄소 주소	인쇄소 인쇄소 주소	공동 발행	영인본	소장처 및 청구기호	기타	현황
弘奎 성 북부 대묘동 14통 호	보성사 경성 북부 전동 14통 1호			국립중앙도서관(N 25-44)		원문
					<삼선기>, 이문당, 1918(국립중앙도서관 소장본(3634-2-20(2)) 광고에 '天上女人國'으로 기록.	광고
					이능우, p.300.	출판
					대전대, [이능우 寄目], 1214([이본목록], p.727)	출판
					대전대, [이능우 寄目], 1214([이본목록], p.727)	출판
翼洙 성부 황금정 2정목 번지	신문관 경성부 황금정 2정목 21번지			서울대학교 도서관(3340 117)	판권지가 훼손되어 '신구서림'이 공동발행인지 판매소인지 알 수 없음.	원문
					[출판목록]([이본목록], p.728)	목록
順永 성부 견지동 32번지	한성도서주식회사 경성부 경지동 32번지		[구활자본고소설 전집 14], [구활자소설총서 5]	국립중앙도서관(3 634-2-7(2))		원문
禹澤 성부 공평동 54번지	성문사 경성부 공평동 55번지			연세대학교 도서관(O 811.37 신소설-8-6)		원문
弘奎 성 북부 대묘동 4통6호	보성사 경성 북부 전동 14통1호			연세대학교 도서관(O 811.37 신소설-10-3)		원문
					5판에 초판 발행일 기록.	출판
					5판이 있어서 2판도 있을 것으로 추정.	출판
					5판이 있어서 3판도 있을 것으로 추정.	출판
					5판이 있어서 4판도 있을 것으로 추정.	출판
重煥 성부 공평동 55번지	대동인쇄주식회사 경성부 공평동 55번지			국립중앙도서관(3 634-2-114(3))	판권지 훼손으로 발행소 주소 알 수 없음. 초판 발행일 기록.	원문
泰均 성부 공평동 55번지	대동인쇄주식회사 경성부 공평동 55번지			국립중앙도서관(3 634-2-114(2))		원문
					우쾌제, p.136.	출판
					이주영, p.229.	출판
	세창인쇄사 서울특별시 종로구 종로 3가 10			소인호 소장본		원문
	세창인쇄사 서울특별시 종로구 종로 3가 10			정명기 소장본		원문
禹澤 성부 효자동 103번지	성문사 경성부 공평동 55번지			국립중앙도서관(3 634-2-114(4))		원문
禹澤 성부 효자동 103번지	성문사 경성부 공평동 55번지		[활자본고전소설 전집 10]	국립중앙도서관(3 634-2-114(5))	4판에 초판 발행일 기록..	원문

번호	작품명 고유번호	표제	문자	면수 가격	인쇄일	발행일	판차	발행자 발행자 주소	발행소 발행소 주소
2922	**청년회심곡** 신구-청년-01-02	청년회심곡	한글				2		신구서림
2923	**청년회심곡** 신구-청년-01-03	청년회심곡	한글				3		신구서림
2924	**청년회심곡** 신구-청년-01-04	청년회심곡	한글	84p. 20전	1918-11-20	1918-11-25	4	池松旭 경성부 봉래정 1정목 77번지	신구서림 경성부 봉래정 1정목 77번지
2925	**청년회심곡** 신구-청년-01-05	청년회심곡	한글	84p. 25전	1935-12-15	1921-12-20	5	池松旭 경성부 봉래정 1정목 77번지	신구서림 경성부 봉래정 1정목 77번지
2926	**청년회심곡** 영창-청년-01-00	청년회심곡	한글				1		영창서관
2927	**청루기연** 대창-청루-01-00	靑樓奇緣	한글	30전		1921- -	1		대창서원
2928	**청산녹수** 대성-청산-01-01	청산녹수	한글			1925-10-15	1		대성서림
2929	**청산녹수** 대성-청산-01-02	청산록슈	한글	52p. 20전	1929-11-05	1929-11-10	2	姜殷馨 경성부 입정정 119번지	대성서림 경성부 입정정 119번
2930	**청운오선록** 경성서-청운-01-00	청운오선록	한글			1921- -	1		경성서적업조합
2931	**청정실기** 덕흥-청정-01-01	壬辰兵亂 淸正實記	한글	80p. 35전	1929-10-20	1929-10-25	1	金東縉 경성부 종로 2정목 20번지	덕흥서림 경성부 종로 2정목 20번지
2932	**청천백일** 박문-청천-01-01	(義俠小說)靑天 白日	한글	41p. 15전	1913-12-10	1913-12-18	1	盧益亨 경성 남부 양생방 상동 62통 12호	박문서관 경성 남대문내 상동회당전 68통 12
2933	**초패왕전** 경성서-초패-01-00	항우전	한글			1921- -	1		경성서적업조합
2934	**초패왕전** 박문-초패-01-01	항우전	한글	130p. 50전	1918-05-10	1918-05-15	1	盧益亨 경성부 남대문통 4정목 69번지	박문서관 경성부 남대문통 4정 69번지
2935	**초패왕전** 박문-초패-02-01	(팔년풍진) 초패왕	한글	134p. 40전	1918-05-23	1918-06-03	1	李源生 경성부 관훈동 111번지	박문서관 경성부 봉래정 1정목 88번지
2936	**초패왕전** 세창-초패-01-01	초패왕실긔 일명 항우전	한글	134p.	1962-08-10	1962-12-30	1	申泰三 서울특별시 종로구 종로 3가 10	세창서관 서울특별시 종로구 종 3가 10
2937	**초패왕전** 이문-초패-01-01	초패왕	한글	134p. 60전	1918-07-01	1918-07-02	1	李源生 경성부 송현동	이문당 경성부 송현동
2938	**최치원전** 미상-최치-01-00	崔忠傳	한글	66p.	1883-08	1883-08-	1		
2939	**최치원전** 세창-최치-01-01	崔孤雲傳	한글	62p.		1952- -	1		세창서관 서울시 종로 3가 10
2940	**최치원전** 홍문-최치-01-01	(古代小說)최고 운젼	한글	62p.		1947- -	1		홍문서관 서울시
2941	**최치원전** 회동-최치-01-01	최고운전	한글			1927-12-12	1	高裕相	회동서관
2942	**최치원전** 회동-최치-01-02	최고운전	한글	62p. 25전	1930-02-05	1930-02-08	2	高裕相 경성부 남대문통 1정목 17번지	회동서관 경성부 남대문통 1정 17번지

쇄자 쇄소 주소	인쇄소 인쇄소 주소	공동 발행	영인본	소장처 및 청구기호	기타	현황
					4판과 5판이 있어 2판도 있을 것으로 추정.	출판
					4판과 5판이 있어 3판도 있을 것으로 추정.	출판
禹澤 성부 공평동 54번지	성문사 경성부 공평동 55번지			국립중앙도서관(3 634-2-114(1))	초판 발행일 기록.	원문
重煥 성부 공평동 55번지	대동인쇄주식회사 경성부 공평동 55번지		[조동일소장국문 학연구자료 22]		초판 발행일 기록. 표지 그림 옆에 '池松旭 著作'이라는 기록.	원문
					[출판목록]([이본목록], p.729)	목록
		보급서관			<서동지젼>, 대창서원/보급서관, 1921(국립중앙도서관 소장본(3634-2-6(1)) 광고에 '靑樓奇緣'으로 기록.	광고
					2판에 초판 발행일 기록.	출판
禹澤 성부 공평동 55번지	대동인쇄주식회사 경성부 공평동 55번지			서울대학교 도서관(3340 29)	초판 발행일 기록.	원문
					[圖書分類目錄], 1921 改正([이본목록], p.730)	목록
鎭浩 성부 견지동 32번지	한성도서주식회사 경성부 견지동 32번지			서울대학교 도서관(3350 60)		원문
弘奎 성 중부 대묘동 14통	대동인쇄소 경성 중부 포병하 종로통 3정목		[신소설전집집 11]	국립중앙도서관(3 634-3-34(10))	1면에 '東溪 朴頤陽 原著'.	원문
					[圖書分類目錄], 경성서적업조합, 1921 改正([이본목록], p.731)	목록
禹澤 성부 공평동 54번지	성문사 경성부 공평동 55번지		[구활자본고소설 전집 16]	국립중앙도서관(3 634-2-22(3))	저작자: 김문연, 이광종.	원문
重煥 성부 공평동 55번지	대동인쇄주식회사 경성부 공평동 55번지			서울대학교 도서관(3350 80)	일명 항우전.	원문
	세창인쇄사 서울특별시 종로구 종로 3가 10			디지털 한글박물관(홍윤표 소장본)		원문
禹澤 성부 공평동 54번지	성문사 경성부 공평동 55번지		[구활자본고소설 전집 15]	국립중앙도서관(3 634-2-16(9))	국립중앙도서관본은 낙질.	원문
				국립중앙도서관(한 古朝48-116)		원문
			[구활자본고소설 전집 31]	서울대학교 도서관(가람 813.5 C459)		원문
				서울대학교 도서관(MFF 951.06 C718ik)	C.V. Starr East Asian Library (Columbia University).	원문
					2판에 초판 발행일 기록.	출판
童憲 성부 수송동 69번지	보명사인쇄소 경성부 수송동 69번지			디지털한글박물관(홍윤표 소장본)	서울대학교 도서관 소장본(3350 14)의 인쇄인과 인쇄소는 각각 金鎭浩, 한성도서주식회사임. 공동발행 홍문당. 표지 하단에 '新明書林'이 발행소로 기록.	원문

번호	작품명 고유번호	표제	문자	면수 가격	인쇄일	발행일	판차	발행자 발행자 주소	발행소 발행소 주소
2943	**최현전** 경성서-최현-01-01	최장군	한글			1915- -	1		경성서적업조합
2944	**최현전** 경성-최현-01-01	崔將軍傳	한글	66p. 25전	1925-12-02	1925-12-05	1	福田正太朗 경성부 종로 2정목 77번지	경성서관 경성부 종로 2정목 77번지
2945	**최현전** 대창-최현-01-00	崔將軍	한글	25전		1921- -	1		대창서원
2946	**최현전** 천일-최현-01-01	고대소설 최장군전	한글	66p.	1918-09-25	1918-09-29	1	申龜永 경성부 종로 2정목 80번지	천일서관 경성부 봉래정 1정목 135번지
2947	**춘향전** 경성서-춘향-01-00	광한루	한글			1921- -	1		경성서적업조합
2948	**춘향전** 경성서-춘향-02-00	남원 옥중화	한글			1921- -	1		경성서적업조합
2949	**춘향전** 경성서-춘향-03-00	신옥중화	한글			1921- -	1		경성서적업조합
2950	**춘향전** 경성서-춘향-04-00	옥중화	한글			1921- -	1		경성서적업조합
2951	**춘향전** 경성서-춘향-05-00	리도령	한글			1921- -	1		경성서적업조합
2952	**춘향전** 경성서-춘향-06-00	절대가인	한글			1921- -	1		경성서적업조합
2953	**춘향전** 경성서-춘향-07-00	츈향전	한글			1921- -	1		경성서적업조합
2954	**춘향전** 경성서-춘향-08-00	언문 츈향전	한글			1921- -	1		경성서적업조합
2955	**춘향전** 경성서-춘향-09-00	특별무쌍 츈향전	한글			1921- -	1		경성서적업조합
2956	**춘향전** 경성서-춘향-10-00	정수 츈향전	한글			1921- -	1		경성서적업조합
2957	**춘향전** 경성서-춘향-11-00	懸吐漢文 春香傳	한문			1921- -	1		경성서적업조합
2958	**춘향전** 경성서-춘향-12-01	漢鮮文春香傳	한글	144p.		1926-12-20	1	洪淳泌	경성서적업조합
2959	**춘향전** 경성-춘향-01-01	절셰가인	한글	54p. 25전	1928-12-25	1928-12-30	1	金在悳 경성 종로 4정목 1번지	경성서관 경성 종로 4정목 1번
2960	**춘향전** 고금-춘향-01-01	(漢文) 原本春香傳	한문	56p. 25전	1918-08-05	1918-08-12	1	李鍾一 경성부 익선동 125번지	고금서해
2961	**춘향전** 광동-춘향-01-01	만고렬녀 옥중화	한글	100p.		1925-03-22	1	李鍾楨	광동서국
2962	**춘향전** 광한-춘향-01-01	츈향뎐	한글	120p.		1926-02-27	1	金天熙	광한서림
2963	**춘향전** 광한-춘향-02-01	츈향뎐	한글	120p.		1928- -	1		광한서림 경성 종로 2정목 42번
2964	**춘향전** 대성-춘향-01-01	(언문)츈향전	한글	79p. 25전	1928-10-10	1928-10-22	1	姜殷馨 경성부 입정정 119번지	대성서림 경성부 입정정 119번

인쇄자 인쇄소 주소	인쇄소 인쇄소 주소	공동 발행	영인본	소장처 및 청구기호	기타	현황
					우쾌제, p.136. <최장군전>은 <최현전>의 이본(오윤선, 2012)	출판
方熙榮 경성부 수은동 68번지				양승민 소장본	著作人 金在憙. <최장군전>은 <최현전>의 이본(오윤선, 2012)	원문
		보급서관			<서동지전>, 대창서원/보급서원, 1921(국립중앙도서관 소장본(3634-2-6(1)) 광고에 '崔將軍'이 각각 25전, 20전으로 2종 기록.	광고
家恒衛 경성부 명치정 1정목 4번지	일한인쇄소 경성부 명치정 1정목 54번지	한양서적업조합		오윤선 소장본	표지와 도입부 낙장, 본문 3면부터 시작.	원문
					[圖書分類目錄], 1921 改正([이본목록], p.771.)	목록
					[圖書分類目錄], 1921 改正([이본목록], p.773.)	목록
					[圖書分類目錄], 1921 改正([이본목록], p.773.)	목록
					[圖書分類目錄], 1921 改正([이본목록], p.773.)	목록
					[圖書分類目錄], 1921 改正([이본목록], p.775.)	목록
					[圖書分類目錄], 1921 改正([이본목록], p.775.)	목록
					[圖書分類目錄], 1921 改正([이본목록], p.775.)	목록
					[圖書分類目錄], 1921 改正([이본목록], p.775.)	목록
					[圖書分類目錄], 1921 改正([이본목록], p.775.)	목록
					[圖書分類目錄], 1921 改正([이본목록], p.775.)	목록
					[圖書分類目錄], 1921 改正([이본목록], p.780.)	목록
				영남대학교 도서관(도 813.5 ★788ㅇ)		원문
學釆 로 4정목 1	경성서관인쇄부	신명서림		서울대학교 도서관(3340 93)	원문에는 '총발행소:신명서림, 발행소: 경성서관'으로 기록. 도서관 서지정보에는 발행소가 '경성서관'으로 기록되어 있어 이를 따름.	원문
弘奎 성부 가회동 216번지	보성사 경성부 수송동 44번지			서울대학교 도서관(상백 813.5 B651w)	8회의 장회체(총목차). 보성사 편집부 편찬. 원문 이미지 파일 열람 가능.	원문
		한성도서 주식회사			이능우, p.303.	출판
					[이본목록](p.775)에 영남대학교 도서관 소장본(도남813.5)이 있다고 하였으나, 확인할 수 없음.	출판
				영남대학교 중앙도서관(도 813.5 ★788★)	p.1 제목 아래에 '부 신식창가 급 장가'. 판권지가 없어 발행 사항은 도서관 서지정보를 따름.	원문
敎瓚 성부 황금정 2정목 번지	신문관 경성부 황금정 2정목 21번지		[구활자본고소설 전집 15]	국립중앙도서관(3 634-2-97(7))	단락 나눔 없이 (도령), (방자)와 같이 화자 표시.	원문

번호	작품명 고유번호	표제	문자	면수 가격	인쇄일	발행일	판차	발행자 발행자 주소	발행소 발행소 주소
2965	춘향전 대조-춘향-01-01	춘향전	한글	78p.		1959- -	1		대조사
2966	춘향전 대창-춘향-01-01	옥중가화: 츈향전	한글	108p. 40전	1918-11-06	1918-11-21	1	姜義永 경성부 종로통 3정목 85번지	대창서원 경성부 종로 2정목 12번지
2967	춘향전 대창-춘향-02-01	절대가인: 츈향전	한글	108p. 50전		1918-11-28	1	李敏澤 경성부 합동 110	대창서원 경성부 종로 2정목 12번지
2968	춘향전 대창-춘향-03-01	신옥중가인	한글	108p. 55전	1918-12-20	1918-12-24	1	石田孝次郎 경성부 욱정 1정목 188번지	대창서원 경성부 종로통 2정목 12번지
2969	춘향전 대창-춘향-04-01	절대가인: 츈향전	한글			1920-01-10	1		대창서원
2970	춘향전 대창-춘향-04-02	절대가인: 츈향전	한글			1921-02-15	2		대창서원
2971	춘향전 대창-춘향-04-03	절대가인: 츈향전	한글	108p. 35전	1921-12-30	1922-01-03	3	李敏漢 고양군 용강면 동막하리 126번지	대창서원 경성부 견지동 80번지
2972	춘향전 대창-춘향-05-01	츈향전	한글	188p. 50전	1920-12-27	1920-12-30	1	勝木良吉 경성부 남대문통 1정목 22번지	대창서원 경성부 종로통 2정목 19번지
2973	춘향전 대창-춘향-06-01	츈향전	한글	188p. 50전	1921-01-07	1921-01-10	1	勝木良吉 경성부 남대문통 1정목 22번지	대창서원 경성부 종로통 2정목 19번지
2974	춘향전 대창-춘향-07-00	李道令	한글	35전		1921- -	1		대창서원
2975	춘향전 대창-춘향-08-01	옥중가인	한글			1922- -	1		대창서원
2976	춘향전 대창-춘향-08-02	옥중가인	한글				2		대창서원
2977	춘향전 대창-춘향-08-03	옥중가인	한글	157p.		1925- -	3		대창서원
2978	춘향전 대창-춘향-09-01	츈향가	한글	174p. 45전	1923-01-20	1923-01-25	1	玄公廉 경성부 계동 99번지	대창서원 경성부 견지동 80번지
2979	춘향전 덕흥-춘향-01-00	옥중가인	한글	45전		1915- -	1		덕흥서림
2980	춘향전 덕흥-춘향-02-01	언문춘향전	한글			1925-11-15	1	金東縉	덕흥서림
2981	춘향전 덕흥-춘향-02-02	언문춘향전	한글	70p. 25전	1926-01-03	1926-01-06	2	金東縉 경성부 종로 2정목 20번지	덕흥서림 경성부 종로 2정목 20번지
2982	춘향전 동미-춘향-01-01	(선한문)츈향면	한글	208p. 40전	1913-12-25	1913-12-30	1	李容漢 경성 남부 남문외 자암 243통 10호	동미서시 경성 남부 남문외 자 243통 10호
2983	춘향전 동미-춘향-02-01	춘향전	한글			1913-12-30	1	高裕漢	동미서시
2984	춘향전 동미-춘향-02-02	춘향전	한글			1915- -	2	高裕漢	동미서시
2985	춘향전 동미-춘향-02-03	춘향전	한글	212p.		1916- -	3	高裕漢	동미서시

쇄자 쇄소 주소	인쇄소 인쇄소 주소	공동 발행	영인본	소장처 및 청구기호	기타	현황
				연세대학교 도서관(이석호811. 9308 59가-1)	[古代小說集 第1輯]에 '권익중전, 홍길동전, 초한전'과 함께 수록.	원문
家恒衛 성부 명치정 1정목 번지	일한인쇄소 경성부 명치정 1정목 54번지	보급서관		국립중앙도서관(3 634-2-64(6))	발행일을 '十日'에서 '廿日'로 덧칠한 흔적 있음.	원문
家恒衛 성부 명치정 1정목 번지	일한인쇄소 경성부 명치정 1정목 54번지			국립중앙도서관(3 634-2-64(1))	발행일을 '廿日'에서 '廿八日'로 덧칠한 흔적 있음.	원문
家恒衛 성부 명치정 1정목 번지	일한인쇄소 경성부 명치정 1정목 54번지	보급서관		국립중앙도서관(3 634-2-35(4))		원문
		보급서관			3판에 초판 발행일 기록.	출판
		보급서관			3판에 2판 발행일 기록.	출판
種哲 성부 황금정 2정목 3번지	삼영사인쇄소활판부 경성부 황금정 2정목 148번지	보급서관		국립중앙도서관(3 634-2-64(8))	초판과 2판 발행일 기록.	원문
聖杓 성부 황금정 1정목 1번지	박문관인쇄소 경성부 황금정 1정목 181번지			국립중앙도서관(3 634-2-97(4))		원문
聖杓 성부 황금정 1정목 1번지	박문관인쇄소 경성부 황금정 1정목 181번지			국립중앙도서관(3 634-2-97(5))		원문
		보급서관			<서동지전>, 대창서원/보급서원, 1921(국립중앙도서관 소장본(3634-2-7(1)) 광고에 '李道令'으로 기록.	광고
					이능우, p.302.	출판
					이능우, p.302.에 초판과 3판 발행일이 있어 2판도 있을 것으로 추정.	출판
					소재영 외, p.46. 이능우, p.302.	출판
田茂一 성부 서소문정 39번지	조선인쇄주식회사 경성부 서소문정 39번지	보급서관		국립중앙도서관(3 634-2-97(9))	p.161부터 한자 노출(한글 병기 없음).	원문
					<일대용녀남강월>, 덕흥서림, 1915(서강대학교 도서관 소장본(CL 811.36 일222)) 광고에 '옥즁가인'으로 기록.	광고
					2판에 초판 발행일 기록.	출판
憂澤 성부 관훈동 30번지	희문관 경성부 관훈동 30번지			영남대학교 도서관(도 813.5 ★788★)	초판 발행일 기록.	원문
昌均 성 북부 관현 2통 1호	조선복음인쇄소 경성 북부 관현 2통 1호			국립중앙도서관(3 634-2-35(1))		원문
					이능우, p.302.	출판
					이능우, p.302.	출판
					이능우, p.302. 김동욱,	출판

번호	작품명 고유번호	표제	문자	면수 가격	인쇄일	발행일	판차	발행자 발행자 주소	발행소 발행소 주소
2986	**춘향전** 동양서-춘향-01-01	(윤리소설)광한 루: 중정특별 츈향젼	한글	119p. 30전	1913-04-15	1913-04-20	1	閔濬鎬 경성 동부 호동 30통 4호	동양서원 경성 중부 철물교 2 2호
2987	**춘향전** 동창서-춘향-01-01	(懸吐) 漢文春香傳	한문			1917-11-20	1		동창서옥
2988	**춘향전** 동창서-춘향-01-02	(懸吐) 漢文春香傳	한문	40p. 30전	1923-12-11	1923-12-15	2	俞喆鎭 경성부 어성정 102번지	동창서옥 경성부 견지동 55번
2989	**춘향전** 동창-춘향-01-01	춘향전	한글			1917- -	1		동창서국
2990	**춘향전** 문언-춘향-01-01	옥즁 츈향전	한글				1		문언사
2991	**춘향전** 문화-춘향-01-01	春夢緣	한문	55p. 30전	1929-09-25	1929-10-01	1	李能和 경성부 봉익동 37번지	문화서림 경성부 수창동 38번
2992	**춘향전** 박문-춘향-01-01	츈향가	한글	157p.		1912-08-17	1		박문서관
2993	**춘향전** 박문-춘향-01-02	츈향가	한글				2		박문서관
2994	**춘향전** 박문-춘향-01-03	츈향가	한글			1921-12-15	3		박문서관
2995	**춘향전** 박문-춘향-01-04	츈향가	한글	157p. 45전		1929-04-30	4	盧益亨 경성부 종로 2정목 82번지	박문서관 경성부 종로 2정목 82번지
2996	**춘향전** 박문-춘향-01-05	츈향가	한글				5		박문서관
2997	**춘향전** 박문-춘향-01-06	츈향가	한글	157p. 45전	1926-10-10	1926-10-15	6	盧益亨 경성부 종로 2정목 82번지	박문서관 경성부 종로 2정목 82번지
2998	**춘향전** 박문-춘향-01-07	츈향가	한글				7		박문서관
2999	**춘향전** 박문-춘향-01-08	츈향가	한글				8		박문서관
3000	**춘향전** 박문-춘향-01-09	츈향가	한글				9		박문서관
3001	**춘향전** 박문-춘향-01-10	츈향가	한글	157p. 40전	1917-05-25	1917-05-28	10	金容俊 경성부 인의동 72번지	박문서관 경성부 남대문통 4정 69번지
3002	**춘향전** 박문-춘향-01-11	츈향가	한글				11		박문서관
3003	**춘향전** 박문-춘향-01-12	츈향가	한글				12		박문서관
3004	**춘향전** 박문-춘향-01-13	츈향가	한글				13		박문서관
3005	**춘향전** 박문-춘향-01-14	츈향가	한글				14		박문서관
3006	**춘향전** 박문-춘향-01-15	츈향가	한글				15		박문서관
3007	**춘향전** 박문-춘향-01-16	츈향가	한글				16		박문서관
3008	**춘향전** 박문-춘향-01-17	츈향가	한글	157p. 45전	1921-12-15	1921-12-20	17	金容俊 경성부 안국동 80번지	박문서관 경성부 봉래정 1정목 88번지

인쇄자 인쇄소 주소	인쇄소 인쇄소 주소	공동 발행	영인본	소장처 및 청구기호	기타	현황
炳文 경성 북부 효자동 50통 호	동문관 경성 북부 교동 23통 5호			국립중앙도서관(3 634-2-64(5))	朴永運의 서문 있음.	원문
					2판에 초판 발행일 기록.	출판
馬澤 경성부 공평동 55번지	대동인쇄주식회사 경성부 공평동 55번지			국립중앙도서관(3 634-2-85(1))	초판 발행일 기록. 속표지에 '兪喆鎭 著'.	원문
					金大(ㄹ12-1:34 松)([이본목록], p.776)	출판
					홍윤표 소장본([이본목록], p.776.)	원문
根澤 경성부 수송동 27번지	선광인쇄주식회사 경성부 수송동 27번지			영남대학교 도서관(도 813.5 ㅊ788ㅈ)	발행겸저작자 이능화. 발행소 없고, 총판매소가 문화서림이므로 문화서림을 발행소로 기록함. 원제는 '春夢緣(춘몽연)'인데 도서관 서지정보에는 '春夢綠(춘몽록)'으로 기록.	원문
			[구활자소설총서 4]		4판, 6판, 10판, 17판에 초판 발행일 기록. 영인본에는 판권지 없음.	원문
					4판, 6판, 10판, 17판이 있어 2판도 있을 것으로 추정.	출판
					4판에 3판 발행일 기록.	출판
仁煥 경성부 공평동 55번지	대동인쇄주식회사 경성부 공평동 55번지			개인소장본	초판과 3판 발행일 기록. 1면에 '訂正九刊 獄中花(春香歌演訂)'	원문
					6판, 10판, 17판이 있어 5판도 있을 것으로 추정.	출판
泰均 경성부 공평동 55번지	대동인쇄주식회사 경성부 공평동 55번지			정명기 소장본	초판 발행일 기록. 저작자 이해조. 1면에 '訂正九刊 獄中花(春香歌演訂)'	원문
					10판과 17판이 있어서 7판도 있을 것으로 추정.	출판
					10판과 17판이 있어서 8판도 있을 것으로 추정.	출판
					10판과 17판이 있어서 9판도 있을 것으로 추정.	출판
弘奎 경성부 가회동 126번지	보성사 경성부 수송동 44번지			국립중앙도서관(3 634-2-104(1))	초판 발행일 기록. 4판과 발행자, 인쇄소, 인쇄자, 발행소 주소가 다름. 1면에 '訂正九刊 獄中花(春香歌演訂)'	원문
					17판이 있어서 11판도 있을 것으로 추정.	출판
					17판이 있어서 12판도 있을 것으로 추정.	출판
					17판이 있어서 13판도 있을 것으로 추정.	출판
					17판이 있어서 14판도 있을 것으로 추정.	출판
					17판이 있어서 15판도 있을 것으로 추정.	출판
					17판이 있어서 16판도 있을 것으로 추정.	출판
重煥 경성부 공평동 55번지	대동인쇄주식회사 경성부 공평동 55번지			국립중앙도서관(3 634-2-97(2))	초판 발행일 기록. 도서관 서지정보에는 7판으로 잘못 기록. 1면에 '訂正九刊 獄中花(春香歌演訂)'	원문

번호	작품명 고유번호	표제	문자	면수 가격	인쇄일	발행일	판차	발행자 발행자 주소	발행소 발행소 주소
3009	춘향전 박문-춘향-02-01	(언문)츈향젼	한글	119p. 30전	1917-02-05	1917-02-10	1	盧益亨 경성 남대문통 4정목 69번지	박문서관 경성 남대문통 4정목 69번지
3010	춘향전 박문-춘향-03-01	(倫理小說) 廣寒樓	한글			1917-11-29	1		박문서관
3011	춘향전 박문-춘향-03-02	(倫理小說) 廣寒樓	한글	85p. 20전	1918-11-15	1918-11-20	2	金用濟 경성부 봉래정 1정목 85번지	박문서관 경성부 봉래정 1정목 85번지
3012	춘향전 박문-춘향-04-01	츈향젼	한글	79p. 25전	1921-12-25	1921-12-30	1	盧益亨 경성부 봉래정 1정목 88번지	박문서관 경성부 봉래정 1정목 88번지
3013	춘향전 박문-춘향-05-01	옥중가인	한글	144p. 45전	1926-12-18	1926-12-20	1	池松旭 경성부 봉래정 1정목 77번지	박문서관 경성부 종로2정목 82번지
3014	춘향전 보급-춘향-01-01	츈향가	한글			1912-08-27	1		보급서관
3015	춘향전 보급-춘향-01-02	츈향가	한글			1913-01-10	2		보급서관
3016	춘향전 보급-춘향-01-03	츈향가	한글			1913-04-05	3		보급서관
3017	춘향전 보급-춘향-01-04	츈향가	한글			1913-12-09	4		보급서관
3018	춘향전 보급-춘향-01-05	츈향가	한글			1914-01-17	5		보급서관
3019	춘향전 보급-춘향-01-06	츈향가	한글	188p. 40전	1914-01-30	1914-02-05	6	金容俊 경성 북부 소안동 16통 8호	보급서관 경성 북부 소안동 16 8호
3020	춘향전 보급-춘향-01-07	옥즁화	한글	188p.		1914- -	7		보급서관
3021	춘향전 삼문-춘향-01-01	춘향전	한글			1932- -	1		삼문사
3022	춘향전 삼문-춘향-01-02	춘향전	한글			1934- -	2		삼문사
3023	춘향전 삼문-춘향-02-01	만고정렬 여중화	한글	190p. 50전	1935-12-13	1935-12-	1	高敬相 경성부 관훈동 121번지	삼문사 경성부 관훈동 121
3024	춘향전 성문-춘향-01-00	옥중가인	한글			1936- -	1		성문당서점
3025	춘향전 세창-춘향-01-01	옥즁가화	한글	140p. 40전	1916-01-05	1916-01-10	1	姜義永 경성부 종로통 3정목 85번지	세창서관 경 종로 3정목
3026	춘향전 세창-춘향-02-01	만고열녀 도상옥중화	한글			1926-12-16	1		세창서관
3027	춘향전 세창-춘향-03-01	만고열녀 도상옥중화	한글	190p. 50전		1937-12-25	1	申泰三 경성부 종로 4정목 77번지	세창서관 경성부 종로 4정목 77번지
3028	춘향전 세창-춘향-04-01	만고열녀 춘향전	한글	62p.	1952-08-10	1952-08-30	1	申泰三 서울특별시 종로구 종로 3가 10	세창서관 서울특별시 종로구 종로3가 10
3029	춘향전 세창-춘향-05-01	도상 옥즁화	한글	190p. 임시정가	1952-08-10	1952-08-30	1	申泰三 서울특별시 종로구 종로 3가 10	세창서관 서울특별시 종로구 종로3가 10
3030	춘향전 세창-춘향-06-01	도상옥즁화	한글	190p.	1952-12-10	1952-12-30	1	申泰三 서울특별시 종로구 종로 3가 10	세창서관 서울특별시 종로구 종로3가 10

쇄자 쇄소 주소	인쇄소 인쇄소 주소	공동 발행	영인본	소장처 및 청구기호	기타	현황
敍璿 성부 소격동 41번지	보성사 경성부 수송동 44번지			국립중앙도서관(3 634-2-97(1))		원문
					초판의 발행일은 [이본목록](p771)에 따름.	출판
禹澤 성부 공평동 54번지	성문사 경성부 공평동 55번지			서울대학교 도서관(3350 114)	초판 발행일이 잘려 보이지 않음.	원문
重煥 성부 공평동 55번지	대동인쇄주식회사 경성부 공평동 55번지			국립중앙도서관(3 634-2-97(6))		원문
仁煥 성부 황금정 2정목 3번지	경성신문사 경성부 황금정 2정목 148번지			연세대학교 도서관(서여(O)811 .93 춘향전26가)		원문
					6판에 초판 발행일 기록.	출판
					6판에 2판 발행일 기록.	출판
					6판에 3판 발행일 기록.	출판
					6판에 4판 발행일 기록.	출판
					6판에 5판(五刊) 발행일 기록.	출판
圭均 성 북부 관현 2통 1호	조선복음인쇄소 경성 북부 관현 2통 1호			국립중앙도서관(3 634-2-104(2))	편역자 이해조. 초판~5판까지 발행일 기록. 1면에 '訂正六刊 嶽中花(春香歌演訂)'. '六刊 發行'	원문
				영남대학교 도서관(도 813.5 ★7880)	李海朝 編譯. '七刊 發行'. 春香歌演訂.	원문
					이주영, p.231.	출판
					이주영, p.231.	출판
夆圭 성부 서대문정 2-139	주식회사 창문사 경성부 서대문정 2-139		[아단문고고전총 서 2]		1면에 '李國唱 唱本, 無然居士 校錄'.	원문
					광고(1936)([이본목록], p.772)	광고
憲華 성부 종로통 1정목 번지	선명사 경성부 종로통 1정목 39번지			국립중앙도서관(3 634-2-64(7))	저작겸 발행자 강의영. 발행소 없고 발매소(세창서관)만 있음. 도서관 서지정보에 따라 발행소를 세창서관으로 기록.	원문
		삼천리서관			조윤제, '춘향전 이본고(2)', [진단학보] 12([이본목록], p.774.)	출판
圭鳳 성부 종로 4정목 번지	세창서관인쇄부 경성부 종로 4정목 77번지	삼천리서관		유춘동 소장본	판권지가 가려져 인쇄일, 발행일 알 수 없음. 발행일은 [이본목록](p.774)을 따름.	원문
	세창인쇄사 서울특별시 종로구 종구3가 10			개인소장본		원문
	세창인쇄사 서울특별시 종로구 종구3가 10		[구활자본고소설 전집 30]			원문
	세창인쇄사 서울특별시 종로구 종구3가 10			국회도서관(811.31 ㅅ585ㄷ)	8장의 장회체. 원문 보기 및 다운로드 가능.	원문

번호	작품명 고유번호	표제	문자	면수 가격	인쇄일	발행일	판차	발행자 발행자 주소	발행소 발행소 주소
3031	**춘향전** 세창-춘향-07-01	도상옥중화	한글	190p.	1952-12-15	1952-12-30	1	申泰三 서울특별시 종로구 종로 3가 10	세창서관 서울특별시 종로구 종로3가 10
3032	**춘향전** 세창-춘향-08-01	春香傳 도상옥중화	한글	62p. 임시정가	1952-12-10	1952-12-30	1	申泰三 서울특별시 종로구 종로 3가 10	세창서관 서울특별시 종로구 종로3가 10
3033	**춘향전** 세창-춘향-09-00	도상옥중화	한글	190p.		1955- -	1		세창서관
3034	**춘향전** 세창-춘향-10-00	萬古烈女 春香傳	한글	52p.		1956- -	1		세창서관
3035	**춘향전** 세창-춘향-11-00	萬古烈女 春香傳	한글	62p.		1961- -	1		세창서관
3036	**춘향전** 신구-춘향-01-01	(증수)츈향젼	한글			1913- -	1		신구서림
3037	**춘향전** 신구-춘향-01-02	(증수)츈향젼	한글				2		신구서림
3038	**춘향전** 신구-춘향-01-03	(증수)츈향젼	한글				3		신구서림
3039	**춘향전** 신구-춘향-01-04	(증수)츈향젼	한글				4		신구서림
3040	**춘향전** 신구-춘향-01-05	(증수)츈향젼	한글	110p.		1923- -	5		신구서림
3041	**춘향전** 신구-춘향-02-01	(증상연예)옥중 가인	한글	221p. 40전	1914-04-28	1914-04-30	1	池松旭 경성 남부 자암동 42통 10호	신구서림 경성 남부 자암동 4 10호
3042	**춘향전** 신구-춘향-02-02	(증상연예)옥중 가인	한글			1914-12-07	2		신구서림
3043	**춘향전** 신구-춘향-02-03	(증상연예)옥중 가인	한글	203p.		1915- -	3		신구서림
3044	**춘향전** 신구-춘향-02-04	(증상연예)옥중 가인	한글	203p. 40전	1916-01-08	1916-01-13	4	池松旭 경성부 봉래정 1정목 77번지	신구서림 경성부 봉래정 1정독 77번지
3045	**춘향전** 신구-춘향-02-05	(증상연예)옥중 가인	한글	203p.		1916-05-	5		신구서림
3046	**춘향전** 신구-춘향-02-06	(증상연예)옥중 가인	한글	203p. 40전	1916-12-12	1916-12-16	6	池松旭 경성부 봉래정 1정목 77번지	신구서림 경성부 봉래정 1정독 77번지
3047	**춘향전** 신구-춘향-02-07	(증상연예)옥중 가인	한글	203p.		1917- -	7		신구서림
3048	**춘향전** 신구-춘향-02-08	(증상연예)옥중 가인	한글	144p. 50전	1918-01-10	1918-01-15	8	池松旭 경성부 봉래정 1정목 77번지	신구서림 경성부 봉래정 1정독 77번지
3049	**춘향전** 신구-춘향-02-09	(증상연예)옥중 가인	한글				9		신구서림
3050	**춘향전** 신구-춘향-02-10	(증상연예)옥중 가인	한글	144p. 33전	1919-03-10	1919-03-15	10	池松旭 경성부 봉래정 1정목 77번지	신구서림 경성부 봉래정 1정독 77번지
3051	**춘향전** 신구-춘향-02-11	(증상연예)옥중 가인	한글	144p. 45전	1920-10-20	1920-10-25	11	池松旭 경성부 봉래정 1정목 77번지	신구서림 경성부 봉래정 1정독 77번지

인쇄자 인쇄소 주소	인쇄소 인쇄소 주소	공동 발행	영인본	소장처 및 청구기호	기타	현황
	세창인쇄사 서울특별시 종로구 종구3가 10			정명기 소장본		원문
	세창인쇄사 서울특별시 종로구 종로 3가 10			국회도서관(811.31 ㅅ585ㅊ)	원문 보기 및 다운로드 가능.	원문
					[연구보정], p.1073.	출판
				고려대학교 도서관(897.33 춘향전 만)		원문
				이화여자대학교 도서관(811.31 춘92세)		원문
		회동서관			[이본목록](p.776)에 초판의 발행연도 기록.	출판
		회동서관			5판이 있어서 2판도 있을 것으로 추정.	출판
		회동서관			5판이 있어서 3판도 있을 것으로 추정.	출판
		회동서관			5판이 있어서 4판도 있을 것으로 추정.	출판
		회동서관		서울대학교 도서관(일사 813.5 C472c)	판권지 없음. 발행연도는 [이본목록](p.776)을 따름.	원문
金聖杓 경성 동부통내 등자동 통 8호	성문사 경성 종로 발리동 9통 10호		[구활자본고소설 전집 30], [구활자소설총서 4]	국립중앙도서관(3 634-2-8(1))	19막으로 구성. 총목차와 서문 있음. '玉蓮庵 監校 古優 丁北平 唱本'(p.1)	원문
					[이본목록](p.773)에 2판 발행일 기록.	출판
					[이본목록](p.773)에 3판 발행일 기록.	출판
沈禹澤 경성부 효자동 103번지	성문사 경성부 공평동 55번지			국립중앙도서관(3 634-2-103(1))	초판 인쇄일과 발행일 기록. 초판과 동일 내용 다른 판본.	원문
					[이본목록](p.773)에 5판 발행일 기록.	출판
沈禹澤 경성부 효자동 103번지	성문사 경성부 공평동 55번지			국립중앙도서관(3 634-2-103(3))	초판 발행일 기록.	원문
					[이본목록](p.773)에 7판 발행일 기록.	출판
沈禹澤 경성부 공평동 54번지	성문사 경성부 공평동 55번지			국립중앙도서관(3 634-2-103(2))	초판 발행일 기록. 초판, 6판과 동일 내용 다른 판본.	원문
					10판이 있어서 9판도 있을 것으로 추정.	출판
沈禹澤 경성부 공평동 54번지	성문사 경성부 공평동 55번지			국립중앙도서관(3 634-2-109(4))	초판 발행일 기록.	원문
金重煥 경성부 공평동 55번지	성문사 경성부 공평동 55번지			국립중앙도서관(3 634-2-109(2))	초판 발행일 기록.	원문

번호	작품명 고유번호	표제	문자	면수 가격	인쇄일	발행일	판차	발행자 발행자 주소	발행소 발행소 주소
3052	춘향전 신구-춘향-02-12	(증상연예)옥중가인	한글	144p. 45전	1922-01-17	1922-01-20	12	池松旭 경성부 봉래정 1정목 77번지	신구서림 경성부 봉래정 1정목 77번지
3053	춘향전 신구-춘향-02-13	(증상연예)옥중가인	한글	144p. 45전	1923-02-22	1923-02-27	13	池松旭 경성부 봉래정 1정목 77번지	신구서림 경성부 봉래정 1정목 77번지
3054	춘향전 신구-춘향-03-00	廣寒樓	한글	30전(一冊)		1914- -	1		신구서림
3055	춘향전 신구-춘향-04-00	獄中花	한글	40전(一冊)		1914- -	1		신구서림
3056	춘향전 신명-춘향-01-01	우리들전(一名 別春香傳)	한글	148p. 60전	1924-04-23	1924-04-29	1	沈相泰 충주군 소태면 동막리 186번지	신명서림 경성 종로 2정목
3057	춘향전 신명-춘향-02-00	絶世佳人	한글	54p.		1928- -	1		신명서림
3058	춘향전 신문-춘향-01-01	(고본)츈향전	한글	240p. 50전	1913-12-17	1913-12-20	1	崔昌善 경성 남부 상계동 32통 4호	신문관 경성 남부 상계동
3059	춘향전 영창-춘향-01-01	(만고렬녀)츈향전	한글	70p. 25전	1925-04-15	1925-04-20	1	姜義永 경성부 종로 2정목 84번지	영창서관 경성부 종로 2정목 84번지
3060	춘향전 영창-춘향-02-01	獄中絶代佳人: 鮮漢文春香傳		70p.		1925-10-10	1		영창서관
3061	춘향전 영창-춘향-03-01	(옥중)절대가인	한글	108p. 40전	1925-09-30	1925-10-10	1	姜義永 경성부 종로 2정목 84번지	영창서관 경성부 종로 2정목 84번지
3062	춘향전 영창-춘향-04-01	(절대가인) 춘향전	한글	60p. 25전	1925-11-13	1925-11-16	1	姜義永 경성부 종로 2정목 84번지	영창서관 경성부 종로 2정목 84번지
3063	춘향전 영창-춘향-05-01	신츈향전	한글	157p. 60전	1935-12-20	1935-12-25	1	姜義永 경성부 종로 2정목 84번지	영창서관 경성부 종로 2정목 84번지
3064	춘향전 영창-춘향-06-01	(國語對譯) 春香歌	한글	226p. 2원	1942-06-05	1942-06-10	1	大山治永 경성부 종로 2정목 98	영창서관 경성부 종로 2정목 9*
3065	춘향전 영풍-춘향-01-01	춘향전	한글			1914- -	1		영풍서관
3066	춘향전 영화-춘향-01-01	춘향전	한글			1952- -	1	姜槿馨	영화출판사
3067	춘향전 영화-춘향-02-01	춘향전	한글	14p.	1958-10-15	1958-10-20	1	姜槿馨	영화출판사 서울특별시 종로구 관철동 155
3068	춘향전 영화-춘향-03-01	大春香傳	한글	146p.	1960-11-10	1960-11-15	1	姜槿馨	영화출판사 서울특별시 종로구 종 2가 98
3069	춘향전 유일-춘향-01-01	(신역)별츈향가	한글	144p. 30전	1913-07-15	1913-07-20	1	南宮濬 경성 중부 사동 11통 2호	유일서관 경성 중부 사동 11통 2
3070	춘향전 유일-춘향-02-01	춘향전	한글	35전		1915-12-25	1		유일서관
3071	춘향전 유일-춘향-02-02	춘향전	한글				2		유일서관
3072	춘향전 유일-춘향-02-03	춘향전	한글				3		유일서관

쇄자 쇄소 주소	인쇄소 인쇄소 주소	공동 발행	영인본	소장처 및 청구기호	기타	현황
重煥 성부 공평동 55번지	대동인쇄주식회사 경성부 공평동 55번지			국립중앙도서관(3 634-2-109(3))	초판 발행일 기록.	원문
禹澤 성부 공평동 55번지	대동인쇄주식회사 경성부 공평동 55번지			국립중앙도서관(3 634-2-109(1))	초판 발행일 '대정2.04.30.'에서 대정2년은 3년의 오기로 보임.	원문
					<옥중가인>, 신구서림, 1914(국립중앙도서관 소장본(3634-2-8(1)) 광고에 '廣寒樓'로 기록.	광고
					<옥중가인>, 신구서림, 1914(국립중앙도서관 소장본(3634-2-8(1)) 광고에 '獄中花'로 기록.	광고
重煥 성부 견지동 80번지	신명서림인쇄부			서울대학교 도서관(일사 813.6 Si41u)		원문
					이능우, p.298.	출판
成愚 성 남부 상계동 32통	신문관인출소 경성 남부 상계동 32통 4호			서울대학교 도서관(가람 813.5 C472c)	원문 이미지 열람 가능.	원문
泰三 성부 종로 2정목 번지	영창서관인쇄부 경성부 종로 2정목 84번지	한흥서림		영남대학교 도서관(도 813.5 ㅊ788ㅅ)	책의 표지에는 '절대가인 성춘향전'으로 기록하였으나, 內題는 '만고렬녀 춘향전'으로 기록. 도서관 서지정보에도 '(만고렬녀)춘향전'으로 기록.	원문
		한흥서림			조윤제, '춘향전 이본고(2)', [진단학보] 12([이본목록], p.777)	출판
重憲 성부 수송동 69번지	보명사인쇄소 경성부 수송동 69번지	한흥서림		영남대학교 도서관(도 813.5 ㅊ788ㅈ)		원문
泰榮 성부 종로 2정목 번지	영창서관인쇄부 경성부 종로 2정목 84번지	한흥서림		박순호 소장본		원문
昌熙 성부 종로 2정목 번지	영창서관인쇄부 경성부 종로 2정목 84번지	한흥서림, 진흥서관		영남대학교 도서관(도 813.5 ㅊ788ㅅ)	영남대학교 도서관 소장 '영창-춘향-01-01'과 청구기호 같으나 다른 작품임.	원문
二煥 성부 안국정 153	중앙인쇄소 경성부 안국정 153			국립중앙도서관(3 636-33)	강의영 저.	원문
					김동욱, [春香傳比較硏究], p.28([이본목록], p.777)	출판
					여승구, [古書通信, 14], 홍윤표 소장본([이본목록], p.777)	원문
斯社印刷部				박순호 소장본		원문
斯社印刷部				소인호 소장본		원문
翼洙 성 북부 전정동 38통	창문사 경성 중부 종로 발리동 9통 10호		[구활자본고소설 전집 32], [구활자소설총서 4]	국립중앙도서관(3 634-2-8(3))	24절로 구성(총목차). '原著 東溪 朴頤陽'(1면)	원문
					4판에 초판 발행일 기록.	출판
					4판이 있어서 2판도 있을 것으로 추정.	출판
					4판이 있어서 3판도 있을 것으로 추정.	출판

번호	작품명 고유번호	표제	문자	면수 가격	인쇄일	발행일	판차	발행자 발행자 주소	발행소 발행소 주소
3073	**춘향전** 유일-춘향-02-04	(특별)무쌍 츈향전	한글	146p. 45전	1920-08-06	1920-08-08	4	朴健會 경성부 인사동 39번지	유일서관 경성부 인사동 165
3074	**춘향전** 재전-춘향-01-01	옥중화	한글				1		재전당서포
3075	**춘향전** 조선서-춘향-01-01	(무쌍)츈향전	한글	148p. 25전	1915-12-20	1915-12-25	1	朴健會 경성부 인사동 39번지	조선서관 경성부 인사동 39번
3076	**춘향전** 조선서-춘향-01-02	(무쌍)츈향전	한글			1917- -	2		조선서관
3077	**춘향전** 조선총-춘향-01-01-상	우리들전	한글			1924-04-29	1	沈相泰	조선총독부경무국
3078	**춘향전** 조선총-춘향-01-01-하	우리들전	한글				1		조선총독부경무국
3079	**춘향전** 창문-춘향-01-01-상	옥중화 상	한글				1		창문사
3080	**춘향전** 창문-춘향-01-01-하	옥중화 하	한글			1927- -	1		창문사
3081	**춘향전** 태화-춘향-01-00	옥중화	한글	50전		1918- -	1		태화서관
3082	**춘향전** 태화-춘향-02-00	절대가인	한글			1918- -	1		태화서관
3083	**춘향전** 태화-춘향-03-00	만고열녀 춘향전	한글			1929- -	1		태화서관
3084	**춘향전** 한성-춘향-01-01	(특별)무쌍 츈향전	한글			1915-12-25	1		한성서관
3085	**춘향전** 한성-춘향-01-02	(특별)무쌍 츈향전	한글	149p.	1917-01-10	1917-01-20	2	朴健會 경성부 인사동 39번지	한성서관 경성부 관훈동 72
3086	**춘향전** 한성-춘향-02-01	(萬古烈女)日鮮 文 春香傳	한글	161p. 50전	1917-07-25	1917-07-30	1	南宮楔 경성부 종로 3정목 76번지	한성서관 경성부 종로통 3정목 76번지
3087	**춘향전** 한성-춘향-03-01	츈향전	한글	147p. 40전	1917-09-01	1917-09-05	1	南宮楔 경성부 종로통 3정목 76번지	한성서관 경성부 종로통 3정목 76번지
3088	**춘향전** 한성-춘향-04-00	고본 춘향전	한글	50전 (1冊)		1915- -	1		한성서관
3089	**춘향전** 한성-춘향-05-00	순언문춘향가	한글	30전 (1冊)		1915- -	1		한성서관
3090	**춘향전** 한성-춘향-06-00	옥중가인	한글	40전		1915- -	1		한성서관
3091	**춘향전** 항민-춘향-01-01	춘향전	한글	64p.		1962-10-24	1	朴彰緖	항민사
3092	**춘향전** 항민-춘향-02-01	춘향전	한글	64p. 250원	1978-08-30	1978-09-05	1	朴彰緖	항민사 성북구 성북동 133-
3093	**춘향전** 화광-춘향-01-01	춘향전	한글	60p. 25전	1934-12-15	1934-12-20	1	姜範馨 경성부 종로통 3정목 80	화광서림 경성부 종로통 3정목
3094	**춘향전** 회동-춘향-01-01	증수 춘향전	한글			1913-12-30	1		회동서관
3095	**춘향전** 회동-춘향-01-02	증수 춘향전	한글				2		회동서관

쇄자 쇄소 주소	인쇄소 인쇄소 주소	공동 발행	영인본	소장처 및 청구기호	기타	현황
重煥 성부 공평동 55번지	대동인쇄주식회사 경성부 공평동 55번지			국립중앙도서관(3 634-2-85(3))	초판 발행일 기록.14회의 장회체(총목차). 1면에 '저자 박건회'.	원문
					이수봉 소장본([이본목록], p.774.)	원문
敬德 성부 원동 206번지	조선복음인쇄소 경성부 원동 206번지		[구활자본고소설 전집 15]		14회의 장회체(총목차). 저자 박건회. '讀春香傳四法'(춘향전을 읽는 4가지 방법) 있음. P.10까지 한자 괄호 표기, 이후 순한글.	원문
					[이본목록](p.777)에 2판 발행일 기록.	출판
					오한근 소장본([이본목록], p.775.)	원문
					'上券'이 있는 것으로 보아 '下券'도 있을 것으로 추정.	출판
					'옥즁화 하'가 있어서 '옥즁화 상'도 있을 것으로 추정.	출판
					오한근 소장본([이본목록], p.774.)	원문
					<렬녀전>, 태화서관, 1918(국립중앙도서관 소장본(3634-2-86(2)) 광고에 '獄中花'로 기록.	광고
					<렬녀전>, 태화서관, 1918. 광고.([이본목록], p.775)	광고
					[新明心寶鑑], 1929, 광고.([이본목록], p.777)	광고
					2판에 초판 발행일 기록.	출판
敬瓚 성부 소격동 41번지	보성사 경성부 수송동 44번지	조선서관		국립중앙도서관(3 634-2-85(4))	초판 발행일 기록. 14회의 장회체(총목차). '讀春香傳四法'(춘향전을 읽는 4가지 방법) 있음.	원문
敬瓚 성부 경운동 88번지	보성사 경성부 수송동 44번지	유일서관		국립중앙도서관(3 634-2-85(5))		원문
禹澤 성부 공평동 54번지	성문사 경성부 공평동 55번지			국립중앙도서관(3 634-2-104(3))	1면의 제목과 본문 상단에는 '연정춘향전(演訂春香傳)'으로 기록되었으나, 판권지에는 '南原獄中花'로 기록됨.	원문
					<소상강>, 한성서관, 1915(국립중앙도서관 소장본(3634-2-10(3)) 광고에 '고본 춘향전'으로 기록.	광고
					<소상강>, 한성서관, 1915(국립중앙도서관 소장본(3634-2-10(3)) 광고에 '순언문 춘향가'로 기록.	광고
					<쌍주긔연>, 한성서관, 1915(국립중앙도서관 소장본(3634-2-21(1)) 광고에 '獄中佳人'으로 기록.	광고
					박순호 소장본([연구보정], p.1075.)	원문
				개인소장본		원문
永求 성부 종로 3정목 156	광성인쇄소 경성부 종로통 3정목 156			국립중앙도서관(3 634-2-97(8))		원문
					4판과 5판에 초판 발행일 기록.	출판
					4판과 5판이 있어 2판도 있을 것으로 추정.	출판

번호	작품명 고유번호	표제	문자	면수 가격	인쇄일	발행일	판차	발행자 발행자 주소	발행소 발행소 주소
3096	춘향전 회동-춘향-01-03	증수 춘향전	한글				3		회동서관
3097	춘향전 회동-춘향-01-04	증수 춘향전	한글	110p. 40전	1918-03-15	1918-03-17	4	李容漢 경성부 봉래정 1정목 136번지	회동서관 경성부 남대문통 1정 17번지
3098	춘향전 회동-춘향-01-05	증슈 춘향전	한글	110p. 35전	1923-03-05	1923-03-06	5	高裕相 경성부 남대문통 1정목 17번지	회동서관 경성부 남대문통 1정 17번지
3099	춘향전 회동-춘향-02-01	고대소설 언문 츈향전	한글	79p. 25전	1925-10-25	1925-10-30	1	高裕相 경성부 남대문통 1정목 17번지	회동서관 경성부 남대문통 1정 17번지
3100	춘향전 회동-춘향-03-01	오작교	한글	103p.		1927-12-25	1	高裕相	회동서관
3101	춘향전 회동-춘향-04-00	獄中花	한글	188p.		1928- -	1		회동서관
3102	충효야담집 광한-충효-01-01	忠孝野談集	한글	478p.	1944-05-22	1944-05-28	1	金田松圭 경성부 종로구 종로 6정목 81번지	광한서림 경성부 종로구 종로 6정목 81번지
3103	침향루기 대창-침향-01-00	沈香樓	한글	30전		1921- -	1		대창서원
3104	콩쥐팥쥐전 경성서-콩쥐-01-00	太鼠豆鼠	한글			1921- -	1		경성서적업조합
3105	콩쥐팥쥐전 공동-콩쥐-01-01	(奇談小說)콩쥐 팟쥐전	한글	18p.	1954-10-05	1954-10-10	1	姜殷馨	공동문화사 서울특별시 종로구 114
3106	콩쥐팥쥐전 대창-콩쥐-01-01	(고대소설)콩쥐 팟쥐젼	한글	18p. 25전	1919-01-16	1919-01-20	1	朴健會 경성부 인사동 49번지	대창서원 경성부 종로 2정목 12번지
3107	콩쥐팥쥐전 대창-콩쥐-02-00	콩쥐팟쥐	한글	36p. 40전		1921- -	1		대창서원
3108	콩쥐팥쥐전 세창-콩쥐-01-00	콩쥐팥쥐전	한글				1		세창서관
3109	콩쥐팥쥐전 태화-콩쥐-01-01	콩쥐팟쥐전	한글	18p.		1928-11-20	1	姜夏馨	태화서관
3110	콩쥐팥쥐전 태화-콩쥐-01-02	콩쥐팟쥐전	한글	18p.		1947-11-10	2	姜夏馨	태화서관
3111	쾌남아 영창-쾌남-01-01	(義俠大活劇)快 男兒	한글	89p. 30전	1924-10-28	1924-10-30	1	姜義永 경성부 종로 2정목 84번지	영창서관 경성부 종로 2정 84
3112	타호무송 광익-타호-01-01	타호무송	한글	92p. 40전	1918-03-30	1918-04-03	1	高敬相 경성부 종로 2정목 87번지	광익서관 경성부 종로 2정목 87번지
3113	타호무송 태화-타호-01-00	타호무송	한글			1918- -	1		태화서관
3114	타호무송 회동-타호-01-00	타호무송	한글			1924- -	1		회동서관
3115	태조대왕실기 덕흥-태조-01-01	조선태조대왕전	한글	36p. 20전	1926-12-10	1926-12-15	1	金東縉 경성부 종로 2정목 20번지	덕흥서림 경성부 종로 2정목 20번지

인쇄자 인쇄자 주소	인쇄소 인쇄소 주소	공동 발행	영인본	소장처 및 청구기호	기타	현황
					4판과 5판이 있어 3판도 있을 것으로 추정.	출판
金弘奎 경성부 가회동 216번지	보성사 경성부 수송동 44번지			국립중앙도서관(3634-2-35(7))	초판 발행일 기록. 분매소 각각의 주소와 진체구좌 기록.	원문
台五 경성부 장사동 69번지	중앙인쇄소 경성부 장사동 69번지			국립중앙도서관(3634-2-85(2))	초판 발행일과 4판의 인쇄일, 발행일 기록. 분매소 각각의 주소와 진체구좌 기록. 5판의 인쇄일, 발행일에 종이를 덧대어 '초판'으로 기록.	원문
金翼洙 경성부 황금정 2정목 1번지	신문관 경성부 황금정 2정목 21번지			영남대학교 도서관(도 813.5 ★788★)		원문
				서울대학교 도서관(3350 35)	판권지가 없음. 발행일은 [이본목록](p.772)을 참고.	원문
					영남대학교 도서관 소장본(도남813.5)([이본목록], p.774). 영남대학교 도서관에서 해당 자료 찾을 수 없음.	목록
山昌煥 경성부 종로구 종로 정목 156번지	광성인쇄소 경성부 종로구 종로 3정목 156번지	신흥서관		대구광역시립 서부도서관(鄕813.5-김55★)	'토끼의 肝, 乙支文德' 외 다수 합철.	원문
		보급서관			<서동지전>, 대창서원/보급서원, 1921(국립중앙도서관 소장본(3634-2-6(1)) 광고에 '沈香樓'로 표기.	광고
					[圖書分類目錄], 1921 改正([이본목록], p.787)	목록
同文化社印刷部				국립중앙도서관(일모813.5-공784ㄱ)	저작겸 발행자 '김인성, 강은형'. <김씨열행록>(pp.19~36)과 합철. 협약도서관에서 원문 열람 가능.	원문
家恒衛 경성부 명치정 1정목 4번지	일한인쇄소 경성부 명치정 1정목 54번지			서울대학교 도서관(일사 813.5 K836)	<김씨열행록>(pp.19~36)과 합철. 속표지 '고대소설 콩쥐팟쥐전'.	원문
		보급서관			<쥬원장창업실긔>, 대창서원, 1921(국립중앙도서관 소장본(3634-2-7(1)) 광고에 '콩쥐팟쥐'로 기록.	광고
					우쾌제, p.137.	출판
			[구활자본고소설전집 16]	세종대학교 도서관(811.93 콩77)	영인본에 판권지 없음. 발행일은 [이본목록](p.787) 참고. '김씨열행록'과 합철(19~36p.).	원문
					조희웅 소장본([이본목록], p.787)	원문
基禎 경성부 견지동 32번지	한성도서주식회사 경성부 견지동 32번지	한흥서림		서울대학교 도서관(3340 142)		원문
弘奎 경성부 가회동 216번지	보성사 경성부 수송동 44번지		[구활자본고소설전집 16], [구활자소설총서 6]	국립중앙도서관(3634-2-6(2))	<타호무송>은 중국소설 <수호전>을 부분 번역, 편집한 작품(곽정식, 2010)	원문
					<렬녀전>, 태화서관, 1918. 광고([이본목록], p.789). <타호무송>은 중국소설 <수호전>을 부분 번역, 편집한 작품(곽정식, 2010)	광고
					[현행사례의절], 회동서관, 1924.광고([이본목록], p.789). <타호무송>은 중국소설 <수호전>을 부분 번역, 편집한 작품(곽정식, 2010)	광고
基禎 경성부 견지동 32번지	한성도서주식회사 경성부 견지동 32번지		[구활자본고소설전집 32]	서울대학교 도서관(3340 1 11)	저작자 장도빈. '朝鮮古代小說叢書' 11권에 '平壤公主傳, 徐花潭, 江陸秋月, 金鈴傳'과 합철. 5판에 초판 발행일 기록.	원문

번호	작품명 고유번호	표제	문자	면수 가격	인쇄일	발행일	판차	발행자 발행자 주소	발행소 발행소 주소
3116	**태조대왕실기** 덕흥-태조-01-02	조선태조대왕전	한글				2		덕흥서림
3117	**태조대왕실기** 덕흥-태조-01-03	조선태조대왕전	한글				3		덕흥서림
3118	**태조대왕실기** 덕흥-태조-01-04	조선태조대왕전	한글				4		덕흥서림
3119	**태조대왕실기** 덕흥-태조-01-05	조선태조대왕전	한글	36p. 20전	1935-11-15	1935-11-20	5	金東縉 경성부 종로 2정목 20번지	덕흥서림 경성부 종로 2정목 20번지
3120	**태조대왕실기** 문정-태조-01-01	태조대왕실긔	한글	61p. 60전	1946-01-30	1946-02-01	1	尹正? 한성시 종로구 효제정 200	문정당출판부 한성시 종로구 효제정 200
3121	**태조대왕실기** 박문-태조-01-00	태조대왕실긔	한글			1928- -	1		박문서관
3122	**태조대왕실기** 성문-태조-01-01	태조대왕의 룡몽	한글	34p. 30전	1936-10-05	1936-10-10	1	李宗壽 경성부 서대문정 1정목 79	성문당서점 경성부 서대문정 1정 79번지
3123	**태조대왕실기** 세창-태조-01-00	태조대왕실긔	한글				1		세창서관
3124	**태조대왕실기** 영창-태조-01-00	朝鮮太祖實記	한글	5원		1942- -	1		영창서관
3125	**태조대왕실기** 회동-태조-01-01	太祖大王實記	한글	61p. 25전	1928-11-10	1928-11-15	1	高裕相 경성부 남대문통 1정목 17번지	회동서관 경성부·남대문통 1정 17번지
3126	**토끼전** 경성서-토끼-01-01	불로초	한글			1912-08-10	1		경성서적업조합소
3127	**토끼전** 경성서-토끼-01-02	불로초	한글				2		경성서적업조합소
3128	**토끼전** 경성서-토끼-01-03	불로초	한글				3		경성서적업조합소
3129	**토끼전** 경성서-토끼-01-04	불로초	한글				4		경성서적업조합소
3130	**토끼전** 경성서-토끼-01-05	불로초	한글	40p. 15전	1920-01-20	1920-01-26	5	南宮濬 경성부 관훈동 72번지	경성서적업조합소 경성부 관훈동 155번
3131	**토끼전** 대산-토끼-01-01	兎의肝: 별쥬부가	한글	94p.		1925- -	1		대산서림
3132	**토끼전** 대창-토끼-01-00	不老草	한글	30전		1921- -	1		대창서원
3133	**토끼전** 대창-토끼-02-00	不老草	한글	15전		1921- -	1		대창서원
3134	**토끼전** 대창-토끼-03-00	兎의肝	한글	25전		1921- -	1		대창서원
3135	**토끼전** 덕흥-토끼-01-01	별쥬부전	한글			1925- -	1		덕흥서림
3136	**토끼전** 박문-토끼-01-01	불로초	한글			1912-08-10	1		박문서관
3137	**토끼전** 박문-토끼-01-02	불로초	한글				2		박문서관
3138	**토끼전** 박문-토끼-01-03	불로초	한글				3		박문서관

인쇄자 인쇄소 주소	인쇄소 인쇄소 주소	공동 발행	영인본	소장처 및 청구기호	기타	현황
					5판이 있어서 2판도 있을 것으로 추정.	출판
					5판이 있어서 3판도 있을 것으로 추정.	출판
					5판이 있어서 4판도 있을 것으로 추정.	출판
李鍾汰 경성부 종로 2정목 20번지	덕흥서림인쇄부 경성부 종로 2정목 20번지		[조동일소장국문 학연구자료 24]		초판 발행일 기록.	원문
鄭英植 한성시 종로구 효제정 200	문정당인쇄부 한성시 종로구 효제정 200			디지털 한글박물관(국립국 어원 소장본)	저자의 이름 부분의 글자가 뭉개져 정확히 알 수 없음.	원문
					<슈명삼국지>(3판), 박문서관, 1928. 광고([이본목록], p.792)	광고
朴琦炳 경성부 서대문정 1정목 9	광성인쇄소 경성부 종로 2정목 156			개인소장본		원문
					이수봉 소장본([이본목록], p.792.)	원문
					<선한문수호지>, 영창서관, 1942([구활자본고소설전집 28]) 광고에 '朝鮮太祖實記'로 기록.	광고
金敎瓚 경성부 안국동 101번지	문화인쇄소 경성부 안국동 101번지		[구활자본고소설 전집 32]		pp.1~4 낙장.	원문
					5판에 초판 발행일 기록.	출판
					5판이 있어서 2판도 있을 것으로 추정.	출판
					5판이 있어서 3판도 있을 것으로 추정.	출판
					5판이 있어서 4판도 있을 것으로 추정.	출판
金重煥 경성부 관훈동 30번지	조선복음인쇄소 경성부 관훈동 30번지		[아단문고고전총 서 3]		초판 발행일 기록. 표지에 '경성 박문서관 발행'이라고 되어 있으나, 판권지의 발행소는 경성서적업조합으로 되어 있음.	원문
				영남대학교 도서관(도 813.6 ㅌ82 -1925)		원문
					<쥬원장창업실긔>, 대창서원, 1921(국립중앙도서관 소장본(3634-2-7(1)) 광고에 '不老草'로 표기.	광고
		보급서관			<서동지전>, 대창서원, 1921(국립중앙도서관 소장본(3634-2-6(1)) 광고에 '不老草'로 표기.	광고
		보급서관			<서동지전>, 대창서원, 1921(국립중앙도서관 소장본(3634-2-6(1)) 광고에 '兎의肝'으로 표기.	광고
					W.E. Skillend, p.232.	출판
					5판에 초판 발행일 기록.	출판
					5판이 있어서 2판도 있을 것으로 추정.	출판
					5판이 있어서 3판도 있을 것으로 추정.	출판

번호 고유번호	작품명	표제	문자	면수 가격	인쇄일	발행일	판차	발행자 발행자 주소	발행소 발행소 주소
3139	토끼전 박문-토끼-01-04	불로초	한글				4		박문서관
3140	토끼전 박문-토끼-01-05	불로초	한글	40p. 15전	1920-01-20	1920-01-26	5	南宮濬 경성부 관훈동 72번지	박문서관 경성부 종로 2정목 86번지
3141	토끼전 박문-토끼-02-01	별쥬부가	한글			1916-02-30	1		박문서관
3142	토끼전 박문-토끼-02-02	별쥬부가 =토의간	한글	88p. 20전	1917-02-20	1917-02-28	2	金容俊 경성부 안국동 8번지	박문서관 경성 남대문통 4정목 693번지
3143	토끼전 박문-토끼-02-03	별쥬부가	한글			1918-01-06	3		박문서관
3144	토끼전 박문-토끼-02-04	별쥬부가	한글	88p. 20전	1918-12-10	1918-12-12	4	金容俊 경성부 안국동 8번지	박문서관 경성 남대문통 4정목 693번지
3145	토끼전 박문-토끼-03-01	별주부전	한글	67p. 25전	1925-11-15	1925-11-20	1	洪淳泌 경성부 견지동 60번지	박문서관 경성부 종로 2정목 86번지
3146	토끼전 세창-토끼-01-01	별쥬부전	한글			1912- -	1	申泰三	세창서관
3147	토끼전 세창-토끼-02-01	별쥬부전	한글	66p.	1952-12-15	1952-12-20	1	申泰三 서울특별시 종로구 종로 3가 10	세창서관 서울특별시 종로구 종 3가 10
3148	토끼전 세창-토끼-03-01	토선생 불노초 별쥬부	한글	34p. 임시정가	1952-12-01	1952-12-30	1	申泰三 서울특별시 종로구 종로 3가 10	세창서관 서울특별시 종로구 종 3가 10
3149	토끼전 세창-토끼-04-01	별쥬부전	한글	66p. 200	1961-08-10	1961-12-30	1	申泰三 서울특별시 종로구 종로 3가 10	세창서관 서울특별시 종로구 종 3가 10
3150	토끼전 신구-토끼-01-01	별쥬부전	한글	109p. 30전	1913-09-20	1913-09-25	1	池松旭 경성 남부 자암동 42통10호	신구서림 경성 남부 자암동 42통10호
3151	토끼전 신구-토끼-01-02	별쥬부전	한글			1915-01-25	2		신구서림
3152	토끼전 신구-토끼-01-03	별쥬부전	한글	93p. 25전	1916-04-23	1916-04-28	3	池松旭 경성부 봉래정 1정목 77번지	신구서림 경성부 봉래정 1정목 77번지
3153	토끼전 신구-토끼-01-04	별쥬부전	한글	93p. 25전	1917-06-25	1917-06-30	4	池松旭 경성부 봉래정 1정목 77번지	신구서림 경성부 봉래정 1정목 77번지
3154	토끼전 영창-토끼-01-01	鱉主簿傳 鬼의肝	한글	66p. 30전	1925-11-17	1925-11-20	1	姜義永 경성부 종로 2정목 84번지	영창서관 경성부 종로 2정목 84번지
3155	토끼전 영창-토끼-02-01	불로초	한글	34p. 15전	1925-12-20	1925-12-25	1	姜義永 경성부 종로 2정목 84번지	영창서관 경성부 종로 2정목 84번지
3156	토끼전 유일-토끼-01-01	불로초	한글	56p. 15전	1912-08-10	1912-08-10	1	南宮濬 경성 중부 사동 11통 2호	유일서관 경성 중부 사동 11통 2
3157	토끼전 유일-토끼-01-02	불노초	한글	56p. 15전	1913-09-30	1913-09-30	2	南宮濬 경성 중부 사동 11통 2호	유일서관 경성 중부 사동 11통 2
3158	토끼전 유일-토끼-01-03	불로초	한글	56p. 15전	1915-12-20	1915-12-25	3	南宮濬 경성부 관훈동 72번지	유일서관 경성부 관훈동 72번지
3159	토끼전 유일-토끼-01-04	불로초	한글	40p.	1917-03-01	1917-03-15	4	南宮濬 경성부 관훈동 72번지	유일서관

쇄자 / 쇄소 주소	인쇄소 / 인쇄소 주소	공동 발행	영인본	소장처 및 청구기호	기타	현황
					5판이 있어서 4판도 있을 것으로 추정.	출판
重煥 / 성부 관훈동 30번지	조선복음인쇄소 / 경성부 관훈동 30번지			영남대학교 도서관(도 813.5 ㅂ946)	초판 발행일 기록.	원문
					2판과 4판에 초판 발행일 기록.	출판
弘奎 / 성부 가회동 216번지	보성사 / 경성부 수송동 44번지		[구활자본고소설전집 32], [구활자소설총서 12]	국립중앙도서관(3634-2-20(3))	초판 발행일 기록. 4판에 2판 발행일 기록. 국립중앙도서관 소장본은 판권지가 없으며, p.87부터 낙질이라 서지정보에 p.86로 잘못 기록.	원문
					4판에 3판 발행일 기록.	출판
弘奎 / 성부 가회동 216번지	보성사 / 경성부 수송동 44번지			서울대학교 도서관(일사 811.061 G429t)	초판, 2판, 3판 발행일 기록.	원문
二煥 / 성부 공평동 55번지	대동인쇄소 / 경성부 공평동 55번지			김종철 소장본		원문
					소재영 외, p.66.	출판
炅均 / 울특별시 종로구 철동 33	세창인쇄사 / 서울특별시 종로구 종로 3가 10			소인호 소장본		원문
	세창인쇄사 / 서울특별시 종로구 종로 3가 10		[구활자본고소설전집 20]	고려대학교 도서관(897.33 별주부 불)		원문
	세창인쇄사 / 서울특별시 종로구 종로 3가 10			정명기 소장본		원문
聖栽 / 성 서부 옥폭동 147통 7호	문명사 / 경성 남부 상유동 29통 7호		[구활자본고소설전집 4]	국립중앙도서관(3634-2-76(8))	저작자 이해조. 3판과 4판에 초판 발행일 기록. 국립중앙도서관본은 pp.89~96 없음. 영인본은 그에 해당하는 내용이 다른 편집형태로 5면 있음.	원문
					3판, 4판에 2판 발행일 기록.	출판
馬澤 / 성부 효자동 103번지	성문사 / 경성부 공평동 55번지			국립중앙도서관(3634-2-76(7))	초판, 2판 발행일 기록.	원문
馬澤 / 성부 공평동 54번지	성문사 / 경성부 공평동 55번지			국립중앙도서관(3634-2-76(6))	초판, 2판, 3판 발행일 기록.	원문
큰熙 / 성부 종로 2정목 번지	영창서관인쇄소 / 경성부 종로 2정목 84번지	한흥서림, 진흥서관		고려대학교 도서관(897.33 별주부 별a)		원문
泰燮 / 성부 종로 2정목 번지	영창서관인쇄부 / 경성부 종로 2정목 84번지	한흥서림, 진흥서관		개인소장본		원문
馬成 / 성 남부 대산림동 77통	조선인쇄소 / 경성 남대문통 1정목 동현 95통 8호			국립중앙도서관(3634-2-48(6))	인쇄일과 발행일이 같음. 2, 3, 4판에 초판 인쇄 발행일 기록.	원문
聖哉 / 성 서부 옥폭동 147통	문명사 / 경성 남부 상유동 29통7호		[신소설전집 3]	국립중앙도서관(3634-3-34(5))	인쇄일과 발행일이 같음. 초판 인쇄일, 발행일 기록. 3, 4판에 2판 인쇄발행일 기록.	원문
重煥 / 성부 중림동 333번지	보성사 / 경성부 수송동 44번지	한성서관		국립중앙도서관(3634-2-48(3))	초판과 2판의 인쇄일, 발행일 기록. 4판에 3판 발행일 기록.	원문
敎德 / 성부 관훈동 30번지	조선복음인쇄소 / 경성부 관훈동 30번지			국립중앙도서관(3634-2-48(7))	초판, 2판의 인쇄일, 발행일 기록. 3판 발행일 기록. 판권지 훼손으로 가격과 발행소 주소 등 확인 불가.	원문

번호	작품명 고유번호	표제	문자	면수 가격	인쇄일	발행일	판차	발행자 발행자 주소	발행소 발행소 주소
3160	**토끼전** 이문-토끼-01-00	별쥬부전	한글	25전		1918- -	1		이문당
3161	**토끼전** 이문-토끼-02-00	불노초	한글	15전		1918- -	1		이문당
3162	**토끼전** 조선서-토끼-01-00	兎의肝	한글			1915- -	1		조선서관
3163	**토끼전** 조선-토끼-01-01	별쥬부가	한글	67p. 25전	1925-11-15	1925-11-20	1	朝鮮圖書株式會社 경성부 견지동 60번지	조선도서주식회사 경성부 견지동 60번
3164	**토끼전** 조선-토끼-02-01	(고대소설)별쥬 부전	한글	67p. 25전	1926-01-20	1926-01-25	1	朝鮮圖書株式會社 경성부 견지동 60번지	조선도서주식회사 경성부 견지동 60번
3165	**토끼전** 중앙인-토끼-01-01	토끼傳	한글			1937- -	1		중앙인서관
3166	**토끼전** 태화-토끼-01-00	별주부	한글			1918- -	1		태화서관
3167	**토끼전** 한성-토끼-01-00	불로초	한글	15전 (1冊)		1915- -	1		한성서관
3168	**퉁두란전** 덕흥-퉁두-01-01	개국명장 퉁두란전	한글	60p. 30전	1933-01-10	1933-01-15	1	金東縉 경성부 종로 2정목 20번지	덕흥서림 경성부 종로 2정목 20번지
3169	**팔상록** 만상-팔상-01-01	新編 八相錄	한글	548p. 1,200원	1949-07-20	1949-07-30	1	安震湖 서울시 동대문구 성북동 183-37호	만상회 서울시 동대문구 성 183-37호
3170	**평안감사** 세창-평안-01-01	평안감사	한글			1933- -	1	申泰三	세창서관
3171	**평안감사** 세창-평안-02-01	平安監司	한글	71p.		1952- -	1		세창서관
3172	**평양공주전** 덕흥-평양-01-01	평양공쥬전	한글	36p. 25전	1926-12-10	1926-12-15	1	金東縉 경성부 종로 2정목 20번지	덕흥서림 경성부 종로 2정목 20번지
3173	**포공연의** 경성서-포공-01-00	包閣羅演義	한문			1921- -	1		경성서적업조합
3174	**포공연의** 오거-포공-01-01	包閣羅演義	한문	142p. 50전	1915-05-30	1915-06-04	1	安生居 경성부 원남동 179번지	오거서창 경성부 원남동 79번
3175	**하진양문록** 공동-하진-01-01-상	하진양문록	한글	213p.	1954-10-05	1954-10-	1		공동문화사 서울특별시 --구 --동
3176	**하진양문록** 공동-하진-01-01-중	하진양문록	한글	167p.	1954-10-05	1954-10-	1		공동문화사 서울특별시 --구 --동
3177	**하진양문록** 공동-하진-01-01-하	하진양문록	한글	117p.	1954-10-05	1954-10-10	1	安--	공동문화사 서울특별시 --구 --동
3178	**하진양문록** 동미-하진-01-01-상	河陳兩門錄	한글	213p. 50전	1915-03-05	1915-03-10	1	朴健會 경성부 인사동 39번지	동미서시 경성부 봉래정 1정5 자암
3179	**하진양문록** 동미-하진-01-01-중	河陳兩門錄	한글	167p. 45전	1915.03.10	1915-03-16	1	朴健會 경성부 인사동 319번지	동미서시 경성 남문외 봉래정 1정목
3180	**하진양문록** 동미-하진-01-01-하	河陳兩門錄	한글	117p. 35전	1915.03.20	1915-03-10	1	朴健會 경성부 인사동 319번지	동미서시 경성 남문외 봉래정 1정목
3181	**하진양문록** 동양대-하진-01-01-상편	河陳兩門錄	한글	142p. 1원(상하 2책)	1924-11-23	1924-11-28	1	王世華 경성부 종로 1정모고 75번지	동양대학당출판부 경성 종로 1정목 75

인쇄자 인쇄소 주소	인쇄소 인쇄소 주소	공동 발행	영인본	소장처 및 청구기호	기타	현황
					<삼션긔>, 이문당, 1918(국립중앙도서관 소장본(3634-2-20(2)) 광고에 '별쥬부젼'으로 기록.	광고
					<삼션긔>, 이문당, 1918(국립중앙도서관 소장본(3634-2-20(2)) 광고에 '불노초'로 기록.	광고
					우쾌제, p.137.	출판
金翼洙 경성 황금정 2정목 1번지	신문관 경성 황금정 2정목 21번지			국립중앙도서관(3634-2-76(4))		원문
金翼洙 경성 황금정 2정목 1번지	신문관 경성 황금정 2정목 21번지			서울대학교 도서관(3350 56)		원문
					[이본목록], p.806.	출판
					<렬녀전>, 태화서관, 1918. 광고([이본목록], p.806.)	광고
					<소상강>, 한성서관, 1915(국립중앙도서관 소장본(3634-2-10(3)) 광고에 '볼로초'로 표기.	광고
朴東燮 경성부 종로 2정목 20번지	덕흥서림인쇄부 경성부 종로 2정목 20번지			개인소장본		원문
朴鶴洙 서울시 중구 무교동 63번지	백영당인쇄소 서울시 중구 무교동 63번지			한국학중앙연구원 장서각(D7B-87)	발행처가 기록되지 않아 총판매소를 발행소로 기록. '한국역사정보시스템원문'과 연결되어 원문 이미지 열람 가능.	원문
					여승구, [고서통신 15], 1999.9([이본목록], p.813)	원문
				국회도서관(811.31 ㅅ585ㅍ)		원문
金基禎 경성부 견지동 32번지	한성도서주식회사 경성부 견지동 32번지			서울대학교 도서관(3340 1 11)	[조선소설] 11책에 '朝鮮太祖大王傳' 외 '徐花潭과 '江陸秋月', '金鈴傳'과 함께 합철되어 있음.	원문
					[圖書分類目錄], 1921 改正([이본목록], p.815)	목록
金聖杓 경성부 관철동 59번지	성문사 경성부 공평동 55번지			국회도서관(OL 812.3 ㅁ269ㅍ)	2권 1책, 23회의 장회체(상 1회~9회, 하 10회~23회). 원문 보기 및 다운로드 가능.	원문
	공동문화사인쇄부		[활자본고전소설 전집 11]		31회의 장회체(상 1회~14회, 중 15회~24회, 하 15회~31회, 상권과 중권에 권별 총목차). 快齋 編.	원문
	공동문화사인쇄부		[활자본고전소설 전집 11]		31회의 장회체(상 1회~14회, 중 15회~24회, 하 15회~31회, 상권과 중권에 권별 총목차). 快齋 編.	원문
	공동문화사인쇄부		[활자본고전소설 전집 11]		31회의 장회체(상 1회~14회, 중 15회~24회, 하 15회~31회, 상권과 중권에 권별 총목차). 快齋 編.	원문
趙敬德 경성부 원동 206번지	조선복음인쇄소 경성부 원동 206번지			연세대학교학술정보원(O 811.9308 고대소 -5-5)	31회의 장회체(상 1회~14회, 중15회~24회, 하 15회~31회).	원문
趙敬德 경성부 원동 206번지	조선복음인쇄소 경성부 원동 206번지			국립중앙도서관(3636-32)	31회의 장회체(상 1회~14회, 중15회~24회, 하 15회~31회).	원문
趙敬德 경성부 원동 206번지	조선복음인쇄소 경성부 원동 206번지			국립중앙도서관(3636-38)	31회의 장회체(상 1회~14회, 중15회~24회, 하 15회~31회).	원문
相浩 경성부 종로 1정목 5번지	동양대학당인쇄부			양승민 소장본	2판, 3판에 초판 발행일 기록.	원문

번호	작품명 고유번호	표제	문자	면수 가격	인쇄일	발행일	판차	발행자 발행자 주소	발행소 발행소 주소
3182	하진양문록 동양대-하진-01-01-하편	河陳兩門錄	한글	140p. 1원(상하 2책)	1924-11-23	1924-11-28	1	王世華 경성부 종로 1정목 75번지	동양대학당출판부 경성 종로 1정목 75번
3183	하진양문록 동양대-하진-01-02-상편	河陳兩門錄	한글	142p. 1원	1925-02-05	1925-02-10	2	王世華 경성부 종로 1정목 75번지	동양대학당 경성 종로 1정목 75번
3184	하진양문록 동양대-하진-01-02-하편	河陳兩門錄	한글			1925-02-10	2		동양대학당
3185	하진양문록 동양대-하진-01-03-상편	河陳兩門錄	한글	142p. 1원	1928-12-20	1928-12-23	3	宋完植 경성부 종로 1정목 75번지	동양대학당 경성부 종로 1정목 75번지
3186	하진양문록 동양대-하진-01-03-하편	河陳兩門錄	한글	140p. 1원	1928-12-20	1928-12-23	3	宋完植 경성부 종로 1정목 75번지	동양대학당 경성부 종로 1정목 75번지
3187	하진양문록 박문-하진-01-01-상	河陳兩門錄	한글			1915- -	1		박문서관
3188	하진양문록 박문-하진-01-01-하	河陳兩門錄	한글			1915- -	1		박문서관
3189	하진양문록 신구-하진-01-01-상	언한문 하진량문록	한글	213p. 1원	1915-03-05	1915-03-10	1	朴健會 경성부 인사동 39번지	신구서림 경성부 남문외 봉래정 1정목
3190	하진양문록 신구-하진-01-01-중	언한문 하진량문록	한글		1915-03-05	1915-03-10	1		신구서림
3191	하진양문록 신구-하진-01-01-하	언한문 하진량문록	한글		1915-03-05	1915-03-10	1		신구서림
3192	하진양문록 신구-하진-01-02-상	언한문 하진량문록	한글	213p. 1원 20전 (3책)	1925-01-10	1925-01-15	2	朴健會 경성부 인사동 39번지	신구서림 경성부 봉래정 1정목 77번지
3193	하진양문록 신구-하진-01-02-중	언한문 하진량문록	한글	167p. 1원 20전 (3책)	1925-01-10	1925-01-15	2	朴健會 경성부 인사동 39번지	신구서림 경성부 봉래정 1정목 77번지
3194	하진양문록 신구-하진-01-02-하	언한문 하진량문록	한글	117p. 1원 20전 (3책)	1925-01-10	1925-01-15	2	朴健會 경성부 인사동 39번지	신구서림 경성부 봉래정 1정목 77번지
3195	하진양문록 신구-하진-02-01-상	언한문 하진량문록	한글	213p.		1929-03-10	1		신구서림
3196	하진양문록 신구-하진-02-01-중	언한문 하진량문록	한글			1929-03-10	1		신구서림
3197	하진양문록 신구-하진-02-01-하	언한문 하진량문록	한글	117p.		1929-03-10	1		신구서림
3198	하진양문록 영화-하진-01-01-상	하진양문록 상권	한글	213p. 200원	1956-10-15	1956-10-20	1	姜槿馨	영화출판사 서울특별시 종로구 관철동 155
3199	하진양문록 영화-하진-01-01-중	하진양문록 중권	한글	167p. 250원	1956-10-15	1956-10-20	1	姜槿馨	영화출판사 서울특별시 종로구 관철동 155
3200	하진양문록 영화-하진-01-01-하	하진양문록 하권	한글	117p. 250원	1956-10-15	1956-10-20	1	姜槿馨	영화출판사 서울특별시 종로구 관철동 155
3201	하진양문록 조선서-하진-01-00	하진량문록	한글			1916- -	1		조선서관
3202	한몽룡전 경성서-한몽-01-00	한몽룡전	한글			1921- -	1		경성서적업조합
3203	한몽룡전 한성-한몽-01-01	고대소설 한몽용전	한글	71p. 25전	1916-11-20	1916-11-30	1	南宮楔 경성부 종로통 3정목 76번지	한성서관 경성부 종로통 3정목 76번지

쇄자 쇄소 주소	인쇄소 인쇄소 주소	공동 발행	영인본	소장처 및 청구기호	기타	현황
相浩 성부 종로 1정목 번지	동양대학당인쇄부			양승민 소장본	3판에 초판 발행일 기록.	원문
성판 성부 종로 1정목 번지				정명기 소장본	판권지 훼손으로 인쇄자, 인쇄소, 발매소 2곳을 알 수 없음. 초판 발행일 기록. 3판에 2판 발행일 기록.	원문
					3판에 2판 발행일 기록.	출판
敎瓚 성부 황금정 2정목 번지	신문관			정명기 소장본	초판, 2판 발행일 기록.	원문
敎瓚 성부 황금정 2정목 번지	신문관			정명기 소장본	초판, 2판 발행일 기록.	원문
					홍윤표 소장본([이본목록], p.820.)	원문
					홍윤표 소장본([이본목록], p.820.)	원문
敎德 성부 원동 206번지	대동인쇄주식회사 경성부 공평동 55번지		[조동일소장국문 학연구자료 23]	영남대학교 중앙도서관(도813. 5 ㅎ199)	장회체. 상권 1~14회(총목차). 2판에 기록된 초판 발행일(대정4.03.25)과 다름.	원문
					2판에 초판 발행일 기록.	출판
					2판에 초판 발행일 기록.	출판
泰均 성부 공평동 55번지	대동인쇄주식회사 경성부 공평동 55번지	박문서관		개인소장본	판권지에 상중하 합편이라고 되어 있으나 상, 중, 하편 따로 있으며 판권지는 하편만 있음.	원문
泰均 성부 공평동 55번지	대동인쇄주식회사 경성부 공평동 55번지	박문서관		개인소장본	판권지에 상중하 합편이라고 되어 있으나 상, 중, 하편 따로 있으며 판권지는 하편만 있음.	원문
泰均 성부 공평동 55번지	대동인쇄주식회사 경성부 공평동 55번지	박문서관		개인소장본	판권지에 상중하 합편이라고 되어 있으나 상, 중, 하편 따로 있으며 판권지는 하편만 있음. 초판 발행일 기록.	원문
					[이본목록], p.820.	출판
					[이본목록], p.820.	출판
					[이본목록], p.820.	출판
	영신사인쇄부			정명기 소장본		원문
	영신사인쇄부			정명기 소장본		원문
	영신사인쇄부			정명기 소장본	판권지가 없어 발행 사항은 상권과 중권의 것을 따름.	원문
					<월봉산긔>, 조선서관, 1916. 광고([이본목록], p.820)	광고
					[圖書分類目錄], 1921 改正([이본목록], p.821)	목록
敎瓚 성부 소격동 41번지	보성사 경성부 수송동 44번지			양승민 소장본		원문

번호	작품명 고유번호	표제	문자	면수 가격	인쇄일	발행일	판차	발행자 발행자 주소	발행소 발행소 주소
3204	**한수대전** 경성서-한수-01-00	한슈대전	한글			1921- -	1		경성서적업조합
3205	**한수대전** 대창-한수-01-01	漢水大戰	한글	50p.		1924- -	1		대창서원
3206	**한수대전** 박문-한수-01-01	(삼국풍진)한수 대젼	한글	50p. 25전	1918-11-15	1918-11-20	1	朴健會 경성부 인사동 49번지	대창서원 경성부 종로 2정목
3207	**한수대전** 조선서-한수-01-01	삼국풍진 한수대젼	한글			1918-10-29	1		조선서관
3208	**한씨보응록** 경성서-한씨-01-00	한씨보은록	한글			1921- -	1		경성서적업조합
3209	**한씨보응록** 오거-한씨-01-01	한시보응록	한글	170p.		1918-05-27	1		오거서창
3210	**한씨보응록** 태화-한씨-01-00	한씨보응록	한글			1918- -	1		태화서관
3211	**한후룡전** 경성서-한후-01-00	한후룡	한글			1921- -	1		경성서적업조합
3212	**한후룡전** 대창-한후-01-00	韓厚龍	한글	31p. 30전		1919- -	1		대창서원
3213	**한후룡전** 동양대-한후-01-01	고대소설 한후룡젼	한글	31p. 25전	1930-12-20	1930-12-30	1	宋敬煥 경성부 종로 1정목 75번지	동양대학당 경성부 종로 1정목 75번지
3214	**항장무전** 경성서-항장-01-01	초한풍진 홍문연	한글	90p.		1926- -	1	洪淳泌	경성서적업조합
3215	**항장무전** 박문-항장-01-01	(홍문연회) 항장무	한글	40p. 20전	1917-09-02	1917-09-25	1	玄丙周 경성부 남대문통 4정목 69번지	박문서관 경성부 남대문통 4정 69번지
3216	**항장무전** 박문-항장-01-02	(홍문연회) 항장무	한글	40p. 10전	1919-02-20	1919-02-20	2	玄丙周 경성부 남대문외 봉래정 1정목	박문서관 경성부 남대문외 봉 1정목
3217	**항장무전** 세창-항장-01-01	(楚漢風塵) 鴻門宴	한글	90p.		1952-12-30	1	申泰三	세창서관
3218	**항장무전** 태화-항장-01-00	항장무	한글			1918- -	1		태화서관
3219	**항장무전** 회동-항장-01-01	(초한풍진) 홍문연	한글	90p. 30전	1916-07-31	1916-08-03	1	高裕相 경성부 남대문통 1정목 17번지	회동서관 경성부 남대문통 1정 17번지
3220	**항장무전** 회동-항장-01-02	(초한풍진) 홍문연	한글	30전(실 가)			2		회동서관
3221	**항장무전** 회동-항장-01-03	(초한풍진) 홍문연	한글	90p. 35전	1918-01-15	1918-01-25	3	高裕相 경성부 남대문통 1정목 17번지	회동서관 경성부 남대문통 1정 17번지
3222	**항장무전** 회동-항장-01-04	(초한풍진) 홍문연	한글				4		회동서관
3223	**항장무전** 회동-항장-01-05	(초한풍진) 홍문연	한글				5		회동서관
3224	**항장무전** 회동-항장-01-06	(초한풍진) 홍문연	한글				6		회동서관

인쇄자 인쇄소 주소	인쇄소 인쇄소 주소	공동 발행	영인본	소장처 및 청구기호	기타	현황
					[圖書分類目錄], 1921 改正([이본목록], p.822)	목록
				국립중앙도서관(3636-36)	박건회 저.	원문
又家恒衛 경성부 명치정 1정목 4번지	일한인쇄소 경성부 명치정 1정목 54번지	보급서관	[구활자본고소설 전집 16]	국립중앙도서관(3634-2-61(7))	판권지의 발행소 부분 훼손. 영인본에서는 발행소를 대창서원으로 기록하였으나, 국립중앙도서관에서는 박문서관으로 기록.(국립중앙도서관 기록을 따름)	원문
					권순긍, p.334.	출판
					[圖書分類目錄], 1921 改正([이본목록], p.822). <한씨보응록>은 중국소설 <수호지>를 번안한 작품(곽정식, 2006)	목록
			[활자본고전소설 전집 12]		20회의 장회체. 상하 합본(상 84p. 1~10회, 하 89p. 11회~20회). 발행소와 발행일은 영인본의 해제에 따름.	원문
					<렬녀전>, 태화서관, 1918. 광고([이본목록], p.823)	광고
					[圖書分類目錄], 1921 改正([이본목록], p.826)	목록
					<쥬원장창업실기>, 대창서원, 1921(국립중앙도서관 소장본(3634-2-7(1)) 광고에 '韓厚龍'으로 기록.	광고
相浩 경성부 종로 1정목 5번지	동양대학당 경성부 종로 1정목 75번지			정명기 소장본		원문
				이화여자대학교 도서관(811.31 홍47A)	20회의 장회체.	원문
金教瓚 경성부 경운동 88번지	보성사 경성부 수송동 44번지		[구활자본고소설 전집 16]	국립중앙도서관(3634-2-22(5))	1면에 '右文館書會 藏版'이라는 기록. 원래 초판 발행 예정일은 9월 5일이었는데, 추후에 25일로 변경되면서 '卄' 자가 '五' 앞에 추가된 듯함. 2판에 초판 발행일 기록.	원문
金弘奎 경성부 가회동 216번지	보성사 경성부 수송동 44번지			국립중앙도서관(3634-2-61(5))	초판 인쇄일과 발행일 기록. 다만 발행일이 9월 5일로 되었는데, 이는 초판본의 원래 발행(예정)일로 추정.	원문
				국회도서관(811.31 ㅅ585ㅎ)		원문
					<렬녀전>, 태화서관, 1918. 광고([이본목록], p.826)	광고
重煥 경성부 중림동 333번지	보성사 경성부 수송동 44번지		[구활자본고소설 전집 17]	국립중앙도서관(3634-2-99(6))	20회의 장회체. 저작자 이규용. 3판, 7판에 초판 발행일 기록.	원문
			[구활자소설총서 1]		3판과 7판이 있어서 2판도 있을 것으로 추정. 영인본의 판권지 상단 훼손. 하단의 판권지에 인쇄자 김성표, 인쇄소 계문사, 분매소 광익서관 대정서관. 2판으로 추정.	출판
弘奎 경성부 가회동 216번지	보성사 경성부 수송동 44번지			국립중앙도서관(3634-2-99(5))	20회의 장회체. 저작자 이규용. 초판 발행일 기록.	원문
					7판이 있어서 4판도 있을 것으로 추정.	출판
					7판이 있어서 5판도 있을 것으로 추정.	출판
					7판이 있어서 6판도 있을 것으로 추정.	출판

번호	작품명 고유번호	표제	문자	면수 가격	인쇄일	발행일	판차	발행자 발행자 주소	발행소 발행소 주소
3225	항장무전 회동-항장-01-07	(초한풍진) 홍문연	한글	90p. 30전	1926-01-10	1926-01-15	7	高裕相 경성부 남대문통 1정목 17번지	회동서관 경성부 남대문통 1정 17번지
3226	해상명월 신구-해상-01-01	해상명월	한글	74p. 25전	1929-10-25	1929-10-30	1	盧益煥 경성부 봉래정 1정목 77번지	신구서림 경성부 봉래정 1정목 77번지
3227	행화촌 광한-행화-01-01	(新小說)杏花村	한글	64p. 25전	1931-03-18	1931-03-20	1	金松主 경성부 종로 2정목 42번지	광한서림 경성부 종로 2정목 42번지
3228	현수문전 경성서-현수-01-00	현슈문전	한글			1921- -	1		경성서적업조합
3229	현수문전 대산-현수-01-01	(고대소설) 현슈문전	한글	115p. 35전	1926-02-05	1926-02-10	1	李冕宇 경성부 종로 3정목 71번지	대산서림 경성부 종로 3정목 71번지
3230	현수문전 대창-현수-01-00	현슈문전	한글				1		대창서원
3231	현수문전 동미-현수-01-00	현쇼문전	한글			1917- -	1		동미서시
3232	현수문전 세창-현수-01-01	玄壽文傳	한글	110p.		1952- -	1	申泰三	세창서관
3233	현수문전 신구-현수-01-01	고대쇼셜 현슈문전	한글			1917-09-21	1		신구서림
3234	현수문전 신구-현수-01-02	현수문전	한글	122p. 35전	1920-09-22	1920-09-25	2	朴運輔 경성부 종로통 2정목 83번지	신구서림 경성부 봉래정 1정목 77번지
3235	현수문전 신구-현수-01-03	현수문전	한글	122p. 35전	1922-09-05	1922-09-08	3	朴運輔 경성부 죽첨정 3정목 203번지	신구서림 경성부 봉래정 1정목 77번지
3236	현수문전 신구-현수-01-04	현수문전	한글	122p. 35전	1923-12-20	1923-12-25	4	朴運輔 경성부 종로통 2정목 83번지	신구서림 경성부 봉래정 1정목 77번지
3237	현수문전 영창-현수-01-01	현수문전	한글	115p. 40전	1926-06-10	1926-06-15	1	姜義永 경성부 종로 2정목 84번지	영창서관 경성부 종로 2정목 84번지
3238	현수문전 오성-현수-01-01	현수문전	한글			1915- -	1		오성서관
3239	현수문전 조선서-현수-01-01	(일대명장)현수 문전	한글	124p. 30전	1915-09-20	1915-09-29	1	朴健會 경성부 인사동 39번지	조선서관 경성부 인사동 39번지
3240	현수문전 태화-현수-01-01	(일대명장)현수 문전	한글			1915-09-30	1		태화서관
3241	현수문전 태화-현수-01-02	(일대명장)현수 문전	한글	110p. 45전	1918-03-20	1918-03-29	2	朴健會 경성부 공평동 68번지	태화서관 경성부 종로통 3정목 83번지
3242	현씨양웅쌍린기 경성서-현씨-01-00	현씨양웅쌍린긔	한글			1921- -	1		경성서적업조합
3243	현씨양웅쌍린기 덕흥-현씨-01-01-상	현씨량웅쌍인 긔 상	한글	111p. 25전 (실가)	1920-01-30	1920-02-05	1	金東縉 경성부 종로 2정목 20번지	덕흥서림 경성부 종로 2정목 20번지
3244	현씨양웅쌍린기 덕흥-현씨-01-01-하	현씨량웅쌍인 긔 하	한글	104p. 23전	1920-01-30	1920-02-05	1	金東縉 경성부 종로 2정목 20번지	덕흥서림 경성부 종로 2정목 20번지
3245	형산백옥 경성서-형산-01-00	형산백옥	한글			1921- -	1		경성서적업조합

쇄자 쇄소 주소	인쇄소 인쇄소 주소	공동 발행	영인본	소장처 및 청구기호	기타	현황
福景 성부 수송동 69번지	보명사인쇄소 경성부 수송동 69번지			서울대학교 도서관(3350 73)	20회의 장회체. 저작자 이규용. 7판에 기록된 초판 발행일(대정5.02.29.)은 초판 판권지의 기록(대정5.08.03.)과 다름.	원문
耗澤 성부 공평동 55번지	대동인쇄주식회사 경성부 공평동 55번지			서울대학교 도서관(3340 43)		원문
仁煥 성부 공평동 55번지	대동인쇄소 경성부 공평동 55번지			서울대학교 도서관(3340 99)	신소설인듯 하나 신소설 목록에 없고, 도서관에서 고대소설로 분류하여 일단 기록함.	원문
					[圖書分類目錄], 1921 改正([이본목록], p.834)	목록
翼洙 성부 황금정 2정목 번지	신문관 경성부 황금정 2정목 21번지			서울대학교 도서관(3350 46)		원문
					<리봉빈젼>, 대창서원. 광고([이본목록], p.834)	광고
					<황장군전>, 동미서시, 1917. 광고([이본목록], p.834)	광고
				국회도서관(811.31 ㅅ585ㅎ)	협정기관에서 원문 이미지 열람 가능.	원문
					2판, 3판, 4판에 초판 발행일 기록.	출판
重煥 성부 공평동 55번지	대동인쇄주식회사 경성부 공평동 55번지			국립중앙도서관(3 634-2-33(3))	초판 발행일 기록.	원문
重煥 성부 공평동 55번지	대동인쇄주식회사 경성부 공평동 55번지			국립중앙도서관(3 634-2-68(2))	초판 발행일 기록.	원문
耗澤 성부 공평동 55번지	대동인쇄주식회사 경성부 공평동 55번지			국립중앙도서관(3 634-2-30(4))	초판 발행일 기록.	원문
翼洙 성부 황금정 2정목 번지	신문관 경성부 황금정 2정목 21번지	한흥서림		양승민 소장본		원문
					우쾌제, p.137.	출판
翼洙 성부 종로통 2정목 번지	조선복음인쇄소분점 경성부 종로통 2정목 82번지		[구활자본고소설 전집 16](	국립중앙도서관(3 634-2-68(3))	23회의 장회체(총목차). 본문은 p.122까지이며, 그 뒤에 2면은 다른 이야기임.	원문
					2판에 초판 발행일 기록.	출판
敎德 성부 관훈동 30번지	조선복음인쇄소 경성부 관훈동 30번지			국립중앙도서관(3 634-2-68(1))	23회의 장회체. 초판 발행일 기록. p.104까지 19행으로 편집하다가 p105 부터 24행으로 편집.	원문
					[圖書分類目錄], 1921 改正([이본목록], p.838)	목록
耗澤 성부 공평동 54번지	성문사 경성부 공평동 55번지		[활자본고소설전집 12], [구활자소설총서 1]	국립중앙도서관(3 634-3-76(4))	20회의 장회체(상권 10회, 하권 10회). 상하권 모두 발행일에서 '대정 九年'에서 '九'는 '八'에 덧칠한 흔적 있고, 월일 또한 덧칠한 흔적 있음.	원문
耗澤 성부 공평동 54번지	성문사 경성부 공평동 55번지		[활자본고소설전집 12], [구활자소설총서 1]	국립중앙도서관(3 634-3-76(3))	20회의 장회체(상권 10회, 하권 10회). 대정8년 10월30일 도장에 개정 정가 30전으로 기록. [구활자소설총서1]의 발행일은 대정 9년 9월 3(0?)일.	원문
					[圖書分類目錄], 1921 改正([이본목록], p.839). <형산백옥>은 <석주옥기연록>의 이본(서정민, 2011)	목록

번호	작품명 고유번호	표제	문자	면수 가격	인쇄일	발행일	판차	발행자 발행자 주소	발행소 발행소 주소
3246	**형산백옥** 박문-형산-01-01	형산백옥	한글	86p.		1915- -	1		박문서관
3247	**형산백옥** 박문-형산-01-02	형산백옥	한글	86p.		1923- -	2		박문서관
3248	**형산백옥** 세창-형산-01-01	형산백옥	한글	86p. 임시정가	1952-12-01	1952-12-30	1	申泰三 서울특별시 종로구 종로3가 10	세창서관 서울특별시 종로구 종로3가 10
3249	**형산백옥** 신구-형산-01-01	형산백옥	한글			1915-01-30	1	朴健會	신구서림
3250	**형산백옥** 신구-형산-01-02	형산백옥	한글	87p. 35전	1918-03-05	1918-03-10	2	朴健會 경성부 공평동 68번지	신구서림 경성부 봉래정 1정목 77번지
3251	**형산백옥** 신구-형산-01-03	형산백옥	한글	87p.		1923- -15	3	朴健會 경성부 공평동 68번지	신구서림 경성부 봉래정 1정목 77번지
3252	**형산백옥** 조선서-형산-01-00	형산백옥	한글			1916- -	1		조선서관
3253	**형산백옥** 회동-형산-01-00	형산백옥	한글			1916- -	1		회동서관
3254	**호걸남자** 덕흥-호걸-01-01	호걸남자	한글	58p.	1926-12-01	1926-12-05	1		덕흥서림 경성부 종로 2정목 20번지
3255	**호걸남자** 덕흥-호걸-01-02	호걸남자	한글				2		덕흥서림
3256	**호걸남자** 덕흥-호걸-01-03	호걸남자	한글	58p. 25전	1935-11-10	1935-11-30	3	金東縉 경성부 종로 2정목 20번지	덕흥서림 경성부 종로 2정목 20번지
3257	**호랑이이야기** 회동-호랑-01-01	(무섭고자미슨) 호랑이이야기	한글			1917-12-05	1		회동서관
3258	**호랑이이야기** 회동-호랑-01-02	(무섭고자미슨) 호랑이이야기	한글	26p. 15전	1922-02-10	1922-02-15	2	李柱浣 경성부 견지동 79번지	회동서관 경성부 남대문통 1정 17번지
3259	**호상몽** 대성-호상-01-01	청죠와 호상몽	한글	57p.	1947-11-30	1947-12-15	1	姜殷馨 한성시 창신동 138의 14호	대성서림 한성시 창신동 138의 14호
3260	**홍계월전** 경성서-홍계-01-00	홍계월전	한글			1921- -	1		경성서적업조합
3261	**홍계월전** 광동-홍계-01-01	홍계월전	한글	63p. 25전	1916-01-29	1916-02-02	1	朴健會 경성부 인사동 39번지	광동서국 경성부 송현동 71번지
3262	**홍계월전** 대산-홍계-01-01	홍계월전	한글	52p. 20전	1926-01-20	1926-01-25	1	李冕宇 경성부 종로 3정목 71번지	대산서림 경성부 종로 3정목 71번지
3263	**홍계월전** 동미-홍계-01-00	홍계월전	한글			1916- -	1		동미서시
3264	**홍계월전** 세창-홍계-01-01	홍계월전	한글	44p. 임시정가	1952-12-01	1952-12-30	1	申泰三 서울특별시 종로구 종로 3가 10	세창서관 서울특별시 종로구 3가 10
3265	**홍계월전** 세창-홍계-02-01	홍계월전	한글	44p. 임시정가 200	1961-08-10	1961-12-30	1	申泰三 서울특별시 종로구 종로 3가 10	세창서관 서울특별시 종로구 3가 10
3266	**홍계월전** 신구-홍계-01-01	홍계월전	한글			1916-02-05	1		신구서림

인쇄자 / 인쇄소 주소	인쇄소 / 인쇄소 주소	공동 발행	영인본	소장처 및 청구기호	기타	현황
					W.E.Skillend, p.245.(494.형산백옥 항목)	출판
					W.E.Skillend, p.245.(494.형산백옥 항목)	출판
	세창인쇄사 서울특별시 종로구 종로3가 10			양승민 소장본		원문
			[활자본고전소설 전집 10]		2판에 초판 발행일 기록. 영인본 해제에 초판본으로 기록.	원문
沈禹澤 경성부 공평동 54번지	성문사 경성부 공평동 55번지			국립중앙도서관(3634-2-68(4))	12회의 장회체(총목차). 초판 발행일 기록.	원문
沈禹澤 경성부 공평동 55번지	대동인쇄주식회사 경성부 공평동 55번지		[구활자소설총서 1]	국립중앙도서관(3634-2-12(1))	판권지 훼손되어 3판의 인쇄일과 발행일 알 수 없음. 발행연도는 [이본목록], p.839.에 따름.	원문
					<월봉산긔>, 조선서관, 1916. 광고([이본목록], p.839.)	광고
					우쾌제, p.138.	출판
				서울대학교 도서관(3340 113)	판권지가 가려져 인쇄일과 발행일 이외에는 알 수 없음. 3판에 초판 발행일 기록.	원문
					3판과 초판이 있어 2판도 있을 것으로 추정.	출판
金鍾汰 경성부 종로 2정목 20번지	덕흥서림인쇄부 경성부 종로 2정목 20번지			국립중앙도서관(3634-3-11(1))	초판 발행일 기록.	원문
					2판에 초판 발행일 기록.	출판
金敎瓚 경성부 안국동 101번지	문화인쇄소 경성부 안국동 101번지			서울대학교 도서관(3350 23)	초판 발행일 기록.	원문
	경성합동인쇄소 한성시 인현동 1가 113번지			박순호 소장본		원문
					[圖書分類目錄], 1921 改正([이본목록], p.845)	목록
金重煥 경성부 중림동 333번지	보성사 경성부 수송동 44번지			국립중앙도서관(3634-2-99(2))	7회의 장회체. <홍계월전>(pp.1~pp.60) 끝난 뒤에 <조선야담>(pp.60~pp.63) 덧붙음.	원문
金翼洙 경성부 황금정 2정목 21번지	신문관 경성부 황금정 2정목 21번지			디지털 한글박물관(홍윤표 소장본)		원문
					<황장군전>, 동미서시, 1916. 광고([이본목록], p.845.)	광고
	세창인쇄사 서울특별시 종로구 종로 3가 10			국회도서관(811.31 ㅅ585ㅎ)	홈페이지에서 원문 이미지 열람 및 다운로드 가능.	원문
	세창인쇄사 서울특별시 종로구 종로 3가 10			김종철 소장본		원문
					2판에 기록된 초판 발행일은 '대정5.02.05', 3판과 5판의 기록은 '대정2.05.02'. 초판 발행일과의 시간적 거리. 2년의 발행주기 감안하여 2판의 기록을 따름.	출판

번호	작품명 고유번호	표제	문자	면수 가격	인쇄일	발행일	판차	발행자 발행자 주소	발행소 발행소 주소
3267	홍계월전 신구-홍계-01-02	홍계월전	한글	59p. 30전	1918-03-05	1918-03-12	2	朴健會 경성부 공평동 68번지	신구서림 경성부 봉래정 1정목 77번지
3268	홍계월전 신구-홍계-01-03	홍계월전	한글	59p. 20전	1920-10-20	1920-10-25	3	朴健會 경성부 공평동 68번지	신구서림 경성부 봉래정 1정목 77번지
3269	홍계월전 신구-홍계-01-04	홍계월전	한글				4		신구서림
3270	홍계월전 신구-홍계-01-05	홍계월전	한글	59p. 20전	1924-01-20	1924-01-27	5	朴健會 경성부 공평동 68번지	신구서림 경성부 봉래정 1정목 77번지
3271	홍계월전 영창-홍계-01-00	홍계월전	한글				1		영창서관
3272	홍계월전 조선서-홍계-01-00	홍게월전	한글			1916- -	1		조선서관
3273	홍계월전 회동-홍계-01-01	(고대소설)洪桂 月傳	한글	52p. 20전	1926-01-10	1926-01-15	1	高裕相 경성부 남대문통 1정목 17번지	회동서관 경성부 남대문통 1정 17번지
3274	홍길동전 경성서-홍길-01-00	홍길동전	한글			1921- -	1		경성서적업조합
3275	홍길동전 경성-홍길-01-01	홍길동전	한글	17p. 15전	1925-10-15	1925-10-16	1	福田正太朗 경성 종로 2정목 77번지	경성서관 경성부 종로 2정목 77번지
3276	홍길동전 대조-홍길-01-01	홍길동전	한글			1956- -	1		대조사
3277	홍길동전 대조-홍길-02-01	홍길동전	한글	34p.		1959- -	1		대조사
3278	홍길동전 대창-홍길-01-01	홍길동전	한글	37p. 20전	1920-01-18	1920-01-21	1	勝木良吉 경성부 남대문통 1정목 22번지	대창서원 경성부 종로 2정목 12번지
3279	홍길동전 대창-홍길-02-01	홍길동전	한글	37p. 15전	1923-01-04	1923-01-06	1	玄公廉 경성부 계동 99번지	대창서원 경성부 견지동 80번지
3280	홍길동전 덕흥-홍길-01-01	홍길동전	한글	73p. 20전	1915-08-14	1915-08-18	1	金東縉 경성부 견지동 67번지	덕흥서림 경성부 견지동 67번지
3281	홍길동전 덕흥-홍길-01-02	홍길동전	한글	64p. 20전	1916-10-20	1916-10-23	2	金東縉 경성부 종로통 2정목 20번지	덕흥서림 경성부 종로통 2정목 20번지
3282	홍길동전 덕흥-홍길-01-03	홍길동전	한글			1917-01-28	3		덕흥서림
3283	홍길동전 덕흥-홍길-01-04	홍길동전	한글	49p. 20전	1917-09-01	1917-09-05	4	金東縉 경성부 종로통 2정목 20번지	덕흥서림 경성부 종로통 2정목 20번지
3284	홍길동전 덕흥-홍길-01-05	홍길동전	한글	50p. 25전	1918-03-11	1918-03-20	5	金東縉 경성부 종로통 2정목 20번지	덕흥서림 경성부 종로통 2정목 20번지
3285	홍길동전 덕흥-홍길-01-06	홍길동전	한글	37p. 10전 (실가)	1919-04-26	1919-04-26	6	金東縉 경성부 종로통 2정목 20번지	덕흥서림 경성부 종로통 2정목 20번지
3286	홍길동전 덕흥-홍길-01-07	홍길동전	한글				7		덕흥서림
3287	홍길동전 덕흥-홍길-01-08	홍길동전	한글	37p. 15전 (실가)	1921-01-20	1921-01-26	8	金東縉 경성부 종로통 2정목 20번지	덕흥서림 경성부 종로통 2정목 20번지

쇄자 쇄소 주소	인쇄소 인쇄소 주소	공동 발행	영인본	소장처 및 청구기호	기타	현황
馬澤 성부 공평동 54번지	성문사 경성부 공평동 55번지			국립중앙도서관(3 634-2-99(3))	초판 발행일(대정5.02.05) 기록. <홍계월전>(pp.1~pp.56) 뒤에 <조선야담>(pp.56~59) 덧붙음.	원문
重煥 성부 공평동 55번지	대동인쇄주식회사(창 립사무소) 경성부 공평동 55번지			국립중앙도서관(3 634-2-99(4))	초판 발행일(대정2.05.02) 기록. <홍계월전>(pp.1~pp.56) 뒤에 <조선야담>(pp.56~59) 덧붙음.	원문
					2판, 3판, 5판이 있는 것으로 보아 4판도 있을 것으로 추정.	출판
馬澤 성부 공평동 55번지	대동인쇄주식회사 경성부 공평동 55번지			국립중앙도서관(3 634-2-99(1))	초판 발행일(대정2.05.02) 기록. <홍계월전>(pp.1~pp.56) 뒤에 <조선야담>(pp.56~59) 덧붙음.	원문
					[출판목록]([이본목록], p.845)	목록
					<월봉산기>, 조선서관, 1916(국립중앙도서관 소장본(3634-2-70(7)) 광고에 '홍게월전'으로 기록.	광고
翼洙 성부 황금정 2정목 번지	신문관 경성부 황금정 2정목 21번지		[구활자본고소설 전집 16](인천대)	서울대학교 도서관(3350 76)		원문
					[圖書分類目錄], 1921 改正([이본목록], p.855)	목록
熙榮 성부 수은동 68번지	경성서관인쇄부		[아단문고고전총 서 8]		상하 합본(상 pp.1~17, 하 pp.18~37).	원문
					여승구, [古書通信 15], 1999.9([이본목록], p.855)	원문
				연세대학교 도서관(이석호 811.9308 59가 -1)	'古代小說集. 第1輯'에 '춘향전, 권익중전, 초한전'과 합철.	원문
馬澤 성부 공평동 54번지	성문사 경성부 공평동 55번지			국립중앙도서관(3 634-2-53(9))	상하 합본(상 pp.1~33, 하 pp.35~73). 발행일에 덧칠한 흔적.	원문
馬澤 성부 공평동 55번지	대동인쇄주식회사 경성부 공평동 55번지	보급서관		정명기 소장본	상하 합본(상 pp.1~33, 하 pp.35~73).	원문
永求 성부 원동 415번지	보성사 경성부 수송동 44번지			국립중앙도서관(3 634-2-53(1))	상하 합본(상 pp.1~33, 하 pp.35~73). 2판, 4판, 5판, 6판, 10판, 11판에 초판 발행일 기록.	원문
養浩 성부 재동 3번지	선명사 경성부 종로통 1정목 39번지			국립중앙도서관(3 634-2-53(10))	상하 합본(상 pp.1~30, 하 pp.31~64). 초판 발행일 기록. 4판과 5판에 2판 발행일 잘못 기록(대정5.10.12).	원문
					4판과 5판에 3판 발행일 기록.	출판
敎瓚 성부 경운동 88번지	보성사 경성부 수송동 44번지			국립중앙도서관(3 634-2-53(8))	상하 합본(상 pp.1~23, 하 pp.24~49). 초판, 2판(대정5.10.12), 3판(대정6.01.28) 발행일 기록.	원문
家恒衛 성부 명치정 1정목 번지	일한인쇄소 경성부 명치정 1정목 54번지			국립중앙도서관(3 634-2-53(7))	상하 합본(상 pp.1~23, 하 pp.24~50). 초판, 2판(대정5.10.12), 3판, 4판 발행일 기록.	원문
敎德 성부 관훈동 30번지	조선복음인쇄소 경성부 관훈동 30번지		[구활자본고소설 전집 17]	국립중앙도서관(3 634-2-53(4))	상하 합본(상 pp.1~17, 하 pp.18~37). 초판 발행일 기록.	원문
					8판, 10판, 11판이 있는 것으로 보아 7판도 있을 것으로 추정.	출판
重煥 성부 공평동 55번지	대동인쇄주식회사 경성부 공평동 55번지			국립중앙도서관(3 634-2-53(2))	상하 합본(상 pp.1~17, 하 pp.18~37). 초판 발행일 기록.	원문

번호	작품명 고유번호	표제	문자	면수 가격	인쇄일	발행일	판차	발행자 발행자 주소	발행소 발행소 주소
3288	**홍길동전** 덕흥-홍길-01-09	홍길동전	한글				9		덕흥서림
3289	**홍길동전** 덕흥-홍길-01-10	홍길동전	한글	37p. 15전	1924-01-23	1924-01-30	10	金東縉 경성부 종로통 2정목 20번지	덕흥서림 경성부 종로통 2정목 20번지
3290	**홍길동전** 덕흥-홍길-01-11-1	홍길동전	한글	37p. 15전	1925-02-10	1925-02-15	11	金東縉 경성부 종로 2정목 20번지	덕흥서림 경성부 종로 2정목 20번지
3291	**홍길동전** 덕흥-홍길-01-11-2	홍길동전	한글	37p. 15전	1925-02-05	1925-02-10	11	金東縉 경성부 종로 2정목 20번지	덕흥서림 경성부 종로 2정목 20번지
3292	**홍길동전** 동양대-홍길-01-01	홍길동전	한글	37p. 15전	1929-12-01	1929-12-03	1	宋敬煥 경성부 종로 1정목 75번지	동양대학당 경성부 종로 1정목
3293	**홍길동전** 동양서-홍길-01-01	홍길동전	한글	37p.		1925-12-25	1	趙男熙	동양서원
3294	**홍길동전** 세창-홍길-01-01	홍길동전	한글	37p. 15전	1934-02-10	1934-02-15	1	申泰三 경성부 종로 3정목 141번지	세창서관 조선 경성부 종로 3 141번지
3295	**홍길동전** 세창-홍길-02-01	홍길동전	한글	36p. 임시정가	1952-08-10	1952-08-30	1	申泰三 서울특별시 종로구 종로 3가 10	세창서관 서울특별시 종로구 3가 10
3296	**홍길동전** 세창-홍길-03-01	홍길동전	한글	36p. 임시정가	1952-12-10	1952-12-30	1	申泰三 서울특별시 종로구 종로 3가 10	세창서관 서울특별시 종로구 3가 10
3297	**홍길동전** 세창-홍길-04-01	홍길동전	한글	36p. 임시정가	1952-12-01	1952-12-30	1	申泰三 서울특별시 종로구 종로 3가 10	세창서관 서울특별시 종로구 3가 10
3298	**홍길동전** 세창-홍길-05-01	홍길동전	한글	36p. 임시정가	1960-02-10	1960-02-30	1	申泰三 서울특별시 종로구 종로 3가 10	세창서관 서울특별시 종로구 3가 10
3299	**홍길동전** 신구-홍길-01-01	홍길동전	한글			1929- -	1		신구서림
3300	**홍길동전** 신명-홍길-01-01	홍길동전	한글	37p.		19 - -	1		신명서림 경성부 종로 2정목 98번지
3301	**홍길동전** 신문-홍길-01-01	홍길동전	한글	45p. 6전	1913-09-03	1913-09-05	1	崔昌善 경성 남부 상리동 32,4	신문관 경성 남부 상리동
3302	**홍길동전** 영창-홍길-01-00	홍길동전	한글				1		영창서관
3303	**홍길동전** 영화-홍길-01-01	홍길동전	한글			1958-10-20	1	姜槿馨	영화출판사
3304	**홍길동전** 영화-홍길-02-01	홍길동전	한글	46p.		1961-10-10	1	姜槿馨	영화출판사
3305	**홍길동전** 이문-홍길-01-01	홍길동전	한글	36p.		1925- -	1		이문당
3306	**홍길동전** 중앙-홍길-01-01	홍길동전	한글	36p.	1945-12-25	1945-12-31	1	閔明善 한성시 황금정 3정목 71번지	중앙출판사 한성시 황금정 3정목 71번지
3307	**홍길동전** 태화-홍길-01-00	홍길동전	한글			1918- -	1		태화서관
3308	**홍길동전** 향민-홍길-01-01	홍길동전	한글			1964- -	1		향민사
3309	**홍길동전** 향민-홍길-02-01	홍길동전	한글	34p. 170원	1978-08-30	1978-09-05	1	성북구 성북동 133-45	향민사

인쇄자 인쇄소 주소	인쇄소 인쇄소 주소	공동 발행	영인본	소장처 및 청구기호	기타	현황
					10판, 11판이 있는 것으로 보아 9판도 있을 것으로 추정.	출판
朴旼濬 경성부 안국동 35번지	망대성경급기독교서 회인쇄부 경성부 안국동 35번지			국립중앙도서관(3 634-2-53(5))	상하 합본(상 pp.1~17, 하 pp.18~37). 초판 발행일 기록.	원문
金敎瓚 경성부 안국동 101번지	문화인쇄소 경성부 안국동 101번지			개인소장본	상하 합본(상 pp.1~17, 하 pp.18~37). 초판 발행일 기록.	원문
金鎭浩 경성부 견지동 32번지	한성도서주시회사 경성부 견지동 32번지		[조동일소장국문 학연구자료 23]		상하 합본(상 pp.1~17, 하 pp.18~37). 초판 발행일 기록.	원문
金重煥 경성부 관훈동 30번지	중성사 인쇄부 경성부 관훈동 30번지			국립중앙도서관(3 634-2-53(6))	상하 합본(상 pp.1~17, 하 pp.18~37).	원문
					조희웅 소장본([이본목록], p.856.)	원문
朴奉和 경성부 종로 3정목 141번지	세창서관인쇄부 경성부 종로 3정목 141번지			국립중앙도서관(3 634-2-53(3))	상하 합본(상 pp.1~17, 하 pp.18~37).	원문
	세창인쇄사 서울특별시 종로구 종로 3가 10			개인소장본		원문
	세창인쇄사 서울특별시 종로구 종로 3가 10			디지털 한글박물관(홍윤표 소장본)	상하 합본(상 pp.1~17, 하 pp.18~36).	원문
	세창인쇄사 서울특별시 종로구 종로 3가 10			개인소장본	상하 합본(상 pp.1~17, 하 pp.18~36). '세창-홍길-03-01'과 인쇄일, 전화만 다름.	원문
	세창인쇄사 서울특별시 종로구 종로 3가 10			소인호 소장본	상하 합본(상 pp.1~17, 하 pp.18~36).	원문
					소재영 외, p.97.	원문
				서울대학교 도서관(일사 813.53 H41h)	판권지가 없어 발행 사항 알 수 없음. 겉표지 하단에 '종로경성서관발행'이라 기록. 발행소에 기록은 도서관 서지를 따름.	원문
金誠愚 경성 남부 상리동 32,4	신문관 경성 남부 상리동 32,4			서강대학교 도서관(CL 811.34 허17ㅎ 1913)		원문
					[출판목록]([이본목록], p.856.)	목록
					여승구, [古書通信 15], 1999.9([연구보정], p.1221~1222.)	원문
					여승구, [古書通信 15], 1999.9([연구보정], p.1221~1222.)	원문
					이능우, p.304.	출판
李在同 경성시 황금정 3정목 番번지			[조동일소장국문 학연구자료 23]	단국대학교 도서관(연민 853.6 민376ㅅ)	상하 합본(상 pp.1~17, 하 pp.18~36). p.20까지 1면 17행, p.21부터 1면 18행. 이로 인해 37면본이 36면으로 됨.	원문
					<렬녀전>, 태화서관, 1918. 광고([이본목록], p.856)	광고
					여승구, [古書通信 15], 1999.9([이본목록], p.856)	원문
				개인소장본		원문

번호	작품명 고유번호	표제	문자	면수 가격	인쇄일	발행일	판차	발행자 발행자 주소	발행소 발행소 주소
3310	홍길동전 회동-홍길-01-01	홍길동전	한글	37p. 15전	1925-11-25	1925-11-30	1	高裕相 경성부 남대문통 1정목 17번지	회동서관 경성부 남대문통 1정 17번지
3311	홍도의 일생 세창-홍도의-01-01	(純情秘話)紅桃 의 一生	한글	180p.		1953- -	1		세창서관
3312	홍도의 일생 영화-홍도의-01-01	紅桃의 一生	한글	71p.			1		영화출판사 서울특별시 종로 2가
3313	홍도전 성문-홍도-01-00	선상의 상사루	한글			1936-10-15	1		성문당서점
3314	홍루몽 세창-홍루-01-00	홍루몽	한글	140		1952- -	1		세창서관
3315	홍백화전 경성서-홍백-01-01	홍백화	한글	96p. 25전	1926-12-18	1926-12-20	1	洪淳泌 경성부 견지동 60번지	경성서적업조합 경성부 견지동 60번지
3316	홍백화전 박문-홍백-01-01	홍백화	한글	79p.		1926- -	1		박문서관
3317	홍백화전 세창-홍백-01-00	紅白花	한글	35전 (1冊)		1915- -	1		세창서관
3318	홍백화전 영창-홍백-01-01	홍백화	한글	96p.		1917- -	1	姜義永	영창서관
3319	홍안박명 신구-홍안-01-01	紅顔薄命	한글	76p. 30전	1928-12-05	1928-12-10	1	盧益煥 경성부 봉래정 1정목 77번지	신구서림 경성부 봉래정 1정목 77번지
3320	홍의동자 회동-홍의-01-01	(歷史小說)紅衣 童子	한글	79p.		1928- -	1		회동서관 경성부 남대문통 1정 17번지
3321	홍장군전 경성서-홍장-01-00	홍장군	한글			1921- -	1		경성서적업조합
3322	홍장군전 광학-홍장-01-01	(義勇雙全)洪將 軍傳	한글	175p. 50전	1926-02-15	1926-02-20	1	庾錫祚 경성 종로 3정목 78번지	광학서포 경성 종로 3정목 78번
3323	홍장군전 오거-홍장-01-01-상	(義勇雙全)洪將 軍傳	한글	95p. 40전	1918-05-23	1918-05-27	1	李海朝 경성부 종로통 2정목 60번지	오거서창 경성부 종로통 2정목 60번지
3324	홍장군전 오거-홍장-01-01-하	(義勇雙全)洪將 軍傳	한글	80p. 35전	1918-05-23	1918-05-27	1	李海朝 경성부 종로통 2정목 60번지	오거서창 경성부 종로통 2정목 60번지
3325	홍장군전 태화-홍장-01-00-상	홍장군전	한글			1918- -	1		태화서관
3326	홍장군전 태화-홍장-01-00-하	홍장군전	한글			1918- -	1		태화서관
3327	화도화 회동-화도-01-00	화도화	한글	84p.		1925- -	1		회동서관
3328	화산기봉 경성서-화산-01-00	화산긔봉	한글			1921- -	1		경성서적업조합
3329	화산기봉 동아-화산-01-01	화산기봉	한글	112p. 30전	1916-04-30	1916-05-05	1	金然奎 경성부 종로통 4정목 62번지	동아서관 경성부 종로통 3정목 83번지
3330	화산기봉 동아-화산-02-01	화산기봉	한글	114p. 40전	1917-12-15	1917-12-22	1	金然奎 경성부 종로통 3정목 83번지	동아서관 경성부 종로통 3정목 83번지

쇄자 쇄소 주소	인쇄소 인쇄소 주소	공동 발행	영인본	소장처 및 청구기호	기타	현황
翼洙 성부 황금정 2정목 번지	신문관 경성부 황금정 2정목 21번지			영남대학교 도서관(도 813.5 ㅎ621)		원문
				국립중앙도서관(N 92-2=2)	유몽인의 <홍도전>을 재창작한 작품.(장연연, '대중계몽주의자 현병주 연구', 인하대학교 박사논문, 2015.)	원문
				개인소장본	원문은 있으나 판권지 없음, 발행소와 발행소 주소는 표지 참고.	원문
					방민호 소장본([연구보정], p.1227.)	원문
					<도상옥중화>, 세창서관, 1952(국회도서관 소장본(811.31 ㅅ585ㄷ)) 광고에 '홍루몽'으로 기록.	광고
泰均 성부 공평동 55번지	대동인쇄주식회사 경성부 공평동 55번지			영남대학교 도서관(도 813.5 ㅎ633)	편집자 강외영.('강의영'의 잘못인 듯)	출판
				국립중앙도서관(3 634-3-30(4))	원문은 있으나 판권지 없음. 도서관 서지정보에는 '발행자 불명'으로 기록. [연구보정](p.1236)에 박문서관 발행으로 기록한 것을 따름.	원문
					<장화홍련전>, 세창서관, 1915(국립중앙도서관 소장본(3634-2-10(5)) 광고에 '紅白花'로 기록.	광고
					조희웅 소장본([이본목록], p.861)	원문
禹澤 성부 공평동 55번지	대동인쇄주식회사 경성부 공평동 55번지			서울대학교 도서관(3340 55)	속표지에 '朴哲魂 著'로 기록.	원문
				서울대학교 도서관(3350 34)	판권지 없음. 표지 하단에 '경성 회동서관 발행'이라고 기록.	원문
					[圖書分類目錄], 1921 改正([이본목록], p.863). 중국소설 <수호전>을 부분 번역 및 번안한 작품(곽정식, 2010)	목록
晶景 성부 수송동 69번지	보명사 경성부 수송동 69번지			영남대학교 도서관(도 813.5 ㅎ671)	18회의 장회체(상 1~9회, 하 10회~18회). 상하 합편(상 pp1~95, 하 pp.1~80). 판권지 훼손으로 광학서포 외 2개의 발행소를 알 수 없음.	원문
敬德 성부 관훈동 30번지	조선복음인쇄소 경성부 관훈동 30번지		[구활자본고소설 전집 32]	디지털 한글박물관(국립국어원 소장본)	18회의 장회체(상 1~9회, 하 10회~18회)	원문
敬德 성부 관훈동 30번지	조선복음인쇄소 경성부 관훈동 30번지		[구활자본고소설 전집 32]		18회의 장회체(상 1~9회, 하 10회~18회)	원문
					<렬녀전>, 태화서관, 1918. 광고([이본목록], p.864)	광고
					<렬녀전>, 태화서관, 1918. 광고([이본목록], p.864)	광고
				서울대학교 도서관(3340 48)	판권지 없음. 발행사항은 도서관 서지정보를 따름.	원문
					[圖書分類目錄], 1921 改正([이본목록], p.867.	목록
義浩 성부 권농동 31번지	선명사 경성부 종로통 1정목 39번지			정명기 소장본		원문
丛奎 성부 가회동 216번지	보성사 경성부 수송동 44번지		[활자본고전소설 전집 12]	국립중앙도서관(3 634-2-61(6))		원문

번호	작품명 고유번호	표제	문자	면수 가격	인쇄일	발행일	판차	발행자 발행자 주소	발행소 발행소 주소
3331	**화산기봉** 태화-화산-01-00	화산기봉	한글			1918- -	1		태화서관
3332	**화옥쌍기** 광익-화옥-01-01-상	화옥쌍긔 상	한글			1914-10-10	1	李鍾楨	광익서관
3333	**화옥쌍기** 광익-화옥-01-01-하	화옥쌍긔 하	한글			1914-10-10	1	李鍾楨	광익서관
3334	**화옥쌍기** 광익-화옥-01-02-상	화옥쌍긔 상	한글	82p.	1918-03-12	1918-03-18	2	李鍾楨	광익서관
3335	**화옥쌍기** 광익-화옥-01-02-하	화옥쌍긔 하	한글	78p. 35전	1918-03-12	1918-03-18	2	李鍾楨 경성부 송현동 71번지	광익서관 경성부 종로 2정목 87번지
3336	**화옥쌍기** 대창-화옥-01-01-상	(고세소설)화옥 쌍긔 상	한글	120p. 30전	1914-09-22	1914-09-25	1	李鍾楨 경성 북부 대안동 34통 4호	대창서원 경성 관훈동 121번지
3337	**화옥쌍기** 대창-화옥-01-01-하	(고세소설)화옥 쌍긔 하	한글	99p. 25전		1914-10-10	1	李鍾楨 경성 북부 대안동 34통 4호	대창서원 경성 관훈동 121번지
3338	**화옥쌍기** 유일-화옥-01-00-상	화옥쌍긔	한글	55전 (全二冊)		1916- -	1		유일서관
3339	**화옥쌍기** 유일-화옥-01-00-하	화옥쌍긔	한글	55전 (一帙)		1916- -	1		유일서관
3340	**화옥쌍기** 회동-화옥-01-00	화옥쌍기	한글			1924- -	1		회동서관
3341	**화월야** 태화-화월-01-01	화월야	한글				1		태화서관
3342	**화월야** 태화-화월-01-02	화월야	한글				2		태화서관
3343	**화월야** 태화-화월-01-03	화월야	한글	57p.		1931- -	3	花舟	태화서관 경성부 예지동 101
3344	**화향전** 경성서-화향-01-00	화향전	한글			1921- -	1		경성서적업조합
3345	**화향전** 대창-화향-01-01	화향전	한글	32p.			1		대창서원
3346	**화향전** 대창-화향-01-02	화향전	한글	32p.			2		대창서원
3347	**황부인전** 세창-황부-01-01	황부인전	한글	35p. 임시정가	1952-08-10	1952-08-30	1	申泰三 서울 특별시 종로구 종로3가 10	세창서관 서울 특별시 종로구 종로3가 10
3348	**황부인전** 세창-황부-02-01	황부인전 가진적벽가	한글	35p. 임시정가	1952-12-01	1952-12-30	1	申泰三 서울 특별시 종로구 종로3가 10	세창서관 서울 특별시 종로구 종로3가 10
3349	**황부인전** 세창-황부-03-01	황부인전 적벽가	한글	35p. 임시정가	1957-08-10	1957-12-30	1	申泰三 서울 특별시 종로구 종로3가 10	세창서관 서울 특별시 종로구 종로3가 10
3350	**황부인전** 세창-황부-03-02	황부인전 적벽가	한글	35p. 임시정가 200	1962-08-10	1962-12-30	2	申泰三 서울 특별시 종로구 종로3가 10	세창서관 서울 특별시 종로구 종로3가 10
3351	**황부인전** 신구-황부-01-01	황부인전 단	한글	35p. 15전	1925-11-22	1925-11-25	1	崔錫鼎 경성부 봉래정 1정목 77번지	신구서림 경성부 봉래정 1정목 77번지
3352	**황부인전** 영창-황부-01-00	황부인젼	한글			1925- -	1		영창서관

인쇄자 인쇄소 주소	인쇄소 인쇄소 주소	공동 발행	영인본	소장처 및 청구기호	기타	현황
					<렬녀전>, 1918, 태화서관. 광고([이본목록], p.867)	광고
					2판에 초판 발행일 기록.	출판
					2판에 초판 발행일 기록.	출판
			[활자본고전소설전집 12]		19회의 장회체(상 1회~10회, 하 11회~19회)	원문
尤禹澤 경성부 공평동 54번지	성문사 경성부 공평동 55번지			국립중앙도서관(3634-2-61(1))	19회의 장회체(상 1회~10회, 하 11회~19회). 초판 발행일 기록.	원문
李周桓 경성 서부 냉동 26번지	법한인쇄소 경성 서소문가 복거교			국립중앙도서관(3634-2-61(2))	19회의 장회체(상 1회~10회, 하 11회~19회).	원문
李周桓 경성 서부 냉동 26번지	법한인쇄소 경성 서소문가 복거교		[활자본고전소설전집 12]	국립중앙도서관(3634-2-61(3))	19회의 장회체(상 1회~10회, 하 11회~19회). 판권지 인쇄일 부분이 보이지 않음.	원문
					<대월서상기>, 유일서관, 1916.(국립중앙도서관 소장본(3634-2-117(3)) 광고에 '화옥쌍긔'(全 二冊)로 기록.	광고
					<대월서상기>, 유일서관, 1916.(국립중앙도서관 소장본(3634-2-117(3)) 광고에 '화옥쌍긔'(全 二冊)로 기록.	광고
					<현행사례의절>, 회동서관, 1924. 광고([이본목록], p.873).	광고
					3판이 있어 초판도 있을 것으로 추정.	출판
					3판이 있어 2판도 있을 것으로 추정.	출판
				서울대학교 도서관(3340 104)	판권지 없음. 발행사항은 도서관 서지정보를 따름.	원문
					[圖書分類目錄], 1921 改正([이본목록], p.874.	목록
					Skillend, p.249.	출판
					Skillend, p.249.	출판
	세창인쇄사 서울 특별시 종로구 종로3가 10			양승민 소장본	<적벽가>와 합철(24p.)	원문
	세창인쇄사 서울 특별시 종로구 종로3가 10			개인소장본	<가진 적벽가>와 합철(24p.).	원문
	세창인쇄사 서울 특별시 종로구 종로3가 10				<적벽가>와 합철(24p.). 1957년과 1962년의 판권지가 있어 1957년의 것을 초판으로, 1962년의 것을 2판으로 간주.	출판
	세창인쇄사 서울 특별시 종로구 종로3가 10		[구활자본고소설전집 32]	정명기 소장본	<적벽가>와 합철(24p.). 1957년과 1962년의 판권지가 있어 1957년의 것을 초판으로, 1962년의 것을 2판으로 간주.	원문
金銀榮 경성부 수송동 69번지	보명사 경성부 수송동 69번지		[조동일소장국문학연구자료 23]	영남대학교 도서관(도 813.5 ㅎ749)	표지 그림 하단에 '경성 박문서관 발행'이라고 인쇄. 마지막장에도 박문서관 광고. 판권지의 발행소는 신구서림.(판권지를 따름)	원문
		한흥서림			[이본목록], p.876.	목록

번호	작품명 고유번호	표제	문자	면수 가격	인쇄일	발행일	판차	발행자 발행자 주소	발행소 발행소 주소
3353	황새결송 동미-황새-01-01	황새결송긔	한글	10p.	1918-01-05	1918-01-07	1	朴健會 경성부 낙원동 85번지	동미서시 경성부 봉래정 1정목 103번지
3354	황운전 경성서-황운-01-00	황장군전	한글			1921- -	1		경성서적업조합
3355	황운전 동미-황운-01-01	황장군전	한글		1916-01-15	1916-01-17	1		동미서시
3356	황운전 동미-황운-01-02	황장군전	한글	128p. 40전	1917-03-25	1917-03-31	2	朴健會 경성부 인사동 39번지	동미서시 경성부 봉래정 1정목 자암)
3357	황운전 박문-황운-01-01	(고대소설)황장 군전	한글	121p.		1925- -	1		박문서관
3358	황운전 세창-황운-01-01	黃將軍傳	한글	113p.		1952- -	1		세창서관
3359	황운전 세창-황운-02-01	황장군전	한글	113p.		1961- -	1		세창서관
3360	황운전 신구-황운-01-01	황장군전	한글			1916-01-17	1	朴健會	신구서림
3361	황운전 신구-황운-01-02	황장군전	한글				2		신구서림
3362	황운전 신구-황운-01-03	황장군전	한글				3		신구서림
3363	황운전 신구-황운-01-04	황장군전	한글	128p. 40전	1924-01-20	1924-01-25	4	朴健會 경성부 인사동 39번지	신구서림 경성부 봉래정 1정목 77번지
3364	황운전 영창-황운-01-00	황장군전	한글				1		영창서관
3365	황운전 조선서-황운-01-00	황운전	한글			1916- -	1		조선서관
3366	황운전 회동-황운-01-01	황쟝군전	한글	128p.		1925- -	1	朴健會	회동서관
3367	황월선전 덕흥-황월-01-01	(권선징악)황월 션전	한글	38p. 20전	1928-11-01	1928-11-05	1	金東縉 경성부 종로 2정목 20번지	덕흥서림 경성부 종로 2정목 20번지
3368	황월선전 덕흥-황월-02-01	(권선징악)황월 션젼	한글	38p.		1931- -	1	金東縉	덕흥서림
3369	황주목사계자기 조선서-황주-01-01	황쥬목사긔	한글	16p. 25전	1913-02-24	1913-02-26	1	朴健會 경성 북부 대사동 3통 8호	조선서관 경성 북부 대사동 3통 8
3370	회심곡 향민-회심-01-01	회심곡	한글	20p. 75원	1972-09-10	1972-09-15	1		향민사 대구시 동인동 4가 2
3371	효종대왕실기 덕흥-효종-01-00	효종대왕실기	한글				1		덕흥서림
3372	후수호지 조선서-후수-01-01	(續水滸誌)一百 單入歸化期	한글	192p.		1918- -	1		조선서관
3373	흥무왕연의 김재홍-흥무-01-01	興武王三韓傳	한문	143p. 1원50전	1921-01-30	1921-02-10	1	金在鴻 경성부 임정 243번지	김재홍가 경성부 본정 5정목 11번지

쇄자 쇄소 주소	인쇄소 인쇄소 주소	공동 발행	영인본	소장처 및 청구기호	기타	현황
弘奎 성부 가회동 216번지	보성사 경성부 수송동 44번지	회동서관, 광익서관	[신소설전집 16]	국립중앙도서관(3 634-3-20(1))	소설집 [일대장관](1회 금송아지전, 2회 황새결송기, 3회 록쳐샤연회긔, 4회 벽란도룡녀긔, 5회 셔대쥐젼, 부 자미잇난이약이)의 한 부분.	원문
					[圖書分類目錄], 1921 改正([이본목록], p.880.	목록
					2판에 초판 인쇄일과 발행일 기록.	출판
弘奎 성부 가회동 216번지	보성사 경성부 수송동 44번지		[구활자본고소설 전집 17]	국립중앙도서관(3 634-2-54(5))	초판 인쇄일과 발행일 기록.	원문
				서울대학교 도서관(MFF 951.06 C718ik v.83)	C.V. Starr East Asian Library (Columbia University). 소재영 외, p.157)	원문
				국회도서관(811.31 ㅅ585ㅎ)		원문
				이화여자대학교 도서관(811.31 황811)		원문
					4판에 초판 발행일 기록.	출판
					4판이 있어 2판도 있을 것으로 추정.	출판
					4판이 있어 3판도 있을 것으로 추정.	출판
禹澤 성부 공평동 55번지	대동인쇄주식회사 경성부 공평동 55번지			국립중앙도서관(3 634-2-54(3))	21회의 장회체(총목차). 초판 발행일 기록.	원문
					[출판목록]([이본목록], p.880)	목록
					<월봉산기>, 조선서관, 1916(국립중앙도서관 소장본(3634-2-70(7)) 광고에 '황운전'으로 기록.	광고
				영남대학교 도서관(도 813.5 ㅂ168ㅎ)		원문
左涉 성부 견지동 32번지	한성도서주식회사 경성부 견지동 32번지			국립중앙도서관(3 634-2-38(6))		원문
					국립중앙도서관 소장 <황월선전> 중, [연구보정](p.1262)에서 1928년 발행본 청구기호로 제시한 책 없으며, 1932년 발행본 청구기호로 제시한 책은 1928년 본임	출판
敬禹 성 북부 교동 27통 9호	동문관 경성 북부 교동 23통 5호		[구활자본고소설 전집 20]		[별삼셜긔]에 '낙양삼사긔, 셔초패왕기, 삼자원종기, 노쳐녀가'와 합철.	원문
	경북인쇄소			개인소장본		원문
					권순긍, p.340.	목록
				국립중앙도서관(3 636-2)		원문
田正治郎 성 태평통 2정목 3번지	신명서림인쇄부			정명기 소장본	金在鴻 編.	원문

번호	작품명 고유번호	표제	문자	면수 가격	인쇄일	발행일	판차	발행자 발행자 주소	발행소 발행소 주소
3374	**흥무왕연의** 대창-흥무-01-00	興武王三韓傳	한글	1원 50전		1921- -	1		대창서원
3375	**흥무왕연의** 보급-흥무-01-00	金庾信傳	한글	30전		1918- -	1		보급서관
3376	**흥무왕연의** 영창-흥무-01-01	(해동명장)김유 신실긔	한글	110p. 40전	1926-03-20	1926-03-25	1	金正杓 경성부 종로 2정목 84번지	영창서관 경성부 종로 2종목 84번지
3377	**흥무왕연의** 영창-흥무-02-01	김유신실긔	한글			1936- -	1	金正杓	영창서관
3378	**흥무왕연의** 영화-흥무-01-01	(新羅統一)金庾 信實記	한글	110p. 120원	1953.11.10	1953-11-15	1	姜槿馨	영화출판사 서울특별시 종로구 관철동 155
3379	**흥무왕연의** 영화-흥무-01-02	(新羅統一)金庾 信實記	한글	110p. 120원	1954-05-20	1954-05-25	2	姜槿馨	영화출판사 서울특별시 종로구 관철동 155
3380	**흥무왕연의** 영화-흥무-02-01	(新羅統一)金庾 信實記	한글	110p.	1961-10-05	1961-10-10	1	姜槿馨	영화출판사 서울특별시 종로구 종로2가 98
3381	**흥부전** 경성서-흥부-01-01	흥부전	한글			1915- -	1		경성서적업조합
3382	**흥부전** 경성서-흥부-01-02	흥부전	한글			1916- -	2		경성서적업조합
3383	**흥부전** 경성서-흥부-02-01	흥부가	한글			1925-11-10	1		경성서적업조합
3384	**흥부전** 경성서-흥부-02-02	흥부가	한글	89p. 20전	1926-12-18	1926-12-20	2	洪淳泌 경성부 견지동 60번지	경성서적업조합 경성부 견지동 60번지
3385	**흥부전** 대창-흥부-01-00	批評興甫傳	한글	30전		1921- -	1		대창서원
3386	**흥부전** 동양서-흥부-01-01	흥부전	한글			1925- -	1	趙南熙	동양서원
3387	**흥부전** 박문-흥부-01-01	흥부젼	한글			1917-02-15	1		박문서관
3388	**흥부전** 박문-흥부-01-02	흥부젼	한글	60p. 25전	1917-09-02	1917-09-05	2	盧益亨 경성부 남대문통 4정목 69번지	박문서관 경성부 남대문통 4 69번지
3389	**흥부전** 박문-흥부-01-03	흥부젼	한글	60p. 25전	1924-06-25	1924-06-30	3	盧益亨 경성부 종로 2정목 82번지	박문서관 경성부 종로 2정목 82번지
3390	**흥부전** 박문-흥부-02-01	흥부젼	한글	89p.		1919- -	1		박문서관
3391	**흥부전** 삼문-흥부-01-01	(古典文學) 興夫傳	한글	194p.		1953- -	1		삼문사
3392	**흥부전** 세창-흥부-01-01	흥보전	한글	56p. 임시정가	1952-08-10	1952-08-30	1	申泰三 서울특별시 종로구 종로3가 10	세창서관 서울특별시 종로구 종로3가 10
3393	**흥부전** 세창-흥부-02-01	연의각	한글	89p. 임시정가	1952-12-10	1952-12-30	1	申泰三 서울특별시 종로구 종로 3가 10	세창서관 서울특별시 종로구 3가 10
3394	**흥부전** 세창-흥부-03-01	흥보전	한글	56p. 200	1962-08-10	1962-12-30	1	申泰三 서울특별시 종로구 종로3가 10	세창서관 서울특별시 종로구 종로3가 10

인쇄자 인쇄소 주소	인쇄소 인쇄소 주소	공동 발행	영인본	소장처 및 청구기호	기타	현황
		보급서관			<서동지전>, 대창서원 보급서관, 1921(국립중앙도서관 소장본(3634-2-6(1)) 광고에 '興武王三韓傳'로 기록.	광고
					<무쌍언문삼국지>, 보급서관, 1918(국립중앙도서관 소장본(3634-2-25(1)) 광고에 '金庾信傳'으로 기록.	광고
魯基禎 경성부 견지동 32번지	한성도서주식회사 경성부 견지동 32번지	한흥서림, 삼광서림	[구활자본고소설 전집 2]	서울대학교 중앙도서관(3350 102)		원문
					여승구, [고서통신 15], 1999.9([이본목록], p.887)	원문
新社印刷部				국립중앙도서관(3 638-31=2)	1953년 발행의 판권지와 1954년 발행의 판권지가 있음. 앞의 것은 초판, 뒤의 것은 2판으로 간주함.	원문
新社印刷部				국립중앙도서관(3 638-31=2)	1953년 발행의 판권지와 1954년 발행의 판권지가 있음. 앞의 것은 초판, 뒤의 것은 2판으로 간주함.	원문
新社印刷部				디지털 한글박물관(홍윤표 소장본)		원문
					우쾌제, p.138.	출판
					우쾌제, p.138.	출판
					2판에 초판 발행일 기록.	출판
泰均 경성부 공평동 55번지	대동인쇄주식회사 경성부 공평동 55번지			국립중앙도서관(3 634-2-94(3))	초판 발행일 기록.	원문
		보급서관			<서동지전>, 대창서원, 보급서관, 1921(국립중앙도서관 소장본(3634-2-6(1)) 광고에 '批評興甫傳'으로 기록.	광고
					여승구, [古書通信,15], 1999.9([이본목록], p.894)	원문
					3판에 초판 발행일 기록.	출판
敎瓚 경성부 경운동 88번지	보성사 경성부 수송동 44번지			국립중앙도서관(3 634-2-94(4))	판권지에는 2판 표시 없음. [이본목록]에 2판(1917.9.5)으로 기록되어 있어 2판으로 간주함.	원문
禹澤 경성부 공평동 55번지	대동인쇄주식회사 경성부 공평동 55번지			박순호 소장본	초판 발행일 기록.	원문
					[이본목록], p.894.	출판
				국립중앙도서관(3 636-7)	협약도서관에서 원문 열람 가능. <사씨남정기>, <장화홍련전>, <장끼전>과 합철.	원문
	세창인쇄사 서울특별시 종로구 종로3가 10		[조동일소장국문 학연구자료 23]	박순호 소장본	영인본에는 판권지 없음.	원문
	세창인쇄사 서울특별시 종로구 종로 3가 10		[구활자본고소설 전집 29]		한자 괄호 병기는 극히 일부분	원문
	세창인쇄사 서울특별시 종로구 종로3가 10			개인소장본		원문

번호	작품명 고유번호	표제	문자	면수 가격	인쇄일	발행일	판차	발행자 발행자 주소	발행소 발행소 주소
3395	**흥부전** 신구-흥부-01-01	(신소설)연의각: 흥부가	한글	99p. 25전	1913-12-20	1913-12-25	1	李鍾禎 경성 북부 대안동 34통 4호	신구서림 경성 남부 자암동 42통10호
3396	**흥부전** 신구-흥부-02-01	흥부가	한글	89p. 25전	1916-10-30	1916-11-05	1	池松旭 경성부 봉래정 1정목 77번지	신구서림 경성부 봉래정 1정목 77번지
3397	**흥부전** 신구-흥부-02-02	흥부가	한글	89p. 25전	1917-06-15	1917-06-20	2	池松旭 경성부 봉래정 1정목 77번지	신구서림 경성부 봉래정 1정목 77번지
3398	**흥부전** 신구-흥부-02-03	흥부가	한글				3		신구서림
3399	**흥부전** 신구-흥부-02-04	흥부가	한글				4		신구서림
3400	**흥부전** 신구-흥부-02-05	흥부가	한글	89p. 25전	1922-02-13	1922-02-25	5	池松旭 경성부 봉래정 1정목 77번지	신구서림 경성부 봉래정 1정목 77번지
3401	**흥부전** 신문-흥부-01-01	(륙젼쇼셜) 흥부젼	한글	52p. 6전	1913-10-03	1913-10-05	1	崔昌善 경성 남부 상리동 32,4	신문관 경성 남부 상리동
3402	**흥부전** 영창-흥부-01-01	흥부전	한글	79p. 30전	1925-10-05	1925-10-10	1	姜義永 경성부 종로 2정목 84번지	영창서관 경성부 종로 2정목 84번지
3403	**흥부전** 이문-흥부-01-00	연의각	한글	25전		1918- -	1		이문당
3404	**흥부전** 회동-흥부-01-01	연의각	한글	133p.		1913- -	1		회동서관
3405	**흥선대원군실기** 덕흥-흥선-01-00	흥선대원군실긔	한글			1930- -	1		덕흥서림

쇄자 쇄소 주소	인쇄소 인쇄소 주소	공동 발행	영인본	소장처 및 청구기호	기타	현황
聖杓 성 동부통 내등자동 통 8호	성문사 경성 종로 발리동 9통 10호			국립중앙도서관(3 634-2-94(1))	편집자 이해조.	원문
禹澤 성부 효자동 103번지	성문사 경성부 공평동 55번지			국립중앙도서관(3 634-2-94(5))	2판과 5판에 초판 발행일 기록.	원문
禹澤 성부 공평동 54번지	성문사 경성부 공평동 55번지			국립중앙도서관(3 634-2-94(6))	초판 발행일 기록.	원문
					5판이 있어 3판도 있을 것으로 추정.	출판
					5판이 있어 4판도 있을 것으로 추정.	출판
重煥 성부 공평동 55번지	대동인쇄주식회사 경성부 공평동 55번지			국립중앙도서관(3 634-2-94(2))	초판 발행일 기록.	원문
誠愚 성 남부 상리동 32,4	신문관 경성 남부 상리동 32,4		[구활자본고소설 전집 17]	국립중앙도서관(3 634-2-95(1))		원문
禹澤 성부 공평동 55번지	대동인쇄주식회사 경성부 공평동 55번지	한흥서림, 삼광서림		서울대학교 도서관(MFF 951.06 C718ik v.81)	C.V. Starr East Asian Library (Columbia University)	원문
					<삼선기>, 이문당, 1918(국립중앙도서관 소장본(3634-2-20(2)) 광고에 '연의각'으로 기록.	광고
					이주영, p.234.	출판
					서울대학교 도서관(3350.122)([이본목록], p.897).	목록

발행소별 목록

번호	작품명 고유번호	표제	문자	면수 가격	인쇄일	발행일	판차	발행자 발행자 주소	발행소 발행소 주소
1	**백학선전** 경성-백학-01-00	(증슈)백학션	한글	44p.		1926-02-20	1	金在憙	경성서관
2	**사씨남정기** 경성-사씨-01-00	사시남정괴	한글	77p.		1925-11-	1		경성서관
3	**삼국지** 경성-삼국-01-01-권1	산수삼국지	한글				1		경성서관
4	**삼국지** 경성-삼국-01-01-권2	산수삼국지	한글				1		경성서관
5	**삼국지** 경성-삼국-01-01-권3	산수삼국지	한글			1915- -	1	朴健會	경성서관
6	**삼국지** 경성-삼국-01-01-권4	산수삼국지	한글				1		경성서관
7	**삼국지** 경성-삼국-01-01-권5	산수삼국지	한글			1915- -	1	朴健會	경성서관
8	**이봉빈전** 경성-이봉-01-01	리봉빈전	한글	71p. 25전	1922-12-05	1922-12-10	1	玄公廉 경성부 견지동 80번지	경성서관 경성 종로 2정목 77번
9	**이봉빈전** 경성-이봉-02-01	리봉빈전	한글	71p. 25전	1925-11-25	1925-11-27	1	福田正太郎 경성 종로 2정목 77번지	경성서관 경성부 종로 2정목 77번지
10	**장백전** 경성-장백-01-01	(原本)(一世名將)張伯傳	한글	61p.		1925- -	1	福田正太郎	경성서관 경성 종로 2정목
11	**진성운전** 경성-진성-01-01	진장군전	한글			1916- -	1	福田正太郎	경성서관
12	**천도화** 경성-천도-01-01	天桃花: 一名 蘇翰林傳	한글	63p.		1940- -	1		경성서관
13	**최현전** 경성-최현-01-01	崔將軍傳	한글	66p. 25전	1925-12-02	1925-12-05	1	福田正太朗 경성부 종로 2정목 77번지	경성서관 경성부 종로 2정목 77번지
14	**춘향전** 경성-춘향-01-01	절셰가인	한글	54p. 25전	1928-12-25	1928-12-30	1	金在憙 경성 종로 4정목 1번지	경성서관 경성 종로 4정목 1번
15	**홍길동전** 경성-홍길-01-01	홍길동전	한글	17p. 15전	1925-10-15	1925-10-16	1	福田正太朗 경성 종로 2정목 77번지	경성서관 경성부 종로 2정목 77번지
16	**강감찬실기** 경성서-강감-01-00	강감찬전	한글				1		경성서적업조합
17	**강남홍전** 경성서-강남-01-01	강남홍전	한글			1926-01-15	1		경성서적업조합
18	**강남홍전** 경성서-강남-01-02	강남홍전	한글	105p. 20전	1926-12-18	1926-12-20	2	洪淳泌 경성부 견지동 60번지	경성서적업조합 경성부 견지동 60번
19	**강릉추월** 경성서-강릉-01-00	강릉츄월 옥소전	한글	79p.		1920- -	1		경성서적업조합
20	**강상월** 경성서-강상월-01-01	강상월	한글			1926- -	1	洪淳泌	경성서적업조합
21	**강유실기** 경성서-강유-01-01	(대담)강유실긔	한글	160p. 50전	1927-02-22	1927-02-25	1	洪淳泌 경성부 견지동 60번지	경성서적업조합 경성부 경지동 60번
22	**강태공전** 경성서-강태-01-01	강태공전	한글			1926- -	1	洪淳泌	경성서적업조합

쇄자 쇄소 주소	인쇄소 인쇄소 주소	공동 발행	영인본	소장처 및 청구기호	기타	현황
					조희웅 소장본. <태상감응편>(27p.)과 합철.([이본목록], p.183).	원문
				서울대학교 도서관(MFF 951.06 C718ik v.51)	발행월은 이본목록 참고. 국외 마이크로피쉬 자료임. 원문은 Starr East Asian Library, Columbia University 소장.	원문
						출판
						출판
				고려대학교도서관(만송 C14 A45 3)	전집 하([이본목록], p.233)	원문
						출판
				고려대학교도서관(만송 C14 A45 5)	후집 제사([이본목록], p.233)	원문
仁煥 성부 원정 1정목 번지	신명서림인쇄소 경성 종로 2정목			연세대학교 도서관(O 811.37 신소설 -8-2)		원문
熙榮 성부 수은동 68번지	경성서관인쇄부		『활자본고전소설 전집』 7, [신소설전집 15]	서울대학교 도서관(3350 135)	저작자 김재덕.	원문
				서울대학교 도서관(일석 813.5 J257j)		원문
					유탁일 소장본([이본목록], p.698.) 편집겸발행 : 福田正太郎	원문
					[이본목록], p.726.	출판
熙榮 성부 수은동 68번지				양승민 소장본	著作人 金在憙. <최장군전>은 <최현전>의 이본(오윤선, 2012)	원문
孝榮 로 4정목 1	경성서관인쇄부	신명서림		서울대학교 도서관(3340 93)	원문에는 '총발행소:신명서림, 발행소: 경성서관'으로 기록. 도서관 서지정보에는 발행소가 '경성서관'으로 기록되어 있어 이를 따름.	원문
熙榮 성부 수은동 68번지	경성서관인쇄부		[아단문고고전총 서 8]		상하 합본(상 pp.1~17, 하 pp.18~37).	원문
					[圖書分類目錄], 경성서적업조합, 1921 改正([이본목록], p.16)	목록
					2판에 초판 발행일 기록.	출판
泰均 성부 공평동 55번지	대동인쇄주식회사 경성부 공평동 55번지			국립중앙도서관(3 634-2-46(1))		원문
					[圖書分類目錄], 1921 改正([이본목록], p.21)	목록
					여승구, [古書通信 15], 1999.9([이본목록], p.22). <창선감의록>의 개작(차충환, 2002)	원문
泰均 성부 공평동 55번지	대동인쇄주식회사 경성부 공평동 55번지		[조동일소장국문 학연구자료 20]		판권지 하단이 보이지 않음. 발행소는 [이본목록](p.22)에 의함. 16회의 장회체(총목차).	원문
					여승구, [古書通信15], 1999. 9([이본목록], p.23). 중국소설 <봉신연의>의 번안작(손홍, 2009).	원문

번호	작품명 고유번호	표제	문자	면수 가격	인쇄일	발행일	판차	발행자 발행자 주소	발행소 발행소 주소
23	곽분양전 경성서-곽분-01-01	곽분양전	한글	86p. 15전	1926-12-18	1926-12-20	1	洪淳泌 경성부 견지동 60번지	경성서적업조합 경성부 견지동 60번
24	곽해룡전 경성서-곽해-01-00	곽해룡전	한글			1921- -	1		경성서적업조합
25	관운장실기 경성서-관운-01-01	(고대명장)관운 장실긔	한글			1926-01-15	1		경성서적업조합
26	관운장실기 경성서-관운-01-02	(고대명장)관운 장실긔	한글	79p. 15전	1926.12.18.	1926-12-20	2	洪淳泌 경성부 견지동 60번지	경성서적업조합 경성부 견지동 60번
27	괴똥전 경성서-괴똥-01-00	괴똥어미	한글			1921- -	1		경성서적업조합
28	구운몽 경성서-구운-01-01	(漢文諺吐) 九雲夢	한문			1916-10-20	1		경성서적업조합
29	구운몽 경성서-구운-01-02	(漢文諺吐) 九雲夢	한문				2		경성서적업조합
30	구운몽 경성서-구운-01-03	(漢文諺吐) 九雲夢	한문				3		경성서적업조합
31	구운몽 경성서-구운-01-04	(漢文諺吐) 九雲夢	한문				4		경성서적업조합
32	구운몽 경성서-구운-01-05	(漢文諺吐) 九雲夢	한문				5		경성서적업조합
33	구운몽 경성서-구운-01-06	(漢文諺吐) 九雲夢	한문	176p. 50전	1927-02-22	1927-02-25	6	洪淳泌 경성부 견지동 60번지	경성서적업조합 경성부 견지동 60번
34	권용선전 경성서-권용-01-00	권룡선전	한글			1921- -	1		경성서적업조합
35	금강취유 경성서-금강취-01-00	금강취류	한글			1921- -	1		경성서적업조합
36	금고기관 경성서-금고-01-00	고금긔관	한글			1921- -	1		경성서적업조합
37	금방울전 경성서-금방-01-01	(원본)금방울전	한글			1925-11-10	1		경성서적업조합
38	금방울전 경성서-금방-01-02	(원본)금방울전	한글	50p. 15전	1926-12-18	1926-12-20	2	洪淳泌 경성부 견지동 60번지	경성서적업조합 경성부 견지동 60번
39	금방울전 경성서-금방-02-01	금방울전	한글	59p.		1926- -	1		경성서적업조합
40	금산사몽유록 경성서-금산-01-00	금산사몽유록	한글			1921- -	1		경성서적업조합
41	금상첨화 경성서-금상-01-00	검샹텸화	한글			1921- -	1		경성서적업조합
42	금수기몽 경성서-금수-01-00	금슈긔몽	한글			1921- -	1		경성서적업조합
43	금향정기 경성서-금향-01-00	검향명긔	한글			1921- -	1		경성서적업조합
44	김원전 경성서-김원-01-00	김원전	한글			1921- -	1		경성서적업조합
45	김진옥전 경성서-김진-01-00	김진옥전	한글			1921- -	1		경성서적업조합

인쇄자 인쇄소 주소	인쇄소 인쇄소 주소	공동 발행	영인본	소장처 및 청구기호	기타	현황
崔泰均 경성부 公평동 55번지	대동인쇄주식회사 경성부 공평동 55번지			국립중앙도서관(3 634-2-47(1))	판권지에는 '곽분향'이라고 잘못 인쇄됨.	원문
					[圖書分類目錄], 1921 改正([이본목록], p.38)	목록
					2판에 초판 발행일 기록.	출판
崔泰均 경성부 公평동 55번지	대동인쇄주식회사 경성부 공평동 55번지			국립중앙도서관(3 634-2-47(3))		원문
					[圖書分類目錄], 1921 改正([이본목록], p.43)	목록
					6판에 초판 발행일 기록.	출판
					6판이 있어 2판도 있을 것으로 추정.	출판
					6판이 있어 3판도 있을 것으로 추정.	출판
					6판이 있어 4판도 있을 것으로 추정.	출판
					6판이 있어 5판도 있을 것으로 추정.	출판
崔泰均 경성부 公평동 55번지	대동인쇄주식회사 경성부 공평동 55번지			국립중앙도서관(3 634-2-80(2))	'경성 신구서림 유일서관 장판'. 3권1책(1권 pp.1~52, 2권 pp.1~58, 3권 pp.59~116.) 도서관 서지정보에 116p로 기록된 것은 1권 분량을 뺀 것임.	원문
					[圖書分類目錄], 1921 改正([이본목록], p.69). <수매청심록(贖梅淸心錄)>의 개작(김정녀,2011. 차충환,2012)	목록
					[圖書分類目錄], 1921 改正([이본목록], p.74)	목록
					[圖書分類目錄], 1921 改正([이본목록], p.74)	목록
					2판에 초판 발행일 기록.	출판
崔泰均 경성부 公평동 55번지	대동인쇄주식회사 경성부 공평동 55번지			국립중앙도서관(3 634-2-56(5))	9회의 장회체(총목차). 본문 1면에 '永昌書館版'이란 기록 있음. 초판 발행일 기록.	원문
			[구활자본고소설 전집 19]		9회의 장회체(총목차).	원문
					[圖書分類目錄], 1921 改正([이본목록], p.80)	목록
					[圖書分類目錄], 1921 改正([이본목록], p.82)	목록
					[圖書分類目錄], 1921 改正([이본목록], p.85.)	목록
					[圖書分類目錄], 1921 改正([이본목록], p.89)	목록
					[圖書分類目錄], 1921 改正([이본목록], p.97)	목록
					[圖書分類目錄], 1921 改正([이본목록], p.102)	목록

번호	작품명 고유번호	표제	문자	면수 가격	인쇄일	발행일	판차	발행자 발행자 주소	발행소 발행소 주소
46	난봉기합 경성서-난봉-01-00	란봉긔합	한글			1921- -	1		경성서적업조합
47	남강월 경성서-남강-01-00	(一代勇女) 南江月	한글			1921- -	1		경성서적업조합
48	남정팔난기 경성서-남정-01-01	팔장사전	한글	40전	1926-12-18	1926-12-20	1	洪淳泌 경성부 견지동 60번지	경성서적업조합 경성부 견지동 60번지
49	단장록 경성서-단장-01-00	단장록	한글			1921- -	1		경성서적업조합
50	달기전 경성서-달기-01-00	소달긔젼	한글			1921- -	1		경성서적업조합
51	당태종전 경성서-당태-01-00	당태종전	한글			1921- -	1		경성서적업조합
52	동상기 경성서-동상-01-00	東廂記纂	한문			1921- -	1		경성서적업조합
53	등하미인전 경성서-등하-01-00	등하미인	한글			1921- -	1		경성서적업조합
54	미인도 경성서-미인도-01-00	미인도	한글			1921- -	1		경성서적업조합
55	박문수전 경성서-박문-01-01	어사박문슈	한글	43p.	1926-12-18	1926-12-20	1	洪淳泌	경성서적업조합 경성부 견지동 60번지
56	박씨전 경성서-박씨-01-01	박씨부인전	한글			1917-09-15	1		경성서적업조합
57	박씨전 경성서-박씨-01-02	박씨부인전	한글	52p. 25전	1923-12-05	1923-12-10	2	洪淳必 경성부 견지동 60번지	경성서적업조합 경성부 견지동 60번지
58	박태보전 경성서-박태-01-00	朴泰輔實記	한글			1921- -	1		경성서적업조합
59	반씨전 경성서-반씨-01-00	번씨전	한글			1921- -	1		경성서적업조합
60	배비장전 경성서-배비-01-00	배비장전	한글			1921- -	1		경성서적업조합
61	백년한 경성서-백년-01-01	백연한	한글	122p. 25전	1926-12-18	1926-12-20	1	洪淳泌 경성부 견지동 60번지	경성서적업조합 경성부 견지동 60번지
62	백학선전 경성서-백학-01-00	백학선전	한글			1921- -	1		경성서적업조합
63	보심록 경성서-보심-01-01	(고대소설)명사 십이	한글			1926-01-20	1		경성서적업조합
64	보심록 경성서-보심-01-02	(고대소설)명사 십이	한글	93p. 20전	1926-12-18	1926-12-20	2	洪淳泌 경성부 견지동 60번지	경성서적업조합 경성부 견지동 60번지
65	보심록 경성서-보심-02-01	(일명 보심록) 금낭이산	한글	118p. 30전	1926-12-18	1926-12-20	1	洪淳泌 경성부 견지동 60번지	경성서적업조합 경성부 견지동 60번지
66	부용상사곡 경성서-부용-01-00	부용의 상사곡	한글			1921- -	1		경성서적업조합
67	부용전 경성서-부용전-01-00	부용담	한글			1921- -	1		경성서적업조합
68	부용헌 경성서-부용헌-01-00	부용헌	한글			1921- -	1		경성서적업조합

쇄자 쇄소 주소	인쇄소 인쇄소 주소	공동 발행	영인본	소장처 및 청구기호	기타	현황
					[圖書分類目錄], 1921 改正([이본목록], p.112)	목록
					[圖書分類目錄], 1921 改正([이본목록], p.113). 방각본 <징세비태록>의 이류계 이본 (이주영, 1998)	목록
泰均 성부 공평동 55번지	대동인쇄주식회사 경성부 공평동 55번지			정명기 소장본	38회의 장회체. 상하합편(상권 1~17회, 하권 18~38회). 후미 낙장.	원문
					[圖書分類目錄], 1921 改正([이본목록], p.125)	목록
					[圖書分類目錄], 1921 改正([이본목록], p.126). 중국소설 <봉신연의>의 번안작(손홍, 2009)	목록
					[圖書分類目錄], 1921 改正([이본목록], p.131)	목록
					[圖書分類目錄], 1921 改正([이본목록], p.137))	목록
					[圖書分類目錄], 1921 改正([이본목록], p.140)	목록
					[圖書分類目錄], 1921 改正([이본목록], p.159).	목록
	대동인쇄주식회사 경성부 공평동 55번지		[구활자본고소설 전집 3]		3회의 장회체(1회만 박문수 이야기). 영인본의 판권지 상태 불량.	원문
					2판에 초판 발행일 기록.	출판
泰均 성부 공평동 55번지	대동인쇄주식회사 경성부 공평동 55번지			영남대학교 도서관(도 813.5 ㅂ364)	초판 발행일 기록.	원문
					[圖書分類目錄], 1921 改正([이본목록], p.173)	목록
					[圖書分類目錄], 1921 改正([이본목록], p.175)	목록
					[圖書分類目錄], 1921 改正([이본목록], p.177)	목록
泰均 성부 공평동 55번지	대동인쇄주식회사 경성부 공평동 55번지		[구활자본고소설 전집 4]	국립중앙도서관(3 634-3-59(3))	중국소설집 [금고기관]에 수록된 <왕교란배견장한>의 번안작(박상석, 2009)	원문
					[圖書分類目錄], 1921 改正([이본목록], p.183)에 기록.	목록
					2판에 초판 발행일 기록.	출판
泰均 성부 공평동 55번지	대동인쇄주식회사 경성부 공평동 55번지			국립중앙도서관(3 634-2-62(3))	초판 발행일 기록.	원문
泰均 성부 공평동 55번지	대동인쇄주식회사 경성부 공평동 55번지			국립중앙도서관(3 634-2-39(1))	상하 합철(상 pp.1~63, 하 pp.64~118),	원문
					[圖書分類目錄], 1921 改正.([이본목록], p.196).	목록
					[圖書分類目錄], 1921 改正.([이본목록], p.196).	목록
					[圖書分類目錄], 1921 改正.([이본목록], p.196). <홍백화전>의 개작(차충환, 2002)	목록

번호	작품명 고유번호	표제	문자	면수 가격	인쇄일	발행일	판차	발행자 발행자 주소	발행소 발행소 주소
69	불가살이전 경성서-불가-01-00	송도말년 불가살이젼	한글			1921- -	1		경성서적업조합
70	사각전 경성서-사각-01-00	가인긔우	한글			1921- -	1		경성서적업조합
71	사대장전 경성서-사대-01-00	사대장젼	한글			1921- -	1		경성서적업조합
72	사씨남정기 경성서-사씨-01-01	(懸吐) 謝氏南征記	한문	107p. 50전	1927-02-22	1927-02-25	1	洪淳泌 경성부 견지동 60번지	경성서적업조합 경성부 견지동 60번
73	산양대전 경성서-산양-01-01	산양대젼	한글			1916-08-29	1		경성서적업조합
74	산양대전 경성서-산양-01-02	산양대젼	한글				2		경성서적업조합
75	산양대전 경성서-산양-01-03	산양대젼	한글				3		경성서적업조합
76	산양대전 경성서-산양-01-04	산양대젼	한글				4		경성서적업조합
77	산양대전 경성서-산양-01-05	산양대젼	한글				5		경성서적업조합
78	산양대전 경성서-산양-01-06	산양대젼	한글				6		경성서적업조합
79	산양대전 경성서-산양-01-07	산양대젼	한글				7		경성서적업조합
80	산양대전 경성서-산양-01-08	산양대젼	한글	58p.		1926- -	8		경성서적업조합
81	산양대전 경성서-산양-02-00	萬古名將 趙子龍實記	한글			1921- -	1		경성서적업조합
82	삼국지 경성서-삼국-01-00	수정 삼국지	한글			1921- -	1		경성서적업조합
83	삼국지 경성서-삼국-02-00	현토 삼국지	한문			1921- -	1		경성서적업조합
84	삼국대전 경성서-삼국대-01-00	삼국대젼	한글			1921- -	1		경성서적업조합
85	삼문규합록 경성서-삼문-01-00	삼문규합	한글			1921- -	1		경성서적업조합
86	삼성기 경성서-삼성-01-00	삼성긔	한글			1921- -	1		경성서적업조합
87	삼쾌정 경성서-삼쾌-01-00	삼쾌정	한글			1921- -	1		경성서적업조합
88	서동지전 경성서-서동-01-00	셔동지젼	한글			1921- -	1		경성서적업조합
89	서상기 경성서-서상-01-00	대월셔샹긔	한글			1921- -	1		경성서적업조합
90	서상기 경성서-서상-02-00	쌍문셔샹긔	한글			1921- -	1		경성서적업조합
91	서상기 경성서-서상-03-00	懸吐 西廂記	한문			1921- -	1		경성서적업조합
92	서한연의 경성서-서한-01-01	쵸한젼	한글			1915-11-25	1		경성서적업조합

인쇄자 인쇄소 주소	인쇄소 인쇄소 주소	공동 발행	영인본	소장처 및 청구기호	기타	현황
					[圖書分類目錄], 1921 改正.([이본목록], p.198).	목록
					[圖書分類目錄], 1921 改正.([이본목록], p.201).	목록
					[圖書分類目錄], 1921 改正.([이본목록], p.202).	목록
崔泰均 경성부 공평동 55번지	대동인쇄주식회사 경성부 공평동 55번지		[구활자본고소설 전집 33]	국립중앙도서관(3 636-35)	12회의 장회체(총목차)	원문
					이능우, p.286.	출판
					이능우, p.286.에 8판이 있어서 2판도 있을 것으로 추정.	출판
					이능우, p.286.에 8판이 있어서3판도 있을 것으로 추정.	출판
					이능우, p.286.에 8판이 있어서 4판도 있을 것으로 추정.	출판
					이능우, p.286.에 8판이 있어서 5판도 있을 것으로 추정.	출판
					이능우, p.286.에 8판이 있어서 6판도 있을 것으로 추정.	출판
					이능우, p.286.에 8판이 있어서 7판도 있을 것으로 추정.	출판
					이능우, p.286.	원문
					[圖書分類目錄], 1921 改正.([이본목록], p.220)	목록
					[圖書分類目錄], 1921 改正.([이본목록], p.233)	목록
					[圖書分類目錄], 1921 改正.([이본목록], p.233)	목록
					[圖書分類目錄], 1921 改正.([이본목록], p.221)	목록
					[圖書分類目錄], 1921 改正.([이본목록], p.236)	목록
					[圖書分類目錄], 1921 改正.([이본목록], p.239)	목록
					[圖書分類目錄], 1921 改正([이본목록], p.240.)	목록
					[圖書分類目錄], 1921 改正.([이본목록], p.247).	목록
					[圖書分類目錄], 1921 改正.([이본목록], p.249).	목록
					[圖書分類目錄], 1921 改正.([연구보정], p.398).	목록
					[圖書分類目錄], 1921 改正.([이본목록], p.250).	목록
					6판에 초판 발행일 기록.	출판

번호	작품명 고유번호	표제	문자	면수 가격	인쇄일	발행일	판차	발행자 발행자 주소	발행소 발행소 주소
93	서한연의 경성서-서한-01-02	쵸한전	한글				2		경성서적업조합
94	서한연의 경성서-서한-01-03	쵸한전	한글				3		경성서적업조합
95	서한연의 경성서-서한-01-04	쵸한전	한글				4		경성서적업조합
96	서한연의 경성서-서한-01-05	쵸한전	한글				5		경성서적업조합
97	서한연의 경성서-서한-01-06	쵸한전	한글	79p. 15전	1926-12-18	1926-12-20	6	洪淳泌 경성부 견지동 60번지	경성서적업조합 경성부 견지동 60번
98	서한연의 경성서-서한-02-00	언문 셔한연의	한글			1915- -	1		경성서적업조합
99	서한연의 경성서-서한-03-00	쵸한전장실긔	한글			1921- -	1		경성서적업조합
100	석중옥 경성서-석중-01-00	석즁옥	한글			1921- -	1		경성서적업조합
101	석화룡전 경성서-석화-01-00	석화룡	한글			1921- -	1		경성서적업조합
102	석화룡전 경성서-석화-02-00	석화룡전	한글			1921- -	1		경성서적업조합
103	설인귀전 경성서-설인-01-01	셜인귀전	한글	87p 79p. 35전	1926-12-18	1926-12-20	1	洪淳泌 경성부 견지동 60번지	경성서적업조합 경성부 견지동 60번
104	섬동지전 경성서-섬동-01-01	섬동지전 : 둑겁젼	한글	39p.		1925-11-10	1	洪淳泌	경성서적업조합
105	섬동지전 경성서-섬동-01-02	섬동지전 : 둑겁젼	한글	39p. 10전	1926-12-18	1926-12-20	2	洪淳泌 경성부 견지동 60번지	경성서적업조합 경성부 견지동 60번
106	소대성전 경성서-소대-01-01	소대셩전	한글			1917-12-14	1		경성서적업조합
107	소대성전 경성서-소대-01-02	(고대소셜)쇼대 셩전	한글	37p. 15전	1920-01-12	1920-01-26	2	朴運輔 경성부 종로통 2정목 83번지	경성서적업조합
108	소약란직금도 경성서-소약-01-00	소약란직금도	한글			1921- -	1		경성서적업조합
109	소운전 경성서-소운-01-00	소학사젼	한글			1921- -	1		경성서적업조합
110	소진장의전 경성서-소진-01-00	(만고웅변)소진 장의젼	한글			1921- -	1		경성서적업조합
111	손방연의 경성서-손방-01-00	손방실기	한글			1921- -	1		경성서적업조합
112	수당연의 경성서-수당-01-00	슈당연의	한글			1921- -	1		경성서적업조합
113	수당연의 경성서-수당-02-00	슈양뎨행락긔	한글			1921- -	1		경성서적업조합
114	수호지 경성서-수호-01-00-전집 -02	슈허지 後集	한글			1921- -	1		경성서적업조합

쇄자 쇄소 주소	인쇄소 인쇄소 주소	공동 발행	영인본	소장처 및 청구기호	기타	현황
					6판이 있어서 2판도 있을 것으로 추정.	출판
					6판이 있어서 3판도 있을 것으로 추정.	출판
					6판이 있어서 4판도 있을 것으로 추정.	출판
					6판이 있어서 5판도 있을 것으로 추정.	출판
泰均 성부 공평동 55번지	대동인쇄주식회사 경성부 공평동 55번지		[구활자본고소설 전집 15]	국립중앙도서관(3 634-2-54(4))		원문
					[圖書分類目錄], 1921 改正([이본목록], p.260.)	목록
					[圖書分類目錄], 1921 改正([이본목록], p.261.)	목록
					[圖書分類目錄], 1921 改正([이본목록], p.262.).	목록
					[圖書分類目錄], 1921 改正([이본목록], p.263.).	목록
					[圖書分類目錄], 1921 改正([이본목록], p.263.).	목록
泰均 성부 공평동 55번지	대동인쇄주식회사 경성부 공평동 55번지			영남대학교 도서관(도 813.5 ㅂ168ㅅ)	42회의 장회체(총목차). 상하합철. 編者 박건회.	원문
				영남대학교 도서관(도813.5 ㅈ338)	형태사항은 서지정보 참고. 2판에 초판 발행일 기록.	원문
泰均 성부 공평동 55번지	대동인쇄주식회사 경성부 공평동 55번지			국립중앙도서관(3 634-2-66(10))	초판 발행일 기록.	원문
					2판에 초판 발행일 기록.	출판
禹澤 성부 공평동 55번지	대동인쇄주식회사 경성부 공평동 55번지			김종철 소장본	초판 발행일 기록.	원문
					[圖書分類目錄], 1921 改正.([이본목록], p.300.)	목록
					[圖書分類目錄], 1921 改正.([이본목록], p.302.)	목록
					[圖書分類目錄], 1921 改正.([이본목록], p.302.). 중국소설 <신열국지>의 개역본(이은영, 2006).	목록
					[圖書分類目錄], 1921 改正.([이본목록], p.307.). <손방연의>는 중국소설 <전칠국지손방연의>의 편역본(이은영, 2006)	목록
					[圖書分類目錄], 1921 改正.([이본목록], p.309.).	목록
					[圖書分類目錄], 1921 改正.([이본목록], p.309.).	목록
					[圖書分類目錄], 1921 改正([이본목록], p.312.)	목록

번호	작품명 고유번호	표제	문자	면수 가격	인쇄일	발행일	판차	발행자 발행자 주소	발행소 발행소 주소
115	**수호지** 경성서-수호-01-00-후집-01	슈허지 後集	한글			1921- -	1		경성서적업조합
116	**수호지** 경성서-수호-01-00-후집-03	슈허지 後集	한글			1921- -	1		경성서적업조합
117	**숙녀지기** 경성서-숙녀-01-00	슉녀지긔	한글			1921- -	1		경성서적업조합
118	**숙영낭자전** 경성서-숙영-01-01	(특별) 슉영낭자전	한글	30p.		1917-11-09	1		경성서적업조합
119	**숙영낭자전** 경성서-숙영-01-02	(특별) 슉영낭자전	한글	30p. 20전	1920-01-20	1920-01-26	2	朴健會 경성부 낙원동 85번지	경성서적업조합소
120	**숙영낭자전** 경성서-숙영-01-03	(특별) 슉영낭자전	한글	30p.		1921-01-09	3		경성서적업조합
121	**숙영낭자전** 경성서-숙영-01-04	(특별) 슉영낭자전	한글	30p. 20전	1923-01-05	1923-01-15	4	朴健會 경성부 장사동 5번지	경성서적업조합 경성부 공평동 62번
122	**숙향전** 경성서-숙향-01-00	숙향전	한글			1921- -	1		경성서적업조합
123	**숙향전** 경성서-숙향-02-00	숙향전	한문			1921- -	1		경성서적업조합
124	**신미록** 경성서-신미-01-01	홍경래실긔	한글	81p.		1926- -	1		경성서적업조합
125	**신유복전** 경성서-신유-01-00	신유복전	한글			1921- -	1		경성서적업조합
126	**신유복전** 경성서-신유-02-01	(新舊小說) 천정연분	한글	33p. 10전	1927-01-13	1927-01-15	1	洪淳泌 경성부 견지동 60번지	경성서적업조합 경성부 견지동 60번
127	**심청전** 경성서-심청-01-00	강상련	한글			1921- -	1		경성서적업조합
128	**심청전** 경성서-심청-02-00	심쳥전	한글			1921- -	1		경성서적업조합
129	**심향전** 경성서-심향-01-00	尋香傳	한글			1921- -	1		경성서적업조합
130	**십생구사** 경성서-십생-01-01	(충의소설)십생구사	한글	50p. 15전	1926-12-18	1926-12-20	1	洪淳泌 경성부 견지동 60번지	경성서적업조합 경성부 견지동 60번
131	**쌍주기연** 경성서-쌍주-01-00	쌍쥬긔연	한글			1921- -	1		경성서적업조합
132	**양귀비** 경성서-양귀-01-01	(艶情)양귀비	한글	99p. 30전	1926-12-18	1926-12-20	1	洪淳泌 경성부 견지동 60번지	경성서적업조합 경성부 견지동 60번
133	**양산백전** 경성서-양산-01-00	양산백젼	한글			1926- -	1	玄翎仙	경성서적업조합
134	**양주봉전** 경성서-양주-01-00	양쥬봉전	한글			1921- -	1		경성서적업조합
135	**양풍전** 경성서-양풍-01-00	양풍운전	한글			1921- -	1		경성서적업조합
136	**열녀전** 경성서-열녀-01-01	렬녀젼	한글	50p. 10전	1926-12-18	1926-12-20	1	洪淳泌 경성부 견지동 60번지	경성서적업조합 경성부 견지동 60번

인쇄자 인쇄소 주소	인쇄소 인쇄소 주소	공동 발행	영인본	소장처 및 청구기호	기타	현황
					[圖書分類目錄], 1921 改正([이본목록], p.312.)	목록
					[圖書分類目錄], 1921 改正([이본목록], p.312.)	목록
					[圖書分類目錄], 1921 改正.([이본목록], p.313.)	목록
					2판과 4판에 기록한 초판 발행일이 다름. 4판에 기록한 초판 발행일은 3판의 발행일로 추정.	출판
重煥 성부 관훈동 30번지	조선복음인쇄소 경성부 관훈동 30번지		[아단문고고전총 서 5]		6회의 장회체(총목차). 초판 발행일 기록.	원문
					4판에 기록한 초판 발행일은 3판 발행일로 추정.	출판
禹澤 성부 공평동 55번지	대동인쇄주식회사 경성부 공평동 55번지			국립중앙도서관(3 634-2-82(5))	6회의 장회체(목차). 초판 발행일 기록. 2판의 발행일과 2판에 기록된 초판 발행일의 간격을 비교하면, 4판에 기록된 초판 발행일은 3판으로 추정.	원문
					[圖書分類目錄], 1921 改正([이본몰곡], p.330)	목록
					[圖書分類目錄], 1921 改正([이본몰곡], p.331)	목록
					이능우, p.304.	출판
					[圖書分類目錄](1921 改正)	목록
泰均 성부 공평동 55번지	대동인쇄주식회사 경성부 공평동 55번지		[구활자본고소설 전집 14]	국립중앙도서관(3 634-3-73(3))	경성서적업조합(진체구좌 경성 14636번),	원문
					[圖書分類目錄], 1921 改正([이본목록], p.356.)	목록
					[圖書分類目錄], 1921 改正([이본목록], p.356.)	목록
					[圖書分類目錄], 1921 改正.([이본목록], p.359)	목록
泰均 성부 공평동 55번지	대동인쇄주식회사 경성부 공평동 55번지			국립중앙도서관(3 634-2-77(1))	도서관 서지정보에는 발행소와 발행자가 각각 '대성서림', '강하형'으로 기록되었으나, 판권지에 기록된 것은 '경성서적업조합'과 '홍순필'임.	원문
					[圖書分類目錄], 1921 改正([이본목록], p.365)	목록
泰均 성부 공평동 55번지	대동인쇄주식회사 경성부 공평동 55번지		[구활자본고소설 전집 9]	국립중앙도서관(3 634-3-23(2))	서문 있음. 금강어부 현영선 저. 영	원문
					[圖書分類目錄], 1921 改正([이본목록], p.373)	목록
					[圖書分類目錄], 1921 改正.([이본목록], p.375)	목록
					[圖書分類目錄], 1921 改正([이본목록], p.378)	목록
泰均 성부 공평동 55번지	대동인쇄주식회사 경성부 공평동 55번지			서울대학교 도서관(3340 1)	<숙영낭자전>(회동서관, 1925), <옥낭자전>(대창서원, 1926 재판), <박씨전>(회동서관, 1925) 등과 합철.	원문

번호	작품명 고유번호	표제	문자	면수 가격	인쇄일	발행일	판차	발행자 발행자 주소	발행소 발행소 주소
137	오관참장기 경성서-오관-01-00	오관참장	한글			1921- -	1		경성서적업조합
138	오선기봉 경성서-오선-01-00	오션긔봉	한글			1921- -	1		경성서적업조합
139	오자서전 경성서-오자-01-00	오자셔	한글			1921- -	1		경성서적업조합
140	옥난빙 경성서-옥난-01-00	옥난빙	한글			1921- -	1		경성서적업조합
141	옥단춘전 경성서-옥단-01-01	옥단츈젼	한글			1925-11-10	1		경성서적업조합
142	옥단춘전 경성서-옥단-01-02	옥단츈젼	한글	38p. 10전	1926-12-18	1926-12-20	2	洪淳泌 경성부 견지동 60번지	경성서적업조합 경성부 견지동 60번
143	옥련몽 경성서-옥련-01-00-권1	옥련몽	한글			1921- -	1		경성서적업조합
144	옥련몽 경성서-옥련-01-00-권2	옥련몽	한글			1921- -	1		경성서적업조합
145	옥련몽 경성서-옥련-01-00-권3	옥련몽	한글			1921- -	1		경성서적업조합
146	옥련몽 경성서-옥련-01-00-권4	옥련몽	한글			1921- -	1		경성서적업조합
147	옥련몽 경성서-옥련-01-00-권5	옥련몽	한글			1921- -	1		경성서적업조합
148	옥루몽 경성서-옥루-01-01-권1	옥루몽	한글			1920- -	1		경성서적업조합
149	옥루몽 경성서-옥루-01-01-권2	옥루몽	한글			1920- -	1		경성서적업조합
150	옥루몽 경성서-옥루-01-01-권3	옥루몽	한글			1920- -	1		경성서적업조합
151	옥루몽 경성서-옥루-01-01-권4	옥루몽	한글			1920- -	1		경성서적업조합
152	옥루몽 경성서-옥루-02-00	현토 옥루몽	한문			1921- -	1		경성서적업조합
153	옥린몽 경성서-옥린-01-00	옥린몽	한글			1921- -	1		경성서적업조합
154	옥린몽 경성서-옥린-02-00	현토 옥린몽	한문			1921- -	1		경성서적업조합
155	옥주호연 경성서-옥주-01-00	삼옥삼쥬	한글			1921- -	1		경성서적업조합
156	왕경룡전 경성서-왕경-01-00	청루지렬녀	한글			1921- -	1		경성서적업조합
157	왕소군새소군전 경성서-왕소-01-00	왕소군새소군전	한글			1921- -	1		경성서적업조합
158	용문전 경성서-용문-01-00	대성용문전	한글			1921- -	1		경성서적업조합
159	용문전 경성서-용문-02-00	룡문장군전	한글			1921- -	1		경성서적업조합
160	울지경덕전 경성서-울지-01-00	울지경덕	한글			1921- -	1		경성서적업조합

쇄자 쇄소 주소	인쇄소 인쇄소 주소	공동 발행	영인본	소장처 및 청구기호	기타	현황
					[圖書分類目錄], 1921 改正([이본목록], p.396.)	목록
					[圖書分類目錄], 1921 改正([이본목록], p.399.)	목록
					[圖書分類目錄], 1921 改正([이본목록], p.401.)	목록
					[圖書分類目錄], 1921 改正([이본목록], p.404.)	목록
					2판에 초판 발행일 기록.	출판
泰均 성부 공평동 55번지	대동인쇄주식회사 경성부 공평동 55번지			국립중앙도서관(3 634-2-90(7))	초판 발행일 기록.	원문
					[圖書分類目錄], 1921 改正([이본목록], p.412)	목록
					[圖書分類目錄], 1921 改正([이본목록], p.412)	목록
					[圖書分類目錄], 1921 改正([이본목록], p.412)	목록
					[圖書分類目錄], 1921 改正([이본목록], p.412)	목록
					[圖書分類目錄], 1921 改正([이본목록], p.412)	목록
					今西龍, [日所在韓古目]([이본목록], p.417)	출판
					今西龍, [日所在韓古目]([이본목록], p.417)	출판
					今西龍, [日所在韓古目]([이본목록], p.417)	출판
					今西龍, [日所在韓古目]([이본목록], p.417)	출판
					[圖書分類目錄], 1921 改正([이본목록], p.418)	목록
					[圖書分類目錄], 1921 改正.([이본목록], p.424.)	목록
					[圖書分類目錄], 1921 改正.([이본목록], p.424.)	목록
					[圖書分類目錄], 1921 改正.([이본목록], p.430.)	목록
					[圖書分類目錄], 1921 改正.([이본목록], p.436)	목록
					[圖書分類目錄], 1921 改正.([이본목록], p.438)	목록
					[圖書分類目錄], 1921 改正.([이본목록], p.447)	목록
					[圖書分類目錄], 1921 改正.([이본목록], p.448)	목록
					[圖書分類目錄],1921 改正([이본목록](p.455)	목록

번호	작품명 고유번호	표제	문자	면수 가격	인쇄일	발행일	판차	발행자 발행자 주소	발행소 발행소 주소
161	월봉기 경성서-월봉-01-01-상	월봉산긔 상권	한글				1		경성서적업조합
162	월봉기 경성서-월봉-01-01-하	월봉산긔 하권	한글	85p. 40전	1926-12-18	1926-12-20	1	洪淳泌 경성부 견지동 60번지	경성서적업조합 경성부 견지동 60번
163	월영낭자전 경성서-월영-01-00	월영낭자전	한글			1921- -	1		경성서적업조합
164	유록전 경성서-유록-01-00	류록의 한	한글			1921- -	1		경성서적업조합
165	유문성전 경성서-유문-01-01	유문성전	한글			1925- -	1		경성서적업조합
166	유문성전 경성서-유문-01-02	유문성전	한글	73p.		1926- -	2		경성서적업조합
167	유충렬전 경성서-유충-01-01	유충렬전	한글			1925- -	1	洪淳泌	경성서적업조합
168	유충렬전 경성서-유충-01-02	유충렬전	한글	99p.		1926- -	2	洪淳泌	경성서적업조합
169	육미당기 경성서-육미-01-01-상	김태자젼	한글	125p.		1926-12-18	1		경성서적업조합
170	육미당기 경성서-육미-01-01-하	김태자젼	한글	120p.		1926-12-18	1		경성서적업조합
171	육효자전 경성서-육효-01-00	륙효자젼	한글			1921- -	1		경성서적업조합
172	음양옥지환 경성서-음양-01-00	음양옥지환	한글			1921- -	1		경성서적업조합
173	이대봉전 경성서-이대-01-00	봉황대	한글			1921- -	1		경성서적업조합
174	이대봉전 경성서-이대-02-01	이대봉전	한글			1925-10-30	1		경성서적업조합
175	이대봉전 경성서-이대-02-02	이대봉전	한글	52p.		1926-12-20	2		경성서적업조합
176	이린전 경성서-이린-01-00	이린전	한글			1921- -	1		경성서적업조합
177	이진사전 경성서-이진-01-00	리진사젼	한글			1921- -	1		경성서적업조합
178	이춘풍전 경성서-이춘-01-00	부인관찰사	한글			1921- -	1		경성서적업조합
179	이태경전 경성서-이태-01-00	三國 리대쟝전	한글	51p.		1926- -	1		경성서적업조합
180	이태백실기 경성서-이태백-01-00	리태백실긔	한글			1921- -	1		경성서적업조합
181	이학사전 경성서-이학-01-00	리학사젼	한글			1921- -	1		경성서적업조합
182	이해룡전 경성서-이해-01-00	리해룡젼	한글			1921- -	1		경성서적업조합
183	이화몽 경성서-이화-01-00	리화몽	한글			1921- -	1		경성서적업조합
184	임경업전 경성서-임경-01-00	림경업젼	한글			1921- -	1		경성서적업조합

쇄자 쇄소 주소	인쇄소 인쇄소 주소	공동 발행	영인본	소장처 및 청구기호	기타	현황
					22회의 장회체(상 1회~11회, 하 12회~22회). 하편이 있어서 상편도 있을 것으로 추정.	출판
泰均 성부 공평동 55번지	대동인쇄주식회사 경성부 공평동 55번지			국립중앙도서관(3 634-2-40(1))	22회의 장회체(상 1회~11회, 하 12회~22회).	원문
					[圖書分類目錄], 1921 改正.([이본목록](p.464). <월영낭자전>은 필사본<최호양문록>의 개작본(김재웅, 2010)	목록
					[圖書分類目錄], 1921 改正.([이본목록](p.468).	목록
					이능우, p.279.	출판
					이능우, p.279.	출판
					이능우, p.279.	출판
					이능우, p.279.	출판
			[활자본고전소설 전집 1]		발행소와 발행일은 영인본의 해제에 의함. 16회의 장회체(상: 1회~8회, 하: 9회~16회)	원문
			[활자본고전소설 전집 1]		발행소와 발행일은 영인본의 해제에 의함. 16회의 장회체(상: 1회~8회, 하: 9회~16회)	원문
					[圖書分類目錄], 1921 改正([이본목록], p.504)	목록
					[圖書分類目錄], 1921 改正([이본목록], p.508)	목록
					[圖書分類目錄], 1921 改正([이본목록], p.513)	목록
					이능우, p.280.	출판
					이능우, p.280.	출판
					[圖書分類目錄], 1921 改正([이본목록], p.515)	목록
					[圖書分類目錄], 1921 改正([이본목록], p.523)	목록
					[圖書分類目錄], 1921 改正([이본목록], p.527)	목록
					이주영, [구활자본 고전소설 연구], p.224.	출판
					[圖書分類目錄], 1921 改正([이본목록], p.529)	목록
					[圖書分類目錄], 1921 改正([이본목록], p.530)	목록
					[圖書分類目錄], 1921 改正([이본목록], p.532)	목록
					[圖書分類目錄], 1921 改正([이본목록], p.532)	목록
					[圖書分類目錄], 1921 改正([이본목록], p.547)	목록

번호	작품명 고유번호	표제	문자	면수 가격	인쇄일	발행일	판차	발행자 발행자 주소	발행소 발행소 주소
185	임호은전 경성서-임호-01-00	림호은전	한글			1921- -	1		경성서적업조합
186	임화정연 경성서-임화-01-01	림화정연	한글			1923-05-17	1	洪淳泌	경성서적업조합
187	임화정연 경성서-임화-01-02	림화정연	한글	163p.		1926-12-26	2	洪淳泌	경성서적업조합
188	장경전 경성서-장경-01-00	쟝경전	한글			1921- -	1		경성서적업조합
189	장국진전 경성서-장국-01-00	쟝국진전	한글			1921- -	1		경성서적업조합
190	장끼전 경성서-장끼-01-01	쟝끼젼	한글			1925-12-25	1	洪淳泌	경성서적업조합
191	장끼전 경성서-장끼-01-02	쟝끼젼	한글	32p. 10전	1926-12-18	1926-12-20	2	洪淳泌 경성부 견지동 60번지	경성서적업조합 경성부 견지동 60번
192	장백전 경성서-장백-01-00	쟝백전	한글			1921- -	1		경성서적업조합
193	장비마초실기 경성서-장비-01-01	쟝비마쵸실긔	한글			1925-12-25	1		경성서적업조합
194	장비마초실기 경성서-장비-01-02	쟝비마쵸실긔	한글	93p. 20전	1926-12-18	1926-12-20	2	洪淳泌 경성부 견지동 60번지	경성서적업조합 경성부 견지동 60번
195	장익성전 경성서-장익-01-00	쟝익셩전	한글			1921- -	1		경성서적업조합
196	장익성전 경성서-장익-02-00	목단화	한글			1921- -	1		경성서적업조합
197	장익성전 경성서-장익-03-00	룡매긔연	한글			1921- -	1		경성서적업조합
198	장자방실기 경성서-장자-01-00	쟝자방실긔	한글			1921- -	1		경성서적업조합
199	장풍운전 경성서-장풍-01-01	(고대소설)쟝풍 운젼	한글			1916-06-14	1	洪淳泌	경성서적업조합
200	장풍운전 경성서-장풍-01-02	(고대소설)쟝풍 운젼	한글				2		경성서적업조합
201	장풍운전 경성서-장풍-01-03	(고대소설)쟝풍 운젼	한글				3		경성서적업조합
202	장풍운전 경성서-장풍-01-04	(고대소설)쟝풍 운젼	한글				4		경성서적업조합
203	장풍운전 경성서-장풍-01-05	(고대소설)쟝풍 운젼	한글				5		경성서적업조합
204	장풍운전 경성서-장풍-01-06	(고대소설)쟝풍 운젼	한글				6		경성서적업조합
205	장풍운전 경성서-장풍-01-07	(고대소설)쟝풍 운젼	한글				7		경성서적업조합
206	장풍운전 경성서-장풍-01-08	(고대소설)쟝풍 운젼	한글	43p. 10전	1926-12-18	1926-12-20	8	洪淳泌 경성부 견지동 60번지	경성서적업조합 경성부 견지동 60번
207	장학사전 경성서-장학-01-00	쟝학샤전	한글			1921- -	1		경성서적업조합
208	장학사전 경성서-장학-02-00	완월루	한글			1921- -	1		경성서적업조합

!쇄자 !쇄소 주소	인쇄소 인쇄소 주소	공동 발행	영인본	소장처 및 청구기호	기타	현황
					[圖書分類目錄], 1921 改正([이본목록], p.564)	목록
					[이본목록], p.565.에 초판 발행일 기록.	출판
					[이본목록], p.565.에 2판 발행일 기록. 낙질.	출판
					[圖書分類目錄], 1921改正([이본목록], p.571.	목록
					[圖書分類目錄], 1921改正([이본목록], p.573.	목록
					2판에 초판 발행일 기록.	출판
泰均 성부 공평동 55번지	대동인쇄주식회사 경성부 공평동 55번지		[구활자본고소설 전집 12]		초판 발행일 기록.	원문
					[圖書分類目錄], 1921 改正([이본목록], p.581.	목록
					2판에 초판 발행일 기록.	출판
泰均 성부 공평동 55번지	대동인쇄주식회사 경성부 공평동 55번지			국립중앙도서관(3 634-2-111(4))	초판 발행일 기록.	원문
					[圖書分類目錄], 1921 改正([이본목록], p.586)	목록
					[圖書分類目錄], 1921 改正([이본목록], p.586)	목록
					[圖書分類目錄], 1921 改正([이본목록], p.586)	목록
					[圖書分類目錄], 1921 改正([이본목록], p.587.)	목록
					8판에 초판 발행일 기록.	출판
					8판이 있어서 2판도 있을 것으로 추측.	출판
					8판이 있어서 3판도 있을 것으로 추측.	출판
					8판이 있어서 4판도 있을 것으로 추측.	출판
					8판이 있어서 5판도 있을 것으로 추측.	출판
					8판이 있어서 6판도 있을 것으로 추측.	출판
					8판이 있어서 7판도 있을 것으로 추측.	출판
泰均 성부 공평동 55번지	대동인쇄주식회사 경성부 공평동 55번지			국립중앙도서관(3 634-2-29(1))	초판 발행일 기록.	원문
					[圖書分類目錄], 1921 改正([이본목록], p.595)	목록
					[圖書分類目錄], 1921 改正([이본목록], p.595)	목록

번호	작품명 고유번호	표제	문자	면수 가격	인쇄일	발행일	판차	발행자 발행자 주소	발행소 발행소 주소
209	**장한절효기** 경성서-장한-01-00	장한절효긔	한글			1921- -	1		경성서적업조합
210	**장화홍련전** 경성서-장화-01-01	장화홍연전	한글			1915-05-24	1	洪淳泌	경성서적업조합
211	**장화홍련전** 경성서-장화-01-02	장화홍연전	한글				2		경성서적업조합
212	**장화홍련전** 경성서-장화-01-03	장화홍연전	한글				3		경성서적업조합
213	**장화홍련전** 경성서-장화-01-04	장화홍연전	한글				4		경성서적업조합
214	**장화홍련전** 경성서-장화-01-05	장화홍연전	한글			1921-11-10	5	洪淳泌	경성서적업조합
215	**장화홍련전** 경성서-장화-01-06	장화홍연전	한글				6		경성서적업조합
216	**장화홍련전** 경성서-장화-01-07	장화홍연전	한글	40p. 10전	1926-12-18	1926-12-20	7	洪淳泌 경성부 견지동 60번지	경성서적업조합 경성부 견지동 60번
217	**적벽대전** 경성서-적벽대-01-01	적벽가	한글			1916-12-05	1	洪淳泌	경성서적업조합
218	**적벽대전** 경성서-적벽대-01-02	적벽가	한글				2		경성서적업조합
219	**적벽대전** 경성서-적벽대-01-03	적벽가	한글				3		경성서적업조합
220	**적벽대전** 경성서-적벽대-01-04	적벽가	한글				4		경성서적업조합
221	**적벽대전** 경성서-적벽대-01-05	적벽가	한글	43p. 10전	1926-12-18	1926-12-20	5	洪淳泌 경성부 견지동 60번지	경성서적업조합 경성부 견지동 60번
222	**적벽대전** 경성서-적벽대-02-00	적벽대젼	한글			1921- -	1		경성서적업조합
223	**적벽대전** 경성서-적벽대-03-00	화룡도실긔	한글			1921- -	1		경성서적업조합
224	**적성의전** 경성서-적성-01-00	뎍성의젼	한글			1921- -	1		경성서적업조합
225	**적성의전** 경성서-적성-02-00	적성의젼 쟝화홍연附	한글			1921- -	1		경성서적업조합
226	**전우치전** 경성서-전우-01-00	면우치젼	한글			1921- -	1		경성서적업조합
227	**정목란전** 경성서-정목-01-00	정목란전	한글			1921- -	1		경성서적업조합
228	**정비전** 경성서-정비-01-00	정비젼	한글			1921- -	1		경성서적업조합
229	**정비전** 경성서-정비-02-00	정현문전	한글			1921- -	1		경성서적업조합
230	**정수경전** 경성서-정수경-01-01	정슈경전	한글	49p.		1924- -	1		경성서적업조합
231	**정수정전** 경성서-정수정-01-00	녀자츙효록	한글			1921- -	1		경성서적업조합
232	**정수정전** 경성서-정수정-02-00	녀장군전	한글			1921- -	1		경성서적업조합

쇄자 쇄소 주소	인쇄소 인쇄소 주소	공동 발행	영인본	소장처 및 청구기호	기타	현황
					[圖書分類目錄], 1921 改正([이본목록], p.596)	목록
					7판에 초판 발행일 기록.	출판
					7판이 있어서 2판도 있을 것으로 추정.	출판
					7판이 있어서 3판도 있을 것으로 추정.	출판
					7판이 있어서 4판도 있을 것으로 추정.	출판
					[이본목록], p.602에 5판 발행일 기록.	출판
					7판이 있어서 6판도 있을 것으로 추정.	출판
泰均 성부 공평동 55번지	대동인쇄주식회사 경성부 공평동 55번지		[구활자본고소설 전집 13]	국립중앙도서관(3 634-2-52(7))	초판 발행일 기록.	원문
					5판에 초판 발행일 기록.	출판
					5판이 있어서 2판도 있을 것으로 추정.	출판
					5판이 있어서 3판도 있을 것으로 추정.	출판
					5판이 있어서 4판도 있을 것으로 추정.	출판
泰均 성부 공평동 55번지	대동인쇄주식회사 경성부 공평동 55번지			국립중앙도서관(3 634-2-115(1))	초판 발행일 기록.	원문
					[圖書分類目錄], 1921 改正([이본목록], p.612)	목록
					[圖書分類目錄], 1921 改正([이본목록], p.612)	목록
					[圖書分類目錄], 1921 改正([이본목록], p.618.)	목록
					[圖書分類目錄], 1921 改正([이본목록], p.618.) 각주에 "장화홍련전에 합철' 이라고 기록.	목록
					[圖書分類目錄], 1921 改正([이본목록], p.627)	목록
					[圖書分類目錄], 1921 改正([이본목록], p.629)	목록
					광고(1952)([이본목록], p.631)	광고
					광고(1952)([이본목록], p.631)	광고
					이주영, p.227.	출판
					[圖書分類目錄], 1921 改正([이본목록], p.639.)	목록
					[圖書分類目錄], 1921 改正([이본목록], p.639.)	목록

번호	작품명 고유번호	표제	문자	면수 가격	인쇄일	발행일	판차	발행자 발행자 주소	발행소 발행소 주소
233	**정수정전** 경성서-정수정-03-00	녀즁호걸	한글			1921- -	1		경성서적업조합
234	**정진사전** 경성서-정진-01-00	(괴산)졍진사젼	한글			1921- -	1		경성서적업조합
235	**제마무전** 경성서-제마-01-00	제마무전	한글			1921- -	1		경성서적업조합
236	**제마무전** 경성서-제마-02-01	고대소설 몽결초한송	한글			1925-12-25	1		경성서적업조합
237	**제마무전** 경성서-제마-02-02	고대소설 몽결초한송	한글	61p. 15전	1926-12-18	1926-12-20	2	洪淳泌 경성부 견지동 60번지	경성서적업조합 경성부 견지동 60번
238	**제환공** 경성서-제환-01-00	제환공	한글			1921- -	1		경성서적업조합
239	**조생원전** 경성서-조생-01-00	됴생원젼	한글			1921- -	1		경성서적업조합
240	**조웅전** 경성서-조웅-01-01	죠웅전	한글			1917-03-23	1		경성서적업조합
241	**조웅전** 경성서-조웅-01-02	죠웅전	한글			- -	2		경성서적업조합
242	**조웅전** 경성서-조웅-01-03	죠웅전	한글			- -	3		경성서적업조합
243	**조웅전** 경성서-조웅-01-04	죠웅전	한글			- -	4		경성서적업조합
244	**조웅전** 경성서-조웅-01-05	죠웅전	한글			- -	5		경성서적업조합
245	**조웅전** 경성서-조웅-01-06	죠웅전	한글			- -	6		경성서적업조합
246	**조웅전** 경성서-조웅-01-07	죠웅전	한글	89p. 35전	1920-01-10	1920-01-13	7	金東縉 경성부 종로통 2정목 20번지	경성서적업조합소 경성부 관훈동 155번
247	**조웅전** 경성서-조웅-02-01	죠웅전	한글			1925-10-30	1	洪淳泌	경성서적업조합
248	**조웅전** 경성서-조웅-02-02	죠웅전	한글	104p. 20전	1926-12-18	1926-12-20	2	洪淳泌 경성부 견지동 60번지	경성서적업조합 경성부 견지동 60번
249	**주원장창업실기** 경성서-주원-01-00	쥬원장챵업긔	한글			1921- -	1		경성서적업조합
250	**진대방전** 경성서-진대-01-01	진대방전	한글			1917- -	1		경성서적업조합
251	**진대방전** 경성서-진대-01-02	진대방전	한글	62p.		1920- -	2		경성서적업조합
252	**진문공** 경성서-진문-01-00	진문공	한글			1921- -	1		경성서적업조합
253	**진성운전** 경성서-진성-01-00	진장군전	한글			1921- -	1		경성서적업조합
254	**진시황전** 경성서-진시-01-00	진시황전	한글			1921- -	1		경성서적업조합
255	**창선감의록** 경성서-창선-01-00	(懸吐) 彰善感義錄	한문			1921- -	1		경성서적업조합

쇄자 쇄소 주소	인쇄소 인쇄소 주소	공동 발행	영인본	소장처 및 청구기호	기타	현황
					[圖書分類目錄], 1921 改正([이본목록], p.640.)	목록
					[圖書分類目錄], 1921 改正([이본목록], p.648)	목록
					[圖書分類目錄], 1921 改正([이본목록], p.654)	목록
					2판에 초판 발행일 기록.	출판
泰均 성부 공평동 55번지	대동인쇄주식회사 경성부 공평동 55번지			영남대학교 도서관(도 813.5 □624)	초판 발행일 기록.	원문
					[圖書分類目錄], 1921 改正([이본목록], p.657)	목록
					[圖書分類目錄], 1921 改正([이본목록], p.660)	목록
					7판에 초판 발행일 기록.	출판
					7판이 있어 2판도 있을 것으로 추정.	출판
					7판이 있어 3판도 있을 것으로 추정.	출판
					7판이 있어 4판도 있을 것으로 추정.	출판
					7판이 있어 5판도 있을 것으로 추정.	출판
					7판이 있어 6판도 있을 것으로 추정.	출판
重煥 성부 관훈동 30번지	조선복음인쇄소 경성부 관훈동 30번지			정명기 소장본	초판 발행일 기록.	원문
					2판에 초판 발행일 기록.	출판
泰均 성부 공평동 55번지	대동인쇄주식회사 경성부 공평동 55번지			국립중앙도서관(3 634-2-75(7))	상중하 3권 1책(상 pp.1~36, 중 pp.37~71, 하 pp.72~104). 초판 발행일 기록.	원문
					[圖書分類目錄], 1921 改正([이본목록], p.686.)	목록
					이능우, p.299.	출판
					이능우, p.299.	출판
					[圖書分類目錄], 1921 改正([이본목록], p.697.)	목록
					[圖書分類目錄], 1921 改正([이본목록], p.698.)	목록
					[圖書分類目錄], 1921 改正([이본목록], p.699), <진시황전>은 중국소설 <신열국지>의 개역본(이은영, 2006)	목록
					[圖書分類目錄], 1921 改正([이본목록], p.719)	목록

번호	작품명 고유번호	표제	문자	면수 가격	인쇄일	발행일	판차	발행자 발행자 주소	발행소 발행소 주소
256	창선감의록 경성서-창선-02-01	창선감의록	한글	140p. 30전	1926-12-18	1926-12-20	1	洪淳泌 경성부 견지동 60번지	경성서적업조합 경성부 견지동 60번
257	채봉감별곡 경성서-채봉-01-00	채봉감별곡	한글			1921- -	1		경성서적업조합
258	채봉감별곡 경성서-채봉-02-01	츄풍감별곡	한글			1925-11-10	1		경성서적업조합
259	채봉감별곡 경성서-채봉-02-02	츄풍감별곡	한글	15전	1926-12-18	1926-12-20	2	洪淳泌 경성부 견지동 60번지	경성서적업조합 경성부 견지동 60번
260	천군연의 경성서-천군-01-00	(懸吐)天君演義	한문			1921- -	1		경성서적업조합
261	천도화 경성서-천도-01-00	소한림	한글			1921- -	1		경성서적업조합
262	천도화 경성서-천도-02-01	天桃花: 一名 蘇翰林傳	한글	63p. 15전	1926-12-18	1926-12-20	1	洪淳泌 경성부 견지동 60번지	경성서적업조합 경성부 견지동 60번
263	천정가연 경성서-천정-01-01	천정가연	한글	50p.		1916- -	1	洪淳泌	경성서적업조합
264	천정가연 경성서-천정-02-00	천정가연	한글	50p.		1926- -	1	洪淳泌	경성서적업조합
265	천정가연 경성서-천정-03-00	천정가연	한글	50p.		1927- -	1	洪淳泌	경성서적업조합
266	청년회심곡 경성서-청년-01-01	청년회심곡	한글			1914-08-05	1		경성서적업조합
267	청년회심곡 경성서-청년-01-02	청년회심곡	한글				2		경성서적업조합
268	청년회심곡 경성서-청년-01-03	청년회심곡	한글				3		경성서적업조합
269	청년회심곡 경성서-청년-01-04	청년회심곡	한글				4		경성서적업조합
270	청년회심곡 경성서-청년-01-05	청년회심곡	한글	84p. 25전	1921-12-15	1921-12-20	5	池松旭 경성부 봉래정 1정목 77번지	경성서적업조합
271	청년회심곡 경성서-청년-02-01	청년회심곡	한글	84p. 15전	1926-12-18	1926-12-20	1	洪淳泌 경성부 견지동 60번지	경성서적업조합 경성부 견지동 60번
272	청운오선록 경성서-청운-01-00	청운오선록	한글			1921- -	1		경성서적업조합
273	초패왕전 경성서-초패-01-00	항우전	한글			1921- -	1		경성서적업조합
274	최현전 경성서-최현-01-01	최장군	한글			1915- -	1		경성서적업조합
275	춘향전 경성서-춘향-01-00	광한루	한글			1921- -	1		경성서적업조합
276	춘향전 경성서-춘향-02-00	남원 옥중화	한글			1921- -	1		경성서적업조합
277	춘향전 경성서-춘향-03-00	신옥중화	한글			1921- -	1		경성서적업조합
278	춘향전 경성서-춘향-04-00	옥중화	한글			1921- -	1		경성서적업조합

쇄자 쇄소 주소	인쇄소 인쇄소 주소	공동 발행	영인본	소장처 및 청구기호	기타	현황
泰均 성부 공평동 55번지	대동인쇄주식회사 경성부 공평동 55번지			국립중앙도서관(3 634-2-108(1))		원문
					[圖書分類目錄], 1921 改正([이본목록], p.722). 중국 소설집 [금고기관]의 <왕교란배견장한>을 번안한 작품(박상석, 2009)	목록
					2판에 초판 발행일 기록.	출판
泰均 성부 공평동 55번지	대동인쇄주식회사 경성부 공평동 55번지			국립중앙도서관(3 634-3-56(1))	초판 발행일 기록.	원문
					[圖書分類目錄], 1921 改正([이본목록], p.725)	목록
					[圖書分類目錄], 1921 改正([이본목록], p.726)	목록
泰均 성부 공평동 55번지	대동인쇄주식회사 경성부 공평동 55번지			서울대학교도서관(3350 43A)		원문
					이능우, p.300.	출판
					대전대, [이능우 寄目], 1214([이본목록], p.727)	출판
					대전대, [이능우 寄目], 1214([이본목록], p.727)	출판
					5판에 초판 발행일 기록.	출판
					5판이 있어서 2판도 있을 것으로 추정.	출판
					5판이 있어서 3판도 있을 것으로 추정.	출판
					5판이 있어서 4판도 있을 것으로 추정.	출판
重煥 성부 공평동 55번지	대동인쇄주식회사 경성부 공평동 55번지			국립중앙도서관(3 634-2-114(3))	판권지 훼손으로 발행소 주소 알 수 없음. 초판 발행일 기록.	원문
泰均 성부 공평동 55번지	대동인쇄주식회사 경성부 공평동 55번지			국립중앙도서관(3 634-2-114(2))		원문
					[圖書分類目錄], 1921 改正([이본목록], p.730)	목록
					[圖書分類目[圖書分類目錄], 경성서적업조합, 1921 改正([이본목록], p.731)	목록
					우쾌제, p.136. <최장군전>은 <최현전>의 이본(오윤선, 2012)	출판
					[圖書分類目錄], 1921 改正([이본목록], p.771.)	목록
					[圖書分類目錄], 1921 改正([이본목록], p.773.)	목록
					[圖書分類目錄], 1921 改正([이본목록], p.773.)	목록
					[圖書分類目錄], 1921 改正([이본목록], p.773.)	목록

번호	작품명 고유번호	표제	문자	면수 가격	인쇄일	발행일	판차	발행자 발행자 주소	발행소 발행소 주소
279	**춘향전** 경성서-춘향-05-00	리도령	한글			1921- -	1		경성서적업조합
280	**춘향전** 경성서-춘향-06-00	절대가인	한글			1921- -	1		경성서적업조합
281	**춘향전** 경성서-춘향-07-00	츈향젼	한글			1921- -	1		경성서적업조합
282	**춘향전** 경성서-춘향-08-00	언문 츈향젼	한글			1921- -	1		경성서적업조합
283	**춘향전** 경성서-춘향-09-00	특별무쌍 츈향젼	한글			1921- -	1		경성서적업조합
284	**춘향전** 경성서-춘향-10-00	졍수 츈향젼	한글			1921- -	1		경성서적업조합
285	**춘향전** 경성서-춘향-11-00	懸吐漢文 春香傳	한문			1921- -	1		경성서적업조합
286	**춘향전** 경성서-춘향-12-01	漢鮮文春香傳	한글	144p.		1926-12-20	1	洪淳泌	경성서적업조합
287	**콩쥐팥쥐전** 경성서-콩쥐-01-00	太鼠豆鼠	한글			1921- -	1		경성서적업조합
288	**토끼전** 경성서-토끼-01-01	불로초	한글			1912-08-10	1		경성서적업조합소
289	**토끼전** 경성서-토끼-01-02	불로초	한글				2		경성서적업조합소
290	**토끼전** 경성서-토끼-01-03	불로초	한글				3		경성서적업조합소
291	**토끼전** 경성서-토끼-01-04	불로초	한글				4		경성서적업조합소
292	**토끼전** 경성서-토끼-01-05	불로초	한글	40p. 15전	1920-01-20	1920-01-26	5	南宮濬 경성부 관훈동 72번지	경성서적업조합소 경성부 관훈동 155
293	**포공연의** 경성서-포공-01-00	包閻羅演義	한문			1921- -	1		경성서적업조합
294	**한몽룡전** 경성서-한몽-01-00	한몽룡전	한글			1921- -	1		경성서적업조합
295	**한수대전** 경성서-한수-01-00	한슈대젼	한글			1921- -	1		경성서적업조합
296	**한씨보응록** 경성서-한씨-01-00	한씨보은록	한글			1921- -	1		경성서적업조합
297	**한후룡전** 경성서-한후-01-00	한후룡	한글			1921- -	1		경성서적업조합
298	**항장무전** 경성서-항장-01-01	초한풍진 홍문연	한글	90p.		1926- -	1	洪淳泌	경성서적업조합
299	**현수문전** 경성서-현수-01-00	현슈문젼	한글			1921- -	1		경성서적업조합
300	**현씨양웅쌍린기** 경성서-현씨-01-00	현씨양웅쌍린 긔	한글			1921- -	1		경성서적업조합
301	**형산백옥** 경성서-형산-01-00	형산백옥	한글			1921- -	1		경성서적업조합

인쇄자 인쇄소 주소	인쇄소 인쇄소 주소	공동 발행	영인본	소장처 및 청구기호	기타	현황
					[圖書分類目錄], 1921 改正([이본목록], p.775.)	목록
					[圖書分類目錄], 1921 改正([이본목록], p.775.)	목록
					[圖書分類目錄], 1921 改正([이본목록], p.775.)	목록
					[圖書分類目錄], 1921 改正([이본목록], p.775.)	목록
					[圖書分類目錄], 1921 改正([이본목록], p.775.)	목록
					[圖書分類目錄], 1921 改正([이본목록], p.775.)	목록
					[圖書分類目錄], 1921 改正([이본목록], p.780.)	목록
				영남대학교 도서관(도 813.5 ★788ㅇ)		원문
					[圖書分類目錄], 1921 改正([이본목록], p.787)	목록
					5판에 초판 발행일 기록.	출판
					5판이 있어서 2판도 있을 것으로 추정.	출판
					5판이 있어서 3판도 있을 것으로 추정.	출판
					5판이 있어서 4판도 있을 것으로 추정.	출판
金重煥 경성부 관훈동 30번지	조선복음인쇄소 경성부 관훈동 30번지		[아단문고고전총 서 3]		초판 발행일 기록. 표지에 '경성 박문서관 발행'이라고 되어 있으나, 판권지의 발행소는 경성서적업조합으로 되어 있음.	원문
					[圖書分類目錄], 1921 改正([이본목록], p.815)	목록
					[圖書分類目錄], 1921 改正([이본목록], p.821)	목록
					[圖書分類目錄], 1921 改正([이본목록], p.822)	목록
					[圖書分類目錄], 1921 改正([이본목록], p.822). <한씨보응록>은 중국소설 <수호지>를 번안한 작품(곽정식, 2006)	목록
					[圖書分類目錄], 1921 改正([이본목록], p.826)	목록
				이화여자대학교 도서관(811.31 홍47A)	20회의 장회체.	원문
					[圖書分類目錄], 1921 改正([이본목록], p.834)	목록
					[圖書分類目錄], 1921 改正([이본목록], p.838)	목록
					[圖書分類目錄], 1921 改正([이본목록], p.839). <형산백옥>은 <석주옥기연록>의 이본(서정민, 2011)	목록

번호	작품명 고유번호	표제	문자	면수 가격	인쇄일	발행일	판차	발행자 발행자 주소	발행소 발행소 주소
302	홍계월전 경성서-홍계-01-00	홍계월전	한글			1921- -	1		경성서적업조합
303	홍길동전 경성서-홍길-01-00	홍길동전	한글			1921- -	1		경성서적업조합
304	홍백화전 경성서-홍백-01-01	홍백화	한글	96p. 25전	1926-12-18	1926-12-20	1	洪淳泌 경성부 견지동 60번지	경성서적업조합 경성부 견지동 60번지
305	홍장군전 경성서-홍장-01-00	홍장군	한글			1921- -	1		경성서적업조합
306	화산기봉 경성서-화산-01-00	화산긔봉	한글			1921- -	1		경성서적업조합
307	화향전 경성서-화향-01-00	화향전	한글			1921- -	1		경성서적업조합
308	황운전 경성서-황운-01-00	황장군전	한글			1921- -	1		경성서적업조합
309	흥부전 경성서-흥부-01-01	흥부전	한글			1915- -	1		경성서적업조합
310	흥부전 경성서-흥부-01-02	흥부전	한글			1916- -	2		경성서적업조합
311	흥부전 경성서-흥부-02-01	흥부가	한글			1925-11-10	1		경성서적업조합
312	흥부전 경성서-흥부-02-02	흥부가	한글	89p. 20전	1926-12-18	1926-12-20	2	洪淳泌 경성부 견지동 60번지	경성서적업조합 경성부 견지동 60번지
313	단종대왕실기 계몽-단종-01-01	端宗大王實記 全	한글	280p.		1929-	1	黃寅性 경성부 체부동 26번지	계몽서원 경성부 체부동 26번지
314	춘향전 고금-춘향-01-01	(漢文)原本春香 傳	한문	56p. 25전	1918-08-05	1918-08-12	1	李鍾一 경성부 익선동 125번지	고금서해
315	권익중전 공동-권익-01-01	權益重傳	한글	60p.		1954- -	1		공동문화사
316	김씨열행록 공동-김씨-01-01	金氏烈行錄	한글	18p.		1954- -	1		공동문화사
317	서한연의 공동-서한-01-01	초한전	한글	79p. 120원	1954-10-05	1954-10-10	1	金寅性, 姜槿馨	공동문화사 서울특별시 종로구 운니동 114
318	옥단춘전 공동-옥단-01-01	(古代小說)玉丹 春傳	한글	38p.	1954-10-05	1954-10-10	1	姜殷馨	공동문화사 서울특별시 종로구 _ 114
319	임경업전 공동-임경-01-01	林慶業將軍	한글	44p.		1954- -	1		공동문화사
320	콩쥐팥쥐전 공동-콩쥐-01-01	(奇談小說)콩쥐 팟쥐젼	한글	18p.	1954-10-05	1954-10-10	1	姜殷馨	공동문화사 서울특별시 종로구 _ 114
321	하진양문록 공동-하진-01-01-상	하진양문록	한글	213p.	1954-10-05	1954-10-	1		공동문화사 서울특별시 _구 _동
322	하진양문록 공동-하진-01-01-중	하진양문록	한글	167p.	1954-10-05	1954-10-	1		공동문화사 서울특별시 _구 _동
323	하진양문록 공동-하진-01-01-하	하진양문록	한글	117p.	1954-10-05	1954-10-10	1	安--	공동문화사 서울특별시 _구 _동

쇄자 쇄소 주소	인쇄소 인쇄소 주소	공동 발행	영인본	소장처 및 청구기호	기타	현황
					[圖書分類目錄], 1921 改正([이본목록], p.845)	목록
					[圖書分類目錄], 1921 改正([이본목록], p.855)	목록
泰均 성부 공평동 55번지	대동인쇄주식회사 경성부 공평동 55번지			영남대학교 도서관(도 813.5 ㅎ633)	편집자 강외영.('강의영'의 잘못인 듯)	출판
					[圖書分類目錄], 1921 改正([이본목록], p.863). 중국소설 <수호전>을 부분 번역 및 번안한 작품(곽정식, 2010)	목록
					[圖書分類目錄], 1921 改正([이본목록], p.867.	목록
					[圖書分類目錄], 1921 改正([이본목록], p.874.	목록
					[圖書分類目錄], 1921 改正([이본목록], p.880.	목록
					우쾌제, p.138.	출판
					우쾌제, p.138.	출판
					2판에 초판 발행일 기록.	출판
泰均 성부 공평동 55번지	대동인쇄주식회사 경성부 공평동 55번지			국립중앙도서관(3 634-2-94(3))	초판 발행일 기록.	원문
禹澤 성부 공평동 55번지	대동인쇄주식회사 경성부 공평동 55번지			한국학중앙연구원(D7B-86)	13회의 장회체. 판권지 훼손으로 인쇄일, 발행일 알 수 없음. 원문 이미지 제공.	원문
弘奎 성부 가회동 216번지	보성사 경성부 수송동 44번지			서울대학교 도서관(상백 813.5 B651w)	8회의 장회체(총목차). 보성사 편집부 편찬. 원문 이미지 파일 열람 가능.	원문
				고려대학교 도서관(897.33 권익중 권)	세창서관판과 청구기호 같음. 공동문화사판은 세종학술정보원 보존서고에 소장.	원문
				국립중앙도서관(8 13.5-공 784ㄱ)	'(奇談小說)콩쥐팟쥐전: 附 金氏烈行錄'. <콩쥐팥쥐전>에 첨부. 협약도서관에서 원문 보기 제공.	원문
	공동문화사인쇄부			연세대학교 도서관(O 811.93 초한전 공)	가격이 인쇄되지 않고 잉크펜으로기록됨.	원문
洞文化社印刷部				국립중앙도서관(일 모813.5-공723ㅇ)	저작겸발행자 '김인성, 강은형' 같이 기록.	원문
				고려대학교 도서관(897.33 임경업 임)	표제는 서지정보를 따름.	원문
洞文化社印刷部				국립중앙도서관(일 모813.5-공784ㄱ)	저작겸 발행자 '김인성, 강은형'. <김씨열행록>(pp.19~36)과 합철. 협약도서관에서 원문 열람 가능.	원문
	공동문화사인쇄부		[활자본고전소설 전집 11]		31회의 장회체(상 1회~14회, 중 15회~24회, 하 15회~31회, 상권과 중권에 권별 총목차). 快齋 編.	원문
	공동문화사인쇄부		[활자본고전소설 전집 11]		31회의 장회체(상 1회~14회, 중 15회~24회, 하 15회~31회, 상권과 중권에 권별 총목차). 快齋 編.	원문
	공동문화사인쇄부		[활자본고전소설 전집 11]		31회의 장회체(상 1회~14회, 중 15회~24회, 하 15회~31회, 상권과 중권에 권별 총목차). 快齋 編.	원문

번호	작품명 고유번호	표제	문자	면수 가격	인쇄일	발행일	판차	발행자 발행자 주소	발행소 발행소 주소
324	배비장전 공진-배비-01-00	배비쟝젼	한글			1916- -	1		공진서관
325	소대성전 공진-소대-01-01	(고대소설)쇼대 셩젼	한글	48p. 20전	1917-02-12	1917-02-14	1	朴運輔 경성부 종로통 2정목 83번지	공진서관 경성부 종로통 2정 83번지
326	강감찬실기 광동-강감-01-01	姜邯贊傳	한글	33p. 25전	1908-07-08	1908-07-15	1	玄公廉 경성 계동	광동서국
327	강감찬실기 광동-강감-01-02	姜邯贊傳	한글	33p. 25전	1914-07-25	1914-07-27	2	玄公廉 경성부 계동 99번지	광동서국 경성부 송현동 71번
328	관운장실기 광동-관운-01-01	(고대명쟝)관운 장실긔	한글			1917-10-27	1		광동서국
329	관운장실기 광동-관운-01-02	(고대명쟝)관운 장실긔	한글			1918-01-25	2		광동서국
330	관운장실기 광동-관운-01-03	(고대명쟝)관운 장실긔	한글	80p. 18전	1918-12-17	1918-12-30	3	李鍾楨 경성부 종로통 2정목 51번지	광동서국 경성부 종로통 2정 51번지
331	금고기관 광동-금고-01-00	금고긔관	한글			1916- -	1		광동서국
332	남무아미타불 광동-남무-01-01	(개과쳔션)남무 아미타불	한글	46p. 20전	1922-02-20	1922-02-28	1	李鍾楨 경성부 관수동 30번지	광동서국 경성부 관수동 30번
333	달기전 광동-달기-01-01	(고대소설)소달 긔젼	한글	86p. 30전	1917-10-25	1917-11-15	1	李鍾楨 경성부 송현동 71번지	광동서국 경성부 송현동 71번
334	보심록 광동-보심-01-01	명사십리	한글	94p. 30전	1923-02-28	1923-03-05	1	李鍾楨 경성부 관수동 30번지	광동서국 경성부 관수동 30번
335	불가살이전 광동-불가-01-01	(숑도말년)불가 살이젼	한글	67p. 30전	1921-11-17	1921-11-22	1	玄丙周 경성부 견지동 51번지	광동서국 경성부 관수동 30번
336	불가살이전 광동-불가-01-02	(숑도말년)불가 살이젼	한글	67p. 30전	1922-12-20	1922-12-25	2	玄丙周 경성부 견지동 51번지	광동서국 경성부 관수동 30번
337	불가살이전 광동-불가-01-03	숑도말년 불가살이젼	한글				3		광동서국
338	불가살이전 광동-불가-01-04	숑도말년 불가살이젼	한글				4		광동서국
339	불가살이전 광동-불가-01-05	숑도말년 불가살이젼	한글	67p.		1931- -	5		광동서국
340	산양대전 광동-산양-01-01	됴자룡실긔	한글			1917-10-15	1		광동서국
341	산양대전 광동-산양-01-02	됴자룡실긔	한글	64p. 25전	1917-10-01	1918-10-05	2	李鍾楨 경성부 송현동 71번지	광동서국 경성부 송현동 71번
342	서한연의 광동-서한-01-01	(고대)초한전쟁 실긔	한글	72p. 30전	1917-11-10	1917-11-15	1	李鍾楨 경성부 송현동 71번지	광동서국 경성부 송현동 71번
343	서화담전 광동-서화-01-01	도술이 유명한 서화담	한글	61p. 25전	1926-11-18	1926-11-30	1	李鍾楨 경성부 관수동 30번지	광동서국 경성부 관수동 30번
344	소강절 광동-소강-01-01	도술유명한 소강절전	한글	65p. 30전	1926-12-05	1926-12-10	1	李鍾楨 경성부 관수동 30번지	광동서국 경성부 관수동 30번

쇄자 / 쇄소 주소	인쇄소 / 인쇄소 주소	공동 발행	영인본	소장처 및 청구기호	기타	현황
					우래제, p.126.	출판
弘奎 / 성부 가회동 116번지	보성사 / 경성부 수송동 44번지			국립중앙도서관(3634-2-31(7))		원문
馬俶治 / 성 명치정 3정목	일한인쇄주식회사 / 경성 명치정 3정목		[역사전기소설 8]		표지에 '禹基善 編輯 朴晶東 校閱'이라고 기록. 발행소 없이 발행인과 발매원만 있음. '광동-강감-01-02'에 초판 발행일을 '융희2년 7월8일'로 기록. 玄采의 서문 있음.	원문
昌均 / 성부 원동 206번지	조선복음인쇄소 / 경성부 원동 206번지			서울대학교 중앙도서관(3350-101)	초판 발행일 기록.	원문
					3판에 초판 발행일 기록.	출판
					3판에 2판 발행일 기록.	출판
弘奎 / 성부 가회동 216번지	보성사 / 경성부 수송동 44번지			국립중앙도서관(3634-2-47(2))	발행일에서 '二' 가운데 한 획을 그어 '三十'을 만든 것으로 보임.	원문
					[이본목록], p.75.	목록
聖杓 / 성부 견지동 80번지	계문사 / 경성부 견지동 80번지			서울대학교 도서관(3350 118)	속표지에는 '개과쳔션 남무아미타불'로 기록되어 있음.	원문
禹澤 / 성부 공평동 54번지	성문사 / 경성부 공평동 55번지	태학서관		국립중앙도서관(3634-2-30)		원문
義淳 / 성부 행촌동 161번지	동아인쇄소 / 경성부 서대문정 2정목 139번지			최호석 소장본	편집자 박승태(p.1)	원문
基禎 / 성부 견지동 32번지	한성도서주식회사인쇄부 / 경성부 견지동 32번지		[구활자본고소설전집 4]	국립중앙도서관(3634-2-48(4))	15회의 장회체. 저자 '금강어부 현허주자 영산'. 저자 '허주자'의 서문 있음. 극소수의 한자괄호병기 있음.	원문
台五 / 성부 장사동 69번지	중앙인쇄소 / 경성부 장사동 69번지			국립중앙도서관(3634-2-48(1))	15회의 장회체. 저자 '금강어부 현허주자 영산'. 저자 '허주자'의 서문 있음. 극소수의 한자괄호병기 있음. 초판 발행일 기록.	원문
					[연구보정](p.314)에 5판 발행일 있어 3판이 있을 것으로 추정.	출판
					[연구보정](p.314)에 5판 발행일 있어 4판이 있을 것으로 추정.	출판
					[연구보정], p.314에 의함.	출판
					2판에 초판 발행일 기록.	출판
禹澤 / 성부 공평동 54번지	성문사 / 경성부 공평동 55번지			정명기 소장본	초판 발행일 기록	원문
禹澤 / 성부 공평동 54번지	성문사 / 경성부 공평동 55번지	태학서관	[구활자본고소설전집 15]	국립중앙도서관(3634-2-54(1))		원문
英九 / 성부 안국동 35번지	망대성경급기독교서회인쇄부 / 경성부 안국동 35번지	동양서원	[구활자본고소설전집 21]			원문
翼洙 / 성부 황금정 2정목 번지	신문관 / 경성부 황금정 2정목 21번지	동양서원	[구활자본고소설전집 26]	국립중앙도서관(3634-2-30(1))		원문

번호	작품명 고유번호	표제	문자	면수 가격	인쇄일	발행일	판차	발행자 발행자 주소	발행소 발행소 주소
345	소진장의전 광동-소진-01-01	(만고웅변)소진 장의젼	한글	55p. 25전	1918-05-20	1918-05-25	1	李鍾楨 경성부 송현동 71번지	광동서국 경성부 송현동 71번
346	소진장의전 광동-소진-01-02	(만고웅변)소진 장의젼	한글	55p. 20전	1921-10-25	1921-11-10	2	李鍾楨 경성부 관수동 30번지	광동서국 경성부 관수동 30번
347	심부인전 광동-심부-01-01	심부인젼	한글			1915-03-15	1	李觀洙	광동서국
348	심부인전 광동-심부-01-02	심부인젼	한글				2		광동서국
349	심부인전 광동-심부-01-03	심부인젼	한글				3		광동서국
350	심부인전 광동-심부-01-04	심부인젼	한글				4		광동서국
351	심부인전 광동-심부-01-05	심부인젼	한글				5		광동서국
352	심부인전 광동-심부-01-06	심부인젼	한글				6		광동서국
353	심부인전 광동-심부-01-07	심부인젼	한글				7		광동서국
354	심부인전 광동-심부-01-08	심부인젼	한글		1919-12-10	1919-12-13	8	李觀洙	광동서국
355	심부인전 광동-심부-01-09	심부인젼	한글		1920-01-15	1920-01-20	9	李觀洙 경성부 견지동 38번지	광동서국 경성부 종로통 1정목 51번지
356	심청전 광동-심청-01-01	(新小說)강상련 : 심청가	한글	120p. 30전	1912-11-13	1912-11-25	1	李鍾楨 경성 북부 대안동 34통 4호	광동서국 경성 북부 대안동 34 4호
357	심청전 광동-심청-01-02	(新小說)강상련 : 심청가	한글		1913-02-10	1913-02-15	2	李鍾楨	광동서국
358	심청전 광동-심청-01-03	(新小說)강상련 : 심청가	한글	120p. 30전	1913-08-30	1913-09-05	3	李鍾禎 경성 북부 대안동 34통 4호	광동서국 경성 북부 대안동 34 4호
359	심청전 광동-심청-02-01	(증상연명) 심청젼	한글			1915-03-15	1		광동서국
360	심청전 광동-심청-02-02	(증상연명) 심청젼	한글			1915-12-15	2		광동서국
361	심청전 광동-심청-02-03	(증상연명) 심청젼	한글			1916-03-20	3		광동서국
362	심청전 광동-심청-02-04	(증상연명) 심청젼	한글			1917-01-18	4		광동서국
363	심청전 광동-심청-02-05	(증상연명) 심청젼	한글			1917-03-20	5		광동서국
364	심청전 광동-심청-02-06	(증상연명) 심청젼	한글	84p. 30전	1917-09-15	1917-09-20	6	李觀洙 경성부 견지동 38번지	광동서국 경성부 송현동 71번
365	심청전 광동-심청-02-07	(증상연명) 심청젼	한글				7		광동서국
366	심청전 광동-심청-02-08	(증상연명) 심청젼	한글		1919-12-10	1919-12-13	8		광동서국

!쇄자 !쇄소 주소	인쇄소 인쇄소 주소	공동 발행	영인본	소장처 및 청구기호	기타	현황
家恒衛 성부 명치정 1정목 4번지	일한인쇄소 경성부 명치정 1정목 54번지			국립중앙도서관(3 634-2-33(5))		원문
聖杓 성부 견지동 80번지	계문사 경성부 견지동 80번지		[구활자본고소설 전집 7]	국립중앙도서관(3 634-2-59(2))	'대정7년 5월 20일 인쇄, 대정10년 10월 25일 발행, 대정10년 11월 10일 2판발행'은 각각 초판 발행일, 2판 인쇄일과 발행일의 오류로 추정.	원문
					9판에 초판 발행일 기록.	출판
					9판이 있어서 2판도 있을 것으로 추정.	출판
					9판이 있어서 3판도 있을 것으로 추정.	출판
					9판이 있어서 4판도 있을 것으로 추정.	출판
					9판이 있어서 5판도 있을 것으로 추정.	출판
					9판이 있어서 6판도 있을 것으로 추정.	출판
					9판이 있어서 7판도 있을 것으로 추정.	출판
		박문서관, 한성서관			9판에 8판 인쇄일과 발행일 기록.	출판
禹澤 성부 공평동 54번지	성문사 경성부 공평동 55번지	박문서관, 한성서관	[구활자본고소설 전집 8]		저작자 홍순모. <심청전>(pp.1~64)과 <심부인전>(pp.65~89)의 합본. 합본 가격 25전. 초판 발행일, 8판 인쇄일과 발행일 기록.	원문
誠愚 성 남부 상리동 32통 호	신문관인쇄소 경성 남부 상리동 32통 4호		[신소설전집 5]	국립중앙도서관(3 634-3-68(4))	발행일에서 '二十五日'에 수정한 흔적. 3판에 초판 인쇄일과 발행일(15일) 기록. 인쇄일과 발행일 간격을 감안할 때 3판 기록(15일)이 타당할 듯.	원문
					3판에 2판 인쇄일과 발행일 기록.	출판
聖哉 성 서부 옥폭동 149통 호	문명사 경성 남부 상유동 29통 7호			국립중앙도서관(3 634-3-68(2))	편집자 이해조(경성 중부 익동 69통 3호). 초판과 2판의 인쇄일과 발행일 기록.	원문
		박문서관, 한성서관			6판, 9판, 10판에 초판 발행일 기록.	출판
		박문서관, 한성서관			6판에 2판 발행일 기록.	출판
		박문서관, 한성서관			6판에 3판 발행일 기록.	출판
		박문서관, 한성서관			6판에 4판 발행일 기록.	출판
		박문서관, 한성서관			6판에 5판 발행일 기록.	출판
禹澤 성부 공평동 54번지	성문사 경성부 공평동 55번지	박문서관, 한성서관		국립중앙도서관(3 634-2-58(7))	저작자 홍순모(경성부 남대문통 1정목 107번지). 11회의 장회체(총목차). 삽화 10면. pp.1~2만 한자병기, 나머지는 순한글. 1판~5판의 발행일 기록.	원문
		박문서관, 한성서관			9판과 10판이 있어서 7판도 있을 것으로 추정.	출판
		박문서관, 한성서관			9판에 8판의 인쇄일과 발행일 기록.	출판

번호	작품명 고유번호	표제	문자	면수 가격	인쇄일	발행일	판차	발행자 발행자 주소	발행소 발행소 주소
367	**심청전** 광동-심청-02-09	(증상연명) 심청전	한글	89p. 25전	1920-01-15	1920-01-20	9	李觀洙 경성부 견지동 38번지	광동서국 경성부 종로통 1정목 51번지
368	**심청전** 광동-심청-02-10	(증상연명) 심청전	한글	72p. 25전	1922-09-05	1922-09-08	10	李觀洙 경성부 관수동 30번지	광동서국 경성부 관수동 30번지
369	**약산동대** 광동-약산-01-01	藥山東臺	한글	171p. 30전	1913-10-10	1913-11-10	1	李鍾楨 경성 북부 대안동 34통 4호	광동서국 경성 북부 대안동 34 4호
370	**어룡전** 광동-어룡-01-01	고대소설 어룡전	한글			1923-02-12	1		광동서국
371	**어룡전** 광동-어룡-01-02	고대소설 어룡전	한글	62p.		1924- -	2	李鍾楨	광동서국
372	**오선기봉** 광동-오선-01-01	오선기봉	한글	65p. 25전	1917-07-15	1917-08-28	1	李鍾楨 경성부 송현동 71번지	광동서국 경성부 송현동 71번지
373	**옥련몽** 광동-옥련-01-01-권1	옥련몽 / 제1편	한글	119p.		1916-02-29	1	李鍾楨 경성부 관수동 30번지	광동서국
374	**옥련몽** 광동-옥련-01-01-권2	옥련몽 / 제2편	한글	134p. 1원90전		1916-02-29	1	李鍾楨 경성부 관수동 30번지	광동서국
375	**옥련몽** 광동-옥련-01-01-권3	옥련몽 / 제3편	한글			1916-02-29	1	李鍾楨	광동서국
376	**옥련몽** 광동-옥련-01-01-권4	옥련몽 / 제4편	한글			1916-02-29	1	李鍾楨	광동서국
377	**옥련몽** 광동-옥련-01-01-권5	옥련몽 / 제5편	한글			1916-02-29	1	李鍾楨	광동서국
378	**옥련몽** 광동-옥련-01-02-권1	옥련몽 / 제1편	한글				2		광동서국
379	**옥련몽** 광동-옥련-01-02-권2	옥련몽 / 제2편	한글				2		광동서국
380	**옥련몽** 광동-옥련-01-02-권3	옥련몽 / 제3편	한글				2		광동서국
381	**옥련몽** 광동-옥련-01-02-권4	옥련몽 / 제4편	한글				2		광동서국
382	**옥련몽** 광동-옥련-01-02-권5	옥련몽 / 제5편	한글				2		광동서국
383	**옥련몽** 광동-옥련-01-03-권1	옥련몽 / 제1편	한글				3		광동서국
384	**옥련몽** 광동-옥련-01-03-권2	옥련몽 / 제2편	한글				3		광동서국
385	**옥련몽** 광동-옥련-01-03-권3	옥련몽 / 제3편	한글				3		광동서국
386	**옥련몽** 광동-옥련-01-03-권4	옥련몽 / 제4편	한글				3		광동서국
387	**옥련몽** 광동-옥련-01-03-권5	옥련몽 / 제5편	한글	126p.	1918-12-05	1918-12-10	3	李鍾楨 경성부 종로통 2정목 51번지	광동서국 경성부 종로통 2정목 51번지

쇄자 쇄소 주소	인쇄소 인쇄소 주소	공동 발행	영인본	소장처 및 청구기호	기타	현황
禹澤 성부 공평동 54번지	성문사 경성부 공평동 55번지	박문서관, 한성서관	[구활자본고소설 전집 8]	국립중앙도서관(3 634-2-58(1))	저작자 홍순모. 영인본에 판권지 없음. <심청전>(pp.1~64)과 <심부인전>(pp.65~89)의 합본. 초판 발행일과 8판 인쇄일, 발행일 기록.	원문
重煥 성부 공평동 55번지	대동인쇄주식회사 경성부 공평동 55번지	박문서관		국립중앙도서관(3 634-2-58(2))	저작자 홍순모. p.8까지 한자병기, 이후 순한글. <심부인전> 없음. 초판 발행일 기록.	원문
永求 성 북부 원동 12통 1호	보성사 경성 북부 전동 14통 1호		[구활자본고소설 전집 8]	국립중앙도서관(3 634-2-84(2))		원문
					소재영 외, p.139.	출판
					이능우, p.292.에 2판 발행연도 기록.	출판
禹澤 성부 공평동 56번지	성문사 경성부 공평동 55번지	태학서관	[활자본고전소설 전집 4], [구활자소설총서 6]	국립중앙도서관(3 634-2-6(3))	12회의 장회체. [구활자 소설총서6]에만 판권지 있음.	원문
				소인호 소장본	제1편(1권~5권). 20권의 총목차. 판권지가 없음. 발행일과 발행자(주소), 가격이 필사됨. 발행자와 발행일을 참고하여 발행소를 추정.	원문
				소인호 소장본	제2편(6권~11권). 판권지가 없음. 발행일과 발행자(주소), 가격이 필사됨. 발행자와 발행일을 참고하여 발행소를 추정.	원문
					3판, 4판의 5편이 있어서 초판 3편도 있을 것으로 추정.	출판
					3판, 4판의 5편이 있어서 초판 4편도 있을 것으로 추정.	출판
					5편 3, 4판에 초판 발행일 기록.	출판
					3판, 4판의 5편이 있어서 2판 1편도 있을 것으로 추정.	출판
					3판, 4판의 5편이 있어서 2판 2편도 있을 것으로 추정. 발행자와 발행일은 [연구보정](p.636)을 따름.	출판
					3판, 4판의 5편이 있어서 2판 3편도 있을 것으로 추정. 발행자와 발행일은 [연구보정](p.636)을 따름.	출판
					3판, 4판의 5편이 있어서 2판 4편도 있을 것으로 추정. 발행자와 발행일은 [연구보정](p.636)을 따름.	출판
					3판, 4판의 5편이 있어서 2판 5편도 있을 것으로 추정. 발행자와 발행일은 [연구보정](p.636)을 따름.	출판
					3판, 4판의 5편이 있어서 3판 1편도 있을 것으로 추정.	출판
					3판, 4판의 5편이 있어서 3판 2편도 있을 것으로 추정.	출판
					3판, 4판의 5편이 있어서 3판 3편도 있을 것으로 추정.	출판
					3판, 4판의 5편이 있어서 3판 4편도 있을 것으로 추정.	출판
敬德 성부 관훈동 30번지	조선복음인쇄소 경성부 관훈동 30번지			양승민 소장본	초판 발행일 기록.	원문

번호	작품명 고유번호	표제	문자	면수 가격	인쇄일	발행일	판차	발행자 발행자 주소	발행소 발행소 주소
388	**옥련몽** 광동-옥련-01-04-권1	옥련몽 / 제1편	한글	119p.		1920-08-30	4	李鍾楨	광동서국
389	**옥련몽** 광동-옥련-01-04-권2	옥련몽 / 제2편	한글			1920-08-30	4	李鍾楨	광동서국
390	**옥련몽** 광동-옥련-01-04-권3	옥련몽 / 제3편	한글			1920-08-30	4	李鍾楨	광동서국
391	**옥련몽** 광동-옥련-01-04-권4	옥련몽 / 제4편	한글			1920-08-30	4	李鍾楨	광동서국
392	**옥련몽** 광동-옥련-01-04-권5	옥련몽 / 제5편	한글	126p. 1원 90전 (전5책)	1920-08-25	1920-08-30	4	李鍾楨 경성부 관수동 30번지	광동서국 경성부 관수동 30번
393	**왕소군새소군전** 광동-왕소-01-01	王昭君賽昭君傳	한글	145p.	1918-03-1?	1918-03-25	1	朴健會 경성부 송현동 71번지	광동서국 경성부 송현동 71번
394	**월왕전** 광동-월왕-01-01	월왕전	한글			1926- -	1	朴健會	광동서국
395	**유충렬전** 광동-유충-01-01	류충렬전	한글			1913- -	1		광동서국
396	**유충렬전** 광동-유충-01-02	류충렬젼	한글	94p. 35전	1918-02-05	1918-02-10	2	朴承曄 경성부 종로통 3정목 88번지	광동서국 경성부 송현동 71번
397	**장비마초실기** 광동-장비-01-01	장비마쵸실긔	한글			1917-09-27	1		광동서국
398	**장비마초실기** 광동-장비-01-02	장비마쵸실긔	한글	90p. 35전	1918-01-10	1918-01-15	2	李鍾楨 경성부 송현동 71번지	광동서국 경성부 송현동 71번
399	**장비마초실기** 광동-장비-01-03	장비마쵸실긔	한글	90p. 20전	1919-02-10	1919-02-28	3	李鍾楨 경성부 종로 2정목 51번지	광동서국 경성부 종로 2정목 51번지
400	**적벽대전** 광동-적벽대-01-01	화용도실긔	한글				1		광동서국
401	**적벽대전** 광동-적벽대-01-02	화용도실긔	한글				2		광동서국
402	**적벽대전** 광동-적벽대-01-03	화용도실긔	한글				3		광동서국
403	**적벽대전** 광동-적벽대-01-04	화용도실긔	한글				4		광동서국
404	**적벽대전** 광동-적벽대-01-05	화용도실긔	한글	170p.		1917- -	5		광동서국
405	**적벽대전** 광동-적벽대-02-01	(삼국풍진)화용 도실긔	한글			1917-11-15	1		광동서국
406	**적벽대전** 광동-적벽대-02-02	(삼국풍진)화용 도실긔	한글				2		광동서국
407	**적벽대전** 광동-적벽대-02-03	(삼국풍진)화용 도실긔	한글	170p. 50전	1919-02-05	1919-02-10	3	朴健會 경성부 인사동 39번지	광동서국 경성부 관수동 30번
408	**적벽대전** 광동-적벽대-02-04	(삼국풍진)화용 도실긔	한글	170p. 50전	1920-08-10	1920-08-12	4	朴健會 경성부 인사동 39번지	광동서국 경성부 관수동 30번
409	**정비전** 광동-정비-01-01	명현무전	한글	72p. 27전	1917-01-25	1917-01-31	1	金翼洙 경성부 청운동 100번지	광동서국 경성부 송현동 71번

쇄자 쇄소 주소	인쇄소 인쇄소 주소	공동 발행	영인본	소장처 및 청구기호	기타	현황
				국립중앙도서관(3 634-2-89(3))	제1편(1권~20권 총목차). 판권지 없음. 발행 관련 사항은 4판 제5편의 내용을 참고.	원문
					4판의 5편이 있어서 4판 2편도 있을 것으로 추정.	출판
					4판의 5편이 있어서 4판 3편도 있을 것으로 추정.	출판
					4판의 5편이 있어서 4판 4편도 있을 것으로 추정.	출판
重煥 성부 공평동 55번지	대동인쇄주식회사 경성부 공평동 55번지			국립중앙도서관(3 634-2-89(1))	제5편(18권~20권). 초판 발행일 기록	원문
公圭 성부 가회동 216번지	보성사 경성부 수송동 44번지			국립중앙도서관(3 636-14)	44회의 장회체(상 1회~30회. 하 31회~44회). 상하합편(상 pp.1~145, 하 pp.1~171). 협약도서관에서 원문이미지 열람 가능.	원문
					여승구, [古書通信15], 1999.9.([이본목록], p.465)	원문
					2판에 초판 발행일이 접혀져 있어 보이지 않음. 발행연도는 우쾌제, p.131.	출판
馬澤 성부 공평동 54번지	성문사 경성부 공평동 55번지	태학서관		국립중앙도서관(3 634-2-67(1))	상하합편(상 pp.1~44, 하 pp.47~94). '총발행소 광동서국, 발행소 태학서관' 중에서 광동서국을 대표로 기록. 초판 발행일이 기록되었으나 보이지 않음.	원문
					2판에 초판 발행일 기록.	출판
公圭 성부 가회동 216번지	보성사 경성부 수송동 44번지		[구활자본고소설 전집 12]	국립중앙도서관(3 634-2-111(1))	초판 발행일 기록.	원문
公圭 성부 가회동 216번지	보성사 경성부 수송동 44번지			국립중앙도서관(3 634-2-111(2))	초판 발행일 기록. 2판의 초판 발행일과 다름(덧댄 흔적 있음).	원문
		태학서관			이능우, p.305.에 5판에 대한 기록이 있어서 초판도 있을 것으로 추정.	출판
		태학서관			이능우, p.305.에 5판에 대한 기록이 있어서 2판도 있을 것으로 추정.	출판
		태학서관			이능우, p.305.에 5판에 대한 기록이 있어서 3판도 있을 것으로 추정.	출판
		태학서관			이능우, p.305.에 5판에 대한 기록이 있어서 4판도 있을 것으로 추정.	출판
		태학서관			이능우, p.305.	출판
					4판에 초판 발행일 기록.	출판
					3판, 4판이 있어서 2판도 있을 것으로 추정.	출판
馬澤 성부 공평동 55번지	대동인쇄주식회사 경성부 공평동 55번지			디지털 한글박물관(손종흠 소장본)	16회의 장회체(총목차). 초판 발행일 부분이 잘려서 보이지 않음.	원문
重煥 성부 공평동 55번지	대동인쇄주식회사 경성부 공평동 55번지			국립중앙도서관(3 634-2-72(1))	초판 발행일(대정6.11.15.) 기록,	원문
慶浩 성부 재동 3번지	선명사 경성부 종로통 1정목 39번지		[구활자본고소설 전집 13]	연세대학교 도서관(O 811.9308 고대소 -8-3)	영인본에 판권지 없음. 상하 합본(상 pp.1~39, 하 pp.41~72)	원문

번호	작품명 고유번호	표제	문자	면수 가격	인쇄일	발행일	판차	발행자 발행자 주소	발행소 발행소 주소
410	**정비전** 광동-정비-02-01	정비전	한글	77p.		1917-02-10	1		광동서국
411	**정수경전** 광동-정수경-01-01	정수경전	한글	88p.			1		광동서국
412	**제환공** 광동-제환-01-01	제환공전	한글			1918- -	1		광동서국
413	**춘향전** 광동-춘향-01-01	만고렬녀 옥중화	한글	100p.		1925-03-22	1	李鍾楨	광동서국
414	**홍계월전** 광동-홍계-01-01	홍계월전	한글	63p. 25전	1916-01-29	1916-02-02	1	朴健會 경성부 인사동 39번지	광동서국 경성부 송현동 71
415	**괴똥전** 광명-괴똥-01-00	괴동어미젼	한글				1		광명서관
416	**꼭두각시전** 광명-꼭두-01-01	(로쳐녀) 고독각시	한글	41p. 15전	1916-09-11	1916-09-16	1	朴健會 경성부 인사동 39번지	광명서관 경성부 종로통 4정 91번지
417	**소약란직금도** 광명-소약-01-00	소양란직금도	한글	35전		1916- -	1		광명서관
418	**수당연의** 광명-수당-01-00	수량뎨행락긔	한글	40전		1916- -	1		광명서관
419	**염라왕전** 광명-염라-01-00	음양염라왕전	한글			1916- -	1		광명서관
420	**임경업전** 광명-임경-01-01	增修 林慶業實記	한글	47p. 25전	1916-09-11	1916-09-14	1	朴健會 경성부 인사동 39번지	광명서관 경성부 종로통 4정 91번지
421	**진시황전** 광명-진시-01-00	진시황실긔	한글			1916- -	1		광명서관
422	**곽분양전** 광문-곽분-01-01	(백자쳔손)곽분 양실긔	한글	86p.			1		광문서시 경성부 청송동 26
423	**김희경전** 광문-김희-01-01	김희경전	한글	120p. 35전	1917-11-15	1917-11-20	1	鄭敬悳 경성부 종로통 2정목 82번지	광문서시 경성 종로 2정목 8
424	**김희경전** 광문-김희-01-02	김희경전	한글			1919-03-10	2		광문서시
425	**김희경전** 광문-김희-01-03	김희경전	한글	120p. 35전	1922-02-15	1922-02-20	3	鄭敬悳 경성부 가회동 147번지	광문서시 경성부 견지동 80
426	**김희경전** 광문-김희-02-01	녀즁호걸	한글			1917-11-29	1		광문서시
427	**김희경전** 광문-김희-02-02	녀즁호걸	한글	120p. 26전	1919-01-20	1919-01-25	2	鄭敬悳 경성부 종로통	광문서시 경성부 종로통 2정
428	**서태후전** 광문사-서태-01-01	셔태후전	한문	110p. 50전	1922-06-01	1922-06-05	1	高裕相 경성부 남대문통 1정목 17번지	광문사 경성부 경운동 472
429	**양귀비** 광문사-양귀-01-01	양귀비	한글	99p. 30전	1922-08-30	1922-09-01	1	金相冀 경성부 종로 2정목 86번지	광문사 경성부 경운동 47-2

인쇄자 인쇄소 주소	인쇄소 인쇄소 주소	공동 발행	영인본	소장처 및 청구기호	기타	현황
			[활자본고전소설 전집 7]		영인본에 판권지 없음. 발행연도는 해제를 참고.	원문
					조선문학창작사 고전문학연구실, [고전소설 해제]([이본목록], p.636)	출판
					우쾌제, p.135.	출판
		한성도서주식 회사			이능우, p.303.	출판
金重煥 경성부 중림동 333번지	보성사 경성부 수송동 44번지			국립중앙도서관(3 634-2-99(2))	7회의 장회체. <홍계월전>(pp.1~pp.60) 끝난 뒤에 <조선야담>(pp.60~pp.63) 덧붙음.	원문
					<(로쳐녀)고독각시>, 광명서관, 1916(국립중앙도서관 3634-3-47(7))에 '괴동어미젼'으로 기록.	광고
金重煥 경성부 중림동 333번지	보성사 경성부 수송동 44번지		[구활자본고소설 전집 1], [구활자소설총서 11]	국립중앙도서관(3 634-3-47(7))		원문
					<(로처녀)고독각시>, 광명서관, 1916.(국립중앙도서관 소장본(3634-3-47(7)) 광고에 '소양란직금도'로 기록.	광고
					<로쳐녀고독각시>, 광명서관, 1916.(국립중앙도서관 소장본(3634-3-47(7)) 광고에 '수량뎨행락긔'로 기록.	광고
					<노처녀고독각씨>, 광명서관, 1916(국중(3634-3-47(7)) 광고에 '음양염라왕전'으로 수록. 가격은 없음.	광고
金重煥 경성부 중림동 333번지	보성사 경성부 수송동 44번지			연세대학교 도서관(O 811.9308 고대소-2-3)	46쪽에서 활자끝나고 47쪽은필사체로 인쇄됨. '附感應篇 第三券'의 券은 卷의 오기로 보임.	원문
					<노처녀고독각씨>, 광명서관, 1916(국립중앙도서관 소장본(3634-3-47(7)) 광고에 '진시황실긔'로 기록.	광고
				소인호 소장본	원문은 있으나 판권지 없음. 광고지에 발행소 광문서시가 적혀 있어 이를 따름.	원문
鄭敬德 경성부 관훈동 30번지	조선복음인쇄소 경성부 관훈동 30번지			국립중앙도서관(3 634-2-30(11))	저작자 정기성. 판권지 일부가 보이지 않는 것은 '광문-김희-02-02'를 참조. 3판에 초판 발행일 기록.	원문
					3판에 2판 발행일 기록.	출판
金仁煥 경성부 영락정 2정목 85번지	경성신문사 경성부 영락정 2정목 85번지		[활자본고전소설 전집 2], [구활자소설총서 10]	국립중앙도서관(3 634-2-30(10))	편술자 정기성. 초판, 2판 발행일 기록.	원문
					2판에 초판 발행일 기록.	출판
鄭敬德 경성부 관훈동 30번지	조선복음인쇄소 경성부 관훈동 30번지			국립중앙도서관(3 634-2-86(1))	저작자 정기성. 초판 발행일 기록.	원문
李聖杓 경성부 견지동 80번지	계문사 경성부 견지동 80번지			디지털 한글박물관(국립국 어원 소장본)	저작자 이규용. 발매소 10곳(광익서관, 영창서관, 광동서국 외)의 주소있음.	원문
李基禎 경성부 견지동 32번지	한성도서주식회사 경성부 견지동 32번지			디지털 한글박물관(홍윤표 소장본)	저작자: 현병주. '금강어부 현영선 저'. 저자 서문 있음.	원문

번호	작품명 고유번호	표제	문자	면수 가격	인쇄일	발행일	판차	발행자 발행자 주소	발행소 발행소 주소
430	산양대전 광문-산양-01-01	(산양대전) 됴자룡	한글	68p. 25전	1917-05-17	1917-05-20	1	鄭敬惲 경성부 종로통 2정목 82번지	광문서시 경성부 종로통 2정목 82번지
431	신유복전 광문-신유-01-01	신류복전	한글	76p. 25전	1917-03-26	1917-03-29	1	鄭敬惲 경성부 종로통 2정목 82번지	광문서시 경성부 종로통 2정목 82번지
432	신유복전 광문-신유-01-02	신류복전	한글	76p. 18전	1918-11-15	1918-11-20	2	鄭敬惲 경성부 종로통 2정목 82번지	광문서시 경성부 종로통 2정목 82번지
433	유문성전 광문-유문-01-01	류문셩전	한글			1918-02-08	1		광문서시
434	유문성전 광문-유문-01-02	류문셩전	한글	82p. 35전	1918-02-25	1918-03-02	2	鄭敬惲 경성부 종로통 2정목 82번지	광문서시 경성 종로 2정목 82번
435	이춘풍전 광문-이춘-01-01	부인관찰사	한글	106p. 30전	1919-07-15	1919-07-20	1	鄭敬德 경성부 관훈동 30번지	광문서시 경성부 종로통 3정목 12번지
436	장익성전 광문-장익-01-01	장익성전	한글	65p. 25전	1922-01-15	1922-01-20	1	鄭敬惲 경성부 가회동 147번지	광문서시 경성부 견지동 80번
437	장익성전 광문-장익-02-01	룡매긔연	한글	65p. 25전	1922-02-15	1922-03-15	1	鄭敬惲 경성부 가회동 147번지	광문서시 경성부 견지동 80번
438	정수정전 광문-정수정-01-01	녀중호걸	한글			1917-11-29	1		광문서시
439	정수정전 광문-정수정-01-02	녀중호걸	한글	120p. 26전	1919-01-20	1919-01-25	2	鄭敬惲 경성부 종로통	광문서시 경성부 종로통 2정목
440	정수정전 광문-정수정-02-01	녀중호걸	한글			1922-01-12	1		광문서시
441	정수정전 광문-정수정-02-02	녀중호걸	한글	120p.		1924-02-20	2		광문서시
442	주원장창업실기 광문-주원-01-00	朱元璋創業記	한글	15전		1922- -	1		광문서시
443	소대성전 광문책-소대-01-01	(개정)소대셩전	한글		1914-11-16	1914-11-19	1		광문책사
444	소대성전 광문책-소대-01-02	(개정)소대셩전	한글	85p. 25전	1916-01-27	1916-01-30	2	宋基和 평양부 관후리125번지	광문책사 평양부 종로
445	옥린몽 광문책-옥린-01-00-권1	고대쇼셜 옥린몽	한글	30전		1914- -	1	宋基和	광문책사
446	옥린몽 광문책-옥린-01-00-권2	고대쇼셜 옥린몽	한글	30전		1914- -	1	宋基和	광문책사
447	옥린몽 광문책-옥린-01-00-권3	고대쇼셜 옥린몽	한글	30전		1914- -	1	宋基和	광문책사
448	용문전 광문책-용문-01-01	신교 룡문전	한글	91p. 20전	1915-10-21	1915-10-24	1	宋基和 평양부 관후리 125번지	광문책사 평양 종로

쇄자 쇄소 주소	인쇄소 인쇄소 주소	공동 발행	영인본	소장처 및 청구기호	기타	현황
敬德 성부 관훈동 30번지	조선복음인쇄소 경성부 관훈동 30번지			국립중앙도서관(3 634-2-96(8))	10장의 장회체(총목차). 저작자 정기성. 특약점 영창서관, 보신서관, 신명서림.	원문
敬德 성부 관훈동 30번지	조선복음인쇄소 경성부 관훈동 30번지		[활자본고전소설 전집 4]	국립중앙도서관(3 634-2-77(7))	저작자 정기성. 영인본 해제에는 1917년 10월 29일에 발행하였다고 했으나, 2판에 기록된 초판 발행일과 판권지를 감안할 때 초판은 3월 29일에 발행한 것으로 추정.	원문
敬德 성부 관훈동 30번지	조선복음인쇄소 경성부 관훈동 30번지			국립중앙도서관(3 634-2-66(1))	저작자 정기성. 초판 발행일 기록.	원문
					2판에 초판 발행일 기록.	출판
敬德 성부 관훈동 30번지	조선복음인쇄소 경성부 관훈동 30번지			국립중앙도서관(3 634-2-29(2))	저작자 정기성. 상하 합권(상 43p, 하 39p)	원문
敬德 성부 관훈동 30번지	조선복음인쇄소 경성부 관훈동 30번지			양승민 소장본	12p.까지 낙장되어 표제는 이본목록을 따름. 여승구, [古書通信]15, 1999.9.	원문
二煥 성부 영락정 2정목 번지	경성신문사 경성부 영락정 2정목 85번지			국립중앙도서관(3 634-2-57(1))	편술자 정기성.	원문
二煥 성부 영락정 2정목 번지	경성신문사 경성부 영락정 2정목 85번지		[구활자본고소설 전집 20]	국립중앙도서관(3 634-2-90(1))	편술자 정기성.	원문
					2판에 초판 발행일 기록.	출판
敬德 성부 관훈동 30번지	조선복음인쇄소 경성부 관훈동 30번지			국립중앙도서관(3 634-2-86(1))	초판 발행일 기록.	원문
					홍윤표 소장본([이본목록], p.640.)	출판
					홍윤표 소장본([이본목록], p.640.)	원문
					<용매기연>, 광문서시, 1922(국립중앙도서관 소장본(3634-2-90(1)) 광고에 '朱元璋創業記'로 기록.	광고
					2판에 초판 인쇄일, 발행일 기록.	출판
攷祿 양부 신창리 24번지	광문사 평양부 관후리 90번지			국립중앙도서관(3 634-2-31(5))	7회의 장회체(총목차). 초판 인쇄일과 발행일 기록. 도서관 정보에는 저작자의 이름이 韓仁線으로 잘못 기록됨.	원문
					<(개정)소대성전>, 광문책사, 1916(재판, 초판은 1914)(국립중앙도서관 소장본(3634-2-31(5))에 '古代小說 玉隣夢 1, 2, 3 각 정가 30전'으로 기록.	광고
					<(개정)소대성전(2판)>, 광문책사, 1916(초판은 1914)(국립중앙도서관 소장본(3634-2-31(5)) 광고에 '古代小說 玉隣夢 1, 2, 3 각 정가 30전'으로 기록.	광고
					<(개정)소대성전>, 광문책사, 1916(재판, 초판은 1914)(국립중앙도서관 소장본(3634-2-31(5))에 '古代小說 玉隣夢 1, 2, 3 각 정가 30전'으로 기록.	광고
攷祿 양부 신창리 43번지	광문사 평양부 관후리 90번지			국립중앙도서관(3 634-2-70(1))	6회의 장회체(총목차). 저작자 韓仁錫.	원문

번호	작품명 고유번호	표제	문자	면수 가격	인쇄일	발행일	판차	발행자 발행자 주소	발행소 발행소 주소
449	**월봉기** 광문책-월봉-01-01	고대쇼셜 월봉긔	한글	101p.	1916-02-19	1916-02-25	1	宋基和 평양부 관후리 125번지	광문책사 평양부 종로
450	**장풍운전** 광문책-장풍-01-00	장풍운전	한글			1916- -	1		광문책사
451	**장화홍련전** 광문책-장화-01-01	장화홍련전	한글			1915- -	1		광문책사
452	**적벽대전** 광문책-적벽대-01-01	정선 삼국풍진 화용도실긔	한글	181p. 50전	1916-01-05	1916-01-08	1	宋基和 평양부 관후리 125번지	광문책사 평양부 종로
453	**보심록** 광익-보심-01-01	금낭이산(일명 보심록)	한글			1912-12-20	1		광익서관
454	**보심록** 광익-보심-01-02	금낭이산(일명 보심록)	한글			1915-10-02	2		광익서관
455	**보심록** 광익-보심-01-03	금낭이산(일명 보심록)	한글			1916-12-12	3		광익서관
456	**보심록** 광익-보심-01-04	금낭이산(일명 보심록)	한글	140p.		1917-12-28	4		광익서관
457	**보심록** 광익-보심-01-05	금낭이산(일명 보심록)	한글				5		광익서관
458	**보심록** 광익-보심-01-06	금낭이산(일명 보심록)	한글	140p. 45전	1924-01-25	1924-01-30	6	高敬相 경성부 종로통 2정목 87번지	광익서관 경성부 종로통 2정목 87번지
459	**악의전** 광익-악의-01-01	악의젼 단젼	한글	99p. 40전	1918-01-22	1918-01-25	1	李圭瑢 경성부 수송동 69번지	광익서관 경성부 종로통 2정목 87번지
460	**옥련몽** 광익-옥련-01-01-권1	옥련몽 / 제1	한글				1		광익서관
461	**옥련몽** 광익-옥련-01-01-권2	옥련몽 / 제2	한글				1		광익서관
462	**옥련몽** 광익-옥련-01-01-권3	옥련몽 / 제3	한글				1		광익서관
463	**옥련몽** 광익-옥련-01-01-권4	옥련몽 / 제4	한글				1		광익서관
464	**옥련몽** 광익-옥련-01-01-권5	옥련몽 / 제5	한글	128p. 2원50전 (전5책)	1935-02-22	1935-02-25	1		광익서관 경성 삼각정 80번지
465	**옥루몽** 광익-옥루-01-01-권1	현토 옥루몽	한문			1918- -	1		광익서관
466	**옥루몽** 광익-옥루-01-01-권2	현토 옥루몽	한문			1918- -	1		광익서관
467	**옥린몽** 광익-옥린-01-01-상	현토 옥린몽	한문	211p. 1원	1918-11-20	1918-11-25	1	高敬相 경성부 종로 2정목 87번지	광익서관 경성부 종로 2정목 87번지
468	**옥린몽** 광익-옥린-01-01-하	현토 옥린몽	한문	230p. 1원	1918-11-20	1918-11-25	1	高敬相 경성부 종로 2정목 87번지	광익서관 경성부 종로 2정목 87번지
469	**제갈량** 광익-제갈-01-01	(삼국풍진) 제갈량	한글			1915-10-11	1	玄公廉	광익서관

!쇄자 !쇄소 주소	인쇄소 인쇄소 주소	공동 발행	영인본	소장처 및 청구기호	기타	현황
致祿 양부 신창리 24번지	광문사 평양부 관후리 90번지		[구활자본고소설 전집 29], [구활자소설총서 9]		저작자 한인석.	원문
					<소대성전>, 광문책사, 1916(국립중앙도서관 소장본(3634-2-31(5)) 광고에 '張風雲傳'으로 수록.	광고
					우쾌제, p.134.	출판
致祿 양부 신창리 24번지	광문사 평양부 관후리 90번지			국립중앙도서관(3 634-2-88(1))		원문
					6판에 초판 발행일 기록.	출판
					조희웅 소장본. [이본목록](p.190)에 2판 발행일 기록.	원문
					조희웅 소장본. [이본목록](p.190)에 3판 발행일 기록.	원문
					조희웅 소장본. [이본목록](p.190)에 4판 발행일 기록.	원문
					6판이 있어서 5판도 있을 것으로 추정.	출판
聖杓 성부 황금정 2정목 48번지	융문관인쇄소 경성부 황금정 2정목 148번지			국립중앙도서관(3 634-2-17(4))	상하 합철(상 pp.1~76, 하 pp.77~140). 초판 발행일 기록.	원문
弘奎 성부 가회동 216번지	보성사 경성부 수송동 44번지			연세대학교 도서관(O 811.9308 고대소-5-6)	18회의 장회체.	원문
					5권이 있어서 1권도 있을 것으로 추정.	출판
					5권이 있어서 2권도 있을 것으로 추정.	출판
					5권이 있어서 3권도 있을 것으로 추정.	출판
					5권이 있어서 4권도 있을 것으로 추정.	출판
永求 성 종로 3정목 6번지	광성인쇄소			김종철 소장본	저작자 高丙敦.	원문
					哈燕, [韓籍簡目 2], K5973.5/1145([이본목록], p.419)	출판
					哈燕, [韓籍簡目 2], K5973.5/1145([이본목록], p.419)	출판
家恒衛 성부 명치정 1정목 번지	일한인쇄소 경성부 명치정 1정목 54번지			서울대학교 도서관(일석 813.5 Y58h v.1)	53회의 장회체(상권 1회~26회, 총목차). 원문 이미지 파일과 링크되어 원문 보기 가능.	원문
家恒衛 성부 명치정 1정목 번지	일한인쇄소 경성부 명치정 1정목 54번지			서울대학교 도서관(일석 813.5 Y58h v.2)	53회의 장회체(하권 27회~53회, 총목차). 원문 이미지 파일과 링크되어 원문 보기 가능.	원문
					2판에 초판 발행일 기록. 저자, 발행자는 [연구보정](p.924)을 참고, 일본 평전 <제갈량>을 번역하면서 고소설화 함.(김성철, 2010)	출판

번호	작품명 고유번호	표제	문자	면수 가격	인쇄일	발행일	판차	발행자 발행자 주소	발행소 발행소 주소
470	제갈량 광익-제갈-01-02	(삼국풍진) 제갈량	한글	160p. 50전	1917-06-26	1917-06-30	2	玄公廉 경성부 계동 99번지	광익서관 경성부 종로통 2정목 87번지
471	제갈량 광익-제갈-01-03	(삼국풍진) 제갈량	한글	160p. 35전	1918-12-15	1918-12-20	3	玄公廉 경성부 계동 99번지	광익서관 경성부 종로통 2정목 87번지
472	타호무송 광익-타호-01-01	타호무송	한글	92p. 40전	1918-03-30	1918-04-03	1	高敬相 경성부 종로 2정목 87번지	광익서관 경성부 종로 2정목 87번지
473	화옥쌍기 광익-화옥-01-01-상	화옥쌍긔 상	한글			1914-10-10	1	李鍾楨	광익서관
474	화옥쌍기 광익-화옥-01-01-하	화옥쌍긔 하	한글			1914-10-10	1	李鍾楨	광익서관
475	화옥쌍기 광익-화옥-01-02-상	화옥쌍긔 샹	한글	82p.	1918-03-12	1918-03-18	2	李鍾楨	광익서관
476	화옥쌍기 광익-화옥-01-02-하	화옥쌍긔 하	한글	78p. 35전	1918-03-12	1918-03-18	2	李鍾楨 경성부 송현동 71번지	광익서관 경성부 종로 2정목 87번지
477	김진옥전 광학-김진-01-01	김진옥전	한글			1926- -	1		광학서포
478	박씨전 광학-박씨-01-01	박씨젼, 일명 박씨부인젼	한글	74p.		1925- -	1		광학서포
479	사대장전 광학-사대-01-01	사대장전	한글	33p. 20전	1926-01-20	1926-01-29	1	庾錫祚 경성 종로 3정목 78번지	광학서포 경성 종로 3정목 78번
480	신미록 광학-신미-01-01	홍경래실기	한글			1917- -	1		광학서포
481	정수정전 광학-정수정-01-01	고대소설 녀장군전	한글	72p. 25전	1926-01-20	1926-01-25	1	庾錫祚 경성부 종로 3정목 78번지	광학서포 경성부 종로 3정목 78번지
482	홍장군전 광학-홍장-01-01	(義勇雙全)洪將 軍傳	한글	175p. 50전	1926-02-15	1926-02-20	1	庾錫祚 경성 종로 3정목 78번지	광학서포 경성 종로 3정목 78번
483	강릉추월 광한-강릉-01-01	강릉츄월	한글	79p. 25전	1928-11-03	1928-11-05	1	金天熙 경성부 종로 2정목 42번지	광한서림 경성부 종로 2정목 42번지
484	곽해룡전 광한-곽해-01-01	곽해룡전	한글	58p. 25전	1928-12-05	1928-12-10	1	金天熙 경성 종로 2정목 42번지	광한서림 경성 종로 2정목 42번
485	서상기 광한-서상-01-00	서상기	한글			1914- -	1		광한서림
486	서시전 광한-서시-01-01	(絶世美人) 서시전	한글	41p. 20전	1929-12-20	1929-12-25	1	金松圭 경성 종로 2정목 42번지	광한서림 경성 종로 2정목 42번
487	유충렬전 광한-유충-01-01	류츙렬젼	한글	99p. 30전	1929-01-13	1929-01-15	1	金天熙 경성 종로 2정목 42번지	광한서림 경성 종로 2정목 42번
488	육효자전 광한-육효-01-01	륙효자전	한글	76p. 30전			1	申泰三 경성부 종로 141번지	광한서림 경서부 종로 2정목 42번지
489	춘향전 광한-춘향-01-01	츈향뎐	한글	120p.		1926-02-27	1	金天熙	광한서림

쇄자 쇄소 주소	인쇄소 인쇄소 주소	공동 발행	영인본	소장처 및 청구기호	기타	현황
弘奎 성부 가회동 216번지	보성사 경성부 수송동 44번지		[구활자본고소설전집 13]	국립중앙도서관(3634-2-29(8))	초판 발행일 기록. 15장의 장회체(총목차). 일본 평전 <제갈량>을 번역하면서 고소설화 함.(김성철, 2010).	원문
弘奎 성부 가회동 216번지	보성사 경성부 수송동 44번지			정명기 소장본	초판, 2판 발행일 기록. 15장의 장회체(총목차)	원문
弘奎 성부 가회동 216번지	보성사 경성부 수송동 44번지		[구활자본고소설전집 16], [구활자소설총서 6]	국립중앙도서관(3634-2-6(2))	<타호무송>은 중국소설 <수호전>을 부분 번역, 편집한 작품(곽정식, 2010)	원문
					2판에 초판 발행일 기록.	출판
					2판에 초판 발행일 기록.	출판
			[활자본고전소설전집 12]		19회의 장회체(상 1회~10회, 하 11회~19회)	원문
禹澤 성부 공평동 54번지	성문사 경성부 공평동 55번지			국립중앙도서관(3634-2-61(1))	19회의 장회체(상 1회~10회, 하 11회~19회). 초판 발행일 기록.	원문
					소재영 외, p.165.	원문
				서울대학교 도서관(MFF 951.06 C718ik)	C.V. Starr East Asian Library (Columbia University).	원문
福景 성부 수송동 69번지	보명사인쇄소 경성부 수송동 69번지		[구활자본고소설전집 4]	서울대학교 도서관(3350 17)	6회의 장회체.	원문
					우쾌제, p.138.	출판
翼洙 성부 황금정 2-21	신문관			정명기 소장본		원문
福景 성부 수송동 69번지	보명사 경성부 수송동 69번지			영남대학교 도서관(도 813.5 ㅎ671)	18회의 장회체(상 1~9회, 하 10회~18회). 상하합편(상 pp1~95, 하 pp.1~80). 판권지 훼손으로 광학서포 외 2개의 발행소를 알 수 없음.	원문
在涉 성부 견지동 32번지	한성도서주식회사 경성부 견지동 32번지			국립중앙도서관(3634-3-62(3))	10회의 장회체. [연구보정](p.22)의 국립중앙도서관 소장본(3634-3-62=3)은 '덕흥-강릉-01-01의 오류로 보임.	원문
翰柱 성부 관훈동 30번지	희문관 경성부 관훈동 30번지			서울대학교 도서관(MFF 951.06 C718ik v.103)	C.V. Starr East Asian Library (Columbia University). 마이크로필름.	원문
					우쾌제, p.127.	출판
根澤 성부 수송동 27번지	선광인쇄주식회사 경성부 수송동 27번지			국립중앙도서관(3634-3-54(7))	발행겸총판매소 광한서림.	원문
在涉 성부 견지동 32번지	한성도서주식회사 경성부 견지동 32번지			국립중앙도서관(3634-2-100(1))	상하합편(상 pp.1~46, 하 pp.47~99)	원문
永求 성부 종로 3정목 6번지	광성인쇄소 경성부 종로 3정목 156번지			정명기 소장본	판권지 일부분이 훼손되어 인쇄일, 발행일 알 수 없음, 박건회 편술.	원문
					[이본목록](p.775)에 영남대학교 도서관 소장본(도남813.5)이 있다고 하였으나, 확인할 수 없음.	출판

번호	작품명 고유번호	표제	문자	면수 가격	인쇄일	발행일	판차	발행자 발행자 주소	발행소 발행소 주소
490	춘향전 광한-춘향-02-01	츈향뎐	한글	120p.		1928- -	1		광한서림 경성 종로 2정목 42
491	충효야담집 광한-충효-01-01	忠孝野談集	한글	478p.	1944.05.22	1944-05-28	1	金田松圭 경성부 종로구 종로 6정목 81번지	광한서림 경성부 종로구 종로 6정목 81번지
492	행화촌 광한-행화-01-01	(新小說)杏花村	한글	64p. 25전	1931-03-18	1931-03-20	1	金松圭 경성부 종로 2정목 42번지	광한서림 경성부 종로 2정목 42번지
493	배비장전 국제-배비-01-01	裵裨將傳	한글	111p. 300원		1950-04-25	1	河敬德	국제문화관 서울특별시 중구 충무로 2가 3
494	서산대사전 국제신-서산-01-01	서산대사	한글	313p.		1958- -	1		국제신보사출판부
495	보심록 근흥-보심-01-01	명사십리	한글	94p.		1946-01-30	1		근흥인서관
496	옥루몽 금광-옥루-01-01-권1	원본 언토 옥루몽	한문	213p.		1924- -	1		금광서림
497	옥루몽 금광-옥루-01-01-권2	원본 언토 옥루몽	한문	201p.		1924- -	1		금광서림
498	옥루몽 금광-옥루-01-01-권3	원본 언토 옥루몽	한문	202p.		1924- -	1		금광서림
499	흥무왕연의 김재홍-흥무-01-01	興武王三韓傳	한문	143p. 1원50전	1921-01-30	1921-02-10	1	金在鴻 경성부 임정 243번지	김재홍가 경성부 본정 5정목 11번지
500	숙영낭자전 대동-숙영-01-01	(특별) 숙영낭자전	한글			1915-05-31	1	朴健會	대동서원
501	숙영낭자전 대동-숙영-01-02	(특별) 숙영낭자전	한글			1916-01-19	2		대동서원
502	숙영낭자전 대동-숙영-01-03	(특별) 숙영낭자전	한글			1916-11-28	3		대동서원
503	숙영낭자전 대동-숙영-01-04	(특별) 숙영낭자전	한글			1917-06-30	4		대동서원
504	숙영낭자전 대동-숙영-01-05	(특별) 숙영낭자전	한글	61p. 25전	1917-11-09	1917-11-13	5	朴健會 경성부 낙원동 85번지	대동서원 경성부 관훈동 117
505	숙영낭자전 대동-숙영-01-06	(특별) 숙영낭자전	한글	52p. 14전	1918-11-15	1918-11-27	6	朴健會 경성부 낙원동 85번지	대동서원 경성부 관훈동 117
506	어룡전 대동-어룡-01-01	어룡전	한글			1928- -	1		대동서원
507	적벽대전 대동-적벽대-01-00	화용도실기	한글			1917- -	1		대동서원
508	제마무전 대동-제마-01-00	마무전	한글			1916- -	1		대동서원
509	청년회심곡 대동-청년-01-01	청년회심곡	한글			1914- -	1		대동서원
510	인현왕후전 대동성-인현-01-01	민중전실긔	한글	78p. 40전	1924-04-25	1924-05-05	1	韓鳳熙 경성부 청진동 177번지	대동성문사 경성부 견지동 80번

인쇄자 인쇄소 주소	인쇄소 인쇄소 주소	공동 발행	영인본	소장처 및 청구기호	기타	현황
				영남대학교 중앙도서관(도 813.5 ㅊ788ㅊ)	p.1 제목 아래에 '부 신식창가 급 장가'. 판권지가 없어 발행 사항은 도서관 서지정보를 따름.	원문
山昌煥 성부 종로구 종로 정목 156번지	광성인쇄소 경성부 종로구 종로 3정목 156번지	신흥서관		대구광역시립 서부도서관(鄕813. 5-김55ㅊ)	'토끼의 肝, 乙支文德' 외 다수 합철.	원문
仁煥 성부 공평동 55번지	대동인쇄소 경성부 공평동 55번지			서울대학교 도서관(3340 99)	신소설인듯 하나 신소설 목록에 없고, 도서관에서 고대소설로 분류하여 일단 기록함.	원문
	대건인쇄소			국립중앙도서관(일 모813.5-김534ㅂ)	<옹고집전> 합철.	원문
				국회도서관(811.32 ㅅ213ㅅ)		원문
				박순호 소장본	표지에 '서울 근흥인서관 발행'. 편집자 박승태(p.1). 발행일, 형태사항은 조희웅 소장본([이본목록], p.190) 참고.	원문
					64회 장회체(1권 1~21회, 2권 22~44회, 3권 45~64회). 哈燕, [韓籍簡目 2], K5973.5/1133([이본목록], p.419)	출판
					64회 장회체(1권 1~21회, 2권 22~44회, 3권 45~64회). 哈燕, [韓籍簡目 2], K5973.5/1133([이본목록], p.419)	출판
					64회 장회체(1권 1~21회, 2권 22~44회, 3권 45~64회). 哈燕, [韓籍簡目 2], K5973.5/1133([이본목록], p.419)	출판
田正治郎 성 태평통 2정목 28번지	신명서림인쇄부			정명기 소장본	金在鴻 編.	원문
		광동서국, 태학서관			5판과 6판에 초판 발행일 기록.	출판
		광동서국, 태학서관			5판에 2판 발행일 기록.	출판
		광동서국, 태학서관			5판에 3판 발행일 기록.	출판
		광동서국, 태학서관			5판에 4판 발행일 기록.	출판
弘奎 성부 가회동 216번지	보성사 경성부 수송동 44번지	광동서국, 태학서관		국립중앙도서관(3 634-2-82(6))	6회의 장회체(목차). 초판~4판의 발행일 기록. <숙영낭자전>(pp.1~37),과 <감응편 3권>(pp.38~61) 합철.	원문
禹澤 성부 공평동 54번지	성문사 경성부 공평동 55번지	광동서국		국립중앙도서관(3 634-2-82(10))	6회의 장회체(목차). 초판 발행일 기록. <숙영낭자전>(pp.1~30),과 <감응편 3권>(pp.31~52) 합철.	원문
					우쾌제, p.129.	출판
		보급서관			우쾌제, p.138.	출판
					우쾌제, p.125.	출판
					우쾌제, p.136.	출판
重煥 성부 견지동 80번지	신생활사인쇄부 경성부 견지동 80번지			단국대학교 도서관(고 853.6081 한295ㅁ)		원문

번호	작품명 고유번호	표제	문자	면수 가격	인쇄일	발행일	판차	발행자 발행자 주소	발행소 발행소 주소
511	**구운몽** 대산-구운-01-01	(고대소설) 구운몽	한글	60전	1925-12-20	1925-12-25	1	李冕宇 경성부 종로 3정목 71번지	대산서림 경성부 종로 3정목 71번지
512	**권용선전** 대산-권용-01-01	(古代小說) 權龍仙傳	한글	87p. 30전		1926-02-15	1	李冕宇 경성부 종로 3정목 71번지	대산서림 경성부 종로 3정목 71번지
513	**당태종전** 대산-당태-01-01	(古代小說) 당태종전	한글	38p.		1926- -	1		대산서림
514	**사씨남정기** 대산-사씨-01-01	사시남졍긔	한글	77p. 25전	1925-12-20	1925-12-25	1	李冕宇 경성부 종로 3정목 71번지	대산서림 경성부 종로 3정목 71번지
515	**삼국대전** 대산-삼국대-01-01	삼국대전	한글	109p. 35전	1926-10-20	1926-10-25	1	韓鳳熙 경성부 종로 3정목 71번지	대산서림 경성부 종로 3정목 71번지
516	**서상기** 대산-서상-01-01	演譯 西廂記	한문	45전	1925-10-25	1925-10-30	1	李冕宇 경성부 종로 3정목 -11번지	대산서림 경성 종로 3정목 71 -11번지
517	**이대봉전** 대산-이대-01-01	(고대소설) 리대봉전	한글	52p. 20전	1925-10-20	1925-10-29	1	李冕宇 경성부 종로 3정목 71번지	대산서림 경성부 종로 3정목 71번지
518	**인현왕후전** 대산-인현-01-01	閔中展實記	한글			1924-05-05	1		대산서림
519	**인현왕후전** 대산-인현-01-02	閔中展實記	한글	78p. 40전	1925-11-15	1925-11-20	2	韓鳳熙 경성부 종로 3정목 71번지	대산서림 경성부 종로 3정목 71번지
520	**토끼전** 대산-토끼-01-01	兎의肝: 별쥬부가	한글	94p.		1925- -	1		대산서림
521	**현수문전** 대산-현수-01-01	(고대소설) 현슈문전	한글	115p. 35전	1926-02-05	1926-02-10	1	李冕宇 경성부 종로 3정목 71번지	대산서림 경성부 종로 3정목 71번지
522	**홍계월전** 대산-홍계-01-01	홍계월전	한글	52p. 20전	1926-01-20	1926-01-25	1	李冕宇 경성부 종로 3정목 71번지	대산서림 경성부 종로 3정목 71번지
523	**결초보은** 대성-결초-01-01	(家庭悲劇) 結草報恩	한글	75p. 30전	1930-12-15	1930-12-20	1	姜殷馨 경성부 입정정 119번지	대성서림 경성부 입정정 119번
524	**광해주실기** 대성-광해-01-01	光海主實記	한글				1		대성서림
525	**서한연의** 대성-서한-01-01	초한전	한글	79p.		1929- -	1		대성서림
526	**숙종대왕실기** 대성-숙종-01-01	숙종대왕실기	한글				1		대성서림
527	**심청전** 대성-심청-01-01	교명 심청전	한글			1928- -	1	姜殷馨	대성서림
528	**심청전** 대성-심청-01-02	교명 심청전	한글	54p.		1929- -	2	姜殷馨	대성서림
529	**십생구사** 대성-십생-01-01	(충의소설)십생 구사	한글			1923-01-23	1	姜夏馨	대성서림
530	**십생구사** 대성-십생-01-02	(충의소설)십생 구사	한글				2		대성서림
531	**십생구사** 대성-십생-01-03	(충의소설)십생 구사	한글				3		대성서림

쇄자 쇄소 주소	인쇄소 인쇄소 주소	공동 발행	영인본	소장처 및 청구기호	기타	현황
翼洙 성부 황금정 2정목 번지	신문관 경성부 황금정 2정목 21번지			김종철 소장본		원문
翼洙 성부 황금정 2정목 번지	신문관 경성부 황금정 2정목 21번지			영남대학교 도서관(도 813.5 ㄱ532)	인쇄일은 판권지가 가려져 안보임.	원문
				충남대학교 도서관(학산 811.31 당832)		원문
翼洙 성부 황금정 2정목 번지	신문관 경성부 황금정 2정목 21번지		[조동일소장국문 학연구자료 21]			원문
錫瀅 성부 익선동 36번지	해영사인쇄소 경성부 수은동 68번지			정명기 소장본		원문
禹澤 성부 공평동 55번지	대동인쇄주식회사 경성부 공평동 55번지			단국대학교 율곡도서관(고 853.5 연681)		원문
翼洙 성부 황금정 2정목 번지	신문관 경성부 황금정 2정목 21번지			국립중앙도서관(3 634-2-71(2))		원문
					2판에 초판 발행일 기록.	출판
鍾憲 성부 수송동 69번지	보명사인쇄소 경성부 수송동 69번지			국립중앙도서관(朝 48-A8)	초판 발행일 기록.	원문
				영남대학교 도서관(도 813.6 ㅌ82 -1925)		원문
翼洙 성부 황금정 2정목 번지	신문관 경성부 황금정 2정목 21번지			서울대학교 도서관(3350 46)		원문
翼洙 성부 황금정 2정목 번지	신문관 경성부 황금정 2정목 21번지			디지털 한글박물관(홍윤표 소장본)		원문
翁柱 성부 관훈동 30번지	동아인쇄소 경성부 관훈동 30번지			서울대학교 도서관(3340 95)	도서관 서지정보에는 '劉鍊成 作'이라고 되어 있음	원문
				이수봉 소장본([이본목록], p.41)		원문
				Skillend, p.219.		출판
				이수봉 소장본([이본목록], p.324)		원문
				崔雲植, [沈淸傳硏究], p.89.([이본목록], p.357. 재인용)		원문
				崔雲植, [沈淸傳硏究], p.89.([이본목록], p.357. 재인용)		원문
					5판, 6판에 초판 발행일 기록.	출판
					5판, 6판이 있어서 2판도 있을 것으로 추정.	출판
					5판, 6판이 있어서 3판도 있을 것으로 추정.	출판

번호	작품명 고유번호	표제	문자	면수 가격	인쇄일	발행일	판차	발행자 발행자 주소	발행소 발행소 주소
532	십생구사 대성-십생-01-04	(충의소설)십생 구사	한글				4		대성서림
533	십생구사 대성-십생-01-05	(충의소설)십생 구사	한글	50p. 20전	1929-10-30	1929-11-04	5	姜夏馨 경성부 입정정 119번지	대성서림 경성부 입정정 119
534	십생구사 대성-십생-01-06	(충의소설)십생 구사	한글	50p. 20전	1930-10-05	1930-10-10	6	姜夏馨 경성부 입정정 119번지	대성서림 경성부 입정정 119
535	열국지 대성-열국-01-01	렬국지	한글	263p. 90전	1930-11-10	1930-11-15	1	姜殷馨 경성부 입정정 199번지	대성서림 경성부 입정정 199
536	영조대왕야순기 대성-영조-01-01	영조대왕야순긔	한글	74p. 35전	1929-11-10	1929-11-15	1	姜殷馨 경성부 입정정 119번지	대성서림 경성부 입정정 119
537	옥단춘전 대성-옥단-01-01	옥단츈젼	한글			1928-10-23	1		대성서림
538	옥단춘전 대성-옥단-01-02	옥단츈젼	한글	36p. 15전	1929-12-05	1929-12-10	2	姜殷馨 경성부 입정정 119번지	대성서림 경성부 입정정 119
539	일지매실기 대성-일지-01-01	포도대장 장지항과 의도 일지매실긔	한글	42p. 20전	1929-11-10	1929-11-16	1	姜殷馨 경성부 입정목 119번지	대성서림 경성부 입정정 119
540	임호은전 대성-임호-01-01	림호은젼	한글				1		대성서림
541	장백전 대성-장백-01-01	(고대소설) 장백젼	한글	61p. 20전	1936-11-20	1936-11-25	1	姜殷馨 경성부 입정정 119번지	대성서림 경성부 입정정 119
542	장화홍련전 대성-장화-01-01	장화홍연전	한글	40p.			1		대성서림 경성 입정정 119
543	조생원전 대성-조생-01-01	천리츈색	한글	54p. 25전	1925-10-05	1925-10-12	1	姜殷馨 경성부 입정정 119번지	대성서림 경성부 입정정 119
544	조웅전 대성-조웅-01-01	죠웅젼	한글	94p. 30전	1928-10-10	1928-10-18	1	姜殷馨 경성부 입정정 119번지	대성서림 경성부 입정정 119
545	조웅전 대성-조웅-01-02	죠웅젼	한글	94p. 30전	1929-12-20	1929-12-28	2	姜殷馨 경성부 입정정 119번지	대성서림 경성부 입정정 119
546	지성이면감천 대성-지성-01-01	지성이면감텬	한글	90p. 40전	1930-11-10	1930-11-15	1	姜殷馨 경성부 입정정 119번지	대성서림 경성부 입정정 119
547	천도화 대성-천도-01-01	蘇翰林傳	한글			1928- -	1		대성서림
548	청산녹수 대성-청산-01-01	청산녹수	한글			1925-10-15	1		대성서림
549	청산녹수 대성-청산-01-02	청산록슈	한글	52p. 20전	1929-11-05	1929-11-10	2	姜殷馨 경성부 입정정 119번지	대성서림 경성부 입정정 119
550	춘향전 대성-춘향-01-01	(언문)츈향전	한글	79p. 25전	1928-10-10	1928-10-22	1	姜殷馨 경성부 입정정 119번지	대성서림 경성부 입정정 119
551	호상몽 대성-호상-01-01	청죠와 호상몽	한글	57p.	1947-11-30	1947-12-15	1	姜殷馨 한성시 창신동 138의 14호	대성서림 한성시 창신동 138의 14호
552	구운몽 대조-구운-01-01	(고대소설) 구운몽	한글	180p.			1		대조사
553	권익중전 대조-권익-01-01	권익중전	한글	51p.		1959- -	1		대조사

인쇄자 인쇄소 주소	인쇄소 인쇄소 주소	공동 발행	영인본	소장처 및 청구기호	기타	현황
					5판, 6판이 있어서 4판도 있을 것으로 추정.	출판
禹澤 경성부 공평동 55번지	대동인쇄주식회사 경성부 공평동 55번지			서울대학교 도서관(3350 156)	초판 발행일 기록.	원문
翰柱 경성부 관훈동 30번지	동아인쇄소 경성부 관훈동 30번지		[구활자본고소설 전집 8]	국립중앙도서관(3 634-2-77(5))	초판 발행일 기록. 서지정보에는 본문이 53p로 기록되었으나, 실제로는 50p로 끝남.	원문
仁煥 경성부 공평동 55번지	대동인쇄소 경성부 공평동 55번지			정명기 소장본	3편으로 구성(제1편 오자서(108p.) 제2편 제환공(70p.), 제3편 진문공(84p.))	원문
禹澤 경성부 공평동 55번지	대동인쇄주식회사 경성부 공평동 55번지		[구활자본고소설 전집 9]	국립중앙도서관(3 634-3-52(3))	2편 합철(1편 pp.1~32, 2편 pp.32~64, 부록 pp.65~74). 1면에 '이규용 저'.	원문
					2판에 초판 발행일 기록.	출판
禹澤 경성부 공평동 55번지	대동인쇄주식회사 경성부 공평동 55번지			국립중앙도서관(3 634-2-90(6))	초판 발행일 기록.	원문
根澤 경성부 수송동 27번지	조광인쇄주식회사 경성부 수송동 27번지			국립중앙도서관(3 634-2-36(1))	[연구보정](p.814)에는 국문필사본으로 되어있으나 활자본임.	원문
					상하합편. 소재영 외, p.209.	원문
翰柱 경성부 관훈동 30번지	동아인쇄소 경성부 관훈동 30번지			국립중앙도서관(3 634-2-50(5))	인쇄일, 발행일 기록에 덧붙인 자국 있음.	원문
				디지털 한글박물관(홍윤표 소장본)	판권지 훼손으로 발행소 외에는 알 수 없음.	원문
熙榮 경성부 수은동 68번지	해영사인쇄소 경성부 수은동 68번지			서울대학교 도서관(3340 123)		원문
敎瓚 경성부 황금정 정목21번지	신문관 경성부 황금정 2정목 21번지			국립중앙도서관(3 634-2-75(4))	상중하 3권 1책(상 pp.1~33, 중 pp.34~64, 하 pp.65~94). 2판에 초판 발행일 기록.	원문
禹澤 경성부 공평동 55번지	대동인쇄주식회사 경성부 공평동 55번지			국립중앙도서관(3 634-2-75(5))	상중하 3권 1책(상 pp.1~33, 중 pp.34~64, 하 pp.65~94). 초판 발행일 기록.	원문
翰柱 경성부 관훈동 30번지	동아인쇄소 경성부 관훈동 30번지			서울대학교 도서관(3340 67)		원문
					소재영 외, p.177.	원문
					2판에 초판 발행일 기록.	출판
禹澤 경성부 공평동 55번지	대동인쇄주식회사 경성부 공평동 55번지			서울대학교 도서관(3340 29)	초판 발행일 기록.	원문
敎瓚 경성부 황금정 2정목 1번지	신문관 경성부 황금정 2정목 21번지		[구활자본고소설 전집 15]	국립중앙도서관(3 634-2-97(7))	단락 나눔 없이 (도령), (방자)와 같이 화자 표시.	원문
	경성합동인쇄소 한성시 인현동 1가 113번지			박순호 소장본		원문
				개인 소장본.	판권지 없어 발행사항 불명. 동일 판본 2종. 한 판본의 가격은 '600환'으로 인쇄 '150원'으로 고무인, 다른 판본의 가격은 둘 다 고무인으로 '600환'과 '250원'임.	원문
				연세대학교 도서관(이석호 811.9308 59가 -1)	古代小說集. 第1輯, 大造社編輯部 編. 형태사항:1책(면수복잡) ; 19cm, 내용: 춘향전, 권익중전, 홍길동전, 초한전)	원문

번호	작품명 고유번호	표제	문자	면수 가격	인쇄일	발행일	판차	발행자 발행자 주소	발행소 발행소 주소
554	금방울전 대조-금방-01-01	금방울전	한글			1959- -	1		대조사
555	김인향전 대조-김인-01-01	김인향전	한글	32p.			1		대조사
556	미인도 대조-미인도-01-01	미인도	한글	47p.		1956-03-30	1		대조사
557	박문수전 대조-박문-01-00	어사박문수전	한글	32p.		1959- -	1	大造社編輯部	대조사
558	박씨전 대조-박씨-01-01	박씨전	한글	46p.		1959- -	1		대조사
559	사명당전 대조-사명-01-01	셔산대사 사명당젼	한글	40p.		1958- -	1		대조사
560	사명당전 대조-사명-02-01	사명당전	한글	40p.		1959- -	1		대조사
561	서산대사전 대조-서산-01-01	셔산대사 사명당젼	한글	70p.		1958- -	1		대조사
562	서산대사전 대조-서산-02-01	서산대사전	한글	30p.		1959- -	1		대조사
563	서한연의 대조-서한-01-01	초한전	한글			1959- -	1	大造社編輯部	대조사
564	섬동지전 대조-섬동-01-01	섬동지전	한글	27p.		1959- -	1		대조사
565	섬동지전 대조-섬동-02-01	둑겁젼	한글	27p. 100환	1960-01-05	1960-01-10	1		대조사 서울특별시 가회동
566	숙영낭자전 대조-숙영-01-01	숙영낭자전	한글	25p.		1959- -	1	大造社編輯部	대조사
567	숙향전 대조-숙향-01-01	숙향전	한글			1959- -	1		대조사
568	신유복전 대조-신유-01-01	신유복전	한글	58p.		1959- -	1		대조사
569	심청전 대조-심청-01-01	심청전	한글			1959- -	1	大造社編輯部	대조사
570	어룡전 대조-어룡-01-01	어룡전	한글	60p.		1958-10-15	1	大造社編輯部	대조사
571	어룡전 대조-어룡-02-01	어룡전	한글	60p.		1959- -	1	大造社編輯部	대조사
572	옥낭자전 대조-옥낭-01-01	옥낭자전	한글	30p.		1959- -	1		대조사
573	옥낭자전 대조-옥낭-02-00	옥낭자	한글			1960- -	1		대조사
574	옥단춘전 대조-옥단-01-01	옥단츈전	한글	28p.		1958- -	1		대조사

인쇄자 인쇄소 주소	인쇄소 인쇄소 주소	공동 발행	영인본	소장처 및 청구기호	기타	현황
				연세대학교 도서관(이석호 811.9308 59가 -3)	[古代小說集 第3輯]에 숙향전, 박문수전 등과 합철.	원문
					홍윤표 소장본.([이본목록], p.99)	원문
					김귀석, 2002.	원문
				고려대학교 도서관(897.3308 1959 3)	[古代小說集] 第3輯에 <숙향전>, <금방울전>, <두껍전>, <숙영낭자전>, <정수경전>과 합철.	원문
					조희웅 소장본([연구보정], p.270)	원문
				연세대학교 도서관(294.36109 2 휴정 58가)	<서산대사>와 합철. '대조-서산-01-00'와 합철.	원문
					[연구보정], p.321.	출판
				연세대학교 도서관(294.36109 2 휴정 58가)	<사명당전>과 합철. '대조-사명-01-01'와 청구기호 동일.	원문
					[이본목록], p.248.('서산대사부록' 포함)	원문
			古代小說集. 第1輯	연세대학교 도서관(이석호811. 9308 59가-1)	춘향전, 권익중전, 홍길동전과 합철.	원문
					조희웅 소장본([이본목록], p.278)	원문
				개인소장본		원문
			[古代小說集 第3輯]	연세대학교 도서관(이석호 811.9308 59가 -3)	<숙향전>, <박문수전>, <금방울전>, <두껍전>, <정수경전>과 합본.	원문
				고려대학교 도서관(897.3308 1959 3)	[고전소설집 제3집]에 실려있으며 박문수전, 금방울전, 두껍전, 숙영낭자전, 정수경전 등과 합철.	원문
					古代小說集 第4輯	원문
			古代小說集 第2輯	연세대학교 도서관(이석호811. 930859가-2)	내용주기 : 심청전. - 장화홍연전. - 조웅전. - 사명당	원문
					홍윤표 소장본([이본목록], p.382)	원문
				부산대학교 도서관(IJ11 811.35 대75ㅇ)		원문
				연세대학교 도서관(이석호 811.9308 59가 -4)	[古代小說集] 第4輯에 '신유복전, 박씨전, 장끼전, 회심곡, 유충열전'과 합철.	원문
					소재영 외, p.188.	원문
					[이본목록], p.407.	출판

번호	작품명 고유번호	표제	문자	면수 가격	인쇄일	발행일	판차	발행자 발행자 주소	발행소 발행소 주소
575	옥단춘전 대조-옥단-02-01	옥단츈젼	한글			1959- -	1		대조사
576	유충렬전 대조-유충-01-01	유충렬전	한글	86p.		1959- -	1		대조사
577	장끼전 대조-장끼-01-01	장끼전	한글	14p.		1959- -	1		대조사
578	장화홍련전 대조-장화-01-01	장화홍연전	한글	24p.		1959- -	1		대조사
579	정수경전 대조-정수경-01-01	정수경전	한글	25p.	1959-11-25	1959-12-01	1		대조사 서울특별시 종로구 가회동
580	정수경전 대조-정수경-02-01	정수경전	한글	25p.		1960-01-10	1		대조사
581	정수정전 대조-정수정-01-01	정수정전	한글	25p.		1959- -	1		대조사
582	조웅전 대조-조웅-01-01	조웅전	한글	90p.		1959- -	1		대조사
583	춘향전 대조-춘향-01-01	춘향전	한글	78p.		1959- -	1		대조사
584	홍길동전 대조-홍길-01-01	홍길동전	한글			1956- -	1		대조사
585	홍길동전 대조-홍길-02-01	홍길동전	한글	34p.		1959- -	1		대조사
586	강유실기 대창-강유-01-01	(대담)강유실긔	한글	160p. 50전	1922-03-03	1922-03-10	1	朴健會 경성부 장사동 51번지	대창서원
587	강태공전 대창-강태-01-01	(고대소설)강태 공전	한글	77p. 25전	1920-12-10	1920-12-30	1	勝本良吉 경성부 남대문통 1정목 22번지	대창서원 경성부 종로통 2정목 19번지
588	계명산 대창-계명-01-01	鷄鳴山	한글	36p.		1919- -	1		대창서원
589	계화몽 대창-계화-01-01	계화몽	한글	129p.		1922- -	1		대창서원
590	고려태조 대창-고려-01-01	高麗太祖	한글	162p. 80전	1921-02-25	1921-02-25	1	玄公廉 경성부 계동 99번지	대창서원 경성부 낙원동 132번
591	권용선전 대창-권용-01-01	腰梅淸心錄	한글	40전	1918-03-07	1918-03-10	1	玄公廉 경성부 계동 99번지	대창서원 경성부 종로 2정목 12번지
592	금산사몽유록 대창-금산-01-00	金山寺夢遊錄	한글	40전		1921- -	1		대창서원
593	김씨열행록 대창-김씨-01-01	김씨렬행록	한글	18p. 25전	1919-01-16	1919-01-20	1	朴健會 경성부 인사동 49번지	대창서원 경성부 종로 2정목 12번지
594	김인향전 대창-김인-01-00	인향전	한글				1		대창서원

쇄자 쇄소 주소	인쇄소 인쇄소 주소	공동 발행	영인본	소장처 및 청구기호	기타	현황
					소재영 외, p.36.	원문
					조희웅 소장본([연구보정], p.756)	원문
				고려대학교 도서관(897.3308 1959 4)	['古代小說集. 第四輯']에 '신유복전, 박씨전, 옥낭자전, 회심곡, 유충열전'과 합철.	원문
				연세대학교 도서관(이석호 811.9308 59가-2)	['古代小說集. 第2輯']에 '심청전, 조웅전, 사명당'과 합철, 大造社編輯部 編.	원문
				개인소장본	10p.까지 낙장.	원문
				박순호 소장본	판권지가 없어서 발행일은 [연구보정](p.909)을 따름.	원문
				이화여자대학교 도서관(811.31 대815)	고전소설집 제3집, 숙향전.박문수전.금방울전.두껍전.숙영낭자전과 합철.	원문
				연세대학교 도서관(이석호811. 9308 59가-2)	[고대소설집 제2집], 대조사, 1959.에 <심청전>, <장화홍연전>, <사명당>과 합철.	원문
				연세대학교 도서관(이석호811. 9308 59가-1)	[古代小說集 第1輯]에 '권익중전, 홍길동전, 초한전'과 함께 수록.	원문
					여승구, [古書通信 15], 1999.9([이본목록], p.855)	원문
				연세대학교 도서관(이석호 811.9308 59가 -1)	['古代小說集. 第1輯']에 '춘향전, 권익중전, 초한전'과 합철.	원문
基禎 성부 견지동 32번지	한성도서주식회사 경성부 견지동 32번지		[구활자본고소설 전집 1]	국립중앙도서관(3 634-3-36(1))	16회의 장회체(총목차). 발행소 불명이나 영인본 설명에 발행소를 '대창서원'으로 기록.	원문
重煥 성부 공평동 55번지	대동인쇄주식회사 경성부 공평동 55번지	보급서관	[구활자본고소설 전집 1]	국립중앙도서관(3 634-2-46(5))		원문
				영남대학교 도서관(813.5 ㄱ313)	도서관 서지정보에는 '창서원'이라고 되어 있으나, 이는 '대창서원'의 오기로 추정.	원문
		보급서관			Skillend, p.46.	출판
田茂一 성부 명치정 1정목 번지	조선인쇄주식회사 경성부 명치정 1정목 54번지			정명기 소장본		원문
馬澤 성부 공평동 54번지	성문사 경성부 공평동 55번지	보급서관		서울대학교 도서관(3350 37)		원문
					<주원장창업실기>, 대창서원, 1921(국립중앙도서관 소장본(3634-2-7(1)) 광고에 '金山寺夢遊錄'으로 기록.	광고
家恒衛 성부 명치정 1정목 번지	일한인쇄소 경성부 명치정 1정목 54번지			서울대학교 도서관(일사 813.5 K836)	겉표지: 大鼠豆鼠(콩쥐팥쥐). <콩쥐팥쥐>(pp.1~18)와 <김씨열행록>(pp.19~36) 합본.	원문
					<리봉빈전>, 대창서원. 광고([이본목록], p.99)	광고

번호	작품명 고유번호	표제	문자	면수 가격	인쇄일	발행일	판차	발행자 발행자 주소	발행소 발행소 주소
595	김진옥전 대창-김진-01-01	김진옥전	한글	64p. 20전	1920-12-10	1920-12-30	1	勝本良吉 경성부 남대문통 1정목 22번지	대창서원 경성부 종로통 2정 19번지
596	꼭두각시전 대창-꼭두-01-00	고독각씨	한글				1		대창서원
597	박씨전 대창-박씨-01-01	朴氏夫人傳	한글	52p.		1917-09-15	1		대창서원
598	박씨전 대창-박씨-02-01	박씨부인젼	한글	52p. 30전	1920-01-27	1920-01-30	1	勝木良吉 경성부 남대문통 1정목 22번지	대창서원 경성부 종로 2정목 12번지
599	박안경기 대창-박안-01-00	拍案驚起	한글	60전		1921- -	1		대창서원
600	반씨전 대창-반씨-01-01	반씨전	한글	26p. 20전	1918-12-11	1918-12-15	1	南宮楔 경성부 종로 3정목 76번지	대창서원 경성부 종로 2정목 12번지
601	보심록 대창-보심-01-01	명사십리	한글			1920-01-10	1		대창서원
602	보심록 대창-보심-01-02-01	명사십리	한글	94p. 30전	1920-12-14	1920-12-30	2	朴承台 경성부 종로통 2정목 10번지	대창서원 경성부 종로통 2정 19번지
603	보심록 대창-보심-01-02-02	명사십리	한글	94p. 30전	1921-11-20	1921-11-23	2	朴承台 경성부 종로통 2정목 10번지	대창서원 경성부 견지동 80번
604	사각전 대창-사각-01-01	가인긔우	한글	54p. 25전	1918-09-21	1918-09-25	1	玄公廉 경성부 계동99번지	대창서원 경성부종로2정목12
605	사각전 대창-사각-01-02	가인긔우	한글	54p. 25전	1921-11-20	1921-11-23	2	玄公廉 경성부 계동 99번지	대창서원 경성부 견지동(구 전 80번지
606	사대장전 대창-사대-01-00	사대장전	한글			1918- -	1		대창서원
607	사씨남정기 대창-사씨-01-01	사씨남정기	한글	83p.		1920- -	1		대창서원
608	산양대전 대창-산양-01-01	산양대전	한글				1		대창서원
609	산양대전 대창-산양-01-02	산양대전	한글	68p. 50전		1920-12-30	2		대창서원
610	산양대전 대창-산양-02-01	산양대전	한글	68p. 25전	1922-02-02	1922-02-05	1	玄公廉 경성부 계동 99번지	대창서원 경성부 견지동 80번
611	삼국지 대창-삼국-01-01-01	三國誌					1		대창서원
612	삼국지 대창-삼국-01-01-02	三國誌					1		대창서원
613	삼국지 대창-삼국-01-01-03	三國誌					1		대창서원
614	삼국지 대창-삼국-01-01-04	三國誌					1		대창서원
615	삼국지 대창-삼국-01-01-05	三國誌	한글			1919- -	1		대창서원

쇄자 쇄소 주소	인쇄소 인쇄소 주소	공동 발행	영인본	소장처 및 청구기호	기타	현황
重煥 성부 공평동 55번지	대동인쇄주식회사 경성부 공평동 55번지	보급서관		국립중앙도서관(3 634-2-23(2))		원문
					<리봉빈젼>, 대창서원. 광고([이본목록], p.110)	광고
					[연구보정], p.270.	출판
禹澤 성부 공평동 54번지	성문사 경성부 공평동 55번지			국립중앙도서관(3 634-2-55(5))	12회의 장회체(총목차). <감응편>과 합철(pp.53~75)	원문
		보급서원			<서동지전>, 대창서원, 보급서원, 1921(국립중앙도서관 소장본(3634-2-6(1)) 광고에 '拍案驚起'로 기록.	광고
家恒衛 성부 명치정 1정목 번지	일한인쇄소 경성부 명치정 1정목 54번지		[활자본고전소설 전집 2]	국립중앙도서관(3 634-2-38(4))	3회의 장회체.	원문
		보급서관			2판에 초판 발행일 기록.	출판
聖杓 성부 황금정 1정목 81번지	박문관인쇄소 경성부 황금정 1정목 181번지			국립중앙도서관(3 634-2-62(1))	저작겸발행자 박승태. 편집자 박승태(p.1). 판권지에 기록된 초판 인쇄일(대정9년12월14일)은 2판 인쇄일의 잘못으로 추정. 초판 발행일 기록 없음.	원문
聖杓 성부 견지동 80번지	계문사 경성부 견지동 80번지	보급서관		국립중앙도서관(3 634-2-62(6))	편집겸발행자 박승태. [이본목록](p.191)에서 '보급서관'을 공동 발행으로 기록. 초판 발행일 기록.	출판
家恒衛 성부 명치정 1정목 번지	일한인쇄소 경성부 명치정 1정목 54번지	보급서관		연세대학교 도서관(O811.9308 고대소 -1-1)	2판에 초판 발행일 기록.	원문
基禎 성부 견지동 32번지	한성도서주식회사 경성부 견지동 32번지	보급서관	[신소설전집 17]	국립중앙도서관(3 634-3-62(1))	초판 발행일 기록.	원문
					광고([이본목록], p.202.)	광고
		보급서원			이능우, p.285. 김근수 소장본.	원문
					이능우, p.286.에 2판이 있어서 초판도 있을 것으로 추정.	출판
					이능우, p.286.	출판
聖杓 성부 견지동 80번지	계문사 경성부 견지동 80번지	보급서관		국립중앙도서관(3 634-2-96(4))	10장의 장회체(총목차).	원문
					1판 5권이 있어서 1권도 있을 것으로 추정.	출판
					1판 5권이 있어서 2권도 있을 것으로 추정.	출판
					1판 5권이 있어서 3권도 있을 것으로 추정.	출판
					1판 5권이 있어서 4권도 있을 것으로 추정.	출판
				단국대학교 도서관(고 873.5 나1283샤 卷5)		원문

번호	작품명 고유번호	표제	문자	면수 가격	인쇄일	발행일	판차	발행자 발행자 주소	발행소 발행소 주소
616	삼국지 대창-삼국-02-00	삼국지	한글			1922- -	1		대창서원
617	삼성기 대창-삼성-01-00	三聖記	한글	60전		1921- -	1		대창서원
618	서동지전 대창-서동-01-01	셔동지전	한글			1918-09-29	1		대창서원
619	서동지전 대창-서동-01-02	셔동지전	한글	51p. 20전	1921-11-20	1921-11-25	2	姜義永 경성부 종로 3정목 85번지	대창서원 경성부 견지동 구전통 80번지
620	석화룡전 대창-석화-01-01	석화룡전	한글	66p. 35전	1919-03-01	1919-03-05	1	南宮楔 경성부 종로통 3정목 76번지	대창서원 __ __ 2정목 12번지
621	석화룡전 대창-석화-02-00	석화룡	한글	55전		1921- -	1		대창서원
622	섬동지전 대창-섬동-01-01	둑겁전	한글	39p.		1920-01-30	1		대창서원
623	소대성전 대창-소대-01-00	소대성전	한글	15전		1921- -	1		대창서원
624	수호지 대창-수호-01-00	양산백	한글	40전		1921- -	1		대창서원
625	숙영낭자전 대창-숙영-01-01	숙영낭자전	한글	30p. 25전	1920-01-27	1920-01-30	1	勝木良吉 경성부 남대문통 1정목 22번지	대창서원 경성부 종로 2정목 12번지
626	숙향전 대창-숙향-01-01	슉향전	한글	91p. 30전	1920-12-10	1920-12-30	1	勝本良吉 경성부 남대문통 1정목 22번지	대창서원 경성부 종로통 2정목 19번지
627	신계후전 대창-신계-01-01	신계후전	한글	45p.		1920- -	1		대창서원
628	신유복전 대창-신유-01-01	申遺服傳	한글	75p.		1921- -	1		대창서원
629	심청전 대창-심청-01-01	(증상연정) 심청전	한글	64p. 30전	1920-12-27	1920-12-31	1	玄公廉 경성부 계동 99번지	대창서원 경성부 종로통 2정목 19번지
630	심청전 대창-심청-02-00	강상련	한글	30전		1921- -	1		대창서원
631	쌍렬옥소삼봉 대창-쌍렬-01-01	삼생긔연	한글	90p.		1922-01-	1		대창서원
632	양풍전 대창-양풍-01-00	양풍운전	한글	30전		1921- -	1		대창서원
633	열녀전 대창-열녀-01-01	렬녀전	한글			1918-10-29	1	玄公廉	대창서원
634	열녀전 대창-열녀-01-02	렬녀전	한글	50p. 45전	1920-12-25	1920-12-30	2	勝本良吉 경성부 남대문통 1정목 22번지	대창서원 경성부 종로통 2정목 19번지
635	열녀전 대창-열녀-01-03	렬녀전	한글	50p. 25전	1922-01-10	1922-01-15	3	玄公廉 경성부 계동 99번지	대창서원 경성부 견지동 80번지

쇄자 쇄소 주소	인쇄소 인쇄소 주소	공동 발행	영인본	소장처 및 청구기호	기타	현황
					여승구, [古書通信]15, 1999.9.([이본목록], p.233.)	원문
					<주원장창업실기>, 대창서원, 1921(국립중앙도서관 소장본(3634-2-7(1)) 광고에 '三聖記'로 기록.	광고
		보급서관			2판에 초판 발행일 기록.	출판
基禎 성부 견지동 32번지	한성도서주식회사 경성부 견지동 32번지	보급서관	[구활자소설총서 6]	국립중앙도서관(3634-2-6(1))	1면에 '편집 강의영'. 초판 발행일 기록.	원문
家恒衛 성부 명치정 목54번지	일한인쇄소 경성부 명치정 1정목54번지			연세대학교 도서관(ㅇ811.9308 고대소-4-1)	8회의 회장체, 보급서원도 같이 기록되어 있으나, 발행소인지 판매소인지 불명하여 기록하지 않음.	원문
					<주원장창업실기>, 대창서원, 1921(국립중앙도서관 소장본(3634-2-7(1)=2)) 광고에 '石花龍'으로 기록.	광고
					이능우, p.277.	출판
		보급서원			<셔동지젼>, 대창서원·보급서관, 1921(국립중앙도서관 소장본(3634-2-6(1)) 광고에 '蘇大成'으로 기록.	광고
					<쥬원장창업실긔>, 대창서원, 1921.(국립중앙도서관(3634-2-7(1)=2) 광고에 '梁山伯'으로 기록.	광고
禹澤 성부 공평동 54번지	성문사 경성부 공평동 55번지			국립중앙도서관(3634-2-82(4))	6회의 장회체(목차).	원문
重煥 성부 공평동 55번지	대동인쇄주식회사 경성부 공평동 55번지	보급서관		국립중앙도서관(3634-2-98(4))		원문
			[구활자본고소설전집 8]		영인본에 판권지 없음. 발행연도는 영인본 목차를 따름.	원문
				국립중앙도서관(3638-50)	대창서원 편.	원문
聖杓 성부 황금정 1정목 번지	박문관인쇄소 경성부 황금정 1정목 181번지			국립중앙도서관(3634-2-58(3))		원문
		보급서원			<쥬원장창업실긔>, 대창서원, 1921(국립중앙도서관 소장본(3634-2-7(1)=2)) 광고에 '江上蓮'으로 기록.	광고
			[구활자소설총서 1]		9회의 장회체. 발행소와 발행인은 영인본 해제에 의함.	원문
					<쥬원장창업실긔>, 대창서원, 1921(국립중앙도서관 소장본(3634-2-7(1)) 광고에 '양풍운전'으로 기록.	광고
		보급서관			3판에 초판 발행일 기록.	출판
重煥 성부 공평동 55번지	대동인쇄주식회사 경성부 공평동 55번지	보급서관		국립중앙도서관(3634-2-38(3))	66회의 장회체(총목차). 초판 발행일 없고 2판 표시 없지만, '대창-열녀-01-03'과 동일 판본임을 고려할 때 이는 2판으로 추정됨.	원문
聖杓 성부 화동 80번지	계문사 경성부 견지동 80번지	보급서관		국립중앙도서관(3634-2-58(4))	66회의 장회체(총목차). 초판 발행일 기록.	원문

번호	작품명 고유번호	표제	문자	면수 가격	인쇄일	발행일	판차	발행자 발행자 주소	발행소 발행소 주소
636	염라왕전 대창-염라-01-00	음양염라왕젼	한글			1922- -	1		대창서원
637	오관참장기 대창-오관-01-01	(독행쳔리)오관 참장긔	한글	56p. 25전	1921-10-15	1918-10-20	1	朴健會 경성부 인사동 49번지	대창서원 경성부 종로 2정목 12번지
638	오관참장기 대창-오관-01-02	(독행쳔리)오관 참장긔	한글	56p. 25전	1921-11-10	1921-11-23	2	朴健會 경성부 인사동 49번지	대창서원 경성부 견지동(구전동)80번
639	오자서전 대창-오자-01-01	오자셔실긔 상편/하편	한글	108p. 60전	1918-10-01	1918-10-05	1	玄公廉 경성부 계동 99번지	대창서원 경성부 종로 2정목 12번지
640	오자서전 대창-오자-01-02	오자셔실긔	한글	108p. 35전	1921-11-20	1921-11-23	2	玄公廉 경성부 계동통 99번지	대창서원 경성부 견지동 80번
641	옥난빙 대창-옥난-01-00	수저 옥난빙	한글	30전		1921- -	1		대창서원
642	옥낭자전 대창-옥낭-01-01	옥낭자	한글	32p.	1925-11-10	1925-11-13	1		대창서원
643	옥낭자전 대창-옥낭-01-02	옥낭자	한글	32p. 15전	1926-01-18	1926-01-20	2	玄公廉 경성부 계동 99번지	대창서원 경성부 견지동 80번
644	옥낭자전 대창-옥낭-01-03	옥낭자	한글			1927- -	3		대창서원
645	옥낭자전 대창-옥낭-01-04	옥낭자	한글	32p.		1929- -	4		대창서원
646	옥단춘전 대창-옥단-01-01	옥단츈젼	한글	38p. 15전	1925-10-03	1925-10-10	1	玄公廉 경성부 계동 99번지	대창서원 경성부 견지동 80번
647	옥루몽 대창-옥루-01-01-권1	옥루몽 卷一	한글	177p. 2원	1927-11-10	1927-11-15	1	玄公廉 경성부 계동 99번지	대창서원 경성부 견지동 80번
648	옥루몽 대창-옥루-01-01-권2	옥루몽 卷二	한글	174p. 2원	1927-11-10	1927-11-15	1	玄公廉 경성부 계동 99번지	대창서원 경성부 견지동 80번
649	옥루몽 대창-옥루-01-01-권3	옥루몽 卷三	한글	180p. 2원	1927-11-10	1927-11-15	1	玄公廉 경성부 계동 99번지	대창서원 경성부 견지동 80번
650	옥루몽 대창-옥루-01-01-권4	옥루몽 卷四	한글		1927-11-10	1927-11-15	1		대창서원
651	용문전 대창-용문-01-01	(신교)룡문젼	한글				1		대창서원
652	용문전 대창-용문-01-02	(신교)룡문젼	한글	52p. 20전	1920.12.14.	1920-12-30	2	勝木良吉 경성부 종로통 1정목 22번지	대창서원 경성부 종로통 2정 19번지
653	울지경덕전 대창-울지-01-00	울지경덕	한글	25전		1921- -	1		대창서원
654	월세계 대창-월세-01-01	월세계	한글	74p. 25전	1922-01-13	1922-01-17	1	玄公廉 경성부 계동 99번지	대창서원 경성부 견지동 80번
655	유검필전 대창-유검-01-00	유금필전	한글			1918- -	1		대창서원

쇄자 쇄소 주소	인쇄소 인쇄 주소	공동 발행	영인본	소장처 및 청구기호	기타	현황
		보급서관			<강유실기>, 대창서원·보급서관, 1922. 광고.([연구보정], p.604.)	광고
家恒衛 성부 명치정 1정목 4번지	일한인쇄소 경성부 명치정 1정목 54번지	보급서관	[구활자본고소설 전집 9]		판권지 훼손으로 인쇄일과 발행일 정확히 알 수 없음. 2판에 초판 발행일 기록.	원문
基禎 성부 견지동 32번지	한성도서주식회사인쇄 부 경성부 견지동 32번지	보급서관		국립중앙도서관(3 634-2-86(3))	판권지에 발행소 없고 발매소만 있음. 초판 판권지에는 발행소 및 초판 발행일 기록.	원문
家恒衛 성부 명치정 1정목 4번지	일한인쇄소 경성부 명치정 1정목 54번지	한양서적업조 합소	[구활자본고소설 전집 9], [구활자소설총서 5]	국립중앙도서관(3 634-2-7(3))	상하합본(상 pp.1~56, 하 pp.57~108). 인쇄일(9월2X일)과 발행일(9월30일)을 각각 10월1일, 10월5일로 고침. 9월30일은 2판에 기록된 초판 발행일임.	원문
聖杓 성부 견지동 80번지	계문사 경성부 견지동 80번지	보급서관		국립중앙도서관(3 634-2-86(4))	상하합본(상 pp.1~56, 하 pp.57~108). <오자서실기>는 중국소설 <신열국지>의 개역본(이은영, 2006)	원문
		보급서관			<서동지전>, 대창서원.보급서관, 1921(국립중앙도서관 소장본(3634-2-6(1)) 광고에 '水渚玉鸞聘'으로 수록.	광고
		보급서관, 신구서포	[활자본고전소설 전집 4]		발행소와 발행일은 영인본 해제에 의함. 2판에 초판 발행일 기록.	원문
英九 성부 안국동 35번지	망대성경급기독교서회 인쇄부 경성부 안국동 35번지	보급서관, 신구서포		서울대학교 도서관(3340 1)	[(고대소설)옥단춘전(경성서적업조합, 1926)]이란 제목 아래 <숙영낭자전>(회동서관, 1925), 열녀전(경성서적업조합, 1926), <박씨전>(회동서관, 1925) 등과 합철	원문
					발행일은 [이본목록](p.405)에 의함.	출판
					발행일은 [이본목록](p.405)에 의함.	출판
翼洙 성부 황금정 2정목 번지	신문관 경성부 황금정 2정목 21번지	보급서관		국립중앙도서관(3 634-2-90(11))		원문
	대화상회인쇄소 경성부 관수동 135번지	보급서관		서울대학교 도서관(심악 813.5 Og1o v.1)		원문
	대화상회인쇄소 경성부 관수동 135번지	보급서관		서울대학교 도서관(심악 813.5 Og1o v.2)		원문
	대화상회인쇄소 경성부 관수동 135번지	보급서관		서울대학교 도서관(심악 813.5 Og1o v.3)		원문
		보급서관		서울대학교 도서관(심악 813.5 Og1o v.4)	판권지 없음. 뒷부분이 낙장되어 페이지수 알 수 없음.	원문
					2판이 있어 초판도 있을 것으로 추정.	출판
聖杓 성부 황금정 1정목 81번지	박문관인쇄소 경성부 황금정 1정목 181번지			국립중앙도서관(3 634-2-70(3))	6회의 장회체(총목차). 초판 인쇄일(1920.12.14)로 기록된 날짜는 2판 발행일(1920.12.30)을 감안할 때, 2판 인쇄일로 추정.	원문
		보급서관			<서동지전>, 대창서원·보급서관, 1921(국립중앙도서관 소장본(3634-2-6(1)) 광고에 '蔚遲敬德'으로 기록.	광고
聖杓 성부 화동 89번지	계문사 경성부 견지동 80번지	보급서관	[신소설전집 19]	국립중앙도서관(3 634-3-60(4))		원문
		한양서적업조 합			광고.(이주영, p.222)	광고

번호	작품명 고유번호	표제	문자	면수 가격	인쇄일	발행일	판차	발행자 발행자 주소	발행소 발행소 주소
656	유백아전 대창-유백-01-00	백아금	한글			1918- -	1		대창서원
657	유백아전 대창-유백-02-00	백아금	한글			1919- -	1		대창서원
658	유충렬전 대창-유충-01-01	류충렬전	한글			1919-01-10	1		대창서원
659	유충렬전 대창-유충-01-02	류충렬전	한글				2		대창서원
660	유충렬전 대창-유충-01-03	류충렬전	한글				3		대창서원
661	유충렬전 대창-유충-01-04	류충렬전	한글				4		대창서원
662	유충렬전 대창-유충-01-05	류충렬전	한글	86p. 30전	1929-01-20	1929-01-25	5	玄公廉 경성부 견지동 80번지	대창서원 경성부 견지동 80번지
663	유충렬전 대창-유충-02-01	류충렬전	한글	86p. 30전	1920-12-27	1920-12-31	1	玄公廉 경성부 계동 99번지	대창서원 경성부 종로통 2정목 19번지
664	유충렬전 대창-유충-02-02	류충렬전	한글	86p. 30전	1921-01-07	1921-01-10	2	玄公廉 경성부 계동 99번지	대창서원 경성부 종로통 2정목 19번지
665	유충렬전 대창-유충-02-03	류충렬전	한글	86p.		1921-03-	3	玄公廉	대창서원
666	유화기연 대창-유화-01-01	류화긔몽	한글	96p.		1918-10-29	1		대창서원
667	유화기연 대창-유화-01-02	류화긔몽	한글	96p. 35전	1921-11-20	1921-11-25	2	南宮楔 경성부 관훈동 72번지	대창서원 경성부 견지동 80번지
668	유화기연 대창-유화-02-01	류화긔몽	한글	96p. 50전	1918-12-11	1918-12-15	1	南宮楔 경성부 종로 3정목 76번지	대창서원 경성부 종로 2정목 12번지
669	유황후 대창-유황-01-01	류황후	한글	72p. 30전	1926-??-27	1926- -30	1	玄公廉 경성부 계동 99번지	대창서원 경성부 견지동 80번지
670	이대봉전 대창-이대-01-00	봉황대	한글	56p.		1916- -	1		대창서원
671	이대봉전 대창-이대-02-01	봉황대	한글	56p. 23전			1	南宮濬 경성부 관훈동 72번지	대창서원 경성부 견지동 38번지
672	이봉빈전 대창-이봉-01-01	리봉빈전	한글			1925-02-27	1		대창서원
673	이학사전 대창-이학-01-01	녀호걸 리학사젼	한글			1918-10-29	1		대창서원
674	장국진전 대창-장국-01-01	(고대소설)장국 진젼	한글		1920-01-16	1920-01-20	1		대창서원
675	장국진전 대창-장국-01-02	(고대소설)장국 진젼	한글	51p. 20전	1921-01-28	1921-02-31	2	金然奎 경성부 종로통 3정목 83번지	대창서원 경성부 낙원동 132번지
676	장끼전 대창-장끼-01-01	쟝끼	한글	23p. 20전	1922-01-01	1922-01-15	1	玄公廉 경성부 계동 99번지	대창서원 경성부 견지동 80번지
677	장익성전 대창-장익-01-00	龍媒奇緣	한글	25전		1921- -	1		대창서원

쇄자 쇄소 주소	인쇄소 인쇄소 주소	공동 발행	영인본	소장처 및 청구기호	기타	현황
		보급서관			<강유실기>, 대창서원·한양서적업조합, 1922. 광고([이본목록](p.470)	광고
		보급서관			대창서원·보급서관 광고(이주영, p.209.)	광고
					5판에 초판 발행일 기록.	출판
					5판이 있어 2판도 있을 것으로 추정.	출판
					5판이 있어 3판도 있을 것으로 추정.	출판
					5판이 있어 4판도 있을 것으로 추정.	출판
根榮 성 수송동 69번지	보명사 경성 수송동 69번지			서울대학교 도서관(가람 813.5 Y94)	상하 합철. 초판 발행일 기록.	원문
聖杓 성부 황금정 1정목 번지	박문관인쇄소 경성부 황금정 1정목 181번지			국립중앙도서관(3 634-2-100(6))	상하 합편(상 pp.1~41, 하 pp.42~86)	원문
聖杓 성부 황금정 1정목 번지	박문관인쇄소 경성부 황금정 1정목 181번지			국립중앙도서관(3 634-2-100(3))	상하 합편(상 pp.1~41, 하 pp.42~86). 초판 발행일 없음.	원문
					이능우, p.279.	출판
		보급서관	[활자본고전소설 전집 5]		발행소와 발행일은 영인본의 해제에 의함. 2판에 초판 발행일 기록.	원문
基禎 부 견지동 32번지	한성도서주식회사 경성부 견지동 32번지	보급서관		국립중앙도서관(3 634-2-70(8))	10회의 장회체(총목차). 초판 발행일 기록.	원문
家恒衛 성부 명치정 1정목 번지	일한인쇄소 경성부 명치정 1정목 54번지			김종철 소장본		원문
恩榮 성부 수은동 68번지	해영사인쇄소 경성부 수은동 68번지	보급서관	[구활자본고소설 전집 20]		영인본의 판권지 불량으로 인쇄일, 발행일이 불명확함. <유황후전>은 필사본 <태아선적강록>의 개작(김진영·차충환, 2010)	원문
				김근수 소장본	이능우, p.280.	원문
重煥 성부 중림동 333번지	보성사 경성부 수송동 44번지			연세대학교 도서관(O 811.9308 고대소 -2-9)	발행년도 미상. 도서관 서지정보에 '1910~1930사이?'로 기록.	원문
					권순긍, p.337.	출판
		보급서관			권순긍, p.334.	출판
					2판에 초판 인쇄일과 발행일 기록.	출판
茂一 부 명치정 1정목 번지	조선인쇄주식회사 경성부 명치정 1정목 54번지			국립중앙도서관(3 634-2-116(4))	초판 인쇄일과 발행일 기록. 2권 1책(권1 pp.1~29, 권2 pp.30~51)	원문
重煥 부 공평동 55번지	대동인쇄주식회사 경성부 공평동 55번지	보급서관	[구활자본고소설 전집 13]	국립중앙도서관(3 634-2-42(1))	'전수재전'(pp.1~21), '장끼전'(pp.22~44)의 합철. 책의 표제는 '전수재'임.	원문
		보급서관			<서동지전>, 대창서원, 보급서관, 1921(국립중앙도서관 소장본(3634-2-6(1)) 광고에 '龍媒奇綠'으로 기록.	광고

번호	작품명 고유번호	표제	문자	면수 가격	인쇄일	발행일	판차	발행자 발행자 주소	발행소 발행소 주소
678	장풍운전 대창-장풍-01-00	장풍운젼	한글	43p.		1920- -	1	勝木良吉	대창서원
679	장화홍련전 대창-장화-01-01	쟝화홍련전	한글	40p. 15전	1923-01-03	1923-01-04	1	玄公廉 경성부 계동 99번지	대창서원 경성부 견지동 80번
680	재생연전 대창-재생-01-01	재생연전	한글			1923- -	1		대창서원
681	적벽대전 대창-적벽대-01-01	화용도실긔	한글	130p. 65전	1919-03-09	1919-03-13	1	石田孝次郎 경성부 명치정 2정목 54번지	대창서원 경성부 종로 2정목 12번지
682	적벽대전 대창-적벽대-01-02	(삼국풍진)화용 도실긔	한글	130p. 45전	1921-01-07	1921-01-10	1	勝木良吉 경성부 남대문통 1정목22번지	대창서원 경성부 종로통 2정 19번지
683	적벽대전 대창-적벽대-02-00	적벽가	한글	30전		1921- -	1		대창서원
684	전수재전 대창-전수-01-01	전슈재	한글	21p. 20전	1922-01-01	1922-01-15	1	玄公廉 경성부 계동 99번지	대창서원 경성부 견지동 80번
685	정을선전 대창-정을-01-01	(古代小說)정을 선전	한글	43p. 20전	1920-01-27	1920-01-30	1	勝木良吉 경성부 남대문통 1정목 22번지	대창서원 경성부 종로 2정목 12번지
686	제환공 대창-제환-01-01	제환공	한글	70p. 40전	1918-10-26	1918-11-03	1	玄公廉 경성부 계동 99번지	대창서원 경성부 종로 2정목 12번지
687	조웅전 대창-조웅-01-01	죠웅전	한글			1916-02-25	1	金東縉	대창서원
688	조웅전 대창-조웅-01-02	죠웅전	한글				2		대창서원
689	조웅전 대창-조웅-01-03	죠웅전	한글				3		대창서원
690	조웅전 대창-조웅-01-04	죠웅전	한글				4		대창서원
691	조웅전 대창-조웅-01-05	죠웅전	한글				5		대창서원
692	조웅전 대창-조웅-01-06	죠웅전	한글				6		대창서원
693	조웅전 대창-조웅-01-07	죠웅젼	한글				7		대창서원
694	조웅전 대창-조웅-01-08	죠웅전	한글				8		대창서원
695	조웅전 대창-조웅-01-09	죠웅젼	한글	104p. 30전	1922-01-06	1922-01-09	9	金東縉 경성부 종로 2정목 20번지	대창서원 경성부 견지동 80번
696	조웅전 대창-조웅-02-01	죠웅전	한글	89p. 30전	1920-12-27	1920-12-30	1	玄公廉 경성부 계동 99번지	대창서원 경성부 종로통 2정 19번지
697	조웅전 대창-조웅-02-02	죠웅전	한글	89p. 30전	1922-02-25	1922-02-28	2	玄公廉 경성부 계동 99번지	대창서원 경성부 견지동 80번
698	주봉전 대창-주봉-01-00	주해선전	한글			1921- -	1		대창서원

인쇄자 인쇄소 주소	인쇄소 인쇄소 주소	공동 발행	영인본	소장처 및 청구기호	기타	현황
		보급서관			대전대, [이능우 기목], 1187([이본목록], p.592.)	출판
仁煥 성부 영락정 2정목 5번지	경성신문사인쇄부 경성부 영락정 2정목 85번지	보급서관		국립중앙도서관(3 634-2-52(4))		원문
		보급서관			우쾌제, p.134.	출판
家恒衛 성부 명치정 1정목 4번지	일한인쇄소 경성부 명치정 1정목 54번지			국립중앙도서관(3 634-2-88(4))	16회의 장회체(총목차).	원문
聖杓 성부 황금정 1정목 81번지	박문관인쇄소 경성부 황금정 1정목 181번지			국립중앙도서관(3 634-2-36(4))	16회의 장회체(총목차). 국립중앙도서관 소장본에는 2판 표기 없으나, 정명기 소장본에는 초판 발행일 없이 '재판'이라 표기되어 있어 이를 2판으로 추정.	원문
					<쥬원장창업실기>, 대창서원, 1921(국립중앙도서관 소장본(3634-2-7(1)) 광고에 '적벽가'로 기록.	광고
重煥 성부 공평동 55번지	대동인쇄주식회사 경성부 공평동 55번지	보급서관	[구활자본고소설 전집 13]	국립중앙도서관(3 634-2-42(1)=2)	<장끼전>과 합본.	원문
禹澤 성부 공평동 54번지	성문사 경성부 공평동 55번지			국립중앙도서관(3 634-3-41(7))	인쇄일과 발행일을 펜으로 고쳐씀.	원문
家恒衛 성부 명치정 1정목 4번지	일한인쇄소 경성부 명치정 1정목 54번지		[구활자본고소설 전집 31]	국립중앙도서관(3 634-2-33(4))		원문
					9판에 초판 발행일 기록.	출판
					9판이 있어서 2판도 있을 것으로 추정.	출판
					9판이 있어서 3판도 있을 것으로 추정.	출판
					9판이 있어서 4판도 있을 것으로 추정.	출판
					9판이 있어서 5판도 있을 것으로 추정.	출판
					9판이 있어서 6판도 있을 것으로 추정.	출판
					9판이 있어서 7판도 있을 것으로 추정.	출판
					9판이 있어서 8판도 있을 것으로 추정.	출판
基禎 성부 견지동 32번지	한성도서주식회사 경성부 견지동 32번지	덕흥서림, 박문서관		국립중앙도서관(3 634-2-75(1))	상중하 3권 1책(상 pp.1~36, 중 pp.37~71, 하 pp.72~104). 초판 발행일 기록.	원문
聖杓 성부 황금정 1정목 81번지	박문관인쇄소 경성부 황금정 1정목 181번지			국립중앙도서관(3 634-2-75(3))	상중하 3권 1책(상 pp.1~31, 중 pp.32~61, 하 pp.62~89). 판권지에 <유충렬전>으로 기록하였으나 2판에 기록된 초판 인쇄일, 발행일이 <조웅전>과 일치함.	원문
聖杓 성부 견지동 80번지	계문사 경성부 견지동 80번지	보급서관		국립중앙도서관(3 634-2-95(7))	상중하 3권 1책(상 pp.1~31, 중 pp.32~61, 하 pp.62~89). 초판 인쇄일, 발행일 기록.	원문
					우쾌제, p.135.	출판

번호	작품명 고유번호	표제	문자	면수 가격	인쇄일	발행일	판차	발행자 발행자 주소	발행소 발행소 주소
699	**주원장창업실기** 대창-주원-01-01	쥬원쟝창업실긔	한글		1919-03-02	1919-03-05	1	鄭基誠	대창서원
700	**주원장창업실기** 대창-주원-01-02	쥬원쟝창업실긔	한글	86p. 30전	1921-01-28	1921-02-02	2	鄭基誠 경성부 가회동 147번지	대창서원 경성부 낙원동 132번
701	**진문공** 대창-진문-01-01	진문공	한글	83p. 40전	1918-12-21	1918-12-25	1	玄公廉 경성부계동99번지	대창서원 경성부종로2정목12번
702	**진성운전** 대창-진성-01-01	진쟝군전	한글	71p. 25전	1916-02-08	1916-02-11	1	金在義 경성부 종로통 98번지	대창서원 경성부 견지동 38번지
703	**창선감의록** 대창-창선-01-00	彰善感義錄	한글	40전		1921- -	1		대창서원
704	**채련전** 대창-채련-01-00	採蓮傳	한글	30전		1921- -	1		대창서원
705	**천도화** 대창-천도-01-00	蘇翰林	한글	40전		1921- -	1		대창서원
706	**청루기연** 대창-청루-01-00	青樓奇緣	한글	30전		1921- -	1		대창서원
707	**최현전** 대창-최현-01-00	崔將軍	한글	25전		1921- -	1		대창서원
708	**춘향전** 대창-춘향-01-01	옥중가화: 츈향전	한글	108p. 40전	1918-11-06	1918-11-21	1	姜義永 경성부 종로통 3정목 85번지	대창서원 경성부 종로 2정목 12번지
709	**춘향전** 대창-춘향-02-01	절대가인: 츈향전	한글	108p. 50전		1918-11-28	1	李敏澤 경성부 합동 110	대창서원 경성부 종로 2정목 12번지
710	**춘향전** 대창-춘향-03-01	신옥즁가인	한글	108p. 55전	1918-12-20	1918-12-24	1	石田孝次郎 경성부 욱정 1정목 188번지	대창서원 경성부 종로통 2정목 12번지
711	**춘향전** 대창-춘향-04-01	절대가인: 츈향젼	한글			1920-01-10	1		대창서원
712	**춘향전** 대창-춘향-04-02	절대가인: 츈향젼	한글			1921-02-15	2		대창서원
713	**춘향전** 대창-춘향-04-03	절대가인: 츈향젼	한글	108p. 35전	1921-12-30	1922-01-03	3	李敏漢 고양군 용강면 동막하리 126번지	대창서원 경성부 견지동 80번지
714	**춘향전** 대창-춘향-05-01	츈향전	한글	188p. 50전	1920-12-27	1920-12-30	1	勝木良吉 경성부 남대문통 1정목 22번지	대창서원 경성부 종로통 2정목 19번지
715	**춘향전** 대창-춘향-06-01	츈향전	한글	188p. 50전	1921-01-07	1921-01-10	1	勝木良吉 경성부 남대문통 1정목 22번지	대창서원 경성부 종로통 2정목 19번지
716	**춘향전** 대창-춘향-07-00	李道令	한글	35전		1921- -	1		대창서원
717	**춘향전** 대창-춘향-08-01	옥중가인	한글			1922- -	1		대창서원

행자 쇄소 주소	인쇄소 인쇄소 주소	공동 발행	영인본	소장처 및 청구기호	기타	현황
					2판에 초판 인쇄일, 발행일 기록.	출판
田茂日 성부 명치정 1정목 번지	조선인쇄주식회사 경성부 명치정 1정목 54번지		[구활자본고소설 전집 14], [구활자소설총서 5]	국립중앙도서관(3 634-2-7(1))	상하합권(상 pp.1~34, 하 pp.35~86). 초판 인쇄일, 발행일 기록.	원문
家恒衛 성부 명치정 목54번지	일한인쇄소 경성부 명치정 1정목54번지			연세대학교 도서관(ㅇ 811.9308 고대소 -8-4)		원문
馬澤 성부 효자동 103번지	성문사 경성부 공평동 55번지			국립중앙도서관(3 634-2-112(3))		원문
		보급서관			<서동지전>, 대창서원·보급서관, 1921(국립중앙도서관 소장본(3634-2-6(1)) 광고에 '彰善感義錄'으로 기록.	광고
		보급서관			<서동지전>, 대창서원·보급서관, 1921(국립중앙도서관 소장본(3634-2-6(1)) 광고에 '採蓮傳'으로 기록.	광고
		보급서관			<주원장창업실기>, 대창서원, 1921(국립중앙도서관 소장본(3634-2-7(1)) 광고에 '蘇翰林'으로 기록.	광고
		보급서관			<서동지전>, 대창서원·보급서관, 1921(국립중앙도서관 소장본(3634-2-6(1)) 광고에 '青樓奇緣'으로 기록.	광고
		보급서관			<서동지전>, 대창서원·보급서원, 1921(국립중앙도서관 소장본(3634-2-6(1)) 광고에 '崔將軍'이 각각 25전, 20전으로 2종 기록.	광고
家恒衛 성부 명치정 1정목 번지	일한인쇄소 경성부 명치정 1정목 54번지	보급서관		국립중앙도서관(3 634-2-64(6))	발행일을 '十日'에서 '廿日'로 덧칠한 흔적 있음.	원문
家恒衛 성부 명치정 1정목 번지	일한인쇄소 경성부 명치정 1정목 54번지			국립중앙도서관(3 634-2-64(1))	발행일을 '廿日'에서 '廿八日'로 덧칠한 흔적 있음.	원문
家恒衛 성부 명치정 1정목 번지	일한인쇄소 경성부 명치정 1정목 54번지	보급서관		국립중앙도서관(3 634-2-35(4))		원문
		보급서관			3판에 초판 발행일 기록.	출판
		보급서관			3판에 2판 발행일 기록.	출판
重哲 성부 황금정 2정목 번지	삼영사인쇄소활판부 경성부 황금정 2정목 148번지	보급서관		국립중앙도서관(3 634-2-64(8))	초판과 2판 발행일 기록.	원문
勺 성부 황금정 1정목 번지	박문관인쇄소 경성부 황금정 1정목 181번지			국립중앙도서관(3 634-2-97(4))		원문
勺 성부 황금정 1정목 번지	박문관인쇄소 경성부 황금정 1정목 181번지			국립중앙도서관(3 634-2-97(5))		원문
		보급서관			<서동지전>, 대창서원·보급서원, 1921(국립중앙도서관 소장본(3634-2-7(1)) 광고에 '李道令'으로 기록.	광고
					이능우, p.302.	출판

번호	작품명 고유번호	표제	문자	면수 가격	인쇄일	발행일	판차	발행자 발행자 주소	발행소 발행소 주소
718	춘향전 대창-춘향-08-02	옥즁가인	한글				2		대창서원
719	춘향전 대창-춘향-08-03	옥즁가인	한글	157p.		1925- -	3		대창서원
720	춘향전 대창-춘향-09-01	츈향가	한글	174p. 45전	1923-01-20	1923-01-25	1	玄公廉 경성부 계동 99번지	대창서원 경성부 견지동 80
721	침향루기 대창-침향-01-00	沈香樓	한글	30전		1921- -	1		대창서원
722	콩쥐팥쥐전 대창-콩쥐-01-01	(고대소설)콩쥐 팟쥐전	한글	18p. 25전	1919-01-16	1919-01-20	1	朴健會 경성부 인사동 49번지	대창서원 경성부 종로 2정목 12번지
723	콩쥐팥쥐전 대창-콩쥐-02-00	콩쥐팟쥐	한글	36p. 40전		1921- -	1		대창서원
724	토끼전 대창-토끼-01-00	不老草	한글	30전		1921- -	1		대창서원
725	토끼전 대창-토끼-02-00	不老草	한글	15전		1921- -	1		대창서원
726	토끼전 대창-토끼-03-00	兎의肝	한글	25전		1921- -	1		대창서원
727	한수대전 대창-한수-01-01	漢水大戰	한글	50p.		1924- -	1		대창서원
728	한후룡전 대창-한후-01-00	韓厚龍	한글	31p. 30전		1919- -	1		대창서원
729	현수문전 대창-현수-01-00	현슈문전	한글				1		대창서원
730	홍길동전 대창-홍길-01-01	홍길동전	한글	37p. 20전	1920-01-18	1920-01-21	1	勝木良吉 경성부 남대문통 1정목 22번지	대창서원 경성부 종로 2정목 12번지
731	홍길동전 대창-홍길-02-01	홍길동전	한글	37p. 15전	1923-01-04	1923-01-06	1	玄公廉 경성부 계동 99번지	대창서원 경성부 견지동 80
732	화옥쌍기 대창-화옥-01-01-상	(고세소설)화옥 쌍긔 상	한글	120p. 30전	1914-09-22	1914-09-25	1	李鍾楨 경성 북부 대안동 34통 4호	대창서원 경성 관훈동 121번
733	화옥쌍기 대창-화옥-01-01-하	(고세소설)화옥 쌍긔 하	한글	99p. 25전		1914-10-10	1	李鍾楨 경성 북부 대안동 34통 4호	대창서원 경성 관훈동 121번
734	화향전 대창-화향-01-01	화향전	한글	32p.			1		대창서원
735	화향전 대창-화향-01-02	화향전	한글	32p.			2		대창서원
736	흥무왕연의 대창-흥무-01-00	興武王三韓傳	한글	1원 50전		1921- -	1		대창서원
737	흥부전 대창-흥부-01-00	批評興甫傳	한글	30전		1921- -	1		대창서원
738	강릉추월 덕흥-강릉-01-01	강릉츄월 옥소젼	한글	107p. 30전	1915-11-03	1915-11-09	1	金東縉 경성부 견지동 67번지	덕흥서림 경성부 견지동 67

인쇄자 인쇄소 주소	인쇄소 인쇄소 주소	공동 발행	영인본	소장처 및 청구기호	기타	현황
					이능우, p.302.에 초판과 3판 발행일이 있어 2판도 있을 것으로 추정.	출판
					소재영 외, p.46. 이능우, p.302.	출판
羽田茂一 경성부 서소문정 9번지	조선인쇄주식회사 경성부 서소문정 39번지	보급서관		국립중앙도서관(3634-2-97(9))	p.161부터 한자 노출(한글 병기 없음).	원문
		보급서관			<서동지전>, 대창서원·보급서원, 1921(국립중앙도서관 소장본(3634-2-6(1)) 광고에 '沈香樓'로 표기.	광고
又家恒衛 경성부 명치정 1정목 54번지	일한인쇄소 경성부 명치정 1정목 54번지			서울대학교 도서관(일사 813.5 K836)	<김씨열행록>(pp.19~36)과 합철. 속표지 '고대소설 콩쥐팟쥐젼'.	원문
		보급서관			<쥬원장창업실긔>, 대창서원, 1921(국립중앙도서관 소장본(3634-2-7(1)) 광고에 '콩쥐팟쥐'로 기록.	광고
					<쥬원장창업실긔>, 대창서원, 1921(국립중앙도서관 소장본(3634-2-7(1)) 광고에 '不老草'로 표기.	광고
		보급서관			<서동지전>, 대창서원·보급서관, 1921(국립중앙도서관 소장본(3634-2-6(1)) 광고에 '不老草'로 표기.	광고
		보급서관			<서동지전>, 대창서원, 1921(국립중앙도서관 소장본(3634-2-6(1)) 광고에 '兎의肝'으로 표기.	광고
				국립중앙도서관(3636-36)	박건회 저.	원문
					<쥬원장창업실기>, 대창서원, 1921(국립중앙도서관 소장본(3634-2-7(1)) 광고에 '韓厚龍'으로 기록.	광고
					<리봉빈전>, 대창서원. 광고([이본목록], p.834)	광고
北禹澤 경성부 공평동 54번지	성문사 경성부 공평동 55번지			국립중앙도서관(3634-2-53(9))	상하 합본(상 pp.1~33, 하 pp.35~73). 발행일에 덧칠한 흔적.	원문
北禹澤 경성부 공평동 55번지	대동인쇄주식회사 경성부 공평동 55번지	보급서관		정명기 소장본	상하 합본(상 pp.1~33, 하 pp.35~73).	원문
周桓 경성 서부 냉동 26번지	법한인쇄소 경성 서소문가 복거교			국립중앙도서관(3634-2-61(2))	19회의 장회체(상 1회~10회, 하 11회~19회).	원문
周桓 경성 서부 냉동 26번지	법한인쇄소 경성 서소문가 복거교		[활자본고전소설 전집 12]	국립중앙도서관(3634-2-61(3))	19회의 장회체(상 1회~10회, 하 11회~19회). 판권지 인쇄일 부분이 보이지 않음.	원문
					Skillend, p.249.	출판
					Skillend, p.249.	출판
		보급서관			<서동지전>, 대창서원·보급서관, 1921(국립중앙도서관 소장본(3634-2-6(1)) 광고에 '興武王三韓傳'로 기록.	광고
		보급서관			<서동지전>, 대창서원·보급서관, 1921(국립중앙도서관 소장본(3634-2-6(1)) 광고에 '批評興甫傳'으로 기록.	광고
永求 경성부 권농동 156번지	보성사 경성부 수송동 44번지		[신소설전집 15]	국립중앙도서관(3634-3-62(6))	서문 있음. 10회의 장회체(총목차). 3판, 4판, 6판, 8판에 초판 발행일 기록.	원문

번호	작품명 고유번호	표제	문자	면수 가격	인쇄일	발행일	판차	발행자 발행자 주소	발행소 발행소 주소
739	**강릉추월** 덕흥-강릉-01-02	강릉츄월 옥소전	한글			1916-11-11	2		덕흥서림
740	**강릉추월** 덕흥-강릉-01-03	강릉츄월 옥소전	한글	79p. 30전	1917-12-01	1917-12-05	3	金東縉 경성부 종로통 2정목 20번지	덕흥서림 경성부 종로통 2정목 20번지
741	**강릉추월** 덕흥-강릉-01-04	강릉츄월 옥소전	한글	79p. 30전	1918-03-03	1918-03-07	4	金東縉 경성부 종로통 2정목 20번지	덕흥서림 경성부 종로통 2정목 20번지
742	**강릉추월** 덕흥-강릉-01-05	강능츄월 옥소전	한글				5		덕흥서림
743	**강릉추월** 덕흥-강릉-01-06	강능츄월 옥소전	한글	79p. 25전	1922-02-10	1922-02-18	6	金東縉 경성부 종로통 2정목 20번지	덕흥서림 경성부 종로통 2정목 20번지
744	**강릉추월** 덕흥-강릉-01-07	강능츄월 옥쇼전	한글	74p. 25전	1924-12-10	1924-12-20	7	金東縉 경성부 종로통 2정목 20번지	덕흥서림 경성부 종로통 2정목 20번지
745	**강릉추월** 덕흥-강릉-01-08	강릉츄월	한글	74p. 25전	1928-12-15	1928-12-27	8	金東縉 경성부 종로 2정목 20번지	덕흥서림 경성부 종로통 2정목 20번지
746	**개소문전** 덕흥-개소-01-01	개소문전	한글			1935- -	1		덕흥서림
747	**곽해룡전** 덕흥-곽해-01-01	곽해룡전	한글	47p. 25전	1925-11-17	1925-11-20	1	金東縉 경성부 종로 2정목 20번지	덕흥서림 경성부 종로 2정목 20번지
748	**권장군전** 덕흥-권장-01-01	(롱가성진) 쌍신랑	한글			1930-09-15	1		덕흥서림
749	**권장군전** 덕흥-권장-01-02	(롱가성진) 쌍신랑	한글	48p. 25전	1936-11-15	1936-11-20	2	金東縉 경성부 종로2정목 20번지	덕흥서림 경성부 종로2정목 20번지
750	**금방울전** 덕흥-금방-01-01	금방울전	한글	50p. 20전	1925-11-25	1925-11-30	1	金東縉 경성부 종로 2정목 20번지	덕흥서림 경성부 종로 2정목 20번지
751	**김덕령전** 덕흥-김덕-01-01	(충용장군)김덕 령전	한글	40p. 20전	1926-11-12	1926-11-15	1	金東縉 경성부 종로 2정목 20번지	덕흥서림 경성부 종로 2정목 20번지
752	**김진옥전** 덕흥-김진-01-01	김진옥전	한글	96p. 30전	1916-05-05	1916-05-08	1	金東縉 경성부 견지동 67번지	덕흥서림 경성부 견지동 67번
753	**김진옥전** 덕흥-김진-01-02	김진옥전	한글			1917-03-25	2		덕흥서림
754	**김진옥전** 덕흥-김진-01-03	김진옥전	한글	70p. 30전	1918-03-01	1918-03-07	3	金東縉 경성부 종로통 2정목 20번지	덕흥서림 경성부 종로통 2정목 20번지
755	**김진옥전** 덕흥-김진-01-04	김진옥전	한글				4		덕흥서림
756	**김진옥전** 덕흥-김진-01-05	김진옥전	한글				5		덕흥서림
757	**김진옥전** 덕흥-김진-01-06	김진옥전	한글	64p. 20전	1922-01-10	1922-01-16	6	金東縉 경성부 종로 2정목 20번지	덕흥서림 경성부 종로 2정목 20번지
758	**김진옥전** 덕흥-김진-01-07	김진옥전	한글	64p. 20전	1923-12-25	1923-12-29	7	金東縉 경성부 종로 2정목 20번지	덕흥서림 경성부 종로 2정목 20번지

쇄자 쇄소 주소	인쇄소 인쇄소 주소	공동 발행	영인본	소장처 및 청구기호	기타	현황
					3판에 2판 발행일 기록.	출판
敬德 성부 관훈동 30번지	조선복음인쇄소 경성부 관훈동 30번지		[구활자소설총서 9]	국립중앙도서관(3 634-2-14(1))	서문 있음. 10회의 장회체(총목차). 초판 인쇄일(발행일의 잘못)과 2판 발행일 기록.	원문
敬德 성부 관훈동 30번지	조선복음인쇄소 경성부 관훈동 30번지			국립중앙도서관(3 634-3-2(4))	서문 있음. 10회의 장회체(총목차). 초판 발행일 기록.	원문
					6판이 있어서 5판도 있을 것으로 추정.	출판
重煥 성부 공평동 55번지	대동인쇄주식회사 경성부 공평동 55번지		[구활자본고소설 전집 18] [활자본고전소설 전집 5]	국립중앙도서관(3 634-3-62(5))	서문 있음. 10회의 장회체(총목차). 초판 발행일 기록.	원문
泰均 성부 공평동 55번지	대동인쇄주식회사 경성부 공평동 55번지			서울대학교 중앙도서관(3340 1 11)	'조선고대소설총서 11권'에 '朝鮮太祖大王傳, 平壤公主傳, 金鈴傳, 서화담 등과 합철됨.	원문
仁煥 성부 황금정 2정목 8번지	경성신문사 경성부 황금정 2정목 148번지			국립중앙도서관(3 634-3-11(4))	서문 있음. 10회의 장회체(총목차). 3쪽 표제의 '옥소전'은 '옥소전'의 오기. 초판 발행일 기록.	원문
					이주영, p.206.	출판
東燮 성부 종로 2정목 번지	덕흥서림인쇄부 경성부 종로 2정목 20번지			개인소장본		원문
					방민호 소장본([연구보정], p.98). 再刊에 初刊 발행일 기록.	원문
鍾汰 성부 종로2정목 번지	덕흥서림인쇄부 경성부 종로2정목 20번지			국립중앙도서관(3 634-3-11(5))	인명, 지명만 한자 괄호 병기하고, 나머지는 순한글. '再刊'임. '初刊 발행일 기록'	원문
東燮 성부 종로 2정목 번지	덕흥서림인쇄부 경성부 종로 2정목 20번지			디지털 한글 박물관(홍윤표 소장본)	9회의 장회체(총목차). 1면 낙장.	원문
基禎 성부 견지동 32번지	한성도서주식회사 경성부 견지동 32번지		[구활자본고소설 전집 19]			원문
重煥 성부 중림동 33번지	보성사 경성부 수송동 44번지		[활자본고전소설 전집 2]	국립중앙도서관(3 634-2-56(4))		원문
					3판에 2판 발행일 기록.	출판
家恒衛 성부 명치정 1정목 번지	일한인쇄소 경성부 명치정 1정목 54번지			국립중앙도서관(3 634-2-23(3))	초판, 2판 발행일 기록.	원문
					6판이 있어서 4판도 있을 것으로 추측.	출판
					6판이 있어서 5판도 있을 것으로 추측.	출판
基禎 성부 견지동 32번지	한성도서주식회사 경성부 견지동 32번지	박문서관		국립중앙도서관(3 634-2-56(7))	초판 발행일 기록.	원문
龜太郎 성부 관수동 135번지	대화상회인쇄소 경성부 관수동 135번지	박문서관		국립중앙도서관(3 634-2-23(8))	초판 발행일 기록. 6판으로 기록되었으나, 1922년에 6판이 나왔기 때문에 7판으로 간주함.	원문

번호	작품명 고유번호	표제	문자	면수 가격	인쇄일	발행일	판차	발행자 발행자 주소	발행소 발행소 주소
759	**남강월** 덕흥-남강-01-01	(일대용녀) 남강월	한글	85p. 25전	1915-12-10	1915-12-25	1	金東縉 경성부 견지동 67번지	덕흥서림 경성부 견지동 67번
760	**남강월** 덕흥-남강-02-01	(일대용녀) 남강월	한글	76p. 30전	1922-11-30	1922-12-05	1	金東縉 경성부 종로 2정목 20번지	덕흥서림 경성부 종로 2정목 20번지
761	**남이장군실기** 덕흥-남이-01-01	(용맹무적)남이 장군실긔	한글	50p. 25전	1926-12-25	1926-12-30	1	金東縉 경성부 종로 2정목 20번지	덕흥서림 경성부 종로 2정목 20번지
762	**남이장군실기** 덕흥-남이-01-02	남이장군실긔	한글	50p. 25전	1935-12-05	1935-12-15	2	金東縉 경성부 종로 2정목 20번지	덕흥서림 경성부 종로 2정목 20번지
763	**논개실기** 덕흥-논개-01-01	(임진명기)론개 실긔	한글			19 - -	1		덕흥서림
764	**단종대왕실기** 덕흥-단종-01-01	端宗大王實記： 一名莊陵血史	한글			1929-09-17	1		덕흥서림
765	**단종대왕실기** 덕흥-단종-01-02	端宗大王實記： 一名莊陵血史	한글			1934-11-15	2		덕흥서림
766	**단종대왕실기** 덕흥-단종-01-03	端宗大王實記： 一名莊陵血史	한글	280p. 1원	1935-09-05	1935-09-10	3	金東縉 경성부 종로 2정목 20번지	덕흥서림 경성부 종로 2정목 20번지
767	**미인계** 덕흥-미인-01-01	(신출괴물) 미인계	한글			1919-11-18	1		덕흥서림
768	**미인계** 덕흥-미인-01-02	(신출괴물) 미인계	한글	75p. 25전	1920-10-20	1920-10-30	2	金東縉 경성부 종로 2정목 20번지	덕흥서림 경성부 종로통 2정 20번지
769	**박문수전** 덕흥-박문-01-01	어사박문수	한글	40p. 15전	1933-12-05	1933-12-10	1	金東縉 경성부 종로 2정목 20번지	덕흥서림 경성부 종로 2정목 20번지
770	**박씨전** 덕흥-박씨-01-01	(고대쇼셜)박씨 부인젼	한글	52p.		1925-11-30	1		덕흥서림
771	**박태보전** 덕흥-박태-01-01	박태보실긔	한글	91p. 30전	1916-11-20	1916-11-30	1	金東縉 경성부 종로통 2정목 20번지	덕흥서림 경성부 종로통 2정 20번지
772	**반씨전** 덕흥-반씨-01-01	반씨전	한글			1928- -	1		덕흥서림
773	**병인양요** 덕흥-병인-01-01	丙寅洋擾(一名 韓將軍傳)	한글	40p. 20전	1928-01-15	1928-01-20	1	宋憲奭 경성부 수하정 13번지	덕흥서림 경성부 종로 2정목 20번지
774	**보심록** 덕흥-보심-01-01	명사십리	한글	93p. 30전	1925-10-25	1925-10-30	1	金東縉 경성부 종로 2정목 20번지	덕흥서림 경성부 종로 2정목 20번지
775	**사씨남정기** 덕흥-사씨-01-01	사시남정긔	한글	77p.		1925-10-	1	金東縉	덕흥서림
776	**산양대전** 덕흥-산양-01-00	조자룡실긔	한글			1926- -	1	金東縉	덕흥서림
777	**산양대전** 덕흥-산양-02-00	산양대전	한글	20전		1935- -	1		덕흥서림
778	**삼국대전** 덕흥-삼국대-01-01	고대소설 삼국대전	한글	109p.		1912- -	1		덕흥서림

쇄자 쇄소 주소	인쇄소 인쇄소 주소	공동 발행	영인본	소장처 및 청구기호	기타	현황
重煥 성부 중림동 333번지	보성사 경성부 수송동 44번지		[구활자본고소설 전집 20], [활자본고전소설 전집 2]	국립중앙도서관(3 634-2-14(5))	'緖言' 있음. [구활자소설총서 9]에도 영인됨. [구활자소설총서]와 [구활자본고소설전집]에 판권지 있음.	원문
世穆 성부 북미창정 6번지	영남인쇄주식회사 경성부 북미창정 146번지			국립중앙도서관(3 634-2-66(4))	'緖言' 있음.	원문
基禎 성부 견지동 32번지	한성도서주식회사 경성부 견지동 32번지		[구활자본고소설 전집 2]	국립중앙도서관(3 634-2-66(14))	저작자 장도빈.	원문
鍾汰 성부 종로 2정목 번지	덕흥서림인쇄부 경성부 종로 2정목 20번지			국립중앙도서관(3 634-2-66(13))	초판 발행일을 '소화 1년'이 아니라 '대정 15년(=소화 원년)'으로 기록.	원문
					방민호 가목([연구보정], p.193)	원문
					3판에 초판 발행일 기록.	출판
					3판에 2판 발행일 기록.	출판
鍾汰 성부 종로 2정목 번지	덕흥서림인쇄부 경성부 종로 2정목 20번지			고려대학교 도서관(897.33 김동진 단)	13회의 장회체.	원문
					2판에 초판 발행일 기록. <종옥전>의 개작(박상석, 2009)	출판
重煥 성부 공평동 55번지	대동인쇄주식회사 경성부 공평동 55번지			국립중앙도서관(3 634-3-58(1))	초판 발행일 기록. <종옥전(鍾玉傳)>의 개작(박상석, 2010)	원문
東燮 성부 종로 2정목 번지	덕흥서림인쇄부 경성부 종로 2정목 20번지		[조동일소장국문 학연구자료 21]		장회체(3회 중, 1회만 박문수 이야기). p.32까지 한자병기, 이후 순한글(편집이 다름). 표지 그림 밑에 '경성 태화서관 발행'이라고 기록. 발행소는 판권지 기록 따름.	원문
			[활자본고전소설 전집 2]		12회의 장회체. 영인본의 판권지 없음. 발행소와 발행일은 영인본의 해제에 의함.	원문
養浩 성부 제동 3번지	선명사 경성부 종로통 1정목 39번지		[구활자본고소설 전집 3]	국립중앙도서관(3 634-2-37(4))	한자 괄호 병기 매우 적음.	원문
					우쾌제, p.126.	출판
基禎 성부 견지동 32번지	한성도서주식회사 경성부 견지동 32번지			서울대학교 도서관(3350 144)	저작겸 발행자 송헌석, 발행자 김동진.	원문
禹澤 성부 공평동 55번지	대동인쇄주식회사 경성부 공평동 55번지			국립중앙도서관(3 634-2-62(4))		원문
				서울대학교 도서관(가람 813.53 G422s)	서울대학교 소장본에는 판권지 없음. 발행월은 이능우, p.285. 참고.	원문
					여승구, [古書通信] 15, 1999.9.([이본목록], p.220.)	원문
					<남이장군실기>, 덕흥서림, 1935.(국립중앙도서관 소장본(3634-2-66(13)) 광고에 '山陽大戰'으로 기록.	광고
			[구활자본고소설 전집 5]		판권지 없음. 발행연도는 영인본 목차에 의함.	원문

번호	작품명 고유번호	표제	문자	면수 가격	인쇄일	발행일	판차	발행자 발행자 주소	발행소 발행소 주소
779	서산대사전 덕흥-서산-01-01	셔산대사와 사명당	한글			1926-11-15	1		덕흥서림
780	서산대사전 덕흥-서산-01-02	셔산대사와 사명당	한글			1927-11-30	2		덕흥서림
781	서산대사전 덕흥-서산-01-03	셔산대사와 사명당	한글	40p. 20전	1928-11-02	1928-11-05	3	金東縉 경성부 종로 2정목 20번지	덕흥서림 경성부 종로 2정목 20번지
782	서태후전 덕흥-서태-01-01	(청조녀걸)서태 후전	한글	116p. 50전	1936-10-10	1936-10-15	1	金東縉 경성부 종로 2정목 20번지	덕흥서림 경성부 종로 2정목 20번지
783	선죽교 덕흥-선죽-01-01	만고충절 명포은전	한글	48p. 25전	1929-11-01	1929-11-05	1	金東縉 경성부 종로 2정목 20번지	덕흥서림 경성부 종로 2정목 20번지
784	설인귀전 덕흥-설인-01-00-상	(백포소장)설인 귀전/ 상편	한글	137p.		1934- -	1		덕흥서림
785	설인귀전 덕흥-설인-01-00-하	(백포소장)설인 귀전 / 하편	한글				1		덕흥서림
786	섬동지전 덕흥-섬동-01-01	섬동지전 : 둑겁전	한글	39p. 15전	1914-10-23	1914-10-28	1	金東縉 경성부 견지동 67번지	덕흥서림 경성부 견지동 67번지
787	섬동지전 덕흥-섬동-01-02	섬동지전 : 둑겁전	한글			1915-11-20	2	金東縉	덕흥서림
788	섬동지전 덕흥-섬동-01-03	섬동지전 : 둑겁전	한글	39p. 15전	1916-01-26	1916-01-28	3	金東縉 경성부 견지동 67번지	덕흥서림 경성부 견지동 67번지
789	섬동지전 덕흥-섬동-01-04	섬동지전 : 둑겁전	한글			1917- -	4	金東縉	덕흥서림
790	섬동지전 덕흥-섬동-01-05	섬동지전 : 둑겁전	한글	39p. 20전	1918-03-03	1918-03-07	5	金東縉 경성부 종로통 2정목 20번지	덕흥서림 경성부 종로통 2정 20번지
791	섬동지전 덕흥-섬동-01-06	섬동지전 : 둑겁전	한글	39p.		1920-02-05	6	金東縉	덕흥서림
792	성종대왕실기 덕흥-성종-01-01	성종대왕실긔	한글	48p. 25전	1930-10-25	1930-10-30	1	金東縉 경성부 종로 2정목 20번지	덕흥서림 경성부 종로 2정목 20번지
793	소운전 덕흥-소운-01-01	소학사전	한글			1916- -	1		덕흥서림
794	숙종대왕실기 덕흥-숙종-01-01	숙종대왕실긔	한글	25전	1930.09.15	1930-09-20	1	金東縉 경성부 종로 2정목 20번지	덕흥서림 경성부 종로 2정목 20번지
795	숙향전 덕흥-숙향-01-01	숙향전	한글			1914-11-20	1	金東縉	덕흥서림
796	숙향전 덕흥-숙향-01-02	숙향전	한글	111p. 30전	1915-12-25	1915-12-29	2	金東縉 경성부 견지동 67번지	덕흥서림 경성부 견지동 67번
797	숙향전 덕흥-숙향-01-03	숙향전	한글				3		덕흥서림
798	숙향전 덕흥-숙향-01-04	숙향전	한글				4		덕흥서림
799	숙향전 덕흥-숙향-01-05	숙향전	한글	94p. 30전	1917-09-05	1917-09-08	5	金東縉 경성부 종로통 2정목 20번지	덕흥서림 경성부 종로통 2정 20번지

쇄자 쇄소 주소	인쇄소 인쇄소 주소	공동 발행	영인본	소장처 및 청구기호	기타	현황
					3판에 초판 발행일 기록.	출판
					3판에 2판 발행일 기록.	출판
仁煥 성부 황금정 2정목 8번지	경성신문사 경성부 황금정 2정목 148번지			국립중앙도서관(3 634-3-2(1))	저작자 장도빈.	원문
東燮 성부 종로 2정목 번지	덕흥서림인쇄부 경성부 종로 2정목 20번지		[구활자본고소설 전집 25]	국립중앙도서관(3 634-2-38(1))		원문
東燮 성부 종로 2정목 번지	덕흥서림인쇄부 경성부 종로 2정목 20번지			디지털 한글박물관(홍윤표 소장본)		원문
				국립중앙도서관(8 13.5-설993ㄷ-1)	도서관 서지정보에는 '발행자 불명'으로 되어 있으나, [연구보정](p.437.)에서는 1934년 덕흥서림 간행본으로 추정. 협약도서관에서 이미지 파일 열람 가능.	원문
					상편이 있어서 하편도 있을 것으로 추정.	출판
聖杓 성부 공평동 47번지	성문사 경성부 공평동 55번지			국립중앙도서관(3 634-2-66(8))	3판과 5판에 초판 발행일 기록.	원문
					3판에 2판 발행일 기록.	출판
重煥 성부 중림동 33번지	보성사 경성부 수송동 44번지			국립중앙도서관(3 634-2-66(6))	초판, 2판 발행일 기록.	원문
					[이본목록](p.278)에 4판 발행일 기록.	출판
敬德 성부 관훈동 30번지	조선복음인쇄소 경성부 관훈동 30번지		[활자본고전소설 전집 3]	국립중앙도서관(3 634-2-66(16))	초판 발행일 기록.	원문
					[이본목록](pp.279)에 6판 발행일 기록.	출판
東燮 성부 종로 2정목 번지	덕흥서림인쇄부 경성부 종로 2정목 20번지			박순호 소장본		원문
					우쾌제, p.128.	출판
鍾汰 성부 종로 2정목 번지	덕흥서림인쇄부 경성부 종로 2정목 20번지			이기대 소장본		원문
					2판, 5판, 7판에 초판 발행일 기록.	출판
重煥 성부 중림동 333번지	보성사 경성부 수송동 44번지			국립중앙도서관(3 634-2-98(6))	초판 발행일 기록.	원문
					5판, 7판이 있어서 3판도 있을 것으로 추정.	출판
					5판, 7판이 있어서 4판도 있을 것으로 추정.	출판
敎瓚 성부 경운동 88번지	보성사 경성부 수송동 44번지			국립중앙도서관(3 634-2-98(2))	초판 발행일 기록.	원문

번호	작품명 고유번호	표제	문자	면수 가격	인쇄일	발행일	판차	발행자 발행자 주소	발행소 발행소 주소
800	**숙향전** 덕흥-숙향-01-06	숙향전	한글				6		덕흥서림
801	**숙향전** 덕흥-숙향-01-07	숙향전	한글	91p. 30전	1920-10-30	1920-11-10	7	金東縉 경성부 종로 2정목 20번지	덕흥서림 경성부 종로 2정목 20번지
802	**심청전** 덕흥-심청-01-00	심청전	한글			1915- -	1		덕흥서림
803	**양산백전** 덕흥-양산-01-01	(고대소설)양산백전	한글	59p. 20전	1925-10-25	1925-10-30	1	金東縉 경성부 종로 2정목 20번지	덕흥서림 경성부 종로 2정목 20번지
804	**양풍전** 덕흥-양풍-01-01	양풍운전	한글	35p.		1926- -	1		덕흥서림
805	**영산홍** 덕흥-영산-01-01	영산홍	한글			1922-11-08	1		덕흥서림
806	**영산홍** 덕흥-영산-01-02	영산홍	한글				2		덕흥서림
807	**영산홍** 덕흥-영산-01-03	영산홍	한글	94p.	1927-11-28	1927-11-30	3	金東縉 경성부 종로통 2정목 20번지	덕흥서림 경성부 종로통 2정목 20번지
808	**옥단춘전** 덕흥-옥단-01-01	옥단츈전	한글	38p. 15전	1926-01-15	1926-01-20	1	金東縉 경성부 종로 2정목 20번지	덕흥서림 경성부 종로 2정목 20번지
809	**옥루몽** 덕흥-옥루-01-01-상	懸吐 玉樓夢	한문			1918-01-08	1		덕흥서림
810	**옥루몽** 덕흥-옥루-01-01-중	懸吐 玉樓夢	한문			1918-01-08	1		덕흥서림
811	**옥루몽** 덕흥-옥루-01-01-하	懸吐 玉樓夢	한문			1918-01-08	1		덕흥서림
812	**옥루몽** 덕흥-옥루-01-02-상	懸吐 玉樓夢	한문	234p. 2원(3책)	1919-06-01	1919-06-10	2		덕흥서림 경성부 종로통 2정목 20번지
813	**옥루몽** 덕흥-옥루-01-02-중	懸吐 玉樓夢	한문	222p. 2원(3책)	1919-06-01	1919-06-10	2		덕흥서림 경성부 종로통 2정목 20번지
814	**옥루몽** 덕흥-옥루-01-02-하	懸吐 玉樓夢	한문	223p. 2원(3책)	1919-06-01	1919-06-10	2	金東縉 경성부 종로통 2정목 20번지	덕흥서림 경성부 종로통 2정목 20번지
815	**옥루몽** 덕흥-옥루-01-03-상	懸吐 玉樓夢	한문	234p. 2원50전 (3책)	1920-05-10	1920-05-13	3	金東縉 경성부 종로 2정목 20번지	덕흥서림 경성부 종로통 2정목 20번지
816	**옥루몽** 덕흥-옥루-01-03-중	懸吐 玉樓夢	한문	222p. 2원50전 (3책)	1920-05-10	1920-05-13	3	金東縉 경성부 종로 2정목 20번지	덕흥서림 경성부 종로통 2정목 20번지
817	**옥루몽** 덕흥-옥루-01-03-하	懸吐 玉樓夢	한문	223p. 2원50전 (3책)	1920-05-10	1920-05-13	3	金東縉 경성부 종로 2정목 20번지	덕흥서림 경성부 종로통 2정목 20번지
818	**옥루몽** 덕흥-옥루-01-04-상	懸吐 玉樓夢	한문				4		덕흥서림
819	**옥루몽** 덕흥-옥루-01-04-중	懸吐 玉樓夢	한문				4		덕흥서림
820	**옥루몽** 덕흥-옥루-01-04-하	懸吐 玉樓夢	한문				4		덕흥서림

쇄자 쇄소 주소	인쇄소 인쇄소 주소	공동 발행	영인본	소장처 및 청구기호	기타	현황
					7판이 있어서 6판도 있을 것으로 추정.	출판
重煥 성부 공평동 55번지	대동인쇄주식회사 경성부 공평동 55번지			국립중앙도서관(3 634-2-98(5))	초판 발행일 기록.	원문
					<일대용녀 남강월>, 덕흥서림, 1915. 광고.([이본목록], p.357)	광고
禹澤 성부 공평동 55번지	대동인쇄주식회사 경성부 공평동 55번지			국립중앙도서관(3 634-2-84(6))		원문
					정병욱 소장본(이능우, p.292.)	원문
					3판에 초판 발행일 기록.	출판
					3판이 있어서 2판도 있을 것으로 추정.	출판
基禎 성부 견지동 32번지	한성도서주식회사 경성부 견지동 32번지			서울대학교 도서관(3340 219)	판권지 훼손되어 작가와 가격이 보이지 않음. 초판 발행일 기록.	원문
東燮 성부 종로 2정목 번지	덕흥서림인쇄부 경성부 종로 2정목 20번지			정명기 소장본		원문
					2판, 3판, 5판에 초판 발행일 기록.	출판
					2판, 3판, 5판에 초판 발행일 기록.	출판
					2판, 3판, 5판에 초판 발행일 기록.	출판
				고려대학교 도서관(C14 A44 1)	64회 장회체(권1 1회~21회, 권2 22회~44회, 권3 45회~64회, 총목차). 譯述者 金東縉. 초판 발행일 기록.	원문
				고려대학교 도서관(C14 A44 2)	64회 장회체(권1 1회~21회, 권2 22회~44회, 권3 45회~64회). 譯述者 金東縉. 초판 발행일 기록.	원문
敬德 성부 관훈동 30번지	조선복음인쇄소 경성부 관훈동 30번지			고려대학교 도서관(C14 A44 3)	국립중앙도서관 소장본(일모古3636-123)의 인쇄일(1919.07.01), 발행일(1919.07.05)에서 '七月'에서 '七'은 덧붙인 흔적 있음. 고려대 소장본을 기준으로함	원문
重煥 성부 공평동 55번지	대동인쇄주식회사 경성부 공평동 55번지			정명기 소장본	판권지가 없어 발행 관련 정보는 하권의 것을 기록.	원문
重煥 성부 공평동 55번지	대동인쇄주식회사 경성부 공평동 55번지			정명기 소장본	판권지가 없어 발행 관련 정보는 하권의 것을 기록.	원문
重煥 성부 공평동 55번지	대동인쇄주식회사 경성부 공평동 55번지			정명기 소장본	초판 발행일 기록.	원문
					5판 상권이 있어서 4판 상권도 있을 것으로 추정.	출판
					5판 중권이 있어서 4판 중권도 있을 것으로 추정.	출판
					5판 하권이 있어서 4판 하권도 있을 것으로 추정.	출판

번호	작품명 고유번호	표제	문자	면수 가격	인쇄일	발행일	판차	발행자 발행자 주소	발행소 발행소 주소
821	옥루몽 덕흥-옥루-01-05-상	懸吐 玉樓夢	한문	234p. 3원 (전3책)	1938-07-10	1938-07-15	5	金東縉 경성부 종로 2정목 20번지	덕흥서림 경성부 종로 2정목 20번지
822	옥루몽 덕흥-옥루-01-05-중	懸吐 玉樓夢	한문	222p. 3원 (전3책)	1938-07-10	1938-07-15	5	金東縉 경성부 종로 2정목 20번지	덕흥서림 경성부 종로 2정목 20번지
823	옥루몽 덕흥-옥루-01-05-하	懸吐 玉樓夢	한문	223p. 3원 (전3책)	1938-07-10	1938-07-15	5	金東縉 경성부 종로 2정목 20번지	덕흥서림 경성부 종로 2정목 20번지
824	유충렬전 덕흥-유충-01-01	류충렬전 샹하	한글	25전	1913-09-15	1913-09-22	1	金東縉 경성 중부 전동 2통 5호	덕흥서림 경성 중부 전동 2통
825	유충렬전 덕흥-유충-01-02	류츙렬전 샹편/하편	한글	112p. 25전	1915-01-15	1915-01-21	2	金東縉 경성부 견지동 67번지	덕흥서림 경성부 견지동 67번
826	유충렬전 덕흥-유충-01-03	류츙렬전 샹편/하편	한글	103p. 25전		1915-08-31	3	金東縉 경성부 견지동 67번지	덕흥서림 경성부 견지동 67번
827	유충렬전 덕흥-유충-01-04	류충렬전 상편/하편	한글				4		덕흥서림
828	유충렬전 덕흥-유충-01-05	류충렬전 상편/하편	한글				5		덕흥서림
829	유충렬전 덕흥-유충-01-06	류충렬전 상편/하편	한글	94p. 35전	1918-03-04	1918-03-07	6	金東縉 경성부 종로통 2정목 20번지	덕흥서림 경성부 종로통 2정목 20번지
830	유충렬전 덕흥-유충-01-07	류충렬전 상편/하편	한글				7		덕흥서림
831	유충렬전 덕흥-유충-01-08	류충렬전 상편/하편	한글				8		덕흥서림
832	유충렬전 덕흥-유충-01-09	류충렬전 상편/하편	한글	99p. 30전	1919-12-10	1919-12-15	9	金東縉 경성부 종로통 1정목 20번지	덕흥서림 경성부 종로통 2정목 20번지
833	유충렬전 덕흥-유충-01-10	류충렬전 상편/하편	한글				10		덕흥서림
834	유충렬전 덕흥-유충-01-11	류츙렬전 상편/하편	한글	99p. 30전	1921-10-17	1921-10-20	11	金東縉 경성부 종로통 2정목 20번지	덕흥서림 경성부 종로통 2정목 20번지
835	유충렬전 덕흥-유충-01-12	류충렬전 상편/하편	한글				12		덕흥서림
836	유충렬전 덕흥-유충-01-13	류츙렬전 상편/하편	한글	99p. 30전	1922-07-15	1922-07-20	13	金東縉 경성부 종로 2정목 20번지	덕흥서림 경성부 종로 2정목 20번지
837	이대봉전 덕흥-이대-01-01	이대봉전	한글	122p.		1914- -	1		덕흥서림
838	임오군란기 덕흥-임오-01-01	임오군란긔	한글	34p. 20전	1930-09-20	1930-09-25	1	金東縉 경성부 종로 2정목 20번지	덕흥서림 경성부 종로 2정목 20번지
839	임호은전 덕흥-임호-01-01	적강칠전 림호은전	한글	126p. 40전		1926-01-20	1	金東縉 경성부 종로 2정목 20번지	덕흥서림 경성부 종로 2정목 20번지
840	장끼전 덕흥-장끼-01-01	장끼전	한글	54p. 15전	1915-01-04	1915-01-07	1	金東縉 경성부 견지동 67번지	덕흥서림 경성부 견지동 67번

쇄자 쇄소 주소	인쇄소 인쇄소 주소	공동 발행	영인본	소장처 및 청구기호	기타	현황
重汰 성부 종로 2정목 번지	덕흥서림인쇄부 경성부 종로 2정목 20번지			국립중앙도서관(한 古朝48-107)	64회 장회체(권1 1회~21회, 권2 22회~44회, 권3 45회~64회, 총목차). 譯述者 金東縉. 초판 발행일 기록. 3책의 원문 이미지 파일이 연결되어 있음.	원문
重汰 성부 종로 2정목 번지	덕흥서림인쇄부 경성부 종로 2정목 20번지			국립중앙도서관(한 古朝48-107)	64회 장회체(권1 1회~21회, 권2 22회~44회, 권3 45회~64회). 譯述者 金東縉. 초판 발행일 기록. 3책의 원문 이미지 파일이 연결되어 있음.	원문
重汰 성부 종로 2정목 번지	덕흥서림인쇄부 경성부 종로 2정목 20번지			국립중앙도서관(한 古朝48-107)	64회 장회체(권1 1회~21회, 권2 22회~44회, 권3 45회~64회). 譯述者 金東縉. 초판 발행일 기록. 3책의 원문 이미지 파일이 연결되어 있음.	원문
? 성 북부 효자동 50통	동문관 경성 북부			정명기 소장본	정명기 소장본은 낙질본이며, 판권지가 일부 훼손되어 인쇄자, 인쇄소 알 수 없음. 소재영 외, p.33. 2판, 3판, 6판, 10판, 12판, 14판에 초판 발행일 기록.	원문
聖杓 성부 공평동 47번지	성문사 경성부 공평동 55번지		[구활자본고소설 전집 11]	국립중앙도서관(3 634-2-67(5))	상하 합철(상 pp.1~52, 하 pp.53~112). 초판 인쇄일, 발행일 기록.	원문
永求 성부 원동 145번지	보성사 경성부 수송동 44번지			국립중앙도서관(3 634-2-67(4))	상하 합철(상 pp.1~48, 하 pp.53~103). 초판, 2판 발행일 기록. 3판 인쇄일 없음. 9면부터 16행에서 17행으로 바뀜.(16행은 2판까지의 편집 형태)	원문
					6판이 있어서 4판도 있을 것으로 추정	출판
					6판이 있어서 5판도 있을 것으로 추정	출판
馬澤 성부 공평동 54번지	성문사 경성부 공평동 55번지			국립중앙도서관(3 634-2-67(8))	상하 합철(상 pp.1~44, 하 pp.45~94). 초판 발행일 기록.	원문
					9판이 있어서 7판도 있을 것으로 추정	출판
					9판이 있어서 8판도 있을 것으로 추정	출판
重煥 성부 관훈동 30번지	조선복음인쇄소 경성부 관훈동 30번지			국립중앙도서관(3 634-2-100(7))	상하 합철(상 pp.1~46, 하 pp.47~99). 초판 발행일 기록.	원문
					11판이 있어서 10판도 있을 것으로 추정.	출판
重煥 성부 공평동 55번지	대동인쇄주식회사 경성부 공평동 55번지	광동서국, 회동서관		국립중앙도서관(3 634-2-67(2))	상하 합철(상 pp.1~46, 하 pp.47~99). 초판 발행일 기록. 발행소 총 5곳.	원문
					13판이 있어서 12판도 있을 것으로 추정.	출판
重煥 성부 공평동 55번지	대동인쇄주식회사 경성부 공평동 55번지	광동서국, 회동서관		국립중앙도서관(3 634-2-100(2))	상하 합철(상 pp.1~46, 하 pp.47~99). 초판 발행일 기록. 발행소 총 4곳.	원문
					이주영, p.223.	출판
東燮 성부 종로 2정목 번지	덕흥서림인쇄부 경성부 종로 2정목 20번지		[구활자본고소설 전집 11]			원문
東燮 성부 종로 2정목 번지	덕흥서림인쇄부 경성부 종로 2정목 20번지			개인소장본	상하합철, 인쇄일이 가려져 보이지 않음.	원문
永求 성부 원동 145번지	보성사 경성부 수송동 44번지		[아단문고고전총 서 70]			원문

번호	작품명 고유번호	표제	문자	면수 가격	인쇄일	발행일	판차	발행자 발행자 주소	발행소 발행소 주소
841	**장백전** 덕흥-장백-01-01	(일세명장) 쟝백젼	한글			1915-12-17	1		덕흥서림
842	**장백전** 덕흥-장백-01-02	(일세명장) 쟝백젼	한글	80p. 25전	1916-10-01	1916-10-10	2	金東縉 경성부 종로통 2정목 20번지	덕흥서림 경성부 종로통 2정 20번지
843	**장백전** 덕흥-장백-01-03	(일세명장) 쟝백젼	한글	80p. 25전	1917-02-17	1917-02-20	3	金東縉 경성부 종로통 2정목 20번지	덕흥서림 경성부 종로통 2정 20번지
844	**장백전** 덕흥-장백-01-04	(일세명장) 쟝백젼	한글	58p. 25전	1917-11-15	1917-11-30	4	金東縉 경성부 종로통 2정목 20번지	덕흥서림 경성 종로통 2정목 20번지
845	**장백전** 덕흥-장백-01-05	(일세명장) 쟝백젼	한글				5		덕흥서림
846	**장백전** 덕흥-장백-01-06	(일세명장) 쟝백젼	한글	61p. 20전	1921-01-20	1921-01-30	6	金東縉 경성부 종로통 2정목 20번지	덕흥서림 경성부 종로통 2정 20번지
847	**장백전** 덕흥-장백-01-07	(일세명장) 쟝백젼	한글				7		덕흥서림
848	**장백전** 덕흥-장백-01-08	(일세명장) 쟝백젼	한글	61p. 20전	1923-12-15	1923-12-20	8	金東縉 경성부 종로 2정목 20번지	덕흥서림 경성부 종로 2정목 20번지
849	**장백전** 덕흥-장백-01-09	(일세명장) 쟝백젼	한글	61p.		1924-12-30	9	金東縉	덕흥서림
850	**장화홍련전** 덕흥-장화-01-01	장화홍련전	한글			1925-10-05	1		덕흥서림
851	**장화홍련전** 덕흥-장화-01-02	장화홍련전	한글				2		덕흥서림
852	**장화홍련전** 덕흥-장화-01-03	장화홍련전	한글				3		덕흥서림
853	**장화홍련전** 덕흥-장화-01-04	장화홍련전	한글				4		덕흥서림
854	**장화홍련전** 덕흥-장화-01-05	장화홍련전	한글				5		덕흥서림
855	**장화홍련전** 덕흥-장화-01-06	장화홍련전	한글				6		덕흥서림
856	**장화홍련전** 덕흥-장화-01-07	장화홍련전	한글				7		덕흥서림
857	**장화홍련전** 덕흥-장화-01-08	장화홍련전	한글				8		덕흥서림
858	**장화홍련전** 덕흥-장화-01-09	장화홍련전	한글				9		덕흥서림
859	**장화홍련전** 덕흥-장화-01-10	장화홍련전	한글	32p. 15전	1930-11-05	1930-11-10	10	金東縉 경성부 종로 2정목 20번지	덕흥서림 경성부 종로 2정목 20번지
860	**적벽대전** 덕흥-적벽대-01-01	삼국풍진 화용도실긔	한글	150p. 50전	1925-12-25	1925-12-30	1	金東縉 경성부 종로 2정목 20번지	덕흥서림 경성부 종로 2정목 20번지
861	**적벽대전** 덕흥-적벽대-02-01	적벽가	한글	43p. 15전	1930-01-15	1930-01-20	1	金東縉 경성부 종로 2정목 20번지	덕흥서림 경성부 종로 2정목 20번지
862	**전수재전** 덕흥-전수-01-01	(룡가성진) 쌍신랑	한글	48p.		1930-09-15	1	金東縉	덕흥서림

!쇄자 !쇄소 주소	인쇄소 인쇄소 주소	공동 발행	영인본	소장처 및 청구기호	기타	현황
			[구활자본고소설전집 12]		초판 발행일이 3판(대정3.12.17), 2판과 4판, 8판(대정4.12.17), 6판(대정5.10.10)에 다른 날짜 기록. 영인본 해제에는 1914년으로 기록.	원문
金重煥 성부 중림동 33 번지	보성사 경성부 수송동 44번지		[구활자소설총서 7]		2판에 초판 발행일(대정4.12.17) 기록.	원문
鄭養浩 성부 재동 3번지	선명사 경성부 종로통 1정목 39번지			국립중앙도서관(3634-2-50(6))	초판 발행일(대정3.12.17.), 2판 발행일(대정5.10.10.)기록.	원문
金弘奎 성부 가회동 216번지	보성사 경성부 수송동 44번지			국립중앙도서관(3634-2-50(7))	초판 발행일(대정4.12.17), 2판 발행일(대정5.10 10), 3판 발행일(대정6.02.20) 기록.	원문
					6판, 8판, 9판이 있는 것으로 보아 5판도 있을 것으로 추정.	출판
金重煥 성부 공평동 55번지	대동인쇄주식회사 경성부 공평동 55번지			국립중앙도서관(3634-2-50(1))	초판 발행일(대정5.10.10.)기록.	원문
					8판, 9판이 있는 것으로 보아 7판도 있는 것으로 추정.	출판
馬澤 성부 공평동 55번지	대동인쇄주식회사 경성부 공평동 55번지			국립중앙도서관(3634-2-50(4))	초판 발행일(대정4.12.17)기록.	원문
					[연구보정](p.844)에 9판 발행일 기록.	출판
					10판에 초판 발행일 기록.	출판
					10판이 있어서 2판도 있을 것으로 추정.	출판
					10판이 있어서 3판도 있을 것으로 추정.	출판
					10판이 있어서 4판도 있을 것으로 추정.	출판
					10판이 있어서 5판도 있을 것으로 추정.	출판
					10판이 있어서 6판도 있을 것으로 추정.	출판
					10판이 있어서 7판도 있을 것으로 추정.	출판
					10판이 있어서 8판도 있을 것으로 추정.	출판
					10판이 있어서 9판도 있을 것으로 추정.	출판
東燮 성부 종로 2정목 번지	덕흥서림인쇄부 경성부 종로 2정목 20번지		[아단문고고전총서 6]		초판 발행일 기록.	원문
東燮 성부 종로 2정목 번지	덕흥서림인쇄부 경성부 종로 2정목 20번지			개인소장본		원문
鎭浩 성부 견지동 32번지	한성도서주식회사 경성부 견지동 32번지			국립중앙도서관(3634-2-115(3))	3회의 장회체.	원문
					2판에 초판 발행일 기록.	출판

번호	작품명 고유번호	표제	문자	면수 가격	인쇄일	발행일	판차	발행자 발행자 주소	발행소 발행소 주소
863	전수재전 덕흥-전수-01-02	(롱가성진) 쌍신랑	한글	48p. 25전	1936-11-15	1936-11-20	2	金東縉 경성부 종로 2정목 20번지	덕흥서림 경성부 종로 2정목 20번지
864	정수정전 덕흥-정수정-01-01	츙효절의 여즁호걸	한글	113p.		1925-11-30	1	金東縉	덕흥서림
865	정수정전 덕흥-정수정-02-01	(고대소셜)녀장 군전	한글	72p. 25전	1926-01-05	1926-01-10	1	金東縉 경성부 종로 2정목 20번지	덕흥서림 경성부 종로 2정목 20번지
866	정수정전 덕흥-정수정-03-01	(고대소셜)녀장 군전	한글	64p. 30전	1926-01-10	1926-01-15	1	金東縉 경성부 종로 2정목 20번지	덕흥서림 경성부 종로 2정목 20번지
867	정을선전 덕흥-정을-01-01	고대소설 정을선전	한글	41p. 15전	1925-10-25	1925-10-30	1	金東縉 경성부 종로 2정목 20번지	덕흥서림 경성부 종로 2정목 20번지
868	제마무전 덕흥-제마-01-01	제마무전	한글	66p. 25전	1925-10-25	1925-10-30	1	金東縉 경성부 종로 2정목 20번지	덕흥서림 경성부 종로 2정목 20번지
869	조웅전 덕흥-조웅-01-01	고대쇼설 됴웅전	한글	124p. 30전	1914-01-25	1914-01-28	1	金東縉 경성 중부 전동 2통 5호	덕흥서림 경성 중부 전동 2통
870	조웅전 덕흥-조웅-01-02	됴웅전	한글	122p. 30전	1915-03-08	1915-03-10	2	金東縉 경성부 견지동 67번지	덕흥서림 경성부 견지동 67번
871	조웅전 덕흥-조웅-01-03	됴웅전	한글	122p. 30전	1916-01-02	1916-01-05	3	金東縉 경성부 견지동 67번지	덕흥서림 경성부 견지동 67번
872	조웅전 덕흥-조웅-01-04	됴웅전	한글				4		덕흥서림
873	조웅전 덕흥-조웅-01-05	죠웅전	한글	114p. 35전	1917-11-01	1917-11-06	5	金東縉 경성부 종로통 2정목 20번지	덕흥서림 경성부 종로통 2정목 20번지
874	조웅전 덕흥-조웅-01-06	됴웅전	한글				6		덕흥서림
875	조웅전 덕흥-조웅-01-07	됴웅전	한글				7		덕흥서림
876	조웅전 덕흥-조웅-01-08	됴웅전	한글				8		덕흥서림
877	조웅전 덕흥-조웅-01-09	됴웅전	한글				9		덕흥서림
878	조웅전 덕흥-조웅-01-10	죠웅전 : 상중하 합편	한글	104p. 30전	1923-12-15	1923-12-25	10	金東縉 경성부 종로통 2정목 20번지	덕흥서림 경성부 종로 2정목 20번지
879	채봉감별곡 덕흥-채봉-01-01	츄풍감별곡	한글	25전	1925-10-25	1925-10-30	1	金東縉 경성부 종로 2정목 20번지	덕흥서림 경성부 종로 2정목 20번지
880	천도화 덕흥-천도-01-01	천도화	한글	82p.		1916- -	1		덕흥서림
881	청년회심곡 덕흥-청년-01-01	청년회심곡	한글	70p.		1925- -	1	金東縉	덕흥서림
882	청정실기 덕흥-청정-01-01	壬辰兵亂 淸正實記	한글	80p. 35전	1929-10-20	1929-10-25	1	金東縉 경성부 종로 2정목 20번지	덕흥서림 경성부 종로 2정목 20번지
883	춘향전 덕흥-춘향-01-00	옥즁가인	한글	45전		1915- -	1		덕흥서림

자 소 주소	인쇄소 인쇄소 주소	공동 발행	영인본	소장처 및 청구기호	기타	현황
汰 부 종로 2정목 번지	덕흥서림인쇄부 경성부 종로 2정목 20번지			국립중앙도서관(3 634-3-11(5))	초판 발행일 기록.	원문
		조선도서주식 회사			대전대, [이능우기증도서목록], 1179([이본목록], p.640.)	출판
澤 부 관훈동 30번지	희문사 경성부 관훈동 30번지		[조동일소장국문 학연구자료 21]			원문
汰 부 종로 2정목 번지	덕흥서림인쇄부 경성부 종로 2정목 20번지			개인소장본		원문
燮 부 종로 2정목 번지	덕흥서림인쇄부 경성부 종로 2정목 20번지			디지털 한글박물관(홍윤표 소장본)		원문
燮 부 종로 2정목 번지	덕흥서림인쇄부 경성부 종로 2정목 20번지			박순호 소장본		원문
求 북부 원동 12통 1호	보성사 경성 북부 전동 14통 1호			국립중앙도서관(3 634-2-95(2))	3권 1책(권1 pp.1~38, 권2 pp.1~40, 권3 pp.1~46). 권2, 3에 각각 1p씩 빈면이 있어 인쇄된 것은 122p임. 10판에 초판 발행일 기록.	원문
求 원동 145번지	보성사 경성부 수송동 44번지			국립중앙도서관(3 634-2-95(3))	3권 1책(권1 pp.1~38, 권2 pp.39~77, 권3 pp.78~122). 초판 인쇄일, 발행일 기록. 3판에 2판 발행일 기록.	출판
煥 부 중림동 333번지	보성사 경성부 수송동 44번지			국립중앙도서관(3 634-2-95(4))	3권 1책(권1 pp.1~38, 권2 pp.39~77, 권3 pp.78~122). 초판과 2판 발행일 기록.	출판
					10판이 있어 4판도 있을 것으로 추정.	출판
奎 부 가회동 216번지	보성사 경성부 수송동 44번지	한성서관, 신구서림		국립중앙도서관(3 634-2-76(1))	권 구분 없이 단권 체제임.	원문
					10판이 있어 6판도 있을 것으로 추정.	출판
					10판이 있어 7판도 있을 것으로 추정.	출판
					10판이 있어 8판도 있을 것으로 추정.	출판
					10판이 있어 9판도 있을 것으로 추정.	출판
煥 부 황금정 2정목 번지	융문관인쇄소 경성부 황금정 2정목 148번지	박문서관		국립중앙도서관(3 634-2-95(8))	상중하 합편(상 pp.1~36, 중 pp.37~71, 하 pp.72~104). 초판 발행일 기록	원문
燮 부 종로 2정목 번지	덕흥서림인쇄부 경성부 종로 2정목 20번지			영남대학교 도서관(도 813.5 ★784)		원문
					대전대, [이능우 寄目], 1180([이본목록], p.726)	출판
					이주영, p.229.	출판
浩 부 견지동 32번지	한성도서주식회사 경성부 견지동 32번지			서울대학교 도서관(3350 60)		원문
					<일대용녀남강월>, 덕흥서림, 1915(서강대학교 도서관 소장본(CL 811.36 일222)) 광고에 '옥중가인'으로 기록.	광고

번호	작품명 고유번호	표제	문자	면수 가격	인쇄일	발행일	판차	발행자 발행자 주소	발행소 발행소 주소
884	춘향전 덕흥-춘향-02-01	언문춘향전	한글			1925-11-15	1	金東縉	덕흥서림
885	춘향전 덕흥-춘향-02-02	언문춘향전	한글	70p. 25전	1926-01-03	1926-01-06	2	金東縉 경성부 종로 2정목 20번지	덕흥서림 경성부 종로 2정목 20번지
886	태조대왕실기 덕흥-태조-01-01	조선태조대왕전	한글	36p. 20전	1926-12-10	1926-12-15	1	金東縉 경성부 종로 2정목 20번지	덕흥서림 경성부 종로 2정목 20번지
887	태조대왕실기 덕흥-태조-01-02	조선태조대왕전	한글				2		덕흥서림
888	태조대왕실기 덕흥-태조-01-03	조선태조대왕전	한글				3		덕흥서림
889	태조대왕실기 덕흥-태조-01-04	조선태조대왕전	한글				4		덕흥서림
890	태조대왕실기 덕흥-태조-01-05	조선태조대왕전	한글	36p. 20전	1935-11-15	1935-11-20	5	金東縉 경성부 종로 2정목 20번지	덕흥서림 경성부 종로 2정목 20번지
891	토끼전 덕흥-토끼-01-01	별쥬부전	한글			1925- -	1		덕흥서림
892	퉁두란전 덕흥-퉁두-01-01	개국명장 퉁두란전	한글	60p. 30전	1933-01-10	1933-01-15	1	金東縉 경성부 종로 2정목 20번지	덕흥서림 경성부 종로 2정목 20번지
893	평양공주전 덕흥-평양-01-01	평양공쥬전	한글	36p. 25전	1926-12-10	1926-12-15	1	金東縉 경성부 종로 2정목 20번지	덕흥서림 경성부 종로 2정목 20번지
894	현씨양웅쌍린기 덕흥-현씨-01-01-상	현씨량웅쌍인긔 상	한글	111p. 25전(실가)	1920-01-30	1920-02-05	1	金東縉 경성부 종로 2정목 20번지	덕흥서림 경성부 종로 2정목 20번지
895	현씨양웅쌍린기 덕흥-현씨-01-01-하	현씨량웅쌍인긔 하	한글	104p. 23전	1920-01-30	1920-02-05	1	金東縉 경성부 종로 2정목 20번지	덕흥서림 경성부 종로 2정목 20번지
896	호걸남자 덕흥-호걸-01-01	호걸남자	한글	58p.	1926-12-01	1926-12-05	1		덕흥서림 경성부 종로 2정목 20번지
897	호걸남자 덕흥-호걸-01-02	호걸남자	한글				2		덕흥서림
898	호걸남자 덕흥-호걸-01-03	호걸남자	한글	58p. 25전	1935-11-10	1935-11-30	3	金東縉 경성부 종로 2정목 20번지	덕흥서림 경성부 종로 2정목 20번지
899	홍길동전 덕흥-홍길-01-01	홍길동전	한글	73p. 20전	1915-08-14	1915-08-18	1	金東縉 경성부 견지동 67번지	덕흥서림 경성부 견지동 67번지
900	홍길동전 덕흥-홍길-01-02	홍길동전	한글	64p. 20전	1916-10-20	1916-10-23	2	金東縉 경성부 종로통 2정목 20번지	덕흥서림 경성부 종로통 2정목 20번지
901	홍길동전 덕흥-홍길-01-03	홍길동전	한글			1917-01-28	3		덕흥서림
902	홍길동전 덕흥-홍길-01-04	홍길동전	한글	49p. 20전	1917-09-01	1917-09-05	4	金東縉 경성부 종로통 2정목 20번지	덕흥서림 경성부 종로통 2정목 20번지
903	홍길동전 덕흥-홍길-01-05	홍길동전	한글	50p. 25전	1918-03-11	1918-03-20	5	金東縉 경성부 종로통 2정목 20번지	덕흥서림 경성부 종로통 2정목 20번지

쇄자 쇄소 주소	인쇄소 인쇄소 주소	공동 발행	영인본	소장처 및 청구기호	기타	현황
					2판에 초판 발행일 기록.	출판
慶澤 성부 관훈동 30번지	희문관 경성부 관훈동 30번지			영남대학교 도서관(도 813.5 ㅊ788ㅊ)	초판 발행일 기록.	원문
基禎 성부 견지동 32번지	한성도서주식회사 경성부 견지동 32번지		[구활자본고소설 전집 32]	서울대학교 도서관(3340 1 11)	저작자 장도빈. '朝鮮古代小說叢書' 11권에 '平壤公主傳, 徐花潭 , 江陸秋月, 金鈴傳 '과 합철. 5판에 초판 발행일 기록.	원문
					5판이 있어서 2판도 있을 것으로 추정.	출판
					5판이 있어서 3판도 있을 것으로 추정.	출판
					5판이 있어서 4판도 있을 것으로 추정.	출판
鍾汝 성부 종로 2정목 번지	덕흥서림인쇄부 경성부 종로 2정목 20번지		[조동일소장국문 학연구자료 24]		초판 발행일 기록.	원문
					W.E. Skillend, p.232.	출판
東燮 성부 종로 2정목 번지	덕흥서림인쇄부 경성부 종로 2정목 20번지			개인소장본		원문
基禎 성부 견지동 32번지	한성도서주식회사 경성부 견지동 32번지			서울대학교 도서관(3340 1 11)	[조선소설] 11책에 '朝鮮太祖大王傳' 외 '徐花潭'과 '江陸秋月', '金鈴傳'과 함께 합철되어 있음.	원문
禹澤 성부 공평동 54번지	성문사 경성부 공평동 55번지		[활자본고소설전 집 12], [구활자소설총서 1]	국립중앙도서관(3 634-3-76(4))	20회의 장회체(상권 10회, 하권 10회). 상하권 모두 발행일에서 '대정 九年'에서 '九'는 '八'에 덧칠한 흔적 있고, 월일 또한 덧칠한 흔적 있음.	원문
禹澤 성부 공평동 54번지	성문사 경성부 공평동 55번지		[활자본고소설전 집 12], [구활자소설총서 1]	국립중앙도서관(3 634-3-76(3))	20회의 장회체(상권 10회, 하권 10회). 대정8년 10월30일 도장에 개정 정가 30전으로 기록. [구활자 소설총서1]의 발행일은 대정 9년 9월 3(0?)일.	원문
				서울대학교 도서관(3340 113)	판권지가 가려져 인쇄일과 발행일 이외에는 알 수 없음. 3판에 초판 발행일 기록.	원문
					3판과 초판이 있어 2판도 있을 것으로 추정.	출판
鍾汝 성부 종로 2정목 번지	덕흥서림인쇄부 경성부 종로 2정목 20번지			국립중앙도서관(3 634-3-11(1))	초판 발행일 기록.	원문
永求 성부 원동 415번지	보성사 경성부 수송동 44번지			국립중앙도서관(3 634-2-53(1))	상하 합본(상 pp.1~33, 하 pp.35~73). 2판, 4판, 5판, 6판, 10판, 11판에 초판 발행일 기록.	원문
養浩 성부 재동 3번지	선명사 경성부 종로통 1정목 39번지			국립중앙도서관(3 634-2-53(10))	상하 합본(상 pp.1~30, 하 pp.31~64). 초판 발행일 기록. 4판과 5판에 2판 발행일 잘못 기록(대정5.10.12).	원문
					4판과 5판에 3판 발행일 기록.	출판
敎瓚 성부 경운동 88번지	보성사 경성부 수송동 44번지			국립중앙도서관(3 634-2-53(8))	상하 합본(상 pp.1~23, 하 pp.24~49). 초판, 2판(대정5.10.12), 3판(대정6.01.28) 발행일 기록.	원문
家恒衛 성부 명치정 1정목 번지	일한인쇄소 경성부 명치정 1정목 54번지			국립중앙도서관(3 634-2-53(7))	상하 합본(상 pp.1~23, 하 pp.24~50). 초판, 2판(대정5.10.12), 3판, 4판 발행일 기록.	원문

번호	작품명 고유번호	표제	문자	면수 가격	인쇄일	발행일	판차	발행자 발행자 주소	발행소 발행소 주소
904	홍길동전 덕흥-홍길-01-06	홍길동전	한글	37p. 10전 (실가)	1919-04-26	1919-04-26	6	金東縉 경성부 종로통 2정목 20번지	덕흥서림 경성부 종로통 2정목 20번지
905	홍길동전 덕흥-홍길-01-07	홍길동전	한글				7		덕흥서림
906	홍길동전 덕흥-홍길-01-08	홍길동전	한글	37p. 15전 (실가)	1921-01-20	1921-01-26	8	金東縉 경성부 종로통 2정목 20번지	덕흥서림 경성부 종로통 2정목 20번지
907	홍길동전 덕흥-홍길-01-09	홍길동전	한글				9		덕흥서림
908	홍길동전 덕흥-홍길-01-10	홍길동전	한글	37p. 15전	1924-01-23	1924-01-30	10	金東縉 경성부 종로통 2정목 20번지	덕흥서림 경성부 종로통 2정목 20번지
909	홍길동전 덕흥-홍길-01-11-1	홍길동전	한글	37p. 15전	1925-02-10	1925-02-15	11	金東縉 경성부 종로 2정목 20번지	덕흥서림 경성부 종로 2정목 20번지
910	홍길동전 덕흥-홍길-01-11-2	홍길동전	한글	37p. 15전	1925-02-05	1925-02-10	11	金東縉 경성부 종로 2정목 20번지	덕흥서림 경성부 종로 2정목 20번지
911	황월선전 덕흥-황월-01-01	(권선징악)황월 선전	한글	38p. 20전	1928-11-01	1928-11-05	1	金東縉 경성부 종로 2정목 20번지	덕흥서림 경성부 종로 2정목 20번지
912	황월선전 덕흥-황월-02-01	(권선징악)황월 선전	한글	38p.		1931- -	1	金東縉	덕흥서림
913	효종대왕실기 덕흥-효종-01-00	효종대왕실기	한글				1		덕흥서림
914	흥선대원군실기 덕흥-흥선-01-00	흥선대원군실긔	한글			1930- -	1		덕흥서림
915	장화홍련전 동명-장화-01-01	(비극소설)쟝화 홍년면	한글	50p. 20전	1915-11-25	1915-11-30	1	高永洙 평양부 상수구리 187번지	동명서관 평양부 관후리 1번지
916	장화홍련전 동명-장화-02-01	(비극소설)쟝화 홍년면	한글	50p. 20전	1917-01-24	1917-01-27	1	高永洙 평양부 상수구리 187번지	동명서관 평양부 관후리 1번지
917	구운몽 동문-구운-01-01-상	(신번)구운몽 / 上卷	한글	120p. 30전	1913-02-15	1913-02-20	1	玄橞 경성 남부 동현 95통 4호	동문서림 경성 남부 상리동 1통 9호
918	구운몽 동문-구운-01-01-하	(신번)구운몽 / 下卷	한글	138p. 30전	1913-03-05	1913-03-10	1	玄橞 경성 남부 동현 95통 4호	동문서림 경성 남부 상리동 1통 9호
919	정진사전 동문-정진-01-01	(괴산)정진사전	한글	65p. 35전	1918-09-25	1918-10-10	1	朴健會 경성 인사동 39번지	동문서림 경성부 수하정 17번
920	강태공전 동미-강태-01-01	강태공실긔	한글			1913-11-05	1		동미서시
921	강태공전 동미-강태-01-02	강태공실긔	한글			1915-02-21	2		동미서시
922	강태공전 동미-강태-01-03	강태공실긔	한글	60p. 30전	1916-01-18	1916-01-25	3	朴健會 경성부 인사동 39번지	동미서시 경성부 봉래정 1정목 자암)

쇄자 쇄소 주소	인쇄소 인쇄소 주소	공동 발행	영인본	소장처 및 청구기호	기타	현황
敬德 성부 관훈동 30번지	조선복음인쇄소 경성부 관훈동 30번지		[구활자본고소설 전집 17]	국립중앙도서관(3 634-2-53(4))	상하 합본(상 pp.1~17, 하 pp.18~37). 초판 발행일 기록.	원문
					8판, 10판, 11판이 있는 것으로 보아 7판도 있을 것으로 추정.	출판
重煥 성부 공평동 55번지	대동인쇄주식회사 경성부 공평동 55번지			국립중앙도서관(3 634-2-53(2))	상하 합본(상 pp.1~17, 하 pp.18~37). 초판 발행일 기록.	원문
					10판, 11판이 있는 것으로 보아 9판도 있을 것으로 추정.	출판
文濬 성부 안국동 35번지	망대성경급기독교서회 인쇄부 경성부 안국동 35번지			국립중앙도서관(3 634-2-53(5))	상하 합본(상 pp.1~17, 하 pp.18~37). 초판 발행일 기록.	원문
敬瓚 성부 안국동 101번지	문화인쇄소 경성부 안국동 101번지			개인소장본	상하 합본(상 pp.1~17, 하 pp.18~37). 초판 발행일 기록.	원문
順浩 성부 견지동 32번지	한성도서주시회사 경성부 견지동 32번지		[조동일소장국문 학연구자료 23]		상하 합본(상 pp.1~17, 하 pp.18~37). 초판 발행일 기록.	원문
在涉 성부 견지동 32번지	한성도서주식회사 경성부 견지동 32번지			국립중앙도서관(3 634-2-38(6))		원문
					국립중앙도서관 소장 <황월선전> 중, [연구보정](p.1262)에서 1928년 발행본 청구기호로 제시한 책 없으며, 1932년 발행본 청구기호로 제시한 책은 1928년 본임	출판
					권순긍, p.340.	목록
					서울대학교 도서관(3350.122)([이본목록], p.897).	목록
致祿 양부 신창리 24번지	광문사 평양부 관후리 90번지			국립중앙도서관(3 634-2-52(12))		원문
致祿 양부 신창리 24번지	광문사 평양부 관후리 112번지			국립중앙도서관(3 634-2-52(13))		원문
咸愚 성 남부 상리동 32통	신문관인쇄소 경성 남부 상리동 32통 4호		[구활자본고소설 전집 19], [구활자소설총서 3]	국립중앙도서관(3 634-2-9(3))	16회의 장회체(상권 1~8회. 하권 9~16회. 상권에 총목차). 편집겸발행인: 현억. 편집자의 서언 있음(1912년 8월자).	원문
敬禹 성 북부 돈령동 66통	동문관 경성 북부 교동 23통 5호		[구활자본고소설 전집 19], [구활자소설총서 3]	국립중앙도서관(3 634-2-9(4))	16회의 장회체(상권 1~8회. 하권 9~16회. 상권에 총목차). 한자 거의 없음. 편집겸발행자: 현억.	원문
家恒衛 성 명치정 1정목 번지	일한인쇄소 경성 명치정 1정목 54번지		[활자본고전소설 전집 10]	국립중앙도서관(3 634-2-26(1))	12회의 장회체(총목차).	원문
					3판에 초판 발행일 기록.	출판
					3판에 2판 발행일 기록.	출판
重煥 성부 중림동 333번지	보성사 경성부 수송동 44번지			단국대학교 도서관(고 853.6 박136ㄱ)	발행소 주소는 글씨가 희미해서 확인하기 어려움.	원문

번호 작품명 고유번호		표제	문자	면수 가격	인쇄일	발행일	판차	발행자 발행자 주소	발행소 발행소 주소
923	금강취유 동미-금강취-01-01	금강취류	한글	94p. 25전	1915-04-09	1915-04-12	1	李容漢 경성부 남대문외 봉래정 1정목 원 자암	동미서시 경성부 남대문외 봉 1정목 (원 자암)
924	금방울전 동미-금방-01-00	금방울전	한글	20전		1917- -	1		동미서시
925	금송아지전 동미-금송-01-01	금송아지전	한글	15p. 35전			1		동미서시
926	금옥연 동미-금옥-01-01	(신소설)금옥연	한글	79p. 20전	1914-09-23	1914-09-26	1	金商鶴 경성부 북부 소안동 16통 8호	동미서시 경성부 봉래정 1정 136번지
927	금옥연 동미-금옥-01-02	(신소설)금옥연	한글			1916-05-08	2		동미서시
928	금옥연 동미-금옥-01-03	(신소설)금옥연	한글	79p. 25전	1917-04-07	1917-04-25	3	李?? 경성부 봉래정 1정목 135번지	동미서시 경성부 봉래정 1정 자암
929	금향정기 동미-금향-01-01	금향졍긔	한글	102p. 30전	1916-01-15	1916-01-25	1	朴健會 경성부 인사동 39번지	동미서시 경성부 봉래정 1정 자암)
930	꼭두각시전 동미-꼭두-01-00	로처녀 고독각씨	한글				1		동미서시
931	남강월 동미-남강-01-00	남강월	한글			1917- -	1		동미서시
932	남정팔난기 동미-남정-01-01-상	팔쟝사전 / 上卷	한글				1		동미서시
933	남정팔난기 동미-남정-01-01-하	팔쟝사전 / 下卷	한글	121p. 30전	1915-12-03	1915-12-07	1	朴健會 경성부 인사동 39번지	동미서시 경성부 봉래정 1정 자암
934	녹처사연회 동미-녹처-01-01	록쳐샤연회긔	한글	85p. 35전	1918-01-05	1918-01-07	1	朴健會 경성부 낙원동 85번지	동미서시 경성부 봉래정 1정 103번지
935	당태종전 동미-당태-01-01	당태종전	한글			1913-12-10	1		동미서시
936	당태종전 동미-당태-02-01	(복선화음)당태 종전	한글			1915-12-10	1	朴健會	동미서시
937	당태종전 동미-당태-02-02	(복선화음)당태 종전	한글	72p. 25전	1917-01-20	1917-01-22	2	朴健會 경성부 인사동 39번지	동미서시 경성부 봉래정 1정 암자
938	미인도 동미-미인도-01-01	미인도	한글	72p. 20전	1915-05-15	1915-05-17	1	李容漢 경성 남문외 봉래정 1정목 136번지	동미서시 경성 남문외 봉래정 1정목
939	미인도 동미-미인도-01-02	미인도	한글	72p. 20전	1916-07-25	1916-07-29	2	李容漢 경성부 남대문외 봉래정 1정목 136번지	동미서시 경성부 봉래정 1정 자암)
940	벽란도용녀기 동미-벽란-01-01	벽란도룡녀긔	한글	16p. 35전	1918-01-05	1918-01-07	1	朴健會 경성부 낙원동 85번지	동미서시 경성부 봉래정 1정 103번지
941	봉황금 동미-봉황-01-00	봉황금	한글	2책 50전		1915- -	1		동미서시
942	부용헌 동미-부용헌-01-01	(신소설)부용헌	한글	75p. 20전	1914-03-05	1914-03-07	1	李容漢 경성 남대문외 자암 243통 10호	동미서시 경성 남대문외 자암 243통 10호

쇄자 쇄소 주소	인쇄소 인쇄소 주소	공동 발행	영인본	소장처 및 청구기호	기타	현황
聖杓 성부 공평동 47번지	성문사 경성부 공평동 55번지		[활자본고전소설전집 1], [구활자소설총서 10]	국립중앙도서관(3634-2-17(3))	상하 합권.(상 1~45, 하 46~94)	원문
					<황장군전>, 동미서시, 1917(국립중앙도서관 3634-2-54(5)) 판권지에 '금방울전'으로 기록.	광고
		회동서관, 광익서관	[신소설전집 16]	국립중앙도서관(3634-3-20(1))	소설집 [일대장관](1회 금송아지전, 2회 황새결송기, 3회 록쳐샤연회긔, 4회 벽란도룡녀긔, 5회 셔대쥐젼, 부 자미잇난이약이)의 한 부분.	원문
聖均 성부 인의동 57번지	성문사 경성부 공평동 55번지			국립중앙도서관(3634-3-55(3))	판권지에 발행소 없고 발매소만 있음. 3판에 초판 발행일 기록. 발행소는 동미서시로 기록. 저작자 이광하. 신작 고소설(하동희, 2010)	원문
					3판에 2판 발행일 기록.	출판
△奎 성부 가회동 216번지	보성사 경성부 수송동 44번지			국립중앙도서관(3634-3-2(5))	초판, 2판 발행일 기록. 발행자와 분매소는 판권지 훼손으로 알 수 없음. 저작자 이광하. 신작 고소설(하동희, 2010, 아주대 박사학위논문)	원문
重煥 성부 중림동 333번지	보성사 경성부 수송동 44번지			국립중앙도서관(3634-2-76(3))	15회의 장회체(총목차).	원문
					<당태종전>, 동미서시. 1917. 광고([이본목록], p.110)	광고
					<당태종전>, 동미서시. 1917. 광고([이본목록], p.113)	광고
					하권이 있어서 상권도 있을 것으로 추정.	출판
重煥 부 중림동 333번지	보성사 경성부 전동 44번지			연세대학교 도서관(O 811.9308 고대소 -8-8)	38회의 장회체(하권 18~38회의 목차 있음).	원문
△奎 부 가회동 216번지	보성사 경성부 수송동 44번지	회동서관, 광익서관	[신소설전집 16]	국립중앙도서관(3634-3-20(1))	소설집 [일대장관](1회 금송아지전, 2회 황새결송기, 3회 록쳐샤연회긔, 4회 벽란도룡녀긔, 5회 셔대쥐젼, 부 자미잇난이약이)의 한 부분.	원문
					권순긍, p.327.	출판
					2판에 초판 발행일 기록.	출판
浩 부 재동 3번지	선명사 경성부 종로통 1정목 39번지		[구활자본고소설전집 2]	국립중앙도서관(3634-2-29(10))		원문
德 부 원동 206번지	조선복음인쇄소 경성부 원동 206번지			국립중앙도서관(3634-2-113(2))	2판에 초판 발행일 기록.	원문
煥 부 중림동 333번지	보성사 경성부 수송동 44번지			국립중앙도서관(3634-2-113(1))	초판 발행일 기록.	원문
奎 부 가회동 216번지	보성사 경성부 수송동 44번지	회동서관, 광익서관	[신소설전집 169]	국립중앙도서관(3634-3-20(1))	소설집 [일대장관](1회 금송아지전, 2회 황새결송기, 3회 록쳐샤연회긔, 4회 벽란도룡녀긔, 5회 셔대쥐젼, 부 자미잇난이약이)의 한 부분.	원문
					<금강취류>, 1915(국립중앙도서관(3634-2-17(3)) 광고에 '봉황금'으로 기록.	광고
杓 동부 통내 등자동 8호	성문사 경성 중부 종로 발리동 9통 10호		[신소설전집 14]	국립중앙도서관(3634-3-75(3))	저작자 김영한. <흥백화전>의 개작(차충환, 2002).	원문

번호	작품명 고유번호	표제	문자	면수 가격	인쇄일	발행일	판차	발행자 발행자 주소	발행소 발행소 주소
943	삼쾌정 동미-삼쾌-01-01	삼쾌정	한글			1915- -	1	李容漢	동미서시
944	서대주전 동미-서대-01-01	서대쥐젼	한글	24p.	1918-01-05	1918-01-07	1	朴健會 경성부 낙원동 85번지	동미서시 경성부 봉래정 1정 103번지
945	설인귀전 동미-설인-01-01-상	(백포소장)설인 귀젼 / 상편	한글	88p. 25전	1915-05-15	1915-05-20	1	李容漢 경성부 남문외 봉래정 1정목 136번지	동미서시 경성 남문외 봉래정 1정목
946	설인귀전 동미-설인-01-01-하	(백포소장)설인 귀젼 / 하편	한글	81p. 25전	1915-05-27	1915-06-02	1	朴健會 경성부 인사동 39번지	동미서시 경성 남문외 봉래정 1정목
947	소대성전 동미-소대-01-01	(신번)쇼대셩전	한글	72p. 20전	1914-11-28	1914-11-30	1	李容漢 경성부 봉래정 1정목 136번지	동미서시 경성 남대문외 봉래 1정목 136번지
948	소약란직금도 동미-소약-01-00	소약난젼	한글			1917- -	1		동미서시
949	수호지 동미-수호-01-00	일백단팔귀화긔	한글			1917- -	1		동미서시
950	월봉기 동미-월봉-01-00	월봉ㅅ긔	한글			1916- -	1		동미서시
951	월왕전 동미-월왕-01-00	월왕전	한글				1		동미서시
952	유충렬전 동미-유충-01-01	劉忠烈傳	한글			1913-09-25	1		동미서시
953	유충렬전 동미-유충-01-02	劉忠烈傳	한글			1914-02-28	2		동미서시
954	유충렬전 동미-유충-01-03	劉忠烈傳	한글	98p. 25전	1915-06-01	1915-06-05	3	李容漢 경성 남문외 봉래정 1정목 116번지	동미서시 경성 남문외 봉래정 1정목
955	육효자전 동미-육효-01-01	륙효자전	한글		1916-01-07	1916-01-10	1		동미서시
956	육효자전 동미-육효-01-02	륙효자전	한글	87p. 25전	1917-03-02	1917-03-05	2	朴健會 경성부 인사동 39번지	동미서시 경성부 봉래정 1정
957	이학사전 동미-이학-01-00	리학사전	한글			1917- -	1		동미서시
958	임경업전 동미-임경-01-01	림경업실긔	한글			1954- -	1		동미서시
959	장국진전 동미-장국-01-00	모란졍긔	한글			1916- -	1		동미서시
960	정을선전 동미-정을-01-01	정을선전	한글			1915-08-20	1	鄭基誠	동미서시
961	정을선전 동미-정을-01-02	정을선전	한글			1916-05-12	2	鄭基誠	동미서시
962	정을선전 동미-정을-01-03	정을선전	한글	77p. 20전	1917-04-01	1917-04-25	3	鄭基誠 경성 종로 2정목 82번지	동미서시 경성부 봉래정 1정
963	정진사전 동미-정진-01-00	정진사젼	한글			1917- -	1		동미서시
964	진대방전 동미-진대-01-00	진대방전	한글			1917- -	1		동미서시

쇄자 / 쇄소 주소	인쇄소 / 인쇄소 주소	공동 발행	영인본	소장처 및 청구기호	기타	현황
					여승구, [古書通信] 15, 1999.([이본목록], p.240.)	출판
弘奎 성부 가회동 216번지	보성사 경성부 수송동 44번지	회동서관, 광익서관	[신소설전집 16]	국립중앙도서관(3 634-3-20(1))	소설집 [일대장관](1회 금송아지전, 2회 황새결송기, 3회 록쳐샤연회긔, 4회 벽란도룡녀긔, 5회 셔대쥐젼, 부 자미잇난이약이)의 한 부분.	원문
敬德 성부 원동 206번지	조선복음인쇄소 경성부 원동 206번지			고려대학교 도서관(897.33 설인귀 설a 1)	저작자 박건회. 42회의 장회체(상 1회~21회, 하 22회~42회, 권별 총목차).	원문
敬德 성부 원동 206번지	조선복음인쇄소 경성부 원동 206번지		[구활자본고소설 전집 6]	고려대학교 도서관(897.33 설인귀 설a 2)	저작겸발행자 박건회. 42회의 장회체(상 1회~21회, 하 22회~42회, 권별 총목차).	원문
聖杓 성부 공평동 47번지	성문사 경성부 공평동 55번지			국립중앙도서관(3 634-2-59(3))	주로 한자병기로 표기되어 있으나 한자괄호병기도 보임.	원문
					<황장군전>, 동미서시, 1917. 광고([이본목록], p.300.).	광고
					<당태종전>, 동미서시, 1917. 광고([이본목록], p.313)	광고
					<황장군전>, 동미서시, 1916. 광고.([이본목록](p.462)	광고
					<황장군전>, 동미서시, 1916. 광고.([이본목록], p.465)	광고
					3판에 초판 발행일 기록.	출판
					3판에 2판 발행일 기록.	출판
翼洙 성 종로통 2정목 번지	조선복음인쇄소분점 경성 종로통 2정목 82번지			경북대학교 도서관(古東811.31 유817)	저작자 金翼洙. 초판, 2판 발행일 기록.	원문
					2판에 초판 인쇄일과 발행일 기록.	출판
弘奎 성부 가회동 216번지	보성사 경성부 수송동 44번지			연세대학교 도서관(O 811.9308 고대소-2-1)	초판 인쇄일, 발행일 기록. 연세대학교 도서관 소장본은 2판인데, 서지정보에는 초판의 발행연도를 기록.	원문
					<당태종전>, 동미서시, 1917. 광고([이본목록], p.530.)	광고
					이윤석, [임경업전연구]([이본목록], p.547)	출판
					<황장군전>, 동미서시, 1916. 광고([이본목록], p.572.	광고
					3판에 초판 발행일 기록.	출판
					3판에 2판 발행일 기록.	출판
敬德 성부 관훈동 30번지	조선복음인쇄소 경성부 관훈동 30번지			국립중앙도서관(3 634-3-41(9))	초판, 2판 발행일 기록.	원문
					<당태종전>, 동미서시, 1917. 광고.([이본목록], p.648)	광고
					<당태종전>, 동미서시, 1917. 광고([이본목록], p.696)	광고

번호	작품명 고유번호	표제	문자	면수 가격	인쇄일	발행일	판차	발행자 발행자 주소	발행소 발행소 주소
965	**진시황전** 동미-진시-01-00	진시황실긔	한글			1916- -	1		동미서시
966	**천추원** 동미-천추-01-01	千秋怨	한글	67p. 28전	1918-01-20	1918-02-26	1	李圭瑢 경성부 수송동 69번지	동미서시 경성부 봉래정 103
967	**춘향전** 동미-춘향-01-01	(선한문)츈향뎐	한글	208p. 40전	1913-12-25	1913-12-30	1	李容漢 경성 남부 남문외 자암 243통 10호	동미서시 경성 남부 남문외 243통 10호
968	**춘향전** 동미-춘향-02-01	춘향전	한글			1913-12-30	1	高裕漢	동미서시
969	**춘향전** 동미-춘향-02-02	춘향전	한글			1915- -	2	高裕漢	동미서시
970	**춘향전** 동미-춘향-02-03	춘향전	한글	212p.		1916- -	3	高裕漢	동미서시
971	**하진양문록** 동미-하진-01-01-상	河陳兩門錄	한글	213p. 50전	1915-03-05	1915-03-10	1	朴健會 경성부 인사동 39번지	동미서시 경성부 봉래정 1정 자암
972	**하진양문록** 동미-하진-01-01-중	河陳兩門錄	한글	167p. 45전	1915.03.10	1915-03-16	1	朴健會 경성부 인사동 319번지	동미서시 경성 남문외 봉래졍 1정목
973	**하진양문록** 동미-하진-01-01-하	河陳兩門錄	한글	117p. 35전	1915.03.20	1915-03-10	1	朴健會 경성부 인사동 319번지	동미서시 경성 남문외 봉래졍 1정목
974	**현수문전** 동미-현수-01-00	현쇼문전	한글			1917- -	1		동미서시
975	**홍계월전** 동미-홍계-01-00	홍계월전	한글			1916- -	1		동미서시
976	**황새결송** 동미-황새-01-01	황새결송긔	한글	10p.	1918-01-05	1918-01-07	1	朴健會 경성부 낙원동 85번지	동미서시 경성부 봉래정 1정 103번지
977	**황운전** 동미-황운-01-01	황장군전	한글		1916-01-15	1916-01-17	1		동미서시
978	**황운전** 동미-황운-01-02	황장군전	한글	128p. 40전	1917-03-25	1917-03-31	2	朴健會 경성부 인사동 39번지	동미서시 경성부 봉래정 1정목 자암)
979	**김원전** 동아-김원-01-01	김원젼	한글	76p. 25전	1917-05-05	1917-05-15	1	金然奎 경성부 종로통 3정목 83번지	동아서관 경성부 종로통 3정목 83번지
980	**보심록** 동아-보심-01-01	명사십리	한글	94p. 40전	1918-09-26	1918-10-03	1	朴承台 경성부 종로 3정목 83번지	동아서관 경성부 종로 3정목 83번지
981	**이태경전** 동아-이태-01-01	리태경젼	한글	48p. 15전	1916-10-25	1916-10-27	1	金然奎 경성부 종로통 4정목 62번지	동아서관 경성부 종로통 3정 83번지
982	**장국진전** 동아-장국-01-01	장국진전	한글	78p.		1916-03-30	1		동아서관
983	**장국진전** 동아-장국-02-01	장국진전	한글	75p.		1925-03-05	1		동아서관
984	**조웅전** 동아-조웅-01-01	조웅전	한글			1935- -	1		동아서관
985	**화산기봉** 동아-화산-01-01	화산기봉	한글	112p. 30전	1916-04-30	1916-05-05	1	金然奎 경성부 종로통 4정목 62번지	동아서관 경성부 종로통 3정 83번지

인쇄자 인쇄소 주소	인쇄소 인쇄소 주소	공동 발행	영인본	소장처 및 청구기호	기타	현황
					<황장군전>, 동미서시, 1916 . 광고([이본목록], p.699)	광고
沈禹澤 경성부 공평동 54번지	성문사 경성부 공평동 55번지			연세대학교 도서관(O 811.37 신소설-8-6)		원문
申昌均 경성 북부 관현 2통 1호	조선복음인쇄소 경성 북부 관현 2통 1호			국립중앙도서관(3 634-2-35(1))		원문
					이능우, p.302. 김동욱, [춘향전비교연구], p28.([이본목록], p.776.)	출판
					이능우, p.302. 김동욱, [춘향전비교연구], p28.([이본목록], p.776.)	출판
					이능우, p.302. 김동욱, [춘향전비교연구], p28.([이본목록], p.776.)	출판
鄭敬德 경성부 원동 206번지	조선복음인쇄소 경성부 원동 206번지			연세대학교학술정 보원(O 811.9308 고대소 -5-5)	31회의 장회체(상 1회~14회, 중15회~24회, 하 15회~31회).	원문
鄭敬德 경성부 원동 206번지	조선복음인쇄소 경성부 원동 206번지			국립중앙도서관(3 636-32)	31회의 장회체(상 1회~14회, 중15회~24회, 하 15회~31회).	원문
鄭敬德 경성부 원동 206번지	조선복음인쇄소 경성부 원동 206번지			국립중앙도서관(3 636-38)	31회의 장회체(상 1회~14회, 중15회~24회, 하 15회~31회).	원문
					<황장군전>, 동미서시, 1917. 광고([이본목록], p.834)	광고
					<황장군전>, 동미서시, 1916. 광고([이본목록], p.845.)	광고
李弘奎 경성부 가회동 216번지	보성사 경성부 수송동 44번지	회동서관, 광익서관	[신소설전집 16]	국립중앙도서관(3 634-3-20(1))	소설집 [일대장관](1회 금송아지전, 2회 황새결송기, 3회 록쳐샤연회긔, 4회 벽란도룡녀긔, 5회 셔대쥐전, 부 자미잇난이약이)의 한 부분.	원문
					2판에 초판 인쇄일과 발행일 기록.	출판
李弘奎 경성부 가회동 216번지	보성사 경성부 수송동 44번지		[구활자본고소설 전집 17]	국립중앙도서관(3 634-2-54(5))	초판 인쇄일과 발행일 기록.	원문
李弘奎 경성부 가회동 216번지	보성사 경성부 수송동 44번지			국립중앙도서관(3 634-2-31(3))		원문
家恒衛 경성부 명치정 1정목 54번지	일한인쇄소 경성부 명치정 1정목 54번지	한양서적업조 합소		국립중앙도서관(3 634-2-62(5))		원문
養浩 경성부 재동 3번지	선명사 경성부 종로통 1정목 39번지		[구활자소설총서 7]	국립중앙도서관(3 634-2-5(8))		원문
					이능우, p.295.	출판
			[활자본고전소설 전집 기]		발행소와 발행일은 영인본 해제에 의함.	원문
					우쾌제, p.135.	출판
養浩 경성부 권농동 31번지	선명사 경성부 종로통 1정목 39번지			정명기 소장본		원문

번호 고유번호	작품명	표제	문자	면수 가격	인쇄일	발행일	판차	발행자 발행자 주소	발행소 발행소 주소
986 동아-화산-02-01	화산기봉	화산기봉	한글	114p. 40전	1917-12-15	1917-12-22	1	金然奎 경성부 종로통 3정목 83번지	동아서관 경성부 종로통 3정목 83번지
987 동양대-당태-01-01	당태종전	(고대소설)당태 종전	한글	38p. 15전	1929-12-01	1929-12-03	1	宋敬煥 경성부 종로 1정목 75번지	동양대학당 경성부 종로 1정목 7
988 동양대-박씨-01-01	박씨전	박씨부인전	한글	52p. 25전	1929-12-07	1929-12-30	1	宋敬煥 경성부 종로 1정목 75번지	동양대학당 경성부 종로 1정목 7
989 동양대-봉선-01-01	봉선루기	逢仙樓	한글	86p. 25전	1923-03-13	1923-03-19	1	王世華 경성부 종로 1정목 75번지	동양대학당 경성 종로 1정목 80t
990 동양대-불가-01-00	불가살이전	송도말년 불가살이전	한글			1935-12-25	1		동양대학당
991 동양대-산양-01-00	산양대전	산양대젼	한글	68p.		1925- -	1		동양대학당 경성부
992 동양대-양주-01-01	양주봉전	량쥬봉전	한글	65p. 25전	1929-12-07	1929-12-30	1	宋敬煥 경성부 종로 1정목 75번지	동양대학당 경성부 종로 1정목 7
993 동양대-옥단-01-01	옥단춘전	옥단츈젼	한글	38p. 15전	1929-12-10	1929-12-16	1	宋敬煥 경성부 종로 1정목 75번지	동양대학당 경성부 종로 1정목 7
994 동양대-장풍-01-00	장풍운전	(고대소설)장풍 운젼	한글	43p.		1918- -	1	申龜永	동양대학당
995 동양대-장풍-02-01	장풍운전	(고대소설)장풍 운젼	한글	31p. 15전	1929-12-01	1929-12-03	1	宋敬煥 경성부 종로 1정목 75번지	동양대학당 경성부 종로 1정목 7
996 동양대-장화-01-01	장화홍련전	장화홍련전	한글			1915- -	1		동양대학당
997 동양대-장화-02-01	장화홍련전	장화홍연전	한글	40p. 15전	1929-12-01	1929-12-03	1	宋敬煥 경성부 종로 1정목 75번지	동양대학당 경성부 종로 1정목 7
998 동양대-재생-01-01	재생연전	재생연전	한글			1929- -	1		동양대학당
999 동양대-적벽대-01-01	적벽대전	적벽가	한글	43p. 25전	1932-12-10	1932-12-15	1	宋敬煥 경성 종로 1정목 75	동양대학당 경성부 종로 1정목 7
1000 동양대-제마-01-01	제마무전	제마무전	한글	68p.		1929- -	1		동양대학당
1001 동양대-진대-01-00	진대방전	진대방전	한글	20전		1929- -	1		동양대학당
1002 동양대-하진-01-01-상편	하진양문록	河陳兩門錄	한글	142p. 1원(상하 2책)	1924-11-23	1924-11-28	1	王世華 경성부 종로 1정모고 75번지	동양대학당출판부 경성 종로 1정목 75
1003 동양대-하진-01-01-하편	하진양문록	河陳兩門錄	한글	140p. 1원(상하 2책)	1924-11-23	1924-11-28	1	王世華 경성부 종로 1정목 75번지	동양대학당출판부 경성 종로 1정목 75
1004 동양대-하진-01-02-상편	하진양문록	河陳兩門錄	한글	142p. 1원	1925-02-05	1925-02-10	2	王世華 경성부 종로 1정목 75번지	동양대학당 경성 종로 1정목 75
1005 동양대-하진-01-02-하편	하진양문록	河陳兩門錄	한글			1925-02-10	2		동양대학당
1006 동양대-하진-01-03-상편	하진양문록	河陳兩門錄	한글	142p. 1원	1928-12-20	1928-12-23	3	宋完植 경성부 종로 1정목 75번지	동양대학당 경성부 종로 1정목 75번지

쇄자 쇄소 주소	인쇄소 인쇄소 주소	공동 발행	영인본	소장처 및 청구기호	기타	현황
弘奎 성부 가회동 216번지	보성사 경성부 수송동 44번지		[활자본고전소설전집 12]	국립중앙도서관(3 634-2-61(6))		원문
重煥 성부 관훈동 30번지	중성사인쇄부 경성부 관훈동 30번지			국립중앙도서관(3 634-2-29(6))		원문
重煥 성부 관훈동 30번지	중성사인쇄부 경성부 관훈동 30번지			소인호 소장본		원문
重煥 성부 견지동 80번지				연세대학교 도서관(O 811.9308 고대소 -2-7)	상하합권(상 pp.1~40, 하 pp.41~86). 저작권소유겸발행자 왕세화. <소양정>의 개작(이은숙, 1993)	원문
					방민호 소장본([연구보정](p.314))	원문
				서울대학교 도서관(MFF 951.06 C718ik v.45)	마이크로필름 자료. C.V. Starr East Asian Library (Columbia University).	원문
重煥 성부 관훈동 30번지	중성사인쇄부 경성부 관훈동 30번지			국립중앙도서관(3 634-2-73(1))	'소화 4년 12월'로 인쇄된 글자 위에 먹물 글씨로 '소화 5년 2월'로 고침.	원문
重煥 성부 관훈동 30번지	중성사인쇄부 경성부 관훈동 30번지			국립중앙도서관(3 634-2-90(8))		원문
					[연구보정](p.857)에 '국립중앙도서관 소장본(3634-2-57(6))'으로 되어있으나 해당 청구기호로 작품을 찾을 수 없음.	목록
重煥 성부 관훈동 30번지	중성사 인쇄부 경성부 관훈동 30번지			국립중앙도서관(3 634-2-57(5))		원문
					全聖鐸, '<薔花紅蓮傳>의 一硏究'([이본목록], p.602)	출판
重煥 성부 관훈동 30번지	중성사 인쇄부 경성부 관훈동 30번지			국립중앙도서관(3 634-2-52(8))		원문
					우쾌제, p.134.	출판
敎煥 성부 종로 1정목 75	동양대학당 경성부 종로 1정목 75	문화사, 대창서원, 보급서관		국립중앙도서관(3 634-2-115(4))	3회의 장회체	원문
					대전대, [이능우 寄目], 1184([이본목록], p.655)	출판
					<당태종전>, 동양대학당, 1929(국립중앙도서관 소장본(3634-2-29(6)) 광고에 '진대방전'으로 기록.	광고
相浩 성부 종로 1정목 번지	동양대학당인쇄부			양승민 소장본	2판, 3판에 초판 발행일 기록.	원문
相浩 성부 종로 1정목 번지	동양대학당인쇄부			양승민 소장본	3판에 초판 발행일 기록.	원문
부 종로 1정목 번지				정명기 소장본	판권지 훼손으로 인쇄자, 인쇄소, 발매소 2곳을 알 수 없음. 초판 발행일 기록. 3판에 2판 발행일 기록.	원문
					3판에 2판 발행일 기록.	출판
敎瓚 성부 황금정 2정목 번지	신문관			정명기 소장본	초판, 2판 발행일 기록.	원문

번호	작품명 고유번호	표제	문자	면수 가격	인쇄일	발행일	판차	발행자 발행자 주소	발행소 발행소 주소
1007	하진양문록 동양대-하진-01-03-하편	河陳兩門錄	한글	140p. 1원	1928-12-20	1928-12-23	3	宋完植 경성부 종로 1정목 75번지	동양대학당 경성부 종로 1정목 75번지
1008	한후룡전 동양대-한후-01-01	고대소설 한후룡전	한글	31p. 25전	1930-12-20	1930-12-30	1	宋敬煥 경성부 종로 1정목 75번지	동양대학당 경성부 종로 1정목 75번지
1009	홍길동전 동양대-홍길-01-01	홍길동전	한글	37p. 15전	1929-12-01	1929-12-03	1	宋敬煥 경성부 종로 1정목 75번지	동양대학당 경성부 종로 1정목
1010	구운몽 동양서-구운-01-01-상	(연명)구운몽 / 상	한글				1		동양서원
1011	구운몽 동양서-구운-01-01-하	(연명)구운몽 / 하	한글	93p.		1925- -	1	趙熙男	동양서원
1012	김진옥전 동양서-김진-01-01	김진옥전	한글				1		동양서원
1013	김진옥전 동양서-김진-01-02	김진옥전	한글	64p. 20전	1925-09-28	1925-09-30	2	趙南熙 경성부 종로 2정목 86번지	동양서원 경성부 종로 2정목 82번지
1014	난봉기합 동양서-난봉-01-01	란봉긔합	한글	130p. 25전	1913-05-20	1913-05-25	1	閔濬鎬 경성부 동부 호동 30통4호	동양서원 경성 중부 철물교외
1015	당태종전 동양서-당태-01-01	당태종전	한글			1915- -	1		동양서원
1016	당태종전 동양서-당태-01-02	당태종전	한글			1927- -	2		동양서원
1017	산양대전 동양서-산양-01-01	산양대전	한글	43p. 15전	1925-11-25	1925-11-30	1	趙男熙 경성부 종로 2정목 86번지	동양서원 경성부 종로 2정목 86번지
1018	삼국대전 동양서-삼국대-01-01	삼국대전	한글	109p.		1925- -	1		동양서원
1019	소대성전 동양서-소대-01-01	소대성전	한글	87p. 15전	1925-09-28	1925-09-30	1	趙南熙 경성부 종로 2정목 86번지	동양서원 경성부 종로 2정목 86번지
1020	심청전 동양서-심청-01-00	심청전 몽금도	한글			1913- -	1		동양서원
1021	심청전 동양서-심청-02-00	심청전 몽금도	한글			1914- -	1		동양서원
1022	옥포동기완록 동양서-옥포-01-01	玉浦洞奇玩錄	한글	52p. 35전	1925-09-28	1925-09-30	1	金錫喆 경성부 종로 2정목 86번지	동양서원 경성부 종로 2정목 86번지
1023	유문성전 동양서-유문-01-00	류문성전	한글	39p.		1922- -	1		동양서원
1024	유충렬전 동양서-유충-01-01	고대소설 유충렬전	한글	99p. 30전	1925-09-28	1925-09-30	1	趙男熙 경성부 종로2정목 86번지	동양서원 경성부 종로2정목 86번지
1025	이대봉전 동양서-이대-01-00	이대봉전	한글	52p.		1925-09-30	1	趙男熙	동양서원
1026	임경업전 동양서-임경-01-01	고대소설 림경업전	한글	43p. 20전	1925-09-28	1925-09-30	1	趙南熙 경성부 종로 2정목 86번지	동양서원 경성부 종로 2정목 86번지
1027	적벽대전 동양서-적벽대-01-01	적벽가	한글			1932- -	1		동양서원

쇄자 쇄소 주소	인쇄소 인쇄소 주소	공동 발행	영인본	소장처 및 청구기호	기타	현황
敎瓚 성부 황금정 2정목 번지	신문관			정명기 소장본	초판, 2판 발행일 기록.	원문
相浩 성부 종로 1정목 번지	동양대학당 경성부 종로 1정목 75번지			정명기 소장본		원문
重煥 성부 관훈동 30번지	중성사 인쇄부 경성부 관훈동 30번지			국립중앙도서관(3 634-2-53(6))	상하 합본(상 pp.1~17, 하 pp.18~37).	원문
					하권이 있어서 상권도 있을 것으로 추정.	출판
					이능우, p.273.	출판
					2판이 있어서 초판도 있을 것으로 추정.	출판
翼洙 성부 황금정 2-21	신문관 경성부 황금정 2-21			개인소장본	표지에는 '박문서관 발행', 뒤쪽 표지는 박문서관 광고로 되어 있음. 초판 발행일 기록되지 않고, 2판 인쇄일, 발행일만 기록.	원문
敬禹 성 북부 돈녕동 66통 호	동문관 경성 북부 교동 23통 5호			연세대학교 도서관(O 811.37 신소설-9-3)	'소설총서 제3집'. 1면에 저자 서문, 3면에 '啞俗先生 著'라고 기록.	원문
					우쾌제, p.125.	출판
					우쾌제, p.125.	출판
翼洙 성부 황금정 2-21	신문관			국립중앙도서관(3 634-2-96(5))		원문
					이능우, p.286.	출판
翼洙 성부 황금정 2-21	신문관			소인호 소장본		원문
					이주영, p.219.	출판
					이주영, p.219.	출판
翼洙 성부 황금정 2-21	신문관			정명기 소장본		원문
					대전대, [이능우 寄目], 1200([이본목록](p.469)	출판
翼洙 성부 황금정 2-21	신문관			연세대학교 도서관(열운(O) 811.93 유충렬 25가)		원문
					대전대, [이능우 寄目], 1199([이본목록], p.513)	출판
翼洙 성부 황금정 2-21	신문관			김종철 소장본		원문
					우쾌제, p.134.	출판

번호	작품명 고유번호	표제	문자	면수 가격	인쇄일	발행일	판차	발행자 발행자 주소	발행소 발행소 주소
1028	**전우치전** 동양서-전우-01-01	(고대소설)교정 뎐우치전	한글	33p.		1929- -	1		동양서원
1029	**조웅전** 동양서-조웅-01-01	(古代小說)趙雄 傳	한글	94p. 30전	1925-09-28	1925-09-30	1	趙男熙 경성부 종로2정목 86번지	동양서원 경성부 종로2정목 86번지
1030	**채봉감별곡** 동양서-채봉-01-01	츄풍감별곡	한글	25전	1925-11-25	1925-11-30	1	趙男熙 경성부 종로 2정목 86번지	동양서원 경성부 종로 2정목 86번지
1031	**춘향전** 동양서-춘향-01-01	(윤리소설)광한 루: 중정특별 츈향전	한글	119p. 30전	1913-04-15	1913-04-20	1	閔濬鎬 경성 동부 호동 30통 4호	동양서원 경성 중부 철물교 2 2호
1032	**홍길동전** 동양서-홍길-01-01	홍길동전	한글	37p.		1925-12-25	1	趙男熙	동양서원
1033	**흥부전** 동양서-흥부-01-01	흥부전	한글			1925- -	1	趙南熙	동양서원
1034	**설홍전** 동일-설홍-01-01	설홍전	한글	80p. 30전	1929-04-25	1929-04-30	1	姜義永, 朴埈杓 경성부 종로 2정목 84번지	동일서관 경성부 창신정 138-1
1035	**춘향전** 동창-춘향-01-01	춘향전	한글			1917- -	1		동창서국
1036	**이린전** 동창서-이린-01-01-상	리린전 상	한글	64p. 29전(상 하합편)	1919-02-05	1919-02-10	1	兪喆鎭 경성부 어성정 102번지	동창서옥 경성부 견지동 55번
1037	**이린전** 동창서-이린-01-01-하	리린전 하	한글	68p. 29전(상 하합편)	1919-02-05	1919-02-10	1	兪喆鎭 경성부 어성정 102번지	동창서옥 경성부 견지동 55번
1038	**전우치전** 동창서-전우-01-01	전우치전	한글	33p.		1919- -	1		동창서옥
1039	**춘향전** 동창서-춘향-01-01	(懸吐)漢文春香 傳	한문			1917-11-20	1		동창서옥
1040	**춘향전** 동창서-춘향-01-02	(懸吐)漢文春香 傳	한문	40p. 30전	1923-12-11	1923-12-15	2	兪喆鎭 경성부 어성정 102번지	동창서옥 경성부 견지동 55번.
1041	**팔상록** 만상-팔상-01-01	新編 八相錄	한글	548p. 1,200원	1949-07-20	1949-07-30	1	安震湖 서울시 동대문구 성북동 183-37호	만상회 서울시 동대문구 성북 183-37호
1042	**불가살이전** 명문-불가-01-01	불가살이	한글				1		명문당
1043	**오성과 한음** 문광-오성-01-01	오성과 한음	한글	163p. 70전	1930-01-25	1930-01-30	1	洪翼杓 경성부 인사동 28번지	문광서림 경성부 인사동 28번
1044	**강태공전** 문선-강태-01-01	강태공전	한글			1926-02-10	1		문선당
1045	**심청전** 문성-심청-01-01	심쳥전	한글	44p.			1		문성당서점
1046	**춘향전** 문언-춘향-01-01	옥즁 춘향전	한글				1		문언사
1047	**옥루몽** 문연-옥루-01-01	玉樓夢	한글	493p. 750원	1948-12-25	1948-12-31	1	權周遠 서울시 종로 2가 61번지	문연사 서울시 종로 2가 61
1048	**이두충렬록** 문익-이두-01-00	(古代小說)李杜 忠烈錄	한글	297p.		1914- -	1		문익서관

쇄자 쇄소 주소	인쇄소 인쇄소 주소	공동 발행	영인본	소장처 및 청구기호	기타	현황
				서울대학교 도서관(MFF 951.06 C718ik)	C.V. Starr East Asian Library (Columbia University)	원문
翼洙 성부 황금정 2-21	신문관		[아단문고고전총서 9]	연세대학교 도서관(열운(O) 811.93 조웅전 25가)	상중하합편(상 pp.1~33p, 중 pp.34~64, 하 pp.65~94). 도서관 서지정보에는 신문관 발행으로 되어 있으나, 신문관은 인쇄소이며 발행소는 동양서원임.	원문
翼洙 성부 황금정 2-21	신문관			국립중앙도서관(3 634-3-8(3))		원문
炳文 성 북부 효자동 50통 호	동문관 경성 북부 교동 23통 5호			국립중앙도서관(3 634-2-64(5))	朴永運의 서문 있음.	원문
					조희웅 소장본([이본목록], p.856.)	원문
					여승구, [古書通信,15], 1999.9([이본목록], p.894)	원문
相五 성부 인사정 119-3	대동인쇄소 경성부 인사정 119-3	영창서관, 화광서림		정명기 소장본		원문
					金大(ㄹ12-1:34 松)([이본목록], p.776)	출판
禹澤 성부 공평동 54번지	성문사 경성부 공평동 55번지			국립중앙도서관(3 634-2-32(1))	판권지에는 '상하합편'이라고 되어있으나, 국립중앙도서관 소장본은 상권과 하권이 따로 있음. 표지에 '俞喆鎭 著'.	원문
禹澤 성부 공평동 54번지	성문사 경성부 공평동 55번지			국립중앙도서관(3 634-2-32(2))	판권지에는 '상하합편'이라고 되어있으나, 국립중앙도서관 소장본은 상권과 하권이 따로 있음. 표지에 '俞喆鎭 著'.	원문
					우쾌제, p.134.	출판
					2판에 초판 발행일 기록.	출판
禹澤 성부 공평동 55번지	대동인쇄주식회사 경성부 공평동 55번지			국립중앙도서관(3 634-2-85(1))	초판 발행일 기록. 속표지에 '俞喆鎭 著'.	원문
鴬洙 울시 중구 무교동 번지	백영당인쇄소 서울시 중구 무교동 63번지			한국학중앙연구원 장서각(D7B-87)	발행처가 기록되지 않아 총판매소를 발행소로 기록. '한국역사정보시스템원문'과 연결되어 원문 이미지 열람 가능.	원문
				정명기 소장본	원문은 있으나 판권지 없음. 발행소는 표지를 참고, 명문(진체 경성 18940번)	원문
禹澤 성부 공평동 55번지	대동인쇄주식회사 경성부 공평동 55번지			고려대학교 도서관(897.33 문건호 오)		원문
				미국 콜럼비아대학도서관	'한국고전전종합목록'. 국립중앙도서관에 서지사항 정리됨.	원문
					박순호 소장본([연구보정], p.540.)	원문
					홍윤표 소장본([이본목록], p.776.)	원문
	서울합동사 서울시 관철동 33번지			개인소장본		출판
				국립중앙도서관(3 636-15)	협약도서관에서 이미지 파일 열람 가능.	원문

번호 고유번호	작품명	표제	문자	면수 가격	인쇄일	발행일	판차	발행자 발행자 주소	발행소 발행소 주소
1049	태조대왕실기 문정-태조-01-01	태조대왕실긔	한글	61p. 60전	1946-01-30	1946-02-01	1	尹正? 한성시 종로구 효제정 200	문정당출판부 한성시 종로구 효제정 200
1050	연단의 한 문창-연단-01-01	연단의 한	한글	28 15전	- -25	1926- -30	1	崔演澤 경성부 서대문외 아현리 264번지	문창사 경성부 서대문외 아 264번지
1051	의인의 무덤 문창-의인-01-01	義人의 무덤	한글	35p.		1926- -	1		문창사
1052	춘향전 문화-춘향-01-01	春夢綠	한문	55p. 30전	1929-09-25	1929-10-01	1	李能和 경성부 봉익동 37번지	문화서림 경성부 수창동 38번
1053	간택기 미상-간택-01-01	간택긔	한글				1		
1054	강상월 미상-강상월-01-01	강상월	한글	188p.			1		
1055	서유기 미상-서유-01-01-권1	(언한문)셔유긔 卷之1	한글				1		
1056	서유기 미상-서유-01-01-권2	(언한문)셔유긔 卷之2	한글				1		
1057	서유기 미상-서유-01-01-권3	(언한문)셔유긔 卷之3	한글	149p.			1		
1058	서유기 미상-서유-02-00-전	西遊記. 前集				1913- -	1	朴建會	
1059	서유기 미상-서유-02-00-후	西遊記. 後集					1		
1060	심청전 미상-심청-01-01	심청전	한글			1920-11-25	1		
1061	심청전 미상-심청-01-02	심청전	한글	74p.	1924-09-25	1924- -	2	尹泰晟 경성부 봉래정 1정목 88번지	
1062	옥주호연 미상-옥주-01-01	음양삼태성	한글			1917-09-26	1	朴健會	
1063	옥주호연 미상-옥주-01-02	음양삼태성	한글	53p.		1919-01-25	2	朴健會	
1064	최치원전 미상-최치-01-00	崔忠傳	한글	66p.	1883-08	1883-08-	1		
1065	강릉추월 박문-강릉-01-01	강릉추월	한글	68p. 25전	1925-12-15	1925-12-20	1	盧益亨 경성부 종로 2정목 82번지	박문서관 경성부 종로 2정목 82번지
1066	강태공전 박문-강태-01-01	강태공전	한글			1917-11-07	1		박문서관
1067	강태공전 박문-강태-01-02	강태공전	한글				2		박문서관
1068	강태공전 박문-강태-01-03	강태공전	한글				3		박문서관
1069	강태공전 박문-강태-01-04	강태공전	한글	73p. 25전	1925-09-10	1925-09-15	4	池松旭 경성부 봉래정 1정목 77번지	박문서관 경성부 종로 2정목 82번지
1070	검중화 박문-검중-01-01	劍中花	한글				1		박문서관

인쇄자 인쇄소 주소	인쇄소 인쇄소 주소	공동 발행	영인본	소장처 및 청구기호	기타	현황
英植 성시 종로구 효제정 00	문정당인쇄부 한성시 종로구 효제정 200			디지털 한글박물관(국립국어원 소장본)	저자의 이름 부분의 글자가 뭉개져 정확히 알 수 없음.	원문
翼洙 성부 황금정 2정목 번지	신문관 경성부 황금정 2정목 21번지			서울대학교 도서관(3350 27)	인쇄일과 발행일은 판권지 훼손으로 보이지 않음. 발행연도는 도서관 서지정보를 참고.	원문
					李明九 소장본. 崔演澤 저작([이본목록], p.508)	원문
根澤 성부 수송동 27번지	선광인쇄주식회사 경성부 수송동 27번지			영남대학교 도서관(도 813.5 ㅊ788ㅈ)	발행겸저작자 이능화. 발행소 없고, 총판매소가 문화서림이므로 문화서림을 발행소로 기록함. 원제는 '春夢緣(춘몽연)'인데 도서관 서지정보에는 '春夢綠(춘몽록)'으로 기록.	원문
					이수봉 소장본.([연구보정], p.15)	원문
					낙장. 조희웅 소장본([이본목록], p.22)	원문
					권3이 있어 권1도 있을 것으로 추정.	출판
					권3이 있어 권2도 있을 것으로 추정.	출판
				국립중앙도서관(3 634-2-63(4))	장회체(권3 24회~35회). 원문은 있으나 판권지 없음, 속표제에 역술자 박건회(朴健會). 발행지, 발행자, 발행년 불명.	원문
				국립중앙도서관(3 736-3)	발행지, 발행자불명.	출판
					전집이 있어서 후집도 있을 것으로 추정.	출판
					2판에 초판 발행일 기록.	출판
英九 성부 안국동 35번지	망대성경급기독교서회 인쇄부 경성부 안국동 35번지			국립중앙도서관(일 모古3636-121)	초판 발행일 기록. 판권지가 훼손되어 발행소 확인 불가. 도서관 서지정보의 발행처는 '尹泰晟'임.	원문
					홍윤표 소장본.([이본목록], p.430)	원문
					홍윤표 소장본.([이본목록], p.430)	원문
				국립중앙도서관(한 古朝48-116)		원문
仁煥 성부 공평정 55번지	대동인쇄주식회사 경성부 공평정 55번지			김종철 소장본	10회의 장회체.	원문
					4판에 초판 발행일 기록.	출판
					4판이 있어서 2판도 있을 것으로 추정.	출판
					4판이 있어서 3판도 있을 것으로 추정.	출판
仁煥 성부 황금정 2정목 8번지	경성신문사 경성부 황금정 2정목 148번지			박순호 소장본		원문
					5판에 초판 발행일이 기록되어 있으나 원문이 가려져 보이지 않음.	출판

번호	작품명 고유번호	표제	문자	면수 가격	인쇄일	발행일	판차	발행자 발행자 주소	발행소 발행소 주소
1071	검중화 박문-검중-01-02	劒中花	한글				2		박문서관
1072	검중화 박문-검중-01-03	劒中花	한글				3		박문서관
1073	검중화 박문-검중-01-04	劒中花	한글				4		박문서관
1074	검중화 박문-검중-01-05	劒中花	한글	65p. 20전		1924- -	5	池松旭 경성부 봉래정 1정목 77번지	박문서관 경성부 종로 2정목 82번지
1075	곽분양전 박문-곽분-01-01	(백자천손)곽분 양전	한글			1913- -	1		박문서관
1076	곽분양전 박문-곽분-01-02	(백자천손)곽분 양전	한글	86p.		1923- -	2		박문서관
1077	곽해룡전 박문-곽해-01-01	곽해룡전	한글			1917-12-01	1		박문서관
1078	곽해룡전 박문-곽해-01-02	곽해룡전	한글	58p. 20전	1924-01-20	1924-01-25	2	池松旭 경성부 봉래정 1정목 77번지	박문서관 경성부 종로 2정목 82번지
1079	관운장실기 박문-관운-01-01	(만고명장)관운 장실긔	한글	79p. 25전	1926-01-10	1926-01-15	1	洪淳泌 경성부 견지동 60번지	박문서관 종로 2정목 82
1080	구운몽 박문-구운-01-01-상	구운몽 / 上	한글			1917- -	1		박문서관
1081	구운몽 박문-구운-01-01-하	구운몽 / 下	한글	96p. 30전	1917-02-25	1917-02-28	1	金容俊 경성부 안국동 8번지	박문서관 경성 남대문통 4정목 69번지
1082	구운몽 박문-구운-02-01-상	(연명)구운몽 / 상	한글	118p.		1917-02-28	1		박문서관
1083	구운몽 박문-구운-02-01-하	(연명)구운몽 / 하	한글	118p.		1917-02-28	2		박문서관
1084	구운몽 박문-구운-02-02-상	(연명)구운몽 / 상	한글	118p. 30전	1918-04-25	1918-04-30	2	金容俊 경성 남대문통 4정목 69번지	박문서관 경성부 남대문통 4정 69번지
1085	구운몽 박문-구운-02-02-하	(연명)구운몽 / 하	한글	118p. 30전	1918-04-25	1918-04-30	2	金容俊 경성 남대문통 4정목 69번지	박문서관 경성부 남대문통 4정 69번지
1086	구운몽 박문-구운-03-01	(연명)구운몽 / 상	한글			1917-02-28	1		박문서관
1087	구운몽 박문-구운-03-02	(연명)구운몽 / 하	한글	60전(상 하합편)	1918-04-25	1918-04-30	2	金容俊 경성 남대문통 4정목 69번지	박문서관 경성부 종로 2정목 82번지
1088	권익중전 박문-권익-01-01	권익중전	한글			1926- -	1		박문서관
1089	금강문 박문-금강-01-01	금강문	한글			1914-08-19	1		박문서관
1090	금강문 박문-금강-01-02	금강문	한글				2		박문서관
1091	금강문 박문-금강-01-03	금강문	한글				3		박문서관
1092	금강문 박문-금강-01-04	금강문	한글			1919-12-28	4		박문서관

쇄자 쇄소 주소	인쇄소 인쇄소 주소	공동 발행	영인본	소장처 및 청구기호	기타	현황
					5판이 있어 2판도 있을 것으로 추정.	출판
					5판이 있어 3판도 있을 것으로 추정.	출판
					5판이 있어 4판도 있을 것으로 추정..	출판
趎杓 성부 수송동 69번지	보명사인쇄소 경성부 수송동 69			서울대학교 도서관(3340 152)	판권지가 가려져 인쇄일과 발행일, 초판 발행일은 보이지 않음, 도서관 서지정보에 5판이라 기록됨.	원문
					2판이 있어서 초판도 있을 것으로 추정.	출판
				서울대학교 도서관(MFF 951.06 C718ik v.104)	C.V. Starr East Asian Library (Columbia University). 마이크로필름. 신소설 컬렉션. 1923년 출판.(초판은 1913년)	원문
					2판에 초판 발행일 기록.	출판
二煥 성부 공평동 55번지	대동인쇄주식회사 경성부 공평동 55번지			영남대학교 도서관(도 813.5 ㄱ438)		원문
二煥 성부 공평동 55	대동인쇄소 경성부 공평동 55			영남대학교 도서관(도 813.5 ㄱ438)		원문
					16회의 장회체(상 1회~9회, 하 10회~16회, 권별 총목차). 하권이 있어서 상권도 있을 것으로 추정.	출판
入奎 성부 가회동 216번지	보성사 경성부 수송동 44번지			국립중앙도서관(3 634-2-74(3))	16회의 장회체(상 1회~9회, 하 10회~16회, 권별 총목차)	원문
					2판 상권에 초판 발행일 기록.	출판
					2판 하권에 초판 발행일 기록.	출판
入奎 성부 가회동 216번지	보성사 경성부 수송동 44번지			박순호 소장본		원문
入奎 성부 가회동 216번지	보성사 경성부 수송동 44번지			박순호 소장본		원문
					2판이 있어서 초판도 있을 것으로 추정.	출판
入奎 성부 가회동 216번지	보성사 경성부 수송동 44번지			개인소장본	상하 합편. 하권 95p.	원문
					[이본목록], p.70.	출판
					5판에 초판 발행일 기록.	출판
					5판이 있어 2판도 있을 것으로 추정.	출판
					5판이 있어 3판도 있을 것으로 추정.	출판
					5판에 4판 발행일 기록.	출판

번호	작품명 고유번호	표제	문자	면수 가격	인쇄일	발행일	판차	발행자 발행자 주소	발행소 발행소 주소
1093	금강문 박문-금강-01-05	금강문	한글	130p. 40전	1921-12-30	1922-01-05	5	崔瓚植 경성부 통동 154번지	박문서관 경성부 종로 2정목 82번지
1094	금방울전 박문-금방-01-01	금방울전	한글	50p. 20전	1925-11-05	1925-11-10	1	洪淳泌 경성부 견지동 60번지	박문서관 경성부 종로 2정목 82번지
1095	금향정기 박문-금향-01-00	금향졍긔	한글				1		박문서관
1096	김인향전 박문-김인-01-01	인향전	한글			1938-03-	1		박문서관
1097	김진옥전 박문-김진-01-01	김진옥전	한글	68p. 25전	1917-05-25	1917-05-28	1	盧益亨 경성부 남대문통 4정목 69번지	박문서관 경성부 남대문통 4 69번지
1098	김희경전 박문-김희-01-00	녀즁호걸	한글			1925- -	1		박문서관
1099	난봉기합 박문-난봉-01-00	란봉긔합	한글				1		박문서관
1100	남정팔난기 박문-남정-01-00	팔장사전	한글			1938- -	1		박문서관
1101	단종대왕실기 박문-단종-01-00	단종대왕실긔	한글				1		박문서관
1102	동선기 박문-동선-01-01	동선화	한글			1915- -	1		박문서관
1103	박문수전 박문-박문-01-01	어사 박문슈	한글			1919-02-12	1	玄丙周	박문서관
1104	박문수전 박문-박문-01-02	어사 박문슈	한글	43p.		1921-12-31	2	玄丙周	박문서관
1105	박씨전 박문-박씨-01-01	박씨부인전	한글			1917-09-15	1	朴健會	박문서관
1106	박씨전 박문-박씨-01-02	박씨부인전	한글	51p. 25전	1923-12-05	1923-12-10	2	朴健會 경성부 견지동 60번지	박문서관 경성부 종로 2정목 82번지
1107	보심록 박문-보심-01-01	명사십리	한글			1926-12-18	1		박문서관
1108	보심록 박문-보심-01-02	명사십리	한글	94p. 30전	1928-12-01	1928-12-05	2	盧益亨 경성부 종로 2정목 82번지	박문서관 경성부 종로 2정목 82번지
1109	사각전 박문-사각-01-01	사각전	한글	59p.		1918- -	1		박문서관
1110	사씨남정기 박문-사씨-01-01	사씨남졍긔	한글	81p. 25전	1917-05-25	1917-05-28	1	盧益亨 경성부 남대문통 4정목 69번지	박문서관 경성부 남대문통 4 69번지
1111	사씨남정기 박문-사씨-02-01	사씨남정기	한글	77p.		1925-12-25	1	李冕宇	박문서관
1112	산양대전 박문-산양-01-00	산양대전	한글			1922- -	1		박문서관
1113	산양대전 박문-산양-02-01	죠자룡전	한글	49p. 20전	1925-10-01	1925-10-05	1	盧益亨 경성부 종로 2정목 82번지	박문서관 경성부 종로 2정목 82번지

!쇄자 !쇄소 주소	인쇄소 인쇄소 주소	공동 발행	영인본	소장처 및 청구기호	기타	현황
聖杓 성부 견지동 80번지	계문사 경성부 견지동 80번지			정명기 소장본	초판, 4판의 발행일 기록.	원문
仁煥 성부 공평동 55번지	대동인쇄소 경성부 공평동 55번지			서울대학교 도서관(MFF 951.06 C718ik v.39)	판권지에 발행소가 '대동인쇄소'라고 기록되었으나 이는 인쇄소의 오기. C.V. Starr East Asian Library (Columbia University). 마이크로필름.	원문
					광고([이본목록], p.90)	광고
					이주영, p.209.	출판
弘奎 성부 가회동 216번지	보성사 경성부 수송동 44번지			국립중앙도서관(3 634-2-23(4))		원문
					김종철 소장본([연구보정], p.165)	원문
					광고.([이본목록], p.112)	광고
					광고(이주영, p.210)	광고
					<슈명삼국지(3판)>, 박문서관, 1928. 광고([이본목록], p.125)	광고
					소재영 외, p.83.	원문
					조희웅 소장본([이본목록], p.161)	원문
					조희웅 소장본([이본목록], p.161)	원문
					2판에 초판 발행일 기록.	출판
禹澤 성부 공평동 55번지	대동인쇄주식회사 경성부 공평동 55번지			서울대학교 도서관(가람 813.53 B15)	초판 발행일 기록.	원문
					2판에 초판 발행일 기록.	출판
敬德 성부 서대문정 2정목 9	기독교창문사 경성부 서대문정 2정목 139			정명기 소장본	초판 발행일 기록.	원문
				서울대학교 도서관(MFF 951.06 C718ik v.25)	국외 마이크로피쉬 자료. 일반사항: 한자서명 -- 謝角傳	원문
弘奎 성부 가회동 216번지	보성사 경성부 수송동 44번지			국립중앙도서관 (3634-2-45(3))		원문
				이화여자대학교 도서관(811.31 김41ㅅC)	발행일은 [이본목록](p.212) 참고.	원문
					여승구, [古書通信]15, 1999.9.([이본목록], p.219.)	출판
禹澤 성부 공평동 55번지	대동인쇄주식회사 경성부 공평동 55번지			정명기 소장본		원문

번호	작품명 고유번호	표제	문자	면수 가격	인쇄일	발행일	판차	발행자 발행자 주소	발행소 발행소 주소
1114	**산양대전** 박문-산양-03-01	조자룡전	한글	49p. 20전	1926-01-05	1926-01-15	1	洪淳泌 경성부 견지동 60번지	박문서관 경성부 종로통 2정목 82번지
1115	**삼국지** 박문-삼국-01-01-전집 -1권	(弟一奇書)三國 誌 / 전집 1	한글		1917.10.20.	1917-11-30	1	高裕相 경성부 남대문통 1정목 17번지	박문서관 경성부 남대문통 4정 69번지
1116	**삼국지** 박문-삼국-01-01-전집 -2권	(弟一奇書)三國 誌 / 전집 2	한글	215p.	1917.10.20.	1917-11-30	1	高裕相 경성부 남대문통 1정목 17번지	박문서관 경성부 남대문통 4정 69번지
1117	**삼국지** 박문-삼국-01-01-전집 -3권	(弟一奇書)三國 誌 / 전집 3	한글	210p. 2원 50전	1917.10.20.	1917-11-30	1	高裕相 경성부 남대문통 1정목 17번지	박문서관 경성부 남대문통 4정 69번지
1118	**삼국지** 박문-삼국-01-01-전집 -4권	(弟一奇書)三國 誌 / 전집 4	한글	214p.	1917.10.20.	1917-11-30	1	高裕相 경성부 남대문통 1정목 17번지	박문서관 경성부 남대문통 4정 69번지
1119	**삼국지** 박문-삼국-01-01-후집 -1권	예일긔서 삼국지 후집 일권	한글	229p.	1917.10.20.	1917-11-30	1	高裕相 경성부 남대문통 1정목 17번지	박문서관 경성부 남대문통 4정 69번지
1120	**삼국지** 박문-삼국-01-01-후집 -2권	예일긔서 삼국지 후집 이권	한글	216p.	1917.10.20.	1917-11-30	1	高裕相 경성부 남대문통 1정목 17번지	박문서관 경성부 남대문통 4정 69번지
1121	**삼국지** 박문-삼국-01-01-후집 -3권	예일긔서 삼국지 후집 삼권	한글	240p.	1917.10.20.	1917-11-30	1	高裕相 경성부 남대문통 1정목 17번지	박문서관 경성부 남대문통 4정 69번지
1122	**삼국지** 박문-삼국-01-01-후집 -4권	예일긔서 삼국지 후집 사권	한글	198p. 2원 50전	1917.10.20.	1917-11-30	1	高裕相 경성부 남대문통 1정목 17번지	박문서관 경성부 남대문통 4정 69번지
1123	**삼국지** 박문-삼국-02-01-권1	(슈명)삼국지	한글	145p.		1920-01-20	1	盧益亨	박문서관
1124	**삼국지** 박문-삼국-02-01-권2	(슈명)삼국지	한글	183p.		1920-01-20	1		박문서관
1125	**삼국지** 박문-삼국-02-01-권3	(슈명)삼국지	한글	186p.		1920-01-20	1		박문서관
1126	**삼국지** 박문-삼국-02-01-권4	(슈명)삼국지	한글	217p.		1920-01-20	1		박문서관
1127	**삼국지** 박문-삼국-02-01-권5	(슈명)삼국지	한글	210p.		1920-01-20	1		박문서관
1128	**삼국지** 박문-삼국-02-02-권1	(슈명)삼국지	한글	145p.		1920-01-30	2	盧益亨	박문서관
1129	**삼국지** 박문-삼국-02-02-권2	(슈명)삼국지	한글	183p.		1920-01-30	2		박문서관
1130	**삼국지** 박문-삼국-02-02-권3	(슈명)삼국지	한글	186p.		1920-01-30	2		박문서관

쇄자 쇄소 주소	인쇄소 인쇄소 주소	공동 발행	영인본	소장처 및 청구기호	기타	현황
馬澤 성부 공평동 55번지	대동인쇄주식회사 경성부 공평동 55번지			영남대학교 도서관(도 813.5 ㅈ672)		원문
馬澤 성부 공평동 54번지	성문사 경성부 공평동 55번지	보문관, 신구서림		정명기 소장본	발행소 : 유일서관, 회동서관. 전집 3권과 합철. 60회의 장회체(3권 31회~45회, 4권 46회~60회). 발행사항은 4권에만 있는 판권지 참조.	원문
馬澤 성부 공평동 54번지	성문사 경성부 공평동 55번지	보문관, 신구서림		정명기 소장본	발행소 : 유일서관, 회동서관. 전집 3권과 합철. 60회의 장회체(3권 31회~45회, 4권 46회~60회). 발행사항은 4권에만 있는 판권지 참조.	원문
馬澤 성부 공평동 54번지	성문사 경성부 공평동 55번지	보문관, 신구서림		국립중앙도서관(3 736-33-3)	발행소 : 유일서관, 회동서관. 전집 3권과 합철. 60회의 장회체(3권 31회~45회, 4권 46회~60회). 발행사항은 4권에만 있는 판권지 참조. 전집 4권과 합철됨.	원문
馬澤 성부 공평동 54번지	성문사 경성부 공평동 55번지	보문관, 신구서림			발행소 : 유일서관, 회동서관. 전집 3권과 합철. 60회의 장회체(3권 31회~45회, 4권 46회~60회). 발행사항은 4권에만 있는 판권지 참조.	원문
弘奎 성부 가회동 260번지	보성사 경성부 수송동 44번지	보문관, 신구서림		양승민 소장본	발행소 : 유일서관, 회동서관. 58회의 장회체(1권 61회~75회, 2권 76회~90회, 3권 91회~105회, 4권 106회~118회). 발행사항은 4권에만 있는 판권지 참조.	원문
弘奎 성부 가회동 260번지	보성사 경성부 수송동 44번지	보문관, 신구서림		양승민 소장본	발행소 : 유일서관, 회동서관. 58회의 장회체(1권 61회~75회, 2권 76회~90회, 3권 91회~105회, 4권 106회~118회). 발행사항은 4권에만 있는 판권지 참조.	원문
弘奎 성부 가회동 260번지	보성사 경성부 수송동 44번지	보문관, 신구서림		양승민 소장본	발행소 : 유일서관, 회동서관. 58회의 장회체(1권 61회~75회, 2권 76회~90회, 3권 91회~105회, 4권 106회~118회). 발행사항은 4권에만 있는 판권지 참조.	원문
弘奎 성부 가회동 260번지	보성사 경성부 수송동 44번지	보문관, 신구서림		양승민 소장본	발행소 : 유일서관, 회동서관. 58회의 장회체(1권 61회~75회, 2권 76회~90회, 3권 91회~105회, 4권 106회~118회). 발행사항은 4권에만 있는 판권지 참조.	원문
					120회의 장회체(1권 1~24회, 2권 25~48회, 3권 49~72회, 4권 73~96회, 5권 97~120회). 발행사항은 [이본목록](p.234) 참고.	출판
					120회의 장회체(1권 1~24회, 2권 25~48회, 3권 49~72회, 4권 73~96회, 5권 97~120회). 발행사항은 [이본목록](p.234) 참고.	출판
					120회의 장회체(1권 1~24회, 2권 25~48회, 3권 49~72회, 4권 73~96회, 5권 97~120회). 발행사항은 [이본목록](p.234) 참고.	출판
					120회의 장회체(1권 1~24회, 2권 25~48회, 3권 49~72회, 4권 73~96회, 5권 97~120회). 발행사항은 [이본목록](p.234) 참고.	출판
					120회의 장회체(1권 1~24회, 2권 25~48회, 3권 49~72회, 4권 73~96회, 5권 97~120회). 발행사항은 [이본목록](p.234) 참고.	출판
					120회의 장회체(1권 1~24회, 2권 25~48회, 3권 49~72회, 4권 73~96회, 5권 97~120회). 발행사항은 [이본목록](p.234) 참고.	출판
					120회의 장회체(1권 1~24회, 2권 25~48회, 3권 49~72회, 4권 73~96회, 5권 97~120회). 발행사항은 [이본목록](p.234) 참고.	출판
					120회의 장회체(1권 1~24회, 2권 25~48회, 3권 49~72회, 4권 73~96회, 5권 97~120회). 발행사항은 [이본목록](p.234) 참고.	출판

번호	작품명 고유번호	표제	문자	면수 가격	인쇄일	발행일	판차	발행자 발행자 주소	발행소 발행소 주소
1131	삼국지 박문-삼국-02-02-권4	(슈명)삼국지	한글	217p.		1920-01-30	2		박문서관
1132	삼국지 박문-삼국-02-02-권5	(슈명)삼국지	한글	210p.		1920-01-30	2		박문서관
1133	삼국지 박문-삼국-02-03-권1	(슈명)삼국지	한글	145p. 5冊, 2원		1928-03-15	3	盧益亨 경성부 종로 2정목 82번지	박문서관 경성부 종로 2정목 82번지
1134	삼국지 박문-삼국-02-03-권2	(슈명)삼국지	한글	183p. 5冊, 2원		1928-03-15	3	盧益亨 경성부 종로 2정목 82번지	박문서관 경성부 종로 2정목 82번지
1135	삼국지 박문-삼국-02-03-권3	(슈명)삼국지	한글	186p. 5冊, 2원		1928-03-15	3	盧益亨 경성부 종로 2정목 82번지	박문서관 경성부 종로 2정목 82번지
1136	삼국지 박문-삼국-02-03-권4	(슈명)삼국지	한글	217p. 5冊, 2원		1928-03-15	3	盧益亨 경성부 종로 2정목 82번지	박문서관 경성부 종로 2정목 82번지
1137	삼국지 박문-삼국-02-03-권5	(슈명)삼국지	한글	210p. 5冊, 2원		1928-03-15	3	盧益亨 경성부 종로 2정목 82번지	박문서관 경성부 종로 2정목 82번지
1138	삼국지 박문-삼국-03-01-권1	(懸吐)三國誌	한문	244p. 2원 50전	1935-10-25	1935-10-30	1	盧益亨 경성부 종로 2정목 86번지	박문서관 경성부 종로 2정목 86번지
1139	삼국지 박문-삼국-03-01-권2	(懸吐)三國誌	한문	222p. 2원 50전	1935-10-25	1935-10-30	1	盧益亨 경성부 종로 2정목 86번지	박문서관 경성부 종로 2정목 86번지
1140	삼국지 박문-삼국-03-01-권3	(懸吐)三國誌	한문	240p. 2원 50전	1935-10-25	1935-10-30	1	盧益亨 경성부 종로 2정목 86번지	박문서관 경성부 종로 2정목 86번지
1141	삼국지 박문-삼국-03-01-권4	(懸吐)三國誌	한문	208p. 2원 50전	1935-10-25	1935-10-30	1	盧益亨 경성부 종로 2정목 86번지	박문서관 경성부 종로 2정목 86번지
1142	삼국지 박문-삼국-03-01-권5	(懸吐)三國誌	한문	205p. 2원 50전	1935-10-25	1935-10-30	1	盧益亨 경성부 종로 2정목 86번지	박문서관 경성부 종로 2정목 86번지
1143	삼설기 박문-삼설-01-00	별삼셜긔	한글	25전		1916- -	1		박문서관
1144	서동지전 박문-서동-01-01	고대소설 서동지전	한글	35p. 15전	1925-12-15	1925-12-20	1	盧益煥 경성부 봉래정 1정목 77번지	박문서관 경성부 종로 2정목 82번지
1145	서상기 박문-서상-01-01	대월셔샹긔	한글			1913-12-01	1		박문서관
1146	서상기 박문-서상-01-02	대월셔샹긔	한글				2		박문서관
1147	서상기 박문-서상-01-03	대월셔샹긔	한글				3		박문서관
1148	서상기 박문-서상-01-04	대월셔샹긔	한글	176p. 50전	1923-10-05	1923-11-10	4	朴健會 경성부 공평동 68번지	박문서관 경성부 종로 2정목 82번지
1149	서유기 박문-서유-01-01-권1	셔유긔젼집 / 제1권	한글			1913-10-07	1		박문서관

쇄자 쇄소 주소	인쇄소 인쇄소 주소	공동 발행	영인본	소장처 및 청구기호	기타	현황
					120회의 장회체(1권 1~24회, 2권 25~48회, 3권 49~72회, 4권 73~96회, 5권 97~120회). 발행사항은 [이본목록](p.234) 참고.	출판
					120회의 장회체(1권 1~24회, 2권 25~48회, 3권 49~72회, 4권 73~96회, 5권 97~120회). 발행사항은 [이본목록](p.234) 참고.	출판
文煥 성부 종로 2정목 번지	박문서관인쇄부 경성부 종로 2정목 82번지			국립중앙도서관(아 단문고 소장본의 전자책)	120회의 장회체(1권 1~24회, 2권 25~48회, 3권 49~72회, 4권 73~96회, 5권 97~120회). 초판, 2판 발행일 기록.	원문
文煥 성부 종로 2정목 번지	박문서관인쇄부 경성부 종로 2정목 82번지			국립중앙도서관(아 단문고 소장본의 전자책)	120회의 장회체(1권 1~24회, 2권 25~48회, 3권 49~72회, 4권 73~96회, 5권 97~120회). 초판, 2판 발행일 기록.	원문
文煥 성부 종로 2정목 번지	박문서관인쇄부 경성부 종로 2정목 82번지			국립중앙도서관(아 단문고 소장본의 전자책)	120회의 장회체(1권 1~24회, 2권 25~48회, 3권 49~72회, 4권 73~96회, 5권 97~120회). 초판, 2판 발행일 기록.	원문
文煥 성부 종로 2정목 번지	박문서관인쇄부 경성부 종로 2정목 82번지			국립중앙도서관(아 단문고 소장본의 전자책)	120회의 장회체(1권 1~24회, 2권 25~48회, 3권 49~72회, 4권 73~96회, 5권 97~120회). 초판, 2판 발행일 기록.	원문
文煥 성부 종로 2정목 번지	박문서관인쇄부 경성부 종로 2정목 82번지			국립중앙도서관(아 단문고 소장본의 전자책)	120회의 장회체(1권 1~24회, 2권 25~48회, 3권 49~72회, 4권 73~96회, 5권 97~120회). 초판, 2판 발행일 기록.	원문
顯道 성부 공평동 55번지	대동인쇄소 경성부 공평동 55번지			정명기 소장본	장회체(1권 1~26회, 2권 27~51회, 3권 52~76회, 4권 77~97회, 5권 98~?회).	원문
顯道 성부 공평동 55번지	대동인쇄소 경성부 공평동 55번지			정명기 소장본	장회체(1권 1~26회, 2권 27~51회, 3권 52~76회, 4권 77~97회, 5권 98~?회).	원문
顯道 성부 공평동 55번지	대동인쇄소 경성부 공평동 55번지			고려대학교 도서관(희귀 895.34 나관중 삼키 3)	장회체(1권 1~26회, 2권 27~51회, 3권 52~76회, 4권 77~97회, 5권 98~?회).	원문
顯道 성부 공평동 55번지	대동인쇄소 경성부 공평동 55번지			고려대학교 도서관(희귀 895.34 나관중 삼키 4)	장회체(1권 1~26회, 2권 27~51회, 3권 52~76회, 4권 77~97회, 5권 98~?회).	원문
顯道 성부 공평동 55번지	대동인쇄소 경성부 공평동 55번지			고려대학교 도서관(희귀 895.34 나관중 삼키 5)	장회체(1권 1~26회, 2권 27~51회, 3권 52~76회, 4권 77~97회, 5권 98~?회).	원문
					<심청전>, 박문서관, 1916(국립중앙도서관 소장본(3634-2-6(6)) 광고에 '별삼설긔'로 기록.	광고
仁煥 성부 황금정 2정목 8번지	경성신문사 경성부 황금정 2정목 148번지			영남대학교 도서관(도 813.5 ㅅ228)		원문
					4판에 초판 발행일 기록.	출판
					4판이 있어 2판도 있을 것으로 추정.	출판
					4판이 있어 3판도 있을 것으로 추정.	출판
禹澤 성부 공평동 55번지	대동인쇄주식회사 경성부 공평동 55번지			양승민 소장본	초판 발행일 기록.	원문
					2판에 초판 발행일 기록.	출판

번호 고유번호	작품명	표제	문자	면수 가격	인쇄일	발행일	판차	발행자 발행자 주소	발행소 발행소 주소
1150 박문-서유-01-01-권2	서유기	셔유긔 젼집 / 제2권	한글			1913-10-07	1		박문서관
1151 박문-서유-01-01-권3	서유기	셔유긔 젼집 / 제3권	한글			1913-10-07	1		박문서관
1152 박문-서유-01-02-권1-(1)	서유기	셔유긔 젼집 / 제1권	한글	30전	1921-10-30	1921-11-05	2	朴健會 경성부 장사동 51번지	박문서관 경성부 종로 2정목 82번지
1153 박문-서유-01-02-권1-(2)	서유기	셔유긔전집 / 제1권	한글	86p. 30전	1921-10-30	1921-11-17	2	朴健會 경성부 장사동 51번지	박문서관 경성부 봉래정 1정목 88번지
1154 박문-서유-01-02-권2	서유기	셔유긔 젼집 / 제2권	한글	104p. 30전	1921-10-30	1921-11-05	2	朴健會 경성부 장사동 51번지	박문서관 경성부 종로 2정목 82번지
1155 박문-서유-01-02-권3-(1)	서유기	셔유긔 젼집 / 제3권	한글	93p. 30전	1921-10-30	1921-11-05	2	朴健會 경성부 장사동 51번지	박문서관 경성부 종로 2정목 82번지
1156 박문-서유-01-02-권3-(2)	서유기	(언한문)셔유긔 / 제3권	한글	93p. 30전	1921-10-30	1921-11-17	2	朴健會 경성부 장사동 51번지	박문서관 경성부 봉래정 1정목 88번지
1157 박문-서정-01-01	서정기	셔졍긔	한글	59p.		1923- -	1		박문서관
1158 박문-서한-01-01	서한연의	초한전	한글	79p. 25전	1925-10-25	1925-10-30	1	盧益亨 경성부 종로 2정목 82번지	박문서관 경성부 종로 2정목 82번지
1159 박문-설인-01-01	설인귀전	셜인귀전	한글	79p. 50전	1926-12-18	1926-12-20	1	洪淳泌 경성부 견지동 60번지	박문서관 경성부 종로 2정목 82번지
1160 박문-설정-01-01	설정산실기	셜뎡산실긔	한글	112p. 40전	1929-12-20	1929-12-25	1	朴埈杓 경성부 냉동 119번지	박문서관 경성부 종로 2정목 82번지
1161 박문-설정-02-01	설정산실기	셜뎡산실긔	한글	112p.		1930- -	1	盧益煥	박문서관
1162 박문-섬동-01-01	섬동지전	둑겁전	한글			1925-11-10	1	盧益亨	박문서관
1163 박문-섬동-01-02	섬동지전	둑겁전	한글	39p. 15전	1926-12-18	1926-12-20	2	盧益亨 경성부 종로통 2정목 82번지	박문서관 경성부 종로통 2정목 82번지
1164 박문-섬처-01-01	섬처사전	셤쳐사젼 : 둑겁전	한글	39p. 15전	1917-05-25	1917-05-28	1	盧益亨 경성부 남대문통 4정목 69번지	박문서관 경성부 남대문통 4정 69번지
1165 박문-성산-01-01	성산명경	성산명경	한글	76p. 25전	1922-10-25	1922-10-30	1	盧益亨 경성부 종로 2정목 82번지	박문서관 경성부 종로 2정목 82번지
1166 박문-소대-01-01	소대성전	소대성전	한글			1917-02-14	1		박문서관
1167 박문-소대-01-02	소대성전	소대성전	한글	31p. 15전	1920-01-20	1920-01-26	2	朴運輔 경성부 종로통 2정목 82번지	박문서관 경성부 종로 2정목 80번지
1168 박문-소대-02-01	소대성전	소대성전	한글	50p. 20전	1917-09-02	1917-09-05	1	盧益亨 경성부 남대문통 4정목 69번지	박문서관 경성부 남대문통 4정 69번지
1169 박문-소운-01-01	소운전	소학사전	한글	79p. 30전	1917-11-05	1917-11-10	1	盧益亨 경성부 남대문통 4정목 69번지	박문서관 경성부 남대문통 4정 69번지

쇄자 쇄소 주소	인쇄소 인쇄소 주소	공동 발행	영인본	소장처 및 청구기호	기타	현황
					2판에 초판 발행일 기록.	출판
					2판에 초판 발행일 기록.	출판
二煥 성부 황금정 2정목 3번지	경성신문사 경성부 황금정 2정목 148번지			정명기 소장본	초판 발행일 기록. 35회의 장회체(1권 1회~10회, 2권 11회~23회, 3권 24회~35회).	원문
重煥 성부 공평동 55번지	대동인쇄주식회사 경성부 공평동 55번지		[구활자본고소설 전집 6]	국립중앙도서관(3 634-2-63(1))	발행일에서 '五日'을 '十七日'로 고친 흔적 있음. 1·3의 낙질 2권본.	원문
二煥 성부 황금정 2정목 3번지	경성신문사 경성부 황금정 2정목 148번지			정명기 소장본	초판 발행일 기록. 35회의 장회체(1권 1회~10회, 2권 11회~23회, 3권 24회~35회).	원문
二煥 성부 황금정 2정목 3번지	경성신문사 경성부 황금정 2정목 148번지			정명기 소장본	초판 발행일 기록. 35회의 장회체(1권 1회~10회, 2권 11회~23회, 3권 24회~35회).	원문
重煥 성부 공평동 55번지	대동인쇄주식회사 경성부 공평동 55번지		[구활자본고소설 전집 6]	국립중앙도서관(3 634-2-63(3))	발행일에서 '五日'을 '十七日'로 고친 흔적 있음. 1·3의 낙질 2권본.	원문
				디지털 한글박물관(홍윤표 소장본)	표지 하단에 '경성 박문서관 발행' 이라는 기록. 판권지가 없어 발행사항은 [이본목록](p.253) 참고.	원문
馬澤 성부 공평동 55번지	대동인쇄주식회사 경성부 공평동 55번지			서울대학교 도서관(3350 79)		원문
二煥 성부 황금정 2정목 3번지	경성신문사 경성부 황금정 2정목 148번지			개인 소장본	상하 합편.	원문
容昶 성부 인사동 98번지	박문서관인쇄부 경성부 인사동 98번지			박순호 소장본		원문
				국립중앙도서관(3 634-2-36(5))	국중에 원문 보기 안됨.	원문
					2판에 초판 발행일 기록.	출판
根榮 성부 수송동 69번지	보명사 경성부 수송동 69번지			디지털 한글박물관(홍윤표 소장본)	초판 발행일 기록. 서지정보에 '1921' 발행으로 잘못 표기. 내제 '고대쇼설 셤동지젼'.	원문
소奎 성부 가회동 216번지	보성사 경성부 수송동 44번지			국립중앙도서관(3 634-2-66(9))	내제는 '셤쳐사젼 독겁젼'으로 기록되었는데, 도서관 서지정보에는 '셤동지젼 독겁젼'으로 잘못 기록함.	원문
二煥 성부 황금정 2정목 번지	경성신문사 경성부 황금정 2정목 148번지			서울대학교 도서관(3340 35)		원문
					2판에 초판 발행일 기록.	출판
敎德 성부 서대문정 2정목 번지	기독교창문사 경성부 서대문정 2정목 139			디지털 한글박물관(손종흠 소장본)	표지에 '京城 博文書館 發行'. 초판 발행일 기록.	원문
汶瓚 성부 경운동 88번지	보성사 경성부 수송동 44번지			국립중앙도서관(3 634-2-31(4))		원문
소奎 성부 가회동 216번지	보성사 경성부 수송동 44번지		[구활자본고소설 전집 7]	국립중앙도서관(3 634-2-33(6))		원문

번호	작품명 고유번호	표제	문자	면수 가격	인쇄일	발행일	판차	발행자 발행자 주소	발행소 발행소 주소
1170	**수호지** 박문-수호-01-01-전집-01	(선한문)충의수호지 : 전집 1	한글			1929- -	1		박문서관
1171	**수호지** 박문-수호-01-01-전집-02	(선한문)충의수호지 : 전집 2	한글				1		박문서관
1172	**수호지** 박문-수호-01-01-전집-03	(선한문)충의수호지 : 전집 3	한글				1		박문서관
1173	**수호지** 박문-수호-01-01-후집-01	(선한문)충의수호지 : 후집 1	한글				1		박문서관
1174	**수호지** 박문-수호-01-01-후집-02	(선한문)충의수호지 : 후집 2	한글				1		박문서관
1175	**수호지** 박문-수호-02-01-상	新釋 水滸傳 上	한글	401p. 1원 20전	1930.11.15.	1930-11-28	1	尹白南 경성부 권농동 126번지	박문서관 경성 종로 2정목 8.
1176	**수호지** 박문-수호-02-01-중	新釋 水滸傳 中	한글	272p. 1원 20전	1930.11.15.	1930-11-28	1	尹白南 경성부 권농동 126번지	박문서관 경성 종로 2정목 8.
1177	**수호지** 박문-수호-03-01-전집1	츙의 슈호지 전집 권지일	한글	155p. 6책 3원	1938-06-15	1938-06-20	1	盧盆亨 경성부 종로 2정목 86번지	박문서관 경성부 종로 2정목 86번지
1178	**수호지** 박문-수호-03-01-전집2	츙의 슈호지 전집 권지이	한글	157p. 6책 3원	1938-06-15	1938-06-20	1	盧盆亨 경성부 종로 2정목 86번지	박문서관 경성부 종로 2정목 86번지
1179	**수호지** 박문-수호-03-01-전집3	츙의 수호지 전집 권지삼	한글	159p. 6책 3원	1938-06-15	1938-06-20	1	盧盆亨 경성부 종로 2정목 86번지	박문서관 경성부 종로 2정목 86번지
1180	**수호지** 박문-수호-03-01-후집1	츙의 수호지 후집 권지일	한글	205p. 6책 3원		1938- -	1		박문서관
1181	**수호지** 박문-수호-03-01-후집2	츙의 수호지 후집 권지이	한글	234p. 6책 3원		1938- -	1		박문서관
1182	**수호지** 박문-수호-03-01-후집3	츙의 수호지 후집 권지삼	한글	284p. 6책 3원		1938- -	1		박문서관
1183	**숙녀지기** 박문-숙녀-01-01	숙녀지기	한글	57p.		1924- -	1		박문서관
1184	**숙영낭자전** 박문-숙영-01-00	숙영낭자전	한글			1921- -	1		박문서관
1185	**숙향전** 박문-숙향-01-01	고대소설 숙향전	한글	91p.		1924- -	1		박문서관
1186	**신미록** 박문-신미-01-01	(신미록)홍경래실긔	한글	81p. 25전	1929-01-20	1929-01-25	1	盧盆亨 경성부 종로 2정목 82번지	박문서관 경성부 종로 2정목 82번지
1187	**심청전** 박문-심청-01-01	연극소설 심청전/신정심청전 몽금도전	한글	80p. 25전	1916-06-11	1916-06-14	1	盧盆亨 경성 남대문통 4정목 69번지	박문서관 경성 남대문통 4정목 69번지
1188	**심청전** 박문-심청-02-01	심청전	한글	72p.		1922- -	1		박문서관
1189	**십생구사** 박문-십생-01-00	십생구사	한글	33p.		1925-12-25	1	崔錫鼎	박문서관

쇄자 쇄소 주소	인쇄소 인쇄소 주소	공동 발행	영인본	소장처 및 청구기호	기타	현황
					박재연, [中韓飜文展目], 2003.([연구보정], p.508.).	출판
					박재연, [中韓飜文展目], 2003.([연구보정], p.508.).	출판
					박재연, [中韓飜文展目], 2003.([연구보정], p.508.).	출판
					박재연, [中韓飜文展目], 2003.([연구보정], p.508.).	출판
					박재연, [中韓飜文展目], 2003.([연구보정], p.508.).	출판
馬澤 부 공평동 55번지	대동인쇄주식회사 경성부 공평동 55번지	신구서림		국립중앙도서관(3 736-28)	윤백남 역.	원문
馬澤 부 공평동 55번지	대동인쇄주식회사 경성부 공평동 55번지	신구서림		국립중앙도서관(3 736-28)	중권의 판권지 없어서, 상권 판권지에 있는 내용 기록.	원문
顧道 부 인사정 119-3	대동인쇄소 경성부 인사정 119-3			고려대학교 도서관(895.34 시내암 충 1.1)	장회체(1권 1회~11회 목차). 도서관 서지정보에는 '昭和1년(1926)'로 잘못 기록.	원문
顧道 부 인사정 119-3	대동인쇄소 경성부 인사정 119-3			고려대학교 도서관(895.34 시내암 충 1.2)	장회체(2권 12회~21회, 목차). 도서관 서지정보에는 '昭和1년(1926)'로 잘못 기록.	원문
顧道 부 인사정 119-3	대동인쇄소 경성부 인사정 119-3			고려대학교 도서관(895.34 시내암 충 1.3)	장회체(3권 22회~30회, 목차). 도서관 서지정보에는 '昭和1년(1926)'로 잘못 기록.	원문
				고려대학교 도서관(895.34 시내암 충 2.1)		원문
				고려대학교 도서관(895.34 시내암 충 2.2)		원문
				고려대학교 도서관(895.34 시내암 충 2.3)		원문
					[이본목록], p.313.	출판
					소재영 외,, 131.([이본목록], p.323.)	원문
				서울대학교 도서관(MFF 951.06 C718ik v.9(1))	C.V. Starr East Asian Library (Columbia University).	원문
馬澤 부 공평동 55번지	대동인쇄주식회사 경성부 공평동 55번지			국립중앙도서관(3 634-2-68(5))		원문
煥 부 중림동 333번지	보성사 경성부 수송동 44번지		[구활자소설총서 6]	국립중앙도서관(3 634-2-6(6))	앞에 10장의 그림. p.80에 <몽금도전>이라는 제목이 붙은 이유 설명.	원문
					대전대 [이능우 寄目], 1212([이본목록], p.357.)	출판
					조희웅 소장본([이본목록], p.360)	원문

번호	작품명 고유번호	표제	문자	면수 가격	인쇄일	발행일	판차	발행자 발행자 주소	발행소 발행소 주소
1190	애원성 박문-애원-01-01	(四億萬圓의 風雲)哀怨聲	한글			1921-10-05	1		박문서관
1191	애원성 박문-애원-01-02	(四億萬圓의 風雲)哀怨聲	한글	55p. 20전	1922-02-25	1922-02-28	2	李震遠 경성부 봉래정 1정목 88번지	박문서관 경성부 종로통 2정 82번지
1192	약산동대 박문-약산-01-01	약산동대	한글	89p.		1915-07-30	1		박문서관
1193	약산동대 박문-약산-01-02	약산동대	한글				2		박문서관
1194	약산동대 박문-약산-01-03	약산동대	한글	89p.		1920- -	3		박문서관
1195	약산동대 박문-약산-01-04	약산동대	한글	89p. 30전	1921-02-27	1921-03-02	4	李鍾禎 경성부 관수동 30번지	박문서관 경성부 봉래정 1정 88번지
1196	양산백전 박문-양산-01-01	(고대소설)양산 백전	한글	82p. 25전	1917-02-10	1917-02-15	1	盧益亨 경성 남대문통 4정목 69번지	박문서관 경성 남대문통 4정 69번지
1197	어룡전 박문-어룡-01-01	고대소설 어룡전전	한글	69p. 25전	1918-01-25	1918-01-30	1	李敏漢 경성부 합동 117번지	박문서관 경성부 봉래정 1정 88번지
1198	어룡전 박문-어룡-02-01	고대소설 어룡전	한글	62p.		1925-01-15	1		박문서관
1199	오백년기담 박문-오백-01-01	五百年奇譚	한문		1913-06-27		1		박문서관
1200	오백년기담 박문-오백-01-02	五百年奇譚	한문				2		박문서관
1201	오백년기담 박문-오백-01-03	五百年奇譚	한문				3		박문서관
1202	오백년기담 박문-오백-01-04	五百年奇譚	한문				4		박문서관
1203	오백년기담 박문-오백-01-05	五百年奇譚	한문	133p.	1923-04-05	1923-04-10	5	崔東洲 경성부 운니동 45번지	박문서관 경성부 봉래정 1정 88번지
1204	옥단춘전 박문-옥단-01-01	옥단츈젼	한글	38p.		1916-09-20	1		박문서관
1205	옥단춘전 박문-옥단-01-02	옥단츈젼	한글			1921-01-15	2		박문서관
1206	옥단춘전 박문-옥단-01-03	옥단츈젼	한글			1921-12-10	3		박문서관
1207	옥단춘전 박문-옥단-01-04	옥단츈젼	한글	38p. 15전	1922-02-28	1922-03-03	4	申龜永 경성부 팔판동 118번지	박문서관 경성부 봉래정 1정 88번지
1208	옥루몽 박문-옥루-01-01-권1	옥루몽 권지일	한글			1920-09-07	1	盧益亨	박문서관
1209	옥루몽 박문-옥루-01-01-권2	옥루몽 권지이	한글			1920-09-07	1	盧益亨	박문서관
1210	옥루몽 박문-옥루-01-01-권3	옥루몽 권지삼	한글			1920-09-07	1	盧益亨	박문서관
1211	옥루몽 박문-옥루-01-01-권4	옥루몽 권지사	한글			1920-09-07	1	盧益亨	박문서관

인쇄자 인쇄소 주소	인쇄소 인쇄소 주소	공동 발행	영인본	소장처 및 청구기호	기타	현황
					2판에 초판 발행일 기록.	출판
重煥 성부 공평동 55번지	대동인쇄주식회사 경성부 공평동 55번지			서울대학교 도서관(3340 28)		원문
					4판에 초판 발행일 기록.	출판
					4판이 있어서 2판도 있을 것으로 추정.	출판
				서울대학교 도서관(MFF 951.06 C718ik v.3)	4판이 있어서 3판도 있을 것으로 추정. 서지정보에 1920년 발행(3판으로 추정). C.V. Starr East Asian Library (Columbia University)	원문
重煥 성부 공평동 55번지	대동인쇄주식회사 경성부 공평동 55번지			국립중앙도서관(3 634-2-84(7))		원문
弘奎 성부 가회동 216번지	보성사 경성부 수송동 44번지			국립중앙도서관(3 634-2-31(2))		원문
重煥 성부 공평동 55번지	대동인쇄주식회사 경성부 공평동 55번지			정명기 소장본		원문
			[활자본고전소설 전집 4]		발행소와 발행일은 영인본의 해제를 따름.	원문
					5판에 초판 인쇄일 기록.	출판
					5판이 있어서 2판도 있을 것으로 추정.	출판
					5판이 있어서 3판도 있을 것으로 추정.	출판
					5판이 있어서 4판도 있을 것으로 추정.	출판
重煥 성부 공평동 55번지	대동인쇄주식회사 경성부 공평동 55번지			국립중앙도서관(위 창古3638-7)	표지에 '崔東洲 述'. 1913년 4월 서문. 초판 발행일 기록.	원문
			[활자본고전소설 전집 4]		4판에 초판 발행일 기록.	원문
					4판에 2판 발행일 기록.	출판
					4판에 3판 발행일 기록.	출판
聖杓 성부 견지동 80번지	계문사 경성부 견지동 80번지			국립중앙도서관(3 634-2-90(12))	초판, 2판, 3판 발행일 기록.	원문
					2판에 초판 발행일 기록.	출판
					2판에 초판 발행일 기록.	출판
					2판에 초판 발행일 기록.	출판
					2판에 초판 발행일 기록.	출판

번호	작품명 고유번호	표제	문자	면수 가격	인쇄일	발행일	판차	발행자 발행자 주소	발행소 발행소 주소
1212	옥루몽 박문-옥루-01-02-권1	옥루몽 권지일	한글		1925-11-20	1925-11-25	2	盧益亨	박문서관
1213	옥루몽 박문-옥루-01-02-권2	옥루몽 권지이	한글		1925-11-20	1925-11-25	2	盧益亨	박문서관
1214	옥루몽 박문-옥루-01-02-권3	옥루몽 권지삼	한글	166p. 2원 (전4책)	1925-11-20	1925-11-25	2	盧益亨 경성 종로 2정목 82번지	박문서관 경성 종로 2정목 82
1215	옥루몽 박문-옥루-01-02-권4	옥루몽 권지사	한글		1925-11-20	1925-11-25	2	盧益亨	박문서관
1216	옥루몽 박문-옥루-02-01-권1	옥루몽 卷一	한글	166p. 2원 (전4책)	1925-11-05	1925-11-10	1	盧益亨 경성 종로 2정목 82번지	박문서관 경성 종로 2정목 82
1217	옥루몽 박문-옥루-02-01-권2	옥루몽 卷二	한글	168p. 2원 (전4책)	1925-11-05	1925-11-10	1	盧益亨 경성 종로 2정목 82번지	박문서관 경성 종로 2정목 82
1218	옥루몽 박문-옥루-02-01-권3	옥루몽 卷三	한글	166p. 2원 (전4책)	1925-11-05	1925-11-10	1	盧益亨 경성 종로 2정목 82번지	박문서관 경성 종로 2정목 82
1219	옥루몽 박문-옥루-02-01-권4	옥루몽 卷四	한글	231p. 2원 (전4책)	1925-11-05	1925-11-10	1	盧益亨 경성 종로 2정목 82번지	박문서관 경성 종로 2정목 82
1220	옥루몽 박문-옥루-03-01-권1	옥루몽 卷一	한글	166p. 1원50전 (전4책)	1926-12-18	1926-12-20	1	盧益亨 경성부 종로 2정목 82번지	박문서관 경성부 종로 2정목 82번지
1221	옥루몽 박문-옥루-03-01-권2	옥루몽 卷二	한글	168p. 1원50전 (전4책)	1926-12-18	1926-12-20	1	盧益亨 경성부 종로 2정목 82번지	박문서관 경성부 종로 2정목 82번지
1222	옥루몽 박문-옥루-03-01-권3	옥루몽 卷三	한글	166p. 1원50전 (전4책)	1926-12-18	1926-12-20	1	盧益亨 경성부 종로 2정목 82번지	박문서관 경성부 종로 2정목 82번지
1223	옥루몽 박문-옥루-03-01-권4	옥루몽 卷四	한글	231p. 1원50전 (전4책)	1926-12-18	1926-12-20	1	盧益亨 경성부 종로 2정목 82번지	박문서관 경성 종로 2정목 82
1224	왕경룡전 박문-왕경-01-01	청루지열녀	한글	112p. 35전	1917-12-01	1917-12-05	1	朴健會 경성부 낙원동 285번지	박문서관 경성부 종로 2정목 82번지
1225	왕장군전 박문-왕장-01-01	왕장군전	한글	77p. 25전	1928-12-12	1928-12-15	1	盧益亨 경성부 종로 2정목 82번지	박문서관 경성부 종로 2정목 82번지
1226	용문전 박문-용문-01-01	대성용문전	한글	63p.		1925- -	1		박문서관
1227	월봉기 박문-월봉-01-01	월봉산긔	한글			1916-01-24	1		박문서관
1228	월봉기 박문-월봉-01-02	월봉산긔	한글				2		박문서관
1229	월봉기 박문-월봉-01-03	월봉산긔	한글				3		박문서관
1230	월봉기 박문-월봉-01-04	월봉산긔	한글	189p. 60전	1924-01-10	1924-01-15	4	朴健會 경성부 낙원동 285번지	박문서관 경성부 종로 2정목 82번지
1231	유록전 박문-유록-01-00	류록의 한	한글				1		박문서관

행자 행소 주소	인쇄소 인쇄소 주소	공동 발행	영인본	소장처 및 청구기호	기타	현황
						출판
						출판
英九 성부 안국동 35번지	망대성경급기독교서회 인쇄부 경성부 안국동 35번지	신구서림		국립중앙도서관(3 634-2-92(1))	판권지에 '修正 玉樓夢 全四冊'. 초판 발행일 기록.	원문
					2판 3권 판권지에 '修正 玉樓夢 全四冊'으로 기록되어 4책 1질로 확인.	출판
英九 성부 안국동 35번지	망대 성경급 기독교서회 인쇄부 경성부 안국동 35번지	신구서림		개인소장본		원문
英九 성부 안국동 35번지	망대 성경급 기독교서회 인쇄부 경성부 안국동 35번지	신구서림		개인소장본		원문
英九 성부 안국동 35번지	망대 성경급 기독교서회 인쇄부 경성부 안국동 35번지	신구서림		개인소장본		원문
英九 성부 안국동 35번지	망대 성경급 기독교서회 인쇄부 경성부 안국동 35번지	신구서림		개인소장본		원문
二煥 성부 황금정 2정목	경성신문사 경성부 황금정 2정목 148			양승민 소장본		원문
二煥 성부 황금정 2정목	경성신문사 경성부 황금정 2정목 148			개인소장본		원문
二煥 성부 황금정 2정목	경성신문사 경성부 황금정 2정목 148			개인소장본		원문
二煥 성부 황금정 2정목	경성신문사 경성부 황금정 2정목 148			양승민 소장본		원문
二煥 성부 황금정 2정목 번지	경성신문사 경성부 황금정 2정목 148번지		[조동일소장국문 학연구자료 22]		5회의 장회체. p.1에 '박건회 저'라는 기록.	원문
敎德 성부 서대문정 2정목	기독교창문사 경성부 서대문정 2정목 139		[활자본고전소설 전집 5]	서울대학교 도서관(3350 183)	8회의 장회체.	원문
				서울대학교 도서관(MFF 951.06 C718ik)		원문
					4판에 초판 발행일 기록.	출판
					4판이 있어서 2판도 있을 것으로 추정.	출판
					4판이 있어서 3판도 있을 것으로 추정.	출판
篤澤 성부 공평동 55번지	대동인쇄주식회사 경성부 공평동 55번지			소인호 소장본	상하 합편(상 92p, 하 97p). 21회의 장회체(상 1회~11회, 하 12회~21회). 초판 발행일 기록.	원문
					광고([이본목록], p.468)	광고

번호	작품명 고유번호	표제	문자	면수 가격	인쇄일	발행일	판차	발행자 발행자 주소	발행소 발행소 주소
1232	유충렬전 박문-유충-01-00	류충렬전	한글	72p.		1938-03-	1	盧益亨	박문서관
1233	육미당기 박문-육미-01-00	김태자전	한글			1928- -	1		박문서관
1234	육효자전 박문-육효-01-01	육효자전	한글				1		박문서관
1235	육효자전 박문-육효-01-02	육효자전	한글				2		박문서관
1236	육효자전 박문-육효-01-03	육효자전	한글	87p.		1919- -	3		박문서관
1237	을지문덕전 박문-을지-01-01	만고명장 을지문덕전	한글	38p. 15전	1929-01-20	1929-01-25	1	盧益亨 경성부 종로 2정목 82번지	박문서관 경성부 종로 2정목 82번지
1238	음양옥지환 박문-음양-01-01	음양옥지환	한글			1914- -	1		박문서관
1239	이대봉전 박문-이대-01-01	(고대소셜)리대봉젼	한글			1914-10-10	1		박문서관
1240	이대봉전 박문-이대-01-02	(고대소셜)리대봉젼	한글				2		박문서관
1241	이대봉전 박문-이대-01-03	(고대소셜)리대봉젼	한글				3		박문서관
1242	이대봉전 박문-이대-01-04	(고대소셜)리대봉젼	한글	52p. 20전	1920-02-01	1920-02-05	4	金翼洙 경성부 청운동 100번지	박문서관 경성부 봉래정 1정목 85번지
1243	이대봉전 박문-이대-02-01	이대봉전	한글	91p.		1916-02-02	1		박문서관
1244	이대봉전 박문-이대-03-01	이대봉전	한글			1916-11-31	1		박문서관
1245	이대봉전 박문-이대-03-02	이대봉전	한글	70p.		1916-12-20	2		박문서관
1246	이대봉전 박문-이대-04-01	(고대소셜)리대봉젼	한글	52p. 20전	1921-10-30	1921-11-05	1	盧益亨 경성부 봉래정 1정목 88번지	박문서관 경성부 봉래정 1정목 88번지
1247	이대봉전 박문-이대-04-02	(고대소셜)리대봉젼	한글			1921-12-28	2		박문서관
1248	이대봉전 박문-이대-04-03	(고대소셜)리대봉젼	한글	52p.		1922-11-30	3		박문서관
1249	이대봉전 박문-이대-05-01	리대봉전	한글	52p. 20전	1925-10-25	1925-10-30	1	朝鮮圖書株式會社 경성부 견지동 60번지	박문서관 경성부 종로 2정목 82번지
1250	이대봉전 박문-이대-06-01	봉황대	한글	52p. 20전	1926-02-10	1926-02-15	1	盧益亨 경성부 종로 2정목 82번지	박문서관 경성부 종로 2정목 82번지
1251	이순신전 박문-이순-01-01	리슌신실긔	한글	68p. 30전	1925-11-17	1925-11-	1	경성부 체부동 138번지	박문서관 경성부 종로 2정목 82번지
1252	이화몽 박문-이화-01-00	리화몽	한글				1		박문서관
1253	인조대왕실기 박문-인조-01-00	인조대왕실기	한글			1928- -	1		박문서관

쇄자 쇄소 주소	인쇄소 인쇄소 주소	공동 발행	영인본	소장처 및 청구기호	기타	현황
					대전대, [이능우 寄目], 1173([이본목록], p.494)	출판
					이주영, p.209.	출판
					이능우, p.280.에 3판 발행연도 기록하여 초판도 있을 것으로 추정.	출판
					이능우, p.280.에 3판 발행연도 기록하여 2판도 있을 것으로 추정.	출판
				정병욱 소장본	이능우, p.280. 3판 발행연도 기록.	출판
禹澤 성부 공평동 55번지	대동인쇄주식회사 경성부 공평동 55번지		[조동일소장국문학연구자료 24]	서울대학교 도서관(3350 25)		원문
					소재영 외, p.72.	원문
					4판에 초판 발행일 기록.	출판
					4판이 있어서 2판도 있을 것으로 추정.	출판
					4판이 있어서 3판도 있을 것으로 추정.	출판
禹澤 성부 공평동 54번지	성문사 경성부 공평동 55번지			국립중앙도서관(3634-2-71(7))	초판 발행일 기록.	원문
					이능우, p.280.	출판
					이능우, p.280.	출판
					이능우, p.280.	출판
重煥 성부 공평동 55번지	대동인쇄주식회사 경성부 공평동 55번지			국립중앙도서관(3634-2-71(5)=2)		원문
					이능우, p.280.	출판
					이능우, p.280.	출판
翼洙 성부 황금정 2정목 번지	신문관 경성부 황금정 2정목 21번지			개인소장본		원문
文煥 성부 인사동 98번지	박문서관인쇄부 경성부 인사동 98번지			서울대학교 도서관(3350 147)		원문
翼洙 성부 황금정 2정목 번지	신문관 경성부 황금정 2정목 21번지			고려대학교 도서관(897.35 최찬식 이)		원문
					광고([이본목록], p.532)	광고
					[슈명삼국지](3판), 박문서관, 1928. 광고([이본목록], p.533)	광고

번호	작품명 고유번호	표제	문자	면수 가격	인쇄일	발행일	판차	발행자 발행자 주소	발행소 발행소 주소
1254	**임경업전** 박문-임경-01-01	림경업전 단	한글	46p.		1924- -	1		박문서관
1255	**임호은전** 박문-임호-01-01	림호은전	한글	141p.		1925- -	1		박문서관
1256	**임호은전** 박문-임호-02-01	임호은전	한글	126p.		1926-12-	1		박문서관
1257	**임화정연** 박문-임화-01-01-권2	四姓奇逢 林華鄭延	한글	367p.		1923- -	1		박문서관
1258	**장경전** 박문-장경-01-01	쟝경전	한글	45p. 15전	1916-11-11	1916-11-20	1	盧益亨 경성 남대문통 4정목 69번지	박문서관 경성 남대문통 4정목 69번지
1259	**장국진전** 박문-장국-01-01	장국진전	한글			1917-03-15	1	盧益亨	박문서관
1260	**장국진전** 박문-장국-01-02	장국진전	한글				2		박문서관
1261	**장국진전** 박문-장국-01-03	장국진전	한글				3		박문서관
1262	**장국진전** 박문-장국-01-04	장국진전	한글				4		박문서관
1263	**장국진전** 박문-장국-01-05	장국진전	한글				5		박문서관
1264	**장국진전** 박문-장국-01-06	장국진전	한글				6		박문서관
1265	**장국진전** 박문-장국-01-07	장국진전	한글				7		박문서관
1266	**장국진전** 박문-장국-01-08	장국진전	한글	75p. 25전	1925-03-02	1925-03-05	8	盧益亨 경성부 종로 2정목 82번지	박문서관 경성부 종로 2정목 82번지
1267	**장익성전** 박문-장익-01-00	충효절의 장익셩전	한글	58p.		1926- -	1		박문서관
1268	**장자방실기** 박문-장자-01-01	(초한건곤)쟝자 방실긔	한글			1924- -	1		박문서관
1269	**장풍운전** 박문-장풍-01-01	(고대소설)쟝풍 운전	한글	43p. 15전	1925-11-30	1925-12-05	1	盧益亨 경성부 종로 2정목 82번지	박문서관 경성부 종로 2정목 82번지
1270	**장풍운전** 박문-장풍-02-01	(고대소설)쟝풍 운전	한글	31p. 15전	1925-11-30	1925-12-05	1	盧益亨 경성부 종로 2정목 82번지	박문서관 경성부 종로 2정목 82번지
1271	**장화홍련전** 박문-장화-01-01	(고대소설)쟝화 홍연전	한글	40p. 20전	1917-02-05	1917-02-10	1	盧益亨 경성부 남대문통 4정목 69번	박문서관 경성부 남대문통 4정목 69번
1272	**적벽대전** 박문-적벽대-01-01	화용도실기	한글	170p. 50전	1926-01-10	1926-01-15	1	李冕? 경성부 종로 3정목 71번지	박문서관 경성부 종로 2정목 82번지
1273	**적벽대전** 박문-적벽대-02-00	적벽가	한글			1921- -	1		박문서관
1274	**적벽대전** 박문-적벽대-03-00	적벽대전	한글			1921- -	1		박문서관
1275	**적성의전** 박문-적성-01-01	적성의전	한글	43p. 20전	1917-06-01	1917-06-05	1	盧益亨 경성부 남대문통 4정목 69번지	박문서관 경성부 남대문통 4정목 69번지

쇄자 쇄소 주소	인쇄소 인쇄소 주소	공동 발행	영인본	소장처 및 청구기호	기타	현황
			[구활자본고소설 전집 30]		판권지 없음. 발행연도는 목차에 따름.	원문
					상하합편. 조희웅 소장본, 홍윤표 소장본([이본목록], p.564.)	원문
				정병욱 소장본	이능우, p.281.	원문
				국민대학교 도서관(고813.5 사01ㄴ)	3, 4권 합편(3권 170p. 4권 197p.). [이본목록], p.565.	원문
重煥 성 중림동 333번지	보성사 경성부 수송동 44번지		[구활자본고소설 전집 12]	국립중앙도서관(3 634-2-116(1))		원문
					8판에 초판 발행일 기록.	출판
					8판이 있어 2판도 있을 것으로 추정.	출판
					8판이 있어 3판도 있을 것으로 추정.	출판
					8판이 있어 4판도 있을 것으로 추정.	출판
					8판이 있어 5판도 있을 것으로 추정.	출판
					8판이 있어 6판도 있을 것으로 추정.	출판
					8판이 있어 7판도 있을 것으로 추정.	출판
仁煥 성부 황금정 2정목 8번지	경성신문사 경성부 황금정 2정목 148번지	신구서림		서울대학교 도서관(3350 94)	초판 발행일 기록.	원문
				서울대학교 도서관(MFF 951.06 C718ik v.71)	국외마이크로피쉬 자료(C.V. Starr East Asian Library (Columbia University))	원문
				한국학중앙연구원 장서각(D7B 48)		원문
禹澤 성부 공평동 55번지	대동인쇄주식회사 경성부 공평동 55번지	신구서림		국립중앙도서관(3 634-2-57(4))		원문
禹澤 성부 공평동 55번지	대동인쇄주식회사 경성부 공평동 55번지			양승민 소장본		원문
養浩 성부 제동 3번	선명사 경성부 종로통 1정목 39번			국립중앙도서관(3 634-2-52(11))		원문
仁煥 성부 황금정 2정목 8번지	경성신문사 경성부 황금정 2정목 148번지			정명기 소장본	판권지 훼손으로 발행자의 이름 안 보임	원문
					광고(1921)([이본목록], p.611)	광고
					광고(1921)([이본목록], p.612)	광고
弘奎 성부 가회동 216번지	보성사 경성부 수송동 44번지			국립중앙도서관 (3634-2-16(6))	원래의 판권지에 인쇄일, 발행일 부분만 종이를 덧대어 기록.	원문

번호	작품명 고유번호	표제	문자	면수 가격	인쇄일	발행일	판차	발행자 발행자 주소	발행소 발행소 주소
1276	**전우치전** 박문-전우-01-01	전우치전	한글	33p. 15전	1925-12-20	1925-12-25	1	朝鮮圖書株式會社 경성부 견지동 60번지	박문서관 경성부 종로 2정목 82번지
1277	**정수경전** 박문-정수경-01-01	옥중검낭	한글			1913-01-22	1		박문서관
1278	**정수경전** 박문-정수경-01-02	옥중검낭	한글	75p.	1924-01-10	1924-01-15	2	池松旭 경성 봉래정 1정목 77번지	박문서관 경성 종로2정목82번
1279	**정을선전** 박문-정을-01-01	(고대소설)졍을 선젼	한글			1917-03-30	1		박문서관
1280	**정을선전** 박문-정을-01-02	(고대소설)졍을 선젼	한글	43p. 15전	1918-02-15	1918-02-20	2	盧益亨 경성부 종로 2정목 82번지	박문서관 경성부 종로 2정목 82번지
1281	**정을선전** 박문-정을-01-03	(고대소설)졍을 선젼	한글	43p. 15전	1920-10-27	1920-10-30	3	盧益亨 경성부 봉래정 1정목 88번지	박문서관 경성부 봉래정 1정목 88번지
1282	**제갈량** 박문-제갈-01-01	(少年叢書) 諸葛亮	한글	70p. 30전	1922-07-02	1922-07-05	1	盧益亨 경성부 봉래정 1정목 88번지	박문서관 경성부 봉래정 1정목 88번지
1283	**제마무전** 박문-제마-01-01	고대소설 제마무전	한글	56p. 25전		1925- -	1	洪淳泌 경성부 견지동 60번지	박문서관 경성부 종로 2정목 82번지
1284	**조생원전** 박문-조생-01-01	됴생원전	한글			1926-01-15	1		박문서관
1285	**조생원전** 박문-조생-01-02	됴생원전	한글	62p. 20전	1927-02-22	1927-02-25	2	朝鮮圖書株式會社 경성부 견지동 60번지	박문서관 경성부 종로 2정목 82번지
1286	**조웅전** 박문-조웅-01-01	(고대소설) 죠웅전	한글			1916-02-25	1		박문서관
1287	**조웅전** 박문-조웅-01-02	(고대소설) 죠웅전	한글	104p. 30전	1921-02-19	1921-02-21	2	盧益亨 경성부 봉래정 1정목 85번지	박문서관 경성부 봉래정 1정목 85번지
1288	**조웅전** 박문-조웅-02-01	됴웅전	한글	114p. 30전	1916-11-26	1916-11-27	1	盧益亨 경성 남대문통 4정목 69번지	박문서관 경성 남대문통 4정목 69번지
1289	**주원장창업실기** 박문-주원-01-01	쥬원장창업실긔	한글	86p. 25전	1919-03-01	1919-03-05	1	鄭基誠 경성부 가회동 147번지	박문서관 경성부 종로 2정목 82번지
1290	**채봉감별곡** 박문-채봉-01-01	(정본) 채봉감별곡	한글		1914-05-22	1914-05-25	1		박문서관
1291	**채봉감별곡** 박문-채봉-01-02	(정본) 채봉감별곡	한글		1915-09-25	1915-09-30	2		박문서관
1292	**채봉감별곡** 박문-채봉-01-03	(정본) 채봉감별곡	한글	97p. 25전	1916-01-07	1916-01-10	3	盧益亨 경성부 남대문통 4정목 69번지	박문서관 경성부 남대문통 4정 69번지
1293	**채봉감별곡** 박문-채봉-01-04	(정본) 채봉감별곡	한글	94p. 25전	1916-10-20	1916-10-26	4	盧益亨 경성부 남대문통 4정목 69번지	박문서관 경성부 남대문통 4정 69번지
1294	**채봉감별곡** 박문-채봉-01-05	(정본) 채봉감별곡	한글	97p. 25전	1917-02-10	1917-02-15	5	盧益亨 경성 남대문통 4정목 69번지	박문서관 경성 남대문통 4정 69번지

펴자 소 주소	인쇄소 인쇄소 주소	공동 발행	영인본	소장처 및 청구기호	기타	현황
煥 부 황금정 2정목 번지	경성신문사 경성부 황금정 2정목 148번지			박순호 소장본		원문
					2판에 초판 발행일 기록.	출판
榮 부 수송동 69번지	보명사 경성부 수송동 69번지			연세대학고 도서관(O 811.37 신소설 -3-6)	초판 발행일 기록. 공동 발행이나 판권지가 가려져 보이지 않음. 1924년에 간행한 2판본인데 도서관 서지정보에는 1913년 간행된 초판의 발행일을 기록.	원문
			[활자본고전소설 전집 10]		초판 발행일에 대해 2판에서는 3월 30일, 3판에서는 3월 10일, [활자본고전소설전집] 해제에서는 2월 20일로 기록. 여기서는 2판의 기록 따름.	원문
培 부 수송동 69번지	보명사 경성부 수송동 69번지			서울대학교 도서관(3350 26)	초판 발행일 기록.	원문
煥 부 공평동 55번지	대동인쇄주식회사 경성부 공평동 55번지		[구활자소설총서 11]	국립중앙도서관 (3634-2-16(2))	초판 발행일 기록.	원문
煥 부 공평동 55번지	대동인쇄주식회사 경성부 공평동 55번지			서울대학교 도서관(3350 38)		원문
澤 부 공평동 55번지	대동인쇄주식회사 경성부 공평동 55번지			영남대학교 도서관(도 813.5 ㅈ546)	인쇄일 발행일은 판권지가 가려져 보이지 않음. 발행연도는 도서관 서지정보를 따름.	원문
					2판에 초판 발행일 기록.	출판
煥 부 황금정 2정목 번지	경성신문사 경성부 황금정 2정목 148번지			정명기 소장본	초판 발행일 기록.	원문
					2판에 초판 발행일 기록.	출판
煥 부 공평동 55번지	대동인쇄주식회사 경성부 공평동 55번지			국립중앙도서관(3 634-2-24(4))	상중하 합편(상 pp.1~36p, 중 pp.37~71, 하 pp.72~114). 초판 발행일 기록.	원문
瓚 부 소격동 41번지	보성사 경성부 수송동 44번지			국립중앙도서관(3 634-2-24(6))		원문
煥 부 황금정 2정목 번지	경성신문사 경성부 황금정 2정목 148번지	신구서림		영남대학교 도서관(도 813.5 ㅈ798)		원문
					3판에 초판 인쇄일, 발행일 기록.	출판
					3판에 2판 인쇄일, 발행일 기록.	출판
煥 부 중림동 333번지	보성사 경성부 수송동 44번지			연세대학교 도서관(O811.37신 소설-8-4)	초판, 2판 인쇄일과 발행일 기록. 연세대학교 서지정보에는 초판 발행연도인 '大正3[1914]'으로 기록.	원문
浩 부 재동 3번지	선명사 경성부 종로통 1정목 39번지			국립중앙도서관(3 634-3-73(2))	편자 서문. 12회의 장회체(총목차). '石農居士 原著'(p.1). 초판, 2판, 3판 발행일 기록. 46쪽까지 17행, 47쪽부터 18행이 되면서 분량이 줄어듦.	원문
奎 부 가회동 216번지	보성사 경성부 수송동 44번지			국립중앙도서관(3 634-3-29(2))	편자 서문. 12회의 장회체(총목차). '石農居士 原著'(p.1). 초판, 2판, 3판, 4판 발행일 기록.	원문

번호	작품명 고유번호	표제	문자	면수 가격	인쇄일	발행일	판차	발행자 발행자 주소	발행소 발행소 주소
1295	천정가연 박문-천정-01-01	(의용무쌍)텬명가연	한글	32p. 15전	1925-12-15	1925-12-20	1	崔錫鼎 경성부 봉래정 1정목 77번지	박문서관 경성부 종로 2정목 82번지
1296	청천백일 박문-청천-01-01	(義俠小說)靑天白日	한글	41p. 15전	1913-12-10	1913-12-18	1	盧益亨 경성 남부 양생방 상동 62통 12호	박문서관 경성 남대문내 상동회당전 68통
1297	초패왕전 박문-초패-01-01	항우전	한글	130p. 50전	1918-05-10	1918-05-15	1	盧益亨 경성부 남대문통 4정목 69번지	박문서관 경성부 남대문통 69번지
1298	초패왕전 박문-초패-02-01	(팔년풍진)초패왕	한글	134p. 40전	1918-05-23	1918-06-03	1	李源生 경성부 관훈동 111번지	박문서관 경성부 봉래정 1정 88번지
1299	춘향전 박문-춘향-01-01	츈향가	한글	157p.		1912-08-17	1		박문서관
1300	춘향전 박문-춘향-01-02	츈향가	한글				2		박문서관
1301	춘향전 박문-춘향-01-03	츈향가	한글			1921-12-15	3		박문서관
1302	춘향전 박문-춘향-01-04	츈향가	한글	157p. 45전		1929-04-30	4	盧益亨 경성부 종로 2정목 82번지	박문서관 경성부 종로 2정목 82번지
1303	춘향전 박문-춘향-01-05	츈향가	한글				5		박문서관
1304	춘향전 박문-춘향-01-06	츈향가	한글	157p. 45전	1926-10-10	1926-10-15	6	盧益亨 경성부 종로 2정목 82번지	박문서관 경성부 종로 2정목 82번지
1305	춘향전 박문-춘향-01-07	츈향가	한글				7		박문서관
1306	춘향전 박문-춘향-01-08	츈향가	한글				8		박문서관
1307	춘향전 박문-춘향-01-09	츈향가	한글				9		박문서관
1308	춘향전 박문-춘향-01-10	츈향가	한글	157p. 40전	1917-05-25	1917-05-28	10	金容俊 경성부 인의동 72번지	박문서관 경성부 남대문통 69번지
1309	춘향전 박문-춘향-01-11	츈향가	한글				11		박문서관
1310	춘향전 박문-춘향-01-12	츈향가	한글				12		박문서관
1311	춘향전 박문-춘향-01-13	츈향가	한글				13		박문서관
1312	춘향전 박문-춘향-01-14	츈향가	한글				14		박문서관
1313	춘향전 박문-춘향-01-15	츈향가	한글				15		박문서관
1314	춘향전 박문-춘향-01-16	츈향가	한글				16		박문서관
1315	춘향전 박문-춘향-01-17	츈향가	한글	157p. 45전	1921-12-15	1921-12-20	17	金容俊 경성부 안국동 80번지	박문서관 경성부 봉래정 1정 88번지
1316	춘향전 박문-춘향-02-01	(언문)츈향전	한글	119p. 30전	1917-02-05	1917-02-10	1	盧益亨 경성 남대문통 4정목 69번지	박문서관 경성 남대문통 4정 69번지

쇄자 쇄소 주소	인쇄소 인쇄소 주소	공동 발행	영인본	소장처 및 청구기호	기타	현황
翼洙 성부 황금정 2정목 번지	신문관 경성부 황금정 2정목 21번지			서울대학교 도서관(3340 117)	판권지가 훼손되어 '신구서림'이 공동발행인지 판매소인지 알 수 없음.	원문
弘奎 성 중부 대묘동 14통 호	대동인쇄소 경성 중부 포병하 종로통 3정목		[신소설전집집 11]	국립중앙도서관(3 634-3-34(10))	1면에 '東溪 朴頤陽 原著'.	원문
禹澤 성부 공평동 54번지	성문사 경성부 공평동 55번지		[구활자본고소설 전집 16]	국립중앙도서관(3 634-2-22(3))	저작자: 김문연, 이광종.	원문
重煥 성부 공평동 55번지	대동인쇄주식회사 경성부 공평동 55번지			서울대학교 도서관(3350 80)	일명 항우전.	원문
			[구활자소설총서 4]		4판, 6판, 10판, 17판에 초판 발행일 기록. 영인본에는 판권지 없음.	원문
					4판, 6판, 10판, 17판이 있어 2판도 있을 것으로 추정.	출판
					4판에 3판 발행일 기록.	출판
仁煥 성부 공평동 55번지	대동인쇄주식회사 경성부 공평동 55번지			개인소장본	초판과 3판 발행일 기록. 1면에 '訂正九卷 獄中花(春香歌演訂)'	원문
					6판, 10판, 17판이 있어 5판도 있을 것으로 추정.	출판
泰均 성부 공평동 55번지	대동인쇄주식회사 경성부 공평동 55번지			정명기 소장본	초판 발행일 기록. 저작자 이해조. 1면에 '訂正九卷 獄中花(春香歌演訂)'	원문
					10판과 17판이 있어서 7판도 있을 것으로 추정.	출판
					10판과 17판이 있어서 8판도 있을 것으로 추정.	출판
					10판과 17판이 있어서 9판도 있을 것으로 추정.	출판
弘奎 성부 가회동 126번지	보성사 경성부 수송동 44번지			국립중앙도서관(3 634-2-104(1))	초판 발행일 기록. 4판과 발행자, 인쇄소, 인쇄자, 발행소 주소가 다름. 1면에 '訂正九卷 獄中花(春香歌演訂)'	원문
					17판이 있어서 11판도 있을 것으로 추정.	출판
					17판이 있어서 12판도 있을 것으로 추정.	출판
					17판이 있어서 13판도 있을 것으로 추정.	출판
					17판이 있어서 14판도 있을 것으로 추정.	출판
					17판이 있어서 15판도 있을 것으로 추정.	출판
					17판이 있어서 16판도 있을 것으로 추정.	출판
重煥 성부 공평동 55번지	대동인쇄주식회사 경성부 공평동 55번지			국립중앙도서관(3 634-2-97(2))	초판 발행일 기록. 도서관 서지정보에는 7판으로 잘못 기록. 1면에 '訂正九卷 獄中花(春香歌演訂)'	원문
敎瓚 성부 소격동 41번지	보성사 경성부 수송동 44번지			국립중앙도서관(3 634-2-97(1))		원문

번호	작품명 고유번호	표제	문자	면수 가격	인쇄일	발행일	판차	발행자 발행자 주소	발행소 발행소 주소
1317	춘향전 박문-춘향-03-01	(倫理小說)廣寒樓	한글			1917-11-29	1		박문서관
1318	춘향전 박문-춘향-03-02	(倫理小說)廣寒樓	한글	85p. 20전	1918-11-15	1918-11-20	2	金用濟 경성부 봉래정 1정목 85번지	박문서관 경성부 봉래정 1정목 85번지
1319	춘향전 박문-춘향-04-01	츈향전	한글	79p. 25전	1921-12-25	1921-12-30	1	盧益亨 경성부 봉래정 1정목 88번지	박문서관 경성부 봉래정 1정목 88번지
1320	춘향전 박문-춘향-05-01	옥중가인	한글	144p. 45전	1926-12-18	1926-12-20	1	池松旭 경성부 봉래정 1정목 77번지	박문서관 경성부 종로2정목 82번지
1321	태조대왕실기 박문-태조-01-00	태조대왕실긔	한글			1928- -	1		박문서관
1322	토끼전 박문-토끼-01-01	불로초	한글			1912-08-10	1		박문서관
1323	토끼전 박문-토끼-01-02	불로초	한글				2		박문서관
1324	토끼전 박문-토끼-01-03	불로초	한글				3		박문서관
1325	토끼전 박문-토끼-01-04	불로초	한글				4		박문서관
1326	토끼전 박문-토끼-01-05	불로초	한글	40p. 15전	1920-01-20	1920-01-26	5	南宮濬 경성부 관훈동 72번지	박문서관 경성부 종로 2정목 86번지
1327	토끼전 박문-토끼-02-01	별쥬부가	한글			1916-02-30	1		박문서관
1328	토끼전 박문-토끼-02-02	별쥬부가 =토의간	한글	88p. 20전	1917-02-20	1917-02-28	2	金容俊 경성부 안국동 8번지	박문서관 경성 남대문통 4정목 693번지
1329	토끼전 박문-토끼-02-03	별쥬부가	한글			1918-01-06	3		박문서관
1330	토끼전 박문-토끼-02-04	별쥬부가	한글	88p. 20전	1918-12-10	1918-12-12	4	金容俊 경성부 안국동 8번지	박문서관 경성 남대문통 4정목 693번지
1331	토끼전 박문-토끼-03-01	별주부전	한글	67p. 25전	1925-11-15	1925-11-20	1	洪淳泌 경성부 견지동 60번지	박문서관 경성부 종로 2정목 86번지
1332	하진양문록 박문-하진-01-01-상	河陳兩門錄	한글			1915- -	1		박문서관
1333	하진양문록 박문-하진-01-01-하	河陳兩門錄	한글			1915- -	1		박문서관
1334	한수대전 박문-한수-01-01	(삼국풍진)한수대전	한글	50p. 25전	1918-11-15	1918-11-20	1	朴健會 경성부 인사동 49번지	대창서원 경성부 종로 2정목
1335	항장무전 박문-항장-01-01	(홍문연회)항장무	한글	40p. 20전	1917-09-02	1917-09-25	1	玄丙周 경성부 남대문통 4정목 69번지	박문서관 경성부 남대문통 4정목 69번지
1336	항장무전 박문-항장-01-02	(홍문연회)항장무	한글	40p. 10전	1919-02-20	1919-02-20	2	玄丙周 경성부 남대문외 봉래정 1정목	박문서관 경성부 남대문외 봉래정 1정목

자 소 주소	인쇄소 인쇄소 주소	공동 발행	영인본	소장처 및 청구기호	기타	현황
					초판의 발행일은 [이본목록](p.771)에 따름.	출판
鴻澤 부 공평동 54번지	성문사 경성부 공평동 55번지			서울대학교 도서관(3350 114)	초판 발행일이 잘려 보이지 않음.	원문
重煥 부 공평동 55번지	대동인쇄주식회사 경성부 공평동 55번지			국립중앙도서관(3 634-2-97(6))		원문
江煥 부 황금정 2정목 번지	경성신문사 경성부 황금정 2정목 148번지			연세대학교 도서관(서여(O)811 .93 춘향전26가)		원문
					<슈명삼국지>(3판), 박문서관, 1928. 광고([이본목록], p.792)	광고
					5판에 초판 발행일 기록.	출판
					5판이 있어서 2판도 있을 것으로 추정.	출판
					5판이 있어서 3판도 있을 것으로 추정.	출판
					5판이 있어서 4판도 있을 것으로 추정.	출판
重煥 부 관훈동 30번지	조선복음인쇄소 경성부 관훈동 30번지			영남대학교 도서관(도 813.5 ㅂ946)	초판 발행일 기록.	원문
					2판과 4판에 초판 발행일 기록.	출판
奎 부 가회동 216번지	보성사 경성부 수송동 44번지		[구활자본고소설 전집 32], [구활자소설총서 12]	국립중앙도서관(3 634-2-20(3))	초판 발행일 기록. 4판에 2판 발행일 기록. 국립중앙도서관 소장본은 판권지가 없으며, p.87부터 낙질이라 서지정보에 86p로 잘못 기록.	원문
					4판에 3판 발행일 기록.	출판
奎 부 가회동 216번지	보성사 경성부 수송동 44번지			서울대학교 도서관(일사 811.061 G429t)	초판, 2판, 3판 발행일 기록.	원문
煥 부 공평동 55번지	대동인쇄소 경성부 공평동 55번지			김종철 소장본		원문
					홍윤표 소장본([이본목록], p.820.)	원문
					홍윤표 소장본([이본목록], p.820.)	원문
恒衛 부 명치정 1정목 번지	일한인쇄소 경성부 명치정 1정목 54번지	보급서관	[구활자본고소설 전집 16]	국립중앙도서관(3 634-2-61(7))	판권지의 발행소 부분 훼손. 영인본에서는 발행소를 대창서원으로 기록하였으나, 국립중앙도서관에서는 박문서관으로 기록.(국립중앙도서관 기록을 따름)	원문
瓚 부 경운동 88번지	보성사 경성부 수송동 44번지		[구활자본고소설 전집 16]	국립중앙도서관(3 634-2-22(5))	1면에 '右文館書會 藏版'이라는 기록. 원래 초판 발행 예정일은 9월 5일이었는데, 추후에 25일로 변경되면서 '卄' 자가 '五' 앞에 추가된 듯함. 2판에 초판 발행일 기록.	원문
奎 부 가회동 216번지	보성사 경성부 수송동 44번지			국립중앙도서관(3 634-2-61(5))	초판 인쇄일과 발행일 기록. 다만 발행일이 9월 5일로 되었는데, 이는 초판본의 원래 발행(예정)일로 추정.	원문

번호	작품명 고유번호	표제	문자	면수 가격	인쇄일	발행일	판차	발행자 발행자 주소	발행소 발행소 주소
1337	형산백옥 박문-형산-01-01	형산백옥	한글	86p.		1915- -	1		박문서관
1338	형산백옥 박문-형산-01-02	형산백옥	한글	86p.		1923- -	2		박문서관
1339	홍백화전 박문-홍백-01-01	홍백화	한글	79p.		1926- -	1		박문서관
1340	황운전 박문-황운-01-01	(고대소설)황장 군전	한글	121p.		1925- -	1		박문서관
1341	흥부전 박문-흥부-01-01	흥부전	한글			1917-02-15	1		박문서관
1342	흥부전 박문-흥부-01-02	흥부전	한글	60p. 25전	1917-09-02	1917-09-05	2	盧益亨 경성부 남대문통 4정목 69번지	박문서관 경성부 남대문통 69번지
1343	흥부전 박문-흥부-01-03	흥부전	한글	60p. 25전	1924-06-25	1924-06-30	3	盧益亨 경성부 종로 2정목 82번지	박문서관 경성부 종로 2정목 82번지
1344	흥부전 박문-흥부-02-01	흥부전	한글	89p.		1919- -	1		박문서관
1345	서상기 박문사-서상-01-01	註解 西廂記	한문	216p. 1원 20전		1906-01-	1	吳台煥 경 박문사	박문사
1346	옥련몽 박학-옥련-01-01-권1	옥년몽 / 제1편	한글	144p. 35전	1913-01-03	1913-01-15	1	李鍾楨 경성 북부 대안동 34통 4호	박학서원 경성 북부 전동 45
1347	옥련몽 박학-옥련-01-01-권2	옥년몽 / 제2편	한글	170p. 35전	1913-03-15	1913-03-24	1	李鍾楨 경성 북부 대안동 34통 4호	박학서원 경성 북부 전동 45
1348	옥련몽 박학-옥련-01-01-권3	옥년몽 / 제3편	한글	181p.		1913- -	1		박학서원
1349	옥련몽 박학-옥련-01-01-권4	옥년몽 / 제4편	한글	161p. 35전	1913-04-22	1913-04-25	1	李鍾楨 경성 북부 대안동 34통 4호	박학서원 경성 북부 전동 45
1350	옥련몽 박학-옥련-01-01-권5	옥년몽 / 제5편	한글	160p. 35전	1913-05-11	1913-05-15	1	李鍾楨 경성 북부 대안동 34통 4호	박학서원 경성 북부 전동 45
1351	옥루몽 박학-옥루-01-01-권1	原本諺吐 玉樓夢	한문	213p.		1924- -	1		박학서원
1352	옥루몽 박학-옥루-01-01-권2	原本諺吐 玉樓夢	한문	201p.		1924- -	1		박학서원
1353	옥루몽 박학-옥루-01-01-권3	原本諺吐 玉樓夢	한문	202p.		1924- -	1		박학서원
1354	삼국지 백인-삼국-01-00	(單卷完譯) 三國誌	한글	506p.		1961- -	1		백인사
1355	숙영낭자전 백합-숙영-01-01	숙영낭자전	한글	28p. 20전	1937-12-20	1937-12-30	1	姜鳳會 경성부 종로 5정목 59번지	백합사 경성 봉래정 67번

쇄자 쇄소 주소	인쇄소 인쇄소 주소	공동 발행	영인본	소장처 및 청구기호	기타	현황
					W.E.Skillend, p.245.(494.형산백옥 항목)	출판
					W.E.Skillend, p.245.(494.형산백옥 항목)	출판
				국립중앙도서관(3 634-3-30(4))	원문은 있으나 판권지 없음. 도서관 서지정보에는 '발행자 불명'으로 기록. [연구보정](p.1236)에 박문서관 발행으로 기록한 것을 따름.	원문
				서울대학교 도서관(MFF 951.06 C718ik v.83)	C.V. Starr East Asian Library (Columbia University). 소재영 외,, p.157)	원문
					3판에 초판 발행일 기록.	출판
敎瓚 성부 경운동 88번지	보성사 경성부 수송동 44번지			국립중앙도서관(3 634-2-94(4))	판권지에는 2판 표시 없음. [이본목록]에 2판(1917.9.5)으로 기록되어 있어 2판으로 간주함.	원문
禹澤 성부 공평동 55번지	대동인쇄주식회사 경성부 공평동 55번지			박순호 소장본	초판 발행일 기록.	원문
					[이본목록], p.894.	출판
台煥 박문사	박문사 경 미동	대동서시, 주한영책사, 김상만책사, 고재홍책사, 현개신책사, 대동서관, 야소교서원		국립중앙도서관(3 736-32)	협약도서관에서 원문 이미지 열람 가능.	원문
炳文 성 북부 효자동 50통	동문관 경성 북부 교동 23통 5호		[구활자본고소설 전집 10]	국립중앙도서관(3 634-2-102(3))	저작자 남정의. 서문(시당 남정의), 총목차(1권~20권). 제1편(1권~5권).	원문
翼洙 성 북부 전정동 38통	창문사 경성 북부 종로 발리동 9통 10호		[구활자본고소설 전집 10]	국립중앙도서관(3 634-2-102(2)=2)	제2편(6권~11권)	원문
				고려대학교(희귀 897.33 옥련몽 옥 3)	제3편(12권~14권)	원문
昌均 성 북부 관현 2통 1호	휘문관 경성 북부 관현 2통 1호			국립중앙도서관(3 634-2-102(4))	제4편(15권~17권)	원문
昌均 성 북부 관현 2통 1호	휘문관 경성 북부 관현 2통 1호			국립중앙도서관(3 634-2-102(5))	제5편(18권~20권)	원문
					소재영 외, p.145. 책에 있는 사진은 국립중앙도서관 소장본인데, 국립중앙도서관에서 박학서원 간행 <옥루몽> 찾지 못함.	원문
					소재영 외, p.145. 책에 있는 사진은 국립중앙도서관 소장본인데, 국립중앙도서관에서 박학서원 간행 <옥루몽> 찾지 못함.	원문
					소재영 외, p.145. 책에 있는 사진은 국립중앙도서관 소장본인데, 국립중앙도서관에서 박학서원 간행 <옥루몽> 찾지 못함.	원문
				국립중앙도서관(3 736-43)	협약 도서관에서 이미지 파일 보기 가능	원문
永浩 성부 종로 3정목 번지	백합사인쇄부 경성부 종로 3정목 156번지	동흥서관		박순호 소장본		원문

번호	작품명 고유번호	표제	문자	면수 가격	인쇄일	발행일	판차	발행자 발행자 주소	발행소 발행소 주소
1356	임경업전 백합-임경-01-01	림경업젼 단	한글	46p. 25전	1936-05-10	1936-05-20	1	姜鳳熙 경성 연건정 60-5	백합사 경성부 연건정 60-5
1357	김부식전 보급-김부-01-00	김부식전	한글	30전		1918- -	1		보급서관
1358	반씨전 보급-반씨-01-00	반씨전	한글	20전		1918- -	1		보급서관
1359	산양대전 보급-산양-01-01	(독파삼국)산냥 젼긔	한글	50p. 25전	1918-03-09	1918-03-29	1	申龜永 경성부 관철동 200번지	보급서관 경성부 종로 2정목 12번지
1360	삼국지 보급-삼국-01-01-권1	(무쌍언문)삼국 지 1	한글	140p.	1918-12-27	1918-12-31	1	朴健會 경성부 종로 2정목 82번지	보급서관 경성 종로 2정목 12
1361	삼국지 보급-삼국-01-01-권2	(무쌍언문)삼국 지 2	한글	157p.	1918-12-27	1918-12-31	1	朴健會 경성부 종로 2정목 82번지	보급서관 경성 종로 2정목 12
1362	삼국지 보급-삼국-01-01-권3	(무쌍언문)삼국 지 3	한글	130p.	1918-12-27	1918-12-31	1	朴健會 경성부 종로 2정목 82번지	보급서관 경성 종로 2정목 12
1363	삼국지 보급-삼국-01-01-권4	(무쌍언문)삼국 지 4	한글	208p.	1918-12-27	1918-12-31	1	朴健會 경성부 종로 2정목 82번지	보급서관 경성 종로 2정목 12
1364	삼국지 보급-삼국-01-01-권5	(무쌍언문)삼국 지 5	한글	172p.	1918-12-27	1918-12-31	1	朴健會 경성부 종로 2정목 82번지	보급서관 경성 종로 2정목 12
1365	삼국지 보급-삼국-02-01-권1	무쌍언문 삼국지 전집 상권	한글	140p.			1		보급서관
1366	삼국지 보급-삼국-02-01-권2	무쌍언문 삼국지 전집 하권	한글	157p.			1		보급서관
1367	삼국지 보급-삼국-02-01-권3	무쌍언문 삼국지 후집상권	한글	130p.	1920-02-15	1920-02-20	1	朴健會 경성부 종로 2정목 82번지	보급서관 경성 종로 2정목 19
1368	삼국지 보급-삼국-02-01-권4	무쌍언문 삼국지 후집중권	한글	208p.			1		보급서관
1369	삼국지 보급-삼국-02-01-권5	무쌍언문 삼국지 후집 하편	한글	172p.			1		보급서관
1370	쌍렬옥소삼봉 보급-쌍렬-01-01	삼생긔연	한글	90p.		1922-01-15	1		보급서관
1371	열녀전 보급-열녀-01-00	烈女傳	한글	25전		1918- -	1		보급서관
1372	옥루몽 보급-옥루-01-01-권1	옥루몽 제1편	한글	190p. 40전	1913-05-05	1913-05-10	1	金容俊 경성 북부 소안동 16통 8호	보급서관 경성 북부 소안동 1 8호
1373	옥루몽 보급-옥루-01-01-권2	고대쇼셜 옥루몽 즁편	한글	233p. 40전	1913-08-10	1913-08-20	1	金容俊 경성 북부 소안동 16통 8호	보급서관 경성 북부 소안동 1 8호
1374	옥루몽 보급-옥루-02-01-권1	옥루몽	한문	213p. 90전	1924-12-05	1924-12-19	1	金翼洙 경성부 청운동 100번지	보급서관 경성부 견지동 80번

자 소 주소	인쇄소 인쇄소 주소	공동 발행	영인본	소장처 및 청구기호	기타	현황
求 부 종로 3정목 번지	광성인쇄소 경성부 종로 3정목 156번지	동흥서관	[조동일소장국문 학연구자료 22]		한자 괄호 병기 매우 적음.	원문
		대창서원			<무쌍언문삼국지>, 보급서관·대창서원, 1918(국립중앙도서관 소장본(3634-2-25(1)) 광고.	광고
		대창서원			<무쌍언문삼국지>, 보급서관·대창서원, 1918(국립중앙도서관 소장본(3634-2-25(3))광고에 '潘氏傳'으로 기록.	광고
澤 부 공평동 54번지	성문사 경성부 공평동 55번지	대창서원		국립중앙도서관(3 634-2-42(6))	도서관 표제 '(독타삼국)산냥젼긔'에서 '독타'는 '독파'의 잘못.	원문
恒衛 부 명치정 1정목 전지	일한인쇄소 경성부 명치정 1정목 54번지	대창서원	[구활자본고소설 전집 22]	국립중앙도서관(3 634-2-25(1))	전집은 36회의 장회체(전집 상 1회~18회. 전집 하 19회~36회)	원문
恒衛 부 명치정 1정목 전지	일한인쇄소 경성부 명치정 1정목 54번지	대창서원	[구활자본고소설 전집 22]	국립중앙도서관(3 634-2-25(2))	전집은 36회의 장회체(전집 상 1회~18회. 전집 하 19회~36회)	원문
恒衛 부 명치정 1정목 전지	일한인쇄소 경성부 명치정 1정목 54번지	대창서원	[구활자본고소설 전집 22]	국립중앙도서관(3 634-2-25(3))	후집은 52회의 장회체(상 1회~16회, 중 17회~34회, 하 34회~51회). 하권은 35회로 시작돼야 하는데 34회로 잘못 기록. 실제로는 총 52회임. 권별로 목차 있음.	원문
恒衛 부 명치정 1정목 전지	일한인쇄소 경성부 명치정 1정목 54번지	대창서원	[구활자본고소설 전집 22]	국립중앙도서관(3 634-2-25(4))	후집은 52회의 장회체(상 1회~16회, 중 17회~34회, 하 34회~51회). 하권은 35회로 시작돼야 하는데 34회로 잘못 기록. 실제로는 총 52회임. 권별로 목차 있음.	원문
恒衛 부 명치정 1정목 전지	일한인쇄소 경성부 명치정 1정목 54번지	대창서원	[구활자본고소설 전집 23]	국립중앙도서관(3 634-2-25(5))	후집은 52회의 장회체(상 1회~16회, 중 17회~34회, 하 34회~51회). 하권은 35회로 시작돼야 하는데 34회로 잘못 기록. 실제로는 총 52회임. 권별로 목차 있음.	원문
					3권이 있어서 1권(전집 상권)도 있을 것으로 추정.	출판
					3권이 있어서 2권(전집 하권)도 있을 것으로 추정.	출판
茂一 부 명치정 1정목 지	조선인쇄주식회사 경성부 명치정 1정목 54번지	대창서원		개인소장본	3권(후집 상권)	원문
					3권이 있어서 4권(후집 중권)도 있을 것으로 추정.	출판
					3권이 있어서 5권(후집 하권)도 있을 것으로 추정.	출판
			[구활자본고소설 전집 3]		9회의 장회체. 발행소와 발행인은 영인본 해제에 의함.	원문
		대창서원			<무쌍언문삼국지>, 대창서원·보급서원,1918(국립중앙도서관 소장본(3634-2-25(1)) 광고에 '列女傳'으로 표기.	광고
洙 북부 전정동 38통	창문사 경성 중부 종로 발리동 9통 10호			국립중앙도서관(3 634-2-69(1))	제1편(권1~권4).	원문
洙 북부 전정동 38통	창문사 경성 중부 종로 발리동 9통 10호			국립중앙도서관(3 634-2-69(2))	제2편(권5~권7). 제2편으로 종결이 안 되어, 3편까지 있을 듯함.	원문
均 부 공평동 55번지	대동인쇄주식회사 경성부 공평동 55번지			국립중앙도서관(한 古朝48-108)		원문

번호	작품명 고유번호	표제	문자	면수 가격	인쇄일	발행일	판차	발행자 발행자 주소	발행소 발행소 주소
1375	옥루몽 보급-옥루-02-01-권2	옥루몽	한문	201p. 90전	1924-12-05	1924-12-26	1	金翼洙 경성부 청운동 100번지	보급서관 경성부 견지동 80¶
1376	옥루몽 보급-옥루-02-01-권3	옥루몽	한문	202p. 90전	1924-12-05	1924-12-26	1	金翼洙 경성부 청운동 100번지	보급서관 경성부 견지동 80¶
1377	유충렬전 보급-유충-01-00	劉忠烈傳	한글	45전		1918- -	1		보급서관
1378	유충렬전 보급-유충-02-00	유충렬전	한글			1919- -	1		보급서관
1379	이학사전 보급-이학-01-01	이학사전	한글	54p.		1918- -	1		보급서관
1380	조웅전 보급-조웅-01-01	조웅전	한글			1922- -	1		보급서관
1381	춘향전 보급-춘향-01-01	츈향가	한글			1912-08-27	1		보급서관
1382	춘향전 보급-춘향-01-02	츈향가	한글			1913-01-10	2		보급서관
1383	춘향전 보급-춘향-01-03	츈향가	한글			1913-04-05	3		보급서관
1384	춘향전 보급-춘향-01-04	츈향가	한글			1913-12-09	4		보급서관
1385	춘향전 보급-춘향-01-05	츈향가	한글			1914-01-17	5		보급서관
1386	춘향전 보급-춘향-01-06	츈향가	한글	188p. 40전	1914-01-30	1914-02-05	6	金容俊 경성 북부 소안동 16통 8호	보급서관 경성 북부 소안동 8호
1387	춘향전 보급-춘향-01-07	옥즁화	한글	188p.		1914- -	7		보급서관
1388	흥무왕연의 보급-흥무-01-00	金庾信傳	한글	30전		1918- -	1		보급서관
1389	양풍전 보문-양풍-01-01	양풍운전	한글	35p.		1953-11-01	1	崔壽煥	보문출판사
1390	유문성전 보문-유문-01-01	유문성젼	한글	68p.	1953-10-30	1953-11-01	1	崔壽煥	보문출판사 서울특별시 종로 (¶
1391	삼국지 보성관-삼국-01-00	삼국지	한글			1913- -	1		보성관
1392	동상기 보성-동상-01-01	東廂記纂	한문			1918- -	1		보성사
1393	소운전 보성-소운-01-01	(古代小說) 소운면	한글	75p. 30전	1918-01-27	1918-01-30	1	李鍾一 경성부 익선동 125번지	보성사 경성부 수송동 44¶
1394	육효자전 보성-육효-01-01	육효자전	한글			1916- -	1		보성사
1395	장백전 보성-장백-01-01	장백전	한글			1916- -	1		보성사
1396	전우치전 보성-전우-01-01	전우치전	한글			1918- -	1		보성사
1397	조웅전 보성-조웅-01-01	조웅전	한글			1917- -	1		보성사

쇄자 쇄소 주소	인쇄소 인쇄소 주소	공동 발행	영인본	소장처 및 청구기호	기타	현황
泰均 성부 공평동 55번지	대동인쇄주식회사 경성부 공평동 55번지			국립중앙도서관(한 古朝48-108)		원문
泰均 성부 공평동 55번지	대동인쇄주식회사 경성부 공평동 55번지			국립중앙도서관(한 古朝48-108)	발행일을 16일에서 26일로, 권수를 권지일에서 권지삼으로 고친 흔적 있음. 개인소장본 3권 판권지에는 각각 16일과 권지일로 기록됨.	원문
		대창서원			<무쌍언문삼국지>, 보급서관·대창서원, 1918(국립중앙도서관 소장본(3634-2-25(1)) 광고에 '劉忠烈傳'으로 기록.	광고
					우쾌제, p.132.	출판
					[이본목록], p.530.	출판
					우쾌제, p.135.	출판
					6판에 초판 발행일 기록.	출판
					6판에 2판 발행일 기록.	출판
					6판에 3판 발행일 기록.	출판
					6판에 4판 발행일 기록.	출판
					6판에 5판(五刊) 발행일 기록.	출판
昌均 성 북부 관현 2통 1호	조선복음인쇄소 경성 북부 관현 2통 1호			국립중앙도서관(3 634-2-104(2))	편역자 이해조. 초판~5판까지 발행일 기록. 1면에 '訂正六刊 獄中花(春香歌演訂)'. '六刊 發行'	원문
				영남대학교 도서관(도 813.5 ㅊ7880)	李海朝 編譯. '七刊 發行'. 春香歌演訂.	원문
					<무쌍언문삼국지>, 보급서관, 1918(국립중앙도서관 소장본(3634-2-25(1)) 광고에 '金庾信傳'으로 기록.	광고
					홍윤표 소장본([이본목록], p.379)	원문
	대구출판사		[조동일소장국문 학연구자료 22]			원문
					李慶善, [三國誌演義의 比較文學的 研究], p.133.([이본목록], p.234.)	출판
					吳漢根 소장본([이본목록], p.137). 洌上老艸衣.	원문
弘奎 성부 가회동 216번지	보성사 경성부 수송동 44번지		[구활자본고소설 전집 7]	국립중앙도서관(3 634-2-59(4))	역술겸발행자 : 이종일.	원문
					우쾌제, p.132.	출판
					우쾌제, p.133.	출판
					우쾌제, p.134.	출판
					우쾌제, p.135.	출판

번호	작품명 고유번호	표제	문자	면수 가격	인쇄일	발행일	판차	발행자 발행자 주소	발행소 발행소 주소
1398	소진장의전 보성서-소진-01-01	(만고웅변)소진 장의젼	한글			1938- -	1		보성서관
1399	장헌세자실기 보성서-장헌-01-01	장헌세자실긔	한글	73p. 30전	1938-11-01	1938-11-05	1	曹俊卿 경성부 공평정55번지	보성서관 경성부 공평정 55번
1400	백학진전 보신-백학진-01-01	백학진전	한글	42p. 20전	1917-10-12	1917-10-15	1	金翼洙 경성부 청운동 100번지	보신서관 경성부 종로통 2정목 98번지
1401	부설전 불교-부설-01-01	부설거사	한글			1932-12-15	1	金泰洽	불교시보사
1402	부설전 불교-부설-01-02	부설거사	한글			1935-05-	2	金泰洽	불교시보사
1403	부설전 불교-부설-01-03	부설거사	한글			1936-02-	3	金泰洽	불교시보사
1404	섬처사전 삼광-섬처-01-01	(변화무궁)인둑 겁전	한글	35p. 20전	1927-01-10	1927-01-15	1	姜範馨 경성 종로 3정목 80번지	삼광서림 경성 종로 3정목 80
1405	박씨전 삼문-박씨-01-01	박씨부인전	한글	51p. 25전	1932-10-01	1932-10-03	1	金天熙 경성부 종로 2정목 42	삼문사 경성부 낙원동 248
1406	소대성전 삼문-소대-01-01	소대성전	한글	37p.			1		삼문사
1407	신유복전 삼문-신유-01-01	신류복전	한글	63p. 25전	1936-11-01	1936-11-05	1	姜殷馨 경성부 입정정 119번지	삼문사 경성부 관훈동 121
1408	십생구사 삼문-십생-01-01	십생구사	한글	32p. 20전	1933-09-18	1933-09-20	1	金天熙 경성부 종로 2정목 42	삼문사 경성부 낙원동 248
1409	옥련몽 삼문-옥련-01-01-권1	古代小說 玉蓮夢 第一	한글	119p.		1918- -	1		삼문사
1410	옥련몽 삼문-옥련-01-01-권2	古代小說 玉蓮夢 第二	한글	134p.		1918- -	1		삼문사 경성부 낙원동 248
1411	옥련몽 삼문-옥련-01-01-권3	古代小說 玉蓮夢 第三	한글	143p.		1918- -	1		삼문사 경성부 낙원동 248
1412	옥련몽 삼문-옥련-01-01-권4	古代小說 玉蓮夢 第四	한글	127p.		1918- -	1		삼문사 경성부 낙원동 248
1413	유충렬전 삼문-유충-01-01	류충렬전	한글			1929-01-15	1		삼문사
1414	유충렬전 삼문-유충-01-02	류충렬전	한글	75p. 30전	1932-11-12	1932-11-15	2	金天熙 경성부 종로 2정목 42	삼문사 경성부 낙원동 248
1415	장끼전 삼문-장끼-01-01	장끼傳	한글	12p.		1948- -	1		삼문사
1416	장끼전 삼문-장끼-02-00	장끼전	한글	12p.		1951- -	1		삼문사
1417	춘향전 삼문-춘향-01-01	춘향전	한글			1932- -	1		삼문사
1418	춘향전 삼문-춘향-01-02	춘향전	한글			1934- -	2		삼문사
1419	춘향전 삼문-춘향-02-01	만고정렬 여중화	한글	190p. 50전	1935-12-13	1935-12-	1	高敬相 경성부 관훈동 121번지	삼문사 경성부 관훈동 121
1420	흥부전 삼문-흥부-01-01	(古典文學) 興夫傳	한글	194p.		1953- -	1		삼문사
1421	보심록 서적-보심-01-01	금낭이산	한글			1925- -	1		서적업조합

쇄자 쇄소 주소	인쇄소 인쇄소 주소	공동 발행	영인본	소장처 및 청구기호	기타	현황
					소재영 외, p.115.	출판
顧道 성부 인사정 119-3	대동인쇄소 경성부 인사정 119-3			소인호 소장본		원문
仏奎 성부 가회동 216번지	보성사 경성부 수송동 44번지			단국대학교 도서관(고 853.6 김845ㅂ)	원문 이미지 열람 가능.	원문
					[연구보정], p.305.	출판
					[연구보정], p.305.	출판
					[연구보정], p.305.	출판
聚均 성부 공평동 55번지	대동인쇄주식회사 경성부 공평동 55번지			서울대학교 도서관(3340 33)		원문
永求 성부 종로 3정목 156	광성인쇄소 경성부 종로 3정목 156			국립중앙도서관 전자자료	12회의 장회체.	원문
					방민호 소장본([연구보정], p454). 판권지 낙장.	원문
學圭 성부 서대문정 2-139	주식회사 창문사 경성부 서대문정 2-139			정명기 소장본		원문
錫柱 성부 관훈동 30번지	동아인쇄소 경성부 관훈동 30번지			국립중앙도서관(3 634-2-66(3))		원문
				개인소장본	제1편(1~20권 총목차). 판권지 없음. 발행연도는 소재영 외, p.141. 참고.	원문
				김종철 소장본	판권지 없음. 발행연도는 소재영 외, p.141. 참고.	원문
				김종철 소장본	판권지 없음. 발행연도는 소재영 외, p.141. 참고.	원문
				김종철 소장본	판권지 없음. 발행연도는 소재영 외, p.141. 참고.	원문
					2판에 초판 발행일 기록.	출판
永求 성부 종로 3정목 156	광성인쇄소 경성부 종로 3정목 156			국립중앙도서관(3 634-2-100(5))	상하합편(상 pp.1~35, 하 pp.36~75). 초판 발행일 기록.	원문
				서울대학교 도서관(3300 16 3)	'朝鮮文學全集 第3卷'에 '춘향전, 사씨남정기, 장화홍련전, 홍부전'과 합철, 申泰和 編.	원문
					[이본목록], p.579.	출판
					이주영, p.231.	출판
					이주영, p.231.	출판
學圭 성부 서대문정 2-139	주식회사 창문사 경성부 서대문정 2-139		[아단문고고전총 서 2]		1면에 '李國唱 唱本, 無然居士 校錄'.	원문
				국립중앙도서관(3 636-7)	협약도서관에서 원문 열람 가능. <사씨남정기>, <장화홍련전>, <장끼전>과 합철.	원문
					이주영, p.208.	출판

번호 고유번호	작품명	표제	문자	면수 가격	인쇄일	발행일	판차	발행자 발행자 주소	발행소 발행소 주소
1422	보심록 서적-보심-01-02	금낭이산	한글	144p.		1926- -	2		서적업조합
1423	재생연전 서적-재생-01-01	재생연전	한글			1926- -	1		서적업조합
1424	삼국지 선진-삼국-01-00-권1	(全圖增像)三國 誌演義 1				1959- -	1		선진문화사
1425	삼국지 선진-삼국-01-00-권2	(全圖增像)三國 誌演義 2				1959- -	1		선진문화사
1426	삼국지 선진-삼국-01-00-권3	(全圖增像)三國 誌演義 3					1		선진문화사
1427	삼국지 선진-삼국-01-00-권4	(全圖增像)三國 誌演義 4				1959- -	1		선진문화사
1428	삼국지 선진-삼국-01-00-권5	(全圖增像)三國 誌演義 5				1959- -	1		선진문화사
1429	부설전 선학-부설-02-01	부설거사	한글	40p. 6전	1932-12-13	1932-12-15	1	金寂音 경성부 안국동 40번지	선학원 경성부 안국동 40번
1430	강남화 성문-강남화-01-01	(충의소설) 강남화	한글	62p. 30전	1934-11-20	1934-11-25	1	李宗壽 경성부 서대문정 1정목 79번지	성문당서점 경성부 서대문정 1 79번지
1431	강상월 성문-강상월-01-01	강상월	한글	80전	1926-12-1?	1926-12-20	1	洪淳泌 경성부 견지동 60번지	성문당서점 경성부 서대문정 1 79번지
1432	구운몽 성문-구운-01-01	(연명)구운몽	한글	60전(상 하합편)	1934-12-20	1934-12-25	1	申泰三 경성 종로 3정목 141	성문당서점 경성부 서대문정 1 79
1433	금고기관 성문-금고-01-01	금고긔관	한글			1918- -	1		성문당서점
1434	금방울전 성문-금방-01-01	금방울전	한글			1932- -	1		성문당서점
1435	금방울전 성문-금방-02-01	금방울전	한글	50p.		1936- -	1		성문당서점
1436	동서야담 성문-동서-01-01	東西野談	한문	56p. 50전	1934-11-20	1934-11-25	1	李宗壽 경성부 서대문정 1정목 79번지	성문당서점 경성부 서대문정 1 79번지
1437	박씨전 성문-박씨-01-01	박씨부인전	한글	52p.		1933- -	1		성문당서점
1438	병자임진록 성문-병자-01-01	(歷史小說)丙子 壬辰錄(一名 天下將軍)	한글	50p. 30전	1934-11-20	1934-11-25	1	李宗壽 경성부 서대문정 1정목 79번지	성문당서점 경성부 서대문정 1 79번지
1439	보심록 성문-보심-01-01	금낭이산	한글			1922- -	1	李宗壽	성문당서점
1440	보심록 성문-보심-02-01	금낭이산	한글	118p. 45전	1936-11-23	1936-11-25	1	李宗壽 경성부 서대문정 1정목 79	성문당서점 경성부 서대문정 1 79번지
1441	봉황금 성문-봉황-01-01	봉황금	한글	80p. 35전	1929-01-10	1929-01-15	1	姜義永 경성부 종로 2정목 84번지	성문당서점 경성부 서대문정 1 79번지

쇄자 / 쇄소 주소	인쇄소 / 인쇄소 주소	공동 발행	영인본	소장처 및 청구기호	기타	현황
					이주영, p.208.	출판
					우쾌제, p.134.	출판
				국립중앙도서관(8 23.5-10-21-1)	이성학(李成學) 역, 서지정보 발행년도에 檀紀4292[1949]로 되어있으나 확인한 결과 1959년임.	원문
				국립중앙도서관(8 23.5-10-21-2)	이성학(李成學) 역, 서지정보 발행년도에 檀紀4292[1949]로 되어있으나 확인한 결과 1959년임.	원문
					권 1, 2, 4, 5가 있어 권3도 있을 것으로 추정.	출판
				국립중앙도서관(8 23.5-10-21-4)	이성학(李成學) 역, 서지정보 발행년도에 檀紀4292[1949]로 되어있으나 확인한 결과 1959년임.	원문
				국립중앙도서관(8 23.5-10-21-5)	이성학(李成學) 역, 서지정보 발행년도에 檀紀4292[1949]로 되어있으나 확인한 결과 1959년임.	원문
炳華 성부 수표정 42번지	신소년사인쇄부 경성부 수표정 42번지		[구활자본고소설 전집 20]		1면에 '대은 김태흡 저역'이라고 기록. 한자 매우 적음.	원문
琦炳 성부 서대문정 1정목 번지	성문당인쇄부 경성부 서대문정 1정목 79번지			양승민 소장본	<창선감의록>의 변용(차충환·김진영, 2011).	원문
琦炳 성부 서대문정 1정목	광성인쇄소 경성부 종로 3정목 156			정명기 소장본	1~14쪽 낙장. 마지막장의 사진이 불명확하여 쪽수를 알 수 없음.	원문
翰柱 성부 내수정 194번지	동아인쇄소 경성부 내수정 194번지			개인소장본	상하 합편. 하권 95p. 판권지 훼손으로 인하여 저작겸발행자, 인쇄자의 이름은 추측하여 입력.	원문
					우쾌제, p.124.	출판
					[이본목록], p.77.	출판
					김근수 소장본([이능우], p.274.)	원문
琦炳 성부 서대문정 1정목 번지	성문당인쇄부 경성부 서대문정 1정목 79번지			정명기 소장본		원문
					[이본목록], p.170.	출판
琦炳 성부 서대문정 1정목 번지	성문당인쇄부 경성부 서대문정 1정목 79번지		[신소설전집 21]			원문
					[연구보정], p.298.	출판
琦炳 성부 서대문정 1정목	광성인쇄소 경성부 종로 2정목 156		[구활자본고소설 전집 18], [구활자소설총서 10]	국립중앙도서관(3 634-2-17(1))	상하 합권(상 pp1~63, 하 pp64~118). 한자 표기 매우 적음.	원문
琦炳 성부 서대문정 1정목	광성인쇄소 경성부 종로 2정목 156			디지털 한글 박물관(국립국어원 소장본)	상하합철(상 pp.1~38, 하 pp.39~80). 속표지에는 '창선감의 봉황금'이라 되어 있음. 서지정보에 '1920'으로 잘못 표기되어 있음.	원문

번호	작품명 고유번호	표제	문자	면수 가격	인쇄일	발행일	판차	발행자 발행자 주소	발행소 발행소 주소
1442	사씨남정기 성문-사씨-01-01	사씨남졍긔	한글	77p. 25전	1934-11-20	1934-11-25	1	李宗壽 경성부 서대문정 1정목 79번지	성문당서점 경성부 서대문정 1정 79번지
1443	사천년야담 성문-사천-01-01	됴션 사천년야담집	한글	50p.			1		성문당서점
1444	삼쾌정 성문-삼쾌-01-01	삼쾌졍	한글			1919-06-07	1		성문당서점
1445	삼쾌정 성문-삼쾌-01-02	삼쾌졍	한글				2		성문당서점
1446	삼쾌정 성문-삼쾌-01-03	삼쾌졍	한글				3		성문당서점
1447	삼쾌정 성문-삼쾌-01-04	삼쾌졍	한글	57p. 30전	1924-10-25	1924-10-30	4	高裕相 경성부 남대문통 1정목	성문당서점 경성부 서대문정 1정 79
1448	서한연의 성문-서한-01-01	서한연의	한글			1915-11-25	1		성문당서점
1449	서한연의 성문-서한-01-02	초한전	한글	79p. 25전	1923-12-25	1923-12-30	2	洪淳泌 경성부 견지동 60번지	성문당서점 경성부 서대문정 1정 79
1450	설인귀전 성문-설인-01-00	설인귀전	한글			1915- -	1		성문당서점
1451	설인귀전 성문-설인-02-01	설인귀전	한글	137p. 50전	1936-01-05	1936-01-08	1	李宗壽 경성부 서대문정 1정목 79번지	성문당서점 경성부 서대문정 1정 79번지
1452	숙녀지기 성문-숙녀-01-01	숙녀지기	한글			1916- -	1		성문당서점
1453	신유복전 성문-신유-01-01	신유복전	한글	68p. 30전	1935-11-20	1935-11-25	1	李宗壽 경성부 서대문정 1정목 79	성문당서점 경성부 서대문정 1정 79번지
1454	십생구사 성문-십생-01-01	십생구사	한글	33p. 20전	1935-11-20	1935-11-30	1	李宗壽 경성부 서대문정 1정목 79	성문당서점 경성부 서대문정 1정 79번지
1455	양주봉전 성문-양주-01-01	양주봉전	한글			1918- -	1		성문당서점
1456	양풍전 성문-양풍-01-00	양풍운전	한글	32p.		1937-10-30	1	申泰三	성문당서점
1457	옥루몽 성문-옥루-01-01-권1	옥루몽	한글	166p. 2원 50전 (전4책)	1938-10-20	1938-10-25	1	申泰三 경성부 종로 4정목 77번지	성문당서점 경성부 서대문정 1정 79번지
1458	옥루몽 성문-옥루-01-01-권2	옥루몽	한글	163p. 2원 50전 (전4책)	1938-10-20	1938-10-25	1	申泰三 경성부 종로 4정목 77번지	성문당서점 경성부 서대문정 1정 79번지
1459	옥루몽 성문-옥루-01-01-권3	옥루몽	한글	166p. 2원 50전 (전4책)	1938-10-20	1938-10-25	1	申泰三 경성부 종로 4정목 77번지	성문당서점 경성부 서대문정 1정 79번지
1460	옥루몽 성문-옥루-01-01-권4	옥루몽	한글	232p. 2원 50전 (전4책)	1938-10-20	1938-10-25	1	申泰三 경성부 종로 4정목 77번지	성문당서점 경성부 서대문정 1정 79번지
1461	의인의 무덤 성문-의인-01-01	義人의 무덤	한글			1916- -	1		성문당서점
1462	이대봉전 성문-이대-01-01	리대봉전	한글	49p.		1952- -	1		성문당서점

자 소 주소	인쇄소 인쇄소 주소	공동 발행	영인본	소장처 및 청구기호	기타	현황
炳 부 서대문정 1정목 지	성문당인쇄부 경성부 서대문정 1정목 79번지			개인소장본		원문
				정명기 소장본	원문에 판권지가 없어 발행사항 확인 못함. 발행소는 표지를 참고.	원문
					4판에 초판 발행일 기록.	출판
					4판이 있어서 2판도 있을 것으로 추정.	출판
					4판이 있어서 3판도 있을 것으로 추정.	출판
부 내수정 1_	동아??? 경성부 내수정 19_			영남대학교 도서관(古南 813.5 삼쾌정)	판권지가 스티커에 가려져 인쇄자, 인쇄자 주소, 인쇄소 인쇄소 주소 확인 불가. 도서관 서지정보에 발행일을 '1914'로 잘못 기록. 초판 발행일 기록.	원문
					2판에 초판 발행일 기록.	출판
柱 부 내수정 194번지	동아인쇄소 경성부 내수정 194번지			개인소장본	초판 발행일 기록.	원문
					우쾌제, p.127.	출판
炳 부 서대문정 1정목 지	성문당 인쇄부 경성부 서대문정 1정목 79번지			박순호 소장본	상하 합편.	원문
					우쾌제, p.129.	출판
炳 부 서대문정 1정목	광성인쇄소 경성부 종로 3정목 156			국립중앙도서관(3 634-2-77(2))		원문
炳 부 서대문정 1정목	광성인쇄소 경성부 종로 3정목 156			국립중앙도서관(3 634-2-66(2))		원문
					우쾌재, p.129.	출판
					Kobay[경매목록](25091880)([연구보정], p.577)	출판
炳 부 서대문정 1정목	광성인쇄소 경성부 종로 3정목 156			디지털 한글박물관(국립국 어원 소장본)	4권 4책, 64회 장회체(권1 1회~14회, 권2 15회~28회, 권3 29회~45회, 권4 46~64회)	원문
炳 부 서대문정 1정목	광성인쇄소 경성부 종로 3정목 156			디지털 한글박물관(국립국 어원 소장본)	4권 4책, 64회 장회체(권1 1회~14회, 권2 15회~28회, 권3 29회~45회, 권4 46~64회)	원문
炳 부 서대문정 1정목	광성인쇄소 경성부 종로 3정목 156			다지털 한글박물관(국립국 어원 소장본)	4권 4책, 64회 장회체(권1 1회~14회, 권2 15회~28회, 권3 29회~45회, 권4 46~64회). 서울대 소장본(심악 813.5 Og1og v.3) 가격은 2원.	원문
炳 부 서대문정 1정목	광성인쇄소 경성부 종로 3정목 156			디지털 한글박물관(국립국 어원 소장본)	4권 4책, 64회 장회체(권1 1회~14회, 권2 15회~28회, 권3 29회~45회, 권4 46~64회)	원문
					이명구 소장본([이본목록], p.508.)	원문
				고려대학교도서관(897.33 이대봉 봉)		원문

번호	작품명 고유번호	표제	문자	면수 가격	인쇄일	발행일	판차	발행자 발행자 주소	발행소 발행소 주소
1463	**장익성전** 성문-장익-01-01	장익셩전	한글	58p.		1936-01-08	1		성문당서점
1464	**장화홍련전** 성문-장화-01-01	장화홍연전	한글	31p.		1936-10-08	1		성문당서점
1465	**적벽대전** 성문-적벽대-01-01	삼국풍진 화용도실긔	한글	170p. 80전	1936-01-05	1936-01-08	1	李宗壽 경성부 서대문정 1정목 79	성문당서점 경성부 서대문정 79
1466	**제마무전** 성문-제마-01-01	몽결초한송	한글			1914- -	1		성문당서점
1467	**조생원전** 성문-조생-01-01	됴생원전	한글	55p. 40전	1937-12-15	1937-12-20	1	韓興敎 경성부 하현정 190번지	성문당서점 경성부 서대문정 79
1468	**천도화** 성문-천도-01-01	쇼운전	한글	63p. 25전	1936-01-05	1936-01-08	1	李宗壽 경성부 서대문정 1정목 79	성문당서점 경성부 서대문정 79
1469	**춘향전** 성문-춘향-01-00	옥중가인	한글			1936- -	1		성문당서점
1470	**태조대왕실기** 성문-태조-01-01	태조대왕의 룡몽	한글	34p. 30전	1936-10-05	1936-10-10	1	李宗壽 경성부 서대문정 1정목 79	성문당서점 경성부 서대문정 79번지
1471	**홍도전** 성문-홍도-01-00	선상의 상사루	한글			1936-10-15	1		성문당서점
1472	**영산홍** 성문사-영산-01-01	영산홍	한글	116p. 25전	1914-09-05	1914-09-14	1	沈禹澤 경성부 효자동 103번지	성문사 경성부 공평동 55
1473	**이화몽** 성문사-이화-01-01	리화몽	한글	87p.		1918- -	1		성문사
1474	**삼국지** 성우-삼국-01-01-권1	三國誌 前集 1	한글			1917- -	1		성우사
1475	**삼국지** 성우-삼국-01-01-권2	三國誌 前集2	한글			1917- -	1		성우사
1476	**삼국지** 성우-삼국-01-01-권3	三國誌 前集 3	한글			1917- -	1	高裕相	성우사
1477	**고금열녀집** 세계-고금열-01-01	고금열녀집	한글	19p.			1		세계서림 경성 종로 1정목
1478	**도깨비말** 세계-도깨-01-01	방울군자 독갑이말	한글	8p.			1		세계서림 경성 종로 1정목
1479	**신유복전** 세계-신유-01-01	천정연분	한글	33p. 15전	1923-11-15	1923-11-20	1	王世昌 경성 종로 1정목 62번지	세계서림 경성 종로 1정목 6
1480	**어룡전** 세계-어룡-01-01	어룡전	한글	59p.		1925- -	1	新原幸槌	세계서림
1481	**열녀전** 세계-열녀-01-01	고금열녀집	한글	34p.			1		세계서림 경성 종로 1정목
1482	**옥단춘전** 세계-옥단-01-01	옥단츈전	한글	34p. 15전	1925-01-20	1925-01-30	1	王世昌 경성 종로 1정목 72번지	세계서림 경성 종로 1정목 7
1483	**조웅전** 세계-조웅-01-01	조웅전	한글	64p.			1		세계서림 경성 종로 1정목
1484	**가실전** 세창-가실-01-01	가실전	한글	32p. 250환	1956-12-01	1956-12-30	1	申泰三 서울특별시 종로구 종로3가 10	세창서관 서울특별시 종로구 종로3가 10

쇄자 / 쇄소 주소	인쇄소 / 인쇄소 주소	공동 발행	영인본	소장처 및 청구기호	기타	현황
			[활자본고전소설 전집 7]		발행소와 발행일은 영인본 해제에 의함.	원문
					방민호 소장본([[연구보정], p.865.)	원문
琦炳 / 성부 서대문정 1정목	광성인쇄소 / 경성부 종로 3정목 156			박순호 소장본		원문
					우쾌제, p.125.	출판
翰柱 / 성부 내수정 194번지	동아인쇄소 / 경성부 내수정 194번지			박순호 소장본		원문
琦炳 / 성부 서대문정 1정목	광성인쇄소 / 경성부 종로 3정목 156			정명기 소장본		원문
					광고(1936)([이본목록], p.772)	광고
琦炳 / 성부 서대문정 1정목	광성인쇄소 / 경성부 종로 2정목 156			개인소장본		원문
					방민호 소장본([연구보정], p.1227.)	원문
聖杓 / 성부 인의동 57번지	성문사 / 경성부 공평동 55번지			국립중앙도서관(3 634-3-45(4)=2)	저작자 이종린.	원문
				국립중앙도서관(3 634-3-65(3))	판권지 없음. 발행연도는 도서관 서지정보 참고.	원문
						출판
						출판
					李慶善, [三國誌演義의 比較文學的 研究], p.133.([이본목록], p.234.).	출판
			[구활자본고소설 전집 19]		판권지 없음. 발행소와 주소는 마지막 쪽을 참고. <(방물군자)독갑이말>(pp.1-8)과 <각종재담집>(pp.9-16)과 합본되어 pp.16-34에 수록됨.	원문
			[구활자본고소설 전집 19]		판권지 없으나 뒷장에 출판사 주소 있음. [각종재담집]과 [고금열녀집]이 합철됨.	원문
禹澤 / 성부 공평동 55번지	대동인쇄주식회사			한국학중앙연구원(D7B-83)	원문 이미지 열람 가능. 도서관 서지정보에는 1933년 발행으로 잘못 기록.	원문
					조희웅 소장본([이본목록], p.382.)	원문
			[구활자본고소설 전집 19]		판권지 없음. <독갑이말>(pp.1~8)과 <각종재담집>(pp.9~6)에 이어 수록됨.	원문
鍾昌 / 성 종로 2정목 72번지	세계서림인쇄부 / 경성 종로 1정목 72번지			소인호 소장본		원문
				개인소장본	상중하 합편. 판권지가 훼손되어 나머지 정보를 알 수 없음.	원문
	세창인쇄사 / 서울특별시 종로구 종로3가 10			개인소장본	신숙주부인전(세창-신숙-02-01) 뒷부분에 합철.	원문

번호	작품명 고유번호	표제	문자	면수 가격	인쇄일	발행일	판차	발행자 발행자 주소	발행소 발행소 주소
1485	강릉추월 세창-강릉-01-01	강능츄월	한글	68p.	1952-08-10	1952-08-30	1	申泰三	세창서관 서울특별시 종로구 종로3가 10
1486	강릉추월 세창-강릉-02-01	강릉츄월	한글	68p. 200환	1952-12-10	1952-12-30	1	申泰三 서울특별시 종로구 종로 3가 10	세창서관 서울특별시 종로구 3가 10
1487	강유실기 세창-강유-01-01	(대담)강유실긔	한글	160p. 임시정가	1952-12-01	1952-12-30	1	申泰三 서울특별시 종로구 종로 3가10	세창서관 서울특별시 종로구 종로3가 10
1488	강유실기 세창-강유-02-01	大膽 姜維實記	한글	160p.		1956-12-30	1	申泰三	세창서관
1489	강태공전 세창-강태-01-01	(古代小說)강태 공전	한글	68p. 임시정가	1952-08-10	1952-08-30	1	申泰三 서울특별시 종로구 종로3가 10	세창서관 서울특별시 종로구 3가 10
1490	강태공전 세창-강태-02-01	(古代小說)강태 공전	한글	68p. 임시정가	1952-12-01	1952-12-30	1	申泰三 서울특별시 종로구 종로3가 10	세창서관 서울특별시 종로구 3가 10
1491	강태공전 세창-강태-03-01	(古代小說)강태 공전	한글	68p.		1956- -	1		세창서관
1492	강태공전 세창-강태-04-00	(古代小說)강태 공전	한글	68p.		1962- -	1		세창서관
1493	곽분양전 세창-곽분-01-01	(백자쳔손)곽분 양실긔	한글	86p.	1952-12-01	1952-12-30	1	申泰三 서울특별시 종로구 종로 3가 10	세창서관 서울특별시 종로구 3가 10
1494	곽해룡전 세창-곽해-01-01	곽해룡전	한글	40p.		1952-12-30	1	申泰三	세창서관
1495	곽해룡전 세창-곽해-02-01	(古代小說)郭海 龍傳	한글	40p.		1957- -	1		세창서관
1496	관운장실기 세창-관운-01-01	(古代名將)關雲 長實記	한글	68p.		1952- -	1	申泰三	세창서관
1497	구운몽 세창-구운-01-01	(古代小說) 九雲夢	한글	174p.		1952- -	1		세창서관
1498	구운몽 세창-구운-02-01	(古代小說)九雲 夢 : 上下合編	한글	176p.		1952- -	1		세창서관
1499	구운몽 세창-구운-03-01	(古代小說)九雲 夢 : 上下合編	한글	176p. 300		1957-12-30	1	申泰三 서울특별시 종로구 종로 3가 10	세창서관 서울특별시 종로구 3가 10
1500	권용선전 세창-권용-01-01	(古代小說)權龍 仙傳	한글	87p. 임시정가	1952-12-15	1952-12-30	1	申泰三 서울특별시 종로구 종로 3가 10	세창서관 서울특별시 종로구 3가 10
1501	권용선전 세창-권용-02-01	(古代小說)權龍 仙傳	한글	87p. 200	1957-08-10	1957-12-30	1	申泰三 서울특별시 종로구 종로3가 10	세창서관 서울특별시 종로구 종로3가 10
1502	권익중전 세창-권익-01-01	權益重傳 : 一名 權仙童	한글	40p.		1956- -	1	申泰三	세창서관
1503	권익중전 세창-권익-02-00	權益重傳	한글	40p.		1962- -	1		세창서관

쇄자 쇄소 주소	인쇄소 인쇄소 주소	공동 발행	영인본	소장처 및 청구기호	기타	현황
	세창인쇄사 서울특별시 종로구 종로3가 10		[조동일소장국문 학연구자료 20]	박순호 소장본	10회의 장회체. 문창서관과 천일서관은 발매소로 추정. 영인본에는 판권지 없음.	원문
	세창인쇄사 서울특별시 종로구 종로 3가 10			국회도서관(811.31 ㅅ585ㄱ)	10회의 장회체. 도장으로 개정정가 200환으로 기록. 원문 이미지 파일 열람 가능.	원문
	세창인쇄사 서울특별시 종로구-			고려대학교 도서관(897.33 강유실 강)	16회의 장회체. 각 회별 앞부분에 장회명. 판권지에 바코드 스티커가 붙어 있어 인쇄소 등에 대한 기록을 확인할 수 없음.	원문
				국회도서관(811.31 ㅅ585ㄷ)		원문
	세창인쇄사 서울특별시 종로구 종로 3가 10			정명기 소장본		원문
	세창인쇄사 서울특별시 종로구 종로 3가 10			디지털 한글 박물관(이태영 소장본)	영남대본의 서지정보는 1951로 되어있으나 실제로는 1952년 발행.	원문
				연세대학교 도서관(이석호 811.93 강태공 56가)		원문
				충남대학교 도서관(학산 811.31 강832)		원문
	세창인쇄사 서울특별시 종로구 종로 3가 10			디지털 한글 박물관(홍윤표 소장본)	디지털 한글 박물관 서지정보에는 발행소가 '회동서관'으로 잘못 기록됨.	원문
				국회도서관(811.31 ㅅ585ㄱ)		원문
				이화여자대학교 도서관(811.31 곽92)		원문
			[구활자본고소설 전집 19]	국회도서관(811.31 ㅅ585ㄱ)		원문
				국립중앙도서관(8 13.5-3-45)	상하·합편.	원문
			[조동일소장 국문학연구자료 20]	국립중앙도서관(일 모813.5-세299ㅇ)	상하·합편(상 pp.1~88, 하 pp89~176). 영인본에는 판권지 없음.	원문
	세창인쇄사 서울특별시 종로구 종로 3가 10			소인호 소장본	상하합편(상 pp.1~88, 하 pp89~176)	원문
權均 울특별시 종로구 종로 10	세창인쇄사 서울특별시 종로구 종로 3가 10			고려대학교 도서관(897.33 지송욱 권a)		원문
	세창인쇄사 서울특별시 종로구 종로3가 10			김종철 소장본		원문
				국회도서관(811.31 ㅅ585ㄱ)		원문
				고려대학교 도서관(897.33 권익중 권)	공동문화사판과 청구기호 같음. 세창서관판은 중앙도서관 폐가실에 소장.	원문

번호	작품명 고유번호	표제	문자	면수 가격	인쇄일	발행일	판차	발행자 발행자 주소	발행소 발행소 주소
1504	금방울전 세창-금방-01-01	릉견난사	한글	61p. 25전	1917-10-03	1917-10-15	1	朴英鎭 경성부 종로통 4정목 31번지	세창서관 경성부 종로통 3정 85번지
1505	금방울전 세창-금방-02-01	금방울전	한글	41p.	1952-08-10	1952-08-30	1	申泰三 서울특별시 종로구 종로 3가 10	세창서관 서울특별시 종로구 3가 10번지
1506	금방울전 세창-금방-03-00	금방울전	한글	37p.			1		세창서관
1507	금산사몽유록 세창-금산-01-01	金山寺夢遊錄	한글	63p.	1952-03-10	1952-03-30	1	申泰三 서울특별시 종로구 종로 3가 10	세창서관 서울특별시 종로구 3가 10
1508	금산사몽유록 세창-금산-02-01	金山寺夢遊錄	한글	63p.		1952-12-30	1	申泰三	세창서관
1509	금향정기 세창-금향-01-00	(正本)錦香亭記	한글			1915- -	1		세창서관
1510	김씨열행록 세창-김씨-01-01	김씨렬행록	한글	18p.			1		세창서관
1511	김응서실기 세창-김응-01-01	김응서실긔	한글	61p.			1		세창서관
1512	김인향전 세창-김인-01-01	김인향전	한글	40p. 임시정가		1952- -	1	申泰三 서울특별시 종로-	세창서관 서울특별시-
1513	김인향전 세창-김인-02-01	김인향전	한글	31p.			1		세창서관
1514	김진옥전 세창-김진-01-01	김진옥전	한글	53p.	1952-01-??	1952-01-05	1	申泰三 서울특별시 종로구 종로 3가 10	세창서관 서울특별시 종로구 3가 101
1515	김진옥전 세창-김진-02-01	김진옥전	한글	53p. 임시정가	1952-12-10	1952-12-30	1	申泰三 서울특별시 종로구 종로 3가 10	세창서관 서울특별시 종로구 3가 10
1516	김진옥전 세창-김진-03-01	김진옥전	한글	53p.	1952-12-15	1952-12-30	1	申泰三 서울특별시 종로구 종로 3가 10	세창서관 서울특별시 종로구 3가 10
1517	김진옥전 세창-김진-04-01	김진옥전	한글	53p.	1953-09-10	1953-12-30	1	申泰三 서울특별시 종로구 종로3가 10	세창서관 서울특별시 종로구 종로3가 10
1518	김진옥전 세창-김진-04-02	김진옥전	한글	53p. 200	1961-08-10	1961-12-30	2	申泰三 서울특별시 종로구 종로 3가 10	세창서관 서울특별시 종로구 3가 10
1519	김학공전 세창-김학-01-01	(古代小說)金鶴 公傳	한글	60p.		1951- -	1		세창서관
1520	김학공전 세창-김학-02-01	(古代小說)金鶴 公傳	한글	60p. 임시정가	1952-08-10	1952-08-30	2	申泰三 서울특별시 종로구 종로3가 10	세창서관 서울특별시 종로구 종로3가 10
1521	김학공전 세창-김학-03-01	(古代小說)金鶴 公傳	한글	60p.		1961- -	3		세창서관 서울특별시 종로구 3가 10
1522	김희경전 세창-김희-01-00	여즁호걸	한글	113p.		1962- -	1		세창서관

쇄자 쇄소 주소	인쇄소 인쇄소 주소	공동 발행	영인본	소장처 및 청구기호	기타	현황
弘奎 성부 가회동 216번지	보성사 경성부 수송동 44번지			국립중앙도서관(3 634-2-56(2))		원문
晟均 울특별시 종로구 철동 33	세창인쇄사 서울특별시 종로구 관철동 33		[조동일소장국문 학연구자료 20]	고려대학교 도서관(897.33 금령전 금), 정명기 소장본	고려대소장본에는 분매소 X, 인쇄인과 인쇄소 주소가 관철동 33으로 됨. 정명기소장본에는 분매소 O, 인쇄인 X, 세창인쇄사와 문창서관, 천일서관의 주소가 세창서관의 주소와 동일.	원문
					Skillend, p.59. 1945년 이전에 텍스트 완성.	출판
	세창인쇄사 서울특별시 종로구 종로 3가 10			소인호 소장본	<금산사몽유록>(pp.1~50)과 <삼사기>(pp.51~63) 합철.	원문
				국회도서관(811.31 ㅅ585ㄱ)	<금산사몽유록>(pp.1~50)과 <삼사기>(pp.51~63) 합철.	원문
					<장화홍련전>, 세창서관, 1915(국립중앙도서관 소장본(3634-2-10(5)) 광고에 '正本 錦香亭記 上下二冊 印刷中'으로 기록.	광고
		공동문화사	[활자본고전소설 전집 2]		판권지 없음. 콩쥐팥쥐전과 합본.([이본목록], p.95)	원문
			[구활자본고소설 전집 19].		판권지 없음. [이본목록](p.98)에 세창서관에서 발행한 것으로 기록.	원문
	세창인쇄사 서울특별시-			국회도서관(811.31 ㅅ585ㄱ)	박순호 소장본의 판권지가 흐릿하여 저작겸발행자, 인쇄소, 발행소 외 확인하지 못함.	원문
					이주영, p.209. 발행일 미상.	출판
晟均 울특별시 종로구 철동 33	세창인쇄사 서울특별시 종로구 관철동 33			소인호 소장본	판권지 훼손으로 인쇄일이 보이지 않음.	원문
	세창인쇄사 서울특별시 종로구 종로 3가 10			정명기 소장본		원문
晟均 울특별시 종로구 종로 ㅏ 10	세창인쇄사 서울특별시 종로구 종로 3가 10			국회도서관(811.31 ㅅ585ㄱ)	원문 이미지파일 제공.	원문
	세창인쇄사 서울특별시 종로구 종로3가 10				'세창-김진-01-05'에 판권지가 2장 있음. 그중 앞선 날짜의 것을 '세창-김진-04-01'의 것으로 하고, 뒷날짜의 것을 '세창-김진-04-02' 것으로 함.	출판
	세창인쇄사 서울특별시 종로구 종로 3가 10			개인소장본	'세창-김진-01-05'에 판권지가 2장 있음. 그중 앞선 날짜의 것을 '세창-김진-04-01'의 것으로 하고, 뒷날짜의 것을 '세창-김진-04-01' 것으로 함.	원문
				서울대학교 도서관(MFF 951.06 C718ik v.94)	자료유형: 마이크로자료, 단체저자: C.V. Starr East Asian Library	원문
	세창인쇄사 서울특별시 종로구 종로3가 10			양승민 소장본		원문
				국립중앙도서관(8 13.5-김929ㄱ)	판권지가 없어 서지 정보는 국립중앙도서관 기록을 따름. 협약도서관에서 이미지 파일 열람 가능.	원문
				이화여자대학교 도서관(811.31 녀817)		원문

번호	작품명 고유번호	표제	문자	면수 가격	인쇄일	발행일	판차	발행자 발행자 주소	발행소 발행소 주소
1523	**남정팔난기** 세창-남정-01-00	팔장사전 / 상하합부	한글	108p.		1962-12-30	1	申泰三	세창서관
1524	**단종대왕실기** 세창-단종-01-01	단종대왕실긔	한글	82p.		1952-12-30	1	申泰三	세창서관
1525	**당태종전** 세창-당태-01-00	당태죵전	한글			1951- -	1	申泰三	세창서관
1526	**당태종전** 세창-당태-02-01	(古代小說)唐太 宗傳	한글	32p. 임시정가	1952-12-01	1952-12-30	1	申泰三 서울특별시 종로구 종로 3가 10	세창서관 서울특별시 종로구 3가 10
1527	**당태종전** 세창-당태-03-01	(고대소설)당태 죵전	한글	32p. 120	1961-08-10	1961-12-30	1	申泰三 서울특별시 종로구 종로 3가 10	세창서관 서울특별시 종로구 3가 10
1528	**미인도** 세창-미인도-01-01	미인도	한글	64p.		1951- -	1	申泰三	세창서관
1529	**미인도** 세창-미인도-02-01	미인도	한글	64p. 임시정가	1952-12-01	1952-12-30	1	申泰三 서울특별시 종로구 종로3가 10	세창서관 서울특별시 종로구 종로3가 10
1530	**미인도** 세창-미인도-03-01	미인도	한글	64p. 200	1957-08-10	1957-12-30	1	申泰三 서울특별시 종로구 종로 3가 10	세창서관 서울특별시 종로구 3가 10
1531	**박문수전** 세창-박문-01-01	어사박문수전	한글	31p. 35원	1952-08-10	1952-08-30	1	申泰三 서울특별시 종로구 종로 3가10	세창서관 서울특별시 종로구 3가 10
1532	**박문수전** 세창-박문-02-01	박문수전	한글	31p. 임시정가	1952-12-01	1952-12-30	1	申泰三 서울특별시 종로구 종로 3가10	세창서관 서울특별시 종로구 3가 10
1533	**박씨전** 세창-박씨-01-01	박씨젼	한글			1950-08-30	1		세창서관
1534	**박씨전** 세창-박씨-02-01	박씨전	한글	47p.	1952-01-03	1952-01-05	1	申泰三 서울특별시 종로구 종로 3가 10	세창서관 서울특별시 종로구 3가 10
1535	**박씨전** 세창-박씨-03-01	박씨전	한글	47p.	1952-08-10	1952-08-30	1	申泰三 서울특별시 종로구 종로 3가 10	세창서관 서울특별시 종로구 3가 10
1536	**박씨전** 세창-박씨-04-01	박씨전	한글	47p.	1952-12-15	1952-12-20	1	申泰三 서울특별시 종로구 종로 3가 10	세창서관 서울특별시 종로구 3가 10
1537	**박씨전** 세창-박씨-05-01	박씨전	한글	47p.	1957-08-10	1957-12-30	1	申泰三 서울특별시 종로구 종로 3가 10	세창서관 서울특별시 종로구 3가 10
1538	**박씨전** 세창-박씨-05-02	박씨전	한글	47p. 200	1961-08-10	1961-12-30	2	申泰三 서울특별시 종로구 종로 3가 10	세창서관 서울특별시 종로구 3가 10
1539	**배비장전** 세창-배비-01-01	(신명슈샹)배비 쟝젼	한글	72p. 100원	1956-12-01	1956-12-30	1	申泰三 서울특별시 종로구 종로 3가 10	세창서관 서울특별시 종로구 3가 10
1540	**배비장전** 세창-배비-02-01	(신명슈샹)배비 쟝젼	한글	72p. 임시정가 3,000원	1962-12-10	1962-12-30	1	申泰三 서울특별시 종로구 종로3가 10	세창서관 서울특별시 종로구 종로3가 10

쇄자 소 주소	인쇄소 인쇄소 주소	공동 발행	영인본	소장처 및 청구기호	기타	현황
				이화여자대학교 도서관(811.31 팔811)	38회의 장회체(상: 1~17회, 103면.; 하: 18-38회, 108면).	원문
				이화여자대학교 도서관(811.31 단815A), 국회도서관(MF 811.31 ㅅ585ㄷ)	발행일은 [이본목록](p.125) 참고.	원문
					발행소, 발행일은 [이본목록](p.131)에 따름.	출판
	세창인쇄사 서울특별시 종로구 종로 3가 10			국회도서관(811.31 ㅅ585ㄷ) 고려대학교 도서관(희귀897.33 당태종 당a)	인쇄일은 국회도서관 소장본 참고.	원문
	세창인쇄사 서울특별시 종로구 종로 3가 10			소인호 소장본		원문
				국회도서관(MF 811.31 ㅅ585ㅁ)		원문
	세창인쇄사 서울특별시 종로구 종로3가 10			김종철 소장본		원문
	세창인쇄사 서울특별시 종로구 종로 3가 10			개인소장본		원문
	세창인쇄사 서울특별시 종로구 종로 3가 10			박순호 소장본		원문
	세창인쇄사 서울특별시 종로구 종로 3가 10			국립중앙도서관(8 13.5-박338^)		원문
					[연구보정], p.270.	출판
균 특별시 종로구 동 33	세창인쇄사 서울특별시 종로구 관철동 33			유춘동 소장본		원문
	세창인쇄사 서울특별시 종로구 관철동 33			박순호 소장본		원문
균 특별시 종로구 동 33	세창인쇄사 서울특별시 종로구 관철동 33			고려대학교 도서관(석헌 897.33 박씨전 박b)	전국 10여곳의 판매소 기록.	원문
	세창인쇄사 서울특별시 종로구 종로 3가 10					원문
	세창인쇄사 서울특별시 종로구 종로 3가 10		[조동일소장국문 학연구자료 21]	국립중앙도서관(8 13.5-4-36)	국립중앙도서관본과 영인본에는 1957년과 1961년의 판권지 2장 있음. 1957년에 발행한 것을 초판으로, 1961년에 발행한 것을 2판으로 간주.	원문
	세창인쇄사 서울특별시 종로구 종로 3가 10		[조동일소장국문 학연구자료 21]	정명기 소장본	영인본에는 판권지 없음.	원문
	세창인쇄사 서울특별시 종로구 종로3가 10			박순호 소장본		원문

번호	작품명 고유번호	표제	문자	면수 가격	인쇄일	발행일	판차	발행자 발행자 주소	발행소 발행소 주소
1541	백학선전 세창-백학-01-01	백학선	한글	44p. 임시정가	1952-12-01	1952-12-30	1	申泰三 서울특별시 종로구 종로 3가 10	세창서관 서울특별시 종로구 3가 10
1542	보심록 세창-보심-01-01	명사십이	한글	93p. 30전	1934-12-15	1934-12-20	1	申泰三 경성부 종로 3정목 141번지	세창서관 조선 경성부 종로 141번지
1543	보심록 세창-보심-02-01	명사십리	한글	88p. 임시정가	1952-12-01	1952-12-30	1	申泰三 서울특별시 종로구 종로3가 10	세창서관 서울특별시 종로구 종로3가 10
1544	보심록 세창-보심-03-01	금낭이산 일명 보심록	한글	118p. 임시정가	1952-12-10	1952-12-30	1	申泰三 서울특별시 종로구 종로3가 10	세창서관 서울특별시 종로구 종로3가 10
1545	봉황금 세창-봉황-01-01	봉황금	한글	80p.		1952- -	1	申泰三	세창서관
1546	사각전 세창-사각-01-01	사각전	한글	45p.		1952- -	1	申泰三	세창서관
1547	사명당전 세창-사명-01-01	(서산대사)사명 당전	한글	56p.	1952.12.15.	1952-12-20	1	申泰三 서울특별시 종로구 종로 3가 10	세창서관 서울특별시 종로 3
1548	사명당전 세창-사명-02-01	(서산대사)사명 당전	한글	56p.		1959- -	1	世昌書館	세창서관
1549	사씨남정기 세창-사씨-01-01	(古代小說)謝氏 南征記	한글	77p. 임시정가	1952-12-01	1952-12-30	1	申泰三 서울특별시 종로구 종로 3가 10	세창서관 서울특별시 종로구 3가 10
1550	사씨남정기 세창-사씨-02-01	(古代小說)謝氏 南征記	한글	77p. 임시정가	1957-08-10	1957-12-30	1	申泰三 서울특별시 종로구 종로 3가 10	세창서관 서울특별시 종로구 3가 10
1551	사씨남정기 세창-사씨-02-02	사씨남졍긔	한글	77p. 250	1961-08-10	1961-12-30	2	申泰三 서울특별시 종로구 종로 3가 10	세창서관 서울특별시 종로구 3가 10
1552	산양대전 세창-산양-01-00	趙子龍實記	한글			1918- -	1		세창서관
1553	산양대전 세창-산양-02-01	조자룡전	한글	34p.		1952- -	1		세창서관 서울시 종로 3가 1
1554	산양대전 세창-산양-03-01	고대소설 산양대전	한글	38p. 임시정가	1952-08-10	1952-08-30	1	申泰三 서울특별시 종로구 종로3가 10	세창서관 서울특별시 종로구 3가 10
1555	산양대전 세창-산양-04-01	조자룡실긔	한글	32p. 임시정가	1952-12-15	1952-12-30	1	申泰三 서울특별시 종로구 종로3가 10	세창서관 서울특별시 종로구 3가 10
1556	산양대전 세창-산양-05-01	고대소설 삼국풍진산양 대전	한글	38p.		1953- -	1	世昌書館	세창서관
1557	산양대전 세창-산양-06-01	고대소설 삼국풍진산양 대전	한글	38p. 임시정가	1956-12-01	1956-12-30	1	申泰三 서울특별시 종로구 종로3가 10	세창서관 서울특별시-
1558	산양대전 세창-산양-07-01	죠자룡실긔	한글	32p.		1961- -	1		세창서관
1559	삼국지 세창-삼국-01-01-권1	(원본)삼국지 권1	한글		1952-12-01	1952-12-30	1	申泰三 서울특별시 종로구 종로 3가 10	세창서관 서울시 종로 3가 1

인쇄자 / 인쇄소 주소	인쇄소 / 인쇄소 주소	공동 발행	영인본	소장처 및 청구기호	기타	현황
	세창인쇄사 서울특별시 종로구 종로 3가 10		[구활자본고소설 전집 20], [조동일소장국문 학연구자료 21]		조동일소장본은 <백학선전>(pp.1~44)과 <태상감응편>(pp.1~27)의 합편.	원문
泰和 성부 종로 3정목 141번지	세창서관인쇄부 경성부 종로 3정목 141번지			국립중앙도서관(3 634-2-62(2))		원문
	세창인쇄사 서울특별시 종로구 종로3가 10			국회도서관 (811.31 ㅅ585ㅁ)	정명기소장본 인쇄일(단기4285.12.10.)	원문
	세창인쇄사 서울특별시 종로구 종로3가 10			유춘동 소장본	한자 괄호 병기 매우 조금 있음.	원문
				국회도서관(MF 811.31 ㅅ585ㅂ)	상하합철.	원문
				국회도서관(811.31 ㅅ585ㅅ)	마이크로필름자료임, '신태삼[編]'이라고 되어 있음.	원문
晟均 울특별시 종로구 철동 33	세창인쇄사 서울특별시 관철동 33			국립중앙도서관(2 20.99-서728^)		원문
					[연구보정], p.321.	출판
	세창인쇄사 서울특별시 종로구 종로 3가 10			국립중앙도서관(일 모813.5-세299ㅅ ㅅ)		원문
	세창인쇄사 서울특별시 종로구 종로 3가 10			국립중앙도서관(8 13.5-3-44)	[연구보정](p.335)과 국립중앙도서관 서지정보에 1951년 발행으로 되어 있으나, 판권지에는 1957년으로 기록됨.	원문
	세창인쇄사 서울특별시 종로구 종로 3가 10			소인호 소장본	1957년도 발행의 판권지도 같이 있어서 2판으로 기록함.	원문
					우쾌제, p.135.	출판
			[구활자본고소설 전집 31]		영인본에 판권지 없음. 저자와 발행소 주소는 겉표지 참고, 발행연도는 [이본목록](p.220) 참고.	원문
	세창인쇄사 서울특별시 종로구 종로 3가 10			개인소장본	10장의 장회체(총목차)	원문
晟均 울특별시 종로구 종로 가 10	세창인쇄사 서울특별시 종로구 종로 3가 10			유춘동 소장본		원문
				고려대학교 도서관(897.33 산양대 산)	판권지 없음. 발행연도는 도서관 서지정보를 따름.	원문
울특별시-	서울특별시-			박순호 소장본	판권지가 스티커에 가려져 인쇄부, 발행소, 총판 등을 확인할 수 없음.인쇄소는 표지를 참고.	원문
				이화여자대학교 도서관(811.31 조811)	검색결과 제목이 (三國風塵) 趙子龍傳였으나, '표지표제: 趙子龍實記 = 죠자룡실긔'이므로 표지표제를 따름.	원문
	세창인쇄사 서울특별시 종로구 종로 3가 10			정명기 소장본	발행 내용은 5권에만 있는 판권지 참고.	원문

번호	작품명 고유번호	표제	문자	면수 가격	인쇄일	발행일	판차	발행자 발행자 주소	발행소 발행소 주소
1560	삼국지 세창-삼국-01-01-권2	(원본)삼국지 권2	한글		1952-12-01	1952-12-30	1	申泰三 서울특별시 종로구 종로 3가 10	세창서관 서울시 종로 3가 10
1561	삼국지 세창-삼국-01-01-권3	(원본)삼국지 권3	한글	108p.	1952-12-01	1952-12-30	1	申泰三 서울특별시 종로구 종로 3가 10	세창서관 서울시 종로 3가 10
1562	삼국지 세창-삼국-01-01-권4	(원본)삼국지 권4	한글	144p.	1952-12-01	1952-12-30	1	申泰三 서울특별시 종로구 종로 3가 10	세창서관 서울시 종로 3가 10
1563	삼국지 세창-삼국-01-01-권5	(원본)삼국지 권5	한글	136p. 1800	1952-12-01	1952-12-30	1	申泰三 서울특별시 종로구 종로 3가 10	세창서관 서울특별시 종로구 3가 10
1564	삼국지 세창-삼국-02-01-권1	(원본현토)삼국 지 권1	한문	136p. 7000		1962-10-30	1	申泰三 서울특별시 종로구 종로 3가 10	세창서관 서울특별시 종로구 3가 10
1565	삼국지 세창-삼국-02-01-권2	(원본현토)삼국 지 권2	한문	122p. 7000		1962-10-30	1	申泰三 서울특별시 종로구 종로 3가 10	세창서관 서울특별시 종로구 3가 10
1566	삼국지 세창-삼국-02-01-권3	(원본현토)삼국 지 권3	한문	133p. 7000		1962-10-30	1	申泰三 서울특별시 종로구 종로 3가 10	세창서관 서울특별시 종로구 3가 10
1567	삼국지 세창-삼국-02-01-권4	(원본현토)삼국 지 권4	한문	110p. 7000		1962-10-30	1	申泰三 서울특별시 종로구 종로 3가 10	세창서관 서울특별시 종로구 3가 10
1568	삼국지 세창-삼국-02-01-권5	(원본현토)삼국 지 권5	한문	115p. 7000		1962-10-30	1	申泰三 서울특별시 종로구 종로 3가 10	세창서관 서울특별시 종로구 3가 10
1569	삼국지 세창-삼국-03-01-권1	(원본국문)삼국 지 권1	한글	104p.		1965-03-30	1		세창서관 서울특별시 종로구 3가 10
1570	삼국지 세창-삼국-03-01-권2	(원본국문)삼국 지 권2	한글		1965-03-10	1965-03-30	1	申泰三 서울특별시 종로구 ??	세창서관 서울특별시 종로구 3가 10
1571	삼국지 세창-삼국-03-01-권3	(원본국문)삼국 지 권3	한글	116p.		1965-03-30	1		세창서관 서울특별시 종로구 3가 10
1572	삼국지 세창-삼국-03-01-권4	(원본국문)삼국 지 권4	한글	153p.	1965-03-10	1965-03-30	1	申泰三 서울특별시 ??	세창서관 서울특별시 종로구 3가 10
1573	삼국지 세창-삼국-03-01-권5	(원본국문)삼국 지 권5	한글	145p.	1965-03-10	1965-03-30	1	申泰三 서울특별시 ??	세창서관 서울특별시 종로구 3가 10
1574	삼국대전 세창-삼국대-01-01	삼국대전	한글	109p.		1935- -	1	申泰三	세창서관
1575	삼국대전 세창-삼국대-02-01	(古代小說)三國 大戰 : 趙子龍單騎救主	한글	100p.		1952-12-30	1	申泰三	세창서관 서울특별시 종로구 3가 10번지
1576	삼국대전 세창-삼국대-03-01	삼국대전	한글	100p. 임시정가 250	1957-08-10	1957-12-30	1	申泰三 서울특별시 종로구 종로3가 10	세창서관 서울특별시 종로구 3가 10
1577	삼사횡입황천기 세창-삼사-01-01	삼사긔	한글	15p.		1952- -	1		세창서관
1578	삼쾌정 세창-삼쾌-01-01	삼쾌정	한글	52p. 임시정가	1952-08-10	1952-08-30	1	申泰三 서울특별시 종로구 종로 3가 10	세창서관 서울특별시 종로구 3가 10

쇄자 쇄소 주소	인쇄소 인쇄소 주소	공동 발행	영인본	소장처 및 청구기호	기타	현황
	세창인쇄사 서울특별시 종로구 종로 3가 10			정명기 소장본	발행 내용은 5권에만 있는 판권지 참고.	원문
	세창인쇄사 서울특별시 종로구 종로 3가 10			정명기 소장본	발행 내용은 5권에만 있는 판권지 참고.	원문
	세창인쇄사 서울특별시 종로구 종로 3가 10			정명기 소장본	발행 내용은 5권에만 있는 판권지 참고.	원문
	세창인쇄사 서울특별시 종로구 종로 3가 10			정명기 소장본	가격은 파란색 잉크 도장으로 기록.	원문
	세창인쇄사 서울특별시 종로구 종로 3가 10			유춘동 소장본		원문
	세창인쇄사 서울특별시 종로구 종로 3가 10			유춘동 소장본		원문
	세창인쇄사 서울특별시 종로구 종로 3가 10			유춘동 소장본		원문
	세창인쇄사 서울특별시 종로구 종로 3가 10			유춘동 소장본		원문
	세창인쇄사 서울특별시 종로구 종로 3가 10			유춘동 소장본		원문
				유춘동 소장본		원문
	세창인쇄사 서울특별시 종로구 종로 3가 10			유춘동 소장본		원문
				유춘동 소장본		원문
	세창인쇄사 서울특별시 종로구 종로 3가 10			유춘동 소장본		원문
	세창인쇄사 서울특별시 종로구 종로 3가 10			유춘동 소장본		원문
					이능우, p.286.	출판
				고려대학교 도서관(897.33 삼국대 삼)	고려대 소장본에는 발행소에 관한 정보만 나와 있음. 발행일, 작가, 발행자는 [이본목록](p.222.) 참고	원문
	세창인쇄사 서울특별시 종로구 종로3가 10			개인소장본		원문
					조희웅 소장본.([이본목록], p.237). <금산사몽유록>에 합철.	원문
	세창인쇄사 서울특별시 종로구 종로 3가 10			개인소장본		원문

번호	작품명 고유번호	표제	문자	면수 가격	인쇄일	발행일	판차	발행자 발행자 주소	발행소 발행소 주소
1579	삼쾌정 세창-삼쾌-02-01	삼쾌정	한글	52p.	1952-12-	1952-12-30	1		세창서관
1580	삼쾌정 세창-삼쾌-03-01	삼쾌정	한글	52p. 200	1962-08-10	1962-12-30	1	申泰三 서울특별시 종로구 종로 3가 10	세창서관 서울특별시 종로구 3가 10
1581	서동지전 세창-서동-01-01	셔동지전	한글	18전	1953-09-10	1953-12-30	1	申泰三 서울특별시 종로구 종로3가 10	세창서관 서울특별시 종로구 종로3가 10
1582	서동지전 세창-서동-01-02	셔동지전	한글	35p. 임시정가 120	1961-08-10	1961-12-30	2	申泰三 서울특별시 종로구 종로3가 10	세창서관 서울특별시 종로구 종로3가 10
1583	서산대사전 세창-서산-01-01	서산대사와 사명당전	한글	56p.	1952-12-30	1952-12-30	1	申泰三 서울특별시 종로구 종로 3가 10	세창서관 서울특별시 종로구 3가 10
1584	서상기 세창-서상-01-01	대월셔상긔	한글	176p.		1951-06-30	1	申泰三	세창서관
1585	서상기 세창-서상-02-01	대월서상귀	한글	176p.	1961-08-10	1961-12-30	1	申泰三 서울특별시 종로구 종로3가 10	세창서관 서울특별시 종로구 종로3가 10
1586	서정기 세창-서정-01-01	셔정긔	한글	56p. 임시정가	1952-12-15	1952-12-30	1	申泰三 서울특별시 종로구 종로 3가 10	세창서관 서울특별시 종로구 3가 10
1587	서정기 세창-서정-02-00	셔정긔	한글	56p.		1961-12-30	1	申泰三	세창서관
1588	서한연의 세창-서한-01-00	초한연의	한글	35전		1915- -	1		세창서관
1589	서한연의 세창-서한-02-01	쵸한전	한글	72p. 250	1957-08-10	1957-12-30	1	申泰三 서울특별시 종로구 종로 3가 10	세창서관 서울특별시-
1590	선죽교 세창-선죽-01-01	선죽교	한글	47p.		1952- -	1		세창서관 서울특별시 종로구 3가 10번지
1591	설인귀전 세창-설인-01-01	셜인귀젼	한글			1931- -	1		세창서관
1592	설인귀전 세창-설인-02-01	셜인귀젼 상하 합편	한글	136p. 임시정가	1952-12-15	1952-12-30	1	申泰三 서울특별시 종로구 종로 3가 10	세창서관 서울특별시 종로구 3가 10
1593	설인귀전 세창-설인-03-01	셜인귀젼	한글	136p.		1961-12-30	1	申泰三	세창서관
1594	설정산실기 세창-설정-01-01	설정산실기	한글	112p. 임시정가	1952-12-10	1952-12-30	1	申泰三 서울특별시 종로구 종로 3가 10	세창서관 서울특별시 종로구 3가 10
1595	설정산실기 세창-설정-02-01	설정산실기	한글	112p.		1961-12-30	1	申泰三	세창서관
1596	설정산실기 세창-설정-03-01	설정산실기	한글	112p. 500	1962-08-10	1962-12-30	1	申泰三 서울특별시 종로구 종로 3가 10	세창서관 서울특별시 종로구 3가 10
1597	섬동지전 세창-섬동-01-01	둑겁전	한글			1922- -	1		세창서관
1598	섬동지전 세창-섬동-01-02	둑겁전	한글			1924- -	2		세창서관
1599	섬동지전 세창-섬동-02-01	둑겁전	한글	24p. 정가	1952-01-03	1952-01-05	1	申泰三 서울특별시 종로구 종로3가 10	세창서관 서울특별시 종로구 종로3가 101

인쇄자 인쇄소 주소	인쇄소 인쇄소 주소	공동 발행	영인본	소장처 및 청구기호	기타	현황
				정명기 소장본	판권지에서 인쇄, 발행일을 제외한 나머지 부분이 모두 가려져 볼 수 없음.	원문
	세창인쇄사 서울특별시 종로구 종로 3가 10			디지털 한글박물관(이태영 소장본)	서지 정보에 발행일을 '1963년'으로 잘못 기록.	원문
	세창인쇄사 서울특별시 종로구 종로3가 10				2판에 초판의 판권지가 있음.	출판
	세창인쇄사 서울특별시 종로구 종로3가 10			김종철 소장본	1953년 발행의 판권지가 본문에 붙어 있고, 뒤에 1961년 발행의 판권지가 덧붙음. 앞의 것을 초판, 뒤의 것을 2판으로 추정.	원문
	세창인쇄사 서울특별시 종로구 종로 3가 10			정명기 소장본		원문
				홍윤표 소장본.([이본목록], p.249.)		원문
	세창인쇄사 서울특별시 종로구 종로3가 10			디지털 한글박물관(홍윤표 소장본)		원문
▦晟均 서울특별시 종로구 종로 가 10	세창인쇄사 서울특별시 종로구 종로 3가 10			디지털 한글박물관(손종흠 소장본)		원문
				조희웅 소장본.([이본목록], p.253).		원문
					<장화홍련전>, 세창서관, 1915(국립중앙도서관 소장본(3634-2-10(5)) 광고에 '楚漢演義'로 기록.	광고
	세창인쇄사 서울특별시 종로구 종로 3가 10			고려대학교 도서관(희귀 897.33 초한전 초)	스티커에 발행소, 판매소가 가려서 보이지 않음. 발행소 관련 '진체구좌 서울 45번'은 '천일서관'임.	원문
			[구활자본고소설 전집 25]	국회도서관(811.31 ㅅ585ㅅ)	영인본에 판권지 없음. 형태사항과 저자는 국회도서관 서지정보 참고함.	원문
					박재연, [中韓翻文展目], 2003.([연구보정], p.437.)	출판
▦晟均 서울특별시 종로구 종로 가 10	세창인쇄사 서울 특별시 종로구 종로 3가 10			디지털 한글박물관(홍윤표 소장본)	상하 합편(상권 pp.1~71, 하권 pp.72~136)	원문
					조희웅 소장본([이본목록], p.271.)	원문
	세창인쇄사 서울특별시 종로구 종로 3가 10			디지털 한글박물관(홍윤표 소장본)		원문
					[이본목록], p.272.	출판
	세창인쇄사 서울특별시 종로구 종로 3가 10			개인소장본		원문
					우쾌제, p.127.	출판
					우쾌제, p.127.	출판
晟均 울특별시 종로구 철동 33	세창인쇄사 서울특별시 종로구 관철동 33			김종철 소장본	판매처는 부산 평범사 외 9곳.	원문

번호 작품명 고유번호	표제	문자	면수 가격	인쇄일	발행일	판차	발행자 발행자 주소	발행소 발행소 주소
1600 성삼문 세창-성삼-01-01	성삼문	한글			1952- -	1	申泰三	세창서관
1601 성삼문 세창-성삼-02-01	(精忠高節) 成三門	한글	57p.		1956- -	1	申泰三	세창서관
1602 세종대왕실기 세창-세종-01-00	세종대왕실긔	한글			1933-01-15	1	申泰三	세창서관
1603 세종대왕실기 세창-세종-02-00	歷史小說 世宗大王實記	한글	55p.		1952- -	1	申泰三	세창서관
1604 세종대왕실기 세창-세종-03-01	세종대왕실긔 부양녕대군기	한글	55p. 200	1961-08-10	1961-12-30	1	申泰三 서울특별시 종로구 종로 3가 10	세창서관 서울특별시 종로구 3가 10
1605 소대성전 세창-소대-01-01	소대성용문전	한글	28p. 임시정가	1952-12-01	1952-12-30	1	申泰三 서울특별시 종로구 종로 3가 10	세창서관 서울특별시 종로구 종로 3가 10
1606 소운전 세창-소운-01-01	소학사전	한글	56p.	1937-10-20	1937-10-30	1	申泰三 경성부 종로 4정목 -	세창서관 경성부 종로 4정목 77번지
1607 소운전 세창-소운-02-01	소운뎐턴도화	한글	63p. 임시정가	1952-12-10	1952-12-30	1	申泰三 서울특별시 종로구 종로3가 10	세창서관 서울특별시 종로구 종로3가 10
1608 소운전 세창-소운-03-00	소운뎐	한글	63p.		1957- -	1		세창서관
1609 소운전 세창-소운-04-01	소운뎐턴도화	한글	63p.	1969-01-10	1969-01-20	1	申泰三 서울특별시 종로구 종로3가 10	세창서관 서울특별시 종로구 종로3가 10
1610 소진장의전 세창-소진-01-01	(만고웅변)소진 장의뎐	한글	56p.		1952-03-30	1		세창서관
1611 손방연의 세창-손방-01-00	손방실기	한글	상하 정가 80전		1915- -	1		세창서관
1612 수호지 세창-수호-01-00	수호지	한글			1942- -	1		세창서관
1613 숙영낭자전 세창-숙영-01-01	숙영낭자전	한글	30p. 150원	1952-08-10	1952-08-30	1	申泰三 서울특별시 종로구 종로 3가 10	세창서관 서울특별시 종로구 종로 3가 10
1614 숙영낭자전 세창-숙영-02-00	숙영낭자전	한글	30p.		1962- -	1	申泰三	세창서관
1615 숙향전 세창-숙향-01-01	숙향전	한글			1914- -	1		세창서관
1616 숙향전 세창-숙향-02-01	숙향전	한글	80p.		1951-06-30	1		세창서관
1617 숙향전 세창-숙향-03-01	숙향전	한글	80p. 임시정가		1952-12-30	1	申泰三 서울특별시 종로구 종로 3가 10	세창서관 서울특별시 종로구 3가 10
1618 숙향전 세창-숙향-04-01	숙향전	한글	80p. 350	1961-08-10	1961-12-30	1	申泰三 서울특별시 종로구 종로 3가 10	세창서관 서울특별시 종로구 3가 10
1619 숙향전 세창-숙향-05-01	숙향전	한글	80p.		1962- -	1		세창서관
1620 신계후전 세창-신계-01-00	신계후전	한글			1952- -	1		세창서관

제자 소 주소	인쇄소 인쇄소 주소	공동 발행	영인본	소장처 및 청구기호	기타	현황
					대전대, [이능우교수 기증도서 목록], 1159([이본목록], p.281.)	출판
				국회도서관(811.31 ㅅ585ㅅ)	협정기관에서 원문 보기 가능.	원문
					박준표 作([연구보정], p.448).	출판
				국회도서관(811.31 ㅅ585ㅅ)		원문
	세창인쇄사 서울특별시 종로구 종로 3가 10		[구활자본고소설 전집 21]		박준표 作. <세종대왕실기>(pp.1~41)에 <양녕대군기>(pp.41~55)가 첨부됨.	원문
	세창인쇄사 서울특별시 종로구 종로 3가 10			고려대학교 도서관(희귀 897.33 소대성 소)	<용문전>(pp.1~36)과 <소대성전>(pp.1~28) 합철.	원문
鳳 부 종로 4정목 지	세창서관인쇄부 경성부 종로 4정목 77번지	삼천리서관		개인소장본	저작겸 발행자의 이름 일부 훼손됨.	원문
	세창인쇄사 서울특별시 종로구 종로3가 10			국회도서관(811.31 ㅅ585ㅅ)		원문
				이화여자대학교 도서관(811.31 소91)		원문
	세창인쇄사 서울특별시 종로구 종로3가 10			정명기 소장본		원문
				이화여자대학교 도서관(811.31 소819)	발행일은 [연구보정](p.461) 참고.	원문
					<장화홍련전>, 세창서관, 1915.(국립중앙도서관 소장본(3634-2-10(5)) 광고에 '孫龐實記'로 기록.	광고
					우쾌제, p.128.	출판
	세창인쇄사 서울특별시 종로구 종로 3가 10			국회도서관 소장본(811.31 ㅅ585ㅅ)	개정정가 150원.	원문
					[이본목록], p.323.	출판
					소재영 외, p.205.	원문
				국립중앙도서관(일 모813.5-세299ㅅ ㅎ)		원문
	세창인쇄사 서울특별시 종로구 종로 3가 10			디지털 한글박물관(홍윤표 소장본)	판권지가 안 보여서 인쇄일을 확인할 수 없음.	원문
	세창인쇄사 서울특별시 종로구 종로 3가 10		[조동일소장국문 학연구자료 21]		상하합권(상 pp.1~37, 하 pp.38~80).	원문
				국립중앙도서관(8 13.5-숙995ㅅ)		원문
					광고(1952)([이본목록], p.333)	광고

번호 고유번호	작품명	표제	문자	면수 가격	인쇄일	발행일	판차	발행자 발행자 주소	발행소 발행소 주소
1621 세창-신미-01-00	신미록	홍경래실기	한글			1917- -	1		세창서관
1622 세창-신미-02-01	신미록	홍경래실긔	한글	81p. 200	1962-08-10	1962-12-30	1	申泰三 서울특별시 종로구 종로3가 10	세창서관 서울특별시 종로구 종로3가 10
1623 세창-신숙-01-01	신숙주부인전	신숙주부인	한글	32p.		1952- -	1	申泰三	세창서관
1624 세창-신숙-02-01	신숙주부인전	신숙주부인	한글	32p. 임시정가	1956-12-01	1956-12-30	1	申泰三 서울특별시 종로구 종로 3가 10	세창서관 서울특별시 종로구 종로3가 10
1625 세창-신유-01-01	신유복전	천정연분	한글	32p.		1925- -	1		세창서관
1626 세창-신유-02-00	신유복전	신유복전	한글			1928- -	1		세창서관
1627 세창-신유-03-00	신유복전	신유복전	한글	68p.		1936-10-30	1	申泰三	세창서관
1628 세창-신유-04-00	신유복전	신유복전	한글			1951- -	1	申泰三	세창서관
1629 세창-신유-05-01	신유복전	신유복전	한글	68p.	1952-01-03	1952-01-05	1	申泰三 서울특별시 종로구 종로 3가 10	세창서관 서울특별시 종로구 종로3가 101
1630 세창-신유-06-01	신유복전	신유복전	한글	68p.	1952-08-10	1952-08-30	1	申泰三 서울특별시 종로구 종로 3가 10	세창서관 서울특별시 종로구 종로3가 101
1631 세창-신유-07-01	신유복전	신류복전	한글	68p.		1962- -	1		세창서관
1632 세창-심청-01-00	심청전	심청전	한글	45p.		1929-12-25	1	盧益煥	세창서관
1633 세창-심청-02-01	심청전	교명 심청전	한글	50p. 임시정가	1952-08-10	1952-08-30	1	申泰三 서울특별시 종로구 종로 3가 10	세창서관 서울특별시 종로구 종로3가 10
1634 세창-심청-03-01	심청전	교명 심청전	한글	50p. 18전	1952-12-01	1952-12-30	1	申泰三 서울특별시 종로구 종로 3가 10	세창서관 서울특별시 종로구 종로3가 10
1635 세창-십생-01-01	십생구사	십생구사	한글	32p. 20전	1934-12-05	1934-12-10	1	申泰三 경성부 종로 3정목 141번지	세창서관 조선 경성부 종로 141번지
1636 세창-십생-02-01	십생구사	십생구사	한글	33p.	1952.08.10.	1952-08-30	1	申泰三 서울특별시 종로구 종로 3가 10	세창서관 서울특별시 종로구 종로3가 10
1637 세창-십생-03-01	십생구사	십생구사	한글	33p.	1952.12.01.	1952-12-30	1	申泰三 서울특별시 종로구 종로 3가 10	세창서관 서울특별시 종로구 종로3가 10
1638 세창-십생-04-01	십생구사	십생구사	한글	33p. 120	1961-08-10	1961-12-30	1	申泰三 서울특별시 종로구 종로 3가 10	세창서관 서울특별시 종로구 종로3가 10
1639 세창-양산-01-01	양산백전	양산백전	한글	53p.		1952-01-05	1	申泰三	세창서관
1640 세창-양산-02-01	양산백전	양산백젼	한글	53p. 임시정가	1952-12-01	1952-12-30	1	申泰三 서울특별시 종로구 종로3가 10	세창서관 서울특별시 종로구 종로3가 10

인쇄자 인쇄소 주소	인쇄소 인쇄소 주소	공동 발행	영인본	소장처 및 청구기호	기타	현황
					우쾌제, p.138.	출판
	세창인쇄사 서울특별시 종로구 종로3가 10			김종철 소장본		원문
			[구활자본고소설 전집 26]	국회도서관(811.31 ㅅ585ㅅ)	영인본에 판권지 없음. [구활자본고소설전집 8]에도 발행소 불명의 동일 판본이 영인됨.	원문
	세창인쇄사 서울특별시 종로구 종로 3가 10			개인소장본		원문
					정병욱 소장본([이본목록], p.337)	원문
					소재영 외,, 179.([이본목록], p.336.)	원문
					국회[目.韓Ⅱ](811.31)/대전대[이능우 寄目](1107)([이본목록], p.337)	원문
					박순호 소장본, 정명기 소장본([연구보정], p.527.)	원문
晟均 서울특별시 종로구 관철동 33	세창인쇄사 서울특별시 종로구 관철동 33			고려대학교 도서관(897.33 신유복 신)		원문
	세창인쇄사 서울특별시 종로구 관철동 33			정명기 소장본	공동발행이 문창서관 외 한 곳이 더 있으나 가려져 확실히 보이지 않음.	원문
				이화여자대학교 도서관(811.31 신327)		원문
					박순호 소장본([연구보정], p.540)	원문
	세창인쇄사 서울특별시 종로구 종로 3가 10			개인소장본		원문
	세창인쇄사 서울특별시 종로구 종로 3가 10		[조동일소장국문 학연구자료 21]	정명기 소장본	영인본에는 판권지 없음.	원문
泰和 성부 종로 3정목 41번지	세창서관인쇄부 경성부 종로 3정목 141번지			국립중앙도서관(3 634-3-11(6))		원문
	세창인쇄사 서울특별시 종로구 종로 3가 10			정명기 소장본		원문
	세창인쇄사 서울특별시 종로구 종로 3가 10			국회도서관(811.31 ㅅ585ㅅ)		원문
	세창인쇄사 서울특별시 종로구 종로 3가 10			개인소장본		원문
			[구활자본고소설 전집 26], [조동일소장국문 학연구자료 21]	국회도서관(811.31 ㅅ585ㅇ)	영인본에는 판권지 없음. 발행일은 [연구보정 상](p.571)의 기록을 따름.	원문
	세창인쇄사 서울특별시 종로구 종로3가 10			양승민 소장본		원문

번호	작품명 고유번호	표제	문자	면수 가격	인쇄일	발행일	판차	발행자 발행자 주소	발행소 발행소 주소
1641	**양주봉전** 세창-양주-01-01	양주봉전	한글	64p. 200	1961-08-10	1961-12-30	1	申泰三 서울특별시 종로구 종로3가 10	세창서관 서울특별시 종로구 종로3가 10
1642	**양풍전** 세창-양풍-01-01	양풍운전	한글	32p. 임시정가	1952-12-01	1952-12-30	1	申泰三 서울특별시 종로구 종로 3가 10	세창서관 서울특별시 종로구 종로 3가 10
1643	**양풍전** 세창-양풍-02-00	양풍운전	한글	32p.		1956- -	1		세창서관
1644	**어룡전** 세창-어룡-01-01	어룡전	한글	58p.		1951- -	1		세창서관
1645	**어룡전** 세창-어룡-02-01	어룡전	한글	58p. 임시정가	1952-12-15	1952-12-30	1	申泰三 서울특별시 종로구 종로3가 10	세창서관 서울특별시 종로구 종로3가 10
1646	**어룡전** 세창-어룡-03-00	고대소설 어룡젼	한글	58p.		1962- -	1		세창서관
1647	**영웅호걸** 세창-영웅-01-01	영웅호걸	한글				1		세창서관
1648	**오성과 한음** 세창-오성-01-01	오성과 한음	한글	64p. 임시정가	1952-12-15	1952-12-30	1	申泰三 서울특별시 종로구 종로 3가 10	세창서관 서울특별시 종로구 3가 10
1649	**오성과 한음** 세창-오성-02-01	오성과 한음	한글	64p.	1953-09-10	1953-12-30	1	申泰三 서울특별시 종로구 종로 3가 10	세창서관 서울특별시 종로구 3가 10
1650	**옥낭자전** 세창-옥낭-01-01	옥낭자	한글	32p. 18전	1956-12-01	1952-12-30	1	申泰三 서울특별시 종로구 3가 10	세창서관 서울특별시 종로구 10
1651	**옥단춘전** 세창-옥단-01-01	옥단츈젼	한글	38p. 15전	1934-01-05	1934-01-10	1	申泰三 경성부 종로 3정목 141번지	세창서관 조선 경성부 종로 3 141번지
1652	**옥단춘전** 세창-옥단-02-01	옥단츈젼	한글	24p.	1952-08-10	1952-08-30	1	申泰三 서울특별시 종로구 종로 3가 10	세창서관 서울특별시 종로구 3가 10
1653	**옥단춘전** 세창-옥단-03-01	옥단츈젼	한글	24p.	1952-12-15	1952-12-30	1	申泰三 서울특별시 종로구 종로 3가 10	세창서관 서울특별시 종로구 3가 10번지
1654	**옥단춘전** 세창-옥단-04-01	옥단츈젼	한글	24p. 임시정가 120	1961-08-10	1961-12-30	1	申泰三 서울특별시 종로구 종로 3가 10	세창서관 서울시 종로구 종로 10
1655	**옥루몽** 세창-옥루-01-01-권1	옥루몽	한글	166p. 2원 (전4책)	1938-10-20	1938-10-25	1	申泰三 경성부 종로 4정목 77번지	세창서관 경성부 종로 4정목 77번지
1656	**옥루몽** 세창-옥루-01-01-권2	옥루몽	한글	163p. 2원 (전4책)	1938-10-20	1938-10-25	1	申泰三 경성부 종로 4정목 77번지	세창서관 경성부 종로 4정목 77번지
1657	**옥루몽** 세창-옥루-01-01-권3	옥루몽	한글	166p. 2원 (전4책)	1938-10-20	1938-10-25	1	申泰三 경성부 종로 4정목 77번지	세창서관 경성부 종로 4정목 77번지
1658	**옥루몽** 세창-옥루-01-01-권4	옥루몽	한글	232p. 2원 (전4책)	1938-10-20	1938-10-25	1	申泰三 경성부 종로 4정목 77번지	세창서관 경성부 종로 4정목 77번지
1659	**옥루몽** 세창-옥루-02-01-권1	옥루몽	한글	177p. 임시정가	1952-12-15	1952-12-30	1	申泰三 서울특별시 종로구 종로3가 10	세창서관 서울특별시 종로구 종로3가 10

쇄자 쇄소 주소	인쇄소 인쇄소 주소	공동 발행	영인본	소장처 및 청구기호	기타	현황
	세창인쇄사 서울특별시 종로구 종로3가 10			김종철 소장본		원문
	세창인쇄사 서울특별시 종로구 종로 3가 10			고려대학교 도서관(897.33 장풍운 장a)	<장풍운전>과 합철.	원문
				김종철 소장본([연구보정], p.577). <장풍운전>과 합철.		원문
				국립중앙도서관(8 13.5-어124人)		원문
景均 울특별시 종로구 로3가 10	세창인쇄사 서울특별시 종로구 종로3가 10			김종철 소장본		원문
				이화여자대학교 도서관(811.31 어26)		원문
				소재영 외, p.223.		원문
景均 울특별시 종로구 로3가 10	세창인쇄사 서울특별시 종로구 종로 3가 10			박순호 소장본		원문
	세창인쇄사 서울특별시 종로구 종로 3가 10		[구활자본고소설 전집 29]			원문
	세창인쇄사 申泰三			정명기 소장본		원문
泰和 성부 종로 3정목 번지	세창서관인쇄부 경성부 종로 3정목 141번지			국립중앙도서관(3 634-2-90(10))		원문
	세창인쇄사 서울특별시 종로구 종로 3가 10			정명기 소장본		원문
				고려대학교 도서관(897.33 옥단춘 옥a)	판권지가 스티커에 가려 다 보이지 않음.	원문
	세창인쇄사 서울특별시 종로구 종로 3가 10		[조동일소장국문 학연구자료 22]			원문
鳳 부 종로 4정목 번지	세창서관인쇄부 경성부 종로 4정목 77번지	삼천리서관		개인소장본	4권 4책, 64회 장회체(권1 1회~14회, 권2 15회~28회, 권3 29회~45회, 권4 46~64회)	원문
鳳 부 종로 4정목 번지	세창서관인쇄부 경성부 종로 4정목 77번지	삼천리서관		개인소장본	4권 4책, 64회 장회체(권1 1회~14회, 권2 15회~28회, 권3 29회~45회, 권4 46~64회)	원문
鳳 부 종로 4정목 번지	세창서관인쇄부 경성부 종로 4정목 77번지	삼천리서관		개인소장본	4권 4책, 64회 장회체(권1 1회~14회, 권2 15회~28회, 권3 29회~45회, 권4 46~64회)	원문
鳳 부 종로 4정목 번지	세창서관인쇄부 경성부 종로 4정목 77번지	삼천리서관		개인소장본	4권 4책, 64회 장회체(권1 1회~14회, 권2 15회~28회, 권3 29회~45회, 권4 46~64회)	원문
均 특별시 종로구 3가 10	세창인쇄사 서울특별시 종로구 종로3가 10			김종철 소장본	4권 4책, 64회 장회체(권1 1회~16회, 권2 17~32회, 권3 33회~50회, 권4 51회~64회). 2권 4권의 인쇄일과 발행일이 1권보다 빠름.	원문

번호	작품명 고유번호	표제	문자	면수 가격	인쇄일	발행일	판차	발행자 발행자 주소	발행소 발행소 주소
1660	**옥루몽** 세창-옥루-02-01-권2	옥루몽	한글	174p. 임시정가	1952-08-10	1952-08-30	1	申泰三 서울특별시 종로구 종로 3가 10	세창서관 서울특별시 종로구 3가 10
1661	**옥루몽** 세창-옥루-02-01-권3	옥루몽	한글	180p.		1952- -	1		세창서관
1662	**옥루몽** 세창-옥루-02-01-권4	옥루몽	한글	197p. 2000원	1952-08-10	1952-08-30	1	申泰三 서울특별시 종로구 종로 3가 10	세창서관 서울특별시 종로구 3가 10
1663	**옥루몽** 세창-옥루-03-01-권1	옥루몽	한글	177p.		1957- -	1		세창서관
1664	**옥루몽** 세창-옥루-03-01-권2	옥루몽	한글	174p.		1957- -	1		세창서관
1665	**옥루몽** 세창-옥루-03-01-권3	옥루몽	한글	180p.		1957- -	1		세창서관
1666	**옥루몽** 세창-옥루-03-01-권4	옥루몽	한글	197p.		1957- -	1		세창서관
1667	**옥루몽** 세창-옥루-04-01-권1	原本懸吐 玉樓夢	한문	133p.		1962-10-30	1	申泰三 서울특별시 종로구 종로 3가 10	세창서관 서울특별시 종로구 3가 10
1668	**옥루몽** 세창-옥루-04-01-권2	原本懸吐 玉樓夢	한문	126p.		1962-10-30	1	申泰三 서울특별시 종로구 종로 3가 10	세창서관 서울특별시 종로구 3가 10
1669	**옥루몽** 세창-옥루-04-01-권3	原本懸吐 玉樓夢	한문	127p.		1962-10-30	1	申泰三 서울특별시 종로구 종로 3가 10	세창서관 서울특별시 종로구 3가 10
1670	**왕장군전** 세창-왕장-01-01	왕비호전	한글	38p. 20전	1933-12-15	1933-12-20	1	申泰三 경성부 종로 4정목 77번지	세창서관 경성부 종로 4정목 77번지
1671	**왕장군전** 세창-왕장-02-01	왕장군전	한글	77p. 200	1961-08-10	1961-12-30	1	申泰三 서울특별시 종로구 종로3가 10	세창서관 서울특별시 종로구 종로3가 10
1672	**왕태자전** 세창-왕태-01-00	정본	한글	30전		1915- -	1		세창서관
1673	**용문전** 세창-용문-01-01	대성용문전	한글	36p. 200원	1952-08-10	1952-08-30	1	申泰三 서울특별시 종로구 종로 3가 10	세창서관 서울특별시 종로구 3가 10
1674	**울지경덕전** 세창-울지-01-01	蔚遲敬德傳	한글	74p.		1952-12-30	1	申泰三	세창서관
1675	**원두표실기** 세창-원두-01-01	원두표실긔	한글	50p. 200원	1962-08-10	1962-12-30	1	申泰三 서울특별시 종로구 종로 3가 10	세창서관 서울특별시 종로구 3가 10
1676	**월봉기** 세창-월봉-01-01	월봉산긔	한글	166p.	1953-09-10	1953-12-30	1	申泰三 서울특별시 종로구 종로 3가 10	세창서관 서울특별시 종로구 3가 10
1677	**월봉기** 세창-월봉-01-02	월봉산긔	한글	166p. 1000	1961-09-10	1961-12-30	2	申泰三 서울특별시 종로구 종로 3가 10	세창서관 서울특별시 종로구 3가 10
1678	**유문성전** 세창-유문-01-01	유문성전	한글	73p. 임시정가	1952-12-01	1952-12-30	1	申泰三 서울특별시 종로구 종로 3가 10	세창서관 서울특별시 종로구 3가 10

쇄자 쇄소 주소	인쇄소 인쇄소 주소	공동 발행	영인본	소장처 및 청구기호	기타	현황
	세창인쇄사 서울특별시 종로구 종로 3가 10			김종철 소장본	4권 4책, 64회 장회체(권1 1회~16회, 권2 17~32회, 권3 33회~50회, 권4 51회~64회). 2권 4권의 인쇄일과 발행일이 1권보다 빠름.	원문
				김종철 소장본	판권지가 없음.	원문
	세창인쇄사 서울특별시 종로구 종로 3가 10			김종철 소장본	4권 4책, 64회 장회체(권1 1회~16회, 권2 17~32회, 권3 33회~50회, 권4 51회~64회). 2권 4권의 인쇄일과 발행일이 동일하며, 1권보다 빠름.	원문
				이화여자대학교 도서관(811.31 옥327N 1)	4권 4책, 64회 장회체(권1 1회~14회, 권2 15회~28회, 권3 29회~45회, 권4 46~64회). 장회 및 페이지 정보는 [연구보정](p.418)을 따름.	원문
				이화여자대학교 도서관(811.31 옥327N 2)	4권 4책, 64회 장회체(권1 1회~14회, 권2 15회~28회, 권3 29회~45회, 권4 46~64회). 장회 및 페이지 정보는 [연구보정](p.418)을 따름.	원문
				이화여자대학교 도서관(811.31 옥327N 3)	4권 4책, 64회 장회체(권1 1회~14회, 권2 15회~28회, 권3 29회~45회, 권4 46~64회). 장회 및 페이지 정보는 [연구보정](p.418)을 따름.	원문
				이화여자대학교 도서관(811.31 옥327N 4)	64회 장회체(권1 1회~14회, 권2 15회~28회, 권3 29회~45회, 권4 46~64회). 장회 및 페이지 정보는 [연구보정](p.418)을 따름.	원문
	세창인쇄사 서울특별시 종로구 종로 3가 10			국립중앙도서관(3 736-59-1)	3권 3책, 64회 장회체(권1 1회~21회, 권2 22회~44회, 권3 45~64회, 총목차), 인쇄일이 없음.	원문
	세창인쇄사 서울특별시 종로구 종로 3가 10			국립중앙도서관(3 736-59-2)	3권 3책, 64회 장회체(권1 1회~21회, 권2 22회~44회, 권3 45~64회). 인쇄일이 없음.	원문
	세창인쇄사 서울특별시 종로구 종로 3가 10			국립중앙도서관(3 736-59-3)	3권 3책, 64회 장회체(권1 1회~21회, 권2 22회~44회, 권3 45~64회). 인쇄일이 없음.	원문
弼龍 성부 종로 4정목 번지	세창서관인쇄부 경성부 종로 4정목 77번지	삼천리서관		김종철 소장본		원문
	세창인쇄사 서울특별시 종로구 종로3가 10			디지털 한글박물관(홍윤표 소장본)	8회의 장회체. 도서관 서지정보에 발행연도를 '1952년'으로 잘못 표기.	원문
					<장화홍련전>, 세창서관, 1915(국립중앙도서관 소장본(3634-2-10(5))에 '正本 王太子傳'으로 광고.	광고
	세창인쇄사 서울특별시 종로구 종로 3가 10			디지털 한글박물관(홍윤표 소장본)	속표지는 '原本 龍門將軍傳'이라 되어 있음. <용문전>(pp.1~36), <소대성전>(pp.28)과 합철.	원문
				국회도서관(811.31 ㅅ585ㅇ)	작가와 발행자, 발행일은 [이본목록](p.455) 참고.	원문
	세창인쇄사 서울특별시 종로구 종로 3가 10		[구활자본고소설 전집 29]			원문
	세창인쇄사 서울특별시 종로구 종로 3가 10				上下 合部(상 81p, 하 85p) '세창-월봉-01-02'에 초판, 2판 구분 없이 붙어 있는 판권지 두 장(단기4286, 4294) 중에서 앞선 시기의 것을 초판으로 간주.	출판
	세창인쇄사 서울특별시 종로구 종로 3가 10			소인호소장본	上下 合部(상 81p, 하 85p). 초판, 2판 구분 없이 붙어 있는 판권지 두 장(단기4286, 4294) 중에서 나중의 것을 2판으로 간주.	원문
	세창인쇄사 서울특별시 종로구 종로 3가 10			디지털 한글박물관(홍윤표 소장)	서지정보에 '유문성전 권상'으로 되어 있으나, 단권임.	원문

번호	작품명 고유번호	표제	문자	면수 가격	인쇄일	발행일	판차	발행자 발행자 주소	발행소 발행소 주소
1679	유문성전 세창-유문-02-01	유문성전	한글	68p.		1964-11-30	1		세창서관 서울시 종로 3가 10
1680	유충렬전 세창-유충-01-01	유충렬전	한글			1913- -	1		세창서관
1681	유충렬전 세창-유충-02-01	류츙렬전	한글	76p. 45전			1	申泰三 경성부 종로4정목 77번지	세창서관 경성부 종로 4정목 77번지
1682	유충렬전 세창-유충-03-01	류츙렬전	한글	72p. 200환	1952-12-10	1952-12-30	1	申泰三 서울특별시 종로구 종로 3가 10	세창서관 서울특별시 종로구 3가 10
1683	유충렬전 세창-유충-04-01	류츙렬전	한글	72p.		1962- -	1		세창서관
1684	육효자전 세창-육효-01-01	육효자전	한글	78p.	1952-12-01	1952-12-30	1	申泰三 서울특별시 종로구 종로 3가 10	세창서관 서울특별시 종로구 3가 10
1685	육효자전 세창-육효-02-01	육효자전	한글	78p.		1961-12-30	1		세창서관
1686	을지문덕전 세창-을지-01-01	을지문덕전	한글	38p. 180	1962-08-10	1962-12-30	1	申泰三 서울특별시 종로구 종로 3가 10	세창서관 서울특별시 종로구 3가 10
1687	이대봉전 세창-이대-01-01	고대소설 리대봉젼	한글	49p. 임시정가	1952-08-10	1952-08-30	1	申泰三 서울특별시 종로구 종로3가 10	세창서관 서울특별시 종로구 종로3가 10
1688	이대봉전 세창-이대-02-01	리대봉젼	한글	49p. 임시정가	1952-12-01	1952-12-30	1	申泰三 서울 특별시 종로구 종로 3가 10	세창서관 서울 특별시 종로구 3가 10
1689	이대봉전 세창-이대-03-00	봉황대	한글			1952- -	1		세창서관
1690	이대봉전 세창-이대-04-01	고대소셜 리대봉젼	한글	49p.		1962- -	1		세창서관
1691	이봉빈전 세창-이봉-01-01	李鳳彬傳	한글	71p.		1933- -	1		세창서관
1692	이진사전 세창-이진-01-01	리진사전	한글	52p.	1952-12-15	1952-12-30	1	申泰三	세창서관 서울특별시 종로구 종로3가 10번지
1693	이진사전 세창-이진-02-01	리진사전	한글	52p. 200	1961-08-10	1961-12-30	1	申泰三 서울특별시 종로구 종로 3가 10	세창서관 서울특별시 종로구 3가 10
1694	이태백실기 세창-이태백-01-01	(쥬즁긔션)리태 백실긔	한글	74p. 25전	1915-02-10	1915-02-13	1	姜義永 경성부 종로 3정목 85번지	세창서관 경성 종로 3정목 85
1695	이태왕실기 세창-이태왕-01-01	리태왕실긔	한글	53p.		1952- -	1	申泰三	세창서관 서울 특별시 종로구 3가 10번지
1696	이화정서전 세창-이화정-01-01	번리화정셔전	한글	83p. 250환	1952-12-10	1952-12-30	1	申泰三 서울특별시 종로구 종로 3가 10	세창서관 서울 특별시 종로구 3가 10
1697	이화정서전 세창-이화정-02-01	번리화정셔전	한글	83p. 350	1961-08-10	1961-12-30	1	申泰三 서울특별시 종로구 종로 3가 10	세창서관 서울 특별시 종로구 3가 10
1698	인조대왕실기 세창-인조-01-01	인조대왕실기	한글	54p. 200	1961-08-10	1961-12-30	1	申泰三 서울특별시 종로구 종로 3가 10	세창서관 서울특별시시 종로구 10

쇄자 쇄소 주소	인쇄소 인쇄소 주소	공동 발행	영인본	소장처 및 청구기호	기타	현황
				디지털 한글박물관(홍윤표 소장)	낙질. 서지정보에 '유문성전 권하'로 되어 있으나 단권임. '세창-유문-01-01'과는 판본이 다름. 발행일은 [연구보정](p.733) 참고.	원문
					우쾌제, p.131.	출판
鳳 성부 종로 4정목 번지	세창서관인쇄부 경성부 종로 4정목 77번지	삼천리서관		박순호 소장본	판권지 훼손으로 인쇄일, 발행일이 보이지 않음.	원문
	세창인쇄사 서울특별시 종로구 종로 3가 10		[조동일소장국문학연구자료 22]	개인소장본	상하합본(상 pp. 1~32, 하 pp. 33~72). 영인본에는 판권지 없음.	원문
				이화여자대학교 도서관(811.31 류827)		원문
	세창인쇄사 서울특별시 종로구 종로 3가 10			고려대학교 도서관(897.33 육효자 육)	속표지에 '박건회 편술'로 기록.	원문
				박순호 소장본	박순호 소장본에 원문은 있으나, 판권지가 없음. 발행일은 [이본목록](p.504) 참고.	원문
	세창인쇄사 서울특별시 종로구 종로 3가 10		[구활자본고소설전집 29]			원문
	세창인쇄사 서울특별시 종로구 종로3가 10			개인소장본		원문
	세창인쇄사 서울 특별시 종로구 종로 3가 10			국회도서관(811.31 ㅅ585ㅇ)		원문
					광고(1952)([이본목록], p.513)	광고
				이화여자대학교(8 11.31 리312)		원문
				동덕여자대학교 춘강학술정보관(9 90.94 ㄹ918)		원문
				국회도서관(811.31 ㅅ585ㅇ)	판권지가 가려져 보이지 않음.	원문
	세창인쇄사 서울특별시 종로구 종로 3가 10			소인호 소장본		원문
杓 부 공평동 47번지	성문사 경성부 공평동 55번지			국립중앙도서관(3 634-2-37(7))		원문
			[구활자본고소설전집 29]	국회도서관(811.31 ㅅ585ㅇ)	영인본에 판권지 없음.	원문
	세창인쇄사 서울특별시 종로구 종로 3가 10			국회전자도서관(8 11.31.ㅅ585ㅇ)	원문 이미지 파일 제공.	원문
	세창인쇄사 서울특별시 종로구 종로 3가 10		[구활자본고소설전집 30]			원문
	세창인쇄사 서울특별시 종로구 종로 3가 100		[구활자본고소설전집 30]	개인소장본	영인본에는 판권지 없음.	원문

번호	작품명 고유번호	표제	문자	면수 가격	인쇄일	발행일	판차	발행자 발행자 주소	발행소 발행소 주소
1699	**일당백** 세창-일당-01-01	일당백	한글	89p. 30전	1930-12-05	1930-12-10	1	尹用夔 경성부 와룡동 28-3	세창서관 경성부 와룡동 28-
1700	**임경업전** 세창-임경-01-01	림경업전	한글	46p. 임시정가	1952-12-??	1952-12-30	1	申泰三 서울특별시 종로구 종로 3가 10	세창서관 서울시 종로구 종로 10
1701	**임경업전** 세창-임경-02-01	림경업전	한글	46p.		1962- -	1		세창서관
1702	**임진록** 세창-임진-01-01	임진록	한글	266p.		1952-08-30	1	申泰三	세창서관
1703	**임진록** 세창-임진-02-01	壬辰錄	한글	266p.		1961- -	1		세창서관
1704	**임진록** 세창-임진-03-01	임진록	한글	266p.		1964- -	1		세창서관
1705	**임진록** 세창-임진-04-01	임진록	한글	266p. 200원	1969-01-10	1969-01-20	1	申泰三 서울특별시 종로구 종로 3가 10	세창서관 서울특별시 종로구 3가 10
1706	**임호은전** 세창-임호-01-01	림호은전	한글			1950-12-10	1	申泰三	세창서관
1707	**임호은전** 세창-임호-02-01	림호은전	한글	124p. 임시정가	1952-12-01	1952-12-30	1	申泰三 서울특별시 종로구 종로3가 10	세창서관 서울특별시 종로구 종로3가 10
1708	**임호은전** 세창-임호-03-01	적강칠션 림호은전	한글	124p.		1957- -	1		세창서관
1709	**임화정연** 세창-임화-01-01	四姓奇逢 林華鄭延	한글	208p. 60전	1915-12-30	1916-01-20	1	姜義永 경성부 종로통 3정목 85번	세창서관 경성부 종로통 3정 85번
1710	**장경전** 세창-장경-01-01	장경전	한글	70p. 임시정가	1952-12-01	1952-12-30	1	申泰三 서울특별시 종로구 종로 3가 10	세창서관 서울특별시 종로구 3가 10
1711	**장국진전** 세창-장국-01-01	장국진전	한글	44p. 30전	1935-11-05	1935-11-10	1	申泰三 경성부 종로 3정목 141번지	세창서관 조선 경성부 종로 141번지
1712	**장국진전** 세창-장국-02-01	장국진전	한글	44p.		1951-06-30	1		세창서관
1713	**장국진전** 세창-장국-03-01	古代小說 張國振傳	한글	44p.		1952- -	1		세창서관
1714	**장국진전** 세창-장국-04-01	장국진전	한글	44p. 임시정가 200	1957-08-10	1957-12-30	1	申泰三 서울특별시 종로구 종로3가 10	세창서관 서울특별시 종로구 종로3가 10
1715	**장국진전** 세창-장국-05-01	장국진전	한글	44p. 임시정가 200	1962-08-10	1962-12-30	1	申泰三 서울특별시 종로구 종로 3가 10	세창서관 서울특별시 종로구 3가 10
1716	**장끼전** 세창-장끼-01-01	장끼전	한글	32p. 임시정가	1952-12-01	1952-12-30	1	申泰三 서울특별시 종로구 종로3가 10	세창서관 서울특별시 종로구 종로3가 10
1717	**장백전** 세창-장백-01-01	(一世名將) 張伯傳	한글	61p.	1952-01-03	1952-01-05	1	申泰三 서울특별시 종로구 종로 3가 10	세창서관 서울특별시 종로구 3가 101
1718	**장백전** 세창-장백-02-00	원본 일세명장 쟝백젼	한글	61p.		1957- -	1		세창서관

쇄자 쇄소 주소	인쇄소 인쇄소 주소	공동 발행	영인본	소장처 및 청구기호	기타	현황
敬德 성부 서대문정 2정목 9	조선기독교창문사 경성부 서대문정 2정목 139			서울대학교 도서관(3340 47)		원문
	세창인쇄사 서울특별시 종로구 종로 3가 10			디지털 한글박물관(홍윤표 소장본)		원문
				이화여자대학교(8 11.31 림14)		원문
					[이본목록], p.563.	출판
				이화여자대학교 도서관(811.31 임819)	표제는 서지정보를 따름.	원문
					김종철 소장본([연구보정], p.825.	원문
	세창인쇄소 서울특별시 종로구 종로 3가 10			소인호 소장본		원문
					[연구보정], p.829.	출판
	세창인쇄사 서울특별시 종로구 종로3가 10			국회도서관(811.31 ㅅ585ㅇ)	상하 합편.	원문
				이화여자대학교 도서관(811.31 임95)		원문
重煥 성부 중림동 333번지	보성사 경성부 수송동 44번지			국민대학교 도서관(고813.5 사01))		원문
	세창인쇄사 서울특별시 종로구 종로 3가 10			김종철 소장본	상하 합철.	원문
泰和 성부 종로 3정목 1번지	세창서관인쇄부 경성부 종로 3정목 141번지			국립중앙도서관(3 634-2-116(2))	2권 1책(권1 pp.1~25, 권2 pp.30~44)	원문
					[연구보정], p.838.	출판
				국회도서관(811.31 .ㅅ.585ㅈ)		출판
	세창인쇄사 서울특별시 종로구 종로3가 10			박순호 소장본		원문
	세창인쇄사 서울특별시 종로구 종로3가 10			개인소장본		원문
	세창인쇄사 서울특별시 종로구 종로3가 10			국회도서관(811.31 ㅅ585ㅈ)	도서관 서지정보의 제목은 '장세전', '단기4284년(1951년)' 발행으로 잘못 기록.	원문
晟均 울특별시 종로구 철동 33	세창인쇄사 서울특별시 종로구 관철동 33			고려대학교 도서관(897.33 장백전 장)	판매소가 11곳 기록됨.	원문
				이화여자대학교 도서관(811.31 장52)		원문

번호	작품명 고유번호	표제	문자	면수 가격	인쇄일	발행일	판차	발행자 발행자 주소	발행소 발행소 주소
1719	장백전 세창-장백-03-01	一世名將 장백젼	한글	61p. 임시정가	1964-08-10	1964-11-30	1	申泰三 서울특별시 종로구 종로 3가 10	세창서관 서울특별시 종로구 3가 10
1720	장비마초실기 세창-장비-01-00	장비마초	한글			1952- -	1		세창서관
1721	장익성전 세창-장익-01-01	장익성전	한글	58p.	1952-08-10	1952-08-30	1	申泰三 서울특별시 종로구 종로 3가 10	세창서관 서울특별시 종로구 3가 10
1722	장자방실기 세창-장자-01-00	張子房實記	한글	125p.		1951- -	1	申泰三	세창서관
1723	장자방실기 세창-장자-02-01	楚漢乾坤 장자방실긔	한글	125p. 임시정가	1952-12-01	1952-12-30	1	申泰三 서울특별시 종로구 종로3가 10	세창서관 서울특별시 종로구 종로3가 10
1724	장풍운전 세창-장풍-01-01	(고대소설)쟝풍 운전	한글	32p.		1951- -	1		세창서관
1725	장풍운전 세창-장풍-02-01	(고대소설)쟝풍 운전	한글	32p. 200원	1952-08-10	1952-08-30	1	申泰三 서울특별시 종로구 종로 3가 10	세창서관 서울특별시 종로구 3가 10
1726	장풍운전 세창-장풍-03-01	(고대소설)쟝풍 운전	한글	32p. 임시정가	1956-12-01	1956-12-30	1	申泰三 서울특별시 종로구 종로 3가 10	세창서관 서울특별시 종로구 3가 10
1727	장학사전 세창-장학-01-01	장학사젼	한글	56p.		1951-12-30	1	申泰三	세창서관
1728	장학사전 세창-장학-02-01	장학사젼	한글	56p.		1952-12-30	1	申泰三	세창서관
1729	장학사전 세창-장학-03-01	장학사젼	한글	56p. 200	1961-08-10	1961-12-30	1	申泰三 서울특별시 종로구 종로 3가 10	세창서관 서울특별시 종로구 3가 10
1730	장화홍련전 세창-장화-01-01	장화홍련전	한글	50p. 25전	1915-05-23	1915-05-24	1	姜義永 경성 종로통 3정목 85번지	세창서관 경성부 종로통 3정 85번지
1731	장화홍련전 세창-장화-02-00	(古代小說)薔花 紅蓮傳	한글	31p.		1952- -	1		세창서관
1732	장화홍련전 세창-장화-03-00	쟝화홍련젼	한글			1956- -	1		세창서관
1733	장화홍련전 세창-장화-04-01	고대소설 장화홍련전	한글	31p. 임시정가 1500	1957-08-10	1957-12-30	1	申泰三 서울특별시 종로구 종로 3가 10	세창서관 서울특별시 종로구 3가 10
1734	장화홍련전 세창-장화-04-02	쟝화홍연전	한글	31p. 임시정가 120	1961-08-10	1961-12-30	2	申泰三 서울특별시 종로구 종로 3가 10	세창서관 서울특별시 종로구 3가 10
1735	적벽대전 세창-적벽대-01-01	적벽대전	한글	73p. 15전	1936-11-15	1936-11-20	1	申泰三 경성부 종로 3정목 141번지	세창서관 조선 경성부 종로 3 141번지
1736	적벽대전 세창-적벽대-02-01	삼국풍진 화용도실긔	한글	170p.	1952-12	1952-12-	1	申泰三 서울특별시 종로구	세창서관 서울특별시 종로구
1737	적벽대전 세창-적벽대-03-01	적벽가	한글	24p.		1957- -	1		세창서관
1738	적벽대전 세창-적벽대-04-01	적벽대전	한글	73p. 250원	1962-08-10	1962-12-30	1	申泰三 서울특별시 종로구 종로 3가 10	세창서관 서울특별시 종로구 3가 10

발행자 발행소 주소	인쇄소 인쇄소 주소	공동 발행	영인본	소장처 및 청구기호	기타	현황
	세창인쇄사 서울특별시 종로구 종로 3가 10			디지털 한글박물관(이태영 소장본)		원문
					광고(1952)([이본목록], p.583.	광고
	세창인쇄사 서울특별시 종로구 종로 3가 10			정명기 소장본		원문
				국회도서관(811.31 ㅅ585ㅈ)		원문
	세창인쇄사 서울특별시 종로구 종로3가 10			박순호 소장본	31회의 장회체(총목차)	원문
				국회도서관(811.31 ㅅ585ㅈ)		원문
	세창인쇄사 서울특별시 종로구 종로 3가 10			디지털 한글박물관(홍윤표 소장본)	<양풍운전>(32p.)과 <장풍운전>(32p)의 합철.	원문
	세창인쇄사 서울특별시 종로구 종로 3가 10			김종철 소장본	<양풍운전>(32p.)과 <장풍운전>(32p)의 합철.	원문
					[연구보정], p.860.	출판
				국회도서관(811.31 ㅅ585ㅈ)	표제는 서지정보를 따름, 발행일은 연구보정을 참고.	원문
	세창인쇄사 서울특별시 종로구 종로 3가 10			김종철 소장본		원문
昱雲 성부 아현 3정목 번지	선명사 경성부 종로통 1정목 39번지		[구활자소설총서 2]	국립중앙도서관(3 634-2-10(5))	<장화홍련전>(50p)과 <적성의전>(35p) 합철. 광고면에 '세창서관 주 강의영'	원문
				고려대학교 도서관(897.33 장화홍 장)		원문
					[연구보정], p.866.	출판
	세창인쇄사 서울특별시 종로구 종로 3가 10			박순호 소장본		원문
	세창인쇄사 서울특별시 종로구 종로 3가 10			김종철 소장본	'1957년'의 판권지도 같이 있는 것으로 보아 2판으로 추정.	원문
鳳 부 종로 3정목 번지	세창서관인쇄부 경성부 종로 3정목 141번지			김종철 소장본		원문
	세창인쇄사 서울특별시 종로구			디지털 한글박물관(홍윤표 소장본)	판권지가 포장지에 가려 대부분의 내용을 확인할 수 없음.	원문
					[이본목록], p.611.	출판
	세창인쇄사 서울특별시 종로구 종로 3가 10		[구활자본고소설 전집 31]	디지털 한글박물관(홍윤표 소장본)	8회의 장회체. <적벽가>(pp.65~66)<오호대장기>(pp.66~73) 합본. 한글박물관 소장본에는 판권지 없음.	원문

번호	작품명 고유번호	표제	문자	면수 가격	인쇄일	발행일	판차	발행자 발행자 주소	발행소 발행소 주소
1739	**적벽대전** 세창-적벽대-05-01	적벽가	한글	24p. 200원	1962-08-10	1962-12-30	1	申泰三 서울특별시 종로구 종로 3가 10	세창서관 서울특별시 종로구 3가 10
1740	**적성의전** 세창-적성-01-01	적성의전	한글	35p. 25전	1915-05-23	1915-05-24	1	姜義永 경성 종로통 3정목 85번지	세창서관 경성부 종로통 3정 85번지
1741	**적성의전** 세창-적성-02-01	古代小說 狄成義傳	한글	32p.		1951- -	1	申泰三	세창서관
1742	**적성의전** 세창-적성-03-01	古代小說 狄成義傳	한글	32p.		1952- -	1	申泰三	세창서관
1743	**적성의전** 세창-적성-04-01	덕성의젼	한글	32p. 120	1962-08-10	1962-12-30	1	申泰三 서울특별시 종로구 종로 3가 10	세창서관 서울특별시 종로구 3가 10
1744	**전우치전** 세창-전우-01-01	고대소설 면우치젼	한글	32p. 임시정가	1952-12-01	1952-12-30	1	申泰三 서울특별시 종로구 종로 3가 10	세창서관 서울특별시 종로구 3가 10
1745	**전우치전** 세창-전우-02-01	고대소설 면우치젼	한글	32p. 120	1961-08-10	1962-12-30	1	申泰三 서울특별시 종로구 종로 3가 10	세창서관 서울특별시 종로구 3가 10
1746	**정목란전** 세창-정목-01-00	정몽낭젼	한글			1952- -	1		세창서관
1747	**정수경전** 세창-정수경-01-00	古代小說 鄭壽景傳	한글	49p.		1952- -	1	申泰三	세창서관
1748	**정수정전** 세창-정수정-01-01	(고대소설)녀장 군젼	한글			1915-02-17	1		세창서관
1749	**정수정전** 세창-정수정-01-02	(고대소설)녀장 군젼	한글	100p. 30전	1916-07-25	1916-07-29	2	姜義永 경성부 종로통 3정목 85번	세창서관 경성부 종로통 3정 85번
1750	**정수정전** 세창-정수정-02-01	(古代小說)女子 忠孝錄	한글	71p.	1952-12-15	1952-12-30	1	申泰三 서울 특별시 종로구 종로 3가 10	세창서관 서울 특별시 종로구 3가 10
1751	**정수정전** 세창-정수정-03-01	녀중호걸	한글	113p.	1952-12-10.	1952-12-30	1	申泰三	세창서관 서울 특별시 종로구 3가 10번지
1752	**정을선전** 세창-정을-01-01	(고대소설)정을 선젼	한글	43p.		1935- -	1		세창서관
1753	**정을선전** 세창-정을-02-01	(고대소설)정을 선젼	한글	43p. 임시정가	1952-12-01	1952-12-30	1	申泰三 서울 특별시 종로구 종로 3가 10	세창서관 서울 특별시 종로구 3가 10
1754	**정진사전** 세창-정진-01-01	정도령전	한글		1952-08-10	1952-08-30	1	申泰三 서울특별시 종로구 종로 3가 10	세창서관 서울특별시 종로구 3가 10
1755	**정진사전** 세창-정진-02-01	정도령전	한글	63p. 18전	1952-12-10	1952-12-30	1	申泰三 서울특별시 종로구 종로 3가 10	세창서관 서울특별시 종로구 3가 10
1756	**정진사전** 세창-정진-03-01	원본 정도령전	한글			1953-12-30	1	申泰三	세창서관
1757	**정진사전** 세창-정진-04-01	원본 정도령전	한글	63p. 200	1962-08-10	1962-12-30	1	申泰三 서울특별시 종로구 종로 3가 10	세창서관 서울특별시 종로구 3가 10

쇄자 쇄소 주소	인쇄소 인쇄소 주소	공동 발행	영인본	소장처 및 청구기호	기타	현황
	세창인쇄사 서울특별시 종로구 종로 3가 10		[구활자본고소설 전집 32]		<황부인전>과 합본.	원문
雲 부 아현 3정목 지	선명사 경성부 종로통 1정목 39번지			국립중앙도서관(3 634-2-10(5))	<장화홍련전>(pp.1~50)과 <적성의전>(pp.1~35)의 합본. 표제는 '장화홍련전'임.	원문
				국회도서관(811.31 .ㅅ585ㅈ)		원문
				고려대학교 도서관(897.33 적성의 적)		원문
	세창인쇄사 서울특별시 종로구 종로 3가 10		[조동일소장국문 학연구자료 22]			원문
	세창인쇄사 서울특별시 종로구 종로 3가 10		[구활자본고소설 전집 31]	디지털 한글박물관(홍윤표 소장본)	영인본에는 판권지 없음.	원문
	세창인쇄사 서울특별시 종로구 종로 3가 10		[조동일소장국문 학연구자료 22]			원문
					광고(1952)([이본목록], p.629)	광고
				국회도서관(811.31 ㅅ585ㅈ)		원문
					2판에 초판 발행일 기록.	출판
煥 중림동 333번지	보성사 경성부 수송동 44번지			국립중앙도서관(3 634-2-86(6))	초판 발행일 기록.	원문
均 특별시 종로구 3가 10	세창인쇄사 서울 특별시 종로구 종로 3가 10			고려대학교 도서관(897.33 여자충 여)		원문
			[구활자본고소설 전집 26]	디지털 한글박물관(홍윤표 소장본), 국회도서관(811.31 ㅅ585ㅇ)		원문
				이화여자대학교 도서관(811.31 정78A)		원문
	세창인쇄사 서울 특별시 종로구 종로 3가 10			고려대학교 도서관(897.33 정을선 정)		원문
	세창인쇄사 서울특별시 종로구 종로 3가 10			박순호 소장본	<정도령전>과 <정을선전> 합철. 본문의 뒷장 판권지에 '소화10.08.30 발행'이라 기록. 다음 장에 1952년 판권지 있음.	원문
	세창인쇄사 서울특별시 종로구 종로 3가 10			정명기 소장본		원문
					박순호 소장본([연구보정], p.921.)	원문
	세창인쇄사 서울특별시 종로구 종로 3가 10		[구활자본고소설 전집 31]			원문

번호	작품명 고유번호	표제	문자	면수 가격	인쇄일	발행일	판차	발행자 발행자 주소	발행소 발행소 주소
1758	제갈량 세창-제갈-01-00	제갈량전	한글			1952- -	1		세창서관
1759	제마무전 세창-제마-01-01	(고대소설)몽결 초한송	한글	56p. 임시정가	1952-08-10	1952-08-30	1	申泰三 서울특별시 종로구 종로 3가 10	세창서관 서울특별시 종로구 3가 10
1760	제마무전 세창-제마-02-01	(고대소설)몽결 초한송	한글	56p. 임시정가 200	1961-08-10	1961-12-30	1	申泰三 서울특별시 종로구 종로 3가 10	세창서관 서울특별시 종로구 3가 10
1761	조생원전 세창-조생-01-01	고대소설 죠생원전	한글	49p. 임시정가	1952-08-10	1952-08-30	1	申泰三 서울특별시 종로구 종로 3가 10	세창서관 서울특별시 종로구 3가 10
1762	조생원전 세창-조생-02-01	죠생원전	한글	49p.	1953-09-10	1953-12-30	1	申泰三 서울특별시 종로구 종로 3가 10	세창서관 서울특별시 종로구 3가 10
1763	조생원전 세창-조생-02-02	죠생원전	한글	49p.	1961-08-10	1961-12-30	2	申泰三 서울특별시 종로구 종로 3가 10	세창서관 서울특별시 종로구 3가 10
1764	조웅전 세창-조웅-01-01	됴웅전	한글	93p.		1923- -	1		세창서관
1765	조웅전 세창-조웅-02-01	죠웅전	한글	79p. 30전	1933-09-15	1933-09-20	1	申泰三 경성부 종로 3정목 141번지	세창서관 조선 경성부 종로 3 141번지
1766	조웅전 세창-조웅-03-01	조웅전	한글	75p.		1952- -	1		세창서관
1767	조웅전 세창-조웅-04-01	죠웅전	한글	임시정가 200	1962-08-10	1962-12-30	1	申泰三 서울특별시 종로구 종로 3가 10	세창서관 서울특별시 종로구 종로3가 10
1768	조웅전 세창-조웅-04-02	죠웅전	한글	75p. 임시정가	1964-08-10	1964-11-30	2	申泰三 서울특별시 종로구 종로 3가 10	세창서관 서울특별시 종로구 종로3가 10
1769	진대방전 세창-진대-01-01	진대방전	한글			1951- -	1		세창서관
1770	진대방전 세창-진대-02-01	진대방전	한글	35p. 개정정가 100환	1952-12-01	1952-12-30	1	申泰三 서울 특별시 종로구 종로3가 10	세창서관 서울 특별시 종로구 종로3가 10
1771	진대방전 세창-진대-03-01	진대방전	한글	35p.	1953-09-10	1953-12-30	1	申泰三 서울특별시 종로구 종로 3가 10	세창서관 서울특별시 종로구 3가 10
1772	진대방전 세창-진대-03-02	진대방전	한글	35p. 임시정가 120	1962-08-10	1962-12-30	2	申泰三 서울특별시 종로구 종로 3가 10	세창서관 서울특별시 종로구 3가 10
1773	창선감의록 세창-창선-01-01	창선감의록	한글	169p.		1952- -	1	申泰三 서울특별시 종로구 종로 3가 10	세창서관 서울특별시 종로구 3가 10
1774	채봉감별곡 세창-채봉-01-01	츄풍감별곡	한글	64p. 임시정가	1952-12-10	1952-12-30	1	申泰三 서울특별시 종로구 종로 3가 10	세창서관 서울특별시 종로구 3가 10
1775	천도화 세창-천도-01-00	천도화	한글			1952- -	1		세창서관
1776	청년회심곡 세창-청년-01-01	청년회심곡	한글	64p. 30원	1952-08-10	1952-08-30	1	申泰三 서울특별시 종로구 종로 3가 10	세창서관 서울특별시 종로구 3가 10

쇄자 쇄소 주소	인쇄소 인쇄소 주소	공동 발행	영인본	소장처 및 청구기호	기타	현황
					광고(1952)([이본목록], p.652)	광고
	세창인쇄사 서울특별시 종로구 종로 3가 10			디지털 한글박물관(홍윤표 소장본)		원문
	세창인쇄사 서울특별시 종로구 종로 3가 10			개인소장본		원문
	세창인쇄사 서울특별시 종로구 종로 3가 10			개인소장본		원문
	세창인쇄사 서울특별시 종로구 종로 3가 10					출판
	세창인쇄사 서울특별시 종로구 종로 3가 10			디지털 한글박물관(이태영 소장본)	1953년, 1961년 발행의 판권지 2장 있음. 1953년 것을 초판, 1961년 것을 2판으로 간주함.	원문
			[구활자본고소설 전집 31]		영인본에 판권지 없음. 발행연도는 영인본의 해제에 따름. 상중하 합편(상 pp.1~33, 중 pp.34~64, 하 pp.65~93)	원문
泰和 성부 종로 3정목 1번지	세창서관인쇄부 경성부 종로 3정목 141번지			국립중앙도서관(3 634-2-95(5))	상중하 합편(상 pp.1~28, 중 pp.28~54, 하 pp.54~79).	원문
				국회도서관(811.31 ㅅ585ㅈ)	상중하 합편. 협정기관에서 원문 보기 가능.	원문
	세창인쇄사 서울특별시 종로구 종로3가 10			박순호 소장본	1962년과 1964년, 두 개의 판권지가 있음. 앞의 것을 초판, 뒤의 것을 2판으로 추정.	출판
	세창인쇄사 서울특별시 종로구 종로3가 10			박순호 소장본	1962년과 1964년, 두 개의 판권지가 있음. 앞의 것을 초판, 뒤의 것을 2판으로 추정.	원문
					정명기 소장본([연구보정], p.970)	원문
	세창인쇄사 서울 특별시 종로구 종로3가 10			국회도서관(811.31 ㅅ585ㅈ), 개인 소장본.		원문
	세창인쇄사 서울특별시 종로구 종로 3가 10			정명기 소장본		원문
	세창인쇄사 서울특별시 종로구 종로 3가 10			개인 소장본	1953년과 1962년 판권지 두 개가 있음. 1953년 것은 초판, 1962년 것은 2판으로 간주함.	원문
晸均 울특별시 종로구 종로 가 10	세창인쇄사 서울특별시 종로구 종로 3가 10			국회도서관(811.31 ㅅ585ㅊ)	판권지가 훼손되어 발행연도는 도서관 서지 정보를 따름. 국회도서관에서 원문 이미지 파일 열람 가능.	원문
	세창인쇄사 서울특별시 종로구 종로 3가 10		[구활자본고소설 전집 32], [조동일소장국문 학연구자료 22]	디지털 한글박물관(홍윤표 소장본)	영인본 2종에는 판권지 없음.	원문
					광고 (1952)([이본목록], p.726)	광고
	세창인쇄사 서울특별시 종로구 종로 3가 10			소인호 소장본		원문

번호	작품명 고유번호	표제	문자	면수 가격	인쇄일	발행일	판차	발행자 발행자 주소	발행소 발행소 주소
1777	청년회심곡 세창-청년-02-01	청년회심곡	한글	64p.	1962-12-10	1962-12-30	1	申泰三 서울특별시 종로구 종로 3가 10	세창서관 서울특별시 종로구 3가 10
1778	초패왕전 세창-초패-01-01	초패왕실긔 일명 항우전	한글	134p.	1962-08-10	1962-12-30	1	申泰三 서울특별시 종로구 종로 3가 10	세창서관 서울특별시 종로구 3가 10
1779	최치원전 세창-최치-01-01	崔孤雲傳	한글	62p.		1952- -	1		세창서관 서울시 종로 3가 10
1780	춘향전 세창-춘향-01-01	옥즁가화	한글	140p. 40전	1916-01-05	1916-01-10	1	姜義永 경성부 종로통 3정목 85번지	세창서관 경 종로 3정목
1781	춘향전 세창-춘향-02-01	만고열녀 도상옥중화	한글			1926-12-16	1		세창서관
1782	춘향전 세창-춘향-03-01	만고열녀 도상옥중화	한글	190p. 50전		1937-12-25	1	申泰三 경성부 종로 4정목 77번지	세창서관 경성부 종로 4정목 77번지
1783	춘향전 세창-춘향-04-01	만고열녀 춘향전	한글	62p.	1952-08-10	1952-08-30	1	申泰三 서울특별시 종로구 종로 3가 10	세창서관 서울특별시 종로구 종로3가 10
1784	춘향전 세창-춘향-05-01	도상 옥즁화	한글	190p. 임시정가	1952-08-10	1952-08-30	1	申泰三 서울특별시 종로구 종로 3가 10	세창서관 서울특별시 종로구 종로3가 10
1785	춘향전 세창-춘향-06-01	도상옥즁화	한글	190p.	1952-12-10	1952-12-30	1	申泰三 서울특별시 종로구 종로 3가 10	세창서관 서울특별시 종로구 종로3가 10
1786	춘향전 세창-춘향-07-01	도상옥즁화	한글	190p.	1952-12-15	1952-12-30	1	申泰三 서울특별시 종로구 종로 3가 10	세창서관 서울특별시 종로구 종로3가 10
1787	춘향전 세창-춘향-08-01	春香傳 도상옥중화	한글	62p. 임시정가	1952-12-10	1952-12-30	1	申泰三 서울특별시 종로구 종로 3가 10	세창서관 서울특별시 종로구 3가 10
1788	춘향전 세창-춘향-09-00	도상옥중화	한글	190p.		1955- -	1		세창서관
1789	춘향전 세창-춘향-10-00	萬古烈女 春香傳	한글	52p.		1956- -	1		세창서관
1790	춘향전 세창-춘향-11-00	萬古烈女 春香傳	한글	62p.		1961- -	1		세창서관
1791	콩쥐팥쥐전 세창-콩쥐-01-00	콩쥐팥쥐전	한글				1		세창서관
1792	태조대왕실기 세창-태조-01-00	태조대왕실긔	한글				1		세창서관
1793	토끼전 세창-토끼-01-01	별쥬부전	한글			1912- -	1	申泰三	세창서관
1794	토끼전 세창-토끼-02-01	별쥬부전	한글	66p.	1952-12-15	1952-12-20	1	申泰三 서울특별시 종로구 종로 3가 10	세창서관 서울특별시 종로구 3가 10
1795	토끼전 세창-토끼-03-01	토션생 불노초 별쥬부	한글	34p. 임시정가	1952-12-01	1952-12-30	1	申泰三 서울특별시 종로구 종로 3가 10	세창서관 서울특별시 종로구 3가 10
1796	토끼전 세창-토끼-04-01	별쥬부전	한글	66p. 200	1961-08-10	1961-12-30	1	申泰三 서울특별시 종로구 종로 3가 10	세창서관 서울특별시 종로구 3가 10

쇄자 쇄소 주소	인쇄소 인쇄소 주소	공동 발행	영인본	소장처 및 청구기호	기타	현황
	세창인쇄사 서울특별시 종로구 종로 3가 10			정명기 소장본		원문
	세창인쇄사 서울특별시 종로구 종로 3가 10			디지털 한글박물관(홍윤표 소장본)		원문
			[구활자본고소설 전집 31]	서울대학교 도서관(가람 813.5 C459)		원문
德華 성부 종로통 1정목 ●번지	선명사 경성부 종로통 1정목 39번지			국립중앙도서관(3 634-2-64(7))	저작겸 발행자 강의영. 발행소 없고 발매소(세창서관)만 있음. 도서관 서지정보에 따라 발행소를 세창서관으로 기록.	원문
		삼천리서관			조윤제, '춘향전 이본고(2)], [진단학보] 12([이본목록], p.774.)	출판
圭鳳 성부 종로 4정목 번지	세창서관인쇄부 경성부 종로 4정목 77번지	삼천리서관		유춘동 소장본	판권지가 가려져 인쇄일, 발행일 알 수 없음. 발행일은 [이본목록](p.774)을 따름.	원문
	세창인쇄사 서울특별시 종로구 종구3가 10			개인소장본		원문
	세창인쇄사 서울특별시 종로구 종구3가 10		[구활자본고소설 전집 30]			원문
	세창인쇄사 서울특별시 종로구 종구3가 10			국회도서관(811.31 ㅅ585ㄷ)	8장의 장회체. 원문 보기 및 다운로드 가능.	원문
	세창인쇄사 서울특별시 종로구 종구3가 10			정명기 소장본		원문
	세창인쇄사 서울특별시 종로구 종로 3가 10			국회도서관(811.31 ㅅ585ㅊ)	원문 보기 및 다운로드 가능.	원문
					[연구보정], p.1073.	출판
				고려대학교 도서관(897.33 춘향전 만)		원문
				이화여자대학교 도서관(811.31 춘92세)		원문
					우쾌제, p.137.	출판
				이수봉 소장본([이본목록], p.792.)		원문
					소재영 외, p.66.	출판
●均 울특별시 종로구 ●철동 33	세창인쇄사 서울특별시 종로구 종로 3가 10			소인호 소장본		원문
	세창인쇄사 서울특별시 종로구 종로 3가 10		[구활자본고소설 전집 20]	고려대학교 도서관(897.33 별주부 불)		원문
	세창인쇄사 서울특별시 종로구 종로 3가 10			정명기 소장본		원문

번호	작품명 고유번호	표제	문자	면수 가격	인쇄일	발행일	판차	발행자 발행자 주소	발행소 발행소 주소
1797	**평안감사** 세창-평안-01-01	평안감사	한글			1933- -	1	申泰三	세창서관
1798	**평안감사** 세창-평안-02-01	平安監司	한글	71p.		1952- -	1		세창서관
1799	**항장무전** 세창-항장-01-01	(楚漢風塵)鴻門宴	한글	90p.		1952-12-30	1	申泰三	세창서관
1800	**현수문전** 세창-현수-01-01	玄壽文傳	한글	110p.		1952- -	1	申泰三	세창서관
1801	**형산백옥** 세창-형산-01-01	형산백옥	한글	86p. 임시정가	1952-12-01	1952-12-30	1	申泰三 서울특별시 종로구 종로3가 10	세창서관 서울특별시 종로구 종로3가 10
1802	**홍계월전** 세창-홍계-01-01	홍계월전	한글	44p. 임시정가	1952-12-01	1952-12-30	1	申泰三 서울특별시 종로구 종로 3가 10	세창서관 서울특별시 종로구 3가 10
1803	**홍계월전** 세창-홍계-02-01	홍계월전	한글	44p. 임시정가 200	1961-08-10	1961-12-30	1	申泰三 서울특별시 종로구 종로 3가 10	세창서관 서울특별시 종로구 3가 10
1804	**홍길동전** 세창-홍길-01-01	홍길동전	한글	37p. 15전	1934-02-10	1934-02-15	1	申泰三 경성부 종로 3정목 141번지	세창서관 조선 경성부 종로 3 141번지
1805	**홍길동전** 세창-홍길-02-01	홍길동전	한글	36p. 임시정가	1952-08-10	1952-08-30	1	申泰三 서울특별시 종로구 종로 3가 10	세창서관 서울특별시 종로구 3가 10
1806	**홍길동전** 세창-홍길-03-01	홍길동전	한글	36p. 임시정가	1952-12-10	1952-12-30	1	申泰三 서울특별시 종로구 종로 3가 10	세창서관 서울특별시 종로구 3가 10
1807	**홍길동전** 세창-홍길-04-01	홍길동전	한글	36p. 임시정가	1952-12-01	1952-12-30	1	申泰三 서울특별시 종로구 종로 3가 10	세창서관 서울특별시 종로구 3가 10
1808	**홍길동전** 세창-홍길-05-01	홍길동전	한글	36p. 임시정가	1960-02-10	1960-02-30	1	申泰三 서울특별시 종로구 종로 3가 10	세창서관 서울특별시 종로구 3가 10
1809	**홍도의 일생** 세창-홍도의-01-01	(純情秘話)紅桃의 一生	한글	180p.		1953- -	1		세창서관
1810	**홍루몽** 세창-홍루-01-00	홍루몽	한글	140		1952- -	1		세창서관
1811	**홍백화전** 세창-홍백-01-00	紅白花	한글	35전 (1冊)		1915- -	1		세창서관
1812	**황부인전** 세창-황부-01-01	황부인전	한글	35p. 임시정가	1952-08-10	1952-08-30	1	申泰三 서울 특별시 종로구 종로3가 10	세창서관 서울 특별시 종로구 종로3가 10
1813	**황부인전** 세창-황부-02-01	황부인전 가진적벽가	한글	35p. 임시정가	1952-12-01	1952-12-30	1	申泰三 서울 특별시 종로구 종로3가 10	세창서관 서울 특별시 종로구 종로3가 10
1814	**황부인전** 세창-황부-03-01	황부인전 적벽가	한글	35p. 임시정가	1957-08-10	1957-12-30	1	申泰三 서울 특별시 종로구 종로3가 10	세창서관 서울 특별시 종로구 종로3가 10
1815	**황부인전** 세창-황부-03-02	황부인전 적벽가	한글	35p. 임시정가 200	1962-08-10	1962-12-30	2	申泰三 서울 특별시 종로구 종로3가 10	세창서관 서울 특별시 종로구 종로3가 10
1816	**황운전** 세창-황운-01-01	黃將軍傳	한글	113p.		1952- -	1		세창서관

발행자 발행소 주소	인쇄소 인쇄소 주소	공동 발행	영인본	소장처 및 청구기호	기타	현황
					여승구, [고서통신 15], 1999.9([이본목록], p.813)	원문
				국회도서관(811.31 ㅅ585ㅍ)		원문
				국회도서관(811.31 ㅅ585ㅎ)		원문
				국회도서관(811.31 ㅅ585ㅎ)	협정기관에서 원문 이미지 열람 가능.	원문
	세창인쇄사 서울특별시 종로구 종로3가 10			양승민 소장본		원문
	세창인쇄사 서울특별시 종로구 종로 3가 10			국회도서관(811.31 ㅅ585ㅎ)	홈페이지에서 원문 이미지 열람 및 다운로드 가능.	원문
	세창인쇄사 서울특별시 종로구 종로 3가 10			김종철 소장본		원문
通和 성부 종로 3정목 번지	세창서관인쇄부 경성부 종로 3정목 141번지			국립중앙도서관(3 634-2-53(3))	상하 합본(상 pp.1~17, 하 pp.18~37).	원문
	세창인쇄사 서울특별시 종로구 종로 3가 10			개인소장본		원문
	세창인쇄사 서울특별시 종로구 종로 3가 10			디지털 한글박물관(홍윤표 소장본)	상하 합본(상 pp.1~17, 하 pp.18~36).	원문
	세창인쇄사 서울특별시 종로구 종로 3가 10			개인소장본	상하 합본(상 pp.1~17, 하 pp.18~36). '세창-홍길-03-01'과 인쇄일, 전화만 다름.	원문
	세창인쇄사 서울특별시 종로구 종로 3가 10			소인호 소장본	상하 합본(상 pp.1~17, 하 pp.18~36).	원문
				국립중앙도서관(N 92-2=2)	유몽인의 <홍도전>을 재창작한 작품.(장연연, 2015.)	원문
					<도상옥중화>, 세창서관, 1952(국회도서관 소장본(811.31 ㅅ585ㄷ)) 광고에 '홍루몽'으로 기록.	광고
					<장화홍련전>, 세창서관, 1915(국립중앙도서관 소장본(3634-2-10(5)) 광고에 '紅白花'로 기록.	광고
	세창인쇄사 서울 특별시 종로구 종로3가 10			양승민 소장본	<적벽가>와 합철(24p.)	원문
	세창인쇄사 서울 특별시 종로구 종로3가 10			개인소장본	<가진 적벽가>와 합철(24p.).	원문
	세창인쇄사 서울 특별시 종로구 종로3가 10				<적벽가>와 합철(24p.). 1957년과 1962년의 판권지가 있어 1957년의 것을 초판으로, 1962년의 것을 2판으로 간주.	출판
	세창인쇄사 서울 특별시 종로구 종로3가 10		[구활자본고소설 전집 32]	정명기 소장본	<적벽가>와 합철(24p.). 1957년과 1962년의 판권지가 있어 1957년의 것을 초판으로, 1962년의 것을 2판으로 간주.	원문
				국회도서관(811.31 ㅅ585ㅎ)		원문

번호	작품명 고유번호	표제	문자	면수 가격	인쇄일	발행일	판차	발행자 발행자 주소	발행소 발행소 주소
1817	황운전 세창-황운-02-01	황장군전	한글	113p.		1961- -	1		세창서관
1818	흥부전 세창-흥부-01-01	흥보전	한글	56p. 임시정가	1952-08-10	1952-08-30	1	申泰三 서울특별시 종로구 종로3가 10	세창서관 서울특별시 종로구 종로3가 10
1819	흥부전 세창-흥부-02-01	연의각	한글	89p. 임시정가	1952-12-10	1952-12-30	1	申泰三 서울특별시 종로구 종로 3가 10	세창서관 서울특별시 종로구 3가 10
1820	흥부전 세창-흥부-03-01	흥보전	한글	56p. 200	1962-08-10	1962-12-30	1	申泰三 서울특별시 종로구 종로3가 10	세창서관 서울특별시 종로구 종로3가 10
1821	옥린몽 송기-옥린-01-01-권1	(고쇼셜)옥린몽	한글			1913- -	1	宋基和	송기화상점
1822	옥린몽 송기-옥린-01-01-권2	(고쇼셜)옥린몽	한글				1		송기화상점
1823	옥린몽 송기-옥린-01-01-권3	(고쇼셜)옥린몽	한글				1		송기화상점
1824	심청전 시문-심청-01-01	심청전	한글	54p. 25전	1928-11-15	1928-11-20	1	趙鍾虎 경성부 창신동 138번지-13	시문당서점 경성부 창신동 138번지-13
1825	강태공전 신구-강태-01-01	(古代小說)姜太 公傳	한글			1917-10-20	1		신구서림
1826	강태공전 신구-강태-01-02	(古代小說)姜太 公傳	한글				2		신구서림
1827	강태공전 신구-강태-01-03	(古代小說)姜太 公傳	한글	78p. 25전	1922-09-02	1922-09-08	3	池松旭 경성부 봉래정 1정목 77번지	신구서림 경성부 봉래정 1정목 77번지
1828	공부자동자문답 신구-공부-01-01	孔夫子言行錄	한글				1		신구서림
1829	공부자동자문답 신구-공부-01-02	孔夫子言行錄	한글	60p. 25전	1918-01-10	1918-01-15	2	朴建會 경성부 견지동 52번지	신구서림 경성부 봉래정 1정 77번지
1830	곽분양전 신구-곽분-01-01	(고대소설)곽분 양전	한글			1913-10-25	1	池松旭	신구서림
1831	곽분양전 신구-곽분-01-02	(고대소설)곽분 양전	한글	86p. 30전	1917-11-02	1917-11-07	2	池松旭 경성부 봉래정 1정목 77번지	신구서림 경성부 봉래정 1정 77번지
1832	곽분양전 신구-곽분-01-03	(百子千孫)곽분 양실긔	한글	86p.		1921-12-20	3	池松旭	신구서림
1833	곽분양전 신구-곽분-01-04	(百子千孫)곽분 양실긔	한글	86p. 25전	1923-01-05	1923-01-10	4	池松旭 경성부 봉래정 1정목 77번지	신구서림 경성부 봉래정 1정 77번지
1834	곽해룡전 신구-곽해-01-01	곽해룡전	한글	58p. 30전	1917-12-01	1917-12-05	1	池松旭 경성부 봉래정 1정목 77번지	신구서림 경성부 봉래정 1정 77번지
1835	곽해룡전 신구-곽해-01-02	곽해룡전	한글			1924- -	2	池松旭	신구서림
1836	구운몽 신구-구운-01-01-상	구운몽 / 上	한글				1		신구서림

저자 / 발행소 주소	인쇄소 / 인쇄소 주소	공동 발행	영인본	소장처 및 청구기호	기타	현황
				이화여자대학교 도서관(811.31 황811)		원문
	세창인쇄사 서울특별시 종로구 종로3가 10		[조동일소장국문학연구자료 23]	박순호 소장본	영인본에는 판권지 없음.	원문
	세창인쇄사 서울특별시 종로구 종로 3가 10		[구활자본고소설 전집 29]		한자 괄호 병기는 극히 일부분	원문
	세창인쇄사 서울특별시 종로구 종로3가 10			개인소장본		원문
				한국학중앙연구원 장서각(D7B-43A)	3권 53회(1권 1회~10회). 李炳侃의 서문. 광문책사는 송기화상점의 후신. 장서각에 링크된 원문은 회동서관 것임.	원문
					3권 53회(1권 1회~10회). 李炳侃의 서문. 광문책사는 송기화상점의 후신. 장서각에 링크된 원문은 회동서관 것임.	출판
					3권 53회(1권 1회~10회). 李炳侃의 서문. 광문책사는 송기화상점의 후신. 장서각에 링크된 원문은 회동서관 것임.	출판
榮 부 종로 3정목 지	해동서관인쇄부 경성부 종로 3정목 62번지	해동서관		국립중앙도서관(3 634-2-58(5))		원문
					3판에 초판 발행일 기록.	출판
					3판이 있어서 2판도 있을 것으로 추정.	출판
煥 부 공평동 55번지	대동인쇄주식회사 경성부 공평동 55번지	조선도서주식 회사		연세대학교 도서관(이석호(O)8 11.93 강태공 17가)	3판인데, 연세대학교 도서관에서는 초판의 발행연도(大正6=1917) 기록.	원문
					2판이 있어서 초판이 있을 것으로 추정. 초판본 발행일이 기록되지 않음.	출판
澤 부 공평동 54번지	성문사 경성부 공평동 55번지			정명기 소장본		원문
					[이본목록](p.35)에 초판 발행일 기록. 발행자는 이본목록 참고.	출판
澤 부 공평동 54번지	성문사 경성부 공평동 55번지	한성서관	[구활자본고소설 전집 1]	국립중앙도서관(3 634-2-47(5))	판권지에는 2판 표시 없음.	원문
					[이본목록](p.35)에 3판 발행일 기록.	출판
澤 부 공평동 55번지	대동인쇄주식회사 경성부 공평동 55번지	박문서관		국립중앙도서관(8 13.6-곽831ㅅ)		원문
澤 부 공평동 54번지	성문사 경성부 공평동 55번지			국립중앙도서관(3 634-2-46(2))		원문
				이능우, p.272.		출판
		동문서림			하권 4판에 초판 인쇄일('발행일'의 오기로 추정)이 기록되어 있어 상권 초판도 있을 것으로 추정.	출판

번호	작품명 고유번호	표제	문자	면수 가격	인쇄일	발행일	판차	발행자 발행자 주소	발행소 발행소 주소
1837	**구운몽** 신구-구운-01-01-하	구운몽 / 下	한글			1913-02-20	1	玄橷	신구서림
1838	**구운몽** 신구-구운-01-02-상	구운몽 / 上	한글				2		신구서림
1839	**구운몽** 신구-구운-01-02-하	구운몽 / 下	한글				2	玄橷	신구서림
1840	**구운몽** 신구-구운-01-03-상	구운몽 / 上	한글	108p.		1913-07-	3	玄橷	신구서림
1841	**구운몽** 신구-구운-01-03-하	구운몽 / 下	한글				3		신구서림
1842	**구운몽** 신구-구운-01-04-상	구운몽 / 上	한글				4		신구서림
1843	**구운몽** 신구-구운-01-04-하	구운몽 / 下	한글	106p. 30전	1920-05-20	1920-05-25	4	玄橷 경성부 종로 3정목 10번지	신구서림 경성부 봉래정 1정목 77번지
1844	**권용선전** 신구-권용-01-01	(고대소설)권용 선전	한글	98p. 35전	1918-01-10	1918-01-15	1	池松旭 경성부 봉래정 1정목 77번지	신구서림 경성부 봉래 1정목 77번지
1845	**권용선전** 신구-권용-01-02	권룡선전	한글	98p. 30전	1920-04-05	1920-04-20	2	池松旭 경성부 봉래 1정목 77번지	신구서림 경성부 봉래 1정목 77번지
1846	**금고기관** 신구-금고-01-01	고금긔관	한글	142p.	1918-01-25	1918-01-30	1	朴健會 경성부 견지동 52번지	신구서림 경성부 봉래정 1정목 77번지
1847	**금방울전** 신구-금방-01-01	금방울전	한글			1916-01-05	1	朴健會	신구서림
1848	**금방울전** 신구-금방-01-02	금방울전	한글			1917-02-10	2	朴健會	신구서림
1849	**금방울전** 신구-금방-01-03	금방울전	한글	59p. 20전	1921-12-28	1921-12-31	3	朴健會 경성부 장사동 51번지	신구서림 경성부 봉래정 1정목 77번지(원 자암)
1850	**금상첨화** 신구-금상-01-01	(신소설) 금상첨화	한글	90p.		1913-10-28	1	池松旭	신구서림
1851	**금상첨화** 신구-금상-01-02	(신소설) 금상첨화	한글				2		신구서림
1852	**금상첨화** 신구-금상-01-03	(신소설) 금상첨화	한글				3		신구서림
1853	**금상첨화** 신구-금상-01-04	(신소설) 금상첨화	한글				4		신구서림
1854	**금상첨화** 신구-금상-01-05	(신소설) 금상첨화	한글	90p. 30전	1920-10-07	1920-10-11	5	池松旭 경성부 봉래정 1정목 77번지	신구서림 경성부 봉래정 1정목 77번지
1855	**금상첨화** 신구-금상-01-06	(신소설) 금상첨화	한글	90p. 30전	1921-11-22	1921-11-25	6	池松旭 경성부 봉래정 1정목 77번지	신구서림 경성부 봉래정 1정목 77번지
1856	**금상첨화** 신구-금상-01-07	(신소설)금상첨 화	한글				7		신구서림
1857	**금상첨화** 신구-금상-01-08	(신소설)금상첨 화	한글	90p. 30전	1924-11-05	1924-11-10	8	池松旭 경성부 봉래정 1정목 77번지	신구서림 경성부 봉래정 1정목 77번지

인쇄자 인쇄소 주소	인쇄소 인쇄소 주소	공동 발행	영인본	소장처 및 청구기호	기타	현황
		동문서림			하권 4판에 초판 인쇄일('발행일'의 오기로 추정) 기록.	출판
		동문서림			하권 4판이 있어 상권 2판도 있을 것으로 추정.	출판
		동문서림			하권 4판이 있어 하권 2판도 있을 것으로 추정.	출판
		동문서림			하권 4판이 있어 상권3판도 있을 것으로 추정. 발행일 및 면수는 [연구보정](p.81) 참조.	출판
		동문서림			하권 4판이 있어 하권 3판도 있을 것으로 추정.	출판
		동문서림			하권 4판이 있어 상권 4판도 있을 것으로 추정.	출판
金重煥 경성부 공평동 55번지	대동인쇄주식회사 경성부 공평동 55번지	동문서림		국립중앙도서관(3634-2-74(5))	16회의 장회체(상 1회~8회, 하 9회~16회). 초판 발행일 기록.	원문
禹澤 경성부 공평동 54번지	성문사 경성부 공평동 55번지		[활자본고전소설 전집 1]	국립중앙도서관	국립중앙도서관에 종래의 청구기호(3634-2-4(6)) 없어지고 전자책으로 존재. 총면수는 98p인데 도서관 서지정보에는 102p로 잘못 기록.	원문
禹澤 경성부 공평동 54번지	성문사 경성부 공평동 55번지			국립중앙도서관(3634-2-33(2))		원문
禹澤 경성부 공평동 54번지	성문사 경성부 공평동 55번지		[구활자본고소설 전집 18], [구활자소설총서]	정명기 소장본	10회의 장회체.	원문
					3판에 초판 발행일 기록.	출판
					3판에 2판 발행일 기록.	출판
聖杓 경성부 견지동 80번지	계문사 경성부 견지동 80번지			국립중앙도서관(3634-2-56(1))	9회의 장회체(총목차). 초판, 2판 발행일 기록.	원문
					5판, 6판, 8판에 초판 발행일 기록.	출판
					5판이 있어 2판도 있을 것으로 추정. 1917년 발행 연세대학교 도서관(김석득(O) 811.37 금상첨) 소장본이 있으나, 판권지가 없어 몇 판인지는 모름.	출판
					5판이 있어 3판도 있을 것으로 추정. 1917년 발행 연세대학교 도서관(김석득(O) 811.37 금상첨) 소장본이 있으나, 판권지가 없어 몇 판인지는 모름.	출판
					5판이 있어 4판도 있을 것으로 추정. 1917년 발행 연세대학교 도서관(김석득(O) 811.37 금상첨) 소장본이 있으나, 판권지가 없어 몇 판인지는 모름.	출판
重煥 경성부 공평동 55번지	대동인쇄주식회사창립 사무소 경성부 공평동 55번지			국립중앙도서관(3634-3-55(2))	초판 발행일 기록.	원문
重煥 경성부 공평동 55번지	대동인쇄주식회사 경성부 공평동 55번지			국립중앙도서관(3634-3-21(6))	초판 발행일 기록.	원문
					8판이 있어 7판도 있을 것으로 추정.	출판
禹澤 경성부 황금정 2정목 번지	신문관 경성부 황금정 2정목 21번지	박문서관		고려대학교 도서관(897.35 지송욱 금)	공동발행 '박문서관' 기록. 6판까지는 신구서림 단독 발행. 초판 발행일 기록.	원문

번호	작품명 고유번호	표제	문자	면수 가격	인쇄일	발행일	판차	발행자 발행자 주소	발행소 발행소 주소
1858	금송아지전 신구-금송-01-01	금송아지전	한글	35p. 20전	1923-11-25	1923-11-30	1	池松旭 경성부 봉래정 1정목 77번지	신구서림 경성부 봉래정 1정목 77번지
1859	금송아지전 신구-금송-02-01	금송아지전	한글	25p.		1929- -	1		신구서림
1860	금향정기 신구-금향-01-01	금향졍긔	한글			1916-01-18	1		신구서림
1861	금향정기 신구-금향-01-02	금향졍긔	한글	102p. 30전	1924-01-15	1924-01-20	2	朴健會 경성부 인사동 39번지	신구서림 경성부 봉래정 1정목 77번지
1862	김진옥전 신구-김진-01-01	김진옥전	한글			1914-05-08	1		신구서림
1863	김학공전 신구-김학-01-01	彈琴臺	한글	95p.		1912- -	1	池松旭	신구서림
1864	김학공전 신구-김학-02-01	김학공전	한글	60p. 25전	1932-01-25	1932-01-30	1	盧益煥 경성부 봉래정 1정목 75번지	신구서림 경성부 봉래정 1정목 75번지
1865	김희경전 신구-김희-01-01	김희경전	한글			1914-08-05	1		신구서림
1866	김희경전 신구-김희-01-02	김희경전	한글				2		신구서림
1867	김희경전 신구-김희-01-03	녀자충효록	한글	73p. 25전	1920-04-05	1920-04-20	3	池松旭 경성부 봉래정 1정목 77번지	신구서림 경성부 봉래정 1정목77번지
1868	김희경전 신구-김희-02-01	쌍문충효록	한글	137p. 45전	1918-01-15	1918-01-30	1	朴健會 경성부 공평동 68번지	신구서림 경성부 봉래정 1정목77번지
1869	남정팔난기 신구-남정-01-01-상	팔쟝사젼	한글			1915-12-06	1	朴健會	신구서림
1870	남정팔난기 신구-남정-01-01-하	팔쟝사젼	한글			1915-12-06	1	朴健會	신구서림
1871	남정팔난기 신구-남정-02-01-상	팔쟝사젼	한글			1917- -	1	朴健會	신구서림
1872	남정팔난기 신구-남정-02-01-하	팔쟝사젼	한글			1917- -	1	朴健會	신구서림
1873	녹두장군 신구-녹두-01-01	(동학풍진)녹두 장군	한글	31p. 20전	1930-10-05	1930-10-10	1	盧益煥 경성부 봉래정 1정목 77번지	신구서림 경성부 봉래정 1정목 77번지
1874	당태종전 신구-당태-01-01	(고대소설)당태 종전	한글	38p. 20전	1917-11-25	1917-11-30	1	池松旭 경성부 봉래정 1정목 77번지	신구서림 경성부 봉래정 1정목 77번지
1875	무학대사전 신구-무학-01-01	(한양터잡은)無 學大師傳	한글	32p. 15전	1929-10-25	1929-10-30	1	盧益煥 경성부 봉래정 1정목 77번지	신구서림 경성부 봉래정 1정목 77번지
1876	박문수전 신구-박문-01-01	어사박문수전	한글			1919- -	1		신구서림
1877	박문수전 신구-박문-01-02	어사박문수전	한글	43p.		1921- -	2		신구서림
1878	배비장전 신구-배비-01-01	(신명슈상)배비 장젼	한글	112p. 30전	1916-04-05	1916-04-10	1	池松旭 경성부 봉래정 1정목 77번지	신구서림 경성부 봉래-

쇄자 쇄소 주소	인쇄소 인쇄소 주소	공동 발행	영인본	소장처 및 청구기호	기타	현황
馬澤 성부 공평동 55번지	대동인쇄주식회사 경성부 공평동 55번지		[활자본고전소설전집 1], [구활자소설총서 10]	국립중앙도서관(3634-2-17(2))	영인본 해제에 덕흥서림에서 25면으로 1929년 11월 25일 발행하였다고 했으나, 실제로는 35면임. 35면으로 된 작품은 덕흥서림에서 1923년에 간행한 것임.	원문
					이주영, p.208.	출판
					2판에 초판 발행일 기록.	출판
馬澤 성부 공평동 55번지	대동인쇄주식회사 경성부 공평동 55번지			국립중앙도서관(3634-2-76(5))	15회의 장회체(총목차 없음). 초판 발행일 기록.	원문
					권순긍, p.328.	출판
			[한국신소설전집 5](을유문화사)	국립중앙도서관(3636-50-5=2)		원문
基然 성부 봉래정 1정목 번지	신구서림인쇄부 경성부 봉래정 1정목 75번지			디지털 한글박물관(홍윤표 소장본)		원문
					3판에 초판 발행일 기록.	출판
					3판이 있어서 2판이 있을 것으로 추정.	출판
馬澤 성부 공평동 54번지	성문사 경성부 공평동 55번지	한성서관	[구활자본고소설전집 9], [구활자소설총서 1]		초판 발행일 기록.	원문
馬澤 성부 공평동 55번지	성문사 경성부 공평동 55번지			연세대학교 도서관(O 811.9308 고대소 -3-6)		원문
					권순긍, p.329.	출판
					권순긍, p.329.	출판
				한국학중앙연구원(D7B 45A)		원문
				한국학중앙연구원(D7B 45)		원문
基然 성부 봉래정 1정목 번지	신구서림인쇄부 경성부 봉래정 1정목 77번지			서울대학교 도서관(3350 19)		원문
馬澤 성부 공평동 54번지	성문사 경성부 공평동 55번지	한성서관		국립중앙도서관(3634-2-66(12))		원문
馬澤 성부 공평동 55번지	대동인쇄주식회사 경성부 공평동 55번지			서울대학교 도서관(3350 24)		원문
					이능우, p.283.	출판
					이능우, p.283.	출판
馬澤 성부 효자동 103번지	성문사 경성부 공평동 55번지			국립중앙도서관(3634-2-65(4))	발행소 및 발행소 주소는 판권지 훼손으로 확인할 수 없음. 5~8판에 초판 발행일 기록.	원문

번호	작품명 고유번호	표제	문자	면수 가격	인쇄일	발행일	판차	발행자 발행자 주소	발행소 발행소 주소
1879	**배비장전** 신구-배비-01-02	(신명슈샹)배비 쟝젼	한글				2	池松旭	신구서림
1880	**배비장전** 신구-배비-01-03	(신명슈샹)배비 쟝젼	한글			1917- -	3	池松旭	신구서림
1881	**배비장전** 신구-배비-01-04	(신명슈샹)배비 쟝젼	한글				4	池松旭	신구서림
1882	**배비장전** 신구-배비-01-05	(신명슈샹)배비 쟝젼	한글	112p. 25전	1919-01-20	1919-01-25	5	池松旭 경성부 봉래정 1정목 77번지	신구서림 경성부 봉래정 1정 77번지
1883	**배비장전** 신구-배비-01-06	(신명슈샹)배비 쟝젼	한글	112p. 35전	1920-04-25	1920-04-30	6	池松旭 경성부 봉래정 1정목 77번지	신구서림 경성부 봉래정 1정 77번지
1884	**배비장전** 신구-배비-01-07	(신명슈샹)배비 쟝젼	한글	112p. 35전	1922-08-15	1922-08-21	7	池松旭 경성부 봉래정 1정목 77번지	신구서림 경성부 봉래정 1정 77번지
1885	**배비장전** 신구-배비-01-08	(신명슈샹)배비 쟝젼	한글	108p. 35전	1923-12-15	1923-12-20	8	池松旭 경성부 봉래정 1정목 77번지	신구서림 경성부 봉래정 1정 77번지
1886	**백학선전** 신구-백학-01-01	백학선	한글	48p.		1915- -	1		신구서림
1887	**벽성선** 신구-벽성-01-01	(만고충의) 벽성선	한글	114p. 35전	1922-12-12	1922-12-15	1	安景濩 경성부 광화문통 154번지	신구서림 경성부 봉래정 1정 77번지
1888	**보심록** 신구-보심-01-01	보심록	한글			1918-01-15	1		신구서림
1889	**보심록** 신구-보심-01-02	보심록	한글	144p. 40전	1920-03-20	1920-04-26	2	池松旭 경성부 봉래정 1정목 77번지	신구서림 경성부 봉래정 1정 77번지
1890	**보심록** 신구-보심-02-01	금낭이산	한글			1923-12-25	1		신구서림
1891	**보심록** 신구-보심-03-01	보심록 一名 금낭이산	한글	144p. 45전	1925-11-05	1925-11-10	1	盧益亨 경성부 종로통 2정목 82번지	신구서림 경성부 봉래정 1정 77번지
1892	**봉황금** 신구-봉황-01-01	봉황금	한글	105p. 35전	1925-11-12	1925-11-15	1	崔錫鼎 경성부 봉래정 1정목 77번지	신구서림 경성부 봉래정 1정 77번지
1893	**부용상사곡** 신구-부용-01-01	(古代小說)芙容 의 相思曲	한글	87p.		1913-09-30	1		신구서림
1894	**부용상사곡** 신구-부용-01-02	(古代小說)芙容 의 相思曲	한글				2		신구서림
1895	**부용상사곡** 신구-부용-01-03	(古代小說)芙容 의 相思曲	한글				3		신구서림
1896	**부용상사곡** 신구-부용-01-04	(古代小說)芙容 의 相思曲	한글	87p. 25전	1923-12-05	1923-12-10	4	池松旭 경성부 봉래정 1정목 77번지	신구서림 경성부 봉래정 1정 77번지
1897	**부용상사곡** 신구-부용-02-01	부용의 상사곡	한글	87p. 25전	1914-09-24	1914-09-30	1	池松旭 경성부 화천정 213번지	신구서림 경성부 화천정 213
1898	**부용상사곡** 신구-부용-02-02	부용의 상사곡	한글				2	池松旭	신구서림
1899	**부용상사곡** 신구-부용-02-03	부용의 상사곡	한글	87p.	1918-02-15	1918-02-20	3	池松旭 경성부 봉래정 1정목 77번지	신구서림

책자 소 주소	인쇄소 인쇄소 주소	공동 발행	영인본	소장처 및 청구기호	기타	현황
					5~8판이 있어 2판도 있을 것으로 추정.	출판
					5~8판이 있어 3판도 있을 것으로 추정. 발행일은 [연구보정](p.281)에 따름.	출판
					5~8판이 있어 4판도 있을 것으로 추정.	출판
蕎澤 부 공평동 54번지	성문사 경성부 공평동 55번지			국립중앙도서관(3 634-2-65(1))	초판 발행일 기록.	원문
蕎澤 부 공평동 54번지	성문사 경성부 공평동 55번지		[구활자본고소설 전집 3]	국립중앙도서관(3 634-2-33(1))	초판 발행일 기록.	원문
重煥 부 공평동 55번지	대동인쇄주식회사 경성부 공평동 55번지			국립중앙도서관(3 634-2-65(2))	초판 발행일 기록.	원문
蕎澤 부 공평동 55번지	대동인쇄주식회사 경성부 공평동 55번지			국립중앙도서관(3 634-2-65(3))	초판 발행일 기록.	원문
					W. E. Skillend, p.88. <增修白鶴扇>에 <태상감응편>(29p.)과 합철.	출판
蕎澤 부 공평동 55번지	대동인쇄주식회사 경성부 공평동 55번지		[구활자본고소설 전집 4]	국립중앙도서관(3 634-2-55(2))		원문
					2판에 초판 발행일 기록.	출판
重煥 부 공평동 55번지	성문사 경성부 공평동 55번지			국립중앙도서관(3 634-3-11(7))	12회의 장회체. 판권지가 일부 훼손되어 발행일은 [연구보정](p.299) 참고함. 초판 발행일 기록.	원문
					권순긍, p.336.	출판
蕎澤 부 공평동 55번지	대동인쇄주식회사 경성부 공평동 55번지	박문서관		영남대학교 도서관(도813.5 ㅂ856)	12회의 장회체. 신구서림과 박문서관의 공동 발행. 영남대학교 도서관 서지정보에는 박문서관 발행으로 기록.	원문
榮 부 수송동 69번지	보명사 경성부 수송동 69번지			김종철 소장본		원문
					발행소와 발행일은 영인본 해제를 따름. 4판에 초판 발행일 기록.	출판
					4판이 있어서 2판도 있을 것으로 추정.	출판
					4판이 있어서 3판도 있을 것으로 추정.	출판
蕎澤 부 공평동 55번지	대동인쇄주식회사 경성부 공평동 55번지			서울대학교 중앙도서관(3350 146)		원문
蕎澤 부 효자동 103번지	성문사 경성부 공평동 55번지		[활자본고전소설 전집 3]	국립중앙도서관(3 634-2-21(3))		원문
					3판과 4판이 있어서 2판도 있을 것으로 추정.	출판
蕎澤 부 공평동 54번지	성문사 경성부 공평동 55번지			국립중앙도서관(3 634-2-115(5))	3판에 기록된 초판 발행일 '대정 2년 9월 30일'은 '신구-부용-01-01'의 발행일임. '신구-부용-02-01'의 판권지에는 대정3년 9월 30일로 기록.	원문

번호	작품명 고유번호	표제	문자	면수 가격	인쇄일	발행일	판차	발행자 발행자 주소	발행소 발행소 주소
1900	**부용상사곡** 신구-부용-02-04	부용의 상사곡	한글	87p. 25전	1921-12-15	1921-12-20	4	池松旭 경성부 봉래정 1정목 77번지	신구서림 경성부 봉래정 1정목 77번지
1901	**사각전** 신구-사각-01-01	사각전	한글	59p.		1927-12-15	1		신구서림
1902	**사육신전** 신구-사육-01-01	사육신전	한글			1929-11-20	1	玄丙周	신구서림
1903	**사육신전** 신구-사육-01-02	사육신전	한글	68p. 25전	1935-01-05	1935-01-10	2	玄丙周 경성부 낙원동 284-9	신구서림 경성부 봉래정 1정 75번지
1904	**사육신전** 신구-사육-02-01	사육신전	한글	68p.		1934- -	1		신구서림
1905	**삼문규합록** 신구-삼문-01-01	삼문규합록	한글	103p. 35전	1918-05-25	1918-05-30	1	池松旭 경성부 봉래정 1정목 77번지	신구서림 경성부 봉래정 1정 77번지
1906	**삼설기** 신구-삼설-01-01	별삼설기	한글			1913- -	1		신구서림
1907	**생육신전** 신구-생육-01-01	생육신전	한글	60p. 25전	1929-11-25	1929-11-30	1	玄丙周 경성부 낙원동 284번지-9호	신구서림 경성부 봉래정 1정 77번지
1908	**생육신전** 신구-생육-01-02	생육신전	한글	60p. 25전	1935-01-05	1935-01-10	2	玄丙周 경성부 낙원동 284-9	신구서림 경성부 봉래정 1정 75번지
1909	**서상기** 신구-서상-01-01	대월셔상긔	한글			1913-12-01	1	朴健會	신구서림
1910	**서상기** 신구-서상-01-02	대월셔상긔	한글	176p. 50전	1916-10-17	1916-10-20	2	朴健會 경성부 인사동 39번지	신구서림
1911	**서상기** 신구-서상-01-03	대월셔상긔	한글				3		신구서림
1912	**서상기** 신구-서상-01-04	대월셔상긔	한글	176p. 50전	1923-10-05	1923-11-10	4	朴健會 경성부 공평동 68번지	신구서림 경성부 봉래정 1정 77번지
1913	**서유기** 신구-서유-01-01-권1	서유긔	한글			1913-10-07	1		신구서림
1914	**서유기** 신구-서유-01-02-권1	셔유긔 전집 권지일	한글	86p.	1921-10-30	1921-11-05	2		신구서림
1915	**서정기** 신구-서정-01-01	셔정긔	한글	59p. 20전	1923-12-20	1923-12-23	1	安景漢 경성부 광화문통 154번지	신구서림 경성부 봉래정 1정 77번지
1916	**서정기** 신구-서정-02-01	셔정긔	한글	59p. 20전	1923-12-20	1923-12-25	1	安景漢 경성부 광화문통 154번지	신구서림 경성부 봉래정 1정 77번지
1917	**설인귀전** 신구-설인-01-01-상	(백포쇼장)셜인 귀젼 / 上編	한글			1913-05-20	1		신구서림
1918	**설인귀전** 신구-설인-01-01-하	(백포쇼장)셜인 귀젼 / 下編	한글			1913-05-20	1		신구서림
1919	**설인귀전** 신구-설인-02-01-상	(백포쇼장)셜인 귀젼 / 上編	한글			1915-05-20	1		신구서림
1920	**설인귀전** 신구-설인-02-01-하	(백포쇼장)셜인 귀젼 / 下編	한글			1915-05-20	1		신구서림

쇄자 쇄소 주소	인쇄소 인쇄소 주소	공동 발행	영인본	소장처 및 청구기호	기타	현황
重煥 성부 공평동 55번지	대동인쇄주식회사 경성부 공평동 55번지			국립중앙도서관(3 634-2-115(2))	4판에 기록된 초판 발행일 '대정 2년 9월 30일'은 '신구-부용-01-01'의 발행일임. '신구-부용-02-01'의 판권지에는 대정3년 9월 30일로 기록.	원문
			[활자본고전소설 전집 3권]		발행연도는 영인본 해제에 의함.	원문
					2판에 초판 발행일 기록.	출판
容振 성부 봉래정 1정목 번지	신구서림인쇄부 경성부 봉래정 1정목 75번지			국립중앙도서관(3 634-3-54(5))	초판 발행일 기록.	원문
				고려대학교 도서관(897.35 현수봉 사)	저자 한자이름은 도서관 서지정보(MARC) 참고.	원문
禹澤 성부 공평동 54번지	성문사 경성부 공평동 55번지	한성서관		디지털 한글 박물관(홍윤표 소장본)	10회의 장회체(총목차). 현재 서비스되는 이미지파일에는 판권지가 빠짐.	원문
					김기동, [이조시대소설론], p.104.	출판
禹澤 성부 공평동 55번지		우문관서회, 박문서관	[구활자본고소설 전집 5]	서울대학교 도서관(3350 15)	영인본에는 판권지 없음. 2판에 초판 발행일 기록.	원문
容振 성부 봉래정 1정목 번지	신구서림인쇄부 경성부 봉래정 1정목 75번지			국립중앙도서관(3 634-2-24(5))	초판 발행일 기록.	원문
					2판과 4판에 초판 발행일 기록.	출판
重煥 성부 중림동 333번지	보성사 경성부 수송동 44번지		[구활자소설총서 8]		서문, 독법, 총목차 있음. 박건회 역술. 초판 발행일 기록.	원문
					4판이 있어서 3판도 있을 것으로 추정.	출판
禹澤 성부 공평동 55번지	대동인쇄주식회사 경성부 공평동 55번지			국립중앙도서관(3 634-2-117(2))	서문, 독법, 총목차 있음. 박건회 역술. 초판 발행일 기록.	원문
					2판에 초판 발행일 기록.	출판
				디지털 한글박물관(손종흠 소장본)	1회~10회. 판권지 훼손으로 인쇄일과 발행일만 알 수 있음. 발행소는 서지정보를 참고.	원문
銀榮 성부 수송동 69번지	보명사 경성부 수송동 69번지			서울대학교 중앙도서관(3350 9)		원문
禹澤 성부 공평동 55번지	대동인쇄주식회사 경성부 공평동 55번지		[구활자본고소설 전집 5]	국립중앙도서관(3 634-2-59(1))		원문
					권순긍, p326.	출판
					권순긍, p326. 1917년에 간행한 하편은 '신구-설인-03-01-하'임으로 보임(발행일이 동일).	출판
					2판에 초판 발행일 기록.	출판
					2판에 초판 발행일 기록.	출판

번호	작품명 고유번호	표제	문자	면수 가격	인쇄일	발행일	판차	발행자 발행자 주소	발행소 발행소 주소
1921	설인귀전 신구-설인-02-02-상	(백포쇼장)셜인 귀젼 / 上編	한글	87p. 30전	1917-07-10	1917-07-20	2	朴健會 경성부 낙원동 285번지	신구서림 경성부 봉래정 1정목 77번지
1922	설인귀전 신구-설인-02-02-하	(백포쇼장)셜인 귀젼 / 下編	한글	79p.	1917-07-10	1917-07-20	2		신구서림 경성부 봉래정 1정목 77번지
1923	설인귀전 신구-설인-03-01-상	(백포쇼장)셜인 귀젼 / 上編	한글			1917-12-20	1		신구서림
1924	설인귀전 신구-설인-03-01-하	(백포쇼장)셜인 귀젼 / 下編	한글				1		신구서림
1925	설인귀전 신구-설인-03-02-상	(백포쇼장)셜인 귀젼 / 上編	한글				2		신구서림
1926	설인귀전 신구-설인-03-02-하	(백포쇼장)셜인 귀젼 / 下編	한글				2		신구서림
1927	설인귀전 신구-설인-03-03-상	(백포쇼장)셜인 귀젼 / 上編	한글	87p. 25전	1921-11-05	1921-11-15	3	池松旭 경성부 래봉정 1정목 77번지	신구서림 경성부 봉래정 1정목 77번지
1928	설인귀전 신구-설인-03-03-하	(백포쇼장)셜인 귀젼 / 下編	한글				3		신구서림
1929	설인귀전 신구-설인-03-04-상	(백포쇼장)셜인 귀젼 / 上編	한글	87p. 25전	1923-12-20	1923-12-25	4	池松旭 경성부 봉래정 1정목 77번지	신구서림 경성부 봉래정 1정목 77번지
1930	설인귀전 신구-설인-03-04-하	(백포쇼장)셜인 귀젼 / 下編	한글	79p.			4		신구서림
1931	설인귀전 신구-설인-03-05	(백포쇼장)셜인 귀젼 / 上下合編	한글	166p. 50전	1925-01-05	1925-01-08	5	池松旭 경성부 봉래정 1정목 77번지	신구서림 경성부 봉래정 1정목 77번지
1932	설인귀전 신구-설인-04-01	(백포쇼장)셜인 귀젼 / 上下合編	한글	137p. 50전	1926-12-18	1926-12-20	1	洪淳泌 경성부 견지동 60번지	신구서림 경성부 봉래정 1정목 75번지
1933	설인귀전 신구-설인-05-01-상	(백포쇼장)셜인 귀젼 / 上編	한글			- -	1		신구서림
1934	설인귀전 신구-설인-05-01-하	(백포쇼장)셜인 귀젼 / 下編	한글	84p.		1916- -	1		신구서림
1935	설정산실기 신구-설정-01-01	셜명산실긔	한글	112p. 40전		1929-12-25	1	盧益煥 경성부 봉래정 1정목 75번지	신구서림 경성부 봉래정 1정목 75번지
1936	설정산실기 신구-설정-02-01	셜명산실긔	한글	112p. 40전		1930-02-15	1	盧益煥 경성부 봉래정 1정목 77번지	신구서림 경성부 봉래정 1정목 77번지
1937	소대성전 신구-소대-01-01	(고대소설)소대 성전	한글			1917-01-14	1		신구서림
1938	소대성전 신구-소대-01-02	(고대소설)소대 성전	한글	37p.		1917-09-05	2		신구서림
1939	소약란직금도 신구-소약-01-01	소약난직금도	한글	79p. 25전	1916-08-30	1916-09-05	1	朴健會 경성부 인사동 39번지	신구서림 경성부 봉래정 1정목 77번지
1940	소양정 신구-소양-01-01	(新小說)소양뎡	한글	112p. 25전	1912-07-10	1912-07-20	1	池松旭 경성 남부 자암동 42통 10호	신구서림 경성 남부 자암동 4 10호
1941	소양정 신구-소양-01-02	(新小說)소양뎡	한글			1914-02-20	2		신구서림

쇄자 쇄소 주소	인쇄소 인쇄소 주소	공동 발행	영인본	소장처 및 청구기호	기타	현황
馬澤 성부 공평동 54번지	성문사 경성부 공평동 55번지			국립중앙도서관(3634-2-83(2))	42회의 장회체(상 1회~21회, 하 22회~42회, 권별 목차). 초판 발행일 기록.	원문
				국립중앙도서관(3634-2-83(3))	42회의 장회체(상 1회~21회, 하 22회~42회, 권별 목차). 초판 발행일 기록. 하권 판권지는 없으나 상권 판권지의 내용과 동일한 것으로 추정.	원문
					3판과 4판에 초판 발행일 기록.	출판
					3판 상편이 있어 초판 하편도 있을 것으로 추정.	출판
					3판 상편이 있어 2판 상편도 있을 것으로 추정.	출판
					3판 상편이 있어 2판 하편도 있을 것으로 추정.	출판
重煥 성부 공평동 55번지	대동인쇄주식회사 경성부 공평동 55번지			국립중앙도서관(3634-2-83(4))	42회의 장회체(상 1회~21회, 하 22회~42회, 권별 목차). 초판 발행일 기록. 주소에 '래봉정'은 '봉래정'의 오기로 추정.	원문
					3판 상편이 있어 3판 하편도 있을 것으로 추정.	출판
馬澤 성부 공평동 55번지	대동인쇄주식회사 경성부 공평동 55번지			국립중앙도서관(3634-2-83(5))	42회의 장회체(상 1회~21회, 하 22회~42회, 권별 목차). 초판 발행일 기록.	원문
					4판 상편이 있어 4판 하편도 있을 것으로 추정.	출판
聖杓 성부 황금정 2정목 8번지	융문관인쇄소 경성부 황금정 2정목 148번지			서울대학교도서관(3340 1)	[조선소설] 12책 중 제2권에 <林慶業傳>, <소대성전>, <김덕령전>, <적강칠선>과 같이 합철되어 있음. 상하합편(상권 87p., 하권 79p.)	원문
基然 성부 봉래정 1정목 번지	신구서림인쇄부 경성부 봉래정 1정목 75번지			정명기 소장본	상하 합편.	원문
					[연구보정], p.438.에서 하편을 제시하였으므로 상편도 있을 것으로 추정.	출판
					[연구보정], p.438. 그런데 이 책에서 제시한 국립중앙도서관 소장본의 청구기호(3634-2-26=7)로는 서적이 검색 안 됨.	출판
基然 성부 봉래정 1정목 번지	신구서림인쇄부 경성부 봉래정 1정목 75번지			정명기 소장본	판권지 훼손으로 인쇄일 보이지 않음.	원문
馬澤 성부 공평동 55번지	대동인쇄주식회사 경성부 공평동 55번지	박문서관	[구활자본고소설전집 7]	국립중앙도서관(3634-2-36(6))		원문
		공진서관			이능우, p.288.	출판
				국립중앙도서관(3634-2-59(6))	판권지 없음. 발행일은 이능우, p.288. 참고.	원문
馬澤 부 효자동 103번지	성문사 경성부 공평동 55번지		[구활자본고소설전집 26], [구활자소설총서 12]	국립중앙도서관(3634-2-20(4))		원문
炳文 북부 효자동 50통	동문관 경성 중부 경행방 교동 23통 5호			국립중앙도서관(3634-3-52(4))	저작자 이해조. 1면에 '牛山居士'. 3판, 6판, 7판에 초판 발행일 기록.	원문
					3판에 2판 발행일 기록.	출판

번호	작품명 고유번호	표제	문자	면수 가격	인쇄일	발행일	판차	발행자 발행자 주소	발행소 발행소 주소
1942	소양정 신구-소양-01-03	(新小說)소양뎡	한글	112p. 25전	1916-04-17	1916-04-21	3	池松旭 경성부 봉래정 1정목 77번지	신구서림 경성부 봉래정 1정 77번지
1943	소양정 신구-소양-01-04	(新小說)소양뎡	한글				4		신구서림
1944	소양정 신구-소양-01-05	(新小說)소양뎡	한글				5		신구서림
1945	소양정 신구-소양-01-06	(新小說)소양뎡	한글	112p. 35전	1921-11-05	1921-11-15	6	池松旭 경성부 봉래정 1정목 77번지	신구서림 경성부 봉래정 1정 77번지
1946	소양정 신구-소양-01-07	(新小說)소양뎡	한글	112p. 35전	1923-01-05	1923-01-10	7	池松旭 경성부 봉래정 1정목 77번지	신구서림 경성부 봉래정 1정 77번지
1947	수당연의 신구-수당-01-01	수양뎨행락긔	한글	137p. 90전	1918-04-15	1918-04-20	1	朴健會 경성부 인사동 49번지	신구서림 경성부 봉래정 1정 77번지
1948	숙영낭자전 신구-숙영-01-01	(특별) 숙영낭자전	한글	43p. 25전	1915-05-26	1915-05-31	1	朴建會 경성부 인사동 39번지	신구서림 경성부 봉래정 1정 75번지
1949	숙영낭자전 신구-숙영-01-02	(특별) 숙영낭자전	한글	43p. 25전	1916-01-17	1916-01-19	2	朴健會 경성부 인사동 39번지	신구서림 경성부 봉래정 1정 77번지
1950	숙영낭자전 신구-숙영-01-03	(특별) 숙영낭자전	한글	70p. 25전	1916-11-26	1916-11-28	3	朴健會 경성부 인사동 39번지	신구서림 경성부 봉래정 1정 77번지
1951	숙향전 신구-숙향-01-01	숙향전	한글			1926- -	1		신구서림
1952	신계후전 신구-신계-01-01	신계후전	한글	45p. 25전	1926-12-15	1926-12-20	1	盧益煥 경성부 봉래정 1정목 77번지	신구서림 경성부 봉래정 1정 77번지
1953	신계후전 신구-신계-01-02	신계후전	한글	45p. 25전	1928-01-05	1928-01-10	2	盧益煥 경성부 봉래정 177번지	신구서림 경성부 봉래정 1정 77번지
1954	심청전 신구-심청-01-01	(新小說)강상련 : 심쳥가	한글		1912-11-13	1912-11-15	1		신구서림
1955	심청전 신구-심청-01-02	(新小說)강상련 : 심쳥가	한글		1913-02-10	1913-02-15	2		신구서림
1956	심청전 신구-심청-01-03	(新小說)강상련 : 심쳥가	한글		1913-08-20	1913-09-05	3		신구서림
1957	심청전 신구-심청-01-04	(新小說)강상련 : 심쳥가	한글	120p. 30전	1914-05-28	1914-05-30	4	李鍾禎 경성 북부 대안동 34-4호	신구서림 경성 남부 자암동 42-10호
1958	심청전 신구-심청-01-05	강상연	한글	111p. 30전	1916-01-20	1916-01-24	5	李鍾禎 경성 4 송현동 71번지	신구서림 경성부 봉래정 1정 77번지
1959	심청전 신구-심청-01-06	강상연	한글				6		신구서림
1960	심청전 신구-심청-01-07	강상연	한글				7		신구서림
1961	심청전 신구-심청-01-08	강상연	한글	111p. 30전		1917-06-10	8	李鍾禎 경성부 송현동 71번지	신구서림 경성부 봉래정 1정 77번지

쇄자 쇄소 주소	인쇄소 인쇄소 주소	공동 발행	영인본	소장처 및 청구기호	기타	현황
禹澤 성부 효자동 103번지	성문사 경성부 공평동 55번지		[신소설전집 3]	국립중앙도서관(3 634-3-32(2))	저작자 이해조. 1면에 '牛山居士'. 초판, 2판 발행일 기록.	원문
					6판과 7판이 있어서 4판도 있을 것으로 추정.	출판
					6판과 7판이 있어서 5판도 있을 것으로 추정.	출판
重煥 성부 공평동 55번지	대동인쇄주식회사 경성부 공평동 55번지			국립중앙도서관(3 634-3-52(2))	초판 발행일 기록.	원문
仁煥 성부 황금정 2정목 8번지	경성신문사 경성부 황금정 2정목 148번지	박문서관		서울대학교 도서관(3340 207)	초판 발행일 기록.	원문
禹澤 성부 공평동 54번지	성문사 경성부 공평동 55번지		[구활자본고소설 전집 8]	국립중앙도서관(3 634-2-77(3))	8회의 장회체. 판권지에 '상하'로 기록되었으나 실제로는 단권. p.8까지 한자병기, 대부분은 순한글(편집체제 다름)이며, 간혹 한자 괄호 병기.	원문
聖杓 성부 공평동 47번지	성문사 경성부 공평동 55번지		[구활자본고소설 전집 5]	국립중앙도서관(3 634-2-82(1))	6회의 장회체(총목차). 표지 제목 옆에 '부 감응편 제삼권'.	원문
禹澤 성부 효자동 103번지	성문사 경성부 공평동 55번지			국립중앙도서관(3 634-2-82(2))	6회의 장회체(총목차). 초판 인쇄일, 발행일 기록. 표지 제목 옆에 '부 감응편 제삼권'.	원문
禹澤 성부 효자동 103번지	성문사 경성부 공평동 55번지			국립중앙도서관(3 634-2-82(11))	6회의 장회체(총목차). 초판, 2판 발행일 기록. <숙영낭자전>(pp.1~43)에 <감응편 권3>(pp.44~70)이 덧붙음.	원문
					우쾌제, p.128.	출판
泰均 성부 공평동 55번지	대동인쇄주식회사 경성부 공평동 55번지			국립중앙도서관(3 634-2-38(2))	2판에 초판 발행일 기록(12월 15일). 초판 판권지에서는 인쇄일이 15월 15일이고, 발행일은 12월 20일임.	원문
仁煥 성부 황금정 2정목 8번지	경성신문사 경성부 황금정 2정목 148번지			서울대학교 도서관(3350 30)	초판 발행일 기록.	원문
					4판, 8판, 10판, 11판, 12판에 초판의 인쇄일과 발행일 기록.	출판
					4판에 2판의 인쇄일과 발행일 기록.	출판
					4판에 3판의 인쇄일과 발행일 기록.	출판
廷根 성 북부 청풍* -10호	성문사 경성 종로 발리동 9-10호			국립중앙도서관(3 634-3-68(5))		원문
禹澤 성부 효자동 103번지	성문사 경성부 공평동 55번지		[구활자본고소설 전집 18], [구활자소설전집 7]	국립중앙도서관(3 634-2-5(7))	10장의 그림 있음.	원문
					8판이 있어서 6판도 있을 것으로 추정.	출판
					8판이 있어서 7판도 있을 것으로 추정.	출판
禹澤 성부 공평동 54번지	성문사 경성부 공평동 55번지			국립중앙도서관(3 634-2-78(3))	초판 발행일(대정1.12.05)이 4판에 기록한 것과 날짜가 다름.	원문

번호 작품명 고유번호	표제	문자	면수 가격	인쇄일	발행일	판차	발행자 발행자 주소	발행소 발행소 주소
1962 **심청전** 신구-심청-01-09	강상연	한글				9		신구서림
1963 **심청전** 신구-심청-01-10	강상연	한글	111p. 35전	1920-02-20	1920-02-26	10	李鍾楨 경성부 관수동 30번지	신구서림 경성부 봉래정 1정목 77번지
1964 **심청전** 신구-심청-01-11	강상연	한글	111p. 35전	1922-02-25	1922-02-28	11	李鍾楨 경성부 관수동 30번지	신구서림 경성부 봉래정 1정목 77번지
1965 **심청전** 신구-심청-01-12	강상연	한글	111p. 35전	1923-12-15	1923-12-20	12	李鍾楨 경성부 관수동 30번지	신구서림 경성부 봉래정 1정목 77번지
1966 **심청전** 신구-심청-02-01	강상연	한글			1912-12-15	1		신구서림
1967 **심청전** 신구-심청-02-02	강상연	한글				2		신구서림
1968 **심청전** 신구-심청-02-03	강상연	한글				3		신구서림
1969 **심청전** 신구-심청-02-04	강상연	한글				4		신구서림
1970 **심청전** 신구-심청-02-05	강상연	한글				5		신구서림
1971 **심청전** 신구-심청-02-06	강상연	한글				6		신구서림
1972 **심청전** 신구-심청-02-07	강상연	한글				7		신구서림
1973 **심청전** 신구-심청-02-08	강상연	한글	75p. 30전	1918-02-05	1918-02-10	8	李鍾楨 경성부 송현동 72번지	신구서림 경성부 봉래정 1정목 77번지
1974 **심청전** 신구-심청-02-09	강상연	한글	75p. 20전	1919-01-20	1919-01-25	9	李鍾楨 경성부 종로 2정목 51번지	신구서림 경성부 봉래정 1정목 77번지
1975 **심청전** 신구-심청-03-01	심청전	한글	45p. 15전	1929-12-20	1929-12-25	1	盧益煥 경성부 봉래정 1정목 77	신구서림 경성부 봉래정 1정목
1976 **심청전** 신구-심청-04-01	심청전	한글	45p.		1939-02-20	1	盧益煥	신구서림
1977 **양산백전** 신구-양산-01-01	양산백젼	한글	56p.		1925-11-10	1		신구서림
1978 **양주봉전** 신구-양주-01-01	양쥬봉젼	한글	65p. 25전	1918-01-12	1918-01-15	1	朴承曄 경성부 견지동 52번지	신구서림 경성부 봉래정 1정목 77번지
1979 **오성과 한음** 신구-오성-01-01	한음과 오셩실긔	한글			1930-10-25	1		신구서림
1980 **오성과 한음** 신구-오성-01-02	한음과 오셩실긔	한글			1932-11-30	2		신구서림
1981 **오성과 한음** 신구-오성-01-03	한음과 오셩실긔	한글	66p. 30전		1934-09-15	3	盧益煥 경성부 봉래정 1정목 75번지	신구서림 경성부 봉래정 1정목 75번지
1982 **옥단춘전** 신구-옥단-01-01	옥단츈전	한글	38p. 15전	1931-12-01	1931-12-05	1	盧益煥 경성부 봉래정 1정목 75번지	신구서림 경성부 봉래정 1정목 75번지

쇄자 쇄소 주소	인쇄소 인쇄소 주소	공동 발행	영인본	소장처 및 청구기호	기타	현황
					10~12판이 있어서 9판도 있을 것으로 추정.	출판
重煥 성부 공평동 55번지	대동인쇄주식회사 경성부 공평동 55번지			국립중앙도서관(3 634-3-68(1))	초판 발행일 기록	원문
重煥 성부 공평동 55번지	대동인쇄주식회사 경성부 공평동 55번지			국립중앙도서관(3 634-2-78(4))	초판 발행일 기록	원문
禹澤 성부 공평동 55번지	대동인쇄주식회사 경성부 공평동 55번지			국립중앙도서관(3 634-2-78(2))	저작자 이해조. 초판 발행일 기록.	원문
					8판, 9판에 초판 발행일 기록.	출판
					8판, 9판이 있어서 2판도 있을 것으로 추정.	출판
					8판, 9판이 있어서 3판도 있을 것으로 추정.	출판
					8판, 9판이 있어서 4판도 있을 것으로 추정.	출판
					8판, 9판이 있어서 5판도 있을 것으로 추정.	출판
					8판, 9판이 있어서 6판도 있을 것으로 추정.	출판
					8판, 9판이 있어서 7판도 있을 것으로 추정.	출판
禹澤 성부 공평동 54번지	성문사 경성부 공평동 55번지			국립중앙도서관(3 634-2-78(5))	편집자: 이해조. 초판 발행일 기록.	원문
禹澤 성부 공평동 54번지	성문사 경성부 공평동 55번지			국립중앙도서관(3 634-3-68(6))	편집자: 이해조. 초판 발행일 기록.	원문
基然 성부 봉래정 1정목 77	신구서림인쇄부 경성부 봉래정 1정목 77			박순호 소장본		원문
					박순호 소장본([연구보정], p.540)	원문
					박성의 소장본.(이능우, p.278)	원문
禹澤 성부 공평동 54번지	성문사 경성부 공평동 55지			국립중앙도서관(3 634-2-73(2))		원문
					3판에 초판 발행일 기록.	출판
					3판에 2판 발행일 기록.	출판
龍鎭 부 봉래정 1정목 번지	신구서림인쇄부 경성부 봉래정 1정목 75번지			정명기 소장본	초판, 2판 발행일 기록. 인쇄일 없이 발행일만 기록.	원문
基然 부 봉래정 1정목 지	신구서림인쇄부 경성부 봉래정 1정목 75번지			국립중앙도서관(3 634-2-90(9))		원문

번호	작품명 고유번호	표제	문자	면수 가격	인쇄일	발행일	판차	발행자 발행자 주소	발행소 발행소 주소
1983	옥소기연 신구-옥소-01-01	옥쇼긔연	한글	81p. 25전	1915-08-26	1915-08-31	1	崔英植 경성부 냉동 161번지	신구서림 경성부 봉래정 1정 75번지
1984	왕경룡전 신구-왕경-01-01	(고대소설)청루 지열녀	한글	112p. 40전	1917-12-01	1917-12-05	1	朴健會 경성부 낙원동 285번지	신구서림 경성부 봉래정 1정 77번지
1985	용문전 신구-용문-01-01	(고대소설)룡문 전	한글	43p. 20전	1917-09-17	1917-09-21	1	池松旭 경성부 봉래정 1정목 77번지	신구서림 경성부 봉래정 1정 77번지
1986	울지경덕전 신구-울지-01-01	울지경덕실긔	한글	74p. 25전	1925-12-15	1925-12-20	1	盧益煥 경성부 봉래정 1정목 77번지	신구서림 경성부 봉래정 1정 77번지
1987	월봉기 신구-월봉-01-01-상	월봉산긔 상	한글			1916-01-24	1		신구서림
1988	월봉기 신구-월봉-01-01-하	월봉산긔 하	한글			1916-01-24	1		신구서림
1989	월봉기 신구-월봉-01-02-상	월봉산기 상	한글				2		신구서림
1990	월봉기 신구-월봉-01-02-하	월봉산기 하	한글				2		신구서림
1991	월봉기 신구-월봉-01-03-상	월봉산기 상	한글				3		신구서림
1992	월봉기 신구-월봉-01-03-하	월봉산기 하	한글	97p.	1918-03-01	1918-03-05	3	朴健會 경성부 공평동 68번지	신구서림 경성부 봉래정 1정 77번지
1993	월봉기 신구-월봉-01-04-상	월봉산긔 상	한글	92p. 30전	1924-01-10	1924-01-15	4	朴健會 경성부 낙원동 285번지	신구서림 경성부 봉래정 1정 77번지
1994	월봉기 신구-월봉-01-04-하	월봉산긔 하	한글				4		신구서림
1995	월봉기 신구-월봉-01-04-합	월봉산기	한글	189p. 60전	1924-01-10	1924-01-15	4	朴健會 경성부 낙원동 285번지	신구서림 경성부 봉래정 1정 77번지
1996	유록전 신구-유록-01-01	류록의 한	한글	108p. 25전	1914-08-03	1914-08-05	1	池松旭 경성부 화천정 213번지	신구서림 경성부 화천정 213
1997	유록전 신구-유록-01-02	(고대소설)류록 의 한	한글	67p. 30전	1918-03-01	1918-03-05	2	池松旭 경성부 봉래정 1정목 77번지	신구서림 경성부 봉래정 1정 77번지
1998	유충렬전 신구-유충-01-01	류츙렬젼	한글	72p.		1930-03-25	1	盧益煥	신구서림
1999	육효자전 신구-육효-01-01	륙효자전	한글			1912-01-10	1		신구서림
2000	육효자전 신구-육효-01-02	륙효자전	한글			1917-03-05	2		신구서림
2001	육효자전 신구-육효-01-03	륙효자전	한글	88p. 25전	1919.03.20.	1919-03-25	3	朴健會 경성부 인사동 39번지	신구서림 경성부 봉래정 1정 77번지
2002	음양옥지환 신구-음양-01-01	음양옥지환	한글				1		신구서림
2003	음양옥지환 신구-음양-01-02	음양옥지환	한글	56p.		1918-09-30	2		신구서림

인쇄자 인쇄소 주소	인쇄소 인쇄소 주소	공동 발행	영인본	소장처 및 청구기호	기타	현황
聖杓 성부 중학동 55번지	성문사 경성부 공평동 55번지		[활자본고전소설 전집 5], [구활자소설총서 9]	국립중앙도서관(3 634-2-14(3))		원문
禹澤 성부 공평동 54번지	성문사 경성부 공평동 55번지		[구활자본고소설 전집 14], [구활자소설총서 6]	국립중앙도서관(3 634-2-6(5))	5회의 장회체(총목차).	원문
禹澤 성부 공평동 54번지	성문사 경성부 공평동 55번지		[구활자본고소설 전집 11]	국립중앙도서관(3 634-2-70(2))		원문
禹澤 성부 공평동 55번지	대동인쇄주식회사 경성부 공평동 55번지			서울대학교도서관(3350 180)		원문
					4판 상권에 초판 발행일 기록.	출판
					3판 하권에 초판 발행일 기록.	출판
					4판 상권이 있어서 2판 상권도 있을 것으로 추정.	출판
					3판 하권이 있어서 2판 하권도 있을 것으로 추정.	출판
					4판 상권이 있어서 3판 상권도 있을 것으로 추정.	출판
禹澤 성부 공평동 54번지	성문사 경성부 공평동 55번지			국립중앙도서관(3 634-2-40(3))	21회의 장회체(상 1회~11회, 하 12회~21회, 권별로 총목차). 초판 발행일 기록. 가격이 기록된 부분의 판권지 훼손됨.	원문
禹澤 성부 공평동 55번지	대동인쇄주식회사 경성부 공평동 55번지			국립중앙도서관(3 634-2-40(2))	21회의 장회체(상 1회~11회, 하 12회~21회, 권별로 총목차). 초판 발행일 기록.	원문
					4판 상권이 있어서 4판 하권도 있을 것으로 추정.	출판
禹澤 성부 공평동 55번지	대동인쇄주식회사 경성부 공평동 55번지		[아단문고고전총 서 10]		상하 합편(상 pp.1~92, 하 pp.1~97). 21회의 장회체(상 1회~11회, 하 12회~21회, 권별로 총목차). 초판 발행일 기록.	원문
禹澤 성부 효자동 103번지	성문사 경성부 공평동 55번지		[구활자소설총서 7]	국립중앙도서관(3 634-2-5(6))	서문 있음. 2판에 초판 발행일 기록.	원문
禹澤 성부 공평동 54번지	성문사 경성부 공평동 55번지			국립중앙도서관(3 634-2-14(4))	초판 발행일 기록.	원문
					홍윤표 소장본([이본목록], p.494)	원문
					3판에 초판 발행일 기록.	출판
					3판에 2판 발행일 기록.	출판
禹澤 성부 공평동 54번지	성문사 경성부 공평동 55번지			디지털 한글박물관(이태영 소장본)	표지에 '京城 博文書館 發行'이라고 인쇄됨. 판권지에는 신구서림이 발행소로, 박문서관이 발매소로 인쇄됨. 6회의 장회체.	원문
		박문서관			2판과 3판이 있어 초판도 있을 것으로 추정.	출판
		박문서관	[활자본고소설전 집 5]		발행일은 영인본의 해제를 따름. 2쪽까지 한자 병기, 3쪽부터는 순한글로 표기.	원문

번호	작품명 고유번호	표제	문자	면수 가격	인쇄일	발행일	판차	발행자 발행자 주소	발행소 발행소 주소
2004	음양옥지환 신구-음양-01-03	음양옥지환	한글	59p.		1924- -	3		신구서림
2005	이진사전 신구-이진-01-01	리진사전	한글			1915-10-21	1		신구서림
2006	이진사전 신구-이진-01-02	리진사전	한글				2		신구서림
2007	이진사전 신구-이진-01-03	리진사전	한글	61p. 20전	1923-12-15	1923-12-20	3	池松旭 경성부 봉래정 1정목 77번지	신구서림 경성부 봉래정 1정목 77번지
2008	이태백실기 신구-이태백-01-01	이태백실긔	한글	61p. 20전	1925-11-22	1925-11-25	1	崔錫鼎 경성부 봉래정 1정목 77번지	신구서림 경성부 봉래정 1정목 77번지
2009	이태왕실기 신구-이태왕-01-01	리태왕실긔	한글	53p. 25전	1930-08-20	1930-08-25	1	盧益煥 경성부 봉래정 1정목 77번지	신구서림 경성부 봉래정 1정목 77번지
2010	이태왕실기 신구-이태왕-02-01	리태왕실긔	한글	53p. 25전	1930-08-20	1930-08-25	1	盧益煥 경성부 봉래정 1정목 77번지	신구서림 경성부 봉래정 1정목 77번지
2011	이화몽 신구-이화-01-01	리화몽	한글	123p. 30전	1914-09-24	1914-09-30	1	池松旭 경성부 화천정 213번지	신구서림 경성부 화천정 213번
2012	이화몽 신구-이화-01-02	리화몽	한글				2		신구서림
2013	이화몽 신구-이화-01-03	리화몽	한글				3		신구서림
2014	이화몽 신구-이화-01-04	리화몽	한글	87p. 25전	1923-11-20	1923-11-25	4	池松旭 경성부 봉래정 1정목 77번지	신구서림 경성부 봉래정 1정목 77번지
2015	이화정서전 신구-이화정-01-01	번리화정서전	한글	83p.		1931-10-20	1		신구서림
2016	이화정서전 신구-이화정-01-02	번리화정서전	한글	83p. 30전	1932-10-01	1932-10-05	2	盧益煥 경성부 봉래정 1정목 75번지	신구서림 경성부 봉래정 1정목 75번지
2017	임경업전 신구-임경-01-01	림경업전	한글	46p. 20전	1924-11-23	1924-11-27	1	玄公廉 경성부 견지동 80번지	신구서림 경성부 봉래정 1정목 75번지
2018	임진록 신구-임진-01-00	壬辰錄	한글	220p.		1929- -	1		신구서림
2019	임진록 신구-임진-02-01	壬辰錄	한글	220p. 70전	1930-10-05	1930-10-10	1	玄丙周 경성부 낙원동 284-9호	신구서림 경성부 봉래정 1정목 77번지
2020	장학사전 신구-장학-01-01	쟝학사뎐	한글	74p.		1916-06-15	1	金翼洙	신구서림
2021	장학사전 신구-장학-01-02	쟝학사뎐	한글	74p. 30전	1917-11-10	1917-11-15	2	金翼洙 경성부 청운동 100번지	신구서림 경성부 봉래정 1정목 77번지
2022	장학사전 신구-장학-02-01	완월루	한글	78p. 25전	1925-12-10	1925-12-15	1	崔錫鼎 경성부 봉래정 1정목 77번지	신구서림 경성부 봉래정 1정목 77번지
2023	적벽대전 신구-적벽대-01-01	(삼국풍진)화용 도실긔	한글	219p.		1914-07-15	1	朴健會	신구서림
2024	적벽대전 신구-적벽대-01-02	(삼국풍진)화용 도실긔	한글			1915-07-16	2	朴健會	신구서림

행자 행소 주소	인쇄소 인쇄소 주소	공동 발행	영인본	소장처 및 청구기호	기타	현황
		박문서관		서울대학교(3350 182)	2쪽까지 한자 병기, 3쪽부터는 순한글로 표기.	원문
					3판에 초판 발행일 기록. 소재영 외, p.91.	원문
					3판이 있어서 2판도 있을 것으로 추정.	출판
馬澤 성부 공평동 55번지	대동인쇄주식회사 경성부 공평동 55번지			서울대학교 도서관(3340 1 10)	'장끼전, 금낭이산, 장화홍련전, 조생원전'과 합철. 초판 발행일 기록.	원문
馬澤 성부 공평동 55번지	대동인쇄주식회사 경성부 공평동 55번지	박문서관		국립중앙도서관(3 634-2-37(5))	11회의 장회체(총목차)	원문
然 성부 봉래정 1정목 번지	신구서림인쇄부 경성부 봉래정 1정목 77번지			서울대학교 도서관(3350 57)		원문
德 성부 서대문정 2정목	조선기독교창문사 경성부 서대문정 2정목 139		[조동일소장국문 학연구자료 24]			원문
馬澤 성부 효자동 103번지	성문사 경성부 공평동 55번지		[신소설전집 14]	국립중앙도서관(3 634-3-65(5))	표지에 '저작가 지송욱, 발행소 신구서림'. 4판에 초판 발행일 기록.	원문
					4판이 있어서 2판도 있을 것으로 추정.	출판
					4판이 있어서 3판도 있을 것으로 추정.	출판
馬澤 성부 공평동 55번지	대동인쇄주식회사 경성부 공평동 55번지			국립중앙도서관(3 634-3-65(1))	초판 발행일 기록.	원문
					2판에 초판 발행일 기록.	출판
然 성부 봉래정 1정목 번지	신구서림인쇄부 경성부 봉래정 1정목 75번지			국립중앙도서관(8 13.5-번124ㅅ)	초판 발행일 기록.	원문
然 성부 봉래정 1정목 번지	신구서림인쇄부 경성부 봉래정 1정목 75번지			정명기 소장본	표지에 '경성 박문서관 발행'.	원문
				국립중앙도서관(2 153-4)	상하 합편(상 86p, 하 134p). 원문은 있으나 판권지 없음.	원문
周 성부 수송동 27번지	선광인쇄주식회사 경성부 수송동 27번지	우문서관회		개인소장본	상하 합편(상 86p, 하 134p).	원문
			[구활자본고소설 전집 12]		2판에 초판 발행일 기록. 영인본에 판권지 없음.	원문
馬澤 성부 공평동 54번지	성문사 경성부 공평동 55번지			국립중앙도서관(3 634-3-41(3))	초판 발행일 기록.	원문
馬澤 성부 공평동 55번지	대동인쇄주식회사 경성부 공평동 55번지			서울대학교 도서관(3350 173)		원문
			[구활자본고소설 전집 17]		5판에 초판 발행일 기록.	출판
					5판에 2판 발행일 기록.	출판

번호	작품명 고유번호	표제	문자	면수 가격	인쇄일	발행일	판차	발행자 발행자 주소	발행소 발행소 주소
2025	**적벽대전** 신구-적벽대-01-03	(삼국풍진)화용 도실긔	한글			1916-01-29	3	朴健會	신구서림
2026	**적벽대전** 신구-적벽대-01-04	(삼국풍진)화용 도실긔	한글			1917-01-20	4	朴健會	신구서림
2027	**적벽대전** 신구-적벽대-01-05	(삼국풍진)화용 도실긔	한글	170p. 50전	1917-06-10	1917-06-15	5	朴健會 경성부 낙원동 285번지	신구서림 경성부 봉래정 1정 77번지
2028	**적벽대전** 신구-적벽대-02-00	적벽대전	한글			1925- -	1		신구서림
2029	**정수경전** 신구-정수경-01-01	(신소셜) 옥즁금낭	한글	117p. 25전	1913-01-22	1913-01-25	1	池松旭 경성 남부 자암동 42통 10호	신구서림 경성 남부 자암동 10호
2030	**정수경전** 신구-정수경-01-02	(신소셜) 옥즁금낭	한글				2		신구서림
2031	**정수경전** 신구-정수경-01-03	옥중금낭	한글	75p. 30전	1918-02-10	1918-02-16	3	池松旭 경성부 봉래정 1정목 77번지	신구서림 경성부 봉래정 1정 77번지
2032	**정수경전** 신구-정수경-02-00	獄中錦囊	한글	25전		1914- -	1		신구서림
2033	**정수정전** 신구-정수정-01-01	녀자츙효록	한글	94p. 25전	1914-08-03	1914-08-05	1	池松旭 경성 남부 자석동 42통 10호	신구서림 경성 남부 자암동 10호
2034	**정수정전** 신구-정수정-01-02	녀자츙효록	한글				2		신구서림
2035	**정수정전** 신구-정수정-01-03	(고대소설)녀자 츙효록	한글	73p. 25전	1920-04-05	1920-04-20	3	池松旭 경성부 봉래정 1정목 77번지	신구서림 경성부 봉래정 1정 77번
2036	**제마무전** 신구-제마-01-01	(고대소설)몽결 초한숑	한글	95p. 25전	1914-08-03	1914-08-05	1	池松旭 경성부 화천정 213번지	신구서림 경성부 화천정 213
2037	**제마무전** 신구-제마-01-02	(고대소설)몽결 초한숑	한글			1917-01-20	2	池松旭	신구서림
2038	**제마무전** 신구-제마-01-03	(고대소설)몽결 초한숑	한글	87p. 30전	1917-10-25	1917-10-30	3	池松旭 경성부 봉래정 1정목 77번지	신구서림 경성부 봉래정 1정 77번지
2039	**제마무전** 신구-제마-01-04	(고대소설)몽결 초한숑	한글	87p. 20전	1919-02-27	1919-03-03	4	池松旭 경성부 봉래정 1정목 77번지	신구서림 경성부 봉래정 1정 77번지
2040	**제마무전** 신구-제마-01-05	(고대소설)몽결 초한숑	한글	87p. 25전	1922-01-15	1922-01-20	5	池松旭 경성부 봉래정 1정목 77번지	신구서림 경성부 봉래정 1정
2041	**제마무전** 신구-제마-01-06	(고대소설)몽결 초한숑	한글	87p. 25전	1923-12-05	1923-12-10	6	池松旭 경성부 봉래정 1정목 77번지	신구서림 경성부 봉래정 1정 77번지
2042	**조생원전** 신구-조생-01-01	됴생원전	한글	62p. 25전	1917-12-01	1917-12-05	1	池松旭 경성부 봉래정 1정목 77번지	신구서림 경성부 봉래정 1정
2043	**조씨삼대록** 신구-조씨-01-01	조씨삼대록	한글			1917- -	1		신구서림
2044	**진대방전** 신구-진대-01-01	(륜리소설)진대 방전	한글	85p. 25전	1915-12-03	1915-12-08	1	朴健會 경성부 인사동 39번지	신구서림 경성부 봉래정 1정 75번지

쇄자 쇄소 주소	인쇄소 인쇄소 주소	공동 발행	영인본	소장처 및 청구기호	기타	현황
					5판에 3판 발행일 기록.	출판
					5판에 4판 발행일 기록.	출판
馬澤 성부 공평동 54번지	성문사 경성부 공평동 55번지			국립중앙도서관(3 634-2-72(2))	초판~4판의 발행일 기록. p.9부터 순한글 표기.	원문
					광고(1925)([이본목록], p.612)	광고
桐桓 성 서부 냉동 176통 호	법한회사인쇄부 경성 서소문가 복거교			국립중앙도서관(3 634-3-40(5))	3판에 초판 발행일(인쇄일의 잘못) 기록.	원문
					3판이 있어 2판도 있을 것으로 추정.	출판
馬澤 성부 공평동 54번지	성문사 경성부 공평동 55번지			국립중앙도서관(3 634-3-76(5))	초판 발행일(대정2.01.22) 기록. 초판 판권지에 따르면 이는 초판 인쇄일임.	원문
					<옥중가인>, 신구서림, 1914(국립중앙도서관 소장본(3634-2-8(1)) 광고에 '獄中錦囊'으로 기록. 발행일로 보아 '신구-정수경-01-02'일 가능성 있음.	광고
聖杓 성 동부 통내 등자동 8호	성문사 경성 중부 종로 발리동 9통10호			연세대학교 도서관(O 811.9308 고대소 -1-8)	자석동은 '紫岩洞의 오기. 3판에 초판 발행일 기록.	원문
					3판이 있어서 2판도 있을 것으로 추정.	출판
馬澤 성부 공평동 54번지	성문사 경성부 공평동 55번지	한성서관	[구활자본고소설 전집 9]	국립중앙도서관(3 634-2-12(5))	초판 발행일 기록.	원문
馬澤 성부 효자동 103번지	성문사 경성부 공평동 55번지		[구활자본고소설 전집 3]	국립중앙도서관(3 634-2-26(4))	3판과 4판, 5판, 6판에 초판 발행일 기록, <제마무전>(pp.1~79)에 <회심곡>(pp.79~95) 합철.	원문
					3판에 2판 발행일 기록.	출판
馬澤 성부 공평동 54번지	성문사 경성부 공평동 55번지			국립중앙도서관(3 634-2-118(1))	초판, 2판 발행일 기록. <제마무전>(pp.1~73)에 <회심곡>(pp.73~87) 합철.	원문
馬澤 성부 공평동 54번지	성문사 경성부 공평동 55번지			국립중앙도서관(3 634-2-26(5))	초판 발행일 기록. '3판' 인쇄일은 4판 인쇄일의 잘못. <제마무전>(pp.1~73)에 <회심곡>(pp.73~87) 합철.	원문
重煥 성부 공평동 55번지	대동인쇄주식회사 경성부 공평동 55번지			국립중앙도서관(3 634-2-118(3))	초판 발행일 기록. <제마무전>(pp.1~73)에 <회심곡>(pp.73~87) 합철.	원문
馬澤 성부 공평동 55번지	대동인쇄주식회사 경성부 공평동 55번지			국립중앙도서관(3 634-2-118(2))	초판 발행일 기록. <제마무전>(pp.1~73)에 <회심곡>(pp.73~87) 합철.	원문
馬澤 성부 공평동 54번지	성문사 경성부 공평동 55번지	한성서관		국립중앙도서관(3 634-2-66(5))		원문
		한성서관			우쾌제, p.135.	출판
馬澤 성부 효자동 103번지	성문사 경성부 공평동 55번지		[구활자본고소설 전집 14]	국립중앙도서관(3 634-2-112(1))	<진대방전>(pp.1~30.)과 <단편소설 륙장 공산명월>(pp.31~62) 합권.	원문

번호	작품명 고유번호	표제	문자	면수 가격	인쇄일	발행일	판차	발행자 발행자 주소	발행소 발행소 주소
2045	**진대방전** 신구-진대-01-02	진대방전	한글	62p. 25전	1917-12-15	1917-12-20	2	朴健會 경성부 낙원동 285번지	신구서림 경성부 봉래정 1정 77번지
2046	**진대방전** 신구-진대-02-01	진대방전	한글			1917-03-08	1	池松旭	신구서림
2047	**진대방전** 신구-진대-02-02	진대방전	한글				2	池松旭	신구서림
2048	**진대방전** 신구-진대-02-03	진대방전	한글	62p. 30전	1922-09-17	1922-09-20	3	池松旭 경성부 봉래정 1정목 77번지	신구서림 경성부 봉래정 1정 77번지
2049	**진시황전** 신구-진시-01-01	秦始皇傳	한글				1		신구서림
2050	**창선감의록** 신구-창선-01-01	창선감의록	한글			1914-01-15	1		신구서림
2051	**창선감의록** 신구-창선-02-01	창선감의록	한글	140p. 55전	1917-10-25	1917-10-30	1	池松旭 경성부 봉래정 1정목 77번지	신구서림 경성부 봉래정 1정 77번지
2052	**창선감의록** 신구-창선-02-02-1	창선감의록	한글	140p. 30전	1918-10-01	1918-10-05	2	池松旭 경성부 봉래정 1정목 77번지	신구서림 경성부 봉래정 1정 77번지
2053	**창선감의록** 신구-창선-02-02-2	창선감의록	한글	140p. 40전	1923-10-30	1923-11-05	2	池松旭 경성부 봉래정 1정목 77번지	신구서림 경성부 봉래정 1정 77번지
2054	**창선감의록** 신구-창선-03-01	창선감의록	한글	140p. 40전		1926-12-20	1		신구서림
2055	**채봉감별곡** 신구-채봉-01-01	(新小說)츄풍감 별곡	한글	127p. 25전	1913-10-10	1913-10-16	1	池松旭 경성 남부 자암동 42통10호	신구서림 경성 남부 자암동 42통10호
2056	**채봉감별곡** 신구-채봉-01-02	(新小說)츄풍감 별곡	한글			1914-02-12	2		신구서림
2057	**채봉감별곡** 신구-채봉-01-03	(新小說)츄풍감 별곡	한글			1915-01-07	3		신구서림
2058	**채봉감별곡** 신구-채봉-01-04	(新小說)츄풍감 별곡	한글	102p. 25전		1916-01-25	4	池松旭 경성부 봉래정 1정목 77번지	신구서림 경성부 봉래정 1정 77번지
2059	**채봉감별곡** 신구-채봉-01-05	(新小說)츄풍감 별곡	한글	84p.		1917- -	5		신구서림
2060	**채봉감별곡** 신구-채봉-01-06	(新小說)츄풍감 별곡	한글				6		신구서림
2061	**채봉감별곡** 신구-채봉-01-07	(고대소설)추풍 감별곡	한글	84p. 19전		1918-09-13	7	池松旭 경성부 봉래정 1정목 77번지	신구서림 경성부 봉래정 1정 77번지
2062	**채봉감별곡** 신구-채봉-01-08	(고대소설)추풍 감별곡	한글	84p.		1920- -	8		신구서림
2063	**채봉감별곡** 신구-채봉-02-01	츄풍감별곡	한글	127p.		1921- -	1	池松旭	신구서림
2064	**청년회심곡** 신구-청년-01-00	청년회심곡	한글	84p. 25전	1916-08-05	1916-09-12	1	池松旭 경성부 봉래정 1정목 77번지	신구서림 경성부 봉래정 1정 77번지
2065	**청년회심곡** 신구-청년-01-01	청년회심곡	한글	99p. 25전	1914-08-03	1914-08-05	1	池松旭 경성부 화천정 213번지	신구서림 경성부 화천정 213
2066	**청년회심곡** 신구-청년-01-02	청년회심곡	한글				2		신구서림

쇄자 쇄소 주소	인쇄소 인쇄소 주소	공동 발행	영인본	소장처 및 청구기호	기타	현황
禹澤 성부 공평동 54번지	성문사 경성부 공평동 55번지		[구활자소설총서 11]	국립중앙도서관(3 634-2-16(5))	초판 발행일 기록. 한자 병기는 5면부터 거의 없음. <진대방전>(pp.1~46.)과 <단편소설 류장 공산명월>(pp.47~85) 합권.	원문
					3판에 초판 발행일 기록.	출판
					3판이 있어서 2판도 있을 것으로 추정.	출판
重煥 성부 공평동 55번지	대동인쇄주식회사 경성부 공평동 55번지			박순호 소장본	초판 발행일 기록.	원문
					이수봉 소장본([이본목록], p699.)	원문
					권순긍, p.328.	출판
禹澤 성부 공평동 54번지	성문사 경성부 공평동 55번지	한성서관		국립중앙도서관(3 634-2-108(5))	2판과 3판에 초판 발행일 기록.	원문
禹澤 성부 공평동 54번지	성문사 경성부 공평동 55번지			국립중앙도서관(3 634-2-108(4))	초판 발행일 기록.	원문
禹澤 성부 공평동 55번지	대동인쇄주식회사 경성부 공평동 55번지	조선도서주식 회사		국립중앙도서관(3 634-2-108(3))	초판 발행일 기록.	원문
			[활자본고전소설 전집 10]	서울대학교 도서관(3350 12)	판권지가 가려져 발행일을 제외한 나머지는 확인 불가.	원문
聖栽 성 서부 옥폭동 147통 호	문명사 경성 남부 상유동 29통 7호		[신소설전집 10]	국립중앙도서관(3 634-3-56(4))	4판에 초판 발행일 기록.	원문
					4판에 2판 발행일 기록.	출판
					4판에 3판 발행일 기록.	출판
禹澤 성부 효자동 103번지	성문사 경성부 공평동 55번지			국립중앙도서관(3 634-3-56(3))	초판, 2판, 3판 발행일 기록.	원문
					[연구보정](p.995)에 5판 발행연도 기록.	출판
					7판이 있어서 6판도 있을 것으로 추정.	출판
禹澤 성부 공평동 54번지	성문사 경성부 공평동 55번지			국립중앙도서관(3 634-3-8(6))	판권지 훼손되어 인쇄일을 확인할 수 없음.	원문
					[연구보정](p.995)에 8판 발행연도 기록.	출판
				국립중앙도서관(3 634-3-8(2))	판권지 없음. 발행연도는 도서관 서지 정보를 따름.	원문
禹澤 성부 효자동 103번지	성문사 경성부 공평동 55번지			국립중앙도서관(3 634-2-114(4))		원문
禹澤 성부 효자동 103번지	성문사 경성부 공평동 55번지		[활자본고전소설 전집 10]	국립중앙도서관(3 634-2-114(5))	4판에 초판 발행일 기록..	원문
					4판과 5판이 있어 2판도 있을 것으로 추정.	출판

번호	작품명 고유번호	표제	문자	면수 가격	인쇄일	발행일	판차	발행자 발행자 주소	발행소 발행소 주소
2067	**청년회심곡** 신구-청년-01-03	청년회심곡	한글				3		신구서림
2068	**청년회심곡** 신구-청년-01-04	청년회심곡	한글	84p. 20전	1918-11-20	1918-11-25	4	池松旭 경성부 봉래정 1정목 77번지	신구서림 경성부 봉래정 1정목 77번지
2069	**청년회심곡** 신구-청년-01-05	청년회심곡	한글	84p. 25전	1935-12-15	1921-12-20	5	池松旭 경성부 봉래정 1정목 77번지	신구서림 경성부 봉래정 1정목 77번지
2070	**춘향전** 신구-춘향-01-01	(증수)츈향전	한글			1913- -	1		신구서림
2071	**춘향전** 신구-춘향-01-02	(증수)츈향전	한글				2		신구서림
2072	**춘향전** 신구-춘향-01-03	(증수)츈향전	한글				3		신구서림
2073	**춘향전** 신구-춘향-01-04	(증수)츈향전	한글				4		신구서림
2074	**춘향전** 신구-춘향-01-05	(증수)츈향전	한글	110p.		1923- -	5		신구서림
2075	**춘향전** 신구-춘향-02-01	(증상연예)옥즁 가인	한글	221p. 40전	1914-04-28	1914-04-30	1	池松旭 경성 남부 자암동 42통 10호	신구서림 경성 남부 자암동 4 10호
2076	**춘향전** 신구-춘향-02-02	(증상연예)옥즁 가인	한글			1914-12-07	2		신구서림
2077	**춘향전** 신구-춘향-02-03	(증상연예)옥즁 가인	한글	203p.		1915- -	3		신구서림
2078	**춘향전** 신구-춘향-02-04	(증상연예)옥즁 가인	한글	203p. 40전	1916-01-08	1916-01-13	4	池松旭 경성부 봉래정 1정목 77번지	신구서림 경성부 봉래정 1정목 77번지
2079	**춘향전** 신구-춘향-02-05	(증상연예)옥즁 가인	한글	203p.		1916-05-	5		신구서림
2080	**춘향전** 신구-춘향-02-06	(증상연예)옥즁 가인	한글	203p. 40전	1916-12-12	1916-12-16	6	池松旭 경성부 봉래정 1정목 77번지	신구서림 경성부 봉래정 1정목 77번지
2081	**춘향전** 신구-춘향-02-07	(증상연예)옥즁 가인	한글	203p.		1917- -	7		신구서림
2082	**춘향전** 신구-춘향-02-08	(증상연예)옥즁 가인	한글	144p. 50전	1918-01-10	1918-01-15	8	池松旭 경성부 봉래정 1정목 77번지	신구서림 경성부 봉래정 1정목 77번지
2083	**춘향전** 신구-춘향-02-09	(증상연예)옥즁 가인	한글				9		신구서림
2084	**춘향전** 신구-춘향-02-10	(증상연예)옥즁 가인	한글	144p. 33전	1919-03-10	1919-03-15	10	池松旭 경성부 봉래정 1정목 77번지	신구서림 경성부 봉래정 1정목 77번지
2085	**춘향전** 신구-춘향-02-11	(증상연예)옥즁 가인	한글	144p. 45전	1920-10-20	1920-10-25	11	池松旭 경성부 봉래정 1정목 77번지	신구서림 경성부 봉래정 1정목 77번지
2086	**춘향전** 신구-춘향-02-12	(증상연예)옥즁 가인	한글	144p. 45전	1922-01-17	1922-01-20	12	池松旭 경성부 봉래정 1정목 77번지	신구서림 경성부 봉래정 1정목 77번지
2087	**춘향전** 신구-춘향-02-13	(증상연예)옥즁 가인	한글	144p. 45전	1923-02-22	1923-02-27	13	池松旭 경성부 봉래정 1정목 77번지	신구서림 경성부 봉래정 1정목 77번지

쇄자 쇄소 주소	인쇄소 인쇄소 주소	공동 발행	영인본	소장처 및 청구기호	기타	현황
					4판과 5판이 있어 3판도 있을 것으로 추정.	출판
禹澤 성부 공평동 54번지	성문사 경성부 공평동 55번지			국립중앙도서관(3 634-2-114(1))	초판 발행일 기록.	원문
重煥 성부 공평동 55번지	대동인쇄주식회사 경성부 공평동 55번지		[조동일소장국문 학연구자료 22]		초판 발행일 기록. 표지 그림 옆에 '池松旭 著作'이라는 기록.	원문
		회동서관			[이본목록](p.776)에 초판의 발행연도 기록.	출판
		회동서관			5판이 있어서 2판도 있을 것으로 추정.	출판
		회동서관			5판이 있어서 3판도 있을 것으로 추정.	출판
		회동서관			5판이 있어서 4판도 있을 것으로 추정.	출판
		회동서관		서울대학교 도서관(일사 813.5 C472c)	판권지 없음. 발행연도는 [이본목록](p.776)을 따름.	원문
聖杓 성 동부통내 등자동 통 8호	성문사 경성 종로 발리동 9통 10호		[구활자본고소설 전집 30], [구활자소설총서 4]	국립중앙도서관(3 634-2-8(1))	19막으로 구성. 총목차와 서문 있음. '玉蓮庵 監校 古優 丁北平 唱本'(p.1)	원문
					[이본목록](p.773)에 2판 발행일 기록.	출판
					[이본목록](p.773)에 3판 발행일 기록.	출판
禹澤 성부 효자동 103번지	성문사 경성부 공평동 55번지			국립중앙도서관(3 634-2-103(1))	초판 인쇄일과 발행일 기록. 초판과 동일 내용 다른 판본.	원문
					[이본목록](p.773)에 5판 발행일 기록.	출판
禹澤 성부 효자동 103번지	성문사 경성부 공평동 55번지			국립중앙도서관(3 634-2-103(3))	초판 발행일 기록.	원문
					[이본목록](p.773)에 7판 발행일 기록.	출판
禹澤 성부 공평동 54번지	성문사 경성부 공평동 55번지			국립중앙도서관(3 634-2-103(2))	초판 발행일 기록. 초판, 6판과 동일 내용 다른 판본.	원문
					10판이 있어서 9판도 있을 것으로 추정.	출판
禹澤 성부 공평동 54번지	성문사 경성부 공평동 55번지			국립중앙도서관(3 634-2-109(4))	초판 발행일 기록.	원문
重煥 성부 공평동 55번지	성문사 경성부 공평동 55번지			국립중앙도서관(3 634-2-109(2))	초판 발행일 기록.	원문
重煥 성부 공평동 55번지	대동인쇄주식회사 경성부 공평동 55번지			국립중앙도서관(3 634-2-109(3))	초판 발행일 기록.	원문
禹澤 성부 공평동 55번지	대동인쇄주식회사 경성부 공평동 55번지			국립중앙도서관(3 634-2-109(1))	초판 발행일 '대정2.04.30.'에서 대정2년은 3년의 오기로 보임.	원문

번호	작품명 고유번호	표제	문자	면수 가격	인쇄일	발행일	판차	발행자 발행자 주소	발행소 발행소 주소
2088	**춘향전** 신구-춘향-03-00	廣寒樓	한글	30전 (一冊)		1914- -	1		신구서림
2089	**춘향전** 신구-춘향-04-00	獄中花	한글	40전 (一冊)		1914- -	1		신구서림
2090	**토끼전** 신구-토끼-01-01	별쥬부젼	한글	109p. 30전	1913-09-20	1913-09-25	1	池松旭 경성 남부 자암동 42통10호	신구서림 경성 남부 자암동 42통10호
2091	**토끼전** 신구-토끼-01-02	별쥬부젼	한글			1915-01-25	2		신구서림
2092	**토끼전** 신구-토끼-01-03	별쥬부젼	한글	93p. 25전	1916-04-23	1916-04-28	3	池松旭 경성부 봉래정 1정목 77번지	신구서림 경성부 봉래정 1정목 77번지
2093	**토끼전** 신구-토끼-01-04	별쥬부젼	한글	93p. 25전	1917-06-25	1917-06-30	4	池松旭 경성부 봉래정 1정목 77번지	신구서림 경성부 봉래정 1정목 77번지
2094	**하진양문록** 신구-하진-01-01-상	언한문 하진량문록	한글	213p. 1원	1915-03-05	1915-03-10	1	朴健會 경성부 인사동 39번지	신구서림 경성부 남문외 봉래정 1정목
2095	**하진양문록** 신구-하진-01-01-중	언한문 하진량문록	한글		1915-03-05	1915-03-10	1		신구서림
2096	**하진양문록** 신구-하진-01-01-하	언한문 하진량문록	한글		1915-03-05	1915-03-10	1		신구서림
2097	**하진양문록** 신구-하진-01-02-상	언한문 하진량문록	한글	213p. 1원 20전 (3책)	1925-01-10	1925-01-15	2	朴健會 경성부 인사동 39번지	신구서림 경성부 봉래정 1정목 77번지
2098	**하진양문록** 신구-하진-01-02-중	언한문 하진량문록	한글	167p. 1원 20전 (3책)	1925-01-10	1925-01-15	2	朴健會 경성부 인사동 39번지	신구서림 경성부 봉래정 1정목 77번지
2099	**하진양문록** 신구-하진-01-02-하	언한문 하진량문록	한글	117p. 1원 20전 (3책)	1925-01-10	1925-01-15	2	朴健會 경성부 인사동 39번지	신구서림 경성부 봉래정 1정목 77번지
2100	**하진양문록** 신구-하진-02-01-상	언한문 하진량문록	한글	213p.		1929-03-10	1		신구서림
2101	**하진양문록** 신구-하진-02-01-중	언한문 하진량문록	한글			1929-03-10	1		신구서림
2102	**하진양문록** 신구-하진-02-01-하	언한문 하진량문록	한글	117p.		1929-03-10	1		신구서림
2103	**해상명월** 신구-해상-01-01	해상명월	한글	74p. 25전	1929-10-25	1929-10-30	1	盧益煥 경성부 봉래정 1정목 77번지	신구서림 경성부 봉래정 1정목 77번지
2104	**현수문전** 신구-현수-01-01	고대쇼셜 현슈문젼	한글			1917-09-21	1		신구서림
2105	**현수문전** 신구-현수-01-02	현수문전	한글	122p. 35전	1920-09-22	1920-09-25	2	朴運輔 경성부 종로통 2정목 83번지	신구서림 경성부 봉래정 1정목 77번지
2106	**현수문전** 신구-현수-01-03	현수문전	한글	122p. 35전	1922-09-05	1922-09-08	3	朴運輔 경성부 죽첨정 3정목 203번지	신구서림 경성부 봉래정 1정목 77번지
2107	**현수문전** 신구-현수-01-04	현수문전	한글	122p. 35전	1923-12-20	1923-12-25	4	朴運輔 경성부 종로통 2정목 83번지	신구서림 경성부 봉래정 1정목 77번지
2108	**형산백옥** 신구-형산-01-01	형산백옥	한글			1915-01-30	1	朴健會	신구서림

행자 발행소 주소	인쇄소 인쇄소 주소	공동 발행	영인본	소장처 및 청구기호	기타	현황
					<옥중가인>, 신구서림, 1914(국립중앙도서관 소장본(3634-2-8(1)) 광고에 '廣寒樓'로 기록.	광고
					<옥중가인>, 신구서림, 1914(국립중앙도서관 소장본(3634-2-8(1)) 광고에 '獄中花'로 기록.	광고
栽 서부 옥폭동 147통	문명사 경성 남부 상유동 29통 7호		[구활자본고소설 전집 4]	국립중앙도서관(3 634-2-76(8))	저작자 이해조. 3판과 4판에 초판 발행일 기록. 국립중앙도서관본은 pp.89~96 없음. 영인본은 그에 해당하는 내용이 다른 편집형태로 5면 있음.	원문
					3판, 4판에 2판 발행일 기록.	출판
澤 부 효자동 103번지	성문사 경성부 공평동 55번지			국립중앙도서관(3 634-2-76(7))	초판, 2판 발행일 기록.	원문
澤 부 공평동 54번지	성문사 경성부 공평동 55번지			국립중앙도서관(3 634-2-76(6))	초판, 2판, 3판 발행일 기록.	원문
德 부 원동 206번지	대동인쇄주식회사 경성부 공평동 55번지		[조동일소장국문 학연구자료 23]	영남대학교 중앙도서관(도813. 5 ㅎ199)	장회체. 상권 1~14회(총목차). 2판에 기록된 초판 발행일(대정4.03.25)과 다름.	원문
					2판에 초판 발행일 기록.	출판
					2판에 초판 발행일 기록.	출판
均 부 공평동 55번지	대동인쇄주식회사 경성부 공평동 55번지	박문서관		개인소장본	판권지에 상중하 합편이라고 되어 있으나 상, 중, 하편 따로 있으며 판권지는 하편만 있음.	원문
均 부 공평동 55번지	대동인쇄주식회사 경성부 공평동 55번지	박문서관		개인소장본	판권지에 상중하 합편이라고 되어 있으나 상, 중, 하편 따로 있으며 판권지는 하편만 있음.	원문
均 부 공평동 55번지	대동인쇄주식회사 경성부 공평동 55번지	박문서관		개인소장본	판권지에 상중하 합편이라고 되어 있으나 상, 중, 하편 따로 있으며 판권지는 하편만 있음. 초판 발행일 기록.	원문
					[이본목록], p.820.	출판
					[이본목록], p.820.	출판
					[이본목록], p.820.	출판
澤 부 공평동 55번지	대동인쇄주식회사 경성부 공평동 55번지			서울대학교 도서관(3340 43)		원문
					2판, 3판, 4판에 초판 발행일 기록.	출판
煥 부 공평동 55번지	대동인쇄주식회사 경성부 공평동 55번지			국립중앙도서관(3 634-2-33(3))	초판 발행일 기록.	원문
煥 부 공평동 55번지	대동인쇄주식회사 경성부 공평동 55번지			국립중앙도서관(3 634-2-68(2))	초판 발행일 기록.	원문
澤 부 공평동 55번지	대동인쇄주식회사 경성부 공평동 55번지			국립중앙도서관(3 634-2-30(4))	초판 발행일 기록.	원문
			[활자본고전소설 전집 10]		2판에 초판 발행일 기록. 영인본 해제에 초판본으로 기록.	원문

번호 작품명 고유번호	표제	문자	면수 가격	인쇄일	발행일	판차	발행자 발행자 주소	발행소 발행소 주소
2109 **형산백옥** 신구-형산-01-02	형산백옥	한글	87p. 35전	1918-03-05	1918-03-10	2	朴健會 경성부 공평동 68번지	신구서림 경성부 봉래정 1정목 77번지
2110 **형산백옥** 신구-형산-01-03	형산백옥	한글	87p.		1923- -15	3	朴健會 경성부 공평동 68번지	신구서림 경성부 봉래정 1정목 77번지
2111 **홍계월전** 신구-홍계-01-01	홍계월전	한글			1916-02-05	1		신구서림
2112 **홍계월전** 신구-홍계-01-02	홍계월전	한글	59p. 30전	1918-03-05	1918-03-12	2	朴健會 경성부 공평동 68번지	신구서림 경성부 봉래정 1정목 77번지
2113 **홍계월전** 신구-홍계-01-03	홍계월전	한글	59p. 20전	1920-10-20	1920-10-25	3	朴健會 경성부 공평동 68번지	신구서림 경성부 봉래정 1정목 77번지
2114 **홍계월전** 신구-홍계-01-04	홍계월전	한글				4		신구서림
2115 **홍계월전** 신구-홍계-01-05	홍계월전	한글	59p. 20전	1924-01-20	1924-01-27	5	朴健會 경성부 공평동 68번지	신구서림 경성부 봉래정 1정목 77번지
2116 **홍길동전** 신구-홍길-01-01	홍길동전	한글			1929- -	1		신구서림
2117 **홍안박명** 신구-홍안-01-01	紅顏薄命	한글	76p. 30전	1928-12-05	1928-12-10	1	盧益煥 경성부 봉래정 1정목 77번지	신구서림 경성부 봉래정 1정목 77번지
2118 **황부인전** 신구-황부-01-01	황부인전 단	한글	35p. 15전	1925-11-22	1925-11-25	1	崔錫鼎 경성부 봉래정 1정목 77번지	신구서림 경성부 봉래정 1정목 77번지
2119 **황운전** 신구-황운-01-01	황장군전	한글			1916-01-17	1	朴健會	신구서림
2120 **황운전** 신구-황운-01-02	황장군전	한글				2		신구서림
2121 **황운전** 신구-황운-01-03	황장군전	한글				3		신구서림
2122 **황운전** 신구-황운-01-04	황장군전	한글	128p. 40전	1924-01-20	1924-01-25	4	朴健會 경성부 인사동 39번지	신구서림 경성부 봉래정 1정목 77번지
2123 **흥부전** 신구-흥부-01-01	(신소설)연의각: 흥부가	한글	99p. 25전	1913-12-20	1913-12-25	1	李鍾楨 경성 북부 대안동 34통 4호	신구서림 경성 남부 자암동 42통10호
2124 **흥부전** 신구-흥부-02-01	흥부가	한글	89p. 25전	1916-10-30	1916-11-05	1	池松旭 경성부 봉래정 1정목 77번지	신구서림 경성부 봉래정 1정목 77번지
2125 **흥부전** 신구-흥부-02-02	흥부가	한글	89p. 25전	1917-06-15	1917-06-20	2	池松旭 경성부 봉래정 1정목 77번지	신구서림 경성부 봉래정 1정목 77번지
2126 **흥부전** 신구-흥부-02-03	흥부가	한글				3		신구서림
2127 **흥부전** 신구-흥부-02-04	흥부가	한글				4		신구서림
2128 **흥부전** 신구-흥부-02-05	흥부가	한글	89p. 25전	1922-02-13	1922-02-25	5	池松旭 경성부 봉래정 1정목 77번지	신구서림 경성부 봉래정 1정목 77번지

인쇄자 인쇄소 주소	인쇄소 인쇄소 주소	공동 발행	영인본	소장처 및 청구기호	기타	현황
禹澤 성부 공평동 54번지	성문사 경성부 공평동 55번지			국립중앙도서관(3 634-2-68(4))	12회의 장회체(총목차). 초판 발행일 기록.	원문
禹澤 성부 공평동 55번지	대동인쇄주식회사 경성부 공평동 55번지		[구활자소설총서 1]	국립중앙도서관(3 634-2-12(1))	판권지 훼손되어 3판의 인쇄일과 발행일 알 수 없음. 발행연도는 [이본목록], p.839.에 따름.	원문
					2판에 기록된 초판 발행일은 '대정5.02.05', 3판과 5판의 기록은 '대정2.05.02'. 초판 발행일과의 시간적 거리. 2년의 발행주기 감안하여 2판의 기록을 따름.	출판
禹澤 성부 공평동 54번지	성문사 경성부 공평동 55번지			국립중앙도서관(3 634-2-99(3))	초판 발행일(대정5.02.05) 기록. <홍계월전>(pp.1~pp.56) 뒤에 <조선야담>(pp.56~59) 덧붙음.	원문
重煥 성부 공평동 55번지	대동인쇄주식회사(창 립사무소) 경성부 공평동 55번지			국립중앙도서관(3 634-2-99(4))	초판 발행일(대정2.05.02) 기록. <홍계월전>(pp.1~pp.56) 뒤에 <조선야담>(pp.56~59) 덧붙음.	원문
					2판, 3판, 5판이 있는 것으로 보아 4판도 있을 것으로 추정.	출판
禹澤 성부 공평동 55번지	대동인쇄주식회사 경성부 공평동 55번지			국립중앙도서관(3 634-2-99(1))	초판 발행일(대정2.05.02) 기록. <홍계월전>(pp.1~pp.56) 뒤에 <조선야담>(pp.56~59) 덧붙음.	원문
					소재영 외,, p.97.	원문
禹澤 성부 공평동 55번지	대동인쇄주식회사 경성부 공평동 55번지			서울대학교 도서관(3340 55)	속표지에 '朴哲魂 著'로 기록.	원문
銀榮 성부 수송동 69번지	보명사 경성부 수송동 69번지		[조동일소장국문 학연구자료 23]	영남대학교 도서관 (도 813.5 ㅎ749)	표지 그림 하단에 '경성 박문서관 발행'이라고 인쇄 마지막장에도 박문서관 광고. 판권지의 발행소는 신구서림.(판권지를 따름)	원문
					4판에 초판 발행일 기록.	출판
					4판이 있어 2판도 있을 것으로 추정.	출판
					4판이 있어 3판도 있을 것으로 추정.	출판
禹澤 성부 공평동 55번지	대동인쇄주식회사 경성부 공평동 55번지			국립중앙도서관(3 634-2-54(3))	21회의 장회체(총목차). 초판 발행일 기록.	원문
聖杓 성 동부통 내등자동 통 8호	성문사 경성 종로 발리동 9통 10호			국립중앙도서관(3 634-2-94(1))	편집자 이해조.	원문
禹澤 성부 효자동 103번지	성문사 경성부 공평동 55번지			국립중앙도서관(3 634-2-94(5))	2판과 5판에 초판 발행일 기록.	원문
禹澤 성부 공평동 54번지	성문사 경성부 공평동 55번지			국립중앙도서관(3 634-2-94(6))	초판 발행일 기록.	원문
					5판이 있어 3판도 있을 것으로 추정.	출판
					5판이 있어 4판도 있을 것으로 추정.	출판
重煥 성부 공평동 55번지	대동인쇄주식회사 경성부 공평동 55번지			국립중앙도서관(3 634-2-94(2))	초판 발행일 기록.	원문

번호	작품명 고유번호	표제	문자	면수 가격	인쇄일	발행일	판차	발행자 발행자 주소	발행소 발행소 주소
2129	**강유실기** 신명-강유-01-00	강유실기	한글				1		신명서림
2130	**사각전** 신명-사각-01-01	(古代小說)가인 긔우	한글	54p.		1918-09-25	1	玄公廉	신명서림
2131	**사각전** 신명-사각-01-02	(古代小說)가인 긔우	한글			1921-11-22	2	玄公廉	신명서림
2132	**사각전** 신명-사각-01-03	(古代小說)가인 긔우(佳人奇遇)	한글	54p. 25전	1924-12-27	1924-12-30	3	玄公廉 경성부 계동 99번지	신명서림 경성 종로 2정목
2133	**소대성전** 신명-소대-01-01	대성용문전	한글			1917-08-28	1		신명서림
2134	**소대성전** 신명-소대-01-02	대성용문전	한글				2		신명서림
2135	**소대성전** 신명-소대-01-03	대성용문전	한글	63p. 20전	1922-11-20	1922-11-30	3	姜義永 경성부 종로 3정목 85번지	신명서림 경성부 종로 2정목 98번지
2136	**양산백전** 신명-양산-01-01	양산백전	한글			1917- -	1		신명서림
2137	**열녀전** 신명-열녀-01-01	렬녀전	한글			1917- -	1	高丙敎	신명서림
2138	**열녀전** 신명-열녀-01-02	렬녀전	한글				2		신명서림
2139	**열녀전** 신명-열녀-01-03	렬녀전	한글				3		신명서림
2140	**열녀전** 신명-열녀-01-04	렬녀전	한글				4		신명서림
2141	**열녀전** 신명-열녀-01-05	렬녀전	한글	50p.		1924-03-25	5	高丙敎	신명서림
2142	**용문전** 신명-용문-01-01	대성용문전	한글			1917-08-28	1	姜義永	신명서림
2143	**용문전** 신명-용문-01-02	대성용문전	한글				2		신명서림
2144	**용문전** 신명-용문-01-03	대성용문전	한글	63p. 20전	1922-11-20	1922-11-30	3	姜義永 경성부 종로 3정목 85번지	신명서림 경성부 종로 2정목 98번지
2145	**용문전** 신명-용문-01-04	(정번) 대성용문전	한글	63p. 20전	1922-11-25	1924-11-30	4	姜義永 경성부 종로 3정목 85번지	신명서림
2146	**장한절효기** 신명-장한-01-01	쟝한절효긔	한글	97p. 25전	1915-10-22	1915-10-27	1	金在羲 경성 종로통 2정목 98번지	신명서림 경성 종로통 2정목 98번지
2147	**장한절효기** 신명-장한-01-02	쟝한절효긔	한글	82p. 25전	1917-01-25	1917-01-31	2	金在羲 경성부 종로 2정목 98번지	신명서림 경성부 종로 2정목 98번지
2148	**정비전** 신명-정비-01-01	정비전	한글	77p. 25전	1923-04-10	1923-04-15	1	金基豊 경성 종로 2정목 98번지	신명서림 경성 종로 2정목

저자 발행소 주소	인쇄소 인쇄소 주소	공동 발행	영인본	소장처 및 청구기호	기타	현황
					新明書林 광고(1930)([이본목록], p.22)	광고
				서울대학교 도서관(MFF 951.06 C718ik v.110)	국외마이크로피쉬 자료. 3판에 초판 발행일 기록.	원문
					3판에 2판 발행일 기록.	출판
錫 안국동 35번지	망대성경급기독교서회 인쇄부 경성부 안국동 35번지			서울대학교 도서관(3350 109)	초판 발행일 기록.	원문
					3판에 초판 발행일 기록.	출판
					3판이 있어서 2판도 있을 것으로 추측.	출판
澤 부 공평동 55번지	대동인쇄주식회사 경성부 공평동 55번지		[구활자본고소설 전집 11]		상하 합편(상 pp.1~31, 하 pp.32~63). 초판 발행일 기록.	원문
					우쾌제, p.129.	출판
		회동서관, 삼문사, 광한서림			[이본목록], p.391.	출판
		회동서관, 삼문사, 광한서림			5판이 있어서 2판도 있을 것으로 추정.	출판
		회동서관, 삼문사, 광한서림			5판이 있어서 3판도 있을 것으로 추정.	출판
		회동서관, 삼문사, 광한서림			5판이 있어서 4판도 있을 것으로 추정.	출판
		회동서관, 삼문사, 광한서림			조희웅 소장본. 저자와 발행자는 [이본목록](p.391)을 참고.	원문
					3판과 4판에 초판 발행일 기록.	출판
					3판과 4판이 있어 2판도 있을 것으로 추정.	출판
澤 부 공평동 55번지	대동인쇄주식회사 경성부 공평동 55번지		[구활자본고소설 전집 11](인천대)	국립중앙도서관(3 634-2-32(8))	상하 합본(상 pp.1~31, 하 pp.32~63)	원문
瓚 부 안국동 101번지	신명서림인쇄소			서울대학교 도서관(3350 124)	상하 합본(상 pp.1~31, 하 pp.32~63). 표지에 '경성서관발행'이라고 기록되었으나 판권지에는 신명서림으로 기록. 초판 발행일 기록.	원문
澤 부 효자동 103번지	성문사 경성부 공평동 55번지		[구활자본고소설 전집 13]	국립중앙도서관(3 634-3-2(2))	12회의 장회체(총목차),	원문
浩 부 재동 3번지	선명사 경성부 종로통 1정목 39번지			서울대학교 도서관(3350 64)		원문
澤 부 공평동 55번지	대동인쇄주식회사			서울대학교 도서관(가람 813.5 J462)		원문

번호	작품명 고유번호	표제	문자	면수 가격	인쇄일	발행일	판차	발행자 발행자 주소	발행소 발행소 주소
2149	제갈량 신명-제갈-01-00	제갈량	한글			1930- -	1		신명서림
2150	진성운전 신명-진성-01-01	진장군전	한글	71p.		1916- -	1		신명서림
2151	춘향전 신명-춘향-01-01	우리들전(一名 別春香傳)	한글	148p. 60전	1924-04-23	1924-04-29	1	沈相泰 충주군 소태면 동막리 186번지	신명서림 경성 종로 2정목
2152	춘향전 신명-춘향-02-00	絶世佳人	한글	54p.		1928- -	1		신명서림
2153	홍길동전 신명-홍길-01-01	홍길동전	한글	37p.		19 - -	1		신명서림 경성부 종로 2정목 98번지
2154	사씨남정기 신문-사씨-01-01-상	샤씨남졍긔 / 상권	한글				1	崔昌善	신문관
2155	사씨남정기 신문-사씨-01-01-하	샤씨남졍긔 / 하권	한글	75p. 6전	1914-07-07	1914-07-09	1	崔昌善 경성부 황금정 2정목 21번지	신문관 경성부 황금정
2156	삼설기 신문-삼설-01-01-상	삼셜긔 샹	한글	44p. 6전	1913-03-07	1913-03-10	1	崔昌善 남부 상리동 32,4	신문관 경성 남부 상리동
2157	삼설기 신문-삼설-01-01-하	삼셜긔 하	한글	50p. 6전	1913-03-16	1913-03-18	1	崔昌善 남부 상리동 32,4	신문관 경성 남부 상리동
2158	수호지 신문-수호-01-01-권1	신교 슈호지	한글	218p. 45전	1913-07-17	1913-07-19	1	崔昌善 경성 남부 상리동 32통 4호	신문관 경성 남부 상리동
2159	수호지 신문-수호-01-01-권2	신교 슈호지	한글	224p. 45전	1913-08-17	1913-08-19	1	崔昌善 경성 남부 상리동 32통 4호	신문관 경성 남부 상리동
2160	수호지 신문-수호-01-01-권3	신교 슈호지	한글	216p. 45전	1913-10-05	1913-10-07	1	崔昌善 경성 남부 상리동 32통 4호	신문관 경성 남부 상리동
2161	수호지 신문-수호-01-01-권4	신교 슈호지	한글	308p. 55전	1913-12-25	1913-12-27	1	崔昌善 경성 남부 상리동 32통 4호	신문관 경성 남부 상리동
2162	신미록 신문-신미-01-01	洪景來實記	한글	146p. 40전	1917-07-07	1917-07-10	1	崔昌善 경성부 황금정 2정목 21번지	신문관 경성부 황금정
2163	심청전 신문-심청-01-01	류젼쇼셜 심쳥젼	한글	48p. 6전	1913-09-03	1913-09-05	1	崔昌善 경성 남부 상리동 32-4	신문관 경성 남부 상리동
2164	양풍전 신문-양풍-01-01	양풍운전	한글			1925- -	1		신문관
2165	옥루몽 신문-옥루-01-01-권1	신교 옥루몽	한글	200p. 45전	1912-12-20	1912-12-21	1	崔昌善 경성 남부 상리동 32통 4호	신문관 경성 남부 상리동
2166	옥루몽 신문-옥루-01-01-권2	신교 옥루몽	한글	202p. 45전	1913-02-23	1913-02-25	1	崔昌善 경성 남부 상리동 32통 4호	신문관 경성 남부 상리동
2167	옥루몽 신문-옥루-01-01-권3	신교 옥루몽	한글	202p. 45전	1913-03-25	1913-03-27	1	崔昌善 경성 남부 상리동 32통 4호	신문관 경성 남부 상리동
2168	옥루몽 신문-옥루-01-01-권4	신교 옥루몽	한글	280p. 55전	1913-05-01	1913-05-03	1	崔昌善 경성 남부 상리동 32통 4호	신문관 경성 남부 상리동

쇄자 쇄소 주소	인쇄소 인쇄소 주소	공동 발행	영인본	소장처 및 청구기호	기타	현황
					광고(1930)([이본목록], p.652)	광고
					대전대, [이능우 寄目], 1220([이본목록], p699)	출판
重煥 성부 견지동 80번지	신명서림인쇄부			서울대학교 도서관(일사 813.6 Si41u)		원문
					이능우, p.298.	출판
				서울대학교 도서관(일사 813.53 H41h)	판권지가 없어 발행 사항 알 수 없음. 겉표지 하단에 '종로경성서관발행' 이라 기록.	원문
					하권이 있어서 상권도 있을 것으로 추정.	출판
成愚 성부 황금정 2정목 번지	신문관 경성부 황금정 2정목 21번지			국립중앙도서관(3 634-2-107(9))	'총행소 신문관'에서 '총행소는 총발행소'인 듯.	원문
成愚	신문관			고려대학교 도서관(육당 813 13 1)	'륙전쇼셜'	원문
成愚	신문관			고려대학교 도서관(육당 813 13 2)	'륙전쇼셜'	원문
成愚 성 남부 상리동 32통	신문관인출소 경성 남부 상리동			영남대학교 도서관(823.5 시내암ㅇ)	장회체(1권 1회~19회, 목차). 편수겸발행인 최창선.	원문
成愚 성 남부 상리동 32통	신문관인출소 경성 남부 상리동			영남대학교 도서관(823.5 시내암ㅇ)	장회체(2권 20회~35회, 목차). 편수겸발행인 최창선.	원문
成愚 남부 상리동 32통	신문관인출소 경성 남부 상리동			영남대학교 도서관(823.5 시내암ㅇ)	장회체(3권 36회~48회, 목차). 편수겸발행인 최창선.	원문
成愚 남부 상리동 32통	신문관인출소 경성 남부 상리동			영남대학교 도서관(823.5 시내암ㅇ)	장회체(4권 49회~70회, 목차). 편수겸발행인 최창선.	원문
成愚 부 황금정 2정목 번지	신문관인쇄소 경성부 황금정 2정목 21번지	광학서포	[구활자본고소설 전집 17]	국립중앙도서관(3 634-2-68(6))	상하 합편. 17회의 장회체(上 제1회~제10회 82면, 下 11회~제17회,64p.)	원문
成愚 남부 상리동 32-4	신문관 경성 남부 상리동 32-4		[아단문고고전총 서 1]	고려대학교 도서관(육당 813 15)	郵稅 2전.	원문
					우쾌제, p.129.	출판
成愚 남부 상리동 32통	신문관인출소 경성 남부 상리동 32통 4호	광학서포		국립중앙도서관(古 3636-85)	4권 4책, 64회 장회체(권1 1회~14회, 권2 15회~28회, 권3 29회~45회, 권4 46회~64회, 권별 목차). 편수겸발행인: 최창선. 郵稅 6전.	원문
成愚 남부 상리동 32통	신문관인출소 경성 남부 상리동 32통 4호	광학서포		정명기 소장본	4권 4책, 64회 장회체(권1 1회~14회, 권2 15회~28회, 권3 29회~45회, 권4 46회~64회, 권별 목차). 편수겸발행인: 최창선. 郵稅 6전.	원문
成愚 남부 상리동 32통	신문관인출소 경성 남부 상리동 32통 4호	광학서포		정명기 소장본	4권 4책, 64회 장회체(권1 1회~14회, 권2 15회~28회, 권3 29회~45회, 권4 46회~64회). 편수겸발행인: 최창선. 郵稅 6전.	원문
成愚 남부 상리동 32통	신문관인출소 경성 남부 상리동 32통 4호	광학서포		정명기 소장본	4권 4책, 64회 장회체(권1 1회~14회, 권2 15회~28회, 권3 29회~45회, 권4 46회~64회). 편수겸발행인: 최창선. 郵稅 6전.	원문

번호	작품명 고유번호	표제	문자	면수 가격	인쇄일	발행일	판차	발행자 발행자 주소	발행소 발행소 주소
2169	옥루몽 신문-옥루-01-02-권1	신교 옥루몽 권지일	한글	200p. 45전	1916-05-20	1916-05-25	2	崔昌善 경성부 황금정 2정목 21번지	신문관 경성부 황금정
2170	옥루몽 신문-옥루-01-02-권2	신교 옥루몽 권지이	한글			1916- -	2	崔昌善	신문관
2171	옥루몽 신문-옥루-01-02-권3	신교 옥루몽 권지삼	한글			1916- -	2	崔昌善	신문관
2172	옥루몽 신문-옥루-01-02-권4	신교 옥루몽 권지사	한글			1916- -	2	崔昌善	신문관
2173	전우치전 신문-전우-01-01	면우치전 권지단	한글	62p. 6전	1914-07-07	1914-07-09	1	崔昌善 경성부 황금정 2정목 21번지	신문관 경성부 황금정
2174	제마무전 신문-제마-01-01	저마무전	한글	48p. 6전	1914-03-16	1914-03-18	1	崔昌善 남부 상리동 32-4	신문관 경성 남부 상리동
2175	조웅전 신문-조웅-01-01	죠웅전	한글	94p.		1925- -	1		신문관
2176	춘향전 신문-춘향-01-01	(고본)츈향전	한글	240p. 50전	1913-12-17	1913-12-20	1	崔昌善 경성 남부 상계동 32통 4호	신문관 경성 남부 상계동
2177	홍길동전 신문-홍길-01-01	홍길동전	한글	45p. 6전	1913-09-03	1913-09-05	1	崔昌善 경성 남부 상리동 32,4	신문관 경성 남부 상리동
2178	흥부전 신문-흥부-01-01	(륙전쇼셜)흥부 전	한글	52p. 6전	1913-10-03	1913-10-05	1	崔昌善 경성 남부 상리동 32,4	신문관 경성 남부 상리동
2179	권익중전 신흥-권익-01-01	(충의소설)권익 중실긔	한글	80p. 40전	1936-08-25	1936-08-30	1	朴永瑞 경성부 계동정 2-32번지	신흥서관 대구부 본정 1정목
2180	서산대사전 아성-서산-01-01	西山大師	한글	313p.		1958- -	1		아성출판사
2181	강감찬실기 영창-강감-01-01	(고려명장)강감 찬실긔	한글	45p. 25전	1928-12-25	1928-12-28	1	姜義永 경성부 종로 2정목 84번지	영창서관 경성부 종로 2정목 84번지
2182	강유실기 영창-강유-01-01	강유실긔	한글	160p.		1922-03-05	1	朴健會	영창서관
2183	강태공전 영창-강태-01-01	(原本)姜太公傳	한글			1925- -	1		영창서관
2184	곽분양전 영창-곽분-01-00	곽분양전	한글				1		영창서관
2185	곽해룡전 영창-곽해-01-01	곽해룡젼	한글	58p.		1917-12-01	1	姜義永	영창서관
2186	곽해룡전 영창-곽해-02-01	곽해룡젼	한글	47p. 20전	1925-11-17	1925-11-20	1	姜義永 경성부 종로 2정목 84번지	영창서관 경성부 종로 2정목 84번지
2187	곽해룡전 영창-곽해-03-01	곽해룡젼	한글			1929- -	1	姜義永	영창서관
2188	관운장실기 영창-관운-01-00	관운장실긔	한글				1		영창서관

쇄자 쇄소 주소	인쇄소 인쇄소 주소	공동 발행	영인본	소장처 및 청구기호	기타	현황
誠愚 성부 황금정 2정목 1번지	신문관인쇄소 경성부 황금정 2정목 21번지	광학서포		고려대학교 도서관(대학원 C14 A44A)	4권 4책, 64회 장회체(권1 1회~14회, 권2 15회~28회, 권3 29회~45회, 권4 46회~64회, 권별 목차). 郵稅 6전. 초판 인쇄일, 발행일 기록.	원문
		광학서포			4권 4책, 64회 장회체(권1 1회~14회, 권2 15회~28회, 권3 29회~45회, 권4 46회~64회)	출판
		광학서포			4권 4책, 64회 장회체(권1 1회~14회, 권2 15회~28회, 권3 29회~45회, 권4 46회~64회)	출판
		광학서포			4권 4책, 64회 장회체(권1 1회~14회, 권2 15회~28회, 권3 29회~45회, 권4 46회~64회)	출판
誠愚 성부 황금정 2정목 1번지	신문관 경성부 황금정 2정목 21번지		[아단문고 고전 총서1]	영남대학교 도서관(도 813.5 ㅊ298)		원문
誠愚 부 상리동 32-4	신문관 남부 상리동 32-4		[아단문고고전총 서 1]	서강대학교 도서관(CL 811.36 져31)		원문
				연세대학교 도서관(열운(O) 811.93 조웅전 25가)	상중하 합편	원문
誠愚 성 남부 상계동 32통 호	신문관인출소 경성 남부 상계동 32통 4호			서울대학교 도서관(가람 813.5 C472c)	원문 이미지 열람 가능.	원문
誠愚 성 남부 상리동 32,4	신문관 경성 남부 상리동 32,4			서강대학교 도서관(CL 811.34 허17ㅎ 1913)		원문
誠愚 성 남부 상리동 32,4	신문관 경성 남부 상리동 32,4		[구활자본고소설 전집 17]	국립중앙도서관(3 634-2-95(1))		원문
鎭九 성부 계동정 32번지	신흥서관인쇄부 경성부 계동정 2-32번지		[활자본고전소설 전집 1], [구활자본고소설 전집 19]	국립중앙도서관(3 634-2-36(2))		원문
				연세대학교 도서관(920 휴정 서)		원문
?? 성부 종로 2정목	영창서관인쇄부 경성부 종로 2정목	한흥서림		정명기 소장본	판권지 부분 훼손으로 발행자, 인쇄자, 인쇄소가 불명확함.	원문
				조희웅 소장본([연구보정], p.24)		원문
				[金大綜合圖書館圖書目錄 2, 漢籍分類目錄], 1958. 'ㄹ12-1:23'([이본목록], p.24)		목록
				[출판목록]([이본목록], p.35)		목록
		한흥서림, 삼광서림	[활자본고소설전 집 1]		발행소와 발행일은 영인본 해제에 의함.	원문
禹澤 성부 공평동 55번지	대동인쇄주식회사 경성부 공평동 55번지	한흥서림, 삼광서림		국립중앙도서관(3 634-2-30(9))		원문
		한흥서림, 삼광서림			[연구보정], p.48.	출판
		한흥서림			영창서관, 한흥서림 광고.([이본목록], p.40)	광고

번호	작품명 고유번호	표제	문자	면수 가격	인쇄일	발행일	판차	발행자 발행자 주소	발행소 발행소 주소
2189	괴똥전 영창-괴똥-01-01	괴동어미이야기	한글		1923-05-05	1923-05-10	1	姜義永 경성부 종로3정목 85번지	영창서관 경성부 종로3정목 85번지
2190	구운몽 영창-구운-01-01-상	(연뎡)구운몽 / 상편	한글				1		영창서관
2191	구운몽 영창-구운-01-01-하	(연뎡)구운몽 / 하편	한글	95p. 35전	1925-10-25	1925-10-30	1	姜義永 경성부 종로 2정목 84번지	영창서관 경성부 종로 2정목 84번지
2192	권용선전 영창-권용-01-00	권용션전	한글				1		영창서관
2193	금방울전 영창-금방-01-01	릉견난사	한글			1926- -	1	洪淳必	영창서관
2194	김진옥전 영창-김진-01-01	(고대소설)김진옥뎐	한글	64p. 20전	1925-10-15	1925-10-20	1	姜義永 경성부 종로 2정목 85번지	영창서관 경성부 종로 2정목 84번지
2195	김학공전 영창-김학-01-01	김학공전	한글	60p. 20전	1923-03-15	1923-03-30	1	李鍾完. 경성부 종로 2정목 98번지	영창서관 경성부 종로 2정목 84번지
2196	꼭두각시전 영창-꼭두-01-01	(悔心曲)老處女의 秘密	한글	62p. 25전	1923-05-05	1923-05-10	1	姜義永 경성부 종로 3정목 85번지	영창서관 경성부 종로 3정목 85번지
2197	남정팔난기 영창-남정-01-00	팔장사전	한글				1		영창서관
2198	다정다한 영창-다정-01-01	(人情哀話)多情多恨	한글		1928-09-20		1		영창서관
2199	다정다한 영창-다정-01-02	(人情哀話)多情多恨	한글	65p. 25전		1931- -	2	姜義永 경성부 종로 2정목 84번지	영창서관 경성부 종로 2정목 84번지
2200	당태종전 영창-당태-01-01	(고대소설)당태종전	한글	38p. 15전	1925-10-01	1925-10-05	1	姜義永 경성부 종로 2정목 84번지	영창서관 경성부 종로 2정목 84번지
2201	동정의 루 영창-동정-01-01	(愛情悲劇)동정의눈물	한글				1		영창서관
2202	동정의 루 영창-동정-01-02	(愛情悲劇)동정의눈물	한글	75p. 30전		1925- -	2	姜義永 경성 종로 2정목 84번지	영창서관 경성 종로 2정목 84
2203	무릉도원 영창-무릉-01-01	무릉도원 : 일명 오미인	한글			1924-10-30	1		영창서관
2204	무릉도원 영창-무릉-01-02	무릉도원 : 일명 오미인	한글	146p. 50전	1927-12-29	1928-01-06	2	姜義永 경성부 종로 2정목 84번지	영창서관 경성 종로 2정목 84
2205	박문수전 영창-박문-01-00	박문수전	한글				1		영창서관
2206	박씨전 영창-박씨-01-01	(고대쇼설)박씨부인뎐	한글	52p. 25전	1925-10-25	1925-10-30	1	姜義永 경성부 종로 2정목 84	영창서관 경성부 종로 2정목 84번지
2207	배비장전 영창-배비-01-01	裴裨將傳	한글	97p. 35전	1925-11-15	1925-11-20	1	姜義永 경성부 종로 2정목 84번지	영창서관 경성부 종로 2정목 84번지
2208	보심록 영창-보심-01-01	금낭이산 일명 보심록	한글	118p. 45전		1925-11-16	1	姜義永 경성부 종로 2정목 84번지	영창서관 경성부 종로 2정목 84번지

인쇄자 인쇄소 주소	인쇄소 인쇄소 주소	공동 발행	영인본	소장처 및 청구기호	기타	현황
宋台五 경성부 장사동 69번지	중앙인쇄소 경성부 장사동 69번지	한흥서림	[한국신소설전집 20]	국립중앙도서관(3 634-3-35(7))	[(悔·心曲)老處女의秘密]에 '1회 괴동어미이야기, 2회 치가교훈가, 3회 형뎨가, 4회 고독각씨이야기, 5회 로쳐녀가, 6회 회심곡'이 수록됨.	원문
		한흥서림, 삼광서림			하권이 있어서 상권도 있을 것으로 추정.	출판
沈禹澤 경성부 공평동 55번지	대동인쇄주식회사 경성부 공평동 55번지	한흥서림, 삼광서림		국립중앙도서관(3 634-2-74(2))		원문
					[출판목록]([이본목록], p.69)	목록
					여승구, [古書通信 15], 1999.9.([이본목록], p.78)	원문
金翼洙 경성부 황금정 2정목 21번지	신문관 경성부 황금정 2정목 21번지	한흥서림, 삼광서림		국립중앙도서관(3 634-2-56(3))		원문
沈禹澤 경성부 공평동 55번지	대동인쇄주식회사 경성부 공평동 55번지	한흥서림, 삼광서림	[활자본고전소설 전집 2]	서울대학교 도서관(3350 108)		원문
宋台五 경성부 장사동 69번지	중앙인쇄소 경성부 장사동 69번지	한흥서림	[신소설전집 20]	국립중앙도서관(3 634-3-35(7))	[노처녀의 비밀]은 1회 괴동어미이야기, 2회 치가교훈가, 3회 형뎨가, 4회 고독각씨이야기(pp24~41), 5회 로쳐녀가, 6회 회심곡으로 구성.	원문
					[출판목록]([이본목록], p.118)	목록
					2판에 초판 인쇄일과 발행일 기록되어 있으나 초판 인쇄일만 확인 가능.	출판
申泰三 경성부 종로 2정목 84번지	영창서관인쇄부 경성부 종로 2정목 84번지	한흥서림		서울대학교 도서관(3340 164)	초판. 2판 인쇄일과 발행일이 가려져 보이지 않음.	원문
南昌熙 경성부 종로 2정목 84번지	영창서관인쇄부 경성부 종로 2정목 84번지	한흥서림, 진흥서관		정명기 소장본		원문
		한흥서림, 삼광서림			2판이 있어서 초판도 있을 것으로 추정.	출판
盧基禎 경성 견지동 32번지	한성도서주식회사 경성 견지동 32번지	한흥서림, 삼광서림		서울대학교 도서관(3340 163)		원문
		한흥서림			2판에 초판 발행일 기록. 중국소설 <백규지>의 번역(박상석, 2012)	출판
金在涉 경성부 견지동 32번지	한성도서주식회사인쇄부 경성부 견지동 32번지	한흥서림	[구활자본고소설 전집 3]	국립중앙도서관(3 634-2-42(5))	16회의 장회체. 중국소설 <백규지>의 번역(박상석, 2012)	원문
					[출판목록]([이본목록], p.161.)	목록
申泰三 경성부 종로 2정목 84	영창서관인쇄부 경성부 종로 2정목 84	한흥서림		정명기 소장본	발행소 없고, 총판매소가 있어 발행소로 기록.	원문
琦炳 경성부 종로 2정목 84번지	영창서관인쇄부 경성부 종로 2정목 84번지	한흥서림		경북대학교 도서관(811.3 배49강 N)		원문
昌熙 경성부 종로 2정목 84번지	영창서관인쇄소 경성부 종로 2정목 84번지	한흥서림, 진흥서관		개인소장본	상하합철.	원문

번호	작품명 고유번호	표제	문자	면수 가격	인쇄일	발행일	판차	발행자 발행자 주소	발행소 발행소 주소
2209	**보심록** 영창-보심-02-01	금낭이산, 일명, 보심록	한글	118p. 45전	1925-11-23	1925-11-26	1	姜義永 경성부 종로 2정목 84번지	영창서관 경성부 종로 2정목 84번지
2210	**봉황금** 영창-봉황-01-01	鳳凰琴	한글	105p.		1921- -	1		영창서관
2211	**사명당전** 영창-사명-01-00	사명당실기	한글				1		영창서관
2212	**사씨남정기** 영창-사씨-01-01	사씨남정긔	한글	77p. 25전	1925-10-15	1925-10-20	1	姜義永 경성부 종로 2정목 84번지	영창서관 경성부 종로 2정목 84번지
2213	**산양대전** 영창-산양-01-01	삼국풍진 죠자룡전	한글	49p.		1918- -	1		영창서관 경성 종로 2정목 84
2214	**산양대전** 영창-산양-02-01	산양대전	한글	50p. 20전	1925-10-10	1925-10-05	1	姜義永 경성부 종로 2정목 84번지	영창서관 경성부 종로 2정목 84번지
2215	**산양대전** 영창-산양-03-01	삼국풍진 죠자룡전	한글				1		영창서관
2216	**산양대전** 영창-산양-03-02	삼국풍진 죠자룡전	한글	47p. 25전	1926-12-18	1926-12-20	2	姜義永 경성부 종로 2정목 84번지	영창서관 경성부 종로 2정목 84번지
2217	**삼국지** 영창-삼국-01-01-권1	(原本校正諺文) 三國志. 卷之一	한글	138p. 2원 50전	1928-12-10	1928-12-15	1	姜義永 경성부 종로 2정목 84번지	영창서관 경성부 종로 2정목 84번지
2218	**삼국지** 영창-삼국-01-01-권2	(原本校正諺文) 三國志. 卷之二	한글	147p. 2원 50전	1928-12-10	1928-12-15	1	姜義永 경성부 종로 2정목 84번지	영창서관 경성부 종로 2정목 84번지
2219	**삼국지** 영창-삼국-01-01-권3	(原本校正諺文) 三國志. 卷之三	한글	149p. 2원 50전	1928-12-10	1928-12-15	1	姜義永 경성부 종로 2정목 84번지	영창서관 경성부 종로 2정목 84번지
2220	**삼국지** 영창-삼국-01-01-권4	(原本校正諺文) 三國志. 卷之四	한글	191p. 2원 50전	1928-12-10	1928-12-15	1	姜義永 경성부 종로 2정목 84번지	영창서관 경성부 종로 2정목 84번지
2221	**삼국지** 영창-삼국-01-01-권5	(原本校正諺文) 三國志. 卷之五	한글	185p. 2원 50전	1928-12-10	1928-12-15	1	姜義永 경성부 종로 2정목 84번지	영창서관 경성부 종로 2정목 84번지
2222	**삼국지** 영창-삼국-02-01-권1	縣吐三國誌	한문	199p. 4원	1941-07-25	1941-07-30	1	姜義永 경성부 종로 2정목 98	영창서관 경성부 종로 2정목 98번지
2223	**삼국지** 영창-삼국-02-01-권2	縣吐三國誌	한문	185p. 4원	1941-07-25	1941-07-30	1	姜義永 경성부 종로 2정목 98	영창서관 경성부 종로 2정목 98번지
2224	**삼국지** 영창-삼국-02-01-권3	縣吐三國誌	한문	201p. 4원	1941-07-25	1941-07-30	1	姜義永 경성부 종로 2정목 98	영창서관 경성부 종로 2정목 98번지
2225	**삼국지** 영창-삼국-02-01-권4	縣吐三國誌	한문	193p. 4원	1941-07-25	1941-07-30	1	姜義永 경성부 종로 2정목 98	영창서관 경성부 종로 2정목 98번지
2226	**삼국지** 영창-삼국-02-01-권5	縣吐三國誌	한문	187p. 4원	1941-07-25	1941-07-30	1	姜義永 경성부 종로 2정목 98	영창서관 경성부 종로 2정목 98번지
2227	**삼국대전** 영창-삼국대-01-01	(고대소설)삼국 대젼	한글	109p. 40전	1918-01-25	1918-01-30	1	姜義永 경성부 종로 3정목 85번지	영창서관 경성부 종로 3정목 85번지

저자 / 발행소 주소	인쇄소 / 인쇄소 주소	공동 발행	영인본	소장처 및 청구기호	기타	현황
敎德 / 성부 삼청동 60번지	창문사 / 경성 서대문정 2정목 139번지	한홍서림, 삼광서림		국립중앙도서관(3 634-2-17(5))	상하 합권(상 pp1~63, 하 pp64~118). 발행일과 인쇄일에서 '十二月'에서 '二'의 밑의 획을 지워 '十一月'로 보임.	원문
				영남대학교 도서관(도 813.6 ㅂ884-1921)		원문
					[출판목록], 영창서관.([이본목록](p.203))	목록
翁熙 / 성부 종로 2정목 번지	영창서관인쇄소 / 경성부 종로 2정목 84번지	한홍서림, 진흥서관	[구활자본고소설 전집 4]			원문
				디지털 한글박물관(홍윤표 소장본)	판권지 없음. 발행일은 [이본목록](p.220)에 '홍윤표가목'의 발행일을 기록함.	원문
榮 / 성부 종로 2정목 번지	영창서관인쇄부 / 경성부 종로 2정목 84번지	한홍서림		정명기 소장본	인쇄일과 발행일이 바뀐 것으로 추정.	원문
					2판이 있어서 초판도 있을 것으로 추정.	출판
翁熙 / 성부 종로 2정목 번지	영창서관인쇄소 / 경성부 종로 2정목 84번지	한홍서림, 진흥서관		연세대학교 도서관(O 811.93 조자룡 영)		원문
翁熙 / 성부 종로 2정목 번지	영창서관인쇄소 / 경성부 종로 2정목 84번지	한홍서림, 진흥서관		국립중앙도서관(8 23.5-영414ㅅ-1)	표지에 '永昌書館 輯部編 纂, 京城 永昌書館 發行'이라고 기록.	원문
翁熙 / 부 종로 2정목 번지	영창서관인쇄소 / 경성부 종로 2정목 84번지	한홍서림, 진흥서관		국립중앙도서관(8 23.5-영414ㅅ-2)	표지에 '永昌書館 輯部編 纂, 京城 永昌書館 發行'이라고 기록.	원문
熙 / 부 종로 2정목 번지	영창서관인쇄소 / 경성부 종로 2정목 84번지	한홍서림, 진흥서관		개인소장본	표지에 '永昌書館 輯部編 纂, 京城 永昌書館 發行'이라고 기록.	원문
熙 / 부 종로 2정목 번지	영창서관인쇄소 / 경성부 종로 2정목 84번지	한홍서림, 진흥서관		정명기 소장본	표지에 '永昌書館 輯部編 纂, 京城 永昌書館 發行'이라고 기록.	원문
熙 / 부 종로 2정목 번지	영창서관인쇄소 / 경성부 종로 2정목 84번지	한홍서림, 진흥서관		개인소장본	표지에 '永昌書館 輯部編 纂, 京城 永昌書館 發行'이라고 기록.	원문
穆 / 부 견지정 32	한성도서주식회사 / 경성부 견지정 32		[조동일소장국문 학연구자료 25]	서울대학교 도서관(상백고 895.135 N11h)	장회체(1권: 1~24회. 1권의 총목록 있음)	원문
穆 / 부 견지정 32	한성도서주식회사 / 경성부 견지정 32		[조동일소장국문 학연구자료 25]	서울대학교 도서관(상백고 895.135 N11h)	장회체(2권: 25~48회, 2권의 총목록 있음)	원문
穆 / 부 견지정 32	한성도서주식회사 / 경성부 견지정 32		[조동일소장국문 학연구자료 26]	서울대학교 도서관(상백고 895.135 N11h)	장회체(3권: 49~72회, 3권의 총목록 있음)	원문
穆 / 부 견지정 32	한성도서주식회사 / 경성부 견지정 32		[조동일소장국문 학연구자료 26]	서울대학교 도서관(상백고 895.135 N11h)	장회체(4권: 73~96회, 4권의 총목록 있음)	원문
穆 / 부 견지정 32	한성도서주식회사 / 경성부 견지정 32		[조동일소장국문 학연구자료 26]	서울대학교 도서관(상백고 895.135 N11h)	장회체(5권: 97~120회, 5권의 총목록 있음)	원문
德 / 부 관훈동 30번지	조선복음인쇄소 / 경성부 관훈동 30번지			국립중앙도서관(3 634-2-81(2))	2판, 6판에 초판 발행일 기록.	원문

번호	작품명 고유번호	표제	문자	면수 가격	인쇄일	발행일	판차	발행자 발행자 주소	발행소 발행소 주소
2228	삼국대전 영창-삼국대-01-02-01	(고대소설)삼국 대전	한글	109p. 24전	1918-12-19	1918-12-22	2	姜義永 경성부 종로통 2정목 51번지	영창서관 경성부 종로통 2정목 51번지
2229	삼국대전 영창-삼국대-01-02-02	(고대소설)삼국 대전	한글	109p. 35전	1920-08-23	1920-08-25	2	姜義永 경성부 종로 3정목 85번지	영창서관 경성부 종로 3정목 85번지
2230	삼국대전 영창-삼국대-01-03	(고대소설)삼국 대전	한글			1921- -	3		영창서관
2231	삼국대전 영창-삼국대-01-04	(고대소설)삼국 대전	한글				4		영창서관
2232	삼국대전 영창-삼국대-01-05	(고대소설)삼국 대전	한글				5		영창서관
2233	삼국대전 영창-삼국대-01-06	(고대소설)삼국 대전	한글	109p. 35전	1923-12-15	1923-12-17	6	姜義永 경성부 종로 3정목 85번지	영창서관 경성부 종로 3정목 85번지
2234	삼국대전 영창-삼국대-02-01	(고대소설)삼국 대전	한글	109p.		1925- -	1		영창서관
2235	삼쾌정 영창-삼쾌-01-00	삼쾌정	한글				1		영창서관
2236	서동지전 영창-서동-01-01	셔동지젼	한글	51p. 25전	1918-09-25	1918-09-29	1	姜義永 경성부 종로 3정목 85번지	영창서관 경성부 종로 3정목 85번지
2237	서동지전 영창-서동-01-02	셔동지젼	한글	51p.		1921- -	2	姜義永	영창서관
2238	서동지전 영창-서동-01-03	셔동지젼	한글	51p. 25전	1922-11-15	1922-11-21	3	姜義永 경성부 종로 3정목 85번지	영창서관 경성부 종로 3정목 85번지
2239	서동지전 영창-서동-02-01	셔동지젼	한글		1922-09-25	1922-09-30	1		영창서관
2240	서동지전 영창-서동-02-02	셔동지젼	한글				2		영창서관
2241	서동지전 영창-서동-02-03	셔동지젼	한글			1923-11-30	3		영창서관
2242	서동지전 영창-서동-02-04	셔동지젼	한글	51p. 25전	1924-12-25	1924-12-30	4	姜義永 경성부 종로 2정목 84번지	영창서관 경성부 종로 2정목
2243	서상기 영창-서상-01-01	언문셔상긔	한글	176p. 70전	1935-03-10	1935-03-15	1	姜義永 경성부 종로 2정목 84번지	영창서관 경성부 종로 2정목 84번지
2244	서한연의 영창-서한-01-01	초한젼	한글	79p. 25전	1925-11-15	1925-11-20	1	姜義永 경성부 종로 2정목 85번지	영창서관 경성부 종로 2정목 84번지
2245	설홍전 영창-설홍-01-01	셜홍젼	한글	80p. 30전	1929-04-25	1929-04-30	1	姜義永 경성부 종로 2정목 84번지	영창서관 경성부 종로 2정목 84번지
2246	섬동지전 영창-섬동-01-01	둑겁전	한글			1918- -	1		영창서관
2247	섬동지전 영창-섬동-01-02	둑겁전	한글			1924- -	2		영창서관

쇄자 쇄소 주소	인쇄소 인쇄소 주소	공동 발행	영인본	소장처 및 청구기호	기타	현황
敬德 성부 관훈동 30번지	조선복음인쇄소 경성부 관훈동 30번지			국립중앙도서관(3 634-2-29(4))	동일 판본인데 2판 발행일자가 다르며, 두 개의 2판에 기록된 초판 발행일은 동일함.	원문
仁煥 성부 황금정 1정목 번지	조선박문관인쇄소 경성부 황금정 1정목 81번지			국립중앙도서관(3 634-2-81(3))	동일 판본인데 2판 발행일자가 다르며, 두 개의 2판에 기록된 초판 발행일은 동일함.	원문
					이능우, p.286.	출판
					6판이 있어서 4판도 있을 것으로 추정.	출판
					6판이 있어서 5판도 있을 것으로 추정.	출판
旼澹 성부 안국동 35번지	망대성경급기독교서회 인쇄부 경성부 안국동 35번지			국립중앙도서관(3 634-2-81(4))	초판 발행일 기록.	원문
				서울대학교 도서관(MFF 951.06 C718ik)	국외 마이크로피쉬 자료. C.V. Starr East Asian Library, Columbia University.	원문
					[출판목록]([이본목록], p.240)	목록
家恒衛 성부 명치정 1정목 번지	일한인쇄소 경성부 명치정 1정목 54번지	한양서적업조 합소	[활자본고전소설 전집 3]	국립중앙도서관(3 634-2-6(7))	3판에 초판 발행일 기록.	원문
		한양서적업조 합소				원문
禹澤 성부 공평동 55번지	대동인쇄주식회사 경성부 공평동 55번지	한흥서림		국립중앙도서관(3 634-3-54(6))	편집 강의영. 초판 발행일 기록.	원문
					4판의 판권지에 초판 발행일, 3판의 인쇄일과 발행일이 기록되었는데, 이는 각각 초판 인쇄일과 발행일, 3판의 발행일로 추정.	출판
					4판이 있어서 3판도 있을 것으로 추정.	출판
					4판에 3판 발행일 기록. 4판의 판권지에 초판 발행일, 3판의 인쇄일과 발행일이 기록되었는데, 이는 각각 초판 인쇄일과 발행일, 3판의 발행일로 추정.	출판
禹澤 성부 공평동 55번지	대동인쇄주식회사 경성부 공평동 55번지	한흥서림		개인소장본	판권지에 초판 발행일, 3판의 인쇄일과 발행일이 기록되었는데, 이는 각각 초판 인쇄일과 발행일, 3판의 발행일로 추정.	원문
泰爕 성부 종로 2정목 번지	영창서관인쇄부 경성부 종로 2정목 84번지	한흥서림		개인소장본		원문
翼洙 성부 황금정 2정목 번지	신문관 경성부 황금정 2정목 21번지	한흥서림, 삼광서림		국립중앙도서관(3 634-2-54(6))		원문
琦炳 성부 종로 2정목 번지	영창서관인쇄부 경성부 종로 2정목 84번지	한흥서림	[활자본고전소설 전집 3]	국립중앙도서관(3 634-2-32(7))	1면에 '茂朱 金秉權 著'.	원문
					우쾌제, p.127.	출판
		한흥서관			우쾌제, p.127.	출판

번호	작품명 고유번호	표제	문자	면수 가격	인쇄일	발행일	판차	발행자 발행자 주소	발행소 발행소 주소
2248	소대성전 영창-소대-01-01	대성용문전	한글	40p. 25전	1925-10-25	1925-10-30	1	姜義永 경성부 종로 2정목 84번지	영창서관 경성부 종로 2정목 84번지
2249	소진장의전 영창-소진-01-01	(만고웅변)소진 장의젼	한글	55p. 20전	1932-01-25	1932-01-30	1	姜義永 경성부 종로 2정목 84번지	영창서관 경성부 종로 2정목 84번지
2250	수호지 영창-수호-01-01-권1	(鮮漢文)水滸誌	한글	158p.		1929-10-20	1		영창서관
2251	수호지 영창-수호-01-01-권2	(鮮漢文)水滸誌	한글	213p.		1929-10-20	1		영창서관
2252	수호지 영창-수호-01-01-권3	(鮮漢文)水滸誌	한글			1929-10-20	1		영창서관
2253	수호지 영창-수호-01-01-권4	(鮮漢文)水滸誌	한글			1929-10-20	1		영창서관
2254	수호지 영창-수호-01-01-권5	(鮮漢文)水滸誌	한글	201p. 70전	1929-10-15	1929-10-20	1	姜義永 경성부 종로 2정목 84번지	영창서관 경성부 종로 2정목 84번지
2255	수호지 영창-수호-01-02-권1	(鮮漢文)水滸誌	한글	158p. 5원	1942-04-25	1942-05-01	2	姜義永 경성부 종로 2정목 98	영창서관 경성부 종로 2정목 98번지
2256	수호지 영창-수호-01-02-권2	(鮮漢文)水滸誌	한글	213p. 5원	1942-04-25	1942-05-01	2	姜義永 경성부 종로 2정목 98	영창서관 경성부 종로 2정목 98번지
2257	수호지 영창-수호-01-02-권3	(鮮漢文)水滸誌	한글	230p. 5원	1942-04-25	1942-05-01	2	姜義永 경성부 종로 2정목 98	영창서관 경성부 종로 2정목 98번지
2258	수호지 영창-수호-01-02-권4	(鮮漢文)水滸誌	한글	223p. 5원	1942-04-25	1942-05-01	2	姜義永 경성부 종로 2정목 98	영창서관 경성부 종로 2정목 98번지
2259	수호지 영창-수호-01-02-권5	(鮮漢文)水滸誌	한글	201p. 5원	1942-04-25	1942-05-01	2	姜義永 경성부 종로 2정목 98	영창서관 경성부 종로 2정목 98번지
2260	숙영낭자전 영창-숙영-01-00	숙영낭자전	한글				1		영창서관
2261	숙향전 영창-숙향-01-01	숙향전	한글	91p. 25전	1925-10-15	1925-10-20	1	姜義永 경성부 종로 2정목 85번지	영창서관 경성부 종로 2정목 84번지
2262	신유복전 영창-신유-01-01	신유복전	한글	68p. 25전	1928-01-05	1928-01-10	1	姜義永 경성부 종로 2정목 84번지	영창서관 경성부 종로 2정목 82번지
2263	심청전 영창-심청-01-01	(원본)심청전	한글	50p. 25전	1925-05-25	1925-05-30	1	姜義永 경성부 종로 2정목 84번지	영창서관 경성부 종로 2정목 84번지
2264	심청전 영창-심청-02-00	강상련	한글				1		영창서관
2265	양산백전 영창-양산-01-01	(고대소설)양산 백전	한글			1925-10-30	1		영창서관
2266	양산백전 영창-양산-01-02	(고대소설)양산 백전	한글	59p. 20전	1928-11-15	1928-11-20	2	姜義永 경성부 종로 2정목 84번지	영창서관 경성부 종로 2정목 84번지
2267	양주봉전 영창-양주-01-00	양주봉전	한글	61p.		1925- -	1		영창서관
2268	양풍전 영창-양풍-01-00	양풍운전	한글				1		영창서관

쇄자 쇄소 주소	인쇄소 인쇄소 주소	공동 발행	영인본	소장처 및 청구기호	기타	현황
熙 부 종로 2정목 번지	영창서관인쇄소 경성부 종로 2정목 84번지	한흥서림, 진흥서관		개인소장본		원문
熙 부 종로 2정목 번지	영창서관인쇄부 경성부 종로 2정목 84번지	한흥서림, 진흥서관		개인소장본		원문
				국립중앙도서관(3 736-29)	국립중앙도서관 소장본은 1, 2권 합본임. 2판에 초판 발행일 기록.	원문
				국립중앙도서관(3 736-29)	국립중앙도서관 소장본은 1, 2권 합본임. 2판에 초판 발행일 기록.	원문
					2판에 초판 발행일 기록.	출판
					2판에 초판 발행일 기록.	출판
三 부 종로 정목 번지	영창서관인쇄부 경성부 종로 2정목 84번지			개인소장본		원문
容圭 부 견지정 111	주식회사대동출판사 경성부 견지정 111		[구활자본고소설 전집 27]		70회의 장회체(1권 1회~14회, 2권 15회~28회, 3권 29회~42회, 4권 43회~56회, 5권 57회~70회, 권별 총목차). 권별 초판 발행일 기록.	원문
容圭 부 견지정 111	주식회사대동출판사 경성부 견지정 111		[구활자본고소설 전집 27]		70회의 장회체(1권 1회~14회, 2권 15회~28회, 3권 29회~42회, 4권 43회~56회, 5권 57회~70회, 권별 총목차). 권별 초판 발행일 기록.	원문
容圭 부 견지정 111	주식회사대동출판사 경성부 견지정 111		[구활자본고소설 전집 27]		70회의 장회체(1권 1회~14회, 2권 15회~28회, 3권 29회~42회, 4권 43회~56회, 5권 57회~70회, 권별 총목차). 권별 초판 발행일 기록.	원문
容圭 부 견지정 111	주식회사대동출판사 경성부 견지정 111		[구활자본고소설 전집 28]		70회의 장회체(1권 1회~14회, 2권 15회~28회, 3권 29회~42회, 4권 43회~56회, 5권 57회~70회, 권별 총목차). 권별 초판 발행일 기록.	원문
容圭 부 견지정 111	주식회사대동출판사 경성부 견지정 111		[구활자본고소설 전집 28]		70회의 장회체(1권 1회~14회, 2권 15회~28회, 3권 29회~42회, 4권 43회~56회, 5권 57회~70회, 권별 총목차). 권별 초판 발행일 기록.	원문
					[출판목록]([이본목록], p.323)	목록
洙 부 황금정 2정목 번지	신문관 경성부 황금정 2정목 21번지	한흥서림, 삼광서림		국립중앙도서관(3 634-2-98(3))		원문
培 부 수송동 69번지	보명사 경성부 수송동 69번지			국립중앙도서관(3 634-2-24(1))		원문
榮 부 종로 2정목 지	영창서관인쇄부 경성부 종로 2정목 84번지	한흥서림	[구활자본고소설 전집 8]			원문
					[출판목록]([이본목록], p.356)	목록
		한흥서림			2판에 초판 발행일 기록.	출판
三 부 종로 2정목 지	영창서관인쇄부 경성부 종로 2정목 84번지	한흥서림		국립중앙도서관(3 634-2-84(5))	초판 발행일 기록.	원문
		한흥서림, 진흥서관			김근수 소장(이능우, p.278)	원문
					[출판목록]([이본목록], p.379)	목록

번호	작품명 고유번호	표제	문자	면수 가격	인쇄일	발행일	판차	발행자 발행자 주소	발행소 발행소 주소
2269	**어룡전** 영창-어룡-01-00	어룡전	한글				1		영창서관
2270	**영웅호걸** 영창-영웅-01-01	영웅호걸	한글	70p. 35전	1930-01-20	1930-01-25	1	姜義永 경성부 종로 2정목 87번지	영창서관 경성부 종로 2정목 84번지
2271	**오동추월** 영창-오동-01-01	(비극소설)오동 츄월	한글			1923-12-15	1		영창서관
2272	**오동추월** 영창-오동-01-02	(비극소설)오동 츄월	한글				2		영창서관
2273	**오동추월** 영창-오동-01-03	(비극소설)오동 츄월	한글				3		영창서관
2274	**오동추월** 영창-오동-01-04	(비극소설)오동 츄월	한글	56p. 25전	1928-09-20	1928-09-25	4	姜義永 경성부 종로 2정목 84번지	영창서관 경성부 종로 2정목 84번지
2275	**옥단춘전** 영창-옥단-01-01	옥단춘전	한글	38p.		1925- -	1		영창서관
2276	**옥루몽** 영창-옥루-01-01-권1	옥루몽 卷一	한글	2원 (전4책)	1925-11-03	1925-11-10	1	姜義永	영창서관 경성부 종로 2정목 84번지
2277	**옥루몽** 영창-옥루-01-01-권2	옥루몽 卷二	한글	2원 (전4책)	1925-11-03	1925-11-10	1		영창서관
2278	**옥루몽** 영창-옥루-01-01-권3	옥루몽 卷三	한글	2원 (전4책)	1925-11-03	1925-11-10	1		영창서관
2279	**옥루몽** 영창-옥루-01-01-권4	옥루몽 卷四	한글	197p. 2원 (전4책)	1925-11-03	1925-11-10	1	姜義永 경성부 종로 2정목 84번지	영창서관 경성부 종로 2정목 84번지
2280	**옥루몽** 영창-옥루-01-02-권1	옥루몽 卷一	한글		1933-01-20	1933-01-25	2		영창서관
2281	**옥루몽** 영창-옥루-01-02-권2	옥루몽 卷二	한글	174p. 2원 (전4권)	1933-01-20	1933-01-25	2	姜義永 경성부 종로 2정목 84번지	영창서관 경성부 종로 2정목 84번지
2282	**옥루몽** 영창-옥루-01-02-권3	옥루몽 卷三	한글	180p. 2원 (전4권)	1933-01-20	1933-01-25	2	姜義永 경성부 종로 2정목 84번지	영창서관 경성부 종로 2정목 84번지
2283	**옥루몽** 영창-옥루-01-02-권4	옥루몽 卷四	한글	197p. 2원 (전4권)	1933-01-20	1933-01-25	2	姜義永 경성부 종로 2정목 84번지	영창서관 경성부 종로 2정목 84번지
2284	**옥루몽** 영창-옥루-01-03-권1	(원본언문) 옥루몽	한글	177p. 3원 (전4권)	1941-12-10	1941-12-15	3	姜義永 경성부 종로 2정목 84번지	영창서관 경성부 종로 2정목 84번지
2285	**옥루몽** 영창-옥루-01-03-권2	(원본언문) 옥루몽	한글	174p. 3원 (전4권)	1941-12-10	1941-12-15	3	姜義永 경성부 종로 2정목 84번지	영창서관 경성부 종로 2정목 84번지
2286	**옥루몽** 영창-옥루-01-03-권3	(원본언문) 옥루몽	한글	180p. 3원 (전4권)	1941-12-10	1941-12-15	3	姜義永 경성부 종로 2정목 84번지	영창서관 경성부 종로 2정목 84번지
2287	**옥루몽** 영창-옥루-01-03-권4	(원본언문) 옥루몽	한글	197p. 3원 (전4권)	1941-12-10	1941-12-15	3	姜義永 경성부 종로 2정목 84번지	영창서관 경성부 종로 2정목 84번지
2288	**옥루몽** 영창-옥루-02-01-권1	(原本諺吐) 玉樓夢	한문	213p. 2원50전 (전3책)	1936-08-10	1936-08-15	1	姜義永 경성부 종로 2정목 84번지	영창서관 경성부 종로 2정목 84번지

!쇄자 !쇄소 주소	인쇄소 인쇄소 주소	공동 발행	영인본	소장처 및 청구기호	기타	현황
					[출판목록]([이본목록], p.382)	목록
泰榮 성부 종로 2정목 4번지	영창서관인쇄소 경성부 종로 2정목 84번지	한흥서림, 진흥서관		오윤선 소장본	오윤선, 2013.	원문
		한흥서림			4판에 초판 발행일 기록.	출판
		한흥서림			4판이 있어서 2판도 있을 것으로 추정.	출판
		한흥서림			4판이 있어서 3판도 있을 것으로 추정.	출판
泰三 성부 종로 2정목 4번지	영창서관인쇄부 경성부 종로 2정목 84번지	한흥서림		서울대학교 도서관(3340 218)	초판 발행일 기록.	원문
					여승구, [古書通信 15], 1999.9.([이본목록], p.408)	원문
田龜太郎 - -수동 135번지	대화상회인쇄소 경성부 관수동 135번지	한흥서림		개인소장본	2판과 3판에 초판 발행일 기록.	원문
					2판과 3판에 초판 발행일 기록.	출판
					2판과 3판에 초판 발행일 기록.	출판
田龜太郎 성부 관수동 135번지	대화상회인쇄소 경성부 관수동 135번지	한흥서림		개인소장본	2판과 3판에 초판 발행일 기록.	원문
					3판에 2판 발행일 기록.	출판
昌熙 성부 종로 2정목 번지	영창서관인쇄소 경성부 종로 2정목 84번지	한흥서림, 진흥서관		정명기 소장본	초판 발행일 기록. 3판에 2판 발행일 기록.	원문
昌熙 성부 종로 2정목 번지	영창서관인쇄소 경성부 종로 2정목 84번지	한흥서림, 진흥서관		정명기 소장본	초판 발행일 기록. 3판에 2판 발행일 기록.	원문
昌熙 성부 종로 2정목 번지	영창서관인쇄소 경성부 종로 2정목 84번지	한흥서림, 진흥서관		정명기 소장본	초판 발행일 기록. 3판에 2판 발행일 기록.	원문
仁煥 성부 안국정 153번지	중앙인쇄소 경성부 안국정 153번지			정명기 소장본	초판, 2판 발행일 기록.	원문
仁煥 성부 안국정 153번지	중앙인쇄소 경성부 안국정 153번지			정명기 소장본	초판, 2판 발행일 기록.	원문
仁煥 성부 안국정 153번지	중앙인쇄소 경성부 안국정 153번지			정명기 소장본	초판, 2판 발행일 기록.	원문
仁煥 성부 안국정 153번지	중앙인쇄소 경성부 안국정 153번지			정명기 소장본	초판, 2판 발행일 기록.	원문
昌熙 성부 종로 2정목 번지	영창서관인쇄소 경성부 종로 2정목 84번지	한흥서림, 진흥서관		최호석 소장본	3권 3책, 64회의 장회체(1권 1회~21회, 2권 22회~44회, 3권 45~64회, 1권에 총목차)	원문

번호	작품명 고유번호	표제	문자	면수 가격	인쇄일	발행일	판차	발행자 발행자 주소	발행소 발행소 주소
2289	옥루몽 영창-옥루-02-01-권2	(原本諺吐) 玉樓夢	한문	201p. 2원50전 (전3책)	1936-08-10	1936-08-15	1	姜義永 경성부 종로 2정목 84번지	영창서관 경성부 종로 2정목 84번지
2290	옥루몽 영창-옥루-02-01-권3	(原本諺吐) 玉樓夢	한문	202p. 2원50전 (전3책)	1936-08-10	1936-08-15	1	姜義永 경성부 종로 2정목 84번지	영창서관 경성부 종로 2정목 84번지
2291	용문전 영창-용문-01-01	대성용문전	한글	40p. 25전	1925-10-25	1925-10-30	1	姜義永 경성부 종로 2정목 84번지	영창서관 경성부 종로 2정목 84번지
2292	우미인 영창-우미-01-01	우미인가	한글	63p. 25전	1928-09-30	1928-10-05	1	姜義永 경성부 종로 2정목 84번지	영창서관 경성부 종로 2정목 84번지
2293	운영전 영창-운영-01-01	(演訂)운영전	한글	48p. 20전	1925-06-02	1925-06-05	1	姜義永 경성부 종로 2정목 84번지	영창서관 경성부 종로 2정목 84번지
2294	운영전 영창-운영-01-02	(演訂)운영전	한글	48p. 20전	1928-11-10	1928-11-15	2	姜義永 경성부 종로 2정목 84번지	영창서관 경성부 종로 2정목 84번지
2295	월봉기 영창-월봉-01-00	월봉산기	한글				1		영창서관
2296	유문성전 영창-유문-01-01	유문성전	한글	73p.		1928- -	1		영창서관
2297	유충렬전 영창-유충-01-00	유충렬전	한글				1		영창서관
2298	육효자전 영창-육효-01-00	육효자전					1		영창서관
2299	이대봉전 영창-이대-01-01	古代小說 리대봉젼	한글			1923- -	1		영창서관
2300	이대봉전 영창-이대-02-01	古代小說 봉황대	한글	49p. 20전	1925-10-25	1925-10-30	1	姜義永 경성부 종로 2정목 84번지	영창서관 경성부 종로 2정목 84번지
2301	이순신전 영창-이순-01-01	충무공 리순신 실긔	한글			1925-12-10	1		영창서관
2302	이순신전 영창-이순-01-02	충무공 리순신 실긔	한글	49p. 25전	1925-12-28	1925-12-31	2	姜義永 경성부 종로 2정목 84번지	영창서관 경성부 종로 2정목 84번지
2303	이순신전 영창-이순-02-01	충무공 리순신 실긔	한글			1925-12-10	1		영창서관
2304	이순신전 영창-이순-02-02	충무공 리순신 실긔	한글	49p. 25전	1926-12-28	1926-12-31	2	姜義永 경성부 종로 2정목 84번지	영창서관 경성부 종로 2정목 84번지
2305	이진사전 영창-이진-01-00	리진사전	한글				1		영창서관
2306	임경업전 영창-임경-01-01	임경업전	한글			1926- -	1		영창서관
2307	임호은전 영창-임호-01-01	임호은전	한글	126p.		1926- -	1		영창서관
2308	임호은전 영창-임호-02-01	임호은전	한글	126p.		1932- -	1		영창서관
2309	장국진전 영창-장국-01-00	장국진전	한글				1		영창서관
2310	장끼전 영창-장끼-01-01	장끼전	한글	32p.		1925- -	1		영창서관

책자 소 주소	인쇄소 인쇄소 주소	공동 발행	영인본	소장처 및 청구기호	기타	현황
熙 부 종로 2정목 지	영창서관인쇄소 경성부 종로 2정목 84번지	한흥서림, 진흥서관		최호석 소장본	3권 3책, 64회의 장회체(1권 1회~21회, 2권 22회~44회, 3권 45~64회, 1권에 총목차)	원문
熙 부 종로 2정목 지	영창서관인쇄소 경성부 종로 2정목 84번지	한흥서림, 진흥서관		최호석 소장본	3권 3책, 64회의 장회체(1권 1회~21회, 2권 22회~44회, 3권 45~64회, 1권에 총목차)	원문
熙 부 종로 2정목 지	영창서관인쇄소 경성부 종로 2정목 84번지	한흥서림, 진흥서관		개인소장본	<소대성전>과 <용문전>(pp.1~40)의 합철.	원문
熙 부 종로 2정목 지	영창서관인쇄소 경성부 종로 2정목 84번지	한흥서림, 진흥서관		개인소장본		원문
炳 부 종로 2정목 지	영창서관인쇄부 경성부 종로 2정목 84번지	한흥서림	[활자본고전소설전집 5]	영남대학교 도서관(도 813.6 ㅂ542ㅇ)	1면에 '朴哲魂 著'. 24회의 장회체. 저작자 박준표, 발행자 강의영. 2판에 초판 판권지 있음.	원문
炳 부 종로 2정목 지	영창서관인쇄부 경성부 종로 2정목 84번지	한흥서림		서울대학교 도서관(3350 163)	1면에 '朴哲魂 著'. 24회의 장회체. 초판과 2판의 판권지 두 개 있음.	원문
					[출판목록]([이본목록], p.463)	목록
					정병욱 소장본(이능우, p.279.)	원문
					[출판목록]([이본목록], p.494)	목록
					[출판목록]([이본목록], p.504)	목록
					소재영 외, p.134.	원문
熙 부 종로 2정목 지	영창서관인쇄부 경성부 종로 2정목 84번지	한흥서림		개인소장본		원문
		한흥서림			2판에 초판 발행일 기록.	출판
三 부 종로 2정목 지	영창서관인쇄부 경성부 종로 2정목 84번지	한흥서림	[구활자본고소설전집 29]		초판 발행일 기록.	원문
					2판에 초판 발행일 기록.	출판
熙 부 종로 2정목 지	영창서관인쇄부 경성부 종로 2정목 84번지	한흥서림, 진흥서관		개인소장본	초판 발행일 기록.	원문
					[출판목록]([이본목록], p.522)	목록
		한흥서림			우쾌재, p.132.	출판
		한흥서림			이능우, p.281. 이주영, p.225.	원문
		한흥서림, 진흥서관		김종철 소장본	[이본목록], p.829. 이주영, p.225.	원문
					[출판목록]([이본목록], p.573)	목록
		한흥서림, 진흥서관			이능우, p.295.	출판

번호	작품명 고유번호	표제	문자	면수 가격	인쇄일	발행일	판차	발행자 발행자 주소	발행소 발행소 주소
2311	장대장실기 영창-장대-01-00	장대장실기	한글			1928- -	1		영창서관
2312	장백전 영창-장백-01-00	장백젼	한글				1		영창서관
2313	장비마초실기 영창-장비-01-00	장비마초실기	한글				1		영창서관
2314	장익성전 영창-장익-01-00	장익성젼	한글				1		영창서관
2315	장자방실기 영창-장자-01-00	장자방실기	한글				1		영창서관
2316	장풍운전 영창-장풍-01-01	(고대소설)장풍 운전	한글	31p. 15전	1925-12-20	1925-12-25	1	姜義永 경성부 종로 2정목 84번지	영창서관 경성부 종로 2정목 84번지
2317	장학사전 영창-장학-01-00	장학사젼	한글	56p.			1		영창서관
2318	장화홍련전 영창-장화-01-01	(고대소설)장화 홍련젼	한글			1915-05-24	1		영창서관
2319	장화홍련전 영창-장화-01-02	(고대소설)장화 홍련젼	한글			1916-10-09	2		영창서관
2320	장화홍련전 영창-장화-01-03	(고대소설)장화 홍련젼	한글	40p. 20전	1917-12-09	1917-12-22	3	姜義永 경성부 종로통 3정목 85번지	영창서관 경성부 종로통 3정 85번지
2321	장화홍련전 영창-장화-01-04	(고대소설)장화 홍련젼	한글	40p. 25전	1921-11-04	1921-11-10	4	姜義永 경성부 종로 3정목 85번지	영창서관 경성부 종로 3정목 85번지
2322	적벽대전 영창-적벽대-01-00	삼국풍진 화용도실기	한글	170p.		1925- -	1		영창서관
2323	적벽대전 영창-적벽대-02-00	삼국풍진 화용도실기	한글	140p.		1938-03-20	1		영창서관
2324	적벽대전 영창-적벽대-03-00	적벽가	한글				1		영창서관
2325	적벽대전 영창-적벽대-04-00	적벽대전	한글				1		영창서관
2326	적성의전 영창-적성-01-01	(고대소설)적성 의전	한글			1915-05-24	1	姜義永	영창서관
2327	적성의전 영창-적성-01-02	(고대소설)적성 의젼	한글			1916-10-09	2	姜義永	영창서관
2328	적성의전 영창-적성-01-03	(고대소설)적성 의젼	한글	33p. 20전	1917-12-05	1917-12-22	3	姜義永 경성부 종로통 3정목 85번지	영창서관 경성부 종로통 3정 85번지
2329	적성의전 영창-적성-01-04	(고대소설)적성 의젼	한글	33p. 25전	1921-11-04	1921-11-10	4	姜義永 경성부 종로 3정목 85번지	영창서관 경성부 종로 3정목 85번지
2330	전우치전 영창-전우-01-01	(교정)면우치전	한글			1917-06-25	1	姜義永	영창서관
2331	전우치전 영창-전우-01-02	(교정)면우치전	한글				2		영창서관
2332	전우치전 영창-전우-01-03	(교정)면우치전	한글	37p. 10전	1918-11-25	1918-11-30	3	姜義永 경성부 종로통 3정목 85번지	영창서관 경성부 종로통 3정 85번지

!쇄자 !쇄소 주소	인쇄소 인쇄소 주소	공동 발행	영인본	소장처 및 청구기호	기타	현황
		한흥서림			<무쌍금옥척독>, 영창서관, 1928. 광고([이본목록], p.580)	광고
					[출판목록]([이본목록], p.582.	목록
		한흥서림			광고(1925)([이본목록], p.583.)	광고
					[출판목록]([이본목록], p.586.)	목록
					[출판목록]([이본목록], p.587.)	목록
昌熙 성부 종로 2정목 4번지	영창서관인쇄소 경성부 종로 2정목 84번지	한흥서림, 진흥서관	[구활자본고소설 전집 31]			원문
					이주영, p.226.	출판
					3판과 4판에 초판 발행일 기록.	출판
					3판에 2판 발행일 기록.	출판
禹澤 성부 공평동 54번지	성문사 경성부 공평동 55번지			국립중앙도서관(3 634-2-52(10))	초판과 2판 발행일 기록.	원문
重煥 성부 공평동 55번지	대동인쇄주식회사 경성부 공평동 55번지			국립중앙도서관(3 634-2-52(2))	초판 발행일 기록.	원문
		한흥서관			이주영, p.215.	출판
		한흥서관			박순호 소장본([연구보정], p878.)	원문
					[출판목록]([이본목록], p.611)	목록
					[출판목록]([이본목록], p.612)	목록
					3판과 4판에 초판 발행일 기록	출판
					3판에 2판 발행일 기록.	출판
禹澤 성부 공평동 54번지	성문사 경성부 공평동 55번지		[구활자본고소설 전집 31]	국립중앙도서관(3 634-2-16(11))	<장화홍련>의 부록(합본). 초판과 2판 발행일 기록.	원문
重煥 성부 공평동 55번지	대동인쇄주식회사 경성부 공평동 55번지			국립중앙도서관(3 634-2-52(3))	<장화홍련>의 부록(합본). 초판 발행일 기록.	원문
					3판에 초판 발행일 기록.	출판
					3판이 있어서 2판도 있을 것으로 추정.	출판
弘奎 성부 가회동 216번지	보성사 경성부 수송동 44번지			국립중앙도서관(3 634-2-32(9))	초판 발행일 기록.	원문

번호	작품명 고유번호	표제	문자	면수 가격	인쇄일	발행일	판차	발행자 발행자 주소	발행소 발행소 주소
2333	**정수경전** 영창-정수경-01-00	명슈경전	한글	38p.		1918- -	1		영창서관
2334	**정수정전** 영창-정수정-01-01	(고대소셜)녀장 군전	한글				1		영창서관
2335	**정수정전** 영창-정수정-01-02	(고대소셜)녀장 군전	한글				2		영창서관
2336	**정수정전** 영창-정수정-01-03	(고대소셜)녀장 군전	한글				3		영창서관
2337	**정수정전** 영창-정수정-01-04	(고대소셜)녀장 군전	한글				4		영창서관
2338	**정수정전** 영창-정수정-01-05	(고대소셜)녀장 군전	한글	82p.		1923- -	5		영창서관
2339	**정수정전** 영창-정수정-02-01	女子忠孝錄	한글	71p.		1936- -	1		영창서관
2340	**정을선전** 영창-정을-01-00	정을션젼	한글				1		영창서관
2341	**제마무전** 영창-제마-01-01	제마무젼 권지단	한글	66p.		1925-12-25	1	姜義永	영창서관
2342	**조웅전** 영창-조웅-01-00	조웅젼	한글				1		영창서관
2343	**진대방전** 영창-진대-01-01	진대방전	한글	42p.		1935-10-30	1		영창서관
2344	**진성운전** 영창-진성-01-01	진장군전 권지단	한글	71p.		1920-04-10	1		영창서관
2345	**진성운전** 영창-진성-02-01	진장군전	한글	71p. 25전	1930-04-05	1930-04-10	1	姜義永 경성부 종로통 2정목 84번지	영창서관 경성부 종로통 2정목 84번지
2346	**창선감의록** 영창-창선-01-00	창선감의록	한글				1		영창서관
2347	**채봉감별곡** 영창-채봉-01-00	추풍감별곡	한글				1		영창서관
2348	**천정가연** 영창-천정-01-00	쳔졍가연	한글				1		영창서관
2349	**청년회심곡** 영창-청년-01-00	청년회심곡	한글				1		영창서관
2350	**춘향전** 영창-춘향-01-01	(만고렬녀) 츈향젼	한글	70p. 25전	1925-04-15	1925-04-20	1	姜義永 경성부 종로 2정목 84번지	영창서관 경성부 종로 2정목 84번지
2351	**춘향전** 영창-춘향-02-01	獄中絶代佳人: 鮮漢文春香傳		70p.		1925-10-10	1		영창서관
2352	**춘향전** 영창-춘향-03-01	(옥즁)절대가인	한글	108p. 40전	1925-09-30	1925-10-10	1	姜義永 경성부 종로 2정목 84번지	영창서관 경성부 종로 2정목 84번지
2353	**춘향전** 영창-춘향-04-01	(절대가인) 춘향젼	한글	60p. 25전	1925-11-13	1925-11-16	1	姜義永 경성부 종로 2정목 84번지	영창서관 경성부 종로 2정목 84번지
2354	**춘향전** 영창-춘향-05-01	신츈향젼	한글	157p. 60전	1935-12-20	1935-12-25	1	姜義永 경성부 종로 2정목 84번지	영창서관 경성부 종로 2정목 84번지

발행자 발행소 주소	인쇄소 인쇄소 주소	공동 발행	영인본	소장처 및 청구기호	기타	현황
					[이본목록], p.636.	목록
					5판 발행연도 기록하여 초판도 있을 것으로 추정.	출판
					5판 발행연도 기록하여 2판도 있을 것으로 추정.	출판
					5판 발행연도 기록하여 3판도 있을 것으로 추정.	출판
					5판 발행연도 기록하여 4판도 있을 것으로 추정.	출판
		한흥서림		영남대학교 도서관(도 813.5 ㅇ337)	발행일은 [이본목록], p.640. 참고.	원문
		한흥서림, 진흥서관		고려대학교 도서관(3636 19)		원문
					[출판목록]([이본목록], p.647)	목록
					박순호 소장본([연구보정], p.925.)	원문
					[출판목록]([이본목록], p.681)	목록
					방민호 소장본([연구보정], p.970.)	원문
			[활자본고전소설 전집 10]		발행소와 발행일은 영인본의 해제에 의함.	원문
澤 부 공평동 55번지	대동인쇄주식회사 경성부 공평동 55번지	한흥서림, 삼광서림		국립중앙도서관(3 634-2-112(2))		원문
					[출판목록]([이본목록], p.716)	목록
					[출판목록]([이본목록], p.722)	목록
					[출판목록]([이본목록], p.728)	목록
					[출판목록]([이본목록], p.729)	목록
三 부 종로 2정목 지	영창서관인쇄부 경성부 종로 2정목 84번지	한흥서림		영남대학교 도서관(도 813.5 ㅊ788ㅅ)	책의 표지에는 '절대가인 성춘향전'으로 기록하였으나, 內題는 '만고렬녀 츈향전'로 기록. 도서관 서지정보에도 '(만고렬녀)츈향전'으로 기록.	원문
		한흥서림			조윤제, '춘향전 이본고(2)', [진단학보] 12([이본목록], p.777)	출판
憲 부 수송동 69번지	보명사인쇄소 경성부 수송동 69번지	한흥서림		영남대학교 도서관(도 813.5 ㅊ788ㅈ)		원문
榮 부 종로 2정목 지	영창서관인쇄부 경성부 종로 2정목 84번지	한흥서림		박순호 소장본		원문
熙 부 종로 2정목 지	영창서관인쇄부 경성부 종로 2정목 84번지	한흥서림, 진흥서관		영남대학교 도서관(도 813.5 ㅊ788ㅅ)	영남대학교 소장 '영창-춘향-01-01'과 청구기호 같으나 다른 작품임.	원문

번호	작품명 고유번호	표제	문자	면수 가격	인쇄일	발행일	판차	발행자 발행자 주소	발행소 발행소 주소
2355	춘향전 영창-춘향-06-01	(國語對譯) 春香歌	한글	226p. 2원	1942-06-05	1942-06-10	1	大山治永 경성부 종로 2정목 98	영창서관 경성부 종로 2정목
2356	쾌남아 영창-쾌남-01-01	(義俠大活劇)快 男兒	한글	89p. 30전	1924-10-28	1924-10-30	1	姜義永 경성부 종로 2정목 84번지	영창서관 경성부 종로 2정 8
2357	태조대왕실기 영창-태조-01-00	朝鮮太祖實記	한글	5원		1942- -	1		영창서관
2358	토끼전 영창-토끼-01-01	鱉主簿傳 鬼의肝	한글	66p. 30전	1925-11-17	1925-11-20	1	姜義永 경성부 종로 2정목 84번지	영창서관 경성부 종로 2정목 84번지
2359	토끼전 영창-토끼-02-01	불로초	한글	34p. 15전	1925-12-20	1925-12-25	1	姜義永 경성부 종로 2정목 84번지	영창서관 경성부 종로 2정목 84번지
2360	현수문전 영창-현수-01-01	현수문전	한글	115p. 40전	1926-06-10	1926-06-15	1	姜義永 경성부 종로 2정목 84번지	영창서관 경성부 종로 2정목 84번지
2361	홍계월전 영창-홍계-01-00	홍계월젼	한글				1		영창서관
2362	홍길동전 영창-홍길-01-00	홍길동전	한글				1		영창서관
2363	홍백화전 영창-홍백-01-01	홍백화	한글	96p.		1917- -	1	姜義永	영창서관
2364	황부인전 영창-황부-01-00	황부인전	한글			1925- -	1		영창서관
2365	황운전 영창-황운-01-00	황장군전	한글				1		영창서관
2366	흥무왕연의 영창-흥무-01-01	(해동명장)김유 신실긔	한글	110p. 40전	1926-03-20	1926-03-25	1	金正杓 경성부 종로 2정목 84번지	영창서관 경성부 종로 2종목 84번지
2367	흥무왕연의 영창-흥무-02-01	김유신실긔	한글			1936- -	1	金正杓	영창서관
2368	흥부전 영창-흥부-01-01	흥부전	한글	79p. 30전	1925-10-05	1925-10-10	1	姜義永 경성부 종로 2정목 84번지	영창서관 경성부 종로 2정목 84번지
2369	사씨남정기 영풍-사씨-01-01	샤씨남졍긔	한글	109p. 30전	1913-06-12	1913-06-17	1	李鍾楨 경성 북부 대안동 34통 4호	영풍서관 경성 중부 전동 1통
2370	사씨남정기 영풍-사씨-02-01	샤씨남졍긔 샹, 하	한글		1914-06-13	1914-06-17	1		영풍서관
2371	사씨남정기 영풍-사씨-02-02	샤씨남졍긔 샹, 하	한글	109p. 30전	1915-04-02	1915-04-05	2	李鍾楨 경성부 송현동 71번지(구 북부 대안동 34통 4호)	영풍서관 경성부 견지동 79
2372	사씨남정기 영풍-사씨-02-03	샤씨남졍긔 상, 하	한글	109p. 30전		1916-03-15	3	李鍾楨 경성부 송현동 71번지	영풍서관 경성부 견지동 79
2373	사씨남정기 영풍-사씨-02-04	샤씨남졍긔 상, 하	한글	91p. 30전	1916-12-24	1916-12-25	4	李鍾楨 경성부 송현동 71번지	영풍서관 경성부 견지동 79
2374	사씨남정기 영풍-사씨-02-05	샤시남졍긔 샹, 하	한글	83p. 25전	1917-06-03	1917-06-05	5	李鍾楨 경성부 송현동 71번지	영풍서관 경성부 견지동 79
2375	사씨남정기 영풍-사씨-02-06	샤시남졍긔 샹, 하	한글	83p. 19전	1918-11-04	1918-11-06	6	李鍾楨 경성부 종로통 2정목 51번지	영풍서관 경성부 종로통 4정 76번지

쇄자 쇄소 주소	인쇄소 인쇄소 주소	공동 발행	영인본	소장처 및 청구기호	기타	현황
仁煥 성부 안국정 153	중앙인쇄소 경성부 안국정 153			국립중앙도서관(3 636-33)	강의영 저.	원문
基禎 성부 견지동 32번지	한성도서주식회사 경성부 견지동 32번지	한흥서림		서울대학교 도서관(3340 142)		원문
					<선한문수호지>, 영창서관, 1942([구활자본고소설전집 28]) 광고에 '朝鮮太祖實記'로 기록.	광고
昌熙 성부 종로 2정목 번지	영창서관인쇄소 경성부 종로 2정목 84번지	한흥서림, 진흥서관		고려대학교 도서관(897.33 별주부 별a)	속표지 原本 鼈主簿傳.	원문
泰燮 성부 종로 2정목 번지	영창서관인쇄부 경성부 종로 2정목 84번지	한흥서림, 진흥서관		개인소장본		원문
翼洙 성부 황금정 2정목 번지	신문관 경성부 황금정 2정목 21번지	한흥서림		양승민 소장본		원문
					[출판목록]([이본목록], p.845)	목록
					[출판목록]([이본목록], p.856.)	목록
					조희웅 소장본([이본목록], p.861)	원문
		한흥서림			[이본목록], p.876.	목록
					[출판목록]([이본목록], p.880)	목록
基禎 성부 견지동 32번지	한성도서주식회사 경성부 견지동 32번지	한흥서림, 삼광서림	[구활자본고소설 전집 2]	서울대학교 중앙도서관(3350 102)		원문
					여승구, [고서통신 15], 1999.9([이본목록], p.887)	원문
禹澤 성부 공평동 55번지	대동인쇄주식회사 경성부 공평동 55번지	한흥서림, 삼광서림		서울대학교 도서관(MFF 951.06 C718ik v.81)	C.V. Starr East Asian Library (Columbia University)	원문
弘奎 성 북부 대묘동 14통 호	대동인쇄소 경성 중부 종로통 3정목 포병하		[구활자본고소설 집 21]	국립중앙도서관(3 634-2-107(6))	상하합본(상 pp.1~69, 하 pp.71~109).	원문
					2판에 초판 발행일 기록.	출판
敬德 성부 원동 206번지	조선복음인쇄소 경성부 원동 206번지			국립중앙도서관(3 634-2-107(2))	상하 합본(상 pp.1~69, 하 pp.71~109).	원문
養浩 성부 권농동 31번지	선명사인쇄소 경성부 종로통 1정목 39번지			국립중앙도서관(3 634-2-107(4))	상하 합본(상 pp.1~69, 하 pp.71~109).	원문
教瓚 성부 소격동 41번지	보성사 경성부 수송동 44번지			국립중앙도서관 (3634-2-45(2))	상하 합본(상 pp.1~58, 하 pp.59~91).	원문
敬德 성부 관훈동 30번지	조선복음인쇄소 경성부 관훈동 30번지			국립중앙도서관(3 634-2-107(1))	상하 합본(상 pp.1~52, 하 pp.53~83). 1~4판 발행일 기록.	원문
敬德 성부 관훈동 30번지	조선복음인쇄소 경성부 관훈동 30번지			국립중앙도서관(3 634-2-107(5))	상하 합본(상 pp.1~52, 하 pp.53~83). 4판에 초판 발행일 기록.	원문

번호	작품명 고유번호	표제	문자	면수 가격	인쇄일	발행일	판차	발행자 발행자 주소	발행소 발행소 주소
2376	**사씨남정기** 영풍-사씨-03-01	懸吐 謝氏南征記	한문	120p. 35전	1914-12-18	1914-12-24	1	李柱浣 경성부 견지동 79번지(원 전동 1-7)	영풍서관 경성부 견지동 79번지(원전동 1,7)
2377	**사씨남정기** 영풍-사씨-03-02	懸吐 謝氏南征記	한문	120p.		1916-07-29	2		영풍서관 경성부 견지동 79번지
2378	**사씨남정기** 영풍-사씨-03-03	懸吐 謝氏南征記	한문			1918-02-22	3		영풍서관
2379	**사씨남정기** 영풍-사씨-03-04	懸吐 謝氏南征記	한문	107p. 30전	1919-12-10	1919-12-15	4	李柱浣 경성부 견지동 55번지	영풍서관 경성부 견지동 55번지
2380	**삼국지** 영풍-삼국-01-01-권1	諺吐 三國誌 卷1	한문			1916-03-25	1		영풍서관
2381	**삼국지** 영풍-삼국-01-01-권2	諺吐 三國誌 卷2	한문			1916-03-25	1		영풍서관
2382	**삼국지** 영풍-삼국-01-01-권3	諺吐 三國誌 卷3	한문			1916-03-25	1		영풍서관
2383	**삼국지** 영풍-삼국-01-01-권4	諺吐 三國誌 卷4	한문			1916-03-25	1		영풍서관
2384	**삼국지** 영풍-삼국-01-01-권5	諺吐 三國誌 卷5	한문			1916-03-25	1		영풍서관
2385	**삼국지** 영풍-삼국-01-02-권1	諺吐 三國誌 卷1	한문			1918-06-27	2		영풍서관
2386	**삼국지** 영풍-삼국-01-02-권2	諺吐 三國誌 卷2	한문			1918-06-27	2		영풍서관
2387	**삼국지** 영풍-삼국-01-02-권3	諺吐 三國誌 卷3	한문			1918-06-27	2		영풍서관
2388	**삼국지** 영풍-삼국-01-02-권4	諺吐 三國誌 卷4	한문			1918-06-27	2		영풍서관
2389	**삼국지** 영풍-삼국-01-02-권5	諺吐 三國誌 卷5	한문			1918-06-27	2	李柱浣	영풍서관
2390	**서한연의** 영풍-서한-01-01-권1	(諺文)西漢演義 / 1	한글	144p. 45전	1917-04-25	1917-04-30	1	李柱浣 경성부 견지동 79번지	영풍서관 경성부 견지동 79번지
2391	**서한연의** 영풍-서한-01-01-권2	(諺文)西漢演義 / 2	한글	125p.			1		영풍서관
2392	**서한연의** 영풍-서한-01-01-권3	언문 셔한연의 권3	한글	143p. 45전	1917-04-25	1917-04-30	1	李柱浣 경성부 견지동 79번지	영풍서관 경성부 견지동 79번지
2393	**서한연의** 영풍-서한-01-01-권4	언문 셔한연의 권4	한글	124p.	1917-04-25	1917-04-30	1	李柱浣	영풍서관
2394	**춘향전** 영풍-춘향-01-01	춘향전	한글			1914- -	1		영풍서관
2395	**강태공전** 영화-강태-01-01	강태공전	한글	68p.	1953-11-10	1953-11-15	1	姜槿馨	영화출판사 서울특별시 종로구 관철동 155
2396	**강태공전** 영화-강태-02-01	姜太公傳	한글	68p.		1958- -	1		영화출판사

쇄자 쇄소 주소	인쇄소 인쇄소 주소	공동 발행	영인본	소장처 및 청구기호	기타	현황
聖杓 성부 공평동 47번지	성문사 경성부 공평동 55번지			국립중앙도서관(3 634-2-45(4))	4판에 초판 발행일 기록.	원문
				국립중앙도서관(3 634-2-107(8))	판권지 없음. 4판에 2판 발행일 기록.	원문
					4판에 3판 발행일 기록.	출판
鳴澤 성부 공평동 55번지	성문사 경성부 공평동 55번지			국립중앙도서관(3 634-2-107(7))	12회의 장회체(총목차). 1~3판 발행일 기록. 1면에 '김춘택 原著'.	원문
					발행일은 [연구보정](p.361) 참고.	원문
					발행일은 [연구보정](p.361) 참고.	원문
					발행일은 [연구보정](p.361) 참고.	원문
					발행일은 [연구보정](p.361) 참고.	원문
					발행일은 [연구보정](p.361) 참고.	원문
				한국학중앙연구원 장서각(霞 D7A5 1)	120회의 장회체(권1 1회~26회, 권2 27회~51회, 권3 52회~76회, 권4 77회~97회, 권5 98~120회), 마이크로필름 자료(MF35-10838~39)	원문
				한국학중앙연구원 장서각(霞 D7A5 2)	120회의 장회체(권1 1회~26회, 권2 27회~51회, 권3 52회~76회, 권4 77회~97회, 권5 98~120회), 마이크로필름 자료(MF35-10838~39)	원문
				한국학중앙연구원 장서각(霞 D7A5 3)	120회의 장회체(권1 1회~26회, 권2 27회~51회, 권3 52회~76회, 권4 77회~97회, 권5 98~120회), 마이크로필름 자료(MF35-10838~39)	원문
				한국학중앙연구원 장서각(霞 D7A5 4)	120회의 장회체(권1 1회~26회, 권2 27회~51회, 권3 52회~76회, 권4 77회~97회, 권5 98~120회), 마이크로필름 자료(MF35-10838~39)	원문
				한국학중앙연구원 장서각(霞 D7A5 5)	120회의 장회체(권1 1회~26회, 권2 27회~51회, 권3 52회~76회, 권4 77회~97회, 권5 98~120회), 마이크로필름 자료(MF35-10838~39)	원문
圭 부 가회동 216번지	보성사 경성부 수송동 44번지		[구활자본고소설 전집 25]	국립중앙도서관(3 736-13-1)	100회의 장회체(1권 1~25회, 2권 26회~50회, 3권 51회~75회, 4권 76~100회). 협약도서관에서 이미지 파일 열람 가능.	원문
			[구활자본고소설 전집 25]	국립중앙도서관(3 736-13-1)	100회의 장회체(1권 1~25회, 2권 26회~50회, 3권 51회~75회, 4권 76~100회). 영인본에 판권지 없음. 협약도서관에서 이미지 파일 열람 가능.	원문
圭 부 가회동 216번지	보성사 경성부 수송동 44번지		[구활자본고소설 전집 25]	연세대학교 도서관(O 811.9308 고대소 -3-2)	100회의 장회체(1권 1~25회, 2권 26회~50회, 3권 51회~75회, 4권 76~100회).	원문
				연세대학교 도서관(O 812.36 이주완 셔 -4)	100회의 장회체(1권 1~25회, 2권 26회~50회, 3권 51회~75회, 4권 76~100회).	원문
					김동욱, [春香傳比較研究], p.28([이본목록], p.777)	출판
新社印刷部				김종철 소장본		원문
				고려대학교 도서관(897.33 강권형 강)		원문

번호	작품명 고유번호	표제	문자	면수 가격	인쇄일	발행일	판차	발행자 발행자 주소	발행소 발행소 주소
2397	**구운몽** 영화-구운-01-01	(연명)구운몽	한글	191p. 500원	1960-02-24	1960-03-07	1	姜權馨	영화출판사 서울특별시 종로구 관철동 155
2398	**권익중전** 영화-권익-01-01	권익중전	한글			1954-05-20	1	姜權馨	영화출판사
2399	**권익중전** 영화-권익-01-02	權益重傳	한글	60p.	1	1956- -	2		영화출판사
2400	**권익중전** 영화-권익-02-01	권익중전	한글	60p. 30원	1958-02-24	1958-03-07	3	姜權馨	영화출판사 서울특별시 종로구 관철동 155
2401	**권익중전** 영화-권익-03-01	권익중전	한글	60p.	1958-10-15	1958-10-30	4	姜權馨	영화출판사 서울특별시 종로구 관철동 155
2402	**병자록** 영화-병자-01-01	병자호란실긔	한글	66p.		1957-10-20	1	姜權馨	영화출판사
2403	**보심록** 영화-보심-01-01	고대소설 보심록	한글	144p.	1953-11-10	1953-11-15	1	姜權馨	영화출판사 서울특별시 종로구 관철동 155
2404	**보심록** 영화-보심-02-01	명사십리	한글	94p. 250원	1958-10-15	1958-10-20	1	姜權馨	영화출판사 서울특별시 종로구 관철동 155
2405	**보심록** 영화-보심-03-01	명사십리	한글	94p. 250원	1959-09-15	1959-09-20	1	姜權馨	영화출판사 서울특별시 종로구 관철동 155
2406	**보심록** 영화-보심-04-00	보심록	한글	144p.		1963- -	1		영화출판사
2407	**사명당전** 영화-사명-01-01	사명당전	한글			1954-05-20	1	姜權馨	영화출판사
2408	**사명당전** 영화-사명-02-01	서산대사 사명당젼	한글	52p. 140원	1956-10-15	1956-10-20	1	姜權馨	영화출판사 서울특별시 종로구 관철동 155
2409	**사명당전** 영화-사명-03-01	서산대사 사명당젼	한글	52p. 160원	1957-10-15	1957- -	1	姜權馨	영화출판사 서울특별시 종로구 관철동 155
2410	**사명당전** 영화-사명-04-01	사명당전	한글	52p. 120원		1959- -	1	姜權馨	영화출판사 서울특별시 종로구 관철동 155
2411	**사명당전** 영화-사명-05-01	서산대사 사명당젼	한글	52p.	1961-10-05	1961-10-10	1	姜權馨	영화출판사 서울특별시 종로구 2가 98
2412	**서산대사전** 영화-서산-01-01	셔산대사 사명당젼	한글	37p.		1959- -	1		영화출판사
2413	**서한연의** 영화-서한-01-01	초한전	한글	79p. 160원	1957-10-15	1957-10-20	1	姜權馨	영화출판사 서울특별시 종로구 관철동 155
2414	**서한연의** 영화-서한-02-01	초한젼	한글	79p.	1961-10-05	1961-10-10	1	姜權馨	영화출판사 서울특별시 종로구 종로2가 98
2415	**소운전** 영화-소운-01-01	소학사전	한글	63p.		1953- -	1		영화출판사

인쇄자 인쇄소 주소	인쇄소 인쇄소 주소	공동 발행	영인본	소장처 및 청구기호	기타	현황
永新社印刷部	영신사인쇄부			디지털 한글 박물관(이태영 소장본)	상하합편(상 1~96, 하 1~95) 속표지에는 '연명구운몽'이라 되어있음.	원문
					홍윤표 소장본([이본목록], p.71)	원문
				연세대학교 도서관(열운(O) 811.93 권익중 53가)	검색결과에서는 1953년으로 나타나나, 상세정보에서는 1956년으로 기록.	원문
永新社印刷部				박순호 소장본		원문
永新社印刷部				박순호 소장본		원문
					홍윤표 소장본([이본목록], p.189)	원문
永新社印刷部				김종철 소장본	12회의 장회체.	원문
永新社印刷部				박순호 소장본	12회의 장회체.	원문
永新社印刷部			[구활자본고소설 전집 20]		12회의 장회체.	원문
				고려대학교 도서관(897.33 보심록 보)		원문
					[연구보정], p.321.	출판
	영신사인쇄부			개인소장본	앞부분은 <서사대사전>임. 원문 전체 확인 필요.	원문
	영신사인쇄부			개인소장본	판권지 훼손으로 발행일 안 보임. 앞부분은 <서사대사전>임. 원문 전체 확인 필요.	원문
	영신사인쇄부		[구활자본고소설 전집 21]		판권지 훼손으로 발행일 안 보임.(발행연도는 해제 참고)	원문
永新社印刷部				박순호 소장본	앞부분은 <서사대사전>임. 원문 전체 확인 필요.	원문
			[구활자본고소설 전집 21]		판권지 없음. <서산대사전>(pp.1~18)과 <서산대사전부록>(pp.19~37)의 합본.	원문
新社印刷部				박순호 소장본		원문
新社印刷部				개인소장본	홍윤표 소장본([이본목록], p.261.)	원문
					[이능우교수기증도서목록], 1168.([이본목록], p.302).	출판

번호	작품명 고유번호	표제	문자	면수 가격	인쇄일	발행일	판차	발행자 발행자 주소	발행소 발행소 주소
2416	숙영낭자전 영화-숙영-01-01	숙영낭자젼	한글	29p.	1958-10-15	1958-10-20	1	姜槿馨	영화출판사 서울특별시 종로구 관철동 155
2417	숙영낭자전 영화-숙영-02-01	숙영낭자젼	한글	29p. 정가	1961-10-05	1961-10-10	1	姜槿馨	영화출판사 서울특별시 종로구 종로2가 98
2418	신유복전 영화-신유-01-01	신유복전	한글	59p.	1960-02-24	1960-03-07	1	姜槿馨	영화출판사 서울특별시 종로구 관철동 155
2419	신유복전 영화-신유-02-01	신유복전	한글	59p. 정가	1961-10-05	1961-10-10	1	姜槿馨	영화출판사 서울특별시 종로구 종로2가 98
2420	심청전 영화-심청-01-01	沈淸傳	한글	55p.		1954- -	1	永和出版社	영화출판사
2421	심청전 영화-심청-02-01	교정 심청전	한글	44p.		1958-10-20	1	姜槿馨	영화출판사
2422	심청전 영화-심청-03-01	교정 심청전	한글	44p.		1962-12-20	1	姜槿馨	영화출판사
2423	양풍전 영화-양풍-01-01	양풍운전	한글			1961- -	1		영화출판사
2424	어룡전 영화-어룡-01-01	어룡전	한글	62p. 120원	1957-10-15	1957-10-20	1	姜槿馨	영화출판사 서울특별시 종로구 관철동 155
2425	옥단춘전 영화-옥단-01-01	古代小說 玉丹春傳	한글	36p.		1953- -	1		영화출판사
2426	옥단춘전 영화-옥단-02-01	古代小說 玉丹春傳	한글	38p. 80원	1956-10-15	1956-10-20	1	姜槿馨	영화출판사 서울특별시 종로구 관철동 155
2427	옥단춘전 영화-옥단-03-01	古代小說 玉丹春傳	한글	38p. 100원	1957-10-15	1957-10-20	1	姜槿馨	영화출판사 서울특별시 종로구 관철동 155
2428	옥단춘전 영화-옥단-04-01	古代小說 玉丹春傳	한글	38p. 100원	1958-10-15	1958-10-20	1	姜槿馨	영화출판사 서울특별시 종로구 관철동 155
2429	옥단춘전 영화-옥단-05-01	古代小說 玉丹春傳	한글	38p.	1961-10-05	1961-10-10	1	姜槿馨	영화출판사 서울특별시 종로구 종로2가 98
2430	유문성전 영화-유문-01-01	류문성전	한글	68p.	1961-10-05	1961-10-10	1	姜槿馨	영화출판사 서울특별시 종로구 2가 98
2431	유충렬전 영화-유충-01-01	고대소설 류충렬전	한글	99p.		1954-05-20	1		영화출판사
2432	유충렬전 영화-유충-02-01	고대소설 류충렬전	한글	99p. 140원	1956-10-15	1956-10-20	1	姜槿馨	영화출판사 서울특별시 종로구 관철동 155
2433	유충렬전 영화-유충-03-01	고대소설 류충렬전	한글	99p.	1961-10-05	1961-10-10	1	姜槿馨	영화출판사 서울특별시 종로구 2가 98
2434	이순신전 영화-이순-01-01	임진왜란과 이순신	한글	200원	1954-05-15	1954-05-20	1	姜槿馨	영화출판사 서울특별시 종로구 관철동 155

쇄자 쇄소 주소	인쇄소 인쇄소 주소	공동 발행	영인본	소장처 및 청구기호	기타	현황
신사인쇄부				최호석 소장본		원문
新社印刷部				개인소장본		원문
新社印刷部				김종철 소장본		원문
新社印刷部				박순호 소장본		원문
				고려대학교 도서관(897.33 심청전 심b)		원문
				부산대학교 도서관(IJ11 811.35 강19ㅅ)		원문
					박순호 소장본([[연구보정], p.541)	원문
					소재영 외,, p.98.	원문
	영신사인쇄부			소인호 소장본		원문
				고려대학교 도서관(897.33 옥단춘 옥)	판권지가 없음. 발행일은 도서관 서지정보를 따름.	원문
新社印刷部				개인소장본		원문
新社印刷部				개인소장본		원문
新社印刷部				개인소장본		원문
新社印刷部				디지털 한글박물관(홍윤표 소장본)		원문
新社印刷部				김종철 소장본		원문
				충남대학교 도서관(학산 811.31 유817)	발행일은 [이본목록](p.494) 참고.	원문
新社印刷部				경북대학교 도서관(古811.31 유817(2))		원문
新社印刷部				김종철 소장본		원문
	영신사인쇄부			개인소장본	속표지에는 '李舜臣實記'로 되어 있음.	원문

번호	작품명 고유번호	표제	문자	면수 가격	인쇄일	발행일	판차	발행자 발행자 주소	발행소 발행소 주소
2435	인조대왕실기 영화-인조-01-00	인조반정과 병자호란실기	한글	66p.		1957-10-20	1	姜槿馨	영화출판사
2436	장끼전 영화-장끼-01-01	장끼전	한글	24p.		1951- -	1	姜槿馨	영화출판사 서울
2437	장익성전 영화-장익-01-01	장익성전	한글	58p.	1961-10-05	1961-10-10	1	姜槿馨	영화출판사 서울특별시 종로구 종로2가 98
2438	적벽대전 영화-적벽대-01-01	고대소설 적벽대전	한글	73p.		1953- -	1		영화출판사
2439	정을선전 영화-정을-01-01	고대소설 정을선전	한글	43p.	1961-10-05	1961-10-10	1	姜槿馨	영화출판사 서울특별시 종로구 2가 98
2440	조웅전 영화-조웅-01-01	죠웅전	한글	93p. 140원	1956-10-15	1956-10-20	1	姜槿馨	영화출판사 서울특별시 종로구 관철동 155
2441	조웅전 영화-조웅-02-00	됴웅전	한글	93p.		1958-10-20	1	姜槿馨	영화출판사
2442	조웅전 영화-조웅-03-00	(고대소설) 죠웅전	한글	93p. 200			1		영화출판사 서울
2443	춘향전 영화-춘향-01-01	춘향전	한글			1952- -	1	姜槿馨	영화출판사
2444	춘향전 영화-춘향-02-01	춘향전	한글	14p.	1958-10-15	1958-10-20	1	姜槿馨	영화출판사 서울특별시 종로구 관철동 155
2445	춘향전 영화-춘향-03-01	大春香傳	한글	146p.	1960-11-10	1960-11-15	1	姜槿馨	영화출판사 서울특별시 종로구 2가 98
2446	하진양문록 영화-하진-01-01-상	하진양문록 상권	한글	213p. 200원	1956-10-15	1956-10-20	1	姜槿馨	영화출판사 서울특별시 종로구 관철동 155
2447	하진양문록 영화-하진-01-01-중	하진양문록 즁권	한글	167p. 250원	1956-10-15	1956-10-20	1	姜槿馨	영화출판사 서울특별시 종로구 관철동 155
2448	하진양문록 영화-하진-01-01-하	하진양문록 하권	한글	117p. 250원	1956-10-15	1956-10-20	1	姜槿馨	영화출판사 서울특별시 종로구 관철동 155
2449	홍길동전 영화-홍길-01-01	홍길동전	한글			1958-10-20	1	姜槿馨	영화출판사
2450	홍길동전 영화-홍길-02-01	홍길동전	한글	46p.		1961-10-10	1	姜槿馨	영화출판사
2451	홍도의 일생 영화-홍도의-01-01	紅桃의 一生	한글	71p.			1		영화출판사 서울특별시 종로 2
2452	흥무왕연의 영화-흥무-01-01	(新羅統一)金庾 信實記	한글	110p. 120원	1953.11.10	1953-11-15	1	姜槿馨	영화출판사 서울특별시 종로구 관철동 155
2453	흥무왕연의 영화-흥무-01-02	(新羅統一)金庾 信實記	한글	110p. 120원	1954-05-20	1954-05-25	2	姜槿馨	영화출판사 서울특별시 종로구 관철동 155
2454	흥무왕연의 영화-흥무-02-01	(新羅統一)金庾 信實記	한글	110p.	1961-10-05	1961-10-10	1	姜槿馨	영화출판사 서울특별시 종로구 종로2가 98
2455	포공연의 오거-포공-01-01	包閭羅演義	한문	142p. 50전	1915-05-30	1915-06-04	1	安佳居 경성부 원남동 179번지	오거서창 경성부 원남동 79번

인쇄자 인쇄소 주소	인쇄소 인쇄소 주소	공동 발행	영인본	소장처 및 청구기호	기타	현황
					홍윤표 소장본. [이본목록](p.534)에 발행일, 저자, 발행자 기록.	원문
					박순호 소장본([연구보정], p.841)	원문
永新社印刷部				박순호 소장본		원문
				고려대학교 도서관(897.33 적벽대 적)		원문
永新社印刷部				개인소장본	소재영 외,, p.239.	원문
永新社印刷部				개인소장본	상중하 합편.	원문
				서울대학교 도서관 (奎古 541 1 1)	상하 합편.	원문
				디지털한글박물관 (여태명 소장본)	상중하 합편(상 pp.1~33, 중 pp.34~64, 하 pp.65~93). 판권지 없음.	원문
					여승구, [古書通信, 14], 홍윤표 소장본([이본목록], p.777)	원문
永新社印刷部				박순호 소장본		원문
永新社印刷部				소인호 소장본		원문
	영신사인쇄부			정명기 소장본		원문
	영신사인쇄부			정명기 소장본		원문
	영신사인쇄부			정명기 소장본	판권지가 없어 발행 사항은 상권과 중권의 것을 따름.	원문
					여승구, [古書通信 15], 1999.9([연구보정], p.1221~1222.)	원문
					여승구, [古書通信 15], 1999.9([연구보정], p.1221~1222.)	원문
				개인소장본	원문은 있으나 판권지 없음, 발행소와 발행소 주소는 표지 참고.	원문
永新社印刷部				국립중앙도서관(3 638-31=2)	1953년 발행의 판권지와 1954년 발행의 판권지가 있음. 앞의 것은 초판, 뒤의 것은 2판으로 간주함.	원문
永新社印刷部				국립중앙도서관(3 638-31=2)	1953년 발행의 판권지와 1954년 발행의 판권지가 있음. 앞의 것은 초판, 뒤의 것은 2판으로 간주함.	원문
永新社印刷部				디지털 한글박물관(홍윤표 소장본)		원문
聖杓 경성부 관철동 59번지	성문사 경성부 공평동 55번지			국회도서관(OL 812.3 ㅁ269ㅍ)	2권 1책, 23회의 장회체(상 1회~9회, 하 10회~23회). 원문 보기 및 다운로드 가능.	원문

번호	작품명 고유번호	표제	문자	면수 가격	인쇄일	발행일	판차	발행자 발행자 주소	발행소 발행소 주소
2456	**한씨보응록** 오거-한씨-01-01	한시보응록	한글	170p.		1918-05-27	1		오거서창
2457	**홍장군전** 오거-홍장-01-01-상	(義勇雙全)洪將軍傳	한글	95p. 40전	1918-05-23	1918-05-27	1	李海朝 경성부 종로통 2정목 60번지	오거서창 경성부 종로통 2정목 60번지
2458	**홍장군전** 오거-홍장-01-01-하	(義勇雙全)洪將軍傳	한글	80p. 35전	1918-05-23	1918-05-27	1	李海朝 경성부 종로통 2정목 60번지	오거서창 경성부 종로통 2정목 60번지
2459	**현수문전** 오성-현수-01-01	현수문전	한글			1915- -	1		오성서관
2460	**불가살이전** 우문-불가-01-01	(송도말년)불가살이젼	한글			1921-11-22	1		우문관서회
2461	**불가살이전** 우문-불가-01-02	(송도말년)불가살이젼	한글				2		우문관서회
2462	**불가살이전** 우문-불가-01-03	(송도말년)불가살이젼	한글				3		우문관서회
2463	**불가살이전** 우문-불가-01-04	(송도말년)불가살이젼	한글				4		우문관서회
2464	**불가살이전** 우문-불가-01-05	(송도말년)불가살이젼	한글	67p. 30전	1927-01-05	1927-01-08	5	玄丙周 경성부 낙원동 284번지	우문관서회 경성부 낙원동 284번지
2465	**구운몽** 유일-구운-01-01-상	(연명)구운몽 / 상	한글	118p. 30전	1913-07-20	1913-07-25	1	南宮濬 경성 중부 사동 11통 2호	유일서관 경성 중부 사동 11통
2466	**구운몽** 유일-구운-01-01-하	(연명)구운몽 / 하	한글	118p. 30전	1913-07-25	1913-07-30	1	南宮濬 경성 중부 사동 11통 2호	유일서관 경성 중부 사동 11통
2467	**구운몽** 유일-구운-01-02-상	(연명)구운몽 / 상	한글				2		유일서관
2468	**구운몽** 유일-구운-01-02-하	(연명)구운몽 / 하	한글			1915-11-20	2		유일서관
2469	**구운몽** 유일-구운-01-03-상	(연명)구운몽 / 상권	한글				3		유일서관
2470	**구운몽** 유일-구운-01-03-하	(연명)구운몽 / 하권	한글	118p. 30전	1917-03-30	1917-04-05	3	南宮濬 경성부 관훈동 72번지	유일서관 경성부 관훈동 72번지
2471	**구운몽** 유일-구운-02-01-상	(연명)구운몽 / 上編	한글	110p. 30전	1916-09-15	1916-09-20	1	南宮濬 경성부 관훈동 72번지	유일서관 경성부 관훈동 72번지
2472	**구운몽** 유일-구운-02-01-하	(연명)구운몽 / 下編	한글	107p. 30전	1916-09-15	1916-09-20	1	南宮濬 경성부 관훈동 72번지	유일서관 경성부 관훈동 72번지
2473	**구운몽** 유일-구운-03-01	(漢文諺吐)九雲夢	한문	168p. 50전	1916-10-12	1916-10-20	1	南宮濬 경성부 관훈동 72번지	유일서관 경성부 관훈동 72번지
2474	**구운몽** 유일-구운-03-02	(漢文諺吐)九雲夢	한문	168p. 50전	1917-05-20	1917-05-31	2	南宮濬 경성부 관훈동 72번지	유일서관 경성부 관훈동 72번지
2475	**구운몽** 유일-구운-03-03	(漢文諺吐)九雲夢	한문	168p. 40전	1919-01-13	1919-01-16	3	南宮濬 경성부 관훈동 72번지	유일서관 경성부 관훈동 72번지
2476	**구운몽** 유일-구운-03-04	(한문언토)구운몽	한문	168p. 50전	1920-09-02	1920-09-06	4	南宮濬 경성부 인사동 165번지	유일서관 경성부 인사동 165번지

쇄자 쇄소 주소	인쇄소 인쇄소 주소	공동 발행	영인본	소장처 및 청구기호	기타	현황
			[활자본고전소설 전집 12]		20회의 장회체. 상하 합본(상 84p. 1~10회, 하 89p. 11회~20회). 발행소와 발행일은 영인본의 해제에 따름.	원문
敬德 성부 관훈동 30번지	조선복음인쇄소 경성부 관훈동 30번지		[구활자본고소설 전집 32]	디지털 한글박물관(국립국 어원 소장본)	18회의 장회체(상 1~9회, 하 10회~18회)	원문
敬德 성부 관훈동 30번지	조선복음인쇄소 경성부 관훈동 30번지		[구활자본고소설 전집 32]		18회의 장회체(상 1~9회, 하 10회~18회)	원문
					우쾌제, p.137.	출판
					5판에 초판 발행일 기록.	출판
					5판이 있어서 2판도 있을 것으로 추측.	출판
					5판이 있어서 3판도 있을 것으로 추측.	출판
					5판이 있어서 4판도 있을 것으로 추측.	출판
二煥 성부 황금정 2정목 3번지	경성신문사 경성부 황금정 2정목 148번지			서울대학교중앙도 서관(3350 40)	국립중앙도서관에 판권지 없는 <불가살이전>(3634-3-34(9))은 우문관서원에서 발행한 것으로 추정. 초판 발행일 기록.	원문
翼洙 성 북부 전정동 38통	창문사 경성 중부 종로 발리동 9통 10호		[구활자본고소설 전집 2], [구활자소설총서 3]	국립중앙도서관(3 634-2-9(2))	장회 구분 없이 소제목 있음.	원문
翼洙 성 북부 전정동 38통	창문사 경성 중부 종로 발리동 9통 10호		[구활자본고소설 전집 2], [구활자소설총서 3]	국립중앙도서관(3 634-2-9(5))	장회 구분 없이 소제목 있음.	원문
		한성서관			하권 3판이 있어 상권 2판도 있을 것으로 추정.	출판
		한성서관			하권 3판에 2판 발행일 기록.	출판
		한성서관			하권 3판이 있어 상권 3판도 있을 것으로 추정.	출판
馬澤 성부 효자동 103번지	성문사 경성부 공평동 55번지	한성서관		국립중앙도서관(3 634-2-57(2))	장회, 소제목 없음.	원문
重煥 성부 중림동 333번지	보성사 경성부 수송동 44번지	한성서관		국립중앙도서관(3 634-2-74(1))	장회 없이 소제목만 있음.	원문
重煥 성부 중림동 333번지	보성사 경성부 수송동 44번지	한성서관		국립중앙도서관(3 634-2-74(6))	p.107부터 낙장으로 정확한 면수는 확인 안 되어, 도서관 서지정보를 따름.	원문
馬澤 성부 효자동 103번지	성문사 경성부 공평동 55번지	신구서림, 한성서관		국립중앙도서관(3 634-2-80(1)=2)	3권 1책(1권 pp.1~52, 2권 pp.1~58, 3권 pp.59~116), 총 168p. 도서관 서지정보에는 116p로 기록.	원문
馬澤 성부 효자동 103번지	성문사 경성부 공평동 55번지	신구서림, 한성서관		국립중앙도서관(3 634-2-80(4))	3권 1책(1권 pp.1~52, 2권 pp.1~58, 3권 pp.59~116), 총 168p. 도서관 서지정보에는 116p로 기록. 초판 발행일 기록.	원문
馬澤 성부 공평동 54번지	성문사 경성부 공평동 55번지	신구서림, 한성서관		국립중앙도서관(3 634-2-80(3))	3권 1책(1권 pp.1~52, 2권 pp.1~58, 3권 pp.59~116), 총 168p. 도서관 서지정보에는 116p로 기록. 초판, 2판 발행일 기록.	원문
重煥 성부 공평동 55번지	대동인쇄주식회사 경성부 공평동 55번지	신구서림, 한성서관		국립중앙도서관(3 634-2-44(1))	3권 1책(1권 pp.1~52, 2권 pp.1~58, 3권 pp.59~116), 총 168p. 도서관 서지정보에는 116p로 기록. 초판 발행일 기록.	원문

번호	작품명 고유번호	표제	문자	면수 가격	인쇄일	발행일	판차	발행자 발행자 주소	발행소 발행소 주소
2477	난봉기합 유일-난봉-01-00	란봉긔합	한글	25전		1916- -	1		유일서관
2478	단장록 유일-단장-01-01-상	단쟝록 / 상편	한글				1		유일서관
2479	단장록 유일-단장-01-01-중	단쟝록 / 즁편	한글	127p. 35전	1917-01-29	1917-02-02	1	南宮濬 경성부 관훈동 72번지	유일서관 경성부 관훈동 72
2480	단장록 유일-단장-01-01-하	단쟝록 / 하편	한글	148p. 38전	1916-11-15	1916-11-30	1	南宮濬 경성부 관훈동 72번지	유일서관 경성부 관훈동 72
2481	박문수전 유일-박문-01-01	박문수전	한글			1917- -	1		유일서관
2482	박씨전 유일-박씨-01-00	박씨전	한글	60p. 30전		1917- -	1		유일서관
2483	사씨남정기 유일-사씨-01-00	사씨남졍긔	한글	30전		1916- -	1		유일서관
2484	산양대전 유일-산양-01-01	(삼국풍진)산냥 대전	한글	68p. 25전	1916-02-25	1916-02-29	1	南宮楔 경성부 종로 2정목 19번지	유일서관 경성부 관훈동 72
2485	산양대전 유일-산양-01-02	(삼국풍진)산냥 대전	한글	68p. 25전	1917-07-20	1917-07-23	2	南宮楔 경성부 종로 3정목 76번지	유일서관 경성부 관훈동 72
2486	삼국지 유일-삼국-01-00-전집- 권1	삼국지 전집 권1	한글	전집 3책 90전		1915- -	1		유일서관
2487	삼국지 유일-삼국-01-00-전집- 권2	삼국지 전집 권2		전집 3책 90전		1915- -	1		유일서관
2488	삼국지 유일-삼국-01-00-전집- 권3	삼국지 전집 권3		전집 3책 90전		1915- -	1		유일서관
2489	삼국지 유일-삼국-01-00-후집- 권1	삼국지 후집 권1		후집 6책 2원50전		1915- -	1		유일서관
2490	삼국지 유일-삼국-01-00-후집- 권2	삼국지 후집 권2		후집 6책 2원50전		1915- -	1		유일서관
2491	삼국지 유일-삼국-01-00-후집- 권3	삼국지 후집 권3		후집 6책 2원50전		1915- -	1		유일서관
2492	삼국지 유일-삼국-01-00-후집- 권4	삼국지 후집 권4		후집 6책 2원50전		1915- -	1		유일서관
2493	삼국지 유일-삼국-01-00-후집- 권5	삼국지 후집 권5		후집 6책 2원50전		1915- -	1		유일서관

쇄자 쇄소 주소	인쇄소 인쇄소 주소	공동 발행	영인본	소장처 및 청구기호	기타	현황
					<대월서상기>(유일서관, 한성서관, 1916, 국립중앙도서관(3634-2-117(3)) 광고에 '란봉긔합'으로 기록.	광고
					중권과 하권이 있어서 상권도 있을 것으로 추정.	출판
敎瓚 성부 소격동 41번지	보성사 경성 수송동 44번지	청송당서점		국립중앙도서관(3 634-3-77(1))	중권이 하권보다 인쇄일과 발행일이 늦음(원래의 판권지 위에 종이를 덧붙여 인쇄 발행일 기록. 실제로는 발행일이 이를 수도 있음.)	원문
養浩 성부 제동 3번지	선명사 경성부 종로통 1정목 39번지	한성서관, 청송당서점		국립중앙도서관(3 634-3-77(4))		원문
					우쾌제, p.125.	출판
					<대월서상기>(1916, 국립중앙도서관(3634-2-117(3))에 '박씨젼'으로 기록.	광고
					<대월서상기>, 유일서관, 1916(국립중앙도서관 소장본(3634-2-117(3)) 광고에 '사씨남졍긔'로 기록.	광고
重煥 성부 중림동 333번지	보성사 경성부 수송동 44번지		[구활자본고소설 전집 5]	국립중앙도서관(3 634-2-96(3))	10장의 장회체(총목차). 2판에 초판 발행일 기록.	원문
敬德 성부 관훈동 30번지	조선복음인쇄소 경성부 관훈동 30번지		[구활자소설총서 11]		초판 발행일 기록.	원문
					<소상강>, 한성서관, 1915(국중(3634-2-10(3)) 광고에 '삼국지 前集, 소 後集'으로 기록, 한성서관은 발매소이며, 발행소는 유일서관. 전집 3책, 후집 6책.	광고
					<소상강>, 한성서관, 1915(국중(3634-2-10(3)) 광고에 '삼국지 前集, 소 後集'으로 기록, 한성서관은 발매소이며, 발행소는 유일서관. 전집 3책, 후집 6책.	광고
					<소상강>, 한성서관, 1915(국중(3634-2-10(3)) 광고에 '삼국지 前集, 소 後集'으로 기록, 한성서관은 발매소이며, 발행소는 유일서관. 전집 3책, 후집 6책.	광고
					<소상강>, 한성서관, 1915(국중(3634-2-10(3)) 광고에 '삼국지 前集, 소 後集'으로 기록, 한성서관은 발매소이며, 발행소는 유일서관. 전집 3책, 후집 6책.	광고
					<소상강>, 한성서관, 1915(국중(3634-2-10(3)) 광고에 '삼국지 前集, 소 後集'으로 기록, 한성서관은 발매소이며, 발행소는 유일서관. 전집 3책, 후집 6책.	광고
					<소상강>, 한성서관, 1915(국중(3634-2-10(3)) 광고에 '삼국지 前集, 소 後集'으로 기록, 한성서관은 발매소이며, 발행소는 유일서관. 전집 3책, 후집 6책.	광고
					<소상강>, 한성서관, 1915(국중(3634-2-10(3)) 광고에 '삼국지 前集, 소 後集'으로 기록, 한성서관은 발매소이며, 발행소는 유일서관. 전집 3책, 후집 6책.	광고
					<소상강>, 한성서관, 1915(국중(3634-2-10(3)) 광고에 '삼국지 前集, 소 後集'으로 기록, 한성서관은 발매소이며, 발행소는 유일서관. 전집 3책, 후집 6책.	광고

번호	작품명 고유번호	표제	문자	면수 가격	인쇄일	발행일	판차	발행자 발행자 주소	발행소 발행소 주소
2494	**삼국지** 유일-삼국-01-00-후집- 권6	삼국지 후집 권6		후집 6책 2원50전		1915- -	1		유일서관
2495	**삼국지** 유일-삼국-02-00-전집- 권1	삼국지 전집 권1	한글	전 9책 3원 40전		1916- -	1		유일서관
2496	**삼국지** 유일-삼국-02-00-전집- 권2	삼국지 전집 권2		전 9책 3원 40전		1916- -	1		유일서관
2497	**삼국지** 유일-삼국-02-00-전집- 권3	삼국지 전집 권3		전 9책 3원 40전		1916- -	1		유일서관
2498	**삼국지** 유일-삼국-02-00-후집- 권1	삼국지 후집 권1		전 9책 3원 40전		1916- -	1		유일서관
2499	**삼국지** 유일-삼국-02-00-후집- 권2	삼국지 후집 권2		전 9책 3원 40전		1916- -	1		유일서관
2500	**삼국지** 유일-삼국-02-00-후집- 권3	삼국지 후집 권3		전 9책 3원 40전		1916- -	1		유일서관
2501	**삼국지** 유일-삼국-02-00-후집- 권4	삼국지 후집 권4		전 9책 3원 40전		1916- -	1		유일서관
2502	**삼국지** 유일-삼국-02-00-후집- 권5	삼국지 후집 권5		전 9책 3원 40전		1916- -	1		유일서관
2503	**삼국지** 유일-삼국-02-00-후집- 권6	삼국지 후집 권6		전 9책 3원 40전		1916- -	1		유일서관
2504	**서상기** 유일-서상-01-01	(현토주해)서상 기 : 全	한문	157p. 50전	1916-03-25	1916-03-31	1	南宮濬 경성부 관훈 72번지	유일서관 경성부 관훈동 72번
2505	**서상기** 유일-서상-01-02	(현토주해)서상 기 : 全	한문	157p. 40전	1919-02-22	1919-02-26	2	南宮濬 경성부 관훈동 72번지	유일서관 경성부 관훈동 72번
2506	**서유기** 유일-서유-01-00	셔유긔	한글	전4책 1원50전		1916- -	1		유일서관
2507	**손오공** 유일-손오-01-01	손오공	한글	68p.		1917- -	1	南宮楔	유일서관
2508	**수호지** 유일-수호-01-00	슈호지	한글	전6책 3원 5전		1916- -	1		유일서관
2509	**숙녀지기** 유일-숙녀-01-01	숙녀지긔	한글	76p.		1912-11-28	1	南宮濬	유일서관
2510	**숙녀지기** 유일-숙녀-01-02	숙녀지긔	한글	76p.		1914-02-05	2	南宮濬	유일서관
2511	**숙녀지기** 유일-숙녀-01-03	숙녀지긔	한글	76p. 23전	1916-02-27	1916-02-29	3	南宮濬 경성부 관훈동 72번지	유일서관 경성부 관훈동 72번
2512	**숙녀지기** 유일-숙녀-02-01	숙녀지긔	한글	76p. 25전	1916-11-25	1916-11-30	1	南宮濬 경성부 관훈동 72번지	유일서관 경성부 관훈동 72번

쇄자 쇄소 주소	인쇄소 인쇄소 주소	공동 발행	영인본	소장처 및 청구기호	기타	현황
					<소상강>, 한성서관, 1915(국중(3634-2-10(3)) 광고에 '삼국지 前集 소 後集'으로 기록, 한성서관은 발매소이며, 발행소는 유일서관. 전집 3책, 후집 6책.	광고
					<대월서상기>, 유일서관, 1916(국립중앙도서관(3634-2-117(3)) 광고에 '삼국지'로 기록. 전집 3책, 후집 6책.	광고
					<대월서상기>, 유일서관, 1916(국립중앙도서관(3634-2-117(3)) 광고에 '삼국지'로 기록. 전집 3책, 후집 6책.	광고
					<대월서상기>, 유일서관, 1916(국립중앙도서관(3634-2-117(3)) 광고에 '삼국지'로 기록. 전집 3책, 후집 6책.	광고
					<대월서상기>, 유일서관, 1916(국립중앙도서관(3634-2-117(3)) 광고에 '삼국지'로 기록. 전집 3책, 후집 6책.	광고
					<대월서상기>, 유일서관, 1916(국립중앙도서관(3634-2-117(3)) 광고에 '삼국지'로 기록. 전집 3책, 후집 6책.	광고
					<대월서상기>, 유일서관, 1916(국립중앙도서관(3634-2-117(3)) 광고에 '삼국지'로 기록. 전집 3책, 후집 6책.	광고
					<대월서상기>, 유일서관, 1916(국립중앙도서관(3634-2-117(3)) 광고에 '삼국지'로 기록. 전집 3책, 후집 6책.	광고
					<대월서상기>, 유일서관, 1916(국립중앙도서관(3634-2-117(3)) 광고에 '삼국지'로 기록. 전집 3책, 후집 6책.	광고
					<대월서상기>, 유일서관, 1916(국립중앙도서관(3634-2-117(3)) 광고에 '삼국지'로 기록. 전집 3책, 후집 6책.	광고
重煥 성부 중림동 333번지	보성사 경성부 수송동 44번지			국립중앙도서관(3634-2-4(3))	국립중앙도서관 소장본에는 판권지가 없어서 서지정보는 김종철 소장본을 이용.	원문
쇼奎 성부 가회동 216번지	보성사 경성부 수송동 44번지		[구활자소설총서 8]			원문
					<대월서상기>, 유일서관, 1916(국립중앙도서관 소장본(3634-2-117(3)) 광고에 '셔유긔'로 기록.	광고
					[연구보정](p.470)에 소개된 원문(국중(3634-2-20=1))은 회동서관에서 발행한 것으로 확인.	출판
					<대월서상기>, 1916.(국립중앙도서관(3634-2-117(3)) 광고에 '슈호지'로 기록.	광고
					3판에 초판 발행일 기록.	출판
					3판에 2판 발행일 기록.	출판
重煥 성부 중림동 333번지	보성사 경성부 수송동 44번지		[구활자소설총서 2]		초판과 2판 발행일 기록.	원문
馬澤 성부 효자 103번지	성문사 경성부 공평동 55번지	한성서관		국립중앙도서관(3634-2-10(1))	12회의 장회체(총목차)	원문

번호	작품명 고유번호	표제	문자	면수 가격	인쇄일	발행일	판차	발행자 발행자 주소	발행소 발행소 주소
2513	숙영낭자전 유일-숙영-01-00	숙영낭자전	한글	20전		1916- -	1		유일서관
2514	쌍주기연 유일-쌍주-01-01	쌍쥬긔연	한글			1914- -	1		유일서관
2515	양산백전 유일-양산-01-01	(고대소설)양산 백전	한글	88p. 25전	1915-12-02	1915-12-10	1	南宮楔 경성부 종로통 2정목 19번지	유일서관 경성부 관훈동 72번
2516	양주봉전 유일-양주-01-01	양주봉전	한글	70p. 30전		1917-12-11	1	南宮濬 경성부 관훈동 72번지	유일서관 경성부 관훈동 72번
2517	양주봉전 유일-양주-01-02	량쥬봉전	한글	65p. 20전	1920-10-20	1920-10-25	2	南宮濬 경성부 인사동 165번지	유일서관 경성부 인사동 165
2518	용문전 유일-용문-01-00	룡문장군전	한글	20전		1916- -	1		유일서관
2519	울지경덕전 유일-울지-01-01	울지경덕실긔	한글	74p.		1915-11-30	1		유일서관
2520	울지경덕전 유일-울지-01-02	울지경덕실긔	한글	74p.	1918-04-15	1918-04-20	2	朴健會 경성부 인사동 39번지	유일서관 경성부 관훈동 72번
2521	월봉기 유일-월봉-01-01-상	월봉산긔 상	한글			1916-01-24	1		유일서관
2522	월봉기 유일-월봉-01-01-하	월봉산긔 하	한글			1916-01-27	1		유일서관
2523	월봉기 유일-월봉-01-02-상	월봉산긔 상	한글	94p. 30전	1917-05-10	1917-05-15	2	朴健會 경성부 낙원동 285번지	유일서관 경성부 관훈동 72번
2524	월봉기 유일-월봉-01-02-하	월봉산긔 하	한글	97p. 30전	1917-05-10	1917-05-15	2	朴健會 경성부 낙원동 285번지	유일서관 경성부 관훈동 72번
2525	유충렬전 유일-유충-01-01	류충렬전	한글			1913- -	1	金翼洙	유일서관
2526	육미당기 유일-육미-01-01-상	김태자전	한글			1915-06-30	1		유일서관
2527	육미당기 유일-육미-01-01-하	김태자전	한글	127p. 30전	1915-06-25	1915-06-30	1	南宮濬 경성부 관훈동 72번지	유일서관 경성부 관훈동 72번
2528	육미당기 유일-육미-01-02-상	김태자전	한글			1917-11-25	2		유일서관
2529	육미당기 유일-육미-01-02-하	김태자전	한글	120p. 40전	1927-11-20.	1917-11-25	2	南宮濬 경성부 관훈동 72번지	유일서관 경성부 관훈동 72번
2530	육미당기 유일-육미-01-03-상	김태자전	한글			1920- -	3		유일서관
2531	육미당기 유일-육미-01-03-하	김태자전	한글			1920- -	3		유일서관
2532	이대봉전 유일-이대-01-01	봉황대	한글	95p. 25전	1912-11-20	1912-11-28	1	南宮濬 경성 중부 사동 11통 2호	유일서관 경성 중부 사동 11통

인쇄자 인쇄소 주소	인쇄소 인쇄소 주소	공동 발행	영인본	소장처 및 청구기호	기타	현황
					<대월서상긔>, 1916, 국립중앙도서관 소장본(3634-2-117(3)) 광고에 '슉영낭자젼'으로 기록.	광고
					우쾌제, p.127.	출판
禹澤 경성부 효자동 103번지	성문사 경성부 공평동 55번지	한성서관		국립중앙도서관 (3634-2-84(4))		원문
弘圭 경성부 가회동 216번지	보성사 경성부 수송동 44번지	한성서관		국립중앙도서관(3634-2-30(7))	15회의 장회체. 2판에 초판 발행일 기록. 도서관 서지 정보에는 한성서관으로 되어 있으나, 판권지에는 유일서관과 한성서관의 공동 발행으로 기록.	원문
重煥 경성부 공평동 55번지	대동인쇄주식회사 경성부 공평동 55번지			국립중앙도서관(3634-2-32(6))	초판 발행일 기록.	원문
					<대월서상기>, 유일서관, 1916.(국립중앙도서관 소장본(3634-2-117(3)) 광고에 '룡문장군전'으로 기록.	광고
		한성서관	[구활자본고소설 전집 11]		12회의 장회체(총목차). 2판에 초판 발행일 기록. <울지경덕실기>(pp.1~72)와 <호걸이 원인을 위하여 보슈하고 기녀가 고정을 사모하야 월하에 울다>(pp.72~74)	출판
敬德 경성부 관훈동 30번지	조선복음인쇄소 경성부 관훈동 30번지			국립중앙도서관(3634-2-42(7))	12회의 장회체(총목차). 초판 발행일 기록. <울지경덕실기>(pp.1~72)에 <호걸이 원인을 위하여 보슈하고 기녀가 고정을 사모하야 월하에 울다>(pp.72~74) 첨부.	출판
		한성서관			2판에 초판 발행일 기록.	출판
		한성서관			2판에 초판 발행일 기록.	출판
義淳 경성부 인사동 135번지	성문사지부인쇄소 경성부 인사동 135번지	한성서관		개인소장본	초판 발행일 기록.	원문
義淳 경성부 인사동 135번지	성문사지부인쇄소 경성부 인사동 135번지	한성서관		국립중앙도서관(3634-2-70(4))	국립중앙도서관 소장본의 발행일은 '대정6.06.04'인데, 날짜를 수정한 흔적이 있어서 개인 소장본의 발행일을 따름.	원문
					吳漢根 소장본([이본목록], p.494)	원문
					초판 하권이 있어서 상권도 있을 것으로 추정.	출판
翼洙 경성부 종로통 2정목 번지	조선복음인쇄소 분점 경성부 종로통 2정목82번지			연세대학교 도서관(O 811.9308 고대소-1-6)	16회의 장회체(상 1~8회, 하 9~16회). 저작자 선우일. 한자괄호병기는 매우 적음.	원문
					2판 하권이 있어서 상권도 있을 것으로 추정.	출판
禹澤 경성부 공평동 54번지	성문사 경성부 공평동 55번지		[조동일소장국문학연구자료 20]		16회의 장회체(상 1~8회, 하 9~16회). 저작자 선우일. 한자괄호병기는 매우 적음. 초판 발행일 기록.	원문
				영남대학교 도서관(도 813.6 ㅅ338ㄱ)	16회의 장회체(상 1회~8회, 하 9회~16회).	원문
				영남대학교 도서관(도 813.6 ㅅ338ㄱ)	16회의 장회체(상 1회~8회, 하 9회~16회).	원문
誠愚 경성 남부 상리동 통4호	신문관인쇄소 경성 남부 상리동 32통4호			국립중앙도서관(3634-2-48(5))	2판에 초판 인쇄일과 발행일, 3판에 초판 발행일 기록.	원문

번호	작품명 고유번호	표제	문자	면수 가격	인쇄일	발행일	판차	발행자 발행자 주소	발행소 발행소 주소
2533	**이대봉전** 유일-이대-01-02	봉황대	한글	95p. 25전	1914-02-01	1914-02-05	2	南宮濬 경성 북부 대사동 11통 2호	유일서관 경성 북부 대사동 11통 2호
2534	**이대봉전** 유일-이대-01-03	봉황대	한글	56p. 23전	1916-02-27	1916-02-29	3	南宮濬 경성부 관훈동 72번지	유일서관 경성부 관훈동 72번지
2535	**이대봉전** 유일-이대-02-01	봉황대	한글	95p. 25전	1916-11-25	1916-11-30	1	南宮濬 경성부 관훈동 72번지	유일서관 경성부 관훈동 72번지
2536	**이대봉전** 유일-이대-03-01	봉황대	한글	56p. 25전	1916-11-25	1916-11-30	1	南宮濬 경성부 관훈동 72번지	유일서관 경성부 관훈동 72번지
2537	**이해룡전** 유일-이해-01-01	이해룡전	한글	55p.			1		유일서관
2538	**임경업전** 유일-임경-01-01	임경업전	한글			1925- -	1		유일서관
2539	**임호은전** 유일-임호-01-01	임호은전	한글			1915- -	1		유일서관
2540	**임화정연** 유일-임화-01-01	개량 사성긔봉	한글	158p. 35전	1913-09-15	1913-09-20	1	南宮濬, 裵安國 경성 중부 인사동 11통 2호 개성 북부 면리정벽 58통 9호	유일서관 경성 중부 사동 11통
2541	**임화정연** 유일-임화-02-01	임화정연	한글	178p.		1915- -	1		유일서관
2542	**장백전** 유일-장백-01-01	일셰명장 장백젼	한글			1913-12-01	1		유일서관
2543	**장백전** 유일-장백-01-02	일셰명장 장백젼	한글	80p. 50전	1916-10-17	1916-10-20	2	朴健會 경성부 인사동 39번지	유일서관 경성부관훈동72번지
2544	**장자방실기** 유일-장자-01-01	장자방실기	한글			1913- -	1		유일서관
2545	**장학사전** 유일-장학-01-01	완월루	한글	101p. 20전		1912-08-28	1	南宮濬 경성 중부 사동 11통 2호	유일서관 경성 중부 사동 11통
2546	**장학사전** 유일-장학-01-02	완월루	한글	82p. 25전	1915-03-18	1915-03-25	2	南宮濬 경성부 관훈동 72번지	유일서관 경성부 관훈동 72번지
2547	**장화홍련전** 유일-장화-01-00	장화홍년전	한글	20전		1916- -	1		유일서관
2548	**적벽대전** 유일-적벽대-01-01	적벽가	한글	43p. 18전	1916-12-10	1916-12-12	1	南宮濬 경성부 관훈동 72번지	유일서관 경성부 관훈동 72번지
2549	**적벽대전** 유일-적벽대-01-02	적벽가	한글				2		유일서관
2550	**적벽대전** 유일-적벽대-01-03	적벽가	한글				3		유일서관
2551	**적벽대전** 유일-적벽대-01-04	적벽가	한글				4		유일서관
2552	**적벽대전** 유일-적벽대-01-05	적벽가	한글	43p.		1926- -	5	南宮濬	유일서관
2553	**전등신화** 유일-전등-01-01	諺文懸吐 剪燈新話 上下	한문	156p. 55전	1916-10-12	1916-10-20	1	南宮濬 경성부 관훈동 72번지	유일서관 경성부 관훈동 72번지

행자 / 쇄소 주소	인쇄소 / 인쇄소 주소	공동 발행	영인본	소장처 및 청구기호	기타	현황
聖杓 / 성 동부통내 등자동 8호	성문사 / 경성 중부 종로 발리동 9통10호			국립중앙도서관(3634-2-48(2))	초판 인쇄일과 발행일 기록. 3판에 2판 발행일 기록.	원문
重煥 / 성부 중림동 333번지	보성사 / 경성부 수송동 44번지			국립중앙도서관(3634-2-10(2))	초판, 2판 발행일 기록.	원문
馬澤 / 성부 효자동 103번지	성문사 / 경성부 공평동 55번지	한성서관	[구활자본고소설전집 20]			원문
馬澤 / 성부 효자동 103번지	성문사 / 경성부 공평동 55번지	한성서관	[구활자소설총서 2]			원문
					6회. 발행일 미상. 이능우, p.281.	출판
					우쾌재, p.132.	출판
					우쾌제, p.132.	출판
洙 / 북부 전정동 38통	창문사 / 경성 북부 종로 발리동 9통 10호			국립중앙도서관(한古朝48-112)	편집자 朴頤陽.	원문
					상하합편(상 91p., 하 87p.). [이본목록], p.566.	출판
					2판에 초판 발행일 기록.	출판
重煥 / 성부 중림동 333번지	보성사 / 경성부 수송동 44번지	한성서관		국립중앙도서관(3634-2-5(4))	판권지에 발행소 없고, 발매소로 '유일서관'과 '한성서관' 기록. 판권지의 광고가 유일서관 광고라서 유일서관을 발행소로 추정. 초판 발행일 기록.	원문
		한성서관			우쾌제, p.133.	출판
成 / 남부 대산림동 통 4호	조선인쇄소 / 경성 남대문통 1정목 동현 95통 8호		[신소설전집 3], [신소설번안(역)소설 10]	국립중앙도서관(3634-3-5(6))	판권지 훼손으로 인쇄일 보이지 않음. 표지에 '발행소 경성 유일서관'. 2판에 초판 발행일 기록.	원문
聖杓 / 성부 청진동 28번지	성문사 / 경성부 공평동 55번지			국립중앙도서관(3634-2-90(3))	초판 발행일 기록.	원문
					<대월서상긔>, 1916, 총발매소 유일서관(국립중앙도서관 소장본(3634-2-117(3)) 광고에 '장화홍년전'으로 기록.	광고
瓚 / 성부 소격동 41번지	보성사 / 경성부 수송동 44번지	한성서관	[구활자본고소설전집 13], [구활자소설총서 7]	국립중앙도서관(3634-2-5(3))	3회의 장회체(총목차)	원문
					[이본목록](p.611)에 5판 발행일 기록되어 있어 2판도 있을 것으로 추정.	출판
					[이본목록](p.611)에 5판 발행일 기록되어 있어 3판도 있을 것으로 추정.	출판
					[이본목록](p.611)에 5판 발행일 기록되어 있어 4판도 있을 것으로 추정.	출판
					[이본목록](p.611)에 초판과 5판 발행일 기록.	출판
馬澤 / 성부 효자동 103번지	성문사 / 경성부 공평동 55번지	신구서림, 한성서관		국회도서관(812.3 ㄱ422ㅈ)	상하합편(상 pp.1~82, 하 pp.1~74). 국회도서관에서 원문 이미지 열람 및 다운로드 가능. 3판에 초판 발행일 기록.	원문

번호	작품명 고유번호	표제	문자	면수 가격	인쇄일	발행일	판차	발행자 발행자 주소	발행소 발행소 주소
2554	전등신화 유일-전등-01-02	諺文懸吐 剪燈新話	한문			1917-09-15	2		유일서관
2555	전등신화 유일-전등-01-03	諺文懸吐 剪燈新話	한문	156p. 45전	1919-03-05	1919-03-10	3	南宮濬 경성부 관훈동 72번지	유일서관 경성부 관훈동 72번
2556	전등신화 유일-전등-02-00	諺文懸吐 剪燈新話	한문	156p.		1920- -	1		유일서관
2557	정목란전 유일-정목-01-01	정목란전	한글	84p.	1916-08-27	1916-08-30	1	南宮濬 경성부 관훈동 72번지	유일서관 경성부 관훈동 72번
2558	정목란전 유일-정목-01-02	정목란전	한글	63p.		1919-08-31	2	南宮濬	유일서관
2559	정수경전 유일-정수경-01-00	정슈경전	한글	20전		1916- -	1		유일서관
2560	정을선전 유일-정을-01-01	정을선전	한글			1916- -	1		유일서관
2561	진시황전 유일-진시-01-01	진시황실긔	한글	94p. 30전	1916-11-15	1916-11-26	1	朴承曄 경성부 종로 3정목 88번지	유일서관 경성부 관훈동 72번
2562	춘향전 유일-춘향-01-01	(신역)별춘향가	한글	144p. 30전	1913-07-15	1913-07-20	1	南宮濬 경성 중부 사동 11통 2호	유일서관 경성 중부 사동 11통
2563	춘향전 유일-춘향-02-01	춘향전	한글	35전		1915-12-25	1		유일서관
2564	춘향전 유일-춘향-02-02	춘향전	한글				2		유일서관
2565	춘향전 유일-춘향-02-03	춘향전	한글				3		유일서관
2566	춘향전 유일-춘향-02-04	(특별)무쌍 춘향전	한글	146p. 45전	1920-08-06	1920-08-08	4	朴健會 경성부 인사동 39번지	유일서관 경성부 인사동 165
2567	토끼전 유일-토끼-01-01	불로초	한글	56p. 15전	1912-08-10	1912-08-10	1	南宮濬 경성 중부 사동 11통 2호	유일서관 경성 중부 사동 11통
2568	토끼전 유일-토끼-01-02	불노초	한글	56p. 15전	1913-09-30	1913-09-30	2	南宮濬 경성 중부 사동 11통 2호	유일서관 경성 중부 사동 11통
2569	토끼전 유일-토끼-01-03	불로초	한글	56p. 15전	1915-12-20	1915-12-25	3	南宮濬 경성부 관훈동 72번지	유일서관 경성부 관훈동 72번
2570	토끼전 유일-토끼-01-04	불로초	한글	40p.	1917-03-01	1917-03-15	4	南宮濬 경성부 관훈동 72번지	유일서관
2571	화옥쌍기 유일-화옥-01-00-상	화옥쌍긔	한글	55전 (全二冊)		1916- -	1		유일서관
2572	화옥쌍기 유일-화옥-01-00-하	화옥쌍긔	한글	55전 (一帙)		1916- -	1		유일서관
2573	강태공전 이문-강태-01-00	강태공실긔	한글	30전			1		이문당
2574	관운장실기 이문-관운-01-00	關雲長實記	한글	30전			1		이문당

쇄자 쇄소 주소	인쇄소 인쇄소 주소	공동 발행	영인본	소장처 및 청구기호	기타	현황
		신구서림, 한성서관			3판에 2판 발행일 기록, 상하합철, 한문현토본.	출판
禹澤 성부 공평동 54번지	성문사 경성부 공평동 55번지	신구서림, 한성서관		정명기 소장본	상하합편(상 pp.1~82, 하 pp.1~74). 초판, 2판 발행일 기록.	원문
		신구서림, 한성서관			상하합편(상 pp.1~82, 하 pp.1~74). [이본목록], p.621.	출판
重煥 성부 중림동 333번지	보성사 경성부 수송동 44번지			연세대학교 도서관(O 811.9308 고대소 -8-2)	발행소 없고 총발매소에 유일서관과 한성서관으로 기록. 도서관 서지정보에 따라 발행소를 유일서관으로 기록. 12회의 장회체.	원문
					홍윤표 소장본([이본목록], p.629.)	원문
					<대월서상기>, 유일서관, 1916(국립중앙도서관 소장본(3634-2-117(3)) 광고에 '졍슈경젼'으로 기록.	광고
		한성서관			우쾌제, p.134.	출판
敎瓚 성부 소격동 41번지	보성사 경성부 수송동 44번지	한성서관	[구활자본고소설 전집 14]	국립중앙도서관(3 634-2-37(8))	판권지에 발행소가 기록되지 않음. 판권지 우상단에 '유일서관 발행', 발매소에 유일서관이 먼저 기록된 것으로 보아 유일서관을 발행소로 추정. 11회의 장회체(총목차)	원문
冀洙 성 북부 전정동 38통	창문사 경성 중부 종로 발리동 9통 10호		[구활자본고소설 전집 32], [구활자소설총서 4]	국립중앙도서관(3 634-2-8(3))	24절로 구성(총목차). '原著 東溪 朴頤陽'(1면)	원문
					4판에 초판 발행일 기록.	출판
					4판이 있어서 2판도 있을 것으로 추정.	출판
					4판이 있어서 3판도 있을 것으로 추정.	출판
重煥 성부 공평동 55번지	대동인쇄주식회사 경성부 공평동 55번지			국립중앙도서관(3 634-2-85(3))	초판 발행일 기록. 14회의 장회체(총목차). 1면에 '저자 박건회'.	원문
馬成 성 남부 대산림동 통 4호	조선인쇄소 경성 남대문통 1정목 동현 95통 8호			국립중앙도서관(3 634-2-48(6))	인쇄일과 발행일이 같음. 2, 3, 4판에 초판 인쇄일, 발행일 기록.	원문
哉 경 서부 옥폭동 147통	문명사 경성 남부 상유동 29통7호		[신소설전집 3]	국립중앙도서관(3 634-3-34(5))	인쇄일과 발행일이 같음. 초판 인쇄일, 발행일 기록. 3, 4판에 2판 인쇄발행일 기록.	원문
重煥 성부 중림동 333번지	보성사 경성부 수송동 44번지	한성서관		국립중앙도서관(3 634-2-48(3))	초판과 2판의 인쇄일, 발행일 기록. 4판에 3판 발행일 기록.	원문
敎德 성부 관훈동 30번지	조선복음인쇄소 경성부 관훈동 30번지			국립중앙도서관(3 634-2-48(7))	초판, 2판의 인쇄일, 발행일 기록. 3판 발행일 기록. 판권지 훼손으로 가격과 발행소 주소 등 확인 불가.	원문
					<대월서상기>, 유일서관, 1916.(국립중앙도서관 소장본(3634-2-117(3)) 광고에 '화옥쌍긔'(全 二册)로 기록.	광고
					<대월서상기>, 유일서관, 1916.(국립중앙도서관 소장본(3634-2-117(3)) 광고에 '화옥쌍긔'(全 二册)로 기록.	광고
					<삼션긔>, 이문당, 1918(국립중앙도서관 소장본(3634-2-20(20))의 광고	광고
					<삼선기>(이문당, 1918, 국립중앙도서관 3634-2-20(2)) 광고에 '關雲長實記'로 기록.	광고

번호	작품명 고유번호	표제	문자	면수 가격	인쇄일	발행일	판차	발행자 발행자 주소	발행소 발행소 주소
2575	김원전 이문-김원-01-01	구두장군전	한글	54p.	1917-11-12	1917-11-15	1	朴健會 경성부 낙원동 285번지	이문당 경성부 계현동 68번
2576	김진옥전 이문-김진-01-00	김진옥전	한글	64p.		1923- -	1	金東縉	이문당
2577	당태종전 이문-당태-01-00	당태중전	한글	25전		1918- -	1		이문당
2578	미인도 이문-미인도-01-00	美人圖	한글	25전		1918- -	1		이문당
2579	박문수전 이문-박문-01-01	박문수전	한글	40p. 15전	1933-12-05	1933-12-10	1	金東縉 경성부 종로 2정목 20	이문당(주식회사 이 경성부 관훈정 130
2580	범저전 이문-범저-01-00	范雎와 蔡澤	한글	25전		1918- -	1		이문당
2581	산양대전 이문-산양-01-01	조자룡실기	한글	38p.		1935- -	1		이문당
2582	삼선기 이문-삼선-01-01	삼선긔	한글	90p. 38전	1918-02-08	1918-02-13	1	申龜永 경성부 종로 2정목 80번지	이문당 경성부 송현동 68번
2583	서한연의 이문-서한-01-00	초한전쟁	한글	30전		1918- -	1		이문당
2584	서한연의 이문-서한-02-00	쵸한전	한글	79p.		1926- -	1	申泰三	이문당
2585	설인귀전 이문-설인-01-00	셜인귀젼	한글	50전		1918- -	1		이문당
2586	소대성전 이문-소대-01-01	소대성전	한글	37p.		1936- -	1	申泰三	이문당
2587	심청전 이문-심청-01-00	沈清傳	한글	30전		1918- -	1		이문당
2588	어룡전 이문-어룡-01-01	어룡전	한글	64p.		1931- -	1		이문당
2589	용문전 이문-용문-01-01	대성용문전	한글	60p.		1935- -	1	申泰三	이문당
2590	유충렬전 이문-유충-01-01	유충렬전	한글	76p.		1930- -	1		이문당
2591	윤효자 이문-윤효-01-00	윤효자	한글	25전		1918- -	1		이문당
2592	이대봉전 이문-이대-01-01	리대봉전	한글			1934- -	1	申泰三	이문당
2593	이몽선전 이문-이몽-01-01	古代小說 李夢仙傳	한글	75p. 35전	1918-02-03	1918-02-07	1	申龜永 경성부 종로 2정목 80번지	이문당 경성부 송현동 68번
2594	이학사전 이문-이학-01-01	녀호걸 리학사전	한글	67p. 30전	1917-11-12	1917-11-20	1	朴健會 경성부 낙원동 285번지	이문당 경성부 송현동 68번
2595	임경업전 이문-임경-01-00	림경업전	한글	25전		1918- -	1		이문당

인쇄자 인쇄소 주소	인쇄소 인쇄소 주소	공동 발행	영인본	소장처 및 청구기호	기타	현황
金弘奎 경성부 가회동 216번지	보성사 경성부 수송동			김종철 소장본	6회의 장회체(앞부분에 1~6회의 장회명).	원문
					[연구보정](p.159)에 이문당 발행 <김진옥전>(국립중앙도서관, 3634-2-23=1)이 있다고 기록하였으나, 국립중앙도서관에서 해당 작품을 찾지 못함.	목록
					<삼선기>(이문당, 1918, 국립중앙도서관 소장본(3634-2-20(2)) 광고에 '당태중전'으로 기록.	광고
					<삼선기>, 이문당, 1918(국립중앙도서관 소장본(3634-2-20(2)) 광고에 '美人圖'로 기록.	광고
朴翰柱 경성부 수창동 194번지	동아인쇄소 경성부 수창동 194번지			디지털 한글박물관(홍윤표 소장본)		원문
					<삼선기>, 이문당, 1918(국립중앙도서관 소장본(3634-2-20(2)) 광고에 '范雎와 蔡澤'으로 광고.	광고
					이능우, p.299.	출판
久家恒衛 경성부 명치정 1정목 54번지	일한인쇄소 경성부 명치정 1정목 54번지		[활자본고전소설 전집 3], [구활자소설총서 12]	국립중앙도서관(3 634-2-20(2))		원문
					<삼선기>, 이문당, 1918(국립중앙도서관(3634-2-20(2)) 광고에 '楚漢戰爭'으로 기록.	광고
					대전대 이능우 기증도서목록, 1165([이본목록], p.261).	목록
					<삼선기>, 이문당, 1918.(국립중앙도서관(3634-2-20(2)) 광고에 '설인귀전'으로 기록.	광고
					이능우, p.288.	출판
					<삼선기>, 이문당, 1918(국립중앙도서관 소장본(3634-2-20(2)) 광고에 '沈淸傳'으로 기록.	광고
					[이능우 寄目], 1164([이본목록], p.382)	출판
					[이능우 寄目] 1163, 대전대([이본목록](p.447)	출판
					이능우, p.280.	출판
					<삼선기>, 이문당, 1918(국립중앙도서관 소장본(3634-2-20(2)) 광고에 '윤효자'로 기록.	광고
					여승구, [古書通信] 15, 1999.9([이본목록], p.514)	원문
久家恒衛 경성부 명치정1정목54번지	일한인쇄소 경성부 명치정1정목54번지			연세대학교 도서관(O 811.9308 고대소 -2-2)	속 제목은 '리몽선전',	원문
金弘奎 경성부 가회동 216번지	보성사 경성부 수송동 44번지			국립중앙도서관(3 634-2-86(7))		원문
					<삼선기>, 이문당, 1918(국립중앙도서관 소장본(3634-2-20(2)) 광고에 '림경업전'으로 기록.	광고

번호	작품명 고유번호	표제	문자	면수 가격	인쇄일	발행일	판차	발행자 발행자 주소	발행소 발행소 주소
2596	임경업전 이문-임경-02-01	림경업전	한글	46p. 25전	1936-05-10	1936-05-20	1	姜鳳會 경성 연건정 60번지-5	이문당 경성부 관훈정 130
2597	임호은전 이문-임호-01-00	林虎隱傳	한글	50전			1		이문당
2598	장백전 이문-장백-01-00	장백젼	한글	25전		1918- -	1		이문당
2599	장자방실기 이문-장자-01-00	張子房實記	한글	60전		1918- -	1		이문당
2600	장학사전 이문-장학-01-00	張翰林傳	한글	30전		1918- -	1		이문당
2601	적벽대전 이문-적벽대-01-00	華容實記	한글	60전		1918- -	1		이문당
2602	정을선전 이문-정을-01-01	정을선전	한글	43p.		1934- -	1		이문당
2603	채봉감별곡 이문-채봉-01-01	추풍감별곡	한글			1917- -	1		이문당
2604	채봉감별곡 이문-채봉-01-02	추풍감별곡	한글			1925- -	2		이문당
2605	천상여인국 이문-천상-01-00	天上女人國	한글	30전		1918- -	1		이문당
2606	초패왕전 이문-초패-01-01	초패왕	한글	134p. 60전	1918-07-01	1918-07-02	1	李源生 경성부 송현동	이문당 경성부 송현동
2607	토끼전 이문-토끼-01-00	별쥬부전	한글	25전		1918- -	1		이문당
2608	토끼전 이문-토끼-02-00	불노초	한글	15전		1918- -	1		이문당
2609	홍길동전 이문-홍길-01-01	홍길동전	한글	36p.		1925- -	1		이문당
2610	흥부전 이문-흥부-01-00	연의각	한글	25전		1918- -	1		이문당
2611	강감찬실기 일한-강감-01-00	강감찬전	한글			1908- -	1	玄采	일한주식회사
2612	권익중전 재전-권익-01-01	권익증전 일명 선동전	한글	80p. 25전	1931-01-05	1931-01-10	1	金瑾鴻 조선 대구 경정 1정목 20번지	재전당서포 조선 대구 경정 1정 20번지
2613	박효낭전 재전-박효-01-01	朴孝娘傳	한글	88p.		1934- -	1		재전당서포
2614	양풍전 재전-양풍-01-01	양풍운전	한글	35p. 15전	1929-09-20	1929-10-10	1	金瑾鴻 조선 대구 경정 1정목 20번지	재전당서포 조선 대구 경정 1정 20번지
2615	옥단춘전 재전-옥단-01-01	옥단츈전	한글	38p. 15전	1929-05-20	1929-06-10	1	金瑾鴻 조선 대구 경정 1정목 20번지	재전당서포 조선 대구 경정 1정 20번지
2616	유충렬전 재전-유충-01-01	유충렬전	한글				1		재전당서포

인쇄자 인쇄소 주소	인쇄소 인쇄소 주소	공동 발행	영인본	소장처 및 청구기호	기타	현황
趙容均 경성부 관훈정 130번지	이문당인쇄부 경성부 관훈정 130번지			디지털 한글박물관(손종흠 소장본)		원문
					<삼선기>, 이문당, 1918(국립중앙도서관 소장본(3634-2-20(2)) 광고에 '林虎隱傳'으로 기록.	광고
					<삼선긔>, 이문당, 1918(국립중앙도서관 소장본(3634-2-20(2)) 광고에 '장백젼'으로 기록.	광고
					<삼선기>, 이문당, 1918(국립중앙도서관 소장본(3634-2-20(2)) 광고에 '張子房實記'로 기록.	광고
					<삼선기>, 이문당, 1918(국립중앙도서관 소장본(3634-2-20(2)) 광고에 '張翰林傳'으로 기록.	광고
					<삼선기>, 이문당, 1918(국립중앙도서관 소장본(3634-2-20(2)) 광고에 '華容實記'로 기록.	광고
					이주영, p.227.	출판
					[이본목록], p.722.	출판
					[이본목록], p.722.	출판
					<삼선기>, 이문당, 1918(국립중앙도서관 소장본(3634-2-20(2)) 광고에 '天上女人國'으로 기록.	광고
禹澤 경성부 공평동 54번지	성문사 경성부 공평동 55번지		[구활자본고소설 전집 15]	국립중앙도서관(3 634-2-16(9))	국립중앙도서관본은 낙질.	원문
					<삼선긔>, 이문당, 1918(국립중앙도서관 소장본(3634-2-20(2)) 광고에 '별쥬부젼'으로 기록.	광고
					<삼선긔>, 이문당, 1918(국립중앙도서관 소장본(3634-2-20(2)) 광고에 '불노초'로 기록.	광고
					이능우, p.304.	출판
					<삼선기>, 이문당, 1918(국립중앙도서관 소장본(3634-2-20(2)) 광고에 '연의각'으로 기록.	광고
					[이본목록], p.16.	출판
禹澤 경성부 평동 55번지	대동인쇄주식회사 경성부 공평동 55번지			서울대학교 도서관(3350 31)		원문
				고려대학교 도서관(897.33 문남사 박)	이본목록에는 출판지가 '대구'로 되어있으나 고려대 검색결과 '경성'으로 되어있음.	원문
禹澤 경성부 공평동 55번지	대동인쇄주식회사 경성부 공평동 55번지			개인소장본		원문
禹澤 경성부 공평동 55번지	대동인쇄주식회사 경성부 공평동 55번지			국립중앙도서관(3 634-2-90(13))	도서관 서지정보에는 출판지가 '경성'으로 잘못 기록됨.	원문
					이수봉 소장본([이본목록], p.495)	원문

번호	작품명 고유번호	표제	문자	면수 가격	인쇄일	발행일	판차	발행자 발행자 주소	발행소 발행소 주소
2617	춘향전 재전-춘향-01-01	옥중화	한글				1		재전당서포
2618	옥루몽 적문-옥루-01-01-권1	(原本諺吐)玉樓 夢 / 1卷	한문	213p. 2원 50전 (전3책)	1924-12-05	1924-12-20	1	吉川文太郎 경성부 황금정 5정목 100번지	적문서관 경성부 경운동 100번
2619	옥루몽 적문-옥루-01-01-권2	(原本諺吐)玉樓 夢 / 2卷	한문	201p. 2원 50전 (전3책)	1924-12-05	1924-12-20	1	吉川文太郎 경성부 황금정 5정목 100번지	적문서관 경성부 경운동 100번
2620	옥루몽 적문-옥루-01-01-권3	(原本諺吐)玉樓 夢 / 3卷	한문	202p. 2원 50전 (전3책)	1924-12-05	1924-12-20	1	吉川文太郎 경성부 황금정 5정목 100번지	적문서관 경성부 경운동 100번
2621	강남홍전 조선-강남-01-01	江南紅傳	한글			1916-12-05	1		조선도서주식회사
2622	강남홍전 조선-강남-01-02	江南紅傳	한글	105p. 35전	1926-12-18	1926-12-20	2	洪淳泌 경성부 견지동 60번지	조선도서주식회사 경성부 견지동 60번
2623	강릉추월 조선-강릉-01-01	강릉츄월	한글	74p. 25전		1925-12-25	1	洪淳泌 경성부 견지동 60번지	조선도서주식회사 경성부 견지동 60번
2624	구운몽 조선-구운-01-01	(漢文諺吐)九雲 夢 / 全	한문			1916-10-20	1		조선도서주식회사
2625	구운몽 조선-구운-01-02	(漢文諺吐)九雲 夢 / 全	한문				2		조선도서주식회사
2626	구운몽 조선-구운-01-03	(漢文諺吐)九雲 夢 / 全	한문				3		조선도서주식회사
2627	구운몽 조선-구운-01-04	(漢文諺吐)九雲 夢 / 全	한문				4		조선도서주식회사
2628	구운몽 조선-구운-01-05	(漢文諺吐)九雲 夢 / 全	한문	168p. 50전	1925-03-12	1925-03-15	5	洪淳泌 경성부 견지동 60번지	조선도서주식회사 경성부 견지동 60번
2629	구운몽 조선-구운-02-01-상	구운몽 / 상권	한글	96p. 30전	1925-11-27	1925-11-30	1	洪淳泌 경성부 견지동 60번지	조선도서주식회사 경성부 견지동 60번
2630	구운몽 조선-구운-02-01-하	구운몽 / 하권	한글				1		조선도서주식회사
2631	김희경전 조선-김희-01-01	(忠孝節義)녀즁 호걸	한글	35전	1925-12-20	1925-12-25	1	洪淳泌 경성부 견지동 60번지	조선도서주식회사 경성부 견지동 60번
2632	박씨전 조선-박씨-01-01	박씨젼	한글			1917-09-15	1		조선도서주식회사
2633	박씨전 조선-박씨-01-02	박씨젼	한글	52p. 25전	1923-12-05	1923-12-11	2	洪淳必 경성부 견지동 60번지	조선도서주식회사 경성부 견지동 60번
2634	백련화 조선-백련-01-01	白蓮花	한글	86p. 35전	1926-05-05	1926-05-10	1	洪淳泌 경성부 견지동 60번지	조선도서주식회사 경성부 견지동 60번
2635	산양대전 조선-산양-01-01	(삼국풍진)산냥 대젼	한글			1916-08-29	1	南宮楔	조선도서주식회사
2636	산양대전 조선-산양-01-02	(삼국풍진)산냥 대젼	한글				2		조선도서주식회사
2637	산양대전 조선-산양-01-03	(삼국풍진)산냥 대젼	한글				3		조선도서주식회사
2638	산양대전 조선-산양-01-04	(삼국풍진)산냥 대젼	한글				4		조선도서주식회사

쇄자 쇄소 주소	인쇄소 인쇄소 주소	공동 발행	영인본	소장처 및 청구기호	기타	현황
					이수봉 소장본([이본목록], p.774.)	원문
泰均 성부 공평동 55번지	대동인쇄주식회사 경성부 공평동 55번지	보급서관	[활자본고전소설 전집 6]	국립중앙도서관(3 634-2-87(1))	64회의 장회체(총목차, 1권 1회~21회, 2권 22회~44회, 3권 45회~64회). 판권지는 3권에만 있음.	원문
泰均 성부 공평동 55번지	대동인쇄주식회사 경성부 공평동 55번지	보급서관	[활자본고전소설 전집 6]	국립중앙도서관(3 634-2-87(4))	64회의 장회체(총목차, 1권 1회~21회, 2권 22회~44회, 3권 45회~64회). 판권지는 3권에만 있음.	원문
泰均 성부 공평동 55번지	대동인쇄주식회사 경성부 공평동 55번지	보급서관	[활자본고전소설 전집 6]	국립중앙도서관(3 634-2-87(3))	64회의 장회체(총목차, 1권 1회~21회, 2권 22회~44회, 3권 45회~64회). 판권지는 3권에만 있음.	원문
					2판에 초판 발행일 기록.	출판
泰均 성부 공평동 55번지	대동인쇄주식회사 경성부 공평동 55번지			국립중앙도서관(8 13.5-강 685ㅂ)		원문
翼洙 성 황금정 2정목 번지	신문관 경성 황금정 2정목 21번지			국립중앙도서관(3 634-3-62(2))	서문 있음. 10회의 장회체(총목차). 인쇄일 부분 판권지 잘림.	원문
					5판에 초판 발행일 기록.	출판
					5판이 있어 2판이 있을 것으로 추정.	출판
					5판이 있어 3판이 있을 것으로 추정.	출판
					5판이 있어 4판이 있을 것으로 추정.	출판
馬澤 성부 공평동 55번지	대동인쇄주식회사 경성부 공평동 55번지			영남대학교 도서관(도 813.5 ㄱ723ㄱㅎ)	3권 1책(1권 pp.1~52, 2권 pp.1~58, 3권 pp.59~116). 총 168p. 초판 발행일 기록.	원문
馬澤 성부 공평동 55번지	대동인쇄주식회사 경성부 공평동 55번지			국립중앙도서관(3 634-2-74(4))	장회 없이 소제목 있음.	원문
					상권이 있어 하권도 있을 것으로 추정.	출판
翼洙 성 황금정 2정목 번지	신문관 경성 황금정 2정목 21번지			서울대학교 도서관(3350 120)		원문
					2판에 초판 발행일 기록.	출판
馬澤 성부 공평동 55번지	대동인쇄주식회사 경성부 공평동 55번지			국립중앙도서관(3 634-2-55(7))	초판 발행일 기록. <감응편>과 합철(pp.53~75)	원문
泰均 성부 공평동 55번지	대동인쇄주식회사 경성부 공평동 55번지			서울대학교 도서관(3340 11)	속표지에는 '海東樵人 著'라고 되어있음.	원문
					5판에 초판 발행일 기록.	출판
					5판이 있어서 2판도 있을 것으로 추정.	출판
					5판이 있어서 3판도 있을 것으로 추정.	출판
					5판이 있어서 4판도 있을 것으로 추정.	출판

번호	작품명 고유번호	표제	문자	면수 가격	인쇄일	발행일	판차	발행자 발행자 주소	발행소 발행소 주소
2639	산양대전 조선-산양-01-05	(삼국풍진)산냥 대젼	한글	38p. 16전	1922-01-20	1922-01-25	5	南宮楔 경성부 종로통 3정목 76	조선도서주식회사 경성부 관훈동 30번
2640	산양대전 조선-산양-02-01	(三國風塵)趙子 龍傳	한글	49p. 20전	1926-01-05	1926-01-15	1	洪淳泌 경성부 견지동 60번지	조선도서주식회사 경성부 견지동 60번
2641	서상기 조선-서상-01-01	(현토주해)서상 기 : 全	한문			1916-05-31	1		조선도서주식회사
2642	서상기 조선-서상-01-02	(현토주해)서상 기 : 全	한문				2		조선도서주식회사
2643	서상기 조선-서상-01-03	(현토주해)서상 기 : 全	한문	157p. 55전	1922-07-22	1922-07-26	3	南宮楔 경성부 관훈동 72번지	조선도서주식회사 경성부 관훈동 30번
2644	소대성전 조선-소대-01-01	소대성전	한글	37p. 15전		1925-11-30	1	洪淳泌 경성부 견지동 60번지	조선도서주식회사 경성부 견지동 60번
2645	수호지 조선-수호-01-01-전집1	(鮮漢文)忠義水 滸誌 : 前集 卷一	한글	155p. 6책 3원35전	1929-11-25	1929-11-30	1	洪淳泌 경성부 견지동 60번지	조선도서주식회사 경성부 견지동 60번
2646	수호지 조선-수호-01-01-전집2	(鮮漢文)忠義水 滸誌 : 前集 卷二	한글	157p. 6책 3원35전	1929-11-25	1929-11-30	1	洪淳泌 경성부 견지동 60번지	조선도서주식회사 경성부 견지동 60번
2647	수호지 조선-수호-01-01-전집3	(鮮漢文)忠義水 滸誌 : 前集 卷三	한글	159p. 6책 3원35전	1929-11-25	1929-11-30	1	洪淳泌 경성부 견지동 60번지	조선도서주식회사 경성부 견지동 60번
2648	수호지 조선-수호-01-01-후집1	(諺漢文)忠義水 滸誌 : 後集 卷一	한글	205p. 6책 3원35전	1929-11-25	1929-11-30	1	洪淳泌 경성부 견지동 60번지	조선도서주식회사 경성부 견지동 60번
2649	수호지 조선-수호-01-01-후집2	(諺漢文)忠義水 滸誌 : 後集 卷二	한글	234p. 6책 3원35전	1929-11-25	1929-11-30	1	洪淳泌 경성부 견지동 60번지	조선도서주식회사 경성부 견지동 60번
2650	수호지 조선-수호-01-01-후집3	(諺漢文)忠義水 滸誌 : 後集 卷三	한글	284p. 6책 3원35전	1929-11-25	1929-11-30	1	洪淳泌 경성부 견지동 60번지	조선도서주식회사 경성부 견지동 60번
2651	숙영낭자전 조선-숙영-01-01	(특별) 숙영낭자전	한글			1921-11-09	1		조선도서주식회사
2652	숙영낭자전 조선-숙영-01-02	(특별) 숙영낭자전	한글				2		조선도서주식회사
2653	숙영낭자전 조선-숙영-01-03	(특별) 숙영낭자전	한글				3		조선도서주식회사
2654	숙영낭자전 조선-숙영-01-04	(특별) 숙영낭자전	한글	30p. 20전	1924-01-10	1924-01-19	4	洪淳泌 경성부 견지동 60번지	조선도서주식회사 경성부 견지동 60번
2655	신유복전 조선-신유-01-01	신류복전	한글	68p. 25전	1925-11-25	1925-11-30	1	洪淳泌 경성부 견지동 60번지	조선도서주식회사 경성부 견지동 60번
2656	양산백전 조선-양산-01-01	양산백전	한글			1915-03-15	1		조선도서주식회사
2657	양주봉전 조선-양주-01-01	양주봉전	한글				1		조선도서주식회사
2658	양주봉전 조선-양주-01-02	양주봉전	한글				2		조선도서주식회사
2659	양주봉전 조선-양주-01-03	양주봉전	한글	65p.		1923- -	3		조선도서주식회사
2660	양풍전 조선-양풍-01-01	양풍운전	한글			1915-11-20	1		조선도서주식회사

인쇄자 인쇄소 주소	인쇄소 인쇄소 주소	공동 발행	영인본	소장처 및 청구기호	기타	현황
金聖杓 경성부 견지동 80번지	계문사 경성부 견지동 80번지			국립중앙도서관(3 634-2-96(2))	10장의 장회체(총목차). 초판 발행일 기록.	원문
沈禹澤 경성부 공평동 55번지	대동인쇄주식회사 경성부 공평동 55번지			서울대학교 도서관(3350 86)	C.V. Starr East Asian Library (Columbia University)	원문
					3판에 초판 발행일 기록.	출판
					3판이 있어서 2판도 있을 것으로 추정.	출판
金重煥 경성부 공평동 55번지	대동인쇄주식회사 경성부 공평동 55번지		[구활자본고소설 전집 33]	고려대학교 도서관(희귀 895.24 동해원 현)	상하 합본(상 pp.1~74, 하 pp.75~132, 속편 pp.134~157). 초판 발행일 기록.	원문
沈禹澤 경성부 공평동 55번지	대동인쇄주식회사 경성부 공평동 55번지			국립중앙도서관(3 634-2-59(7))	이미지 파일 제작이 잘못 되어 인쇄일이 보이지 않음.	원문
沈禹澤 경성부 공평동 55번지	대동인쇄주식회사 경성부 공평동 55번지			영남대학교 도서관(古도823.5 시내암ㅇㄱ)	70회의 장회체(1권 1회~11회, 2권 12회~21회, 3권 22회~30회, 4권 31회~40회, 5권 41회~52회, 5권 53~70회. 권별 목차).	원문
沈禹澤 경성부 공평동 55번지	대동인쇄주식회사 경성부 공평동 55번지			영남대학교 도서관(古도823.5 시내암ㅇㄱ)	70회의 장회체(1권 1회~11회, 2권 12회~21회, 3권 22회~30회, 4권 31회~40회, 5권 41회~52회, 5권 53~70회. 권별 목차).	원문
沈禹澤 경성부 공평동 55번지	대동인쇄주식회사 경성부 공평동 55번지			영남대학교 도서관(古도823.5 시내암ㅇㄱ)	70회의 장회체(1권 1회~11회, 2권 12회~21회, 3권 22회~30회, 4권 31회~40회, 5권 41회~52회, 5권 53~70회. 권별 목차).	원문
沈禹澤 경성부 공평동 55번지	대동인쇄주식회사 경성부 공평동 55번지			영남대학교 도서관(古도823.5 시내암ㅇㄱ)	70회의 장회체(1권 1회~11회, 2권 12회~21회, 3권 22회~30회, 4권 31회~40회, 5권 41회~52회, 5권 53~70회. 권별 목차).	원문
沈禹澤 경성부 공평동 55번지	대동인쇄주식회사 경성부 공평동 55번지			영남대학교 도서관(古도823.5 시내암ㅇㄱ)	70회의 장회체(1권 1회~11회, 2권 12회~21회, 3권 22회~30회, 4권 31회~40회, 5권 41회~52회, 5권 53~70회. 권별 목차).	원문
沈禹澤 경성부 공평동 55번지	대동인쇄주식회사 경성부 공평동 55번지			영남대학교 도서관(古도823.5 시내암ㅇㄱ)	70회의 장회체(1권 1회~11회, 2권 12회~21회, 3권 22회~30회, 4권 31회~40회, 5권 41회~52회, 5권 53~70회. 권별 목차).	원문
		박문서관, 광동서국			4판에 초판 발행일 기록.	출판
		박문서관, 광동서국			4판이 있어서 2판도 있을 것으로 추정.	출판
		박문서관, 광동서국			4판이 있어서 3판도 있을 것으로 추정.	출판
沈禹澤 경성부 공평동 55번지	대동인쇄주식회사 경성부 공평동 55번지	박문서관, 광동서국		국립중앙도서관(3 634-2-82(3))	6회의 장회체(총목차). 초판 발행일 기록.	원문
金翼洙 경성 황금정 2정목 21번지	신문관 경성 황금정 2정목 21번지			국립중앙도서관(3 634-2-77(4))		원문
					우쾌재, p.129.	출판
					이능우가 3판을 소개하였으므로 초판도 있을 것으로 추정.	출판
					이능우가 3판을 소개하였으므로 2판도 있을 것으로 추정.	출판
					이능우, p.278	출판
					이능우, p.292.에 초판 발행일 기록.	출판

번호	작품명 고유번호	표제	문자	면수 가격	인쇄일	발행일	판차	발행자 발행자 주소	발행소 발행소 주소
2661	**양풍전** 조선-양풍-01-02	양풍운전	한글				2		조선도서주식회사
2662	**양풍전** 조선-양풍-01-03	양풍운전	한글				3		조선도서주식회사
2663	**양풍전** 조선-양풍-01-04	양풍운전	한글				4		조선도서주식회사
2664	**양풍전** 조선-양풍-01-05	양풍운전	한글				5		조선도서주식회사
2665	**양풍전** 조선-양풍-01-06	양풍운전	한글	35p.		1925-03-20	6		조선도서주식회사
2666	**유문성전** 조선-유문-01-01	류문성전	한글	73p. 25전		1925-12-25	1	洪淳泌 경성부 견지동 60번지	조선도서주식회사 경성부 견지동 60번지
2667	**육미당기** 조선-육미-01-01	김태자전	한글			1925- -	1		조선도서주식회사
2668	**이대봉전** 조선-이대-01-01	(고대소설)리대 봉전	한글			1914-10-10	1		조선도서주식회사
2669	**이대봉전** 조선-이대-01-02	(고대소설)리대 봉전	한글				2		조선도서주식회사
2670	**이대봉전** 조선-이대-01-03	(고대소설)리대 봉전	한글				3		조선도서주식회사
2671	**이대봉전** 조선-이대-01-04	(고대소설)리대 봉전	한글				4		조선도서주식회사
2672	**이대봉전** 조선-이대-01-05	(고대소설)리대 봉전	한글	52p. 20전	1923-12-11	1923-12-13	5	朝鮮圖書株式會社 경성부 견지동 60번지	조선도서주식회사 경성부 견지동 60번지
2673	**일지매실기** 조선-일지-01-01	일지매	한글	70p. 25전	1926-11-25	1926-11-30	1	朝鮮圖書株式會社 경성부 견지동 60번지	조선도서주식회사 경성부 견지동 60번지
2674	**임경업전** 조선-임경-01-01	임경업전	한글	56p.		1923- -	1		조선도서주식회사
2675	**임화정연** 조선-임화-01-01-권1	림화정연 권지일	한글	176p. 50전	1923-02-01	1923-02-05	1	朝鮮圖書株式會社 경성부 견지동 60번지	조선도서주식회사 경성부 견지동 60번지
2676	**임화정연** 조선-임화-01-01-권2	림화정연 권지이	한글	163p. 50전	1923-05-12	1923-05-17	1	朝鮮圖書株式會社 경성부 견지동 60번지	조선도서주식회사 경성부 견지동 60번지
2677	**임화정연** 조선-임화-01-01-권3	림화정연 권지삼	한글	170p. 50전	1923-07-05	1923-07-10	1	朝鮮圖書株式會社 경성부 견지동 60번지	조선도서주식회사 경성부 견지동 60번지
2678	**임화정연** 조선-임화-01-01-권4	림화정연 권지사	한글	198p. 50전	1923-02-02	1923-02-05	1	朝鮮圖書株式會社 경성부 견지동 60번지	조선도서주식회사 경성부 견지동 60번지
2679	**임화정연** 조선-임화-01-01-권5	림화정연 권지오	한글	210p. 50전	1924-07-03	1924-07-10	1	朝鮮圖書株式會社 경성부 견지동 60번지	조선도서주식회사 경성부 견지동 60번지
2680	**임화정연** 조선-임화-01-01-권6	림화정연 권지륙	한글	194p. 50전	1925-02-15	1925-02-20	1	朝鮮圖書株式會社 경성부 견지동 60번지	조선도서주식회사 경성부 견지동 60번지
2681	**임화정연** 조선-임화-01-02-권1	림화정연 권지일	한글	176p. 50전	1928-01-17	1928-01-20	2	朝鮮圖書株式會社 경성부 견지동 60번지	조선도서주식회사 경성부 견지동 60번지
2682	**임화정연** 조선-임화-01-02-권2	림화정연 권지이	한글	163p.		1928- -	2		조선도서주식회사

인쇄자 인쇄소 주소	인쇄소 인쇄소 주소	공동 발행	영인본	소장처 및 청구기호	기타	현황
					6판이 있어서 2판도 있을 것으로 추정.	출판
					6판이 있어서 3판도 있을 것으로 추정.	출판
					6판이 있어서 4판도 있을 것으로 추정.	출판
					6판이 있어서 5판도 있을 것으로 추정.	출판
					이능우, p.292.에 6판 발행일 기록.	출판
翼洙 성 황금정 2정목 1번지	신문관 경성 황금정 2정목 21번지		[활자본고전소설 전집 5]	서울대학교 도서관(3350 142)	영인본에 판권지 없음. 서울대본의 인쇄일은 가려서 보이지 않음.	원문
					이주영, p.209.	출판
					5판에 초판 발행일 기록.	출판
					5판이 있어서 2판도 있을 것으로 추정.	출판
					5판이 있어서 3판도 있을 것으로 추정.	출판
					5판이 있어서 4판도 있을 것으로 추정.	출판
基禎 성부 견지동 32번지	한성도서주식회사 경성부 견지동 32번지			국립중앙도서관(3 634-2-71(4))	초판 발행일 기록.	원문
泰均 성부 공평동 55번지	대동인쇄주식회사 경성부 공평동 55번지			서울대학교 도서관(3340 1)	'朝鮮古代小說叢書'에 '兎의肝', '玉蓮堂', '梨花夢'과 합철.	원문
					이주영, p.224.	출판
禹澤 성부 공평동 55번지	대동인쇄주식회사 경성부 공평동 55번지		[활자본고전소설 전집 8]	개인소장본	영인본에 판권지 없음. 판권지는 개인 소장본 참고. 장회체(1권 2회~12회, 총목차). 2판에 초판 발행일 기록.	원문
禹澤 성부 공평동 55번지	대동인쇄주식회사 경성부 공평동 55번지		[활자본고전소설 전집 8]	개인소장본	영인본에 판권지 없음. 판권지는 개인 소장본 참고. 장회체(2권 13회~24회, 총목차)	원문
禹澤 성부 공평동 55번지	대동인쇄주식회사 경성부 공평동 55번지		[활자본고전소설 전집 8]	개인소장본	영인본에 판권지 없음. 판권지는 개인 소장본 참고. 장회체(3권 25회~36회, 총목차). 2판에 초판 발행일 기록.	원문
禹澤 성부 공평동 55번지	대동인쇄주식회사 경성부 공평동 55번지		[활자본고전소설 전집 9]	개인소장본	영인본에 판권지 없음. 판권지는 개인 소장본 참고. 장회체(4권 37회~56회, 총목차)	원문
禹澤 성부 공평동 55번지	대동인쇄주식회사 경성부 공평동 55번지		[활자본고전소설 전집 9]	개인소장본	영인본에 판권지 없음. 판권지는 개인 소장본 참고. 장회체(5권 57회~77회, 총목차). 2판에 초판 발행일 기록.	원문
泰均 성부 공평동 55번지	대동인쇄주식회사 경성부 공평동 55번지		[활자본고전소설 전집 9]	개인소장본	영인본에 판권지 없음. 판권지는 개인 소장본 참고. 장회체(6권 78회~97회, 총목차). 2판에 초판 발행일 기록.	원문
禹澤 성부 공평동 55번지	대동인쇄주식회사 경성부 공평동 55번지			고려대학교 도서관(897.33 임화정 임1)	초판 발행일(대정12.02.05)기록.	원문
				고려대학교 도서관(897.33 임화정 임2)		원문

번호	작품명 고유번호	표제	문자	면수 가격	인쇄일	발행일	판차	발행자 발행자 주소	발행소 발행소 주소
2683	**임화정연** 조선-임화-01-02-권3	림화정연 권지삼	한글	170p. 50전	1928-01-17	1928-01-20	2	朝鮮圖書株式會社 경성부 견지동 60번지	조선도서주식회사 경성부 견지동 60번
2684	**임화정연** 조선-임화-01-02-권4	림화정연 권지사	한글	198p.		1928- -	2		조선도서주식회사
2685	**임화정연** 조선-임화-01-02-권5	림화정연 권지오	한글	210p. 50전	1928-01-17	1928-01-20	2	朝鮮圖書株式會社 경성부 견지동 60번지	조선도서주식회사 경성부 견지동 60번
2686	**임화정연** 조선-임화-01-02-권6	림화정연 권지륙	한글	194p. 50전	1928-01-17	1928-01-20	2	朝鮮圖書株式會社 경성부 견지동 60번지	조선도서주식회사 경성부 견지동 60번
2687	**장비마초실기** 조선-장비-01-01	(萬古名將)장비 마쵸실긔	한글	93p. 30전	1925-12-20	1925-12-25	1	朝鮮圖書株式會社 경성부 견지동 60번지	조선도서주식회사 경성부 견지동 60번
2688	**장풍운전** 조선-장풍-01-01	(고대소설)장풍 운전	한글			1916-06-14	1	朝鮮圖書株式會社	조선도서주식회사
2689	**장풍운전** 조선-장풍-01-02	(고대소설)장풍 운전	한글				2		조선도서주식회사
2690	**장풍운전** 조선-장풍-01-03	(고대소설)장풍 운전	한글				3		조선도서주식회사
2691	**장풍운전** 조선-장풍-01-04	(고대소설)장풍 운전	한글				4		조선도서주식회사
2692	**장풍운전** 조선-장풍-01-05	(고대소설)장풍 운전	한글				5		조선도서주식회사
2693	**장풍운전** 조선-장풍-01-06	(고대소설)장풍 운전	한글				6		조선도서주식회사
2694	**장풍운전** 조선-장풍-01-07	(고대소설)장풍 운전	한글	15전	1923-04-05	1923-04-10	7	朝鮮圖書株式會社 경성부 견지동 60번지	조선도서주식회사 경성부 견지동 60번
2695	**장화홍련전** 조선-장화-01-01	장화홍련전	한글			1915-05-24	1		조선도서주식회사
2696	**장화홍련전** 조선-장화-01-02	장화홍련전	한글				2		조선도서주식회사
2697	**장화홍련전** 조선-장화-01-03	장화홍련전	한글				3		조선도서주식회사
2698	**장화홍련전** 조선-장화-01-04	장화홍련전	한글				4		조선도서주식회사
2699	**장화홍련전** 조선-장화-01-05	장화홍련전	한글				5		조선도서주식회사
2700	**장화홍련전** 조선-장화-01-06	장화홍련전	한글	40p. 15전	1923-12-10	1923-12-15	6	朝鮮圖書株式會社 경성부 견지동 60번지	조선도서주식회사 경성부 견지동 60번
2701	**전등신화** 조선-전등-01-01	諺文懸吐 剪燈新話 上下	한문			1916-10-20	1	洪淳泌	조선도서주식회사
2702	**전등신화** 조선-전등-01-02	諺文懸吐 剪燈新話 上下	한문				2		조선도서주식회사
2703	**전등신화** 조선-전등-01-03	諺文懸吐 剪燈新話 上下	한문				3		조선도서주식회사
2704	**전등신화** 조선-전등-01-04	諺文懸吐 剪燈新話 上下	한문	156p. 55전	1920-12-13	1920-12-15	4	南宮濬 경성부 관훈동 72번지	조선도서주식회사 경성부 관훈동 30번
2705	**전등신화** 조선-전등-01-05	諺文懸吐 剪燈新話	한문	156p. 55전	1923-10-15	1923-10-20	5	洪淳泌 경성 견지동 60번지	조선도서주식회사 경성부 견지동 60번

인쇄자 인쇄소 주소	인쇄소 인쇄소 주소	공동 발행	영인본	소장처 및 청구기호	기타	현황
沈禹澤 경성부 공평동 55번지	대동인쇄주식회사 경성부 공평동 55번지			고려대학교 도서관(897.33 임화정 임3)	초판 발행일(대정12.07.10.)기록.	원문
				고려대학교 도서관(897.33 임화정 임4)		원문
沈禹澤 경성부 공평동 55번지	대동인쇄주식회사 경성부 공평동 55번지			개인소장본	초판 발행일(대정13.07.10.) 기록.	원문
沈禹澤 경성부 공평동 55번지	대동인쇄주식회사 경성부 공평동 55번지			고려대학교 도서관(897.33 임화정 임6)	초판 발행일(대정14.02.20.)기록.	원문
沈禹澤 경성부 공평동 55번지	대동인쇄주식회사 경성부 공평동 55번지			서울대학교도서관(3350 95)		원문
					7판에 초판 발행일 기록.	출판
					7판이 있어서 2판도 있을 것으로 추정.	출판
					7판이 있어서 3판도 있을 것으로 추정.	출판
					7판이 있어서 4판도 있을 것으로 추정.	출판
					7판이 있어서 5판도 있을 것으로 추정.	출판
					7판이 있어서 6판도 있을 것으로 추정.	출판
沈禹澤 경성부 공평동 55번지	대동인쇄주식회사 경성부 공평동 55번지			국립중앙도서관(3 634-2-57(7))	초판 발행일 기록.	원문
					6판에 초판 발행일 기록.	출판
					6판이 있어서 2판도 있을 것으로 추정.	출판
					6판이 있어서 3판도 있을 것으로 추정.	출판
					6판이 있어서 4판도 있을 것으로 추정.	출판
					6판이 있어서 5판도 있을 것으로 추정.	출판
沈禹澤 경성부 공평동 55번지	대동인쇄주식회사 경성부 공평동 55번지			국립중앙도서관(3 634-2-52(1))	초판 발행일 기록.	원문
					4판, 5판. 6판에 초판 발행일 기록.	출판
					4판, 5판. 6판이 있어서 2판도 있을 것으로 추정.	출판
					4판, 5판. 6판이 있어서 3판도 있을 것으로 추정.	출판
金重煥 경성부 공평동 55번지	대동인쇄주식회사 경성부 공평동 55번지			국립중앙도서관(한 古朝48-2-7)	상하합본(상 pp.1~82p, 하 pp.1~74). 초판 발행일 기록. 속지에 '경성 유일서관 신구서림 장판'이라는 기록.	원문
禹澤 성부 공평동 55번지	대동인쇄주식회사 경성부 공평동 55번지		[구활자본고소설 전집 33]		상하합본(상 pp.1~82p, 하 pp.1~74). 초판 발행일 기록. 판권지가 훼손된 부분은 주소를 보고 추정. 속지에 '경성 유일서관 신구서림 장판'이라는 기록.	원문

번호	작품명 고유번호	표제	문자	면수 가격	인쇄일	발행일	판차	발행자 발행자 주소	발행소 발행소 주소
2706	전등신화 조선-전등-01-06	諺文懸吐 剪燈新話	한문	156p. 55전	1928-12-05	1928-12-10	6	洪淳泌 경성 견지동 60번지	조선도서주식회사 경성부 견지동 60번지
2707	정수정전 조선-정수정-01-01	녀자충효록	한글	71p. 25전	1925-11-1?	1925-11-20	1	朝鮮圖書株式會社 경성부 견지동 60번지	조선도서주식회사 경성부 견지동 60번지
2708	정수정전 조선-정수정-02-01	(忠孝節義)녀즁 호걸	한글	113p. 25전	1925-12-20	1925-12-25	1	朝鮮圖書株式會社 경성부 견지동 60번지	조선도서주식회사 경성부 견지동 60번지
2709	정수정전 조선-정수정-03-01	고대소설 녀장군전	한글	72p. 25전	1926-01-10	1926-01-15	1	朝鮮圖書株式會社 경성부 견지동 60번지	조선도서주식회사 경성부 견지동 60번지
2710	제마무전 조선-제마-01-01	(교정)제마무전	한글			1916-11-05	1	南宮楔	조선도서주식회사
2711	제마무전 조선-제마-01-02	(교정)제마무전	한글				2		조선도서주식회사
2712	제마무전 조선-제마-01-03	(교정)제마무전	한글	84p. 25전	1922-02-28	1922-03-06	3	南宮楔 경성부 관훈동 72번지	조선도서주식회사 경성부 관훈동 30번지
2713	제마무전 조선-제마-02-01	(고대소설)몽결 초한숑	한글	61p. 25전		1925-12-25	1	朝鮮圖書株式會社 경성부 견지동 60번지	조선도서주식회사 경성부 견지동 60번지
2714	토끼전 조선-토끼-01-01	별쥬부가	한글	67p. 25전	1925-11-15	1925-11-20	1	朝鮮圖書株式會社 경성부 견지동 60번지	조선도서주식회사 경성부 견지동 60번지
2715	토끼전 조선-토끼-02-01	(고대소설)별쥬 부전	한글	67p. 25전	1926-01-20	1926-01-25	1	朝鮮圖書株式會社 경성부 견지동 60번지	조선도서주식회사 경성부 견지동 60번지
2716	양풍전 조선복-양풍-01-01	양풍운전	한글			1925- -	1		조선복음인쇄소
2717	조웅전 조선복-조웅-01-01	조웅전	한글			1917- -	1		조선복음인쇄소
2718	강감찬실기 조선서-강감-01-01	강시즁전	한글	45p. 20전	1913-01-05	1913-01-10	1	朴健會 경성 중부 대사동 3통 8호	조선서관 경성 중부 대사동 3통
2719	강상월 조선서-강상월-01-00	강상월	한글				1		조선서관
2720	강태공전 조선서-강태-01-01	강태공실긔	한글	120p. 30전	1913-11-01	1913-11-05	1	朴健會 경성 중부 대사동 3통8호	조선서관 경성 중부 대사동 3통
2721	강태공전 조선서-강태-01-02	강태공실긔	한글	120p. 30전	1915-02-18	1915-02-22	2	朴健會 경성부 인사동 39번지	조선서관 경성부 인사동 39번지
2722	곽해룡전 조선서-곽해-01-01	쌍두장군전	한글	55p.	1917-10-00	1917-10-10	1	朴健會 경성부 낙원동 285번지	조선서관 경성부 종로통 2정목 82번지
2723	금방울전 조선서-금방-01-01	금방울전	한글	76p. 20전	1915-12-30	1916-01-06	1	朴健會 경성부 인사동 39번지	조선서관 경성부 인사동 39번지
2724	금향정기 조선서-금향-01-00	금향뎡긔	한글			1915- -	1		조선서관
2725	남정팔난기 조선서-남정-01-01-상	팔장사전	한글			1915- -	1	朴健會	조선서관

쇄자 쇄소 주소	인쇄소 인쇄소 주소	공동 발행	영인본	소장처 및 청구기호	기타	현황
·翰柱 성부 관훈동 30번지	희문관 경성부 관훈동 30번지		[조동일소장국문학연구자료 25]	영남대학교 도서관(又 823.5 ㄱ483ㅈ박)	상하합본(상 pp.1~82p, 하 pp.1~74). 초판 발행일 기록. 속지에 '경성 유일서관 신구서림 장판'이라는 기록.	원문
·翼洙 성 황금정 2정목 번지	신문관 경성 황금정 2정목 21번지			국립중앙도서관(3634-2-86(5))	인쇄일은 판권지 훼손되어 안 보임. [연구보정](p.912)의 서울대, 영남대 소장본 청구기호는 회동서관판임.	원문
翼洙 성 황금정 2정목 번지	신문관 경성 황금정 2정목 21번지			서울대학교 도서관(3350 120)		원문
翼洙 성 황금정 2정목 번지	신문관 경성 황금정 2정목 21번지			양승민 소장본		원문
					3판에 초판 발행일 기록.	출판
					3판이 있어서 2판도 있을 것으로 추정.	출판
重煥 성부 공평동 55번지	대동인쇄주식회사 경성부 공평동 55번지		[구활자본고소설전집 31], [구활자소설총서 10]	국립중앙도서관(3634-2-16(10))	초판 발행일 기록. '뎐연자 찬명'. <회심곡> 첨부(pp.75~84).	원문
翼洙 성 황금정 2정목 번지	신문관 경성 황금정 2정목 21번지			국립중앙도서관(3634-2-26(6))	<회심곡> 첨부(pp.52~61). 인쇄일 부분이 잘려서 보이지 않음.	원문
翼洙 성 황금정 2정목 번지	신문관 경성 황금정 2정목 21번지			국립중앙도서관(3634-2-76(4))		원문
翼洙 성 황금정 2정목 번지	신문관 경성 황금정 2정목 21번지			서울대학교 도서관(3350 56)		원문
					우쾌제, p.129.	출판
					우쾌제, p.135.	출판
馬成 성 남부 대산림동 통 4호	조선인쇄소 경성 남대통 1정목 동현 95통 8호		[구활자본고소설전집 1]	국립중앙도서관(3634-3-8(5))	편집자 박건회. 10회의 장회체(총목차). 조선인쇄소 주소에서 '남대통'은 '남대문통'의 오류인 듯.	원문
					<수호지>, 조선서관, 1913. 광고([이본목록], p.22)	광고
永求 성 북부 원동 12통 1호	보성사 경성 북부 전동 14통1호			연세대학교 도서관(ㅇ 811.9308 고대소-1-2)	16회의 장회체(총목차).	원문
聖杓 성부 공평동 47번지	성문사 경성부 공평동 55번지		[구활자본고소설전집 1]		16회의 장회체(총목차). 1쪽 목차 밑에 '快齋著'라고 기록됨. 정명기 소장본의 발행일은 '대정4년 2월 21일'임. 인쇄일은 동일함.	원문
敎瓚 성부 경운동 88번지	보성사 경성부 수송동 44번지		[구활자본고소설전집 5], [구활자소설총서 5]	국립중앙도서관(3634-2-7(5))	9회의 장회체(총목차). 인쇄일, 가격 기록이 훼손됨. <쌍두장군전>은 47p까지임. pp.48~55는 다른 이야기임.	원문
重煥 성부 중림동 333번지	보성사 경성부 수송동 44번지			국립중앙도서관(3634-3-7(5))	9회의 장회체(총목차). 1면에 '박건회 輯'.	원문
					<남정팔난기>, 조선서관, 1915. 광고([이본목록], p.90)	광고
					유탁일 소장본([이본목록], p.118)	원문

번호	작품명 고유번호	표제	문자	면수 가격	인쇄일	발행일	판차	발행자 발행자 주소	발행소 발행소 주소
2726	남정팔난기 조선서-남정-01-01-하	팔장사전	한글			1915- -	1	朴健會	조선서관
2727	노처녀가 조선서-노처-01-01	노쳐녀가	한글	11p. 25전	1913-02-24	1913-02-26	1	朴健會 경성 북부 대사동 3통 8호	조선서관 경성 북부 대사동 3통
2728	당태종전 조선서-당태-01-00	당태종젼	한글			1916- -	1		조선서관
2729	박천남전 조선서-박천-01-01	박쳔남젼	한글	47p. 20전	1912-11-20	1912-11-25	1	朴健會 경성 중부 대사동 3통 8호	조선서관
2730	백학선전 조선서-백학-01-00	백학션젼	한글				1		조선서관
2731	보심록 조선서-보심-01-00	금낭이산	한글			1915- -	1		조선서관
2732	삼국지 조선서-삼국-01-01-전집 -상	산슈 삼국지 전집 상	한글		1913-02-02	1913-02-04	1		조선서관
2733	삼국지 조선서-삼국-01-01-전집 -중	산슈 삼국지 전집 중	한글		1913-02-24	1913-02-26	1		조선서관
2734	삼국지 조선서-삼국-01-01-전집 -하	산슈 삼국지 전집 하	한글		1913-04-15	1913-04-18	1		조선서관
2735	삼국지 조선서-삼국-01-01-후집 -권1	산슈 삼국지 일권 후집	한글		1913-09-01	1913-09-05	1		조선서관
2736	삼국지 조선서-삼국-01-01-후집 -권2	산슈 삼국지 이권 후집	한글		1913-08-05	1913-08-12	1		조선서관
2737	삼국지 조선서-삼국-01-01-후집 -권3	산슈 삼국지 삼권 후집	한글		1913-09-10	1913-09-17	1		조선서관
2738	삼국지 조선서-삼국-01-01-후집 -권4	산슈 삼국지 사권 후집	한글		1913-09-01	1913-09-05	1		조선서관
2739	삼국지 조선서-삼국-01-01-후집 -권5	산슈 삼국지 오권 후집	한글		1913-09-01	1913-09-05	1		조선서관
2740	삼국지 조선서-삼국-01-01-후집 -속편	삼국지 후집 속	한글	121p. 50전	1914-06-20	1914-06-25	1	朴健會 경성 중부 대사동 3통 8호	조선서관 경성 중부 대사동 3통
2741	삼국지 조선서-삼국-01-02-전집 -상	산슈 삼국지 전집 상	한글		1914-01-15	1914-01-30	2		조선서관
2742	삼국지 조선서-삼국-01-02-전집 -중	산슈 삼국지 전집 중	한글		1914-02-05	1914-02-10	2		조선서관
2743	삼국지 조선서-삼국-01-02-전집 -하	산슈 삼국지 전집 하	한글	113p. 30전	1914-02-04	1914-02-20	2	朴健會 경성 중부 대사동 3통 8호	조선서관 경성 중부 대사동 3통

쇄자 쇄소 주소	인쇄소 인쇄소 주소	공동 발행	영인본	소장처 및 청구기호	기타	현황
					유탁일 소장본([이본목록], p.118)	원문
敬禹 성 북부 교동 27통 9호	동문관 경성 북부 교동 23통 5호		[구활자본고소설 전집 20]		[별삼설기 상하](p.70) 안에 '낙양삼사기', '황주목사기', '서초패왕기', '삼자원종기', '노쳐녀가(pp.60~70)' 있음. '낙양삼사기' 제목 밑 '쾌재 박건회 저'.	원문
					<월봉산긔>, 조선서관, 1916(국립중앙도서관 소장본(3634-2-70(7)) 광고에 '당태종전'으로 기록. 가격은 나와 있지 않음.	광고
禹成 성 남부 대산림동 통 4호	조선인쇄소 경성 남대문통 1정목 동현 95통 8호		[구활자본고소설 전집 3]	국립중앙도서관(3 634-3-8(4))	저자 박건회. 괄호 병기한 한자 매우 적음. 강현조(2008)에 '조선서관 발행'으로 나타남.	원문
					<남정팔난기>, 조선서관, 1915. 광고.([이본목록], p.184).	광고
					<수호지>, 조선서관, 1915. 광고([이본목록], p.190).	광고
					3판에 초판 인쇄일, 발행일 기록.	출판
					3판, 4판에 초판 인쇄일, 발행일 기록.	출판
		유일서관, 한성서관			3판에 초판 인쇄일, 발행일 기록.	출판
					2판에 초판 인쇄일, 발행일 기록.	출판
					2판에 초판 인쇄일, 발행일 기록.	출판
					2판에 초판 인쇄일, 발행일 기록.	출판
					2판에 초판 인쇄일, 발행일 기록.	출판
					2판에 초판 인쇄일, 발행일 기록.	출판
昌均 성 북부 관현 2통 1호	조선복음인쇄소 경성 북부 관현 2통 1호			고려대학교 도서관(C14 A45 9)	장회체(76회~91회, 속편 목차).	원문
					3판에 2판 인쇄, 발행일 기록.	출판
					3판, 4판에 2판 인쇄일, 발행일 기록.	출판
聖杓 성 동부 통래 등자동 8호	성문사 경성 중부 종로 발리동 5통 10호			고려대학교 도서관(육당 823 1 3)	38회의 장회체(1권 1회~16회, 2권 17회~17회, 3권 28회~38회, 권별 목차). 초판 인쇄일, 발행일 기록. 3판에 2판 인쇄일, 발행일 기록.	원문

번호	작품명 고유번호	표제	문자	면수 가격	인쇄일	발행일	판차	발행자 발행자 주소	발행소 발행소 주소
2744	**삼국지** 조선서-삼국-01-02-후집 -권1	산슈 삼국지 일권 후집	한글	161p. 40전	1914-06-20	1914-06-25	2	朴健會 경성 중부 대사동 3통 8호	조선서관 경성 중부 대사동 3통
2745	**삼국지** 조선서-삼국-01-02-후집 -권2	산슈 삼국지 이권 후집	한글	196p. 40전	1914-05-15	1914-05-20	2	朴健會 경성 북부 대사동 3통 8호	조선서관 경성 북부 대사동 3통
2746	**삼국지** 조선서-삼국-01-02-후집 -권3	산슈 삼국지 삼권 후집	한글	209p. 40전	1914-05-23	1914-05-25	2	朴健會 경성 중부 대사동 3통 8호	조선서관 경성 중부 대사동 3통
2747	**삼국지** 조선서-삼국-01-02-후집 -권4	산슈 삼국지 사권 후집	한글	197p. 40전	1914-06-10	1914-06-15	2	朴健會 경성 중부 대사동 3통 8호	조선서관 경성 중부 대사동 3통
2748	**삼국지** 조선서-삼국-01-02-후집 -권5	산슈 삼국지 오권 후집	한글	163p. 35전	1914-06-20	1914-06-25	2	朴健會 경성 중부 대사동 3통 8호	조선서관 경성 중부 대사동 3통
2749	**삼국지** 조선서-삼국-01-03-전집 -상	산슈 삼국지 전집 상	한글	96p. 30전	1915-04-28	1915-05-05	3	朴健會 경성부 인사동 39번지	조선서관 경성부 인사동 39번
2750	**삼국지** 조선서-삼국-01-03-전집 -중	산슈 삼국지 전집 중	한글	94p. 30전	1915-01-06	1915-01-07	3	朴健會 경성부 인사동 38번지	조선서관 경성 중부 대사동 3통
2751	**삼국지** 조선서-삼국-01-03-전집 -하	산슈 삼국지 전집 하	한글	113p. 30전	1915-04-20	1915-04-22	3	朴健會 경성부 인사동 39번지	조선서관 경성부 인사동 39번
2752	**삼국지** 조선서-삼국-01-04-전집 -상	산슈 삼국지 전집 상	한글				4		조선서관
2753	**삼국지** 조선서-삼국-01-04-전집 -중	산슈 삼국지 전집 중	한글	92p. 30전	1915-05-10	1915-05-15	4	朴健會 경성부 인사동 39번지	조선서관 경성부 인사동 39번
2754	**삼국지** 조선서-삼국-01-04-전집 -하	산슈 삼국지 전집 하	한글				4		조선서관
2755	**삼국지** 조선서-삼국-02-01-후집 -권1	산슈 삼국지 일권 후집	한글	161p. 40전	1913-07-25	1913-08-03	1	朴健會 경성 중부 대사동 3통 8호	조선서관 경성 중부 대사동 3통
2756	**삼국지** 조선서-삼국-02-01-후집 -권2	산슈 삼국지 이권 후집	한글	196p. 40전	1913-08-05	1913-08-12	1	朴健會 경성 중부 대사동 3통 8호	조선서관 경성 중부 대사동 3통
2757	**삼국지** 조선서-삼국-02-01-후집 -권3	산슈 삼국지 삼권 후집	한글	45전	1913-09-10	1913-09-17	1	朴健會 경성 중부 대사동 3통 8호	조선서관 경성 중부 대사동 3통
2758	**삼국지** 조선서-삼국-02-01-후집 -권4	산슈 삼국지 사권 후집	한글	197p. 40전	1913-09-01	1913-09-05	1	朴健會 경성 중부 대사동 3통 8호	조선서관 경성 중부 대사동 3통
2759	**삼국지** 조선서-삼국-02-01-후집 -권5	산슈 삼국지 오권 후집	한글	163p. 35전	1913-08-30	1913-09-05	1	朴健會 경성 중부 대사동 3통 8호	조선서관 경성 중부 대사동 3통
2760	**삼설기** 조선서-삼설-01-01	별삼설긔	한글	70p. 25전	1913-02-24	1913-02-26	1	朴健會 경성 북부 대사동 3통 8호	조선서관 경성 북부 대사동 3통

인쇄자 인쇄소 주소	인쇄소 인쇄소 주소	공동 발행	영인본	소장처 및 청구기호	기타	현황
金聖杓 경성 동부 통래 등자동 5통 8호	성문사 경성 북부 종로 발리동 9통 10호			고려대학교 도서관(C14 A45 4)	75회의 장회체(1권 1회~19회, 2권 20회~38회, 3권 39회~56회, 4권 57회~67회, 5권 68회~75회, 총목차). 초판 인쇄일, 발행일 기록.	원문
金聖杓 경성 동부 등자동 5통 8호	성문사 경성 중부 종로 발리동 9통 10호			고려대학교 도서관(C14 A45 5 / 육당 823 1 5)	75회의 장회체(총목차). 표지에 '京城 普書館 發行'이라고 인쇄됨. 초판 인쇄일, 발행일 기록.	원문
金聖杓 경성 동부 통래 등자동 5통 8호	성문사 경성 북부 종로 발리동 9통 10호			고려대학교 도서관(C14 A45 6 / 육당 823 1 6)	75회의 장회체(총목차와 권별 목차 없음). 표지에 '京城 普書館 發行'이라고 인쇄됨. 초판 인쇄일, 발행일 기록.	원문
金聖杓 경성 동부 통래 등자동 5통 8호	성문사 경성 북부 종로 발리동 9통 10호			고려대학교 도서관(C14 A45 7)	75회의 장회체(총목차와 권별 목차 없음). 표지에 '京城 普書館 發行'이라고 인쇄됨. 초판 인쇄일, 발행일 기록.	원문
金聖杓 경성 동부 통래 등자동 5통 8호	성문사 경성 북부 종로 발리동 9통 10호			고려대학교 도서관(C14 A45 8)	75회의 장회체(총목차와 권별 목차 없음). 표지에 '京城 普書館 發行'이라고 인쇄됨. 초판 인쇄일, 발행일 기록.	원문
金聖雲 경성부 아현 3정목 97번지	선명사 경성부 종로통 1정목 39번지			고려대학교 도서관(C14 A45 1)	38회의 장회체(1권 1회~16회, 2권 17회~17회, 3권 28회~38회, 권별 목차). 초판, 2판의 인쇄일과 발행일 기록.	원문
李周桓 경성 서부 냉동 26번지	법한인쇄소 경성 서소문 가복차교			고려대학교 도서관(육당 823 1 2)	38회의 장회체(1권 1회~16회, 2권 17회~17회, 3권 28회~38회, 권별 목차). 초판, 2판 인쇄일과 발행일 기록. 4판에 3판 인쇄일, 발행일 기록.	원문
金聖雲 경성부 아현 2정목 97번지	선명사 경성부 종로통 1정목 39번지	유일서관, 한성서관		고려대학교 도서관(C14 A45 3, C14 A45 5)	38회의 장회체(1권 1회~16회, 2권 17회~17회, 3권 28회~38회, 권별 목차). 초판, 2판 인쇄일과 발행일 기록.	원문
					4판 '전집 중'이 있어 '전집 상'도 있을 것으로 추정.	출판
金聖雲 경성부 아현 3정목 97번지	선명사 경성부 종로통 1정목 39번지			고려대학교 도서관(C14 A45 2)	38회의 장회체(1권 1회~16회, 2권 17회~17회, 3권 28회~38회, 권별 목차). 초판, 2판, 3판의 인쇄일과 발행일 기록.	원문
					4판 '전집 중'이 있어 '전집 하'도 있을 것으로 추정.	출판
趙炳文 경성 북부 효자동 50통 9호	동문관 경성 북부 교동 23통 5호			고려대학교 도서관 (육당 823 1 4), 국립중앙도서관(3 736-8)	국립중앙도서관 소장본(3736-8)과 인쇄일과 발행일(대정2.08.02)이 다름	원문
申永求 경성 북부 원동 12통 1호	보성사 경성 북부 전동 14통 1호			국립중앙도서관(3 736-8)		원문
劉聖哉 경성 서부 옥폭동 147통 5호	문명사 경성 남부 상유동 29통 7호			국립중앙도서관(3 736-8)		원문
劉聖哉 경성 서부 옥폭동 147통 5호	문명사 경성 남부 상유동 29통 7호			국립중앙도서관(3 736-8)		원문
李周桓 경성 서부 냉동 176통 7호	법한회사인쇄부 경성 서소문가 복거교			국립중앙도서관(3 736-8)		원문
全敬禹 경성 북부 교동 27통 9호	동문관 경성 북부 교동 23통 5호		[구활자본고소설 전집 20], [구활자소설총서 12]	고려대학교 도서관(897.3308 1913)	상하 합본(상 pp.1~31, 하 pp.33~70). 표지에 '박문서관, 조선서관 발행'이라고 인쇄됨.	원문

번호	작품명 고유번호	표제	문자	면수 가격	인쇄일	발행일	판차	발행자 발행자 주소	발행소 발행소 주소
2761	**서상기** 조선서-서상-01-01	待月 西廂記	한글	212p. 50전	1913-12-30	1913-12-31	1	朴健會 경성 중부 대사동 3통8호	조선서관 경성 중부 대사동 3통
2762	**서유기** 조선서-서유-01-01-전집 -권1	언한문 셔유긔	한글				1		조선서관
2763	**서유기** 조선서-서유-01-01-전집 -권2	언한문 셔유긔	한글	161p. 35전	1913-10-05	1913-10-07	1	朴健會 경성 중부 대사동 3통 8호	조선서관 경성 중부 대사동 3통
2764	**서유기** 조선서-서유-01-01-전집 -권3	언한문 셔유긔					1		조선서관
2765	**서유기** 조선서-서유-01-01-후집 -01	언한문 셔유긔	한글	108p.			1		조선서관
2766	**서정기** 조선서-서정-01-01	셔정긔	한글			1925- -	1		조선서관
2767	**설인귀전** 조선서-설인-01-01-상	(백포소장)설인 귀젼 /上編	한글	88p. 25전	1915-05-15	1915-05-20	1	朴健會 경성부 인사동 39번지	조선서관 경성부 인사동 39번지
2768	**설인귀전** 조선서-설인-01-01-하	(백포소장)설인 귀젼 /下編	한글				1		조선서관
2769	**소약란직금도** 조선서-소약-01-00	소약난직금도	한글			1916- -	1		조선서관
2770	**수당연의** 조선서-수당-01-00	슈양뎨행락긔	한글			1916- -	1		조선서관
2771	**수호지** 조선서-수호-01-01 -전집1	(鮮漢文)忠義水 滸誌 : 前集 卷一	한글	183p. 40전	1913-09-05	1913-09-10	1	朴健會 경성 중부 대사동 3통 8호	조선서관 경성 중부 대사동 3통
2772	**수호지** 조선서-수호-01-01 -전집2	(鮮漢文)忠義水 滸誌 : 前集 卷二	한글	185p. 40전	1913-09-05	1913-09-10	1	朴健會 경성 중부 대사동 3통 8호	조선서관 경성 중부 대사동 3통
2773	**수호지** 조선서-수호-01-01 -전집3	(鮮漢文)忠義水 滸誌 : 前集 卷三	한글	181p. 40전	1913-09-05	1913-09-10	1	朴健會 경성 중부 대사동 3통 8호	조선서관 경성 중부 대사동 3통
2774	**수호지** 조선서-수호-01-01 -후집1	(諺漢文)忠義水 滸誌 : 後集 卷一	한글	258p. 55전	1913-11-30	1913-12-03	1	朴健會 경성 중부 대사동 3통 8호	조선서관 경성 중부 대사동 3통
2775	**수호지** 조선서-수호-01-01 -후집2	(諺漢文)忠義水 滸誌 : 後集 卷二	한글	253p. 55전	1914-01-30	1914-02-03	1	朴健會 경성 중부 대사동 3통 8호	조선서관 경성 중부 대사동 3통
2776	**수호지** 조선서-수호-01-01 -후집3	(諺漢文)忠義水 滸誌 : 後集 卷三	한글			1913- -	1	朴健會	조선서관
2777	**수호지** 조선서-수호-02-00	일백단팔귀화 긔	한글			1916- -	1		조선서관
2778	**수호지** 조선서-수호-03-01	(續水滸誌)一百 單入歸化期	한글	792p.		1918- -	1	朴健會	조선서관
2779	**옥린몽** 조선서-옥린-01-00	옥린몽	한글			1913- -	1		조선서관

쇄자 쇄소 주소	인쇄소 인쇄소 주소	공동 발행	영인본	소장처 및 청구기호	기타	현황
聖杓 성 동부통내 등자동 통8호	성문사 경성 중부 종로 발리동 9통10호			연세대학교 도서관(O 811.9308 고대소-1-9)	서문, 목차.	원문
					제1권이 있어서 제2권도 있을 것으로 추정.	출판
炳文 성 북부 효자동 50통 호	동문관 경성 북부 교동 23통 5호		[구활자본고소설 전집 6]	국립중앙도서관(3 634-2-63(2))	장회체(2권 11회~23회, 2권 총목차). 역술자 박건회.	원문
					장회체(3권 24회~35회)일 것으로 추정.	출판
				한국학중앙연구원 장서각(D7B-57)	장회체(36회~53회 목차). 서지정보에 원문 이미지 파일이 연동됨. 판권지가 없어 발행 정보 확인 불가.([이본목록], p.252.참고)	원문
					우쾌제, p.127.	출판
敬德 성부 원동 206번지	조선복음인쇄소 경성부 원동 206번지	동미서시	[구활자본고소설 전집 6]	국립중앙도서관(3 634-2-83(1))	발행소 조선서관, 총발행소 동미서시. 저작자 박건회. 42회의 장회체(상 1회~21회, 하 22회~42회, 권별 총목차).	원문
		동미서시			상권이 있어서 하권도 있을 것으로 추정.	출판
					<월봉산긔>, 조선서관, 1916.(국립중앙도서관(3634-2-70(7)) 광고에 '소약난직금도'로 기록. 가격기록은 없음.	광고
					<월봉산긔>, 조선서관, 1916. 광고.([이본목록], p.309)	광고
永求 성 북부 원동 12통 1호	보성사 경성 북부 전동 14통 1호			유춘동 소장본		원문
永求 성 북부 원동 12통 1호	보성사 경성 북부 전동 14통 1호			유춘동 소장본		원문
永求 성 북부 원동 12통 1호	보성사 경성 북부 전동 14통 1호			유춘동 소장본		원문
炳文 성 북부 효자동 50통	동문관 경성 북부 교동 23통 5호			개인소장본	편집 박건회.	원문
聖杓 성 동부통내 등자동 통 8호	성문사 경성 중부 종로 발리동 9통 10호			개인소장본	편집 박건회.	원문
				충남대학교 도서관(고서학산 集.小說類-中國 2031 3)	저자와 발행자는 도서관 서지정보를 따름, 표제는 권2를 따름.	원문
					<월봉산기>, 조선서관, 1916. 광고.([이본목록], p.313).	광고
				국립중앙도서관(3 636-2)	박건회 編. 판권지 없음.	원문
					<수호지>, 조선서관, 1913. 광고.([이본목록], p.424)	광고

번호	작품명 고유번호	표제	문자	면수 가격	인쇄일	발행일	판차	발행자 발행자 주소	발행소 발행소 주소
2780	**왕소군새소군전** 조선서-왕소-01-01-상	昭君怨 上編	한글	171p. 40	1914-01-25	1914-01-29	1	朴健會 경성 북부 대사동 3통8호	조선서관 경성 북부 대사동 3통
2781	**왕소군새소군전** 조선서-왕소-01-01-하	王昭君出塞記	한글	153p. 40	1915-01-25	1915-01-29	1	朴健會 경성부 인사동 39번지	조선서관 경성부 인사동 39번
2782	**용문전** 조선서-용문-01-00	룡문장군전	한글	20전		1916- -	1		조선서관
2783	**울지경덕전** 조선서-울지-01-01	울지경덕실긔	한글			1915-11-30	1		조선서관
2784	**월봉기** 조선서-월봉-01-01-상	월봉산긔 상	한글	94p. 30전	1916-01-20	1916-01-24	1	朴健會 경성부 인사동 39번지	조선서관 경성부 인사동 39번
2785	**월봉기** 조선서-월봉-01-01-하	월봉산긔 하	한글	97p. 30전	1916-01-20	1916-01-28	1	朴健會 경성부 인사동 39번지	조선서관 경성부 인사동 39번
2786	**월봉기** 조선서-월봉-02-01-상	월봉산긔	한글	81p.		1916- -	1		조선서관
2787	**월봉기** 조선서-월봉-02-01-하	월봉산긔 하권	한글	85p.		1916- -	1		조선서관
2788	**월왕전** 조선서-월왕-01-00	월왕전	한글			1915- -	1		조선서관
2789	**육효자전** 조선서-육효-01-01	륙효자전	한글	88p. 25전	1916-01-07	1916-01-10	1	朴健會 경성부 인사동 39번지	조선서관 경성부 인사동 39번
2790	**이태경전** 조선서-이태-01-01	삼국 리대장전	한글	58p. 25전	1917-09-25	1917-10-19	1	朴健會 경성부 낙원동 285번지	조선서관 경성부 종로통 2정 82번지
2791	**장국진전** 조선서-장국-01-00	모란졍긔	한글			1916- -	1		조선서관
2792	**장자방실기** 조선서-장자-01-01-상	(초한건곤)장자 방실긔 상권	한글	106p. 30전	1913-04-05	1913-04-11	1	朴健會 경성 중부 대사동 3통 8호	조선서관 경성 중부 대사동 3통
2793	**장자방실기** 조선서-장자-01-01-하	(초한건곤)장자 방실긔 하권	한글	113p. 30전	1913-10-05	1913-10-10	1	朴健會 경성 중부 대사동 3통 8호	조선서관 경성 중부 대사동 3통
2794	**장자방실기** 조선서-장자-01-02-상	(초한건곤)장자 방실긔 상권	한글	106p.		1915- -	2		조선서관
2795	**장자방실기** 조선서-장자-01-02-하	(초한건곤)장자 방실긔 하권	한글			1915-11-25	2		조선서관
2796	**장자방실기** 조선서-장자-01-03-상	(초한건곤)장자 방실긔 상권	한글				3		조선서관
2797	**장자방실기** 조선서-장자-01-03-하	(초한건곤)장자 방실긔 하권	한글	95p. 30전	1917-02-10	1917-02-15	3	朴健會 경성부 낙원동 285번지	조선서관 경성부 낙원동 285
2798	**적벽대전** 조선서-적벽대-01-01	(삼국풍진)화용 도실긔	한글		1913-07-10	1914-07-15	1	朴健會	조선서관
2799	**적벽대전** 조선서-적벽대-01-02	(삼국풍진)화용 도실긔	한글	219p. 50전	1915-07-11	1915-07-16	2	朴健會 경성부 인사동 39번지	조선서관 경성부 인사동 39번

인쇄자 인쇄소 주소	인쇄소 인쇄소 주소	공동 발행	영인본	소장처 및 청구기호	기타	현황
○聖杓 경성 동부 통내 등자동 통8호	성문사 경성 중부 종로 발리동 9통10호			연세대학교 도서관(O 811.9308 고대소-4-4)	37회의 장회체(상 1회~26회, 하 27회~37회). 상권 마지막에 '이아래를 보시려면 왕소군출새긔을 하시옵'이란 기록이 있어 <왕소군출새기>를 하권으로 추정.	원문
○敬德 경성부 원동 206번지	조선복음인쇄소 경성부 원동 206번지			연세대학교 도서관(ㅇ 811.9308 고대소 -4-5)	37회의 장회체(상 1회~26회, 하 27회~37회). <소군원>-<왕소군출새기> 연작. 27회 앞부분까지만 한자병기	원문
					<월봉산기>, 조선서관, 1916. 광고.([이본목록](p.448)	광고
					권순긍, p.329.	출판
○重煥 경성부 중림동 333번지	보성사 경성부 수송동 44번지			국립중앙도서관(3 634-2-70(7))	22회 장회체(상 1회~11회, 하 12회~22회). 수정된 흔적이 있는 국립중앙도서관 소장본의 발행일은 1월 25일, 한국학중앙연구원 소장본의 발행일은 1월 24일.	출판
○重煥 경성부 중림동 333번지	보성사 경성부 수송동 44번지			한국학중앙연구원(D7B-52)	한국역사정보시스템과 연동하여 원문 이미지 제공.	원문
			[구활자본고소설 전집 11]	국립중앙도서관(3 634-2-48(8))	영인본과 국립중앙도서관 소장본에 판권지 없음. 발행연도는 영인본의 해제를 따름. 22회 장회체(상 1회~11회, 하 12회~22회, 권별로 총목차).	원문
			[구활자본고소설 전집 29]		영인본에 판권지 없음. 발행연도는 해제를 따름. 22회 장회체(상 1회~11회, 하 12회~22회, 권별로 총목차).	원문
					광고(이주영, p.222)	광고
○重煥 경성부 중림동 333번지	보성사 경성부 수송동 44번지			국립중앙도서관(3 634-2-5(5))	박건회 편술. 6회의 장회체(총목차).	원문
○敎璜 경성부 경운동 88번지	보성사 경성부 수송동 44번지			국립중앙도서관(3 634-2-22(7))	8회의 장회체(총목차)	원문
					<월봉산기>, 조선서관, 1916(국립중앙도서관 소장본(3634-2-70(7)) 광고에 '모란정긔'로 기록.	광고
○翼洙 경성 북부 전정동 38통 호	창문사 경성 북부 종로 발리동 9통 10호		[구활자본고소설 전집 12]	국립중앙도서관(3 634-2-37(1))	31회의 장회체(상 1~13회, 하 14회~31회, 상권에 총목차).	원문
○聖哉 경성 서부 옥폭동 147통 호	문명사 경성 남부 상유동 29통 7호		[구활자본고소설 전집 12]	국립중앙도서관(3 634-2-37(2))	3판 하권에 초판 하권 발행일 기록.	원문
					3판 하권이 있어 2판 상권도 있을 것으로 추정.	출판
					3판 하권 판권지에 2판 하권 발행일 기록.	출판
					3판 하권이 있어 3판 상권도 있을 것으로 추정.	출판
○禹澤 경성부 효자동 103번지	성문사 경성부 공평동 55번지			국립중앙도서관(3 634-2-57(3))	31회의 장회체(상 1~13회, 하 14회~31회). 3면 이후 순한글(초판에서는 한자 병기). 초판과 2판 발행일 기록.	원문
					2판과 3판에 초판 발행일 기록.	출판
○聖杓 경성부 공평동 47번지	성문사 경성부 공평동 55번지			국립중앙도서관(3 634-2-86(9))	16회의 장회체(총목차). 초판 인쇄일, 발행일 기록.	원문

번호	작품명 고유번호	표제	문자	면수 가격	인쇄일	발행일	판차	발행자 발행자 주소	발행소 발행소 주소
2800	**적벽대전** 조선서-적벽대-01-03	(삼국풍진)화용 도실긔	한글	170p. 45전	1916-01-25	1916-01-29	3	朴健會 경성부 인사동 39번지	조선서관 경성부 인사동 39번지
2801	**적벽대전** 조선서-적벽대-01-04	(삼국풍진)화용 도실긔	한글			1917-01-	4	朴健會	조선서관
2802	**적벽대전** 조선서-적벽대-01-05	(삼국풍진)화용 도실긔	한글	170p.		1917-06-	5	朴健會	조선서관
2803	**진시황전** 조선서-진시-01-00	진시황실긔	한글			1916- -	1		조선서관
2804	**창선감의록** 조선서-창선-01-01	창선감의록	한글	252p. 55전	1913-12-29	1914-01-05	1	朴健會 경성 중부 대사동 3통 8호	조선서관 경성 중부 대사동 3통 8호
2805	**창선감의록** 조선서-창선-01-02	창선감의록	한글	204p.	1916-01-11	1916-01-15	2	朴健會 경성부 인사동 39번지	조선서관 경성부 인사동 39번지
2806	**천리경** 조선서-천리경-01-01	千里鏡	한글	48p. 15전	1912-12-18	1912-12-19	1	朴健會 경성 중부 대사동 3통 8호	조선서관 경성 중부 대사동 3통 8호
2807	**청구기담** 조선서-청구-01-01	(됴션나셜)청구 긔담	한글	105p. 25전	1912-12-20	1912-12-25	1	朴健會 경성 중부 대사동 3통8호	조선서관 경성 중부 대사동 3통8호
2808	**춘향전** 조선서-춘향-01-01	(무쌍)츈향전	한글	148p. 25전	1915-12-20	1915-12-25	1	朴健會 경성부 인사동 39번지	조선서관 경성부 인사동 39번지
2809	**춘향전** 조선서-춘향-01-02	(무쌍)츈향전	한글			1917- -	2		조선서관
2810	**토끼전** 조선서-토끼-01-00	兎의肝	한글			1915- -	1		조선서관
2811	**하진양문록** 조선서-하진-01-00	하진량문록	한글			1916- -	1		조선서관
2812	**한수대전** 조선서-한수-01-01	삼국풍진 한수대젼	한글			1918-10-29	1		조선서관
2813	**현수문전** 조선서-현수-01-01	(일대명장)현수 문전	한글	124p. 30전	1915-09-20	1915-09-29	1	朴健會 경성부 인사동 39번지	조선서관 경성부 인사동 39번지
2814	**형산백옥** 조선서-형산-01-00	형산백옥	한글			1916- -	1		조선서관
2815	**홍계월전** 조선서-홍계-01-00	홍게월전	한글			1916- -	1		조선서관
2816	**황운전** 조선서-황운-01-00	황운전	한글			1916- -	1		조선서관
2817	**황주목사계자기** 조선서-황주-01-01	황쥬목사긔	한글	16p. 25전	1913-02-24	1913-02-26	1	朴健會 경성 북부 대사동 3통 8호	조선서관 경성 북부 대사동 3통 8호
2818	**후수호지** 조선서-후수-01-01	(續水滸誌)一百 單入歸化期	한글	192p.		1918- -	1		조선서관
2819	**구운몽** 조선총-구운-01-01	(연명)구운몽	한글		1913-02-13	1913-02-15	1		조선총독부
2820	**구운몽** 조선총-구운-01-02	(연명)구운몽	한글				2		조선총독부
2821	**구운몽** 조선총-구운-01-03	(연명)구운몽	한글	6전		1914-07-05	3		조선총독부

인쇄자 인쇄소 주소	인쇄소 인쇄소 주소	공동 발행	영인본	소장처 및 청구기호	기타	현황
卞馬澤 경성부 효자동 103번지	성문사 경성부 공평동 55번지			국립중앙도서관(3 634-2-88(2))	초판, 2판 발행일 기록. p.9부터 순한글 표기.	원문
					[연구보정](p. 878)에 4판 발행연도 기록.	출판
					[연구보정](p. 878)에 5판 발행연도 기록.	출판
					<월봉산긔>, 조선서관, 1916(국립중앙도서관 소장본(3634-2-70(7)) 광고에 '진시황실긔'로 기록.	광고
崔周桓 경성 서부 냉동 176통 7호	법한회사인쇄부 경성 서소문가 복거교			국립중앙도서관(3 634-2-108(2))	14회 상하 합편(상편 1회~7회, 하편 8회~14회). 2판에 초판 인쇄일과 발행일 기록.	원문
卞馬澤 경성부 효자동 103번지	성문사 경성부 공평동 55번지			국립중앙도서관(3 634-2-108(7))	14회 상하 합편(상편 1회~7회, 하편 8회~14회). 초판 인쇄일, 발행일 기록.	원문
金弘奎 경성 북부 대묘동 14통 호	보성사 경성 북부 전동 14통 1호			국립중앙도서관(N 25-44)		원문
金弘奎 경성 북부 대묘동 14통6호	보성사 경성 북부 전동 14통1호			연세대학교 도서관(O 811.37 신소설-10-3)		원문
鄭敬德 경성부 원동 206번지	조선복음인쇄소 경성부 원동 206번지		[구활자본고소설 전집 15)		14회의 장회체(총목차). 저자 박건회. '讀春香傳四法'(춘향전을 읽는 4가지 방법) 있음. p.10까지 한자 괄호 표기, 이후 순한글.	원문
					[이본목록](p.777)에 2판 발행일 기록.	출판
					우쾌제, p.137.	출판
					<월봉산긔>, 조선서관, 1916. 광고([이본목록], p.820)	광고
					권순긍, p.334.	출판
金翼洙 경성부 종로통 2정목 2번지	조선복음인쇄소분점 경성부 종로통 2정목 82번지		[구활자본고소설 전집 16]((	국립중앙도서관(3 634-2-68(3))	23회의 장회체(총목차). 본문은 p.122까지이며, 그 뒤에 2면은 다른 이야기임.	원문
					<월봉산긔>, 조선서관, 1916. 광고([이본목록], p.839.)	광고
					<월봉산긔>, 조선서관, 1916(국립중앙도서관 소장본(3634-2-70(7)) 광고에 '홍게월전'으로 기록.	광고
					<월봉산긔>, 조선서관, 1916(국립중앙도서관 소장본(3634-2-70(7)) 광고에 '황운전'으로 기록.	광고
金敬禹 경성 북부 교동 27통 9호	동문관 경성 북부 교동 23통 5호		[구활자본고소설 전집 20]		[별삼설긔]에 '낙양삼사긔, 셔초패왕긔, 삼자원종기, 노처녀가'와 합철.	원문
				국립중앙도서관(3 636-2)		원문
					3판에 초판의 인쇄일,발행일 기록	출판
					3판이 있어서 2판도 있을 것으로 추정.	출판
	총무국인쇄소			정명기 소장본	마지막장 훼손으로 정확한 쪽수 알 수 없음, 상하합철. 초판 인쇄일, 발행일 기록.	원문

번호	작품명 고유번호	표제	문자	면수 가격	인쇄일	발행일	판차	발행자 발행자 주소	발행소 발행소 주소
2822	**춘향전** 조선총-춘향-01-01-상	우리들전	한글			1924-04-29	1	沈相泰	조선총독부경무국
2823	**춘향전** 조선총-춘향-01-01-하	우리들전	한글				1		조선총독부경무국
2824	**삼국대전** 중앙-삼국대-01-01	삼국대전	한글	109p.	1948-10-05	1948-10-10	1	金振福	중앙출판사 서울특별시 을지로 3 71번지
2825	**삼쾌정** 중앙-삼쾌-01-01	三快亭	한글	71p.	1948-10-05	1948-10-10	1	金振福	중앙출판사 서울시 중구 을지로 12번지
2826	**숙영낭자전** 중앙-숙영-01-01	淑英娘子傳	한글	28p.	1945-12-25	1945-12-31	1	閔明善 한성시 황금정 3정목 71번지	중앙출판사 한성시 황금정 3정목 71번지
2827	**용문전** 중앙-용문-01-01	룡문장군전	한글	49p.		1945- -	1	閔明善	중앙출판사
2828	**홍길동전** 중앙-홍길-01-01	홍길동전	한글	36p.	1945-12-25	1945-12-31	1	閔明善 한성시 황금정 3정목 71번지	중앙출판사 한성시 황금정 3정목 71번지
2829	**옥련몽** 중앙서-옥련-01-01-권1	옥련몽 第1篇	한글			1917-01-12	1	李鍾楨	중앙서관
2830	**옥련몽** 중앙서-옥련-01-01-권2	옥련몽 第2篇	한글			1917-01-12	1	李鍾楨	중앙서관
2831	**옥련몽** 중앙서-옥련-01-01-권3	옥련몽 第3篇	한글	143p.		1917-01-12	1	李鍾楨	중앙서관
2832	**옥련몽** 중앙서-옥련-01-01-권4	옥련몽 第4篇	한글	127p.		1917-01-12	1	李鍾楨	중앙서관
2833	**옥련몽** 중앙서-옥련-01-01-권5	옥련몽 第5篇	한글			1917-01-12	1	李鍾楨	중앙서관
2834	**옥련몽** 중앙서-옥련-01-02-권1	옥련몽 第1篇	한글		1918-01-12	1918-01-15	2	李鍾楨	중앙서관
2835	**옥련몽** 중앙서-옥련-01-02-권2	옥련몽 第2篇	한글		1918-01-12	1918-01-15	2	李鍾楨	중앙서관
2836	**옥련몽** 중앙서-옥련-01-02-권3	옥련몽 第3篇	한글	143p.	1918-01-12	1918-01-15	2	李鍾楨	중앙서관
2837	**옥련몽** 중앙서-옥련-01-02-권4	옥련몽 第4篇	한글	127p. 3원(5책)	1918-01-12	1918-01-15	2	李鍾楨 경성부 송현동 71번지	중앙서관 경성부 종로통 3정목 85번지
2838	**옥련몽** 중앙서-옥련-01-02-권5	옥련몽 第5篇	한글	126p. 3원(전5 책)	1918-01-12	1918-01-15	2	李鍾楨 경성부 송현동 71번지	중앙서관 경성부 종로통 3정목 85번지
2839	**옥련몽** 중앙서-옥련-01-03-권1	옥련몽 第1篇	한글				3		중앙서관
2840	**옥련몽** 중앙서-옥련-01-03-권2	옥련몽 第2篇	한글				3		중앙서관
2841	**옥련몽** 중앙서-옥련-01-03-권3	옥련몽 第3篇	한글	143p.			3		중앙서관
2842	**옥련몽** 중앙서-옥련-01-03-권4	옥련몽 第4篇	한글	127p.			3		중앙서관

쇄자 쇄소 주소	인쇄소 인쇄소 주소	공동 발행	영인본	소장처 및 청구기호	기타	현황
					오한근 소장본([이본목록], p.775.)	원문
					'上券'이 있는 것으로 보아 '下券'도 있을 것으로 추정.	출판
泰鄕				정명기 소장본		원문
泰鄕				정명기 소장본		원문
在同 성시 황금정 3정목 번지				소인호 소장본		원문
					[이능우 寄目] 1163, 대전대([이본목록](p.448)	출판
在同 성시 황금정 3정목 번지			[조동일소장국문 학연구자료 23]	단국대학교 도서관(연민 853.6 민376ㅅ)	상하 합본(상 pp.1~17, 하 pp.18~36). p.20까지 1면 17행, p.21부터 1면 18행. 이로 인해 37면본이 36면으로 됨.	원문
		광동서국			2판 5권에 초판 발행일 기록. 2판 5권이 있어서 1판 1~5권이 있을 것으로 추정. 이능우, p.293.에서는 초판 발행일을 1916년으로 기록.	출판
		광동서국			2판 5권에 초판 발행일 기록. 2판 5권이 있어서 1판 1~5권이 있을 것으로 추정. 이능우, p.293.에서는 초판 발행일을 1916년으로 기록.	출판
		광동서국	[구활자본고소설 전집 10]	국립중앙도서관(3 634-2-102(1))	제3편(12권~14권). 판권지가 없어 몇판인지 알 수 없음. 2판 5권에 초판 발행일 기록. 2판 5권이 있어서 1판 1~5권이 있을 것으로 추정.	원문
		광동서국	[구활자본고소설 전집 10]	국립중앙도서관(3 634-2-102(9)=2)	제4편(15권~17권). 판권지가 없어 몇판인지 알 수 없음. 2판 5권에 초판 발행일 기록. 2판 5권이 있어서 1판 1~5권이 있을 것으로 추정.	원문
		광동서국			2판 5권에 초판 발행일 기록.	출판
		광동서국			2판 5권이 있어서 2판 1~4권도 있을 것으로 추정.	출판
		광동서국			2판 5권이 있어서 2판 1~4권도 있을 것으로 추정.	출판
		광동서국		국립중앙도서관(3 634-2-102(1))	제3편(12권~14권). 발행 관련 사항은 2판 5편 판권지의 내용을 기록.	원문
敬德 성부 관훈동 30번지	조선복음인쇄소 경성부 관훈동 30번지	광동서국		국립중앙도서관(3 634-2-102(9)=2)	제4편(15권~17권). 발행 관련 사항은 2판 5편 판권지의 내용을 기록.	원문
敬德 성부 관훈동 30번지	조선복음인쇄소 경성부 관훈동 30번지	광동서국		국립중앙도서관(3 634-2-102(8))	제5편(18권~20권). 초판 발행일 기록. 옥련몽 1질 5책.	원문
		광동서국			이능우, p.293.에 4판이 기록되어 3판도 있을 것으로 추정.	출판
		광동서국			이능우, p.293.에 4판이 기록되어 3판도 있을 것으로 추정.	출판
		광동서국	[구활자본고소설 전집 10]	국립중앙도서관(3 634-2-102(1))	이능우, p.293.에 4판이 기록되어 3판도 있을 것으로 추정. 판권지가 없어 몇판인지 알 수 없음.	원문
		광동서국	[구활자본고소설 전집 10]	국립중앙도서관(3 634-2-102(9)=2)	이능우, p.293.에 4판이 기록되어 3판도 있을 것으로 추정. 판권지가 없어 몇판인지 알 수 없음.	원문

번호	작품명 고유번호	표제	문자	면수 가격	인쇄일	발행일	판차	발행자 발행자 주소	발행소 발행소 주소
2843	**옥련몽** 중앙서-옥련-01-03-권5	옥련몽 第5篇					3		중앙서관
2844	**옥련몽** 중앙서-옥련-01-04-권1	옥련몽 第1篇	한글			1920- -	4		중앙서관
2845	**옥련몽** 중앙서-옥련-01-04-권2	옥련몽 第2篇	한글			1920- -	4		중앙서관
2846	**옥련몽** 중앙서-옥련-01-04-권3	옥련몽 第3篇	한글	143p.		1920- -	4		중앙서관
2847	**옥련몽** 중앙서-옥련-01-04-권4	옥련몽 第4篇	한글	127p.		1920- -	4		중앙서관
2848	**옥련몽** 중앙서-옥련-01-04-권5	옥련몽 第5篇	한글			1920- -	4		중앙서관
2849	**우미인** 중앙서-우미-01-01	우미인	한글			1908- -	1		중앙서관
2850	**박씨전** 중앙인-박씨-01-01	박씨전	한글			1937- -	1		중앙인서관
2851	**박씨전** 중앙인-박씨-01-02	박씨전	한글	49p.		1940- -	2		중앙인서관
2852	**토끼전** 중앙인-토끼-01-01	토끼傳	한글			1937- -	1		중앙인서관
2853	**김인향전** 중흥-김인-01-01	(고대소설)인향전	한글	32p.		1938-01-25	1		중흥서관
2854	**박씨전** 중흥-박씨-01-01	박씨젼	한글				1		중흥서관
2855	**심청전** 중흥-심청-01-01	심쳥전	한글			19 - -	1		중흥서관
2856	**유충렬전** 중흥-유충-01-01	류충렬젼	한글			1933- -	1	李宗壽	중흥서관
2857	**박문수전** 진흥-박문-01-00	어사박문수전	한글	32p.			1		진흥서관
2858	**배비장전** 진흥서-배비-01-01	배비장전	한글	56p.		1948-11-15	1	姜南馨	진흥서림
2859	**김인향전** 창문-김인-01-01	김인향전	한글	32p.	1961-11-10	1961-11-15	1		창문사
2860	**임진록** 창문-임진-01-01	임진록	한글	42p.	1961-11-10	1961-11-15	1		창문사
2861	**춘향전** 창문-춘향-01-01-상	옥즁화 상	한글				1		창문사
2862	**춘향전** 창문-춘향-01-01-하	옥즁화 하	한글			1927- -	1		창문사
2863	**삼성기** 천일-삼성-01-01	삼셩긔	한글	90p.	1918-10-21	1918-10-26	1	李-宰 경성부 옥인--번지	천일서관 경성부 ---1정목 135

인쇄자 인쇄소 주소	인쇄소 인쇄소 주소	공동 발행	영인본	소장처 및 청구기호	기타	현황
		광동서국			이능우, p.293.에 4판이 기록되어 3판도 있을 것으로 추정.	출판
		광동서국			이능우, p.293. 초판 발행일을 1916년이라고 하고, 영인본에서도 1916년 발행이라고 함. 현전하는 초판본은 1917년임.	출판
		광동서국			이능우, p.293. 초판 발행일을 1916년이라고 하고, 영인본에서도 1916년 발행이라고 함. 현전하는 초판본은 1917년임.	출판
		광동서국	[구활자본고소설전집 10]		이능우, p.293. 초판 발행일을 1916년이라고 하고, 영인본에서도 1916년 발행이라고 함. 현전하는 초판본은 1917년임.	출판
		광동서국	[구활자본고소설전집 10]		이능우, p.293. 초판 발행일을 1916년이라고 하고, 영인본에서도 1916년 발행이라고 함. 현전하는 초판본은 1917년임.	출판
		광동서국			이능우, p.293. 초판 발행일을 1916년이라고 하고, 영인본에서도 1916년 발행이라고 함. 현전하는 초판본은 1917년임.	출판
					유탁일 소장본([이본목록](p.449)	원문
					[朝鮮文學全集] 6, 小說集 2([이본목록], p.171)	출판
					[朝鮮文學全集] 6, 小說集 2([이본목록], p.171)	출판
					[이본목록], p.806.	출판
			[활자본고전소설전집 2]		발행소와 발행일은 영인본의 해제에 의함.	원문
				정명기 소장본	뒷부분 낙장(p.50까지 있음). p.50은 '대창-박씨-01-01'의 p.50과 동일.	원문
					방민호 소장본([연구보정], p.541)	원문
					여승구, [古書通信] 15, 1999.9.([이본목록], p.494)	원문
		한성서관, 유일서관			W. E. Skillend, p.83.(1945~1950년 경)	출판
					조희웅 소장본([이본목록], p.177)	원문
				국립중앙도서관(813.5-9-32)		원문
				개인소장본	<임진록(pp.1~34)> 뒤에 <갑진록(pp.35~42)> 수록. 표지에 '영화출판사'와 그 주소가 기록되었으나, 판권지에는 발행소가 창문사로 기록됨.	원문
					'옥중화 하'가 있어서 '옥중화 상'도 있을 것으로 추정.	출판
					오한근 소장본([이본목록], p.774.)	원문
家恒衛 성부 명치정 1정목 번지	일한인쇄소 경성부 명치정 1정--4번지		[신소설전집 17]	국립중앙도서관(3634-3-7(7))	판권지가 훼손되어 있어서 찢긴 부분은 '-'로 표시.	원문

번호	작품명 고유번호	표제	문자	면수 가격	인쇄일	발행일	판차	발행자 발행자 주소	발행소 발행소 주소
2864	**최현전** 천일-최현-01-01	고대소설 최장군전	한글	66p.	1918-09-25	1918-09-29	1	申龜永 경성부 종로 2정목 80번지	천일서관 경성부 봉래정 1정목 135번지
2865	**옥단춘전** 청송-옥단-01-01	옥단춘젼	한글	42p. 20전	1916-09-20	1916-09-30	1	申龜永 경성 종로 2정목 80번지	청송당서점 경성 견지동 38번지
2866	**적성의전** 태산-적성-01-00	적성의전	한글			1926- -	1		태산서림
2867	**제마무전** 태산-제마-01-01	몽결초한송	한글			1925- -	1		태산서림
2868	**소진장의전** 태학-소진-01-01	소진장의전	한글			1918-05-25	1	李鍾楨 경성부 송현동 71번지	태학서관
2869	**옥련몽** 태학-옥련-01-01-권1	옥련몽 第1篇	한글	119p. 35전	1916-10-10	1916-10-15	1	李鍾楨 경성부 송현동 71번지	태학서관 경성부 견지동 38번지
2870	**옥련몽** 태학-옥련-01-01-권2	옥련몽 第2篇	한글	134p. 35전	1917-01-12	1917-01-17	1	李鍾楨 경성부 송현동 71번지	태학서관 경성부 견지동 38번ㅈ
2871	**옥련몽** 태학-옥련-01-01-권3	옥련몽 第3篇	한글	143p. 35전	1916-10-25	1917-01-17	1	李鍾楨 경성부 송현동 71번지	태학서관 경성부 견지동 38번ㅈ
2872	**옥련몽** 태학-옥련-01-01-권4	옥련몽 第4篇	한글				1		태학서관
2873	**옥련몽** 태학-옥련-01-01-권5	옥련몽 第5篇	한글	128p. 35전	1917-01-12	1917-01-17	1	李鍾楨 경성부 송현동 71번지	태학서관 경성부 견지동 38번ㅈ
2874	**계명산** 태화-계명-01-01	계명산	한글	36p. 20전	1928-11-15	1928-11-20	1	姜夏馨 경성부 예지동 101번지	태화서관 경성부 예지동 101번
2875	**김씨열행록** 태화-김씨-01-01	김씨렬행록	한글	18p.		1928- -	1		태화서관
2876	**김씨열행록** 태화-김씨-01-02	김씨렬행록	한글	18p.		1947- -	2		태화서관
2877	**김진옥전** 태화-김진-01-01	김진옥전	한글	64p. 25전	1929-11-25	1929-11-28	1	姜夏馨 경성부 예지동 101번지	태화서관 경성부 예지동 101번
2878	**박씨전** 태화-박씨-01-00	박씨전	한글			1918- -	1		태화서관
2879	**박씨전** 태화-박씨-02-00	박씨부인전	한글			1929- -	1		태화서관
2880	**보심록** 태화-보심-01-00	명사십리	한글			1918- -	1		태화서관
2881	**사각전** 태화-사각-01-00	가인기우	한글			1918- -	1		태화서관
2882	**사씨남정기** 태화-사씨-01-00	謝氏南征記	한글	30전		1918- -	1		태화서관
2883	**산양대전** 태화-산양-01-01	(고대소설)산양 대젼	한글	38p.		1929-11-25	1		태화서관
2884	**산양대전** 태화-산양-01-02	(고대소설)산양 대젼	한글	38p.	1947-12-10	1947-12-15	2	姜夏馨 서울시 종로구 예지동 101번지	태화서관 서울시 종로구 예지동 101번지
2885	**삼국지** 태화-삼국-01-00-01	언문 삼국지	한글			1929- -	1		태화서관
2886	**삼국지** 태화-삼국-01-00-02	언문 삼국지	한글			1929- -	1		태화서관

쇄자 쇄소 주소	인쇄소 인쇄소 주소	공동 발행	영인본	소장처 및 청구기호	기타	현황
家恒衛 성부 명치정 1정목 번지	일한인쇄소 경성부 명치정 1정목 54번지	한양서적업조 합		오윤선 소장본	오윤선(2012), 표지와 도입부 낙장, 본문 3면부터 시작.	원문
重煥 성 중림동 333번지	보성사 경성 수송동 44번지			국립중앙도서관(3 634-2-90(4))		원문
					이주영, p.226.	출판
					이주영, p.228.	출판
家恒衛 성부 명치정 1정목 번지	일한인쇄소 경성부 명치정 1정목 54번지				권순긍, p.333.	출판
敬德 성부 관훈동 30번지	조선복음인쇄소 경성부 관훈동 30번지	광동서국		양승민 소장본	전5편 20권 5책(총목차). 제1편(1권~5권).	원문
敬德 성부 관훈동 30번지	조선복음인쇄소 경성부 관훈동 30번지	광동서국		정명기 소장본	제2편(6권~11권)	원문
敬德 성부 관훈동 30번지	조선복음인쇄소 경성부 관훈동 30번지	광동서국		국립중앙도서관(3 634-2-89(2))	제3편(12권~14권). 양승민 소장본의 발행일은 1916년10월 31일임.	원문
		광동서국			제5편이 있어서 제4편(15권~17권)도 있을 것으로 추정.	출판
敬德 성부 관훈동 30번지	조선복음인쇄소 경성부 관훈동 30번지	광동서국	[구활자본고소설 전집 10]	국립중앙도서관(3 634-2-102(6))	제5편(18권~20권).	원문
敎瓚 성부 황금정 2정목 번지	신문관 경성부 황금정 2정목 21번지			서울대학교 도서관(3350 61)		원문
					조희웅소장본. 콩쥐팥쥐전에 합철([이본목록], p.95)	원문
					조희웅소장본. 콩쥐팥쥐전에 합철([이본목록], p.95)	원문
重換 성부 관훈동 30번지	중성사인쇄부 경성부 관훈동 30번지			국립중앙도서관(3 634-2-56(6))		원문
					<렬녀전>, 태화서관, 1918. 광고([이본목록], p.171)	광고
					<신명심보감>, 태화서관, 1929. 광고([이본목록], p.170)	광고
					<열녀전>, 태화서관, 1918. 광고([이본목록], p.191)	광고
					<열녀전>, 태화서관, 1918. 광고.([이본목록], p.201)	광고
					<열녀전>, 태화서관, 1918(국립중앙도서관 소장본(3634-2-86(2)) 광고에 '謝氏南征記'로 기록.	광고
					2판에 초판 발행일 기록.	출판
	태화서관인쇄부 서울시 종로구 예지동 101번지			서울대학교 도서관(MFF 951.06 C718ik v.47)	마이크로필름 자료. 초판 발행일 기록. C.V. Starr East Asian Library (Columbia University)	원문
					[新明心寶鑑],태화서관, 1929. 광고([이본목록], p.235).	광고
					[新明心寶鑑],태화서관, 1929. 광고([이본목록], p.235).	광고

번호	작품명 고유번호	표제	문자	면수 가격	인쇄일	발행일	판차	발행자 발행자 주소	발행소 발행소 주소
2887	**삼국지** 태화-삼국-01-00-03	언문 삼국지	한글			1929- -	1		태화서관
2888	**삼국지** 태화-삼국-01-00-04	언문 삼국지	한글			1929- -	1		태화서관
2889	**삼국지** 태화-삼국-01-00-05	언문 삼국지	한글			1929- -	1		태화서관
2890	**삼쾌정** 태화-삼쾌-01-00	삼쾌정	한글			1918- -	1		태화서관
2891	**석화룡전** 태화-석화-01-00	석화룡	한글			1918- -	1		태화서관
2892	**소대성전** 태화-소대-01-00	소대성전	한글			1929- -	1		태화서관
2893	**수호지** 태화-수호-01-00	양산박	한글			1918- -	1		태화서관
2894	**숙영낭자전** 태화-숙영-01-01	(古代小說)淑英娘子傳	한글	30p. 15전	1928-10-10	1928-10-18	1	姜夏馨 경성부 예지동 101번지	태화서관 경성부 예지동 101번
2895	**숙향전** 태화-숙향-01-00	숙향전	한글			1918- -	1		태화서관
2896	**신립신대장실기** 태화-신립-01-01	신립신대장실긔	한글	72p. 25전	1927-12-27	1927-12-30	1	姜夏馨 경성부 예지동 101번지	태화서관 경성부 예지동 101번
2897	**신립신대장실기** 태화-신립-02-00	신립신대장실긔	한글			1929- -	1		태화서관
2898	**심청전** 태화-심청-01-01	(만고효녀) 심청젼	한글			1928-10-23	1		태화서관
2899	**심청전** 태화-심청-01-02	(만고효녀) 심청젼	한글				2		태화서관
2900	**심청전** 태화-심청-01-03	(만고효녀) 심청젼	한글	55p.		1931- -	3	姜夏馨	태화서관
2901	**악의전단전** 태화-악의-01-00	악의전단	한글			1918- -	1		태화서관
2902	**양주봉전** 태화-양주-01-00	양주봉전	한글			1929- -	1		태화서관
2903	**양풍전** 태화-양풍-01-00	양풍운전	한글			1918- -	1		태화서관
2904	**어룡전** 태화-어룡-01-01	어룡전	한글			1928-10-18	1		태화서관
2905	**어룡전** 태화-어룡-01-02	어룡전	한글	62 25전	1931-11-05	1931-11-10	2	姜夏馨 경성부 예지동 101번지	태화서관 경성부 예지동 101번
2906	**열녀전** 태화-열녀-01-01	렬녀젼	한글	50p. 25전	1918-01-11	1918-01-15	1		태화서관 경성부 종로통 3정목 83번지
2907	**오관참장기** 태화-오관-01-00	오관참장	한글			1918- -	1		태화서관
2908	**옥단춘전** 태화-옥단-01-01	옥단춘전	한글	38p.		1928-10-23	1		태화서관

쇄자 쇄소 주소	인쇄소 인쇄소 주소	공동 발행	영인본	소장처 및 청구기호	기타	현황
					[新明心寶鑑],태화서관, 1929. 광고([이본목록], p.235).	광고
					[新明心寶鑑],태화서관, 1929. 광고([이본목록], p.235).	광고
					[新明心寶鑑],태화서관, 1929. 광고([이본목록], p.235).	광고
					<렬녀전>, 태화서관, 1918. 광고.([이본목록], p.240).	광고
					<렬녀전>, 1918. 광고.([이본목록], p.263.).	광고
					<신명심보감>, 태화서관, 1929. 광고([이본목록], p.294.)	광고
					<열녀전>, 태화서관, 1918. 광고([이본목록], p.313.)	광고
敎瓚 성부 황금정 1정목 번지	신문관 경성부 황금정 2정목 21번지			양승민 소장본		원문
					<열녀전>, 1918. 광고.([이본목록], p.330)	광고
禹澤 성부 공평동 55번지	대동인쇄주식회사 경성부 공평동 55번지			서울대학교 도서관(3350 157)	p.1. 에 '獨步 著', p.72.에 '1927년 1월 21일 오전 새로반시에 씀 - 독보'.	원문
					[新明心寶鑑], 1929. 광고([이본목록], p.334).	광고
					초판 발행일은 [이본목록], p.358.을 따름.	원문
					3판이 있어서 2판도 있을 것으로 추정. [이본목록](p.358)에서는 1931년판이 2판으로 기록하였으나, 국립중앙도서관 소장본이 3판임.	원문
				국립중앙도서관(3 634-2-58(8))	판권지 없음. 도서관 서지정보에 1931년 3판으로 기록. 본문은 54p인 것으로 영인은 53p까지 있음. 동일 판본인 '회동-심청-01-01'이 55p.이므로 55p로 기록	원문
					<열녀전>, 태화서관, 1918. 광고([이본목록], p.367)	광고
					[新明心寶鑑], 태화서관, 1929. 광고.([이본목록], p.376)	광고
					<열녀전>, 태화서관, 1918. 광고.([이본목록], p.379)	광고
					2판에 초판 발행일 기록.	출판
仁煥 성부 공평동 55번지	대동인쇄소 경성부 공평동 55번지			국립중앙도서관(3 634-2-73(4))		원문
家恒衛 성부 명치정 1정목 번지	일한인쇄소 경성부 명치정 1정목 54번지		[구활자본고소설 전집 9], [구활자소설총서 6]	국립중앙도서관(3 634-2-86(2))	66회의 장회체(총목차). 저작가 현공렴.	원문
					<열녀전>, 태화서관, 1918. 광고.([이본목록], p.397)	광고
					2판에 초판 발행일 기록.	출판

번호	작품명 고유번호	표제	문자	면수 가격	인쇄일	발행일	판차	발행자 발행자 주소	발행소 발행소 주소
2909	옥단춘전 태화-옥단-01-02	옥단춘전	한글	38p.	1946-02-25	1946-03-05	2	姜夏馨 한성시 예지동 101번지	태화서관 한성시 예지동 101번지
2910	왕소군새소군전 태화-왕소-01-01	왕소군새소군전	한글	316p. 1원	1930-11-25	1930-11-28	1	姜夏馨 경성부 예지동 101번지	태화서관 경성부 예지동 101번
2911	원두표실기 태화-원두-01-01	원두표실긔	한글	50p. 25전		1930-12-20	1	姜夏馨 경성부 예지동 101번지	태화서관 경성부 예지동 101번
2912	유충렬전 태화-유충-01-01	류충렬전	한글	85p. 30전		1928- -	1	姜夏馨 경성부 예지동 101번지	태화서관 경성부 예지동 101번
2913	이대봉전 태화-이대-01-00	봉황대	한글			1918- -	1		태화서관
2914	이대봉전 태화-이대-02-00	이대봉전	한글			1929- -	1		태화서관
2915	임거정전 태화-임거-01-01	림거정전	한글	51p. 25전	1931-03-20	1931-03-25	1	姜夏馨 경성부 예지동 101번지	태화서관 경성부 예지동 101번
2916	임경업전 태화-임경-01-01	충의소설 림경업전	한글	46p. 25전	1928.10.10.	1928-10-18	1	姜夏馨 경성부 예지동 101번지	태화서관 경성부 예지동 101번
2917	임경업전 태화-임경-01-02	충의소설 림경업전	한글				2		태화서관
2918	임경업전 태화-임경-01-03	충의소설 림경업전	한글				3		태화서관
2919	임경업전 태화-임경-01-04	충의소설 림경업전	한글				4		태화서관
2920	임경업전 태화-임경-01-05	충의소설 림경업전	한글	46p.	1947-12-05	1947-12-10	5	姜夏馨 서울특별시 종로구 예지동 101번지	태화서관 서울특별시 종로구 예지동 101번지
2921	장경전 태화-장경-01-00	장경전	한글			1918- -	1		태화서관
2922	장국진전 태화-장국-01-00	張國振傳	한글	30전		1918- -	1		태화서관
2923	장백전 태화-장백-01-01	(일세명장) 장백전	한글	61p. 25전	1929-11-25	1929-11-28	1	姜夏馨 경성부 예지동 101번지	태화서관 경성부 예지동 101번
2924	장백전 태화-장백-01-02	(일세명장) 쟝백전	한글	61p.	1948-02-05	1948-02-10	2	姜夏馨 서울시 종로구 예지동 101번지	태화서관 서울시 종로구 예지 101번지
2925	장익성전 태화-장익-01-00	장익성	한글			1918- -	1		태화서관
2926	장익성전 태화-장익-02-01	장익셩전	한글			1928-01-18	1		태화서관
2927	장익성전 태화-장익-02-02	장익셩전	한글	65p.	1948-02-05	1948-02-10	2	姜夏馨 서울시 종로구 예지동 101번지	태화서관 서울시 종로구 예지 101번지
2928	장풍운전 태화-장풍-01-00	쟝풍운전	한글			1918- -	1		태화서관
2929	장화홍련전 태화-장화-01-00	쟝화홍련전	한글			1929- -	1		태화서관
2930	적벽대전 태화-적벽대-01-00	적벽가	한글			1918- -	1		태화서관

인쇄자 인쇄소 주소	인쇄소 인쇄소 주소	공동 발행	영인본	소장처 및 청구기호	기타	현황
	서울인쇄사 한성시 본정 4정목 131			정명기 소장본	초판 발행일 기록.	원문
朴翰柱 경성부 관훈동 30번지	동아인쇄소 경성부 관훈동 30번지		[구활자본고소설 전집 21]		43회의 장회체(상 1~30회, 하 31~43회). 상하 합편(상 pp.1~145, 하 pp.1~171)	원문
朴翰柱 경성부 관훈동 30번지	동아인쇄소 경성부 관훈동 30번지			서울대학교 도서관(3350 59)	인쇄일 부분이 잘려서 보이지 않음. <원두표실기>는 <홍장군전>을 모방, 답습한 작품(곽정식, 2009)	원문
朴翰株 경성부 관훈동 30번지	동아인쇄소 경성부 관훈동 30번지			서울대학교 도서관(3350 141)	상하합철. 판권지가 훼손되어 인쇄일과 발행일을 알 수 없음. 발행연도는 도서관 서지정보 참고.	원문
					<렬녀전>, 태화서관, 1918. 광고.([이본목록], p.513)	광고
					<신명심보감>, 태화서관, 1929. 광고. ([이본목록], p.514)	광고
朴仁煥 경성부 공평동 55번지	대동인쇄소 경성부 공평동 55번지			서울대학교 도서관(3350 32)		원문
朴翰柱 경성부 관훈동 30번지	동아인쇄소 경성부 관훈동 30번지			디지털 한글박물관(홍윤표 소장본)	5판에 초판 발행일 기록.	원문
					5판이 있어서 2판도 있을 것으로 추정.	출판
					5판이 있어서 3판도 있을 것으로 추정.	출판
					5판이 있어서 4판도 있을 것으로 추정.	출판
	태화서관인쇄부 서울특별시 종로구 예지동 101번지			정명기 소장본	초판 발행일 기록.	원문
					<렬녀전>, 태화서관, 1918([이본목록], p.571.) 광고.	광고
					<열녀전>, 태화서관, 1918(국립중앙도서관 소장본(3634-2-86(2)) 광고에 '張國振傳'으로 기록.	광고
金重煥 경성부 관훈동 30번지	중성사인쇄부 경성부 관훈동 30번지			국립중앙도서관(3 634-2-50(2))		원문
	태화서관인쇄부 서울시 종로구 예지동 101번지			개인소장본		원문
					<렬녀전>, 태화서관, 1918. 광고([이본목록], p.586)	광고
					2판에 초판 발행일 기록	출판
	태화서관인쇄부 서울시 종로구 예지동 101번지			김종철 소장본	초판 발행일 기록.	원문
					<렬녀전>, 태화서관, 1918. 광고([이본목록], p.593)	광고
					<신명심보감>, 태화서관, 1929. 광고([이본목록], p.603)	광고
					<렬녀전>, 태화서관, 1918. 광고.([이본목록], p.612)	광고

번호	작품명 고유번호	표제	문자	면수 가격	인쇄일	발행일	판차	발행자 발행자 주소	발행소 발행소 주소
2931	**적성의전** 태화-적성-01-00	적성의전	한글			1918- -	1		태화서관
2932	**전우치전** 태화-전우-01-00	전운치전	한글			1929- -	1		태화서관
2933	**정수정전** 태화-정수정-01-00	여장군	한글	30전		1918- -	1		태화서관
2934	**정수정전** 태화-정수정-02-00	여자충효록	한글			1918- -	1		태화서관
2935	**정을선전** 태화-정을-01-00	정을선	한글			1918- -	1		태화서관
2936	**정진사전** 태화-정진-01-00	정진사	한글			1918- -	1		태화서관
2937	**조웅전** 태화-조웅-01-01	조웅전	한글	79p.		1928-10-18	1	姜夏馨	태화서관
2938	**주원장창업실기** 태화-주원-01-00	주원장실기	한글			1918- -	1		태화서관
2939	**진문공** 태화-진문-01-00	진문공	한글			1918- -	1		태화서관
2940	**채봉감별곡** 태화-채봉-01-00	추풍감별곡	한글			1918- -	1		태화서관
2941	**천정가연** 태화-천정-01-01	(의용무쌍)텬명 가연	한글	50p. 20전	1923-01-20	1923-01-22	1	姜夏馨 경성부 종로 3정목 85번지	태화서관 경성부 종로 3정목 85번지
2942	**춘향전** 태화-춘향-01-00	옥중화	한글	50전		1918- -	1		태화서관
2943	**춘향전** 태화-춘향-02-00	절대가인	한글			1918- -	1		태화서관
2944	**춘향전** 태화-춘향-03-00	만고열녀 춘향전	한글			1929- -	1		태화서관
2945	**콩쥐팥쥐전** 태화-콩쥐-01-01	콩쥐팟쥐젼	한글	18p.		1928-11-20	1	姜夏馨	태화서관
2946	**콩쥐팥쥐전** 태화-콩쥐-01-02	콩쥐팟쥐젼	한글	18p.		1947-11-10	2	姜夏馨	태화서관
2947	**타호무송** 태화-타호-01-00	타호무송	한글			1918- -	1		태화서관
2948	**토끼전** 태화-토끼-01-00	별주부	한글			1918- -	1		태화서관
2949	**한씨보응록** 태화-한씨-01-00	한씨보응록	한글			1918- -	1		태화서관
2950	**항장무전** 태화-항장-01-00	항장무	한글			1918- -	1		태화서관
2951	**현수문전** 태화-현수-01-01	(일대명장)현수 문전	한글			1915-09-30	1		태화서관
2952	**현수문전** 태화-현수-01-02	(일대명장)현수 문전	한글	110p. 45전	1918-03-20	1918-03-29	2	朴健會 경성부 공평동 68번지	태화서관 경성부 종로통 3정목 83번지

쇄자 쇄소 주소	인쇄소 인쇄소 주소	공동 발행	영인본	소장처 및 청구기호	기타	현황
					<렬녀전>, 태화서관, 1918. 광고([이본목록], p.618)	광고
					<신명심보감>, 태화서관, 1929. 광고([이본목록], p.627)	광고
					<렬녀전>, 태화서관, 1918(국립중앙도서관 소장본(3634-2-86(2)=2) 광고에 '小說 女將軍傳'로 기록.	광고
					<렬녀전>, 태화서관, 1918. 광고([이본목록], p.639)	광고
					<렬녀전>, 태화서관, 1918. 광고.([이본목록], p.647)	광고
					<렬녀전>, 태화서관, 1918. 광고.([이본목록], p.648)	광고
					조희웅 소장본([연구보정], p.946.)	원문
					<렬녀전>, 태화서관, 1918. 광고([이본목록], p.686)	광고
					<렬녀전>, 태화서관, 1918. 광고([이본목록], p.697)	광고
					<렬녀전>, 태화서관, 1918. 광고([이본목록], p.723)	광고
順永 성부 견지동 32번지	한성도서주식회사 경성부 경지동 32번지		[구활자본고소설 전집 14], [구활자소설총서 5]	국립중앙도서관(3 634-2-7(2))		원문
					<렬녀전>, 태화서관, 1918(국립중앙도서관 소장본(3634-2-86(2)) 광고에 '獄中花'로 기록.	광고
					<렬녀전>, 태화서관, 1918. 광고.([이본목록], p.775)	광고
					[新明心寶鑑], 1929, 광고.([이본목록], p.777)	광고
			[구활자본고소설 전집 16]	세종대학교 도서관(811.93 콩77)	영인본에 판권지 없음. 발행일은 [이본목록](p.787) 참고. '김씨열행록'과 합철(19~36p.).	원문
					조희웅 소장본([이본목록], p.787)	원문
					<렬녀전>, 태화서관, 1918. 광고([이본목록], p.789). <타호무송>은 중국소설 <수호전>을 부분 번역, 편집한 작품(곽정식, 2010)	광고
					<렬녀전>, 태화서관, 1918. 광고([이본목록], p.806.)	광고
					<렬녀전>, 태화서관, 1918. 광고([이본목록], p.823)	광고
					<렬녀전>, 태화서관, 1918. 광고([이본목록], p.826)	광고
					2판에 초판 발행일 기록.	출판
敬德 성부 관훈동 30번지	조선복음인쇄소 경성부 관훈동 30번지			국립중앙도서관(3 634-2-68(1))	23회의 장회체. 초판 발행일 기록. p.104까지 19행으로 편집하다가 p105 부터 24행으로 편집.	원문

번호	작품명 고유번호	표제	문자	면수 가격	인쇄일	발행일	판차	발행자 발행자 주소	발행소 발행소 주소
2953	홍길동전 태화-홍길-01-00	홍길동전	한글			1918- -	1		태화서관
2954	홍장군전 태화-홍장-01-00-상	홍장군전	한글			1918- -	1		태화서관
2955	홍장군전 태화-홍장-01-00-하	홍장군전	한글			1918- -	1		태화서관
2956	화산기봉 태화-화산-01-00	화산기봉	한글			1918- -	1		태화서관
2957	화월야 태화-화월-01-01	화월야	한글				1		태화서관
2958	화월야 태화-화월-01-02	화월야	한글				2		태화서관
2959	화월야 태화-화월-01-03	화월야	한글	57p.		1931- -	3	花舟	태화서관 경성부 예지동 101
2960	동상기 한남-동상-01-01	東廂記纂	한문	273p. 80전	1918-11-15	1918-11-20	1	白斗鏞 경성부 인사동 170번지	한남서림 경성부 인사동 170ㅂ
2961	쌍련몽 한남-쌍련-01-01	쌍련몽	한글	89p. 25전		1922- -	1		한남서림
2962	창선감의록 한남-창선-01-01	창선감의록	한문	190p.		1917-05-20	1		한남서림
2963	창선감의록 한남-창선-01-02	창선감의록	한문	190p. 65전	1919-07-07	1919-07-10	2	白斗鏞 경성부 인사동 170번지	한남서림 경성부 인사동 170ㅂ
2964	창선감의록 한남-창선-01-03	창선감의록	한문	190p. 65전	1924-10-10	1924-10-13	3	白斗鏞 경성부 관훈동 18번지	한남서림 경성부 관훈동 18ㅂ
2965	천군연의 한남-천군-01-01	(懸吐)天君演義	한문	104p. 40전	1917-01-05	1917-01-10	1	白斗鏞 경성부 인사동 170번지	한남서림 경성부 인사동 170ㅂ
2966	난봉기합 한성-난봉-01-00	란봉긔합	한글	25전		1915- -	1		한성서관
2967	명주기봉 한성-명주-01-00	명주긔봉	한글			1915- -	1		한성서관
2968	박씨전 한성-박씨-01-01	박씨젼	한글	62p. 30전	1915-08-05	1915-08-10	1	南宮楔 경성부 종로통 2정목 19번지	한성서관 경성 종로 2정목 19ㅂ
2969	박씨전 한성-박씨-02-01	박씨젼	한글	60p. 25전	1917-12-03	1917-12-05	1	南宮楔 경성 종로 3정목 76번	한성서관 본점 경성 종로 3정목 76
2970	사씨남정기 한성-사씨-01-01	사씨남정기	한글	77p.		1916- -	1		한성서관
2971	사씨남정기 한성-사씨-01-02	사씨남정기	한글	77p.		1917- -	2		한성서관
2972	산양대전 한성-산양-01-01	(삼국풍진)산냥 대젼	한글			1916-02-29	1	南宮楔	한성서관
2973	산양대전 한성-산양-01-02	(삼국풍진)산냥 대젼	한글			1917-07-23	2	南宮楔	한성서관
2974	산양대전 한성-산양-01-03	(삼국풍진)산냥 대젼	한글				3		한성서관
2975	산양대전 한성-산양-01-04	(삼국풍진)산냥 대젼	한글	68p. 16전	1919-02-20	1919-02-26	4	南宮楔 경성부 종로통 3정목 76	한성서관 경성부 종로통 3정목 76번지

인쇄자 인쇄소 주소	인쇄소 인쇄소 주소	공동 발행	영인본	소장처 및 청구기호	기타	현황
					<렬녀전>, 태화서관, 1918. 광고([이본목록], p.856)	광고
					<렬녀전>, 태화서관, 1918. 광고([이본목록], p.864)	광고
					<렬녀전>, 태화서관, 1918. 광고([이본목록], p.864)	광고
					<렬녀전>, 1918, 태화서관. 광고([이본목록], p.867)	광고
					3판이 있어 초판도 있을 것으로 추정.	출판
					3판이 있어 2판도 있을 것으로 추정.	출판
				서울대학교 도서관(3340 104)	판권지 없음. 발행사항은 도서관 서지정보를 따름.	원문
金弘奎 경성부 가회동 216번지	보성사 경성부 수송동 44번지			국회도서관(811.2 ㅂ395ㄷ)		원문
			[조동일소장국문 학연구자료 27]		영인본에 판권지 없으며 p.88가지 영인됨. 발행 사항은 [이본목록](p.361) 참고.	원문
				고려대학교 도서관(897.33 창선감 창a)	2판과 3판에 초판 발행일 기록.	원문
鄭敬德 경성부 관훈동 30번지	조선복음인쇄소 경성부 관훈동 30번지			최호석 소장본	초판 발행일 기록. 3판에 2판 발행일 기록.	원문
魯基禎 경성부 견지동 32번지	한성도서주식회사 경성부 견지동 32번지		[구활자본고소설 전집 33]	국회도서관(811.31 ㅂ395ㅊ)	편수겸발행인 백두용. 초판, 2판 발행일 기록.	원문
金敎瓚 경성부 소격동 41번지	보성사 경성부 수송동 44번지			국립중앙도서관(한 古朝16-41)	附錄: 心史. 鄭琦和 著.	원문
					<소상강>, 한성서관, 1915(국립중앙도서관(3634-2-10(3)) 광고에 '란봉긔합'으로 기록.	광고
					<쌍주기연>, 한성서관, 1915(국립중앙도서관 소장본(3634-2-21(1)) 광고에 '명주긔봉(近刊)'으로 기록.	광고
金翼洙 경성부 종로통 2정목	조선복음인쇄소분점 경성부 종로통 2정목 82번지		[구활자소설총서 7]	국립중앙도서관(3 634-2-5(1))	3권 1책(권지일 pp.1~22, 권지이 pp.22~42. 권지삼 42~62). 1면에 '편집인 남궁설'.	원문
鄭敬德 경성부 관훈동 30번지	조선복음인쇄소 경성부 관훈동 30번지	유일서관 본점		국립중앙도서관(3 634-2-55(4))		원문
		유일서관			이능우, p.285.	출판
		유일서관			이능우, p.285.	출판
					4판에 초판 발행일 기록.	출판
					4판이 있어서 2판도 있을 것으로 추정. 2판 발행일은 이능우, p.286. 참고.	출판
					4판이 있어서 3판도 있을 것으로 추정.	출판
鄭敬德 경성부 관훈동 30번지	조선복음인쇄소 경성부 관훈동 30번지			국립중앙도서관(3 634-2-96(7))	10장의 장회체(총목차). 초판 발행일 기록.	원문

번호	작품명 고유번호	표제	문자	면수 가격	인쇄일	발행일	판차	발행자 발행자 주소	발행소 발행소 주소
2976	산양대전 한성-산양-01-05	(삼국풍진)산냥대젼	한글	68p.		1920-12-06	5	南宮楔	한성서관
2977	서유기 한성-서유-01-00-권1	서유긔	한글	4책, 1원 50전			1		한성서관
2978	서유기 한성-서유-01-00-권2	서유긔	한글	4책, 1원 50전			1		한성서관
2979	서유기 한성-서유-01-00-권3	서유긔	한글	4책, 1원 50전			1		한성서관
2980	서유기 한성-서유-01-00-권4	서유긔	한글	4책, 1원 50전			1		한성서관
2981	서한연의 한성-서한-01-00	셔한연의	한글			1915- -	1		한성서관
2982	서한연의 한성-서한-02-01	쵸한젼	한글	79p. 30전	1917-11-21	1917-11-25	1	南宮楔 경성 종로 3정목 76번	한성서관 경성 종로 3정목 76
2983	서한연의 한성-서한-02-02	쵸한젼	한글	79p. 18전	1918-11-11	1918-11-25	2	南宮楔 경성부 종로통 3정목 76번지	한성서관 경성부 종로통 3정목 76번지
2984	수호지 한성-수호-01-00	슈호지	한글			1916- -	1		한성서관
2985	숙영낭자전 한성-숙영-01-01	숙영낭자젼	한글			1915-05-28	1	南宮楔	한성서관
2986	숙영낭자전 한성-숙영-01-02	숙영낭자젼	한글	63p. 20전	1916-12-18	1916-12-25	2	南宮楔 경성부 종로 3정목 76번지	한성서관 경성부 종로 3정목 76번지
2987	숙영낭자전 한성-숙영-02-00	(특별)숙영낭자젼	한글	43p.		1916- -	1		한성서관
2988	심청전 한성-심청-01-00	강상연	한글	30전		1915- -	1		한성서관
2989	쌍주기연 한성-쌍주-01-01	쌍쥬긔연	한글	100p. 25전	1915-05-30	1915-06-10	1	南宮楔 경성 종로통 2정목 19번지	한성서관 경성부 종로통 2정목 19번지
2990	양산백전 한성-양산-01-01	(고대소설)양산백젼	한글			1915-03-15	1		한성서관
2991	양산백전 한성-양산-01-02	(고대소설)양산백젼	한글	76p. 25전	1916-12-10	1916-12-20	2	南宮楔 경성부 종로통 3정목 76번지	한성서관 경성부 종로통 3정목 76번지
2992	양산백전 한성-양산-01-03	(고대소설)양산백젼	한글	67p. 18전	1918-11-01	1918-11-05	3	南宮楔 경성부 종로통 3정목 76번지	한성서관 경성부 종로통 3정목 76번지
2993	양산백전 한성-양산-01-04	(고대쇼셜)양산백젼	한글	62p. 20전	1920-01-15	1920-01-20	4	南宮楔 경성부 종로통 3정목 76번지	한성서관 경성부 종로통 3정목 76번지
2994	양풍전 한성-양풍-01-01	양풍운전	한글	41p.		1915-11-20	1		한성서관 경성 종로 2정목

인쇄자 인쇄소 주소	인쇄소 인쇄소 주소	공동 발행	영인본	소장처 및 청구기호	기타	현황
					이능우, p.286.에 4판 발행일이 1919년과 1920년 12월 6일의 두 날짜를 적음. 1920년에 발행한 것을 5판으로 간주.	출판
					<소상강>, 유일서관, 1915(국립중앙도서관 소장본(3634-2-10(3)) 광고에 '서유긔 1,2,3,4'로 기록.	광고
					<소상강>, 유일서관, 1915(국립중앙도서관 소장본(3634-2-10(3)) 광고에 '서유긔 1,2,3,4'로 기록.	광고
					<소상강>, 유일서관, 1915(국립중앙도서관 소장본(3634-2-10(3)) 광고에 '서유긔 1,2,3,4'로 기록.	광고
					<소상강>, 유일서관, 1915(국립중앙도서관 소장본(3634-2-10(3)) 광고에 '서유긔 1,2,3,4'로 기록.	광고
					<쌍주기연>, 한성서관, 1915, 국립중앙도서관 소장본(3634-2-21(1)) 광고에 '셔한연의'로 기록. 가격 없음. 近刊.	광고
鄭敬德 경성부 관훈동 30번지	조선복음인쇄소 경성부 관훈동 30번지	유일서관		국립중앙도서관(3634-2-22(4))	2판에 초판 발행일 기록.	원문
鄭敬德 경성부 관훈동 30번지	조선복음인쇄소 경성부 관훈동 30번지			국립중앙도서관(3634-2-54(2))	초판 발행일 기록.	원문
					<산양대전>, 한성서관, 1916. 광고([이본목록], p.312.)	광고
					2판에 초판 발행일 기록.	출판
韓養浩 경성부 제동 3번지	선명사 경성부 종로 1정목 39번지			국립중앙도서관(3634-2-82(7))	초판 발행일 기록.	원문
					<산양대전>, 1916. 광고.([이본목록], p.324.)	광고
					<소상강>, 유일서관, 1915(국립중앙도서관 소장본(3634-2-10(3)) 광고에 '강상연'으로 기록.	광고
金聖雲 경성부 옥인동 24번지	선명사인쇄소 경성부 종로통 1정목 39번지		[구활자본고소설 전집 26], [구활자소설총서 12]	국립중앙도서관(3634-2-21(1))	p.73부터 편집이 달라짐.	원문
					2판, 3판에 초판 발행일 기록.	출판
金敎瓚 경성부 소격동 41번지	보성사 경성부 수송동 44번지			국립중앙도서관(3634-2-31(6))	초판 발행일 기록	원문
金弘奎 경성부 가회동 216번지	보성사 경성부 수송동 44번지			국립중앙도서관(3634-2-84(3))	초판 발행일 기록	원문
尤禹澤 경성부 공평동 54번지	성문사 경성부 공평동 55번지			국립중앙도서관(3634-2-84(1))	이미지파일은 대성서림 발행 <대장부>가 연결되어 원문 확인 불가.	원문
			[구활자소설총서 11]	국립중앙도서관(3634-2-16(8))	영인본과 국립중앙도서관 소장본에는 판권지 없어 초판으로 확정할 수 없음. 발행일은 [이본목록](p.379) 참고. '한성-양풍-02-01'과 발행일 같음.	원문

번호	작품명 고유번호	표제	문자	면수 가격	인쇄일	발행일	판차	발행자 발행자 주소	발행소 발행소 주소
2995	**양풍전** 한성-양풍-01-02	양풍운전	한글	41p. 15전	1916-03-15	1916-03-20	2	南宮楔 경성부 종로통 3정목 76번지	한성서관 경성부 종로통 3정목 76번지
2996	**양풍전** 한성-양풍-02-01	양풍운전	한글	50p. 15전	1915-11-10	1915-11-20	1	南宮楔 경성 종로통 2정목 19번지	한성서관 경성부 종로통 2정목 19번지
2997	**양풍전** 한성-양풍-03-01	양풍운전	한글			1915-11-20	1		한성서관
2998	**양풍전** 한성-양풍-03-02	양풍운전	한글				2		한성서관
2999	**양풍전** 한성-양풍-03-03	양풍운전	한글				3		한성서관
3000	**양풍전** 한성-양풍-03-04	양풍운전	한글	35p.		1918- -	4		한성서관
3001	**열국지** 한성-열국-01-00	동주연의	한글			1915- -	1		한성서관
3002	**염라왕전** 한성-염라-01-00	음양염라왕전	한글			1916- -	1		한성서관
3003	**옥난기연** 한성-옥난기-01-00	옥난긔연	한글			1915- -	1		한성서관
3004	**옥단춘전** 한성-옥단-01-00	옥단춘전	한글			1915- -	1		한성서관
3005	**옥주호연** 한성-옥주-01-00	삼옥삼주	한글			1915- -	1		한성서관
3006	**용문전** 한성-용문-01-00	룡문장군전	한글			1916- -	1		한성서관
3007	**월영낭자전** 한성-월영-01-01	월영낭자전	한글	81p. 25전	1916-02-29	1916-03-08	1	南宮楔 경성부 종로통 2정목 19번지	한성서관 경성부 종로통 3정목 76번지
3008	**월영낭자전** 한성-월영-01-02	(고대소설)월영 낭자젼 권지단	한글			1917- -	2		한성서관
3009	**월영낭자전** 한성-월영-01-03	(고대소설)월영 낭자젼	한글	61p. 20전	1920-12-26	1920-12-30	3	南宮楔 경성부 관훈동 72번지	한성서관 경성부 관훈동 72번지
3010	**육미당기** 한성-육미-01-00	김태자전 上下	한글			1915- -	1		한성서관
3011	**육선기** 한성-육선-01-00	뉵션긔연 上下	한글			1915- -	1		한성서관
3012	**이대봉전** 한성-이대-01-01	(고대소설)리대 봉전	한글	55p. 14전	1918-11-20	1918-11-30	1	南宮楔 경성 종로 3정목 76번지	한성서관 경성 종로 3정목
3013	**이태경전** 한성-이태-01-01	삼국 리대쟝전	한글			1915-12-18	1		한성서관
3014	**이태경전** 한성-이태-02-00	삼국리대쟝전	한글	58p.		1917- -	1		한성서관
3015	**임경업전** 한성-임경-01-01	임경업전	한글	92p.		1915- -	1		한성서관

쇄자 쇄소 주소	인쇄소 인쇄소 주소	공동 발행	영인본	소장처 및 청구기호	기타	현황
重煥 성부 중림동 333번지	보성사 경성부 수송동 44번지			연세대학교 도서관(ㅇ 811.9308 고대소 -8-9)	도서관 서지정보에는 1915년 초판으로 되어 있으나 실제로는 2판임.	원문
聖雲 성부 옥인동 24번지	선명사인쇄소 경성부 종로통 2정목 39번지		[구활자본고소설 전집 9]	국립중앙도서관(3 634-2-73(6))		원문
					이능우, p.292.에 초판 발행일 기록.	출판
					이능우, p.292.에 4판 발행연도(1918년)가 기록되어서 2판도 있을 것으로 추정.	출판
					이능우, p.292.에 4판 발행연도(1918년)가 기록되어서 3판도 있을 것으로 추정.	출판
					이능우, p.292.에 초판 발행일(1915년11월20일)과 4판 발행연도(1918년) 기록.	출판
					<쌍주긔연>, 1915. 광고.([이본목록], p.390)	광고
					<산양대전>, 1916. 광고([연구보정], p.604)	광고
					<쌍주긔연>, 한성서관, 1915(국립중앙도서관 소장본(3634-2-21(1)) 광고에 '옥난긔연 (근간)'으로 수록.	광고
					<쌍쥬긔연>, 한성서관, 1915(국립중앙도서관 소장본(3634-2-21(1)=2)) 광고에 '옥단춘전'으로 기록, 近刊.	광고
					<쌍주긔연>, 한성서관, 1915(국립중앙도서관 소장본(3634-2-21(1)) 광고에 '삼옥삼주 近刊'으로 기록.	광고
					<산양대전>, 한성서관, 1916. 광고.([이본목록](p.448)	광고
羲浩 성부 권농동 31번지	선명사 경성부 종로통 1정목 39번지	유일서관	[구활자소설총서 2]	국립중앙도서관(3 634-2-10(4))	3판에 초판 발행일 기록. 필사본<최호양문록>의 개작(김재웅, 2010)	원문
					3판이 있어서 2판도 있을 것으로 추정. 2판 발행일은 [연구보정](p.723)을 참고.	출판
重煥 성부 공평동 55번지	대동인쇄주식회사 경성부 공평동 55번지			국립중앙도서관(3 634-2-70(5))	초판 발행일 기록.	원문
					<쌍쥬긔연>, 한성서관, 1915(국립중앙도서관 소장본(3634-2-21(1)) 광고에 '김태자전 上下'로 기록, 가격은 없고 '一秩印刷中'이라 기록.	광고
					<쌍쥬긔연>, 한성서관, 1915(국립중앙도서관 소장본(3634-2-21(1)) 광고에 '늇션긔연 上下'로 기록, 가격은 없고, '一秩 近刊'이라 기록되어 있음.	광고
馬澤 성부 공평동 54번지	성문사 경성부 공평동 55번지	유일서관		국립중앙도서관(3 634-2-23(9))		원문
					권순긍, p.330.	출판
					국립중앙도서관(3634-2-22(2))([연구보정], p.800.) 국립중앙도서관에서는 해당 청구기호로 책을 찾을 수 없음.	목록
					이능우, p.281.	출판

번호	작품명 고유번호	표제	문자	면수 가격	인쇄일	발행일	판차	발행자 발행자 주소	발행소 발행소 주소
3016	임경업전 한성-임경-02-01	임경업전	한글			1925- -	1		한성서관
3017	임호은전 한성-임호-01-01-상	림호은전	한글	91p.		1915- -	1		한성서관
3018	임호은전 한성-임호-01-01-하	림호은전	한글	84p. 25전	1915-09-05	1915-09-10	1	南宮楗 경성부 종로통 2정목 19번지	한성서관 경성부 종로통 2정목 19번지
3019	임화정연 한성-임화-01-00	임화정연	한글			1915- -	1		한성서관
3020	장국진전 한성-장국-01-00	모란졍긔	한글			1915- -	1		한성서관
3021	장자방실기 한성-장자-01-00	언문 장자방전	한글			1915- -	1		한성서관
3022	장자방실기 한성-장자-02-00	장자방실긔	한글	60전		1915- -	1		한성서관
3023	장풍운전 한성-장풍-01-01	장풍운전	한글			1916-06-14	1	申龜永	한성서관
3024	장풍운전 한성-장풍-01-02	장풍운전	한글	43p. 20전	1918-01-01	1918-01-12	2	申龜永 경성 종로 2정목 80번	한성서관 경성 종로 3정목 76
3025	장학사전 한성-장학-01-01	완월루	한글			1912-08-28	1	南宮濬	한성서관
3026	장학사전 한성-장학-01-02	완월루	한글			1915-03-25	2	南宮濬	한성서관
3027	장학사전 한성-장학-01-03	완월루	한글	78p. 30전	1917-10-20	1917-10-25	3	南宮濬 경성부 관훈동 72번지	한성서관 경성부 종로통 3정목 76번지
3028	장화홍련전 한성-장화-01-01	장화홍련전	한글			1915-05-20	1		한성서관
3029	장화홍련전 한성-장화-01-02	장화홍련전	한글	40p. 20전	1917-10-10	1917-10-15	2	南宮楗 경성 종로통 3정목 76번지	한성서관 경성부 종로통3정목 76번지
3030	장화홍련전 한성-장화-01-03	장화홍련전	한글	37p. 10전	1918-11-01	1918-11-15	3	南宮楗 경성부 종로통 3정목 76번지	한성서관 경성부 종로통 3정목 76번지
3031	적벽대전 한성-적벽대-01-00	적벽대전	한글			1916- -	1		한성서관
3032	적성의전 한성-적성-01-01	적성의전	한글	42p. 30전	1915-08-05	1915-08-10	1	南宮楗 경성부 종로통 2정목 19번지	한성서관 경성부 종로통 2정목 19번지
3033	정목란전 한성-정목-01-00	정목난전	한글			1916- -	1		한성서관
3034	정수경전 한성-정수경-01-01	정슈경전	한글			1915-12-18	1	南宮楗	한성서관
3035	정수경전 한성-정수경-01-02	정슈경전	한글				2		한성서관
3036	정수경전 한성-정수경-01-03	정슈경전	한글				3		한성서관

인쇄자 인쇄소 주소	인쇄소 인쇄소 주소	공동 발행	영인본	소장처 및 청구기호	기타	현황
		유일서관			우쾌제, p.132.	출판
		유일서관			이능우, p.281.	출판
金翼洙 경성부 종로통 2정목 2번지	조선복음인쇄소분점 경성부 종로통 2정목 82번지	유일서관		정명기 소장본	발행소 없고, 총발매소(한성서관, 유일서관)만 있음. 이본목록에 '87p.'로 잘못 기록.	원문
					<쌍쥬긔연>, 한성서관, 1915(국립중앙도서관 소장본(3634-2-21(1)) 광고에 '임화정연' 近刊으로 기록.	광고
					<쌍쥬긔연>, 한성서관, 1915(국립중앙도서관 소장본(3634-2-21(1)=2) 광고에 '모란정긔 1冊 近刊'으로 기록.	광고
					<쌍쥬긔연>, 한성서관, 1915(국립중앙도서관 소장본(3634-2-21(1)) 광고에 '언문장자방젼' '近刊'으로 기록, 가격 없음.	광고
					<소상강>, 한성서관, 1915(국립중앙도서관 소장본(3634-2-10(3)) 광고에 '장자방실긔'로 기록.	광고
					2판에 초판 발행일 기록.	출판
敬德 성부 관훈동 30번지	조선복음인쇄소 경성부 관훈동 30번지	유일서관	[구활자소설총서 11]	국립중앙도서관(3 634-2-16(4))	초판 발행일 기록.	원문
					3판에 초판 발행일 기록.	출판
					3판에 2판 발행일 기록.	출판
禹澤 성부 공평동 54번지	성문사 경성부 공평동 55번지	유일서관		국립중앙도서관(3 634-2-90(2))	총발행겸 발매소 한성서관. 발행소 유일서관. 초판, 2판 발행일 기록,	원문
		유일서관			2판과 3판에 초판 발행일 기록.	출판
敬德 성부 관훈동 30번지	조선복음인쇄소 경성부 관훈동 30번지			국립중앙도서관(3 634-2-52(5))	초판 발행일 기록. [연구보정](p.866)에는 '유일서관' 발행으로 기록하였으나, 판권지 확인결과 '한성서관'에서 발행한 것임.	원문
弘奎 성부 가회동 216번지	보성사 경성부 수송동 44번지			국립중앙도서관(3 634-2-52(6))	초판 발행일 기록.	원문
					<산양대젼>, 한성서관, 1916(국립중앙도서관 소장본(3634-2-96(3)) 광고에 '적벽대젼'으로 수록.	광고
翼洙 성부 종로통 2정목	조선복음인쇄소 분점 경성부 종로통 2정목 82번지		[구활자소설총서 7]	국립중앙도서관(3 634-2-5(2))	<적성의전>(pp.1~42)과 <박씨전>(pp.1~62)의 합본.	원문
					<산양대전>, 한성서관, 1916. 광고([이본목록], p.629.)	광고
					4판에 초판 발행일 기록.	출판
					4판이 있어서 2판도 있을 것으로 추정.	출판
					4판이 있어서 3판도 있을 것으로 추정.	출판

번호	작품명 고유번호	표제	문자	면수 가격	인쇄일	발행일	판차	발행자 발행자 주소	발행소 발행소 주소
3037	정수경전 한성-정수경-01-04	정슈경전	한글	49p. 20	1918-10-22	1918-10-28	4	南宮楔 경성부 종로통 3정목 76번지	한성서관 경성부 종로통 3정목 76번지
3038	정옥란전 한성-정옥-01-00	정옥난젼	한글			1915- -	1		한성서관
3039	제마무전 한성-제마-01-01	교정 제마무젼	한글			1916- -	1		한성서관
3040	진시황전 한성-진시-01-00	진시황실긔	한글	30전		1916- -	1		한성서관
3041	진시황전 한성-진시-02-01	진시황전	한글	92p.		1917- -	1		한성서관
3042	창란호연록 한성-창란-01-00	창난호연	한글			1915- -	1		한성서관
3043	채봉감별곡 한성-채봉-01-00	감별곡	한글	25전		1915- -	1		한성서관
3044	춘향전 한성-춘향-01-01	(특별)무쌍 츈향전	한글			1915-12-25	1		한성서관
3045	춘향전 한성-춘향-01-02	(특별)무쌍 츈향전	한글	149p.	1917-01-10	1917-01-20	2	朴健會 경성부 인사동 39번지	한성서관 경성부 관훈동 72
3046	춘향전 한성-춘향-02-01	(萬古烈女)日鮮 文 春香傳	한글	161p. 50전	1917-07-25	1917-07-30	1	南宮楔 경성부 종로 3정목 76번지	한성서관 경성부 종로통 3정목 76번지
3047	춘향전 한성-춘향-03-01	츈향전	한글	147p. 40전	1917-09-01	1917-09-05	1	南宮楔 경성부 종로통 3정목 76번지	한성서관 경성부 종로통 3정목 76번지
3048	춘향전 한성-춘향-04-00	고본 춘향전	한글	50전 (1冊)		1915- -	1		한성서관
3049	춘향전 한성-춘향-05-00	순언문춘향가	한글	30전 (1冊)		1915- -	1		한성서관
3050	춘향전 한성-춘향-06-00	옥즁가인	한글	40전		1915- -	1		한성서관
3051	토끼전 한성-토끼-01-00	불로초	한글	15전 (1冊)		1915- -	4		한성서관
3052	한몽룡전 한성-한몽-01-01	고대소설 한몽용전	한글	71p. 25전	1916-11-20	1916-11-30	1	南宮楔 경성부 종로통 3정목 76번지	한성서관 경성부 종로통 3정목 76번지
3053	강유실기 한성도-강유-01-01	(大膽)姜維實記	한글			1922- -	1		한성도서주식회사
3054	전우치전 해동-전우-01-01	(고대소설)면운 치전	한글	36p. 20전	1918-02-10	1918-02-15	1	李敏漢 경성부 합동 117번지	해동서관 경성부 합동 117번지
3055	강릉추월 향민-강릉-01-01	강능추월	한글	72p. 100원	1969-01-15	1969-01-25	1		향민사 대구시 중구 동인동 220
3056	강릉추월 향민-강릉-02-01	강능추월	한글	72p. 125원	1971-12-05	1971-12-10	1		향민사 대구시 동인동 4가

인쇄자 인쇄소 주소	인쇄소 인쇄소 주소	공동 발행	영인본	소장처 및 청구기호	기타	현황
鄭敬德 경성부 관훈동 30번지	조선복음인쇄소 경성부 관훈동 30번지	유일서관	[구활자본고소설 전집 13]	국립중앙도서관(3 634-2-22(8)=2), 서울대학교 도서관(3350 130)	초판 발행일 기록. 서울대 소장본만 '한성서관, 유일서관' 공동발행.	원문
					<쌍쥬긔연>, 한성서관, 1915(국립중앙도서관 소장본(3634-2-21(1)) 광고에 '졍옥난젼 近刊'으로 기록.	광고
					한국학중앙연구원 소장본(D7B-56)([이본목록], p.655.)	원문
					<숙녀지기>, 한성서관, 1916(국립중앙도서관 소장본(3634-2-10(1)) 광고에 '진시황실긔'로 기록.	광고
					조희웅 소장본([이본목록](p.699)	원문
					<쌍쥬긔연>, 한성서관, 1915(국립중앙도서관 소장본(3634-2-21(1)) 광고에 '창난호연' '近刊'으로 기록.	광고
					<소상강>, 한성서관, 1915(국립중앙도서관 소장본(3634-2-10(3)) 광고에 '감별곡'으로 기록.	광고
					2판에 초판 발행일 기록.	출판
金敎璿 경성부 소격동 41번지	보성사 경성부 수송동 44번지	조선서관		국립중앙도서관(3 634-2-85(4))	초판 발행일 기록. 14회의 장회체(총목차). '讀春香傳四法'(춘향전을 읽는 4가지 방법) 있음.	원문
金敎璿 경성부 경운동 88번지	보성사 경성부 수송동 44번지	유일서관		국립중앙도서관(3 634-2-85(5))		원문
沈禹澤 경성부 공평동 54번지	성문사 경성부 공평동 55번지			국립중앙도서관(3 634-2-104(3))	1면의 제목과 본문 상단에는 '연정춘향전(演訂春香傳)'으로 기록되었으나, 판권지에는 '南原獄中花'로 기록됨.	원문
					<소상강>, 한성서관, 1915(국립중앙도서관 소장본(3634-2-10(3)) 광고에 '고본 춘향전'으로 기록.	광고
					<소상강>, 한성서관, 1915(국립중앙도서관 소장본(3634-2-10(3)) 광고에 '순언문 춘향가'로 기록.	광고
					<쌍주긔연>, 한성서관, 1915(국립중앙도서관 소장본(3634-2-21(1)) 광고에 '獄中佳人'으로 기록.	광고
					<소상강>, 한성서관, 1915(국립중앙도서관 소장본(3634-2-10(3)) 광고에 '볼로초'로 표기.	광고
金敎璿 경성부 소격동 41번지	보성사 경성부 수송동 44번지			양승민 소장본		원문
					김종철 소장본([연구보정], p.24)	원문
金弘奎 경성부 가회동 216번지	보성사 경성부 수송동 44번지			국립중앙도서관(3 634-2-26(2))		원문
				소인호 소장본	10회의 장회체(각 장회의 첫문장에 단락을 나누지 않고 '제1회'등으로 기록). 뒷장 표지에 '1964년 10월 30일 발행'이라고 인쇄됨. 발행소의 주소가 판권지와 다름.	원문
	경북인쇄소			개인소장본	10회의 장회체(각 장회의 첫문장에 단락을 나누지 않고 '제1회'등으로 기록).	원문

번호	작품명 고유번호	표제	문자	면수 가격	인쇄일	발행일	판차	발행자 발행자 주소	발행소 발행소 주소
3057	**구운몽** 향민-구운-01-01	구운몽	한글	180p.	1971-09-10	1971-09-15	1		향민사 대구시 동인동 4가 2
3058	**권익중전** 향민-권익-01-01	권익중전	한글	51p.	1962-10-20	1962-10-25	1	朴彰緒	향민사 대구시 향촌동 13번지
3059	**권익중전** 향민-권익-02-01	권익중전	한글	51p. 40전	1964-10-25	1964-10-30	2	朴彰緒	향민사 대구시 향촌동 13
3060	**권익중전** 향민-권익-03-01	권익중전	한글	51p.	1978-08-30	1978-09-05	1	성북구 성북동 133-45	향민사
3061	**금방울전** 향민-금방-01-01	금방울전	한글	27p.	1962-12	1962-12-	1	박창서	향민사 대구시 향촌동 13
3062	**금방울전** 향민-금방-02-01	금방울전	한글	27p. 20원	1964-10-25	1964-10-30	1	朴彰緒	향민사 대구시 향촌동 13
3063	**김진옥전** 향민-김진-01-01	김진옥전	한글	58p. 35원	1964-10-25	1964-10-30	1	박창서	향민사 대구시 향촌동 13
3064	**미인도** 향민-미인도-01-01	미인도	한글	47p. 20원	1962-10-20	1962-10-30	1	朴彰緒	향민사 대구시 향촌동 13
3065	**미인도** 향민-미인도-02-00	미인도	한글	47p.		1972-09-15	1		향민사
3066	**박문수전** 향민-박문-01-01	박문수전	한글	32p.		1964-10-30	1	朴彰緒	향민사
3067	**박씨전** 향민-박씨-01-00	박씨전	한글	46p. 20원		1964- -	1		향민사
3068	**박씨전** 향민-박씨-02-01	박씨전	한글	46p. 250원	1978-08-30	1978-09-05	1		향민사 성북구 성북동 133-4
3069	**보심록** 향민-보심-01-01	고대소설 명사십리	한글	104p. 50원	1964-10-25	1964-10-30	1	朴彰緒	향민사 대구시 향촌동 13
3070	**보심록** 향민-보심-02-01	명사십리	한글	104p. 400원	1978-08-30	1978-09-05	1		향민사 성북구 성북동 133-4
3071	**사명당전** 향민-사명-01-01	임진왜란 사명당전	한글	70p. 50원	1964-10-25	1964-10-31	1	朴彰緒	향민사 대구시 향촌동 13
3072	**사명당전** 향민-사명-02-01	임진왜란 사명당전	한글	70p. 500원	1977-10-15	1977-10-20	1		향민사 성북구 성북동 133-4
3073	**사씨남정기** 향민-사씨-01-01	사씨남정기	한글	35원	1964-10-25	1964-10-30	1	朴彰緒	향민사 대구시 향촌동 13
3074	**삼국지** 향민-삼국-01-01-권1	원본 삼국지	한글	210p. 120원	1965-01-10	1965-01-15	1		향민사 대구시 향촌동 13
3075	**삼국지** 향민-삼국-01-01-권2	원본 삼국지	한글	173p. 120원	1965-01-25	1965-01-30	1		향민사 대구시 향촌동 13
3076	**삼국지** 향민-삼국-01-01-권3	원본 삼국지	한글	167p. 120원	1965-01-25	1965-01-30	1		향민사 대구시 향촌동 13
3077	**삼국지** 향민-삼국-01-01-권4	원본 삼국지	한글	198p. 120원	1965-02-15	1965-02-20	1		향민사 대구시 향촌동 13
3078	**삼국지** 향민-삼국-01-01-권5	원본 삼국지	한글	203p. 120원	1965-02-15	1965-02-20	1		향민사 대구시 향촌동 13

인쇄자 인쇄소 주소	인쇄소 인쇄소 주소	공동 발행	영인본	소장처 및 청구기호	기타	현황
	경북인쇄소			김종철 소장본	표지없음.	원문
				박순호 소장본	발행소 주소 '대구시시향촌동'은 '대구시 향촌동'의 오기.	원문
				소인호 소장본	발행소 주소 '대구시시향촌동'은 '대구시 향촌동'의 오기.	원문
				연세대학교 도서관(O 811.93 권익중 향)	발행소 주소 '대구시시향촌동'은 '대구시 향촌동'의 오기.	원문
	경북인쇄소			소인호 소장본		원문
				소인호 소장본		원문
				최호석 소장본		원문
				개인소장본		원문
					김귀석, 2002.	원문
					박순호 소장본.([연구보정], p.268)	원문
				연세대학교 도서관(O 811.93 박씨전 향=2)	원문은 있으나 판권지 없음. 인쇄된 가격은 '20원'이나, 빨간도장으로 '40원'이 찍혀 있음(인쇄 기록을 따름). 발행소는 대조사 도장이 찍혀있음.	원문
				디지털 한글 박물관(이태영 소장본)		원문
				연세대학교 도서관(O 811.93 명사십 향)		원문
				김종철 소장본		원문
				개인소장본		원문
				소인호 소장본		원문
				박순호 소장본		원문
				국립중앙도서관(3 736-67-1=2)	120회의 장회체(1권 1회~24회, 2권 25회~48회, 3권 49회~72회, 4권 73회~96회, 5권 97회~120회) 연락처 : 서울특별시 종로 6가 대학천 시장 B.6호.	원문
				국립중앙도서관(3 736-67-2=2)	120회의 장회체(1권 1회~24회, 2권 25회~48회, 3권 49회~72회, 4권 73회~96회, 5권 97회~120회) 연락처 : 서울특별시 종로 6가 대학천 시장 B.6호.	원문
				국립중앙도서관(3 736-67-3=2)	120회의 장회체(1권 1회~24회, 2권 25회~48회, 3권 49회~72회, 4권 73회~96회, 5권 97회~120회) 연락처 : 서울특별시 종로 6가 대학천 시장 B.6호.	원문
				국립중앙도서관(3 736-67-4=2)	120회의 장회체(1권 1회~24회, 2권 25회~48회, 3권 49회~72회, 4권 73회~96회, 5권 97회~120회) 연락처 : 서울특별시 종로 6가 대학천 시장 B.6호.	원문
				국립중앙도서관(3 736-67-5=2)	120회의 장회체(1권 1회~24회, 2권 25회~48회, 3권 49회~72회, 4권 73회~96회, 5권 97회~120회) 연락처 : 서울특별시 종로 6가 대학천 시장 B.6호.	원문

번호	작품명 고유번호	표제	문자	면수 가격	인쇄일	발행일	판차	발행자 발행자 주소	발행소 발행소 주소
3079	**삼국지** 향민-삼국-02-01-상	완역 삼국지	한글	170원	1965-06-25	1965-06-30	1		향민사 대구시 향촌동 13번지
3080	**삼국지** 향민-삼국-02-01-중	완역 삼국지	한글	286p. 170원	1965-06-25	1965-06-30	1		향민사 대구시 향촌동 13번지
3081	**삼국지** 향민-삼국-02-01-하	완역 삼국지	한글	343p. 170원	1965-06-25	1965-06-30	1		향민사 대구시 향촌동 13번지
3082	**삼쾌정** 향민-삼쾌-01-01	삼쾌정	한글	42p. 20원	1962-10-20	1962-10-30	1	朴彰緖	향민사 대구시 향촌동 13
3083	**서한연의** 향민-서한-01-01	쵸한젼	한글	71p.	1962-11-	1962-11-	1	朴彰緖	향민사 대구시 향촌동 13번지
3084	**서한연의** 향민-서한-02-01	쵸한젼	한글	71p. 50원	1964-10-25	1964-10-30	1	朴彰緖	향민사 대구시 향촌동 13
3085	**서한연의** 향민-서한-03-01	쵸한젼	한글	71p.	1978-08-30	1978-09-05	1	성북구 성북동 133-45	향민사
3086	**섬동지전** 향민-섬동-01-01	둑겁젼	한글	27p. 20원	1964-10-25	1964-10-30	1	朴彰緖	향민사 대구시 향촌동 13
3087	**수호지** 향민-수호-01-01-권1	수호지	한글	185p. 150원	1966-11-15	1966-11-20	1		향민사 대구시 중구 동인동 4 220번지
3088	**수호지** 향민-수호-01-01-권2	수호지	한글	204p. 150원	1966-11-15	1966-11-20	1	朴彰緖	향민사 대구시 중구 동인동 4 220번지
3089	**수호지** 향민-수호-01-01-권3	수호지	한글	174p. 150원	1966-11-15	1966-11-20	1		향민사 대구시 중구 동인동 4 220번지
3090	**수호지** 향민-수호-01-01-권4	수호지	한글	187p. 150원	1966-11-15	1966-11-20	1		향민사 대구시 중구 동인동 4 220번지
3091	**숙영낭자전** 향민-숙영-01-01	숙영낭자전	한글	25p. 25원	1964-10-25	1964-10-30	1	朴彰緖	향민사 대구시 향촌동 13
3092	**신유복전** 향민-신유-01-01	신유복전	한글	58p. 60원	1964-10-25	1964-10-30	1	朴彰緖	향민사 대구시 향촌동 13
3093	**신유복전** 향민-신유-02-01	신유복전	한글	58p. 100원	1971-12-05	1971-12-10	1		향민사 대구시 동인동 4가 22
3094	**심청전** 향민-심청-01-01	심청전	한글	30p.		1964-10-20	1		향민사
3095	**심청전** 향민-심청-02-01	심쳥젼	한글	52p. 60원	1968-01-15	1968-01-25	1		향민사 대구시 중구 동인동 4 220
3096	**심청전** 향민-심청-03-01	심쳥젼	한글	52p. 150원	1971-12-05	1971-12-10	1		향민사 대구시 동인동 4가 22
3097	**어룡전** 향민-어룡-01-01	어룡전	한글	60 20원	1962-10-20	1962-10-30	1	朴彰緖	향민사 대구시 향촌동 13
3098	**어룡전** 향민-어룡-02-01	어룡전	한글	60 40원	1964-10-25	1964-10-30	1	朴彰緖	향민사 대구시 향촌동 13
3099	**어룡전** 향민-어룡-03-01	어룡전	한글	60 300원	1978-08-30	1978-09-05	1	朴彰緖 서울시 성북구 성북동 133-45	향민사

쇄자 쇄소 주소	인쇄소 인쇄소 주소	공동 발행	영인본	소장처 및 청구기호	기타	현황
				국립중앙도서관(3 730-1-1)	120회의 장회체(상권 1회~40회, 중권 41회~80회, 하권 81회~120회, 권별 목차). 서울연락처: 종로6가 대학천 시장B6호.	원문
				국립중앙도서관(3 730-1-2)	120회의 장회체(상권 1회~40회, 중권 41회~80회, 하권 81회~120회, 권별 목차). 서울연락처: 종로6가 대학천 시장B6호.	원문
				국립중앙도서관(3 730-1-3)	120회의 장회체(상권 1회~40회, 중권 41회~80회, 하권 81회~120회, 권별 목차). 서울연락처: 종로6가 대학천 시장B6호.	원문
				박순호 소장본		원문
				박순호 소장본	편자 향민사편집부.	원문
				개인 소장본		원문
				개인 소장본		원문
				소인호 소장본		원문
				국립중앙도서관(8 23.5-2-7-1)		원문
				국립중앙도서관(8 23.5-2-7-2)		원문
				국립중앙도서관(8 23.5-2-7-3)		원문
				국립중앙도서관(8 23.5-2-7-4)		원문
				개인소장본		원문
				개인소장본		원문
	경북인쇄소			연세대학교 도서관(O 811.93 신유복)		원문
					홍윤표 소장본([이본목록], p.358)	원문
				개인소장본	판권지의 주소는 발행소의 주소로 추정.	원문
	경북인쇄소			정명기 소장본		원문
				개인소장본	뒷장 표지에 도장으로 '개정정가 30원'	원문
				개인소장본		원문
				최호석 소장본	글쓴이 향민사편집부(판권지)	원문

번호	작품명 고유번호	표제	문자	면수 가격	인쇄일	발행일	판차	발행자 발행자 주소	발행소 발행소 주소
3100	옥단춘전 향민-옥단-01-01	옥단춘전	한글	28p. 80원	1963-10-20	1963-10-30	1	朴彰緒	향민사 대구시 향촌동 13
3101	옥루몽 향민-옥루-01-01-권1	(原本)玉樓夢 1	한글	195p. 150원	1965-12-15	1965-12-20	1		향민사 대구시 향촌동 13번지
3102	옥루몽 향민-옥루-01-01-권2	(原本)玉樓夢 2	한글	203p. 150원	1965-12-15	1965-12-20	1		향민사 대구시 향촌동 13번지
3103	옥루몽 향민-옥루-01-01-권3	(原本)玉樓夢 3	한글	184p. 150원	1965-12-15	1965-12-20	1		향민사 대구시 향촌동 13번지
3104	옥루몽 향민-옥루-01-01-권4	(原本)玉樓夢 4	한글	207p. 150원	1965-12-15	1965-12-20	1		향민사 대구시 향촌동 13번지
3105	유문성전 향민-유문-01-00	유문성전	한글	78p.		1962-10-30	1		향민사
3106	유문성전 향민-유문-02-01	유문성전	한글	78p. 50원	1964-10-25	1964-10-30	1	朴彰緒	향민사 대구시 향촌동 13
3107	유충렬전 향민-유충-01-01	古代小說 류충렬젼	한글		1963-10-20	1963-12-30	1	朴彰緒	향민사 대구시 향촌동 13
3108	유충렬전 향민-유충-02-01	古代小說 류충렬젼	한글	86p. 125원	1971-12-05	1971-12-10	1		향민사 대구시 동인동 4가 2
3109	임진록 향민-임진-01-01	임진록	한글	89p. 80원 (개정정가)	1962-10-20	1962-10-30	1	朴彰緒	향민사 대구시 향촌동 13번지
3110	임진록 향민-임진-02-01	임진록	한글	89p.		1964-10-30	1	朴彰緒	향민사
3111	임진록 향민-임진-03-01	임진록	한글			1968- -	1		향민사
3112	조웅전 향민-조웅-01-01	(고대소설)조웅전	한글	90p. 50원	1964-10-25	1964-10-30	1		향민사 대구시 향촌동 13
3113	춘향전 향민-춘향-01-01	춘향전	한글	64p.		1962-10-24	1	朴彰緒	향민사
3114	춘향전 향민-춘향-02-01	춘향전	한글	64p. 250원	1978-08-30	1978-09-05	1	朴彰緒	향민사 성북구 성북동 133-
3115	홍길동전 향민-홍길-01-01	홍길동전	한글			1964- -	1		향민사
3116	홍길동전 향민-홍길-02-01	홍길동전	한글	34p. 170원	1978-08-30	1978-09-05	1	성북구 성북동 133-45	향민사
3117	회심곡 향민-회심-01-01	회심곡	한글	20p. 75원	1972-09-10	1972-09-15	1		향민사 대구시 동인동 4가
3118	박문수전 홍문-박문-01-01	어사박문수전	한글	32p. 15전	1936-12-25	1936-12-30	1	申泰三 경성부 종로 4정목 77	홍문서관 경성부 종로 5정목 232번지
3119	박씨전 홍문-박씨-01-01	박씨전	한글	47p. 25전	1934-12-15	1934-12-20	1	申泰三 경성부 종로 4정목 77	홍문서관 경성부 종로 5정목 232번지
3120	서한연의 홍문-서한-01-01	초한전	한글	79p. 30전	1934-10-25	1934-10-30	1	申泰三 경성부 종로 4정목 77	홍문서관 경성부 종로 5정목

인쇄자 인쇄소 주소	인쇄소 인쇄소 주소	공동 발행	영인본	소장처 및 청구기호	기타	현황
				김종철 소장본	가격은 붉은색 도장으로 기록되었는데, 80원으로 보임.	원문
				국립중앙도서관(3 636-48-1=2)	서울연락처:종로6가 대학천 상가B.6호 대조사 직매부. 협약도서관에서 원문이미지 파일 열람 가능.	원문
				국립중앙도서관(3 636-48-2=2)	서울연락처:종로6가 대학천 상가B.6호 대조사 직매부. 협약도서관에서 원문이미지 파일 열람 가능.	원문
				국립중앙도서관(3 636-48-3=2)	서울연락처:종로6가 대학천 상가B.6호 대조사 직매부. 협약도서관에서 원문이미지 파일 열람 가능.	원문
				국립중앙도서관(3 636-48-4=2)	서울연락처:종로6가 대학천 상가B.6호 대조사 직매부. 협약도서관에서 원문이미지 파일 열람 가능.	원문
					홍윤표 소장본([연구보정](p.733)	원문
				소인호 소장본		원문
				정명기 소장본	책의 앞부분과 뒷부분이 훼손되어 분량을 알 수 없음.	원문
	경북인쇄소			연세대학교 도서관(O 811.93 유충렬 향)	서지정보에는 발행연도가 '1964년'으로 기록되어 있으나 판권지에는 '1971년'으로 기록.	원문
				개인소장본	판권지가 두 개임, 앞장 판권지의 발행일 '1952년10월25일'로 기록, 뒷장 판권지의 발행일을 따름.	원문
				국립중앙도서관(8 13.5-임979ㅎ)	표제는 서지정보를 따름, 발행일은 연구보정을 참고.	원문
					소재영 외,, p.257.	원문
				소인호 소장본		원문
					박순호 소장본([연구보정], p.1075.)	원문
				개인소장본		원문
					여승구, [古書通信 15], 1999.9([이본목록], p.856)	원문
				개인소장본		원문
	경북인쇄소			개인소장본		원문
李相賢 경성부 종로 5정목 232번지	홍문서관인쇄부 경성부 종로 5정목 232번지			서울대학교 도서관(MFF 951.06 C718ik v.117)	C.V. Starr East Asian Library (Columbia University)	원문
李相賢 경성부 종로 5정목 232번지	홍문서관인쇄부 경성부 종로 5정목 232번지		[아단문고고전총 서 4]			원문
李相賢 경성부 종로 5정목 45	홍문서관인쇄소 경성부 종로 5정목 45			개인 소장본		원문

번호 작품명 고유번호	표제	문자	면수 가격	인쇄일	발행일	판차	발행자 발행자 주소	발행소 발행소 주소
3121 **신유복전** 홍문-신유-01-01	신류복젼	한글	64p.	1945-03-02	1945-03-10	1	金完起 서울시 종로구 종로2가 78	홍문서관 서울시 종로구 종로2가 78
3122 **심청전** 홍문-심청-01-01	심청전	한글	44p. 35전	1933-10-25	1933-10-30	1	李宗壽 경성부 서대문정 1정목 79번지	홍문서관 경성부 종로 5정목 45
3123 **옥루몽** 홍문-옥루-01-01-권1	옥루몽 卷之1	한글	166p.		1950- -	1		홍문서관
3124 **옥루몽** 홍문-옥루-01-01-권2	옥루몽 卷之2	한글	168p.		1950- -	1		홍문서관
3125 **옥루몽** 홍문-옥루-01-01-권3	옥루몽 卷之3	한글	166p.		1950- -	1		홍문서관
3126 **유충렬전** 홍문-유충-01-01	古代小說 류충렬젼	한글		1947-10-30	1947-11-03	1	金完起 서울시 종로 5가 44	홍문서관 서울시 종로 5가 44
3127 **최치원전** 홍문-최치-01-01	(古代小說)최고 운젼	한글	62p.		1947- -	1		홍문서관 서울시
3128 **무정한 동무** 화광-무정-01-01	(戀愛悲劇)無情 한동무	한글	140p. 50전	1931-02-05	1931-02-10	1	姜範馨 경성부 종로 3정목 80번지	화광서림 경성부 종로통 3정목 80번지
3129 **옥단춘전** 화광-옥단-01-01	옥단츈젼	한글	38p. 15전	1935-12-10	1935-12-15	1	姜範馨 경성부 종로 3정목 80번지	화광서림 경성부 종로통 3정목 80번지
3130 **이태왕실기** 화광-이태왕-01-01	李太王實記	한글			1931-12-17	1		화광서림
3131 **이태왕실기** 화광-이태왕-01-02	李太王實記	한글	43p. 25전	1933-02-15	1933-02-20	2	姜範馨 경성부 종로통 2정목 80	화광서림 경성부 종로통 2정목
3132 **장익성전** 화광-장익-01-01	고대소설 쟝익셩전	한글	58p. 25전	1933-12-05	1933-12-10	1	金東縉 경성 종로 2정목 20	화광서림 경성부 종로통 3정목
3133 **적벽대전** 화광-적벽대-01-01	적벽가젼	한글			1916-12-25	1	洪淳泌	화광서림
3134 **적벽대전** 화광-적벽대-01-02	적벽가젼	한글				2		화광서림
3135 **적벽대전** 화광-적벽대-01-03	적벽가젼	한글				3		화광서림
3136 **적벽대전** 화광-적벽대-01-04	적벽가젼	한글	43p.		1924-03-25	4	洪淳泌	화광서림
3137 **정수정전** 화광-정수정-01-01	녀장군전	한글	64p.		1934-10-30	1		화광서림
3138 **조웅전** 화광-조웅-01-01	죠웅전	한글	79p. 30전	1935-12-10	1935-12-15	1	姜範馨 경성부 종로통 3정목 80	화광서림 경성 종로 3정목 80
3139 **춘향전** 화광-춘향-01-01	춘향전	한글	60p. 25전	1934-12-15	1934-12-20	1	姜範馨 경성부 종로통 3정목 80	화광서림 경성부 종로통 3정목
3140 **임진록** 환학-임진-01-01	黑龍錄	한글			1945- -	1		환학사

!쇄자 !쇄소 주소	인쇄소 인쇄소 주소	공동 발행	영인본	소장처 및 청구기호	기타	현황
	홍문서관인쇄부 서울시 종로구 종로2가 78			개인소장본		원문
相賢 성부 종로 5정목 45	홍문서관인쇄소 경성부 종로 5정목 45			김종철 소장본		원문
				국민대학교 도서관(고813.5 옥02 v.1)	도서관 서지정보에 1850년 발행으로 기록되었으나, 이는 1950년의 오기로 보임. 페이지 수는 [이본목록](p.418) 참고. 낙질이라 몇권 형식인지 불명확함.	원문
				국민대학교 도서관(고813.5 옥02 v.2)	도서관 서지정보에 1850년 발행으로 기록되었으나, 이는 1950년의 오기로 보임. 페이지 수는 [이본목록](p.418) 참고. 낙질이라 몇권 형식인지 불명확함.	원문
				국민대학교 도서관(고813.5 옥02 v.3)	도서관 서지정보에 1850년 발행으로 기록되었으나, 이는 1950년의 오기로 보임. 페이지 수는 [이본목록](p.418) 참고. 낙질이라 몇권 형식인지 불명확함.	원문
	서울합동사 서울시 관철동 33			개인소장본	저작겸 발행자의 이름이 흐릿하나 '김완기'로 추정. 상하합편.	원문
				서울대학교 도서관(MFF 951.06 C718ik)	C.V. Starr East Asian Library (Columbia University).	원문
仁煥 성부 공평동 55번지	대동인쇄소 경성부 공평동 55번지			서울대학교 도서관(3340 77)	도서관 서지정보에는 재판이라고 되어 있으나 원문확인 결과 초판임.	원문
仁煥 성부 공평동 55번지	대동인쇄소 경성부 공평동 55번지			국립중앙도서관(3 634-2-90(5))		원문
					2판에 초판 발행일 기록.	출판
永求 성부 종로 3정목 156	광성인쇄소 경성부 종로 3정목 156			정명기 소장본	초판 발행일 기록.	원문
永求 성부 종로 3정목 156	광성인쇄소 경성부 종로 3정목 156		[조동일소장국문 학연구자료 22]			원문
					[이본목록](p.612)에 초판과 4판 발행일 기록.	출판
					[이본목록](p.612)에 초판과 4판 발행일 기록. 2판도 있을 것으로 추정.	출판
					[이본목록](p.612)에 초판과 4판 발행일 기록. 3판도 있을 것으로 추정.	출판
				홍윤표 소장본	[이본목록](p.612)에 초판과 4판 발행일 기록.	원문
					방민호 소장본([연구보정], p.912.)	원문
翰柱 성부 관훈동 30번지	동아인쇄소 경성부 관훈동 30번지			국립중앙도서관(3 634-2-76(2))	상중하 합편(상 pp.1~28, 중 pp.28~54, 하 pp.54~79).	원문
永求 성부 종로 3정목 156	광성인쇄소 경성부 종로통 3정목 156			국립중앙도서관(3 634-2-97(8))		원문
					[이본목록], p.563.	출판

번호	작품명 고유번호	표제	문자	면수 가격	인쇄일	발행일	판차	발행자 발행자 주소	발행소 발행소 주소
3141	**가실전** 회동-가실-01-01	가실전	한글	32p.		1930-12-25	1		회동서관
3142	**가실전** 회동-가실-01-02	가실전	한글	32p. 25전	1937-06-10	1937-06-15	2	高丙敎 경성부 효제정 330번지	회동서관 경성부 남대문통 1정 17번지
3143	**강남홍전** 회동-강남-01-01	강남홍전	한글	94p. 30전	1926-01-10	1926-01-15	1	高裕相 경성부 남대문통 1정목 17번지	회동서관 경성부 남대문통 1정 17번지
3144	**강상월** 회동-강상월-01-01	강상월	한글	217p. 50전	1912-12-30	1913-01-07	1	高裕相 경성 남부 대광교 37통 4호	회동서관 경성 남부 대광교 3 4호
3145	**강상월** 회동-강상월-01-02	(新小說)강상월	한글	181p. 50전	1916-11-25	1916-11-30	2	高裕相 경성부 남대문통 1정목 17번지	회동서관 경성부 남대문통 1정 17번지
3146	**강유실기** 회동-강유-01-01	(대담)강유실긔	한글	160p.		1922- -	1		회동서관
3147	**강태공전** 회동-강태-01-01	(고대소설)강태 공전	한글	73p. 25전	1925-12-20	1925-12-25	1	高裕相 경성부 남대문통 1정목 17번지	회동서관 경성부 남대문통 1정 17번지
3148	**고금기담집** 회동-고금-01-01	고금긔담집	한글	70p. 25전	1923-01-15	1923-01-20	1	高裕相 경성부 남대문통 1정목 17번지	회동서관 경성부 남대문통 1정 17번지
3149	**곽분양전** 회동-곽분-01-01	(백자천손)곽분 양실긔	한글	77p. 25전	1925-12-15	1925-12-20	1	高裕相 경성부 남대문통 1정목 17번지	회동서관 경성부 남대문통 1정 17번지
3150	**구운몽** 회동-구운-01-00	구운몽	한글	전2책 60전			1		회동서관
3151	**권용선전** 회동-권용-01-01	권용선전	한글	87p.		1926- -	1		회동서관
3152	**금강취유** 회동-금강취-01-01	금강취유	한글			1915-04-12	1	李容漢	회동서관
3153	**금강취유** 회동-금강취-01-02	금강취유	한글	72p. 30전	1918-01-25	1918-01-31	2	李容漢 경성부 봉래정 1정목 136번지	회동서관 경성부 남대문통 1정 17번지
3154	**금방울전** 회동-금방-01-01	금방울전	한글	43p. 20전	1925-11-05	1925-11-10	1	高裕相 경성부 남대문통 1정목 17번지	회동서관 경성부 남대문통 1정 17번지
3155	**금방울전** 회동-금방-02-01	금방울전	한글	43p. 20전	1925-12-20	1925-12-25	1	高裕相 경성부 남대문통 1정목 17번지	회동서관 경성부 남대문통 1정 17번지
3156	**금산사몽유록** 회동-금산-01-01	금산사몽유록	한글	74p. 25전	1915-11-15	1915-11-30	1	高裕相 경성부 남대문통 1정목 17번지	회동서관 경성부 남대문통 1정 17번지
3157	**금산사몽유록** 회동-금산-02-01	(古代小說)금산 사몽유록	한글	63p. 30전	1925-11-05	1925-11-10	1	高裕相 경성부 남대문통 1정목 17번지	회동서관 경성부 남대문통 1정 17번지
3158	**당태종전** 회동-당태-01-01	(고대소설)당태 종전	한글	38p. 15전	1926-02-05	1926-02-10	1	高裕相 경성부 남대문통 1정목 17번지	회동서관 경성부 남대문통 1정 17번지
3159	**동정호** 회동-동정호-01-01	동정호	한글				1		회동서관
3160	**동정호** 회동-동정호-01-02	동정호	한글	146p. 40전		1925- -	2	高裕相 경성부 남대문통 1정목 17번지	회동서관 경성 남대문통 1정 17번지

인쇄자 / 인쇄소 주소	인쇄소 / 인쇄소 주소	공동 발행	영인본	소장처 및 청구기호	기타	현황
					2판에 초판 발행일 기록.	출판
朴仁煥 경성부 공평정 55번지	대동인쇄소 경성부 공평정 55번지	신명서림		디지털한글박물관(홍윤표소장본)	<신숙주부인전>(회동-신숙-01-02)(pp.1~36) 뒤에 <가실전>(pp.1~32) 합철. 초판 발행일 기록. 도서관 서지정보에는 초판 발행일로 기록.	원문
鄭敬德 경성부 삼청동 60번지	창문사 경성부 서대문정 2정목 139번지		[구활자본고소설전집 18]	서울대학교 도서관(3350 3)	경남 대구부 본정통 주소의 회동서관은 판매소로 추정.(판권지 훼손).	원문
金翼洙 경성 북부 전정동 38통 1호	창문사 경성 종로 발리동 9통 10호		[신소설전집 6]	국립중앙도서관(3634-3-20(4))	상하합편(상 pp.1~101, 하 pp.102~217). 괄호 병기 한자는 매우 적음.	원문
沈禹澤 경성부 효자동 103번지	성문사 경성부 공평동 55번지			국립중앙도서관(3634-3-29(1))	상하합편(상 pp.1~83, 하 pp.84~181).	원문
				영남대학교 도서관(813.5 ㄱ256)		원문
金翼洙 경성부 황금정 2정목 21번지	신문관 경성부 황금정 2정목 21번지			국립중앙도서관(3634-2-46(4))		원문
沈禹澤 경성부 공평동 55번지	대동인쇄주식회사 경성부 공평동 55번지			서울대학교 도서관(3350 107)	순한글로 된 것과 한자 병기된 것 등이 섞여 있음.	원문
金翼洙 경성부 황금정 2정목 21번지	신문관 경성부 황금정 2정목 21번지			개인소장본		원문
					<리순신전>, 회동서관, 1927(서울대학교 도서관 소장본(3350 132)) 광고에 '古代小說 九雲夢'으로 기록.	광고
					이능우, p.274.	출판
					2판에 초판 발행일 기록.	출판
金弘奎 경성부 가회동 216번지	보성사 경성부 수송동 44번지			국립중앙도서관(3634-2-42(4))	초판 발행일 기록.	원문
朴仁煥 경성부 황금정 2정목 148번지	경성신문사 경성부 황금정 2정목 148번지			서울대학교 도서관(3350 13)		원문
金翼洙 경성부 황금정 2정목 21번지	신문관 경성부 황금정 2정목 21번지			서울대학교 도서관(3340 1)	'조선고대소설총서'에 '平壤公主傳', '徐花潭', '朝鮮太祖大王傳', '江陵秋月'과 합철.	원문
沈禹澤 경성부 효자동 103번지	성문사 경성부 공평동 55번지		[활자본고전소설전집 1]	국립중앙도서관(3634-2-21(2))	저작자 이규용. <금산사몽유록>(pp.1~59)과 <삼사기>(pp.60~74) 합철.	원문
金翼洙 경성부 황금정 2정목 21번지	신문관 경성부 황금정 2정목 21번지			영남대학교 도서관(813.5 ㄱ575)	<금산사몽유록>(pp.1~50)과 <삼사기>(pp.51~63) 합철. 둘 사이에 <졍츙셜악젼> 인쇄 중임을 광고.	원문
金翼洙 경성부 황금정 2정목 21번지	신문관 경성부 황금정 2정목 21번지			서울대학교 도서관(3350 123)	대출 기록부에 판권지 일부 가림. 판권지에는 발행일이 인쇄일보다 앞서 있어 여기서는 앞선 날짜를 인쇄일로 함.	원문
					2판에 초판 발행일이 기록되어 있으나, 판권지가 가려져 보이지 않음.	출판
姜福景 경성부 수송동 69번지	보명사인쇄소 경성부 수송동 69번지			서울대학교 도서관(3340 169)	판권지 일부가 가려져 초판, 2판 인쇄일과 발행일이 보이지 않음.	원문

번호 고유번호	작품명	표제	문자	면수 가격	인쇄일	발행일	판차	발행자 발행자 주소	발행소 발행소 주소
3161	만강홍 회동-만강-01-01	만강홍	한문			1914-05-28	1		회동서관
3162	만강홍 회동-만강-01-02	만강홍	한문	84p. 35전	1921-12-10	1921-12-13	2	高裕相 경성부 남대문통 17번지	회동서관 경성부 남대문통 1정목 17번지
3163	무목왕정충록 회동-무목-01-00	설악전	한글			1915- -	1		회동서관
3164	미인도 회동-미인도-01-01	미인도	한글			1913-09-20	1	高裕相	회동서관
3165	미인도 회동-미인도-01-02	미인도	한글	68p. 16전	1919-01-10	1919-01-23	2	高裕相 경성부 남대문통 1정목 17번지	회동서관 경성부 남대문통 1정목 17번지
3166	미인도 회동-미인도-01-03	미인도	한글				3	高裕相	회동서관
3167	미인도 회동-미인도-01-04	미인도	한글				4		회동서관
3168	미인도 회동-미인도-01-05	미인도	한글			1921- -	5	高裕相	회동서관
3169	미인도 회동-미인도-01-06	미인도	한글				6		회동서관
3170	미인도 회동-미인도-01-07	미인도	한글	68p. 20전	1923-11-10	1923-11-15	7	高裕相 경성부 남대문통 1정목 17번지	회동서관 경성부 남대문통 1정목 17번지
3171	미인도 회동-미인도-01-08	미인도	한글	68p.		1924-01-29	8	高裕相	회동서관
3172	미인도 회동-미인도-01-09	미인도	한글	68p. 20전	1925-01-25	1925-01-25	9	高裕相 경성부 남대문통 1정목 17번지	회동서관 경성부 남대문통 1정목 17번지
3173	박씨전 회동-박씨-01-01	박씨젼	한글	60p. 25전	1925-11-15	1925-11-20	1	高裕相. 경성 남대문통 1정목 17번지	회동서관 경성부 남대문통 1정목 17번지
3174	배비장전 회동-배비-01-01	배비쟝전	한글	72p. 25전	1925-11-20	1925-11-25	1	高裕相 경성부 남대문통 1정목 17번지	회동서관
3175	백년한 회동-백년-01-01	백년한	한글			1913-11-20	1		회동서관
3176	백년한 회동-백년-01-02	백연한	한글	111p. 30전	1917-01-02	1917-01-15	2	高裕相 경성부 남대문통 1정목 17번지	회동서관 경성부 남대문통 1정목 17번지
3177	백년한 회동-백년-02-01	(신소설)백연한	한글	134p. 30전	1913-11-15	1913-11-24	1	高裕相 경성 남부 대광교 37통 4호	회동서관 경성 남부 대광교 37,
3178	백년한 회동-백년-03-01	백연한	한글			1917-09-17	1	高裕相	회동서관
3179	백년한 회동-백년-03-02	백연한	한글			1918-12-20	2	高裕相	회동서관
3180	백년한 회동-백년-03-03	백연한	한글	122p. 35전	1923-02-05	1923-02-08	3	高裕相 경성부 남대문통 1정목 17번지	회동서관 경성부 남대문통 1정목 17번지
3181	백년한 회동-백년-03-04	백연한	한글	122p. 35전	1924-01-20	1924-01-31	4	高裕相 경성부 남대문통 1정목 17번지	회동서관 경성부 남대문통 1정목 17번지

인쇄자 인쇄소 주소	인쇄소 인쇄소 주소	공동 발행	영인본	소장처 및 청구기호	기타	현황
					2판에 초판 발행일 기록.	출판
金聖杓 경성부 견지동 80번지	계문사 경성부 견지동 80번지			디지털 한글박물관(국립국어원 소장본)	저작자 이종린. 상하 합편(상 1편~10편, 하 11편~21편).	원문
			[활자본고전소설전집 1]		<금산사몽유록>, 회동서관, 1915([활자본고전소설전집 1], p.59)에 <정충설악전>을 인쇄 중임을 광고.	광고
					2, 7, 9판에 초판 발행일 기록.	출판
金弘奎 경성부 가회동 216번지	보성사 경성부 수송동 44번지		[신소설전집 9]	국립중앙도서관(3634-2-113(6))	초판 발행일 기록.	원문
					7판과 9판이 있어서 3판도 있을 것으로 추정.	출판
					7판과 9판이 있어서 4판도 있을 것으로 추정.	출판
					발행연도는 [연구보정](p.262)에 의함.	출판
					7판과 9판이 있어서 6판도 있을 것으로 추정.	출판
魯基禎 경성부 견지동 32번지	한성도서주식회사 경성부 견지동 32번지			국립중앙도서관(3634-2-113(3))	초판 발행일 기록.	원문
					9판에 8판 발행일 기록.	원문
魯基禎 경성부 견지동 32번지	한성도서주식회사 경성부 견지동 32번지			정명기 소장본	초판과 8판 발행일 기록.	원문
鍾憲 경성부 수송동 69번지	보명사인쇄소 경성부 수송동 69번지			서울대학교 도서관(3340 1 5)	[조선소설 5]에 <옥단춘전>, <숙영낭자전>, <열녀전>, <옥낭자> 등과 합철.	원문
翼洙 경성부 황금정 2정목 번지	신문관 경성부 황금정 2정목 21번지			영남대학교 도서관(도 813.5 ㅂ662)	판권지 훼손으로 발행소 주소 안 보임.	원문
					2판에 초판 발행일 기록.	출판
敎璜 성부 소격동 41번지	보성사 경성부 수송동 44번지			국립중앙도서관(3634-3-59(4))	초판 발행일 기록.	원문
永求 성 북부 원동 12통 1호	보성사 경성 북부 전동 14통 1호		[신소설전집 11]	국립중앙도서관(3634-3-7(3))	표지에 '경성 회동서관 발행'. 1면에 '紹雲 著'.	원문
					3판에 초판 발행일 기록.	출판
					3판에 2판 발행일 기록.	출판
台五 성부 장사동 69번지	중앙인쇄소 경성부 장사동 69번지			국립중앙도서관(3634-3-59(5))	1면에 '紹雲 著'. 초판과 2판 발행일 기록.	원문
台五 성부 장사동 69번지	중앙인쇄소 경성부 장사동 69번지			국립중앙도서관(3634-3-59(2))	1면에 '紹雲 著'. 초판과 2판, 3판 발행일 기록.	원문

번호	작품명 고유번호	표제	문자	면수 가격	인쇄일	발행일	판차	발행자 발행자 주소	발행소 발행소 주소
3182	백년한 회동-백년-04-01	백연한	한글			1926-10-05	1	高裕相	회동서관
3183	백년한 회동-백년-04-02	백연한	한글				2		회동서관
3184	백년한 회동-백년-04-03	백연한	한글				3		회동서관
3185	백년한 회동-백년-04-04	백연한	한글	122p. 35전	1929-01-23	1929-01-25	4	高裕相 경성부 남대문통 1정목 17번지	회동서관 경성부 남대문통 1정목 17번지
3186	벽부용 회동-벽부-01-01	(신소설)벽부용	한글	72p. 20전	1912-12-08	1912-12-12	1	高敬相 경성 남부 대광교 37통 4호	회동서관 경성 남부 대광교 37통 4호
3187	보심록 회동-보심-01-01	고대소설 보심록	한글	144p.		1912-11-15	1		회동서관
3188	보심록 회동-보심-02-01	금낭이산	한글	218p. 40전		1912- -	1		회동서관
3189	보심록 회동-보심-02-02	금낭이산	한글	188p.		1915- -	2		회동서관
3190	보심록 회동-보심-03-01	명사십리	한글			1925- -	1		회동서관
3191	보심록 회동-보심-04-01	금낭이산	한글	140p.			1		회동서관
3192	봉황금 회동-봉황-01-01	봉황금	한글				1		회동서관
3193	봉황금 회동-봉황-01-02	봉황금	한글				2		회동서관
3194	봉황금 회동-봉황-01-03	(창선감의) 봉황금	한글	112p. 25전	1918-11-25	1918-12-14	3	高裕相 경성부 남대문통 1정목 7번지	회동서관 경성부 남대문통 1정목 17번지
3195	봉황금 회동-봉황-02-01	봉황금	한글			1922-02-20	1	高裕相	회동서관
3196	봉황금 회동-봉황-02-02	봉황금	한글	112p. 35전	1923-02-01	1923-02-05	2	高裕相 경성부 남대문통 1정목 17번지	회동서관 경성부 남대정통 1정목 17번지
3197	사각전 회동-사각-01-01	사각전	한글	45p.		1927- -	1		회동서관
3198	사명당전 회동-사명-01-01	도승 사명당	한글			1928- -	1		회동서관
3199	사씨남정기 회동-사씨-01-01	(현토) 사씨남정기	한문			1914-12-24	1	李柱浣	회동서관
3200	사씨남정기 회동-사씨-01-02	(현토) 사씨남정기	한문			1916-07-29	2	李柱浣	회동서관
3201	사씨남정기 회동-사씨-01-03	(현토) 사씨남정기	한문			1918-02-22	3	李柱浣	회동서관
3202	사씨남정기 회동-사씨-01-04	(현토) 사씨남정기	한문			1919-12-15	4	李柱浣	회동서관
3203	사씨남정기 회동-사씨-01-05	(현토) 사씨남정기	한문	107p. 30전	1923-06-20	1923-06-30	5	李柱浣 경성부 견지동 55번지	회동서관 경성부 남대문통 1정목 17번지
3204	사씨남정기 회동-사씨-02-00	사씨남정기	한글			1927- -	1		회동서관

인쇄자 인쇄소 주소	인쇄소 인쇄소 주소	공동 발행	영인본	소장처 및 청구기호	기타	현황
		광익서관			4판에 초판 발행일 기록.	출판
					4판이 있어서 2판도 있을 것으로 추정.	출판
					4판이 있어서 3판도 있을 것으로 추정.	출판
鄭敬德 경성부 서대문정 2정목 139번지	기독교창문사 경성부 서대문정 2정목 139번지	광익서상		국립중앙도서관(3 634-3-59(1))	초판 발행일 기록.	원문
崔誠愚 경성 남부 상리동 32통 4호	신문관 경성 남부 상리동 32통 4호		[신소설전집 5]	국립중앙도서관(3 634-3-5(4))	표지에 '회동서관 발행', 1면에 '紹雲 著述'.	원문
			[활자본고전소설 전집 2]		12회의 장회체. 발행소와 발행일은 영인본의 해제에 의함.	원문
					이주영, p.208.	출판
					이주영, p.208.	출판
					여승구, [古書通信], 15, 1999.9.([이본목록], p.191)	출판
					이주영, p.208.	출판
					3판이 있어 초판도 있을 것으로 추정.	출판
					3판이 있어 2판도 있을 것으로 추정.	출판
金弘奎 경성부 가회동 216번지	보성사 경성부 수송동 44번지		[구활자본고소설 전집 2]	국립중앙도서관(3 634-2-55(6))		원문
					재판에 초판 발행일 기록.	출판
尤禹澤 경성부 공평동 55번지	대동인쇄주식회사 경성부 공평동 55번지			국립중앙도서관(3 634-2-55(3))	초판 발행일 기록.	원문
					[이본목록], p.201.	출판
					소재영 외,, p.177.	원문
					5판에 초판 발행일 기록.	출판
					5판에 2판 발행일 기록.	출판
					5판에 3판 발행일 기록.	출판
					5판에 4판 발행일 기록.	출판
喬基禎 경성부 견지동 32번지	한성도서주식회사 경성부 견지동 32번지			국립중앙도서관(3 634-2-45(5))	1면에 '金春澤 原著'. 1~4판의 발행일 기록.	원문
					<이순신전>, 회동서관, 1927. 광고([이본목록], p.213).	광고

번호	작품명 고유번호	표제	문자	면수 가격	인쇄일	발행일	판차	발행자 발행자 주소	발행소 발행소 주소
3205	**산양대전** 회동-산양-01-01	(삼국풍진)죠자 룡전	한글	49p. 20전	1925-12-17	1925-12-20	1	高裕相 경성부 남대문통 1정목 17번지	회동서관 경성부 남대문통 1정목 17번지
3206	**삼국지** 회동-삼국-01-01-권1	諺吐 三國誌 卷之一	한문			1915-06-21	1		회동서관
3207	**삼국지** 회동-삼국-01-01-권2	諺吐 三國誌 卷之二	한문				1		회동서관
3208	**삼국지** 회동-삼국-01-01-권3	諺吐 三國誌 卷之三	한문				1		회동서관
3209	**삼국지** 회동-삼국-01-01-권4	諺吐 三國誌 卷之四	한문				1		회동서관
3210	**삼국지** 회동-삼국-01-01-권5	諺吐 三國誌 卷之五	한문				1		회동서관
3211	**삼국지** 회동-삼국-01-02-권1	諺吐 三國誌 卷之一	한문			1919-11-30	2		회동서관
3212	**삼국지** 회동-삼국-01-02-권2	諺吐 三國誌 卷之二	한문				2		회동서관
3213	**삼국지** 회동-삼국-01-02-권3	諺吐 三國誌 卷之三	한문				2		회동서관
3214	**삼국지** 회동-삼국-01-02-권4	諺吐 三國誌 卷之四	한문				2		회동서관
3215	**삼국지** 회동-삼국-01-02-권5	諺吐 三國誌 卷之五	한문				2		회동서관
3216	**삼국지** 회동-삼국-01-03-권1	諺吐 三國誌 卷之一	한문	244p. 50전	1922-05-01	1922-05-03	3	李柱浣 경성부 견지동 55번지	회동서관 경성부 남대문통 1정목 17번지
3217	**삼국지** 회동-삼국-01-03-권2	諺吐 三國誌 卷之二	한문				3		회동서관
3218	**삼국지** 회동-삼국-01-03-권3	諺吐 三國誌 卷之三	한문				3		회동서관
3219	**삼국지** 회동-삼국-01-03-권4	諺吐 三國誌 卷之四	한문				3		회동서관
3220	**삼국지** 회동-삼국-01-03-권5	諺吐 三國誌 卷之五	한문				3		회동서관
3221	**삼국지** 회동-삼국-02-01-권1	諺吐 三國誌 卷之一	한문			1916-03-25	1		회동서관
3222	**삼국지** 회동-삼국-02-01-권2	諺吐 三國誌 卷之二	한문			1916-03-25	1		회동서관
3223	**삼국지** 회동-삼국-02-01-권3	諺吐 三國誌 卷之三	한문			1916-03-25	1		회동서관
3224	**삼국지** 회동-삼국-02-01-권4	諺吐 三國誌 卷之四	한문			1916-03-25	1		회동서관
3225	**삼국지** 회동-삼국-02-01-권5	諺吐 三國誌 卷之五	한문			1916-03-25	1		회동서관

인쇄자 인쇄소 주소	인쇄소 인쇄소 주소	공동 발행	영인본	소장처 및 청구기호	기타	현황
金翼洙 경성부 황금정 2정목 21번지	신문관 경성부 황금정 2정목 21번지		[구활자본고소설 전집 14]	국립중앙도서관(3 634-2-81(1))		원문
					3판에 초판 발행일 기록.	출판
					동일 판본의 5권본('회동-삼국-02-03-권1~권5')가 있어 2권도 있을 것으로 추정.	출판
					동일 판본의 5권본('회동-삼국-02-03-권1~권5')가 있어 3권도 있을 것으로 추정.	출판
					동일 판본의 5권본('회동-삼국-02-03-권1~권5')가 있어 4권도 있을 것으로 추정.	출판
					동일 판본의 5권본('회동-삼국-02-03-권1~권5')가 있어 5권도 있을 것으로 추정.	출판
					3판에 2판 발행일 기록.	출판
					동일 판본의 5권본('회동-삼국-02-03-권1~권5')가 있어 2권도 있을 것으로 추정.	출판
					동일 판본의 5권본('회동-삼국-02-03-권1~권5')가 있어 3권도 있을 것으로 추정.	출판
					동일 판본의 5권본('회동-삼국-02-03-권1~권5')가 있어 4권도 있을 것으로 추정.	출판
					동일 판본의 5권본('회동-삼국-02-03-권1~권5')가 있어 5권도 있을 것으로 추정.	출판
金聖杓 경성부 견지동 80번지	계문사 경성부 견지동 80번지			개인소장본		원문
						출판
						출판
						출판
						출판
					3판에 초판 발행일 기록	출판
					3판에 초판 발행일 기록	출판
					3판에 초판 발행일 기록	출판
					3판에 초판 발행일 기록	출판
					3판에 초판 발행일 기록	출판

번호	작품명 고유번호	표제	문자	면수 가격	인쇄일	발행일	판차	발행자 발행자 주소	발행소 발행소 주소
3226	**삼국지** 회동-삼국-02-02-권1	諺吐 三國誌 卷之一	한문			1918-06-27	2		회동서관
3227	**삼국지** 회동-삼국-02-02-권2	諺吐 三國誌 卷之二	한문			1918-06-27	2		회동서관
3228	**삼국지** 회동-삼국-02-02-권3	諺吐 三國誌 卷之三	한문			1918-06-27	2		회동서관
3229	**삼국지** 회동-삼국-02-02-권4	諺吐 三國誌 卷之四	한문			1918-06-27	2		회동서관
3230	**삼국지** 회동-삼국-02-02-권5	諺吐 三國誌 卷之五	한문			1918-06-27	2		회동서관
3231	**삼국지** 회동-삼국-02-03-권1	諺吐 三國誌 卷之一	한문	244p. 60전	1920-04-10	1920-04-14	3	李柱浣 경성부 견지동 55번지	회동서관 경성부 남대문통 1정목 17번지
3232	**삼국지** 회동-삼국-02-03-권2	諺吐 三國誌 卷之二	한문	222p. 60전	1920-04-10	1920-04-14	3	李柱浣 경성부 견지동 55번지	회동서관 경성부 남대문통 1정목 17번지
3233	**삼국지** 회동-삼국-02-03-권3	諺吐 三國誌 卷之三	한문	239p. 60전	1920-04-10	1920-04-14	3	李柱浣 경성부 견지동 55번지	회동서관 경성부 남대문통 1정목 17번지
3234	**삼국지** 회동-삼국-02-03-권4	諺吐 三國誌 卷之四	한문	198p. 60전	1920-04-10	1920-04-14	3	李柱浣 경성부 견지동 55번지	회동서관 경성부 남대문통 1정목 17번지
3235	**삼국지** 회동-삼국-02-03-권5	諺吐 三國誌 卷之五	한문	205p. 60전	1920-04-10	1920-04-14	3	李柱浣 경성부 견지동 55번지	회동서관 경성부 남대문통 1정목 17번지
3236	**삼사횡입황천기** 회동-삼사-01-01	삼사긔	한글	15p.	1915.11.15.	1915-11-30	1	高裕相 경성부 남대문통 1정목 17번지	회동서관 경성부 남대문통 1정목 17번지
3237	**삼쾌정** 회동-삼쾌-01-01	삼쾌정	한글			1919-06-07	1	高裕相	회동서관
3238	**삼쾌정** 회동-삼쾌-01-02	삼쾌정	한글	74p. 25전	1921-11-30	1921-12-06	2	高裕相 경성부 대남문통 1정목 17번지	회동서관 경성부 남대문통 1정목 17번지
3239	**삼쾌정** 회동-삼쾌-01-03	삼쾌정	한글			1923-01-27	3	高裕相	회동서관
3240	**삼쾌정** 회동-삼쾌-01-04	삼쾌정	한글	74p. 25전	1924-10-25	1924-10-30	4	高裕相 경성부 남대문통 1정목 17번지	회동서관 경성부 남대문통 1정목 17번지
3241	**서동지전** 회동-서동-01-01	(고대소설)셔동 지젼	한글	35p. 15전	1925-12-20	1925-12-25	1	高裕相 경성부 남대문통 1정목 17번지	회동서관 경성부 남대문통 1정목 17번지
3242	**서상기** 회동-서상-01-01	(선한쌍문) 서상기	한글	84p. 50전	1913-12-10	1914-01-17	1	高裕相 경성 남부 대광교 37통 4호	회동서관 경성 남부 대광교 37통 4호
3243	**서상기** 회동-서상-01-02	(선한쌍문) 서상기	한글	193p. 50전	1916-10-25	1916-10-30	2	高裕相 경성부 남대문통 1정목 17번지	회동서관 경성부 남대문통 1정목 17번지
3244	**서상기** 회동-서상-01-03	(선한쌍문) 서상기	한글	38전	1919-10-15	1919-10-20	3	高裕相 경성부 남대분통 1정목 17번지	회동서관

인쇄자 인쇄소 주소	인쇄소 인쇄소 주소	공동 발행	영인본	소장처 및 청구기호	기타	현황
					3판에 2판 발행일 기록	출판
					3판에 2판 발행일 기록	출판
					3판에 2판 발행일 기록	출판
					3판에 2판 발행일 기록	출판
					3판에 2판 발행일 기록	출판
羽田茂— 경성부 명치정 1정목 54번지	조선인쇄주식회사 경성부 명치정 1정목 54번지		[구활자본고소설전집 23]	계명대학교 도서관((고근) 812.35 김성탄ㅅ-1)	초판, 2판 발행일 기록.	원문
羽田茂— 경성부 명치정 1정목 54번지	조선인쇄주식회사 경성부 명치정 1정목 54번지		[구활자본고소설전집 23]	계명대학교 도서관((고근) 812.35 김성탄ㅅ-2)	초판, 2판 발행일 기록.	원문
羽田茂— 경성부 명치정 1정목 54번지	조선인쇄주식회사 경성부 명치정 1정목 54번지		[구활자본고소설전집 24]	계명대학교 도서관((고근) 812.35 김성탄ㅅ-3)	초판, 2판 발행일 기록.	원문
羽田茂— 경성부 명치정 1정목 54번지	조선인쇄주식회사 경성부 명치정 1정목 54번지		[구활자본고소설전집 24]	계명대학교 도서관((고근) 812.35 김성탄ㅅ-4)	초판, 2판 발행일 기록.	원문
羽田茂— 경성부 명치정 1정목 54번지	조선인쇄주식회사 경성부 명치정 1정목 54번지		[구활자본고소설전집 24]	계명대학교 도서관((고근) 812.35 김성탄ㅅ-5)	초판, 2판 발행일 기록.	원문
沈禹澤 경성부 효자동 103번지	성문사 경성부 공평동 55번지		[활자본고전소설전집 1](아세아문화사)		<금산사몽유록>(pp.1~59)과 <삼사기>(pp.60~74)의 합철. 도서관 서지정보의 표제는 '금산사몽유록'임.	원문
					2판에 초판 발행일 기록. 개인 소장본 4판에 초판 발행일 기록.	출판
金聖杓 경성부 견지동 80번지	계문사 경성부 견지동 80번지			국립중앙도서관(3634-3-9(3))	2종의 서문. 초판 발행일 기록. 개인 소장본 4판에 2판 발행일(대정11년 12월 15일) 기록.	원문
					개인 소장본 4판에 3판 발행일 기록.	출판
朴仁煥 경성부 공평동 55번지	대동인쇄소 경성부 공평동 55번지			박순호 소장본	개인 소장본 판권지의 인쇄자(김성표), 인쇄소(보명사인쇄소)에 대한 정보가 박순호 소장본의 판권지 내용과 다름. 개인 소장본 4판에 초판, 2판, 3판 발행일 기록.	원문
金翼洙 경성부 황금정 2정목 21번지	신문관 경성부 황금정 2정목 21번지			국립중앙도서관(3634-3-54(4))		원문
金聖杓 경성 동부통내 등자동 5통 8호	성문사 경성 중부 종로 발리동 9통 10호			양승민 소장본	4판에 초판 발행일 기록.	원문
金重煥 경성부 중림동 333번지	보성사 경성부 수송동 44번지		[구활자소설총서 8]	국립중앙도서관(3634-2-4(4))		원문
金重煥 경성부 관훈동 30번지				개인소장본	판권지가 훼손되었으나 초판 발행일을 통해 '회동서관' 발행으로 추정. 파일 이미지가 불분명하여 총 면수를 확인 못함.	원문

번호	작품명 고유번호	표제	문자	면수 가격	인쇄일	발행일	판차	발행자 발행자 주소	발행소 발행소 주소
3245	서상기 회동-서상-01-04	(선한쌍문) 서상기	한글	167p. 50전	1930-02-05	1930-02-10	4	高裕相 경성부 남대문통 1정목 17번지	회동서관 경성부 남대문통 1정목 17번지
3246	서시전 회동-서시-01-01	서시전	한글	93p.		1919- -	1	高裕相	회동서관
3247	서태후전 회동-서태-01-00	서태후전	한글				1		회동서관
3248	서한연의 회동-서한-01-00	서한연의	한글				1		회동서관
3249	선죽교 회동-선죽-01-01	선죽교	한글	47p.		1930-10-25	1	高裕相	회동서관
3250	소대성전 회동-소대-01-01	고대소설 소대성전	한글	37p. 15전	1925-12-20	1925-12-25	1	高裕相 경성부 남대문통 1정목 17번지	회동서관 경성부 남대문통 1정목 17번지
3251	소운전 회동-소운-01-01	쇼운전	한글			1925- -	1		회동서관
3252	손방연의 회동-손방-01-01	손방연의	한글	96p. 40전	1918-01-05	1918-01-28	1	高裕相 경성부 남대문통 1정목 17번지	회동서관 경성부 남대문통 1정목 17번지
3253	손오공 회동-손오-01-01	손오공	한글	46p. 20전	1922-05-01	1922-05-06	1	高裕相 경성부 남대문통 1정목 17번지	회동서관 외 11곳 회동(경성부남대문통 1-17), 동양(경성부종로통 2-8 박문(경성부봉래정 2-8
3254	수당연의 회동-수당-01-01	슈당연의	한글	111p. 45전	1918-01-25	1918-03-18	1	高裕相 경성부 남대문통 1정목 17번지	회동서관 경성부 남대문통 1정목 17번지
3255	수호지 회동-수호-01-00	忠義小說 水滸志 前集	한글	전3책 1원 20전		1916- -	1		회동서관
3256	숙영낭자전 회동-숙영-01-01	(특별) 숙영낭자전	한글	15전	1925.12.20.	1925-12-25	1	高裕相 경성부 남대문통 1정목 17번지	회동서관 경성부 남대문통 1정목 17번지
3257	숙향전 회동-숙향-01-01	숙향전	한문	80p. 25전	1916-11-30	1916-12-16	1	高裕相 경성부 남대문통 1정목 17번지	회동서관 경성부 남대문통 정목 17번지
3258	숙향전 회동-숙향-02-01	숙향전	한글	91p. 30전	1925-10-25	1925-10-30	1	高裕相 경성부 남대문통 1정목 17번지	회동서관 경성부 남대문통 1정목 17번지
3259	숙향전 회동-숙향-03-01	숙향전	한문	80p.		1926- -	1		회동서관
3260	신숙주부인전 회동-신숙-01-01	신숙주부인전	한글			1930-12-25	1	高丙敎	회동서관
3261	신숙주부인전 회동-신숙-01-02	신숙주부인전	한글	36p. 25전	1936-06-10	1937-06-15	2	高丙敎 경성부 효제정 330번지	회동서관 경성부 남대문통 1정목 17번지
3262	신유복전 회동-신유-01-01	신류복전	한글	68p. 25전	1927-12-15	1927-12-23	1	高裕相 경성부 남대문통 1정목 17번지	회동서관 경성부 남대문통 1정목 17번지

인쇄자 인쇄소 주소	인쇄소 인쇄소 주소	공동 발행	영인본	소장처 및 청구기호	기타	현황
尢禹澤 경성부 공평동 55번지	대동인쇄주식회사 경성부 공평동 55번지			서울대학교 도서관(3350 152)	초판 발행일을 '19일'로 기록(초판 판권지 17일)	원문
					[연구보정](p.400.)에 국립중앙도서관 소장본의 청구기호(3634-3-54=3))가 있으나, 국립중앙도서관에서 해당서적을 찾을 수 없음.	출판
					<손오공>, 회동서관, 1922.(국립중앙도서관 소장본(3634-2-20(1))의 광문사 신간 광고에 '西太后傳'으로 기록.	광고
					[現行四禮儀範], 회동서관, 1924. 광고([연구보정], p.420).	광고
		삼문사서점, 신명서림			홍윤표 소장본([이본목록], p.265.)	원문
金翼洙 경성부 황금정 2정목 1번지	신문관 경성부 황금정 2정목 21번지		[구활자본고소설 전집 7]	서울대학교 도서관(3350 154)		원문
					소재영 외,, p.158.	원문
金弘奎 경성부 가회동 216번지	보성사 경성부 수송동 44번지		[구활자본고소설 전집 7], [구활자소설총서 5]	국립중앙도서관(3 634-2-7(4))	11회의 장회체(총 목차).	원문
金聖杓 경성부 견지동 80번지	계문사 경성부 견지동 80번지	덕흥서림, 한남서림, 정직서관, 대창서원, 광익서관, 영창서관	[구활자본고소설 전집 26], [구활자소설총서 11]	국립중앙도서관(3 634-2-20(1)/3634-2-59(5))	저작자 이규용.	원문
金弘奎 경성부 가회동 216번지	보성사 경성부 수송동 44번지		[구활자본고소설 전집 7]	국립중앙도서관(3 634-2-39(4))		원문
					<선한 쌍문 서상기>, 1916. 국립중앙도서관 소장본(3634-2-4(4)) 광고에 '忠義小說 水滸志 前集'으로 기록.	광고
金翼洙 경성부 황금정 2정목 1번지	신문관 경성부 황금정 2정목 21번지			서울대학교 도서관(3340 1)	'[(고대소설) 옥단춘전 외]에 <열녀전>(경성서적업조합. 1926), <옥낭자전>(대창서원, 1926 재판), <박씨전>(회동서관, 1925) 등과 합철됨.	원문
金敎瓚 경성부 소격동 41번지	보성사 경성부 수송동 44번지		[활자본고전소설 전집 4]	국립중앙도서관(3 634-2-98(7))	저작자 이규용. 1면에 '紹雲 著'.	원문
金翼洙 경성부 황금정 2정목 1번지	신문관 경성부 황금정 2정목 21번지			국립중앙도서관(3 634-2-98(1))		원문
					紹雲 著. 작품 뒤에 '弄璋歌'(6p.)가 합철.([이본목록], p.332.)	출판
		신명서림			2판에 초판 발행일 기록.	출판
仁煥 성부 공평정 55번지	대동인쇄소 경성부 공평정 55번지	신명서림		디지털 한글박물관(홍윤표 소장본)	<신숙주부인전>(pp.1~36)에 <嘉實傳>(pp.1~32)이 합철. 초판 발행일 기록. 도서관 서지정보에는 초판 발행연도를 기록.	원문
敎瓚 성부 안국동 101번지	문화인쇄소 경성부 안국동 101번지			국립중앙도서관(3 634-2-77(6))		원문

번호	작품명 고유번호	표제	문자	면수 가격	인쇄일	발행일	판차	발행자 발행자 주소	발행소 발행소 주소
3263	심청전 회동-심청-01-01	심청전	한글	55p. 25전	1925-10-25	1925-10-30	1	高裕相 경성부 남대문통 1정목 17번지	회동서관 경성부 남대문통 1정 17번지
3264	쌍미기봉 회동-쌍미-01-01	쌍미긔봉	한글	96p. 30전	1916-01-20	1916-01-25	1	高裕相 경성부 남대문통 1정목 17번지	회동서관 경성부 남대문통 1정 17번지
3265	양산백전 회동-양산-01-01	古代小說 양산백젼	한글	59p. 20전	1925-11-05	1925-11-10	1	高裕相 경성부 남대문통 1정목 17번지	회동서관 경성부 남대문통 1정 17번지
3266	양주봉전 회동-양주-01-01	량쥬봉젼	한글	20전	1925-11-05	1925-11-10	1	高裕相 경성부 남대문통 1정목 17번지	회동서관 경성부 남대문통 1정 17번지
3267	양풍전 회동-양풍-01-01	楊風雲傳	한글	35p. 15전	1925-10-25	1925-10-30	1	高裕相 경성부 남대문통 1정목 17번지	회동서관 경성부 남대문통 1정 17번지
3268	어룡전 회동-어룡-01-01	어룡전	한글	62 25전	1925-12-20	1925-12-25	1	高裕相 경성부 남대문통 1정목 17번지	회동서관 경성부 남대문통 1정 17번지
3269	연화몽 회동-연화-01-01	련화몽	한글	202 80전	1928.12.25.	1928-12-28	1	崔德容 고양군 송포면 덕이리 937번지	회동서관 경성부 남대문통 1정 17번지
3270	열녀전 회동-열녀-01-01	렬녀젼	한글			1917-03-23	1		회동서관
3271	열녀전 회동-열녀-01-02	렬녀젼	한글				2		회동서관
3272	열녀전 회동-열녀-01-03	렬녀젼	한글				3		회동서관
3273	열녀전 회동-열녀-01-04	렬녀젼	한글				4		회동서관
3274	열녀전 회동-열녀-01-05	렬녀젼	한글	50p. 20전	1924-03-17	1924-03-25	5	高裕相 경성부 남대문통 1정목 17	회동서관 경성부 남대문통 1정 17
3275	오성과 한음 회동-오성-01-01	오성긔담	한글	69p. 25전	1927-11-25	1927-12-10	1	高裕相 경성부 남대문통 1정목 17번지	회동서관 경성부 남대문통 1정 17번지
3276	옥난빙 회동-옥난-01-01	고대소설 옥란빙	한글	82p.		1918-01-31	1	李圭瑢	회동서관
3277	옥단춘전 회동-옥단-01-01	옥단츈젼	한글	88p.		1925- -	1		회동서관
3278	옥련몽 회동-옥련-01-01-권1	옥련몽 第1篇	한글			1916-02-09	1		회동서관
3279	옥련몽 회동-옥련-01-01-권2	옥련몽 第2篇	한글			1916-02-09	1		회동서관
3280	옥련몽 회동-옥련-01-01-권3	옥련몽 第3篇	한글			1916-02-09	1		회동서관
3281	옥련몽 회동-옥련-01-01-권4	옥련몽 第4篇	한글			1916-02-09	1		회동서관
3282	옥련몽 회동-옥련-01-01-권5	옥련몽 第5篇	한글			1916-02-09	1		회동서관
3283	옥련몽 회동-옥련-01-02-권1	옥련몽 第1篇	한글				2		회동서관

인쇄자 인쇄소 주소	인쇄소 인쇄소 주소	공동 발행	영인본	소장처 및 청구기호	기타	현황
金翼洙 경성부 황금정 2정목 21번지	신문관 경성부 황금정 2정목 21번지			국립중앙도서관(3 634-2-58(6))		원문
金重煥 경성부 중림동 333번지	보성사 경성부 수송동 44번지		[활자본고전소설 전집 3], [구활자소설총서 12]	국립중앙도서관(3 634-2-20(5))	24회의 장회체. 저작자 이규용. 중국소설 <駐春園小史>를 번안한 작품(최윤희, 2001)	원문
金翼洙 경성부 황금정 2정목 *1번지	신문관 경성부 황금정 2정목 21번지			서울대학교 도서관(3350 166)		원문
金翼洙 경성부 황금정 2정목 21번지	신문관 경성부 황금정 2정목 21번지			영남대학교 도서관(도 813.5 ㅇ291)		원문
金翼洙 경성부 황금정 2정목 21번지	신문관 경성부 황금정 2정목 21번지			영남대학교 도서관(도 813.5 ㅇ292)		원문
金翼洙 경성부 황금정 2정목 *1번지	신문관 경성부 황금정 2정목 21번지			국립중앙도서관(3 634-2-73(5))		원문
尤禹澤 경성부 공평동 55번지	대동인쇄주식회사 경성부 공평동 55번지			한국학중앙연구원[마이크로필름자료] (MF R16N 509)	16회의 장회체(총목차).	원문
					5판에 초판 발행일 기록	출판
					5판이 있어서 2판도 있을 것으로 추정.	출판
					5판이 있어서 3판도 있을 것으로 추정.	출판
					5판이 있어서 4판도 있을 것으로 추정.	출판
金鐘憲 경성부 수송동 69번지	보명사인쇄소 경성부 수송동 69번지			영남대학교 도서관(도 813.5 ㅇ339)	초판 발행일 기록.	원문
金在涉 경성부 견지동 32번지	한성도서주식회사 경성부 견지동 32번지	홍문당		영남대학교 도서관(도 813.5 ㅇ388)		원문
			[활자본고전소설 전집 4]	서울대학교 도서관(3350 186)	9회의 장회체. 발행소와 발행일은 영인본 해제에 의함. 서울대 소장본에는 판권지가 없으나 영인본과 동일 판본임.	원문
				영남대학교 도서관(도 813.5 ㅇ474)	원문은 있으나 판권지 없음. 발행연도는 도서관 서지정보를 따름.	원문
					6판에 초판 발행일 기록.	출판
					6판에 초판 발행일 기록.	출판
					6판에 초판 발행일 기록.	출판
					6판에 초판 발행일 기록.	출판
					6판에 초판 발행일 기록.	출판
					6판이 있어서 2판도 있을 것으로 추정.	출판

번호	작품명 고유번호	표제	문자	면수 가격	인쇄일	발행일	판차	발행자 발행자 주소	발행소 발행소 주소
3284	**옥련몽** 회동-옥련-01-02-권2	옥련몽 第2篇	한글				2		회동서관
3285	**옥련몽** 회동-옥련-01-02-권3	옥련몽 第3篇	한글				2		회동서관
3286	**옥련몽** 회동-옥련-01-02-권4	옥련몽 第4篇	한글				2		회동서관
3287	**옥련몽** 회동-옥련-01-02-권5	옥련몽 第5篇	한글				2		회동서관
3288	**옥련몽** 회동-옥련-01-03-권1	옥련몽 第1篇	한글				3		회동서관
3289	**옥련몽** 회동-옥련-01-03-권2	옥련몽 第2篇	한글				3		회동서관
3290	**옥련몽** 회동-옥련-01-03-권3	옥련몽 第3篇	한글				3		회동서관
3291	**옥련몽** 회동-옥련-01-03-권4	옥련몽 第4篇	한글				3		회동서관
3292	**옥련몽** 회동-옥련-01-03-권5	옥련몽 第5篇	한글				3		회동서관
3293	**옥련몽** 회동-옥련-01-04-권1	옥련몽 第1篇	한글				4		회동서관
3294	**옥련몽** 회동-옥련-01-04-권2	옥련몽 第2篇	한글				4		회동서관
3295	**옥련몽** 회동-옥련-01-04-권3	옥련몽 第3篇	한글				4		회동서관
3296	**옥련몽** 회동-옥련-01-04-권4	옥련몽 第4篇	한글				4		회동서관
3297	**옥련몽** 회동-옥련-01-04-권5	옥련몽 第5篇	한글				4		회동서관
3298	**옥련몽** 회동-옥련-01-05-권1	옥련몽 第1篇	한글				5		회동서관
3299	**옥련몽** 회동-옥련-01-05-권2	옥련몽 第2篇	한글				5		회동서관
3300	**옥련몽** 회동-옥련-01-05-권3	옥련몽 第3篇	한글				5		회동서관
3301	**옥련몽** 회동-옥련-01-05-권4	옥련몽 第4篇	한글				5		회동서관
3302	**옥련몽** 회동-옥련-01-05-권5	옥련몽 第5篇	한글				5		회동서관
3303	**옥련몽** 회동-옥련-01-06-권1	옥련몽 第1篇	한글	119p.	1926-02-05	1926-02-10	6	李鍾楨 경성부 관수동 30번지	회동서관 경성부 남대문통 1정 17번지
3304	**옥련몽** 회동-옥련-01-06-권2	옥련몽 第2篇	한글	134p.	1926-02-05	1926-02-10	6	李鍾楨 경성부 관수동 30번지	회동서관 경성부 남대문통 1정 17번지
3305	**옥련몽** 회동-옥련-01-06-권3	옥련몽 第3篇	한글	143p.	1926-02-05	1926-02-10	6	李鍾楨 경성부 관수동 30번지	회동서관 경성부 남대문통 1정 17번지
3306	**옥련몽** 회동-옥련-01-06-권4	옥련몽 第4篇	한글	127p.	1926-02-05	1926-02-10	6	李鍾楨 경성부 관수동 30번지	회동서관 경성부 남대문통 1정 17번지

인쇄자 인쇄소 주소	인쇄소 인쇄소 주소	공동 발행	영인본	소장처 및 청구기호	기타	현황
					6판이 있어서 2판도 있을 것으로 추정.	출판
					6판이 있어서 2판도 있을 것으로 추정.	출판
					6판이 있어서 2판도 있을 것으로 추정.	출판
					6판이 있어서 2판도 있을 것으로 추정.	출판
					6판이 있어서 3판도 있을 것으로 추정.	출판
					6판이 있어서 3판도 있을 것으로 추정.	출판
					6판이 있어서 3판도 있을 것으로 추정.	출판
					6판이 있어서 3판도 있을 것으로 추정.	출판
					6판이 있어서 3판도 있을 것으로 추정.	출판
					6판이 있어서 4판도 있을 것으로 추정.	출판
					6판이 있어서 4판도 있을 것으로 추정.	출판
					6판이 있어서 4판도 있을 것으로 추정.	출판
					6판이 있어서 4판도 있을 것으로 추정.	출판
					6판이 있어서 4판도 있을 것으로 추정.	출판
					6판이 있어서 5판도 있을 것으로 추정.	출판
					6판이 있어서 5판도 있을 것으로 추정.	출판
					6판이 있어서 5판도 있을 것으로 추정.	출판
					6판이 있어서 5판도 있을 것으로 추정.	출판
					6판이 있어서 5판도 있을 것으로 추정.	출판
魯基禎 경성부 견지동 32번지	한성도서주식회사 경성부 견지동 32번지			정명기 소장본	발행 관련 기록은 제5편의 것을 따름.	원문
魯基禎 경성부 견지동 32번지	한성도서주식회사 경성부 견지동 32번지			정명기 소장본	발행 관련 기록은 제5편의 것을 따름.	원문
魯基禎 경성부 견지동 32번지	한성도서주식회사 경성부 견지동 32번지			정명기 소장본	발행 관련 기록은 제5편의 것을 따름.	원문
魯基禎 경성부 견지동 32번지	한성도서주식회사 경성부 견지동 32번지			정명기 소장본	발행 관련 기록은 제5편의 것을 따름.	원문

번호	작품명 고유번호	표제	문자	면수 가격	인쇄일	발행일	판차	발행자 발행자 주소	발행소 발행소 주소
3307	**옥련몽** 회동-옥련-01-06-권5	옥련몽 第5篇	한글	129p. 1원90전(전5책)	1926-02-05	1926-02-10	6	李鍾禎 경성부 관수동 30번지	회동서관 경성부 남대문통 1정목 17번지
3308	**옥루몽** 회동-옥루-01-01-권1	옥루몽	한문	213p.		1915- -	1		회동서관
3309	**옥루몽** 회동-옥루-01-01-권2	옥루몽	한문	201p.		1915- -	1		회동서관
3310	**옥루몽** 회동-옥루-01-01-권3	옥루몽	한문	204p.		1915- -	1		회동서관
3311	**옥루몽** 회동-옥루-02-01-권1	(구소설)옥누몽 / 상편	한글				1		회동서관
3312	**옥루몽** 회동-옥루-02-01-권2	구소셜 옥누몽 / 하편	한글	280p. 60전	1915-12-30	1916-01-04	1	金容俊 경성부 안국동 8번지	회동서관 경성부 남대문통 1정목 17번지
3313	**옥루몽** 회동-옥루-02-01-권3	(구소셜)옥누몽 / 속편	한글	234p. 50전	1915-12-30	1916-01-04	1	金容俊 경성부 안국동 8번지	회동서관 경성부 남대문통 1정목 17번지
3314	**옥루몽** 회동-옥루-03-01-권1	옥루몽 卷一	한글	196p. 1원90전 (전4책)	1917-03-15	1917-03-23	1	高裕相 경성부 남대문통 1정목 17번지	회동서관 경성부 남대문통 1정목 17번지
3315	**옥루몽** 회동-옥루-03-01-권2	옥루몽 卷二	한글	194p. 1원90전 (전4책)	1917-03-15	1917-03-23	1	高裕相 경성부 남대문통 1정목 17번지	회동서관 경성부 남대문통 1정목 17번지
3316	**옥루몽** 회동-옥루-03-01-권3	옥루몽 卷三	한글			1917-03-23	1		회동서관
3317	**옥루몽** 회동-옥루-03-01-권4	옥루몽 卷四	한글	197p. 1원90전 (전4책)	1917-03-15	1917-03-23	1	高裕相 경성부 남대문통 1정목 17번지	회동서관 경성부 남대문통 1정목 17번지
3318	**옥루몽** 회동-옥루-03-02-권1	옥루몽 卷一	한글				2		회동서관
3319	**옥루몽** 회동-옥루-03-02-권2	옥루몽 卷二	한글				2		회동서관
3320	**옥루몽** 회동-옥루-03-02-권3	옥루몽 卷三	한글				2		회동서관
3321	**옥루몽** 회동-옥루-03-02-권4	옥루몽 卷四	한글				2		회동서관
3322	**옥루몽** 회동-옥루-03-03-권1	옥루몽 卷一	한글				3		회동서관
3323	**옥루몽** 회동-옥루-03-03-권2	옥루몽 卷二	한글				3		회동서관
3324	**옥루몽** 회동-옥루-03-03-권3	옥루몽 卷三	한글				3		회동서관
3325	**옥루몽** 회동-옥루-03-03-권4	옥루몽 卷四	한글				3		회동서관
3326	**옥루몽** 회동-옥루-03-04-권1	옥루몽 卷一	한글				4		회동서관

인쇄자 인쇄소 주소	인쇄소 인쇄소 주소	공동 발행	영인본	소장처 및 청구기호	기타	현황
魯基禎 경성부 견지동 32번지	한성도서주식회사 경성부 견지동 32번지			정명기 소장본	초판 발행일 기록.	원문
					具滋均, [國文學論考], p.19.([이본목록], p.420). 64회의 장회체(1권 1회~21회, 2권 2~44회, 3권 45회~64회).	출판
					具滋均, [國文學論考], p.19.([이본목록], p.420). 64회의 장회체(1권 1회~21회, 2권 2~44회, 3권 45회~64회).	출판
					具滋均, [國文學論考], p.19.([이본목록], p.420). 64회의 장회체(1권 1회~21회, 2권 2~44회, 3권 45회~64회).	출판
					상편, 하편, 속편의 3책 체제로 추정(상편 1회~25회, 하편 26~49회, 속편 50~64회).	출판
沈禹澤 경성부 효자동 103번지	성문사 경성부 공평동 55번지			국립중앙도서관(3 634-2-91(2))	'옥루몽 하편'(권8~10). 64회의 26회~49회로, 27회부터 회목과 회차가 있음. 3책 체제로 추정(상편 1회~25회, 하편 26~49회, 속편 50~64회).	원문
沈禹澤 경성부 효자동 103번지	성문사 경성부 공평동 55번지			국립중앙도서관(3 634-2-91(1))	내제는 '옥루몽 권지 속편'(1회~13회)으로 되어 있으나, 실제 내용은 64회의 50회~64회임. 3책 체제로 추정(상편 1회~25회, 하편 26~49회, 속편 50~64회).	원문
金弘奎 경성부 가회동 216번지	보성사 경성부 수송동 44번지			정명기 소장본	64회 4책(권1 1회~16회, 권2 17~32회, 권3 33회~50회, 권4 51회~64회). 4판과 6판에 초판 발행일 기록.	원문
金弘奎 경성부 가회동 216번지	보성사 경성부 수송동 44번지			양승민 소장본	64회 4책(권1 1회~16회, 권2 17~32회, 권3 33회~50회, 권4 51회~64회). 4판과 6판에 초판 발행일 기록.	원문
					64회 4책(권1 1회~16회, 권2 17~32회, 권3 33회~50회, 권4 51회~64회). 4판과 6판에 초판 발행일 기록.	출판
金弘奎 경성부 가회동 216번지	보성사 경성부 수송동 44번지			양승민 소장본	64회 4책(권1 1회~16회, 권2 17~32회, 권3 33회~50회, 권4 51회~64회). 4판과 6판에 초판 발행일 기록.	원문
					4판과 6판이 있어서 2판, 3판이 있을 것으로 추정.	출판
					4판과 6판이 있어서 2판, 3판이 있을 것으로 추정.	출판
					4판과 6판이 있어서 2판, 3판이 있을 것으로 추정.	출판
					4판과 6판이 있어서 2판, 3판이 있을 것으로 추정.	출판
					4판과 6판이 있어서 2판, 3판이 있을 것으로 추정.	출판
					4판과 6판이 있어서 2판, 3판이 있을 것으로 추정.	출판
					4판과 6판이 있어서 2판, 3판이 있을 것으로 추정.	출판
					4판과 6판이 있어서 2판, 3판이 있을 것으로 추정.	출판
					4판과 6판이 있어서 2판, 3판이 있을 것으로 추정.	출판

번호	작품명 고유번호	표제	문자	면수 가격	인쇄일	발행일	판차	발행자 발행자 주소	발행소 발행소 주소
3327	**옥루몽** 회동-옥루-03-04-권2	옥루몽 卷二	한글	174p. 2원 (전4책)	1922-02-05	1922-02-10	4	高裕相 경성부 남대문통 1정목 17번지	회동서관 경성부 남대문통 1정목 17번지
3328	**옥루몽** 회동-옥루-03-04-권3	옥루몽 卷三	한글	180p. 2원 (전4책)	1922-02-05	1922-02-10	4	高裕相 경성부 남대문통 1정목 17번지	회동서관 경성부 남대문통 1정목 17번지
3329	**옥루몽** 회동-옥루-03-04-권4	옥루몽 卷四	한글				4		회동서관
3330	**옥루몽** 회동-옥루-03-05-권1	옥루몽 卷一	한글			1924- -	5		회동서관
3331	**옥루몽** 회동-옥루-03-05-권2	옥루몽 卷二	한글			1924- -	5		회동서관
3332	**옥루몽** 회동-옥루-03-05-권3	옥루몽 卷三	한글			1924- -	5		회동서관
3333	**옥루몽** 회동-옥루-03-05-권4	옥루몽 卷四	한글			1924- -	5		회동서관
3334	**옥루몽** 회동-옥루-03-06-권1	옥루몽 卷一	한글	177p. 2원 (전4책)	1925-11-31	1925-11-05	6	高裕相 경성부 남대문통 1정목 17번지	회동서관 경성부 남대문통 1정목 17번지
3335	**옥루몽** 회동-옥루-03-06-권2	옥루몽 卷二	한글	174p. 2원 (전4책)	1925-10-31	1925-11-05	6	高裕相 경성부 남대문통 1정목 17번지	회동서관 경성부 남대문통 1정목 17번지
3336	**옥루몽** 회동-옥루-03-06-권3	옥루몽 卷三	한글	180p. 2원 (전4책)	1925-10-31	1925-11-05	6	高裕相 경성부 남대문통 1정목 17번지	회동서관 경성 남대문통 1정목 17번지
3337	**옥루몽** 회동-옥루-03-06-권4	옥루몽 卷四	한글	197p. 2원 (전4책)	1925-10-31	1925-11-05	6	高裕相 경성부 남대문통 1정목 17번지	회동서관 경성 남대문통 1정목 17번지
3338	**옥린몽** 회동-옥린-01-01-상	옥린몽 상편	한글	160p. 35전	1918-09-15	1918-10-05	1	高裕相 경성부 남대문통 1정목 17번지	회동서관 경성부 남대문통 1정목 17번지
3339	**옥린몽** 회동-옥린-01-01-하	옥린몽 하편	한글	150p. 32전	1918-10-15	1918-10-25	1	高裕相 경성부 남대문통 1정목 17번지	회동서관 경성부 남대문통 1정목 17번지
3340	**옥주호연** 회동-옥주-01-01	음양삼태성	한글	53p. 25전	1925-11-25	1925-11-30	1	高裕相 경성부 남대문통 1정목 17번지	회동서관 경성부 남대문통 1정목 17번지
3341	**월봉기** 회동-월봉-01-01	월봉산긔	한글	166p. 60전	1926-02-15	1926-02-20	1	高裕相 경성부 남대문통 1정목 17번지	회동서관 경성부 남대문통 1정목 17번지
3342	**월영낭자전** 회동-월영-01-01	고대소설 월영낭자전	한글	61p. 20전	1925-12-17	1925-12-20	1	高裕相 경성부 남대문통 1정목 17번지	회동서관 경성부 남대문통 1정목 17번지
3343	**유충렬전** 회동-유충-01-00	류충렬젼	한글			1913- -	1	金翼洙	회동서관
3344	**유충렬전** 회동-유충-02-01	유츙렬젼	한글	99p. 25전	1925-10-25	1925-10-30	1	高裕相 경성부 남대문통 1정목 17번지	회동서관 경성부 남대문통 1정목 17번지
3345	**육효자전** 회동-육효-01-01	(고대소설)륙효 자전	한글	78p. 25전	1926-01-10	1926-01-15	1	高裕相 경성 남대문 1정목 17번지	회동서관 경성 남대문 1정목 17번지
3346	**이대봉전** 회동-이대-01-01	리대봉전 상/하	한글	76p. 25전	1916-01-30	1916-02-08	1	高裕相 경성부 남대문통 1정목 17번지	회동서관 경성 남대문통 1정목 17번지

인쇄자 인쇄소 주소	인쇄소 인쇄소 주소	공동 발행	영인본	소장처 및 청구기호	기타	현황
金聖杓 경성부 견지동 80번지	계문사 경성부 견지동 80번지			국립중앙도서관(3 634-2-49(2))	64회 4책(권1 1회~16회, 권2 17~32회, 권3 33회~50회, 권4 51회~64회). 초판 발행일 기록.	원문
金聖杓 경성부 견지동 80번지	계문사 경성부 견지동 80번지			국립중앙도서관(3 634-2-92(2))	64회 4책(권1 1회~16회, 권2 17~32회, 권3 33회~50회, 권4 51회~64회). 초판 발행일 기록.	원문
					64회 4책(권1 1회~16회, 권2 17~32회, 권3 33회~50회, 권4 51회~64회)	출판
					64회 4책(권1 1회~16회, 권2 17~32회, 권3 33회~50회, 권4 51회~64회)	출판
					6판이 있어서 5판도 있을 것으로 추정. 5판 발행일은 [이본목록](p.418) 참고.	출판
					6판이 있어서 5판도 있을 것으로 추정. 5판 발행일은 [이본목록](p.418) 참고.	출판
					6판이 있어서 5판도 있을 것으로 추정. 5판 발행일은 [이본목록](p.418) 참고.	출판
金鍾憲 경성부 수송동 69번지	보명사인쇄소 경성부 수송동 69번지			정명기 소장본	64회 4책(권1 1회~16회, 권2 17~32회, 권3 33회~50회, 권4 51회~64회). 초판 발행일 기록.	원문
金鍾憲 경성부 수송동 69번지	보명사인쇄소 경성부 수송동 69번지			유춘동 소장본	64회 4책(권1 1회~16회, 권2 17~32회, 권3 33회~50회, 권4 51회~64회). 초판 발행일 기록.	원문
金鍾憲 경성부 수송동 69번지	보명사인쇄소 경성부 수송동 69번지			유춘동 소장본	64회 4책(권1 1회~16회, 권2 17~32회, 권3 33회~50회, 권4 51회~64회). 초판 발행일 기록.	원문
金鍾憲 경성부 수송동 69번지	보명사인쇄소 경성부 수송동 69번지			유춘동 소장본	64회 4책(권1 1회~16회, 권2 17~32회, 권3 33회~50회, 권4 51회~64회). 초판 발행일 기록.	원문
金弘奎 경성부 가회동 216번지	보성사 경성부 수송동 44번지			한국학중앙연구원 장서각(D7B-43)	2권 53회(상 1회~26회, 하 27회~53회, 권별 목차). 한국학중앙연구원에 상하권 소장. 한국역사정보시스템 연동하여 원문 보기 가능.	원문
金弘奎 경성부 가회동 216번지	보성사 경성부 수송동 44번지		[구활자본고소설 전집 28]	국립중앙도서관(3 634-2-49(1)), 한국학중앙연구원 장서각(D7B-43)	2권 53회(상 1회~26회, 하 27회~53회, 권별 목차). 한국학중앙연구원에 상하권 소장(한국역사정보시스템 연동하여 원문 보기 가능)	원문
金鍾憲 경성부 수송동 69번지	보명사인쇄소 경성부 수송동 69번지		[활자본고전소설 전집 5]	서울대학교 도서관(3350 181)	9회의 장회체. '음양삼태성'(pp.1~45) 뒤에 홍장기녀에 대한 이야기가 8면 덧붙음.	원문
金翼洙 경성부 황금정 2정목 21번지	신문관 경성부 황금정 2정목 21번지			영남대학교 도서관(도 813.6 ㅇ554 -1926)	상하합편(상 81p, 하.85p)	원문
金翼洙 경성부 황금정 2정목 21번지	신문관 경성부 황금정 2정목 21번지		[활자본고전소설 전집 4]	서울대학교 도서관(3350 174)		원문
					여승구, [古書通信 15], 1999.9.([이본목록], p.494)	원문
金翼洙 경성부 황금정 2정목 21번지	신문관 경성부 황금정 2정목 21번지			국립중앙도서관(3 634-2-100(4))		원문
金銀榮 경성부 수송동 69번지	보명사 경성부 수송동 69번지		[활자본고소설전 집 5]	서울대학교 도서관(3350 140)		원문
鄭敬德 경성부 원동 206번지	조선복음인쇄소 경성부 원동 206번지			국립중앙도서관(3 634-2-71(6))	상하 합철(상 pp.1~41, 하 pp.42~76).	원문

번호	작품명 고유번호	표제	문자	면수 가격	인쇄일	발행일	판차	발행자 발행자 주소	발행소 발행소 주소
3347	이대봉전 회동-이대-02-01	리대봉젼	한글	52p. 20전	1925-10-25	1925-10-30	1	高裕相 경성부 남대문통 1정목 17번지	회동서관 경성부 남대문통 1정 17번지
3348	이순신전 회동-이순-01-01	리슌신젼	한글	38p. 20전	1927-11-25	1927-12-05	1	高裕相 경성부 남대문통 1정목 17번지	회동서관 경성부 남대문통 1정 17번지
3349	이진사전 회동-이진-01-01	리진사젼	한글	54p. 20전	1925-12-20	1925-12-25	1	高裕相 경성부 남대문통 1정목 17번지	회동서관 경성부 남대문통 1정 17번지
3350	이태경전 회동-이태-01-01	삼국리대장전	한글	51p. 20전	1926-01-10	1926-01-15	1	高裕相 경성부 남대문통 1정목 17번지	회동서관 경성부 남대문통 1정 17번지
3351	이태백실기 회동-이태백-01-01	리태백	한글	61p. 25전	1928-01-10	1928-01-15	1	高裕相 경성 남대문통 1정목 17번지	회동서관 경성 남대문통 1정목 17번지
3352	이학사전 회동-이학-01-01	리학사젼	한글	61p. 20전	1925.12.17.	1925-12-20	1	高裕相 경성부 남대문통 1정목 17번지	회동서관 경성부 남대문통 1정 17번지
3353	임경업전 회동-임경-01-01	림경업젼	한글	46p. 20전	1925-11-05	1925-11-10	1	高裕相 경성부 남대문통 1정목 17번지	회동서관 경성부 남대문통 1정 17번지
3354	임경업전 회동-임경-02-01	림경업젼	한글			1926- -	1		회동서관
3355	임호은전 회동-임호-01-01	적강칠선(림호 은젼)	한글	126. 35전	1926-02-05	1926-02-10	1	高裕相 경성부 남대문통 1정목 17번지	회동서관 경성부 남대문통 1정 17번지
3356	장경전 회동-장경-01-01	장경전	한글	70p. 25전	1925-01-05	1925-01-10	1	玄公廉 경성부 견지동 80번지	회동서관 경성부 남대문통 1정 17번지
3357	장국진전 회동-장국-01-01	모란졍긔	한글	68p. 30전	1925-11-25	1925-11-30	1	高裕相 경성부 남대문통 1정목 17번지	회동서관 경성부 남대문통 1정 17번지
3358	장국진전 회동-장국-02-01	古代小說 張國振傳	한글	67p. 25전	1926-01-20	1926-01-25	1	高裕相 경성부 남대문통 1정목 17번지	회동서관 경성부 남대문통 1정 17번지
3359	장끼전 회동-장끼-01-01	쟝끼전	한글	32p. 15전	1925-12-15	1925-12-20	1	高裕相 경성부 남대문통 1정목 17번지	회동서관 경성부 남대문통 1정 17번지
3360	장백전 회동-장백-01-01	(一世名將) 張伯傳	한글	61p. 20전	1925-10-25	1925-10-30	1	高裕相 경성부 남대문통 1정목 17번지	회동서관 경성부 남대문통 1정 17번지
3361	장자방실기 회동-장자-01-01	장자방실긔	한글	125p. 40전	1926-01-10	1926-01-15	1	高裕相 경성부 남대문통 1정목 17번지	회동서관 경성부 남대문통 1정 17번지
3362	장학사전 회동-장학-01-01	(고대소설)쟝학 사뎐	한글	56p. 20전	1926-01-09	1926-01-15	1	高裕相 경성부 남대문통 1정목 17번지	회동서관 경성부 남대문통 1정 17번지
3363	적벽대전 회동-적벽대-01-01	(고대소설)적벽 대전	한글	73p. 25전	1925-11-05	1925-11-10	1	高裕相 경성부 남대문통 1정목 17번지	회동서관 경성부 남대문통 1정 17번지
3364	적성의전 회동-적성-01-01	적성의전	한글	32p. 15전	1926-01-20	1926-01-25	1	高裕相 경성부 남대문통 1정목 17번지	회동서관 경성부 남대문통 1정 17번지
3365	전우치전 회동-전우-01-01	(校正古代小說) 뎐우치젼	한글	28p. 15전	1926-01-05	1926-01-10	1	高裕相 경성부 남대문통 1정목	회동서관 경성부 남대문통 1정 17번지

인쇄자 인쇄소 주소	인쇄소 인쇄소 주소	공동 발행	영인본	소장처 및 청구기호	기타	현황
金翼洙 경성부 황금정 2정목 21번지	신문관 경성부 황금정 2정목 21번지		[구활자본고소설 전집 11]	서울대학교 도서관(3350 133)		원문
金在涉 경성부 견지동 32번지	한성도서주식회사 경성부 견지동 32번지	홍문당	[구활자본고소설 전집 29]	서울대학교 도서관(3350 132)		원문
金翼洙 경성부 황금정 2정목 21번지	신문관 경성부 황금정 2정목 21번지		[활자본고전소설 전집 7], [구활자소설총서 11]	국립중앙도서관(3 634-2-16(3))		원문
金翼洙 경성부 황금정 2정목 21번지	신문관 경성부 황금정 2정목 21번지		[활자본고전소설 전집 7]	서울대학교 도서관(3350 5)		원문
金重培 경성부 수송동 69번지	보명사인쇄소 경성부 수송동 69번지	신명서림	[구활자본고소설 전집 11]		11회의 장회체(총목차)	원문
金翼洙 경성부 황금정 2정목 21번지	신문관 경성부 황금정 2정목 21번지		[활자본고전소설 전집 7]	서울대학교 도서관(3350 134)		원문
金翼洙 경성부 황금정 2정목 21번지	신문관 경성부 황금정 2정목 21번지			서울대학교 도서관(3340 1)	'朝鮮古代小說叢書'에 '薛仁貴傳', '蘇大成傳', '謫降七仙', '金德齡傳'과 합철.	원문
					우쾌제, p.132.	출판
金翼洙 경성부 황금정 2정목 21번지	신문관 경성부 황금정 2정목 21번지		[활자본고전소설 전집 7]	서울대학교 도서관(3350 136)	상하합편(상 pp.1~56, 하 pp.57~126).	원문
金聖杓 경성부 수송동 69번지	보명사인쇄소 경성부 수송동 69번지			서울대학교 도서관(3350 22)	상하 합철.	원문
金鍾憲 경성부 수송동 69번지	보명사인쇄소 경성부 수송동 69번지			서울대학교 도서관(3350 139)		원문
金翼洙 경성부 황금정 2정목 21번지	신문관 경성부 황금정 2정목 21번지			영남대학교 도서관(도 813.5 ㅈ132)		원문
金翼洙 경성부 황금정 2정목 21번지	신문관 경성부 황금정 2정목 21번지			서울대학교 도서관(3340 1)	'朝鮮古代小說叢書'에 '薔花紅蓮傳', ;趙生員傳', '錦囊二山', '李進士傳'과 합철. 표제는 '이진사전'임.	원문
金翼洙 경성부 황금정 2정목 21번지	신문관 경성부 황금정 2정목 21번지			서울대학교 도서관(3350 93)		원문
鄭敬德 경성부 삼청동 60번지	창문사 경성부 서대문정 2정목 139번지	회동서관지점		서울대학교 도서관(3350 91)		원문
沈禹澤 경성부 공평동 55번지	대동인쇄주식회사 경성부 공평동 55번지			서울대학교 도서관(3350 92)		원문
金翼洙 경성부 황금정 2정목 21번지	신문관 경성부 황금정 2정목 21번지			서울대학교 도서관(3350 87)	회동서관(진체구좌 경성 712번, 전화 광화문 1558번), 속표지(고대소설 적벽대전)	원문
金翼洙 경성부 황금정 2정목 21번지	신문관 경성부 황금정 2정목 21번지			서울대학교 도서관(3350 89)		원문
金翼洙 경성부 황금정 2정목 21번지	신문관 경성부 황금정 2정목 21번지			서울대학교 도서관(3350 126)		원문

번호	작품명 고유번호	표제	문자	면수 가격	인쇄일	발행일	판차	발행자 발행자 주소	발행소 발행소 주소
3366	정수정전 회동-정수정-01-01	(古代小說)女子 忠孝錄	한글	71p. 25전	1925-11-15	1925-11-20	1	高裕相 경성부 남대문통 1정목 17번지	회동서관 경성부 남대문통 1정목 17번지
3367	정을선전 회동-정을-01-01	(古代小說)졍을 션젼	한글	43p. 20전	1925-11-25	1925-11-30	1	高裕相 경성부 남대문통 1정목 17번지	회동서관 경성부 남대문통 1정목 17번지
3368	정충신 회동-정충-01-01	일대명장 정충신	한글	73p.		1927- -	1		회동서관
3369	정향전 회동-정향-01-00	정향전	한글			1916- -	1		회동서관
3370	제마무전 회동-제마-01-01	(古代小說)夢決 楚漢頌	한글	61p.		1925- -	1		회동서관
3371	조생원전 회동-조생-01-01	됴생원전	한글	52p. 20전	1925-12-20	1925-12-25	1	高裕相 경성부 남대문통 1정목 17번지	회동서관 경성부 남대문통 1정목 17번지
3372	조웅전 회동-조웅-01-01	죠웅전	한글	94p. 25전	1925-10-25	1925-10-30	1	高裕相 경성부 남대문통 1정목 17번지	회동서관 경성부 남대문통 1정목 17번지
3373	진대방전 회동-진대-01-01	(倫理小說)陳大 方傳	한글	41p. 20전	1925-11-05	1925-11-10	1	高裕相 경성부 남대문통 1정목 17번지	회동서관 경성부 남대문통 1정목 17번지
3374	천도화 회동-천도-01-01	天桃花: 一名 蘇翰林傳	한글	62p. 30전	1925-11-25	1925-11-30	1	高裕相 경성부 남대문통 1정목 17번지	회동서관 경성부 남대문통 1정목 17번지
3375	최치원전 회동-최치-01-01	최고운전	한글			1927-12-12	1	高裕相	회동서관
3376	최치원전 회동-최치-01-02	최고운전	한글	62p. 25전	1930-02-05	1930-02-08	2	高裕相 경성부 남대문통 1정목 17번지	회동서관 경성부 남대문통 1정목 17번지
3377	춘향전 회동-춘향-01-01	증수 춘향전	한글			1913-12-30	1		회동서관
3378	춘향전 회동-춘향-01-02	증수 춘향전	한글				2		회동서관
3379	춘향전 회동-춘향-01-03	증수 춘향전	한글				3		회동서관
3380	춘향전 회동-춘향-01-04	증수 춘향전	한글	110p. 40전	1918-03-15	1918-03-17	4	李容漢 경성부 봉래정 1정목 136번지	회동서관 경성부 남대문통 1정목 17번지
3381	춘향전 회동-춘향-01-05	증슈 춘향전	한글	110p. 35전	1923-03-05	1923-03-06	5	高裕相 경성부 남대문통 1정목 17번지	회동서관 경성부 남대문통 1정목 17번지
3382	춘향전 회동-춘향-02-01	고대소설 언문 츈향젼	한글	79p. 25전	1925-10-25	1925-10-30	1	高裕相 경성부 남대문통 1정목 17번지	회동서관 경성부 남대문통 1정목 17번지
3383	춘향전 회동-춘향-03-01	오작교	한글	103p.		1927-12-25	1	高裕相	회동서관
3384	춘향전 회동-춘향-04-00	獄中花	한글	188p.		1928- -	1		회동서관
3385	타호무송 회동-타호-01-00	타호무송	한글			1924- -	1		회동서관

인쇄자 인쇄소 주소	인쇄소 인쇄소 주소	공동 발행	영인본	소장처 및 청구기호	기타	현황
金翼洙 경성부 황금정 2정목 21번지	신문관 경성부 황금정 2정목 21번지			서울대학교 도서관(3350 117)		원문
金翼洙 경성부 황금정 2정목 21번지	신문관 경성부 황금정 2정목 21번지			국립중앙도서관(3 634-3-41(12))		원문
				영남대학교 도서관(도 813.5 ㅈ512)		원문
					金大(ㄹ12-1:26 松)([이본목록], p.651)	목록
				서울대학교 도서관(3350 143)	원문은 있으나 판권지 없음. 발행연도는 도서관 서지 정보를 따름.	원문
金翼洙 경성부 황금정 2정목 21번지	신문관 경성부 황금정 2정목 21번지		[활자본고전소설 전집 10]	서울대학교 도서관(3340 1 10)	'朝鮮古代小說叢書 10권'에 '雄雉傳, 薔花紅蓮傳, 錦囊二山, 李進士傳'과 합철.	원문
金翼洙 경성부 황금정 2정목 21번지	신문관 경성부 황금정 2정목 21번지			국립중앙도서관(3 634-2-75(6))	상중하 합편(상 pp.1~33, 중 pp.34~64, 하 pp.65~94)	원문
金翼洙 경성부 황금정 2정목 1번지	신문관 경성부 황금정 2정목 21번지			서울대학교 도서관(3350 96)		원문
金翼洙 경성부 황금정 2정목 1번지	신문관 경성부 황금정 2정목 21번지			서울대학교 도서관(3350 43)		원문
					2판에 초판 발행일 기록.	출판
金鐘憲 경성부 수송동 69번지	보명사인쇄소 경성부 수송동 69번지			디지털한글박물관(홍윤표 소장본)	서울대학교 도서관 소장본(3350 14)의 인쇄인과 인쇄소는 각각 金鎭浩, 한성도서주식회사임. 공동발행 홍문당. 표지 하단에 '新明書林'이 발행소로 기록.	원문
					4판과 5판에 초판 발행일 기록.	출판
					4판과 5판이 있어 2판도 있을 것으로 추정.	출판
					4판과 5판이 있어 3판도 있을 것으로 추정.	출판
金弘奎 경성부 가회동 216번지	보성사 경성부 수송동 44번지			국립중앙도서관(3 634-2-35(7))	초판 발행일 기록. 분매소 각각의 주소와 진체구좌 기록.	원문
金台五 경성부 장사동 69번지	중앙인쇄소 경성부 장사동 69번지			국립중앙도서관(3 634-2-85(2))	초판 발행일과 4판의 인쇄일, 발행일 기록. 분매소 각각의 주소와 진체구좌 기록. 5판의 인쇄일, 발행일에 종이를 덧대어 '초판'으로 기록.	원문
金翼洙 경성부 황금정 2정목 1번지	신문관 경성부 황금정 2정목 21번지			영남대학교 도서관(도 813.5 ㅊ788ㅊ)		원문
				서울대학교 도서관(3350 35)	판권지가 없음. 발행일은 [이본목록](p.772)을 참고.	원문
					영남대학교 도서관 소장본(도남813.5)([이본목록], p.774). 영남대학교 도서관에서 해당 자료 찾을 수 없음.	목록
					<현행사례의절>, 회동서관, 1924.광고([이본목록], p.789). <타호무송>은 중국소설 <수호전>을 부분 번역, 편집한 작품(곽정식, 2010)	광고

번호	작품명 고유번호	표제	문자	면수 가격	인쇄일	발행일	판차	발행자 발행자 주소	발행소 발행소 주소
3386	태조대왕실기 회동-태조-01-01	太祖大王實記	한글	61p. 25전	1928-11-10	1928-11-15	1	高裕相 경성부 남대문통 1정목 17번지	회동서관 경성부 남대문통 1정 17번지
3387	항장무전 회동-항장-01-01	(초한풍진) 홍문연	한글	90p. 30전	1916-07-31	1916-08-03	1	高裕相 경성부 남대문통 1정목 17번지	회동서관 경성부 남대문통 1정 17번지
3388	항장무전 회동-항장-01-02	(초한풍진) 홍문연	한글	30전(실 가)			2		회동서관
3389	항장무전 회동-항장-01-03	(초한풍진) 홍문연	한글	90p. 35전	1918-01-15	1918-01-25	3	高裕相 경성부 남대문통 1정목 17번지	회동서관 경성부 남대문통 1정 17번지
3390	항장무전 회동-항장-01-04	(초한풍진) 홍문연	한글				4		회동서관
3391	항장무전 회동-항장-01-05	(초한풍진) 홍문연	한글				5		회동서관
3392	항장무전 회동-항장-01-06	(초한풍진) 홍문연	한글				6		회동서관
3393	항장무전 회동-항장-01-07	(초한풍진) 홍문연	한글	90p. 30전	1926-01-10	1926-01-15	7	高裕相 경성부 남대문통 1정목 17번지	회동서관 경성부 남대문통 1정 17번지
3394	형산백옥 회동-형산-01-00	형산백옥	한글			1916- -	1		회동서관
3395	호랑이이야기 회동-호랑-01-01	(무섭고자미슨) 호랑이이야기	한글			1917-12-05	1		회동서관
3396	호랑이이야기 회동-호랑-01-02	(무섭고자미슨) 호랑이이야기	한글	26p. 15전	1922-02-10	1922-02-15	2	李柱浣 경성부 견지동 79번지	회동서관 경성부 남대문통 1정 17번지
3397	홍계월전 회동-홍계-01-01	(고대소설)洪桂 月傳	한글	52p. 20전	1926-01-10	1926-01-15	1	高裕相 경성부 남대문통 1정목 17번지	회동서관 경성부 남대문통 1정 17번지
3398	홍길동전 회동-홍길-01-01	홍길동전	한글	37p. 15전	1925-11-25	1925-11-30	1	高裕相 경성부 남대문통 1정목 17번지	회동서관 경성부 남대문통 1정 17번지
3399	홍의동자 회동-홍의-01-01	(歷史小說)紅衣 童子	한글	79p.		1928- -	1		회동서관 경성부 남대문통 1정 17번지
3400	화도화 회동-화도-01-00	화도화	한글	84p.		1925- -	1		회동서관
3401	화옥쌍기 회동-화옥-01-00	화옥쌍기	한글			1924- -	1		회동서관
3402	황운전 회동-황운-01-01	황장군전	한글	128p.		1925- -	1	朴健會	회동서관
3403	흥부전 회동-흥부-01-01	연의각	한글	133p.		1913- -	1		회동서관
3404	옥련몽 휘문-옥련-01-00	옥년몽	한글			1913- -	1		휘문관
3405	박씨전 희망-박씨-01-01	朴氏傳	한글			1966- -	1		희망출판사

인쇄자 인쇄소 주소	인쇄소 인쇄소 주소	공동 발행	영인본	소장처 및 청구기호	기타	현황
金敎瓚 경성부 안국동 101번지	문화인쇄소 경성부 안국동 101번지		[구활자본고소설 전집 32]		pp.1~4 낙장.	원문
金重煥 경성부 중림동 333번지	보성사 경성부 수송동 44번지		[구활자본고소설 전집 17]	국립중앙도서관(3 634-2-99(6))	20회의 장회체. 저작자 이규용. 3판, 7판에 초판 발행일 기록.	원문
			[구활자소설총서 1]		3판과 7판이 있어서 2판도 있을 것으로 추정. 영인본의 판권지 상단 훼손. 하단의 판권지에 인쇄자 김성표, 인쇄소 계문사, 분매소 광익서관 대정서관. 2판으로 추정.	출판
金弘奎 경성부 가회동 216번지	보성사 경성부 수송동 44번지			국립중앙도서관(3 634-2-99(5))	20회의 장회체. 저작자 이규용. 초판 발행일 기록.	원문
					7판이 있어서 4판도 있을 것으로 추정.	출판
					7판이 있어서 5판도 있을 것으로 추정.	출판
					7판이 있어서 6판도 있을 것으로 추정.	출판
姜福景 경성부 수송동 69번지	보명사인쇄소 경성부 수송동 69번지			서울대학교 도서관(3350 73)	20회의 장회체. 저작자 이규용. 7판에 기록된 초판 발행일(대정5.02.29.)은 초판 판권지의 기록(대정5.08.03.)과 다름.	원문
					우쾌제, p.138.	출판
					2판에 초판 발행일 기록.	출판
金敎瓚 경성부 안국동 101번지	문화인쇄소 경성부 안국동 101번지			서울대학교 도서관(3350 23)	초판 발행일 기록.	원문
崔翼洙 경성부 황금정 2정목 21번지	신문관 경성부 황금정 2정목 21번지		[구활자본고소설 전집 16](인천대)	서울대학교 도서관(3350 76)		원문
崔翼洙 경성부 황금정 2정목 21번지	신문관 경성부 황금정 2정목 21번지			영남대학교 도서관(도 813.5 ㅎ621)		원문
				서울대학교 도서관(3350 34)	판권지 없음. 표지 하단에 '경성 회동서관 발행'이라고 기록.	원문
				서울대학교 도서관(3340 48)	판권지 없음. 발행사항은 도서관 서지정보를 따름.	원문
					<현행사례의절>, 회동서관, 1924. 광고([이본목록], p.873).	광고
				영남대학교 도서관(도 813.5 ㅂ168ㅎ)		원문
					이주영, p.234.	출판
					우쾌제, p.130.	출판
			[한국고전문학전 집 4](희망출판사, 1966)	숭실대학교 도서관(811.308 한17-희 v.4)	<구운몽>, <홍길동전>, <이춘풍전>, <주생전>, <두껍전>, <장끼전>, <창선감의록> 등과 합철.	원문

참고문헌

• 목록

권순긍, 『활자본 고소설의 편폭과 지향』, 보고사, 2000.

소재영·민병삼·김호근 엮음, 『한국의 딱지본』, 범우사, 1996.

우쾌제, 「구활자본 고소설의 출판 및 연구 현황 검토」, 『고전소설연구의 방향』, 새문사, 1985.

이능우, 「'고대소설' 구활판본 조사목록」, 『논문집』 8, 숙명여대, 1968, 『고소설연구』, 3판, 이우출판사, 1978, 재록.

이주영, 『구활자본 고전소설 연구』, 월인, 1998.

조희웅, 『고전소설 연구 보정』 上·下, 집문당, 2006.

_____, 『고전소설 이본 목록』, 집문당, 1999.

W.E.Skillend, Kodae sosŏl : a survey of Korean traditional style popular novels, London: School of Oriental and African Studies, 1968.

• 작품

김기동 편, 『활자본고전소설전집』 1~12, 아세아문화사, 1976~1977.

김용범 편, 『구활자소설총서』 1~12, 민족문화사, 1983.

대조사편집부, 『고대소설집』 1~4, 대조사, 1959.

신소설전집편집부, 『신소설전집』 1~21, 계명문화사, 1987.

인천대 민족문화연구소편, 『구활자본고소설전집』 1~33, 은하출판사, 1983~1984.

조동일 편, 『조동일소장국문학연구자료』 20~30, 도서출판박이정, 1999.

현실문화 편, 『아단문고 고전총서』 1~10, 현실문화, 2007.

기타 주요 도서관 및 개인 소장본 다수

• 논저

강현조, 「〈금낭이산(錦囊二山)〉 연구: 작품의 성립과 그 변화 과정을 중심으로」, 『현대소설연구』 37, 한국현대소설학회, 2008.

_____, 「번안소설 〈박천남전(朴天男傳)〉연구」, 『국어국문학』 149, 국어국문학회, 2008.

곽정식, 「〈元斗杓實記〉의 창작 방법과 소설사적 의의」, 『韓國文學論叢』 52, 한국문학회, 2009.

_____, 「〈韓氏報應錄〉의 형성 과정과 소설사적 의의」, 『어문학』 105, 한국어문학회, 2009.

_____, 「〈홍장군전(洪將軍傳)〉의 형성과정과 작자의식」, 『새국어교육』 81, 한국어교육학회, 2009.

_____, 「활자본 고소설 〈林巨丁傳〉의 창작 방법과 洪命憙 〈林巨正〉과의 관계」, 『語文學』 111, 한국어문학회, 2011.

김귀석, 「〈미인도〉 연구」, 『한국언어문학』 48, 한국언어문학회, 2002.

김도환, 「〈三國志演義〉의 舊活字本 古典小說로의 改作 樣相」, 『中國小說論叢』 20, 韓國中國小說學會, 2004.

김성철, 「『삼국풍진 제갈량전』의 번역 양상과 소설화 방식」, 『우리어문연구』 38, 우리어문학회, 2010.

_____, 「활자본 고소설의 존재 양태와 창작 방식 연구」, 고려대학교 박사학위논문, 2011.

김재웅, 「〈江陵秋月傳〉 硏究」, 『한국학논집』 26, 계명대학교 한국학연구원, 1999.

_____, 「〈최호양문록〉의 구조적 특징과 가정소설적 위상」, 『정신문화연구』 33, 한국학중앙연구원, 2010.

김정녀, 「〈수매청심록〉의 창작 방식과 의도」, 『한민족문화연구』 36, 한민족문화학회, 2011.

김종철, 「미인도 연구」, 『인문논총』 2, 아주대 인문과학연구소, 1991.

김준형, 「근대전환기 옥소선이야기의 개작 양상과 그 의미」, 『한국고전여성문학연구』 13, 한국고전여성문학회, 2006.

김지연, 「〈芙蓉의 相思曲〉의 근대적 성격」, 『여성문학연구』 12, 한국여성문학학회, 2004.

_____, 「〈임화정연〉의 현대적 출판과 개작의 특징— 1962년 을유문화사 판 최인욱 본 〈임화정연〉을 중심으로—」, 『古小說 研究』 33, 한국고소설학회, 2012.

김진영·차충환, 「〈태아선적강록〉과 〈유황후전〉의 比較 研究」, 『語文研究』 146호, 한국어문교육연구회, 2010.

김현양, 「1910년대 활자본 고소설의 존재 양상과 그 특성— 〈옥중화〉, 〈봉황대〉, 〈신유복전〉을 대상으로」, 『애산학보』 28, 애산학회, 2003.

김현우, 「〈미인도〉의 변모양상과 그 의미」, 『한국어문연구』 15, 한국어문연구학회, 2004.

박상석, 「번안소설 〈백년한(百年恨)〉 연구」, 『淵民學志』 12, 연민학회, 2009.

_____, 「한문소설 〈종옥전(鍾玉傳)〉의 개작, 활판본소설 〈미인계(美人計)〉 연구」, 『古小說 研究』 28, 한국고소설학회, 2009.

_____, 「짜깁기방식의 활판본 역사소설 연구」, 『영주어문』 20, 영주어문학회, 2010.

_____, 「활판본 고소설 〈무릉도원〉 연구」, 『고소설연구』 34, 한국고소설학회, 2012.

박은희, 「〈삼성기(三聖記)〉 연구」, 한국교원대학교 석사논문, 2007.

서정민, 「〈석중옥기연록〉과의 비교를 통해 본 구활자본 〈형산백옥〉」, 『정신문화연구』 34권 1호, 한국학중앙연구원, 2011.

서혜은, 「이해조의 〈소양정〉과 고전소설의 교섭 양상 연구」, 『고소설연구』 30, 한국고소설학회, 2010.

손 홍, 「강태공 소재 소설의 번안 양상과 그 의미」, 서강대학교 석사논문, 2009.

신태수, 「신유복전의 작품세계와 이상주의적 성격」, 『한민족어문학』 26, 한민족어문학회, 1994.

심은경, 「〈만강홍〉, 〈영산홍〉의 실상과 의의」, 『한국고전연구』 9, 한국고전연구학회, 2003.

심치열, 「구활자본 애정소설 〈약산동대(藥山東臺)〉의 서사적 측면에서 본 변모 양상」, 『한국고전여성문학연구』 8, 한국고전여성문학회, 2004.

엄태웅, 「활자본 고전소설의 근대적 간행 양상—신구서림」, 고려대학교 석사논문, 2006.

_____, 「회동서관의 활자본 고전소설 간행 양상」, 『고소설연구』 29, 한국고소설학회, 2010.

_____, 「세창서관의 활자본 고전소설 간행 양상과 의미」, 『동양고전연구』 64, 동양고전학회, 2016.

오윤선, 「舊活字本 古小說의 性格 考察 : 1910年代 改作.新作 愛情小說을 중심으로」, 高麗大學校 석사논문, 1993.

_____, 「'콩쥐팥쥐 이야기'에 대한 고찰」, 『어문논집』 42, 안암어문학회, 2000.

_____, 「〈홍장군전 (洪將軍傳)〉의 창작경위와 인물형상화의 방향」, 『고소설연구』 12, 한국고소설학회, 2001.

_____, 「신소설 서지 데이터베이스의 분석과 그 의미」, 『우리어문연구』 25, 우리어문학회, 2005.

_____, 「구활자본 〈최장군전〉의 발굴과 그 의미」, 『고소설연구』 34, 한국고소설학회, 2012.

우쾌제, 「고소설의 명칭 및 총량의 통계적 고찰」, 『고소설의 저작과 전파』, 고소설 연구회 편, 아세아문화사, 1994.

유춘동, 「활자본 고소설의 출판과 유통에 대한 몇 가지 문제들」, 『한민족문화연구』 50, 한민족문화학회, 2015.

육재용, 「〈삼쾌정(三快亭)〉 연구」, 『고소설연구』 21, 한국고소설학회, 2006.

윤미란, 「〈숙녀지기〉 이본 연구」, 연세대학교 석사논문, 2003.

윤일수, 「〈만강홍〉과 〈영산홍〉의 원본 확정 및 이본 개작 의도」, 『한민족어문학』 23, 한민족어문학회, 1993.

이경선, 「홍장군전 연구」, 『동아시아문화연구』 5, 한양대학교 동아시아문화연구소, 1984.

이기현, 「舊活字本 〈西廂記〉 研究」, 『우리文學研究』 제26집, 우리문학회, 2009.

이민희, 「구활자본 고소설 〈셔산대사전(西山大師傳)〉 연구」, 『국학연구』 5, 한국국학진흥원, 2004.

_____, 「춘향전 새 이본 〈옥중향(獄中香)〉 개관」, 『민족문학사연구』 38, 민족문학사학회, 2008.

_____, 「구활자본 고소설 〈丙寅洋擾〉 연구」, 『語文研究』 56, 어문연구학회, 2008.

李玉成·姜順愛, 「〈춘향전〉 刊行本의 系統 및 書誌的 特徵에 관한 研究」, 『서지학연구』 52, 서지학회, 2012.

이은봉, 「구활자본 〈제갈량전〉의 창작 양상 연구」, 『古小說研究』 23, 한국고소설학회, 2007.

이은숙, 『신작구소설 연구』, 국학자료원, 2000.

이은영, 「列國題材 소설작품과 한국 구활자본의 개역현상」, 『中國小說論叢』 24, 한국중국소설학회, 2006.

이정원, 「군담소설 양식의 계승으로 본 신작구소설 〈방화수류정〉」, 『古小說 研究』 31, 한국고소설학회, 2011.

_____, 「〈소양정〉에서 새로운 여주인공의 등장과 군담소설 양식의 해체」, 『한국고전여성문학연구』 24, 한국고전여성문학회, 2012.

이혜순, 「신소설 행락도 연구」, 『국어국문학』 84, 국어국문학회, 1980.

전광용, 「신소설 소양정 고」, 『국어국문학』10, 국어국문학회, 1954.

조광국, 「〈부용상사곡〉 연구」, 『관악어문연구』 23, 서울대학교 국어국문학회, 1998.

_____, 「〈청년회심곡〉의 창작방법에 관한 연구」, 『관악어문연구』 24, 서울대학교 국어국문학과, 1999.

조재현, 「〈삼문규합록〉 연구〉」, 『어문연구』 39권 제4호, 한국어문교육연구회, 2011.

차충환, 「〈강상월〉과 〈부용헌〉: 고소설의 개작본」, 『인문학연구』 6, 경희대학교 인문학연구소, 2002.

_____, 「신작구소설 〈이두충렬록〉의 형성과정과 그 의의에 관한 연구」, 『국제어문』 50, 국제어문학회, 2010.

_____·김진영, 「활자본 고소설 〈江南花〉 연구」, 『고전문학과 교육』 22, 한국고전문학교육학회, 2011.

_____·김진영, 「活字本 古小說 『蓮花夢』 硏究」, 『어문연구』 155, 한국어문교육연구회, 2012.

_____, 「〈수매청심록〉의 性格과 傳承樣相에 대한 硏究」, 『어문연구』 153, 한국어문교육연구회, 2012.

_____, 「〈신랑의 보쌈〉의 성격과 개작양상에 대한 연구 : 〈정수경전〉과의 대비를 통하여」, 『語文硏究』 71, 어문연구학회, 2012.

최윤희, 「〈쌍미기봉〉의 번안 양상 연구」, 『고소설연구』 11, 한국고소설학회, 2001.

_____, 「필사본 〈쌍열옥소록〉과 활자본 〈삼생기연〉의 특성과 변모 양상」, 『우리문학연구』 26, 우리문학회, 2009.

최호석·강신애, 「조선시대 실경산수화의 시공간적 분포와 그 의미」, 『민족문화연구』 42, 고려대학교 민족문화연구원, 2005.

_____, 「지송욱과 신구서림」, 『고소설연구』 19, 한국고소설학회, 2005.

_____, 「대구 재전당서포의 출판 활동 연구」, 『어문연구』 132, 한국어문교육연구회, 2006.

_____, 「영창서관의 고전소설 출판에 대한 연구」, 『우리어문연구』 37, 우리어문학회, 2010.

_____, 「신문관 간행 육전소설에 대한 연구」, 『한민족어문학』 57, 한민족어문학회, 2011.

_____, 「활자본 고전소설에 대한 통계적 고찰」, 『어문연구』 159, 한국어문교육연구회, 2013.

_____, 「활자본 고전소설의 총량에 대한 연구」, 『고전문학연구』 43, 한국고전문학회, 2013.

_____, 「활자본 고전소설의 유형에 대한 연구」, 『우리문학연구』 38, 우리문학회, 2013.

_____, 「활자본 고전소설의 인쇄소와 인쇄인」, 『동양고전연구』 59, 동양고전학회, 2015.

최호석(崔皓晳)

고려대학교 국어국문학과 및 동 대학원 졸업
현재 부경대학교 국어국문학과 교수
저서 : 『옥린몽의 작가와 작품세계』, 다운샘, 2004.
　　　『18세기 예술 사회사와 옥소 권섭』, 다운샘, 2007(공저).
　　　『옥소 권섭과 18세기 조선문화』, 다운샘, 2009(공저).

활자본 고전소설 서지 데이터베이스

2017년 4월 24일 초판 1쇄 펴냄
2018년 9월 28일 초판 2쇄 펴냄

지은이 최호석
펴낸이 김흥국
펴낸곳 보고사

책임편집 이경민
표지디자인 손정자

등록 1990년 12월 13일 제6-0429호
주소 경기도 파주시 회동길 337-15 보고사 2층
전화 031-955-9797(대표)
　　　02-922-5120~1(편집), 02-922-2246(영업)
팩스 02-922-6990
메일 kanapub3@naver.com / bogosabooks@naver.com
http://www.bogosabooks.co.kr

ISBN 979-11-5516-670-3 93810
ⓒ 최호석, 2017

정가 58,000원
사전 동의 없는 무단 전재 및 복제를 금합니다.
잘못 만들어진 책은 바꾸어 드립니다.